DROIT DE SANG

II

Jusqu'à la mort

Eulalie LOMBARD

DROIT DE SANG
I — Au fond de son cœur
II — Jusqu'à la mort
III — La guerre de larmes

Ce roman est une œuvre de fiction.

Pour public averti.
TW : violences, violences sexuelles.

Illustration réalisée par Alice Maria Power
Couverture mise en page par Onjoy
Dépôt légal Juin 2020
ISBN : 978-2-9582290-8-5
Eskys Éditions
Savoie

À ma mère et à mon père,
qui ont toujours lu en moi comme dans un livre ouvert.

Je vous aime.

« Le monde a soif d'amour : tu viendras l'apaiser. »

Arthur Rimbaud

Vuai
Teac
Chaîne Ead
Lac de Beal
Aivaithra
Jirialc
Bofursyle
Mont de Dianua
Estuaire de Diamant
Rivière de Dianua
Xoramif
Guanile
Rodorchna
Mebeaka
N
O
E
S

Résumé du tome 1

Afin de protéger le peuple de Rodorchna, le Chef Declan de Bofursyle a assassiné le Roi Mil et ses fils. Son triomphe est cependant assombri par une terrible nouvelle : seul un magicien de la lignée royale de Rodorchna peut accéder au Trône. Declan part en quête du quatrième enfant de la Reine Vevina, que tous croient mort-né, mais qui a en réalité été cachée par sa mère dans un orphelinat.

Du haut de ses dix-sept ans, la Princesse Essylt est le dernier espoir du Royaume. Belle, brillante et consciente de la magie des éléments qui sommeille en elle, le Chef la ramène avec lui en Bofursyle, auprès de son père adoptif, le Roi Guénolé, afin qu'elle reçoive une éducation.

Essylt se retrouve plongée au cœur de la cour, aussi dorée qu'angoissante. Heureusement, elle peut compter sur Declan, ainsi que sur Cathan et Jarlath, ses fidèles commandants, et sur ses servantes. La famille royale se montre également d'un grand soutien : le Roi Guénolé est attentif et pédagogue, la Reine Dubheasa est accueillante et respectueuse, et le Prince Calixte jovial et protecteur.

Malgré tout, Essylt ne parvient pas à accepter sa nouvelle vie. C'est la rencontre avec la Reine Mazoe de Mebeaka, sa cousine éloignée, qui va lui permettre de se ressaisir. Elle décide ainsi de rentrer en Rodorchna pour commencer à gérer le Royaume, bien qu'elle soit encore trop jeune pour être couronnée. Ses espérances se heurtent à la réalité quand les conseillers l'estiment incapable de participer aux décisions importantes.

L'arrivée des nobles rodorchniens est mouvementée et fait resurgir les blessures infligées par le Roi Mil. Afin d'offrir une opportunité au deuxième-né de chaque famille, la Princesse leur propose de devenir des conseillers royaux. Saraid, Luíseach et Bartley acceptent d'étudier à ses côtés.

Après ces débuts difficiles, la Princesse part en voyage pour rencontrer la famille de sa mère. Propriétaires d'une boulangerie au bord de mer, ils sont heureux de faire sa connaissance. Essylt en apprend davantage sur sa mère et tisse un lien très fort avec l'une de ses cousines. Le premier mai, Essylt fête son dix-huitième anniversaire en compagnie de sa famille, un moment merveilleux pour une ancienne orpheline. Cette fête est rendue d'autant plus unique par la présence de Declan, qui lui offre en présent une fleur qui contient bien des secrets. La Princesse invite sa cousine à venir vivre avec elle au palais. Avant de rentrer, la Princesse découvre deux bébés guépards orphelins. Elle les adopte contre l'avis de ses gens, certaine qu'ils seront obéissants et loyaux.

De retour au châteeau, Essylt est ravie d'accueillir sa cousine. Ty s'entend bien avec les futurs conseillers et apprend auprès d'eux, curieuse et impliquée. Juste avant de repartir pour la Bofursyle, la Princesse rêve de sa défunte mère, qui la prévient de l'importance de garder certains secrets et de la difficulté des évènements à venir.

En Bofursyle, Essylt retrouve les nobles toujours aussi envahissants, ainsi qu'une surprise de taille : des cadeaux par centaines. Prise au milieu des rouages politiques de la Bofursyle, elle est très sollicitée par les femmes aristocrates célibataires, qui tentent d'obtenir ses faveurs pour être remarquées par le Prince Calixte. La Duchesse Euthalia lui propose un accord : son amitié publique en échange de son aide. Perturbée par tous ces jeux de pouvoir, Essylt décline son offre, peu désireuse d'influencer Calixte.

La Princesse, Guénolé, Declan et Calixte doivent traverser le Continent pour se rendre au Conseil des Neuf Royaumes. Ils résident d'abord en Vuai, où elle découvre une famille royale accueillante et une cour lumineuse. Essylt fait la connaissance de Niocol, un jeune aristocrate qui lui fait la cour. Face à son empressement, elle réalise que Calixte n'est pas le seul à être convoité et qu'elle devra un jour se marier. Declan prend conscience qu'il ne sera jamais un parti envisageable pour elle, puisqu'il a tué son père et ses frères.

Au château de Teac, la Princesse se lie d'amitié avec Anna, une noble, qui est diamétralement opposée à la Princesse Rosheen, hautaine et méprisante. Durant le bal, Declan révèle à Essylt que le Roi Luam a une maîtresse, qu'il affiche publiquement. Amusé par sa réaction outrée, il lui fait remarquer que toutes les cours ont leurs secrets, créant ainsi un jeu d'énigmes qu'ils sont les seuls à partager.

En Jirialc, Essylt décide de faire une entrée mémorable avec ses deux guépards. L'effet est conséquent et attire l'attention des nobles célibataires présents, qui s'empressent de la courtiser. Gênée par toute cette agitation, son désarroi s'agrandit quand le Prince Tomas de Jirialc, âgé de douze ans, lui propose de se marier. Essylt est contrainte de repousser ses avances avec douceur mais fermeté. Dans les jardins royaux, les convives décident de jouer dans le labyrinthe. Partie seule, la Princesse croise le chemin d'un inconnu masqué. Prise de panique, elle s'enfuit et est interceptée par Declan, qui l'aide à sortir. Ils discutent ensuite de l'assassinat de ses frères, ce qui suscite chez Essylt un cauchemar étrangement réaliste ayant lieu dans ce labyrinthe.

Durant le bal, son Altesse reçoit sa première demande en mariage officielle de la part de Cahir, un aristocrate jirialcain. Elle refuse son offre, blessée par le fait qu'il la désire pour son statut, et non pour sa personnalité. Cet évènement conduit Essylt, Ty, Saraid et Luíseach à se promettre solennellement qu'elles feront un mariage d'amour, peu importe les convenances.

Le château de Xoramif, construit au bord d'une falaise donnant sur la mer, les accueille ensuite pour le Conseil. Le Roi Imrinn est le grand cousin d'Essylt et lui voue une vénération envahissante. Elle retrouve sa cousine Mazoe et rencontre son adorable fille Niahm. Lors d'une visite de la ville dans l'enceinte du château, Essylt est attaquée. Pour fuir un assaillant, elle saute du haut de la falaise. Declan n'hésite pas un instant à la suivre. Il la sauve de la noyaude et décuovre qu'elle est blessée. Le Chef s'emploie à distraire la Princesse le temps qu'un navire vienne les secourir, en lui narrant le jour où son père lui a annoncé qu'il ferait de lui un soldat dans le but de tuer le Roi Mil.

Persuadé que cette tentative d'assassinat n'est qu'un début, Declan participe à l'interrogatoire d'un assaillant. Il apprend qu'ils ont été engagés par un homme qui les a payés très cher et qu'un treizième attaquant leur a échappé.

Après sa convalescence et le Conseil, Essylt se rend en Guanile, où elle fait la connaissance de nouveaux prétendants. Essylt s'entretient avec le Roi Kane, qui lui propose d'épouser l'un de ses nobles pour renforcer l'alliance entre leurs royaumes frontaliers. Elle accepte d'y réfléchir, écrasée par l'importance de cette union. Lors d'une collation prise au bord du lac, le Prince Owen chute par une fenêtre du château et Essylt le sauve grâce à ses pouvoirs. Les monarques sont emplis de gratitude. Malheureusement, Uileog, un noble de leur cour, entache le séjour en tentant de violer Essylt pour obtenir sa main. Ses commandants lui viennent en aide, puis Declan la venge à coups de poing.

De retour en Bofursyle, Essylt retrouve sa routine, entre la noblesse et les études. Le départ de Declan marque le début de son second hiver dans ce château. La Princesse apprend à se battre avec ses commandants. Un choix judicieux puisque ses nouveaux réflexes la sauvent d'une tentative d'assassinat. Choquée, elle essaie de faire abstraction de sa peur et entend les projets d'amélioration de ses futurs conseillers. Ty ajoute sa pierre à l'édifice et Essylt décide d'appliquer tous leurs plans, indifférente à la somme d'argent nécessaire.

Pour le Nouvel An, des prétendants potentiels se joignent à la fête. En plus de Niocol, Eamonn et Balor, Garvan fait son apparition, avec beaucoup de maladresse. Au détour d'un couloir, Essylt apprend qu'Eamonnn est amoureux de la sœur d'Euthalia et ne souhaite l'épouser que pour devenir Roi. Révoltée, elle lui ordonne de rentrer chez lui. Toutefois, ce n'est pas la seule surprise, puisqu'elle surprend par la suite Ty en train d'embrasser Caem, le capitaine de ses gardes. Sa cousine lui avoue être amoureuse et Essylt approuve cette relation, en exigeant plus de discrétion et des fiançailles.

Invitée à séjourner dans la province de Beal, elle profite d'une matinée ensoleillée pour se promener avec Declan et fait fleurir une violette pour lui. Sur le point de s'embrasser, ils sont interrompus par des cris en provenance du lac. Des hommes attaquent les gardes présents, dont ceux censés protéger Ty. Voyant son capitaine et fiancé blessé, elle se précipite pour faire barrage de son corps malgré les hurlements d'Essylt et meurt sous le coup d'une épée. Dévastée par la douleur, la Princesse libère ses pouvoirs et met à terre tous les assaillants.

En proie à un deuil inqualifiable, elle ramène le corps de Ty auprès de sa famille. Les Arán sont anéantis et la mère de Ty reproche à Essylt de ne pas l'avoir protégée, sans savoir qu'elle s'en veut déjà énormément. Sa rancœur est également tournée vers Declan, qui l'a retenue alors qu'elle se précipitait vers sa cousine.

Décidée à rendre hommage à Ty, elle donne son nom au décret donnant droit à des aides pécuniaires au peuple. Un décret osé et très novateur, qui lui attire les foudres des autres monarques. Guénolé lui rend visite sans prévenir, afin de la réprimander et de lui ordonner de rentrer avec lui en Bofursyle. Perdue et blessée, elle obtempère.

Lors de l'anniversaire de Calixte, la Princesse est empoisonnée. Le Chef la sauve et mène l'enquête sur la substance ajoutée à son verre. Il est convoqué par son frère aîné pour faire un compte-rendu de l'avancée de ses recherches. Calixte lui avoue ses sentiments envers Essylt et son envie de la séduire.

En revenant à elle, Essylt réalise à quel point monter sur son Trône sera difficile. Les monarques bofursyliens cherchent à la marier à leur avantage et Calixte finit par leur avouer qu'il veut l'épouser. Guénolé est le seul à ne pas être surpris, car c'était exactement ce qu'il espérait. Lorsque la proposition d'union est faite à la Princesse, elle y songe toute la nuit, désemparée. Au petit matin, Calixte fait sa demande officielle. Influencée par Guénolé et par la colère des autres souverains, elle accepte de l'épouser.

Les préparatifs conduisent Essylt à rentrer en Rodorchna, où tant d'invités sont attendus pour célébrer ce mariage unique. Vêtue de la robe ayant appartenu à Meallán, le premier Roi magique, Essylt vit la cérémonie telle une épreuve, car elle ne cesse de songer à Declan, debout juste à côté de son fiancé. Malheureusement, ni elle ni lui n'ont la force de s'opposer à cette union.

Une fois couronnés Roi et Reine de Rodorchna, Calixte et Essylt président une grande fête. Après des réjouissances mémorables, ils se retirent pour consommer leur mariage, dans une étreinte charnelle qui laisse la Reine en larmes.

Transi d'amour, Calixte fait tout son possible pour la contenter, bien que cela ne suffise pas. Au moment de retourner en Bofursyle pour le second couronnement et le Conseil des Neuf, un homme vient demander de l'aide à Essylt. À plusieurs heures du palais, un village brûle et des Rodorchniens se meurent. Contre l'avis de son mari, la souveraine part en hâte aider les siens, accompagnée de Declan.

Ils découvrent un village en proie aux flammes, où ils parviennent à sauver des rescapés. Blessé à la tête, le Chef est évacué en urgence grâce à la magie d'Essylt, qui ouvre un passage à ses soldats dans la fournaise. Toutefois, ses dons lui échappent et elle ne parvient pas à sortir avec eux. Ne craignant pas le feu, elle vérifie s'il reste des survivants, et croise alors le chemin d'hommes qui tentent de la tuer. Grâce à ses nouveaux réflexes, elle se défend vaillamment, puis use de ses pouvoirs pour éteindre l'incendie. Ramenée grâce à ses commandants, Essylt entreprend de soigner les blessés malgré son épuisement. Elle sauve la vie d'un enfant avant de s'effondrer de fatigue. Elle est installée dans une maison auprès de Declan afin que la vieille propriétaire surveille leur convalescence.

Lorsque Declan revient à lui, Essylt est dans leur chambre, occupée à penser à l'avenir. Poussée par la peur d'avoir pu le perdre, elle l'embrasse. Et le Chef répond à son baiser avec une passion dévorante, qui les conduit à faire l'amour pendant des heures.

Le réveil est douloureux quand la Reine réalise ce qu'elle a fait. Rongé par la culpabilité, Declan l'ignore durant les jours suivants, tandis qu'ils prennent la route pour la Bofursyle. Il finit néanmoins par succomber à nouveau à la tentation et la rejoint à la nuit tombée dans sa chambre pour des étreintes inoubliables.

Arrivés au château, l'accueil chaleureux de Calixte est un coup dur pour leur idylle, qui se heurte à la réalité. À nouveau couronnée, Essylt doit s'accoutumer à sa vie de souveraine et d'épouse. Ne pouvant pas résister à l'amour qui les lie, la Reine et le Chef se voient en secret. Ce n'est que lorsque Calixte avoue à Declan qu'il souffre du détachement d'Essylt que ce dernier prend la mesure de tout le mal qu'il cause à son frère. Afin de réparer ses torts et de ne plus interférer entre eux, Declan quitte le château, en laissant derrière lui une fleur violette à l'intention de son amante.

I

« Être soldat, c'est n'être personne. » Tiarchnach de Vuai, 315

Les hommes déjà ivres ne cessaient de lever leur verre. Dans cette pièce basse de plafond, la chaleur était suffocante. Les pierres mal taillées et les bougies éparses rehaussaient l'atmosphère étouffante. Engloutis dans un maelström de sons et de sensations, les visages étaient difficiles à distinguer. Les quelques meubles en bois, usés par le temps et les bagarres, accueillaient comme chaque nuit trop de clients pour les compter.

Derrière son bar, le tavernier surveillait la salle d'un œil vigilant. Son petit commerce lui rapportait beaucoup d'argent. Installé sous terre, son établissement clandestin devait la vie à quelques soldats grassement payés et des voisins peu regardants. Il s'était fait une réputation parmi les bas-fonds, attirant des hommes peu fréquentables.

L'alcool coulait à flots, tachant les cartes et les contrats malhonnêtes. Quelques hommes buvaient seuls, ruminant une mauvaise journée ou retardant le moment de retrouver leur femme.

Un groupe d'hommes était plus bruyant que les autres. Ils jouaient aux cartes depuis plusieurs heures, ponctuant chaque partie d'un bon verre de whisky. Ils étaient tous soûls, surtout le plus grand. Âgé d'une quarantaine d'années, il dégageait une aura répugnante d'autosuffisance, accentuée par une cicatrice affreuse sur son œil droit qui ne laissait planer aucun doute sur ses activités. Il ne cessait de payer des verres à ses concurrents avec un air arrogant qui les poussait à redoubler d'efforts pour le battre.

Après plusieurs heures de beuverie et de paris plus ou moins gagnants, l'homme de haute stature se leva en chancelant, la bave aux lèvres. Il fit un signe de tête à ses acolytes de jeux et se dirigea d'un pas titubant vers la porte. Il s'avachit à moitié contre le battant de bois pour l'ouvrir, dans un bruit grinçant qui se mêla au brouhaha général.

Dans le fond de la salle, un homme se redressa. Seul, un capuchon dissimulait le haut de son visage. De celui-ci, on ne pouvait apercevoir qu'une épaisse barbe brune, qui remua quand il finit sa bière d'une traite. Agile, il se faufila discrètement dehors.

La rue était déserte. Le petit village d'Olia, dans le sud-ouest de la Vuai, accueillait très peu d'habitants, surtout à cette heure.

À quelques mètres de là, l'homme qui jouait aux cartes marchait en tanguant et en respirant fort. L'inconnu dissimulé lui emboita le pas sans un bruit.

Il attendit quelques rues avant d'attaquer. Il prit son élan, donna une impulsion contre un mur et sauta sur le dos de sa cible. Grisée, la victime tenta mollement de se débattre quand un bras enserra sa gorge. Il rua, mais son assaillant tint bon jusqu'à ce qu'il s'affaisse au sol.

Accroupi, l'homme encapuchonné poussa un bref sifflement. Un hennissement s'éleva dans la nuit, puis une monture le rejoignit. Sans plus attendre, il hissa l'ivrogne inconscient au travers de la selle, monta à son tour et partit sans que quiconque l'eût remarqué.

Il chevaucha plus d'une heure dans le noir, se fiant uniquement aux étoiles. Enfin, une petite bâtisse se dessina au creux d'une vallée perdue. Il mit pied à terre puis prit l'homme sur son épaule, ployant à peine sous son poids. Il entra dans une pièce spartiate, munie de deux chaises et de quelques réserves de nourriture. Il assit l'homme et le ligota. Puis, il patienta, sans allumer la moindre bougie, dans un silence lourd de secrets.

Les yeux de l'ivrogne papillonnèrent avec beaucoup de difficulté. Il essaya de distinguer son environnement. Percevant une silhouette adossée contre le mur, il la détailla un long moment.

Un sourire insolent étira sa face balafrée.

— Declan de Bofursyle, je présume ?

Sans se départir de son calme, l'autre avança en repoussant son capuchon. Ses cheveux, d'un brun chaud, bouclaient en tous sens et venaient caresser son menton. Une barbe de plusieurs semaines lui mangeait la moitié du visage, accentuant les angles de ses hautes pommettes. Au milieu de tout ce brun, ses yeux, d'un vert magnifique, brillaient d'une intensité sauvage.

— Lui-même.

Sa voix était ferme, dépourvue d'émotions. D'une musculature parfaite, tout son corps exhalait une force brute, presque animale, que seul un esprit acéré parvenait à contenir.

Le prisonnier esquissa un rictus méprisant.

— Comment m'avez-vous retrouvé ?

— Vous vous êtes fait une réputation auprès des prostituées de Fuithay, Rick. Elles ne tarissent pas d'éloges sur le balafré qui les paie à prix d'or.

Irrité par cette remarque qui sous-entendait clairement son manque de jugeote, Rick prit un air malicieux.

— Alors comme ça, le cher frère du Roi Calixte a disparu depuis des mois pour gouter à toutes les putains du Continent.

— Non, je n'en ai touché aucune. Voyez-vous, on peut leur donner de l'argent contre autre chose que des faveurs sexuelles. Comme des renseignements, par exemple.

Le balafré rougit furieusement.

— Amara, cette espèce de trainée ! Je savais que j'aurais dû me méfier d'elle… Cette putain aime trop l'argent. Je vais la tuer.

— Cela m'étonnerait. Vous ne sortirez jamais vivant d'ici.

Sur cette annonce édictée d'une voix sans appel, Declan se pencha au-dessus de Rick, le visage comme taillé dans de la glace.

— Qui vous a payé pour attenter à la vie d'Essylt de Rodorchna durant son séjour en Xoramif, le neuf septembre 684 ?

Le malfrat détourna la tête. Après plus d'un an et demi, il avait été pris d'une manière qui le vexait grandement. Il n'était autre que le treizième assaillant du guet-apens de Xoramif, celui qui s'était enfui. Rick avait été blessé au visage durant l'attaque dans les rues de la ville édifiée dans le château. Couard, il avait délaissé son uniforme noir pour se fondre dans la foule. Un premier paiement ayant déjà été réalisé, il avait poursuivi sa vie exactement comme il la rêvait : en buvant comme un trou et en achetant la compagnie des femmes. Seulement, son arrogance avait fini par lui jouer des tours.

Imbu de lui-même jusqu'au bout, il cracha aux pieds de Declan et redressa fièrement la tête, le défiant d'un regard malveillant.

— Vous croyez vraiment que je vais vous le dire ?

Pour toute réponse, Declan abattit son poing sur sa tempe, faisant résonner dans la pièce un bruit d'os brisé.

Declan sortit de la maison en essuyant ses mains pleines de sang. Le soleil effleurait l'horizon, caressant la vallée verdoyante. Il jeta un regard au cadavre derrière lui.

Des soldats viendront dans quelques heures.

Ses sacoches déjà pleines de provisions, il remonta en selle et s'en alla vers le sud.

Les informations fournies par Rick étaient minces et incohérentes. Il avait donné quelques noms, dont plusieurs avaient trait aux hommes avec lui ce jour-là. Étant morts et enterrés, ils n'intéressaient pas Declan. Il voulait connaître l'identité de la tête pensante, pas des bras.

Rick avait laissé sous-entendre que l'argent provenait de la Guanile. Il avait vaguement parlé d'un réseau de prostitution, sans entrer dans les détails. Au fil des coups, la quantité d'informations avait augmenté sans parvenir à faire avancer l'enquête.

Serrant les mâchoires de frustration, Declan talonna sa monture. Même s'il n'y avait aucun lien logique entre un réseau aussi honteux et Essylt, il devait de se rendre en Guanile pour en savoir plus. C'était l'un des rares Royaumes qu'il n'avait pas encore espionné.

Voilà plus de sept mois qu'il voyageait. Quoique ce n'était peut-être pas le terme exact, car il sous-entendait un certain degré d'intéressement, de découverte et de joie. Declan vagabondait d'un lieu à un autre, l'esprit bouillonnant d'idées et de suppositions, le corps toujours prêt pour une bonne bagarre. Il menait une investigation farouche et déterminée, pour laquelle il ne reculait devant rien. On lui avait appris à être un soldat, un espion et un tueur. Il faisait simplement ce qu'il savait faire de mieux, en tentant à chaque instant de ne pas penser à l'être merveilleux qui le poussait à enquêter.

En cherchant des réponses pour la protéger, il se perdait.

Comme s'il l'avait appelée, elle se dessina dans son esprit. La blondeur de ses cheveux, la grâce de ses gestes, la pureté de son sourire…

Dans un grognement, il la chassa. Pour contrer les vains élans de son cœur, il récapitula tous les éléments en sa possession.

Il s'était d'abord rendu en Xoramif, là où tout avait commencé. Il était passé de village en village pendant trois mois, se fondant dans la masse et glanant le moindre indice. Quelques fausses pistes l'avaient mené dans des impasses et même dans un guet-apens dont il s'était sorti de justesse. La cicatrice sur sa cuisse pouvait en attester.

Il était alors remonté dans le Nord. En Jirialc, l'ostentatoire de la fortune avait toujours dissimulé beaucoup de secrets et cette fois-ci n'avait pas fait exception à la règle. Persuadé d'avoir retrouvé la trace de l'argent ayant servi à payer les assaillants, il était remonté jusqu'en Teac.

Dans le Comté d'Anna.

Un doute immense l'avait assailli ce jour-là, assis sur son cheval à observer le manoir de l'aristocrate. Balloté par des bourrasques emplies de neige, il était resté figé. Un bref instant, il avait même aperçu la silhouette d'Anna au travers d'une fenêtre.

La surprise passée, il avait rapidement repris ses esprits. Cette piste semblait totalement invraisemblable. Pas seulement parce qu'Anna adorait Essylt et que Declan l'appréciait, mais également et surtout parce que la Comtesse était criblée de dettes. Comment aurait-elle pu payer si cher des mercenaires ? Sans compter que la Reine Essylt lui avait donné de l'argent le mois suivant l'attaque, et non avant. De plus, au moment des faits, Anna venait tout juste d'accoucher.

Le ventre noué par la crainte, Declan avait fini par mettre cette piste de côté, parce qu'elle était trop simple. La meilleure amie de la Reine voulait la tuer ? Il paraissait évident qu'Anna était une cible toute trouvée pour jouer les boucs émissaires. Toutefois, une part de lui était restée en alerte et il avait ordonné à trois de ses espions de toujours garder la Comtesse et son époux à l'œil.

Après cela, il avait erré plusieurs semaines entre la frontière de la Teac et de la Jirialc. C'est un soir, alors qu'il revenait d'un entretien tardif avec l'un de ses hommes, qu'il avait entendu parler d'une rixe dans un bar, causée par un balafré arrogant. Ayant toujours été d'une nature très intuitive, il avait récolté bon nombre de renseignements sur l'individu. Autant d'argent d'un coup et cette cicatrice étaient de bons indicateurs. C'était enfin cette prostituée à Fuithay, Amara, qui lui avait révélé son implication dans l'attaque d'Essylt : l'homme s'en était vanté devant elle après l'avoir prise. Dès lors, il avait engagé une traque sans merci qui s'était achevée il y a quelques heures, dans un bain de sang.

Declan n'avait ni regret ni pitié.

Dix jours plus tard, allongé dans un lit miteux au dernier étage d'une auberge branlante en Guanile, Declan détaillait le plafond, mélancolique. Les bras passés derrière la tête comme à son habitude, il laissait des pensées moroses l'assaillir.

L'homme brillant, drôle et charismatique s'était renfermé sur lui-même. Une aura ombrageuse l'entourait, tenant les gens à distance. Cela l'arrangeait pour se fondre dans le décor, mais également pour n'avoir aucune nouvelle du reste du monde.

Surtout pas d'Essylt.

Il vivait en autarcie, reclus, désintéressé. Il s'était créé une raison pour la rendre à son frère : trouver l'homme qui voulait sa mort. Il devait remplir sa mission, peu importe le temps que cela prenait, peu importe que son cœur soit à l'agonie. Il faisait ce qui était juste. Pour lui. Pour elle. Pour Calixte.

Ils doivent être au lit en ce moment même...

L'imaginer dans ses bras, nue et offerte, souriante et tremblante, fit parcourir des spasmes de douleur dans tout son corps. Il tenta de se calmer, chassant de son esprit toute vision d'Essylt.

Par amour, je suis parti. Par amour, je ne reviendrai pas.

C'était son mantra, jour après jour. Il aimait trop son frère pour poursuivre cette odieuse trahison, pour entretenir un peu plus cette relation passionnée et adultère qui avait embrasé son âme. Il aimait trop Essylt pour risquer sa vie avec leur liaison, pour faire imploser son mariage, pour mettre en péril son règne.

Il l'aimait tant qu'il allait consacrer sa vie à la protéger, sans jamais la revoir.

Il se redressa. Il avait faim. L'heure du diner était passée depuis longtemps, mais il devait lui rester quelques denrées dans un sac. Alors qu'il se dirigeait vers la commode, un grincement dans le couloir le statufia. Des pas s'approchèrent, puis quelqu'un toqua.

En deux enjambées, il fut près de la porte, à moitié accroupi, le poignard à la main. Prêt à maîtriser l'individu, il tressaillit au son d'une voix connue.

— Declan ?

Choqué, il se redressa. Son esprit mit moins d'une minute à reconnaître son visiteur nocturne. Il ouvrit sans pour autant rengainer.

Sans un bruit, Ailbhis pénétra dans la chambre exigüe. Le Chef des armées de Guanile n'avait pas changé. Son visage avenant et légèrement ridé accueillait deux grands yeux gris d'une intelligence affûtée.

Il jaugea Declan avec amusement, particulièrement son arme, avant de se poster près de la fenêtre.

— Je me doutais que vous n'aviez pas vraiment démissionné.

C'était un préambule douteux. En soupirant d'avance de l'entretien qui allait suivre, Declan rengaina son poignard.

— Et pourtant, c'est le cas. Je ne suis plus Chef des armées de Bofursyle.

Le dire à haute voix lui brûla la gorge.

— Mais vous travaillez toujours pour le compte de votre frère le Roi. Sinon comment expliquer votre présence ici, sous un nom d'emprunt ?

Declan acquiesça brièvement. Entendre parler de Calixte lui était douloureux.

— Évidemment, je trouvais inconcevable que vous soyez parti. Vous êtes un homme d'honneur.

Un homme d'honneur… Je n'en suis plus si sûr.

Ailbhis s'avança, imposant de prestance et légèrement menaçant. Declan esquissa un sourire, évènement rare ces derniers mois.

— Donc, soit vous êtes ici pour espionner la Guanile, ce que je ne peux tolérer, soit vous êtes à la recherche d'informations sur l'assassin de votre Reine.

Le corps de Declan se glaça. Son esprit s'arrêta, butant sur les dernières paroles. Il sentit ses jambes céder sous lui et s'appuya contre la commode.

— La Reine Essylt est… morte ?

— Non, s'exclama le Chef avec étonnement. Si c'était le cas, vous seriez l'un des premiers au courant.

Il poussa un soupir de soulagement incroyable. Elle allait bien. Elle vivait.

C'était tout ce qui importait.

Décidé à revenir à des discussions plus militaires afin d'éloigner ses pensées d'Essylt, il s'attaqua au vif du sujet.

— Avez-vous des renseignements intéressants ? Particulièrement sur le réseau d'un certain Hilrri ?

Ailbhis fronça les sourcils, visiblement surpris que ce nom fût évoqué.

— Le réseau de prostitution ? Rien qui n'ait de rapport avec les attaques essuyées par votre Reine, que ce soient les précédentes ou celle de la semaine dernière.

— La semaine dernière ? s'étrangla-t-il.

Cette fois-ci, le Chef de Guanile recula d'un pas, comme pour l'observer plus attentivement. Il avait l'impression de ne pas reconnaître l'homme en face de lui.

— Vous avez tant vécu coupé du monde que cela ?

Tremblant, Declan opina. Synthétique et efficace, Ailbhis lui narra l'attaque survenue quelques jours plus tôt, à laquelle la Reine de Bofursyle di Rodorchna avait échappé sans la moindre blessure. Il se mit à faire les cent pas, furieux et effrayé.

Je n'étais pas là pour la protéger.

Soudain, tout s'effondra. Ses certitudes, ses promesses.

Ai-je fait le bon choix ?

Il ne pouvait en être autrement. Pas alors qu'il avait tout sacrifié. Pas alors qu'il remuait ciel et terre depuis des mois pour trouver qui voulait la voir périr. Il avait été convaincu qu'elle serait en sureté, que son nouveau titre de Reine la protègerait, sans parler de Calixte qui devait lui interdire de quitter le château. Et pourtant…

Pourtant, l'homme qui voulait sa mort ne semblait reculer devant rien pour l'obtenir.

— Declan ?

Il n'avait même pas remarqué qu'il s'était assis et avait baissé sa garde. Heureusement pour lui, Ailbhis n'était pas un ennemi. Quand il s'agissait d'elle, le reste du monde n'existait plus. Il était totalement déphasé, rongé par un mélange de culpabilité et de peur qui s'avérait corrosif.

Que faire maintenant ?

— Merci pour ces renseignements. Pouvez-vous mener votre enquête sur le réseau ?

— Bien sûr, je mets des hommes sur le coup immédiatement. Mes souverains ont été très clairs à ce sujet : coopération totale. Vous servez une Reine tout aussi appréciée que crainte, Declan.

Il se retint de lui faire remarquer que le moindre refus de coopération pourrait paraître suspect et qu'aucun Royaume du Continent n'avait intérêt à se mettre la Bofursyle di Rodorchna à dos.

Il opina vaguement, déjà plongé dans ses pensées. Ailbhis partit, non sans l'observer une dernière fois, persuadé qu'il avait perdu la raison.

Entravé par un brouillard épais, Declan perdit toute notion de lieu et de temps. Il se renferma sur lui-même, menant le plus dur des combats : lutter contre cet amour incroyable. La bataille qui faisait rage dans sa chair l'anéantissait. Pourtant, pour rien au monde il n'aurait voulu vivre en paix.

Manger. Dormir. Chevaucher. Brouillard.

Souffrance. Regrets. Peur. Culpabilité.

Espoir.

Le pire de tous. Parce que l'amour s'en nourrit, s'en imprègne, en demande toujours plus. L'amour supplie pour des *encore*, des *peut-être*, des *et si…* Tout cela dans un déluge de rêves merveilleux qui, une fois évaporés, laisse le cœur en cendres.

Manger. Dormir. Chevaucher. Brouillard.

Souffrance. Regrets. Peur. Culpabilité.

Survivre. Parce qu'il le fallait.

Par amour, je suis parti. Par amour…

C'est seulement en apercevant la silhouette du château où il avait grandi qu'il cessa de se bercer d'illusions. Malgré son mantra et toute la volonté du monde, il était rentré chez lui.

Comment faire autrement ? Il devait être sûr. Sûr qu'elle allait bien. Sûr qu'elle n'avait pas besoin de lui. Sûr qu'elle était heureuse.

Une dernière fois. Je veux juste la revoir une dernière fois.

Il ne savait pas s'il essayait de se convaincre lui-même. Serait-il assez fort pour s'en aller de nouveau ? Il le faudrait. Pour son frère. Même s'il se vouait à une vie d'agonie. Il avait perdu un fragment de son cœur à chaque pas qui l'avait éloigné d'elle. Pourtant, il repartirait.

Oui, il repartirait.

Il talonna sa monture. En traversant le village précédent le château, il huma l'air. Le mois de juin venait de pointer le bout chaud de son nez, apportant des odeurs de fleurs, de fruits et d'été. Rien de comparable à la Rodorchna, pourtant il régnait une allégresse agréable. Il s'imprégna des lieux, sentant ses muscles se détendre.

Arrivé aux grilles du château, un soldat lui barra la route.

— Monsieur, veuillez décliner votre identité et la raison de votre venue.

Amusé, il leva un sourcil inquisiteur. Apparemment, quelques mois suffisaient à ses soldats pour l'oublier. Enfin, il avait conscience qu'avec ses cheveux longs et sa barbe, il était loin de l'allure fringante du Prince et Chef qu'il avait été.

— Declan de Bofursyle. Je suis venu voir mon frère.

Le garde pâlit. Il le détailla avec de grands yeux apeurés et admiratifs, avant de plonger dans une profonde révérence.

— Votre Altesse, toutes mes excuses, je ne vous avais point reconnu.

— Ce n'est rien.

Le garde lui ouvrit et le suivit jusqu'aux écuries. Il fit un signe pressé à un palefrenier pour qu'il s'occupe de sa monture. Quand il posa pied-à-terre, tous deux s'inclinèrent avec déférence.

— Rompez. Soldat, retourne à ton poste.

Il opina vivement et partit en courant. Declan retint un soupir. Le protocole ne lui avait pas manqué.

Il se dirigea vers la Salle du Trône, qu'il trouva vide. On lui indiqua que les monarques recevaient dans le grand salon. Il s'engagea dans ces couloirs qu'il connaissait si bien. À chaque pas, son sang battait trop vite, vrillant ses tempes.

Devant les deux grandes portes, les soldats le reconnurent après un bref instant d'étonnement. Ils s'inclinèrent bien bas, un sourire aux lèvres, puis l'un d'eux lui ouvrit.

— Vos Majestés, le Prince Declan.

La pièce était baignée de soleil, si bien qu'il fut ébloui. Il distingua brièvement des silhouettes en robe et en pantalon, à manger et discuter, avant de l'apercevoir.

Assise dos à lui, elle pivota lentement sur sa chaise, bloquant sa respiration dans ses poumons. Elle était là.

Essylt.

En quelques secondes, tout le frappa de plein fouet. Ses longs cheveux blonds détachés et ondulants. Ses mains aux doigts si fins. Ses lèvres ourlées et princières. Son nez légèrement froncé. Ses immenses yeux bleus comme le ciel le plus pur.

Son ventre rond.

II

« Certaines cages sont faites d'or. » Lothair Greshee, poète tecien du IIème siècle.

— Votre Majesté ? L'ambassadeur de Xoramif vous attend dans le salon Ouest comme convenu.

La voix de Cleena résonna dans les appartements royaux. Seul le silence lui répondit. Inquiète, la gouvernante poussa légèrement la porte de la chambre.

— Votre Majesté ?

Dans l'entrebâillement, elle aperçut un pied et du tissu par terre. Une angoisse sourde monta en elle, la faisant bondir à l'intérieur.

— Votre Majesté !

La Reine Essylt était allongée sur le sol, recroquevillée sur elle-même. Cleena se précipita vers elle, découvrant un visage pâle et baigné de larmes.

— Votre Majesté ? chuchota-t-elle, choquée par tant de souffrance.

Essylt ne réagit pas. Elle ne le voulait pas, ne le pouvait pas.

Tout s'était effondré. Absolument tout.

Declan est parti. Declan est parti.

Son esprit n'arrivait pas à penser, bloqué sur cette certitude abominable qui ravageait tout en elle. Elle ne sentait plus son corps, elle ne sentait plus son cœur.

Elle aurait voulu avoir la force de se battre, de se lever d'un bond et de courir à sa poursuite. Elle aurait voulu être courageuse et capable d'exiger ce qu'elle désirait. Elle aurait voulu pouvoir le retenir.

Mais elle savait. Elle le connaissait si bien. C'était un au revoir réfléchi, assuré, qu'elle ne pourrait contrer. Aucun mot ne le ferait revenir. Il avait décidé que c'était mieux ainsi.

Il la quittait.

Elle ferma les yeux pour effacer la réalité. Elle perçut vaguement des bras qui la portaient pour la mettre au lit. Terrifiée, elle serra fort le poing autour de la fleur, qui les liait de bien des manières.

Cette violette est tout ce qu'il me reste de lui.

Des mains la déshabillèrent avec douceur. Des mains qui la connaissaient sans se douter de tous ses secrets. Sans savoir que sa vie reposait sur un mensonge.

Elle se laissa bercer par leur gentillesse et un maelström de pensées incohérentes. Elle songea aux fleurs, au printemps, au soleil et à la mort. Déroutant comme lien, pourtant, elle se sentait mourir, auréolée de rêves lumineux.

À travers son brouillard lui parvint la voix de Cleena.

— Je crois que c'est dû à une grosse fatigue. Elle est très faible. Elle a un peu de fièvre et cela lui a même provoqué ses menstrues. Elle dort à présent, Votre Majesté.

— Bien, merci Cleena. Tu peux disposer.

Des pas s'approchèrent de son lit, elle ne bougea pas. Une main enserra tendrement la sienne et des lèvres embrassèrent son front.

Calixte.

Elle voulait hurler de douleur. Son mari. Son mari qu'elle appréciait, qu'elle estimait, qu'elle respectait, mais qu'elle n'aimait point. Son mari qui était prêt à tout pour elle, sans savoir la vérité. Son mari à cause de qui Declan était parti.

Qu'elle le haïssait à cet instant ! Il était la cause de toute cette souffrance, la raison pour laquelle l'amour de sa vie l'avait quittée. Pourquoi ne pouvait-il pas la laisser partir ou simplement disparaître ?

Elle se savait injuste, mais c'était plus fort qu'elle. Calixte n'y était pour rien. Il était la victime, pas le bourreau. Pourtant, elle ne pouvait s'empêcher de le blâmer. Parce qu'elle allait devoir vivre sans Declan. Parce qu'elle avait conscience d'avoir été en partie forcée de l'épouser. Parce que sa destinée était d'être une Reine au cœur déchiré.

Alors, elle fit semblant de dormir tandis qu'il restait à son chevet, tremblant d'inquiétude et d'amour.

Deux jours plus tard, la Reine quitta le lit, le visage reposé et le regard lointain. Tout le château avait retenu son souffle, angoissé pour sa souveraine. Mais elle était là à présent, toute disposée à reprendre ses responsabilités après cette légère fatigue.

Essylt s'engagea à corps perdu dans la politique, devenant la souveraine de deux royaumes. Chaque journée était ponctuée de réunions, de débats, de contrats. Elle menait tout d'une main de maître, du matin au soir. Elle ordonnait et tous obéissaient.

Sa couronne n'était plus un fardeau, mais une bénédiction. L'endosser équivalait à oublier. Oublier ce vide immense en elle, ce vide dans lequel elle sombrait si elle n'était pas occupée.

La femme laissait la place à la Reine pour survivre.

Calixte ne cessait de la supplier de ralentir. Elle avait été si fatiguée, il ne voulait pas qu'elle tombe malade. Mais elle refusait, prétextant toujours une affaire urgente. Son mari s'inquiétait, même la nuit quand il lui faisait l'amour. Elle était là, de chair et de sang, pourtant son esprit semblait toujours accaparé par mille pensées bien loin de celles, énamourées et passionnées, qu'il entretenait.

Les semaines défilèrent. Les feuilles orangées laissèrent place à un lourd manteau de neige. Le matin où elle recouvrit le château, Essylt la détailla de longues minutes, emmitouflée dans un épais peignoir. Elle se sentait nauséeuse. Sortir du lit était de plus en plus difficile, maintenant que le jour se levait tard et que le froid mordait sa peau.

— Votre Majesté ?

Sur le pas de la porte, Cleena et Léan patientaient.

— Oui ?

— Le Roi a fait déposer un bouquet de roses dans le salon et monter votre petit déjeuner, avec vos brioches préférées, annonça Léan. Il vous attend à dix heures dans la salle de réunion pour finir les préparatifs du Nouvel An avec l'intendant.

— Bien, merci Léan.

La caméριste s'avança vers la commode quand Cleena la retint.

— Laisse-nous un instant.

Léan acquiesça et sortit avec une révérence. Cleena rejoignit Essylt devant la fenêtre, s'abandonnant elle aussi dans la contemplation du paysage.

— La neige est bien tardive. Le mois de décembre commence tout juste.

Essylt opina vaguement. Cette neige odieuse marquait son troisième hiver ici, ainsi que l'absence glacée de Declan.

— Ma Reine, avez-vous remarqué un changement ?

— Un changement ? Quel changement ?

— En vous.

Sa respiration se bloqua dans sa gorge.

Cleena avait-elle remarqué sa peine, son détachement, sa déperdition ? Savait-elle pour Declan ?

Terrifiée, elle ne comprit pas quand sa gouvernante lui prit tendrement la main, avec son affection toute maternelle.

— Vous avez du mal à vous lever, vous êtes plus fatiguée que d'habitude, et surtout, vous êtes souvent malade au réveil.

— Oui, enfin cela m'arrive, mais je ne vois pas…

— Vos menstrues ont deux semaines de retard, ma Reine.

Essylt cligna des yeux plusieurs fois en contemplant sa gouvernante. Ses paroles se frayaient un chemin dans son esprit.

— Vous portez un enfant, Majesté.

Hébétée, Essylt fit plusieurs pas en arrière. Son regard se baissa sur son ventre plat. Lentement, elle approcha ses mains tremblantes pour l'effleurer. Elle caressa le tissu soyeux, ressentant les perles au creux de sa paume, qui firent parcourir un frisson d'une intensité incroyable sur sa peau.

Un enfant.

Un sanglot s'échappa de ses lèvres.

Un bébé.

En elle. Dans sa chair, dans son ventre. Une vie naissait.

Mon enfant. Mon bébé.

— Oh…

Des larmes débordèrent de ses yeux, que Cleena s'empressa d'essuyer.

— Ne pleurez pas, ma Reine, c'est merveilleux…

Mais Essylt ne pouvait contenir ses larmes. Elle était heureuse, à un point inimaginable, même si elle n'en avait pas encore conscience. Sa joie de femme était engloutie par son cœur brisé, dont les éclats ricochaient un peu plus sur le sol.

Pendant plusieurs jours, la Reine fut totalement absente. Elle répondait, réagissait et dirigeait, pourtant son esprit était ailleurs. À chaque fois qu'elle était en public, elle devait empêcher ses mains de se poser sur son ventre.

Un enfant. Mon enfant.

Elle ne parvenait pas à réaliser. Elle allait être mère. Elle allait avoir un bébé. Un être qu'elle allait chérir, élever et protéger. Malgré la panique sourde qui la tétanisait, elle éprouvait pour cette nouvelle vie un amour déjà si grand qu'elle peinait à respirer.

Les semaines passèrent sans qu'elle ne le dise à personne. Seule Cleena était au courant et elle s'employait à prendre soin d'elle chaque matin quand elle vomissait. La gouvernante savait cependant que sa Reine ne pourrait plus le cacher très longtemps.

— Vous devez le dire au Roi, Majesté. Avant qu'il ne le découvre.

— Mais si…

Angoissée, Essylt cacha son ventre derrière ses mains. Patiente, Cleena lui caressa doucement les cheveux pour la détendre.

— L'enfant est là, Majesté, depuis un mois et demi au moins. C'est tôt, je sais, mais je suis sûre que le Roi voudra l'apprendre de votre bouche et non de rumeurs.

— Je sais mais… s'il n'était pas heureux ?

— Pas heureux de devenir père ? Un homme qui aime sa femme comme il vous aime et qui de surcroit est Roi ? J'en doute fort, Votre Majesté. Il sera comblé.

— Dans ce cas… Je lui dirai ce soir.

— Ce sera une occasion parfaite.

La souveraine passa sa journée en réunion et à répondre à ses nombreuses missives, voulant finir de les écrire avant la nouvelle année. Le bal du Nouvel An était une fête très appréciée en Bofursyle, où se réunir dans une salle chaleureuse pour boire un bon verre présageait une belle nouvelle année.

Essylt passa du temps à se préparer, revêtant une lourde robe de soie bleue et blanche. Léan et Adelyn s'appliquèrent à relever ses cheveux sur sa tête, ne laissant échapper que deux boucles blondes volages.

— Cathan et Jarlath vous attendent, Majesté.

— J'arrive dans un instant.

Comprenant l'ordre tacite, les caméristes se retirèrent.

Dans le miroir, Essylt ne se reconnaissait plus. Plus vraiment. Une grande part d'elle lui avait été arrachée quand Declan était parti et une autre part d'elle s'éveillait tandis qu'elle créait une vie. C'était beaucoup pour une seule femme, qui en plus de cela portait sur ses épaules le poids de deux royaumes.

Elle focalisa son attention sur son ventre et le couvrit de ses mains. Ce soir, elle regardait ce geste d'un œil différent. À sa main gauche, sa bague de fiançailles et celle de mariage, reliée au bracelet de saphir, brillaient. Ces bagues qui avaient fait d'elle une épouse, une Reine et une femme meurtrie. Ces bagues qui l'emprisonnaient, tout en la rattachant à cet être qui naissait dans sa chair.

Son regard dévia sur sa main droite. À son poignet, le T en argent s'agitait au rythme de sa respiration. Ses lèvres s'étirèrent en un sourire triste au souvenir de l'être merveilleux à qui le bijou avait appartenu.

Tu ne connaitras jamais mon enfant, Ty, mais il saura qui tu es.

Elle embrassa le pendentif puis se leva, décidée.

Ses commandants s'inclinèrent bien bas, puis l'escortèrent jusqu'à la salle de bal comme à l'accoutumée, en la complimentant et en la faisant rire.

À peine arrivée, elle fut engloutie par la foule. Tous les invités voulaient la saluer, la contempler et lui demander une faveur. Elle se prêta à ce jeu pénible, souriante.

— Ma Reine, l'interpela soudain une voix bien connue.

Elle se retourna et découvrit Bartley, Delyth à son bras. Les jeunes époux étaient rayonnants. L'ancien noble rodorchnien semblait s'être accoutumé à sa nouvelle vie.

— Mon cher Vicomte, quel plaisir de vous voir ! s'exclama-t-elle sincèrement. Vicomtesse, vous êtes sublime, le mariage vous va à ravir. Veuillez m'excuser de ne pas vous avoir rendu visite chez vous, mais j'avais tant à faire ici…

C'était Calixte qui lui avait interdit de quitter l'enceinte du château, mais il était inutile de le préciser. Surtout que leurs excellences s'en doutaient parfaitement.

— Plaisir partagé, Votre Majesté. Vous illuminez la pièce, comme toujours.

— Il est vrai que nous avons la plus belle Reine du Continent, l'approuva Delyth.

Les Bofursyliens étaient tombés sous le charme de leur nouvelle Reine et ne tarissaient pas d'éloges sur elle. Essylt était plus qu'aimée, elle était adulée, vénérée. Son nom était sur toutes les lèvres et le peuple se plaisait à dire qu'elle serait la plus grande souveraine du siècle.

— Je vous remercie, Vicomtesse. Venez avec moi, vous avez tant à me raconter !

Elle prit la noble par le bras et la mena vers Lauryn, Luíseach et Saraid, qui discutaient gaiement près d'une grande table. Les deux dernières avaient décidé de demeurer encore quelques mois auprès de leur souveraine, avant de rentrer en Rodorchna pour remplir leurs fonctions de conseillères royales.

L'heure du repas arriva bien vite, puis il fut temps de danser. Essylt fut immédiatement accaparée. Elle n'était plus une femme à marier, pourtant les hommes aimaient l'avoir à leur bras, ne serait-ce qu'un instant. Bien sûr, tous étaient d'une politesse irréprochable, surtout sous l'attention vigilante du Roi, qui couvait son épouse comme le précieux trésor qu'elle était.

Un peu déboussolée, Essylt sursauta quand une main caressa son dos.

— Enfin, je t'ai pour moi, souffla Calixte à son oreille.

Pour ne pas le regarder, elle s'appuya contre lui. Il se redressa, offrant son torse pour la soutenir. Elle posa sa tête sur son épaule. Ainsi enlacés, ils observèrent la salle. Leurs invités quittaient peu à peu les lieux, ivres, épuisés ou les deux.

— Nos nobles sont passés dans le salon bleu pour finir la soirée. Je ne sais pas si tu souhaites les rejoindre…

Après l'incident survenu avec Lysander lors de son premier Nouvel An ici — lorsqu'il avait précipité Essylt dans le feu de la cheminée —, Calixte était toujours énervé à l'idée qu'elle soit en sa compagnie dans un contexte festif.

Prenant son courage à deux mains, elle lui fit face.

— Je préfèrerais que nous passions un moment seuls tous les deux.

Étonné et ravi, le Roi baisa sa main avant de leur faire quitter la pièce. Les invités restants s'inclinèrent en une profonde révérence, puis les admirèrent partir. Le couple royal était de toute beauté.

Essylt les emmena dans leurs appartements, où ils étaient sûrs de ne pas être dérangés. Un grand salon reliait les appartements du Roi à ceux de la Reine. Le premier avait une immense chambre et une salle de bain attenante. Le bureau du monarque était juste à côté, relié au bureau de son secrétaire personnel puis à un poste de gardes, ce qui donnait une longue file pour accéder à la pièce où Calixte passait le plus clair de son temps. De l'autre côté, le salon menait à un couloir privé, qui donnait sur le bureau d'Essylt, sa chambre, sa salle de bain, la chambre de ses commandants, celle de ses servantes ainsi que leur pièce de couture et quelques autres pièces où elles rangeaient toutes les affaires royales. À eux deux, les souverains occupaient presque l'intégralité du quatrième étage de la partie Ouest.

Le salon avait vue sur les jardins intérieurs. Essylt s'en approcha tout en retirant ses lourdes boucles d'oreilles, qu'elle déposa sur une commode sans plus s'en soucier.

Calixte ne bougea pas, admiratif. Elle retira les pinces de ses cheveux, les laissant cascader dans son dos. Le bruissement de sa robe sur le sol de pierre était accompagné du crépitement du feu, toujours parfaitement entretenu, quelle que soit l'heure.

Elle fit soudain volte-face. Ses yeux clairs renvoyaient les éclats rougeoyants.

— Calixte, je suis enceinte.

Voilà, elle l'avait dit. Pour la première fois, elle avait mis des mots sur ce qui lui arrivait, sur ce tournant incroyable de son existence.

Le Roi de Bofursyle di Rodorchna fit quelques pas maladroits avant de tomber à genoux devant sa femme. Ahuri, émerveillé, il posa délicatement ses mains sur son ventre, exactement comme elle le faisait depuis un mois.

Il leva ses yeux noisette humides vers elle, pour s'assurer que tout cela était réel. Elle acquiesça. Une larme traîtresse dévala sa joue.

Ce n'était pas à lui qu'elle avait rêvé d'annoncer cela.

— Je vais être père ?

— Oui.

Il n'arrivait pas à croire à sa chance. Bouleversé, il posa son front contre elle, saluant tendrement leur enfant.

— Ma mère a mis tant d'années… Je ne pensais pas… Pas si tôt… Tu es merveilleuse.

Il embrassa son ventre. Ce geste, d'une beauté intemporelle, lui fit autant de bien que de mal.

Il bondit sur ses pieds, empli d'une énergie folle. Il l'enlaça vivement et l'embrassa à pleine bouche. Elle lui rendit son baiser, touchée par sa joie. Comme Cleena l'avait prédit, il était comblé.

Soudain, il la prit dans ses bras et se dirigea vers sa chambre. Il l'assit au bord de son lit et entreprit de lui retirer sa robe.

— Que fais-tu ?

— Je mets ma sublime femme au lit. Tu as besoin de te reposer. Il faut garder tes forces pour l'enfant. Tu as intérêt à ralentir le rythme, sinon je te fais enfermer dans cette chambre.

Elle aurait voulu protester, piquée au vif. Il était parfaitement capable de le faire. Ce rappel de cet ascendant qu'il avait sur elle l'horripila. Elle ferma les yeux pour se calmer.

Il lui retira toutes les couches de robes et l'aida à se glisser sous les draps. Là, il s'agenouilla à son chevet et lui caressa les cheveux.

— J'ai tellement hâte de rencontrer notre enfant, de le tenir dans mes bras. Je n'ai jamais été aussi heureux qu'à cet instant ! Merci.

Il embrassa son front, puis se leva pour la laisser dormir. En partant d'un pas sautillant, presque enfantin, il se retourna, désireux de partager son débordement d'émotions et de pensées.

— Il va falloir lui préparer une chambre. Et l'annoncer petit à petit. À mes parents, d'abord. Je vais leur demander de venir ici. J'aurais voulu le dire à Declan aussi, dommage qu'il ne soit pas là. Et il faut que nous lui trouvions un prénom ! Tu as des préférences…

— Calixte.

— Oh, excuse-moi ma douce, je m'égare. Nous avons le temps de penser à tout cela. Je te laisse dormir, fais de beaux rêves.

Il s'empressa de refermer derrière lui, le sourire aux lèvres. Une fois dans le salon, il bondit partout, extatique.

Comment aurait-il pu se douter qu'à quelques mètres de lui, sa femme pleurait toutes les larmes de son corps ? Prostrée, Essylt avait du mal à reprendre son souffle. Concentrée sur son ventre, plus rien n'avait de sens.

Elle allait être mère, pourtant elle n'arrivait pas à en être heureuse.

Parce que tu n'es pas là.

— Si je vous ai réunis ce matin de manière aussi formelle, c'est que j'ai une annonce à vous faire.

Debout dans son salon, Essylt ne tenait pas en place. Assises sur le canapé, Adelyn, Léan, Janae et Bethania se tordaient les mains d'anxiété ou replaçaient compulsivement leurs cheveux. À l'opposé, Cathan, Jarlath, Paddy et Caem, au garde-à-vous, se secouaient de temps à autre pour évacuer leur trop-plein d'énergie.

Essylt reprit lentement sa respiration. En face d'elle, Cleena lui sourit.

— J'attends un enfant. Je suis enceinte de plus d'un mois maintenant et garder le secret devient de plus en plus difficile. Je voulais partager cette grande nouvelle avec vous.

— J'en étais sûre ! s'écria Léan en bondissant du canapé la première.

Sans aucune formalité, elle fonça enlacer sa souveraine. Pleurant de joie, les trois autres la suivirent. Elles formèrent un cocon larmoyant et heureux pendant de longues minutes, puis les caméristes se reculèrent.

— Laissez souffler la Reine, les gronda gentiment Cleena, telle une mère avec ses filles.

À peine sortie de cette étreinte, Essylt fit face à ses commandants. Jarlath avait les yeux rouges, ce qu'il n'essayait nullement de dissimuler. Cathan affichait un sourire éblouissant, presque trop grand pour son visage. Ne tenant plus, elle crocheta leur nuque pour les enlacer en même temps. Elle se sentait si petite entre eux, pourtant c'était l'un des rares endroits au monde où elle se sentait la plus forte.

— Je suis si heureux pour toi, souffla Jarlath dans ses cheveux.

— Dire que tu vas être maman, rit Cathan en lui pinçant la joue. Aucune crédibilité.

— Je suis Reine ! Je vais parfaitement réussir à me faire écouter d'un enfant.

— C'est ce qu'on verra. Je compte lui apprendre les pires bêtises.

— Je n'en attendais pas moins de toi.

Ils se reculèrent, non sans embrasser son front chacun leur tour.

Caem, le fiancé de sa regrettée cousine Ty, vint lui baiser la main.

— Ma Reine, c'est une merveilleuse nouvelle. Toutes mes félicitations.

— Merci, Caem.

Ils n'avaient pas besoin de plus de mots. Tous deux pensaient à Ty à cet instant, à la joie qu'elle aurait ressentie. Bien sûr, elle aurait été au courant plus tôt et elle n'aurait pu s'empêcher de crier et de danser. Elle aurait déjà cherché un prénom et planifié de lui apprendre à nager.

Oui, à sa manière, Ty était là, dans leur silence, dans leur sourire.

Caem se décala, pour laisser sa place à Paddy, le page royal. Formel, il plongea dans une profonde révérence.

— Ma Reine, je déborde de joie pour vous et également pour la Bofursyle di Rodorchna. Vous allez donner à nos royaumes un héritier avant une année de mariage. Vous êtes incroyable.

Tous les autres opinèrent. D'un même mouvement, ils posèrent tous genoux à terre, la main sur le cœur.

Émue, Essylt les pria de se relever.

Tandis que Cleena donnait ses instructions — que tous gardent précautionneusement le secret jusqu'à l'annonce officielle, qu'elle soit toujours accompagnée d'au moins une servante, que sa garde soit renforcée… — elle s'assit sur un canapé, les jambes faibles. Dagda monta aussitôt la rejoindre. La guéparde posa sa tête sur sa cuisse, caressant tendrement son ventre, le protégeant.

Les paroles de Paddy se répétaient en boucle dans son esprit. Oui, elle tenait son rôle d'épouse et de Reine en donnant la vie. Comme toujours, tout avait un lien avec la politique. Chacun de ses gestes, chacun de ses pas… Mais aujourd'hui, tout était démultiplié. Sans Declan, chaque rappel de la fatalité de son existence était un coup terrible.

L'insomnie est un ennemi silencieux. Il ne prévient jamais de sa venue et quand il est là, il met ses victimes à terre en peu de temps, sans qu'elles aient pu lutter.

Essylt ne parvenait pas à trouver le sommeil depuis plusieurs nuits. Chaque matin, elle se levait, malade et épuisée, pour réaliser d'innombrables tâches. Une fois le soleil couché, elle s'allongeait dans son lit sans réussir à s'endormir. Des dizaines de pensées l'assaillaient sans fin.

Declan allait-il revenir ?

Allait-elle être une bonne mère ?

Pourquoi l'avait-il quittée ?

Quelle vie allait-elle offrir à son enfant ?

Comment son cœur parvenait-il encore à battre ?

Chaque nuit, dans des accès de colère, elle frappait les oreillers de ses petits poings en le maudissant. Elle lui en voulait d'être parti, de lui avoir fait tant de mal. Elle lui en voulait de ne pas être auprès d'elle dans cette période où elle avait si cruellement besoin de lui. Elle lui en voulait tant qu'elle explosait, laissant libre cours à ses émotions qu'elle cachait jour après jour derrière sa couronne. Deux fois, ses pouvoirs lui échappèrent, brisant quelques objets sous le souffle déchainé du vent.

Puis, encore plus épuisée, elle retombait dans les draps moites et ses mains se précipitaient sur son ventre. Le bébé était toujours là, elle le savait. Elle le sentait. Chaque jour, sa présence était de plus en plus vive, de plus en plus forte. Il grandissait dans sa chair et c'était tellement beau et déstabilisant qu'elle ne parvenait pas vraiment à le croire.

Elle se retourna à nouveau. Cela faisait cinq nuits sans sommeil. Elle avait dormi un peu, bien sûr, mais seulement quelques heures, qui ne lui avaient apporté aucun repos. Elle se sentait seule, alors qu'elle était deux à présent.

Aujourd'hui, plusieurs conseillers et ambassadeurs avaient dû se répéter ou lui avaient demandé si elle allait bien. Sa fatigue se lisait sur son visage, ce qui rendait Calixte fou d'inquiétude. Il n'avait cessé de passer la voir ou de se pencher vers elle pendant des discours politiques, indifférent à ce qui se disait. Elle avait vainement tenté de le rassurer.

Non, elle n'allait pas bien. La Reine de Bofursyle di Rodorchna se mourait tandis que la vie naissait en elle.

Il est peut-être temps d'accepter qu'il ne reviendra pas.

Cette simple pensée lui noua les entrailles. Elle se recroquevilla comme pour parer les coups qu'elle se donnait.

Je vis dans le passé, mais je dois me concentrer sur le futur. Pour mon enfant.

Elle était là, la solution. Pour avancer encore, pour vivre sans lui. Elle devait s'accrocher à ce qu'elle avait de plus beau, de plus cher. Son bébé.

Il le faut.

Elle se mit debout, le corps lourd. Elle alla à la fenêtre pour en repousser les épais rideaux. La lune était déjà haute dans le ciel.

Tout cela était bien beau, mais elle ne parvenait pas à dormir pour autant. Elle avait trop mal, elle se sentait trop seule. Alors, elle fit une chose qu'elle n'avait jamais faite.

Elle enfila un peignoir de fourrure et sortit. Bethania se précipita vers elle, mais la souveraine lui fit signe que tout allait bien. Dans le salon, elle découvrit l'un des valets de Calixte, qui sursauta en la voyant.

— Votre Majesté, chuchota-t-il en s'inclinant bien bas.

— Puis-je voir le Roi ?

— Bien sûr, je vais le réveiller pour vous annoncer, Majesté.

Comme tous les domestiques du château, il avait l'art du silence, ce qu'il prouva en ouvrant la porte qui menait à la chambre royale. Une minute après, il ressortit et s'inclina pour la faire entrer.

Redressé dans son lit, ses cheveux châtains en bataille, les yeux exorbités, Calixte la détailla plusieurs fois de la tête au pied.

— Ma Reine, tu vas bien ? Est-ce le bébé ?

— Nous allons bien. Je vais bien, c'est juste… puis-je dormir avec toi ce soir ?

Le visage du Roi se détendit, affichant un bonheur qui foudroya Essylt. Il repoussa les draps pour lui faire de la place, disposa des coussins pour sa tête. Doucement, elle vint se blottir contre lui.

Il avait bien compris qu'elle n'était pas là pour faire l'amour. Ce n'était jamais elle qui en prenait l'initiative. Non, elle était là pour une raison plus tendre, plus intime encore. Elle voulait simplement être avec lui.

Il l'enlaça délicatement, comme si elle pouvait se briser. Dans chacun de ses gestes, elle percevait à quel point elle lui était précieuse. D'ordinaire, cela décuplait sa culpabilité, mais pas ce soir.

Non, ce soir elle avait bien trop besoin de lui. Elle ne parviendrait jamais à l'aimer comme elle aimait Declan, mais elle puisait du réconfort dans sa présence, et une forme timide de paix.

Elle s'endormit en quelques minutes, auréolée par sa chaleur, ignorant son cœur qui pleurait des larmes de sang.

III

« Ne sous-estimez jamais la colère d'une femme. » Roi Naomhán de Bofursyle, 638

— Vous devrez rembourser votre dette, Sir Floth.

— Mais, je…

— J'ai dit.

Le paysan s'inclina avec raideur, tandis que son opposant souriait. Ce dernier salua les monarques avec joie et quitta à son tour la Salle du Trône.

— Je suis tout à fait d'accord avec ta décision, chuchota Calixte à Essylt.

Les deux souverains avaient pris l'habitude, une fois par mois, de rendre justice ensemble. Le Roi adorait voir sa Reine en action. Elle était impartiale et d'une clémence peu commune.

— Merci.

Elle lui sourit tendrement. C'était un moment agréable pour eux deux. Loin des réunions interminables avec leurs conseillers ou des relations internationales, délibérer des soucis du peuple permettait de s'en rapprocher. Essylt aimait rencontrer les Bofursyliens et s'employait à les gouverner justement.

— As-tu faim ? Ou soif ?

Il coula un regard à son ventre. Il s'apercevait brièvement selon ses mouvements, mais pas encore assez pour que ses robes soient agrandies.

Le médecin royal avait estimé la conception à la mi-novembre environ. À maintenant quatre mois de grossesse, elle avait le ventre légèrement arrondi. Le médecin lui rendait visite chaque jour, pour l'ausculter et s'assurer de sa santé. Néanmoins, Essylt trouvait ces rendez-vous bien inutiles, car Calixte valait dix médecins à lui seul.

— Je prendrais bien du jus de fruits.

— Qu'on apporte un rafraichissement à la Reine, ordonna-t-il à une servante.

Celle-ci se précipita, les yeux brillants. Même s'ils ne l'avaient pas encore annoncé officiellement, les rumeurs allaient bon train dans le château. Tout le monde avait remarqué l'empressement encore plus marqué du Roi, le teint rayonnant de la Reine et les allées et venues bien fréquentes du médecin. Ce n'était plus qu'une question de jour avant qu'ils ne fassent une déclaration.

Les mois de janvier et de février étaient passés à une vitesse folle. Entre leurs obligations et le bonheur d'être bientôt parents, ils avaient été très occupés. Ils avaient toutefois conscience de s'être rapprochés. Même si la Reine gardait une distance émotionnelle, elle venait régulièrement dormir avec lui et le sollicitait pour des repas en tête à tête. Plus Calixte la découvrait, plus il l'aimait.

Ils avaient vécu quelques journées difficiles au début du mois de février. Les un an de la mort de Ty avait été un déchirement. Le temps passait avec une indifférence détestable. Parce qu'Essylt se souvenait d'elle comme si elle n'était jamais partie et que son absence ne faiblissait pas. Elle était restée deux jours dans sa chambre, sans voir personne à part ses servantes, ses commandants et Calixte. Celui-ci lui avait apporté des fleurs, du chocolat, des livres, des feuilles pour dessiner, des jouets pour ses guépards… Il avait inondé leurs appartements de présents pour la sortir un peu de sa torpeur. Il savait qu'aucun objet ne pourrait guérir sa peine, mais il voulait lui changer les idées.

Elle avait fini par reprendre le cours de sa vie, parce qu'il devait en être ainsi. Parce qu'elle n'avait pas le choix, ne l'avait jamais eu. Chaque année de plus sans Ty serait une épreuve et un non-sens. Cependant, il en allait ainsi. Elle ne pouvait la ramener, mais elle pouvait vivre avec son souvenir, s'en imprégner et le faire perdurer.

Toujours.

Le mois de mars avait fait disparaître la neige et apporté le chant gai des oiseaux. Les prémices du printemps avaient donné un regain d'énergie à la Reine, surtout qu'elle ne vomissait plus au lever.

— Es-tu fatiguée ? Cela fait déjà deux heures…

— Je vais très bien, je t'assure. Il ne reste…

— Vos Majestés ?

Un garde venait de s'approcher, visiblement nerveux. Il tordait ses mains dans une attitude peu protocolaire en les regardant à tour de rôle.

— Oui ?

— La Duchesse Euthalia demande une audience.

Calixte et Essylt froncèrent les sourcils en même temps. Son excellence était arrivée au château deux jours plus tôt, pour une visite de courtoisie, comme en avaient l'habitude tous les nobles. Si elle avait eu une demande à formuler, elle l'aurait fait plus tôt et surement pas en public.

— Faites-la entrer, ordonna le Roi.

Les grandes portes s'ouvrirent, laissant passer des gardes vêtus de bleu survoltés. La Duchesse avançait d'un pas pressé, les pans de sa robe voletant étrangement autour d'elle. Et pour cause, certaines parties du tissu étaient déchirées. Sa coiffure était défaite, la moitié de ses cheveux bruns retombaient sur une épaule, ébouriffés. Quant à son visage… il était tuméfié. Son œil droit était violacé et sa lèvre supérieure saignait.

— Mais qu'est-ce que…

— Vos Majestés, s'écria-t-elle avec emphase pour que tous l'entendent, courtisans, paysans et domestiques compris. Je me tiens ici devant vous pour vous faire part d'une infamie. Moi, Duchesse Euthalia de Bann, ai été violentée dans l'enceinte du palais.

Un cri scandalisé parcouru la foule. Aussitôt, Calixte se leva, s'interposant légèrement entre la salle et Essylt, tandis que Jarlath se rapprochait du Trône de cette dernière. Tous deux avaient eu la même pensée : elle était en danger.

— Il est inutile de protéger la Reine, car elle n'est nullement menacée. Au contraire, elle est pleinement concernée par ce qu'il m'est arrivé.

Tremblante, la Reine se mit debout. Voir Euthalia dans cet état lui faisait de la peine bien qu'elle ne l'apprécia guère. Elles n'avaient jamais été en très bons termes et l'étaient encore moins depuis qu'Essylt avait épousé Calixte, que la noble avait si ardemment convoité.

— Je ne comprends pas, excellence, expliquez-vous. Qui vous a fait cela ?

La Duchesse redressa les épaules, fière et arrogante malgré son allure. Le cœur d'Essylt manqua un battement.

— Votre commandant personnel, Cathan Claíomh, a essayé de me violer.

Un silence brutal s'abattit sur l'immense pièce. Tous retenaient leur souffle, peinant à comprendre et redoutant la réaction de la Reine.

— Qu'avez-vous dit ? murmura Essylt.

— J'ai dit que votre commandant a essayé d'abuser de moi ! En tant que dirigeante d'une de vos provinces, je demande son arrestation immédiate et la peine de mort.

Les derniers mots créèrent une onde de choc dans le corps d'Essylt, qui descendit les marches qui surélevaient les trônes.

— Vos propos sont grotesques, excellence. Mon commandant personnel n'est point ce genre d'homme et il est en ce moment même dans ses appartements.

— Il n'y était pas voilà quelques minutes, quand il a tenté d'abuser de moi.

— Alors que vous étiez si bien entourée ?

Le regard de la Duchesse se fit assassin. Au lieu de répondre à Essylt, elle se tourna vers l'assemblée.

— Parce qu'il est votre garde, il ne sera pas puni ? Elle est là, la justice de la Reine ? Les femmes peuvent être abusées si cela plait à vos gens ?

Toute l'attention se focalisa sur la souveraine, qui rougit de honte et de colère. Dans les regards, elle perçut un doute inacceptable qui lui retourna l'estomac.

— Je rends justice quand justice il doit y avoir. Quelles preuves avez-vous ?

— Celles-ci mêmes, Majesté, répondit-elle en désignant son visage tuméfié et sa robe déchirée. Celles-ci et ma bonne foi.

Elle se tourna vers Calixte, qui était resté figé en haut des marches.

— Je me tiens devant vous, malgré la honte occasionnée et le risque de perdre toute chance d'être épousée, pour que justice me soit rendue, mon Roi.

Les mâchoires de Calixte se serrèrent.

— Qu'on aille interroger le commandant Claiomh sur-le-champ.

Le sang d'Essylt se glaça. Terrifiée, elle tenta de croiser le regard de son mari, pour comprendre ce qu'il faisait. Comment pouvait-il douter de Cathan ? Il était son meilleur ami, son frère, il lui avait offert sa vie et la protégeait chaque jour. Comment pouvait-il croire un seul instant les élucubrations d'Euthalia ?

Le Roi traversa la salle pour lui tendre un bras protocolaire, qu'elle saisit par automatisme. Les soldats prirent les devants, la Duchesse derrière. Toute la cour leur emboita le pas.

Nauséeuse, Essylt coula un regard à Jarlath par-dessus son épaule. Il était livide.

Arrivés devant les appartements royaux, ce fut la cohue. Sur ordre de Calixte, des gardes entrèrent précipitamment pour aller quérir Cathan. Janae fut bousculée dans la mêlée, ce qui arracha un cri de rage à Essylt.

— Tout ceci est inadmissible ! Que vous vouliez interroger mon commandant, je peux le concevoir, mais que cela soit fait avec diplomatie et dans le respect des femmes qui me servent !

Calixte pâlit devant sa fureur et s'inclina pour s'excuser. Cathan fut néanmoins sorti sans ménagement par deux hommes qui le tenaient par les épaules. Au milieu du grand couloir, sous l'attention générale, il fut agenouillé de force devant les monarques.

Les yeux écarquillés et rougis, il fixait Essylt, essayant de comprendre ce qu'il se passait. Celle-ci dut retenir ses larmes devant sa détresse.

— Cathan Claiomh, vous êtes accusé par la Duchesse Euthalia de Bann d'agression et de tentative de viol. Qu'avez-vous à dire pour votre défense ?

— ... Quoi ? Par... Mais... Je...

Son regard brun affolé contempla tout le monde, avant de se figer sur Euthalia. Celle-ci recula et leva les bras comme pour se protéger, faisant se resserrer ses gardes autour d'elle.

— Je ne suis en rien responsable de ce dont on m'accuse, Votre Majesté. Je puis vous assurer que je n'ai jamais agressé cette femme d'aucune manière et que j'ai passé toute l'après-midi dans mes appartements. Les servantes de la Reine peuvent en attester.

— Oui, il était ici avec nous, éructa Léan en s'avançant.

— Des témoins bien peu fiables, si vous voulez mon avis, la contra Euthalia.

Dans la foule, plusieurs personnes opinèrent.

— Je veux que justice me soit rendue, maintenant !

Soudain, ce fut comme si le temps ralentissait. Essylt perçut l'instant précis où tout bascula dans l'esprit de son mari.

— Que le commandant Claiomh soit enfermé le temps de l'enquête et que le jugement soit rendu. Emmenez-le.

— Non !

Le hurlement d'Essylt fut si intense qu'il en fit trembler les murs. Deux gardes eurent le courage de s'avancer pour saisir Cathan, tandis que tous les autres restaient statufiés. À qui obéir ?

— Non, je vous interdis de l'emmener ! Je vous l'interdis !

Elle repoussa les bras de l'un, qui s'empressa de s'écarter, de peur de la blesser. Elle foudroya le second du regard, qui recula tant qu'il se cacha derrière ses congénères.

— Essylt !

La voix de Calixte lui brûla la peau. Rouge de fureur, elle lui fit face. Dans son attitude et son ton, tout sous-entendait qu'il avait l'intention d'être obéi. Particulièrement par elle.

— Cathan ne sera pas emmené, car il n'est pas fautif.

— Le temps que je rende mon jugement, il sera mis au cachot, comme n'importe quel homme accusé d'un tel crime.

— Mais il n'y a pas eu de crime !

— Cela, tu ne le sais pas.

— Bien sûr que si.

Les deux monarques se faisaient face. L'affrontement était magistral, toutefois il aurait été mieux pour eux qu'il n'ait pas de public.

— Cathan est mon commandant personnel. Je suis seule à décider de ce qui lui arrive.

— Cathan est un soldat des deux armées, il est soumis aux lois de nos deux Royaumes et à nos deux souverainetés. En l'occurrence, tu ne peux être impartiale dans cette affaire. Tu n'auras donc pas le droit de la juger.

— Cela ne sera pas…

— Inutile d'en discuter davantage ! Que le commandant soit fait prisonnier.

Calixte attrapa Essylt par le bras pour la retenir et fit signe à plusieurs gardes. Brusquement, Jarlath bondit devant Cathan et dégaina son épée. Il coula un regard désolé à sa Reine, conscient qu'il ne devait pas faire cela, terrifié à l'idée de la décevoir. Pourtant, elle l'approuva.

Le Roi tira vivement sa femme derrière lui pour la protéger.

— Rengainez, soldat, c'est un ordre !

La foule avait été écartée, tous les gardes avaient l'épée à la main. Fort, Jarlath carra les épaules, prêt à les affronter pour protéger celui qu'il considérait comme son frère.

— Soldat, rengainez immédiatement ou vous serez arrêté à votre tour !

— Non, souffla Essylt en voulant passer devant son mari, qui la retint.

Cathan se rapprocha de Jarlath pour lui parler à l'oreille. Tandis que les mots coulaient de ses lèvres dans le plus grand des secrets, son ami pâlissait davantage. Il abaissa son arme.

Leurs yeux bruns, chauds, semblables et sincères, se rivèrent un instant sur Essylt. Un instant plein d'un tel amour qu'elle en eut le souffle coupé.

— Je me rends, annonça Cathan en s'avançant.

Aussitôt, trois soldats se précipitèrent pour lui lier les mains dans le dos, avant de le pousser vers l'escalier pour aller rejoindre les geôles. Essylt l'observa partir. Elle n'avait même pas conscience des larmes qui dévalaient ses joues.

Cleena et Léan l'entourèrent pour la soutenir.

— Mais qu'est-ce qu'il vient de se passer… ?

Le gros de la foule était parti, suivant le prisonnier et le Roi. Celui-ci n'avait pas eu un regard en arrière pour son épouse. Il savait pertinemment qu'elle allait lui en vouloir et il ne se sentait pas encore prêt à affronter sa colère.

La dernière à rester dans le couloir fut Euthalia. Elle s'attarda un instant, comme si elle observait tout autour d'elle. Un sourire naquit sur son visage.

Elle fixa Essylt droit dans les yeux.

Euthalia ne s'était jamais cachée d'avoir voulu être Reine de Bofursyle. Elle estimait qu'Essylt lui avait volé sa vie.

Elle venait de se venger.

En entrant dans son salon en début de soirée, Calixte découvrit Essylt installée sur un canapé. À peine avait-il franchi le pas de la porte qu'elle bondit sur ses pieds.

— Je veux que Cathan soit relâché immédiatement. Cette supercherie a assez duré. Euthalia a menti et tu le sais. Elle voulait me faire payer ma montée sur le Trône.

Calixte retira sa couronne et la déposa sur la table basse. Il s'assit en se massant l'arête du nez. La conversation s'annonçait encore plus difficile que prévu.

— Essylt, je ne peux pas le relâcher.

— Pourquoi ? éructa-t-elle, malgré toutes ses résolutions de rester calme. Tu es le Roi !

— Et je dois rendre justice. Pour n'importe quelle autre femme, ce serait plus aisé. Mais nous parlons d'une de nos nobles, d'une dirigeante d'une province. D'une héritière d'une des plus vieilles familles aristocratiques de Bofursyle.

— Alors, c'est à cause de son rang ? Elle dénonce un homme et forcément il faut la croire ?

— Malheureusement, cela joue. Elle a fait un scandale public, Essylt. Si nous n'avions pas puni Cathan, nous serions passés pour faibles et injustes.

— Mais elle ment !

— Je sais.

— Si tu le sais, alors pourquoi mon ami est-il encore en prison ?

Cette fois-ci, elle n'avait pu retenir ses larmes. Avec l'enfant, elle était encore plus émotive que d'habitude.

Il vint caresser doucement ses bras.

— Je n'ai pas le choix. Je dois être impartial. Il n'y a pas de preuve, mais le témoignage d'Euthalia fait foi. Si je ne protège pas une noble, les autres vont se retourner contre moi. Mais sache, ma douce, que Cathan sera très bien traité.

Inquiet, il plongea dans le bleu limpide de ses yeux.

— Je ne te le pardonnerai jamais.

Elle s'en alla, le laissant seul au milieu de la pièce vide.

L'heure du diner approchait, les courtisans étaient rentrés. Tant mieux, Essylt ne voulait croiser personne, surtout avec son allure défaite. Elle ne ressemblait plus vraiment à une Reine.

Une fois arrivés dans les cachots, les soldats observèrent un silence respectueux. On la mena jusqu'à la geôle de Cathan.

Assis sur un lit en bon état, il mangeait un repas composé de pain et de fromage. Plutôt copieux au vu des conditions d'enfermement habituelles. Quand il l'aperçut, il s'approcha des barreaux de fer.

— Ma Reine, chuchota-t-il en s'inclinant.

— Cathan.

Elle passa une main à travers les barreaux pour serrer la sienne.

— Ne fais pas ça, tu vas salir ta robe, dit-il avec un sourire pincé, dans une tentative d'humour bien mince pour dissimuler son émotion.

— Je suis tellement désolée. Elle a fait cela pour se venger de moi. Elle estime que je lui ai volé le Trône de Bofursyle.

— Je sais, calme-toi. Cela aurait pu être pire.

— Tu es bien serein…

Il caressa sa joue du bout des doigts.

— Elle aurait pu te faire du mal physiquement. Là tu vas bien, et moi aussi. Et puis, ce sont presque des vacances.

Elle rit tout en sanglotant. Il essuya ses larmes, prévenant.

Elle se sentait tellement inutile. Elle était Reine et elle avait les poings liés par les convenances et la justice. Elle était prête à tout pour faire sortir Cathan, pourtant le seul véritable moyen était qu'il s'enfuie, et ne revienne jamais.

Comment pouvait-elle lui demander de renoncer à sa vie ?

Tout cela parce qu'Euthalia était une aristocrate. Son rang donnait du poids à ses accusations et forçait davantage Calixte à lui rendre justice.

Son esprit de souveraine avait beau comprendre les enjeux, son cœur de sœur la poussait à chercher une alternative.

Après s'être assurée qu'il était convenablement traité — à vrai dire, il l'était bien plus que cela, car tous les soldats l'estimaient et la Duchesse était peu appréciée —, elle céda sa place à Jarlath.

— Tu n'aurais jamais dû t'interposer.

— Tu aurais fait la même chose.

— Certes. Mais elle a trop besoin de toi.

Jarlath opina, les yeux brillants. Pour une fois, il ne voulait pas montrer son chagrin, alors il s'écarta.

— Caem ?

Le jeune soldat s'avança.

— Pendant mon absence, je veux que tu prennes mon poste. Tu n'en auras pas le titre mais les responsabilités. Jarlath va avoir besoin d'un bras droit et Essylt d'un garde dévoué.

— Je serai les deux, je te le promets.

Ils se serrèrent la main avec vigueur et respect, scellant leur accord d'honneur.

Janae, restée près de la souveraine, vint le saluer à son tour. Ils échangèrent quelques messes basses avant qu'elle ne s'écarte, le visage déformé par la douleur.

Essylt lui prit la main une dernière fois avant de partir, déchirée. Elle s'en voulait tellement de ne pas pouvoir le sortir de là.

En montant l'escalier, un léger tournis la saisit. Elle ralentit le pas.

— Ma Reine ?

Avant que Jarlath n'ait eu le temps de réagir, Janae tomba à genoux et passa la tête sous la robe de la souveraine. Ce geste aurait pu paraître totalement incongru si la cameriste n'avait pas été au courant d'un certain secret.

— La Reine perd du sang !

Avant d'avoir compris ce que cela impliquait, Essylt s'évanouit dans les bras de son commandant.

Dans le salon plongé dans la pénombre, Calixte faisait les cent pas. Voilà plus d'une demi-heure que le médecin auscultait Essylt. Dans la pièce, le silence était assourdissant d'angoisse. Ses quatre jeunes servantes patientaient dans un coin, avec Jarlath et Caem. Seule Cleena avait été autorisée à entrer.

Enfin, le vieil homme sortit de la chambre. Le visage grave, il prit une profonde inspiration.

— La Reine a failli perdre son bébé. Les deux vont bien à présent, mais il va lui falloir beaucoup de repos. Sa Majesté doit garder le lit au moins une semaine, voire deux.

Calixte poussa un soupir de soulagement en s'écroulant sur le canapé. Les coudes posés sur ses cuisses, le visage caché derrière ses mains, le Roi essayait de reprendre contenance.

— Je reviendrai la voir d'ici une heure. En attendant, il lui faut du calme et bien manger.

— Bien, je vous remercie.

Sans plus de politesse, Calixte se rendit dans sa chambre. Dans le salon, le silence de ses gens contenait trop de reproches.

Allongée, ses mains fines et diaphanes posées sur les fourrures, ses cheveux éparpillés autour d'elle, elle parvenait à être magnifique même alors qu'elle avait failli perdre son enfant. Cleena salua le Roi puis sortit.

Doucement, il caressa sa main. Il craignait de la réveiller, mais il avait besoin de la sentir, de s'assurer qu'elle allait bien.

Ses yeux s'ouvrirent brusquement. Ils étaient plus pâles que d'habitude. Avec une certaine violence, elle lui retira sa main.

— Sors d'ici.

— Je t'en prie, laisse-moi rester. J'ai eu si peur. S'il t'était arrivé quoi que ce soit…

— Je vais bien. Tu l'as vu. Maintenant, va-t'en.

Il n'avait jamais perçu tant de rancœur chez elle. Savoir que tous ces sentiments lui étaient destinés le brisa.

— Sors d'ici ! hurla-t-elle en commençant à se redresser.

— Non, ne bouge pas ! Très bien, je m'en vais.

Les mains levées en signe d'apaisement, il se dirigea vers la porte. En se retournant, il vit qu'elle s'était détournée, comme s'il n'était déjà plus là.

Cleena et Adelyn se précipitèrent pour la réinstaller. Angoissés, ses caméristes et Jarlath les suivirent. En découvrant son visage au teint gris, tous prirent peur.

— Ma douce, vous devez vous reposer…

— Non, non…

Elle fondit en larmes. Jarlath s'agenouilla devant le lit pour la prendre dans ses bras.

— Ma Reine, calme-toi, je t'en prie, tu dois absolument te reposer.

— Cathan est en prison et tout est de ma faute. Je suis Reine et je ne peux rien faire. Je suis inutile. Tout est de ma faute.

— Non, Ess, c'est la faute d'Euthalia. Et Cathan va s'en sortir, il est fort. Il a juré de te servir, peu importe les conséquences.

Les larmes redoublèrent d'intensité.

— Mais pas ainsi ! Je dois…

— Tu dois être forte et te reposer. Pour le bébé. Pour Cathan. Nous surmonterons cela, comme toujours.

Doucement, il la replaça sur les oreillers. Il caressa son visage jusqu'à ce que ses larmes se tarissent. Chacune de ses servantes était assise près d'elle, pour l'apaiser.

— Est-ce que… vous pouvez rester… le temps que je m'endorme ?

Tous acquiescèrent. Ils la bercèrent de leur présence. Une fois qu'elle se fut endormie, ils demeurèrent encore, dans un silence soulagé, à admirer celle qui comptait plus que tout.

Plusieurs jours passèrent, lointains et embrumés. Essylt dormit beaucoup. Le sommeil était réparateur, elle le sentait. Son bébé reprenait des forces. Elle en était soulagée et d'autant plus épuisée.

Ses servantes la forçaient à bien manger. Plusieurs fois par jour, Calixte venait prendre de ses nouvelles, sans pour autant entrer dans sa chambre. C'était une souffrance sans commune mesure, mais pour qu'elle reste calme, il était prêt à ce sacrifice. Compatissante, Cleena lui détaillait ses progrès, ses heures de sommeil, la qualité de ses repas. Cela aidait un peu le Roi, qui demeurait toutefois très irritable, au grand malheur des conseillers royaux.

Dans sa torpeur, une bonne nouvelle vint donner le sourire à Essylt. Le cinquième enfant du couple royal de Vuai était né. Leur deuxième fille, nommée Ailina, se portait à merveille. La Reine avait agrémenté la déclaration d'une lettre pour Essylt, afin de la conseiller et de la soutenir. La souveraine de Vuai n'aurait jamais pu se douter à quel point sa missive arrivait à point nommé. Heureuse pour Dymphna, la monarque s'empressa de lui répondre pour lui souhaiter beaucoup de bonheur.

Au bout d'une semaine, alors qu'Essylt s'asseyait seule dans son lit, avait repris des couleurs et réclamait qu'on lui apporte son nécessaire à dessin, Calixte prit son courage à deux mains.

— Ma Reine ?

À peine eut-il passé le pas de la porte qu'Essylt se figea. Percevant la tension, Adelyn et Bethania se retirèrent en hâte.

La souveraine détourna son visage vers la fenêtre, l'ignorant avec royauté. Nullement découragé, le Roi s'approcha et garda une distance respectueuse.

— Je suis venu t'annoncer que Cathan a été condamné à seulement quatre mois de prison. Au vu du titre d'Euthalia, c'est une peine dérisoire. Mes conseillers m'ont appuyé, pour préserver ta santé et surtout par respect pour ton commandant, qui te sert loyalement depuis plus de deux ans.

La mâchoire d'Essylt se contracta de fureur. Comme elle ne hurlait pas, Calixte prit cela pour une invitation à poursuivre.

— Cela doit te paraître énorme, mais il aurait pu être condamné à vie. Bien sûr, la peine de mort exigée par Euthalia n'avait aucun poids, comme elle n'a pas été violée…

— Elle n'a pas été agressée non plus.

Glaciale, sa voix était méconnaissable.

— Peu importe. Ce qui est fait est fait. Les conseillers voulaient un emprisonnement plus long, mais je souhaitais que Cathan soit là pour la venue au monde de notre enfant.

Elle ferma fort les yeux. Imaginer son ami aux cachots pendant tout ce temps… Elle le savait bien traité, mais ce n'était pas une raison. Ce genre d'endroits pouvait changer un homme, surtout quand la peine était imméritée.

— Je l'ai déjà annoncé à Euthalia et au peuple.

Seul le silence lui répondit.

— Essylt…

C'était un appel, une supplique. Elle se retourna. Les yeux de son époux débordaient d'amour, de crainte et de regrets. Il était particulièrement beau à cet instant, contre toute attente. Derrière la couronne se cachait un homme qui savait s'ouvrir, dévoiler ses faiblesses.

Elle était la sienne.

— Je suis désolé, sincèrement. Mais je me dois d'être Roi, avant d'être ton mari. J'espère que tu parviendras à me le pardonner.

Avant de perdre tous ses moyens, il se retira, la laissant seule dans le noir.

Une semaine plus tard, la Reine de Bofursyle di Rodorchna fut autorisée à quitter le lit. Le médecin lui déconseillait évidemment de reprendre à son rythme habituel. Elle avait cependant continué à rédiger ses lettres et ses papiers administratifs depuis son lit, elle le pourrait maintenant depuis son bureau.

Pour tester sa résistance et lui délier les jambes, le médecin conseilla une petite promenade dans le château, pour qu'elle demeure au chaud et non loin de ses appartements. Heureux de la voir se lever, ses gens s'empressèrent autour d'elle pour l'accompagner. Avant de sortir, ses caméristes vérifièrent plusieurs fois ses vêtements, sa coiffure et qu'elle soit bien couverte.

— Je vais bien, je vous assure.

— Vous ne devez pas attraper froid.

— Je meurs de chaud. Allons-y s'il vous plait.

Accrochée au bras de Jarlath, elle avançait lentement. Elle n'éprouvait pas de douleur au ventre, seulement des courbatures d'être restée aussi longtemps inactive. Son ventre avait quelque peu grossi, elle commençait à en ressentir les effets sur ses jambes et son dos. Néanmoins, c'était plaisant, ce poids nouveau. Cela rendait sa grossesse plus concrète et l'arrivée de cet enfant plus imminente.

— Ma Reine, tout va bien ?

— Oui, oui.

Tous les courtisans qu'ils croisaient plongeaient dans une profonde révérence qui respirait le soulagement et la joie. Bien entendu, tous étaient au courant de sa grossesse à présent, surtout qu'elle avait failli perdre son bébé. Plusieurs femmes s'arrêtèrent pour lui demander de ses nouvelles ou lui confier des présents : des lotions, des plantes, des plats. Une voulut même embrasser son ventre. Les joues rouges, Essylt la pria aimablement de se contenter d'embrasser sa main. Elle voulait garder son intimité, surtout quand cela touchait son enfant.

— C'était fort gênant, commenta-t-elle quand la femme se fut éloignée.

— C'est normal, Majesté, ce n'est pas n'importe quel enfant, chuchota Janae.

— Que veux-tu dire ?

— L'enfant de deux royaumes, l'héritier de deux couronnes.

— Sans compter qu'il sera doté de magie.

Essylt n'avait pas vraiment pris le temps d'y songer. Elle avait déjà du mal à s'imaginer mère, alors penser à tout ce que son enfant allait endosser… Cela lui fit froid dans le dos.

Une clameur dehors attira brusquement son attention. Ils se rapprochèrent des fenêtres du couloir, qui donnaient sur la cour principale du château.

Vêtue d'une cape de soie aux bordures déchirées, ses cheveux bruns en partie étrangement décolorés, la Duchesse Euthalia avançait en tirant une malle énorme derrière elle. Dire qu'elle était en difficulté eut été un euphémisme. Pourtant, aucun domestique ne bougeait. Dehors ou derrière une fenêtre, ils la regardaient en riant ou en applaudissant.

De rage, Euthalia parvint à soulever sa malle pour la lancer dans son carrosse. Dans ce mouvement, elle révéla son visage. Il était maculé de boutons purulents.

— Très efficace ta lotion, Bethania, complimenta Léan.

— Merci. Quant à toi, joli découpage de robe.

— Tu sais que je déteste coudre. Découper, en revanche…

Essylt mit une bonne minute à comprendre.

— C'est vous qui avez fait cela ?

— Pas seulement. Il n'a pas été difficile de convaincre servantes, cuisinières, palefreniers, pages et j'en passe, de nous aider, lui apprit Adelyn, une lueur mauvaise dans le regard.

— Comment ?

— Nous sommes les servantes de la Reine. Nous avons beaucoup d'influence. Euthalia était déjà méprisée, à présent, elle est haïe. Elle a fait du tort à Cathan, et surtout, vous avez failli perdre votre enfant.

— Personne ne s'en prend à l'un des nôtres, gronda Janae.

Essylt se retourna vers la fenêtre, n'en revenant toujours pas. Ses servantes s'étaient donné du mal pour lui pourrir la vie. Cela pouvait sembler peu, pourtant les petites choses du quotidien comptent beaucoup, surtout pour une femme aussi vaniteuse que la Duchesse. L'ingéniosité de ses caméristes était impressionnante.

— Je me demande ce qui l'a décidée à partir… les cheveux abimés ou le gout infect de tous ses plats depuis deux semaines ?

— Moi je parierais sur le poil à gratter dans son lit.

— Vous avez parlé de palefren…

À cet instant, une pluie s'abattit sur la Duchesse. En provenance du troisième étage, du crottin de cheval atterrit sur la tête aristocratique et la cape déchirée. Le hurlement qui s'ensuivit fut de toute beauté, faisant rire aux éclats tous les spectateurs, même Essylt.

Euthalia courut pour monter dans son carrosse. Juste avant de refermer la porte, elle aperçut Essylt. Leurs yeux se défièrent, brulants.

La Duchesse n'était pas près d'oublier qui était la Reine.

IV

« Porter la vie est ce qu'il y a de plus beau et de plus terrifiant. » Reine Ailionora de Rodorchna, 639

Essylt reprit peu à peu le rythme de la royauté malgré les suppliques de ses gens et de son époux. Elle se sentait reposée et prête à abattre la montagne de travail qui l'attendait. Avec son ventre qui arrondissait ses robes, tous ne cessaient de la regarder, de la complimenter, de prendre de ses nouvelles. On lui demandait sans cesse quel sexe elle préfèrerait, si l'enfant allait s'appeler comme l'un de ses ancêtres, s'il serait monarque de Bofursyle ou de Rodorchna. Elle n'avait aucune réponse à fournir, se contentant d'affirmer que seule sa santé comptait.

Redevenir Reine fut aisé. Redevenir épouse, beaucoup moins. Sa relation avec Calixte était aussi glaciale que l'hiver qui venait de s'écouler.

Le Roi essayait par tous les moyens d'arranger les choses. Il inondait ses appartements de présents, passait la voir le plus possible. Un matin, il lui avait apporté une layette pour le bébé, espérant la faire sourire en lui apprenant que c'était son premier vêtement, que Dubheasa avait conservé. En plus d'être excédée par sa présence, elle avait failli lui hurler dessus pour sa maladresse : il lui rappelait qu'il avait été choyé là où il était né, tandis qu'elle avait été abandonnée pour sauver sa vie.

Plus les semaines passaient, moins elle le laissait approcher. Elle avait établi une barrière entre eux qu'il désespérait de pouvoir briser. Elle lui manquait terriblement.

Un soir de fin d'avril, alors qu'un orage faisait gronder les pierres ancestrales du château, la porte de la chambre d'Essylt s'ouvrit à la volée. Les cheveux trempés par la pluie, Calixte s'avança sans lui demander son avis. La lueur de détermination qui brulait dans ses yeux noisette la dissuada de le renvoyer.

— Essylt, j'en ai assez.

Déstabilisée par son ton cinglant, elle se redressa au bord du lit.

— Je n'en peux plus de cette situation, je n'en peux plus de voir cette haine sur ton visage. Je n'en peux plus d'être loin de toi.

Il tomba à genoux, attrapant ses mains avec ferveur. Malgré elle, elle fut happée par l'intensité de son regard. La profondeur de ses sentiments la transperça.

— Je sais que tu m'en veux, mais je lui ai donné une peine minuscule au vu de la situation. Je me suis mis une province à dos et peut-être même d'autres... Tout cela pour toi. Je t'aime Essylt, plus que tout. Tu portes notre enfant. Je t'en supplie, laisse-moi revenir auprès de toi.

Des larmes amères coulèrent le long des joues du Roi. Surprise, elle essuya son visage. Il appuya sa joue contre ses doigts pour les retenir.

— Ne t'éloigne pas, mon amour. Tu es ce que j'ai de plus précieux en ce monde. Je t'en prie, ne t'éloigne pas.

Mais je suis partie depuis longtemps.

Elle ne pensait plus à sa colère, mais au seul homme qu'elle souhaitait entendre prononcer ces paroles.

Parti.

Déchirée par son amour pour Declan et l'empathie qu'elle éprouvait pour son mari, elle s'écroula dans ses bras. Il la réceptionna avec adresse, s'appliquant à ne pas brusquer son ventre.

Ils demeurèrent enlacés de longues minutes jusqu'à ce qu'il prenne possession de ses lèvres, passionné. Il la remonta sur le lit et commença à la dévêtir.

— Calixte… Je ne veux pas… Le bébé…

— Rassure-toi ma Reine, je ne ferai rien. Je veux juste te voir nue. Cela fait si longtemps.

Docile, elle se laissa faire. Elle avait appris à prendre de la distance avec son corps, à se retrancher dans son esprit. C'est ce qu'elle fit quand il la détailla, entièrement nue. Il se dévêtit à son tour et poussa les draps pour qu'ils s'y glissent.

— Je veux te sentir contre moi ce soir.

Elle n'allait pas protester. Sa présence était rassurante et comblerait en partie une nuit froide et douloureuse. En partie seulement, car les bras qu'elle désirait étaient irremplaçables.

— Tu m'as tant manqué…

Il l'enlaça de sa douce chaleur. Bercée, confuse et somnolente, elle sursauta quand une drôle de sensation lui parcourut le ventre.

— Il vient de bouger.

Calixte se recula, de peur d'être la cause d'une douleur. Émerveillé, il descendit sous les draps pour faire face à son enfant. Il caressa son ventre longuement, massant le bas de son dos, embrassant cette vie qui naissait.

Ils se regardèrent droit dans les yeux, entourés d'une aura unique et sacrée.

— Je rêve d'une petite fille exactement comme toi.

— Calixte, c'est un garçon.

L'émotion qui passa sur son visage était indescriptible. Il posa sa tête sur son ventre comme pour entendre à l'intérieur les battements du petit cœur.

— Un garçon… Mon héritier… Un futur Roi.

— Votre Majesté, réveillez-vous.

Adelyn lui caressa les cheveux et l'aida à se redresser dans son lit, comme l'avait exigé Cleena depuis l'incident. La Reine mit plusieurs minutes à remarquer toutes ses servantes autour d'elle, surexcitées.

— Joyeux anniversaire, Votre Majesté.

Ensommeillée, elle reçut leur étreinte avec étonnement. Elles se mirent à bavarder dans un bel ensemble, décidées à la préparer avec un soin particulier.

Vingt ans.

Essylt ne parvenait pas à réaliser. C'était son troisième anniversaire depuis qu'elle avait appris sa parenté. Le premier avait eu lieu en Rodorchna, dans une ambiance festive et lumineuse. Elle avait passé la soirée à danser et à rire. Le souvenir de Declan, souriant, le feu créant une ombre sur son visage viril, suscita une profonde nostalgie.

Tout était si facile alors… Pas de mariage, pas de couronne.

Son deuxième anniversaire, elle ne s'en souvenait que vaguement. Elle se relevait tout juste de deux semaines alitée pour évacuer le poison qui avait failli la tuer. Encore une fois, Declan avait été là, pour une raison moins romantique et plus chevaleresque : il lui avait sauvé la vie. Une fois parmi tant d'autres.

Cet anniversaire-ci, elle était Reine, sans l'homme qu'elle aimait et enceinte.

La vie réserve parfois de drôles de surprises.

Elle caressa son ventre, geste instinctif et rassurant. Attendre un enfant était sans conteste la plus belle surprise de toutes, même si elle était teintée de regrets.

Après un bain aux lotions parfumées et aux divers massages, elle fut habillée d'une robe somptueuse, d'un rouge foncé hypnotique. Elle n'avait pas prévu une journée différente des autres, mais ses caméristes avaient décidé de marquer l'occasion. Ses cheveux étaient attachés en une coiffure haute qui soulignait le lourd collier de rubis au creux de sa gorge.

Une fois arrivée dans le salon, elle fut étonnée de ne pas y trouver son époux.

— Où est le Roi ? demanda-t-elle à l'un de ses valets.

— Il est parti très tôt s'occuper d'affaires urgentes. Il vous prie de l'excuser pour son absence. Il vous a fait porter ces fleurs et ce présent.

Quand le domestique parlait des fleurs, il voulait dire la cinquantaine de bouquets qui parsemaient la pièce, l'embaumaient et la rendaient presque suffocante de couleurs. Essylt s'assit pour petit-déjeuner et le valet déposa le paquet devant elle. Elle l'ouvrit sous l'attention avide de ses servantes qui faisaient semblant d'être occupées.

Dans l'écrin reposaient deux lourds saphirs montés sur une tige d'argent pour former de superbes boucles d'oreilles. Une carte l'accompagnait.

« *Ma somptueuse épouse,*

Je te souhaite un très joyeux anniversaire. Je suis désolé de ne pouvoir être présent ce matin, je t'expliquerai ce soir. J'espère que ce bijou te plaira. J'ai remarqué que tu affectionnais tes boucles en rubis, il ne t'en manquait qu'avec des saphirs. Passe une très agréable journée, repose-toi, prends ton temps, pense à notre petite merveille.

Je t'aime.

Ton Roi »

Touchée, elle effleura le bijou, sans conteste d'une valeur inestimable.

— Elles sont divines, Votre Majesté, complimenta Adelyn.

— C'est dommage qu'elles ne s'accordent pas avec votre tenue du jour, soupira Bethania.

En repensant à tout ce qu'ils venaient de traverser et à ce tendre message, Essylt sourit malicieusement.

— L'ambassadeur de Guanile peut bien attendre un petit quart d'heure…

Excitées, les caméristes se précipitèrent dans la chambre, la Reine sur les talons. Sa robe étant si foncée qu'elle tirait vers le noir, elles décidèrent donc de retirer son imposant collier. Ses cheveux furent libérés et surmontés d'une fine couronne en argent. Enfin, les nouvelles boucles d'oreilles vinrent parfaire l'ensemble, sublimant son regard bleu.

— C'en est presque lassant de vous voir si belle.

Léan reçut pour toute réponse un oreiller et un corset à la figure.

Prête, Essylt commença sa journée, le sourire aux lèvres. Ses amies avaient l'art de la surprendre et d'égayer son quotidien. Quant à Calixte, son attention lui avait fait plaisir, à tel point qu'elle ne lui en voulait nullement de son absence.

Après des réunions joyeuses où les conseillers privilégièrent les compliments aux affaires d'État, elle déjeuna avec Luíseach et Saraid. Ses deux fidèles amies étaient devenues des politiciennes hors pair, sur qui Essylt comptait beaucoup. Même si elles étaient rattachées à la Rodorchna, elles étaient demeurées auprès de leur Reine pour le début de son règne. Il avait été prévu qu'ils passent plusieurs mois de l'été et de l'automne en Rodorchna, mais avec le bébé à venir, leurs plans étaient retardés.

En fin d'après-midi, son époux la fit quérir. Empressés, des domestiques lui bandèrent les yeux. C'est Jarlath qui la mena, nullement rassuré de confier son équilibre à quelque d'autre à cause du bébé. Détendue, elle fut guidée dans les méandres du château, habituée au bruit de leurs pas sur la pierre.

Tendrement, les bras de Calixte passèrent dans son dos et prirent le contrôle de sa direction. Il lui retira le bandeau, la plaça devant une fenêtre, lui semblait-il, et recouvrit son ventre de ses mains.

— Ma Reine, tu peux ouvrir les yeux.

Dans la cour du château, un feu flamboyait sous le soleil couchant. Essylt s'imprégna de sa force, des crépitements incessants, de la chaleur éternelle.

— J'ai cru comprendre qu'en Rodorchna ton anniversaire correspond à une fête, où tous les gens se réunissent pour danser autour d'un feu. Je ne peux te proposer la danse, je veux que tu te reposes, mais pour le feu… Voici le tien.

Attendrie, elle bondit dans ses bras pour cacher ses larmes.

Parce qu'elle se souvenait d'un feu dans lequel elle avait mis ses mains, d'un feu autour duquel elle avait dansé. Avec Ty. Avec Declan. Deux êtres qui étaient partis et dont l'amour ne voulait ni ne pouvait faiblir.

Inconscient de son trouble, Calixte l'enlaça avec délice.

— Tu sais, j'ai passé une heure à écouter l'intendant me parler des risques. « Il n'y a pas eu d'incendie au château depuis l'an 285, quand l'écurie a pris feu ». Quel rabat-joie.

Essylt rit malgré sa gorge nouée. Il faisait une parfaite imitation de leur intendant, efficace mais très protocolaire. À peine quelques mois avec la nouvelle Reine et le pauvre homme avait déjà des cheveux blancs.

Il s'écarta légèrement pour qu'elle puisse contempler son présent. Dehors, des domestiques passaient chacun leur tour pour jeter une poignée de fleurs ou de paille.

— Je crois que c'est leur manière de te souhaiter ton anniversaire.

Un temps, elle avait craint que les Bofursyliens lui reprochent sa magie, la jugent et la redoutent. À présent, elle voyait une telle acceptation en eux qu'elle ne savait si elle en était digne. Ce qui était certain, c'est que ce peuple était devenu le sien et qu'elle s'échinerait chaque jour de sa vie pour le gouverner justement.

Une ombre passa devant son visage pour effleurer son cou. Elle baissa les yeux sur un collier magnifique, où un rubis et un saphir, côte à côte, formaient une pierre de la taille d'un poing, étincelante et indissociable.

— Nos Royaumes, unis. Comme nous. Comme lui.

— Calixte, c'est trop…

— Ce ne sera jamais assez pour toi, ma Reine.

Il l'embrassa à pleine bouche, voluptueusement. Rougissante, elle s'écarta, ne laissant que son ventre contre lui.

— Tu n'aurais pas dû, mais il est magnifique. Je te remercie.

— Merci à toi. Encore joyeux anniversaire.

Ils demeurèrent là, à profiter de cet instant suspendu. Voir les habitants du château saluer le feu, approuvant le cadeau de leur Roi, était apaisant. C'était comme s'ils passaient un moment privilégié avec chaque petite main invisible qu'ils croisaient tous les jours et qui partageait leur quotidien.

— J'ai reçu une missive d'Iverna d'Aivaithra. Elle m'invite à lui rendre visite, pour régler quelques formalités. Cela fait plusieurs mois que je recule, mais je ne vais pas pouvoir refuser sans paraître impoli. De plus, tu es en pleine santé et l'enfant est prévu pour début août. Je pense pouvoir m'absenter, même si rien que l'idée de te quitter m'effraie.

— Pourquoi ne viendrais-je pas avec toi ?

Ses yeux noisette s'écarquillèrent d'horreur.

— À cause de l'enfant ! Le voyage dure plusieurs jours, tu dois te reposer.

— Voyager allongée ne devrait pas trop m'épuiser.

— Tu dois être dans des conditions calmes et non chahutée en tous sens.

— Avec nos moyens, je pense que je peux me permettre un carrosse fort rembourré.

— Essylt…

— S'il te plait, plaida-t-elle, une petite moue aux lèvres. Je suis lassée d'être ici et je ne veux pas être écartée de tout. Je me sens parfaitement bien, le médecin t'a dit que tout allait bien. Je pense largement être en capacité de supporter ce voyage.

— Mais tu…

— J'ai très envie de revoir Iverna ! Et même Alyson. Ainsi que le Roi Lomna. Sans compter que nous ne sommes certainement pas les seuls invités ?

— Non, les monarques de Vuai ont également été conviés…

— Parfait ! Leur nourrisson a presque deux mois, je suis sûre qu'ils vont l'emmener pour le présenter. Je veux absolument voir la Princesse Ailina. Dymphna doit être si contente…

— Oui mais… Ta sécurité ! Tu es bien plus à l'abri dans le château, surtout vu comme tu es vulnérable.

Ses yeux bleus flamboyèrent de détermination.

— Tu m'avais promis que si je n'essuyais aucune attaque dans l'hiver, je pourrai rendre visite à Bartley et Delyth. Comme je les ai vus récemment, je veux voyager en Aivaithra.

— Cela ne signifie pas que tu ne crains rien.

— Calixte…

Sa voix recelait autant de suppliques que de colère. Face à son visage magnifique, il flancha.

— Bien ! Puisque je ne semble pas avoir le choix…

— Oh merci !

Elle s'accrocha à son cou, survoltée. Il lui pesait de rester entre ces quatre murs.

— Nous devons partir dans une semaine. Je vais te faire préparer un carrosse. Si d'ici là, tu as la moindre douleur, le moindre vertige, ou si tu es ne serait-ce que pâle…

— Je ne viendrai pas, c'est compris.

Il rit, attendri par sa joie enfantine.

— C'est bien parce que c'est ton anniversaire. Je ne peux rien te refuser.

Les préparatifs du voyage royal furent longs et particulièrement sujets à débat. Plus d'un noble ou ambassadeur se permit de donner son avis à la Reine, la jugeant bien insouciante de voyager dans son état. Bien qu'Essylt soit d'une nature très douce, il ne fallait pas oublier qu'elle était enceinte. Chaque remarque déplaisante faisait serrer ses poings de rage. Plusieurs fois, ses cheveux se mirent à onduler sous l'effet d'un vent soudain, qui, étonnamment, réduisit son interlocuteur au silence.

Comme elle ne fut aucunement malade et que, par-dessus tout, elle rayonnait de santé avec son ventre rond, Calixte ne put se soustraire à sa promesse. Le Roi était très angoissé par ce voyage, toutefois il avait conscience d'à quel point cela comptait pour sa femme. C'est pourquoi, une semaine après son vingtième anniversaire, ils prirent la route pour rejoindre le palais d'Aivaithra.

Dans son carrosse aux multiples coussins, Essylt passa le temps en lisant, en discutant avec ses servantes ou Calixte, ou simplement en dormant. Il faut dire qu'elle dormait de plus en plus. Cela lui déplaisait et l'inquiétait tout à la fois. Le médecin royal ne cessait de répéter que c'était normal, cependant elle n'appréciait pas de s'endormir en quelques minutes quand elle lisait un contrat ou une missive. C'était particulièrement désagréable d'être ainsi diminuée par un évènement pourtant si heureux.

Dans son ventre, l'enfant était très calme. Elle le sentait de plus en plus se mouvoir. La sensation d'être deux était inégalable.

Le voyage jusqu'en Aivaithra prit un peu moins d'une semaine. Quand enfin ils arrivèrent au palais, Essylt retint son souffle. Comme tous ceux du Continent des Neuf Royaumes, il était magnifique et unique. C'était un long édifice de pierre grise, avec seulement deux étages. On pouvait distinguer différents bâtiments, reliés entre eux par des ruelles étroites ou des ponts. Parsemé de lierres et de fleurs colorées dues au printemps, il dégageait joie et harmonie.

— C'est la meilleure période de l'année pour visiter l'Aivaithra, commenta son époux en glissant une mèche blonde échappée de son chignon derrière son oreille. Nous allons passer un excellent séjour.

Elle n'en doutait point.

Devant les grandes portes, des valets et des soldats les attendaient. On s'empressa de leur ouvrir. Avant qu'un garde lui propose une main protocolaire,

Jarlath se glissa devant l'importun, les sourcils froncés. Il aida Essylt à descendre.

— Je n'aime pas que des inconnus t'approchent.

Même s'il avait chuchoté, Calixte l'entendit. Il lui fit un signe appréciateur de la tête. Ils n'étaient certes pas en territoire ennemi, mais après tout ce qu'il lui était arrivé, ils ne voulaient courir aucun risque. Accoutumée à leur surprotection, Essylt ne commenta pas et pénétra dans ce palais fascinant. Sa cour la suivit, son mari s'empressant de la rattraper par le bras pour la mener fièrement.

La Salle du Trône aivaithrienne était modeste et vive. Aux murs, des tentures orange pâle rehaussaient la pièce d'un éclat tendre, tandis que divers bouquets de fleurs fraiches faisaient entrer la nature dans ce lieu sacré.

Assis sur leurs trônes, les monarques Iverna et Lomna se levèrent. La souveraine était comme dans le souvenir d'Essylt, avec ses longs cheveux châtains et ses yeux dorés à l'intelligence acérée. Quant à son époux, il était à l'image d'un homme qui avait été soldat et qui était devenu Roi : il était fort, droit, et une profonde sincérité transparaissait dans son regard. À leurs côtés siégeait Alyson, dans une tenue parsemée de tant de bijoux qu'il était difficile de les compter.

Sur la gauche des monarques, les souverains de Vuai étaient installés à la place d'honneur. Thuán essayait discrètement de contenir Ryann qui gesticulait sur son siège, tandis que sa femme ne dissimulait pas son impatience. Elle bouillonnait littéralement de rejoindre Essylt pour prendre des nouvelles de sa grossesse. Derrière eux, un berceau attestait de la présence de leur cinquième enfant.

De l'autre côté, comme de coutume, étaient assis les nobles de la cour. Essylt était soulagée de ne plus être célibataire.

— Vos Majestés, quel plaisir de vous recevoir dans notre Royaume. La Aivaithra a toujours été une patrie amie de la Bofursyle et de la Rodorchna. Aujourd'hui, votre amour ayant uni ces deux royaumes, nous sommes fiers de vous compter parmi nos proches amis, sourit le Roi.

— C'est un honneur pour nous d'être aussi bien reçus. Nous sommes ravis de renouveler ces liens qui nous sont si chers, approuva Calixte.

— Nous aurons tout le temps de discuter politique en des lieux plus appropriés, se réjouit Iverna. Votre Majesté Essylt, vous illuminez la pièce de votre future maternité.

— Merci, Majesté. Je suis heureuse d'avoir pu effectuer ce voyage. Je ne doute pas que ce séjour sera aussi productif qu'agréable.

— Je n'en doute pas non plus. Bien, trêve de bavardages inutiles, vous devez être lasse et souhaitez vous retirer. Des soldats vont vous conduire à vos appartements. Nous nous retrouverons dans deux heures pour le diner.

Calixte et Essylt l'approuvèrent. Avant de sortir, ils saluèrent Thuán et Dymphna, avec tout autant de bonne humeur.

Les pièces aménagées à leur intention n'étaient pas surchargées de décoration, ce dont Essylt leur fut reconnaissante. Sans prendre la peine de faire le tour des appartements, elle s'allongea sur le grand lit. Un rire lui fit relever la tête.

— Tu es passablement ridicule avec les tissus de ta robe ainsi, s'amusa Calixte en retirant ses chaussures.

— Je sais. J'étais trop pressée de m'allonger pour prendre le temps de me dévêtir.

— Es-tu souffrante ?

— J'ai mal au bas du dos. C'est à cause de la robe et de la posture debout. J'ai été assise pendant des jours.

Prévenant, il s'assit à ses côtés et caressa ses cheveux.

— Tu devrais la retirer. Et cesser de porter autant de couches.

— En porter moins serait indécent.

Tendrement, il la fit rouler sur le côté avant d'entreprendre de défaire les nœuds retenant ses jupes et son corset.

— Tu ne seras jamais indécente, ma douce, chuchota-t-il. Tu es la plus puissante Reine de ce Continent. La plus riche. Et surtout, la plus belle.

La plus seule, aussi.

Elle ferma les yeux tandis que ses doigts effleuraient le creux de son dos, à l'endroit de ses douleurs. Il entreprit de la masser, atténuant les souffrances de son corps, sans parvenir à alléger son cœur.

Essylt fut réveillée une heure plus tard par de doux baisers. Elle ouvrit des yeux surpris sur son mari, qui éclata de rire.

— Je suis désolé de te sortir d'un si bon sommeil, mais nous sommes bientôt attendus à table.

Elle se redressa en position assise. Ses cheveux blonds formaient un dais ébouriffé autour de son visage pâle, témoin de sa difficulté à revenir à la réalité.

— J'ai faim.

Elle fronça les sourcils et posa une main possessive sur son ventre rond et nu.

— Rectification. Nous avons faim.

— Alors, habille-toi vite, dit-il en embrassant son front. Je n'aimerais pas que les deux amours de ma vie meurent de faim.

Elle lui sourit, la gorge nouée tandis qu'elle caressait son ventre.

Ses servantes la rafraichirent avant de lui enfiler une lourde robe qui la fit grimacer. Cleena avait commandé de nouveaux corsets spéciaux pour ne pas gêner son ventre tout en maintenant sa poitrine et en permettant de rattacher les autres pieces de ses tenues. Elle commençait à peiner à se mouvoir et le poids des parures ne l'aidait en rien. Adelyn lui fit un chignon pour dégager son visage, agrémenté d'un fin diadème en or.

En se levant de sa chaise, elle grimaça. Bethania et Léan s'empressèrent de l'aider.

— Vous devriez l'aider avant même qu'elle ne songe à se lever ! siffla méchamment Cleena, que cette grossesse rendait particulièrement angoissée et exigeante.

Les deux caméristes acquiescèrent. Essylt leur serra la main.

— Ce n'est rien Cleena, elles sont parfaites. Ce sont ces robes. J'en suis fatiguée.

— Je vais renvoyer des missives aux couturiers. Ils auraient déjà dû envoyer les nouvelles pièces. Je vais leur commander des jupons plus fins. Ils ont intérêt à travailler vite ou sinon…

La gouvernante sortit de la chambre et poursuivit sa phrase dans le salon. Elles rirent de son emportement, qui pouvait être aussi agaçant qu'attendrissant.

La souveraine rejoignit son mari devant leurs appartements. Ses yeux noisette rayonnèrent de plaisir de la découvrir si belle.

La salle du diner était modeste et somptueuse. Il s'en dégageait une douce harmonie, en parfait accord avec ce Royaume, aux airs romantiques. Les deux couples de monarques ainsi qu'Alyson étaient déjà installés sur de larges canapés brodés d'or, un verre de vin à la main.

— Vos Majestés, votre Altesse, veuillez nous excuser pour le retard. Le sommeil de ma femme est fort difficile à contrer.

Essylt rougit de cette remarque tandis que les deux Reines s'empressaient de l'excuser avec un sourire.

— Rejoignez-nous, nous avons à peine commencé.

Ils prirent place. Une fois servie, Essylt fut sollicitée par Iverna et Dymphna. Elles voulaient tout savoir de sa grossesse, de son ressenti, de ses craintes. Elles exprimèrent longtemps leur soulagement que le bébé n'ait pas pâti de son malaise du mois dernier. Elles ne s'attardèrent pas sur ce qui l'avait causé en revanche. Il semblait logique à tous que ce fût là un sujet sensible.

Alors qu'ils allaient passer à table dans une ambiance festive, une nourrice fit son entrée avec la jeune Princesse de Vuai.

— Votre Majesté, Ryann est couché. La Princesse vient de se réveiller et je l'ai nourrie.

— Merci, Elly, tu peux disposer.

La nourrice lui déposa l'enfant dans les bras avant de se retirer. Un sourire lumineux se dessina sur le visage de Dymphna. Comme attirées par la force de la vie, toutes les femmes se réunirent autour du bébé.

— Elle est très belle, la complimenta Iverna, une certaine nostalgie dans le regard.

La Reine d'Aivaithra se tourna vers son unique fille.

— Alyson, il me tarde que tu aies des enfants.

La Princesse grimaça de dégout.

— Ce n'est pas mon cas.

Elle fit volte-face pour rejoindre les Rois avec arrogance. Iverna soupira ostensiblement.

— Plus ils grandissent, plus ils causent d'ennuis. Profitez de ces belles années.

Elle caressa la joue potelée d'Ailina. Avec ses cheveux bruns et ses grands yeux verts, elle était le portrait de ses frères et sœur. Les souverains de Vuai avaient créé une belle fratrie, qui se ferait une place dans l'histoire du Continent des Neuf Royaumes.

— Vous souhaitez la prendre ?

Perdue dans ses pensées, Essylt acquiesça. Ce n'était pas la première fois qu'elle prenait un enfant contre elle, mais c'était la première fois qu'elle s'imaginait tenir le sien. Avoir un nourrisson dans les bras rendait sa future maternité plus concrète.

La petite tête d'Ailina se lova dans le creux de son coude. La Princesse remua ses lèvres rosées avec application. Enroulée dans sa couverture verte, elle était si adorable qu'Essylt dû contenir ses larmes. Pour dissimuler son trouble, elle déposa un baiser sur son front.

Un courant brûlant la traversa tout entière.

Le château de Vuai. Un éclair dans le ciel noir. Une robe bleue. Une couronne.

Essylt se recula de l'enfant, le souffle coupé. Dans ses bras, la Princesse était immobile, ses grands yeux verts rivés aux siens. Comme si elle savait.

Est-ce ta vie que je viens de voir ?

Des bribes, en tout cas, cela ne faisait aucun doute.

— Essylt ?

À quelques pas d'elle, Calixte l'observait avec attention, les sourcils froncés. Elle força ses lèvres à sourire.

— Excusez-moi, j'étais perdue dans mes pensées. Calixte, où est le présent pour la Princesse Ailina ?

— Je vais faire quérir le valet.

— Oh, vous n'auriez pas dû, la réprimanda Dymphna.

— Bien sûr que si, c'est tout à fait normal.

Un valet vêtu de bleu entra avec un paquet. Il le donna à la Reine de Vuai avec une révérence. Dymphna découvrit un assortiment de robes plus colorées et couteuses les unes que les autres. Cette fois-ci, Essylt avait suivi les directives de Calixte pour le présent, afin de ne pas faire d'impair comme avec la peluche pour Geoffraidh. Elle savait toutefois que l'enfant la gardait toujours près de lui et ne pouvait dormir sans.

Après les avoir chaleureusement remerciés, Dymphna reprit sa fille pour un dernier baiser avant le coucher. Tandis que la nourrice la récupérait, Thuán attrapa Calixte par l'épaule, dans ce geste purement masculin signe de confidence.

— Si vous venez à avoir un fils, je tiens à préciser que ma Ailina est disponible.

Calixte éclata de rire.

— Je vais avoir un fils, Thuán. C'est une proposition très alléchante.

— Nous en reparlerons autour d'un verre en fêtant sa naissance !

Contents de leur arrangement, les deux hommes prirent place à table. Essylt suivit le mouvement, un goût de bile dans la bouche.

Calixte envisageait-il vraiment de fiancer leur enfant ? Sans même lui demander ? Et surtout, sans lui demander, à lui ? Elle avait bien trop conscience des ravages d'un mariage forcé. Elle n'imposerait jamais cela à son fils.

Le dîner se déroula à merveille. Essylt était en compagnie de monarques qu'elle appréciait, de fort agréable conversation et non désireux d'entrer à tout prix dans ses bonnes grâces par divers stratagèmes déplaisants.

Une fois dans leurs appartements à une heure tardive, Essylt poussa un long soupir quand ses servantes lui retirèrent sa robe. Elle se blottit dans les draps avec délice. Le bas de son dos la faisait souffrir.

Calixte s'assit sur le bord du lit avec maladresse pour ôter ses chaussures. Le passage de sa chemise par-dessus sa tête fut compliqué, le faisant souffler bruyamment.

— Veux-tu que je fasse quérir ton valet ?

— Non. Non. Je veux être seul avec ma femme.

Il se mit debout pour retirer son pantalon, tangua un moment sur ses jambes avant de se stabiliser. Visiblement, les trois Rois n'avaient pas lésiné sur l'alcool ce soir. Laisser des hommes avec des bouteilles suscitait toujours chez eux le besoin de rivaliser, comme dans n'importe quel domaine.

Enfin nu, Calixte bondit littéralement sur le lit à côté d'elle. Essylt grogna d'être remuée ainsi. Il se précipita contre son ventre.

— Pardon, pardon, pardon. Pardon petit bébé. Pardon ma Reine.

Elle se contint de lever les yeux au ciel. Dans cet état, il l'agaçait grandement.

— Que penses-tu de cette alliance avec la Vuai ?

Il faisait clairement référence aux supposées fiançailles de leur fils. Elle n'avait pas prévu d'aborder le sujet ce soir, mais puisqu'il y tenait, elle n'allait pas le ménager.

— Il est hors de question que tu fiances notre fils. Il choisira son épouse.

Il se redressa. Ses yeux noisette étaient plus limpides que d'ordinaire.

— Je ne voulais pas t'énerver. Mais je ne comprends pas ton point de vue.

C'était très horripilant qu'il soit capable de s'exprimer aussi bien alors qu'il sentait l'alcool à plein nez. Un Roi le reste en toutes circonstances.

— Je ne comprends pas que le sujet soit abordé. Tes parents t'ont laissé entièrement libre de ton choix, même passé un âge où tu aurais pu te presser. Pourquoi imposer une femme à notre fils ?

— Mais cela n'a rien à voir. J'étais un héritier normal et le seul enfant de mes parents. Notre fils règnera un jour sur la Bofursyle. Et notre prochain enfant, sur la Rodorchna. Nous devons penser à nos alliances. Le faire épouser la Princesse de Vuai nous assure le soutien de notre Royaume frontalier, sans compter qu'ils ont plusieurs enfants : je suis convaincu que plus d'un montera sur un trône. Nous aurons ainsi le soutien d'une grande famille.

Emporté par ce qu'il disait, il se redressa en position assise, sans remarquer la pâleur de sa femme.

— Notre second enfant épousera un héritier d'Aivaithra ou de Guanile, puisque tu as de la famille proche en Xoramif et Mebeaka, et moi en Teac. Ainsi, nous aurons de l'influence sur presque tout le Continent.

— Comment... Comment peux-tu envisager nos enfants comme des instruments politiques ?

Le son de sa voix était déformé par des larmes qu'elle se refusait à laisser couler.

— C'est parce que c'est ce qu'ils sont, Essylt.

Deux jours se déroulèrent dans une ambiance festive et productive. Les monarques débattaient de politique et de commerce avec le sourire, sans arrière-pensée.

Essylt passait le plus clair de son temps avec Iverna et Dymphna. La Princesse Alyson les rejoignait parfois, quand ses humeurs d'adolescente n'indisposaient pas sa mère. Les trois Reines s'entendaient si bien qu'elles discutèrent des heures sans se soucier du reste du monde. Plus d'une fois, elles eurent l'impression d'être des femmes ordinaires, sans mari qui gouvernait, sans enfants qui avaient tant à apprendre, sans responsabilités trop grandes pour leurs épaules. Plus d'une fois, elles savourèrent cette étrange sensation de normalité, au gout fruité et malheureusement éphémère.

Le troisième jour, après un déjeuner où Essylt fut excédée d'entendre Thuán et Calixte rire d'être de futurs beaux-pères, elle décida d'aller découvrir les méandres de ce palais coloré. Dymphna était occupée par ses enfants : Ryann s'ennuyait et le faisait comprendre à ses nourrices par des cris scandalisés et Ailina était malade depuis le lever. Quant à Iverna, elle recevait ses sujets pour rendre justice.

Nullement déçue d'être un peu seule, Essylt enfila ses meilleures chaussures — Cleena ne cessait de parler de l'importance de pieds bien chaussés dans sa condition — et une tenue légère pour profiter du beau temps. Accompagnée de Jarlath et Caem, le cœur lourd que Cathan ne soit pas là, elle partit arpenter les ruelles en pierre, aux dédales innombrables et fleuris.

— Bethania a ton châle si tu le souhaites.

C'était la troisième fois que Jarlath lui précisait.

— Je n'ai pas froid, il fait grand beau, s'exclama-t-elle en lui désignant le ciel immaculé, tandis que sa caméristе acquiesçait.

— Oui, mais Cleena a dit que tu devais être bien couverte. Nous ne sommes qu'en mai et…

— Je sais quand j'ai froid, Jar. Je t'en supplie, cesse de t'inquiéter.

Il leva les mains en signe de reddition, non sans effleurer son bras nu pour vérifier. Attendrie, elle poursuivit sa route. Prendre le soleil lui faisait un bien fou, particulièrement après ces longs mois d'hiver. Elle avait toujours l'impression de respirer plus aisément quand le manteau blanc disparaissait.

Le palais était plein de petits chemins escarpés, de ruelles étroites qui donnaient l'impression d'être hors du temps. Les domestiques et courtisans évitaient sa route, comme s'ils ne voulaient déranger ce moment de paix. Le lieu avait un pouvoir impalpable et reposant.

Alors qu'elle montait des escaliers menant au toit pour admirer la vue, sur conseil d'un garde aivaithrien, elle dut s'arrêter pour reprendre son souffle. Elle oubliait parfois qu'elle ne déplaçait plus le même poids. Dans son ventre, le bébé se mit à remuer dans tous les sens.

— Doucement, trésor, chuchota-t-elle en le couvant de ses mains.

— Tout va bien ?

— Oui, c'est juste qu'il…

Les mots moururent sur ses lèvres quand une giclée de sang la recouvrit. Choquée, elle découvrit la gorge béante d'un soldat de Bofursyle quelques marches au-dessus d'elle, ainsi qu'un inconnu au visage dissimulé.

— On nous attaque ! hurla Jarlath en se jetant devant elle.

Caem l'attrapa par le bras pour la tirer en bas, Bethania se colla à son dos pour faire rempart de son corps. Elle était bousculée par les soldats qui montaient en hâte affronter l'ennemi. Des cris rageurs et des bruits métalliques s'élevèrent, accentuant sa confusion.

— Halte ! Il y en a aussi en bas ! vociféra Caem en s'arrêtant brusquement.

Essylt eut le réflexe de se tourner pour ne pas le percuter de plein fouet. Le choc n'en fut pas moins douloureux. Caem la rattrapa avec adresse. Il regarda son ventre et pâlit furieusement.

— Remontez de quelques marches.

Le ton de sa voix était doux malgré le chaos. Cela l'aida à lui obéir et à ne pas s'évanouir de terreur.

En bas des marches, une vingtaine de soldats vêtus de noir se battaient contre les gardes de Rodorchna, de Bofursyle et d'Aivaithra. En haut, la scène était identique. Les soldats de la Reine étaient plus nombreux, néanmoins leur position précaire au milieu de l'escalier et le fait de tenir deux fronts différents ne jouait pas en leur faveur. Déjà, les gardes royaux se rapprochaient d'Essylt, acculés comme des bêtes.

Tétanisée, la souveraine reprit son souffle en sentant la main de son commandant sur son dos.

— Nous allons devoir bouger. Vite. Caem, tu vois ces pierres ?

Jarlath désignait le mur contre lequel l'escalier était accolé sur la droite. À gauche, il donnait sur une place. Ils étaient trop haut pour pouvoir sauter, surtout Essylt.

— Oui. Je pense pouvoir monter.

— Fais-le. Si c'est praticable, nous te suivrons.

Essylt plongea dans ses yeux bruns sans dissimuler sa terreur. Il voulait qu'elle escalade un mur dans son état ?

Agile, Caem plaça ses pieds dans les fentes des grosses pierres. Par la force de ses bras, il se hissa sur le toit du palais.

— C'est bon !

— Essylt, tu…

— Non, je ne peux pas !

Elle se recroquevilla sur elle-même autour de son ventre. Son fils ne cessait de bouger, percevant sa peur.

— Bethania !

La camériste fut portée par deux soldats qui ne lui laissèrent pas le choix.

Jarlath prit le visage d'Essylt dans ses mains pour la redresser. Ses yeux bleu ciel étaient limpides.

— Je ne peux pas. Il y a plusieurs mètres. Le bébé…

— Si tu ne peux pas escalader, alors vole.

— Je ne sais pas ! hurla-t-elle à plein poumon. Je ne sais pas le faire sur commande, j'ai beaucoup trop peur, et le bébé…

— Dans ce cas, je serai ta magie.

Il la tourna face au mur et leva vivement ses bras pour qu'elle saisisse les pierres. Il ne devait surtout pas lui laisser le temps de réfléchir. Leurs soldats se faisaient massacrer et leurs ennemis se tiendraient bientôt devant eux, prêts à accomplir leur meurtre royal.

— Aie confiance en moi. Écoute ma voix. Monte.

Il la souleva par la taille, la forçant à s'agripper au mur, à glisser ses mains et ses pieds dans les interstices. Poussée par l'instinct de survie, elle grimpa. Garder une distance avec le mur était rendu plus aisé par la présence de Jarlath, qui compensait sa faiblesse. À côté d'elle, un bras dans son dos, il la soutenait, la poussait, l'encourageait.

Soudain, deux mains se glissèrent sous ses aisselles. Jarlath passa une épaule sous ses fesses pour la soulever tandis qu'en haut Caem en faisait autant. Bethania se précipita pour protéger son ventre avec son châle.

À genoux, les mains posées à plat sur le sol pour être sûre de sa réalité, Essylt peinait à reprendre son souffle.

— Ma Reine, comment vous sentez vous ? Et le bébé ? s'inquiéta sa camériste en larmes, tout en la serrant contre elle.

— Il y a un escalier là-bas pour redescendre, les informa Caem.

Autour d'eux, leurs hommes se mettaient tout juste sur pied après la même acrobatie.

— Alors on y va !

Caem et Jarlath saisirent Essylt sous les aisselles pour la soulever.

— Pas si vite !

Sur leur gauche, leurs ennemis apparurent, l'épée ensanglantée au poing. Ils se précipitèrent pour leur barrer le passage.

Ses soldats passèrent devant elle en dégainant. Un silence glacial s'abattit sur le toit. Autour d'eux, le vent qui dansait sur les plaines verdoyantes se tut, s'enfuyant vers l'horizon ensoleillé. Le palais romantique émit un sanglot.

D'un même hurlement, ils se jetèrent les uns sur les autres. Des ennemis arrivaient massivement de la gauche, mais le nombre de soldats grimpant le mur tarissait. Sur les marches, les hommes vêtus de noir abattaient les gardes qui tentaient de monter.

Entourée par la mort, Essylt vacilla. Sa servante la fit reculer loin des affrontements et l'assit pour la cacher. Terrifiée à l'idée que Jarlath, Caem ou Bethania soient blessés, il n'y avait pourtant qu'une seule pensée cohérente qui tournait en boucle dans son esprit, ses mains serrées sur son ventre rond.

Reste.

Des images floues dansaient devant ses yeux. Un genou posé au sol, le tissu bleu de l'uniforme s'assombrissant rapidement. Les yeux brûlants de haine d'un assaillant se ruant vers elle avant d'être poignardé en plein cœur par Caem. La main rebondissant sur le sol à quelques pas d'elle, les doigts calleux remuant une dernière fois.

— Essylt !

La voix familière mit plusieurs minutes à l'atteindre. Derrière les attaquants arrivaient des soldats par dizaines. À leur tête, Calixte et Lomna rayonnaient de fureur. Sans leur couronne, les Rois n'en étaient pas moins impressionnants de puissance.

— Essylt !

Son mari courut vers elle. D'un mouvement ample, il abattit un homme vêtu de noir, le visage déformé par la rage. Les gardes se précipitèrent autour de leur monarque pour le protéger. Ce dernier se fraya un chemin sans se soucier du danger, tout son être focalisé sur sa femme.

Il s'écroula devant elle et la prit dans ses bras.

— Essylt, Essylt…

Contre elle, son corps était secoué de sanglots. Elle le percevait à peine. Le monde se réduisait aux mouvements de son enfant dans sa chair.

Il caressa son visage. En se tournant vers lui, elle aperçut son commandant du coin de l'œil. Elle vit l'instant précis où un assaillant le percuta de plein fouet, le faisant violemment reculer. Ses talons rencontrèrent le rebord du toit. Pour se rattraper, il saisit son ennemi alors qu'il tombait, l'emportant dans le vide avec lui.

— JARLATH !

Essylt bondit vers lui. Son corps se déchira en deux avec une telle puissance qu'elle s'effondra sur ses coudes.

Elle ne sentit pas les mains qui la soutenaient, elle n'entendit pas les voix qui hurlaient. Non, tout ce qu'elle percevait était ce corps suspendu, pris dans les filets de ses pouvoirs.

Les yeux fermés, le cœur battant la chamade, les cheveux balayés par un vent furieux, elle s'appliqua à le faire descendre. Sa magie obéit, broyant ses côtes. Lentement, le corps fut déposé sur la terre ferme.

Elle reprit son souffle avec frénésie. Elle rampa, écorchant ses genoux et déchirant sa robe, pour rejoindre le rebord. Il fallait qu'elle soit sûre.

Jarlath était assis dans la ruelle, hébété mais intact. À côté de lui reposait le corps de son assaillant, disloqué, baignant dans une mare de sang.

Calixte l'enlaça pour exprimer son soulagement. Rassurée pour son meilleur ami, elle laissa les ténèbres l'engloutir.

Assise dans le salon coloré, Essylt buvait son thé par petites gorgées appliquées, enroulée dans une couverture. Un livre avait été posé près d'elle : une tentative d'occupation bien inutile. Elle ne parvenait ni à se concentrer ni à poursuivre le moindre raisonnement.

Dehors, le soleil déclinait sur cette journée macabrement inoubliable.

Pour la millième fois, elle posa sa main sur son ventre. Le médecin avait été formel, le bébé n'avait rien. Il bougeait parfaitement et elle n'avait été blessée d'aucune manière. Il préconisait juste beaucoup de repos.

Mais la Reine n'avait pas envie de se reposer. En réalité, elle n'avait envie de rien. Elle n'aspirait qu'à un univers d'indifférence.

Jarlath était venu lui faire son rapport. Les assaillants avaient été arrêtés et interrogés pendant qu'elle dormait. Ils avaient avoué avoir été engagés, sans préciser par qui, même sous la torture. C'est un soldat aivaithrien infiltré qui avait aidé les hommes vêtus de noir à pénétrer dans l'enceinte du palais et à la trouver.

Elle l'avait prié de se retirer. Elle ne voulait pas vraiment savoir.

Elle s'était refusée à repenser à l'attaque survenue après son mariage, durant laquelle un village entier avait brûlé, car cela faisait resurgir le souvenir de Declan, nu et passionné. Elle avait été convaincue que ce serait la dernière atteinte à sa vie. Elle croyait avoir mis fin à cette chasse détestable huit mois plus tôt, soit en ayant effrayé son ennemi, soit en l'ayant directement tué. Apparemment, il n'en était rien. Néanmoins, son esprit ne parvenait toujours pas, malgré les années, à accepter cette terrible réalité. Quelqu'un voulait sa mort. Ce concept restait flou, lointain, inaccessible.

Peut-être l'était-il parce qu'elle se refusait à y songer. Parce qu'elle avait trop peur que cela la change. Le jour où Ty était morte, elle avait pris conscience de la puissance phénoménale qui pouvait jaillir d'elle. Elle savait que si elle le voulait vraiment, si elle apprenait tout de son héritage, elle pourrait faire face à son ennemi mortel. Plus que cela, elle pourrait le détruire. Elle pourrait tout détruire. Absolument tout.

Et elle ne se sentait pas prête à assumer un tel pouvoir.

Pas encore.

— Votre Majesté ?

Un soldat rodorchnien se tenait dans l'encadrement de la porte. Il eut un tendre sourire devant sa position recroquevillée.

— Oui ?

— Sa Majesté la Reine Iverna demande si elle peut vous voir.

Son ton laissait clairement sous-entendre qu'il était prêt à la renvoyer.

— Faites-la entrer.

Il opina et ouvrit la porte avec une révérence. La souveraine d'Aivaithra fit son entrée. Son élégance naturelle était atténuée par l'inquiétude.

Sans formalité, elle vint s'assoir près d'elle. Essylt se redressa en position assise pour avoir plus de contenance, bien qu'elle n'eût pas envie de faire semblant d'aller bien. Elle aurait dû, pour paraître forte devant son homologue, mais elle n'en voyait pas l'utilité. Iverna était trop perspicace.

— Je suis désolée.

— Vous n'avez pas à l'être, souffla Essylt d'une petite voix en déposant sa tasse. Vous n'êtes en rien responsable.

— Je suis responsable de votre sécurité sur mes terres. J'ai été négligente. Je n'aurais jamais cru qu'on oserait vous attaquer chez moi. Je pensais que vous n'étiez plus en danger…

— Je le pensais également.

Devant sa détresse, Iverna franchit la ligne invisible entre elles pour lui prendre la main.

— Je n'imagine pas à quel point vous devez avoir peur pour lui.

— Pour lui ?

Les yeux dorés d'Iverna, si semblables à ceux de Guénolé, s'écarquillèrent de surprise.

— Pour votre fils, Majesté.

Comme brûlée, Essylt lui retira sa main pour effleurer son ventre, qu'elle avait soudain peur de toucher.

— Je… Comment…

— Majesté, je ne voulais pas vous effrayer mais… quelles que soient les raisons de la personne qui veut votre mort, elles s'appliqueront aussi à votre enfant.

Son cœur s'arrêta.

Non. Non !

Elle aurait voulu empêcher son esprit d'y penser, mais il était trop tard. L'image de soldats à sa poursuite, son bébé serré contre elle, lui noua la gorge.

Non. Non.

Et pourtant. Iverna avait raison, il ne pouvait en être autrement.

Son enfant était le petit fils de Mil le Tyran.

Héritier d'une magie ancestrale et crainte.

Futur Roi d'un, voire de deux royaumes.

Et si la haine de son ennemi était dirigée contre elle personnellement, quel meilleur moyen pour la détruire que de tuer son enfant ?

Une bile acide lui envahit la bouche. Elle massa doucement son ventre pour calmer les soubresauts du petit, qui sentait la peur pulser dans leurs veines.

Dans leurs veines. Là où coulait ce sang surpuissant et maudit. Ce sang qu'elle lui léguait bien malgré elle et qui le menaçait de mort avant même sa naissance.

Je suis tellement désolée.

V

« À l'instant où mon enfant bougea en moi, ce fut une évidence : il était toute ma vie. » Reine Ornóra de Rodorchna, 451

Le Roi et la Reine de Bofursyle di Rodorchna écourtèrent leur séjour en Aivaithra. Ils reprirent la route deux jours après l'attaque, dans un silence lourd de douleur. Pas moins de douze soldats étaient morts en faisant leur devoir et trois autres étaient grièvement blessés. Bouleversée, Essylt avait exigé que les corps soient ramenés auprès de leurs proches, avec les honneurs. Calixte comptait dédommager les familles et rendre un immense hommage aux défunts. Chaque homme qui était mort pour elle méritait d'avoir son nom gravé dans la pierre.

À peine arrivée, Essylt se dirigea vers sa chambre. Elle était éreintée, l'esprit empli de trop de pensées pessimistes pour supporter la présence de quiconque.

Ses caméristes la déshabillèrent en silence. Elle grimaça en retirant son corset. Son corps changeait de plus en plus, lui rappelant que l'échéance approchait. Que bientôt, elle serait mère.

Elle ne se sentait pas prête.

Elle sursauta en voyant Calixte entrer. Ses servantes s'inclinèrent et fuirent, percevant l'orage imminent.

Essylt s'était montrée distante tout le trajet, ce que son époux avait trouvé normal. Après les évènements, elle avait besoin de repos. Qu'elle ne souhaite parler à personne était compréhensible.

Elle se glissa sous les draps pour lui signifier qu'elle voulait être seule. Empressé, il plaça ses oreillers sous sa tête. Il posa tendrement la main sur son ventre rond.

Son mouvement de recul le fit pâlir.

— Essylt…

— Que veux-tu ?

— Je… Simplement m'assurer que vous allez bien. J'ai failli vous perdre.

— Rassure-toi, ton précieux héritier va bien.

Son ton dédaigneux le fit tressaillir.

— Comment peux-tu dire une chose pareille ? C'est mon fils !

Il s'agenouilla sous le coup de l'émotion. Les larmes lui montèrent aux yeux malgré sa colère.

— Je t'aime et je l'aime aussi. Plus que tout. Je sais que mes paroles sur les fiançailles t'ont déplu, mais cela ne signifie pas que je n'aime pas mon enfant. Je serais prêt à tout pour lui, il est ce que j'ai de plus cher au monde, avec toi. Comment peux-tu seulement en douter ?

— Pardonne-moi. C'est juste… Je refuse de lui imposer qui il doit aimer.

— C'est parce que tu n'as pas été éduquée ainsi, souffla-t-il en caressant ses cheveux, sans comprendre qu'il la blessait. Tu es une brillante politicienne, mais parfois ce genre de subtilité t'échappe. Nous en reparlerons plus tard, mais sache que je ne changerai pas d'avis.

Il embrassa son front, coupant court au débat. À vrai dire, elle n'avait pas envie de se disputer avec lui à ce sujet. Son bébé n'était pas encore né qu'ils étaient déjà en conflit sur son avenir. Essylt savait qu'elle aurait du mal à accorder la Reine et la mère en elle, parce que la dernière allait souvent l'emporter.

Le Roi se dévêtit et se glissa à ses côtés. Il passa de longues minutes à écouter son ventre, riant du moindre bruit incongru. Elle l'admira sourire, toucher, s'émerveiller. Qu'il était beau à cet instant. Ses cheveux châtains en bataille qui lui retombaient sur le front. Ses yeux noisette illuminés et bons. Ses mains douces et adoratrices. Sa façon d'être un homme, comme une évidence.

Elle souhaitait parfois n'avoir jamais aimé Declan. Tout aurait été tellement plus simple. Sa vie avec Calixte aurait été plus aisée, peut-être aurait-elle pu l'aimer entièrement, profondément. Elle aurait éprouvé moins de souffrance, moins de regrets. Elle n'aurait pas été rongée par la culpabilité et le manque.

Oui, tout aurait été plus simple.

Mais qui préfère la simplicité au grand amour ? Personne. Pas même une Reine au cœur brisé.

Une semaine plus tard, le château fut envahi par les nobles, désireux d'entourer leur souveraine menacée.

Bartley fut le premier arrivé, essoufflé d'avoir parcouru les couloirs à la hâte, son épouse sur les talons. Après une collation, le Vicomte demanda une entrevue avec la Reine, qu'elle lui accorda. Il lui fit part de ses peurs et de son souhait de demeurer à ses côtés un certain temps, pour l'aider et surtout pour être rassuré. Même si Bartley s'était éloigné du poste de conseiller royal pour lequel elle l'avait formé, Essylt l'appréciait toujours en tant qu'ami. Elle accepta donc, ravie de l'avoir auprès d'elle.

Progressivement, tous les aristocrates bofursyliens vinrent s'installer au palais, excepté Euthalia, évidemment. Tous les nobles s'appliquèrent à ne jamais prononcer son nom, bien trop conscients de sa disgrâce.

Les anciens monarques firent leur grand retour au château. Il n'aurait pu en être autrement. Dubheasa agressa presque les gardes pour qu'on la mène sur-le-champ à sa belle-fille. À peine entrée, elle la serra fort contre elle, les larmes aux yeux. Guénolé offrit également à Essylt une étreinte tendre et compatissante, pleine de cette peur qu'ils avaient éprouvée. Ils auraient non seulement pu perdre leur bru, mais aussi leur petit-fils. Leur soulagement et leur joie étaient contagieux. Dubheasa s'empressa de prendre auprès d'Essylt un rôle de conseillère, pour la rassurer sur ses craintes de future mère et l'aider avec la royauté. Même si Calixte avait été heureux de commencer son règne sans ses parents pour lui faire de l'ombre, leur retour était bienvenu.

Lauryn, Delyth et Caitlyn se mirent à papillonner autour d'Essylt tel un insecte autour d'une flamme. Sa grossesse la rendait encore plus importante à la cour, ce qu'elle n'aurait pas cru possible. Elles ne cessaient de lui parler de son enfant et de poser des questions sur ses gouts, afin de déterminer le cadeau royal le plus approprié.

Heureusement pour Essylt, Luíseach et Saraid revinrent de Rodorchna la semaine suivante. Elles avaient accompli les tâches qu'elle leur avait allouées. Elles étaient toutefois revenues en hâte, soucieuses pour leur souveraine.

Avoir des nouvelles de son Royaume de naissance réchauffa le cœur de la Reine. Calixte et elle avaient prévu de s'y rendre en avril dernier pour plusieurs mois, néanmoins l'annonce de sa grossesse ainsi que ses soucis de santé avaient retardé leur départ. À présent, le médecin royal refusait qu'elle soit déplacée, surtout après avoir été aussi choquée et brusquée. Il prétextait aussi qu'accoucher dans un pays moins chaud aiderait la souveraine, bien qu'elle soit peu sensible à la chaleur.

— Votre Majesté, vous avez le teint rayonnant, s'exclama Caitlyn avec une révérence avant de s'assoir aux côtés de la Reine.

— Il est vrai que vous semblez plus reposée que ces derniers jours, commenta Dubheasa, installée en face d'elle dans le grand salon.

— J'ai particulièrement bien dormi, approuva Essylt en engloutissant une énième viennoiserie, résignée à parler constamment de sa santé.

— Une raison à cela ? s'enquit Luíseach avec un doux sourire.

Les joues royales s'empourprèrent.

— J'avais fort mal au pied. Mes servantes ont voulu me les masser, mais Calixte a insisté pour le faire.

Des soupirs extasiés résonnèrent.

— Le Roi est si prévenant avec vous.

— Je suis heureuse d'entendre que mon fils prend grand soin de vous.

— Il le fait, je puis vous l'assurer.

Dubheasa se redressa et fit signe à un domestique.

— Veuillez rapporter des brioches et du jus de fruits frais pour la Reine.

— Tout de suite.

Essylt rougit encore plus.

— Il faut manger ce qui vous fait plaisir.

— Pour en revenir à vos pieds, Majesté, ma belle-sœur utilisait une lotion de…

Lauryn fut interrompue par l'ouverture des portes.

— Vos Majestés, le Prince Declan.

Tous les convives se tournèrent vers l'entrée. Essylt sentit son souffle se coincer dans sa gorge.

Impossible.

Lentement, elle se retourna sur sa chaise, s'attendant à un mirage, un rêve trop beau pour être vrai.

Il était là. Grand et droit, se tenant au milieu de la pièce avec ce naturel désarmant. Les éclats du soleil jouaient sur ses cheveux chocolat si longs qu'ils formaient des boucles effleurant ses épaules. Une barbe épaisse mangeait son visage, le rendant encore plus dur et beau à la fois. Il adoptait une posture protocolaire et élégante, malgré des vêtements simples et inadaptés à son rang.

Avait-il toujours eu des yeux d'un vert aussi intense ? C'était comme si elle le redécouvrait. Pourtant, elle le connaissait par cœur. Ce dernier en attestait en battant furieusement, frappant ses côtes douloureuses.

À l'instant précis où il vit son ventre rond, Declan blêmit. Ses pommettes s'affaissèrent, son regard s'assombrit. Essylt vit son âme se déchirer, en un bruit assourdissant dont l'écho résonnerait en elle à jamais.

— Declan !

Calixte bondit sur son frère, crochetant sa nuque pour engager une bagarre. Declan y répondit avec peu d'entrain, essayant de forcer ses lèvres à sourire.

— Je ne m'attendais pas à ton retour, mon frère, mais que je suis content ! s'écria-t-il en l'attrapant par les épaules. Tu as bien piètre allure, mais peu importe ! Nous allons célébrer ton retour, ce soir même !

Tous s'écrièrent de joie. Excepté Essylt, qui doutait que le moindre son puisse franchir ses lèvres.

Guénolé salua son fils, Dubheasa se leva pour en faire autant.

Une main effleurant son épaule fit sursauter la Reine.

— Vous n'allez pas saluer le Prince ? chuchota Luíseach.

— Si, de ce pas.

Consciente qu'elle devait se ressaisir, elle se mit debout. Ses jambes tremblèrent, elle demeura accrochée une longue minute au dossier de la chaise pour reprendre son souffle. Elle replaça les pans de sa robe et vérifia son reflet dans les vitres. Aucune mèche ne dépassait, son diadème était bien droit.

Tu peux le faire.

Elle s'approcha de la famille royale de Bofursyle, dont les retrouvailles étaient toujours bruyantes et chaleureuses. Calixte posa la main dans le creux de ses reins, la faisant tressaillir.

— Declan, inutile de te préciser qu'en ton absence, j'ai été plutôt productif.

— Calixte ! le gronda Dubheasa. Un peu d'élégance, je te prie.

Le Roi éclata de rire, sans remarquer que son frère lui ne riait pas. Élevé dans le respect d'un protocole très exigeant, Declan tendit sa main à Essylt.

— Votre Majesté, toutes mes félicitations pour ce merveilleux évènement à venir.

— Je vous remercie.

Ses doigts effleurèrent sa paume. Un long frisson les parcourut tous les deux, d'excitation et de joie. Leurs peaux se reconnaissaient, implorant plus. Lentement, Declan s'inclina pour déposer un baiser sur ses doigts. Elle ressentit l'endroit exact de son contact, à la fois brulant et rêche. Ce fut comme si tout son corps reprenait vie, avec audace. Son cœur accéléra si brutalement que son bébé s'immobilisa, attentif.

Les lèvres de Declan quittèrent sa peau, ses yeux rencontrèrent les siens. Des sentiments conflictuels et passionnés l'envahirent violemment.

Sur sa gauche, une vitre explosa.

Calixte et Declan bondirent sur elle pour la protéger, l'entrainant derrière un canapé. Des hurlements s'élevèrent tandis que les nobles s'enfuyaient, appelant à l'aide.

— C'est peut-être une attaque, s'écria Calixte en serrant Essylt contre lui.

— Je vais voir, l'informa Declan, redevenant le soldat au service de son Roi.

Avant de quitter la pièce, il coula un regard sans équivoque à Essylt. Il savait parfaitement que c'était elle.

— Tu ne seras jamais indécente, ma douce, chuchota-t-il. Tu es la plus puissante Reine de ce Continent. La plus riche. Et surtout, la plus belle.

La plus seule, aussi.

— Personne n'a rien vu, votre Altesse.

Declan opina. C'était le cinquième rapport identique et la version n'allait sans aucun doute pas différer. La vitre brisée était du fait d'Essylt. Savoir qu'il était la cause de son trouble faisait tordre son estomac de douleur. Parce qu'une part de lui en était ravie, alors qu'une autre réalisait à quel point il avait été sot.

Je n'aurais jamais dû revenir.

Mais il était trop tard à présent. Il ne pouvait repartir sans prévenir, surtout pas alors que son frère était si heureux de son retour.

De plus, il fallait qu'il sache. Qu'il sache si cet enfant…

N'espère pas. Surtout pas. Parce que ce rêve serait en réalité le pire des cauchemars.

— Votre Altesse, je…

— Soldats !

La voix autoritaire fit bondir les hommes au garde à vous. Consciencieux, ils s'écartèrent du chemin de leur Chef.

Réamann s'approcha de Declan en arborant son éternel demi-sourire. Le second avait pris le poste de son protégé et ami après son départ.

— J'avais entendu les rumeurs, mais je n'osais croire qu'elles étaient fondées. Heureux de vous revoir, votre Altesse.

Ils échangèrent une poignée de main militaire et vigoureuse.

— Soldats, rompez. Reprenez vos postes et rapportez-moi le moindre évènement suspect.

— Tout de suite, Chef.

Une fois qu'ils furent seuls dans la cour, ils bondirent dans les bras l'un de l'autre et se frappèrent les épaules en riant. Les deux hommes avaient toujours partagé une amitié solide, forgée dans la sueur et l'apprentissage d'un métier difficile.

— Il est bon de te revoir. Aurais-je l'honneur de savoir ce qui t'a tenu éloigné durant des mois de la Bofursyle ?

— Des affaires à régler.

Réamann leva un sourcil pressant. Sous l'ardeur de son regard noir, Declan soupira.

— Je cherchais à découvrir l'identité de l'assassin de la Reine, afin de le mettre hors d'état de nuire. Comme tu le sais au vu des derniers évènements, j'ai échoué.

Le Chef déglutit difficilement.

— Crois-tu que le château vienne d'essuyer une attaque ? Que la Reine soit en danger ?

— Non, je pense que c'était l'œuvre d'un enfant. Les gardes n'ont vu aucune présence ennemie. Rassure-toi, tu fais un excellent travail.

— Heureusement pour moi, plus pour très longtemps.

Declan recula d'un pas.

— Tu ne comptes pas reprendre ton poste, c'est cela ? s'enquit Réamann, décontenancé.

— Je ne pense pas rester très longtemps.

— Pourquoi ? Nous avons d'excellents espions partout dans le Continent. Sans compter la collaboration totale de tous les royaumes, qui sont bien trop effrayés à l'idée de paraître suspects. Tu es bien plus utile aux monarques ici que partout ailleurs. En plus d'être un Chef incroyable, tu tiens un grand rôle de conseiller auprès de ton frère. Je n'ai pas tes talents pour évoluer à la cour.

— Ce n'est pas le rôle principal d'un Chef des armées.

— Certes, mais cela te rend encore plus qualifié que moi. Donne-moi un seul argument valable pour ne pas reprendre ton poste ?

Cela va me briser le cœur, encore et encore.

— Nous en rediscuterons plus tard, éluda-t-il en s'éloignant, de peur que trop de mots ne lui échappent.

Une fois arrivé dans ses appartements, il y découvrit une foule de servantes. Elles s'affairaient à dépoussiérer, mettre des draps propres et préparer son bain. Il plongea dans l'eau avec délice. Depuis combien de mois ne s'était-il pas lavé dans une baignoire si grande qu'il était entièrement immergé ? Trop pour les compter.

Songer aux fastes de la vie royale était plus facile que de penser à elle. Au fait qu'il allait la revoir dans quelques heures.

À cet enfant qu'elle portait en elle.

Il se redressa brutalement debout, faisant crier une servante.

— Désolé, je ne voulais pas vous faire peur.

— Ce n'est rien, Altesse.

Elle lui tendit une serviette en détournant les yeux de pudeur. Il s'essuya avant de se diriger vers son armoire.

— Votre Altesse, le Roi m'a envoyée pour faire votre toilette.

Une chemise à la main, il leva un sourcil surpris vers la domestique épaisse et sévère.

— Je viens de faire ma toilette.

— Je parlais d'un autre genre de toilette, Altesse.

Pour plus de précision, elle brandit une paire de ciseaux et un rasoir affuté.

— Je vois. Je suppose que le Roi ne me laisse pas le choix ?

— Il a été très clair, votre Altesse.

— Soit.

Declan jeta sa chemise sur le lit avant de s'asseoir sur une chaise. Une servante s'empressa de la ramasser pour la remettre dans la penderie. Toute cette agitation autour de lui ne lui avait pas manqué, même s'il fallait avouer qu'elles en faisaient beaucoup. Il n'avait pas toujours conscience d'être particulièrement aimé du peuple. Leur empressement n'était pas seulement sur ordre de son frère, mais également pour témoigner la joie de le revoir.

Docile, il laissa la servante lui couper les cheveux et le raser. Cela faisait si longtemps qu'il en avait oublié la sensation d'une lame sur la peau. Son épaisse barbe avait été pratique pour passer inaperçu. C'était l'excuse qu'il s'était inventée. En vérité, il n'avait pas eu envie de prendre soin de lui. Pour qui, de toute façon ?

Il avait dépéri de bien des manières durant ces longs mois loin d'Essylt.

Il ferma les yeux, écoutant ses cheveux tomber sur le sol. Il devait déjà songer à son départ, à la manière de l'annoncer à Calixte.

Pas avant qu'elle accouche.

Il refusait de voir cela, d'être le témoin impuissant de l'apothéose de son anéantissement. Pourtant, il ne pouvait partir. Et si elle avait besoin de lui ? Si quelque chose n'allait pas ? Il ne pouvait la laisser, sans compter que partir avant le plus grand évènement du règne de son frère serait bien étrange. Et lui, qu'en penserait-il ? Il serait sans conteste blessé par un tel comportement.

Non, il ne pouvait pas partir avant qu'elle accouche. Il le ferait quelques jours plus tard, quand l'effervescence serait retombée, après les festivités d'usage.

Oui, il repartirait à ce moment-là. Discrètement, il reprendrait la route du devoir et de la désolation, bien loin d'ici. Il repartirait au milieu de la nuit, pour ne pas avoir à dire au revoir.

Ou alors peut-être… Peut-être se glisserait-il dans sa chambre, une toute dernière fois. Pour la voir dormir, ses magnifiques cheveux blonds étalés autour d'elle. Écouter son souffle, admirer ses lèvres roses entrouvertes. Se souvenir de tous ces instants volés qui étaient les plus beaux de sa vie.

— J'ai fini, votre Altesse.

Il n'avait pas remarqué. Il bondit sur ses pieds pour écarter toutes ses pensées. Elles avaient trop tendance à dériver sur le mauvais chemin.

Souviens-toi des raisons qui t'ont fait partir. Rien n'a changé. Pense à Calixte.

C'était le meilleur moyen de le faire revenir à la raison. Il se vêtit et sursauta au contact de la soie. Vivre loin de ce genre de luxe ne lui avait pas manqué et le retrouver ne lui apportait aucune joie.

D'un bon pas, il arpenta le château, humant l'odeur de son enfance. Cela lui avait manqué. Les pierres centenaires, les ombres, le bruissement des pas, l'impression d'éternité. Il régnait en ces lieux une aura impalpable et espiègle qui l'enivrait.

Devant les nouveaux appartements de son frère, un valet entra pour l'annoncer. Le bureau du Roi était grand et lumineux. Composé d'un bureau en bois sombre accompagné d'un fauteuil au dossier haut, il était empli de meubles de ton brun. La touche de couleur la plus notable était l'immense tableau accroché au mur. Il représentait Calixte et Essylt, debout côte à côte, imposants dans leur tenue de couronnement bofursylien.

— Grandiose, n'est-ce pas ?

Depuis le coin de la pièce où il rangeait un livre dans la bibliothèque, Calixte le fit sursauter. Il détourna le regard de cette représentation.

— Oui, impressionnante.

Était-il le seul à voir la tristesse dans les yeux de la Reine ?

— Assieds-toi, mon frère. Un whisky ?

— Volontiers.

Calixte les servit, répétant leur geste rituel. Puis il vint prendre place de l'autre côté du bureau, sur son fauteuil royal.

— Je suis désolé de te recevoir ici. Je dois t'avouer que j'évite le salon. Les servantes d'Essylt et Mère y sont constamment, sans compter les nobles. Depuis qu'Essylt est enceinte, je dois me faire petit face à toutes ces femmes.

Il s'esclaffa et Declan émit un bref rire avant de boire une grande gorgée.

— Je te préfère ainsi, commenta son frère en désignant son allure.

Il passa une main dans ses cheveux plus courts, qui faisaient ressortir son menton glabre.

— Tu ne m'as pas vraiment laissé le choix.

— Tu n'aurais pas voulu effrayer ton neveu dès sa venue au monde ?

Sa gorge se noua.

— Alors, c'est un garçon ?

— Essylt l'affirme.

Declan finit son verre d'une traite.

— Tu dois être comblé.

— Je le suis.

— Pour quand sa naissance est-elle prévue ?

Ses doigts étaient moites de sueur. Dans son estomac, le whisky tanguait violemment. Il n'avait jamais éprouvé une telle nervosité.

— Les médecins l'annoncent entre la fin du mois de juillet et le début du mois d'août.

Ce fut plus fort que lui, Declan se mit à compter. Au plus tôt, l'enfant avait donc était conçu à la fin du mois de novembre.

Il était parti à la fin du mois d'octobre.

Chaque fibre de son être s'arracha, formant des oiseaux éphémères qui s'envolèrent et partirent. Partirent à leur tour loin d'ici.

Parce qu'il avait osé espérer. Il avait espéré la chose la plus folle, la plus honteuse et la plus dévastatrice. Il avait espéré que cet enfant soit de lui, qu'elle porte en elle le fruit de leur amour.

Mais cet amour n'était plus. Il n'aurait jamais dû être. La présence de cet enfant en était le rappel criant et terrible.

— Je n'arrive pas à réaliser, murmura Calixte en se levant pour arpenter la pièce. Je vais être père. Te rends-tu compte ?

— Non. C'est bien trop sérieux pour toi.

Calixte rit, Declan l'imita. Il lui était difficile d'imaginer son frère dans un rôle de père, d'autant plus pour l'enfant d'Essylt.

— Il y a quelques sujets dont j'aimerais t'entretenir.

Pendant l'heure qui suivit, Calixte lui exposa plusieurs problèmes sur lesquels il voulait son avis. Les deux frères discutèrent politique, diplomatie et armée, avec cette complicité qu'ils avaient toujours partagée. Le Roi aimait avoir l'avis de son cadet et ce dernier adorait l'aider et l'encourager. Calixte n'avait pas besoin qu'on lui donne confiance en lui, c'était un monarque fort et assuré. Toutefois, l'opinion de son frère avait une grande valeur à ses yeux. La sagesse de Declan et son esprit aiguisé étaient toujours sources de bons conseils.

— Votre Majesté, votre Altesse, les nobles sont arrivés au salon.

— Merci, soldat.

Calixte frappa l'épaule de Declan en sortant, l'envoyant contre le chambranle de la porte. Vif, le cadet lui fit un crochepied, forçant le Roi à se rattraper à la porte.

Tout cela sous le regard hilare des gardes.

— Tu m'as manqué, souffla Calixte en lui ébouriffant les cheveux.

— Toi aussi.

C'était la vérité. Même après tout ce qu'il s'était passé, toute cette souffrance, Declan était heureux de le retrouver.

En entrant dans le salon, les frères éveillèrent la curiosité. Souriants et taquins, ils illuminaient la cour comme à l'époque de leur enfance.

— Ils ont l'air de s'être bien amusés, rit Saraid en les observant saluer des nobles bofursyliens.

Essylt sursauta. Toute son attention avait été happée par Declan. Il s'était coupé les cheveux et la barbe, et elle ne savait plus comment elle s'appelait.

Pour garder ses esprits, elle demeura où elle était, espérant retarder le moment inévitable où ils se parleraient. Elle appréhendait et espérait tout à la fois l'avoir près d'elle, entendre sa voix. Il lui avait tant manqué que tout son corps le réclamait, l'appelant pour qu'il la ramène à la vie.

Elle caressa son ventre, suivant sa courbe de plus en plus ronde. Son bébé remuait, perturbé par la fébrilité de sa mère.

Delyth, Saraid et Lauryn lui faisaient la conversation sans remarquer qu'elle n'en percevait pas un mot. À chaque pas qui rapprochait Declan d'elle, son corps montait en température, brûlant de désir et de crainte.

Calixte et Declan finirent par les rejoindre. Le Roi passa un bras dans le dos de sa femme et déposa un baiser sur son front.

— Tout va bien, ma douce ?

Il lui indiqua son ventre, qu'elle serrait fermement. Pour se souvenir que son enfant l'avait maintenue en vie sans Declan, qu'il était tout ce qui devait compter.

— Oui. J'ai juste faim.

Autour d'elle, des sourires attendris fleurirent. Son appétit vorace était un signe de bonne santé pour l'enfant qui mettait en joie toute la cour.

— Je vais faire prévenir les cuisines pour qu'on nous apporte le repas, s'empressa Saraid.

Le Roi acquiesça. Il tendit sa main à Essylt pour l'aider à se relever.

— Mon frère, je te veux à mes côtés à table. Viens.

Il lui fit signe de les suivre. Declan tenta de garder ses distances, mais cela ne suffit pas. Le parfum d'Essylt s'infiltra en lui, lui faisant éprouver une ivresse peu commune.

Calixte tira la chaise à sa gauche afin que la Reine y prenne place. Ce fut le signal pour que les autres convives s'installent.

Bien obligeamment, Declan dut s'assoir en face d'elle, à la droite de son frère.

Leurs yeux s'étreignirent et ils furent seuls un instant. Seuls dans cette salle pleine de gens qui ignoraient tout du secret qui les rongeait.

— Essylt, êtes-vous moins incommodée par vos nouveaux corsets ? s'enquit Dubheasa à côté d'elle.

Elle sursauta, se détournant de cet échange fugace et parfait.

— Oui, Cleena a enfin trouvé ceux qui me conviennent.

— Tant mieux, nous étions inquiètes pour votre confort. Vous entrez dans les mois les plus difficiles.

— J'en ai bien conscience.

Dubheasa lui sourit tendrement.

L'entrée fut déposée devant eux par des domestiques empressés. Calixte fit signe de manger, ce qu'Essylt ne se fit pas répéter deux fois. Se concentrer sur son assiette lui permettait d'oublier l'homme en face d'elle.

— Alors Declan, raconte-nous ce que tu as fait pendant ces longs mois, le pria Dubheasa.

— Oh oui, votre Altesse, nous serions ravis d'entendre le récit de vos épopées, sourit Caitlyn en se penchant dans leur direction.

— J'ai beaucoup voyagé.

— C'est tout ce à quoi nous aurons droit ? rit Lysander.

Declan consulta son aine du regard. Essylt frissonna.

— Pour dire vrai, je suis parti à la recherche de la personne qui a attenté à la vie de la Reine.

Les convives se répandirent en compliments et en questions qu'elle n'entendit pas. Un bourdonnement furieux s'était élevé, l'isolant des autres.

Il est parti pour moi. Pour me protéger.

Le choc la secouait tout entière. Alors, il n'était pas seulement parti pour mettre un terme à leur liaison ? Il l'avait également fait pour trouver qui lui voulait du mal ?

Quand cesserait-il d'être aussi bon et désintéressé ? Comment pouvait-il avoir mis toute sa vie de côté pour elle ? Il avait tout abandonné pour qu'elle soit à l'abri.

— Cessons d'aborder ce sujet déplaisant, gronda Guénolé. La Reine est bien pâle.

Calixte s'empressa de lui serrer la main.

— Loin de moi l'idée de vous effrayer, Majesté, j'en suis désolé, déclara Declan.

Le vert intense de ses yeux lui assécha la gorge.

— Rassurez-vous, je vais bien.

— Vous n'avez aucune raison de vous inquiéter ici. Vous êtes en parfaite sécurité, surtout avec vos commandants auprès de vous. À ce propos, je n'ai pas aperçu Cathan tout à l'heure, va-t-il bien ?

Le silence qui s'ensuivit fut assourdissant. Declan sentit son sang refluer dans ses veines en voyant le visage d'Essylt s'effondrer. Un mélange de tristesse et de colère imprégna ses traits fins. Le regard noir qu'elle coula à Calixte en dit long sur la déplaisance du sujet qu'il venait d'aborder.

— Le commandant Cathan est en prison.

— En prison ?

Les yeux bleus comme le ciel se remplirent de larmes, présageant la pluie. Declan dut se contenir pour ne pas la prendre dans ses bras.

— Oui. Inutile d'en discuter maintenant. Servante ? Le plat, tout de suite, ordonna le Roi.

Le reste du repas se déroula dans un calme peu coutumier. Chaque convive pesait ses mots, de peur d'aggraver la tension qui régnait entre les monarques.

Assis tout près d'eux, Declan ne savait pas s'il devait s'en réjouir ou s'en inquiéter. Néanmoins, savoir son soldat dans les geôles lui faisait serrer les poings convulsivement. Il allait tirer cette affaire au clair, et vite.

Une fois le repas terminé, ils s'empressèrent tous de quitter la table pour s'éparpiller dans le salon, fuyant le lieu de la discorde.

Alors qu'il buvait en compagnie de Lysander et Tasgall, Declan vit Calixte s'approcher d'Essylt pour la prendre à part. Le Roi et la Reine s'installèrent près d'une fenêtre pour parler à voix basse. Visiblement, il s'excusait et cherchait à lui redonner le sourire.

Avec tendresse, Calixte posa la main sur son ventre. Declan se détourna, bouleversé d'être le témoin de leur intimité.

Cet enfant… Cet enfant à naître l'éloignait davantage d'elle. Mais surtout, il renforçait le lien entre Essylt et Calixte, les unissant à jamais à travers ce petit être.

Declan aurait dû le détester. Il aurait dû haïr que le bébé dans sa chair soit d'un autre homme, qu'elle porte le fruit d'une autre union. Oui, il aurait dû détester cet enfant, mais il ne le pouvait pas. Il en était bien incapable.

Parce qu'il était d'elle.

Alors, il ne pouvait que l'aimer.

— Mes chers amis, veuillez m'excuser, mais je vais me retirer de vos agréables compagnies, annonça Essylt sans grandiloquence, avec ce naturel qui la rendait si belle.

Les nobles plongèrent en une révérence tandis qu'elle sortait.

Juste avant que la porte ne se referme, elle croisa son regard. Le regard.

— Tout s'est bien passé ? Tu sembles indisposée, remarqua Jarlath.

Elle s'appuya un peu plus sur son bras pour marcher, puisant en lui un réconfort qu'elle n'aurait pu lui expliquer.

— Je suis fatiguée.

— Rentrons vite dans ce cas.

Une fois dans sa chambre, ses caméristes l'aidèrent à se coucher, avec une prévenance qui l'émut. Elle s'allongea sur le côté, seule position qui lui était agréable. Cleena souffla toutes les bougies et referma derrière elle.

À travers les rideaux perçait un minuscule rayon de lune. Grâce à lui, Essylt pouvait voir un peu du plafond et du mur.

Elle était terrifiée. Qu'allait-il arriver à présent ? Declan était parti en lui brisant le cœur. Elle avait essayé sans relâche de s'en remettre, de vivre sans lui. Elle s'était concentrée sur la royauté et surtout sur son enfant, puisant en lui la force et le courage d'avancer. De devenir la femme qu'elle devait être, sans l'homme qu'elle aimait.

À présent, elle lui en voulait d'être revenu. Parce que les choses ne pourraient être que pires. Bien qu'elle ait vécu en suspens, effacée et vide, elle y était parvenue. Le revoir anéantissait tout ce qu'elle avait accompli.

Et qu'allait-il advenir d'elle s'il repartait ? Cette éventualité la faisait trembler. Sans conteste, il lui briserait le cœur à nouveau.

Après tous ces mois passés sans lui, rien n'avait changé.

Le temps est un ennemi cruel. Il promet l'oubli alors qu'il est incapable de vaincre l'amour.

Le lendemain, Declan décida de rendre visite à Cathan. Savoir son soldat en prison était une chose, mais le voir de ses propres yeux en était une autre. Le commandant n'avait pas particulièrement changé. Il arborait ses cheveux bruns légèrement plus longs, mais avait la barbe rasée de près, preuve qu'il était traité avec beaucoup d'égards. Ses yeux chauds avaient néanmoins perdu cet éclat taquin qui le rendait si charismatique.

En le découvrant devant sa geôle, Cathan bondit sur ses pieds, au garde-à-vous.

— Bonjour, Chef.

— Je ne suis plus ton Chef, Cathan, repos.

— Vous le serez toujours, affirma-t-il en se relâchant. J'ai appris votre retour. C'est un plaisir de vous savoir au château.

Declan n'était pas dupe. Cathan faisait la conversation pour ne pas avoir à parler du sujet tant redouté.

— Je suis heureux d'être rentré. Mais tu te doutes que je ne suis pas là pour échanger des banalités.

Cathan soupira et se détourna. Declan aperçut sur son visage de la honte.

— Je veux que tu me racontes en détail tout ce qu'il s'est passé ce jour-là. Fais-moi un rapport complet, commandant.

Ses yeux bruns s'illuminèrent un instant, vestige d'une étincelle incandescente.

Cathan lui narra cette fameuse journée. Il s'appliqua, suivant à la lettre les enseignements de Declan. Celui-ci l'écouta sans l'interrompre, ponctuant son récit de signes de tête pour l'encourager.

Une fois fini, Declan passa sa main à travers les barreaux. Surpris, Cathan le dévisagea sans comprendre.

— Je suis très fier de toi.

— Mais, je…

— Tu as su rester calme dans une situation difficile et hors de ton contrôle. Tu as tout fait pour garder la Reine sauve. Ce qu'il s'est passé ce jour-là n'est en rien de ta faute. Et sache que je suis désolé que tu aies dû payer les conséquences d'une vengeance aussi mesquine de la part de la Duchesse.

Lentement, Cathan serra sa main. Ce geste pouvait sembler anodin, toutefois il revêtait une grande importance pour le jeune soldat. Il témoignait non seulement de la confiance et du respect de son supérieur, mais il lui apportait aussi un profond réconfort.

— Je préfère qu'Euthalia se soit vengée sur moi que sur Essylt, lui confia Cathan, oubliant les titres. Surtout qu'elle a failli perdre son enfant…

— Je sais.

La gravité dans sa voix fit reculer Cathan. Il détailla Declan avec attention, percevant le changement animal qui s'était opéré en lui.

— Vous allez la venger ? chuchota-t-il sur le ton de la connivence.

— Je vais déjà m'occuper de toi. Pour ce qui est d'Euthalia… Il serait plus prudent pour elle qu'elle ne recroise jamais ma route.

— Si vous avez besoin d'aide…

Ils échangèrent un sourire, le premier sur le visage du commandant depuis de longues semaines.

— Je saurai te trouver.

Ils se serrèrent la main à nouveau, puis Declan le laissa à sa solitude forcée.

Porté par sa colère et son besoin d'action, il se dirigea directement à la rencontre de son frère. Des soldats lui indiquèrent qu'il était dans son bureau et ne souhaitait recevoir personne. Tant mieux. Cela lui éviterait d'attendre la fin d'une réunion.

Les gardes devant la porte hésitèrent à lui demander de repasser. L'ardeur de son regard suffit à leur faire oublier la crainte de déranger le Roi. Surtout que celui-ci se montra ravi de cette interruption.

— Declan ! Entre !

Sans préambule, il se dirigea vers son frère, assis à sa place royale. Il posa ses poings sur le bureau. Calixte leva un sourcil surpris et reposa ses feuilles.

— Je vois que ce n'est pas une visite de courtoisie.

— Il faut que nous parlions de Cathan. Tu as écourté le sujet hier soir et je viens de lui rendre visite. Sa version concorde avec celle de Jarlath et de tous les autres témoignages que j'ai eus.

— Tu as eu le temps d'interroger autant de monde en une matinée ?

— Tu sais que quand je suis décidé…

— Il est vrai, rit Calixte, je me souviens de la fois où tu…

— Ne détourne pas la conversion de nouveau.

Le Roi poussa un profond soupir en se laissant aller contre le dossier de sa chaise. Pour la première fois, Declan découvrit de la lassitude sur les traits de son frère.

— Que veux-tu que je te dise ? Évidemment que cet emprisonnement était une erreur, il a causé beaucoup de peine à Essylt. Mais un monarque n'a pas toujours le choix quand il rend justice.

— Tu penses avoir rendu justice en enfermant un innocent ?

— J'ai fait au mieux pour éviter de me mettre à dos une province, voire plusieurs.

— Les autres provinces n'auraient jamais suivi, contra Declan.

— Tu ne peux en être sûr. Et le père d'Euthalia a beaucoup d'amis dans le Continent, particulièrement à la cour de Xoramif.

— Cour où le Roi n'est autre que le grand cousin d'Essylt, qui lui voue une affection démesurée.

Calixte bondit sur ses pieds, rouge de colère.

— Je ne te permets pas de remettre en question mes décisions ! Tu n'étais pas là ! Qui te dit que tu aurais fait mieux que moi ?

— Sans conteste, je n'aurais pas envoyé l'un des plus dévoués soldats de la Reine en prison !

— Elle a beaucoup d'autres soldats.

— Certes. Mais des hommes qui ont le courage et le dévouement nécessaires pour se jeter entre elle et une flèche ou une épée ? Il y en a peu et Cathan en fait partie.

Calixte se laissa retomber sur sa chaise. Toute trace de colère l'avait déserté, remplacée par de l'abattement.

— Je sais que j'ai fait une erreur et je le regrette, plus que tu ne peux l'imaginer. Essylt a failli perdre notre enfant et elle m'en veut terriblement d'avoir emprisonné son ami. Surtout que comme tu viens de le préciser, il est un soldat précieux…

Il chercha son appui du regard. Devant sa détresse, Declan recula, délaissant sa position menaçante. Il oubliait parfois que son frère était un jeune Roi. Combien d'erreurs leur père avait-il fait à ses débuts ? Beaucoup, c'était certain.

— Qu'aurais-tu fait à ma place ?

Declan prit le temps de la réflexion, pesant le pour et le contre.

— Je crois que j'aurais fait enfermer Cathan par mesure de précaution, comme toi, mais j'en aurais fait de même pour Euthalia.

— Tu l'aurais mise en prison ? s'étrangla Calixte.

— Non, dans une pièce isolée, pour prétendre vouloir recueillir son témoignage. Pendant ce temps, j'aurais surtout interrogé ses hommes, pour savoir lequel l'avait frappée. Car elle avait des marques sur le visage qu'elle ne pouvait s'être faites seule, n'est-ce pas ?

— Oui…

— J'aurais pris le temps nécessaire, me permettant même un interrogatoire musclé. Quand j'aurais eu les aveux de l'un d'entre eux, j'aurais confronté Euthalia.

— Mais après le scandale public qu'elle avait fait, je n'aurais pu prétendre qu'elle avait menti ! Je l'aurais discréditée et moi également en laissant entendre qu'on pouvait aisément me duper.

— Il t'aurait suffi de dire qu'elle s'était trompée de garde et que le fautif était en prison.

— Cela se serait su que non.

— Tu aurais mis son garde durant quelques jours afin de maintenir l'illusion. En prétendant qu'il s'était déguisé ou qu'il faisait sombre.

Calixte garda le silence, les yeux perdus dans le vide. Soudain, un sourire penaud étira ses traits.

— Mon frère, tu as l'esprit machiavélique.

— À ton service.

— À ce propos, sursauta le Roi, à la fois pressé de changer de sujet et emporté par une idée importante, quand comptes-tu reprendre ton poste ?

Declan fit semblant de contempler le paysage par la fenêtre.

— Je ne sais pas si je vais rester très longtemps.

— Mais… tu m'es bien plus utile ici qu'ailleurs. Tu viens de me le prouver à l'instant.

— Écoute Calixte…

— J'ai besoin de toi, contra-t-il, ses yeux noisette débordant de ferveur. Pas uniquement pour la politique. Je vais être père et cela m'effraie. J'ai besoin de mon frère à mes côtés, de ma famille réunie. Et ma femme… Elle est en danger constamment. Tu es celui en qui j'ai le plus confiance pour assurer sa sécurité et celle du château.

Declan tapota son genou de son poing, cherchant les mots justes.

— Tu as tout le temps pour me donner ta réponse. Et si tu ne veux plus être Chef des armées, soit au moins mon conseiller personnel. Mais s'il te plait, reste.

— Je vais y réfléchir, dit-il avec les mâchoires serrées pour contenter son ainé.

Son visage s'illumina. Declan se leva. Avant de sortir, il fit volte-face, déterminé.

— Pour ce qui est de Cathan…

— Je ne peux défaire ce qui a été fait, Declan. Je ne peux pas passer pour faible.

Le Prince adopté opina, détestant les méandres visqueux de la politique.

— Soit.

Declan repartit, le cœur lourd de n'avoir rien changé à la situation de son ami et de savoir sa Reine aussi peinée.

Il s'arrêta devant l'escalier. Sur sa gauche, la porte bien gardée menait au salon royal. Des voix féminines s'en élevaient, témoignant d'une grande excitation. Curieux, il fit quelques pas innocents dans cette direction.

— Ce bleu irait à ravir ! pépia Janae.

— Il faut du rouge également, pour rappeler la Rodorchna, assura Léan.

— Le rouge est une couleur trop forte pour une chambre d'enfant, tempéra Cleena. Mais c'est à la Reine de décider. Majesté, quelles couleurs vous siéent pour la chambre d'enfant ?

Un léger silence s'installa. Declan s'imagina parfaitement les caméristes se tourner vers le centre ultime de leur monde. Celui-ci n'eut pas la réaction escomptée.

— Veuillez m'excuser, je vais aller me reposer un instant avant le déjeuner.

— Bien sûr, Majesté. Je vous accompagne.

Un bruissement indiqua le départ de la Reine. Les voix retombèrent, forçant Declan à faire un pas de plus, passant entre les gardes.

— Elle semble si triste…

— Comment allons-nous décorer la chambre ? s'inquiéta Béthania.

— Elle choisira quand elle se sentira prête, assura Cleena. En attendant, nous ferons une sélection.

— Je doute que cela aide, dit Janae, la voix nouée. C'est à se demander si elle veut de cet enfant.

L'estomac de Declan se durcit de douleur. Entendre les femmes qui connaissaient le mieux la Reine parler ainsi de son détachement était insupportable.

— Bien sûr qu'elle le veut ! s'emporta Cleena, que le sujet mettait à fleur de peau. Elle est seulement terrifiée. Ce n'est pas uniquement une femme qui va mettre au monde son premier enfant, c'est aussi une Reine. Elle a tant à penser et à faire… Notre rôle est de l'épauler et de rendre cet évènement moins difficile. Et si, pour cela, nous devons aménager une chambre d'enfant qui ne durera que quelques mois le temps qu'elle s'en inquiète, alors nous le ferons.

Le débat reprit sur les couleurs et les meubles adéquats et Declan se retira. Il descendit les marches une à une, dans un état second.

C'était à cause de lui qu'elle était si triste, il le savait. Pas uniquement maintenant, depuis des mois, peut-être. Mais son retour n'avait fait qu'empirer les choses. Et avec sa maternité à venir…

Elle va être mère.

Cette réalité était dure à appréhender. Pourtant, elle s'immisçait en lui un peu plus à chaque souffle, prenant une envergure incroyable. Parce que plus rien ne serait jamais comme avant.

Je dois partir, mais je ne le peux pas.

Il devait rester pour son frère, quoi que cela lui en coûte. Même si ce n'était que pour quelques semaines, jusqu'à la naissance…

Je ne veux pas lui faire de mal.

C'était ancré en lui, cet instinct de protection bestial qui le poussait à tous les sacrifices pour elle. Comme celui de s'éloigner.

Dorénavant, il prendrait ses distances. Pour leur bien à tous les deux.

Les jours qui suivirent furent un supplice pour la Reine de Bofursyle di Rodorchna. Obligée de sourire pour faire croire que tout allait bien, elle se sentait envahie par un froid glacial.

Declan ne lui adressait la parole que lorsque cela était absolument nécessaire. Il s'arrangeait pour toujours se tenir le plus loin possible d'elle, sans que cela se remarque. Il était poli, agréable, rieur. Le Prince adopté était fidèle à lui-même, pourtant Essylt ne voyait que l'ombre de l'homme qu'elle aimait.

Il s'évertuait à ne jamais croiser son regard. Elle avait trop conscience de la douleur qu'elle lirait dans ses yeux verts, néanmoins elle ne pouvait s'empêcher de les guetter, de les chasser, de les espérer. Declan se montrait hermétique à son attention, imposant entre eux une distance insurmontable.

En pleine réunion avec un ambassadeur de Teac, elle eut subitement trop chaud et s'excusa pour prendre l'air. Les couloirs n'étaient malheureusement pas très aérés, ne lui apportant aucun souffle nouveau. Elle se mit à faire quelques pas, pour dégourdir ses jambes si lourdes.

Une ombre devant elle la fit sursauter. Declan laissa échapper un cri avant de plonger en une révérence exagérée.

— Veuillez m'excuser, ma Reine, je ne vous avais point vue.

— Ce n'est rien, Declan, je…

— J'ai beaucoup à faire, nous nous voyons au diner de ce soir.

— Non, attendez.

Elle le retint par le bras, crispant violemment tout son corps. Bien malgré lui, il la regarda droit dans les yeux. Aussitôt, ce fut plus fort qu'eux, ce lien qu'ils étaient seuls à sentir se manifesta. Declan tenta de se soustraire, mais en fut bien incapable.

— Votre Altesse, j'ai une affaire urgente à vous entretenir.

— … à vos ordres, Majesté.

Elle fit signe à l'un de ses gardes de lui ouvrir la pièce la plus proche. Deux servantes rangeaient le modeste salon. Sur un hochement de tête royal, elles sortirent en refermant derrière elles.

Ils étaient seuls. Leurs cœurs battaient si vite. Ils peinaient à se regarder, pourtant ils ne pouvaient détacher leur attention de l'autre. L'espace entre eux semblait à la fois trop grand et dérisoire, comme si les mesures du monde n'avaient plus de sens.

Brusquement, les mâchoires de Declan se serrèrent et il se détourna, révélant son profil fort et magnifique.

— De quoi vouliez-vous m'entretenir, Majesté ?

— Je t'en prie, pas de cela entre nous.

Elle fit un pas vers lui, qu'il s'empressa de contrer par deux en arrière. Essylt déglutit bruyamment, essayant de refouler ses larmes déjà prêtes à couler.

— Majesté, je ne veux aucune méprise entre nous. Je suis à votre service, jusqu'à ma mort, mais je ne resterai que peu de temps au palais. Je compte partir après la naissance de votre héritier.

Ce mot était plus aisé à dire que « fils ».

Les larmes disparurent, chassées par la peur et par une hargne sans nom. La magie monta en Essylt, brisant le barrage qui retenait trop de mots.

— C'est hors de question, Declan.

L'entendre prononcer son nom fit courir un frisson de désir sur sa peau. Il se redressa pour affronter le bleu immaculé de ses yeux.

— Tu peux continuer à m'ignorer. Tu peux cesser de me parler, de me toucher, de me regarder. Tu peux faire comme si je n'existais pas aussi longtemps que tu le voudras.

Elle avança de plusieurs pas, redressant le menton avec fierté, dévoilant la femme forte et déterminée qu'elle devenait.

— Mais je t'en prie, Declan, ne t'en va pas. Vivre sans toi, c'est mourir un peu plus chaque jour.

Dévasté par cet amour, il fut incapable de bouger. Elle avança encore, annihilant cette distance détestable. Du bout des doigts, elle effleura sa joue. Son contact le fit se sentir entier, débordant de vie.

Elle monta sur la pointe des pieds pour l'embrasser.

Son ventre rond vint s'appuyer contre lui.

Il bondit en arrière. Sur sa joue, sa caresse le brûlait. Le rêve venait de partir en fumée, dans une pluie de cendres.

— Je ne peux pas, Essylt. Tout est différent. Je ne répèterai pas les mêmes erreurs, pas alors que…

Il désigna son ventre. Bouleversée, elle le cacha de ses mains, comme si cela pouvait changer quoi que ce soit.

Il sortit sans se retourner et bouscula les gardes en faction. Essylt se détourna pour cacher l'expression de son visage, feignant d'observer la pièce.

Sous ses doigts, son fils bougeait en tous sens.

Mon enfant me prive de mon véritable amour.

En gémissant, la Reine s'étira dans ses draps. Lever ses bras au-dessus de sa tête la fit grimacer. Le bas de son dos était moite de sueur et la faisait souffrir. Elle repoussa ses cheveux. Le soupir qui s'échappa de ses lèvres en dit long sur sa fatigue.

— Majesté ? appela doucement Bethania.

Essylt n'ouvrit pas les yeux pour la voir, la devinant dans l'entrebâillement de la porte.

— Quelle heure est-il ?

— Neuf heures, Majesté.

Essylt voulut se retourner pour fuir cette information, mais son ventre l'en dissuada. Elle poussa un nouveau soupir.

— Peux-tu ouvrir les rideaux s'il te plait ?

— Tout de suite.

Le pas léger de sa camériste traversa la pièce. Le soleil se déversa dans la chambre avec une telle fureur qu'Essylt faillit la prier de refermer les rideaux et de la laisser dormir quelques heures de plus. Elle ne pouvait cependant pas se le permettre. Une montagne de travail l'attendait, sans compter qu'elle avait dormi très tard hier matin et s'était retirée tôt la veille au soir. Elle ne pouvait fuir ses responsabilités, surtout qu'elles la gardaient en vie. Elles lui permettaient d'oublier qu'elle allait bientôt être mère et que Declan ne lui parlait plus.

Elle avait essayé par tous les moyens d'attirer son attention, mais il l'avait évitée avec encore plus d'application. Cette distance la rendait folle, causant cauchemars et nausées, en un mélange détestable.

Avant même d'avoir esquissé un mouvement pour se lever, Bethania la souleva avec application et la mit en position assise. Elle lui fit ensuite enfiler un léger peignoir en dentelle.

— Voulez-vous vous habiller ou manger d'abord ?

— Manger. Et ensuite, un bon bain.

Bethania lui sourit, puis natta rapidement ses cheveux pour la libérer de la chaleur qu'ils imposaient. Les désirs de la Reine étaient exaucés avant d'être exprimés.

Cleena, Léan, Jarlath, Caem et Paddy étaient en grande conversation dans le salon. Ils se turent aussitôt à son entrée et s'inclinèrent.

— Votre Majesté, asseyez-vous. Votre petit-déjeuner arrive.

Cleena lui prit la main pour la diriger vers un canapé telle une enfant. Dagda bondit pour se blottir à ses côtés, ronronnant de plaisir.

— Quel temps ravissant aujourd'hui, vous ne trouvez pas, Majesté ? C'est le premier jour de l'été, le ciel est de l'exacte couleur de vos yeux, chantonna Cleena en positionnant les coussins dans son dos.

Essylt opina, son attention attirée par l'entrée d'Adelyn, un lourd plateau à la main. L'odeur des crêpes fit se redresser Drac et Bel de leur coin. La Reine claqua de la langue, les renvoyant dans leur panier. La servante s'empressa de déposer le tout devant elle. Essylt lui fit signe de la laisser préparer son mets à sa guise.

Jarlath attendit qu'elle eût pris sa première bouchée avant de s'avancer.

— Majesté, j'ai reçu une missive du Chef Eranann. Il demande mon avis sur différents sujets, ainsi que le vôtre. Nous avons plusieurs points d'ordre militaire à aborder.

— Très bien… Paddy, quels sont mes rendez-vous de la journée ?

— L'ambassadeur de Xoramif vous attend à dix heures. Votre déjeuner sera en compagnie de toutes les aristocrates dans le salon rouge. Ensuite, vous avez une réunion avec plusieurs conseillers et le Roi.

— Bien, Jarlath, je te verrai après la réunion, nous aurons du temps pour aborder tous les points importants.

— Parfait, merci.

— Majesté, poursuivit Paddy alors qu'elle léchait ses doigts pleins de confiture de fraise, vous avez reçu maintes missives de différents royaumes. J'ai organisé votre courrier en plusieurs piles selon leur provenance. De plus, le conseiller Kirth demande une audience privée de toute urgence.

— Bien. Adelyn, va mettre le courrier sur mon bureau.

— Tout de suite, ma Reine.

Essylt but son jus de fruits en grandes gorgées rapides. Elle devait se dépêcher si elle ne voulait pas être en retard.

— Majesté, vous n'avez toujours pas fini votre commande auprès des couturières du palais. Elles attendent toujours vos instructions concernant les vêtements de l'enfant. Particulièrement pour l'habit qu'il portera le jour où vous le présenterez au peuple, la pressa Cleena en retirant le plateau devant elle, pour le tendre à Bethania.

— Exact. Où est ma liste… ?

— Adelyn, retourne dans le bureau chercher la liste.

À peine revenue, la caméristе fit demi-tour.

Essylt posa ses mains sur son dos pour le soulager et ferma les yeux.

Ambassadeur de Xoramif. Aristocrates. Réunion. Jarlath. Lettres. Audience à Kirth. Liste de vêtements.

Écrire une lettre à Anna, sa famille, ses conseillers, ses nobles. Revoir le budget de la Rodorchna sur le bétail et redire à Calixte qu'elle ne changera pas d'avis sur les très bas impôts. Manger à nouveau de cette confiture à la fraise. Aller voir Royal. Consulter le conseiller Traioth au sujet du coût du poisson.

— Bien, dit-elle en se levant, Paddy, va dire à Kirth que…

Une douleur dans le bas du ventre lui coupa le souffle. Elle se pencha en avant, essayant d'atténuer la souffrance, en vain.

— Majesté ! hurlèrent-ils.

Cleena tomba à genoux et passa la tête sous son peignoir. Elle en ressortit très pâle, les yeux exorbités.

— La Reine a perdu les eaux !

La nouvelle les figea tous une longue minute.

— Paddy, va chercher le médecin ! Léan, va prévenir le Roi !

Les deux intéressés partirent en courant.

Cleena et Jarlath la conduisirent tendrement par le bras jusqu'à sa chambre. Un liquide dévalait ses jambes, répandant des frissons dérangeants. La douleur s'était apaisée, mais elle savait que ce n'était qu'un leurre.

— Caem, Adelyn, allez chercher des draps propres et de l'eau chaude ! Janae, réveille-toi !

— Tout va bien se passer, souffla doucement Jarlath à son oreille, en total opposé avec la panique hystérique de la gouvernante. Nous sommes là, avec toi. Tout va bien se passer.

— Mais… Mais… C'est trop tôt, sanglota Essylt.

Le bébé avait plus d'un mois d'avance. Cela ne présageait rien de bon.

— Tout va bien se passer, répéta son commandant pour la convaincre.

Cependant, la lueur terrifiée dans son regard ne la détrompa pas.

Ils l'installèrent sur le lit. Elle poussa un cri en s'allongeant : la souffrance arrivait par vagues dans son dos.

— Jarlath, vous devez sortir, le pressa Cleena, déjà prête à dévêtir Essylt.

Il déposa un baiser sur le front de la Reine. Elle s'accrocha à son uniforme, priant pour le retenir un instant de plus, afin de retarder l'inévitable.

— Tu vas y arriver, ma sœur.

Le mot la recouvrit tel un manteau en hiver, lui apportant chaleur, réconfort et force. Essylt sentit les larmes lui monter aux yeux, non plus de peur mais d'amour. Jarlath lui fit un signe de tête entendu pour lui assurer qu'ils se revoyaient très vite. Puis il sortit, laissant entrer une Janae hirsute.

— Janae, enlève ces draps et fais de la place. Je m'occupe de préparer la Reine.

Cleena commença à lui retirer son peignoir. Une nouvelle vague de douleur la tordit en deux, lui arrachant un cri.

— Allongez-vous. Tenez ma main. Respirez, Votre Majesté, respirez.

C'était bien plus facile à dire qu'à faire.

La porte s'ouvrit brusquement sur le médecin royal. Il lâcha sa mallette et se précipita au chevet de la Reine. Il s'inclina rapidement puis se plaça en face d'elle. Il remonta ses genoux, la faisant gémir, avant de soulever sa chemise de nuit blanche.

Quand il se redressa, l'expression de son visage était indescriptible.

— Votre Majesté, il va falloir être forte.

VI

« J'éprouve un immense respect pour les femmes car elles donnent tout ce qu'elles sont sans jamais rien exiger en retour. » tiré du Carnet du soldat Seán d'Aivaithra, 403.

Le hurlement strident ondula sur la pierre centenaire pour venir s'insinuer sous la peau de Declan. Il serra les poings le temps que la voix aigüe s'évanouisse. Le silence parvenait à chaque fois à être encore plus assourdissant.

Le soleil avait dépassé son zénith depuis quatre heures et la Reine n'avait toujours pas accouché. Les servantes faisaient des allers-retours constants entre sa chambre et les cuisines, pour ramener de l'eau chaude. Déjà par deux fois, Bethania était sortie avec des draps maculés de sang, qui avaient failli faire s'évanouir le Roi.

Calixte tournait en rond telle une bête sauvage. Il arpentait leur salon privé avec une nervosité grandissante. Ses gestes vifs avaient déjà eu raison de plusieurs décorations fragiles. Des pages étaient venus le quérir pour diverses affaires et avaient été renvoyés avec une telle hargne que plus personne n'osait entrer. Seuls Guénolé, Dubheasa et Declan lui tenaient compagnie, écrasés par cette attente impuissante.

— Viens t'asseoir mon chéri, le pria sa mère en lui indiquant un canapé. Il ne sert à rien de perdre ton énergie ainsi.

— Je ne peux pas m'asseoir.

Un long gémissement s'éleva, de plus en plus strident. Il s'évanouit brutalement, dans un sanglot à fendre l'âme. Calixte prit son visage dans ses mains. Declan déglutit difficilement, bouleversé par la douleur d'Essylt.

— Ils ne veulent pas me laisser entrer, se plaignit le Roi pour la énième fois.

— Te voir paniquer ne serait pas bon pour Essylt, lui assura Dubheasa.

— Quant à toi, cela te ferait trop souffrir, rajouta Guénolé, le teint pâle.

— Ils viendront te chercher le moment venu.

La détresse de son frère n'aidait pas Declan à respirer. Assis bien droit dans un fauteuil, il était l'incarnation d'un calme qu'il ne possédait pas. Tout son corps brûlait d'action. Il avait besoin de la voir, d'être auprès d'elle, de lui tenir la main. Il voulait essuyer son front plein de sueur et lui assurer que tout irait bien, qu'elle en était capable.

Calixte fit plusieurs fois le tour du salon, sous le regard ennuyé de Drac et Bel, allongés dans leur panier respectif. Dagda avait insisté pour rejoindre sa maîtresse quelques heures plus tôt.

Commençant à avoir le tournis de le voir déambuler ainsi, Declan essaya de le rassurer.

— Aucune héritière de Meallán le Magicien n'est morte en couches. Jamais.

Calixte opina, les yeux perdus dans le vague.

— Et… Et pour l'enfant ?

Declan sentit une sueur froide couler le long de son dos. Il n'avait pas de réponse.

— Cela te ferait du bien de manger quelque chose, lança Dubheasa pour faire dévier la conversation.

— Ou ne serait-ce que boire, l'appuya Guénolé.

— Je vais aller chercher des rafraichissements, dit Declan en bondissant sur ses pieds.

— Nous pouvons appeler une servante…

— J'ai besoin de faire un tour.

La douleur d'Essylt allait le rendre fou, sans parler de la nervosité de son frère.

Devant les appartements royaux, les gardes semblèrent l'interroger. Il fit non de la tête, indiquant que la souveraine était toujours en couches. Ils se repositionnèrent, le visage fermé par la concentration et l'inquiétude.

Les couloirs étaient étrangement silencieux. Comme si le château entier s'était arrêté, attendant que la Reine accouche. Les domestiques étaient moins nombreux, les intendants ne couraient pas en tous sens. La vie s'était suspendue, pour que celle de l'enfant vienne au monde.

La naissance la plus attendue de l'histoire.

Declan ne faisait pas que le penser, il l'avait entendu, des dizaines de fois. L'union d'Essylt et Calixte était inédite. Ce n'était pas seulement la mise en commun de deux trésors royaux conséquents, c'était aussi l'alliance de deux couronnes sans nulle mesure, de deux royaumes qui couvraient, ensemble, un tiers du Continent.

Comment allait être cet enfant ? Declan avait du mal à l'imaginer. Dans son esprit, il était à la fois un mélange de Calixte enfant, espiègle et joueur, et d'Essylt maintenant, pur et puissant. Oui, cet enfant ne serait pas n'importe qui.

Une fois arrivé près des cuisines, il se figea en entendant des domestiques parler de l'évènement tant attendu.

— Cela fait déjà près de huit heures, dit une, angoissée.

— C'est peu pour un premier enfant. Il ne faut pas s'inquiéter, la Reine est forte. Même si le bébé est petit, il survivra, assura une autre, confiante.

— Oui. Surtout qu'il porte en lui de la magie.

— J'ai tellement hâte de le voir !

— En attendant, je vais préparer des brioches. Au cas où la Reine aurait faim.

— Elle les aime sortant du four.

— Je sais. J'en referai toutes les heures.

Les autres opinèrent et la suivirent. Declan resta un instant appuyé contre le mur. Les Bofursyliens aimaient profondément Essylt, presque autant que les Rodorchniens. Elle avait ce don d'appeler l'amour. En témoignait ce geste désintéressé et contraignant que de cuisiner encore et encore le mets préféré de la souveraine.

Quand il entra dans les cuisines, une jeune servante vint aussitôt à sa rencontre. Il lui demanda des boissons fraiches et sucrées, avec un petit supplément de whisky pour le Roi. Elle lui sourit, les yeux pleins de questions. Comme tous s'étaient arrêtés dans leur tâche, il leur apprit que la situation n'avait pas évoluée et qu'Essylt était vaillante. Une vague de soulagement et d'entrain parcourut la pièce chaude et parfumée.

— Voulez-vous que je l'apporte, votre Altesse ?

— Non, merci.

Il saisit le plateau d'une main assurée et quitta la cuisine sous les regards intrigués. Il remonta vers les appartements royaux, espérant de tout cœur que le supplice d'Essylt prenne fin.

Même si cela signifiait qu'elle appartiendrait à son frère plus que jamais.

Il retrouva le salon exactement comme il l'avait quitté. Dubheasa avait abandonné l'idée de calmer son fils et essayait de lire malgré le bruit de ses pas. Guénolé triait quelques missives urgentes, tout en faisant des petits signes apaisant à sa progéniture surexcitée. Declan posa le plateau sur la table basse et tendit le verre alcoolisé à son frère.

— Bois.

— Je n'ai pas…

— Bois !

Declan allait atteindre les limites de sa patience. S'il le fallait, il était prêt à le tenir de force pour lui faire avaler jusqu'à la dernière goutte.

Calixte prit le verre d'un geste exaspéré, se renversant quelques gouttes sur le pantalon. Declan leva un sourcil amusé, qui arracha un léger sourire à son aîné.

Les portes du couloir menant à la chambre d'Essylt s'ouvrirent.

— Votre Majesté, vous êtes requis auprès de la Reine, annonça Adelyn.

Ses cheveux en bataille et son teint pâle attestaient de la difficulté des dernières heures.

— C'est pour maintenant ? s'enquit le monarque d'une voix enrouée par l'émotion.

— Oui.

Calixte rendit le verre à Declan. Il attrapa l'épaule de son cadet et la serra fort, puisant en lui du courage.

Declan voulut suivre son frère, bien malgré lui. Les portes se refermèrent derrière le Roi et la caméristе, imposant une barrière infranchissable. Pour oublier qu'elle ne serait jamais à lui, il but le verre d'une traite. Mais même en s'imbibant le cœur d'alcool, un homme ne cesse jamais d'aimer.

Les minutes défilèrent, entrecoupées de hurlements gutturaux et de sanglots déchirants. Il lui était impossible de se concentrer. Son esprit était avec elle et que n'aurait-il pas donné pour que son corps le soit aussi. Il suait si abondamment qu'il restait assis sans bouger. Il faisait semblant de regarder des documents qui ne l'intéressaient guère. Il n'affichait qu'une vague angoisse, alors qu'il avait l'impression de dépérir à chacun de ses cris.

Pitié, que l'enfant soit sauf.

C'était tout ce qui comptait. Il savait qu'elle allait s'en sortir. Pas seulement à cause de l'affirmation historique qu'il avait faite à son frère, mais simplement parce qu'elle était elle. Combative et déterminée.

Quant à l'enfant… D'autres hommes que lui auraient souhaité qu'il ne survive pas. Que la femme qu'il aimait ne mette pas au monde l'enfant d'un autre. Ce n'était pas son cas. L'idée qu'il ne survive pas… Il sentait sa poitrine le brûler du feu dévorant d'un deuil inacceptable. Rien qu'imaginer Essylt perdre son bébé... Non, c'était tout simplement inenvisageable. Même si cet enfant le faisait renoncer à elle, il ne pouvait pas ne pas vivre.

L'attente le mettait au supplice. Quand les hurlements s'arrêtèrent brutalement, son cœur en fit de même, bien avant que son esprit ne comprenne.

Essylt...

Le bébé...

Le silence. Épais. Glacial. Inanimé.

Non...

Des bruits de course. Un halètement. Une supplique.

Declan se leva, cherchant à comprendre. Et puis...

Un cri. Le cri. Strident, bouleversant, d'un enfant qui vient de naître. La première gorgée d'air, la solitude terrible de quitter le ventre maternel, chaud et protecteur.

Declan retomba sur le fauteuil, les jambes affaiblies par l'émotion. Dubheasa essuya ses larmes et Guénolé sourit.

Le soulagement est un sentiment d'une puissance sous-estimée. Il l'envahissait à une vitesse folle, lui donnant l'impression de s'envoler. Declan respirait à nouveau.

Même s'il l'avait perdue. Définitivement.

Quelques minutes passèrent. Entendre des exclamations de joie après tant d'heures de souffrance fit disparaître cette aura suffocante des appartements. Des bruits de pas traversèrent le couloir. La porte s'ouvrit sur Calixte, ses yeux noisette immenses et larmoyants.

— Je suis fier de vous annoncer la naissance de mon fils, le Prince Lucetmael de Bofursyle di Rodorchna.

VII

« En regardant mon fils, je n'eus qu'une certitude : je l'aimais plus que tout au monde. » Reine Ailionora de Rodorchna, 639

Donner la vie.

Pouvoir nébuleux et éternel.

Il était là. Chaud. Rouge. Endormi. Emmailloté dans un drap blanc en soie. Seul l'un de ses bras dépassait. Ses doigts minuscules et fripés posés sur le sein de sa mère, comme pour s'assurer de sa présence.

Sa tête lovée dans le coude d'Essylt. Son duvet blond, qui caressait sa peau moite. Son front légèrement plissé par un demi-sommeil. La finesse de ses traits. Son petit nez retroussé. Ses joues rondes. Ses paupières gonflées, qui préservaient des yeux précieux. Ses lèvres roses, entrouvertes, adorables.

Lucetmael.

Le prénom se répétait en boucle dans son esprit. Il remplissait sa poitrine, plus vital que l'air qu'elle respirait.

Lucetmael.

Il avait été comme une évidence. À l'instant où il avait crié.

Mon Prince de Lumière.

Essylt ne parvenait pas à détacher son regard de son fils. La douleur ahurissante qu'elle avait éprouvée, ce sang qui coulait encore entre ses cuisses… Tout cela n'avait plus aucune importance. C'était le seul prix à payer ? S'il le fallait, elle le paierait tous les jours pour ce petit être merveilleux.

Elle qui croyait savoir ce que signifiait aimer… Aujourd'hui, le mot prenait son sens le plus profond, animal et désintéressé. Parce que son existence était liée à ce bébé endormi.

Cet enfant qu'elle avait créé, qui serait une personne à part entière. Qu'aimerait-il ? Comment serait son sourire ? Aurait-elle le pouvoir d'effacer toutes ses peines ? Serait-il courageux, intrépide, fanfaron, amusant ? C'était comme si elle était déjà en possession de toutes ses réponses, sans parvenir à les atteindre. Elle l'aimait sans véritablement le connaître, tout en sachant tout de lui.

Elle n'était pas engloutie par cet amour, non, il débordait de son corps, se déversait partout.

Le vent se leva, sifflant contre les fenêtres, agitant les rideaux. Les flammes des bougies s'intensifièrent, faisant fondre la cire à toute vitesse. Les murs du château tremblèrent sur leur fondation, en une ondulation lente, adoratrice. Les chevaux hennirent, les oiseaux s'élevèrent dans le ciel, les guépards poussèrent un cri, la nature l'acclama.

Mon fils.

Un mouvement contre sa poitrine réveilla Essylt. Elle ouvrit les yeux sur le visage rouge de son bébé, qui s'éveillait doucement. Ses lèvres mécontentes laissèrent échapper un cri aigu. Aussitôt, elle resserra ses bras autour de lui et le berça. Le simple fait de se redresser lui causa une douleur sans pareille, qui fut atténuée par la présence de son fils.

— Nous allions vous réveiller, Majesté, chuchota Janae, qu'Essylt n'avait pas remarquée. Le Prince a faim.

La Reine opina vaguement. Sans réfléchir, elle repoussa sa chemise de nuit trempée pour offrir son sein. Les petites lèvres roses se refermèrent goulument sur son mamelon. La sensation était étrange, elle ne parvenait pas à déterminer si c'était agréable ou non. Néanmoins, le voir manger, les yeux fermés d'aise, dans un abandon plein de confiance fit battre son cœur furieusement.

— Il est magnifique, Majesté, murmura Cleena en venant replacer ses coussins dans son dos.

— Merci. Quelle heure est-il ?

— Trois ou quatre heures du matin. Nous vous avons laissé dormir.

Essylt caressa tendrement la petite tête chaude. Elle huma son odeur, qu'elle connaissait déjà comme si elle l'avait toujours sentie.

Repu, le Prince relâcha son sein. Du lait coula sur son menton. Elle s'empressa de l'essuyer avant de le redresser pour le faire roter. Le son les fit rire.

— Majesté, il va falloir le changer.

— Oh, oui, je…

Essylt essaya de se redresser. La douleur dans son bas ventre fut si violente qu'elle lui coupa le souffle.

— Ne bougez pas Majesté. Vous devez garder le lit. Laissez-nous faire.

Avant qu'elle ait compris, les mains de Cleena glissèrent sous le corps minuscule de Lucetmael et lui ravirent. L'impression de vide fut si brutale que les larmes lui montèrent aux yeux.

— Je suis juste là, Majesté, promit Cleena devant sa panique.

Janae et Adelyn apportèrent des linges propres. La gouvernante dévêtit le Prince sur le grand lit, tout près d'elle. Elle aurait voulu se rapprocher, mais forcer sur ses bras était pénible.

Voir son ventre tout rond, ses jambes potelées… Autant de détails qui la bouleversèrent. Cleena avait des gestes tendres et maîtrisés. Nettoyé et changé, le Prince fut reposé dans ses bras. Alors, elle respira de nouveau.

— Majesté, nous pensions installer sa chambre demain. En attendant, puisqu'il n'a pas de lit…

— Il va dormir à nouveau sur moi.

L'idée de le laisser lui était intolérable. Cleena opina, jugeant bon de ne pas la contredire. Les caméristes se retirèrent pour que la Reine et le Prince finissent leur nuit.

Essylt ne fit pas de rêve, car sa vie en était déjà un.

À peine le soleil fut-il levé que son fils s'agita. Comprenant ses gestes et ses expressions, elle s'empressa de lui redonner le sein. Il téta avec appétit, comme s'il n'avait pas mangé quelques heures plus tôt. Attendrie, elle rit de son empressement, tout en caressant son petit corps.

— Ma Reine ?

Calixte entra sur la pointe des pieds. En découvrant son fils fermement agrippé au sein de sa mère, il sourit de toutes ses dents. Il les rejoignit d'un pas mesuré, comme si les approcher pouvait rendre encore plus réel ce trésor inestimable.

— Bonjour, ma vaillante Reine. Bonjour, mon courageux Prince.

Le Roi embrassa le front du bébé, qui sursauta, n'appréciant guère d'être dérangé durant son repas.

— Je comprends, moi aussi j'aime beaucoup cette partie de Maman…

Essylt émit un bref rire. Calixte déposa ses lèvres sur les siennes, en un baiser d'une profondeur peu commune, empli de gratitude.

— Merci.

Émue, elle posa la main sur sa joue, contre sa barbe claire de trois jours. Il ferma les yeux d'aise, s'imprégnant de cet instant.

— Vos Majestés ?

— Oui, Cleena ?

— Pouvons-nous entrer ?

— Faites.

La gouvernante était accompagnée d'une femme d'une vingtaine d'années. Ses cheveux brun-roux nattés sur son épaule encadraient un visage parsemé de taches de rousseur, pâle et avenant. Elle s'inclina.

— Voici Bryn Winth, l'épouse d'un des intendants du palais. Étant mère depuis trois mois et une femme de confiance, je la crois toute disposée à être la nourrice du Prince.

Essylt tressaillit.

— Je croyais que toi et les filles alliez être ses nourrices.

— Bien entendu, nous allons nous en occuper, Majesté. Mais n'ayant pas enfanté, nous ne sommes pas en mesure de lui donner le sein.

— Mais cela, c'est moi qui le fais.

Sentant la tension augmenter, Calixte passa un bras autour de ses épaules.

— Ma douce, tu ne pourras pas lui donner le sein tout le temps. La journée, tu as tes obligations et tu dois bien dormir la nuit.

— Ce n'est pas…

— Vous avez besoin d'aide, Majesté, surtout la première année. Vous êtes Reine, vous ne pourrez pas vous occuper de lui comme une mère normale.

Blessée, Essylt resserra son bébé contre elle. Elle posa son front contre le sien Comment pouvaient-ils dire qu'elle ne serait pas une mère normale ? Pourquoi voulaient-ils la priver des joies et des obligations de la maternité sous prétexte qu'elle était souveraine ? Inconsciemment, elle savait qu'ils avaient raison, qu'elle ne pourrait pas tout faire. Mais l'entendre ainsi, si tôt après sa naissance… C'était comme s'ils essayaient de le lui arracher.

— Je puis vous assurer, Votre Majesté, que je prendrai le plus grand soin du Prince. Si vous me faites l'honneur d'être sa nourrice, je serai à son chevet jour et nuit. Je me mettrai à votre entière disposition, promit Bryn.

Bien qu'elle dégageât une sincérité rassurante, Essylt ne l'aimait pas. C'était plus fort qu'elle. Comment pourrait-elle apprécier une femme qui allait prendre sa place de mère ?

— La chambre du Prince est contiguë à la vôtre, comme la chambre de la nourrice. Vous serez toujours près de lui, Majesté, assura Cleena. Et si Bryn venait à ne pas vous convenir, sachez que j'ai envoyé un messager en urgence en Rodorchna. Róis, l'intendante du palais, et moi avons convenu d'une femme de confiance, Gladys, que nous connaissons de longue date. Son mari, son fils et elle devraient arriver d'ici deux semaines, pour que le Prince ne manque de rien.

Il ne manquera que de moi.

Essylt se détourna pour cacher ses larmes. Contre elle, Lucetmael gémit.

— Venez, Bryn, je vais vous montrer votre chambre. Votre époux m'a dit que vos affaires seraient déposées dans la journée ?

— Tout à fait.

Les deux femmes sortirent par une porte encore jamais utilisée, celle qui menait à la chambre de Lucetmael. Calixte vint la prendre dans ses bras, pour essayer d'apaiser un chagrin dont il ne comprenait rien.

— Ce sera plus facile pour toi ainsi, tu verras…

Elle refusait d'accepter qu'à nouveau sa couronne la forçait à une manière de vivre qu'elle exécrait.

Me le pardonneras-tu ? demanda-t-elle à Lucetmael. *Je t'aime tellement.*

Elle l'embrassa longuement, savourant sa peau.

— Votre Majesté ?

— Oui ?

Bethania venait d'entrer.

— Les couturières et moi-même souhaiterions prendre les mesures du Prince pour finir ses premiers vêtements. Pouvons-nous l'emmener un instant ?

Cleena revint, suivie de Bryn.

— Tout à fait, approuva la gouvernante. Il faut que la Reine prenne son bain et soit examinée. Bethania, va dire à Adelyn et Léan de s'occuper du bain.

La servante ressortit.

— Votre Majesté, si vous le permettez, c'est Bryn qui va emmener le Prince auprès des couturières, afin qu'il s'habitue à elle.

Non !

Elle avait envie de hurler à pleins poumons et de s'effondrer de chagrin. Comme elle avait envie qu'on la laisse seule avec son fils, qu'ils se rendorment pour retrouver cette harmonie que personne n'aurait brisée à coup d'obligations et de sacrifices.

— Je vais aller avec elle, d'accord ? s'enquit Calixte dans un murmure. Pour voir comment elle est avec lui. Puis je m'occuperai de sa toilette, je la ferai moi-même.

Essylt leva un sourcil inquisiteur et amusé.

— Je suivrai toutes les instructions de Cleena, c'est promis, sourit-il.

Elle acquiesça lentement.

Avait-elle seulement le choix ?

Bryn s'approcha d'elle, lui contractant le ventre. Avec une délicatesse toute maternelle, elle passa ses mains agiles sous Lucetmael. Malgré elle, Essylt l'accompagna jusqu'à ce qu'il repose contre la poitrine de la nourrice.

Adelyn entra, suivie de Jarlath, réquisitionné pour porter la Reine jusqu'à la salle de bain. Bryn fit une révérence appliquée puis se dirigea vers la sortie, Calixte et Cleena sur les talons.

Essylt venait tout juste d'avoir son fils et c'était comme s'il ne lui appartenait déjà plus.

Après un bain chaud et l'examen minutieux du médecin royal, la Reine retrouva son lit, puis son fils. Elle évita soigneusement de regarder Bryn, doutant de pouvoir contrôler ses réactions.

Bien qu'il soit évident qu'elle prendrait grand soin de Lucetmael, Essylt se sentait incapable de l'apprécier. C'était quelque peu puéril et plus fort qu'elle. Elle avait le sentiment que cette femme lui volait tous ces moments qu'elle allait passer avec lui.

Heureusement, le reste de la journée fut reposant. Seuls ses servantes et Calixte vinrent leur tenir compagnie.

La chambre du Prince fut prête en début d'après-midi, cependant Essylt refusa de le mettre dans son lit. Il demeura sur elle, leurs poitrines se soulevant au même rythme. Elle sentait les battements de son cœur s'insinuer en elle. Ce cœur qu'elle avait créé.

Ils dormirent beaucoup, mangèrent presque tout autant.

Une fois la nuit tombée, Dagda les rejoignit malgré l'habitude qu'elle avait prise de dormir dans le salon. La guéparde monta sur le lit pour voir le Prince de plus près. Celui-ci réagit à sa présence en s'agitant. Un instant, Essylt crut même qu'il tendait la main pour la caresser.

Ses yeux clairs emplis de tendresse, Dagda s'allongea contre sa maîtresse, pour veiller sur eux. Quand Calixte entra pour souhaiter bonne nuit, il trouva le tableau quelque peu incongru et fort apaisant de la Reine, du Prince et du fauve endormis.

Lucetmael la réveilla trois fois durant la nuit. Essylt ne laissa pas le temps à Bryn de venir lui donner le sein et s'en chargea elle-même. De toute façon, il était hors de question qu'il quitte ses bras protecteurs.

Quelques heures après l'aube, Adelyn et Léan vinrent les réveiller. Bien entendu, la Reine donna à nouveau le sein, avant de se résigner à sortir du lit.

En la voyant se lever, les deux caméristes poussèrent un cri.

— Majesté, attendez…

Elles avaient pris l'habitude de l'aider et avaient reçu pour instructions que la souveraine se repose. Celle-ci tenait toutefois parfaitement sur ses jambes. Le teint clair et le dos droit, elle berçait doucement Lucetmael contre elle tout en caressant Dagda.

— Je me sens reposée. Faites couler mon bain et préparez les affaires de Lucetmael. Allez prévenir Calixte que je suis prête à recevoir.

L'idée de sortir Lucetmael l'angoissait. Rester dans cette chambre, là où il avait quitté son ventre, loin des regards, était si simple. Le fait de sortir d'ici, de le présenter à ses proches… Cela le rendait étrangement réel, alors même qu'il était serré contre elle. Néanmoins, il fallait qu'elle surmonte ses craintes et qu'il rencontre la cour.

Elle était terrifiée par tout ce qui les attendait. Mais en le contemplant, une confiance incommensurable l'envahissait.

Je ferai tout pour toi.

Laver Lucetmael fut un moment exquis. Le plonger dans l'eau, le voir remuer, l'entendre babiller son bien-être… Elle prit le temps de le laver, massant ses bras et ses jambes, jouant avec ses doigts, caressant ses pieds. Jamais elle n'aurait pu imaginer éprouver un tel émerveillement. Il était à elle, tout autant qu'elle était à lui. Ce qui les liait, c'était plus qu'un sang et une couronne. C'était le lien inexplicable et invincible d'une mère et de son enfant.

— Mon trésor, Maman t'aime si fort…

Dès qu'elle parlait, il souriait. Il était attentif à ses gestes, comme elle était subjuguée par les siens.

Une fois sorti de l'eau, elle l'emmaillota dans une serviette sèche et le blottit contre elle. Elle frotta doucement son dos pour le sécher, tandis qu'il souriait si fort qu'il en tirait la langue.

Soudain, Lucetmael ouvrit les yeux. Essylt se figea, le souffle coupé.

Ce n'était pas la première fois qu'elle voyait les yeux bleu ciel des de Rodorchna. Elle les avait croisés toute sa vie dans un miroir. Mais les voir sur quelqu'un d'autre, être percutée par ce regard incroyable… Elle comprenait à présent ce que pouvaient éprouver ses proches. La couleur était unique, flamboyante, magique. C'était le terme le plus exact, car ces yeux témoignaient d'un héritage légendaire.

Ce sang que je t'ai légué… Il m'effraie depuis longtemps. On veut ma mort à cause de lui et peut-être même la tienne. Encore tout récemment, je craignais d'en apprendre davantage sur cette magie surpuissante, toute aussi enviée que haïe. Mais à présent, je me sens assez forte pour découvrir les secrets de notre famille. Je vais apprendre à utiliser mes dons, pour un jour t'apprendre à utiliser les tiens. Nous redonnerons toute sa gloire à notre nom, mon fils.

Elle embrassa son front, scellant sa promesse. Sans le savoir, Lucetmael venait de susciter un amour si fort qu'il menait enfin Essylt vers son destin.

— Cela vous convient, ma Reine ? s'enquit Léan en désignant le chignon serré qu'elle venait de réaliser.

— Parfait.

Bethania s'avança pour lui mettre les boucles d'oreilles que Calixte lui avait offertes à son anniversaire. La souveraine ne s'occupait guère des préparatifs, toute son attention focalisée dans le miroir où elle admirait Janae avec Lucetmael. La camériste chantonnait tout en marchant dans la chambre, ce qui semblait ravir le Prince.

— Vous êtes prête.

Essylt bondit sur ses pieds. Janae lui rendit aussitôt le bébé en souriant Entre la présence du nouveau-né et le débordement d'amour de la Reine, il était difficile de ne pas être submergé par l'allégresse.

Elle traversa le couloir qui menait au salon. Son cœur battait vivement dans sa poitrine, ce qui faisait remuer Lucetmael. Elle l'embrassa pour le calmer.

— Tout ira bien.

Elle prit une grande inspiration et ouvrit.

D'un même bond, Calixte, Guénolé, Dubheasa, Luíseach et Saraid se levèrent. Le Roi vint enlacer sa taille et embrasser son fils.

— Quel plaisir de te voir sur pied, ma douce. Tu es rayonnante.

— La maternité vous va à ravir, s'écria Dubheasa, qui peinait à contenir ses larmes.

Autrefois plus distante, l'ancienne Reine de Bofursyle s'était détendue et ouverte depuis qu'elle avait quitté le pouvoir. Le mariage de son fils et l'arrivée de son petit-fils en étaient les causes principales.

Percevant son impatience, Essylt s'approcha d'elle pour lui présenter le Prince. Dubheasa saisit sa minuscule main pour l'embrasser.

— Il est magnifique. Puis-je le prendre ?

— Bien sûr.

Il lui était plus facile de le confier à sa grand-mère qu'à Bryn. Le Prince couina de quitter les bras de sa mère, puis se calma au son de la voix de Dubheasa.

— Que tu es beau. Et grand. Tu vas être aussi fort que Papa et aussi brillant que Maman. Mamie est déjà folle de toi, oh oui…

— Ma chérie, s'il te plait, ne lui parle pas ainsi, la réprimanda Guénolé, le visage rougi par l'émotion, tout en posant une main protectrice sur le front du bébé. Il devra utiliser les titres et non des surnoms si familiers.

— Je le sais, gronda Dubheasa, mais pour l'instant il est petit, inutile de l'accabler avec ces choses. Je te rappelle que Calixte ne m'a nommée Mère qu'à partir de ses quatre ans.

— C'était déjà tard. Souviens-toi, il a eu du mal à s'accoutumer…

Essylt déglutit bruyamment. Dans la royauté, un enfant ne pouvait dire Maman ou Mamie ? Pourquoi tant de dureté ? Il lui paraissait bien inutile d'imposer une telle distance. Il allait apprendre les méandres du protocole bien assez tôt. Pourquoi rendre cela encore plus ardu en brisant en partie le lien parental ? Il était hors de question que Lucetmael ne l'appelle pas Maman.

Aussi pour la simple raison qu'elle avait été elle-même privée de ce bonheur.

Luíseach et Saraid vinrent l'enlacer.

— Ma Reine, vous nous avez manqué. Toutes nos félicitations pour le Prince.

— Vous avez été parfaitement à la hauteur, comme toujours, renchérit Saraid.

— Je suis tout à fait d'accord, rit Calixte en la ramenant fièrement contre lui. Prenons place pour déjeuner.

Lucetmael toujours dans les bras de sa grand-mère, ils s'assirent sur les canapés. Des domestiques entrèrent pour déposer une multitude de petites choses sur la table basse, ainsi que du vin. Une fois servis, ils levèrent tous leur verre.

— À mon fils et à ma femme, clama Calixte dans un débordement de joie contagieux. Les deux trésors de mon existence.

— À Lucetmael et Essylt ! s'écrièrent-ils tous en cœur.

La conversation alla bon train, centrée sur le bébé. Lucetmael passa des bras de sa grand-mère à ceux de Luíseach, puis de Saraid. Toutes les femmes sentaient leur maternité s'embraser devant lui. Essylt se fit la réflexion que ses deux amies devaient désirer se marier et se promit de leur poser la question.

— Des centaines de cadeaux ne vont pas tarder à arriver, s'enthousiasma Dubheasa. Une première naissance suscite d'ordinaire un débordement de présents, alors je n'imagine pas tout ce que le Prince va recevoir.

— Il ne faut pas oublier de gâter la mère également. À ce propos...

Guénolé saisit un paquet qu'il tendit à Essylt, avec une douce révérence.

— Ma belle-fille, un petit présent pour vous remercier et vous féliciter.

Touchée, elle s'empressa de l'ouvrir. Dedans reposaient deux broches en diamant et en or. Courbées, elles avaient la forme de branches, fines et ouvragées.

— Pour mettre en valeur votre chevelure. J'espère qu'elles vous plaisent, sourit Dubheasa.

— Elles sont magnifiques, mais vous n'auriez pas dû...

Essylt préférait ne pas imaginer combien elles avaient coûté.

— Et pour mon petit-fils.

Guénolé donna un deuxième paquet à Calixte. Il écarquilla les yeux, faisant se pencher la Reine. Une petite couronne en or surmontée d'un saphir et d'un rubis brillait de mille feux. Elle était fine et élégante, reflet d'un pouvoir unique et inédit.

— Il ne pourra pas la porter avant quelques années, mais il fallait absolument marquer sa naissance par une pièce incroyable.

Du bout des doigts, Calixte effleura l'inscription. *Lucetmael de Bofursyle de Rodorchna, 21 juin 686.*

— Merci, vous nous avez extrêmement gâtés.

Ils les embrassèrent, émus par le geste. Essylt se sentait un peu dépassée par un tel bijou. Elle qui avait été accoutumée à être une souveraine unique dans l'histoire, elle se rendait compte que son fils le serait encore plus.

— Nous avons également des présents pour vous et le Prince.

Luíseach appela des servantes pour qu'elles amènent un gros coffre. Il renfermait des dizaines de vêtements pour bébé. Essylt sortit un manteau rouge épais, doublé de fourrure blanche, dont la taille correspondait aux quelques mois que Lucetmael aurait cet hiver.

— Merci beaucoup, s'emporta Essylt en leur sautant dans les bras.

Elles avaient choisi des vêtements simples, ouvragés sans être extravagants. Bien que Lucetmael attirât toute l'attention, elles avaient respecté les goûts d'Essylt, ce dont elle leur sut gré.

— Et pour vous, Majesté, un peintre va réaliser le portrait de Lucetmael à tous ses anniversaires. Il est à votre disposition pour concevoir le premier demain ou après-demain, ajouta Saraid.

— Vous pourrez avoir de grandes peintures ou des miniatures. Également pour vous, Votre Majesté.

— Merci infiniment, vos excellences, s'exclama Calixte en leur baisant la main chacune leur tour. Votre générosité et votre attachement pour la Reine sont précieux.

Essylt fit signe à Adelyn et Bethania d'amener le coffre dans la chambre du Prince. Dans les bras de Saraid, celui-ci remua. La Baronne le lui rendit donc, amusée de voir leurs visages s'illuminer.

Déjà habitués l'un à l'autre, Lucetmael tourna sa tête vers sa poitrine, humant son odeur rassurante. Elle leva son bras de sorte qu'il ne soit pas gêné par sa robe.

La porte s'ouvrit sur Jarlath et Caem. Les deux soldats rougirent légèrement et plongèrent en une révérence appliquée. Ils n'avaient pas coutume d'être dans le salon quand les monarques recevaient.

— Jarlath, Caem, vous voilà enfin, s'enthousiasma le Roi en faisant un clin d'œil complice à sa femme.

À sa manière, c'était un présent qu'il lui faisait. Les intégrer à cette première présentation officielle était une grande marque de respect. Ils étaient importants pour Essylt, alors ils devaient l'être pour Lucetmael.

Le commandant avait déjà aperçu le nourrisson, sans avoir pu l'approcher avec toute la frénésie qui l'entourait. La gorge nouée par l'émotion, Essylt lui tendit, avec une ferveur et une confiance inégalée. Un peu paniqué et très appliqué, Jarlath saisit la minuscule tête et le corps chaud pour les ramener contre son torse. Lucetmael remua vivement les jambes de joie.

Jarlath avait des dizaines de mots au bord des lèvres, mais ils étaient trop simples, trop dits. Il se contenta de lever cérémonieusement le Prince pour embrasser son front, en une bénédiction silencieuse et une promesse solennelle. « *Je t'aimerai, je te protégerai.* » Voilà ce qu'il disait au bébé de la femme qu'il considérait comme sa sœur.

Très émus tous les deux, ils se sourirent. Il lui rendit l'enfant avec une délicatesse attendrissante pour un homme.

Doutant de contenir ses larmes, Essylt se tourna vers Caem. Il s'inclina.

— Capitaine Caem, je te présente mon fils. Ce n'est pas un moment anodin, pas uniquement parce que je te considère comme un membre de ma famille, mais également et surtout parce que j'ai une tâche d'une grande importance à te confier. Accepterais-tu d'être en charge de la sécurité du Prince ?

Le jeune soldat pâlit et tangua sur ses jambes. Ses yeux bruns se posèrent sur le bébé, empreints d'affection et de tristesse.

Lui aussi songeait-il à Ty en cet instant ? Elle aurait été la première à le prendre dans ses bras. Elle aurait crié, pleuré, célébré cet instant avec cet enthousiasme débordant qui la caractérisait.

Il s'inclina de nouveau, puis prit la main de l'enfant pour la placer contre son front.

— Je promets protection et loyauté au Prince Lucetmael. Je le servirai jusqu'à ma mort.

Essylt posa ses mains sur les leurs, puis ébouriffa tendrement les cheveux de Caem.

— Tu demeures sous les ordres de Jarlath, mais tu géreras tes propres soldats. Et tu dormiras entre la chambre de la nourrice et le poste de garde, pour être toujours près de lui.

— À vos ordres, Votre Majesté. Merci pour l'honneur que vous me faites.

— Merci à toi d'être toujours à mes côtés.

Ils se saluèrent d'un lent mouvement de tête, entre respect et affection, espoirs pour l'avenir et souvenirs irremplaçables.

La porte s'ouvrit à nouveau, faisant tressaillir Essylt.

Declan avait les cheveux défaits par l'empressement. L'ardeur de ses prunelles vertes la transperça. Depuis combien de temps ne l'avait-il pas considérée ainsi ? Pendant quelques secondes, plus rien n'exista. Ces longs mois séparés, ce mariage détestable, cette souffrance destructrice… Ils étaient unis, les yeux dans les yeux.

Puis, l'attention de Declan tomba sur Lucetmael. Il rougit et déglutit péniblement.

— Mon frère, te voilà ! s'écria Calixte en bondissant pour les rejoindre. Regarde cette merveille. Le portrait de sa mère.

Declan opina avec raideur.

— Toutes mes félicitations, Vos Majestés. Ma Reine, j'ai un présent pour vous.

Le possessif fit courir un doux frisson sur sa peau. Intriguée, elle fronça les sourcils quand Declan ouvrit la porte.

Cathan n'était plus aussi fringant que quatre mois plus tôt. Il était amaigri, ses cheveux et sa barbe étaient trop longs, néanmoins il dégageait une telle joie que tous ces détails étaient effacés. En croisant ses yeux bruns et chauds, Essylt éclata en sanglots.

— Cathan !

Elle crocheta sa nuque de son bras libre, le pressant contre elle et le petit. Son commandant les enlaça délicatement et enfouit son nez dans ses cheveux. Elle sentit des larmes couler sur sa tête. Ils demeurèrent ainsi un long moment, soulagés, heureux. Enfin, Cathan se recula pour contempler le Prince.

— Bonjour, trésor. C'est un honneur de te rencontrer.

Il embrassa son front, puis la main d'Essylt. Elle avait tant à lui dire, mais entre ses pleurs et la présence de tiers, elle ne parvenait pas à parler.

Une fois remise, elle se tourna vers Declan. Tout naturellement, elle toucha son bras, se sentant envahie d'une reconnaissance éternelle.

— Merci.

Il acquiesça.

Calixte vint essuyer une larme oubliée sur la joue de sa femme.

— Donne le petit à son oncle. Je veux qu'ils fassent connaissance.

Son oncle. Declan sentit quelque chose se briser en lui et en fut étonné. Il restait encore un peu de son cœur après toute cette souffrance ?

Obligé, il saisit le nourrisson. Ses mains effleurèrent celles d'Essylt, le bouleversant bien moins que la présence de cet être minuscule et chaud contre lui.

Lucetmael ouvrit grands les yeux, dévoilant ceux de sa mère. Les larmes lui montèrent si violemment qu'il fut difficile de les contenir.

Il tenait contre lui un enfant innocent, qu'il aimait et qui lui avait volé la femme de sa vie. Dire que son existence n'avait plus aucun sens était un euphémisme. Il ne s'était jamais senti aussi perdu.

Calixte lui serra l'épaule. En se redressant, il découvrit son sourire rayonnant.

— Et si oncle Declan venait s'asseoir avec nous un instant ? La présentation officielle ne commence que dans une demi-heure.

Il opina et le suivit sans un mot.

Jarlath et Cathan, heureux de se retrouver, se retirèrent pour que le second fasse une toilette décente, aussitôt suivis par toutes les servantes royales. Aux cris qui résonnèrent dans le couloir, il fut évident que les retrouvailles étaient turbulentes et larmoyantes. Essylt rit, envahie par leur soulagement.

Sa famille était enfin réunie.

Elle eut du mal à écouter les conversations suivantes, à cause de toutes ses émotions et de Declan. Il faisait bonne figure, droit, tenant le Prince avec cérémonie et tendresse. Cependant, ses traits étaient affaissés, ses mains tremblaient.

Il était si fort. Capable de dissimuler à quel point il était détruit. Essylt avait envie de se blottir contre lui, d'embrasser tout son visage, d'effacer sa douleur. Elle voulait le guérir avec son amour, comme il l'avait guérie et sauvée de bien des manières.

Mais elle ne le pouvait pas. Parce qu'il le refusait. Parce que pour lui, Lucetmael avait tout changé.

Pour elle, Lucetmael avait tout amplifié. Son cœur s'était agrandi, capable de tant d'amour, de tendresse, de compréhension, d'acceptation.

Les voir tous les deux… Les deux hommes de sa vie.

Une larme solitaire dévala sa joue.

L'excitation était palpable. Elle planait dans l'air et lui donnait un arôme sucré. Les quelques courtisans et domestiques encore dans les couloirs couraient pour rejoindre la Salle du Trône.

Accrochée au bras de son époux, Lucetmael blotti contre son sein, Essylt avançait d'un pas appliqué. Calixte n'arrêtait pas de sourire, de l'embrasser et d'essayer d'accélérer le pas. Elle ne voulait pas avancer plus vite. Elle voulait faire durer cet instant, le faire reculer, disparaître même. Il avait trop d'importance, trop de résonance dans l'histoire.

Plus rien ne serait jamais comme avant.

Les grandes portes s'ouvrirent, imposant dans l'immense pièce un silence impatient. Tous se penchaient dans l'espoir de voir le Prince. Essylt resserra son fils contre elle, comme pour le protéger. Mais il n'avait rien à craindre. Le peuple était venu le rencontrer.

Une fois arrivés devant leurs trônes, ils se tournèrent vers l'assemblée attentive. Que ce soient les nobles, les ambassadeurs, les conseillers, les domestiques, les courtisans ou les habitants des alentours, tous étaient rassemblés d'égal à égal, unis.

Avec une solennité touchante, Calixte se saisit des deux pierres qu'on lui présentait. Il déposa le saphir dans la paume droite du bébé et le rubis dans la gauche.

— Aujourd'hui, nous célébrons notre enfant et la naissance de notre dynastie. Aujourd'hui, je vous présente son Altesse Royale Lucetmael de Bofursyle di Rodorchna, fils de Calixte et d'Essylt, descendant direct de Meallán le Magicien.

Les cris et les applaudissements furent si vifs qu'ils les enlacèrent tel un être vivant. Calixte fit de grands signes de mains à toutes les personnes rassemblées. Essylt ne put contenir ses larmes, auréolée ainsi d'adoration. Elle embrassa le front de son fils, qui remuait, surpris par tout ce bruit.

Le Roi reprit les deux pierres. Elles avaient été taillées et montées afin d'être enfilées sur une chaine en argent. Une fois prêt, il attacha le collier autour du cou de Lucetmael.

— Longue vie au Prince Lucetmael !

La fête qui suivit fut mémorable.

Des centaines de tables avaient été installées dans la cour principale et à l'extérieur du palais. Un véritable festin avait été préparé, avec tant de mets qu'il était difficile de les compter.

Bien que l'après-midi ne soit qu'à moitié avancé, la musique les entraina à danser. Essylt garda le Prince tout en virevoltant parmi la foule. Tous s'inclinaient et venaient contempler l'enfant adulé. Elle le confia à plus d'une femme hystérique, qui frémissait de l'honneur qui lui était fait de porter le futur Roi.

Le bonheur pur du peuple imprégna l'âme de la Reine. Ce n'était pas uniquement sa vie qui venait de changer, c'était également la leur.

Elle dansa beaucoup, avec ou sans son fils. S'il n'était pas dans ses bras, il était dans ceux de ses nobles les plus proches, qu'elle ne lâchait pas du regard. De toute façon, Caem n'était jamais à plus de trois pas du Prince.

Calixte n'avait pas prévu qu'Essylt demeure dehors. Une réception plus privée était prévue dans la salle de bal. Mais il était inenvisageable de l'arrêter, pas alors qu'elle dansait, chantait, s'abandonnait. La Reine avait relevé sa robe et défait ses cheveux, redevenant cette Princesse décalée et naturelle. Le peuple ne l'en aimait que davantage.

Quand la nuit tomba, elle décida de coucher Lucetmael. Il dormait déjà depuis plus d'une heure de bras en bras, absolument pas perturbé par la musique. Cet enfant allait être si adorable que c'en était presque injuste.

— Vous voulez que je le monte, Majesté ? s'enquit Bethania.

— Non, je vais le faire moi-même. De toute façon, je commence à être fatiguée.

Elle avait légèrement oublié qu'elle avait accouché deux jours plus tôt. Son ventre tirait douloureusement et ses jambes demandaient grâce.

Une fois arrivée dans la chambre de Lucetmael, elle tourna sur elle-même, le cœur débordant de joie. Ses caméristes avaient aménagé une pièce dans des tons doux, avec des rappels de bleu et de rouge. Une montagne de peluches et de jouets trônait déjà dans un coin, avec de grands meubles en bois qui allaient être rapidement remplis. Au centre, le lit à barreau n'attendait que le bébé.

Essylt le changea sur la commode aménagée à cet effet avant de le coucher. Il remua soudain, le visage rougi. En remarquant qu'il n'avait plus la petite peluche qu'il serrait depuis des heures, elle paniqua.

— Où est la peluche ? Celle grise, qu'une petite fille lui a offerte ?

— Il a dû la perdre. Je vais la chercher tout de suite, dit Léan en partant en courant.

— Inutile, s'exclama Cleena depuis la chambre de la Reine. Son Altesse est venu la rapporter.

Declan entra dans la chambre du nouveau-né, la peluche à la main. Il s'inclina.

— Le Prince l'a perdue et j'ai songé qu'il pourrait en avoir besoin.

— Merci beaucoup.

Essylt la prit, l'épousseta et la plaça dans la main de Lucetmael. Il s'apaisa aussitôt.

Quand elle se retourna et se retrouva face à lui, les mots lui manquèrent. Il était gêné et paraissait enivré. Il cherchait un moyen de sortir sans paraître impoli.

— Les filles, pouvez-vous nous laisser ?

Les servantes sortirent.

Puisque Lucetmael ne s'était pas réveillé au milieu de la fête, elle doutait qu'il le fasse à présent.

— Declan, je…

— Je vais repartir. D'ici deux ou trois jours.

L'annonce la statufia.

Il n'avait cessé d'y songer toute la soirée. La naissance du Prince avait mis tout le Royaume en fête. Il l'était également, mais pas suffisamment. La voir rire, danser, être épouse, être mère… C'était trop pour lui. Il doutait de pouvoir rester dans cette vie encombrée de mensonges et d'interdits. Il doutait de pouvoir contenir l'ardeur de ses sentiments.

Il savait que repartir, c'était se condamner à l'agonie. Mais c'était toujours mieux que de la voir heureuse dans les bras de son frère, de la voir élever son fils.

— Declan, non…

Elle s'approcha pour le toucher, il s'écarta. Il n'avait aucune confiance en ses réactions si leurs peaux se retrouvaient. Il ne pouvait pas se laisser aller à leur amour, pas alors que Lucetmael dormait juste là.

— C'est pour lui que je pars, déclara-t-il dans un élan de lucidité. Pour qu'il n'ait jamais à souffrir de la distance entre toi et Calixte. Ainsi, il aura des parents unis et heureux.

— Je ne suis heureuse que quand tu es là.

— Tu pourras l'être si je ne le suis plus. Tu l'as prouvé durant ces longs mois et ce soir en célébrant la naissance de ton fils.

— Tu étais là. Crois-tu que je n'ai pas senti ton regard sur moi ? Tu m'insuffles la force d'être moi-même, de supporter cette couronne qui me pèse tant. Et qui lui pèsera un jour, à lui aussi.

Elle ne lui laissa pas le temps de répliquer. Elle posa la main sur sa joue, effleurant ses cheveux et son oreille. Il frissonna.

— J'ai besoin de toi. Nous avons besoin de toi. Le Royaume, Calixte, Lucetmael…

Il repoussa sa main en entendant le nom de son frère.

— Le seul moyen pour toi d'aimer correctement ton fils et ton époux est que je m'en aille.

— Mais je n'aime pas Calixte ! Je ne l'aimerai jamais !

Elle s'était emportée, faisant s'illuminer ses yeux de défis et de magie. Ses cheveux cascadèrent plus vivement autour d'elle. Elle parvenait à être encore plus belle.

— Je t'aime, Declan. Tu es ce qu'il m'est arrivé de meilleur dans ma vie.

Il passa sa main dans ses cheveux bruns, puis désigna le lit.

— Ce n'est pas Lucetmael ?

Essylt plongea dans ses yeux verts. Et alors, elle sut. Elle sut ce qu'elle avait tenté en vain d'ignorer.

— Aussi. Puisque c'est toi qui me l'as donné.

Il recula comme si elle l'avait poignardé. Ses épaules s'affaissèrent sous la puissance du coup. Son corps entier se rebella contre ses paroles qu'il osait à peine comprendre.

— C'est ton fils, Declan.

Dans l'air, les mots flottaient telle une évidence.

— Comment peux-tu le savoir ?

Les sanglots déchiraient sa voix. Elle posa ses mains sur son torse, sentant les battements affolés de son cœur.

— Je te reconnaitrais partout dans le monde.

Ce fut là qu'il se passa quelque chose d'inconcevable.

Le monde s'écroula et s'érigea tout à la fois.

Il était père.

Son fils ne saurait jamais la vérité.

Leur amour avait créé un petit être chétif et parfait.

Pour aimer la nouvelle personne la plus chère à son existence, il allait encore devoir vivre dans l'ombre de son frère.

Il remarqua à peine qu'elle s'était blottie contre lui, murmurant des excuses et des mots doux tout en inondant son épaule. Il la remarqua à peine pour la première fois de son existence, car à présent elle n'était plus l'étoile ultime.

À présent, le ciel brillait de mille feux sous l'intensité de deux astres, tous deux bleus, magiques et inaccessibles.

VIII

« C'est dans la souffrance que se tissent les liens les plus forts. » Roi Machan de Mebeaka, 198

— Que fait-on de celui-ci, Votre Majesté ?

— Il peut aller dans le Trésor. Lucetmael n'en aura pas l'utilité avant des années.

Avec précaution, Adelyn rangea dans son écrin le poignard serti de diamants offert par le Roi Imrinn de Xoramif. Décidément, son grand cousin ne cesserait jamais de la surprendre avec l'exubérance de ses présents.

Assise sur l'un des canapés, Essylt était entourée de tous côtés par les cadeaux de son fils. Ils étaient presque tous arrivés entre hier et aujourd'hui. Le Prince tant attendu était né deux semaines plus tôt, toutefois la nouvelle s'était répandue sur le Continent à une vitesse folle. Les messagers envoyés dans chaque Royaume annoncer sa naissance étaient arrivés en retard.

Il fallait trier cette avalanche de cadeaux et remercier chaque expéditeur. Que ce soient les souverains, les nobles, les ambassadeurs, les conseillers ou les simples gens du peuple… Les présents allaient du bijou hors de prix au dessin d'enfant, en passant par des habits, des animaux et des jouets.

— Trois chevaux de robe noire, d'une grande stature, offerts par le Duc Iolan, en Jirialc. Il précise que ce sont des pur-sang, parfaitement éduqués pour concourir ou pour chasser.

C'est vrai qu'un bébé adore faire les deux, c'est bien connu…

Essylt retint un soupir. N'ayant pas été élevée dans la royauté, ce débordement de présents couteux et inadaptés la laissait perplexe.

Par réflexe, elle se tourna vers la porte menant à sa chambre, s'attendant à percevoir les pleurs de son fils. Il n'en fut rien. Il dormait à poings fermés depuis deux bonnes heures.

Son cœur se serrait d'angoisse. Comment éduquer un enfant dans un tel luxe sans en faire une personne égoïste et vaniteuse ? Elle savait que son fils ne serait pas ainsi, qu'il aurait des qualités. Mais il aurait également des défauts et que la royauté les cause lui faisait de la peine.

Je ne peux pas le protéger de son titre.

Cette vérité était douloureuse. Parce qu'il était né Prince et qu'il vivrait comme tel. Ce serait son devoir de le guider, pour qu'il ait conscience des enjeux du monde réel, en dehors de ces murs de pierre centenaires.

— Majesté ? Que fait-on pour les chevaux ? la relança Adelyn.

— Qu'ils servent lorsque nous recevons des invités.

La camériste opina et sortit prévenir les palefreniers. Pendant ce temps, Bethania notait avec application le nom du Duc et ce qu'il avait offert sur la longue liste, afin que la Reine puisse par la suite rédiger des lettres de remerciement.

Essylt saisit un paquet au hasard dans la pile sur la table. Il y en avait plusieurs autres sur les fauteuils et par terre. Chaque fois qu'elle avait l'impression d'en venir à bout, des messagers arrivaient les bras chargés. C'était agaçant, d'autant plus que Calixte s'était empressé de se désister en prétextant des réunions importantes. Essylt ne lui en voulait pas, bien qu'elle soit passablement énervée.

Declan lui manquait. Cette fameuse nuit… Celle où elle lui avait révélé qu'il était le père de Lucetmael… Elle ne l'avait pas revu depuis. Il était resté enfermé trois jours dans sa chambre, assurant être malade. Puis, il était parti en urgence en pleine nuit régler une affaire à l'est. Affaire banale et ridicule, qui aurait pu être réglée par n'importe quel capitaine de l'armée.

— Tu le connais, il a besoin d'action, lui avait assuré Calixte quand il lui avait annoncé son départ, se méprenant sur la pâleur de son visage. Il a passé tellement de mois à bouger dans tous les sens qu'il ne sait plus se poser à la maison. Cela s'arrangera.

Cela ne s'arrangerait pas, elle le savait. Son existence reposait sur un fil fragile, balayé par de violentes bourrasques.

Et s'il ne revenait jamais ?

Cette simple pensée lui tordait le corps de douleur. Elle en avait perdu le sommeil. La seule personne qui l'empêchait de s'effondrer, c'était Lucetmael.

Son bébé. Indifférente aux protestations de ses servantes, de la nourrice et de Calixte, elle s'en occupait jour et nuit. Et peu importe que ses devoirs royaux en pâtissent, de toute façon elle dormait à peine plus de deux heures. Elle parvenait à se rendre à des réunions, remplir et signer des documents, tout cela en passant par ses appartements pour donner le sein.

À tous ceux qui osaient dire qu'elle ne pourrait être mère et Reine, elle comptait bien leur donner tort. Même si pour cela, elle avait les traits tirés, des cernes violacés, le corps amaigri et le cœur en suspens.

Declan… Reviens.

Épuisée, les larmes lui montèrent aux yeux. Elle ne pouvait se permettre un excès de tristesse devant ses proches. Heureusement, son accouchement récent excusait son débordement d'émotions.

Léan lui tendit un mouchoir.

— Moi aussi, je la trouve hideuse.

Essylt s'intéressa alors à ce qu'elle tenait. C'était une peluche grisâtre en forme de cheval. Elle n'inspirait pas du tout la joie qu'on attendait de ce genre d'objet pour enfant. D'une main, la Reine s'essuya les yeux tout en cherchant de l'autre la carte qui l'accompagnait.

— Qui a osé envoyer cela ? s'enquit Cleena, les poings sur les hanches.

— Le Baron Eamon.

Bien qu'Essylt ait gardé secrète l'humiliation qu'elle lui avait causée en le renvoyant chez lui et en le forçant à épouser Earleen, la haute société avait bien compris la fourberie du Baron. Il était à présent méprisé et mis de côté, particulièrement en Xoramif, où le Roi son grand cousin n'appréciait pas du tout qu'il lui eut manqué de respect.

La Reine aurait pu en rire. Que d'hypocrisie. Combien d'hommes avaient fait la même chose qu'Eamon ? Essayé d'avoir un mariage prestigieux tout en gardant près d'eux leur maîtresse ? Beaucoup trop pour les compter. La véritable erreur d'Eamon avait été de se faire prendre. Et pour cela, il en payerait longtemps le prix.

Elle détailla l'hideuse peluche. Hors de question qu'elle la donne à son fils. Le message du Baron était clair : il lui en voulait toujours. Et il ne se privait pas pour le dire. De toute façon, il était déjà la risée de la noblesse, alors un peu plus ou un peu moins…

Essylt sourit quand Bel vint renifler le jouet. Le chien-loup grogna tout bas.

— Tu le veux ?

Il leva ses yeux bleu clair vers elle, tout content. D'un geste ample de ses grandes mâchoires, il lui prit la peluche des mains. Remuant la queue, il partit se coucher dans son panier pour s'amuser avec.

— Cela fait au moins un heureux.

Les caméristes rirent. La spontanéité décalée de leur souveraine les enchantait.

Un garde entra, poussant des cadeaux avec la porte pour pouvoir se faufiler dans la pièce.

— Votre Majesté, un émissaire de Teac vient d'arriver. Il apporte le présent de la Comtesse Anna. Je me suis dit que cela vous intéresserait.

Installé sur l'un des rares fauteuils inoccupés par les cadeaux, Cathan se leva pour prendre le paquet. Il revint le donner à Essylt au moment où un cri affamé résonna.

— Je vais le chercher ! chantonna le commandant en déposant un baiser sur la joue de sa Reine.

Attendrie, elle l'admira quitter la pièce d'un pas joyeux. Elle ne se lassait pas de le regarder. Depuis qu'il était rentré, ils avaient tout fait pour rattraper le temps perdu. Entre Lucetmael et ses obligations, il était difficile d'avoir du temps libre. Cathan s'en contentait, avec son éternelle bonne humeur.

Leur petit groupe s'était étroitement resserré autour de lui, soulagé de retrouver son équilibre. Les filles ne cessaient de lui apporter à manger ou de vérifier son bien-être. Jarlath et lui s'entrainaient en riant fort, inondant de leur complicité tous les appartements. Les revoir tous les deux était réconfortant après ces longs mois d'absence.

Cathan ne parlait pas de la prison. Il préférait qu'on ne l'évoque pas. C'était sa manière de vivre avec, même si Essylt aurait aimé qu'il s'ouvre à elle. C'était à cause d'elle qu'il avait enduré ce calvaire, elle aurait voulu le soulager, bien qu'il ne le souhaite pas.

— Regardez le beau bébé qui est bien éveillé !

Tout sourire, le commandant s'avança, Lucetmael sur l'un de ses bras musclés. Janae s'empressa de le rejoindre pour replacer la couverture autour du bébé.

— Il faut faire attention qu'il n'ait pas froid, dit-elle sans la moindre once de reproche.

Ses doigts graciles effleurèrent le bras du commandant, qui lui fit un clin d'œil.

— C'est un guerrier, il n'a pas froid.

— Il a le temps de devenir un guerrier ! s'offusqua Janae en le poussant vers Essylt. Laissons-le déjà être un enfant.

Cathan lui donna le précieux trésor avec tendresse. Elle était toujours émue de voir les deux hommes qu'elle considérait comme ses frères témoigner une telle douceur et un tel amour à son bébé, bien loin de leur rôle militaire.

Bethania s'empressa de défaire le haut de sa robe pour que le petit ait accès à son sein. Bien qu'il soit inconvenant qu'une Reine nourrisse son fils devant autant de monde, surtout des hommes, elle n'en avait que faire. Elle était parvenue à convaincre Calixte, qui même s'il appréciait Cathan et Jarlath, ne voyait pas cette familiarité d'un bon œil. Il avait fini par céder, tant qu'elle le faisait dans leurs appartements et que ses proches restaient discrets. Le Roi ne voulait pas que des rumeurs déplaisantes courent sur sa femme.

Les yeux grands ouverts et l'air impatient, le Prince se rua sur son sein. Elle grimaça puis sourit, en adoration.

— Il a très bon appétit, approuva Cleena pour la énième fois. C'est un signe de santé.

— Il est en parfaite santé, répliqua Léan dans leur conversation habituelle. Il dort beaucoup et vu l'état de ses langes, tout va pour le mieux.

Ils rirent malgré l'air sérieux de la gouvernante.

— Un bébé de cet âge, il faut faire attention à tout.

— On sait ! s'exclamèrent-ils dans un bel ensemble.

Cleena s'apprêtait à rajouter quelque chose, mais se contint et tendit un tissu à la souveraine au cas où Lucetmael régurgiterait.

— Est-ce que quelqu'un peut ouvrir le présent d'Anna s'il vous plait ?

Léan se fraya un chemin jusqu'au canapé et s'empara du paquet. Pendant qu'elle l'ouvrait, Essylt songea à la dernière missive de son amie, le sourire aux lèvres. Son message était arrivé le jour de la naissance de Lucetmael, elle n'avait pris connaissance de son merveilleux contenu que trois jours plus tard : Anna était enceinte. Les deux amies débordaient de joie de partager leur maternité.

La camériste déplia un grand morceau de tissu, épais et très coloré. Elle l'étala sur le canapé, dévoilant des animaux cousus main. Le rendu était vraiment très joli.

— Tenez, le mot.

« *Ma chère Essylt,*

À l'annonce de ton accouchement, j'ai sauté de joie partout dans notre manoir. Je n'arrivais pas à me calmer, tant et si bien qu'Oistin a appelé le médecin pour qu'il me prépare une décoction. Tu connais mon époux, toujours à s'inquiéter pour un rien.

Il me tarde tellement de rencontrer ton fils. On vante déjà sa beauté, alors que ce n'est qu'un nourrisson ! Mais comme il doit te ressembler, ce n'est pas étonnant.

Comment est-il ? Dort-il bien ? Mange-t-il suffisamment ? Et toi, comment te portes-tu ? Tu n'es pas trop fatiguée ?

Ne te méprends pas sur mon cadeau, ce n'est pas une couverture. C'est un tapis cousu exprès pour les enfants, une idée d'une femme de mon Comté. Le tissu est renforcé pour qu'il puisse rester dessus sans être incommodé et les couleurs permettent de le divertir. J'espère qu'il plaira à ton magnifique Prince !

J'arrive si peu à contenir mon impatience que ma plume en tremble.

J'aimerais tellement venir te rendre visite, mais cela m'est impossible. Entre mes responsabilités ici et mon ventre qui commence à s'arrondir, je ne peux quitter notre Comté.

J'espère que nous pourrons bientôt nous voir. Aslander a hâte de rencontrer son nouvel ami et moi de te voir être mère.

Oistin te passe ses amitiés. Il souhaite bien du courage à ton cher époux.

(Ce que les hommes sont incorrigibles à croire qu'ils portent tous les fardeaux du monde sur leurs épaules !)

Je t'envoie mille baisers,

À très bientôt ma tendre amie,

Anna. »

Comme pour déverser l'amour d'Anna sur son fils, elle plaça la lettre dans son dos et le berça doucement pendant qu'il mangeait.

— La couverture est faite pour qu'il s'amuse par terre. Rangez-là dans sa chambre, nous la sortirons dans quelques mois.

— Très bonne idée, approuva Léan en partant dans le couloir.

L'attention de la Reine se focalisa sur son bébé, plongeant la pièce dans un doux silence. Du bout du nez, elle effleura son front pour humer son odeur. Elle était sucrée et parfaite. Elle avait l'impression que cette odeur était magique, apaisante.

Repu, Lucetmael relâcha le sein. Du lait coula sur son petit menton, qu'elle essuya. Ses lèvres roses remuèrent d'aise. Il leva un bras au-dessus de sa tête comme pour s'étirer de contentement.

Bethania aida Essylt à remettre sa robe. Elle le fit de justesse car le Roi entra quand elle eut fini de nouer le dernier lacet.

— Votre Majesté.

Cathan bondit sur ses jambes pour plonger dans une révérence en même temps que les servantes. Calixte les salua d'un sourire entendu.

— Relevez-vous. Adelyn, pouvez-vous nous monter du thé et des petits gâteaux, s'il vous plait ?

— Tout de suite, Majesté.

La camériste virevolta d'un pas aérien entre les montagnes de cadeaux. Le Roi lui fut bien moins gracieux et renversa toute une pile.

— C'est un champ de bataille ici.

— Les champs de bataille sont plus organisés que cela, s'amusa Cathan en ramassant ce qu'il avait fait tomber.

— Il est vrai ! rit Calixte.

Il se pencha pour embrasser son épouse et son fils. Le contact de ses lèvres sur sa peau crispa Essylt, qui souffla fort par le nez pour se calmer.

— Il a bien mangé ?

— Oui, oui. Quelle est la raison de ta si bonne humeur ?

Elle ne l'avait pas vu aussi guilleret depuis des jours. Son sourire ne fit que s'agrandir.

— Declan vient de rentrer. Je commençais à me faire du souci. Je l'ai croisé en bas et comme il était de mauvaise humeur, je lui ai ordonné de passer nous voir.

Il range un peu ses affaires et il arrive.

La gorge de la souveraine se noua.

— Il vient… maintenant ?

— Oui. Pourquoi, il y a un problème ?

— Non, c'est juste qu'il y a un désordre fou ici…

— Nous nous en occupons, ma Reine, la contra Cleena. Où devons-nous entreposer les cadeaux en attendant qu'ils soient triés ?

— Une pièce a été mise à disposition près de la Salle du Trésor, leur apprit le Roi. Je vais demander à ce que des soldats vous aident et vous escortent.

Il y avait peu de danger dans le château, mais laisser des servantes se promener avec des paquets regorgeant d'objets d'une valeur colossale était peu raisonnable.

— Cathan, tu veux bien… ?

— Je m'en charge.

— Cleena, peux-tu faire en sorte qu'ils soient rangés par provenance et par taille ? Pour me faire gagner un peu de temps.

— Bien entendu, ma Reine.

Des servantes et des soldats entrèrent chacun leur tour pour emporter des cadeaux. Toute cette agitation dérangea Lucetmael, qui poussa des petits cris indignés. Aussitôt, les domestiques ralentirent le rythme pour faire moins de bruit.

— Viens-là.

Le monarque le prit doucement dans ses bras. Ses yeux noisette illuminés, Calixte recouvrit son visage de baisers, le faisant rire.

Essylt était touchée par cette scène même si elle sonnait faux. Maintenant qu'elle avait pris conscience que Lucetmael n'était pas de Calixte, elle avait l'impression de suffoquer dans cette existence remplie de mensonges. Elle était devenue une comédienne, enfermée dans un rôle d'épouse et de mère modèles.

Elle avait les lèvres scellées pour protéger son fils. Et l'âme en lambeaux d'être destinée à faire semblant toute sa vie.

Quand la porte s'ouvrit sur Declan, la Reine sentit sa poitrine se desserrer, libérée d'un poids.

Il est là.

Ce simple fait changeait tout. Le savoir loin, désespéré et seul, sans assurance de retour… Le cauchemar de ces derniers mois avait recommencé, tout aussi douloureux.

En le détaillant, son soulagement s'estompa. Si elle avait l'air fatiguée, ce n'était rien comparé à lui. Son visage était livide, ses joues creuses. Ses cheveux, récemment coupés, retombaient mollement sur son front et sa nuque, bien loin de leurs boucles habituelles. Il arborait son uniforme légèrement de travers, ce qui ne lui ressemblait guère.

Lorsqu'elle croisa son regard vert éteint, elle faillit abandonner tous ses masques pour sauter dans ses bras.

— Viens, mon frère, installe-toi ! Tu es bien pâle, es-tu encore souffrant ?

Le Chef prit place en face des monarques, dans un état second. Les voir ainsi côte à côte, Lucetmael dans les bras de son frère… C'était une image qu'il aurait voulu effacer, mais qui le poursuivrait longtemps.

— Non, je vais mieux.

— Toi, tu as beaucoup arrosé la naissance de mon fils !

De larmes, surtout.

Declan se secoua pour s'efforcer de lui rendre son sourire. Le résultat fut peu concluant.

C'est l'instant que choisit Adelyn pour revenir avec un plateau. La camériste les servit dans un silence un peu gêné, avant de prendre place sur le côté, comme à son habitude.

Essylt but une grande gorgée, se brûla la langue puis mordit dans un gâteau au chocolat. Tout le sucre du Royaume ne suffirait pas à l'aider.

— Tu as pu régler cette affaire ?

— Oui. J'en ai profité pour faire le tour de mes hommes.

— Tu as bien fait. Des nouvelles concernant… ?

— Non, aucune.

La souveraine frissonna. Elle avait parfaitement compris de quoi ils parlaient. Angoissée, elle reprit Lucetmael des mains de Calixte.

— Tout va bien, ma douce. Je ne laisserai rien vous arriver, tu le sais, n'est-ce pas ?

Il avait beau être Roi, Essylt doutait qu'il eût tant de pouvoir. Celui qui voulait sa mort et certainement celle de son fils avait prouvé son ingéniosité par le passé.

— Nous sommes au maximum de vigilance et de sécurité depuis la naissance du Prince. Nous trouverons qui c'est, Majesté.

Redevenue normale, sa voix la réchauffa. Elle le remercia d'un regard. L'attention de l'ancien Chef descendit sur le bébé, qui gigotait doucement en savourant l'étreinte de sa mère.

— Nous dinons avec tous les nobles ce soir. Ils ont envahi le château, comme tu peux t'en douter. J'espère que nous te compterons parmi nous ?

— Bien sûr, grommela-t-il du bout des lèvres.

Il ne pouvait rien refuser à son frère et Roi.

— Adelyn, peux-tu ranger un peu la chambre du Prince ? Je n'aimerais pas que le désordre gêne le passage.

— Bien sûr, ma Reine.

— Vas-tu reprendre tes fonctions de Chef ? Nous n'avons pas pris le temps de parler de ce que tu voulais faire. Il va sans dire que si tu en as assez, je…

— Je ne sais pas encore, Calixte.

Il n'y avait pas songé et ne comptait pas le faire dans l'immédiat.

Léan revint à cet instant. Son esprit aiguisé de servante détailla leur collation, cherchant si elle pouvait les resservir. Essylt ne lui laissa pas le temps de demander.

— Léan, peux-tu aider Adelyn dans la chambre du petit ?

— Tout de suite, Majesté.

— Veux-tu que nous en discutions ? Ou peut-être souhaites-tu que nous mettions en place une alternance avec Réamann, afin qu'il te remplace de temps en temps ?

— C'était déjà ce que nous faisions. J'ai toujours tenu un rôle politique important pour un Chef des armées.

— C'est normal, tu es aussi Prince. J'ai besoin de toi. Ma proposition de conseiller tient toujours, si tu le souhaites.

Declan n'avait pas envie de faire des promesses qu'il ne pourrait tenir.

Essylt berçait Lucetmael, qui babillait en bavant, nullement fatigué. Elle embrassa son front et sursauta en entendant Janae arriver dans son dos.

— Janae, peux-tu trier un peu mon armoire, s'il te plait ? J'en ai marre de voir des robes d'hiver et j'aimerais savoir quelles pièces me manquent pour l'été.

— Bien sûr, Majesté.

La caméριste repartit. Essylt perçut alors l'attention de Calixte, perplexe.

— Tout va bien ? Je t'entends rarement leur donner autant d'ordres, elles gèrent tout par elles-mêmes.

— Je sais. C'est juste que je pense à plein de choses… À ce propos : peux-tu venir avec moi dans mon bureau ? Il y a un souci sur les documents que m'a transmis le conseiller Traoith.

— Cela ne peut-il pas attendre ? Declan vient d'arriver et nous discutions…

— Oh, excusez-moi ! Mais non, cela ne peut pas attendre. Je suis fatiguée ces jours-ci et j'aimerais régler cette histoire.

Calixte fronça les sourcils. La simple évocation de sa santé était une arme redoutable. Elle accentua le tout avec une moue adorable.

— S'il te plait.

— Dans ce cas… je vais appeler la nourrice pour Lucetmael…

— Non. Il peut rester avec Declan, nous n'en avons que pour quelques minutes.

Gracieuse, elle contourna la table basse.

— Cela ne vous ennuie pas ?

— Non… Non, bien sûr que non, bégaya-t-il tandis qu'elle se penchait pour le déposer dans ses bras.

En le sentant contre son torse, minuscule et chaud, Declan se figea. Il retint son souffle de peur de le déranger. Intrigué, le Prince poussa une exclamation ravie.

— Nous revenons.

Pour ne pas laisser le temps à Calixte de s'attarder sur son étrange attitude, Essylt lui prit la main pour l'entrainer dans son bureau. Sans conteste, le contact physique eut l'effet escompté et le Roi sourit.

Avant qu'elle ne referme la porte du couloir, Declan croisa son regard embrasé.

C'était un cadeau qu'elle lui faisait. Un moment seul avec son fils.

La douleur qui le taraudait depuis deux semaines partit en fumée devant lui. Son fils, son enfant. La chair de sa chair. Il parvenait à peine à le croire, alors qu'il admirait ses petites mains remuer, ses lèvres humides, son nez froncé. Et ses yeux. Ses yeux bleus comme un ciel d'été. Ils étaient aussi profonds et incroyables que ceux de sa mère, sans toutefois mener à un autre univers. Il n'était pas aussi unique qu'elle, cependant à sa manière, il était l'être le plus merveilleux qui soit.

Être père. Il n'y avait jamais vraiment songé. Élevé pour être le meilleur soldat, meneur et assassin, toute son existence était tournée vers un seul but : tuer le Roi Mil et ses fils. Après cela, tout n'avait plus tourné qu'autour d'elle. Essylt. Son amour.

Et maintenant… Maintenant il était le père d'un enfant qui ne serait jamais à lui. Pourtant, quand il le tenait ainsi, il lui était inconcevable de le quitter.

Declan se pencha pour poser son front contre le sien. Il huma son odeur, sourit de ses babillages. Sa main effleura sa joue.

Lucetmael… Je n'oserai jamais te dire tous ces mots à voix haute. J'aurais bien trop peur que l'on m'entende et qu'on te fasse du mal. Ta sécurité est tout ce qui m'importe. Tu es tout ce qui m'importe. Je ferai tout ce qui est en mon pouvoir pour vous protéger, ta mère et toi. Vous êtes ce que j'ai de plus cher.

Je ne pourrai jamais te dire que je suis ton père, mais je te le prouverai chaque jour. Je prendrai soin de toi dans l'ombre, je te guiderai. Je ferai tout pour toi.

Je t'aime, mon fils.

Une larme déborda de ses yeux verts pour rouler sur la joue du bébé.

Dans le grand salon royal, le bruit des conversations était assourdissant. Cela n'empêchait pas le nourrisson de babiller gaiement.

— Ce qu'il est adorable, s'émerveilla Delyth.

Bartley le portait et montrait un visage serein malgré la peur de mal faire. Dans le regard de son épouse brillait une lueur d'impatience qu'il était impossible de manquer.

— Il est d'un calme qui annonce une personne réfléchie, prophétisa sa grand-mère. N'est-ce pas, ma chère ?

Essylt était absente, concentrée sur son verre de vin qu'elle faisait tournoyer pour ne pas le boire. Elle sourit à sa belle-mère, amusée par son assurance.

— Nous verrons bien.

— Calixte était un enfant qui remuait beaucoup. Avec Declan, ils ne s'arrêtaient jamais de courir, de se battre, de se cacher… Leurs gardes s'arrachaient les cheveux.

Les nobles agglutinés autour du bébé rirent, même s'ils avaient dû entendre ce genre d'anecdotes des dizaines de fois.

— J'espère que Lucetmael n'aura pas hérité de sa bêtise.

— Je vous entends, Mère !

Installé avec son père, son frère et les nobles masculins, le Roi leva son verre en signe de reproche, faisant glousser l'assemblée de plus belle.

La Reine ne pouvait pas sourire. Pas alors que Declan la contemplait dans les yeux. Ce moment seul avec Lucetmael l'avait fait souffrir, elle le savait. Mais elle savait aussi que c'était le seul moyen de le faire réagir, de le sortir de son désespoir. L'enfant l'avait sauvée quand elle le portait, il le sauverait lui à présent.

Il était à la fois la cause de sa tristesse et son unique remède.

— Passons à table ! chantonna le Roi.

Essylt reprit son fils. Bryn la rejoignit aussitôt pour le mettre au lit. Elle lui confia à contrecœur, après avoir recouvert son visage de baisers.

— Fais de beaux rêves mon trésor. Dors bien. Maman t'aime fort.

Elle lui répétait tous les jours. Par besoin. Pour ne pas être remplacée progressivement par sa nourrice, bien qu'elle fasse tout pour tenir son rôle de mère.

Pour être sûre qu'en grandissant, quand il la verrait être souveraine, il comprendrait le dilemme qui l'avait déchirée et qu'elle avait tout fait pour lui.

Elle prit place à table, à côté de son époux, en face de son ancien amant. Encore. Cette configuration était d'autant plus désagréable maintenant que Declan savait.

Même s'il passa la soirée à sourire, à relancer la conversation comme lui seul en avait le secret et à chahuter avec son frère, Essylt vit à quel point il allait mal. Cela se jouait à peu de choses. La plissure sur le coin droit de ses lèvres. Sa main gauche qui triturait sa fourchette. La boucle brune qui lui tombait sur le front et qu'il ne replaçait pas. Autant de détails qu'aucun convive ne vit, à part elle. Elle ne voyait que cela.

— Quelle agréable soirée !

Calixte déposa négligemment sa couronne sur une commode de leur salon. Son valet s'empressa de la prendre pour la ranger. Il défit les boutons de sa chemise et se laissa choir dans un canapé. Bethania lui apporta un verre de whisky.

— Cela m'a fait un bien fou de retrouver mon frère. Il m'a paru fatigué, tu ne trouves pas ?

Elle n'avait absolument pas envie de discuter. Il était tard, elle était épuisée et surtout, son cœur saignait pour Declan. Son esprit tournait en boucle, se fustigeant de ne pas trouver de solution à ce problème insoluble.

Comment le soulager de sa peine ?

— Oui, quelque peu.

Alors qu'elle retirait son diadème, tirant dessus si fort qu'elle dénoua en partie son chignon, il lui attrapa le poignet et l'attira sur lui. Elle se laissa faire, ayant appris la docilité. Une fois sur ses genoux, il commença à retirer les épingles de ses cheveux et se débattit avec eux pour les dénouer.

— Hummm… Je les trouve magnifiques, mais tu en as sacrément beaucoup ! Je plains tes pauvres caméristes.

— Elles sont plus habiles que toi, ricana-t-elle en l'aidant à ôter la mèche qui s'était coincée dans sa bague de mariage.

Il recula légèrement pour la contempler. Elle était lasse et ses cheveux ressemblant à de la paille n'arrangeaient pas son humeur. Sous l'attention adoratrice de son époux, Essylt ne savait quelle attitude adopter. Elle ressentait trop de gêne et de culpabilité pour être à l'aise.

Les paroles qu'elle avait dites à Declan deux semaines plus tôt lui revinrent en mémoire.

« Je n'aime pas Calixte ! Je ne l'aimerai jamais ! »

Quel monstre était-elle pour vivre dans tant de mensonges, dont le premier était de faire croire à cet homme qu'elle l'aimait ?

Les larmes lui montèrent aux yeux. Impossible de les contenir. Par réflexe, elle se cacha en se blottissant contre son épaule. Il l'enserra fort de ses bras, se méprenant sur son émotion.

— Ma douce, tu es à bout de forces. Tu ne dors pas assez. Tu t'entêtes à vouloir être présente à chaque instant pour Lucetmael, mais…

— Ne recommence pas avec ce sujet ! s'écria-t-elle en reculant.

— Je suis bien obligé. Te voir dans cet état me cause énormément de souci.

Tu vas finir par t'effondrer et alors tu ne pourras plus être ni Reine ni mère.

— Je tiendrai.

— Tu ne le peux pas, souffla-t-il en effleurant sa joue.

— Mais tu ne comprends pas ! Il a besoin de moi, je suis sa mère…

— Je le sais. Et il t'a. Mais il ne peut te voir toute la journée. Tu as une confiance aveugle en tes servantes et une plus mitigée en Bryn. Elles sont cependant parfaitement qualifiées pour prendre soin de lui. Elles l'adorent.

— Je sais, mais tu ne peux me demander cela ! Je n'ai pas eu de mère, je ne peux pas priver Lucetmael de la sienne.

Il redressa son menton du bout des doigts.

— Il t'a, Essylt. Tu ne le prives pas de toi, tu remplis simplement tes devoirs.

— Mais…

— Ma bien-aimée, tu as peur qu'il t'oublie ou d'avoir moins d'affection… Mais rassure-toi. J'ai été élevé par des nourrices et cela ne m'empêche pas d'aimer ma mère comme n'importe quel enfant.

Il essuya ses larmes.

Comment lui dire que ce n'était pas que cela ? Qu'elle ne pouvait simplement pas se détacher de lui ? Qu'il était à elle et qu'elle haïssait ce monde d'exiger leur séparation ?

Elle ne pouvait pas lui dire l'essentiel : Lucetmael était tout ce qu'il lui restait de l'amour passionné, sauvage et profond qu'elle avait partagé avec Declan. Laisser son fils être choyé par d'autres femmes, c'était comme faire le dernier pas qui l'éloignerait de cet amour.

Elle ne pouvait simplement pas. Car alors, il ne lui resterait plus rien.

— Va dormir, Essylt. Nous en rediscuterons demain. Tu peux effectuer ce changement petit à petit. En ne le nourrissant que le matin ou que le soir. C'est à toi de décider, mais il faut que les choses évoluent. Nous régnons sur deux royaumes, je ne peux pas tout gérer seul.

Il les releva et l'embrassa à pleine bouche, tendrement. Elle lui rendit, par habitude et peut-être un peu par besoin. Elle voulait du réconfort, mais ce n'était pas ces lèvres-là qui pourraient lui en donner.

Une fois dans son lit, Essylt ne trouva pas le sommeil. Entre l'énervement causé par cette conversation et la présence de Declan, dormir semblait insignifiant. Après trois longues heures à s'être tournée et retournée dans son lit et à avoir admiré et embrassé son bébé endormi une bonne dizaine de fois, elle n'y tint plus.

Je dois le voir.

Elle s'enroula dans l'un de ses peignoirs en soie et natta ses cheveux. Elle se rendit dans le coin de sa chambre, celui de ce passage inespéré entre leurs deux appartements.

Seul souci : ceux de Declan étaient à l'étage en dessous.

N'ayant jamais emprunté le passage secret, Essylt grimaça devant la quantité phénoménale de poussière. Elle retient sa respiration et faillit rire de sa préciosité. À l'orphelinat, elle nettoyait des pots de chambre sans sourciller et maintenant elle était écœurée par de la poussière. La vie de château l'avait rendue maniérée.

Le passage était étroit et composé de quelques marches éparpillées sur les quatre murs. C'était plus un parcours qu'un escalier à proprement parler.

Avant de s'engager, elle ferma les yeux et laissa son esprit s'étirer autour d'elle. Libérer sa magie lui fit du bien. Elle ne l'avait pas fait depuis des mois, de peur de blesser Lucetmael. À présent seule dans son corps, elle en retrouvait les prouesses magnifiques.

Elle balaya lentement les pièces d'en-dessous. Rassurée de ne percevoir qu'une présence, elle sursauta en sentant Declan réveillé. Plus que cela, il bougeait dans tous les sens, débordant de colère.

Bien décidée à aller jusqu'au bout, elle entreprit de descendre. Étant fine et agile, il ne fut pas vraiment compliqué de s'adapter à l'étroitesse du lieu et à la disposition des prises. Cela s'annonçait toutefois plus compliqué dans l'autre sens.

Peu importe, elle s'en inquiéterait le moment venu.

Elle appuya de toutes ses forces pour décaler le petit pan de mur. Une fois faufilée dans la salle de bains, elle le referma en grognant. Et dire que Declan avait réalisé ce périple à chaque fois pour la rejoindre dans son lit…

Elle frissonna.

Dans la pénombre, elle distinguait très peu de la pièce. Il y avait vraisemblablement les armoires dans le fond et la baignoire au milieu. Sur la pointe des pieds, elle la contourna avant d'ouvrir la porte menant à la chambre.

Un pas plus tard, elle se retrouva plaquée au mur, un objet froid sur la gorge. Figée de terreur, un grondement irrité la rassura.

— Que fais-tu ici ! s'énerva-t-il sans élever la voix. J'aurais pu te tuer.

Entrer par effraction dans les appartements du plus grand assassin du Continent n'était pas la plus brillante idée qu'ait eu Essylt. Heureusement pour elle, il avait suffisamment de retenue pour ne pas attaquer sur le champ.

Il se recula et rangea son arme à sa ceinture en soufflant fort. L'odeur de son haleine lui parvint, chargée d'alcool. Un bref coup d'œil dans la pièce lui apprit ce qu'elle redoutait : non seulement il buvait, mais en plus, un tas de tissus déchirés et d'objets brisés témoignaient qu'il s'entrainait à outrance.

— Declan…

— Qu'est-ce que tu me veux ?

Même dans les heures les plus sombres de leur idylle, le ton de sa voix n'avait jamais été aussi véhément. Elle déglutit avec difficulté, cherchant les mots justes.

— Je suis venue te parler de Lucetmael. Est-ce que…

— Il n'y a rien à dire !

Il abattit violemment son poing sur la table. Un verre en cristal s'explosa sur le sol.

Comprenant qu'il allait recommencer alors que sa main saignait déjà, elle bondit sur lui. Il se débattit, refusant d'être contenu. Bouleversée et entêtée, elle parvint à lui coincer le bras gauche grâce aux techniques apprises par ses commandants.

Aux prises l'un avec l'autre, ils se transpercèrent du regard. Les yeux bleus renvoyaient la lumière des bougies, tentant d'illuminer les yeux verts.

Declan la relâcha et se recula. À chaque pas qui l'éloignait d'elle, son visage s'affaissait un peu plus, son corps lâchait prise.

Il s'assit sur le bord de son lit. Et abandonna les armes.

Un sanglot fit trembler son buste pendant que les larmes dégoulinaient le long de ses joues. Il posa ses coudes sur ses genoux, cacha son visage dans ses mains. Tout son être dégageait un désespoir d'une telle puissance qu'Essylt s'écroula devant lui.

— Declan, Declan…

Elle l'enserra de ses bras. Il se réfugia contre elle tandis que des cris de souffrance déliaient ses lèvres.

Les hommes ne sont pas censés pleurer. Dans un monde de pouvoir et d'honneur, les hommes n'apprennent pas à pleurer.

Alors, quand ils le font… C'est un déluge sans nom. Un cataclysme qui les ravage. Cela vient du plus profond de leur chair, à tel point qu'ils ne sont plus eux-mêmes.

— Mon fils… Mon fils… Je ne pourrai jamais avoir mon fils…

Allongé à moitié sur elle, Declan la serrait fort, se raccrochant à ce petit corps chaud qu'il adulait. Se raccrochant à elle pour ne pas sombrer.

Elle caressa ses cheveux, embrassa son front.

— Mon fils…

— Je suis tellement désolée. Tellement, si tu savais…

— Vous êtes toute ma vie… et vous ne serez jamais à moi.

Il pleura plus fort. Si fort qu'il peinait à respirer.

Essylt le serra contre elle, dépourvue de mots pour le soulager. Elle se contenta d'être là pendant qu'il acceptait l'inacceptable, pendant qu'il était anéanti par ce qu'était devenue son existence.

— Lucetmael…

Ce fut son dernier soupir avant de s'endormir d'épuisement, ses joues inondées de larmes.

Elle les essuya lentement. Le voir ainsi lui faisait tellement mal qu'elle doutait n'avoir jamais autant souffert. Néanmoins, de manière paradoxale, son désespoir et sa souffrance l'emplissaient d'une force nouvelle. Parce qu'elle se devait d'être forte pour lui, pour guérir son cœur.

Ils étaient à un tournant décisif de leur vie. Que faire maintenant ?

Elle se le demandait à chaque minute de chaque heure. Que devait-elle faire ? Que pouvait-elle faire pour aider Declan ? Quelle était la meilleure option ?

Le laisser partir ? Cette idée la dévastait. Elle avait déjà vécu sans lui, si l'on pouvait appeler cela vivre. Elle savait qu'elle n'y survivrait pas à l'intérieur. Mais si c'était le seul moyen de lui épargner toute cette peine…

A moins que rester soit mieux. Elle le revit cet après-midi, assis sur le fauteuil du salon, Lucetmael serré contre lui. Comment lui demander de renoncer à voir son enfant grandir ? Il ne le pourrait pas. Il ne le voudrait pas. À la façon qu'il avait eu de le toucher, de le regarder… Elle savait qu'à présent, il aurait autant besoin de lui que d'air pour vivre.

Lucetmael effacerait la douleur. Le voir apprendre, jouer, devenir quelqu'un, devenir un homme… Declan avait tant à lui enseigner. Elle pouvait déjà se figurer la fierté qui imprégnerait ses traits adorés. Elle savait que tenir un rôle auprès de lui le rendrait heureux.

Mais cela ne suffirait jamais. Comparé au rôle de père qu'il aurait dû tenir…

Comment lui demander cela ? Une moitié de vie ?

Et Lucetmael qui allait grandir dans l'ignorance…

Quels que soient mes choix, ils souffriront. Vérité, mensonge… Peu importe.

Elle se pencha pour sentir ses cheveux bruns bouclés. Elle les adorait. Ils étaient plus ternes que de coutume, toutefois elle avait bon espoir qu'il retrouve un peu le sommeil après s'être épanché ainsi.

Elle remua légèrement pour être davantage contre lui. Sa tête entre ses seins, sa jambe épaisse glissée entre les siennes, sa main agrippée à sa hanche… Elle aurait pu rester des heures ainsi.

Et si je restais ?

Un instant, Essylt imagina ce qu'il se passerait si ses servantes ne la découvraient pas dans sa chambre au réveil, si une domestique entrait ici au petit matin et la trouvait là, enlacée contre Declan. Elle s'imagina l'horreur, les cris, la panique. Les gardes entrant ici en trombe pour exiger des explications, tandis qu'on allait chercher le Roi. Le scandale immédiat et irréversible.

La Reine dans le lit d'un autre homme. Dans le lit du frère de son mari.

Elle savait que Declan se battrait pour elle. Qu'il serait suivi par certains gardes, peut-être beaucoup. La loyauté est parfois difficile à saisir : allait-elle au meneur ou au Royaume ? La distinction entre les deux pouvait être complexe.

Ils courraient. Ils emprunteraient leur passage secret pour récupérer Lucetmael. Même si ses commandants seraient ahuris et peut-être déçus, elle avait l'intime conviction qu'ils se battraient pour elle.

Il y aurait l'affrontement avec Calixte. Trop de mots, encore plus de souffrance. Il y en avait toujours plus.

Arriveraient-ils à sortir d'ici ? Elle, peut-être. Declan ? Il y avait peu de chance. On exigerait sa mort.

Et même s'ils y parvenaient, même s'ils s'enfuyaient en Rodorchna. . Y serait-elle encore Reine ? Comment réagirait son peuple ?

Et surtout, que serait la vie de Lucetmael ? Il serait dénigré, insulté. La simple idée que le mot *bâtard* fut prononcé…

Essylt frissonna violemment, faisant grommeler Declan dans son sommeil. Elle s'empressa de caresser ses cheveux pour l'apaiser.

Elle ne pouvait pas prendre le risque que Declan perde la vie et que son fils perde tout.

Délicatement, elle s'enleva de leur étreinte. Il protesta. Elle embrassa son front et le recouvrit d'une couverture.

Qu'avait dit sa mère dans l'un de ses rêves déjà ? « *Certains secrets doivent rester des secrets le temps nécessaire.* » Peut-être qu'un jour Lucetmael saurait la vérité. Peut-être que le monde entier saurait.

En attendant, pour protéger les hommes de sa vie, la plus puissante Reine du Continent des Neuf Royaumes allait se parer de ses plus beaux sourires et de ses plus vils mensonges.

IX

« Tout le monde veut être Roi. Et quand on l'est, on souhaiterait être comme tout le monde. » Roi Peadair de Rodorchna, né Prince de Xoramif, 650

Essylt embrassa délicatement le front de son fils, qui s'assoupissait déjà, repu. Léan l'aida à remettre sa robe pendant qu'elle le berçait, attentive à chacune de ses respirations.

— Le conseil vous attend, Majesté, murmura Paddy de peur d'interrompre le rituel matinal.

La poitrine serrée, la Reine remit son bébé à sa nourrice puis sortit au plus vite des appartements, incertaine de se contenir.

Une semaine s'était écoulée à ce rythme intenable pour son cœur de mère. Pour continuer à tenir debout, il lui avait fallu renoncer à être à chaque instant auprès de Lucetmael. Pour le bien de son règne et également pour celui de Declan. Être une épouse et une souveraine modèle demandait beaucoup d'attention, que ce soit dans sa façon d'agir, de parler ou d'être.

Elle n'avait pas le droit à l'erreur. Pour eux, elle devait être parfaite.

Même si elle n'était pas elle-même.

Retrouver ses responsabilités n'avait pas été si déplaisant. Elle s'était habituée à tout ce qu'on attendait d'elle, à réfléchir à chaque détail, à penser à son peuple. Cela faisait partie d'elle. Elle était faite pour régner, malgré les nombreuses années qu'il lui avait fallu pour l'accepter.

Mais ne presque pas voir Lucetmael était un prix si douloureux… Elle lui donnait le sein le matin, avant le début de toute activité royale, dans un moment d'absolue sérénité, qui lui était indispensable pour se sentir entière. Durant la journée, il arrivait parfois que Bryn et ses servantes amènent le Prince auprès d'elle, pour un baiser entre deux réunions. Alors, Essylt prenait une bouffée d'air frais.

Puis venait le soir. Dès l'instant où elle passait le pas de la porte, il ne fallait pas lui adresser la parole. Peu importe qu'une lettre soit arrivée en urgence ou qu'un noble souhaite diner avec elle. Elle traversait toutes les pièces jusqu'à la petite chambre, où Lucetmael reposait endormi dans son lit en bois. Elle se figeait toujours, fascinée, transie d'amour, admirant son visage qui changeait si vite, ses doigts minuscules, son ventre rond. Enfin, elle le prenait dans ses bras et humait son odeur. Il se réveillait alors, sans un cri, et ils partageaient un instant d'une harmonie parfaite.

Mère et fils.

Elle lui donnait le sein avec tendresse, lui chantait une chanson ou lui racontait sa journée comme s'il pouvait la comprendre. Son mamelon dans la bouche, il l'admirait avec des yeux attentifs.

Le conseil avec les ministres fut bref, Essylt ayant déjà arrêté ses décisions sur tous les points abordés. Certains n'étaient pas d'accord avec elle, mais il était difficile de la contredire. La Reine avait gagné en aisance et en confiance.

Après avoir reçu un ambassadeur de Xoramif passablement exubérant, elle put faire une pause. Ses nobles étant réunis dans l'un des salons, elle fit son entrée à l'instant où Calixte allait sortir.

— Bonjour ma douce. C'est une journée de folie, j'ai encore du travail par-dessus la tête. Pourrons-nous diner au calme tous les deux ce soir ?

— Avec plaisir, sourit-elle.

Il déposa un chaste baiser sur sa bouche, quelque peu indécent au vu du protocole, mais tout à fait acceptable pour les aristocrates qui les connaissaient bien.

— Votre Majesté ! l'apostropha Delyth. Il se trouve que…

Alors que l'histoire se déversait en torrent de ses lèvres charnues, Essylt n'en écoutait pas un mot. La présence de Declan sur l'un des canapés, en pleine discussion avec Tasgall et Bartley, avait annihilé tout le reste.

Une semaine plus tôt, il s'était endormi sur elle en pleurant, dans un élan de désespoir atroce. À présent, à chaque fois qu'elle le voyait, elle ne pouvait s'empêcher de le détailler avec minutie.

Ses joues étaient légèrement rosées, loin du teint pâle de trois jours plus tôt. Elles étaient toujours aussi creuses, ce qu'elle détestait. Sa main droite tenait son verre de vin avec une inclination du poignet qui en dévoilait l'épaisseur. L'autre s'acharnait sur un petit fil dépassant de son pantalon, révélant la paume calleuse et les phalanges bleuies. Il continuait de s'entrainer à outrance. Ses cheveux étaient trop tirés en arrière, lissant les boucles qu'elle aimait tant. Sa barbe avait repoussé, malgré les remarques de son frère, dévorant son visage. Le haut de son uniforme militaire, qu'il évitait d'ordinaire de trop porter à la cour, était quelque peu froissé au niveau du col. Avait-il dormi avec ?

Et ses yeux verts… Elle aurait aimé pouvoir les regarder en face pour chercher leur étincelle disparue, pour plonger au fond de son être et la faire resurgir.

— Qu'en pensez-vous, Votre Majesté ?

Essylt sursauta et se reconcentra sur Delyth et les autres nobles. Elles attendaient, pendues à ses lèvres comme à l'accoutumée. Elle fut sauvée par la domestique annonçant que son déjeuner était servi. Il était déjà tard, les aristocrates avaient mangé avec le Roi, néanmoins elles vinrent lui tenir compagnie. La conversation dériva sur Lucetmael, à son plus grand soulagement.

Ne pas observer Declan lui demandait énormément d'efforts. Surtout quand elle sentait son attention l'effleurer ne serait-ce qu'une seconde.

Elle prit rapidement congé de la cour, rattrapée par ses obligations. Elle s'entretint avec Luíseach et Saraid pendant plus de trois heures, puis elle écrivit un bref compte-rendu à Calixte pour qu'il soit informé de ses décisions. Ils en discuteraient plus amplement ce soir. La souveraine signa ensuite des contrats et répondit à une pile alarmante de lettres de plaintes. C'était fastidieux. Qu'il soit question de misère ou de conflits stériles, tout l'agaçait. Il allait falloir qu'elle et Calixte améliorent leur système de justice, surtout avec deux royaumes en plein essor.

Depuis leur mariage, la Bofursyle di Rodorchna était devenue le centre de l'économie du Continent des Neuf Royaumes.

Enfin, elle griffonna son nom en bas de la dernière page et se leva d'un bond. Elle fit signe à l'intendant de s'occuper de la suite.

Cathan lui ouvrit les portes des appartements. En découvrant Calixte allongé sur un canapé, Lucetmael babillant sur son torse, elle contint un cri de surprise.

— Regarde qui est là : Maman est rentrée.

Le Prince remua les jambes dans tous les sens en couinant de joie. Le Roi rit, une main protectrice caressant son dos.

Essylt s'avança vers eux, la gorge serrée.

— Tu as fini avant moi, remarqua-t-elle avec envie en embrassant son fils, puis son époux.

— Je viens juste d'arriver. Bryn l'a nourri, alors j'en ai profité pour le prendre avant qu'il dorme.

Par la fenêtre, Essylt découvrit que le soleil était couché depuis peu. Elle avait manqué leur petit rituel du soir.

Percevant sa tristesse, il se redressa en position assise et l'attrapa par la taille pour qu'elle vienne se blottir contre eux. Installée sur ses genoux, Lucetmael serré entre leurs torses, ils étaient si bien.

Ou ils l'auraient été, si tout ceci n'avait pas été un leurre.

Pour oublier, elle enfouit son nez dans le cou de son fils.

— Nous manquons tellement de temps tous les trois, se plaignit-il en embrassant ses cheveux. J'espère que l'euphorie de sa naissance va un peu retomber.

Ils ne cessaient de s'entretenir avec leurs conseillers au sujet de la succession. De quel Royaume le Prince Lucetmael hériterait-il ? Essylt et Calixte ne parvenaient pas à se mettre d'accord et ne le souhaitaient pas particulièrement. Ils avaient largement le temps d'en discuter ou de lui laisser le choix.

La naissance de leur enfant avait suscité des centaines de questions d'héritage, d'administration, d'intendance… Les conseillers, qu'ils soient de Rodorchna ou de Bofursyle, les inondaient de questions plus aberrantes les unes que les autres. « Si vous veniez à avoir une fille et qu'elle se mariait à l'étranger, lequel des deux Trésors Royaux assumerait sa dot ? » « Le Prince Lucetmael a reçu énormément de présents, comment doivent-ils être répartis entre les deux palais ? » « Doit-on définir quels mois de l'année il doit séjourner en Bofursyle et en Rodorchna, afin que ce soit équitable ? »

Bien que leur mariage ait unifié les deux royaumes, les conseillers essayaient d'obtenir le meilleur pour leur pays respectif. Cela donnait lieu à des débats épistolaires ridicules, qui hérissaient Essylt. Ils créaient des problèmes plus qu'ils n'en résolvaient.

— Je l'espère aussi.

Ses muscles se détendaient, ainsi entourée. Un apaisement bienvenu s'emparait d'elle après cette interminable journée.

— J'ai hâte d'aller en Rodorchna.

Lucetmael saisit une mèche de ses cheveux comme pour dire qu'il était d'accord, ce qui la fit rire. Calixte fut bien moins joyeux.

— Tiens-tu vraiment à ce que nous y allions si tôt ? Lucetmael est si petit, j'ai peur que le voyage et la chaleur l'indisposent.

— Je pensais que nous pouvions partir dans trois semaines. Je doute qu'il soit véritablement gêné par la chaleur, c'est un de Rodorchna, et mes servantes ont déjà prévu des manières de le rafraichir.

— Mais votre sécurité…

Une lueur farouche passa dans ses yeux noisette, dévoilant l'homme inquiet et fort derrière l'habit de monarque. Elle caressa doucement sa joue.

— Je sais que cela t'angoisse, mais je ne suis pas plus en sécurité ici que dans le palais de Rodorchna.

— La dernière fois que tu as bougé d'ici, tu as été attaquée. Tu aurais pu le perdre.

Un frisson de terreur les traversa et ils serrèrent Lucetmael plus fort.

— Je sais. Mais j'ai déjà été attaquée ici aussi. Deux fois.

Dans le creux de ses reins, sa main se mua en un poing enragé. Il n'avait pas assisté à la tentative d'assassinat de la servante, toutefois il se souvenait avec bien trop de précision comment elle s'était effondrée le jour de son anniversaire, le corps ravagé par le poison.

— Je ne voulais pas t'inquiéter, murmura-t-elle. Je ne peux pas vivre dans la peur, Calixte. Mon Royaume me manque. Et Lucetmael est le premier de Rodorchna doté de magie à ne pas être né au palais. Il faut qu'il y aille, je le sens dans ma chair. Je ne veux pas qu'il soit privé d'une part de son histoire.

À contrecœur, il acquiesça.

— Dans ce cas, nous partirons le deux aout. J'en informerai l'intendance demain.

— Merci.

Elle l'embrassa du bout des lèvres, avec une tendresse qui le fit soupirer d'aise.

Lucetmael émit un petit bâillement si adorable qu'ils rirent.

— Message reçu, mon trésor, s'exclama le Roi en les aidant à se lever.

Ils allèrent jusqu'à sa chambre, rangée avec soin par ses servantes. Janae venait d'allumer quelques bougies, qu'elle éteindrait quand il se serait endormi.

Calixte le changea avec des gestes maladroits et appliqués qui l'attendrirent. Les Rois n'apprennent pas à être père, tout du moins pas ainsi. Mais sa bonne volonté contrebalançait son manque d'expérience et le peu de temps qu'il pouvait accorder à ce genre d'activités. Il le lava et le vêtit pour la nuit.

— Fais de beaux rêves, mon bébé adoré, chuchota-t-elle tandis qu'il l'allongeait dans son lit.

— Dors bien, mon puissant petit Prince.

Ils embrassèrent chacun une joue, lui insufflant tant d'amour.

Une fois la porte refermée, il saisit sa main et la fit danser dans sa chambre, tels des enfants insouciants.

— Ma bien-aimée.

Il prit possession de ses lèvres avec ardeur, puis la relâcha tout aussi vite.

— Le diner va nous être servi.

— Puis-je me changer avant ? J'ai voulu remettre l'un de mes anciens corsets, mais je n'ai pas encore perdu toutes les rondeurs de ma grossesse. J'ai souffert toute la journée.

Il s'esclaffa.

— Quelle idée. Tu es belle quel que soit ton tour de taille. Je vais t'attendre au salon.

Bethania l'aida à enlever toutes ses couches de vêtement. Quand les liens se relâchèrent, elle soupira de soulagement en se massant le ventre. Puis elle enfila une robe légère, sans le moindre corset. Une entrave au protocole extraordinairement libératrice.

Leur petite table était installée près des fenêtres, pour plus d'intimité. Essylt adorait leur salon, qui bougeait au gré de leurs envies. L'entrée venait de leur être servie et elle bondit littéralement sur sa fourchette. Son époux rit de son appétit, si décalé par rapport à son image de souveraine délicate et pudique.

Leur discussion tourna autour du voyage en Rodorchna et de leur journée, à la fois réunion royale et moment marital ordinaire.

Assis sur les canapés pendant que les servantes finissaient de ranger, elle écoutait son anecdote en s'esclaffant. Il maîtrisait l'art de la narration à la perfection.

— Il n'a pas osé ! s'écria Essylt.

— Je t'assure que si !

Ils s'exclamèrent de plus belle. Il s'empara de ses lèvres, la faisant sursauter. Elle se renversa un peu de son verre dessus, il lui retira pour le poser sur la table. Il l'embrassa et enfouit ses mains dans ses cheveux. Doucement, son corps faisait pression sur le sien pour l'allonger sur le canapé. Autour d'eux, le silence s'était fait, les servantes, pages et valets ayant déserté les lieux.

Quand sa main remonta voluptueusement le long de sa cuisse pour soulever sa robe, elle l'arrêta. Un gout de bile envahit sa bouche.

— Calixte, je… Je ne me sens pas encore prête. Après la naissance de Lucetmael…

Elle n'eut pas besoin d'en dire plus. Il les redressa et replaça ses cheveux avec adoration.

— Excuse-moi, j'ai eu l'espoir que tu pourrais. Le médecin a dit que les femmes ont besoin d'attendre plusieurs semaines.

— Je préfère attendre, assura-t-elle, soulagée que cette excuse fût si aisément admise.

Elle ne pouvait décemment pas lui avouer que la simple idée d'être en contact avec sa peau lui donnait la nausée.

— Tout ce que tu voudras. Ta santé est le plus important. Et puis de toute façon, le médecin m'a expliqué qu'une femme retombe rarement enceinte juste après un accouchement, surtout quand elle allaite.

Essylt cilla d'étonnement.

— Tu penses déjà à avoir un autre enfant ?

— Bien sûr. J'en veux plein. Autant que tu pourras m'en donner.

Il déposa des baisers dans son cou, sans remarquer la pâleur de son visage.

— Il se fait tard, je vais te laisser dormir. À demain, ma bien-aimée.

Ils se levèrent pour s'embrasser. Ses mains dans son dos étaient comme des fers de prison.

Une fois dans son lit, Essylt ne parvint pas à trouver le sommeil. Malgré l'épuisement, son esprit ne cessait de tourner en boucle, incapable de se calmer.

Un autre enfant ? Mais comment cela se pourrait-il ? Comment accepterait-elle de vivre dans davantage de mensonges ? Deux enfants de deux hommes différents ?

Elle finirait par se noyer dans cet océan de douleur et de faux-semblants.

Ses paupières lourdes se fermaient enfin quand un bruit la fit sursauter. Il était léger, presque inaudible, pourtant les poils de ses bras se hérissèrent. Elle se redressa vivement, ayant reconnu la présence lumineuse qui se rapprochait.

L'angle du mur de sa chambre bougea, dévoilant Declan.

Il était échevelé avec son uniforme de travers. Un effluve d'alcool émanait de lui, en accord avec l'affaissement de ses traits.

Il plongea en une révérence quelque peu ironique.

— Votre Majesté, puis-je voir mon fils ?

— Oui… Oui.

La gorge serrée par les sanglots, elle lui fit signe de la suivre. Janae avait éteint les bougies de la chambre du Prince dès qu'il s'était endormi, elle en prit donc une dans la sienne. Elle vérifia que la nourrice n'était pas là avant de lui faire signe d'entrer.

Il se figea devant le berceau, les deux mains agrippées au bois. Lucetmael dormait profondément, son bras gauche à côté de son visage, la bouche entrouverte. En remarquant qu'il était dans la même position qu'Essylt, sa gorge se noua. Il avait pris tellement d'elle… Il estimait que c'était un plus beau présent que le fait qu'il ait de lui.

Surtout parce qu'il ne fallait pas qu'il lui ressemble. Absolument pas.

Il passa un doigt sous son pied, sans le faire réagir.

— Ne le réveille pas.

Un peu en retrait, elle contemplait la scène volée. Peu à peu, Declan reprenait des couleurs, ses yeux s'illuminaient tel un lever de soleil. L'alcool refluait dans ses veines, lui donnant une perception accrue de la réalité.

— Excuse-moi pour mon entrée. J'ai été impoli.

— Ce n'est rien.

— Je te préviendrai la prochaine fois que je veux passer.

— Ce n'est pas nécessaire. Viens quand tu veux.

Viens même toutes les nuits.

Il déglutit bruyamment avant de se détourner, comme si cela lui coûtait toutes ses forces. Elle referma délicatement derrière eux en couvant son bébé du regard.

Une fois dans sa chambre, il avança de quelques pas incertains avant de lui faire face, les épaules redressées.

— Un enfant, c'est le plus beau cadeau qu'une femme puisse faire à un homme. Merci.

Bouleversée, elle se laissa happer par ses prunelles. Ils remontèrent le temps, redevenant ces amants insouciants, épris d'amour et de liberté dans un monde si exigeant.

Il recula juste avant qu'elle ne l'embrasse. Ce fut comme s'il l'avait giflée.

— Nous avons fait suffisamment de mal comme cela, tu ne crois pas ?

Il lui désigna la porte close sur leur plus grand secret.

Son rejet la meurtrissait plus que de raison. Puisque le pire avait été fait, pourquoi se priver ? Son amour n'avait pas faibli, bien au contraire.

Elle ne dit rien. Il était hors de question qu'elle le blesse ou le déstabilise. Il commençait tout juste à accepter ce qui leur arrivait. Sa priorité était qu'il aille mieux et qu'il voit Lucetmael grandir.

Peu importe qu'il ne veuille plus d'elle.

Il la salua d'un hochement de tête froid et se dirigea vers le passage dans le mur.

— Et quel est le plus beau cadeau qu'un homme puisse faire à une femme ?

Ses épaules tremblèrent tandis qu'il poussait le mur. Dans la pénombre elle n'aperçut que le vert de ses yeux.

— Son cœur.

— Je n'arrive toujours pas à croire que nous allons passer le Nouvel An sans vous, Votre Majesté, soupira Lauryn sans théâtralité.

— Je suis désolée que cela vous peine, votre excellence, lui répondit Essylt en s'appliquant à ne pas dévorer sa part de gâteau trop vite.

La Reine savourait le chocolat après une longue journée. Si elle avait été seule, elle en aurait fermé les yeux d'aise.

La nouvelle de leur départ en Rodorchna avait déplu à leurs nobles. Depuis deux semaines, ils ne cessaient de se lamenter, tels des enfants abandonnés.

— Ce ne sera que partie remise, commenta Calixte en finissant son verre.

Quand elle lui avait dit qu'elle voulait rester six mois, pour compenser tout ce temps qu'elle avait perdu, il avait été contre. Cela lui semblait bien trop long, loin de chez lui. Essylt avait dû s'armer de calme et de patience : ne se rendait-il pas compte à quel point cela était long pour elle ? Unir deux royaumes n'était pas si idyllique, finalement.

Elle était parvenue à le convaincre, en grande partie grâce au Conseil des Neuf, qui devait avoir lieu en Guanile à la mi-septembre. Ils allaient mettre environ un mois à faire l'aller-retour depuis le palais de Rodorchna. Il était donc hors de question qu'elle reparte avant fin janvier.

Bien qu'il ait accepté, Calixte ne montrait pas beaucoup d'entrain, surtout quand ses nobles insistaient de la sorte.

— Je suis persuadée que vous survivrez tous, s'amusa Dubheasa en faisant un clin d'œil à Essylt en signe de soutien. Il va falloir vous habituer au fait que vos souverains sont beaucoup demandés. C'est le prix du pouvoir.

— Tout à fait, l'approuva Guénolé. Mon épouse et moi serons en Vuai, mais vous pourrez faire la fête ici, au palais. Ou bien dans l'un de vos manoirs respectifs.

— Nous trouverons bien une façon de nous occuper, acquiesça Caitlyn, toujours d'accord avec l'ancien monarque.

Essylt profita de ce moment d'accalmie pour finir son gâteau. Elle aurait volontiers mangé une autre part, elle se contint néanmoins. Les rondeurs de sa grossesse étaient encore bien accrochées à ses hanches et son engouement pour la nourriture n'aidait pas.

Elle glissa un regard vers Declan. Assis à trois chaises d'elle, il conversait avec Bartley et Tasgall. Son visage était presque redevenu le même, à l'exception de ses yeux, qui hésitaient à renvoyer la lumière. Ses mains contusionnées tressautaient de temps à autre autour de ses couverts, témoins de sa souffrance.

Une nuit sur deux, il empruntait le passage secret jusqu'à sa chambre. Elle ne dormait jamais, l'attendant dans le noir. Il ne prononçait pas un mot. Il la saluait d'une légère révérence, puis ils se rendaient auprès du Prince. Là, Declan l'admirait en pleurant en silence. Parfois, il le touchait : il saisissait sa main minuscule ou il embrassait son front. C'était toujours un effleurement, une caresse tendre, comme s'il craignait que leur fils soit trop réel.

Une fois rassasié, il s'en allait. Tout ceci sans un mot. Dans un silence si profond qu'il en imitait le néant.

Adelyn venait d'entrer dans le salon royal et se penchait à son oreille.

— Le Prince est agité ce soir. Je me suis dit que vous souhaiteriez venir le coucher, Majesté.

Elle s'empressa de la suivre, après s'être excusée poliment. Ils avaient pris l'habitude d'un grand diner une fois par semaine, qui la privait de son moment privilégié avec son fils. Lucetmael n'appréciait visiblement pas qu'on lui dérobe sa mère ainsi.

Elle le trouva effectivement très agité pour une heure si tardive. Ses jambes battaient l'air au rythme de ses cris. À l'instant où elle le prit dans ses bras, il se tut.

— Laissez-nous, je vous prie.

Adelyn et Léan regagnèrent leur chambre et Bryn la sienne, attenante à celle du Prince, où elle résidait avec son mari et son fils âgé de quatre mois. La seconde nourrice appelée par Cleena en Rodorchna, Gladys, n'avait pu entamer le voyage jusqu'au château de Bofursyle, son fils étant souffrant. La Reine l'avait priée de demeurer au palais jusqu'à leur arrivée, ce qui était plus simple. Peut-être l'apprécierait-elle davantage que Bryn.

Essylt entreprit de marcher dans sa chambre. Elle l'adorait. Dans les tons blancs et or, elle regorgeait de jouets et de vie. L'odeur de bébé régnait en maître, tel un cocon dans ce château de responsabilités.

Ses doigts s'étaient accrochés à une mèche de ses cheveux, sa bouche remuait de manière adorable. Ses paupières papillonnaient d'aise, forçant ses longs cils blonds à frôler ses joues potelées.

— Je t'aime.

C'était la seule certitude qui avait un sens. Car rien ni personne ne pourrait la briser. L'amour d'une mère pour son enfant est immuable, comme le ciel et la terre. Il était fait d'un peu d'elle et elle respirait grâce à lui. Essylt se raccrochait à son fils de toutes ses forces, pour ne pas s'effondrer.

— Votre Majesté, vous avez reçu une invitation à petit-déjeuner de la Baronne Caitlyn, lui apprit Cleena alors qu'elle avait à peine ouvert les yeux.

Un grondement monta du tréfonds de sa poitrine. Lucetmael s'était réveillé plusieurs fois dans la nuit en hurlant. Bien que Bryn ait insisté pour s'en occuper, la Reine avait été catégorique : c'était d'elle qu'il avait besoin. La preuve en était que la nourrice l'avait bercé plus d'un quart d'heure sans effet et qu'une fois dans les bras de sa mère il s'était tu.

Essylt repoussa ses cheveux de son visage. Les rideaux ouverts dévoilaient le soleil levant. Elle aurait bien dormi une demi-journée de plus.

— Dites-lui que j'arrive bientôt.

— Bien, Majesté.

Elle s'apprêtait à suivre Cleena dans la salle de bains quand le cri du Prince la fit sursauter. Elle courut presque jusqu'à sa chambre pour le prendre contre elle.

— Tout va bien, mon trésor, Maman est là. Calme-toi. Je vais te donner un bain, puis tu vas manger.

Une fois dans la pièce saturée de buée chaude, elle le déshabilla en le chatouillant, produisant des gazouillements divins. Ses servantes tourbillonnaient autour d'eux d'un pas aérien de peur de les déranger, tout en voulant contempler ce spectacle authentique que peu de privilégiés pouvaient approcher.

Elle allait le plonger dans sa petite baignoire quand il poussa un cri reconnaissable entre tous. Le Prince réclamait sa pitance. Janae défit le haut de sa robe pour qu'elle le nourrisse. Une fois accroché à son sein, elle tourna sur elle-même, les yeux encore mi-clos de sommeil.

— Janae, tu peux me dévêtir complètement s'il te plait ? Et Bethania, peux-tu enlever un peu d'eau du bain ?

Les deux s'exécutèrent aussitôt. Nue, Essylt entra dans son bain en s'appliquant à ne pas déranger Lucetmael. Elle mouilla doucement son dos, le lavant avec amour.

Quand il eut relâché son mamelon en s'assoupissant à moitié, elle le confia à Cleena. La gouvernante le berça en chantant, telle une grand-mère adoratrice. Essylt finit de se laver, puis revêtit sa toilette du jour. Elle embrassa son fils et partit à reculons.

À sa grande surprise, les appartements de la Baronne Caitlyn n'accueillaient pas l'aristocratie bofursylienne. Seule cette dernière l'attendait autour d'une table envahie de victuailles et de fleurs.

— Votre Majesté, merci d'être venue. J'espère que vous avez pu profiter du réveil du Prince.

— Oh, rassurez-vous votre excellence, il m'a réveillée toute la nuit et j'ai pu le nourrir juste avant de venir.

— Était-il souffrant ? s'inquiéta-t-elle tandis qu'elles prenaient place en étalant leurs lourdes robes sur les fauteuils.

— Non, il se porte bien.

À dire vrai, elle n'en était pas certaine. À quel point les bébés comprenaient-ils ce qui les entourait ? C'était comme si Lucetmael ressentait son agitation, sa douleur, son conflit intérieur. Il était mécontent, dormait mal et la réclamait à grands cris, comme pour s'assurer qu'elle allait bien. Mais chaque étreinte en appelait une autre.

Lui faisait-elle du mal en lui communiquant sa peine ? Pouvait-elle seulement s'en empêcher ? Leur lien mère-fils était plus mystique que pour les gens ordinaires.

— Vous m'en voyez soulagée.

Les monarques pouvaient s'offrir tous les médecins du Continent, cependant ils n'étaient pas à l'abri de perdre un nouveau-né. C'était quelque peu naïf de sa part, mais Essylt ne s'était jamais inquiétée de cela. À maintenant un mois, Lucetmael était fort et vif, déjà si éveillé. Son sang magique le protégeait de beaucoup de maladies.

Essylt engloutit presque deux brioches avant de pouvoir poursuivre la conversation.

— Comment allez-vous, votre excellence ? Cela fait fort longtemps que nous n'avons pas été en tête à tête ainsi. J'espère que vous me pardonnerez, j'ai tant à faire.

— Bien évidemment Majesté, je n'ai rien à vous excuser. Entre la royauté et la maternité, vous avez mieux à faire que de gérer vos nobles.

Elle acquiesça en buvant son jus de fruits. En détaillant la Baronne avec attention, elle remarqua de légers signes de nervosité : ses cheveux roux trop tirés dans son chignon ou encore la façon dont ses doigts s'agitaient en battant le bois de la table.

Essylt était devenue maître dans l'art d'observer.

— Y a-t-il un sujet particulier dont vous souhaiteriez m'entretenir ?

Caitlyn déglutit bruyamment et acquiesça.

— Votre Majesté, j'aimerais me marier.

La Reine s'appliqua à bien mâcher son gâteau pour prendre la mesure de ses propos.

— En quoi puis-je vous aider ?

— Comme vous le savez certainement, je... j'espérais épouser le Roi Calixte, ou tout du moins, mes parents le souhaitaient grandement. À présent que vous êtes mariés, je n'ai plus de raisons d'attendre. Comme la majorité des aristocrates du Continent.

Essylt se resservit un verre de jus de fruits frais qu'elle but entièrement. Rien qu'à l'idée que tous ses nobles, bofursyliens comme rodorchniens, viennent lui demander conseil pour leurs épousailles, lui donnait mal à la tête.

— Ce qui me pousse à présent au mariage tient plus d'un besoin que des convenances, pour être honnête avec vous, Votre Majesté. Je le précise car j'espère que vous ne me trouverez point impolie par la suite.

— Quel besoin ?

Ses yeux bleu-vert s'illuminèrent.

— Un enfant.

Malgré son étonnement, Essylt sourit. Évidemment. Caitlyn était plus âgée qu'elle et devait la regarder chaque jour chérir son fils. Si l'envie d'enfanter était déjà présente, elle devait être exacerbée depuis plusieurs mois.

— Je le conçois parfaitement. Mais en quoi la suite pourrait-elle me déplaire ?

— Parce que j'ai reçu une proposition de mariage du Comte Niocol en Vuai.

La souveraine eut du mal à dissimuler sa surprise.

— En quoi cela me dérangerait-il ? Il n'y a jamais rien eu d'inconvenant entre le Comte et moi, et je trouve que c'est un homme charmant et digne de vous.

— Je suis l'unique héritière de ma Baronnie, ce qui signifie qu'en m'épousant, il prendra mon titre, et viendra par conséquent vivre ici.

Essylt fronça les sourcils. Il est vrai qu'imaginer son ancien prétendant au palais, aux diners et aux réunions diverses n'était pas particulièrement plaisant. Il ne la dérangeait en rien, toutefois elle se souvenait avec bien trop de précision des larmes qu'il avait versées le jour de son couronnement bofursylien.

Quels étaient les sous-entendus de Caitlyn ? Croyait-elle que Calixte serait incommodé par cette présence ou bien avait-elle des doutes quant à la persistance des sentiments du Comte pour la Reine ? Dans les deux cas, cela mettait la Baronne dans une position inconfortable.

— Est-il… votre seul prétendant ?

Question indélicate. Heureusement, la noble ne s'en formalisa pas.

— Presque. Comme vous le savez, mes parents sont très proches des monarques et de la cour de Vuai. C'est pourquoi il a été l'un de leurs seconds choix pendant fort longtemps, jusqu'à ce que le Roi vous épouse.

Il n'y avait nul reproche dans sa voix, ce qui la soulagea quelque peu. Caitlyn avait mené une course serrée contre les autres aristocrates bofursyliennes pour le cœur de Calixte et elle n'était pas véritablement déçue de sa défaite. Surtout pas alors qu'elle appréciait Essylt et tout le pouvoir apporté à la Bofursyle.

— L'un de leurs seconds choix ? Il y en a un autre ?

— Oui, le Prince Declan.

Essylt recracha son jus de fruits par le nez. Caitlyn s'empressa de l'aider à éponger la nappe tandis qu'elle s'essuyait le menton.

Avec toute la royauté dont elle était capable, la souveraine tendit la carafe de jus de fruits qu'elle venait juste d'entamer à une servante.

— Celui-ci est bien trop acide. Renvoyez-le en cuisine.

Paniquée, la domestique s'inclina plusieurs fois avant de sortir. Essylt s'empressa de reprendre contenance.

— Le Prince Declan, vous disiez ?

— Oui, mes parents l'adorent. Mais je dois vous avouer que c'est un ami d'enfance, que je ne m'imagine pas comme mari. Surtout que je n'ai pas l'impression qu'il souhaite prendre épouse. Vous en a-t-il parlé ?

Avant de répondre trop vite, Essylt inspira un grand coup. Son amitié avec le frère de son époux était connue de tous. Ils étaient liés par une longue histoire, même si tous en ignoraient le plus important.

— Je dois vous avouer que Declan n'aborde pas ce genre de sujets avec moi. Je ne sais pas s'il en a exprimé le souhait, surtout au vu de sa fonction.

— C'est ce que je pensais aussi. Il ne reste donc que Niocol.

Elle le disait d'une manière si… résignée. Heureuse, mais résignée. Comme si elle renonçait à un petit quelque chose dans ce mariage.

Essylt avait bien trop conscience de ce que cela pouvait être. Sa main passa par-dessus la table pour serrer la sienne, la faisant tressaillir. Les gens de haute naissance se touchaient peu, comme si être bien né rendait la peau fragile.

— Caitlyn, n'épousez pas un homme par obligation. Si Niocol n'est pas celui qu'il vous faut, vous avez le choix dans tout le Continent, noble ou non. Vous n'avez qu'un seul mot à dire pour que tous mes messagers apprennent aux autres royaumes que je vous cherche un mari.

La Baronne esquissa un sourire triste.

— Votre Majesté, je suis déjà courtisée par presque tous les aristocrates célibataires en âge de prendre épouse.

Alors que cela aurait dû la réjouir et la flatter, la peine sur ses traits s'accentua.

— C'est grâce à vous. Tous les nobles rêvent de faire partie de votre cour, de vivre à vos côtés, de gouverner sous votre règne. Je les comprends. C'est un honneur pour moi de vous être associée. Néanmoins… c'est aussi un fardeau. Car je ne peux distinguer la sincérité de la convoitise pure. Je connais Niocol depuis toujours. Il est d'une gentillesse peu commune dans notre monde. Il est bien élevé et a le sens du devoir. Il fera un mari attentionné, un père dévoué et un Baron juste. C'est tout ce dont j'ai besoin. La véritable question est donc : acceptez-vous que je l'épouse ?

Assise au fond du fauteuil moelleux, elle prit le temps de la réflexion. Ce n'était pas le fait de le voir régulièrement qui l'inquiétait, ni la réaction de Calixte, mais simplement le bonheur de Caitlyn. Elles n'étaient pas des amies très proches, mais elle l'appréciait et l'estimait assez pour s'inquiéter de son bien-être.

Comment peut-elle s'en contenter ?

La réponse s'imposa d'elle-même.

Comme moi je me suis contentée de Calixte à un moment de ma vie où j'étais perdue.

Elle l'avait amèrement regretté. Cependant, qui était-elle pour décider à la place de Caitlyn ?

— Si vous êtes absolument sûre que c'est l'homme avec qui vous voulez vivre, vous avez mon accord, votre excellence.

Le sourire de Caitlyn illumina ses yeux, redonnant de l'éclat à sa chevelure de feu.

— Je vous remercie, Votre Majesté. Peut-être est-il préférable que vous en discutiez avec le Roi avant que je n'écrive à Niocol ?

— Oui, mais ce sera pour lui notifier ma décision, il n'y a aucune raison pour qu'il soit contre.

Tout du moins, elle l'espérait.

— Il va se poser le souci de vos noces. Souhaitez-vous les faire en Rodorchna ? La cérémonie pourrait avoir lieu au palais et je mettrais à votre disposition une demeure royale près de la mer pour votre lune de miel.

— À vrai dire Majesté, c'est le second souci dont je voulais vous entretenir. Tous les membres de ma lignée ayant régné se sont toujours mariés au manoir de Beal. Plus exactement près du lac.

La vision d'Essylt devint trouble. Elle lutta de toutes ses forces pour ne pas remonter dans le temps, mais cela fut impossible.

En haut de la colline, Ty sortit en courant de sous le banc pour se précipiter devant Caem. L'épée s'abattit sur sa poitrine, faisant jaillir du sang, tandis que des bras puissants la retenaient, l'empêchant de la sauver…

— Votre Majesté ?

Élégamment, elle essuya une larme traîtresse.

— J'ai prié mes parents de m'épargner cette tradition, mais ils ont refusé. Sachez que j'en suis désolée.

— Il va… Il va sans dire que c'est Calixte qui présidera vos noces. Je ne viendrai pas.

— Je n'allais pas vous demander pareille épreuve, Majesté.

Le reste du petit-déjeuner fut auréolé d'un silence pesant. Caitlyn orienta la conversation sur Lucetmael et son désir de maternité, mais le mal était fait. La Reine fut morose et irritable tout le reste de la journée, ne parvenant pas à s'ôter ce lieu de la tête.

Ce lieu où Ty était morte. Il y a de cela un an et demi à présent.

Quand le soir fut venu, la souveraine s'enferma dans la chambre de son fils et y resta longtemps après qu'il se fut endormi, pleurant ce qui n'était plus et vénérant ce qui serait.

La dernière semaine en Bofursyle parut interminable à la souveraine. Entre les préparatifs de leur départ, les réunions du conseil, les nobles renfrognés et son fils, elle n'eut pas un seul instant pour se reposer.

En se levant le premier août, elle poussa un soupir de dépit. Il ne lui restait qu'une journée ici, malheureusement la pire de toutes.

À peine entra-t-elle dans le salon qu'elle fut agressée par les centaines de bouquets de fleurs dispersés partout. Le Roi en avait inondé leurs appartements. Il émergea de ce champ coloré en rayonnant de joie, le visage rougi par l'émotion.

— Joyeux anniversaire de mariage, ma bien-aimée.

Il saisit ses mains et y déposa un baiser, geste adorateur qui lui contracta le ventre. Puis il l'attira contre lui pour l'embrasser, avec un enthousiasme qu'elle tenta d'imiter.

— Tu es magnifique, commenta-t-il en la faisant tourner sur elle-même, dévoilant sa tenue pourtant ordinaire.

Elle se força à lui sourire durant tout leur petit-déjeuner. Aujourd'hui plus que jamais, ses mensonges lui laissaient un gout de cendres dans la bouche.

Malgré tous les points à régler, les conseillers et autres ambassadeurs se répandirent en louanges et plièrent l'échine devant la gaieté du Roi, qui écartait tout devoir déplaisant de sa Reine. L'attention de Calixte, déjà trop forte à l'accoutumée, était aujourd'hui plus intense et difficile à supporter. Comment ne parvenait-il pas à voir tous les mensonges qu'elle peignait sur son visage, en une œuvre malsaine et détestable ?

Ils déjeunèrent entourés de leurs nobles, particulièrement surexcités par le bal de ce soir. Calixte la servit et s'enquit un nombre incalculable de fois de son bien-être. Pendant le dessert, un messager venu de Jirialc requit une présence royale. Désireux de la décharger, Calixte s'empressa de le rejoindre, lui laissant un instant de répit bienvenu.

Essylt en profita pour prendre place près de la Comtesse Muirenn. Cette dernière était arrivée avec Anath et leur fils deux semaines auparavant. Ils étaient souvent retenus dans leur province du grand nord, d'autant plus que l'aristocrate avait la santé fragile. Ils étaient venus pour leur dire au revoir et surtout pour rencontrer le Prince.

Le Comte Hannraoi, du haut de ses deux ans et demi, s'amusait à écraser son gâteau plus qu'à le manger, sous les œillades pressantes de sa mère qui semblait le supplier de ne pas faire de bêtise. L'enfant choisit l'instant où la Reine s'assit pour plonger les doigts dedans et les lécher.

— Hannraoi, tes manières ! siffla Muirenn tout bas.

Avec ses cheveux bruns en bataille et ses yeux clairs adorables, l'enfant considéra sa mère avec surprise, avant de se tourner vers Essylt. La souveraine ne s'embêta d'aucune notion de protocole et prit à son tour un bout de son gâteau avec les doigts.

— Tu as raison, c'est bien meilleur ainsi.

Tout son visage s'illumina de malice. La Reine rit et déposa un baiser sur son front.

— Il doit vous en faire voir de toutes les couleurs.

Muirenn lui sourit avec gratitude. Pour des aristocrates élevés dans le paraître, la simplicité d'Essylt était toujours source de surprise, et parfois de ravissement.

— Il a déjà un caractère bien affirmé. Son père en est fier.

— Je n'en doute pas. C'est un beau petit garçon. J'ai hâte que Lucetmael soit en âge de jouer avec lui.

— Moi de même, Majesté. Mais vous ne devriez pas être si impatiente : les ennuis commencent quand ils savent marcher.

Elles rirent tout en mangeant avec leurs doigts, sous l'attention réprobatrice de certains nobles.

Depuis que la Comtesse était arrivée, Essylt se sentait proche d'elle, peut-être parce qu'elle était également une jeune mère. Elle était discrète, presque trop réservée, et sa silhouette fragile éveillait une affection naturelle. Elles s'étaient peu vues, occupées à leurs responsabilités et leurs enfants, néanmoins la souveraine était persuadée que c'était le début d'une amitié sincère.

Léan entra dans le salon. Au lieu de s'incliner, la servante fut entourée de révérences appliquées pour le petit être qu'elle portait. Essylt trouvait cela parfaitement ridicule : son fils ne les voyait pas et n'avait que faire de leur dévotion. Bon nombre de personnes lui avaient expliqué que c'était plus qu'une quête excessive de l'affection royale, mais bel et bien une profonde déférence devant un enfant qui suscitait malgré lui une fascination dévorante.

— Votre Majesté, le Prince est fort agité.

Léan n'en dit pas plus et lui confia. Aussitôt, les petits bras potelés s'abaissèrent, les jambes cessèrent de remuer. Tout le corps de Lucetmael se détendit contre la poitrine de sa mère. Essylt l'embrassa doucement, lui insufflant amour et apaisement. Rapidement, les grands yeux bleu ciel papillonnèrent puis se fermèrent, les lèvres roses s'entrouvrant d'aise.

— Qu'il est beau, murmura Muirenn de crainte de le déranger.

Le Prince était profondément endormi. Les discussions s'étaient ralenties, auréolant la pièce d'un doux fond sonore.

Subjuguée par son bébé, Essylt ne remarqua pas tout de suite l'expression de Muirenn. La Comtesse peinait à contenir ses larmes d'envie et de regret.

Certaine qu'il ne se réveillerait pas, elle le rendit à Léan, qui s'empressa de retourner à sa chambre, immédiatement encadrée par trop de gardes pour les compter. Essylt prit la main de Muirenn et l'emmena à sa suite dans la salle attenante, où ils venaient de déjeuner. Les domestiques qui finissaient de ranger s'éclipsèrent.

— Est-ce que vous allez bien, votre excellence ?

Elle se détourna, gênée. Essylt était sensible à la souffrance, la noble ne pouvait la détromper.

— Je dois vous avouer que… J'aimerais avoir un second enfant, mais je semble incapable de porter la vie à nouveau.

Le tremblement de sa voix témoignait d'une tristesse ancienne et profonde. La Reine se souvint que l'aristocrate avait déjà perdu des enfants et faillit perdre Hannraoi. Tout avait été si facile pour elle qu'il lui était difficile d'imaginer une telle douleur.

Après une respiration pour prendre son courage, la Reine leva sa main.

— Puis-je ?

Les cils aristocratiques, longs et élégants, battirent plusieurs fois. Elle acquiesça, intriguée.

Essylt posa sa main sur son ventre. Elle ferma les yeux, repoussant les sons des conversations et sa propre tristesse d'avoir quitté Lucetmael. Son corps se détendit, concentré sur celui de Muirenn.

Lentement, une chaleur naquit sous ses doigts, réparatrice et réconfortante.

— Quand vous serez rentrée, reposez-vous. N'hésitez pas à dormir longtemps. Ne partagez pas le lit de votre époux pendant un mois. Buvez des infusions de gattilier ou de trèfle violet. Et surtout, cessez de vous inquiéter.

Sans prévenir, l'aristocrate la prit dans ses bras, la sortant de ses pensées. Les mots s'étaient échappés de sa bouche en un flot ininterrompu. D'où connaissait-elle toutes ces plantes ? La médecine l'avait toujours intriguée, mais pas de là à être si informée.

— Merci infiniment.

— J'espère de tout cœur vous avoir aidée.

— J'en suis persuadée.

Muirenn recula et essuya prestement ses larmes, pour reprendre sa contenance coutumière. Elle lui fit un signe de tête heureux et partit en direction de son époux dans la pièce voisine.

En l'observant s'éloigner, sa robe jaune bruissant sur le sol, Essylt ne put s'expliquer cette impression fugace que Muirenn et Anath devaient impérativement avoir un autre enfant.

Essylt avait demandé un bal discret, il fut grandiose. Fleurs, décorations, nourriture, tout n'était que profusion de luxe et de plaisirs. Si Calixte avait pu la recouvrir d'or, il l'aurait fait.

Après un diner ponctué de plats exquis et de conversations amusées, elle fut menée sur la piste par son époux. Cérémonieusement, le monarque se mit à genoux pour lui offrir son présent, en la forme d'une clé dorée.

— Ma douce, voici la clé d'une demeure dans le Vicomté de Saíréa, à la frontière entre nos deux royaumes. Afin que nous puissions vivre notre amour et nous retrouver à mi-chemin de nos devoirs.

Un soupir de ravissement traversa les convives. Comme à l'image de cette journée, le cadeau était disproportionné. Elle se força à sourire. Pour son mari si attentionné et aimant. Pour ses parents qui les couvaient avec tendresse, rassurés du bonheur de leur fils. Pour les invités qui enviaient cette union parfaite.

Mais elle aurait souhaité ne pas devoir sourire. Pas devant lui. Pas devant Declan qui se tenait debout, droit et fier dans son costume, à applaudir comme les autres. À sourire comme les autres, en frère heureux et amusé.

Comme lui, elle revêtit son plus beau masque, dont dépendait sa survie.

— Irons-nous durant notre voyage ?

— Évidemment.

Dans un éclat de rire, Essylt prit la clé et la glissa dans un pli de sa robe avec malice. Les convives applaudirent plus fort l'humour de la Reine. Le Roi la saisit et ils entamèrent une danse emportée, courant presque, offrant un spectacle rarement vu.

Les heures défilèrent suffisamment vite pour contenir la douleur. La nuit était déjà bien avancée quand elle sursauta, la tête posée sur l'épaule de son beau-père.

— Veuillez m'excuser, Guénolé.

— Vous vous êtes assoupie, il est temps de vous reposer.

Il la ramena à son fils, qui portait le sien endormi sur un bras et un verre dans l'autre. Essylt avait voulu le coucher, cependant il avait été impossible de l'ôter à Dubheasa et aux nobles. Elle le regrettait à présent.

— Cesse de faire le pitre ! gronda l'ancienne souveraine en récupérant le Prince.

— Je maîtrisais la situation ! contra Calixte en passant une main dans le dos d'Essylt.

— L'alcool a toujours fait des hommes des coqs.

Le Roi tira la langue à sa mère, dans un geste d'une rare puérilité qui sonna l'heure de la fin. Dubheasa lui pinça la joue avant de confier le bébé à Essylt. Elle embrassa son front.

— Tu vas tellement me manquer mon petit cœur.

— N'hésitez pas à nous rejoindre quand vous le souhaiterez.

— Peut-être en octobre. Nous avons déjà tant de choses de prévues et Guénolé supporte peu la chaleur. Mais ne vous inquiétez pas, je doute de survivre plusieurs mois sans mon petit-fils.

— Ne recommence pas à pleurer, je te prie, la réprimanda son mari en l'enlaçant avec douceur. Nous le reverrons très vite.

— Il aura tant changé.

— Ne t'en fais pas, nous aurons le plaisir de voir grandir tous leurs enfants.

— Un palais rempli de rires.

— Un palais rempli de rires, dit-il, plongé dans son regard, répétant un mantra qui sonnait comme un rêve depuis longtemps oublié.

Émue, Essylt embrassa Dubheasa en contenant ses larmes. Comment ce couple qui avait tant souffert, qui avait perdu tant d'enfants, aurait pu ne serait-ce que soupçonner sa perfidie ? Calixte était la prunelle de leurs yeux et Declan un présent offert par une vie capricieuse. Elle ne doutait pas que leur enfance avait dû être mouvementée, mais Dubheasa et Guénolé plaçaient dans leur union l'espoir d'un avenir qu'ils n'avaient pas eu.

Et qu'Essylt ne souhaitait pas avoir.

Les anciens monarques terminèrent leur au revoir pour céder la place aux nobles. Ils prirent plus de temps à embrasser la main du Prince qu'à discuter avec ses parents. Une fois dans le couloir, Calixte s'esclaffa en enfouissant son nez dans son cou.

— C'était notre anniversaire de mariage et il a été le centre de l'attention. Je ne préfère pas imaginer ses anniversaires.

— Moi non plus

Elle était éreintée. Les murs de ce château se resserraient autour d'elle jour après jour, lui rappelant à quel point elle se languissait de chez elle. Elle n'avait qu'une hâte, c'était de se réveiller demain matin et d'entamer enfin le périple de retour.

Calixte changea Lucetmael pour la nuit et l'installa dans son lit. Ses devoirs de père estompèrent les effets de l'alcool.

La scène faisait naître des émotions contraires chez la Reine. Une tendresse infinie pour cet homme si bon. Une souffrance indicible de savoir que tout ceci était faux.

Penchés au-dessus du Prince, ils embrassèrent son front. Ils ne pouvaient plus parler, trop attentifs à chacun de ses souffles.

Calixte prit sa main pour les inciter à sortir. Une fois la porte refermée, il l'enlaça vivement et déposa un baiser dans son cou.

— Je te sens soucieuse, ces temps-ci. Est-ce que tout va bien ?

Son inquiétude tangible lui noua le ventre.

— J'ai hâte de retourner en Rodorchna, éluda-t-elle.

— Nous y serons rapidement. J'espère que la maison te plaira.

— Je n'en doute pas. Tu n'aurais pas dû faire un tel présent. Je n'ai rien prévu...

— C'est pour nous deux. Et crois-moi, c'est très égoïste, rit-il en serrant sa taille. Un petit coin de répit. Et un lieu pour nous retrouver si nous devons chacun être dans nos royaumes de naissance.

Il ôta les broches de ses cheveux, les faisant cascader dans son dos. C'est l'instant que choisirent Cleena et Adelyn pour entrer, prêtes à changer la Reine pour la nuit.

— Laissez-nous, je vous prie.

Elles plongèrent en une profonde révérence et s'évanouirent en un battement de cils. Essylt n'eut pas le temps de les retenir.

Les mains de son époux entamèrent une quête sensuelle sur son corps. Elle eut la nausée.

— Calixte... Je ne veux pas. J'ai... J'ai très peur d'avoir mal.

Elle n'avait pas d'autre manière de le dire, bien qu'il soit inconvenant de mettre de tels mots sur leurs rapports charnels. Le Roi ne s'en offusqua pas, ses gestes de plus en plus tendres.

— Je comprends, ma douce, rassure-toi. Nous recommencerons quand tu te sentiras prête. En attendant, laisse-moi honorer ma femme comme il se doit.

Ses doigts dénouèrent les attaches de sa robe, puis de son corset. Essylt ferma les yeux, se retirant en elle pour ne plus sentir son corps.

Il prit possession de ses lèvres, fiévreux. Avec une virilité toute royale, il la souleva et l'allongea sur le bord du lit. Généreux en caresses, il recouvrit sa poitrine de baisers avant de se mettre à genoux entre ses jambes. Sa langue entama une danse voluptueuse, témoin d'un besoin irrépressible de l'aimer.

En se haïssant de tout son être, Essylt joua son rôle d'épouse comblée et poussa des cris aigus en se cambrant sur les draps.

Fier de lui, Calixte la porta à nouveau pour la remonter sur les oreillers. Il ôta ses vêtements et la rejoignit, brûlant. Ils s'embrassèrent longtemps, se caressant, s'apaisant. Les monarques s'endormirent dans une aura bienheureuse.

Trop concentrée sur ses devoirs et sa souffrance, Essylt n'avait pas songé à Declan. Il était venu voir Lucetmael hier soir, alors comment aurait-elle pu penser qu'il reviendrait cette nuit ?

Un bruit infime dans le passage secret. Declan s'appliqua à ne pas bouger les pierres. Il était inquiet. Il n'avait pas aimé que son fils demeure jusqu'à la fin de la soirée, entouré par des nobles ivres qui auraient pu être maladroits. Quant à Calixte et sa manie de le porter tel un trophée… L'envie de frapper son frère avait été forte.

Il voulait s'assurer que le Prince allait bien et dormait convenablement. Il repoussa le pan du mur pour se glisser dans la pièce. Et se tétanisa.

Deux souffles. Deux silhouettes sous les draps. Les rayons de lune creusaient des formes distinctes, des courbes imbriquées.

Elle était là. Dans ses bras. Ses bras à lui. Elle dormait, la bouche plissée, les cheveux en bataille au-dessus de sa tête.

Elle était dos à son mari, comme si elle avait voulu le fuir. Le bras de Calixte était passé sur ses hanches, possessif et protecteur. Il s'était lové dans son dos, tout son corps s'adaptant au sien avec vénération.

Les jambes de Declan tremblèrent. Il se retint au mur, incapable de respirer.

Les savoir ensemble et les voir étaient deux choses bien différentes. Ils venaient de célébrer leur un an de mariage, pourtant celui-ci ne lui avait jamais paru si réel que dans l'intimité de leur sommeil.

Il tenta de reprendre son souffle sans faire de bruit, soudain conscient du danger. Si son frère se réveillait…

Il fit un pas en arrière, la poitrine en sang, quand son regard se posa sur la porte menant à la chambre de son fils. À l'autre bout de la pièce. Avec Calixte au milieu. Bloquant l'accès à Lucetmael et Essylt.

La douleur se fit agonie. Il s'accrocha à ses réflexes militaires. Silencieusement, il redescendit dans ses appartements en remerciant tout l'alcool que son frère avait bu.

Puis il en but à son tour, encore et encore, jusqu'à s'écrouler sur son lit vide.

La voix de Cleena sortit Essylt de sa torpeur. Contre elle, Calixte remua en grommelant, aussi peu désireux qu'elle de s'éveiller.

— Il est six heures, Vos Majestés. Vos bains respectifs sont prêts et le petit déjeuner va vous être servi. Les chevaux sont en train d'être sellés.

Le monarque s'assit, indifférent au fait d'avoir le torse nu devant la gouvernante. Prévenante, celle-ci lui tendit son peignoir qu'elle venait de quérir auprès de ses valets. Comme toujours, rien n'échappait à Cleena, et certainement pas le partage de la couche royale.

Cleena se détourna quand Calixte sortit du lit et se revêtit. Il embrassa Essylt qui peinait à ouvrir les yeux.

— Il faut se lever ma douce. De longues journées de voyage nous attendent.

Il l'embrassa à nouveau, salua la gouvernante puis sortit. Elle laissa le temps à sa protégée de se redresser. Elle l'aida à enfiler son propre peignoir et la précéda dans la salle de bains. Après une toilette rapide et un petit déjeuner copieux, les souverains allèrent chercher leur fils. Bryn l'avait déjà lavé et changé. Agacé, le Prince gesticulait en commençant à réclamer sa pitance.

— Je le nourrirai dans le carrosse.

Sans plus de politesse, elle le prit des bras de sa nourrice et se dirigea dehors. Partir tôt était le seul moyen d'éviter de nouveaux au revoir larmoyants et interminables. La cour était envahie de soldats sur leurs destriers. Ils prirent place dans le premier carrosse de la procession, suivi par trois autres pour leurs domestiques.

Calixte passa la tête à l'extérieur en hélant son frère.

— Tu as l'air souffrant, remarqua-t-il quand Declan se fut approché.

Lucetmael accroché à son sein, Essylt se pencha pour le détailler. Dans son uniforme officiel qui lui seyait d'ordinaire, il paraissait épuisé et de fort mauvaise humeur.

— Y a-t-il un souci ?

— Non, répondit l'ancien Chef en focalisant son attention sur son frère pour ne pas voir sa femme.

Sa *femme*, se répéta-t-il encore et encore, hanté par l'image de leur étreinte.

Hanté par ce qui avait dû la précéder.

— Aucun problème concernant ce voyage ?

Les yeux noisette de son aine s'assombrirent. Declan n'avait pas besoin de plus de détails pour comprendre le sujet de son angoisse.

— La procession est sûre. Tout est sous contrôle.

Il lui fit un signe de tête protocolaire avant de faire volte-face. Calixte le retint.

— Tu ne veux pas monter avec nous ?

— Je préfère chevaucher. Merci.

Il ne pouvait pas envisager de se retrouver dans un habitacle confiné avec eux.

La procession royale entreprit le voyage pour le palais de Rodorchna à un rythme soutenu. Malgré la chaleur — qui était encore largement supportable — et les désagréments du carrosse, le Prince Lucetmael fut absolument adorable. Il pleura peu, mangea avec son entrain habituel et dormit des heures durant contre sa mère, son père ou dans son couffin. Les caméristes d'Essylt ne cessèrent de s'émerveiller de son calme et même plusieurs soldats vinrent s'enquérir de son bien-être ou l'observer à travers la fenêtre.

La Reine essaya de discuter avec l'ancien Chef des armées plusieurs fois, en vain. Elle percevait sa douleur comme les propres battements de son cœur. Que s'était-il passé ? Elle avait cru qu'il se remettait doucement de la nouvelle, qu'il apprenait peu à peu à vivre en sachant son fils inaccessible. Et voilà qu'il replongeait en lui, devenant sombre et mutique, brisé. Essylt était persuadée qu'un élément lui échappait et Declan ne voulait rien dire.

Au bout de quatre jours, ils arrivèrent à la fameuse demeure près de la frontière, dans le Vicomté de Saíréa. Essylt ne s'attendait pas à aimer l'endroit. La maison était certes grande, mais pas gigantesque, avec ce charisme unique et inexplicable qu'ont certains lieux. Il y avait une écurie pour les chevaux, une bâtisse accolée pour les soldats.

Calixte lui laissa l'honneur d'ouvrir avec la clé qu'il lui avait offerte. Le hall était lumineux, décoré avec soin et peu d'artifices. Elle entra la première, ses pas claquant sur le sol poli. L'endroit était beau et accueillant.

C'était l'idée qu'elle se serait faite d'une maison familiale. Dans une autre vie.

— Je me suis dit que tu apprécierais que ce soit petit et intimiste. Tu aimes ?

— Énormément.

Elle lui sauta au cou et le serra fort. Puis elle prit Lucetmael des bras d'Adelyn et monta l'escalier blanc.

— Allons trouver ta chambre, mon trésor.

Le Roi la suivit, tout en lançant quelques ordres. Une fois à l'étage, il la dirigea au fond à droite. La première chambre était celle du Prince, simple et déjà pleine de jouets et peluches — avec tout ce qu'ils avaient reçu, ils auraient pu remplir plusieurs maisons. Avant qu'elle n'ait pu le déposer dans son lit, son époux l'entraina dans l'autre pièce pour terminer la visite privée. Leurs appartements étaient minimalistes : un salon ouvert sur leur chambre. Ce n'était pas un lieu pour recevoir, comme leur salon spacieux du château de Bofursyle, mais bel et bien pour vivre tous deux.

Calixte l'enlaça tendrement.

— Tout cela pour vous.

Il embrassa leur front à tour de rôle.

— Merci.

Elle était sincère. Bien que ce lieu soit déjà rempli de l'amour de Calixte, ne faisant qu'accentuer l'absence du sien, elle le trouvait magnifique et approprié. Elle doutait qu'ils vivent plus de deux semaines par an ici, pourtant c'était un entre-deux appréciable, une incartade à leur vie de château si exigeante.

Les deux jours qu'ils passèrent ici furent agréables. Le protocole fut aboli, Essylt assise avec ses servantes, discutant pendant que son époux s'entrainait à l'épée dehors avec son frère et les commandants. Plus de règles, plus de responsabilités. Les lettres s'amoncelèrent rapidement, ils décidèrent de s'en occuper sur la route. Rien d'autre que des plaisirs fugaces et des moments volés importaient.

Essylt fit tout son possible pour dérider Declan durant les repas, mais il demeura apathique et peu souriant. Une fois la nuit tombée, elle partageait la couche de son mari trop entreprenant, avec le sentiment d'étouffer.

Le voyage reprit, au grand regret du Roi qui se languissait déjà de l'intimité avec sa femme. Plus ils descendaient vers le sud, plus la chaleur s'intensifiait, ne faisant qu'accroitre les soupirs et plaintes du monarque. Lui qui avait été élevé dans le nord n'avait jamais connu un véritable été, comme autrefois Essylt n'avait jamais connu l'hiver. Elle le taquina, s'amusant de son air renfrogné et du fait qu'il buvait de l'eau deux fois plus vite qu'elle. Lucetmael était bien moins indisposé que son père, le sang chaud des de Rodorchna coulant dans ses veines.

Ils mirent quatre jours supplémentaires à atteindre leur destination. Quand le palais se profila au loin, niché au pied de sa falaise, Essylt sentit son cœur s'envoler. Elle aurait pu sauter par la fenêtre du carrosse et finir en courant tant elle était impatiente de rentrer. Chaque détail de l'édifice était comme un appel, une promesse.

Le carrosse passa les grilles du palais sous les acclamations des soldats et des domestiques, ravis du retour de leurs souverains. Quand il s'arrêta, Essylt bondit dehors avec son fils, sa robe balayant le sable.

Lucetmael rit de bonheur.

X

« Le passé nous définit. Que ce soient notre famille ou nos souvenirs, nous ne pouvons pas lui échapper. » Roi Matholwch de Rodorchna, 612

— Vos Majestés, c'est un plaisir que vous soyez de retour.

Erannan s'inclina, imité par tous les soldats présents. Il y en avait plus que de coutume, surement placés là pour la protection du Prince. Ainsi que pour pouvoir l'apercevoir. Né en Bofursyle, il agitait l'imagination des Rodorchniens, qui avaient hâte d'admirer le premier enfant de leur souveraine.

— C'est un plaisir partagé, assura Calixte en posant une main possessive dans le bas du dos de son épouse. Tout est-il prêt ?

— Vos nobles sont arrivés il y a de cela deux jours et la famille de Sa Majesté la Reine hier. Ils sont confortablement installés dans leurs appartements respectifs et vous rejoindront en début de soirée. Vous aurez ainsi tout le loisir de vous reposer.

Essylt lui sourit, réchauffant la poitrine de son Chef des armées, à qui elle avait cruellement manqué. Comme au reste du palais.

— Vos Majestés, s'inclina l'intendante Róis, puis-je vous accompagner à vos appartements pour m'assurer que tout est à votre convenance ?

— Bien sûr.

La Reine fit signe à ses caméristes de les suivre et pria discrètement Adelyn d'aller chercher de l'eau tiède pour baigner son Altesse.

L'aile royale, accolée à la falaise qui protégeait le palais, avait retrouvé sa vitalité. Essylt l'avait en partie faite réaménager pour leur lune de miel. Ils n'étaient pas revenus depuis et les lieux avaient été réarrangés pour l'arrivée du Prince.

Le rez-de-chaussée était composé d'un immense salon qui donnait sur les jardins, où les attendaient tables et chaises pour des moments intimistes. De l'autre côté du long couloir, une pièce était réservée aux célèbres caméristes de la Reine, pour qu'elles s'adonnent à l'activité de leur choix, que ce soient une tâche comme la couture ou un instant de détente bien mérité. Juste à côté, le bureau du Roi était somptueux, fin mélange de rouge et de bleu qui rappelait la dualité de son pouvoir. Il était accolé au bureau de son intendant personnel.

En dehors de l'aile royale, une grande pièce était allouée à des intendants et autres administrateurs du Royaume. Il y avait également une chambre de gardes près de l'escalier qui permettait d'accéder au premier étage.

— Pourquoi l'escalier n'est-il pas dans l'aile ? s'enquit Calixte tandis qu'ils pénétraient à nouveau dans cette dernière.

Il désigna l'escalier en colimaçon qui menait au deuxième étage et qui lui se trouvait bel et bien dans l'aile de légende.

— Cet escalier est le seul passage menant au dernier étage. C'était une façon de protéger ma famille.

Même si cela avait été vain face à Declan. À cette pensée, elle se retourna, le cherchant dans la foule de domestiques et de soldats qui les suivaient.

Il n'était pas là.

— Nous emménageons là-haut ?

Calixte posa un pied sur la première marche. Essylt frissonna et le tira en arrière.

— Non. Je… Je ne veux pas y aller. Et puis, à nous trois, deux étages suffisent amplement.

Comprenant que c'était là un sujet sensible, il n'insista pas, bien qu'il fût évident que cette histoire d'escalier l'agaçait.

— Vos Majestés, avant de poursuivre, il faut que je vous prévienne que nous avons quelques soucis de proportions des pièces.

— C'est-à-dire ? s'impatienta Essylt, que Calixte avait irrité et qui sentait Lucetmael s'agiter contre elle.

— Comme le bureau de votre défunt père se trouve ici, expliqua-t-elle en désignant la pièce derrière l'escalier en colimaçon, la chambre de Sa Majesté le Roi en est réduite. Et la chambre du Prince est plus petite que selon vos souhaits.

— Ma chambre ? murmura Calixte.

L'an passé, à la même période, ils avaient partagé une unique chambre, spacieuse et impériale. Il ne s'attendait visiblement pas à ce qu'elle eût changé cela.

— Prends-le s'il te plait.

Elle lui déposa leur fils dans les bras pour écourter cette conversation. Elle avait conscience de l'avoir blessé, mais comment aurait-il pu en être autrement ? Comme en Bofursyle, elle voulait avoir son intimité.

Elle passa de pièce en pièce, découvrant qu'effectivement, ces dernières n'étaient pas aux tailles souhaitées.

Comment mes ancêtres, tels que Meallán avec ses onze enfants, ont-ils fait pour agencer les lieux ?

Elle soupira de dépit. Elle traversa le couloir pour rejoindre son époux.

— Nous allons devoir…

Un grondement la figea dans son élan. Autour d'elle, la pierre trembla, comme si elle prenait vie. Un frisson inouï s'empara de la Reine en comprenant ce qu'il venait de se passer.

Ce qu'elle venait de faire.

Róis et Bethania étaient blafardes. Caem s'était précipité près du Roi et du Prince et Cathan accourait rejoindre sa souveraine.

— Que s'est-il passé ?

Sans donner de réponse, Essylt refit le tour des lieux. Les pièces avaient pris exactement les dimensions qu'elle désirait. Les meubles avaient été poussés par les murs ou se retrouvaient parfois abandonnés au milieu des pièces.

Elle peinait à reprendre son souffle.

— Le palais s'éveille, chuchota Cleena près d'elle. Il vous reconnait et vous obéit. À mon souvenir, ceci n'est arrivé qu'une seule fois, avec votre frère Ladra.

Essylt caressa un mur, percevant son pouvoir latent, sa loyauté indéfectible. Ce n'était pas le palais entier, mais seulement cette partie. Cette aile mystique qui avait vu naître des centaines de magiciens. Qui en avait vu mourir, aussi.

Qui a créé cela ? Meallán ? Quelqu'un d'autre ?

Son esprit bouillonnait de questions. Elle avait tant à apprendre encore, tant à découvrir.

— Votre Majesté ?

L'intendante s'était reprise et attendait ses ordres.

— Que les domestiques replacent les meubles. Outre cela, tout est prêt.

La souveraine prit la main de son époux pour lui faire visiter. À côté de l'ancien bureau de son père, qui avait visiblement rétréci, la chambre spartiate des valets communiquait avec celle du Roi. Elle était très lumineuse grâce aux fenêtres donnant sur le jardin. Calixte parut l'apprécier, d'autant plus qu'Essylt l'avait aménagé sur le même modèle que celle de Bofursyle.

Juste à côté se trouvait la salle de bains, qui communiquait à son tour avec la chambre d'Essylt. C'était la plus grande, elle s'était permis cette folie. Sans pouvoir se l'expliquer, elle avait senti le besoin de s'approprier la pièce au fond de l'aile.

Comme son père l'étage au-dessus.

De l'autre côté du couloir, la chambre d'Essylt était reliée à celle de Lucetmael, elle-même communicante à celle de sa nourrice. Enfin, la dernière chambre était celle des filles, qui s'empressèrent de s'installer, heureuses de retrouver leur foyer.

Dans l'aile principale, la chambre de Jarlath, Cathan et Caem était la plus proche de l'aile royale. À côté, une salle de bains était à leur disposition ainsi qu'à celle des valets et des gardes supplémentaires.

Quand tous furent occupés, Essylt en profita pour baigner Lucetmael. Le bébé soupira d'aise une fois dans l'eau, visiblement content qu'on s'occupe de lui après toute cette agitation.

Elle l'enroula dans une serviette et le berça contre sa poitrine. Ses paupières se fermèrent, préservant ses yeux bleu ciel.

— Votre Majesté ?

Cleena venait d'entrer sans faire de bruit, une femme sur les talons. Cette dernière plongea en une gracieuse révérence.

— Je vous présente Gladys, la nourrice que Róis et moi avons choisie pour le Prince. Bryn fait déjà un travail remarquable toutefois nous avons pensé qu'une seconde nourrice ne serait pas de trop.

Son fils profondément endormi contre elle, Essylt détailla la nouvelle venue. Elle l'avait déjà vu plusieurs fois, quand elle l'avait servie ici même. Cleena lui avait expliqué qu'elle aidait Róis à gérer les servantes et en devenait une quand cela était nécessaire. Elle dégageait une force tranquille. Ses cheveux châtains noués en une tresse épaisse encadraient son visage aux traits doux. Gladys etait plus âgée que la souveraine l'aurait cru, ayant plus de trente ans.

— Bonjour Gladys, je suis ravie de vous rencontrer. Quel âge à votre enfant ?

— Mon fils va bientôt avoir cinq mois, Votre Majesté. Je le nourris encore au sein et je suis apte à en faire de même avec le Prince, si vous m'en faites l'honneur.

Lentement, Essylt acquiesça. Sans pouvoir se l'expliquer, elle l'appréciait plus que Bryn. C'était certainement dû au fait que cette dernière avait été la première femme à s'occuper de son fils. Gladys arrivait un mois et demi plus tard, quand elle avait eu le temps de s'accoutumer à l'idée.

— Vous êtes la seconde nourrice du Prince. Bryn s'est déjà installée dans la chambre avec son époux et son bébé, il faudra donc vous aménager une chambre dans l'aile principale, près d'ici.

— Róis s'en est déjà chargée.

— Parfait. Je compte sur vous pour relayer Bryn durant la journée, comme elle a la charge des nuits. Cleena, tu peux les présenter ?

— Tout de suite, Majesté.

Essylt embrassa le front de Lucetmael. Il était encore si minuscule et suscitait pourtant un débordement d'attention, d'organisation et de soucis. Elle l'installa dans son nouveau lit, s'assura qu'il était à son aise puis se rendit dans sa chambre.

Elle tournoya sur elle-même pour prendre la mesure de la pièce, la disposition de ses biens, puis s'allongea sur le lit. Elle s'assoupissait quand la porte principale s'ouvrit en grand.

— Il va falloir que je m'habitue à ce nouveau dédale ! s'amusa Calixte en la rejoignant sur son lit. Tu dormais ?

— Presque.

— Nos chambres donnent toutes deux sur la salle de bains, mais ta porte était fermée.

— J'ai dit aux filles de ne les ouvrir que lorsque les bains sont prêts.

Elle posa son bras sur ses yeux, en espérant qu'il comprenne le message. Son époux était d'humeur loquace.

— Donc il faudra que je passe par le couloir pour rejoindre ta chambre ?

Il s'allongea près d'elle, la tête posée sur le poing. L'intensité de son attention l'irrita.

— Oui. Cela ne change rien par rapport au château de Bofursyle.

— Comme c'est plus petit ici, je m'attendais à ce que nous soyons plus proches. Et que nous partagions la même chambre.

Essylt serra les lèvres pour contenir un soupir. Décidément, Calixte ne voulait pas abandonner le sujet tant qu'il n'aurait pas eu de réponse.

Elle roula sur le côté pour lui faire face. La tristesse dans ses yeux noisette lui comprima la poitrine.

— Je suis désolée si cet agencement te fait de la peine. Ce n'était absolument pas mon but. J'ai voulu nous aménager des espaces privés, comme en Bofursyle. J'ai cru que cela te conviendrait et c'est plus simple pour Lucetmael.

— La chambre de notre fils est plus proche de toi que la mienne.

— Serais-tu en train de me faire une crise de jalousie, Calixte de Bofursyle di Rodorchna ?

Le ton de sa voix le fit sourire. Il l'attira contre son torse et l'embrassa.

— Oui.

— Tu l'admets en plus ! se força-t-elle à rire.

— C'est que… quand tu es loin de moi, j'ai l'impression de te perdre.

Elle déposa un baiser dans son cou.

— Tu ne me perds pas. Je suis là.

Il caressa ses cheveux.

— J'ai du mal à m'habituer à la façon dont tu veux qu'on vive.

Essylt prit son visage en coupe dans ses mains.

— Ce n'est absolument pas contre toi. J'ai juste besoin de mon intimité, surtout maintenant que nous avons un enfant. Ce ne sont que des pièces et des meubles, Calixte.

Il prit possession de ses lèvres et les fit rouler pour se placer au-dessus d'elle.

— Je t'aime, Essylt, et j'espère qu'un jour tu parviendras à me donner tout de toi.

Elle enlaça sa nuque.

— Je t'aime aussi.

Avec un sourire mutin, elle le fit tomber à côté d'elle.

— Mon Roi accepte-t-il de me laisser faire une petite sieste ?

Il rit de bon cœur. Avait-il remarqué qu'elle n'avait pas réellement répondu ? Très certainement. Il bondit sur ses pieds et plongea en une révérence grotesque.

— Tout ce que veut ma Reine adorée. Je serai dans mon bureau si tu me cherches.

Il lui fit un clin d'œil avant de sortir. Elle soupira bruyamment. Le sommeil l'avait quittée, son cœur battait bien trop vite pour qu'elle s'apaise.

Elle était soulagée qu'il n'eût pas exigé de changement. Il était bien trop respectueux et affolé de lui déplaire pour cela.

Mais pendant combien de temps se contenterait-il de ce qu'elle lui donnait ? Allait-il finir par accepter que cela ne soit jamais à la hauteur de ses espérances ?

Combien de temps parviendrait-elle encore à le tenir loin de son lit, au sens charnel du terme ? Le ventre noué d'angoisse, Essylt ne trouva pas le sommeil, toutes ses pensées tournées vers Declan.

— Tout le monde vous attend dans le grand salon.

— Nous arrivons.

Léan termina de placer les broches dans ses cheveux, tandis que Bethania lui enfilait ses souliers. Gladys entra dans la chambre de la Reine avec l'accord de Cleena, le Prince dans les bras.

— Il s'est laissé habiller sans protester, narra la nouvelle nourrice, les yeux brillants. Je crois qu'il dormait encore. Il est si calme.

— C'est un trésor, l'approuva Cleena.

Après une légère révérence, Gladys lui tendit son fils avec vénération. Sans conteste, la Reine allait l'apprécier.

Elle rejoignit Calixte devant sa chambre. Attendri, il embrassa le front du bébé.

— Finalement, j'ai fait une petite sieste, s'amusa le monarque.

Ce qui n'avait pas été son cas.

— Ils sont en bas ? s'étonna Calixte.

— Oui, je voulais quelque chose d'intime pour le premier soir. Nous les recevrons plus communément dans notre grand salon de l'aile principale.

— Bien.

Ils descendirent rejoindre leurs invités. Le salon était envahi de lumière et d'impatience.

— Ess ! s'écrièrent ses trois cousines en accourant.

Elles se figèrent devant le nourrisson dans ses bras.

— Je peux le prendre ? demanda Slany, impatiente.

— Pas tout de suite, Any.

La souveraine salua sa famille d'un signe de tête, puis ses nobles. Parmi eux, Declan était quelque peu en retrait, toujours effacé et efficace. Sous son attention trop intense, elle se dirigea vers Devnet, qui peinait à tenir debout.

— Assieds-toi, grand-père.

Il opina et prit place sur le fauteuil en grognant de douleur. Depuis le décès de Ty, son visage s'était émacié et ses articulations le faisaient tant souffrir qu'il ne travaillait plus. Le voyage jusqu'ici avait été éprouvant.

Sans cérémonie, Essylt s'agenouilla devant lui et déposa son fils dans ses bras.

— Grand-père, je te présente Lucetmael, ton arrière-petit-fils.

Les larmes débordèrent de ses yeux bruns, s'immisçant entre ses rides plissées par son sourire. Dans son sommeil, le Prince poussa un petit cri de contentement.

Devnet n'avait jamais tenu l'un des enfants de sa fille quand ils étaient petits. Il ne les avait jamais rencontrés, jusqu'à Essylt. À présent, il serrait son premier arrière-petit-enfant contre lui et le moment était si fort qu'elle le laissa à son émotion.

Elle enlaça ses oncles, tantes, cousins et cousines puis salua ses aristocrates avec peu de formalités. Ráichéal et Manannan étaient encore plus détendus qu'à l'accoutumée, certainement grâce à la prospérité du peuple. Seena fut moins obligeante que par le passé, ce qui était apprécié.

Saraid et Luíseach avaient déjà revu leurs parents, auxquels elles avaient raconté les nouvelles de Bofursyle. Les deux nobles régnants étaient heureux de les retrouver.

Le salut avec le frère de son mari fut bref, puisqu'ils s'étaient vus durant tout le trajet. Calixte lui claqua l'épaule avec joie, content de la soirée en perceptive.

— Allons dehors prendre le soleil.

Vaughan saisit Lucetmael des bras de son père et Vortimer l'aida à se lever.

— Je veux porter le bébé ! exigea Slany en tapant du pied par terre.

— Baisse d'un ton tout de suite, la réprimanda Ornóra. Tu n'auras le droit de tenir ton petit cousin que si tu te calmes et que tu es assise. Et si Essylt est d'accord.

— Dis Ess, t'es d'accord ?

— Bien sûr fripouille, mais fais attention !

Inquiète, Ornóra installa sa fille et entoura ses bras pour l'aider à le tenir. Toute la famille Arán s'attroupa autour de lui.

— Je crois que je vais devoir attendre, s'amusa Ráichéal.

— Veuillez les excuser, votre excellence.

— C'est tout à fait normal. Ne me croyez point offensée, c'est ce naturel et ce sens de la famille que j'aime tant chez vous.

Rendu quelque peu pâle par ce manquement flagrant au protocole, Calixte se détendit.

Sans surprise, le Prince monopolisa l'attention. Il passa de bras en bras, endormi. Le soleil se coucha peu à peu sur cette soirée de retrouvailles délicieuse.

Le repas fut servi dehors sur demande de la Reine, au grand bonheur de tous.

Bien que Declan soit toujours aussi distant et sombre, il demeurait très apprécié et se montra divertissant comme il en avait le secret. Le diner fut donc des plus distrayants après ces longues journées de voyage.

À peine le repas terminé, les enfants purent jouer à leur aise. Dagda, Drac et Bel n'avaient cessé de chahuter dehors, ravis d'avoir autant d'espace. Comme à son habitude, Dagda était régulièrement venue renifler Lucetmael pour s'assurer de son bien-être. Depuis sa naissance, ses instincts maternels s'étaient éveillés et Essylt la retrouvait souvent endormie devant la porte de sa chambre.

Les Arán s'empressèrent de lancer des jouets aux animaux et de les pourchasser entre les arbres d'eucalyptus. D'abord timides, Zara et Kay furent rapidement happées par la famille paysanne, qui abolit toute notion de protocole en moins de vingt minutes. Les jeunes aristocrates se retrouvèrent pieds nus dans l'herbe à courir.

— Je n'étais jamais venue ici, remarqua Ráichéal en portant son verre de vin à sa bouche.

Lothar et Faolan acquiescèrent, non sans lancer des œillades envieuses à leurs cadets. La fraîcheur du soir et la simplicité du moment appelaient des jeux d'enfants.

— Moi si, une fois, à l'époque d'Ailionora, avoua Manannan.

— Moi également, ajouta Seena. Je n'étais qu'une enfant alors, comme vous, Baron.

Le visage aristocratique et hautain de la Duchesse de Kildare eut un léger soubresaut, comme si elle se remémorait un mauvais souvenir. Elle reprit rapidement son éternel sourire de façade.

Declan lui se tendit. Il savait le sujet du Roi Mil très sensible, surtout en ces lieux. Il se souvenait trop vivement de cette nuit-là, quand il était monté au deuxième étage de l'aile royale pour accomplir sa tâche macabre.

— Votre père n'a jamais plus invité quiconque à venir ici, compléta Seena.

— Je doute que quiconque en ait eu l'envie, contra Manannan. Venir ici aurait été synonyme de mort.

Un froid glacial s'abattit sur les invités. Vortimer reposa son verre et Saraid lança un regard noir à son père.

— Heureusement que les temps ont changé, dit Essylt d'une voix douce. La peur n'a plus raison d'être.

Elle leur sourit, souveraine aimante et bienveillante. L'aura qu'elle dégageait, force tranquille et bienheureuse, les enveloppa. Ce lieu avait abrité un monstre, qui avait distillé secrets et souffrance, et devenait à présent accueillant, presque idyllique quand il était sien. Peut-être son geste avait-il été inconscient, néanmoins ce soir elle les invitait dans le cœur de la famille de Rodorchna. Un cœur qui après avoir battu vingt-cinq ans pour l'argent et le meurtre, battait aujourd'hui pour le peuple.

La soirée se finit sur une note plus gaie. Les parents ramenèrent leurs enfants assoupis dans leurs appartements. Cleena avait déjà couché Lucetmael depuis plusieurs heures, après qu'il eut mangé auprès de sa nourrice et non de sa mère, à son grand chagrin.

Juste avant qu'il ne quitte l'aile royale, Essylt croisa le regard de Declan teinté de douleur et d'admiration. Elle s'en sentit poignardée et renforcée, en un paradoxe détestable.

— Excellente soirée, se réjouit Calixte en s'allongeant sur le lit de son épouse.

Elle l'approuva pendant que Léan retirait ses bijoux et qu'Adelyn dénouait sa robe.

— Puis-je te poser une question ?

Essylt contint un soupir. Son mari avait décidé de ne lui accorder aucun répit aujourd'hui. Conciliante, elle fit signe à ses caméristes de sortir.

— Bien sûr, dis-moi tout.

— Pourquoi n'as-tu pas vidé le bureau de ton père ? Tu l'as fermé à clé, ce qui signifie que tu ne veux pas que je sache ce qu'il contient. Tu aurais simplement pu le vider et déplacer ses affaires.

La Reine n'afficha aucune réaction et retira ses jupons. Calixte avait donc essayé de l'ouvrir, puisqu'elle ne lui avait pas confié l'avoir fait fermer à clé. Qu'avait-il cherché ? Était-ce seulement de la curiosité ou plus que cela ? Bien que Calixte soit son époux, il n'était pas né de Rodorchna. Et il avait parfaitement conscience de cette nuance.

Qu'éprouvait-il vis-à-vis de Mil ? Elle n'avait jamais envisagé leur vie sous cet angle. Guénolé avait fait en sorte de le renverser, avant d'offrir son Royaume à son fils. Calixte avait-il besoin d'affirmer encore sa puissance ? N'était-ce pas suffisant ? Elle avait beau haïr son père du plus profond de son cœur, elle n'approuvait pas l'indiscrétion de son mari.

— J'ai peur des documents qui y sont enfermés. Je ne suis pas prête à découvrir tout ce qu'il a fait et je préfère que personne n'ait accès à tout cela.

— Te rends-tu compte que ton acte peut être mal interprété ? Dissimuler des preuves sur les agissements de ton père n'est pas une bonne méthode.

— Je ne dissimule rien ! s'agaça-t-elle. Je n'ai rien à me reprocher. Ce ne sont que des documents.

— Les documents d'un tyran. Tu ne peux pas gérer cela de manière si légère. Ce n'est pas en enfermant le problème qu'il n'existe plus.

— Je m'en occuperai.

Elle se brossa les cheveux, lui tournant le dos pour reprendre son souffle. L'accusait-il de quoi que ce soit ?

— Voudras-tu de mon aide ?

— Non, je te remercie.

Elle n'aimait pas du tout sa manière de s'immiscer dans ses secrets. Les actes de son père ne regardaient qu'elle. La façon dont elle voulait les aborder aussi.

— Puis-je…

— Les conseillers nous attendent à huit heures demain. Comme je n'ai pas dormi tout à l'heure, je suis épuisée.

Elle n'aurait pu être plus claire. À contrecœur, le Roi l'embrassa tendrement puis sortit, peiné. Elle s'écroula dans un amas de tissu, la gorge nouée. Le retour en Rodorchna n'était pas aussi agréable que prévu.

La journée du lendemain fut une course effrénée pour les monarques. Gérer deux royaumes était glorifiant sur le papier, bien moins au quotidien. La Rodorchna réclamait énormément d'attention sur toutes ces petites affaires qu'ils avaient mises de côté au fil des mois. La grossesse de la souveraine n'ayant pas aidé ce décalage, ils passèrent toute la journée avec leurs conseillers et autres intendants, pour dégrossir le travail.

Essylt eut à peine le temps de manger et encore moins de voir ses proches. Le lendemain, elle se leva à l'aube et put enfin souffler en fin d'après-midi. Affamée, elle se rendit dans le salon de l'aile centrale.

— Ess !

Ses cousines l'embrassèrent, ainsi que ses tantes. C'était si bon de retrouver cet amour simple, qui n'avait besoin ni de rang ni d'argent. La Reine réclama à manger et son fils dans la même phrase, ce qui fit beaucoup rire.

— Longues journées, je présume ? s'enquit la Duchesse Ráichéal.

— Interminables. Veuillez m'excuser pour mon ton sec ce matin, j'étais fort pressée.

— Je vous pardonne. Je suis aux ordres de ma Reine, je me plie à ses exigences.

La noble lui fit un clin d'œil complice. Depuis que Luíseach était officiellement devenue conseillère, Ráichéal était plus détendue concernant les affaires de sa province. Il faut dire que Lothar s'impatientait de prendre les commandes et sa sœur maniait la politique d'une main de maître. Enfin, Luíseach était plus une économiste qu'une politicienne, mais sa diplomatie était fort appréciée aux côtés de Saraid.

Manannan lui au contraire désapprouvait sa fille. Il était évident que le désintérêt d'Ultan pour la gouvernance le peinait. Son dernier fils n'était pas à la hauteur du rôle qu'il lui avait pressenti. Saraid ayant été écartée de la succession à cause de son sexe — seul fait qu'Essylt pouvait reprocher au Baron, qui était sur tous les autres points un homme bon — elle était devenue une conseillère de premier ordre, redoutable et obstinée. Elle aurait été une Baronne d'exception s'il lui avait laissé une chance et il commençait à le comprendre.

Quant à Seena, elle ne tarissait pas d'éloges sur Bartley et Delyth. Essylt en était passablement agacée, après s'être battue pour que son fils vienne avec elle. La Duchesse n'avait eu d'yeux que pour son ainé et s'enorgueillissait à présent de la réussite sociale de son cadet. Que d'hypocrisie.

Malgré leur inconstance, Essylt préférait largement ses nobles à ceux de Bofursyle.

Les portes s'ouvrirent sur Gladys, qui portait fièrement le Prince. D'un pas dansant, elle vint le confier à la souveraine.

— Il a eu peu d'appétit ce matin, alors j'étais un peu inquiète. Mais il a très bien mangé il y a une heure. Et il a dormi au frais, j'y ai veillé.

— Merci, Gladys.

Sans conteste, elle adorait ces petits comptes rendus naturels.

En s'inclinant bien bas, Gladys révéla Caem qui patientait derrière elle.

D'ordinaire, les soldats ne pénétraient pas les pièces ainsi. Il avait toutefois reçu l'ordre de toujours suivre le Prince, jusqu'à ce qu'il soit dans les bras de l'un de ses parents.

Le capitaine avait un hématome inquiétant sur l'œil gauche.

— Caem, que t'est-il arrivé ?

— Ce n'est rien, Votre Majesté. Son Altesse Declan m'a entrainé tout l'après-midi.

L'intéressé haussa les épaules face à l'air interrogatif d'Essylt. Cette dernière savait que ce n'était pas un simple entrainement de soldat : Declan avait vraisemblablement testé ses limites. Elle n'appréciait guère qu'il le traite ainsi.

— Rentre te reposer. Cathan et Jarlath assureront tes fonctions ce soir.

— Bien, Votre Majesté.

Il se retira. Essylt berça Lucetmael d'une main tout en mangeant de l'autre.

— Nous pouvons peut-être te décharger un peu ? s'enquit Vortimer.

— Laisse-la, le réprimanda Erin. Elle ne l'a pas vu de la journée.

Seule une mère pouvait comprendre ce vide dans la poitrine, ce manque d'air. Pour l'aider, Erin lui mit de la confiture sur ses viennoiseries.

Rattrapée par ses responsabilités, la Reine dut se séparer de son fils pendant trois heures. Elle le retrouva en train de babiller dans les bras de sa grand-tante Ornóra, qui discutait bébé avec les Duchesses régnantes. C'était une image somme toute inattendue mais très agréable.

Les convives burent quelques verres en se racontant leur journée. Les enfants avaient été emmenés en balade aux alentours du palais, au grand plaisir des parents libérés. Ils s'étaient tant dépensés qu'ils étaient tous assis, les paupières tombantes. Le silence était si surprenant que les adultes vérifiaient régulièrement leur présence.

En voyant Declan seul près d'une fenêtre, pensif, Essylt se plaça près de lui.

— Joyeux anniversaire.

Il ne sourit pas. Il porta son verre à ses lèvres pour boire une grande goulée. Son rapport à l'alcool inquiétait de plus en plus la souveraine.

— Merci.

Pas de titre, pas de douceur. Il n'avait plus envie de faire semblant.

Déterminée, elle se pencha pour lui parler de manière plus intime.

— Je ne t'ai pas organisé de fête, parce que je sais que tu aurais détesté. En revanche, j'ai un cadeau pour toi.

D'un pli de sa robe, elle sortit un petit présent, plat et longiligne. Il ne le prit pas.

— Je t'en prie, accepte-le. Tu n'es pas obligé de l'ouvrir.

En grognant, il le saisit et le glissa dans sa poche. Estimant que c'était déjà une victoire, elle poursuivit.

— Tu lui manques beaucoup. J'ai le sentiment que certaines nuits, il t'attend comme si tu allais venir l'embrasser sur le front.

Les yeux verts disparurent sous des paupières plissées de souffrance. Ses paroles lui faisaient à la fois tant de bien et tant de mal. Était-il seulement possible que son fils le reconnaisse à son âge ? Non, c'était inimaginable. Mais une part de lui avait le culot de l'espérer.

— Il me manque, fut tout ce qu'il parvint à répondre.

C'était un euphémisme. Depuis leur départ de Bofursyle, il n'avait plus eu ses moments volés. C'était tout ce qui maintenait sa raison, ce petit instant où il avait la certitude qu'il était sien. Avant que la réalité ne reprenne ses droits.

— Tu…

— Assez.

Il finit son verre de whisky puis fit signe à une servante dissimulée timidement dans un coin de le resservir. Elle s'exécuta et il reprit la parole quand elle se fut éloignée.

— Je sais que tu vas me reprocher mon attitude vis-à-vis de Caem.

— Tu n'as jamais entrainé Cathan ou Jarlath si violemment.

C'était si bon d'entendre sa voix qu'elle était prête à inventer n'importe quel argument pour créer le débat.

— Je n'en avais pas eu besoin. Confier ce poste à Caem a été irréfléchi et précipité. Il n'est pas prêt.

— Je ne l'ai pas choisi pour ses compétences, mais pour sa loyauté, argua-t-elle, touchée par ses remarques. Je ne veux pas du meilleur épéiste ou archer. Je veux d'un soldat qui mourrait pour mon fils, sans la moindre hésitation.

— Je sais aussi qu'il le ferait, concéda-t-il. Mais j'aurais aimé que tu me demandes mon avis avant de le nommer à un poste aussi important pour mon…

Le mot ne franchit pas sa bouche. Pas ici. Pas alors que n'importe qui pouvait les entendre. La prudence était indispensable.

— Lucetmael est en sécurité. J'accepte que tu entraines Caem à ta guise, mais s'il te plait ne le blesse plus. Il reste le fiancé de Ty.

Declan acquiesça, ému. Il était complexe de naviguer entre tous les liens de la cour. D'ordinaire, il y parvenait avec bien plus de doigté. Mais depuis qu'il était père…

Il faut que je me ressaisisse.

Calixte les invita à s'installer à table. Le diner fut joyeux, surtout après l'annonce du Roi sur l'anniversaire de son frère. Tout le monde se montra heureux et festif, bien que Declan ne l'appréciât guère. Une fois dans ses appartements, le Prince adopté s'assit à son bureau et posa sa tête entre ses mains. Le whisky pulsait à ses tempes.

Il avait beau en vouloir à Essylt, pour tout un tas de raisons qui étaient quelque peu mélangées, la curiosité fut la plus forte. Il retira le papier de son cadeau, révélant un journal ancien, à la couverture en cuir usée. Perplexe, il l'ouvrit à la première page avec précaution.

« *N.d.R* »

Nola de Rodorchna.

Sans le moindre doute. Quel autre journal de l'un de ses ancêtres aurait-elle pu lui offrir ? De mémoire, il appartenait à la Xoramif, puisqu'elle y avait été régente de son neveu après la guerre de 300. Essylt avait dû prier Imrinn de lui restituer, requête à laquelle son grand cousin s'était empressé de répondre par l'affirmative.

La Reine savait l'importance que cette guerre avait pour lui, ainsi que Tiarchnach. Declan avait entre les mains les pensées les plus intimes de la femme que le Chef de légende avait aimée.

Les pages étaient jaunies, craquelées, pourtant l'une d'entre elles était blanche et neuve. En ouvrant, il découvrit un mot laissé par Essylt.

« *Joyeux vingt-sixième anniversaire, Declan de Bofursyle. J'ai beaucoup négocié pour l'avoir. Il faudra le rendre à la Xoramif d'ici vingt ans.*

Bonne lecture,

Essylt. »

Signer simplement de son prénom et non de tous ses noms de famille était une façon d'effacer les titres, et avec eux, la douleur.

Il était étonné que ce soit tout.

Peut-être ne m'aime-t-elle plus…

C'était une interrogation qui s'était estompée à la naissance de Lucetmael. À présent qu'il tenait ce mot, le doute lui cisaillait la poitrine.

Pourquoi l'avoir glissé précisément ici ?

Il la connaissait si bien. Il entreprit de lire les quelques lignes de la page de droite, à la calligraphie appliquée.

« *Une seule nuit. Nous n'avions partagé qu'une seule nuit et il m'était impossible de l'oublier. Il s'était infiltré en moi, il m'avait enchaînée. J'avais fait le choix de l'aimer avant de le quitter et j'en payais chaque jour le prix d'un cœur abandonné.*

Il n'était pas uniquement question de mon cœur. Mon sang l'avait choisi. Il m'avait assuré, cette nuit-là, qu'il était celui fait pour moi.

Je n'avais pas écouté. Le devoir, la famille… Personne n'échappe à son destin. Au nom de ma sœur, je ne pouvais pas faire passer mon cœur avant son fils.

Mais même si la vie nous a séparés… Je serai toujours à lui. »

En une semaine, les monarques étaient parvenus à parer au plus urgent. Leurs conseillers avaient cessé peu à peu de les harceler toutes les heures. Pouvant enfin profiter, Essylt avait partagé de superbes moments avec sa famille et ses nobles.

Les Arán goutaient aux joies du palais avec délice. Rien n'était trop beau pour les contenter, la Reine l'avait bien précisé. Les retrouver après tout ce temps fut bénéfique. Essylt put connaître davantage ses cousins et cousines, discuter avec ses oncles, parler bébé avec ses tantes. Des plaisirs simples de la vie qui lui avaient cruellement manqué.

Au cours de leurs moments privilégiés, elle s'était aperçue des prouesses de la dernière née. Slany était douée avec les chiffres. Elle avait démontré ses exploits lorsqu'un intendant était venu déposer un dossier de compte à la souveraine. Curieuse, la petite y avait glissé le nez et s'était exclamée devant le subalterne qu'il s'était trompé. En lisant à leur tour, Essylt et Luíseach avaient découvert qu'elle avait raison. Attendrie, Luíseach lui avait fait passer un test de mathématiques et ses résultats étaient impressionnants.

— Une future trésorière, s'était amusé Calixte.

Essylt avait proposé à ses parents qu'elle soit éduquée ici ou qu'elle lui paye un précepteur au village. Ils avaient opté pour la seconde option et Luíseach cherchait l'homme digne de la tâche.

Le rythme de la royauté avait un parfum plus authentique ici, chez elle. Même après tant d'années, la Bofursyle ne parvenait pas à être entièrement sa patrie, car son sang pulsait pour ses terres. Et à cela, rien n'y pourrait changer.

Une semaine après leur arrivée, le Duc Faolan lui demanda une audience privée. Accoutumée à l'exubérance du noble, Essylt fut étonnée par son entrée simple dans le petit salon où elle le reçut.

— Votre Majesté.

Il s'inclina avec élégance. Elle lui fit signe de prendre place, curieuse de savoir ce qui l'amenait.

— Souhaitez-vous un rafraichissement ?

— Avec plaisir, ma Reine.

Elle eut un sourire entendu. Il était rare qu'il fût si possessif à son encontre. En le détaillant, elle se rendit compte qu'elle avait pris l'habitude de le voir comme une copie de sa mère, servile, craintive et hypocrite. Ayant occupé toute la place au détriment de son frère cadet, cela faisait beaucoup d'éléments en sa défaveur. La Reine avait cependant appris à ne pas demeurer sur ses premières impressions. Faolan prendrait un jour la place de sa mère à la tête du Duché de Kildare.

— Que puis-je pour vous, votre excellence ?

Il but du vin avec précaution, déstabilisé par ses manières directes. Il avait prévu d'entamer une discussion banale avant d'exposer sa demande.

— C'est un sujet très personnel qui m'amène aujourd'hui.

Voyant qu'il ne poursuivait pas, elle leva ses sourcils pour l'encourager.

— Comme vous vous en doutez certainement, mes parents souhaitent prendre du repos après de longues années de loyaux services. Avant que je n'hérite de leurs fonctions, ils veulent que je sois marié et père.

— En quoi puis-je vous être utile ?

Chaque fois qu'on venait lui demander un conseil matrimonial, une drôle de sensation lui nouait la gorge. En quoi son avis était-il si important ? Elle sentait bien que cela allait plus loin que son statut de Reine.

Si le monde avait su que son mariage était tout sauf heureux, peut-être l'aurait-on laissé un peu tranquille.

— J'ai plusieurs prétendantes à ce jour, dont les familles sont proches de la mienne. La Vicomtesse Aveleen en Mebeaka, la Vicomtesse Ailís en Jirialc, la Comtesse Fiona en Vuai.

Elles étaient toutes trois de très bons partis. Essylt ne voyait pas en quoi elle pouvait l'aider.

— Je ne peux décemment choisir à votre place.

— J'en ai bien conscience, toutefois vos conseils sont les bienvenus. À moins que peut-être, l'une d'entre elles ait vos préférences pour des raisons politiques.

— Ce n'est pas le cas.

La Reine se refusait à faire ce genre d'arrangements. Bien qu'elle n'appréciât pas particulièrement le Duc, il méritait de vivre avec la femme de son choix.

— J'ai besoin de votre aide car… je ne les ai jamais rencontrées.

Malgré elle, Essylt se figea de surprise.

— Vous courtisez des femmes que vous n'avez jamais vues ?

— Je ne peux décemment faire autrement. J'ai reçu des portraits d'elles et ce sont toutes trois des femmes splendides. Mais nous n'avons jamais échangé plus que des lettres.

— Ce qui explique votre retenue à leur sujet.

— Tout à fait. Majesté, je suis né durant le règne de votre père. Je n'ai jamais quitté la Rodorchna. J'ai besoin de votre aide pour les rencontrer.

Elle se massa la nuque. Faolan lui faisait de la peine. Le Duc surprotégé et hautain cachait un homme moins sûr de lui qu'il le prétendait. Les seules femmes qu'il eut véritablement côtoyées étaient sa mère et les domestiques. Et voilà qu'il devait épouser une femme qu'il n'avait jamais rencontrée. Essylt comprenait son désarroi.

— Je vais vous aider, votre excellence. Vous pouvez voyager à travers le Continent si vous le souhaitez, je peux envoyer une missive aux souverains concernés. Sinon, je peux inviter leurs excellences au palais.

— Un si long voyage ne me dérangerait guère, néanmoins ma mère tient à les rencontrer aussi.

Sa joue eut un soubresaut. Il n'appréciait pas que sa mère s'immisce autant dans sa vie privée, mais n'avait guère le choix.

— Je le conçois. Laissez-moi un peu de temps pour trouver une occasion adéquate.

— Merci beaucoup, Votre Majesté. Je ne vous importune pas plus longtemps.

Il se mit prestement debout et fit la révérence. Alors qu'il sortait, elle ne put contenir sa curiosité.

— Pourquoi ne pas être allé voir mon époux ? Soyez assuré que j'apprécie que vous m'ayez choisie et je sais que je suis votre souveraine par droit de sang, mais j'aurais cru que les hommes préféraient aborder ce genre de sujets entre eux. Surtout pour des conseils pour faire la cour.

Faolan eut un sourire amusé qui rendit son visage plus beau.

— Je compte aller le voir quand j'aurais besoin de ses conseils. En attendant, c'est vers vous que je me suis tourné car je savais qu'il vous tiendrait à cœur de m'aider.

C'était vrai.

— Merci pour votre confiance, Faolan.

Son sourire se fit plus lumineux d'entendre son prénom. C'était un signe de respect et d'affection.

— Merci à vous, Majesté.

La Reine demeura songeuse tout le reste de l'après-midi. Après Caitlyn, voilà que Faolan demandait également son avis sur ses noces. Elle ne savait pas vraiment pourquoi elle en était si étonnée : après tout, elle était leur souveraine, son avis importait. Même plus, elle pouvait décider ou non de la validité d'une union.

Alors pourquoi avait-elle l'impression qu'un élément lui échappait ? Cela l'agaçait au plus haut point de ne pas comprendre son implication dans ces envies de mariage.

Cette nuit-là, elle ne parvint pas à trouver le sommeil. Elle avait beau être épuisée par leur retour, trop de pensées se percutaient dans son esprit. Ce n'était pas seulement ses nobles qui voulaient des fiançailles, c'était aussi les soucis causés par son propre mariage.

Mue par un besoin irrépressible, elle quitta son lit pour prendre place à son bureau. Cleena avait installé toutes ses affaires, dont les plus importantes : son matériel de dessin.

À la lumière de deux bougies, les traits de crayon virevoltèrent sur le papier blanc. Sa main se mouvait d'elle-même, reproduisant l'image de sa mémoire. C'était instinctif, naturel, apaisant. Peu à peu, elle oublia ses soucis, ce qu'elle avait à faire demain, Calixte à deux pièces d'elle, Declan qui ne lui parlait plus.

Rien d'autre n'exista que le dessin et elle.

Ainsi que son fils. Lucetmael se réveilla. Elle fut auprès de lui avant Bryn, qui s'excusa de ne pas avoir été plus rapide. La Reine lui fit signe d'aller se recoucher.

Elle retourna à son bureau, le bébé déjà calmé contre son sein. Éveillée ou endormie, elle se serait levée pour le rassurer. Elle savait quand il avait besoin d'elle.

En l'occurrence, c'était elle qui avait besoin de lui.

Comme s'il voyait parfaitement ce qu'elle faisait, il observa sa main tenant le crayon avec curiosité.

— Cela faisait de longs mois que je n'avais pas dessiné, lui confia-t-elle sous le couvert de la nuit.

Seulement illuminé par les bougies de la chambre royale, ce moment était d'une intimité inestimable. C'était presque aussi intense qu'à l'époque où elle le portait dans son ventre.

— Je t'apprendrai, quand tu seras grand. Peut-être aimeras-tu, ou non. Chacun ses préférences. J'essaierai de t'aider à trouver les tiennes.

Il lui était inconcevable qu'il ne s'épanouisse pas dans un domaine bien à lui, loin de la royauté. Que serait-ce ? L'escrime ? L'équitation ? L'art ? La musique ? Elle n'en avait pas la moindre idée. Peut-être aurait-elle pu le pressentir, elle n'en avait cependant nulle envie. C'était enivrant de découvrir son enfant jour après jour, de le voir s'épanouir et se trouver.

Elle avait hâte tout en redoutant ces belles années. Car elle avait la certitude qu'elles passeraient trop vite.

— Dessiner, c'est pour ne pas oublier, murmura-t-elle avant d'embrasser son front, scellant sa confession.

Elle reposa son crayon, dévoilant son œuvre. Des mains graciles découpaient des légumes sur une longue table en bois. La silhouette était féminine et élégante, vêtue d'une robe simple, sans nœuds ou bijoux. Des cheveux ondulaient autour d'un visage tendre, dont les lèvres pleines esquissaient un sourire inconscient.

Ty. Durant l'une des premières journées d'Essylt à la boulangerie familiale, tandis que sa cousine préparait le déjeuner pour les petits rentrant bientôt de l'école…

Le tout dernier dessin qu'elle avait fait de son vivant la représentait le jour de ses noces, coiffée de manière inédite. Elle avait offert cette représentation à Caem, parce qu'elle lui revenait. Le capitaine l'avait accrochée dans sa chambre et l'emportait avec lui d'un Royaume à l'autre.

Essylt caressa ses cheveux du bout d'un doigt, puis essuya une larme.

Ce dessin-ci serait pour cette chambre.

— Il est l'heure de dormir, chuchota-t-elle à son fils.

Elle le coucha et l'embrassa. Ses paupières se fermèrent d'aise et il s'endormit avant qu'elle n'eût refermé la porte.

Une semaine de plus passa en un battement de cils. La Reine courut entre ses responsabilités et sa famille paysanne. Elle partagea de très bons moments avec eux, durant des diners ou des sorties. Les voir s'émerveiller de la vie de palais lui rappelait d'où elle venait et pourquoi elle se battait pour son peuple.

Ce fut sa tante Erin qui le lui rappela également, le jour des deux mois de Lucetmael. Alors qu'une petite fête était organisée, elle était venue la rejoindre dans sa chambre pour discuter. En découvrant sa fille dessinée sur le mur, Erin s'était figée, les yeux débordant de larmes.

— Je pourrai t'en faire un, si tu le souhaites, lui avait-elle proposé en serrant sa main.

— Avec plaisir.

Dans la pièce voisine, Lucetmael avait babillé pendant que Gladys l'habillait. La souveraine avait senti son cœur se serrer. À présent qu'elle était mère, elle ne pouvait pas imaginer la douleur de sa tante.

— Comment… te sens-tu ? avait-elle osé demander.

Erin avait tenté d'esquisser un sourire. Il était difficile de parler de Ty sans être heureux, parce que c'était ce qu'elle avait répandu autour d'elle : le bonheur.

— Certains jours, je parviens à respirer. Elle vivra toujours à travers le décret pour le peuple que tu as fait.

Essylt s'était sentie forte de cette assurance. Surtout que Calixte avait insisté pour qu'elle arrêtât ce don d'argent, qu'il jugeait malavisé et dangereux. Elle lui avait tenu tête, parce qu'il le fallait et qu'elle n'était pas du genre à revenir sur ses promesses. Savoir que ce décret avait une telle importance pour son peuple lui redonnait confiance en ce qu'elle avait fait.

Malgré les conséquences que cela avait eues.

Pour la plus grande joie de ses cousins et cousines, Essylt proposa de les garder une semaine de plus. Les adultes devaient rentrer à la boulangerie, mais les plus jeunes n'avaient pas d'impératifs en ce mois d'aout. D'abord réticents à les laisser, les parents finirent par céder, conscients de l'accalmie qu'elle leur offrait : une semaine chez eux sans enfants.

— Tu ne sais pas ce que tu fais ! lui répéta Vortimer pour la énième fois alors que les domestiques finissaient de remplir leurs carrosses.

— Mais si mon oncle, rassure-toi. Et je te rappelle que je vais les confier à des gouvernantes très compétentes.

— Je plains ces pauvres femmes.

Ils rirent puis s'enlacèrent. C'était si simple d'être une famille.

— Vous êtes bien sages et vous écoutez les dames qui vous surveillent ainsi qu'Essylt, ordonna Ornóra à ses deux fripouilles.

— Tout va bien se passer, ma tante.

— Je n'en doute pas. Je préférerais juste qu'elles rentrent sans avoir rien cassé.

Même si cette remarque s'adressait autant à Slany qu'à Dervila, tous savaient que seule la première était véritablement concernée.

— Si ça se casse, c'est que c'était trop fragile, commenta la rouquine en haussant les épaules.

Ornóra poussa un soupir à fendre l'âme. Ses petites l'embrassèrent avec amour avant de sauter dans les bras de leur père, qui fit semblant de tomber au sol sous l'impact.

— J'avais oublié que j'ai non pas deux mais trois enfants.

Essylt rit.

— Il est vrai.

Sa tante se plaça devant elle et posa ses mains sur ses épaules. Son sérieux soudain la surprit.

— Essylt, es-tu heureuse ?

Elle tressaillit. Quelle étrange question, si brutale.

— Bien sûr ma tante. Pourquoi cette interrogation ?

— Je ne sais pas…

Ses yeux clairs dérivèrent un instant sur Calixte avant de revenir sur elle. Elle lui prit tendrement la main.

— J'ai le sentiment que… Je ne sais pas. Que tu n'es pas vraiment épanouie. Je t'ai observée ces deux dernières semaines et tu sembles triste.

Sa poitrine se serra. Comment avait-elle pu le remarquer ? Ornóra était plus perspicace qu'elle ne l'aurait cru. Comment lui mentir ? Elle l'aimait tant qu'elle lisait en elle et s'inquiétait de son bonheur. De son vrai bonheur, pas de celui consistant à être une souveraine renommée, belle et riche.

Elle ne pouvait pas la laisser croire qu'elle n'était pas heureuse avec Calixte. C'était certes la vérité et un jour peut-être, dans un avenir libéré et véritable, pourrait-elle le dire. Mais il était bien trop tôt pour que le moindre doute existe en quiconque.

Alors, la Reine déglutit avec peine et sourit.

— Tout va pour le mieux, Ornóra. Je suis juste épuisée, entre le petit et la royauté.

— Tu es sûre ?

— Certaine. Tu n'as aucun souci à te faire.

Elle embrassa sa joue bruyamment, comme une enfant.

— Merci de t'inquiéter pour moi.

— Il faut bien que quelqu'un le fasse.

Essylt se força à rire pour dénouer la tension de l'instant. Slany revint faire un câlin à sa mère. La Reine dit au revoir à son grand-père, dont la fatigue lui causait beaucoup d'angoisse, ainsi qu'à ses oncles et tantes. Ils prirent le chemin du retour et les enfants coururent après le carrosse jusqu'aux grilles pour continuer leurs signes joyeux.

— Le palais est à nous ! hurla Slany en sautant avec les bras en l'air.

Essylt s'esclaffa. La dernière née était vraiment incorrigible.

— Du calme, Any, la tempéra aussitôt Fiacre.

L'adolescent était bien moins pénible que quelques mois plus tôt. La perte de sa sœur l'avait assagi et rendu conscient de ses responsabilités : Essylt loin, c'était à lui que revenait la charge d'ainé. Et il l'assumait avec beaucoup de fierté et d'efficacité.

— T'es pas drôle, bouda la petite.

— Les enfants, les héla la souveraine, les palefreniers font seller des chevaux et une petite carriole pour vous emmener en promenade. Vous prenez Drac, Dagda et Bel ?

— Oui !

C'était un cri du cœur unanime. Entre les mains de gouvernantes expérimentées et d'Adelyn pour veiller sur eux, ils partirent avec les animaux et une centaine de gardes. Pour une balade de deux heures aux alentours du palais, c'était beaucoup, toutefois rien n'était plus important que leur sécurité. Essylt l'avait appris à un prix bien trop élevé.

La Reine s'éveilla en sursaut, le corps moite de sueur. Elle eut du mal à réaliser qu'elle était dans sa chambre, en Rodorchna. En s'asseyant dans son lit, sa tête lui tourna quelque peu. Elle but le verre d'eau posé sur la table de nuit pour apaiser sa bouche sèche.

— Votre Majesté ?

Cleena avait le don de savoir quand elle était réveillée.

— Oui, tu peux entrer.

La gouvernante ouvrit les rideaux puis détailla sa protégée avec attention.

— Vous allez bien ?

— Oui, c'est juste que… Quelle heure est-il ?

— Six heures trente. Vous êtes réveillée tôt.

Elle l'avait prié de la lever à sept heures, elle doutait cependant qu'une demi-heure de sommeil en plus lui apportât beaucoup de repos.

Avant de commencer sa journée, elle savait ce qu'elle avait besoin de faire.

— Donne-moi une tunique propre et mon peignoir s'il te plait.

La camériste s'exécuta et la souveraine se vêtit seule.

— Je reviens dans une heure. Pourras-tu préparer mon petit déjeuner ?

— Bien sûr, ma Reine.

Essylt noua la lanière de son peignoir autour de sa taille fine. Sans donner d'explication, elle se glissa dans le couloir désert. Arrivée devant l'escalier en colimaçon, elle dut reprendre son souffle. Cela faisait près d'un an qu'elle n'était pas montée. La pierre sous ses pieds nus lui parut atrocement familière, son corps tout entier reconnaissant ce lieu.

Le couloir était inchangé. Sept portes patientaient, gorgées d'histoire et d'oubli. Parce que c'était ce qu'elle avait souhaité faire, oublier.

Mais elle ne le pourrait jamais.

Elle avança doucement, ses pieds soulevant la poussière accumulée depuis tant d'années. Ses mains effleurèrent le bois usé des portes.

Uaine et Nuallan.

Elle revit ses plus jeunes frères dans le labyrinthe de Jirialc, durant ce rêve terrifiant et nébuleux. Le ressentiment qui vieillissait leur adolescence éternelle, la haine dans leurs yeux bleu ciel… Tout cela s'était gravé au fer rouge en elle.

Ladra et Elcmar.

L'air malsain sur le visage de celui qui n'avait cessé de lui dire de courir. La puissance de frappe du second, qui comme elle maîtrisait l'air.

Sa main droite s'abaissa. Les ongles de sa main gauche ripèrent contre le bois.

Kyrian.

L'ainé, le meneur. Tant de reproches dans son regard, lui qui aurait dû être Roi…

Sa main se décala sur la porte du fond. Un frisson glacé recouvrit sa peau.

Père.

Le Tyran, le monstre qui l'avait engendrée. Comment pouvait-il lui inspirer tant de peur alors qu'il était mort ? Sa présence hantait encore cet étage et ce Royaume.

Un jour peut-être comprendrais-je ce qui t'a décidé à devenir ainsi. Un jour peut-être saurais-je tout le mal que tu as fait. En attendant, je m'évertue à rendre sa force à notre peuple et à notre nom.

Parce qu'elle ne pouvait oublier qu'il avait été un de Rodorchna au même titre qu'elle. Et que cela représentait beaucoup.

Elle se détourna de lui. Sa chambre n'était pas celle qu'elle était venue visiter. La dernière chambre attendait. Celle qui n'était pas synonyme de honte et d'horreur.

La porte grinça légèrement. Essylt se figea en découvrant qu'elle n'était pas seule.

Assis sur le bord du lit, face à la fenêtre, Declan était là. Il contemplait le lever du soleil, ou du moins avait-il dû le faire quelques minutes plus tôt. Les éclats du jour ricochaient dans ses cheveux bruns. Ses épaules découpaient une ombre jusqu'aux pieds d'Essylt.

— Ma Reine, je ne m'attendais pas à votre venue.

Il ne s'était pas retourné. L'émotion qui l'étreignait à cet instant était trop puissante.

Essylt marcha jusqu'au bureau, dont elle caressa la surface lisse. Il lui était si aisé d'imaginer sa mère ici, à écrire ou à lire. Si aisé et également si douloureux. Ne l'avoir jamais connue était d'une injustice déchirante.

Elle ne pouvait faire abstraction de la présence de Declan. Quelle sensation étrange de se retrouver seule ici avec lui.

— Comment avez-vous su ?

Elle n'eut pas besoin de demander de quoi il parlait.

— J'ai très mal dormi.

Elle ne pouvait guère mieux l'expliquer. Elle s'était éveillée avec le besoin de monter ici.

— Déjà trois ans…

Sa voix s'éteignit, la gorge serrée. Declan n'avait pas fermé l'œil de la nuit. Parce que trois ans plus tôt, il avait arpenté ce couloir avec la mort pour compagne.

Il avait poignardé six hommes endormis, sans leur permettre de lutter. Il savait que son geste avait sauvé des millions de vies, mais il ne pouvait pas oublier.

Il se leva pour s'appuyer sur le rebord de la fenêtre. La lumière sur son visage lui fit du bien.

Essylt ne pouvait pas le laisser. Pas après tant de mois éloignés et blessés. Peut-être aurait-il souhaité être seul, néanmoins ce lieu leur appartenait à tous deux. Il y avait certes des secrets dans l'air, mais surtout de l'empathie, de la compréhension. Tous deux avaient été profondément marqués par son geste. Cette tuerie avait modelé toute leur existence.

L'acte de Declan les unissait pour toujours. Et cela, personne ne pourrait jamais le leur enlever.

— Une fois, je suis venue dormir ici et j'ai rêvé d'elle.

Declan ferma les yeux. Que sa voix lui manquait. Tout chez elle lui manquait. Et l'avoir pour lui seul dans ce lieu de mémoire était intime et troublant. Elle était la seule personne à qui il pouvait se confier, la seule qui comprenait ce qu'il éprouvait.

— Comment était-elle ?

Elle vint s'appuyer à côté de lui sur le rebord de pierre de la fenêtre. Il se retint de la regarder, incertain de l'effet qu'elle lui ferait. Il ne voulait pas être sous son emprise, pas ici, pas aujourd'hui.

— Magnifique. J'ai rêvé d'elle et pourtant, c'était comme si elle était réelle. Comme si elle était faite de songes, que son être n'était que douceur.

Elle ne précisa pas ses dernières paroles.

« *Je suis tellement désolée.* »

Maintenant, elle comprenait de quoi sa mère parlait.

— J'ai dormi ici aussi, une fois.

Le cœur de la Reine se réchauffa à cet aveu. Il s'ouvrait à nouveau et c'était si bon d'être près de lui qu'elle avait envie de supplier le soleil de cesser de s'élever dans le ciel. Bientôt, elle devrait redescendre et débuter une énième journée de royauté.

— Quand je cherchais une trace de ton existence.

Il n'en dit pas plus. C'était inutile.

Elle posa sa main sur la sienne et unit leurs doigts.

Declan était venu en pèlerinage funèbre et se retrouvait là, l'âme apaisée par ce contact. Son odeur lui emplissait la poitrine.

À sa manière, elle lui rappelait que ce qu'il avait sacrifié ce jour-là l'avait mené à elle.

Elle lui rappelait aussi que les moments d'extrême souffrance laissaient toujours place à la joie.

Ils n'échangèrent plus un mot. Ce moment privilégié n'en avait nul besoin et n'appartenait qu'à eux. Loin de Calixte et même de Lucetmael, ils redevinrent Essylt et Declan, sans titres, sans responsabilités.

Sans regrets.

Après une matinée bien remplie et un déjeuner mangé rapidement en compagnie de ses cousins et cousines, la souveraine s'adonna à la rédaction de ses lettres. Les missives avaient tendance à s'empiler jusqu'à ce qu'il lui soit impossible de les ignorer.

Les nobles de Bofursyle lui en avaient tant envoyées qu'elle n'osa les compter. L'éloignement de leurs monarques leur causait une panique ridicule et agaçante. Essylt n'avait de cesse de devoir leur narrer les différents évènements survenus, comme s'ils dépérissaient d'être tenus à l'écart de telles futilités. Elle mit une heure à leur répondre et poussa un soupir à fendre l'âme face à la pile qu'il lui restait, provenant des souverains et des nobles du Continent.

Sans réfléchir, elle bondit sur ses pieds et partit en quête de son mari. Sa nuit au sommeil agité et ce moment seule avec Declan n'avaient pas aidé son humeur, et voilà que les aristocrates s'en mêlaient.

Calixte recevait un ambassadeur dans un petit salon. Après les paroles d'usage, l'émissaire s'éclipsa enfin.

— Que se passe-t-il, ma douce ?

— Il va falloir trouver une solution à l'engouement de tes nobles pour les échanges épistolaires. Je prends plus de temps à leur répondre qu'à écrire des choses importantes.

Le Roi haussa un sourcil à cause du sujet et du ton employé.

— Je n'y suis pour rien. Ils n'ont pas l'habitude d'avoir des monarques absents.

— Il va falloir qu'ils s'habituent.

Se rendant compte qu'elle exagérait, Essylt reprit doucement sa respiration.

— Excuse-moi de m'être emportée. À cause de ce trop-plein de lettres, je n'ai pas vu les missives d'Yvain et d'Anna. Ce n'était pas une raison pour t'en vouloir.

Il enlaça sa taille et la serra contre lui.

— Je te pardonne. Ils t'écrivent plus qu'à moi et je comprends que cela soit pénible à la longue.

— Il nous faut une solution pour les calmer un peu.

— Ils n'ont qu'une envie, c'est de venir ici.

Le front contre son épaule, elle put dissimuler sa grimace. L'idée qu'ils envahissent son palais ne lui plaisait guère. Elle ne pourrait cependant pas y échapper toute sa vie. Ils étaient ses nobles à présent, même s'ils gouvernaient en Bofursyle. Il lui fallait leur montrer qu'ils comptaient.

— Pourquoi ne pas les inviter pour le Nouvel An ? C'est une fête qui leur tient à cœur. Et d'ici là, il y aura certainement des affaires urgentes pour les occuper. Ou j'en inventerai.

Calixte rit et releva son menton.

— Excellente idée. Cela leur fera très plaisir.

Elle acquiesça et l'embrassa.

— Je leur dirai dans une prochaine missive. Et j'inviterai les prétendantes de Faolan, ainsi que Niocol pour Caitlyn.

Le Roi pinça les lèvres. Il n'avait pas montré beaucoup d'enthousiasme à l'annonce de ces noces. Il peinait à voir Niocol autrement que comme un rival.

— Soit.

Percevant son irritation, elle lui fit un clin d'œil avant de retourner à sa tâche.

Anna se portait comme un charme. Sa lettre regorgeait de détails sur Aslander et sa grossesse déjà bien avancée, ainsi que de questions sur Lucetmael. Les deux femmes se languissaient l'une de l'autre. Essylt ne pourrait voyager vers la Teac avant longtemps et Anna ne pourrait pas voyager dans les mois suivant son accouchement. Tout les retenait chez elles et ces quelques lignes étaient une maigre consolation.

Yvain avait fait de sa cousine éloignée sa confidente. Au même titre que le Prince Tomás de Jirialc, l'héritier du Trône de Xoramif s'épanchait grâce à sa plume. Il se plaignait des exigences de son père, qui s'impatientait de le voir devenir Roi tout en le freinant par son mariage. Comme Essylt un an plus tôt, il croulait sous les prétendantes et n'appréciait pas l'expérience. Elle le rassura au mieux et espéra qu'il parviendrait à choisir.

Dans leurs missives, les monarques du Continent les félicitaient encore pour Lucetmael et avaient hâte de le voir au Conseil des Neuf. Essylt leur répondit avec simplicité et naturel comme à son habitude.

Durant les deux derniers jours de Fiacre, Uistean, Uli, Dervila et Slany au palais, Essylt passa le plus de temps possible avec eux. Elle les emmena en promenade à cheval, joua à cache-cache dans les bois et lança des bâtons aux deux guépards et à Bel en pariant sur qui allait l'emporter. Ils dînèrent tous les soirs dans le jardin royal, mangèrent une quantité phénoménale de sucreries et rirent à en avoir mal au ventre.

C'est donc comblés qu'ils repartirent à l'aube le premier septembre. Chacun leur tour, ils embrassèrent bien fort leur cousine. Penchés aux fenêtres du carrosse, ils firent de grands signes en criant, sous l'attention affectueuse de tous les domestiques.

Les Arán avaient illuminé le palais, ainsi que la Reine.

Mais déjà, la souveraine était rattrapée par ses responsabilités. Il fallait commencer à prévoir leur voyage pour la Guanile, où se tiendrait le Conseil des Neuf de l'an 686, au quinze du mois. Calixte et Essylt entreprirent donc de régler les affaires les plus pressantes tout en organisant leur départ. Il fallait non seulement penser à toutes les étapes du voyage, mais également prévoir de quoi rafraichir le Prince. Malgré l'arrivée de l'automne, la Rodorchna et la Guanile étaient des royaumes très chauds.

— Les carrosses sont remplis et les chevaux seront sellés demain à la première heure, annonça Calixte en s'asseyant face à elle.

Le soleil s'était déjà couché en embrassant l'horizon. Un calme mélancolique enveloppait toujours le palais la veille de leur départ. Deux jours plus tôt, les aristocrates étaient rentrés dans leur province, à l'exception de Saraid et Luíseach. La première devait accompagner les monarques en Guanile tandis que la seconde resterait au palais.

Adelyn déposa leurs assiettes devant eux et ils mangèrent en silence. Ils avaient tant parlé ces cinq derniers jours qu'il était délicieux de se taire. Une légère brise s'insinuait dans le jardin protégé par la falaise, annonciatrice d'une nuit fraiche.

Une fois repus, ils se prirent la main pour monter à l'étage.

— Lucetmael dort depuis longtemps.

— Je sais, je suis allé l'embrasser avant de te rejoindre.

Ils s'arrêtèrent devant la chambre du Roi et s'enlacèrent. Essylt aurait pu s'endormir ainsi tant elle était épuisée. Elle était presque heureuse du voyage de six jours à venir car elle savait qu'elle pourrait dormir à son aise.

— Va te coucher, ma bien-aimée, nous devons nous lever très tôt demain.

Il s'empara de ses lèvres et elle se laissa faire, docile. Calixte avait été très peu entreprenant depuis leur arrivée ici, ce dont elle lui était reconnaissante.

Il déposa un baiser sur sa main, au-dessus de sa bague de mariage, avant de s'éclipser. Dans sa chambre, la Reine se déshabilla, puis s'écroula dans son lit.

Mais elle ne parvint pas à trouver le sommeil.

Declan…

À chaque repas, à chaque rencontre, il demeurait en retrait, sans la regarder, sans lui parler. Il restait poli, mais froid. Inaccessible.

Elle avait cru que leur moment privilégié dans la chambre de la Reine Vevina aurait arrangé leur relation. Tout du moins l'avait-elle espéré. À présent, elle se retrouvait confrontée à l'impensable.

Peut-être ne s'aimeraient-ils jamais plus.

Alors qu'elle ne s'était pas sentie sombrer, Essylt se réveilla en sursaut en entendant les pleurs de Lucetmael.

Pire, ses cris.

Elle courut dans sa chambre en simple tunique de nuit. Bryn essayait de bercer le Prince, en vain.

— Que se passe-t-il ?

Jamais son fils n'avait crié de la sorte. Les sons aigus qui sortaient de sa bouche exprimaient de la souffrance. Son visage était rouge et paniqué.

— Je ne sais pas…

La Reine lui arracha son bébé des mains et le serra contre son sein. D'ordinaire, sa présence le calmait, pourtant il hurla de plus belle. Essylt commença à chantonner, son cœur tambourinant dans sa poitrine. Elle posa sa main sur sa tête pour le rassurer.

Il était brulant de fièvre.

— Allez quérir le médecin !

Bryn demeura figée d'horreur. La porte s'ouvrit sur Janae et Léan.

— Le médecin ! Maintenant !

La voix terrifiée de la Reine les fit réagir. Elles partirent toutes deux en courant.

Tremblante, Essylt retourna dans sa chambre s'asseoir sur son lit.

— Tout va bien mon trésor, calme-toi. Maman est là. Maman va prendre soin de toi.

Par-dessus ses cris et les bousculades paniquées dans le couloir, elle entendit les vociférations de Calixte.

— Que se passe-t-il ?

Le Roi déboula dans la pièce, torse nu, son pantalon à peine noué. En découvrant son épouse blafarde et son fils trop rouge, il tangua sur ses jambes.

— Le médecin ! brailla-t-il dans le couloir avant de refermer la porte pour préserver leur intimité.

Il s'agenouilla devant eux et passa ses mains sous les bras d'Essylt, comme s'il pouvait les aider. Mais les deux parents étaient impuissants face à la douleur du nourrisson, qui ne pouvait dire où il avait mal.

— Le médecin, gémit la Reine en laissant échapper une larme.

Calixte l'essuya et enfouit sa main dans ses cheveux. Il serra pour l'ancrer à la réalité et posa son front contre le sien.

— Il arrive. Tout va bien se passer.

En réalité, il ne pouvait en être sûr. Les bébés étaient extrêmement fragiles à cet âge-là et même s'il était de sang magique, rien ne leur assurait que cela le protégeait de tout.

Mais ni l'un ni l'autre ne pouvaient envisager le pire.

Le médecin fit son entrée dans une robe de chambre blanche. Visiblement, Léan ne l'avait pas laissé s'habiller. Elle portait son sac en cuir et le poussa presque jusqu'au lit. Janae entra à sa suite avec une bassine d'eau fraiche et des serviettes propres. Elle fut suivie de Cleena, Bethania et Adelyn. Dans le couloir, Cathan, Caem et Jarlath tentaient de voir par-dessus toutes les têtes, les cheveux hirsutes d'avoir été réveillés en sursaut.

— Sortez ! intima le praticien en reprenant ses esprits.

Les servantes obéirent. Le médecin s'inclina et tendit ses mains vers la Reine.

— Puis-je, Votre Majesté ?

En sanglotant, elle lui confia son fils. Le sentiment d'impuissance s'amplifia de ne plus le tenir contre elle. Le médecin allongea le Prince sur le lit et entreprit de l'ausculter. Lucetmael n'apprécia pas de quitter sa mère et d'être ainsi malmené, et le fit bien comprendre en criant plus fort. Essylt se réfugia contre le torse de Calixte, qui l'entoura de ses bras pour l'apaiser.

— Qu'a-t-il ? s'enquit le Roi, qui essayait vaillamment de garder son calme pour sa femme.

Le médecin poursuivit sans un mot. Il reprit le Prince et le rendit à la Reine.

— Son Altesse a une forte fièvre, peut-être due à une poussée dentaire, bien qu'il soit un peu tôt pour cela. Nous allons le baigner et lui donner de quoi calmer la douleur.

Essylt entreprit aussitôt de le dévêtir. Le médecin plaça la bassine sur le lit et elle le plongea doucement dedans. L'eau était fraiche sans être froide. Lucetmael couina et ses parents tressaillirent.

— Baignez-le comme à votre habitude, Majesté. Je vais préparer une décoction, je reviens.

Il partit. Les servantes et les soldats accoururent, avec Cleena en tête.

— Qu'arrive-t-il au Prince ?

— Nous ne savons pas exactement, leur apprit Calixte, qui savait Essylt incapable de parler. Il a…

Le Roi ne put finir sa phrase, coupé par l'entrée de son frère. Declan rabattait tout juste son haut sur son torse. Il avait visiblement couru à en perdre haleine.

— J'ai été réveillé par des cris. On dit que le Prince est malade.

Le Chef des armées pâlit en découvrant le bébé rouge de ses pleurs, baigné par sa mère qui ne semblait plus ni voir ni entendre personne d'autre.

— Oui, annonça Calixte en serrant l'épaule de son frère pour reprendre du courage. Il a une forte fière. Ce sont peut-être ses dents. Le médecin est parti chercher un remède.

Les cris aigus du bébé ne faiblissaient pas. Sa mère le baignait avec des gestes tendres qui glacèrent toutes les personnes présentes.

Une fraction de seconde, ils s'imaginèrent leur Reine si elle perdait son bébé. L'horreur qui les saisit fut indescriptible.

— Vous devez vous couvrir, ma Reine, murmura Cleena.

Elle drapa un peignoir en soie sur ses épaules. La gouvernante n'essaya pas d'ôter ses mains de son fils, elle savait cela impossible.

— Vous allez avoir mal ainsi, ajouta Bethania.

Elle prit de gros coussins sur le lit et Adelyn l'aida à soulever légèrement les jambes nues de la souveraine, qui s'était agenouillée à même le sol.

En attendant le médecin, aucun d'eux n'osa faire les cent pas. Ils demeurèrent à leur place, à tenter vainement de ne pas contempler Essylt et Lucetmael avec angoisse.

Le praticien finit par revenir, un flacon en main. Tous se poussèrent. Essylt emmaillota le Prince dans une serviette. Avant que le médecin n'essaye de lui administrer, elle s'en saisit.

La souveraine porta le flacon à son nez et huma. Sa magie s'éveilla.

— Écorce de saule ?

— Tout à fait, Majesté.

Elle opina et fit boire Lucetmael avec difficulté entre deux pleurs. Il finit par tout avaler, sans pour autant cesser de crier.

— Il faut attendre un peu pour voir des effets.

Le médecin se recula pendant que la Reine se rasseyait sur le lit en le berçant doucement.

— Nous sommes censés partir en voyage demain, lui apprit le Roi.

— Le Prince ne peut pas voyager, Majesté. Il doit rester au frais et sous ma surveillance.

Calixte s'apprêtait à demander à Essylt comment faire avant de se raviser. En cet instant, son épouse n'avait que faire de ce genre de préoccupations.

— Laissons-les se reposer.

Tous opinèrent et se retirèrent en silence.

Essylt repoussa les draps du lit et se cala dans les coussins pour le câliner à son aise. Ses cris lui vrillaient les tympans et le cœur.

De leur côté, Calixte et Declan s'étaient rendus dans le bureau du premier pour prendre un verre. Les hurlements du bébé leur causaient la même souffrance.

— Je ne comprends pas, il allait très bien tout à l'heure…

Le monarque se laissa choir sur son fauteuil. Son cadet l'imita sur l'un des sièges en faisant tourner le whisky dans son verre. Décidément, les deux frères avaient des horaires pour boire de plus en plus étendus.

— Les nourrissons ont la santé fragile, répondit le Chef en forçant sur sa voix pour cacher son trouble. Ils tombent rapidement malades.

— Mais pas si vite…

Calixte se frotta le visage.

— Peut-être aurais-je dû rester avec eux…

Declan en doutait. Au même titre que son Roi, il avait perçu la force se dégageant de la souveraine, qui leur intimait à tous de sortir. Calixte n'avait pas été autorisé à entrer dans son intimité de mère.

— Non, ils doivent se reposer.

Ils entendaient encore Lucetmael pleurer de douleur.

Ils burent sans un mot, plongés dans leurs pensées.

— Crois-tu que…

La voix de l'ainé mourut. Declan lui fit signe d'achever sa phrase.

— Crois-tu qu'on ait pu empoisonner mon fils ?

Le Prince adopté sentit une sueur froide dégouliner le long de son dos.

Heureusement, des années d'entrainements militaires prirent le dessus sur la panique. Son esprit aiguisé se mit à établir des centaines d'hypothèses.

— Cela semble peu probable. Non seulement à cause de la surveillance dont il fait l'objet, mais surtout parce qu'il n'a que de la fièvre. Un empoisonnement causerait des vomissements ou d'autres symptômes.

Calixte opina lentement, se rangeant à son avis malgré la terreur qui l'habitait. Le Roi vivait dans la peur constante qu'on s'en prenne à son épouse et à son fils.

Comme pour donner raison à Declan, les pleurs de Lucetmael s'apaisèrent, jusqu'à ce que l'aile royale plonge dans un profond silence.

Sur la pointe des pieds, Calixte ouvrit la porte. Il découvrit son fils endormi sur la poitrine de son épouse, elle-même assoupie. Le monarque et la gouvernante allèrent repositionner les coussins au mieux pour former un cocon protecteur.

Declan demeura dans le chambranle de la porte, à les admirer. Les cheveux ébouriffés d'Essylt reposaient à l'opposé du bras qui soutenait Lucetmael. Son visage était penché vers lui, comme si ses pensées étaient toutes tournées vers lui durant son sommeil. Le bébé était encore rouge. Sa main droite reposait contre la peau découverte de sa mère, comme pour s'assurer de sa présence.

— Ne va-t-il pas avoir trop chaud ainsi ? chuchota Calixte.

Cleena fit non de la tête et lui indiqua le couloir. Ils refermèrent avec précaution derrière eux.

— S'il a trop chaud, il se réveillera. En attendant, je pense que sa mère lui est plus bénéfique que n'importe quel remède.

De cela, ils en étaient convaincus.

— Va dormir, ordonna Calixte à son cadet. Inutile de rester tous à s'inquiéter.

— Bien, dit-il à contrecœur. Peux-tu me faire envoyer une servante pour m'informer s'il se réveille ?

— Bien sûr. À tout à l'heure.

Aucun des deux frères ne parvint à retrouver le sommeil durant les dernières heures de la nuit.

Peu avant l'aube, Lucetmael s'éveilla en gémissant. Aussitôt, sa mère fit quérir le médecin, qui lui administra à nouveau la décoction. Essylt tenta de lui donner le sein, mais il le refusa obstinément avant de s'assoupir à nouveau.

Assis par terre dans le couloir de l'aile royale, Cathan, Jarlath et Caem avaient mauvaise mine. Les soldats avaient veillé toute la nuit, prenant un tour de garde qui n'était pas le leur. En les découvrant ainsi, Declan pria Léan de leur chercher de quoi manger avant d'entrer dans la chambre royale.

Lucetmael dormait entre plusieurs coussins. Debout face à Calixte, Essylt tremblait sur ses jambes.

— Tu veux quoi ?

Son cri figea Declan, prêt au combat. Mais ici, il n'avait aucune arme.

— Il faut que nous le laissions au palais, ma douce. Il ne peut pas voyager dans son état. Nous pouvons retarder notre voyage en Guanile d'un jour, deux tout au plus, mais je doute qu'il soit autorisé à voyager d'ici là.

— Tu veux que je l'abandonne ?

Essylt était sonnée par de tels propos.

Gêné d'assister à cette dispute, Declan tenta de reculer discrètement. Une part de lui voulait toutefois savoir où cette conversation menait.

— Non, je n'ai pas dit cela ! s'énerva Calixte. Je dis simplement que nous devons être tous deux au Conseil des Neuf et qu'il ne peut pas voyager. Nous n'avons d'autre choix que de le confier aux bons soins de ses nourrices.

— C'est hors de question ! Mon fils est malade et tu me demandes de le laisser ?

Lucetmael gémit dans son sommeil et sa mère pâlit de l'avoir dérangé. En sentant le vent se lever dans la pièce aux fenêtres closes, elle s'évertua à calmer sa respiration.

— Je ne pars pas sans lui. Et puisqu'il ne peut partir, je ne pars pas.

Pour ponctuer ses propos, elle s'assit sur son lit et caressa la tête du bébé.

— Mais enfin tu ne peux pas…

— Ne pas venir ? Bien sûr que si.

Elle leva une main gracile pour l'empêcher de répliquer.

— Nous avons toi et moi le même titre. Nous sommes souverains de deux royaumes, je ne vois donc pas en quoi cela dérange qu'un seul de nous deux les représente.

Calixte se mit à marcher de long en large. Declan se colla au mur pour ne pas être dans sa trajectoire excédée.

— Essylt, nous avons fait un coup d'éclat en nous mariant. Nous ne pouvons déroger à ce genre de règles sans paraître hautains. Nous ne pouvons faire croire que nous sommes au-dessus des coutumes d'un Conseil qui a plus de six cents ans.

— Je n'ai que faire des coutumes d'une réunion annuelle. Et nous ne paraitrons pas hautains quand tu auras expliqué les raisons de mon absence : mon fils est malade.

Le Roi pinça les lèvres.

— Crois-tu que cela suffise ?

— Oui. Simplement parce que toutes les autres Reines du Continent sont mères.

Il ne trouva aucun argument à objecter à cela. Combien d'entre elles avaient été absentes du Conseil des Neuf ou de tout autre évènement politique, pour s'occuper de leur enfant ? Beaucoup, sans aucun doute. Même les moins maternelles d'entre elles pourraient comprendre le désir d'Essylt, surtout au vu du jeune âge de Lucetmael.

— Il n'y a pas matière à débat. Tu ne me feras pas changer d'avis et tu ne peux me forcer.

Ce n'était pas la manière la plus mature de terminer une conversation, néanmoins Calixte eut la sagesse de se retirer. Il attrapa son frère par le bras pour l'emmener dans son bureau.

— Que penses-tu de son idée de rester ?

— Elle est bonne.

Declan avait dû se retenir tout le long de leur échange de ne pas hurler son opinion. Évidemment qu'Essylt devait rester auprès du Prince. Elle était la seule capable de le comprendre. Ses nourrices pourraient prendre soin de lui, mais seule sa mère pourrait le soigner.

Sans oublier qu'en demeurant au palais, ils ne craignaient aucune attaque semblable à celle d'Aivaithra.

Calixte se mordit le poing de rage.

— Et si tout ceci était un piège ? Si on avait empoisonné Lucetmael pour qu'Essylt reste ? Si je pars et qu'ils sont attaqués…

Sans réfléchir, Declan saisit son frère à la nuque pour le forcer à rapprocher son front du sien. Quand ils étaient enfants, ils s'amusaient à pousser jusqu'à ce que l'un tombe. C'était resté comme un signe de confiance et de confidence.

— Calixte, calme-toi. Je crois au contraire que la Reine et le Prince sont plus en danger sur la route et en Guanile qu'ici.

— Tu en es sûr ?

Les yeux noisette de son aîné débordaient d'angoisse et de paranoïa. La menace qui planait sur eux faisait bouillir l'esprit du monarque d'évènements hypothétiques plus terribles les uns que les autres.

— Oui. Ils n'ont jamais été plus en sécurité que dans le palais de leurs ancêtres.

— C'est pourtant ici que tu as tué Mil et ses fils…

Declan fit non de la tête.

— Certes, mais c'est une prouesse qui ne se reproduira jamais. Aucun de Rodorchna ne mourra avant de longues décennies.

Calixte poussa un long soupir. Il était tellement tourmenté de les savoir menacés.

— Je ne peux pas partir sans eux, murmura-t-il, déchiré.

Il plongea dans les yeux verts de son cadet, lumineux et bons.

— Je n'ai d'autre choix que de les laisser pour nous représenter Essylt et moi au Conseil des Neuf, mais toi tu peux rester.

Le Roi se dégagea de son étreinte sans remarquer que son frère avait tressailli.

— C'est en toi que j'ai le plus confiance. J'ai des hommes pour assurer ma sécurité et je vais emmener Erannan pour te remplacer en tant que Chef. Ainsi, cela apaisera les tensions causées par l'absence d'Essylt.

Déjà, Calixte réorganisait son voyage. Bien qu'il soit un époux dévoué et un père aimant, il avait été élevé pour régner. C'était son premier réflexe dans la tourmente.

— Je vais emmener Saraid et Tarís comme prévu. Luíseach saura prendre soin d'Essylt. Inutile d'envoyer un message à mère, elle n'arriverait que quelques jours avant mon retour de Guanile.

S'apercevant que son frère n'avait toujours pas réagi, il revint vers lui.

— As-tu des objections ? Tu sais que j'aime te confier sa sécurité. Quand je suis loin, je ne suis rassuré que si tu es avec elle.

— Bien… Comme le veut mon Roi.

Le visage du monarque s'illumina d'un sourire soulagé. Les choses s'arrangeaient et il avait besoin d'action pour ne pas s'effondrer d'inquiétude.

— Rassure-toi, tu auras d'autres occasions de revoir la belle Noreen ! rit-il en lui frappant le bras.

Si seulement il avait su à quel point les pensées de Declan étaient bien loin de cela…

En deux heures, tout fut prêt. Les chevaux sellés, les malles rangées et les voyageurs habillés. Erannan avait été honoré de cette marque de confiance de la part de son Roi. Il n'était pas allé saluer Essylt, car elle se reposait auprès du Prince, toutefois il s'était promis de la rendre fière de ce choix.

Calixte recouvrit le visage de sa femme de baisers. Elle se força à être affectueuse, mais son esprit était trop préoccupé pour faire semblant.

— Prends grand soin de lui et de toi. Dès que le Conseil est terminé, je rentre au plus vite. Je déteste devoir vous laisser, mais je n'ai pas le choix.

Il s'empara de ses lèvres pour un ultime baiser.

— Declan reste pour assurer votre protection. Vous me manquez déjà. Je t'aime.

Essylt sentit à peine le contact de ses doigts sur sa joue. Elle le vit à peine embrasser Lucetmael sur le front puis quitter sa chambre.

Declan…

Elle ferma les yeux et s'allongea près de son fils. Au loin, elle entendit les carrosses quitter la cour du palais.

La Reine passa la journée entière avec Lucetmael. Qu'ils dorment ou qu'elle le berce pour l'apaiser, ils ne se quittèrent pas un seul instant.

Le médecin royal vint toutes les heures s'enquérir de son état. Plus d'une fois, il trouva la souveraine endormie près de son fils, ses jambes positionnées pour le protéger d'une chute. En plus de cela, une servante était à leur chevet pour les veiller. La tendresse qui régnait autour d'eux était incommensurable.

Le soir, le Prince prit un peu le sein. Sa mère lui avait massé plusieurs fois les gencives, sans trouver de signe de la présence prochaine d'une dent. Elle ne savait pas ce qu'il avait, mais le voir manger la soulagea tant qu'elle en eut les larmes aux yeux.

Ils passèrent trois jours ainsi, dans le calme de leurs appartements. Personne ne vint les déranger. Essylt étant censée être partie en Guanile, aucune affaire urgente ne l'attendait. Sans compter qu'elle avait confié le palais à Luíseach, qui s'était donnée pour mission d'offrir du repos à son amie. Elle lui avait rendu visite matin et soir, pour prendre de leurs nouvelles et lui assurer qu'elle remplissait son rôle. La Reine avait toute confiance en elle et lui était reconnaissante de ces instants de répit.

Pendant que Lucetmael dormait, Essylt avait occupé son temps à le contempler, à lire, à dessiner ou à répondre à quelques lettres. Dès lors qu'une activité lui déplaisait, elle en changeait.

Elle avait également passé plusieurs heures avec Cathan et Jarlath comme ils n'en avaient plus eu la chance depuis longtemps. Avec la naissance du bébé, ils n'avaient pas eu le temps de se retrouver réellement, surtout après l'ignoble enfermement du premier. Entendre leurs rires résonner dans le palais avait allégé le cœur royal. Elle avait aussi pris le temps de discuter avec ses caméristes, qui voletaient autour d'eux en un ballet répété cent fois. La souveraine avait réappris à apprécier les choses simples et à se sentir pleinement chez elle.

Quand son fils était réveillé, elle l'avait bercé dans ses bras jusqu'à ce qu'il se rendorme. Elle l'avait réconforté quand il pleurait, lui chantant des chansons et tournoyant dans sa chambre. Elle l'avait baigné tendrement et lui avait administré les petits remèdes concoctés par le médecin.

Pour la toute première fois, Essylt avait pu être mère sans être Reine.

Au matin du quatrième jour, il fut malheureusement temps de revenir à la réalité. N'étant pas pressée, elle décida de promener Lucetmael dans le jardin de l'aile royale pour lui faire prendre l'air. Il n'avait pas montré de signe de fièvre depuis la veille au midi et méritait de voir un peu le soleil.

En sortant du couloir du premier étage, Essylt fut touchée par la réaction des gardes. Ils se mirent au garde à vous, le visage rayonnant de joie, sans parvenir à se retenir d'admirer le Prince. Sa santé avait inquiété tout le palais et les petites gens de l'édifice respiraient mieux, soulagés.

Il était encore tôt, les arbres du jardin répandaient une ombre de fraicheur. L'odeur d'eucalyptus était vive et bienvenue. Contre sa poitrine, Lucetmael se mit à babiller d'aise, en se bavant sur le menton. Elle l'essuya puis fit signe à Cleena de s'éclipser.

Elle se balada tranquillement entre les arbres, sa robe légère frôlant le sol.

Il était indescriptible de se retrouver dans ce lieu avec un autre de Rodorchna. Pendant longtemps, elle avait été le seul être doté de magie de tout le Continent. Et voilà que son fils était là, contre elle, dans ce lieu mystique, à perpétuer leur sang.

Arrivée vers le milieu, elle ralentit devant le carré de terre dépourvu d'herbe. Il était bien trop parfait pour être naturel. Si sa mémoire était bonne, c'était Alionora qui l'avait fait préparer, sans vraiment expliquer pourquoi. Instinctivement, Essylt savait que ce petit endroit aurait son importance.

Mais pas tout de suite.

Ils poursuivirent leur exploration. Arrivée près de la falaise, qui enveloppait le palais de ses bras rocheux, la souveraine effleura la pierre en chantonnant joyeusement.

— Votre Majesté ?

Cleena et Declan patientaient depuis plusieurs minutes, incapables d'interrompre ce tête-à-tête si intime.

— Oui ?

En le découvrant à côté de sa gouvernante, elle tressaillit puis se reprit.

— Le Chef Declan vous cherchait.

Ce dernier contint une grimace. Ce n'était pas l'exacte vérité. Depuis le départ de son frère, il prenait des nouvelles du Prince et de la Reine par l'intermédiaire de ses servantes ou de ses gardes. Tout était prétexte à ne pas la voir, surtout en ces circonstances.

Il avait trouvé Cathan et Jarlath en poste au rez-de-chaussée. Cleena était passée à l'instant où il s'enquérait de la santé du bébé et elle l'avait bien obligeamment conduit vers eux.

Inconsciente de la gêne occasionnée, la gouvernante s'inclina et se retira.

Ils étaient seuls tous les trois.

Cela n'était pas arrivé depuis qu'ils avaient quitté la Bofursyle, plus d'un mois plus tôt. Declan ne put se contenir de le détailler. Son fils avait grandi et ses joues colorées attestaient d'une meilleure santé.

— Veuillez m'excuser pour le dérangement, Votre Majesté, dit-il d'un ton emprunté avec une révérence. Je voulais m'assurer que le Prince se portait mieux. Maintenant que c'est fait, je…

— Prends-le.

À peine redressée, elle lui colla le petit contre le torse. D'instinct, ses grandes mains rendues calleuses par l'escrime se muèrent en cocon accueillant.

Le père et le fils demeurèrent ainsi, les yeux dans les yeux, jusqu'à ce que le Prince baille d'aise.

Essylt caressa son front. Ils étaient si près que leurs trois souffles se mêlaient.

— J'ai eu si peur…

L'aveu de Declan fut un murmure. Face à ses yeux verts baignés de larmes, elle ne put contenir les siennes.

— Moi aussi.

Ils échangèrent un maigre sourire avant de se reconcentrer sur le centre de leur monde.

Essylt était incapable d'expliquer ce qu'elle éprouvait. Qu'ils se retrouvent tous les trois ici avait tellement de sens. Bien que personne ne le sache, ils étaient une famille.

Et pas n'importe quelle famille. À sa manière, Declan appartenait autant qu'eux à ce jardin, à ce palais. Non seulement il avait sauvé le Royaume de la tyrannie, mais il avait surtout engendré un de Rodorchna.

Seuls, près de la falaise, dissimulés par les arbres, c'était comme s'ils étaient suspendus hors de leurs existences. Un instant, il n'y eut plus de responsabilités, plus de couronne, plus de mariage, plus de devoir.

Seulement un père et une mère contemplant leur fils.

Initialement posée sur la tête de Lucetmael, la main d'Essylt glissa lentement sur le bras de Declan. Ses doigts graciles remontèrent jusqu'à son épaule, puis son cou, avant de s'enfouir dans ses cheveux bruns. Elle admira le frisson qui courut sur sa peau.

Yeux dans les yeux, le fruit de leur amour entre eux était tout ce qui les séparait et les unissait. Paradoxe exquis.

La réalité reprit bien vite ses droits et Declan lui rendit le bébé. Avant de quitter le jardin, ils échangèrent un ultime regard.

Assise sur l'un des canapés du salon royal, la Reine lisait à la lumière des bougies. Après avoir occupé sa journée entre des réunions et son fils, il était temps de se reposer. Elle avait nourri et couché Lucetmael une demi-heure plus tôt et le petit dormait déjà à poings fermés.

— Ma Reine, avez-vous fini ?

Adelyn s'était glissée discrètement dans la pièce et désignait l'assiette devant elle. Essylt ne l'avait pas entendue entrer, plus accaparée par ses pensées de mère que par l'ouvrage entre ses mains.

— Oui, merci.

La servante s'empara de la vaisselle et sortit, remplacée par Cleena.

— Je vais fermer les fenêtres Majesté, l'orage gronde.

Au loin, la force enragée se déplaçait bruyamment. Durant l'après-midi, le ciel bleu s'était rempli de nuages menaçants. La chaleur n'en avait été que plus étouffante, raison pour laquelle la Reine avait tout ouvert.

— Ne ferme pas cette porte-fenêtre, je te prie.

— Bien, Majesté.

La gouvernante fit le tour de la pièce de ce pas silencieux dont seuls les domestiques ont le secret. Alors qu'elle se dirigeait vers la porte, la souveraine la retint.

— Cleena, dis aux filles qu'elles peuvent se coucher, et toi également. J'effectuerai mon coucher seule, ce soir. Vous avez bien mérité un peu de repos.

— Bien, ma Reine, merci.

La gouvernante n'était guère étonnée par cette attention. Bien que la jeune fille pudique des premiers jours ait laissé place à une femme appréciant leur aide, il lui arrivait régulièrement de retrouver son intimité d'antan.

— Et Cleena, fais en sorte qu'on ne vienne pas me déranger, je te prie. Je suis vraiment bien ici ce soir et il y a de fortes chances que je m'endorme sur le canapé.

— À vos ordres, Majesté. Faites simplement attention à fermer la fenêtre avant l'orage.

— J'y veillerai. Je te remercie, tu peux disposer.

La servante s'inclina et referma derrière elle.

Essylt se replongea dans sa lecture, avec peu de concentration. Il lui fallait souvent relire pour comprendre les propos. Ses pensées ne cessaient de vagabonder. Ses jambes remuaient sous sa fine robe.

Dehors, les grondements de l'orage se rapprochèrent, jusqu'à recouvrir le palais. La pluie s'abattit sur le toit et le jardin, en un clapotement féroce. La fraîcheur apportée lui fit fermer les yeux d'aise, la tête rejetée en arrière.

Un frisson glacé serpenta le long de son dos. En se redressant, elle découvrit une silhouette dans l'encadrement de la porte-fenêtre. Un éclair frappa le sol au loin, l'éblouissant un instant.

De chaque côté de la porte, les rideaux battaient l'air.

L'homme fit un pas, puis un second, jusqu'à ce que la lumière de la bougie l'éclaire.

L'eau ruisselait dans les boucles de Declan et sur son visage viril. Chaque fibre de son être dégageait une faim dévorante.

Comment avait-il fait pour arriver dans le jardin alors qu'il n'y avait aucune fenêtre au rez-de-chaussée de l'aile centrale, justement pour éviter ce genre d'intrusion ? Elle n'en avait pas la moindre idée et ne lui demanda pas.

Son livre lui glissa des mains jusqu'au sol. Elle se leva, les jambes tremblantes. Sans prévenir, il abolit la distance entre eux. Ses bras se refermèrent dans son dos et il prit possession de ses lèvres comme si sa vie en dépendait.

Essylt s'embrasa. Elle agrippa ses épaules, se retenant à lui, le retenant. Tout son corps le suppliait de ne plus jamais la quitter. Il lui répondit en lui mordant la lèvre et en tirant sur le haut de sa robe.

Pas un mot. Ils ne dirent pas un mot. Leurs peaux, leurs mains, leurs lèvres, leurs soupirs, tout parlait pour eux.

Ils s'arrachèrent mutuellement leurs vêtements. Une nécessité bestiale s'était emparée d'eux. Ils avaient besoin de se retrouver et de se souvenir. De se souvenir qu'ils étaient faits l'un pour l'autre, peu importe ce que le destin leur avait infligé.

La preuve inestimable de cet amour dormait à l'étage.

Puissant, Declan la souleva sans que leurs lèvres ne se quittent. Il l'allongea à même le sol, dans l'amas de leurs habits. Comme une évidence, ses jambes graciles s'ouvrirent et il s'enfouit en elle d'une poussée. La Reine cria d'extase, débordante d'une émotion magnifique.

Ils s'embrassèrent, se griffèrent, se mordirent. Ils firent l'amour pendant des heures, en dominant l'autre, en l'apaisant, en l'adulant. Leurs corps s'unirent en des mouvements torrides ponctués par l'orage, pour rattraper tout ce temps perdu.

XI

« Certains secrets doivent rester des secrets le temps nécessaire. » Reine Vevina de Rodorchna, dans l'un des rêves de sa fille.

Essylt caressait le torse de Declan. Allongés par terre, les deux amants savouraient la chaleur de leurs corps enlacés.

Malheureusement, le soleil n'allait pas tarder à se lever, et le rêve à s'éteindre.

Ils voulaient rester encore, retenir cet instant charnel où ils s'étaient appartenus. Ils se refusaient à parler, trop conscients que les mots seraient déplaisants. Comment pourrait-il en être autrement ? Rien n'avait véritablement changé. Ils étaient toujours maintenus par les mêmes chaines.

Néanmoins, rien ne pourrait effacer la beauté de cette nuit. Ils s'étaient blessés, ils s'étaient quittés, pourtant leur amour n'avait pas faibli, bien au contraire. Alors même que la naissance de Lucetmael aurait pu abimer leurs sentiments, ils ne s'en aimaient que plus intensément.

Declan se redressa sur un coude et fit glisser sa tête sur un coussin. Il l'embrassa tendrement. Il se recula bien trop vite au goût de la souveraine, qui sentit un froid glacial l'envahir quand son corps ne fut plus contre le sien.

Le Chef des armées reprit ses vêtements et les enfila. Le spectacle était exceptionnel dans la faible clarté de l'aube. Essylt devinait chaque courbure de ses muscles.

Je pourrais le dessiner.

Quelle œuvre voluptueuse et dangereuse ! Jamais elle n'aurait l'audace de la réaliser, mais savoir qu'elle avait l'aptitude de le dessiner de mémoire était réconfortant. Elle savait qu'une part de lui lui appartiendrait toujours, dans ses souvenirs.

Declan reboutonna le col de son uniforme, puis se retourna pour la contempler. Entièrement nue, elle n'essaya pas de se recouvrir comme au premier jour. Ses jambes longues et fines, ses hanches fécondes, sa taille gracile, ses seins fiers… elle était femme à présent. Mère aussi. Cela se percevait dans sa posture. Une confiance nouvelle l'illuminait, la rendant encore plus belle si cela fut possible.

Il contint tous ces mots qu'il aurait voulu dire. Qu'elle était magnifique et qu'il l'aimait. Cela semblait superflu, comme s'il allait rompre le charme fragile de leur étreinte. Il se contenta d'une esquisse de sourire, puis repartit par où il était arrivé.

Bouleversée, Essylt revêtit sa robe, peinant à renouer le corset. Elle rangea un peu le salon, effaçant toute trace de ce moment.

Un châle passé sur ses épaules pour cacher les lacets défaits dans son dos, elle monta à l'étage. Lucetmael n'était pas encore réveillé, elle avait le temps de faire sa toilette. Bethania l'attendait et la souveraine prétexta s'être défaite de son corset trop serré pour la nuit. La camériste acquiesça, compatissante, sans se douter que c'était un mensonge éhonté.

Après avoir donné le sein à son bébé, la Reine retourna à ses tâches. Il y avait beaucoup à faire, toutefois il était plaisant de gouverner seule. Elle en avait fait l'expérience quand elle n'était encore qu'une Princesse, mais le vivre en tant que Reine, et surtout sans Calixte, était bien différent. Pas que la manière dont son époux dirigeait lui déplu, cependant elle aimait régner dans le palais de ses ancêtres, sans entrave.

Elle vit des conseillers et des intendants, et s'occupa pendant plusieurs heures des feuilles de compte concernant le Décret de Tyronoe.

En plus d'un an, le nombre de naissances avait triplé. Les écoles étaient plus riches et donc plus propices à l'éducation, et plus de médecins étaient formés à travers le Royaume. Tous ces petits éléments auxquels ses amis avaient songé permettaient à présent d'améliorer la qualité de vie des Rodorchniens. Bien que le montant affiché en bas de sa feuille de calcul soit exorbitant, Essylt ne pouvait s'empêcher de sourire en pensant à tout ce qu'elle avait accompli. Les conséquences avaient été terribles pour sa vie personnelle, mais son peuple était à l'abri du besoin.

Fière, la souveraine écrivit diverses missives avant de diner. Les heures lui avaient glissé entre les doigts et retrouver son fils était un plaisir. Le Prince avait passé la journée à manger, dormir et se balader dans le palais dans les bras de Gladys. La nourrice se plaisait beaucoup dans son rôle et avait fait rire Essylt en lui racontant qu'il était compliqué de se déplacer dans les couloirs entourés par une quarantaine de gardes.

Après avoir couché Lucetmael en recouvrant son petit visage de baisers, Essylt prit place dans son lit avec un bon livre. Elle était plongée dans sa lecture quand un drôle de bruit l'interpella. Vive, elle se dirigea vers la fenêtre. Depuis le jardin, Declan lui faisait signe. La nuit était déjà tombée, le dissimulant à la vue de tous.

Elle ouvrit la fenêtre et se pencha. Comment voulait-il monter ? Elle n'avait pas de corde à lui envoyer. De plus, des fenêtres de l'aile centrale donnaient de ce côté. Un domestique ou un garde pourrait les surprendre.

Sans remarquer qu'il tenait une corde qu'il s'apprêtait à lui lancer, elle eut une idée. Elle inspira à pleins poumons pour se donner du courage. Une brise ébouriffa ses cheveux défaits.

Brusquement, une force souleva Declan. Le Chef des armées dut retenir un cri de surprise. Il n'avait pas prévu de s'envoler. Cela ne l'empêcha nullement de profiter de l'expérience, bien qu'elle fût brève.

Une fois déposé sur le sol de la chambre, la souveraine referma brutalement la fenêtre et se tourna vers lui.

— On aurait pu te voir !

— J'ai appris à être très discret. C'est mon métier.

— Je n'en ai que faire. Le château de Bofursyle est pratique pour nos escapades : celui-ci, beaucoup moins !

Elle n'avait pas voulu être si brutale, mais son cœur tambourinait dans sa poitrine. L'idée qu'on découvre leur secret et que Lucetmael soit en danger la tétanisait de peur.

— J'ai été prudent. J'ai attendu que les soldats de ronde soient passés et j'ai vérifié qu'aucune lumière ne provenait des fenêtres.

— Comment es-tu arrivé dans les jardins ?

— Je suis descendu à l'aide d'une corde. C'est facile.

Elle n'était qu'à moitié étonnée par son aisance. Declan était le meilleur soldat du Continent.

— Excuse-moi si je t'ai effrayée. Je t'assure que j'ai pris le maximum de précautions. Même si c'était imprudent de ma part, j'avais bien trop envie de te voir.

Toute trace de peur et de colère la quitta. Sa corde lui tomba des mains quand elle crocheta sa nuque pour le tirer vers le lit.

Les heures suivantes furent brûlantes et inoubliables. Quand enfin ils furent repus et épuisés, Declan se rhabilla en hâte.

— Puis-je le voir ?

Essylt sourit, envahie de bonheur. Elle enfila uniquement son peignoir, indifférente à sa nudité peu protocolaire. Elle ouvrit doucement la porte de la chambre du Prince pour vérifier que Bryn n'était pas là. Elle lui fit signe d'entrer. Sur la pointe des pieds, il rejoignit le lit en bois et se pencha pour le contempler. Regarder son enfant dormir avait quelque chose de profondément intime et émouvant.

La Reine demeura en retrait, savourant les émotions qui réchauffaient sa poitrine. Cela faisait de longues semaines qu'elle ne s'était pas sentie aussi vivante.

Après des murmures tendres dans la nuit, Declan fit demi-tour. En refermant la porte, ils demeurèrent face à face, les yeux dans les yeux.

— Merci.

Elle fit non de la tête, émue.

— Merci à toi d'être revenu.

Son visage pâlit et ses yeux brillèrent de tristesse.

— Tu as conscience que je ne peux pas rester, n'est-ce pas ?

Son cœur s'effondra dans sa poitrine.

— Non… Tu peux rester, tu le dois…

Déjà, il commençait à se diriger vers la fenêtre, mettant ses paroles en pratique. Elle le retint par le bras, bouleversée.

— Essylt, ceci ne peut pas durer. Il va rentrer et alors, tout recommencera comme la première fois.

— Non, les choses peuvent changer, tu…

— Je ne peux pas te partager, s'énerva-t-il en perdant le contrôle. Je m'y refuse. Et je ne peux plus le trahir de la sorte, et toi non plus ! Vois tout le mal que nous avons fait Essylt ! Regarde, regarde dans cette chambre !

Ses jambes vacillèrent sous elle et elle se retint au baldaquin. Elle l'observa à travers ses larmes nouer sa corde à un pied de son lit et la jeter par la fenêtre. Il vérifia qu'elle était solidement attachée puis passa une jambe dehors.

— Nous ne pouvons effacer le passé, mais nous pouvons encore améliorer l'avenir. Je ne veux plus reproduire la même erreur.

Il saisit la corde à deux mains et se laissa glisser le long du mur.

Essylt demeura de longues minutes ainsi, à tenter de reprendre son souffle. Le temps d'aller à la fenêtre, il n'y avait plus aucune trace de Declan dans la nuit noire. Elle s'empara de la corde pour la remonter et la dénouer du lit, avant de la jeter en dessous.

Voilà pourquoi ils avaient préféré se taire.

Essylt se réveilla après seulement deux heures de sommeil, la tête lourde d'avoir tant pleuré. Declan avait brisé le peu qu'elle était parvenue à reconstruire de son cœur. Il avait piétiné les deux étreintes qu'ils venaient de vivre et elle ne comprenait pas pourquoi il lui avait offert ce bonheur pour aussitôt le lui retirer.

Elle eut énormément de mal à se concentrer sur ce qu'elle lisait ou sur ce qu'on lui disait. Plus d'un intendant dut répéter sa requête pour avoir une réponse.

Consciente de son manque d'efficacité, la Reine décida qu'il valait mieux ne pas s'occuper des affaires du Royaume pour finir sa journée. Après un déjeuner embarrassant avec un ambassadeur de Xoramif puis une réunion interminable, elle passa devant l'ancien bureau de son père avant de retrouver son fils.

— Comment va-t-il ?

— Il vient de se réveiller, lui apprit Gladys, un lange usagé dans les mains.

La nourrice s'inclina et s'éclipsa. Allongé sur le dos, le Prince babillait gaiement en agitant ses bras potelés. Attendrie, Essylt joua avec lui, lui attrapant les mains ou lui chantant une chanson. Dès qu'il entendait sa voix, ses yeux bleu ciel s'écarquillaient de contentement.

— Maman doit prendre son courage à deux mains et faire quelque chose qui va être déplaisant, lui apprit-elle comme s'il pouvait comprendre. Toi aussi, cela t'arrivera un jour. Tu auras des devoirs.

Elle se pencha et embrassa son front.

— Mais le plus tard possible j'espère.

Joyeux et calme, elle le laissa seul et s'appuya sur le battant fermé. Les yeux fixés sur la porte au bout du couloir, qui refermait sans aucun doute de sombres secrets, sa gorge se noua.

Comme moi, il apprendra un jour la vérité sur son père. À quel point m'en voudra-t-il ?

Imaginer la colère de son enfant lui fit mal, surtout en sachant qu'il souffrirait lui aussi. Un jour, quand il serait assez grand, elle lui révélerait toute la vérité. Et alors, un pan entier de sa vie s'effondrerait. Ce qu'elle avait fait, elle l'avait fait par amour. Parviendrait-il à le comprendre ? Elle l'espérait.

Elle refoula ses pensées douloureuses et se dirigea d'un pas décidé vers le bureau.

La porte à peine ouverte, une odeur de renfermée et de poussière assaillit son nez, la faisait éternuer. Les meubles étaient collés les uns aux autres à cause des murs mouvants. Elle dut passer sur une commode pour ouvrir l'unique fenêtre.

Le désordre était de taille. Il y avait un bureau, une commode et deux armoires, et nul doute qu'ils étaient pleins. Sans oublier tous les papiers qui jonchaient le sol en des piles instables.

Nullement découragée, Essylt commença par ce qui était par terre. Elle trouva d'abord des feuilles de compte, souvent d'années différentes. Elles concernaient avant tout l'armée et les biens des gens aisés : insuffler la peur et voler les richesses d'autrui, voilà tout ce qui avait jamais intéressé son père.

Être dans son intimité était étrange. C'était comme si elle était dans sa tête. Jamais elle n'avait été aussi proche du Roi Mil. L'air était alourdi par tous les actes odieux qu'il avait commis.

Soudain, ses yeux percutèrent une page qui lui glaça le sang.

C'était un ordre d'exécution. Pour une famille entière. Grands-parents, parents, enfants… Tous avaient été assassinés par les envoyés du Roi.

Pour quel motif son père avait-il ordonné cela ? Un impayé, un geste déplaisant ? Peu importait. Rien ne justifiait pareille horreur.

La main tremblante, elle posa cette feuille sur une partie vide de la commode. La première feuille d'une haute pile.

Il lui fallut plus d'une heure pour débarrasser le sol. Elle avait trié les documents en plusieurs groupes. Certains étaient à jeter, d'autres à conserver. D'autres encore seraient à étudier avec plus d'attention.

Elle étira ses bras au-dessus de sa tête pour détendre son dos tout en observant la pièce. Par quel meuble allait-elle commencer ? Elle craignait le bureau, peu désireuse de savoir ce que son père gardait à portée de main. Elle choisit la première armoire et découvrit beaucoup de livres et encore des papiers.

C'était un travail fastidieux et symbolique. Vider le bureau de son père, c'était nettoyer ce qu'il avait fait à son peuple. Faire sortir ses affaires de l'aile royale, c'était le faire sortir du pouvoir et l'éloigner de la famille qu'elle s'était créée.

Calixte ne devait pas découvrir un secret brûlant. Et il était hors de question que d'ici quelques années, Lucetmael gambade près de documents aussi noirs.

Son père lisait principalement des livres de stratégie militaire et d'économie. Des lectures somme toute banales pour un monarque, si l'on omettait le fait qu'il avait été un tyran. Ne s'était-il jamais intéressé à d'autres sujets ? Elle peinait à le croire. Pourtant, il avait été élevé par Ailionora l'Écoutée, qui avait été autrefois tant admirée.

Que s'était-il passé ? Quel sombre évènement avait fait de son père un homme aussi cruel ? Y en avait-il seulement eu un ou avait-il toujours eu cette part de ténèbres enfouie en lui ?

Ailionora avait-elle su avant de mourir qu'elle avait engendré un monstre ?

Peut-être qu'Essylt ne le saurait jamais. En attendant, elle rangeait méthodiquement les affaires de son père.

Des pas dans le couloir lui firent relever la tête. Declan venait d'entrer dans l'aile royale et sursauta en la découvrant ici. Elle avait laissé la porte ouverte car la pièce était exigüe et qu'il faisait chaud. Il s'inclina avec moins d'élégance qu'à l'accoutumée, visiblement gêné par leur conversation de la veille.

Ses mots avaient dépassé sa pensée. Cela avait été plus fort que lui. Pendant deux nuits, elle avait été sienne, mais la réalité finissait inlassablement par les rattraper. La rage et le dégout qui couvaient en lui avaient refait surface, le submergeant.

— Chef Declan, que puis-je pour vous ?

Le ton aristocratique qu'elle avait employé ne laissait place à aucun doute. Elle lui en voulait et c'était son droit.

La savoir blessée et énervée contre lui le fit déglutir avec difficulté. Après avoir fait un si grand pas vers elle, il en avait fait plusieurs en arrière.

Pourquoi se faisaient-ils tant de mal alors qu'ils partageaient un si grand amour ?

— J'étais venu vous entretenir d'une affaire militaire, mais cela peut attendre si vous êtes occupée, Votre Majesté.

— Cela attendra donc.

Elle se détourna pour se concentrer à nouveau sur les livres qu'elle portait. Voyant qu'il y avait plusieurs gros volumes dans l'armoire, Declan s'avança.

— Puis-je vous aider ?

— Ce ne sera pas nécessaire.

Il saisit néanmoins des ouvrages en hauteur et les déposa sur le bureau. En découvrant les titres, il grimaça.

— Votre père préparait une guerre.

— Je préfère ne pas y songer.

Elle aurait voulu lui dire de sortir, que tout ceci ne le regardait pas, mais n'y parvint pas. En grande partie parce que Declan appartenait aussi à ce lieu. Parce que lui seul pouvait comprendre ce que cela représentait pour elle d'être ici.

— Vous videz la pièce ?

— Oui. Afin d'agrandir la chambre de Calixte.

Et de l'éloigner de tous ces secrets.

Elle n'eut pas besoin de le prononcer pour qu'il comprenne.

Sans lui laisser le choix, il entreprit de l'aider. Son expertise sur les livres était plus précise que la sienne. Il remarqua plus d'une fois des ouvrages anciens et précieux qu'elle aurait simplement remisés dans la bibliothèque.

Ils travaillaient en silence, perdus dans leurs pensées. Declan n'avait pas apprécié la trouver ici. Il craignait qu'elle tombe sur un secret trop lourd et trop violent. Lui-même n'était pas certain de tout savoir sur les agissements passés du Roi Mil. Qui sait quelles autres horreurs il avait pu commettre. Le Chef se montrait donc prudent avant de présenter un élément à Essylt, l'analysant avec soin.

La première armoire finie, Declan s'intéressa à la seconde, tandis que la Reine s'occupait du bureau. Dans les premiers tiroirs, elle ne découvrit que des documents officiels et des plans relativement incompréhensibles, sur lesquels elle ne s'attarda pas.

En ouvrant le tiroir le plus bas, un frisson glacé lui remonta le long du bras jusqu'à la nuque. La première chose qu'elle vit fut un poignard à la lame rouillée de sang.

La poignée était forgée avec beaucoup de finesse, sans aucun doute faite sur mesure pour le monarque. Elle était enchâssée de rubis flamboyants. La lame en revanche dénotait, abîmée de ne pas avoir été nettoyée pendant trois ans.

Qui son père avait-il blessé, voire pire, tué, juste avant sa propre mort ? Elle n'aurait su le dire et ne souhaitait pas le savoir. Avec précaution, elle entoura sa main avec un pan de sa robe et sortit l'arme du tiroir. Elle la déposa sur le sol, le temps de réfléchir à ce qu'elle allait en faire.

Le reste du tiroir était rempli de petits objets en tous genres surprenants. Des petites figurines en glaise grossières, des pièces, un morceau de tissu, des éclats de rubis. Rien qui ne correspondait à l'image qu'Essylt se faisait de son père. Ces objets avaient-ils une valeur sentimentale ? Représentaient-ils un évènement de sa vie ? Avaient-ils été offerts par ses frères ? Si c'était le cas, cela sous-entendait qu'ils avaient été plus que des objets de pouvoir et qu'il les avait aimés.

L'amour. C'était un mot qu'elle ne parvenait pas à assimiler à son père.

En retirant les babioles du tiroir, ses doigts fourmillèrent, mais elle repoussa ses sensations. Elle ne désirait pas être envahie par des images associées à ces objets, comme cela lui arrivait parfois.

En passant la main dans le fond pour vérifier que le tiroir était vide, ses doigts effleurèrent une couverture en cuir. Curieuse, elle saisit un livre abimé.

Non, pas un livre. Un journal.

Elle l'ouvrit à la première page. La reliure craquela.

« *Douze août de l'an 658, au Palais,*

Mère est morte cette nuit. La vie l'a quittée dans son sommeil. Savoir qu'elle est partie de manière si paisible est réconfortant pour le peuple, qui porte le deuil avec beaucoup de ferveur.

Moi, je n'ai pas le temps de pleurer. Un Trône m'attend. J'ai le devoir de régner, pour faire honneur à notre sang.

Mieux que ne l'a fait Mère. »

En à peine quelques lignes, la personnalité de son père se dessinait. Quel homme pouvait parler du décès de sa mère avec tant de détachement et d'indifférence ? Quel fils pouvait oser prétendre qu'elle avait été une mauvaise Reine, alors que son corps n'était pas encore enterré ?

Essylt l'avait déjà haï pour tout ce qu'il avait fait et ne l'en détestait que plus fort pour ces mots.

— Qu'est-ce ?

Il contourna le meuble et vint s'accroupir à ses côtés.

— Le journal de mon père.

Il lui ôta doucement des mains pour lire la première page.

— Je doute que vous souhaitiez lire ceci.

— Il le faut.

Il plongea dans ses yeux bleus.

— Tu n'as pas à t'infliger cela, murmura-t-il.

La porte était ouverte, une servante pouvait les entendre à tout instant. Pourtant, c'était l'homme qui l'aimait et non le Chef des armées qui lui disait ceci.

— Il le faut, répéta-t-elle pour s'en convaincre. Je veux savoir tout ce qu'il a fait et surtout pourquoi. J'ai besoin de comprendre. Et j'aimerais réparer ses torts.

— Tu ne pourras pas ramener à la vie toutes ces familles, dit-il en désignant la pile instable de feuilles sur la commode.

— Mais je peux aider celles qui restent.

— Avec quoi, de l'argent ?

— Peut-être. Ou simplement en connaissant leur histoire.

Elle reprit le journal.

— Je refuse que tous ceux que mon père a injustement blessés ou tués soient oubliés.

Ému, il lui reprit tendrement le carnet des mains.

— Soit. Lis ce journal. Mais pas tout de suite.

Il leva la main pour l'empêcher de protester.

— Tu as des années devant toi pour découvrir ce qu'il a fait. Ne te précipite pas, car tu ne pourras pas revenir en arrière.

Touchée par son inquiétude, elle opina. Elle replongea sa main dans le tiroir. Elle en ressortit deux autres journaux, estampillés des initiales « *M.d.R* ». Declan les lui prit et les plaça dans un coin de la pièce, prêts à être emportés. Il aurait aimé les emmener loin d'elle et la protéger le plus possible de ce que son père avait fait. Il avait conscience qu'elle avait soif de vérité.

Elle allait lui demander son avis concernant le poignard — elle ne souhaitait pas le garder, de peur qu'un jour Lucetmael s'en saisisse par inadvertance dans la Salle du Trésor — quand une idée la figea. Était-ce de revenir dans ce palais qui faisait resurgir des souvenirs ou la proximité de son père ? Toujours est-il qu'elle se remémora un élément crucial qu'elle avait oublié pendant toutes ces années.

— Ma mère tenait un journal également, n'est-ce pas ?

Declan se tendit, surprit par cette question.

— Oui.

Les doigts d'Essylt effleurèrent la surface du bureau tandis que ses pensées bouillonnaient.

— C'est lui qui vous a permis de me retrouver. Vous me l'aviez dit à l'époque, mais... Je l'avais oublié. Avec tout ce qu'il s'était passé, la nouvelle de ma parenté, devenir une Princesse... Cet élément m'était totalement sorti de l'esprit.

Declan l'avait trouvée ce jour-là et c'était le plus important. Pour elle, leur rencontre était une évidence, qui avait pourtant été permise par les écrits de sa mère.

— Pourquoi ne m'en avez-vous jamais reparlé ?

Le Chef des armées vacilla sur ses jambes, puis lança un regard par-dessus son épaule. Malheureusement, il ne pouvait pas fuir. Il était déjà parvenu à repousser cette conversation pendant trois ans, cela ne pourrait pas durer une minute de plus.

— Parce que ce qu'il contient va vous faire trop de mal.

Declan l'avait lu en entier. Il avait découvert l'intimité d'une Reine discrète et effacée. Résignée. Vevina avait vécu sous les coups de son mari, qui avait exigé d'elle qu'elle lui donne des enfants, encore et encore.

— Explique-moi, souffla-t-elle pour ne pas être entendue.

Le retour du tutoiement lui fit fermer les yeux. Elle usait de son charme sans s'en apercevoir. Il avait conscience qu'il ne pouvait plus la protéger. Elle n'était plus une enfant.

— Ton père la frappait, dit-il se rapprochant pour que personne n'entende. Il levait souvent la main sur elle, sans raison. Tout ce qu'il voulait d'elle, c'était qu'elle partage son lit. Elle n'avait aucun véritable rôle de souveraine, ni même de mère.

La Reine ferma fort les yeux pour contenir ses larmes. Elle n'était pas véritablement surprise : la cruauté de son père n'était plus à démontrer. Cependant, savoir qu'il avait levé la main sur elle… Prendre conscience de toutes les années de douleur qu'elle avait vécues… C'était trop bouleversant.

— Après t'avoir annoncé qui tu étais, je ne l'ai plus jamais mentionné devant toi. Je craignais que tu souhaites le lire.

Elle le voulait, à présent. Même en sachant que cela allait lui briser le cœur, elle voulait connaître sa mère à travers son écriture. Elle avait besoin de savoir ce qu'avait été son existence, elle qui lui avait assuré dans son rêve que sa plus belle réalisation avait été sa conception.

— Je veux le récupérer. S'il te plait.

Il tendit la main pour effleurer sa joue, avant de se retenir. Il ne pouvait pas la toucher ici, surtout après les mots de la veille.

— Je ne t'ai pas tout dit, murmura-t-il tout bas dans l'espoir qu'elle ne l'entende pas.

Ses yeux clairs s'écarquillèrent d'appréhension.

— Qu'est-ce que je ne sais pas ?

— Ce que ta mère a fait pour te protéger.

Ses lèvres charnues frémirent.

— Je… Je ne comprends pas.

— Ne t'es-tu jamais demandé comment elle était parvenue à te cacher à l'orphelinat ?

— Non… J'ai supposé qu'elle s'y était simplement rendue à cheval et puis…

Declan souffrait de la voir repousser cette vérité qui s'imposait à elle.

— Ton père te voulait morte, Essylt.

Une larme coula sur sa joue livide.

— Non…

— Il a accordé trois jours à ta mère avec toi, mais en échange il voulait…

— Non…

Elle se dirigea vers la sortie, refusant de l'écouter. La pièce vacilla dangereusement autour d'elle.

— … la preuve de ton décès.

— Non…

Ce n'est pas possible…

L'esprit d'Essylt se refusait à comprendre. Elle ne pouvait pas ne serait-ce qu'envisager que sa mère eut commis un meurtre…

— Elle l'a fait pour te sauver la vie. Elle a volé un nourrisson, une petite fille, et a ramené son corps au Roi.

Essylt trébucha et se rattrapa contre le mur. Le bruit alerta Cleena, qui sortit de sa chambre.

— Laissez-nous ! ordonna Declan.

Saisie, la gouvernante s'inclina à contrecœur et referma derrière elle.

— Elle l'a… ?

— Oui. Elle l'a tuée.

Une douleur accablante lui comprima la poitrine. Manquant d'air, elle se précipita dans la chambre de Lucetmael. Gladys et Bryn s'activaient doucement autour du berceau, rangeant ou chantonnant pour le Prince. Un simple geste de leur souveraine les fit sortir.

Elle s'appuya sur le berceau pour reprendre son souffle.

— Pourquoi a-t-elle fait une chose pareille ?

Declan savait qu'elle ne lui posait pas réellement la question, pourtant il répondit.

— Elle l'a fait pour te protéger. Ton père t'aurait tuée. Elle a sauvé son enfant, mais également la Rodorchna.

Essylt fit non de la tête. Tremblante, elle saisit Lucetmael, qui commença à pleurer de sentir sa mère si agitée. Elle le serra contre sa poitrine et se dirigea vers sa propre chambre.

Declan la retint par le bras.

— Je suis désolé.

— Pourquoi me l'as-tu caché pendant tant de temps ? J'avais le droit de savoir.

— Tu n'étais pas prête à entendre toute la vérité.

Elle se retourna, faisant voler ses cheveux blonds. Ses yeux irradiaient de colère et de regrets.

— Tu aurais dû me dire plus tôt que ma mère aussi était un monstre.

— Non, Essylt, c'est faux. Son geste, aussi affreux soit-il, ne fait pas d'elle un monstre. Elle n'était qu'une mère désespérée.

Essylt secoua la tête à nouveau, submergée par les sanglots, et se précipita dans sa chambre en claquant la porte derrière elle.

Furieux que les choses aillent de mal en pis entre eux, le Chef des armées quitta la chambre princière. Aussitôt, Cleena le rejoignit, l'air courroucé.

— Que lui avez-vous fait ?

— Je lui ai révélé une vérité déplaisante.

— À quel sujet ?

Il faillit lui dire que cela ne la concernait en rien, avant de se reprendre. Elle n'avait pas à pâtir de sa colère, surtout qu'elle s'inquiétait pour Essylt.

— Je lui ai révélé ce que sa mère a dû faire pour la protéger.

Cleena sursauta. Ses yeux bruns s'assombrirent en comprenant ce que la Reine Vevina avait fait.

— L'apprendre alors qu'elle vient juste d'être mère n'était pas une bonne idée.

Il contint un sourire triste. Il la connaissait mieux que quiconque.

— Au contraire. Il n'y a que maintenant qu'elle peut comprendre.

Un bruit réveilla Declan en sursaut. Avant que ses yeux se soient habitués à la pénombre, il serrait déjà son poignard dans sa main. Certains réflexes échappent au sommeil.

— Votre Altesse ?

Il se détendit légèrement en reconnaissant la voix de l'un de ses valets. Il reposa son arme en se frottant le visage.

— Que se passe-t-il ?

Il était certain que le soleil n'était pas levé. Il savait toujours approximativement quelle heure du jour et de la nuit il était.

La porte s'entrebâilla, faisant entrer l'éclat vacillant d'une bougie.

— La Reine vous demande, votre Altesse.

Declan bondit sur ses pieds et revêtit son uniforme bleu. Le valet semblait gêné en déambulant dans la pièce pour ranger. Réveiller un Prince n'était pas une tâche agréable, toutefois la Reine pouvait réveiller qui elle voulait, quand elle le voulait.

En la découvrant dans son petit salon, il dut contenir l'expression de son visage. Outre ses traits tirés par un manque flagrant de sommeil, elle était magnifique. Ses cheveux s'échappaient de manière désordonnée d'une tresse qu'elle n'avait plus affichée depuis longtemps. Sa robe légère et dépourvue de fioritures coulait le long de ses jambes graciles jusqu'au sol.

— Votre Majesté, s'inclina-t-il respectueusement, conscient du valet à côté et de la servante qui patientait derrière elle. Que puis-je pour vous ?

— Je m'excuse de vous réveiller avant l'aube, mais j'ai à vous entretenir. Souhaitez-vous prendre une collation avant que nous commencions ?

Sa politesse excessive ne présageait rien de bon. Il fit non de la tête.

— Dans ce cas, qu'on nous laisse.

Sa voix avait tonné, incitant les deux domestiques à sortir.

Declan se laissa aller sur l'un des canapés. À la lumière des bougies éparpillées dans la pièce, l'immobilité d'Essylt était étrange.

— Quelle heure est-il ?

— À peine cinq heures.

Décidé à ne pas poursuivre la conversation, il la contempla pousser un soupir avant de prendre place en face de lui.

— Je ne sais plus quoi penser, Declan.

Cet aveu était touchant, ainsi formulé d'une voix enfantine. Il aurait voulu lui prendre la main.

— Rien n'a changé, assura-t-il tendrement. Elle demeure ta mère, cette femme courageuse qui t'a sauvée au péril de sa vie.

— Je t'en prie ! s'énerva-t-elle. Elle l'a fait au détriment d'autres vies.

— Le prix à payer était élevé, mais je suis certain qu'elle le paierait à nouveau.

— Je ne peux accepter…

Il était certain qu'elle n'avait pas dormi, trop tourmentée par cette découverte.

— Et toi, tuerais-tu pour Lucetmael ?

Elle se leva, ses yeux bleu ciel irradiant de fureur.

Parce qu'elle savait que la réponse était oui.

— Ne joue pas avec mes émotions. De belles paroles ne changeront rien.

— Que veux-tu changer ? Le mal est fait, ce bébé est mort et…

— Je veux retrouver ses parents.

— Je te demande pardon ?

— Je veux retrouver les parents de l'enfant que ma mère a tué.

Le dire lui brûlait la gorge. Après tout ce que son père avait fait, il était au-dessus de ses forces d'accepter que sa mère n'eût pas été la femme qu'elle croyait.

Declan demeura figé une longue minute avant de reprendre contenance.

— Je ne sais pas si cela est possible et…

— Ils vivaient entre le palais et l'orphelinat. S'ils n'ont pas déménagé, ils seront faciles à retrouver.

— Même si c'était le cas, qu'est-ce que cela changerait, Essylt ? Tu ne peux pas tout réparer.

Ses yeux brillèrent de larmes.

— Ils ont droit à la vérité.

Le Chef des armées acquiesça lentement. Il n'avait pas les mots pour l'en dissuader, malgré la certitude que cela lui causerait énormément de peine. Il alla dans sa chambre à coucher et revint avec un journal, qu'il feuilleta.

— Je vais chercher où ta mère l'a prise. Puis j'irai en personne rencontrer ce couple.

— Merci.

Elle se remit debout royalement. Declan lui tendit le journal en cuir usé.

— Le voudras-tu ?

Elle fit non de la tête, comme si le simple fait de le toucher pourrait la blesser. La Reine n'était pas prête à considérer sa mère comme avant.

Declan avait passé près de deux heures à estimer où vivaient les parents de cet enfant, grâce au journal de la Reine Vevina et à une carte. Il avait ensuite envoyé deux soldats se renseigner discrètement si un couple avait perdu une petite fille vingt ans plus tôt.

Il avait beaucoup à faire pour l'armée, cependant cette affaire ne lui avait pas quitté l'esprit un seul instant. Remuer le passé n'était jamais une bonne chose. Une part de lui était très fière qu'Essylt veuille rétablir la vérité, mais une autre voulait la tenir éloignée de tout ceci.

Une petite voix dans sa tête lui faisait honte. Car elle remerciait Vevina avec une ferveur incommensurable d'avoir eu ce geste atroce. Sans lui, Essylt ne serait plus.

Une fois le diner en compagnie des soldats terminé, il décida de se balader. Après avoir respiré l'air lourd de la cour, il chercha un peu de fraicheur dans les couloirs. Ses pas le menèrent dans l'aile principale, près de l'aile royale.

Je vais la voir pour m'assurer qu'elle va bien, se justifia-t-il.

Malin, il avait dissimulé une corde derrière un meuble. Entre deux tours de garde, il la sortit et la noua pour se rendre dans le jardin royal. Il réfléchissait à un moyen d'attirer son attention quand sa fenêtre s'ouvrit. Il n'aperçut qu'une tresse blonde avant que la corde solidement attachée ne rebondisse contre le mur.

Il se hissa au premier étage à la force des bras et se réceptionna sans bruit. Trois ans plus tôt, il avait réalisé cet exploit pour s'introduire dans le palais afin d'assassiner le Roi Mil. Aujourd'hui, il le faisait pour rendre des visites nocturnes secrètes à sa fille. Assise sur le lit, elle l'attendait en se tordant nerveusement les mains. Son teint pâle prouvait qu'elle ne s'était pas reposée de la journée.

— Les as-tu retrouvés ?

— Mes hommes sont sur le coup. J'aurai de leurs nouvelles demain.

— Merci.

— Je t'en prie.

Comparé à tout ce qu'il était capable de faire pour elle, ce n'était qu'une goutte d'eau dans l'océan.

Elle se frotta les yeux. Il n'aimait pas la voir ainsi. À la fois perdue et blessée. Tous ses instincts protecteurs se réveillaient.

— Comment te sens-tu ?

— Mal.

Elle se redressa et le regarda droit dans les yeux.

— Je me suis réellement posé la question avant que tu ne le fasses ce matin. L'aurais-je fait pour Lucetmael ? Et la réponse me déplait, Declan. Parce que je ne sais pas ce qu'elle dit de moi.

Des larmes dévalèrent ses joues.

— Je suis une femme adultère et je tuerais pour mon fils. Et si moi aussi, j'étais un monstre ?

Il s'agenouilla et prit son visage en coupe dans ses grandes mains. Sans hésitation, il embrassa chacune de ses larmes.

— Tu n'es pas un monstre. Les monstres ne veulent pas rétablir la vérité, ils ne sont pas pour la justice. Ils détruisent. Toi, tu construis.

Ce fut plus fort que lui. Il l'embrassa. Pour effacer la peine. Pour lui rappeler tout le bien qu'elle avait fait. Elle enfouit doucement sa main dans ses cheveux, faisant courir un frisson adorateur sur sa peau. Il se recula, le souffle court.

— Pourquoi est-ce si bon, alors que c'est si mal ? chuchota-t-elle contre ses lèvres.

Un grondement monta de sa poitrine et il s'empara de sa bouche avec une ardeur renouvelée. Elle crocheta sa nuque et il saisit ses hanches pour la remonter sur le lit. Quand leurs bas-ventres se touchèrent, brûlants de désir, Declan bondit en arrière.

— Non. Nous ne pouvons pas…

Il tira ses cheveux pour éclaircir ses pensées. Une part de lui voulait profiter du peu de temps qu'ils avaient, et l'autre voulait se protéger, car la chute n'en serait que plus fatale.

— Declan…

— Je n'en peux plus de cet entre-deux qui n'a aucun sens !

— Parce que tu crois que j'aime cela ? Tu me prends puis tu me jettes !

Conscients que parler trop fort était dangereux, ils serrèrent les mâchoires pour contenir des mots malheureux.

— Tu sais que je t'aime, murmura-t-il.

Elle ne put retenir une larme traîtresse.

— Mais tout ceci… C'est au-dessus de mes forces.

— Dans ce cas… que faisons-nous ?

C'était la grande question, avec trop ou pas assez de réponses.

— Je pourrais repartir…

Elle s'assit sur le lit, le cœur au bord des lèvres d'imaginer revivre pareil déchirement.

— Nous en souffririons tous deux, mais ce ne serait pas le pire. Je veux que tu voies ton fils grandir. Je veux que vous partagiez des instants tous les deux.

Il se retourna, le poing serré entre les dents. Évidemment qu'il ne pouvait pas les abandonner tous deux. La situation était bien différente d'un an auparavant. À présent, il avait un fils et la simple idée de ne pas être là à toutes les étapes de sa vie lui donnait envie de fracasser à mains nues chaque mur de ce palais.

— Ce n'est pas une option, dit-elle d'une voix enrouée.

— Alors, je reste, et nous apprenons à nous contrôler.

Il redressa les épaules, arborant son attitude de Chef des armées.

— Je ferai en sorte de ne plus jamais me retrouver seul avec toi. Si Calixte venait à voyager seul, j'irais avec lui, même si l'idée de te laisser me terrifie. Je ferais en sorte que toutes nos réunions se fassent avec des subalternes ou le Roi.

— Crois-tu que cela suffirait ?

Il s'apprêtait à répondre que oui. Il l'aurait voulu, mais il se devait d'être honnête, envers elle et envers lui-même.

— Non, soupira-t-il en s'appuyant contre le rebord de la fenêtre.

Ils gardèrent le silence, plongés dans leur réflexion.

— Tu pourrais… le quitter.

Un frisson glacé fit trembler la Reine. Quitter son époux. Rompre leur mariage. Mettre un terme au subterfuge qui l'emprisonnait depuis un an.

Elle en rêvait. Mais toutes les chaines ne peuvent être brisées.

— Je pourrais. Et si nous n'avions pas Lucetmael, je le ferais.

Ce fut au tour de Declan de frissonner en imaginant ce que serait la vie de son fils. Outre les noms horribles par lesquels il serait appelé, il aurait bien du mal à prétendre au Trône de sa mère. Bien que la royauté ne soit pas au centre du sujet, Lucetmael était un de Rodorchna. Lui enlever l'honneur de gouverner, ce serait briser une part de lui, il en était convaincu.

Ils n'avaient pas le droit de détruire l'avenir de leur enfant par égoïsme.

— Le seul moyen de vivre ensemble serait que Calixte disparaisse.

À peine les mots eurent-ils franchi ses lèvres qu'Essylt se haït de n'y avoir ne serait-ce que songé. Declan blêmit.

Oui, la mort de Calixte sonnerait la fin de ce mariage, mais seraient-ils libres de s'aimer pour autant ? Ils en doutaient. Épouser le frère de son mari décédé était extrêmement inapproprié.

— Je me fais horreur de ne serait-ce que l'envisager, confia-t-il.

— Moi également. Je ne souhaite en aucun cas sa mort. Je l'aime.

— Je l'aime aussi. Je ne veux plus jamais qu'on en reparle.

Elle acquiesça. Le silence s'étira, comme pour effacer les mots qui avaient été dits. Que le décès de Calixte soit une option à la survie de leur amour témoignait de leur désespoir. Même s'ils abhorraient cette union et tout ce qui en avait découlé, ils ne voulaient pas de mal à Calixte. Il ne le méritait pas.

— Nous pourrions…

Le Chef des armées se tut, étonné par son idée.

— Oui ?

— Nous pourrions tout lui dire.

— Je te demande pardon ?

La voix d'Essylt était dangereusement montée dans les aigus et ils baissèrent tous deux les épaules comme s'ils pouvaient atténuer le son ou disparaître de la pièce.

— Nous pourrions tout lui révéler. Que nous nous aimions bien avant votre mariage, que nous sommes amants. Qu'il n'y est pour rien, que tout ceci est plus fort que nous.

Declan était emporté par l'idée. Lui qui était d'une grande honnêteté peinait à vivre dans le mensonge.

— Il nous aime, poursuivit-il. Peut-être nous aime-t-il suffisamment pour l'accepter.

Il fallut une longue minute à la souveraine pour assimiler l'information.

— En supposant qu'il ne devienne pas fou de colère et ne souhaite pas nous tuer tous deux, que dire concernant Lucetmael ? Et que serait notre vie alors ? Crois-tu qu'il accepterait de n'être que mon Roi, sans être mon mari ? Crois-tu qu'il pourrait garder un tel secret, vivre avec une telle souffrance ?

Declan secoua la tête, conscient que son idée était absurde.

— Nous briserions son cœur et sa vie. Je refuse, Declan. De plus, je crains bien trop sa réaction pour l'envisager.

Il opina, la gorge nouée. Il aurait aimé avoir la certitude que son frère comprendrait, mais c'était impossible.

Chacun dans un coin de la pièce, ils se démenaient à trouver une solution à cette impasse.

— Il reste une dernière option.

Il avait failli ne pas l'entendre tant elle avait parlé doucement.

— Laquelle ?

La Reine se leva, faisant cascader sa robe légère sur le sol.

Quelque chose s'était dénoué dans sa poitrine. Un nœud qui l'entravait.

Une nouvelle certitude se répandait dans ses veines. Son cœur tambourinait dans sa poitrine. Soudain, la pièce était plus lumineuse, l'air embaumait une odeur parfumée et son corps fourmillait d'une énergie merveilleuse.

— Nous pourrions être amants aussi longtemps que nous le voulons. Aussi longtemps que nous en serons capables.

Il fit un pas vers elle, désemparé.

— Tu veux que nous vivions avec cette souffrance, encore et encore ? Ce sentiment de culpabilité permanent, cette impression d'étouffer ?

— Je ne respire bien que dans tes bras.

Ses paupières s'abaissèrent sur ses yeux verts pour contenir ses larmes. Comment pouvait-elle lui demander une chose pareille ?

— Tu n'as qu'un seul mari.

— Et je n'ai qu'une seule vie. C'est avec toi que je veux la partager.

Elle le rejoignit et caressa sa joue, adorant la sensation de sa barbe fraichement rasée.

— Pourquoi nous priver ? Pourquoi ne pas faire ce que nous souhaitons par-dessus tout ? Pourquoi ne pas profiter de ces rares instants ? Pourquoi nous restreindre pour un monde qui nous a déjà tant pris ?

— Mais Calixte…

— Calixte est une partie de ma vie, officielle et exigeante. Toi, tu es l'autre partie, lumineuse et parfaite.

Il plongea dans ses yeux, pour la supplier d'arrêter ou de continuer, il n'aurait su le dire.

— Tout ne dépend plus que de toi. De ce que tu es prêt à vivre. Moi, j'ai choisi. Je t'ai choisi.

Elle effleura ses lèvres d'un baiser d'une tendresse infinie.

— Je peux vivre dans le mensonge. Je peux faire semblant d'aimer un homme que je n'aime pas, pour retrouver celui à qui appartient mon cœur en cachette. Je peux tenir mon mari à distance de mon lit, mais pas entièrement, car cela éveillerait ses soupçons. Je peux vivre ainsi, parce que je ne peux pas vivre sans toi.

Elle enfouit ses mains dans ses épais cheveux bruns.

— Toi, peux-tu vivre ainsi ?

— Je ne sais pas, sanglota-t-il.

— Tu n'es pas obligé de répondre maintenant. Tu peux prendre tout le temps que tu voudras.

Elle se pencha à son oreille.

— Peu importe ce que tu décides, tu es l'amour de ma vie.

Elle recula et lui tourna le dos, pour signifier que la discussion était close. Parce que les mots les plus importants avaient été dits. Parce que sa décision à elle était prise et que rien ni personne ne pourrait l'ébranler.

Certains de Rodorchna avaient été des monstres. Ils avaient pillé, volé, massacré. Si un jour l'histoire devait la décrire comme un monstre, ce serait pour avoir aimé.

Après trois nuits où il avait peiné à trouver le sommeil, Declan fut réveillé par l'un de ses soldats, venu lui annoncer une bonne nouvelle : ses hommes partis en mission étaient rentrés.

En revêtant son uniforme, il songea à Essylt et à sa proposition. Il n'avait eu de cesse d'y penser. Il passait de la joie à la douleur en une fraction de seconde. Culpabilité, dégoût, envie, besoin, tout se mélangeait et se combattait en lui.

Au moins, cette mission inhabituelle allait lui changer les idées.

L'un de ses deux soldats lui apprit qu'il avait trouvé un couple correspondant à la description, dans le village de Zaykaith. Il fallait environ une journée à cheval pour s'y rendre.

Le Chef des armées partit à la recherche de sa souveraine pour la prévenir de son départ. C'était à lui seul de ramener ces pauvres gens au palais. Essylt déciderait de la manière de leur annoncer. Il voulait accomplir cela, pour refermer une boucle débutée vingt ans plus tôt.

La Reine était en plein conseil. En entendant la voix de Olc exprimer son mécontentement depuis l'autre bout du couloir, il songea que ce n'était pas le bon moment pour l'interrompre.

— Chef Declan, pouvons-nous vous aider ? s'enquit Jarlath.

Les deux commandants royaux semblaient s'ennuyer. La contracture de leurs épaules attestait de leur envie d'entrer dans la pièce pour en découdre. Malheureusement, certaines batailles n'appartenaient qu'à Essylt.

— Oui. Prévenez la Reine que je pars régler l'affaire dont elle m'a chargé. Je serai rentré demain dans la soirée.

Leurs yeux bruns s'écarquillèrent en même temps.

— Quelle affaire ?

— Vous la laissez ?

Declan aurait pu soupirer qu'ils se mêlaient de ce qui ne les regardait point, mais c'était parce qu'ils le faisaient qu'ils étaient d'aussi bons gardes.

— Elle ne craint rien avec vous. Je vous fais entièrement confiance. Pour ce qui est de cette affaire, elle est la seule en mesure de vous en parler.

Il fit un pas en arrière pour marquer une distance, signifiant que cette petite connivence peu protocolaire était terminée.

— Faites bien attention à Sa Majesté et à son Altesse durant mon absence.

— À vos ordres.

Ils se mirent au garde-à-vous. Declan put ainsi quitter le palais avec la certitude qu'ils feraient attention.

Un Chef des armées, de surcroit Prince, ne pouvait décemment voyager seul. Pour cette expédition, il avait emmené les deux soldats qui l'avaient renseigné, Gus et Kean. Ils faisaient partie des hommes à qui il confiait ce genre de mission secrète. Leur discrétion et leur efficacité étaient appréciées à leur juste valeur.

Ils firent une pause après deux heures de chevauchée seulement. Le mois de septembre avait commencé depuis deux semaines, mais la fraicheur de l'automne ne semblait pas prête à apaiser ces terres. Le soleil était rude et l'air lourd de chaleur. À midi, ils firent une halte dans une auberge pour avoir un vrai repas et remplir leurs gourdes d'eau fraiche.

Ils arrivèrent à Zaykaith peu de temps avant la nuit. Gus lui indiqua une petite chaumière en abord du village. Elle était facile d'accès, ce qui avait certainement facilité le choix de la Reine Vevina.

À cette pensée, il frissonna. Un drame s'était produit vingt ans plus tôt et il ne savait pas si Essylt parviendrait à le réparer.

— Kean, va te renseigner pour emprunter deux montures dès demain matin.

— À vos ordres Chef.

— Gus, prends-nous des chambres pour la nuit. Je vais faire un tour.

— Bien, Chef.

Il lui confia son cheval et partit en direction du nord-est. Inconsciemment, ses pas retournaient déjà au palais.

« Je peux vivre ainsi, parce que je ne peux pas vivre sans toi. Toi, peux-tu vivre ainsi ? »

Je ne sais pas.

La voix d'Essylt occupait ses pensées. Cette question, la question. Pouvait-il vivre ainsi ? Pouvait-il être l'amant de la femme de son frère ? Pouvait-il vivre en la partageant ?

Jamais.

Savoir qu'il la touchait, la possédait… Cela le rendait fou.

Je ne peux pas vivre ainsi, mais je ne peux pas vivre sans elle.

Tout le dilemme était là. Il était à elle depuis le premier jour, dans cette cour d'orphelinat. Il était déjà parti et cela n'avait servi à rien. Son amour n'avait pas changé et il n'avait fait que perdre des mois précieux. Des mois durant lesquels leur enfant avait grandi dans son ventre, juste avant qu'elle le mette au monde.

Lucetmael.

Qu'il lui manquait. Ne pas le voir, l'embrasser et le tenir dans ses bras tous les jours était une torture. Être père comblait un vide dans sa poitrine dont il n'avait jamais eu conscience.

Il ne se sentait pas la force de prendre une décision ce soir, ni jamais d'ailleurs. Comment être sûr qu'il s'y tiendrait s'il acceptait ? Un jour peut-être, la souffrance de voir Calixte à ses côtés serait trop forte et il partirait.

Non, je ne pars plus.

Il avait beau prendre le problème dans tous les sens, aucune issue ne paraissait envisageable.

Épuisé, il prit son repas avec ses hommes et se coucha. La journée du lendemain s'annonçait difficile, pourtant il mit de longues heures à trouver le sommeil. Il n'aimait pas être loin de sa famille.

À l'aube, Declan se réveilla en hâte et appela ses hommes. Il ne voulait pas tarder pour repartir au palais. La chaleur était déjà étouffante.

Kean et Gus étaient partis chercher les chevaux, le laissant seul face à la petite maison. Les murs décrépits par le soleil avaient dû être orangés autrefois et tendaient à présent vers un jaune grisâtre. C'était un édifice comme beaucoup d'autres, marqué par les vingt-cinq ans du règne de Mil.

Qu'était-il arrivé depuis tout ce temps à ce couple ? Comment allaient-ils prendre la nouvelle ?

Declan prit son courage à deux mains et frappa le battant en bois. Des exclamations surprises précédèrent l'ouverture de la porte sur une jeune fille d'une quinzaine d'années.

— Bonjour, monsieur.

Elle rougit de timidité face à l'uniforme.

— Bonjour. Est-ce que tes parents sont là ?

— Qui les demande ?

Un homme aux épaules larges et aux cheveux gris se dessina derrière l'adolescente. Il avait la peau tannée par le soleil, comme beaucoup de Rodorchniens travaillant dans les champs.

— Vous êtes bien monsieur Lodith ?

— Lui-même. Et vous êtes ?

— Je suis son Altesse Declan de Bofursyle, frère du Roi Calixte. Je suis actuellement en mission pour Sa Majesté Essylt de Rodorchna. Votre femme et vous-même êtes requis au palais.

Une femme apparut derrière eux. Ses cheveux coupés courts étaient d'un noir de jais aussi intense que ses yeux clairs. Ses traits fins se retrouvaient chez l'adolescente, qui contemplait ses parents avec hébétude.

— Que se passe-t-il ?

— Rien de grave, madame, rassurez-vous. Sa Majesté souhaite vous parler.

— Sommes-nous accusés d'un délit ?

Le père était passé devant elles pour les protéger.

— Nullement, monsieur. La Reine souhaite seulement vous parler, elle ne pouvait cependant pas faire le déplacement elle-même. Elle vous prie bien aimablement de vous rendre au palais. Il va de soi que le trajet est à ses frais et que vous serez dédommagés pour les journées de travail manquées.

Les deux époux se consultèrent du regard, étonnés. C'était une demande pour le moins incongrue.

— Quel est le sujet de cette discussion ?

— Je ne peux malheureusement pas vous le dire. Acceptez-vous de me suivre ?

Ce fut madame Lodith qui acquiesça en premier.

— Il nous faut juste trouver quelqu'un pour garder notre fille en notre absence.

— Mais Maman…

Elle lui saisit le menton et le redressa.

— Ne te fais aucun souci. La Reine est une femme de parole. Si elle assure que nous ne sommes accusés de rien, nous n'avons aucune raison de nous inquiéter. Ton père et moi sommes loyaux à la couronne, nous nous rendrons donc au palais.

Declan dut contenir un sourire. Même dans des circonstances aussi étranges, le peuple avait foi en elle. Essylt était parvenue à susciter une loyauté qu'il doutait voir s'éteindre un jour.

— Oui, nous irons. Combien de temps avons-nous ?

— Mes hommes sellent les chevaux à l'instant, monsieur. Je sais que ceci est brusque, mais je puis vous assurer que plus tôt vous serez partis, plus tôt vous serez rentrés.

L'homme hocha la tête une unique fois, puis rentra dans la chaumière pour préparer des affaires. Un peu paniquée, son épouse alla frapper chez sa voisine pour lui demander de garder sa fille. Kean et Gus revinrent à cet instant, prêts à partir. Les Lodith embrassèrent leur fille avant de se diriger vers les chevaux.

— Votre Altesse, nous vous suivons.

Galant, Gus aida madame à monter sur sa monture. Elle parut peu rassurée sur l'animal avant de prendre ses marques. Son mari monta sans peine et ils purent partir.

Bien moins indisposés par la chaleur que les trois Bofursyliens, le couple ne demanda pas de pause. Declan savait pourquoi Essylt aimait tant son peuple : il était fort et fier. Ils s'arrêtèrent donc uniquement pour le déjeuner, à l'ombre des arbres. Ils avaient acheté des provisions à l'auberge et les partagèrent. Afin de détendre l'atmosphère, Declan brisa le silence.

— Veuillez m'excuser, je n'ai pas eu la politesse de vous demander vos prénoms.

— Moi, c'est Philip. Et ma femme, Saoirse.

— J'espère que vous me pardonnerez de vous avoir pressés à partir.

— Nous sommes au service de notre Reine, répondit Saoirse avec ferveur.

Son époux acquiesça et le silence reprit ses droits. Le Chef craignait de trop en dire et peut-être était-il préférable de leur laisser le temps d'assimiler ce voyage.

Ce matin encore ils pensaient vivre une journée comme les autres et ce soir ils allaient rencontrer leur monarque.

Pour une raison douloureuse, malheureusement.

La chevauchée reprit, sous la chaleur écrasante du soleil. Declan faillit s'écrier en apercevant le palais. Sans le moindre doute, il préférait la Rodorchna en hiver, qui équivalait alors la Bofursyle au printemps.

Une fois les grilles passées et les montures confiées aux palefreniers, le Chef envoya Kean prévenir la Reine de leur arrivée.

— Venez, un bain vous attend pour vous rafraichir.

Il les mena dans une pièce commune réservée aux voyageurs. La Reine avait un sens aigu de l'accueil et ses bains communs faits pour les toilettes rapides étaient parfaits pour les Rodorchniens de passage.

Après qu'ils se furent rafraichis, Declan suivit Léan dans les couloirs, spécialement venue les mener à Essylt. Cette dernière patientait dans un salon modeste, exposé aux derniers rayons de lumière. Declan s'effaça pour que les Lodith puissent entrer. Le couple plongea en une profonde révérence.

— Bonjour, Saoirse et Philip. Je suis ravie de vous rencontrer, déclara la Reine.

Ils parurent surpris qu'elle connaisse leur prénom, mais se ressaisirent très vite, enchantés.

— C'est un honneur indescriptible, Votre Majesté.

— Je vous en prie, prenez place. Une collation va vous être apportée. Avez-vous fait bon voyage ?

Dociles, ils s'assirent en face d'elle. Le Chef des armées demeura en retrait, observateur silencieux.

— Oui.

Philip était un homme de nature peu loquace et la rencontre eut été impressionnante pour n'importe qui. Saoirse serrait convulsivement un pan de sa robe délavée entre ses mains, ses yeux papillonnant de tous côtés.

Léan revint déposer des boissons fraiches et des gourmandises diverses. Elle servit la Reine puis ses invités, qui burent avec avidité.

— Vous devez certainement vous demander la raison de votre présence ici, se lança Essylt d'une voix douce quand Léan se fut retirée. J'espère ne pas vous avoir trop inquiétés en vous envoyant chercher de la sorte.

— Non, rassurez-vous. Je pense néanmoins qu'il doit s'agir d'une affaire importante pour que le frère du Roi nous soit envoyé.

Essylt acquiesça en coulant un regard à Declan. Il restait de marbre, dans une position militaire, attendant la suite. L'éclat dans ses yeux verts lui indiqua à quel point il était soucieux.

— En effet. Je dois d'abord vous demander… Avez-vous eu une fille, disparue aux alentours du trois mai 666 ?

Saoirse et Philip pâlirent. Les mains de la première se mirent à trembler convulsivement.

— Oui, répondit son époux d'une voix enrouée par l'émotion. Elle nous a été ravie.

Essylt ferma les yeux un instant pour trouver du courage. Leur douleur était impossible à imaginer.

— Je vous ai fait venir pour vous raconter la vérité sur votre enfant.

Philip passa un bras dans le dos de son épouse pour la serrer contre lui. C'était comme s'ils se préparaient à recevoir un coup d'une violence inouïe.

— Comme vous le savez, ma mère m'a mise à l'abri après ma naissance, pour me protéger de mon père. Ce que vous ignorez, c'est qu'elle devait… prouver mon décès au Roi Mil.

Devant l'horreur qui se dessinait peu à peu sur leurs visages émaciés, la Reine reprit son récit.

— Après m'avoir déposée à l'orphelinat, la Reine Vevina a volé un enfant, une petite fille, pour la ramener à mon père à ma place. Cette petite fille, c'était la vôtre.

Ils demeurèrent figés, comme si elle n'avait rien dit. Les mots ne parvenaient pas à faire leur chemin dans leurs esprits embrumés de douleur.

— Ma mère a enlevé et tué votre enfant pour me sauver. Vous ne pouvez pas savoir à quel point je suis désolée pour le mal qui vous a été fait. Tout ce que je dirai ou ferai ne pourra jamais remplacer l'être qui vous a été ravi, mais je vous devais la vérité.

Saoirse se leva si brutalement qu'elle faillit renverser la table basse. La mère éplorée se précipita dehors, sous l'attention étonnée des gardes en faction. Philip tendit sa main vers elle, comme s'il pouvait la retenir alors qu'elle était déjà loin.

— Philip, si je puis faire quoi que ce soit pour vous…

— Vous en avez assez fait.

Il se mit debout, le regard perdu. Cet homme avait dû être soldat durant sa vie, car il eut le réflexe de s'incliner de manière militaire.

— Votre Majesté.

Il sortit. Declan vint s'asseoir près d'Essylt, qui prit son visage dans les mains.

— J'ai été maladroite.

— Il n'y avait aucune bonne manière de l'annoncer.

Il avait raison, bien entendu, mais elle avait le sentiment d'avoir mal fait. Il n'existait aucun mot adéquat pour exprimer son désarroi et ses regrets.

— J'ai à faire.

Il tressaillit en la voyant se diriger vers la porte.

— Essylt…

— Merci pour votre aide, Declan.

Il ne la retint pas. C'eut été contraire au protocole et bien inutile.

La Reine se concentra sur les affaires du Royaume toute la soirée durant, en manquant le repas. Elle se coucha bien après le soleil, le corps fourbu de fatigue, l'esprit embrumé et le cœur lourd.

Levée à l'aube, elle donna le sein au Prince avant de réunir certains intendants pour divers sujets. Les pauvres bureaucrates sortaient à peine du lit et durent répondre à toutes ses requêtes avant d'avoir pu petit-déjeuner.

C'est seulement quelques heures plus tard, alors qu'elle marchait à pas pressés dans un couloir de l'aile Ouest, qu'Essylt l'aperçut. Saoirse était à l'ombre du palais, appuyée contre un pilier, le regard perdu dans le vague.

— Majesté ?

Paddy était à peine visible derrière la pile de livres qu'il portait pour elle.

— J'ai quelque chose à faire d'abord.

Ses soldats la suivirent jusque dans l'aile principale et elle leur fit signe de l'attendre à la porte-fenêtre où elle était sortie.

Les chevaux galopaient dans leur enclos, soulevant la poussière dorée de la cour principale. Croyant d'abord que c'était ce que Saoirse observait, elle sursauta en découvrant son fils.

Dans les bras de Gladys, Lucetmael remuait doucement ses petits bras. La nourrice chantait en lui désignant les bêtes, que les palefreniers faisaient parader pour le Prince. Gladys aimait sortir le bébé du palais, même s'il n'en quittait jamais l'enceinte.

Essylt se plaça aux côtés de Saoirse, qui sursauta.

— Majesté.

La souveraine ne s'offusqua pas de l'absence de révérence.

— La chambre était-elle à votre convenance ?

Ils avaient logé dans l'aile des invités aristocrates, elle y avait veillé.

— Oui.

Essylt contempla Lucetmael. Elle avait envie de courir le prendre dans ses bras. Elle ne pourrait néanmoins déroger à cet affrontement plus longtemps.

— Je n'imagine même pas la souffrance et la haine qui vous rongent. Depuis que vous avez quitté le salon, je suis torturée par l'idée que peut-être, vous étiez mieux dans l'ignorance.

Un léger sanglot s'échappa de sa gorge.

— J'estimais vous devoir la vérité parce que… sans votre fille, je ne serais pas là aujourd'hui. C'est horrible et injuste, mais c'est la vérité. Sa mort a permis ma vie. Sans elle, la Rodorchna se mourrait.

Essylt se tourna vers Saoirse, essayant de capter son attention.

— Cela ne change rien pour vous, j'en ai bien conscience. Mais pour moi et pour mon Royaume, cela a fait la différence. Et je ne pourrai jamais suffisamment m'excuser auprès de vous.

La mâchoire de la mère éplorée se contracta vivement. Son regard n'avait pas dévié un seul instant du Prince et soudain un frisson glacé courut sur le dos de la Reine.

Saoirse le perçut. Ses lèvres se pincèrent, avant qu'elle ne lui fasse face.

— Rassurez-vous, je n'infligerai jamais à une autre mère la souffrance que j'ai vécue, Majesté.

Un soulagement indicible l'envahit.

— La vengeance ne me redonnera pas ma fille. La seule personne dont j'aimerais me venger, c'est votre mère. Mais je pense qu'elle a beaucoup souffert durant sa vie.

— Je le pense aussi.

Saoirse saisit un pan de sa robe pour jouer nerveusement avec.

— Il va me falloir du temps pour l'accepter, mais je vous suis reconnaissante de m'avoir dit la vérité. Une part de moi a toujours su qu'elle n'était plus, mais une autre ne pouvait s'empêcher d'espérer.

Essylt acquiesça, bouleversée. Vingt ans… Vingt longues années de *peut-être*. D'espoir. Et de deuil. Elle ne pouvait pas se figurer ce que cela avait été.

— Comment s'appelait-elle ? murmura-t-elle.

Des larmes affluèrent à ses yeux, en même temps qu'un sourire à ses lèvres.

— Lucy.

Elles se tournèrent d'un même mouvement en direction du Prince. Des domestiques s'étaient attroupés pour l'admirer et l'entendre babiller. Les palefreniers venaient d'amener un étalon brun et, avec beaucoup de précautions et un Caem fort attentif, Lucetmael fut approché pour le caresser.

— J'ai toujours été loyale à votre famille et je le serai toujours, dit-elle d'une voix profonde. Prenez soin de lui, Majesté. Je sais que vous avez un palais, de l'or, des bijoux, du pouvoir… Mais un enfant…

Elle ne put pas terminer sa phrase. Elle n'en eut pas besoin.

Essylt lui prit les mains et les serra. Saoirse hocha la tête, sachant qu'elles s'étaient comprises, avant de s'en aller.

La Reine sut qu'elle ne la reverrait pas avant son départ. Les Lodith désiraient quitter ce palais, qui avait accueilli le corps de leur fille. Ils n'avaient rien exigé en échange de ce qui leur avait été injustement pris. Ils étaient restés dignes et brisés.

Essylt demanda à l'un de ses gardes de glisser discrètement une bourse d'or dans leurs bagages. Cela n'arrangerait rien, toutefois elle songeait à leur seconde fille, vivante et jeune. C'était un présent pour elle, pour son avenir.

Avant de retourner à ses obligations, elle appuya son épaule contre le pilier de pierre et demeura de longues minutes à admirer son fils.

La Reine ne fut pas étonnée en apercevant Declan dans le jardin royal à la tombée de la nuit. Elle avait gardé plusieurs bougies allumées et déambulait dans la pièce en lisant. Sans vouloir se l'avouer, elle l'attendait.

Elle accrocha la corde et lui lança. Il fut si vite monté qu'un frisson lui courut le long du dos et elle se morigéna de s'en émouvoir après la journée qu'elle avait eue.

Il passa une main dans ses cheveux bruns en bataille en se redressant. Son uniforme n'était même pas froissé.

— J'ai appris que tu avais eu un tête-à-tête avec Saoirse. Ils sont partis.

Elle acquiesça. Elle n'avait rien à ajouter.

Ses doigts puissants s'emparèrent de sa main.

— Comment te sens-tu ?

— Je ne sais pas.

Il percevait son trouble. Il n'avait eu de cesse de penser à ce couple, qui avait été pris dans les rouages du destin d'une illustre famille.

— Puis-je le voir ?

Il n'avait pas son pareil pour la faire sourire. Sans lâcher sa main, elle le conduisit dans la chambre de son Altesse, où elle vérifia au préalable qu'il n'y avait personne. À cette heure, Bryn dormait à poings fermés avec son mari et son fils dans la chambre voisine. Silencieux, ils vinrent entourer le berceau de bois. Cette nuit, Lucetmael dormait sur le ventre et bavait abondamment.

— Ne se fait-il pas mal ainsi ?

Elle resserra ses doigts autour de sa paume épaisse. Son inquiétude toute paternelle était adorable.

— Cleena assure que non. Il ne faut pas qu'il le fasse trop souvent. Bryn et Gladys tiennent un décompte.

Dans un autre contexte, savoir que les nourrices comptaient le nombre de fois où le bébé dormait dans telle ou telle position eut été comique. Declan n'en rit pourtant pas, trop concentré sur le petit être endormi.

Tant d'éléments pouvaient lui nuire, que ce soit une position, un aliment, un insecte… Une angoisse sourde contracta la poitrine de son père en songeant à toutes les possibilités.

Essylt posa une main rassurante sur sa joue.

— Nous sommes là. Il ne craint rien.

— Je ne serai pas toujours là.

L'impuissance qu'elle lut sur son visage fatigué lui noua le ventre. N'être son père qu'à la tombée de la nuit devait lui être intolérable. Ne pouvant pas l'aider, elle se contenta de se blottir contre lui et d'admirer leur enfant qui dormait à poings fermés, inconscient des tourments de ses parents.

Une fois rassasiés, ils retournèrent dans la chambre de la Reine et il se dirigea vers la fenêtre.

— Tu repars déjà ?

Sa voix monta dans les aigus, ce qu'elle détesta. Elle ne voulait pas supplier, pourtant elle aurait donné beaucoup pour qu'il reste.

Il se figea et les muscles de son dos se contractèrent sous le tissu fin de son uniforme bleu. À la lueur de la lune, ses cheveux tendaient vers le noir, tandis que ses yeux verts brillaient intensément.

Il la rejoignit et caressa tendrement sa joue.

— La question que tu m'as posée…

— Oui ?

— Je n'ai pas de réponse.

Elle embrassa le creux de sa main avec adoration.

— Cela n'a aucune importance.

Ils s'embrassèrent, d'abord avec douceur, puis avec passion. Declan saisit ses hanches et elle se pencha en arrière pour qu'il mordille son cou. Elle rit, des frissons parcourant sa peau.

Il la fit reculer jusqu'à ce qu'elle soit contre son bureau. Il poussa une partie des livres et des papiers pour l'asseoir. Elle enroula ses jambes autour de sa taille et lui griffa la nuque. Elle s'appuya sur le bureau, ce qui fit baver l'encre de la lettre qu'elle venait d'écrire. Malgré elle, elle eut une pensée pour Calixte, qui n'allait pas tarder à repartir de Guanile, et donc à rentrer.

Alors, elle s'appuya sur ses épaules pour se hisser contre son torse. Il gronda et la porta jusqu'au lit en lui arrachant sa robe. Joueuse, elle le fit rouler sous elle pour lui ôter ses habits, avant qu'ils ne fassent qu'un.

— Votre Majesté ?

Assise à son bureau, Essylt releva les yeux de son dessin. Elle était censée rédiger un contrat commercial, mais sa plume avait rapidement dévié pour laisser des esquisses baveuses de Dagda. Le fauve adorait être proche de Lucetmael et le Roi appréciait peu qu'elle soit à l'étage. Elle profitait donc de son absence et se reposait devant la porte menant à la chambre du Prince.

— Oui ?

— Son excellence la Duchesse Ráichéal vient d'arriver au palais et requiert une audience.

La Reine fronça les sourcils. La noble avait dû apprendre qu'elle n'était pas partie comme prévu au Conseil des Neuf, toutefois il était étonnant qu'elle eût fait le trajet aussi rapidement. De plus, Luíseach était au palais. Ce devait être une affaire importante pour qu'elle demande une entrevue privée.

— Dites-lui que j'arrive.

Janae s'inclina et alla prévenir le soldat qui était venu la renseigner. Essylt en profita pour déchirer son dessin et le jeter. Dagda se redressa. Ses yeux clairs semblaient déçus.

— Je te dessinerai mieux une autre fois, lui chuchota-t-elle en la grattant derrière les oreilles.

La guéparde ronronna de plaisir.

— Garde bien Lu, je reviens.

Dagda émit un couinement aigu, comme s'il était évident qu'elle n'avait pas l'intention de laisser le bébé. La souveraine vérifia sa coiffure et posa un fin diadème sur sa tête avant de sortir.

Dans le couloir, elle se retrouva face à Séarlas, le mari de Bryn, qui portait dans ses bras leur fils Ochel assoupi. Entouré de quatre gardes, l'un des intendants du château de Bofursyle s'inclina bien bas.

— Majesté.

Essylt et Calixte avaient reçu le couple dès que Bryn avait été désignée nourrice du Prince. Séarlas était un homme taciturne mais fort efficace dans son métier. Venir vivre en Rodorchna l'avait forcé à quitter son poste. Un autre lui avait été attribué ici, néanmoins il paraissait s'ennuyer, ce dont Essylt était désolée.

— Bonjour, Séarlas. Comment se porte le petit ?

Elle s'approcha et vint caresser la tête duveteuse d'Ochel, qui avait déjà plus de six mois.

— Fort bien. Merci, Majesté.

— Le Roi et moi-même vous inviterons à diner dès son retour.

— Merci. J'en informerai Bryn lorsqu'elle sera réveillée. Elle s'est levée plusieurs fois pour son Altesse durant la nuit.

Essylt se sentit rougir. Declan et elle avaient entendu la nourrice apaiser le Prince et étaient demeurés figés de longues minutes de peur d'être découverts. Heureusement, Bryn était retournée se coucher quand Lucetmael s'était rendormi.

— Parfait. Je vous souhaite une excellente journée.

— À vous aussi, Majesté.

Il s'inclina à nouveau, soucieux du protocole, avant d'être conduit par les gardes hors de l'aile royale. C'était une façon de faire quelque peu brusque pour lui, d'être toujours sous bonne garde. Cependant, rares étaient les époux autorisés à dormir avec leur femme quand celle-ci était la nourrice de nuit d'un héritier royal. Essylt avait insisté pour ne pas séparer leur famille, car elle trouvait cela injuste. Calixte avait accepté, à la condition que Séarlas soit toujours escorté de gardes jusqu'à sa chambre. Cela devait être pénible pour lui, mais c'était largement compensé par le statut social accordé grâce à la position de son épouse. Il ne s'en plaignait pas et acceptait cette situation avec loyauté et efficacité, ce qui était apprécié.

Essylt suivit Léan jusqu'au salon où avait été installée Ráichéal. La Duchesse se leva avec son élégance naturelle et fit une profonde révérence.

— Votre Majesté.

— Votre excellence, c'est un plaisir de vous revoir au palais. Je vous en prie, prenez place.

Elles s'assirent l'une en face de l'autre pendant que Léan déposait des boissons devant elles.

— Pour commencer, Majesté, j'espère que votre fils se porte bien. J'ai ouï dire qu'il était complètement guéri, mais je ne serai rassurée qu'une fois que je l'aurai entendu de votre bouche.

— Il l'est, rassurez-vous. C'était une forte fièvre, peut-être due à ses dents. Il a été fatigué plusieurs jours, mais il est en pleine forme à présent.

Ráichéal eut un sourire que seules les mères peuvent esquisser.

— Vous m'en voyez ravie. Je lui ai apporté un présent, pour célébrer ses trois mois.

Une servante vint déposer un coffre près d'elle, révélant une dizaine de petites peluches adorables.

— Je vous remercie, Ráichéal.

Essylt était émue par le geste. De la part de quelqu'un d'autre, célébrer chaque mois de son fils l'aurait angoissée, mais c'était là un présent délicat et sincère.

Déjà trois mois... Le temps passait trop vite, elle ne voyait pas son bébé grandir.

— Je vous en prie.

Elles burent du vin dans un silence de connivence.

— Bien que vous n'ayez pas été absente, j'espère que Luíseach a su vous aider en tant que conseillère royale.

— Vous pouvez être fière d'elle. Elle a été plus qu'à la hauteur. Pendant que Lucetmael était malade, je n'ai absolument rien fait.

D'abord réticente à l'idée que sa fille devienne conseillère, l'aristocrate en retirait à présent beaucoup de fierté, qui était justifiée. Luíseach était brillante, particulièrement avec les chiffres.

— Mais je suppose que le sujet qui vous amène ne la concerne pas ?

— Vous supposez bien, Majesté. Je ne suis pas venue au sujet de Luíseach, mais de Lothar.

Essylt reposa sa coupe sur la table, sentant venir une conversation importante.

— Comme vous le savez certainement, mon fils avait des sentiments pour votre cousine Tyronoe. Depuis son décès, il s'est beaucoup renfermé sur lui-même et je ne sais pas comment lui redonner le sourire.

Elle déglutit avec difficulté. Elle qui était d'ordinaire très froide et distinguée se permettait aujourd'hui de montrer ses fêlures. Essylt ne s'en sentit que plus attachée à elle.

— Voyez-vous, je… je commence à être fatiguée de tout cela et j'aimerais qu'il prenne ma place.

La Reine sursauta. Ráichéal était une femme forte et fière, il était étonnant de l'imaginer lassée de gouverner ses terres. Mais il faut dire qu'elle n'était pas née noble et qu'elle avait pris la gouvernance du Duché au décès de son époux. Elle avait résisté à de longues années sous le règne tyrannique du Roi Mil.

— Je n'ai aucune objection, votre excellence. Lothar est en âge de prendre la gouvernance de votre province. Une chambre vous sera toujours réservée au palais de Rodorchna et au château de Bofursyle si vous souhaitez y séjourner.

— Je ne suis pas venue ici pour parler de moi, même si votre générosité me touche, Majesté. Ce que je souhaite, c'est marier mon fils avant qu'il ne prenne ma place.

Elles étaient entrées dans le vif du sujet et Essylt dut contenir une grimace. Après Caitlyn et Faolan, c'était à présent Lothar qui requérait son avis matrimonial.

— Je n'ai pas envie qu'il soit seul. Il l'est déjà bien assez. Je pense que le mariage pourrait l'aider à surmonter son deuil. De plus, il me tarde d'avoir des petits-enfants.

La souveraine acquiesça lentement.

— Je me range à vos arguments, néanmoins Lothar est-il informé de votre démarche ?

Ses yeux gris eurent un éclat coupable.

— Il ne l'est pas. Le sujet est délicat à aborder.

— Je n'aime pas l'idée de faire cela dans son dos. Je ne veux le forcer à rien.

— Ce n'est pas ce que je vous demande. Nous avons longtemps été coupés du reste du Continent. Nos liens avec les familles nobles sont ténus. J'aimerais simplement que vous sélectionniez les meilleures prétendantes et que vous les lui fassiez rencontrer.

Essylt songea à Faolan, qui l'avait priée d'inviter ses prétendantes. Decidément, ses nobles la prenaient de plus en plus pour une entremetteuse.

— Je vais y réfléchir. Je souhaiterais que vous en parliez à Lothar avant toute rencontre. J'estime qu'il est en droit de savoir.

Après ce qu'elle avait vécu, Essylt ne se serait jamais permis de choisir pour autrui.

— Bien entendu. Merci de m'avoir accordé de votre temps, Majesté, je ne vais pas vous importuner plus longtemps. Je vais aller saluer ma fille.

L'aristocrate se redressa avec un air surpris.

— À ce propos, si vous avez également des prétendants pour ma fille...

La Reine fit un signe de la main pour l'interrompre.

— Luíseach est une proche amie, très chère à mon cœur. Je lui ai plus d'une fois assuré que je la marierai à sa convenance, quand elle le souhaitera.

Ráichéal eut une moue agacée. C'était une mère dévouée, mais qui s'immisçait sans gêne dans la vie de ses enfants. Essylt venait de lui interdire l'accès au mariage éventuel de sa fille ainée.

— Bien, j'ai confiance en vous, conclut-elle en s'inclinant.

Ce soir-là, après que Declan eut bercé Lucetmael tendrement pour célébrer ses trois mois et qu'ils eurent fait l'amour dans le silence de la nuit, Essylt fixait le plafond, l'esprit en ébullition.

— Qu'est-ce qui te tourmente ?

Les doigts de son amant glissèrent le long de sa joue et de son cou.

— Je croyais que tu dormais, chuchota-t-elle en caressant son torse.

— C'était le cas, mais je ne dors jamais longtemps ici. D'ordinaire, c'est toi qui t'endors profondément. Ne t'ai-je pas suffisamment fatiguée ?

Son sourire insolent la fit rire. Sa main puissante saisit sa hanche pour la coller contre lui.

— Dis-moi ce qui te tient éveillée.

Elle soupira puis mordit son lobe d'oreille.

— Mes nobles. Ils me demandent tous des conseils matrimoniaux et je ne sais que faire. J'ai peur de mal faire, mais je ne peux rester entièrement à l'écart. Ils attendent beaucoup de moi.

— C'est normal. Il est de coutume qu'un monarque prenne part à ce genre d'alliances.

— Pour moi, ce n'est pas politique.

— Je le sais. C'est tout à ton honneur, mais tu ne peux changer la façon de faire. Il te faudra malheureusement t'impliquer dans leurs choix.

Elle ferma les yeux et frotta son nez contre sa barbe naissante.

— Je ne veux pas causer leur malheur comme on a causé le mien.

Ses bras puissants se resserrèrent autour d'elle.

— Tu peux faire en sorte que ce ne soit pas le cas.

Enveloppée dans la chaleur de son corps, le début d'une idée prit forme, rapidement emportée par la sensation de bien-être. Elle s'endormit contre lui.

Essylt écoutait le rapport d'un représentant de pêcheurs d'une oreille distraite. Le conseil devait encore recevoir beaucoup de monde et elle n'en voyait pas le bout. Cela faisait déjà deux jours qu'elle écoutait rapport après rapport. À sa gauche, Olc s'était assoupi, et à sa droite, Luíseach avait un regard fixe qui témoignait de sa fatigue.

— Comprenez que cette interdiction est…

— Votre Majesté ?

Cathan venait de se glisser dans l'entrebâillement de la porte. La souveraine se redressa, espérant presque une urgence grave pour avoir un peu d'action.

— Oui, commandant ?

— Sa Majesté le Roi est rentré.

Elle sentit un poids tomber sur sa poitrine. Manquant d'air, elle dut faire appel à toute sa concentration pour esquisser un sourire.

— Merveilleux. Mesdames, messieurs, si vous voulez bien m'excuser, je vais accueillir mon mari. Il doit être impatient de revoir notre fils.

Elle se leva et tous l'imitèrent. Ils plongèrent en une profonde révérence.

Chaque pas dans le couloir lui sembla trop long, trop lent. Elle descendit l'escalier, ses doigts frôlant la pierre ancestrale pour s'ancrer à la réalité.

Il est là.

Des gardes lui ouvrirent les portes-fenêtres donnant sur la cour. Une longue procession de carrosses venait de s'arrêter, et domestiques et palefreniers courraient en tous sens. En découvrant des uniformes militaires marron parmi les rouges et bleus, la souveraine ne put contenir un sourire.

— Essylt !

Indifférent à la poussière, le Roi courut jusqu'à elle et la prit dans ses bras. Il enfouit son visage dans son cou, lui arrachant un frisson de déplaisir.

— Comme tu m'as manqué, ma bien-aimée !

Il la reposa et saisit son visage pour l'embrasser à pleine bouche. Suffoquée, elle lui rendit son baiser du mieux qu'elle le put.

— Je suis heureuse de ton retour, fut tout ce qu'elle parvint à murmurer contre ses lèvres brulantes.

— Comment va Lucetmael ?

— Très bien.

Radieux, il la prit par la taille pour la conduire vers un carrosse d'où descendaient Mazoe et sa fille.

— Essylt ! s'écria la Princesse en bondissant dans ses bras.

Elle l'accueillit avec délice, avant d'enlacer sa grande cousine sans la moindre formalité.

— Surprise ! s'amusa la Reine de Mebeaka.

— Elles étaient toutes deux si déçues de ne pas te voir que je les ai invitées ici, lui apprit Calixte.

Cette fois-ci, elle lui sourit sincèrement. C'était une attention adorable et appréciée à sa juste valeur.

— Venez, vous devez avoir chaud. Je vais faire préparer vos appartements et…

— Ah, Declan !

Le Roi bondit sur son frère pour une accolade musclée. Il lui rendit avant de s'incliner devant la Reine.

— Votre Majesté, votre Altesse, c'est un plaisir de vous revoir.

— Pour nous aussi, votre Altesse.

— Rentrons, intima Essylt. Il fait trop chaud dehors.

Calixte embrassa son front et la poussa pour qu'ils marchent devant, afin de guider leurs invitées.

Ce fut plus fort qu'elle, la Reine se retourna pour voir Declan.

Que vas-tu décider maintenant ?

XII

« Qui joue risque de perdre. » Roi Balor d'Avaithra, 650

— Comme tu m'as manqué, souffla Calixte à son oreille en serrant sa taille.

Elle baissa les yeux, lui offrant son cou qu'il huma avidement. Qu'il était peu confortable de marcher de la sorte ! Le Roi ne paraissait cependant pas dérangé, trop heureux de retrouver son épouse après ces semaines d'absence.

— Toi aussi, parvint-elle à répondre.

Je redeviens un mensonge.

La poitrine oppressée, elle se concentra sur ses pas. Les gardes en faction à l'entrée de l'aile royale plongèrent en une profonde révérence, ravis de retrouver leur monarque.

La pièce était relativement fraiche, arrachant un soupir d'aise aux voyageurs.

— Quelle chaleur étouffante il fait ici ! se plaignit Calixte en faisant signe à Léan de leur apporter à boire.

— C'est que vous n'y êtes point accoutumé, Majesté, répondit candidement Niahm en s'asseyant. Moi j'aime la chaleur.

— Il est vrai, rit-il. Votre endurance m'impressionne, votre Altesse.

Elle sourit de contentement, les faisant tous rire. Essylt voulut prendre place sur un fauteuil, mais c'était sans compter sur Calixte qui l'attira près de lui sur l'un des canapés. Elle dut donc faire face à Declan.

Nous avons fait l'amour ici même...

Une forte rougeur lui monta aux joues.

— Essylt, comment vous portez-vous ? s'enquit Mazoe avec un sourire qui lui mit du baume au cœur. Vous êtes radieuse, la maternité vous a réussi.

— Merci beaucoup. Je me porte bien et Lucetmael encore mieux.

— Ne vas-tu pas le chercher ?

— Il dort pour le moment.

— Ne perturbons pas son sommeil, confirma Mazoe. Profitons-en pour nous retrouver.

La conversation s'engagea tout naturellement sur le Conseil des Neuf. Ils narrèrent leur voyage, à la fois les anecdotes et les décisions politiques.

— Grande nouvelle : Dymphna est enceinte ! s'égaya Mazoe, ses yeux clairs luisants de joie.

Une belle amitié existait entre les Reines du Continent. Excepté Trevina de Teac et Sybil de Xoramif, qui étaient plus âgées, ainsi que Máda de Jirialc qui était parfois quelque peu revêche, les souveraines partageaient une forte connivence et une profonde affection. Cela n'avait pas toujours été le cas à travers l'histoire, à cause de rivalités diverses et variées. Mais qu'il s'agisse de Mazoe, de Dymphna, de Gwenola, d'Iverna ou d'Essylt, elles étaient humbles et intègres. Leur rôle si difficile les avait liées.

— C'est merveilleux ! s'exclama Essylt en bondissant littéralement.

Le couple royal de Vuai s'apprêtait donc à accueillir son sixième enfant.

— Ils ont une chance immense. Le ventre fertile de Dymphna est une bénédiction pour leur Royaume.

La Reine de Bofursyle di Rodorchna acquiesça, bouleversée. L'idée d'avoir un deuxième enfant… un fourmillement brûlant lui courra le long du dos. Parce que cette simple pensée était aussi attractive que destructrice. Elle ne souhaitait aucunement avoir un enfant avec Calixte et ne pouvait décemment pas en avoir un second avec Declan. Pourtant, une part d'elle, faite de lumière et d'amour, ne pouvait s'empêcher de l'imaginer.

— Tout à fait. Mais je ne doute pas que nous aurons le même bonheur. Il a fallu quelques mois à peine à ma magnifique épouse pour tomber enceinte, se vanta Calixte en déposant un baiser sur sa joue.

La souveraine de Mebeaka eut un sourire lumineux, tandis que son regard dévoilait une ancienne nostalgie.

— Je vous le souhaite de tout cœur.

— Comment se porte mon cousin Yvain ?

Détourner la conversation était devenu naturel. Elle pouvait aisément deviner les raisons de la peine de Mazoe. Elle avait eu deux enfants, avec quelques années d'écart, et ne semblait pas prête à en avoir de troisième.

Après une collation agréable et méritée, les deux Mebeakiennes se retirèrent dans leurs appartements. Calixte en profita pour faire une toilette, ce qui offrit un moment de répit à Essylt.

Declan s'était montré si… inchangé. Malgré quelques soubresauts de ses mains à chaque fois que son époux la touchait, il s'était montré jovial, avec ce don qu'il avait de mener les discussions. Elle en était aussi soulagée qu'inquiète. Que cela signifiait-il quant à sa prise de décision ? Était-il prêt à jouer ce rôle toute une vie ?

Elle aurait aimé pouvoir en discuter avec lui. Cela paraissait impossible dans l'immédiat. Le retour de Calixte allait perturber leurs rencontres. S'il daignait encore la rejoindre dans sa chambre. Elle aurait souhaité pouvoir le rejoindre, mais c'était extrêmement compliqué de passer inaperçue dans les couloirs de son palais.

En s'asseyant devant son bureau, elle découvrit la pile de lettres rapportées par son mari. Elle les fit défiler jusqu'à tomber sur celle d'Anna.

Comme son amie lui manquait ! Elles ne s'étaient pas revues depuis son mariage, plus d'un an auparavant. Elle n'avait jamais tenu Lucetmael dans ses bras…

Elle déchira le sceau de l'aristocrate et lut avec avidité.

« *Chère Essylt,*

Quel bonheur, comme toujours, de recevoir une missive de toi. Et quel honneur d'être tant gâtés. Aslander n'a de cesse de jouer sur le cheval en bois que tu lui as envoyé : un présent d'une grande beauté et d'une grande valeur. La plaque en or où est gravé son nom en atteste. Ta générosité ne cessera jamais de m'émouvoir !

Quelle joie profonde et immuable d'avoir des nouvelles de ton fils. À travers tes écrits, je sens la mère que tu es devenue et je suis si heureuse pour toi. Il semble être un bébé fort agréable. Je lui souhaite santé et bonheur.

De mon côté, les mois passent et mon ventre ne cesse de s'arrondir. J'ai déjà été enceinte, pourtant les sensations paraissent renouvelées et magnifiques.

Il me tarde que nous nous retrouvions. La prochaine fois, nous aurons chacune un enfant à présenter à l'autre.

Tu me manques.

Aslander et Oistin t'embrassent.

Mille baisers,

Anna. »

Leurs échanges étaient souvent courts et si elles avaient un sujet d'ordre politique sur lequel s'entretenir, elles écrivaient toujours une autre lettre, plus formelle. En effleurant le papier épais, une image s'imposa à Essylt. Celle d'Anna, les lèvres pincées, faisant voguer sa plume sur la feuille en soupirant.

Déception.

La poitrine de la Reine se serra durement. C'était bien là un sentiment que personne ne voulait susciter chez une amie si chère.

Elle en connaissait la cause, bien sûr. Il était évident que dans la lettre accompagnant le cadeau d'Aslander, Anna s'était attendue à une question toute particulière : « Veux-tu être la marraine de Lucetmael ? » À présent, elle devait croire qu'elle avait choisi quelqu'un d'autre, alors que ce n'était pas si simple.

— Un problème, ma douce ? Tu sembles contrariée.

Elle sursauta au son de sa voix. Elle n'avait pas entendu la porte de la salle de bains s'ouvrir. Le torse nu de Calixte brillait de quelques gouttes oubliées.

— C'est la lettre d'Anna, expliqua-t-elle en focalisant son attention sur le papier tandis qu'il passait dans son dos. Je pense qu'elle s'attendait à ce que je lui demande d'être la marraine de Lucetmael.

Il posa sa main sur sa nuque et elle frissonna. Son contact et sa nudité la dérangeaient, même s'il portait un pantalon. Qu'il était étrange d'être dans cette pièce avec lui, là où Declan et elle s'étaient si sauvagement aimés.

— Je t'ai dit que je n'y voyais aucun inconvénient, dit-il en passant dans son dos. Si son parrain est Declan.

Sa gorge se noua. Elle comprenait qu'il souhaite que ce soit lui : c'était son frère. Leur lien était incroyablement fort, surtout qu'ils ne partageaient pas le même sang.

Mais comment lui dire que c'était impossible ? Essylt était persuadée que cela blesserait davantage Declan. Comment lui accorder ce titre pour son propre enfant ? Cela n'avait aucun sens.

Elle ne pouvait décemment pas avancer cet argument à son mari.

— Ne devrions-nous pas privilégier un parrain et une marraine plus politique puisqu'il est notre premier né ? dit-elle prudemment, répétant la conversation qu'ils avaient déjà eue quelques semaines auparavant. C'est ce que font couramment les monarques.

— Bien sûr, c'est de coutume. Mais mon oncle Luam est mon parrain et l'idée que Declan soit celui de Lucetmael me plaisait.

Il exerça une légère pression sur sa nuque, aussi bienvenue que désagréable.

— Pourquoi pas mon cousin Yvain ? Il sera bientôt Roi. Il aura donc le même lien que tu as eu avec Luam.

— Ou bien Ruarc. Il sera aussi bientôt Roi. Et c'est au père de choisir le parrain d'ordinaire, non ?

— Dans ce cas, ce sera Ruarc et Anna.

Elle se leva, la poitrine déchargée d'un poids.

— Tous deux proviennent de Teac, c'est donc peu judicieux, contra-t-il. Une autre femme ne te conviendrait-elle pas ?

L'idée qu'Anna ne fut pas la marraine de Lucetmael la peinait beaucoup, pour tous deux. La Comtesse se faisait sans conteste une joie de tenir une telle place dans la vie de son fils et elle souhaitait que ce dernier reçoive soutien et conseils de quelqu'un qui l'aimerait sincèrement, sans arrière-pensée politique.

Surtout que si la vie en avait décidé autrement, Ty aurait été la marraine de Lucetmael. Essylt ne pouvait priver son enfant d'Anna en sachant qu'il ne connaitrait jamais sa cousine.

La Reine réfléchit aux autres options. Mazoe aurait été un choix parfait, toutefois elle avait déjà beaucoup de filleuls. Quant à Niahm, elle était trop jeune. La seule héritière royale aurait pu être Alyson, mais elle était trop rebelle pour l'envisager.

— Non.

Il attrapa ses hanches pour demeurer face à elle durant cette conversation si importante.

— Dans ce cas, échangeons. Nous prenons Yvain comme parrain, en lien avec toi, et Rosheen comme marraine, en lien avec moi.

Elle dut se contenir très fort pour ne pas grimacer. Elle ne l'appréciait guère et cette dernière n'avait rien fait pour améliorer leur relation. Elle était cependant la cousine de son mari et son frère serait bientôt Roi.

— Ne pouvons-nous pas prendre Yvain et Anna ? tenta-t-elle d'une toute petite voix.

— Non, ma bien-aimée. Si tu souhaites lier des êtres à notre enfant pour la politique, ce sera Yvain et Rosheen. Anna a trop peu d'influence.

Elle plissa les lèvres de concentration. Le choix n'était pas agréable.

— Es-tu certaine de ne pas vouloir Declan ? Je suis sûr qu'il serait parfait.

— Là n'est pas la question.

Elle devait choisir entre enfoncer le poignard un peu plus profondément dans le cœur de Declan ou blesser sa meilleure amie. Même si la réponse lui déplaisait, le choix était simple.

— Prenons Yvain et Rosheen. Ils viennent de deux royaumes forts et loin d'ici, ainsi Lucetmael aura l'occasion de beaucoup voyager.

— Eh bien soit ! J'aurais préféré Declan, mais c'est une bonne décision.

Il déposa un baiser sur sa joue.

— Veux-tu les en informer ?

— Oui, je me charge des missives.

— Y a-t-il des affaires urgentes ?

Il se pencha vers son bureau, recouvert de documents et d'esquisses.

— Rien qui ne peut pas attendre. Je t'en informerai plus en détails demain.

Profitons d'abord de nos invités.

— J'espère que cette surprise t'aura plu.

— Beaucoup. Je me languis de ne pas les voir plus souvent.

— Je sais.

Sa main droite s'enfouit dans ses cheveux et il se pencha pour lui offrir un tendre baiser. Ce geste était plein d'un amour si sincère qu'elle en eut les larmes aux yeux.

Comment puis-je lui faire cela ?

Parce qu'il ne peut en être autrement, répondit en elle une voix faite pour énoncer des évidences.

Un petit cri plaintif les arrêta dans leur étreinte.

— Mon fils m'appelle, s'illumina-t-il en fonçant vers sa chambre.

Elle se figea dans l'embrasure de la porte. Calixte souleva Lucetmael avec mille précautions et le blottit contre son torse. Le bébé cessa de crier et ouvrit de grands yeux interrogatifs.

— Que tu as grandi en si peu de temps ! Tu m'as manqué mon petit bonhomme. Maman a bien pris soin de toi, tu es plus lourd qu'avant mon départ.

Il embrassa son front puis passa une main possessive sur le duvet blond de son crâne. Le Prince émit une exclamation de joie avant de remuer ses bras potelés.

— J'ai été peiné d'avoir manqué ses trois mois.

Elle prit une grande inspiration et le rejoignit.

— Rassure-toi, il n'en gardera aucun souvenir.

— M'en veux-tu de la manière dont je suis parti ?

Sa voix était emplie d'une crainte palpable. Elle toucha son dos, étonnée de retrouver la sensation de sa peau.

— Non. Tu as accompli notre devoir.

Pour elle, le sujet était clos. À dire vrai, elle lui était reconnaissante d'être parti sans eux.

Après un doux moment de câlins et de baisers, Calixte esquissa un sourire d'une beauté époustouflante.

— J'aime tant qu'il ait tes yeux.

Bouleversée, elle l'embrassa en serrant Lucetmael entre eux.

Cet héritage allant de pair avec la magie ancestrale des de Rodorchna était une bénédiction. Sans lui, Calixte aurait peut-être compris la vérité.

— Allons rejoindre nos invités.

Il lui confia le bébé pour enfiler son haut, puis ils se rendirent vers le salon rouge. Dans les couloirs, tous les domestiques s'inclinèrent, le visage plein d'admiration devant la famille royale réunie.

La Princesse de Mebeaka se précipita sur eux. Elle se figea devant le bébé, les traits empreints de joie. Niahm était de ces enfants dont chaque sentiment s'inscrit sur le visage.

— Je peux le prendre ? Je peux prendre mon cousin ?

— Du calme, la réprimanda gentiment sa mère en les rejoignant, tout aussi subjuguée par Lucetmael.

— Seulement si tu t'assieds, lui dit Essylt avec un clin d'œil.

La Princesse bondit sur un canapé et tendit ses bras avec avidité. Inquiète qu'elle ne parvienne pas à le tenir convenablement, sa mère prit place à ses côtés. Le Prince fut déposé dans ses petits bras. Elle le berça doucement contre sa poitrine.

Lucetmael émit un éclat de voix aigu et comblé.

— Il est très heureux de te rencontrer.

— Moi aussi je le suis, lui murmura-t-elle avant d'embrasser sa joue.

Mazoe lui prit la main doucement.

— C'est un très beau petit garçon. Toutes mes félicitations.

— Merci, Mazoe.

Essylt s'assit à ses côtés et elles échangèrent une étreinte. Elles n'avaient qu'une hâte, c'était se retrouver toutes les deux. Calixte n'avait aucune objection à leurs manquements au protocole et elles avaient besoin d'un moment d'intimité.

Le diner se déroula dans la convivialité et une décontraction appréciée. Niahm n'eut de cesse de dorloter son petit cousin. Elle se plaignit quand elle dut le rendre à sa mère pour qu'elle le nourrisse.

— Je connais une Princesse qui aura beaucoup d'enfants, s'exclama Calixte, sans savoir qu'il répétait là les paroles que Guénolé avait tenues à Essylt.

— Je le lui souhaite, répondit la Reine de Mebeaka en passant une main adoratrice dans ses cheveux bruns.

Les heures s'étaient écoulées si vite qu'Essylt fut étonnée en arrivant dans l'aile royale. Les moments partagés en très bonne compagnie étaient toujours trop courts.

— Il dort à poings fermés, chuchota son époux, qui s'était faufilé dans la chambre du bébé pour le contempler.

Sur le dos, les bras au-dessus de sa tête, Lucetmael dégageait un tel contentement qu'ils continrent leur rire avec difficulté. Calixte lui prit la main pour les faire sortir.

Ils se retrouvèrent dans sa chambre.

Essylt sentit son souffle se bloquer dans sa gorge. L'impression d'être prise au piège était suffocante.

— Très agréable soirée ! Les repas en petit comité sont plus appréciables, dit-il d'un ton badin en dénouant le col de son haut.

— Tout à fait.

Il vint enlacer sa taille et l'attirer contre lui. Il posa son front sur le sien.

— Je suis si heureux de te retrouver. Chaque minute loin de toi est perdue.

— Moi aussi, souffla-t-elle.

— J'espère que cela n'a pas été trop dur sans moi.

Que croyait-il, qu'elle ne pouvait pas gérer leurs royaumes en son absence ? Elle ravala son aigreur.

— Nullement. As-tu bien défendu nos intérêts ?

— Évidemment. Ce n'était pas très compliqué : ils voulaient tous marchander avec moi avant quiconque. Nous sommes la plus grosse puissance du Continent.

Cet excès de pouvoir semblait le rendre fier. Essylt quant à elle était mitigée. Comment demeurer humble dans de telles circonstances ? Elle devait rester concentrée sur ses objectifs pour être une bonne souveraine.

Ses yeux noisette se troublèrent un instant, perdus dans des pensées lointaines. Sa main remonta le long de son bras en une caresse qui aurait pu être douce si elle n'avait pas eu un arrière-gout si amer.

— Quand je pense que Dymphna est enceinte…

Sa poitrine se contracta vivement.

— Cela me donne envie d'avoir aussi un autre enfant.

Il s'empara de ses lèvres. Et alors, plus rien n'exista. Essylt se retira en elle, fuyant ce corps qu'elle n'avait pas le pouvoir de lui refuser. Le prétexte de l'accouchement ne tenait plus, aucun argument ne pourrait justifier de ne pas s'acquitter de ses devoirs conjugaux.

Il la dévêtit, la caressa, l'embrassa. Il l'allongea sur le lit et la posséda, créant une douleur aussi physique que morale.

Je ne suis pas à toi ! ne cessait de se rebeller son esprit.

Mais Essylt n'écoutait pas, n'écoutait plus. Elle avait appris à ne plus être, pendant le court instant où elle était à lui. Pour se préserver, mieux valait oublier.

Une fois qu'il se fut retiré dans un râle de plaisir, il s'allongea contre son flanc et la serra fort. Il frotta son nez contre sa joue de manière adorable.

Je ne suis pas à toi !

Ce fut plus fort qu'elle, elle fondit en larmes. Comment avait-elle pu croire que ce serait simple ? Qu'appartenir à deux hommes ne la déchirerait pas tout entière ?

— Essylt !

Il la ramena tendrement contre lui, sans comprendre qu'il empirait les choses.

— T'ai-je fait mal ?

Plus que tu ne le sauras jamais.

— Non.

— Dans ce cas que t'arrive-t-il ?

Il plongea dans ses yeux, fou d'inquiétude.

— Pardon, balbutia-t-elle sans parvenir à contenir ses larmes. Pardon. Je suis juste… très fatiguée.

Quelle excuse aisée. Quel mensonge facile à prononcer.

— Tu aurais dû me le dire ! la réprimanda-t-il en l'attirant sur son torse pour la bercer. Je ne voulais pas te brusquer. Pardonne-moi.

Elle ne répondit pas. Calixte demeura près d'elle, attentif et aimant, sans savoir qu'elle pleurait un destin inéluctable.

Niahm bondit sur son étrier et monta sans la moindre difficulté. À dix ans, elle avait déjà les manières d'une dame et les compétences d'une cavalière émérite. Sa mère et Essylt rirent de sa bonne humeur contagieuse.

— Il me tarde de chevaucher un peu dans votre Royaume, Votre Majesté.

— Dans ce cas, nous ne vous faisons pas patienter plus longtemps. Passez devant.

Niahm sourit et talonna son cheval. D'un signe de tête, Essylt ordonna à Cathan de se poster à son côté. Les gardes mebeakiens étaient très attentifs, néanmoins elle ne voulait prendre aucun risque.

— Quel temps radieux pour cette fin de septembre, commenta joyeusement

Mazoe en prenant appui sur les mains d'un soldat pour monter en selle.

— À quoi vous attendiez-vous, chère cousine, de la pluie ? rit Essylt en montant d'une poussée.

Elle était heureuse de retrouver Royal, qui après s'être ébroué en maculant le bas de sa robe de boue, avait daigné se laisser caresser. Elle n'avait eu guère de temps à lui accorder ces derniers mois, il lui fallait donc faire amende honorable. Elle lui flatta l'encolure puis lui offrit un autre sucre. Il recouvrit sa main de bave.

— Non, pas de la pluie, mais pas non plus ce temps chaud sans être étouffant, poursuivit Mazoe.

— Je vous rappelle que mon Royaume est aussi chaud que le vôtre.

— À vrai dire, votre palais est au nord, pour moi.

— Vous devriez revenir en Bofursyle en hiver, s'exclama la souveraine en éperonnant son étalon blanc vers les grilles du palais. Il y a tant de neige qu'on ne peut marcher.

— Quelle angoisse.

— Je vous le confirme.

Elles échangèrent un regard de connivence, rendu encore plus mystique par ce nez délicat qu'elles avaient en commun. Un lien de sang les unissait, au même titre qu'une amitié profonde qui ne souffrait ni de la distance ni du temps.

Leurs chevaux avancèrent dans un silence apaisant. Malgré elle, Essylt ne put s'empêcher de jeter un regard par-dessus son épaule. Déjà, son palais s'éloignait, se confondant avec la falaise qui l'enlaçait et les champs alentour.

C'était la première fois qu'elle se retrouvait aussi loin de Lucetmael et elle en éprouvait une grande angoisse. Et si son fils avait besoin d'elle ? Il ne pouvait guère tomber malade en deux heures, toutefois elle ne pouvait s'empêcher de s'inquiéter.

De manière fort paradoxale, elle ressentait également un sentiment de liberté à se retrouver ainsi sur Royal, les cheveux au vent, loin de ses devoirs de Reine, de mère et d'épouse. Cela ne fit qu'accroitre sa culpabilité.

— Il faut apprendre à les laisser.

La voix de sa grande cousine la ramena à leur balade. Ses yeux clairs admiraient sa fille, qui faisait gambader sa monture comme s'ils se connaissaient depuis toujours, alors que c'était un cheval de l'écurie d'Essylt. La Princesse le guidait avec aisance et douceur, et l'animal répondait au moindre de ses désirs. Les gardes peinaient à suivre les envies de son Altesse, qui allait tantôt à gauche, tantôt à droite, ou accélérait pour finalement s'arrêter contempler une fleur.

— Cela semble plus facile à dire qu'à faire.

— Tu y parviendras, lui confia-t-elle, retrouvant ce tutoiement qu'elles affectionnaient loin des oreilles indiscrètes. Être mère est un savant mélange entre contrôler et lâcher prise.

— Je vais m'arracher les cheveux.

Elles rirent de bon cœur.

En apercevant un tronc jonchant le sol, Niahm éperonna son cheval au galop et sauta l'obstacle sans effort. Trouvant l'exercice plaisant, elle le répéta, sous l'attention polie des gardes qui applaudissaient ses exploits.

Avec ses deux nattes brunes au vent et son sourire qui lui mangeait les joues, elle respirait la vie. On pouvait percevoir dans ses traits la femme qui se dessinait, un esprit libre et heureux.

En se tournant vers Mazoe qui l'admirait avec mélancolie, Essylt perçut son trouble comme un effluve dans l'air.

— Tout va bien ?

La Reine de Mebeaka soupira et replaça des mèches dans son chignon.

— Quand je la vois si libre, si confiante, je regrette la vie que je vais lui imposer. Je ne suis pas seulement sa mère. Mon devoir est aussi de la façonner pour être Reine.

La jeune fille rit quand sa monture marcha dans la boue et éclaboussa celle de Cathan. Le commandant fit semblant d'en être offusqué.

— Profite de ces premières années. Ce sont les plus belles, car après, une certaine distance s'installe avec ton enfant. La royauté est ainsi.

Il était difficile pour Essylt de se figurer Lucetmael à dix ans, chevauchant devant elle en jouant avec son cheval. Oh, bien sûr, ce temps-là allait arriver bien trop vite. Les années avaient tendance à se faufiler entre les doigts.

Elle savait qu'en faire un Roi lui causerait beaucoup de peine. L'élever pour régner, dans un monde où tous le jugeraient, l'envieraient et tenteraient de lui faire du mal… Sans compter tous les secrets qu'elle préserverait et qu'un jour il finirait par découvrir.

Ses pensées vagabondèrent vers Declan. Que faisait-il en cet instant ? Voilà près de deux jours que Calixte était rentré et elle ne l'avait vu qu'au repas. Il se contentait alors d'une apparition brève, saluait leurs invitées prestigieuses, mangeait puis s'éclipsait en prétendant des affaires de l'armée. Mais Essylt ne se leurrait pas : il l'évitait.

Cela signifiait-il qu'il avait pris sa décision ? Ou qu'au contraire, il ne savait pas ? Cette incertitude la privait de sommeil, alors qu'elle en avait grandement besoin. Calixte avait repris ses droits sur elle, la laissant le corps et le cœur fourbus.

Une fois leur très appréciable balade terminée, les deux Reines se retirèrent dans le salon privé de l'aile royale. Niahm s'empressa d'aller étudier sans protester.

Mazoe prit place en face d'elle sur un canapé, avec un soupir d'aise quand Cleena lui servit une limonade.

— Merci.

La gouvernante fit la révérence et s'éclipsa.

— Voilà une pile de lettres fort impressionnante.

La souveraine de Mebeaka désigna des missives dépliées qui jonchaient une commode derrière Essylt. Elle s'empressa de les prendre pour les ranger plus décemment.

— Je ne suis pas si désordonnée, d'habitude. Mais j'en reçois tant qu'il m'arrive de les lire en mangeant pour gagner du temps.

Elle survola les écritures diverses. Le Prince Tomás de Jirialc lui narrait ses derniers tourments amoureux dans trois longues pages manuscrites, tandis que le Duc Faolan lui posait mille questions dans la suivante. Le Prince Yvain de Xoramif lui demandait des nouvelles et l'informait de son impatience de prendre place sur le Trône de son père.

Somme toute, Essylt était une oreille attentive que beaucoup savaient apprécier à sa juste valeur.

— En as-tu seulement conscience ?

— Conscience de quoi ?

Les yeux clairs de sa grande cousine brillaient de bonté et d'amusement.

— De l'influence incroyable que tu as sur tout le Continent.

— Tout le Continent est une façon exagérée de voir ceci…

— Vraiment ? Cite-moi un seul Royaume avec lequel tu n'as aucun lien.

Essylt s'assit en face d'elle et se mit à réfléchir intensément. Déjà, elle pouvait éliminer la Mebeaka, la Xoramif et la Jirialc, sans compter la Teac qui était dirigée par l'oncle de son époux et où vivait sa meilleure amie. Elle communiquait régulièrement avec Dymphna, Iverna et Gwenola, ce qui enlevait également la Vuai, l'Aivaithra et la Guanile.

— Aucun, n'est-ce pas ?

Elle opina, étonnée de prendre conscience de ses liens.

Quand elle avait appris sa parenté et commencé à voyager à travers le Continent, elle était une jeune Princesse timide et inexpérimentée. Au fil des années, elle était devenue une Reine sincère et abordable.

— Les gens aiment avoir ton avis, parce que tu es la Reine la plus puissante du Continent. Et peut-être la plus vraie, aussi.

— Vraie ?

— Tu ne joues pas, lui répondit Mazoe avec un sérieux rare pour leurs conversations privées. Tu respires l'honnêteté et ton cœur est pur. Cela se ressent, surtout dans un monde tel que le nôtre. Tu es comme une lumière par laquelle tous sont attirés. Moi la première.

La souveraine de Bofursyle di Rodorchna plia et déplia les feuilles abimées entre ses doigts.

— Où veux-tu en venir ? Crois-tu que j'abuse de mon influence ?

— Je crois qu'au contraire tu n'en mesures pas encore l'ampleur. Ton mariage et celui de Calixte étaient les plus attendus. À présent, il ne reste que Ruarc et Yvain. La noblesse a hâte de se marier. Sans parler du fait que tu as un enfant : un futur très bon parti auquel il faudra trouver une femme…

Essylt déglutit péniblement, perturbée par le tableau qu'elle dépeignait.

— Tu pourrais avoir une grande influence sur toutes les unions à venir.

— Je ne veux blesser personne.

La lueur farouche qui brula dans ses yeux fit reculer Mazoe.

— Je le sais. Et c'est bien pour cela que je t'invite à le faire. Tout le Continent n'attend qu'un mot de toi pour savoir comment agir et réagir.

Essylt trouvait cette image bien exagérée.

— Prends le temps d'y réfléchir. Je ne voulais pas te brusquer. À dire vrai, j'abordais ce sujet pour te proposer une alliance.

— De quel type ?

Elle se détendit et posa les missives plus loin.

— Les nobles de ton grand Royaume cherchent à se marier. Puisqu'ils sont près de toi, ils vont rapidement devenir les partis les plus prisés. J'aimerais savoir s'il t'était envisageable de marier l'un de tes nobles avec l'un des miens.

Son air étonné amusa Mazoe.

— Tu sais bien que ce genre d'alliance ne fait pas partie de mes habitudes, mais je n'aimerais pas que mes nobles passent à côté d'une telle occasion sous prétexte que je n'ose pas demander.

— Et… tu as beaucoup de nobles à marier ?

Essylt avait l'impression désagréable de parler de vente de bétail.

— Un Duc, un Vicomte et une Vicomtesse. Il va de soi que je ne te demande aucune garantie, car je sais que tu ne forceras jamais quiconque.

Elle acquiesça. Comme si de rien n'était, la souveraine de Mebeaka poursuivit la conversation sur l'un de leurs accords commerciaux.

Deux heures après, alors qu'elle montait voir comment se portait son fils, Essylt se figea devant la porte du bureau de son père. Elle n'avait pas terminé de le vider, de ce fait la pièce existait toujours. Elle entra dans l'espace restreint. Il ne restait que son bureau sur lequel reposaient ses ordres d'exécution.

Quand sait-on qu'on fait le mal ?

Cette entrevue l'avait plongée dans un profond désarroi. Elle avait conscience de son influence grandissante, mais jusqu'où pouvait-elle l'utiliser ? À quel moment cela devenait-il mal d'arranger des mariages ou de conseiller ses amis ?

Quand le pouvoir commençait-il à corrompre ?

Elle effleura le bois du bout des doigts. Un frisson glacé lui remonta le long de l'échine. Son père avait gardé les frontières de la Rodorchna fermées pendant plus de vingt ans, coupant toutes relations diplomatiques. Qu'aurait-il fait s'il avait eu le pouvoir qu'elle possédait à présent ? Elle n'osait même pas l'imaginer.

Elle saisit la feuille en haut de la pile. Les prénoms défilèrent sous ses yeux, vestiges de vies cruellement arrachées.

— Votre Majesté ?

La voix de son Chef des armées la fit sursauter. Elle reposa le papier et se tourna vers l'entrée. Eranann plongea dans une révérence bien droite.

— Veuillez m'excuser, je ne voulais point vous déranger. Vos commandants m'ont dit que vous étiez ici et je voulais vous faire mon rapport concernant le voyage de Sa Majesté le Roi en Guanile.

Bien qu'il soit sous leurs ordres à tous deux, Eranann mettait un point d'honneur à faire des rapports oraux privés à Essylt. Calixte le savait et ne s'en offusquait guère. C'était simplement une marque de loyauté et aussi une habitude ancrée dans la mentalité rodorchnienne : le véritable monarque est celui qui possède la magie.

— Vous ne me dérangez point. Vous…

— Ce sont là les ordres d'exécution édictés par votre père ?

Il s'était avancé, mû par le besoin instinctif de la protéger. Elle acquiesça. Il saisit les premières feuilles et les fit défiler, le visage fermé. Les années commençaient à se voir dans les plis de son front et les cheveux grisonnants sur ses tempes. Cet homme avait servi son pays avec honneur et loyauté pendant des décennies.

— Soyez rassurée, Votre Majesté : la majorité de ces ordres n'ont pas été obéis.

— Je ne comprends pas.

Il lui rendit les feuilles avec un léger sourire.

— Quand je le pouvais, j'ai protégé les familles visées par ces ordres. Je les ai fait quitter leur demeure et disparaître.

— Vous voulez dire que beaucoup de ces personnes sont encore en vie ?

— Oui.

Un mélange brut de soulagement et de reconnaissance l'envahit.

— Merci. Merci d'avoir protégé mon peuple au péril de votre vie.

Il posa son poing sur son cœur et s'inclina lentement.

Essylt comprit alors la chance qu'elle avait d'être aussi bien entourée. Car si un jour elle cessait d'être juste et intègre, elle avait des proches et des alliés pour la remettre sur le droit chemin.

Comme tous les bons moments, la semaine de Mazoe et Niahm au palais fut rapidement finie. Après avoir festoyé et profité de leur cousine et de son adorable fils, les deux Mebeakiennes reprirent la route pour rentrer chez elles.

Le mois d'octobre apporta une légère brise, bien loin de l'automne bofursylien si pluvieux. Les feuilles des arbres rougeoyaient paisiblement et la terre apportait encore des vivres bienvenus.

Une semaine après leur départ, Essylt s'assit à table en face de son époux avec détermination.

— Je dois te parler d'une idée.

Son esprit tournait à plein régime, la privant presque de sommeil. Elle était reconnaissante à Mazoe de lui avoir fait ouvrir les yeux. Ainsi, elle pouvait occulter le fait que Declan l'évitait et qu'il lui manquait cruellement. Pendant que Calixte la prenait contre son gré, elle pouvait se concentrer sur un sujet qui lui importait.

Le Roi saisit sa fourchette et lui sourit amoureusement.

— Dis-moi tout.

— Pour le Nouvel An, j'aimerais faire une grande fête.

— N'avions-nous pas déjà prévu de le faire ? Les nobles bofursyliens sont impatients de nous rejoindre.

— Oui, bien sûr. Mais je te parle là d'une fête encore plus grande. Avec des invités de tous les royaumes.

Il leva un sourcil surpris.

— Tous les royaumes ? Pourquoi cela ?

— Nos nobles veulent se marier. Faolan, Lothar, Tasgall, Nethaniah… Ils attendent tous une union et cela pourrait grandement les aider. Sans parler du fait que mon cousin Yvain n'est pas encore fiancé et tarde de l'être. Rassembler les meilleurs partis pourrait l'y aider.

Les yeux noisette de son époux brillèrent d'admiration.

— C'est une excellente idée. Tu es la personne la mieux placée pour permettre ces mariages. Et influencer les fiançailles de ton cousin serait un avantage indéniable.

Elle ne le contredit pas. Le mot influencer ne lui convenait guère. Elle allait tout faire pour aider chacun d'entre eux à choisir la bonne personne, peu importe son rang ou les avantages politiques qu'elle conférait.

Bien sûr, elle ne lui précisa pas.

— Exactement. Le faisons-nous donc ?

— Oui ! Organisons l'un des plus prestigieux et inoubliable Nouvel An que ce Continent ait connu.

Agacée par son exubérance, elle s'immobilisa pour qu'il puisse déposer un baiser excité sur sa joue.

Cette discussion marqua le début de préparatifs titanesques. Dès le lendemain à l'aube, Essylt rédigea la liste d'invités qu'elle avait en tête depuis des jours. Elle écrivit ensuite les invitations, qui partirent avec divers messagers.

La Reine ne devint plus qu'organisation. Entre deux réunions avec le conseil, elle réagençait les chambres du palais pour accueillir les invités et commandait nourriture, décoration et alcool.

La nouvelle s'était rapidement répandue à travers le Continent et tous ne parlaient plus que du bal incroyable prévu en Rodorchna. Ceux qui y étaient conviés débordaient de joie et de satisfaction, tandis que ceux qui ne l'étaient pas étaient rongés par l'envie.

Gérant tout cela d'une main de maître, Essylt trouvait le temps de voir son fils chaque jour. Il commençait peu à peu à dédaigner le sein pour une nourriture plus consistante et les cuisines préparaient plusieurs plats pour chacun de ses repas. Lucetmael grandissait à vue d'œil, prenant du poids et devenant de plus en plus réactif et capable de tenir sa tête.

La nuit, il lui arrivait de se réveiller en pleurant. Les larmes qui roulaient alors sur ses joues rondes n'étaient que chagrin.

Son père lui manquait. Essylt le ressentait dans sa chair. Elle percevait le besoin indicible de son enfant, qui ne devait lui-même pas comprendre ce qu'il appelait si désespérément.

Declan n'était plus venu depuis le retour de Calixte.

L'ancien Chef des armées s'était entièrement consacré à son travail, qu'il avait implicitement repris, adoptant un rythme militaire. Il lui était ainsi plus simple de contempler son frère et sa femme avec détachement. Plus simple de s'éloigner de leur enfant quand il venait illuminer une pièce de sa présence.

Oui, tout était plus simple. Mais faire abstraction de sa souffrance ne signifiait pas en guérir, loin de là.

Declan en prit pleinement conscience un matin de début novembre. Il venait de rentrer de trois jours d'inspection à la frontière bofursylienne — qui n'était à présent plus une véritable frontière — et trouvait appréciable les feux épars allumés par les pages pour réchauffer la pierre centenaire. L'on était encore loin du froid glacial de Bofursyle, toutefois tout à chacun vaquait avec plus de fluidité grâce à ce souffle chaud bienvenu.

Il confia ses affaires à un valet puis monta en direction du très grand salon. Les domestiques l'avaient nommé ainsi depuis qu'Essylt avait fait ouvrir deux murs, permettant de relier plus aisément les pièces. La Reine avait prévu d'en faire le centre des réjouissances, afin de garder la salle de réception pour le grand soir. En attendant, la pièce accueillait les bureaux de divers intendants afin de gérer toutes les affaires pressantes. La Rodorchna avait accueilli l'an passé une foule d'invités pour les noces royales et débordait pourtant d'impatience à l'idée d'être à nouveau le centre du monde.

Après vingt-cinq ans coupés de tout, cela faisait un bien fou au moral.

Declan entra dans la pièce surchargée, où tant de domestiques couraient et parlaient. Il se fraya un passage en direction de l'un de ses soldats, qu'il avait chargé de coordonner les troupes étrangères durant leur séjour.

En l'apercevant dans un coin de la pièce, il se figea. Assise face à la fenêtre, les rayons du soleil jouaient sur ses cheveux blonds attachés négligemment sur sa nuque. Dans sa robe simple, elle aurait pu passer pour une intendante ou un scribe. Néanmoins, la grâce naturelle de ses gestes et l'aura protectrice qui l'entourait témoignaient de son rang.

Il n'apercevait que son profil, au front concentré. Elle raya vivement plusieurs lignes en se mordant un coin de la joue et il sentit son sang bouillir dans ses veines.

Ce fut plus fort que lui. Il la rejoignit. Le pas rendu silencieux par des années d'entrainement, elle sursauta soudain en sentant sa présence.

Elle redressa la tête vers lui et leurs regards s'étreignirent.

— Declan…

Au milieu de cette agitation palpitante, ils étaient seuls au monde.

— Declan, vous êtes rentré ? se reprit-elle, bien trop consciente des oreilles indiscrètes.

— À l'instant, ma Reine. J'ai ouï dire que les aristocrates bofursyliens seraient les premiers à arriver, dans un peu moins de deux semaines.

— Tout à fait, répondit-elle d'un ton détaché alors que leurs yeux échangeaient tant de mots. Leur séjour sera plus long que ceux des autres invités.

— Votre générosité est sans pareille. J'ai hâte de voir la fête que vous nous préparez.

Subjugué, il déglutit bruyamment et se reprit. Il déposa son rapport sur son bureau.

— J'ai résolu un petit incident de propriété. Je me suis permis cette hardiesse en votre nom, j'espère que vous me l'excuserez, ce sont là des fonctions de conseiller.

— Nulle excuse pour si peu. Merci de m'avoir fait gagner du temps.

Elle voulut prendre la feuille mais il la retint.

— Attendez, j'ai fait une erreur. Puis-je prendre votre plume ?

Elle lui tendit et leurs doigts s'effleurèrent. Il retourna prestement sa feuille et écrivit dans l'angle du bas.

— Voilà, tout est en ordre. Je ne vous importune pas plus longtemps, ma Reine.

Il plongea en une révérence et sortit de la pièce au plus vite.

Avide, elle lut son écriture appliquée.

Minuit.

Elle gorgea la pointe de sa plume et recouvrit le message, ne laissant qu'une tache causée par inadvertance.

Ce soir-là, elle prétexta avoir besoin de beaucoup de sommeil afin de tenir Calixte à l'écart de sa chambre. Elle en usait de manière régulière pour espacer ses visites, sans pour autant parvenir à le tenir éloigné plus d'une semaine.

Après que ses servantes l'eurent préparée au coucher, elle se releva de sous ses draps en soie et arpenta la pièce avec angoisse. Les minutes s'égrenèrent bien trop lentement avant qu'elle ne le sente enfin. Elle noua la corde au pied de son lit et la lui lança par la fenêtre. Avec cette aisance si virile, il se hissa jusqu'à elle.

L'un en face de l'autre, une gêne inédite les saisit. Declan rougit en passant une main dans ses cheveux bruns bouclés.

— Puis-je le voir ?

Elle acquiesça, la gorge nouée.

Il la contourna et se rendit dans la chambre. Installé sur le côté, Lucetmael gémit quand Declan posa sa main sur son dos. Son souffle se fit alors plus profond.

— Bonjour mon trésor, chuchota-t-il sous le couvert de la nuit. Tu m'as manqué. Pardonne-moi de n'être pas venu te voir.

En un peu plus d'un mois, il avait grandi et respirait la vitalité. Il se pencha et embrassa son front.

— Tu es ce que j'ai fait de plus beau dans ma vie et un jour peut-être aurais-je la chance de te le dire.

Bouleversé, il sortit rapidement et referma derrière lui. Il s'en voulait terriblement de ne pas être venu le voir et saignait à l'intérieur en pensant à tout ce qu'ils ne partageraient jamais.

Essylt était assise au bord de son lit, les mains jointes sur ses genoux. C'était la première fois qu'elle n'était pas allée les admirer. Cela lui avait paru trop dur de contempler le mal qu'elle leur faisait en les privant l'un de l'autre.

— Comment vas-tu ?

Cette question anodine paraissait ridicule entre eux. Declan avait besoin de parler pour briser ce silence qui l'entourait, pour emplir cette pièce qui avait autrefois résonné de leurs gémissements.

— Bien. J'ai beaucoup à faire, mais cela me plait.

— Je n'aurais pas cru que tu serais si pressée de jouer les entremetteuses.

Il y avait un léger reproche dans sa voix grave, qu'elle ne manqua pas.

— Ce n'est pas ce que je compte faire. Au contraire, je veux leur montrer à chacun que ce choix, par-dessus tous les autres de leur existence, ne doit pas être gouverné par un désir politique. Je veux les aider, pour qu'aucun d'eux ne vive le même malheur que moi.

Des larmes affluèrent dans ses yeux si bleus. Il fut soudain saisi par l'intensité de son ressenti et la beauté de son acte. Elle ne faisait pas ça dans son propre intérêt, non : ce geste était profondément désintéressé et généreux. Elle ouvrait son palais pour permettre à ces jeunes aristocrates en quête d'union de ne pas faire le mauvais choix.

— Excuse-moi d'avoir sous-entendu que tu avais de mauvaises intentions.

— Ce n'est rien.

Elle esquissa un sourire tordu et s'essuya le coin des yeux.

— Es-tu venu uniquement pour Lucetmael ?

Son cœur tambourinait dans sa poitrine d'oser aborder le sujet de manière si directe.

Declan se détourna. En faisant face à la porte, il pensa au couloir auquel elle menait et à la chambre toute proche. À Calixte qui devait dormir, inconscient qu'un autre homme était auprès de son épouse.

Il prit une grande inspiration. Ce matin, il avait compris quelque chose d'essentiel dans cette pièce fourmillante d'activité, à se tenir à côté d'elle, si proche et pourtant si loin. Il devait à présent être honnête.

— Essylt…

Terrifiée par le sérieux de sa voix, elle se leva malgré ses jambes tremblantes. Il se retourna en un mouvement lent qui fit ressortir ses larges épaules dans la pénombre.

— Je n'ai pas pris de décision.

Elle relâcha son souffle si fort que plusieurs flammes de bougies oscillèrent.

— Je n'ai pas pris de décision, car je ne peux pas être sûr. Je ne peux pas te dire que tout est fini, pour ensuite revenir quelques mois après. Mais je ne peux pas non plus te promettre de rester.

Un sanglot monta de sa poitrine et elle le contint de son mieux.

— J'ai compris ce matin qu'en réalité, ce n'était pas ce qui comptait. Rester, partir… Non.

Il prit une grande inspiration et sortit un écrin de sa poche. Il l'ouvrit avec difficulté, révélant un fin anneau d'or tressé. Le bijou était ouvragé et vieilli par le temps.

— Cette bague appartenait à ma mère. C'est l'anneau de mariage de mes parents. C'est le seul bien qu'il me reste d'eux et j'aimerais que tu le portes.

Trop émue pour réagir, il lui prit la main droite tendrement. Cette main vierge de tout bijou qui la proclamait comme la propriété de son mari.

Il passa l'anneau à son index.

— Il n'y a qu'une seule promesse que je peux te faire : c'est que je t'aimerai toute ma vie.

Il prit son visage en coupe dans ses mains et le redressa vers lui. Ses yeux verts irradiaient d'une puissance incommensurable.

— Peut-être qu'un jour, je m'en irai. Peut-être qu'un jour, je demeurerai à distance. Mais je veux que tu saches que mon existence t'est à jamais dévouée. Jusqu'à la mort.

Il prit possession de ses lèvres. Le délicieux contact rompit le barrage de ses larmes. Elles dévalèrent ses joues tandis qu'il dénouait le lacet au dos de sa robe de nuit. Le tissu fluide tomba sur le sol.

Il recula une minute pour la dévorer du regard, avant de la porter sur le lit. Il retira ses vêtements en hâte, sans cesser de l'embrasser. Et les larmes ne voulaient pas tarir, témoins de ce bonheur qu'elle avait bien trop peur de perdre.

Il saisit sa main droite et embrassa l'anneau, lui arrachant un sanglot déchirant. Puis il entra en elle avec une tendresse infinie.

— Ma vie pour la tienne.

— Essylt !

La voix de son cousin la fit sourire de toutes ses dents. Le Prince aîné de Xoramif bondit hors de son carrosse, indifférent à la légère pluie qui s'abattait sur le Royaume. En trois enjambées, il la rejoignit sous le préau où elle était abritée et lui fit la révérence. Elle lui rendit la politesse avant qu'ils n'échangent une accolade.

— Déjà plus d'un an que nous nous sommes vus et je vous retrouve en grande beauté, ma chère cousine.

— Je vous retourne le compliment, mon cher cousin.

Se parler avec une telle exubérance était leur petit jeu privé. Impatient, Yvain regarda derrière elle. Essylt fit signe à Léan de s'approcher.

— Yvain, je vous présente Lucetmael, votre filleul.

Dans les bras de la servante, l'enfant poussa un gloussement ravi. Âgé de plus de cinq mois, il interagissait de plus en plus avec son environnement. Le Prince saisit son homologue avec application et déposa un baiser protecteur sur son front.

— C'est un honneur de vous rencontrer, votre Altesse. Vous êtes déjà aussi connu, si ce n'est plus, que votre mère.

— Goujat, dit-elle en lui frappant l'épaule.

Ils furent rejoints par le reste de la procession. Les nobles bofursyliens étaient arrivés un mois auparavant, accompagnés de cette extravagance qu'ils maîtrisaient si bien. Essylt avait dû s'armer d'une grande patience devant leurs réclamations diverses concernant leurs appartements ou les repas. Le temps s'étant gâté, il avait fallu les occuper au mieux. Heureusement, Calixte avait l'habitude de les gérer depuis de longues années, il avait donc pu la décharger un peu de ce fardeau.

À l'inverse, les nobles rodorchniens arrivés fin novembre avaient été des plus aisés à contenter.

Les premiers invités étrangers provenaient de la Mebeaka et de la Xoramif. Les aristocrates originaires de ce dernier avaient fait halte dans le Royaume le plus au sud avant de rejoindre la Rodorchna.

La Reine Mazoe ne faisait pas partie du voyage. Elle avait aimablement décliné l'invitation, assurant à Essylt qu'elle en était ravie mais qu'elle préférait laisser les jeunes entre eux. De plus, il était prévu de longue date qu'elle se rende au palais de Xoramif, car son époux se languissait de revoir son Royaume natal et son frère.

Les deux Princes de Xoramif avaient fait le voyage en compagnie des aristocrates en âge de se marier. Les premiers à la saluer furent la Duchesse Faoiltiarna et son frère Immchadh, avec un respect démultiplié. Essylt remarqua aisément la gêne du cadet, qui avait demandé sa main autrefois. Son ainée quant à elle dévorait Yvain des yeux tandis qu'il berçait Lucetmael avec un sourire adorateur.

Ils furent suivis par la Baronne Tuilelaith au bras du Prince Asal. Son cousin la salua avec plus de retenue que son aîné, car ils ne partageaient pas la même connivence. Il se déclara ravi de son invitation et de l'honneur fait à sa famille en désignant Yvain parrain d'un enfant aussi puissant. La Reine se contint de répliquer qu'elle n'envisageait pas son propre enfant comme un monarque en devenir.

Les personnes patientant derrière eux furent moins plaisantes à accueillir. En tanguant nerveusement sur ses pieds, la Baronne Tallula plongea dans une profonde révérence.

— Votre Majesté, vous ne pouvez imaginer à quel point je suis honorée de me retrouver en votre merveilleux Royaume. Je n'aurais jamais cru avoir la chance de recevoir une telle invitation.

Essylt avait longuement hésité avant de l'inviter. Elle ressemblait trait pour trait à son frère aîné Eamonn avec ses cheveux noirs et ses lèvres naturellement rouges. Trouvant injuste de la punir pour les actes odieux de son frère, qui avait essayé de la séduire alors qu'il avait une maîtresse, elle avait envoyé une lettre, malgré les protestations de son mari.

— C'est un plaisir de vous recevoir, votre excellence. J'espère que vous passerez un agréable séjour.

Comprenant qu'elle était conviée à entrer pour que la Reine continue d'accueillir ses invités, elle s'inclina en une révérence de plus et partit à grands pas, les joues en feu.

La souveraine dut retenir un mouvement de recul en découvrant les nouveaux arrivants. Le Duc Riocard de Bann patientait avec les mains dans le dos, faisant ressortir son ventre imposant. L'air suffisant sur son visage dénotait un déplaisir certain.

— Votre Majesté, je suis heureux de découvrir enfin ce palais.

Derrière lui, la plus jeune de ses filles patientait avec la tête baissée. Elle ressemblait beaucoup à Euthalia avec ses cheveux bruns et ses vêtements extravagants.

Essylt grinça des dents. Elle ne les avait pas invités.

— Et moi je suis heureuse de vous accueillir ici. Entrez donc, vos excellences.

Il était inutile de faire un scandale pour si peu. À dire vrai, d'un point de vue purement protocolaire, il était un noble de son Royaume et n'avait donc nul besoin d'invitation pour séjourner au palais. Cependant, Euthalia étant tenue éloignée de la cour pour des raisons évidentes, elle n'aurait pas cru qu'il aurait l'audace de se présenter ici.

Elle fit un signe à Bethania pour qu'elle se rapproche et chuchota à son oreille.

— Va voir si les appartements initialement prévus pour le Comte Anath, sa femme et leur fils peuvent être modifiés pour convenir au Duc Riocard et sa fille.

— Tout de suite, Majesté.

Le couple de Bofursyle n'avait pas entrepris le voyage comme cela était prévu, pour cause de merveilleuse nouvelle : Muirenn était enceinte. Après avoir perdu plusieurs enfants, elle préférait demeurer chez elle, ce qu'Essylt pouvait aisément comprendre. La Comtesse Lauryn avait été ravie de lui apprendre la nouvelle, même si elle se retrouvait sans sa famille pour ces festivités.

Elle retint un soupir et offrit un sourire à la Vicomtesse Aveleen, de Mebeaka. La dernière fois qu'elles s'étaient vues, elle courtisait ouvertement son mari. Elle n'avait pas oublié sa grande beauté, nullement altérée par les heures de voyage.

— Votre Majesté, merci pour l'invitation. Ma famille est comblée de joie et d'honneur de me savoir à vos côtés en ces jours de fête.

— C'est un plaisir, votre excellence.

Après une autre révérence, elle suivit la servante qui l'attendait pour l'accompagner au très grand salon.

Essylt accueillit ensuite les deux derniers arrivants, le Vicomte Dillon qui lui avait autrefois envoyé un portrait de sa personne pour lui faire la cour, et le Duc

Kenan. Âgé de dix-neuf ans depuis peu, il était d'une beauté fracassante. Le baisemain qu'il lui fit avant de rentrer était à la limite de l'indécence.

— Je sens que nous n'allons pas nous ennuyer, lui glissa Janae à l'oreille en l'aidant à retirer son manteau dans l'entrée.

Yvain avait suivi le mouvement, le bébé dans les bras. En haut, Calixte était en train de les accueillir avec un verre.

— Effectivement. Je regrette presque ces invitations.

— Ne dites pas de sottises, c'est une excellente initiative. Et j'ai hâte de danser.

Les servantes royales étaient autorisées à rejoindre la salle plusieurs heures dans la soirée, tant que la chambre de la Reine ne restait pas vide. Ce qu'elles ignoraient en revanche, c'était que leur protégée — et protectrice — leur avait commandé des tenues pour la soirée. Un cadeau fort mérité qu'elles recevraient le jour même.

Essylt passa plus d'une heure à ouvrir les présents pour Lucetmael. Ils en avaient déjà tous envoyé à sa naissance, mais s'étaient sentis le devoir d'en acheter un autre. Ils rivalisaient de valeur et de beauté. Sans surprise, le plus inestimable fut offert par la Xoramif : une carriole sertie d'or. Il avait fallu dix soldats pour la porter dans le salon, où elle prenait une place considérable. Destinée à être charriée par un cheval, elle pouvait accueillir l'enfant jusqu'à ses dix ans environ. La Reine avait failli s'évanouir en la découvrant et Yvain s'était excusé avec un sourire penaud. Le Roi Imrinn de Xoramif avait été si enchanté que son fils soit choisi pour être le parrain du plus éminent Prince du Continent qu'il n'avait pas compté à la dépense.

Le lendemain après-midi fut marqué par l'arrivée des aristocrates de Guanile et Jirialc. Les monarques de Guanile ayant décliné l'invitation pour profiter de festivités plus calmes, il n'y avait aucun membre de leur famille royale.

Le Duc Balor la salua avec un enthousiasme nullement fin, heureux de la revoir. Il n'avait guère caché son désarroi à l'annonce de ses noces, cependant il s'en était rapidement remis et avait noué avec elle une amitié courtoise. Il était accompagné de son frère Nodlaigh, qui semblait perpétuellement perdu dans ses pensées, et de la Baronne Noreen. En voyant cette dernière foncer vers Declan à peine la porte passée, Essylt dut se contenir de ne pas la faire voler par la fenêtre.

Que ce protocole pouvait être contraignant.

Le Prince Tomás de Jirialc était l'un de ses plus jeunes invités et de ses plus proches amis. Il lui bondit dans les bras comme s'ils étaient de la même famille, ce dont elle ne s'offusqua pas. À maintenant quatorze ans, il avait les épaules développées et le visage dépourvu des rondeurs de l'enfance. Beaucoup de femmes le détaillaient avec convoitise malgré sa jeunesse. Après des paroles de rigueur, le Prince alla saluer son homologue si célèbre, qui babillait allègrement sur les genoux de la Duchesse Luíseach.

Derrière lui, le Comte Cahir et sa sœur s'inclinèrent prestement.

— C'est un plaisir de vous recevoir en mon humble palais, bienvenue.

— Merci de l'honneur que vous nous faites, Votre Majesté, répondit Caoilfhionn avec sa douceur coutumière.

— Je suis heureux de vous revoir après tout ce temps, Majesté. Votre teint est moins éclatant que dans mon souvenir.

Accoutumée à être ensevelie sous les compliments, Essylt ne comprit pas tout de suite que c'était une remarque désobligeante. Elle rougit aussi vivement que Caoilfhionn, qui donna un coup de coude dans les côtes de son frère.

— Allons saluer Sa Majesté le Roi.

Elle fit la révérence en tirant son aîné. Essylt fut saluée respectueusement par le Duc Win et sa sœur, puis par la Vicomtesse Ailís. Le Baron Tasgall ferma la marche.

— Votre Majesté, vous êtes resplendissante.

Il s'inclina. Calixte avait protesté quand elle lui avait dit l'avoir invité. Après les actes de son aîné Phelan, qui avait tenté d'assassiner Essylt pour de l'or, il n'était guère enclin à le recevoir ni à lui faire confiance. Declan partageait quelque peu son avis, c'est pourquoi il rejoignit sa souveraine.

— Baron Tasgall.

— Votre Altesse, répondit-il avec une autre révérence.

— J'espère que votre séjour sera aussi agréable que courtois.

La Reine marcha sur le pied de Declan, ce qui fit frémir ses lèvres charnues.

— Soyez assuré, votre Altesse, que je me présente humblement devant Sa Majesté. J'ai conscience des griefs qui opposent nos familles et je me ferai un devoir de rétablir ma réputation. Je suis votre obligé.

Il s'inclina encore plus bas que précédemment puis suivit le mouvement pour aller saluer le Roi, qui demeurait auprès de son fils. Declan s'attarda à ses côtés.

— Réunir autant de personnes fourbes va faire ressortir beaucoup d'histoires déplaisantes, souffla-t-il tout bas.

Un frisson recouvrit sa nuque. Elle porta son verre à ses lèvres pour cacher son trouble de le sentir si près. Au souvenir de leur étreinte de la veille… Ses yeux verts brillèrent d'amusement en devinant ses pensées.

— Il nous faudra ainsi rejouer au jeu des secrets.

— Je vais donc de ce pas en découvrir.

Il lui fit un clin d'œil et se mélangea à la foule. Restée près de l'entrée, Essylt observa ses invités avec attention.

Déjà, les partis les plus prisés se remarquaient. Bien sûr, Yvain était en tête. Né la même année qu'Essylt, il aurait pu monter sur le Trône de son père depuis un an déjà. Ce dernier retardait l'échéance en exigeant qu'il fût marié. Les femmes rivalisaient de ruse pour se trouver dans son sillage.

La Vicomtesse Aveleen attirait les hommes. Avec ses longs cheveux d'un noir de jais et ses yeux vert clair, elle dégageait une aura de mystère qui les poussait vers elle. Elle se montrait courtoise avec tous, cependant Essylt avait remarqué son intérêt pour les plus fortunés d'entre eux. L'image qu'elle avait d'elle en était ternie.

Bien qu'elle paraisse totalement hermétique à leurs attentions, Luíseach était également très courtisée. De par sa position auprès d'Essylt en tant qu'amie et conseillère royale, l'homme qui l'épouserait gagnerait une place de choix en Bofursyle di Rodorchna. Saraid, qui présentait les mêmes atouts qu'elle, ne recevait pas autant d'attention. Avec son air farouche et sa personnalité emportée, elle était très intimidante.

— Votre Majesté, j'ai apporté un présent pour le Prince !

Elle dut à nouveau se plier à la cérémonie des cadeaux. La rivalité entre deux nobles pouvait naître d'une différence de prix comme d'un haussement de sourcil de la Reine. Elle s'appliqua donc à ne vexer personne, malgré l'absurdité de certains présents.

Deux jours plus tard arrivèrent les derniers convives. Sans grand étonnement, le Prince Ruarc et sa sœur Rosheen firent une entrée particulièrement remarquée dans le très grand salon.

— Vos Altesses, c'est un plaisir, les accueillit Essylt avec un sourire avenant en détaillant la robe colossale de la Princesse.

— Votre Ma-jes-té ! hurla cette dernière avec des gestes grandiloquents. Vous revoir est un plaisir sans nom, mais c'est surtout mon adorable fi-lleul qu'il me faut rencontrer sur-le-champ !

Un énorme regret saisit la Reine, qui dut contenir ses joues de trembler tant son expression faciale enjouée était dure à conserver. Lucetmael faisait des bulles dans les bras de son parrain, qui s'empressa de l'apporter. Rosheen papillonna de ses grands cils bruns en saisissant l'enfant.

— Quel magnifique bébé ! Si jeune et déjà si puissant !

Elle embrassa son front, répandant une coulée de bave. Lucetmael la regarda avec de grands yeux surpris, comme si elle venait de lui faire outrage.

Essylt et Declan continrent à grand-peine un rire.

— J'ai été si transportée d'apprendre la nouvelle ! Et vous êtes également son parrain, mon cher Yvain.

Elle posa une main possessive sur son bras, qui créa de l'agacement chez toutes les aristocrates en quête de ses attentions. Il faut dire que Rosheen était la meilleure prétendante d'Yvain d'un point de vue politique.

— Oui, Leurs Majestés Calixte et Essylt nous ont fait cet honneur.

À ces mots, la Reine fut rejointe par son mari, qui enlaça sa taille de manière possessive.

— L'honneur est pour nous, vos Altesses.

Rosheen entreprit de saluer les personnes présentes au bras d'Yvain, Lucetmael contre sa poitrine. Essylt dut faire abstraction de cette vision pour dire bonjour convenablement à Ruarc. Ce dernier frappa les épaules de son cousin, qui lui crocheta la nuque pour lui frotter le crâne.

— Il était temps que tu profites de ton rang pour faire une fête !

— Ne commence pas à te plaindre !

Ils rirent de bon cœur, réchauffant la poitrine d'Essylt. Calixte avait ce don inné d'être une personne joyeuse et ouverte qui égayait l'espace autour de lui.

Le couple accueillit ensuite la Comtesse Cara, toujours si délicate et réservée. Elle fut rapidement interpellée par la Vicomtesse Delyth, sa demi-sœur par alliance. Vint ensuite le Comte Aindreas, qui reçut un regard froid de la part de Calixte, qui n'avait pas oublié ses manières très tactiles avec son épouse au temps où il la courtisait.

— Contiens-toi, souffla-t-elle à son oreille quand le noble se fut éloigné.

— C'est plus fort que moi.

Les derniers aristocrates de Teac n'étaient autres que le Vicomte Naomhán accompagné de sa femme et de sa sœur. Bien qu'il ait été l'un de ses prétendants, le Roi lui sourit avec sincérité, certain qu'il se tiendrait convenablement. Les Vicomtesses Coryl et Orlaith furent présentées avec soin. La jeune épouse était née paysanne et découvrait le monde luxueux et protocolaire auquel elle appartenait depuis peu.

Les babillages d'un enfant firent s'écrier la Reine.

— En voilà un adorable garçon !

Le Vicomte Briec mordillait sa main avec insistance. Sa mère Barbra et son père Iuchar, originaires de Vuai, s'inclinèrent bien bas.

— Merci, Votre Majesté. Votre invitation a été une véritable surprise : nous ne pensions pas être conviés maintenant que nous sommes parents.

— Cela ne doit nullement vous empêcher de vous amuser ! J'espère que votre fils appréciera de jouer avec le mien.

— J'en suis persuadée.

La Comtesse Fiona s'inclina bien bas puis présenta ses hommages, de même que la Duchesse Sibby. Pour clôturer l'arrivée des nobles de Vuai, Niocol et sa sœur Kreiddylat fermaient la marche. La main de Calixte se resserra sur la hanche d'Essylt.

— Vos excellences, nous sommes enchantés de vous recevoir.

— Le plaisir est partagé, Vos Majestés. Merci pour cette invitation.

Caitlyn vint tout naturellement se placer à côté de ses monarques et Niocol s'empressa de lui faire un baisemain, avec toute la galanterie dont il savait faire preuve. Les joues de la Baronne rougirent de plaisir, en harmonie avec ses cheveux roux.

— Ma promise, vous m'avez cruellement manqué. Me ferez-vous l'honneur de m'accompagner faire le tour de la salle ?

— Bien entendu, votre excellence. Comtesse, je suis ravie de vous revoir. J'espère que nous pourrons profiter de votre séjour pour faire plus ample connaissance.

— Moi de même, Baronne.

Sa fiancée à un bras et sa sœur à l'autre, Niocol les salua chaudement.

Le Baron Garvan et sa petite sœur s'avancèrent. Ils se ressemblaient beaucoup : grands et fins, ils avaient les traits du visage délicats. Les cheveux de Derry étaient cependant bien moins roux que ceux de son aîné et elle semblait aussi moins maladroite. À peine se pencha-t-il pour faire la révérence qu'Essylt craignit qu'il ne fasse une chute.

— Vos Majestés, votre palais est magnifique.

— Merci, votre excellence. Bienvenue.

Derry rougit d'être sous le feu d'une telle attention et s'empressa de suivre son frère pour aller discuter avec leur cousine Delyth. Les deux dernières aristocrates de la longue liste de prestigieux convives étaient les Comtesses Meriel et Aderyne, deux sœurs.

— Vos Majestés, merci infiniment pour l'invitation.

— Merci à vous d'être venues. J'espère que vous passerez un agréable séjour.

— Où est la Princesse Alyson ? s'enquit la Reine en remarquant qu'il manquait une invitée, et pas des moindres.

— Elle est demeurée en bas pour donner des consignes quant à ses bagages.

Essylt grimaça et serra la main de Calixte avant de sortir. Il n'était pas étonnant que l'héritière d'Aivaithra n'eût pas fait son entrée avec Rosheen : les deux se détestaient cordialement. Toutefois, elle aurait apprécié que la Princesse arrive avec tout le monde.

Un garde eut la gentillesse de lui indiquer qu'elle était dans ses appartements. En la découvrant debout à l'entrée, le menton relevé en une position absolument royale, Essylt dut contenir un mouvement d'humeur. Autour d'Alyson, des dizaines de gardes d'Aivaithra, de Rodorchna et de Bofursyle peinaient à porter tous ses coffres.

— Votre Altesse, tout va pour le mieux ?

— Merveilleusement bien, Votre Majesté, répondit-elle, ses yeux dorés flamboyant d'excitation. Je m'occupais brièvement de mes affaires avant de vous rejoindre, veuillez m'excuser.

— Ce n'est rien. Avez-vous prévu de séjourner toute l'année 687 chez nous ?

Alyson eut un rire hautain qui hérissa Essylt. Elle prit une grande inspiration pour se souvenir qu'elle adorait sa mère et devait être compréhensive face à cette adolescente difficile.

— Je voyage toujours avec au minimum dix coffres d'affaires, je ne pouvais décemment en prendre moins de vingt pour un tel évènement !

— Je vous remercie d'accorder autant d'intérêt à ma fête, Altesse. À présent que vos affaires sont en chemin, puis-je vous accompagner jusqu'au salon où l'on nous attend ?

— Bien entendu.

Alyson lui prit le bras avec une candeur qui détonait avec les airs de femme qu'elle souhaitait se donner. Essylt eut le cœur serré en songeant au mal-être qu'elle devait éprouver, à la fois femme et enfant, et Reine en devenir. Cela pouvait rendre n'importe quelle adolescente insupportable.

Après ce presque incident, la soirée se déroula sans encombre. Tous étaient hystériques de se trouver ici, en si bonne compagnie. Le repas fut un délice, Essylt ayant veillé à tout. Les aristocrates se montrèrent charmants, malgré les quelques rivalités qu'on voyait déjà se dessiner de-ci de-là. La Reine se fit la promesse de discuter avec chacun d'entre eux.

Pour que personne ne vive le même malheur que moi.

La main de Calixte dans le bas de son dos était comme un poids qui l'empêchait de se lever. Et le regard de Declan qui volait vers elle de temps à autre… un rappel saisissant de sa douleur, mais aussi et surtout des moments partagés.

Il ne l'avait pas promis, mais il était resté. Et rien d'autre n'avait d'importance.

— Votre Majesté ?

Tous les convives se dirigeaient vers leurs chambres en vagues riantes. Essylt avait fait en sorte que les femmes célibataires soient à un étage et les hommes à un autre. Pour les couples, ils avaient l'étage le plus haut, en compagnie des héritiers royaux.

— Oui, Ruarc ?

Le Prince lui tendit une enveloppe cachetée.

— De la Comtesse Anna. J'ai oublié de vous la donner en arrivant.

Essylt lui offrit un sourire lumineux malgré sa fatigue, puis le Prince s'éloigna en posant une main possessive dans le dos de la Comtesse Cara. Ils n'étaient pas officiellement fiancés, néanmoins tous savaient qu'ils se marieraient bientôt.

Elle dut se contenir pour ne pas courir jusqu'à sa chambre. Après avoir embrassé Calixte, vérifié que Lucetmael dormait et enfilé ses vêtements de nuit, elle s'assit à son bureau et l'ouvrit.

« *Ma chère Essylt,*

Je sais que le Prince, la Princesse et les nobles se préparent en ce moment même à te rejoindre pour une fête qui s'annonce inoubliable. Mon chagrin est grand de ne pouvoir en faire tout autant, mais ma joie éclipse cette peine.

En ce vingt-deux novembre, je viens de mettre au monde mon second fils. Lasérian a beaucoup pleuré et commence tout juste à s'apaiser. Il est plus gros que ne l'était Aslander. Ce dernier ne cesse de vouloir regarder dans le berceau, intrigué par ce bébé qui est à présent son frère.

J'ai hâte de te présenter mon enfant et de rencontrer le tien.

J'ai appris par le biais des rumeurs que Rosheen était la marraine de Lucetmael. Je me doute que ce choix a dû être mené par un désir politique et sache que je n'en suis point blessée. Son Altesse est ton premier-né et doit donc avoir des parrains dignes de lui.

J'espère que le Nouvel An sera à la hauteur de tes espérances. Il me tarde de lire ta prochaine missive.

À bientôt, ma tendre amie.

Lasérian, Aslander et Oistin t'embrassent.

Mille baisers.

Anna. »

Lasérian.

Essylt caressa le papier du bout des doigts, envahie par la peine et le bonheur de sa meilleure amie. Elle était comblée par la naissance de son second enfant et blessée de ne pas avoir été choisie comme marraine de Lucetmael. Les arguments politiques avancés étaient justes, bien entendu, toutefois la Reine aurait voulu lui dire la vérité.

Je t'ai blessée pour protéger l'homme que j'aime. Pardonne-moi.

XIII

« Courtiser est un art subtil et sournois. » Prince Loebhan de Jirialc, 403

— Cet enfant est incroyable !

— Quelle aisance déjà.

— Il tient sa tête comme si elle était couronnée.

En entrant dans la pièce, Essylt eut un mouvement de recul en découvrant Lucetmael assis sur le tapis offert par Anna. Il se tenait sans aide et remuait dans sa main l'un de ses innombrables jouets précieux.

C'était la première fois qu'il tenait assis.

— Votre Majesté, l'aviez vous déjà vu ainsi ?

— Non…

Les larmes affluèrent à ses yeux et elle se rapprocha de son fils pour les dissimuler. Tous les nobles présents étaient répartis en cercle autour de lui, en une disposition empreinte de révérence.

Sans formalité, la Reine s'assit en face de lui sur son tapis. Quelques petits toussotements s'élevèrent, certains peu accoutumés aux manières de la souveraine.

— Comme tu es fort, mon trésor.

Il leva la tête et ouvrit grand la bouche, en un sourire édenté. Il lâcha son jouet et tendit les bras, penché en avant. Apaisée par cet accueil, elle l'enlaça tendrement.

— Cet enfant aime profondément sa mère, sourit la Comtesse Aderyne avec envie.

— Mon cher Prince, vous ne serez pas si pressé de vous blottir contre votre mère quand vous aurez des filles à courtiser ! s'exclama Lysander.

Les hommes rirent de cette remarque et les femmes soupirèrent.

— Vous dites cela, mais vous vous précipitez tous dans les jupes de votre mère quand quelque chose ne va pas, répliqua Saraid.

— Les Princes ne se précipitent pas sous les jupes de leur mère ! tonna Ruarc en bombant le torse.

Asal approuva et ils se tapèrent dans la main.

— En tout cas, cet enfant prendra épouse un jour. Je regrette d'être si vieille ! se lamenta Noreen en envoyant un baiser à Lucetmael.

Essylt enfouit son nez dans le cou de son fils pour contenir son envie de la gifler.

— Dans ce cas, il faut vite mettre au monde une fille ! s'écria Faolan avec un regard appuyé pour la Comtesse Fiona, originaire de Vuai.

— À ce propos, j'ai ouï dire que votre belle-sœur est enceinte, Lauryn, commenta Balor. Mon cousin va encore être père.

— Espérons pour notre cousin que ce soit une fille, renchérit Sibby.

La mère d'Anath et Lauryn, le père de Balor et Nodlaigh et le père de Sibby étaient frères et sœurs. Contrairement aux coutumes, Sibby était Duchesse de Zil comme ses deux cousins germains. En effet, son père avait épousé une noble de

Vuai dont le frère aîné était régnant. Pour assurer l'avenir de leur progéniture, leur contrat de mariage stipulait que le titre était conservé, en accord avec le père de Balor et Nodlaigh, et les monarques de Vuai et de Guanile. Essylt avait appris cette petite incartade au protocole avec amusement. Les titres avaient une grande importance dans son monde.

— N'oubliez pas que Sa Majesté la Reine Dymphna a eu une petite fille, Ailina, commenta Niocol avec emphase.

— J'ai d'ailleurs entendu dire que Votre Majesté avait discuté avec le Roi Thuán d'une union éventuelle, dit Caitlyn à l'intention de Calixte.

Essylt ne l'avait pas remarqué entrer. Il leva un sourcil surpris en la découvrant assise par terre alors que leurs invités étaient debout ou installés sur les canapés.

— Il est vrai que Thuán et moi l'envisageons.

— J'espère que rien n'est encore fait, commenta Aveleen, qui reçut l'assentiment général.

Plus qu'agacée, la Reine se redressa, son bébé blotti contre sa poitrine.

— Si vous pouviez avoir la décence de ne pas fiancer mon fils avant même qu'il ne sache marcher, je vous en saurais gré.

Un silence s'installa, avant que les nobles s'empressent de complimenter les lieux.

Le sujet ne fut plus abordé de tout leur séjour. Tout ce qui déplaisait à la Reine était proscrit en un battement de cils.

— Ils vous mangent dans la main, les railla Saraid le lendemain matin, pendant le petit déjeuner.

Essylt avait invité ses nobles pour un petit moment privé, pendant que Calixte mangeait en compagnie de tous les invités.

— Il est vrai qu'ils n'ont d'yeux que pour vous, Majesté, approuva Faolan.

La souveraine essayait de donner de la compote à Lucetmael, qui préférait cracher dessus que l'avaler. Le fait que cela énervait sa mère ne faisait qu'accentuer son hilarité.

— Puis-je ? s'amusa Luíseach.

Essylt lui confia le pot et la Duchesse n'eut aucun mal à le faire manger.

— Vilain Prince, rit-elle en déposant un baiser sur son front, avant de manger à son tour.

Être en petit comité avec la foule qui séjournait au palais était incroyablement reposant. Lothar, Luíseach, Faolan, Saraid et Ultan étaient heureux de cet honneur, car elle était si sollicitée qu'elle avait la gorge douloureuse de trop parler.

— Les partis présents sont intéressants, lança Lothar.

Essylt engloutit deux tartines d'une traite, trop habituée à être interrompue. Elle fit un signe de tête au Duc, consciente de ses craintes. Ils avaient précédemment discuté du fait qu'il devait se marier pour respecter les choix de sa mère. D'un point de vue purement héréditaire, Lothar aurait pu prendre la gouvernance de Crom à dix-neuf ans, sans être marié et sans l'accord de sa mère. C'était son père qui était né Duc, par conséquent Ráichéal n'était que régente au nom de son aîné. Il avait néanmoins trop de respect et de considération pour sa mère pour ne pas accepter ses conditions.

— Je ne vais pas vous dire qui épouser, Lothar, dit-elle sans le moindre détour. Toutes les femmes présentes sont charmantes. Et bien entendu, j'accepterais que vous vous mariiez avec une roturière.

Faolan ouvrit de grands yeux indignés, avec la grandiloquence de sa mère.

— Pour ma part, j'épouserai une aristocrate.

Décidée à ne pas commencer la journée par une dispute, elle but son verre de jus d'orange et se resservit. Elle avait dispensé ses servantes et ses nourrices pour avoir un peu d'intimité.

— Quelles sont vos favorites pour le moment, Duc ?

— Je dois avouer ne pas être indifférent aux charmes d'Aveleen et Fiona, et Ailís est de conversation forte agréable.

— Aucune d'elle ne fait battre votre cœur plus vite ? s'enquit Luíseach avec les yeux pétillants.

Saraid grommela en gobant la moitié de son œuf brouillé.

— Le cœur n'est pas le seul concerné par ce choix. La tête doit en être pour beaucoup.

— Je ne suis pas de votre avis, Faolan. Vous allez passer toute votre vie avec cette femme, il vous faut l'aimer.

Ses paupières papillonnèrent sur ses yeux bruns.

— Bien sûr, Majesté, mais vous la première savez à quel point un mariage politiquement fort est important.

Ne laissez pas gagner la politique, aurait-elle voulu lui dire*, car le cœur est bien trop dur à réparer.*

— Et toi, Lothar ? demanda sa sœur en essuyant tendrement le coin de la bouche du Prince.

— Je trouve également la Vicomtesse Aveleen des plus charmantes. La Comtesse Meriel est très agréable à admirer.

Rarement sortie d'Aivaithra, cette dernière attirait les regards avec ses cheveux blond très clair et son charisme.

— La beauté ne fait pas tout, commenta Saraid. Si vous choisissez une femme belle mais sans esprit, vous allez pavaner toute votre vie, certes, mais dans un ennui profond.

— Et vous Saraid, quel bel homme a attiré votre attention ?

Ultan rougit, peu désireux d'entendre les préférences de sa sœur. Il était encore plus taciturne que de coutume, tenant les gens à distance un peu comme le faisait son aînée. Manannan avait clairement exprimé le souhait que son fils cherche épouse et ce n'était pas ainsi qu'il allait y parvenir.

— Aucun. Je n'ai pas l'intention de me marier.

Avec un air mutin qu'elle n'arborait que quand elle embêtait Saraid, Luíseach demanda :

— Et Garvan ?

— Ne me parle pas de lui ! Sa maladresse va finir par tuer quelqu'un. Cet homme est imbuvable.

Essylt et Luíseach échangèrent un regard entendu. L'emportement de leur chère Saraid, toujours contenue en public, était un aveu flagrant.

— Et vous Ultan ?

Le Baron enfonça la tête dans les épaules.

— Je ne veux pas me marier.

— Père l'exige, répliqua Saraid avec méchanceté.

Le Baron régnant lui avait refusé sa place parce qu'elle était une fille et elle ne l'avait toujours pas accepté, à juste titre.

— Vous avez encore le temps de faire votre choix, le rassura Luíseach avec sa douceur coutumière.

Il opina et se concentra sur son assiette.

Après cet interlude apaisant, ils durent retourner auprès des innombrables invités. Le jeu des alliances était d'une grande complexité. Essylt avait été autrefois au centre de ce besoin démesuré de pouvoir et préférait l'observer de loin. Il lui était plus aisé d'en comprendre les règles quand son propre cœur n'était pas la mise du jeu.

Yvain croulait sous les attentions. Il ne pouvait se déplacer sans être suivi par une aristocrate souriante. Plusieurs fois dans la journée, il faisait des signes désespérés à sa cousine, qui riait sous cape.

Les convives les plus téméraires profitèrent de l'absence de neige et de pluie pour faire une balade à cheval ou en calèche avec la Reine. Celle-ci fit en sorte de se retrouver seule avec le Prince Tomás.

— Vous paraissez affligé, Altesse. Tout va pour le mieux ?

Il fit une moue enfantine adorable.

— Ailís ne me remarque guère.

Issue de son Royaume, la Comtesse était courtisée par Faolan et Kenan. Ce dernier profitait de sa beauté scandaleuse pour plaire à toutes.

— Fait-elle toujours battre votre cœur ?

Durant son voyage en Jirialc, il lui parlait déjà de la noble.

— Désespérément.

L'air malheureux sur son visage si jeune lui fit tirer sur les rênes de Royal. Les gardes rodorchniens, habitués, s'éloignèrent en faisant signe aux gardes jirialcains.

— Vous avez quatre ans de moins qu'elle et beaucoup d'aristocrates de votre Royaume ont votre âge. Je doute qu'elle vous envisage comme un parti. À vous de le lui faire savoir.

— Comment ? Je ne peux décemment lui révéler mes sentiments.

— Et pourquoi pas ?

Il la détailla avec des yeux horrifiés.

— Parce que… cela serait… inapproprié.

— Alors vous préférez garder le silence et la voir en épouser un autre ?

— Non… Il me suffirait de demander à ma mère de ne pas consentir à son union.

Essylt fit non de la tête.

— Si j'ai bien une chose essentielle à vous apprendre sur les femmes, Tomás, c'est le mensonge. Ce serait une trahison de lui refuser un époux qu'elle souhaite par égoïsme si vous n'avez pas eu le courage de vous déclarer.

Il fronça ses sourcils bruns, plongé dans ses pensées. La Jirialc avait des façons de faire bien différentes du reste du Continent, et encore plus d'Essylt.

— Que dois-je faire, selon vous ?

— Dites-lui. Ou si vous n'y parvenez pas dans l'immédiat, faites-lui comprendre. Courtisez-la, entrez dans la course au même titre que tous les autres. Qu'elle sache quels choix s'offrent à elle, pour prendre sa décision en tout état de fait.

Ils chevauchèrent quelques minutes en silence.

— Quel est le cadeau le plus approprié selon vous : un collier ou des boucles d'oreilles ?

— Ni l'un ni l'autre. Faites-lui la cour comme si vous n'étiez pas Prince.

— Quel intérêt ? C'est mon plus grand atout.

— À vos yeux, mais peut-être pas aux siens. Souhaitez-vous qu'elle vous épouse pour la couronne ou pour vous ?

— Ah…

C'était amusant, elle pouvait presque l'entendre penser. Il finit par hocher la tête plusieurs fois avec détermination.

— Merci pour vos conseils, Essylt. Vous êtes la seule à me dire sans détour des vérités qui dérangent.

— C'est mon devoir en tant qu'amie. J'aurais aimé qu'on en fasse de même pour moi.

Tomás tressaillit et elle ne lui laissa pas le temps de s'appesantir sur cette remarque. Ils rejoignirent le reste des cavaliers.

— Vicomtesse Ailís, vous chevauchez avec une aisance remarquable, dit la Reine assez fort pour que tous l'entendent.

Elle glissa un regard appuyé à Tomás.

— Il… Il est vrai que je suis en admiration devant votre grâce, votre excellence.

La Vicomtesse repoussa une mèche blonde derrière son oreille de sa main gantée, dissimulant en partie ses joues rouges.

— Merci, Votre Majesté, votre Altesse.

Essylt claqua la langue et Royal les devança pour qu'ils poursuivent cette conversation.

— Vous êtes d'une beauté à couper le souffle, Votre Majesté.

Elle fit un signe de tête à Kenan. Le noble avait l'audace de la courtiser comme si elle n'était pas mariée, ce que tous avaient remarqué. Il choisissait les moments où Calixte n'était pas là pour la complimenter à outrance.

— Alyson, tout est-il à votre convenance ?

La Princesse d'Aivaithra avait réclamé une calèche ouverte. Elle mangeait allègrement du raisin, les pieds posés sur l'avant, en un mélange d'élégance et d'impolitesse sidérant.

— Bien entendu, Votre Majesté. Votre Royaume est très beau.

— Merci.

Sentant qu'il n'était pas utile de s'attarder, Essylt continua à remonter le cortège.

— Oh, ma Reine, je…

— Que vous êtes un cavalier émérite, Declan !

La voix de Caitlyn avait été occultée par celle de Noreen. Cette dernière se penchait sur sa selle pour dévoiler son décolleté avantageux.

— Merci, votre excellence. Vous l'êtes tout autant.

— Oh, non, loin de là ! Seule une grande musculature telle que la vôtre permet une chevauchée aussi élégante.

— Ma Reine, cela ne vous dérange-t-il point ?

La souveraine réalisa qu'elle était tournée vers Caitlyn sans l'écouter. Elle déglutit avec difficulté et resserra son manteau autour d'elle.

— Excusez-moi, ma chère Baronne, j'ai l'esprit embrumé de trop de pensées. Que m'avez-vous demandé ?

— Si la date de mon mariage vous convenait toujours, en mars, en Bofursyle. Puisque je vais devoir vous emprunter le Roi pendant quelques jours.

— Bien entendu. Mes intendants confirmeront. Je vous saurais également gré de me dire quel cadeau de mariage vous conviendrait le mieux : n'hésitez pas à voir grand.

Elle lui fit un clin d'œil complice, dans l'espoir que Caitlyn n'eut pas compris la raison de son inattention. Heureusement, la Baronne sourit de toutes ses dents.

— Votre générosité est inestimable, ma Reine.

Deux heures plus tard, ils rentrèrent dans la cour du palais, où des dizaines de palefreniers attendaient de pouvoir les aider à descendre de cheval.

— Où allons-nous, ma Reine ?

Cathan patientait à côté de Royal et lui tendit sa main. Empressée de le rejoindre, elle ne se sentit glisser de sa selle que trop tard et lui tomba dessus. Le commandant eut le réflexe de la retenir avant qu'ils ne s'écroulent tous deux par terre.

— Tu vas bien ? s'inquiéta-t-il en faisant fi du protocole.

— Oui, excuse-moi j'ai perdu l'équilibre.

Elle voulut se redresser et gémit.

— Je me suis tordu la cheville.

Il passa l'épaule sous son bras pour la soutenir, puis fit signe à un palefrenier de s'occuper de Royal, qui s'ébroua de protestation.

— Ma Reine, vous allez bien ? la questionna Léan en s'avançant entre les domestiques et les gardes.

— Oui, ce n'est rien. Peux-tu m'apporter Lucetmael ? Je l'ai à peine vu ce matin.

— Tout de suite.

Pour épargner sa cheville qui était déjà moins douloureuse, Cathan l'aida à marcher jusqu'au très grand salon, où la majorité des nobles s'étaient rassemblés pour prendre une boisson chaude. Les aristocrates demeurés au palais en compagnie du Roi jouaient aux cartes sur la table.

— Votre Majesté, êtes-vous blessée ? s'écria Noreen en portant la main à sa gorge.

En sentant les muscles de son dos se crisper, Cathan ricana contre son épaule. Il l'aida à s'asseoir puis fit la révérence avant de sortir.

— Ce n'est rien, votre excellence. Ma cheville va déjà mieux.

— Ne nous faites pas de telles frayeurs, car…

— C'est un scandale !

Le hurlement avait interrompu toutes les conversations. Ils se tournèrent vers le Duc Riocard, debout devant la table où il jouait, le visage rougeaud.

— Une honte ! M'infliger pareille humiliation dans mon propre Royaume !

Essylt dut se contenir de lui faire remarquer qu'il était en Rodorchna et non en Bofursyle, car cela eut été un manquement au serment fait lors de son mariage.

— Que vous arrive-t-il, votre excellence ? demanda Calixte sans bouger de sa chaise, visiblement accoutumé à ce genre de scène absurde.

— Vous avez l'audace de laisser cet homme se présenter devant moi ! éructa Riocard en pointant un doigt menaçant vers Essylt, que Cathan venait d'aider.

Le Roi fut bien moins calme.

— Riocard, ce n'est ni le lieu ni…

— Cet homme a tenté de violer ma fille, ma chère Euthalia, et vous avez le culot de le laisser en liberté ! Qui plus est, il sert toujours la Reine. C'est une honte pour ma famille, mais aussi pour vous mon Roi, qu'un tel individu ait la confiance de votre épouse.

Tous retenaient leur souffle, immobiles comme si un danger guettait.

— Les accusations qui pèsent sur mon commandant sont fausses et révoltantes. Cathan a fait de la prison pour un acte qu'il n'a pas commis, il a donc pu retrouver sa place à sa sortie.

La porte s'ouvrit sur les derniers arrivants et Bryn qui portait Lucetmael. Essylt lui fit signe de partir, surtout quand le Prince commença à pleurer, sensible à l'ambiance.

— Ce qui est révoltant, c'est que vous ayez l'audace de le désigner comme votre commandant. Ma pauvre Euthalia, qui se languit de pouvoir trouver un époux, n'a pas été invitée, mais cet homme est là ! Est-ce là la justice de la Reine ?

Elle se mit debout lentement et lui désigna la porte.

— Votre excellence, allons parler en des lieux plus appropriés.

— Vous avez peur que vos chers invités aient une piètre opinion de vous ?

— Ce n'était pas une proposition. C'était un ordre.

Il s'apprêtait à protester, puis avisa l'aura menaçante que dégageait Declan, la main sur le manche de son poignard accroché à sa ceinture. Le noble quitta la pièce la tête haute comme si c'était exactement ce qu'il avait prévu de faire.

— Si vous voulez bien m'excuser, mes chers, j'ai des affaires déplaisantes à régler. Je vais prévenir les cuisines qu'on vous monte des gâteaux.

Elle inclina la tête et sortit, Calixte sur les talons. Essylt entra brutalement dans un salon au bout du couloir.

— Votre séjour ici va être bien plus court que prévu, Riocard, si vous avez décidé d'adopter cette attitude vis-à-vis de ma femme.

Cette dernière faillit répliquer qu'il était bien inutile de le menacer en privé après qu'il l'eut ridiculisée en public.

— Que voulez-vous ? s'enquit Essylt.

La question fit sursauter son mari. Les traits grossiers du Duc s'illuminèrent d'une satisfaction amusée.

— Pourquoi croyez-vous que je veuille quelque chose ?

— Je connais suffisamment Euthalia pour deviner les agissements de celui qui l'a élevée. Expliquez-vous.

Le noble s'assit théâtralement sur un canapé, conscient de sa position de force.

— Vous m'avez beaucoup pris, Votre Majesté. Énormément. Depuis leur naissance, j'ai tout fait pour que mes filles fassent un mariage royal. Euthalia est demeurée en Bofursyle dans ce but et vous lui avez ravi Calixte sous le nez. Quant à Earleen, elle a épousé ce Baron Eamonn sur votre ordre.

— Earleen s'était compromise. Ce mariage a rétabli son honneur.

Les yeux noisette de Calixte s'écarquillèrent de compréhension. Quand Eamonn était parti de Bofursyle sans une explication, tous avaient compris qu'il avait été éconduit, sans en connaître la raison. L'annonce de ses fiançailles moins d'un mois après avait esquissé une réponse, qu'Essylt venait de confirmer. Le Baron avait essayé d'avoir un mariage royal en gardant sa maîtresse.

— Elle aurait pu épouser un Prince ! Enfin, elle est irrécupérable, au même titre qu'Euthalia qui ne pourra faire un grand mariage maintenant qu'elle est compromise.

Essylt se contint de préciser qu'elle ne l'était guère ou tout du moins pas à cause de Cathan.

— Que voulez-vous ? répéta-t-elle.

Riocard croisa les mains sur son ventre imposant.

— Je veux qu'Eirlys épouse le Prince Yvain.

Le Roi se laissa choir sur un canapé.

— Rien ne prouve qu'Essylt puisse permettre une telle union.

— Évidemment qu'elle le peut. Ils sont amis et Imrinn ferait n'importe quoi pour lui plaire.

— Ce…

— La question n'est pas de savoir si je le peux, mais si je le veux, les interrompit Essylt d'une voix blanche. Et jamais, d'une quelconque manière que ce soit, je ne forcerais mon cousin à épouser une femme qu'il n'aime pas. Mon cousin ou n'importe quelle autre personne ici présente.

Riocard eut un rictus méprisant qui souligna sa ressemblance avec son aînée.

— Dans ce cas, nous allons avoir un problème.

— Si vous croyez pouvoir me faire chanter, vous vous leurrez. Je ne m'abaisserai pas à jouer à ce petit jeu.

— Ainsi, ma petite prestation ne vous a pas suffi ?

— Vous pouvez dire ce que vous voulez de moi, car je sais que ce n'est pas la vérité et c'est tout ce qui importe.

Calixte souleva un sourcil, visiblement d'un avis différent.

— Vous laisserez donc cet individu en liberté ?

— Cathan a toute ma confiance. Il est innocent.

— Bien.

Riocard se dirigea vers la porte.

— Si vous ne voulez pas faire justice à ma fille, je m'en chargerai. Un assassin peut être si facilement engagé…

Essylt mit une longue minute à comprendre qu'il menaçait la vie de Cathan. Quand l'information eut fait son chemin dans son esprit, sa magie fut plus rapide que les mots.

L'air souleva l'aristocrate et le plaqua contre le mur.

— Je vous déconseille de menacer mes proches, Duc. J'ai déjà été clémente en ne punissant pas Euthalia pour son mensonge. Ne me le faites pas regretter.

Calixte bondit sur ses pieds, paniqué.

— Relâche-le.

Riocard fut reposé par terre.

— Vous avez trois heures pour ranger vos affaires et partir.

Furieuse, elle lui ouvrit la porte et répéta cet ordre à Jarlath. Le commandant redressa les épaules et suivit le noble dans le couloir.

Prête à sortir, Essylt fut retenue par Calixte. Il referma la porte pour préserver leur conversation des oreilles indiscrètes.

— Ne refais jamais cela !

— Je te demande pardon ?

— Utiliser ta magie sur les nobles.

— Il m'avait menacée ! Il avait menacé Cathan !

— C'était des paroles en l'air.

— Tu es naïf si tu crois cela. Cet homme était prêt à lui faire du mal.

— Tu ne peux pas risquer notre entente avec les nobles pour une simple menace !

— Une simple menace ? C'est mon ami, mon frère. Je ne laisserai personne le toucher.

— As-tu pensé à Lucetmael ?

La Reine recula, le souffle court de trop hurler.

— Quel rapport a-t-il avec cette histoire ?

— Si tu commences à user de ta magie contre nos nobles, tu risques de susciter leur peur. La limite entre la crainte et la peur est mince et facile à franchir. Et s'ils viennent à avoir peur de toi, ils auront peur de lui.

Les jambes dépourvues d'énergie, elle se retint à un canapé.

— Ne refais jamais cela ! répéta-t-il avant de quitter la pièce brusquement.

Elle s'assit sur un fauteuil et fondit en larmes.

Quand sait-on qu'on fait le mal ?

Sa Majesté la Reine de Bofursyle di Rodorchna refit son apparition au diner. Elle avait consacré son après-midi à son fils, ses servantes et ses commandants, puisant du réconfort dans leur présence. C'était la première fois que Calixte et elle s'affrontaient de manière aussi violente. Son avis avait beaucoup d'importance et elle n'avait pas aimé la réprobation dans son regard.

Elle savait qu'il avait raison. La magie n'était pas la solution pour se faire obéir. Son père avait distillé la peur et elle ne pouvait pas l'imiter. Elle avait tout fait pour qu'on ne l'associe pas à Mil et ne voulait pas réduire à néant ses efforts.

Mais cela avait été plus fort qu'elle. Comme n'importe quelle femme aurait pu mettre une gifle, sa magie avait fusé de son corps, féroce et protectrice.

Deux heures après l'incident, elle avait eu un élan de conscience. C'est pourquoi elle entrait à présent dans la très grande salle où tout le monde l'attendait pour diner, avec parmi eux Eirlys. La Duchesse se tenait délibérément à l'écart.

L'opprobre jeté par son père sur elle serait difficile à dissiper.

— Duchesse Eirlys ? l'appela Essylt devant tous.

La jeune fille s'avança et fit la révérence. Elle était plus fine que ses ainées, mais tout aussi prompte à s'habiller de manière extravagante. Son menton était plus pointu et ses yeux plus clairs.

— Venez vous asseoir à mes côtés.

L'aristocrate ouvrit grand la bouche de surprise et la suivit jusqu'à la table magnifiquement dressée. Essylt s'assit à gauche de la place d'honneur, réservée à Calixte, et fit signe à Eirlys de prendre place à ses côtés.

— Merci, Majesté, souffla-t-elle timidement pendant que les convives s'asseyaient en discutant.

— Je vous en prie. J'ai moi aussi eu un père dont les actes étaient répréhensibles. J'ai eu la chance qu'on ne m'en tienne pas rigueur et je souhaite qu'il en soit de même pour vous.

Eirlys acquiesça, le visage empli de gratitude. Sans conteste, Essylt venait de sauver son avenir.

Le diner fut plus plaisant que la Reine ne l'aurait cru. Outre le fait que personne ne parla de Riocard, la Duchesse se révéla de bonne compagnie, une fois les sujets futiles écartés et la timidité dissipée. Elle était cultivée et à l'écoute d'autrui, ce qui était rare pour une aristocrate.

Deux jours plus tard, la souveraine put enfin boire un thé en privé avec son cousin Yvain. Il était compliqué de s'éclipser quand on était le centre de l'attention.

— J'ai rarement vécu de moments aussi festifs qu'éprouvants, se plaignit le Prince de Xoramif en engloutissant un gâteau.

Sur ses genoux, Lucetmael babilla, et son parrain s'empressa de réduire un biscuit en petites miettes pour lui donner.

— Croyez-vous que l'une d'elles va tenter de vous embrasser ?

Il rougit de manière fort prude, ce qui fit rire Essylt.

— Je n'espère pas. Je n'aimerais pas devoir l'éconduire.

— Aucune d'elle n'a votre entière attention ?

Le bébé recracha un bout de gâteau, qu'Yvain s'empressa d'essuyer de ses doigts. Il déposa un baiser protecteur sur son front et la Reine se dit qu'il avait vraiment été un choix judicieux.

— L'option politiquement avantageuse serait bien sûr Rosheen mais… je ne m'imagine pas passer ma vie avec elle.

C'était une façon pleine de tact de dire que la Princesse était insupportable. Essylt regrettait amèrement d'avoir dû en faire la marraine de Lucetmael.

— Dans votre Royaume, Luíseach et Saraid ne semblent pas intéressées de devenir Reine, tout comme Lauryn.

Étonnamment, il avait raison. La Comtesse de Snéa n'était pas entrée dans la course à son cœur, alors qu'elle l'avait été dans celle de Calixte. Une histoire que la Reine devrait élucider.

— De Xoramif, Tuilelaith n'est pas envisageable, même si son père voulait la marier avec moi. Mon frère est fou amoureux d'elle.

Essylt cacha son sourire derrière sa tasse de thé. C'était l'un des secrets que Declan lui avait révélés lors de leur danse rituelle. Une douce nostalgie l'étreignit.

— Il y a Tallula, qui est très jolie mais non envisageable, à cause de ce que son frère Eamonn vous a fait. La Duchesse Faoiltiarna est une amie très proche, que je ne m'imagine pas épouser.

— Je pense qu'elle est amoureuse de vous.

Les yeux gris clair d'Yvain s'écarquillèrent.

— Vraiment ?

— Oui.

— Ah… La réciproque n'est malheureusement pas vraie. Après le choix est vaste : Aveleen, Noreen, Sibby, Meriel, Kay… Elles sont toutes d'agréable compagnie et d'intelligence suffisante pour devenir Reine.

Essylt se contint de faire remarquer qu'il ne les avait pas toutes citées. Cependant, il paraissait évident qu'aucune n'avait ses faveurs.

— La question est : êtes-vous pressé de vous marier pour devenir Roi au point de consentir à une mésalliance ? Je ne parle pas là de politique, mais d'amour. Si vous vous précipitez, vous allez passer votre existence auprès d'une femme que vous n'aimerez pas.

— Vous avez raison. J'ai hâte de monter sur mon Trône, mais pas au prix de mon bonheur conjugal… Néanmoins, ce n'est pas si simple.

Avec un soupir, il déplaça Lucetmael sur l'une de ses jambes pour sortir un objet de sa poche. Amusé par le mouvement, le bébé secoua ses bras et poussa un cri aigu. Yvain entreprit de le faire rebondir doucement. Il tendit un écrin à Essylt.

Dedans reposait une bague de fiançailles en or, surmontée d'un diamant.

— Elle est magnifique.

— Mon père me l'a confiée. Il veut que je rentre en Xoramif fiancé.

Elle dut se contenir de grimacer. C'était aussi gentil que malvenu de la part de son père d'avoir fait cette demande. Gentil, car cela signifiait qu'il était prêt à lui céder la couronne, ce qui était étonnant de la part d'Imrinn. Mais malvenu, car cela le forçait à faire son choix parmi les aristocrates présentes.

— Dites-lui que ce n'est pas si simple.

— Ce n'est pas si simple de le contredire, répliqua-t-il en grattant le ventre de Lucetmael.

— Je le conçois. Mais vous avez encore le temps. Il vous reste au moins trois semaines à passer ici. Laissez-vous le temps de la réflexion.

— Oui… Si vous deviez m'en conseiller une, laquelle serait-ce ?

Elle lui rendit l'écrin, avant de prendre son fils dans ses bras.

— Aucune. Simplement parce que c'est votre choix. La question que vous devez vous poser n'est pas : laquelle sera une bonne Reine ? Ou : laquelle sera une bonne épouse ? Mais plutôt : avec laquelle ai-je envie d'avoir un enfant ?

Comme pour l'approuver, Lucetmael saisit une mèche de ses cheveux et se blottit contre sa poitrine. Yvain esquissa un sourire qui fit saillir ses pommettes.

— Vous avez raison. Je vais y réfléchir. Merci, Essylt.

— Je vous en prie.

— Votre Majesté ?

Assise au bureau qu'elle utilisait pour les rencontres officielles, elle releva la tête des contrats commerciaux. Jarlath patientait dans l'embrasure de la porte.

— Oui ?

— La Comtesse Fiona, originaire de Vuai, est arrivée.

— Fais-la entrer.

Elle rangea ses feuilles. La noble pénétra dans la pièce et fit la révérence, faisant miroiter sa robe claire.

— Votre Majesté Royale, merci de me recevoir.

— Je vous en prie, votre excellence, asseyez-vous.

Elles prirent place sur les fauteuils et les servantes leur servirent à boire.

— La raison de cette entrevue semblait fort officielle, étant donnée la manière dont vous me l'avez demandée. Puis-je savoir ce qui vous amène ?

Avec tout ce qu'elle avait à faire, la souveraine n'avait pas le temps pour les conversations futiles. L'aristocrate redressa ses fines épaules et repoussa des cheveux bruns derrière ses oreilles.

— Votre Majesté, comme vous le savez très certainement, mon père le Comte Llywellyn est le fils de la sœur cadette de feu le Comte Rigbarddan de Meath.

Essylt se massa l'arête du nez. Elle était parfois étonnée de ne pas avoir des maux de tête tous les jours.

— En effet, je suis informée de ce lien de parenté.

— Le Comte Rigbarddan de Meath et ses fils ayant été éliminés, mon père et ses enfants sont les derniers descendants de la lignée de Meath.

— Êtes-vous en train de revendiquer l'une des provinces de Rodorchna ?

Fiona déglutit bruyamment.

— Je n'aurais jamais une telle audace, Majesté. Le Comté de Meath est sous la gouvernance de Votre Majesté, et seule Votre Majesté peut décider si un aristocrate va reprendre le titre.

La Reine replaça les pans de sa robe sur ses genoux.

— Dans ce cas, pourquoi me rappeler votre ascendance ?

— Comme vous le savez, je suis l'aînée de quatre enfants. J'ai une sœur et deux frères. Un seul d'entre nous héritera de la gouvernance du Comté de Suliel, en Vuai. Quant aux autres… mon père m'envoie pour nouer une alliance avec vous, afin que l'un de ses enfants dirige le Comté de Meath.

L'idée était séduisante, même si elle avait le défaut d'offrir du pouvoir à une famille vuainienne.

— Il va sans dire que cette alliance serait un mariage. J'ai pris la liberté de me renseigner sur votre noblesse. Étant données les places de choix de Luíseach et Saraid auprès de Votre Majesté, je doute que leurs frères, le Duc Lothar et le Baron Ultan, puissent céder leur place dans la suite de succession. Le Duc Faolan est l'héritier de Kildare, puisque son frère Bartley est déjà marié. De ce fait, il ne reste que les Duchesses Zara et Kay de Crom, les cadettes de Lothar et Luíseach.

C'était une analyse très juste de l'aristocratie rodorchnienne. Essylt ne put contenir un sourire.

— Que me proposez-vous ?

— L'un de mes frères Odharan ou Alwyn pourrait épouser l'une des deux Duchesses et devenir Comte de Meath. Ainsi, la lignée serait rétablie et renforcée par une union avec la noblesse rodorchnienne.

La Reine but son thé en de longues gorgées appliquées.

— Je dois avouer que l'idée est tentante. Le peuple se languit que les deux Comtés soient sans gouvernance et votre filiation est tout à votre avantage.

Demeurait un point crucial, sur lequel elle revenait inlassablement : elle ne marierait jamais quiconque de force.

— J'envisagerai l'idée, quand les quatre seront en âge de se marier. Ils seront dûment présentés, et si une idylle se profilait, j'accepterais certainement de faire de votre frère concerné le Comte de Meath.

Fiona poussa un soupir de soulagement. La pauvre s'était préparée à cette entrevue pendant des semaines et redoutait de déplaire à la Reine.

— Votre Majesté, je vous remercie pour votre compréhension et pour cet assentiment. Je le communiquerai à mon père.

Croyant qu'elles en avaient terminé, Essylt s'apprêtait à la congédier.

— Je tiens aussi à ajouter que je suis… disposée à épouser Lothar, Faolan ou Ultan, si cela peut conforter Sa Majesté dans ce choix.

Il était évident que cela ne l'enchantait guère et qu'elle répétait les paroles de son père. La Reine lui fit signe de se lever.

— Rassurez-vous, votre excellence, je n'ai pas besoin de plusieurs unions. Vous épouserez l'un de mes nobles uniquement si vous le souhaitez et s'il le souhaite.

La jeune fille opina vivement, fit la révérence et sortit.

Essylt mangea plusieurs brioches au sucre en poursuivant ses lectures peu plaisantes. Elle n'avait pas songé à la parenté de Fiona, mais elle expliquait peut-être l'empressement de Faolan à son encontre. Ce n'était pas une insulte à sa beauté ou à son manque de fortune conséquente, mais les choix de Faolan étaient dictés par sa mère, ils avaient donc un but financier ou politique.

Trois jours avant le Nouvel An, alors que l'excitation générale ne cessait de croitre, elle parvint enfin à petit-déjeuner en compagnie des nobles de Bofursyle, qui s'étaient plaints que ceux de Rodorchna avaient eu plus d'attention qu'eux. Ce genre de remarque puérile mettait les nerfs d'Essylt à vif.

— Je suis bien contente de ne pas vivre ce séjour en tant que célibataire, confia Delyth avec un regard énamouré pour Bartley.

Il lui tendit un pot de confiture, qu'elle s'empressa de répartir sur une crêpe. Les rondeurs de son épouse ne semblaient pas lui déplaire, bien au contraire. Bartley se comportait en mari dévoué et conciliant, sans chercher à prendre d'ascendant sur le Vicomté qu'il dirigeait à ses côtés.

— Et moi de le vivre en tant que femme fiancée, s'extasia Caitlyn.

Elle ne cessait de contempler la bague qui brillait à son doigt. Elle et Niocol étaient inséparables. La Baronne buvait chacun de ses mots, transportée par une affection plus qu'évidente.

— Cessez donc d'étaler votre bonheur, grommela Nethaniah, qui s'était réveillé du mauvais pied.

— Quelles aristocrates ont vos attentions, cher Vicomte ?

Ses couverts raclèrent dans son assiette.

— Fiona, Kay et Aveleen.

— Cachez votre joie ! s'exclama Lysander.

— Cela se révèle être davantage une corvée. Surtout qu'elles sont très demandées.

— Il est vrai qu'Aveleen possède cette beauté qui met les hommes à genoux, dit le Baron Lysander d'un air rêveur.

— Avez-vous donc entamé une cour ? s'enquit Essylt qui n'aimait pas ses manières.

— Bien sûr que non. Le jour où je serai enchainé à une femme n'est pas encore arrivé !

Le mépris évident de Lysander pour la gent féminine fit grincer des dents autour de la table.

— Pour ma part, je suis sous le charme des deux jeunes femmes ayant des liens amicaux avec ma famille, annonça Tasgall pour changer de sujet. La Comtesse Caoilfhionn est une oreille incroyablement attentive et possède un visage remarquable. Quant à la Baronne Noreen, elle est vive et brillante, et réceptive à mes attentions.

Il faut dire qu'il était le seul à la courtiser ouvertement. La Baronne était la majorité du temps collée à Declan ou dans le sillage d'Yvain pour essayer d'être Reine. Tasgall était un homme simple et dernier de sa lignée. Il avait donc à cœur de respecter certaines traditions et épouser une femme avec qui sa famille avait des liens d'amitié de longue date en était une.

— Je trouve la Baronne Noreen quelque peu insipide, surtout comparée à Caoilfhionn.

Tous se figèrent. Il était extrêmement rare que la Reine dise du mal de quelqu'un. Si rare qu'ils mirent une longue minute à réagir.

— Je prendrai en compte votre précieux avis, ma Reine.

— Et vous Lauryn, avez-vous des préférences ? demanda Essylt pour détourner d'elle les regards étonnés.

— Je dois avouer ne pas avoir prêté attention à tous ces jeunes hommes. Je prends du bon temps en compagnie de mes amis, c'est tout ce qui m'importe.

— À l'amitié ! scanda Lysander en levant son verre.

— À l'amitié ! répétèrent-ils en trinquant avec lui.

La Reine avait délibérément omis de questionner Eirlys. La jeune fille n'avait plus évolué auprès de ses compatriotes depuis longtemps et avait du mal à se faire une place, que ce soit à cause de sa timidité ou des agissements de son père et de sa sœur. Essylt ne souhaitait pas l'humilier davantage en abordant un sujet aussi sensible.

Le diner fut particulièrement alcoolisé, comme si chacun voulait préparer son corps à la débauche en perceptive. La souveraine fit semblant de boire pour garder les idées claires, surtout qu'elle se languissait de retrouver son fils et son lit.

Elle allait se retirer discrètement après le repas quand elle remarqua Orlaith seule dans un coin. Originaire de Teac, la Vicomtesse était réservée et mal à l'aise parmi tout ce monde. Elle la rejoignit en lui apportant un verre d'eau.

— Cela évite les maux de tête au réveil.

— Merci, Votre Majesté.

Elle but timidement, les yeux baissés.

— Passez-vous un agréable séjour, votre excellence ?

— Merveilleux, Votre Majesté. Votre palais est somptueux.

— Merci. Vous amusez-vous ?

Ses ongles émirent un petit tintement sur le cristal.

— Je ne suis pas là pour m'amuser, Votre Majesté. Mon frère veut absolument que je prenne époux.

Assis sur un canapé auprès de sa femme, Naomhán les observait d'un œil appréciateur. Une femme ayant les attentions de la Reine avait plus de chance d'attirer un bon parti.

— L'amusement n'est pas incompatible à cette recherche. L'un de ces messieurs vous plait-il ?

Elle ne l'imaginait pas faire le premier pas.

— Yvain est trop prisé pour que je l'approche. De toute façon, son Altesse ne m'a pas remarquée.

Elle n'avait pas dit explicitement qu'il lui plaisait, simplement qu'elle n'avait pas ses chances. Le mal-être exprimé ici peina Essylt, qui posa une main attendrie sur son bras.

— Je suis sûre que vous trouverez un mari. Et si ce n'est pas ici, ce sera ailleurs. Le choix est plutôt restreint !

Orlaith rit doucement.

— Merci.

Elles gardèrent le silence un instant en contemplant les convives plongés dans leurs discussions.

— Puis-je vous poser une question ?

— Bien entendu.

Elle dissimula sa gêne derrière son verre.

— Pensez-vous que je pourrais plaire au Prince Declan ?

L'air se bloqua dans la poitrine d'Essylt. Elle n'avait pas éprouvé cette impression de suffoquer depuis très longtemps. Il lui fallut beaucoup de maîtrise pour répondre d'une voix neutre.

— Je ne connais pas les goûts de mon beau-frère en matière de femme. Il est plutôt réservé sur le sujet.

C'était la vérité, du moins en partie. Declan ne parlait jamais de femmes à Calixte, elle le savait, car il lui avait déjà fait la remarque.

— La Baronne Noreen est très présente à ses côtés, mais je n'ose pas adopter son attitude. Surtout qu'elle ne semble pas fonctionner.

Essylt rassembla toutes ses forces pour ne pas sourire de manière victorieuse.

— Je doute que ce soit la bonne stratégie, effectivement.

— Croyez-vous pouvoir… lui parler de moi ? Si cela ne vous ennuie pas, Votre Majesté.

Elle ne put s'empêcher de la détailler. Orlaith ressemblait beaucoup à son ainé, avec ses cheveux foncés et ses yeux clairs. Elle avait un visage tendre et quelconque, qui retranscrivait une gentillesse naturelle.

Le ventre de la Reine se tordit douloureusement.

— J'en discuterai avec mon mari : les frères parlent plus aisément entre eux.

Le sourire d'Orlaith fut comme un coup en pleine poitrine. Parce qu'elle venait de lui faire une promesse qu'elle ne tiendrait pas.

— Veuillez m'excuser, votre excellence, je vais me retirer. Passez une agréable soirée et amusez-vous.

— Je le ferai, Majesté. Merci.

Elle fit une profonde révérence et Essylt se glissa hors du très grand salon.

Une fois dans sa chambre, elle congédia Bethania et Adelyn, décidée à se changer seule. Ses pieds la faisaient souffrir et elle soupira d'aise en retirant ses chaussures.

Une drôle d'impression derrière son crâne la fit se diriger vers la fenêtre. Declan était en bas dans le jardin royal.

Elle s'empressa de nouer la corde au pied de son lit et de lui lancer. Il se hissa jusqu'à elle et elle bondit dans ses bras alors qu'il était sur le bord de la fenêtre.

— Ne crains-tu pas de me faire tomber ?

— Je ne te laisserai jamais tomber, répliqua-t-elle en le tirant à l'intérieur.

Elle referma la fenêtre et vérifia avec sa magie que personne n'avait entendu. Le couloir était désert.

— Tu m'avais manqué.

Il enfouit une main dans ses cheveux et l'embrassa passionnément.

— Avec le palais aussi rempli, je n'ai pas tenté de te rejoindre. Mais tout le monde est occupé et Calixte est en pleine partie de cartes.

Elle s'écarta pour qu'il rejoigne la chambre de leur fils. Comme d'habitude, il l'admira en silence et l'embrassa tendrement, protecteur de ses songes.

Comme chaque fois qu'il revenait dans sa chambre depuis le retour de son frère, il détailla la pièce, particulièrement la disposition des draps. C'était un réflexe stupide, surtout en sachant que les caméristes les réajustaient tous les jours.

— Il n'est pas venu depuis plusieurs jours.

Declan leva un sourcil brun surpris. Ils n'abordaient jamais le sujet de manière aussi directe, c'était bien trop douloureux. Essylt soupira et s'appuya contre son bureau.

— Un problème ?

— Nous nous sommes disputés à cause de ma réaction vis-à-vis de Riocard.

— Tu es pourtant demeurée calme dans ce moment difficile. Si cela peut te rassurer, aucun noble n'a fait de remarque désobligeante sur Cathan.

Aucun n'aurait eu le culot de se la mettre à dos.

— Ce n'est pas le problème. Quand nous étions en privé, il a menacé la vie de Cathan… et je l'ai plaqué contre le mur à l'aide de ma magie.

— Je vois… Calixte n'a pas apprécié.

Il appuya son dos sur le baldaquin de son lit pour lui faire face. C'était tellement naturel de parler avec Declan, comme si les mots volaient hors de sa bouche pour être accueillis par son oreille compréhensive. Jamais il ne se serait énervé de la sorte contre elle comme l'avait fait son frère.

— Il dit que je ne dois pas user de ma magie sur les nobles, pour ne pas les effrayer. Je sais qu'il a raison mais… ça a été plus fort que moi. Et je ne parviens pas à m'en vouloir, car Riocard menaçait Cathan.

Ses doigts effleurèrent son bras nu, répandant un frisson incroyable qui la fit gémir.

— Je pense que ce n'était pas une erreur. Riocard est prétentieux et sournois :

ce geste lui a rappelé qui tu es. Je pense que tu as bien fait, même s'il préférable que tu ne le fasses pas avec tout le monde. Pour ta sécurité et celle de Lucetmael.

Elle saisit sa main et la serra fort.

— J'ai le sentiment de devoir me cacher. Parce que je ne suis pas comme tout le monde.

— Ne te cache jamais, dit-il en lui relevant le menton. Mais préserve-toi. Préserve-le. J'ai bien trop peur pour vos vies pour te laisser faire voltiger des gens.

Elle embrassa ses doigts.

— Tu as raison. Je ferai attention, la prochaine fois.

Au vu des personnalités des nobles, il ne doutait pas qu'il y eut une prochaine fois.

Il se rapprocha pour l'enlacer et elle se décala sur le côté, le prenant au dépourvu.

— Je… Je dois te parler.

Elle croisa les bras sur sa poitrine pour se prémunir du froid qui l'envahit. Intrigué, il la suivit à travers la chambre.

— Un problème ?

— Je ne veux pas te priver de ta vie.

Elle lui fit face, les yeux flamboyants d'amour.

— Il y a beaucoup de femmes belles et intelligentes ici, qui rêveraient d'être avec toi. Des femmes avec qui tu pourrais te marier et avoir une famille. En vivant cette histoire avec moi, je te prive d'un avenir que tu mérites d'avoir et je…

Il posa un doigt sur ses lèvres et glissa une main dans son dos pour la ramener contre lui.

— J'ai déjà une famille.

Il embrassa doucement ses lèvres.

— Même si elle n'est pas officiellement à moi, je ne pourrai jamais me marier et avoir un enfant avec une autre. Ma vie me convient telle qu'elle est, malgré la douleur que j'éprouve. Parce que c'est toi et aucune autre.

Elle s'empara de ses lèvres avec fougue, le corps allégé par cette assertion. La discussion avec Orlaith l'avait bouleversée, car imaginer Declan avec une autre… c'était au-dessus de ses forces.

Leur baiser se fit plus profond et Essylt commença à tirer sur son haut d'uniforme.

— Calixte était en pleine partie de cartes, mais je doute que cela dure longtemps…

— Dans ce cas.

Elle mordit sa lèvre inférieure puis se mit à genoux. Surpris et transi, Declan s'agrippa au baldaquin du lit pour demeurer debout pendant qu'une vague brûlante prenait possession de son corps.

Le matin du dernier jour de l'année 686 fut marqué par une pluie diluvienne. Une fraicheur inattendue s'était répandue dans le palais, forçant les domestiques à faire flamber des feux pour réchauffer les convives.

La Reine eut à peine le temps de manger, encore moins celui de profiter de ses amis et de son fils. Elle avait mille choses à faire, entre les innombrables papiers à signer avant 687 et les préparatifs de la soirée.

À dix-sept heures passées, elle put enfin s'asseoir et prendre Lucetmael dans ses bras. À maintenant six mois, il prenait de moins en moins le sein, trop attiré par la nourriture solide. Les joues rouges et les lèvres pleines de bave, elle glissa son doigt dans sa bouche pour soulager ses gencives sensibles. Il gémit d'aise quand elle les massa doucement.

— Mon trésor, tes dents arrivent, c'est pour ça que tu as mal. C'est un mauvais moment à passer, après cela ira mieux. Maman est là, tout ira bien.

Elle le berça tendrement contre sa poitrine en humant son odeur. Son fin duvet blond n'était pas encore prêt à s'épaissir et ses joues rebondies ne s'affinaient guère.

— Ne grandis pas trop vite, murmura-t-elle contre son front.

Il repoussa son doigt et étira son cou. Elle déposa un baiser sur sa joue.

— Je t'aime.

— Votre Majesté ?

Le cœur lourd, elle redressa la tête, découvrant Cleena dans l'embrasure de la porte.

— Il faut déjà que je commence à me préparer ?

— À dire vrai, Majesté, il semble y avoir un souci avec la Vicomtesse Aveleen. Plusieurs de ses robes ont été déchirées et ses servantes sont paniquées.

Essylt lui confia Lucetmael, qui gémit en sentant sa mère s'éloigner.

— Je vais aller voir. Prépare mon bain et ma robe, je te prie. Et trouve ce jouet qu'il aime mordiller.

— Tout de suite, ma Reine.

Agacée du retard qu'elle allait prendre, elle se dirigea vers l'aile principale. Une autre noble avait dû être jalouse de la popularité d'Aveleen et s'était vengée sur ses vêtements. Elle aurait bien imaginé Noreen faire cela, néanmoins elles étaient de proches amies et n'entraient en compétition pour aucun prétendant.

Les gardes mebeakiens en faction s'inclinèrent et lui ouvrirent. Dans le petit salon privé, deux servantes couraient, les bras chargés de monticules de tissus déchirés. En la découvrant, elles lâchèrent presque les vêtements et plongèrent dans une révérence.

— Votre Majesté, son excellence à quelques soucis vestimentaires. Elle est dans sa chambre, je vais vous…

— Merci.

Décidée à en terminer au plus vite, Essylt traversa le salon et ouvrit la porte de la chambre. Outre le désordre considérable — les vêtements empilés sur le lit à droite, les chaussures jonchant le sol, les bijoux étalés sur la coiffeuse à gauche — c'est Aveleen qui attira l'attention d'Essylt.

Tout du moins son dos dénudé, sur lequel s'étalait un hématome jaunâtre.

— Majesté !

Aveleen remonta les pans de son peignoir en fourrure et bondit sur ses pieds.

— Pardonnez-moi, votre excellence, la Reine est…

— Laissez-nous, je vous prie.

Le visage défait, la caméristе acquiesça et referma derrière elle.

Sans ses robes amples et ses coiffures appliquées, Aveleen paraissait démunie. Ses cheveux noirs cascadaient autour de son visage pâle et elle serrait son peignoir beige autour d'elle pour se protéger.

— Je sais que vous êtes Reine, mais je n'aime guère qu'on entre ainsi dans ma chambre sans prévenir.

Sans s'offusquer de cette attaque, Essylt s'assit sur le siège de la coiffeuse.

— Qui vous a fait cela ?

L'hématome s'épanouissait sur plus de la moitié de son dos. Cette image était gravée dans l'esprit de la souveraine au fer rouge. Il avait fallu une force démesurée pour causer une telle blessure.

Aveleen déglutit avec difficulté puis tira un fauteuil pour lui faire face.

— C'est mon père.

Ses épaules baissées témoignaient de sa reddition, comme si elle avait lutté trop longtemps contre ce secret qui la rongeait.

— Il vous a fait cela en Mebeaka ?

— Juste avant de partir. Pour s'assurer de ma… docilité.

La gorge d'Essylt se noua. Cet hématome avait donc plus de deux semaines, si ce n'est trois. Il avait dû être encore plus gros et douloureux.

— Pourquoi fait-il cela ?

Elle n'avait jamais rencontré cet homme, mais une furieuse envie de le punir l'envahissait. Il faisait partie de ceux que Declan l'autoriserait à faire voler à travers une pièce, sans aucun doute.

— Pourquoi les maris battent leur femme, pourquoi les pères battent leur fille ? Simplement parce qu'ils en ont le droit.

Ses yeux verts magnifiques brillaient d'une résignation intolérable.

Une grande culpabilité envahit Essylt. Depuis l'arrivée de la noble, elle l'avait jugée cupide à approcher les hommes les plus fortunés. Elle comprenait à présent qu'Aveleen était prête à tout pour s'offrir la protection d'un homme puissant.

— Je suis désolée pour vous, Aveleen.

Elle baissa la tête pour dissimuler ses larmes.

L'empathie d'Essylt se raviva de plus belle. Elle n'était pas la seule à avoir un père horrible. Qui sait ce que le Roi Mil lui aurait fait subir si elle avait grandi auprès de lui.

La Reine se remit sur ses pieds et s'éclaircit la gorge.

— Ma camériste va vous apporter l'une de mes robes. Nous faisons presque la même taille et Bethania est une excellente couturière, elle saura l'ajuster.

La Vicomtesse se redressa et essuya prestement ses joues.

— Merci de votre générosité, Votre Majesté.

— Une fois que tous les invités seront repartis, il faudra ranger vos affaires pour emménager dans des appartements plus grands.

L'aristocrate resta immobile.

— Je… Je ne comprends pas.

— Vous êtes à présent la dame d'honneur de Sa Majesté la Reine Essylt de Bofursyle di Rodorchna. Vous serez donc traitée avec tout le faste dû à ce rang.

— La… la dame d'honneur ?

— Je viens de l'inventer, s'amusa-t-elle en haussant les épaules.

Aveleen la retint par la main.

— Pourquoi ? murmura-t-elle, émue.

— Pour que vous ne soyez pas obligée de vous marier pour échapper à votre père. Je vous offre une porte de sortie. Peu importe comment on vous appelle, vous êtes à présent ici chez vous.

Elle serra doucement la main d'Aveleen, dont les larmes débordèrent. Elle posa la main d'Essylt sur son front en s'inclinant bien bas.

— Merci.

Touchée par sa détresse, elle ravala ses larmes et lui sourit.

— Dépêchons-nous de nous préparer, il ne faudrait pas que nous soyons en retard.

Elles se firent un signe de tête entendu et Essylt retourna dans ses appartements, où un bain chaud l'attendait. Elle envoya Bethania comme convenu avec une très jolie robe.

Une fois lavée, Essylt se plia au rituel : enfiler ses innombrables couches de vêtements, se faire coiffer et mettre ses bijoux. Comme elle avait opté pour la simplicité, ce fut plus rapide que prévu et elle fut prête parfaitement à l'heure. Elle s'accorda quelques minutes pour offrir leurs robes à ses caméristes et amies, qui hurlèrent de joie en découvrant les parures ouvragées. Elles s'empressèrent de se préparer mutuellement et Essylt en profita pour s'éclipser.

Au rez-de-chaussée patientait Calixte, Lucetmael sur les genoux. Le Prince était habillé tout de blanc et d'or, comme ses parents. En la voyant entrer, ils se turent tous deux sous le coup de l'émotion.

— Mon chéri, tu as la Maman la plus belle du monde.

Il lui tendit la main et elle vint se blottir contre eux. Le Roi embrassa tendrement ses lèvres.

— Excuse-moi pour notre dispute. Je veux passer la soirée avec toi sans qu'il y ait de tensions entre nous.

Elle caressa le dos de Lucetmael, qui avait la tête posée sur l'épaule de son père.

— Il n'y en a pas, rassure-toi. Allons-y.

Les gardes en faction devant les grandes portes de la salle de réception s'inclinèrent bien bas avant d'ouvrir. Le héraut se redressa de fierté.

— Chers invités, Leurs Majestés Royales le Roi Calixte et la Reine Essylt de Bofursyle di Rodorchna, et leur fils, son Altesse Lucetmael.

La foule impatiente s'écarta pour les admirer à loisir. La robe de la souveraine était une pièce unique, blanche avec des fils d'or et des paillettes dorées sur le tissu épais qui retombait sur le sol. Surmontés d'un fin diadème en or, ses cheveux blonds entièrement détachés formaient des boucles joyeuses. L'unique bijou qui venait embellir cet ensemble était le collier offert par son mari, fait d'un rubis et d'un saphir.

À ses côtés, Calixte était magnifié par un ensemble blanc et or, dont le haut mettait en valeur sa musculature. Sa couronne en or faisait écho à celle de son épouse et aplatissait ses mèches châtains rebelles. Se tenant bien droit dans son bras gauche, le Prince était fièrement vêtu du même ensemble. À son cou potelé pendait un collier agrémenté d'un rubis et d'un saphir pour rappeler la puissance de son sang.

Les convives crurent à un mirage tant cette image était saisissante.

— Majestés !

L'exclamation de Caitlyn marqua le début d'une soirée inoubliable.

Les verres de vin furent servis et rapidement bus, tandis que des servantes passaient entre les invités pour leur donner divers amuse-bouche succulents. Tous vinrent saluer les monarques avec emphase et excitation, impressionnés par la grandeur de la salle et la prestance de leur hôte.

Quand il fut temps de passer à table, ce fut la cohue. Beaucoup de femmes se précipitèrent pour s'asseoir près d'Yvain, qui semblait de plus en plus peiné par cette attention. Les préférences se précisèrent et la Reine fit bien attention à chaque place occupée.

— Aucune n'est aussi belle que toi, souffla Calixte à son oreille.

Elle émit un petit bruit contrit quand il embrassa sa joue et ils s'assirent. En découvrant Declan en face d'elle, elle dut contenir un mouvement de recul. Il lui était bien plus ardu de ne pas le contempler.

— Où est Lucetmael ?

— Ici, Majesté !

Les tables ayant été disposées en U, Luíseach était de l'autre côté quand elle s'approcha avec l'enfant dans les bras.

— Confiez-le à son oncle, votre excellence, la nourrice va arriver, la pria le Roi.

Elle déposa donc le petit dans les bras de Declan, qui l'assit sur ses genoux, face à lui. Lucetmael se mit à babiller allégrement, comme s'il lui racontait sa journée.

— Vous êtes bien bavard, votre Altesse, s'amusa Tomás.

— Ce doit être si frustrant de ne pas être compris, répondit Calixte.

Declan essuya sa joue maculée de bave du revers du doigt, comme pour lui dire : *moi je te comprends*. Essylt ne put retenir un sourire attendri.

Les entrées furent déposées devant eux à l'instant où Bryn arriva avec empressement.

— Puis-je, votre Altesse ?

— Bien sûr.

Il souleva le bébé pour lui tendre et dut arrêter son geste. La petite main de Lucetmael serrait la poche de son haut. Il émit un petit cri outré.

— Il est temps d'aller manger et dormir, lui dit Essylt d'une voix douce.

Le Prince émit un dernier cri de protestation avant d'être saisi par sa nourrice. Declan embrassa sa main encore tendue vers lui.

— Bonne nuit, Altesse.

Calixte était en pleine discussion avec Tomás et Immchadh et fit simplement signe à son fils.

Le repas fut incroyablement bruyant, chaque convive s'interpellant sur divers sujets. Les plats préparés étaient d'un goût raffiné, témoins des choix de la Reine. Ils mangèrent tous jusqu'à la limite de leurs ventres, en buvant des vins plus exquis les uns que les autres.

Et tout ce temps, sous la table, le pied de la Reine ne cessa de caresser la jambe de son amant.

Déjà, il fut temps de danser. Calixte se leva prestement et tendit sa main à sa femme.

— Ma merveilleuse épouse, ouvrons le bal.

Elle le suivit avec grâce au milieu de la salle. L'orchestre commença une douce mélodie et ils entreprirent de glisser sur le sol de pierre, étroitement enlacés.

— Ce bal était une extraordinaire idée. Quand cesseras-tu de me surprendre ?

— Jamais, j'espère, répondit-elle, enhardie par le vin qu'elle avait bu.

Amusé, il l'embrassa tendrement. Les invités applaudirent, charmés par ce couple que l'histoire n'était pas près d'oublier.

D'un même élan, ils les rejoignirent quand la seconde musique débuta. Il y eut un léger vent de panique quand il fallut répartir les danseurs, chacun ayant peur d'être mal accompagné, ou pire, seul. Essylt dut contenir ses dents de grincer en découvrant Noreen agrippée au bras de Declan. Une fois de retour à table, elle vida son verre pour aider son esprit à supporter cette soirée.

Les danses s'enchainèrent, les couples se formant et se déliant au gré des envies. Au bras de Calixte, la souveraine observait ses convives, incroyablement distraite par le jeu de cour.

Depuis qu'elle avait fait comprendre son déplaisir à l'encontre de Noreen, Tasgall avait concentré ses attentions sur Caoilfhionn. Cette dernière en paraissait ravie, ne cessant de pousser le Duc à la faire tournoyer au milieu de la salle. Ils formaient un couple absolument charmant. La Comtesse était d'une beauté délicate qui contrastait joliment avec la force brute que dégageait le Duc.

D'autres couples semblaient bien moins enjoués. Cara affichait une mine triste au bras du Prince Ruarc. Même sans connaître la vérité, Essylt aurait pu la deviner en la voyant fixer Aindreas. Ses sentiments se lisaient dans les plis jaloux de son front. Indifférent à ses tourments, Ruarc pavanait en engloutissant des verres d'alcool fort.

Quand Calixte consentit à céder sa place, elle se retrouva dans les bras d'un Yvain ravi de cet interlude.

— Je crois être dans l'obligation de vous emprunter pendant plusieurs danses si je veux avoir quelques instants de paix, chère cousine.

— C'est un plaisir de vous les offrir, cher cousin. J'espère que vous passez tout de même du bon temps malgré votre épuisante popularité auprès de ces dames.

Il éclata de rire, ce qui fit se tourner Faoiltiarna et Meriel vers eux. La première ne parvint pas à contenir sa jalousie, qui était injustifiée.

— Soyez rassurée, c'est un séjour délicieux, que je n'oublierai jamais.

— J'en suis ravie.

— Je suis déçu que le temps se soit gâté. J'aurais volontiers amené mon filleul en promenade à cheval.

— Je pense que Lucetmael est encore trop petit pour ce genre de balades.

— Certes, nous verrons dans quelques années. Il faudra qu'il vienne régulièrement en voyage en Xoramif.

— Nous aviserons.

Percevant sa réticence, il lui pinça le coude.

— Mère surprotectrice.

— Parrain trop envahissant.

Ils rirent de bon cœur. Deux musiques passèrent et Yvain dut se résoudre à la quitter. Tomás faisant danser la Duchesse Kay, ils effectuèrent un échange.

— Comment allez-vous, Prince ?

— J'ai connu mieux.

Il ne put contenir un regard aussi agacé que paniqué sur sa droite. À table, Ailís mangeait une part de gâteau en écoutant le Duc Faolan avec attention.

— Hum… Faites-nous tournoyer jusqu'à eux.

Habitué aux malices qu'elle dévoilait à peu de privilégiés, il les fit danser jusqu'à la table.

— Mes pieds me font déjà souffrir, dit-elle théâtralement en s'asseyant près de Faolan.

— Je compatis, Votre Majesté. J'ai pour ma part opté pour des souliers forts confortables, lui apprit Ailís.

— Dans ce cas, vous devez les mettre à l'épreuve. Votre Altesse Tomás, faites donc danser la Vicomtesse.

Les joues rougies par ses manigances, il tendit sa main à la noble jirialcaine, qui fit le tour de la table pour le rejoindre.

— Veuillez me pardonner cette interruption, Faolan. Je vous suggère de faire danser la Duchesse Sibby. J'ai remarqué qu'elle n'était pas indifférente à votre charme.

Surpris, il se tourna vers l'intéressée, qui contemplait les convives depuis le bord de la piste.

— Comme le veut Votre Majesté.

Il la rejoignit, la laissant seule à table. Une servante s'empressa de lui apporter un verre, dont elle but la moitié en fronçant les sourcils.

— Vous ne paraissez pas apprécier l'alcool, Majesté.

Lauryn prit place à sa droite avec élégance, sa robe bleue s'épanouissant autour d'elle. Elle fit un gracieux signe de main à une domestique, qui lui apporta une part de gâteau.

— Je préfère m'en passer, mais ne pas boire ce soir serait inconvenant.

La Comtesse rit et engloutit une grande bouchée.

— Le repas était merveilleux, je n'arrive pas à quitter la table.

— Je suis heureuse d'avoir ravi votre palais.

Les danseurs virevoltaient en tous sens, avec de moins en moins de logique. Luíseach racontait une anecdote à un Calixte attentif, tandis que Saraid devenait de plus en plus rouge d'agacement aux bras de Garvan.

En apercevant Bethania, Léan, Janae, Adelyn, Cathan et Jarlath en pleine discussion dans un coin, elle fut envahie d'une chaleur bienheureuse. C'était si plaisant de les voir s'amuser, eux qui veillaient sur elle jour et nuit. Il était évident que Cleena n'avait pas voulu quitter son poste, laissant aux caméristes le loisir de fêter le Nouvel An. Quant aux commandants, ils regardaient la Reine à intervalles réguliers, leur garde jamais entièrement baissée. Elle ne les en aimait que davantage.

— Vous ne dansez pas ?

La Comtesse fit non de la tête.

— Lysander et Tasgall sont occupés, et Nethaniah a l'art de m'écraser les pieds.

— Ils ne sont pas les seuls danseurs disponibles.

Ses lèvres tendres se tordirent.

— Je n'ai pas envie de donner de faux espoirs à l'un de ces messieurs.

Intriguée, Essylt se pencha vers elle.

— J'ai remarqué votre désintérêt pour le mariage, votre excellence. Y aurait-il une raison particulière à cela ? Je veux dire, vous étiez en course pour le cœur de mon époux, et j'espère que notre mariage…

— Rassurez-vous, répliqua-t-elle doucement. Mes sentiments pour le Roi étaient et seront toujours d'une tendresse toute chaste. J'ai tenté d'obtenir ses faveurs pour plaire à mon père et mon frère. À présent que le premier nous a quittés et que le second est marié et dirige notre Comté…

Elle se recula, émue par ses propos. Elle joua avec la crème dans son assiette du bout de sa fourchette.

— Mon frère a un fils et un second enfant à venir. Ma lignée est préservée. Je ne suis pas obligée de me marier pour enfanter, tout du moins, pas dans l'immédiat. J'ai envie de profiter.

— De quoi souhaiteriez-vous profiter, Lauryn ?

Essylt l'enviait. Bien sûr, elle ne regrettait pas d'être devenue mère : Lucetmael était toute sa vie. Néanmoins, elle était la dernière de la lignée des de Rodorchna et une souveraine en devenir. Elle avait été forcée à se marier. Aucune échappatoire n'avait été possible et la situation de l'aristocrate était fort enviable.

— Je rêve de voyager, murmura-t-elle comme si c'était inconvenant. Je ne connais que la Bofursyle et la Vuai, et maintenant la Rodorchna. J'aimerais découvrir les autres royaumes du Continent.

— Lequel en particulier ?

— J'ai ouï dire que le palais de Mebeaka était magnifique. Et les falaises qui bordent sa côte Est et celle de Xoramif…

Essylt lui prit la main et la serra.

— J'enverrai dès demain une missive à ma cousine Mazoe pour lui demander de vous accueillir. Je ne doute pas que sa réponse sera oui.

La délicatesse de son visage fut rehaussée par un sourire éblouissant.

— Merci, Votre Majesté. Je n'aurais pas pu rêver Reine plus compréhensive et généreuse que vous.

— Je vous en prie.

— Ah !

Le cri scandalisé les fit se lever brusquement.

Allongé par terre, sa robe en désordre et ses cheveux défaits, Saraid exultait une rage meurtrière, toute son attention rivée sur Garvan. Le noble aivaithrien se tordait les mains de gêne.

— Veuillez m'excuser, Baronne, je…

— Deux fois !

Son hurlement recouvrit la musique et Essylt s'empressa de se rapprocher. Les convives avaient cessé de danser pour observer cette scène cocasse.

— Deux fois que vous me faites tomber !

Il s'agenouilla prestement pour l'aider à se redresser et elle repoussa ses mains en pestant.

— Saraid, allez-vous pour le mieux ? s'enquit le Roi.

Elle se remit sur ses pieds en ignorant Garvan. En voulant l'imiter, il trébucha et se rattrapa à sa robe, ce qui la fit tanguer sur ses pieds.

— Mille excuses, Baronne, je…

— Cessez de me toucher !

— Que puis-je faire pour vous agréer ?

— Un verre de whisky ne serait pas de refus.

Plusieurs hommes levèrent des sourcils surpris, jugeant cette boisson trop forte pour une femme. Garvan fit la révérence et partit de sa démarche dégingandée.

— Tu vas bien ? demanda Essylt en posant une main sur son dos pour s'assurer qu'elle n'était pas blessée.

— Oui. Ce maladroit a failli me tuer.

— Ce maladroit te fait danser depuis le début de la soirée et tu connaissais les risques, répliqua Luíseach, ses yeux gris pleins de malice.

L'expression meurtrière de Saraid la fit se cacher derrière Essylt.

— Maintenant que Sa Majesté est sur la piste, ce serait pour moi un immense honneur de faire danser la plus belle femme du Continent. Nul cavalier ne peut rivaliser avec moi pour donner du plaisir à se mouvoir à une femme, annonça Kenan avec un sourire entendu.

La Reine ne put s'empêcher de rougir, choquée par l'irrespect de ses propos. Calixte s'était éloigné pour discuter avec Derry et Immchadh, et fit volte-face brutalement.

— La plus belle femme du Continent ? ricana Cahir, son visage déformé par un rictus. Je crois qu'il y a ici énormément de femmes pour tenir la comparaison.

Il posa une main sur le bas du dos d'Aveleen, l'autre sur celui de Luíseach. L'inconfort des deux était manifeste.

— Certes, mais la Reine a pour elle le visage et le corps, contra Kenan.

Le Roi se rapprochait d'un pas lent, comme Drac lorsqu'il voyait arriver ses morceaux de viande. N'aimant pas la comparaison spontanée réalisée par son esprit, Essylt lui fit les gros yeux pour le calmer.

— J'ai toujours trouvé que les femmes venant de donner la vie étaient plus larges et bien moins gracieuses qu'avant.

Cette fois-ci, la remarque fut blessante et la Reine ne put retenir sa main de cacher son ventre. Elle avait encore une légère bosse, qui ne pouvait absolument pas se voir sous ses couches de vêtements.

— La jalousie ne vous sied guère, Comte.

La voix glaciale de Saraid le fit reculer d'un pas.

— Ma bien-aimée, dansons.

Calixte lui saisit le bras et la tira vers lui, la sortant du cercle de convives. Sur ses paroles, tous se remirent à danser : Luíseach au bras de son frère, Aveleen à celui d'Yvain, Kenan avec Fiona, et Saraid partit à la recherche de Garvan. Quant à Cahir, il saisit Meriel par la taille sans lui demander son avis.

— Je vais commettre un meurtre avant la fin de la soirée.

Elle caressa sa mâchoire crispée du bout des doigts.

— Ce serait fort malvenu.

— Je n'en ai cure. Entre ce Kenan qui ne cesse de te courtiser et Cahir qui enchaine les mots méchants et pense se venger du fait que tu l'aies éconduit en pavanant avec toutes les nobles…

Elle serra son bras.

— Je n'ai que faire de leurs attitudes, mais je suis ravie que tu m'aies sauvée.

Il la serra vivement contre lui.

— Personne ne touche ma merveilleuse femme. Tu es entièrement à moi.

Il l'embrassa en lui broyant le dos à force de la serrer. Quand il se recula, elle se força à lui sourire en songeant qu'un autre verre ne serait pas de trop.

— Comment se portent les mariages à venir ?

Il avait besoin qu'elle lui change les idées.

— C'est encore trop tôt pour le dire, même si j'ai bon espoir que plusieurs mariages soient en cours de réflexion.

— Tu sembles fière de toi.

— Je le suis.

Elle lui indiqua la table de gauche du menton. Tomás et Ailís étaient plongés dans une discussion animée, indifférents au reste du monde. L'expression de vénération pure qui illuminait les traits du Prince était une preuve immanquable.

— Je suis heureux pour lui, c'est un homme que j'apprécie, et Ailís semble être une femme forte, qui fera une bonne Reine.

Elle se contint de lever les yeux au ciel. Ne pouvait-il pas s'empêcher de tout ramener à la politique ?

— Comme tu sembles faire des miracles, pourrais-tu aider Immchadh ? Je l'apprécie beaucoup.

— C'est parce qu'il te bat aux cartes.

— Entre autres, rit-il. Mais il est très timide et je pense que tu pourrais l'aider.

— Bien sûr, mais cela ne te gêne pas ?

— Pourquoi cela me gênerait-il ? C'est moi qui te le demande.

L'alcool ne l'aidant pas à garder son sérieux, elle serra fort ses lèvres pour contenir son rire.

— Tu es au courant qu'il m'a demandé en mariage ?

Les yeux noisette de son époux s'assombrirent.

— Lui aussi ?

— Lui aussi. Juste avant mon départ de Xoramif. Nous étions seuls, je l'ai donc éconduit sans que personne ne le remarque.

— Je l'apprécie moins tout à coup…

Elle lui appliqua une petite tape sur l'épaule et il la fit tourner deux fois sur elle-même.

— J'ai besoin d'un verre, déclara-t-elle quand la danse fut finie.

— Je vais peut-être aller inviter Saraid avant qu'elle ne tue ce pauvre Garvan.

Essylt rit en voyant son amie tempêter avec de grands mouvements de bras.

— Dans combien de temps fera-t-il partie de notre cour, d'après toi ?

Étonnée qu'il eût compris l'envergure des sentiments de Saraid, elle haussa les épaules.

— Je préparerai le contrat de mariage demain, pour être prête.

— Si consciencieuse.

Il embrassa sa joue puis s'éloigna. En se dirigeant vers la table, Essylt découvrit Orlaith assise dans un coin, la mine chagrine.

— Votre excellence, je suis peinée de vous voir ainsi.

Elle leva le bras et une servante déposa un verre dans sa main. Elle le tendit à la jeune fille timide.

— Cette soirée, vous n'en vivrez pas de pareille de sitôt. Cessez de trop réfléchir et amusez-vous.

Elle prit le verre et but trois gorgées de vin, sous l'attention approbatrice d'Essylt, qui l'imita. Puis elle se focalisa sur la salle.

— Baron Tasgall !

Le noble jirialcain la rejoignit aussitôt et fit la révérence.

— Faites danser la Vicomtesse Orlaith, je vous prie. Elle doit absolument s'amuser.

— Ce sera donc mon objectif de la soirée, s'exclama-t-il en s'inclinant. Votre excellence, si vous voulez bien me suivre.

Paniquée, Orlaith finit son verre d'une traite et prit la main galante qu'il lui tendait. En les voyant s'éloigner en discutant, la Reine hocha la tête avec satisfaction.

Prête à retourner à sa place pour reposer ses pieds, ses yeux furent attirés par Niocol et Kreiddylat. Le frère et la sœur étaient visiblement en pleine dispute. Les larmes prêtes à déborder, la cadette le repoussa et sortit précipitamment de la salle.

— Un problème, Niocol ?

Elle n'avait pu s'empêcher d'intervenir. Elle avait toujours connu le Comte très agréable et contenu, le voir s'énerver ainsi était donc inattendu.

— Aucun, Majesté. Asseyons-nous.

Il lui tira une chaise pour qu'elle s'installe, puis l'imita. Deux verres leur furent apportés et Essylt se promit de donner une prime conséquente à ses domestiques.

— Kreiddylat paraissait blessée, relança-t-elle inopinément.

Il soupira et replaça le haut de son uniforme.

— Pardonnez-moi si nous nous sommes donnés en spectacle. L'avenir de ma sœur me tient très à cœur et je refuse qu'elle fomente de faux espoirs quant à ses noces.

— Quel homme pourrait lui donner de pareils faux espoirs ?

— Le Prince Declan. Loin de moi l'idée de le blâmer, je le tiens en haute estime. Mais il est évident que votre beau-frère ne quittera pas sa place auprès du Roi pour ma sœur. Sa loyauté et son devoir lui sont tout à son honneur.

Essylt s'étouffa avec sa gorgée et dut s'appliquer à respirer pour ne pas tousser.

— Votre sœur a des sentiments à son encontre ?

— Sentiments est un mot trop exagéré pour les faits. Néanmoins, ils viennent de danser et je ne pouvais la laisser se leurrer. Puisque je vais épouser Caitlyn, Kreiddylat va hériter de la gouvernance de notre Comté, elle ne peut donc épouser qu'un homme prêt à vivre en Vuai avec elle.

La Reine préféra occulter le fait que Declan était très demandé et qu'elle aurait pu toutes les mettre à la porte de son palais d'un claquement de doigts.

— Peut-être vos paroles ont elles dépassé votre pensée, mais votre sœur vous le pardonnera. Vous faites cela pour la protéger.

— Elle le sait, heureusement. Son avenir est ma priorité.

— Je suis très heureuse pour vos noces, Comte. Caitlyn ne cesse de faire votre éloge.

Comme elle la mentionnait, ils la cherchèrent dans la foule. Elle riait à gorge déployée avec Delyth et Lauryn, resplendissante dans sa robe verte et or.

— Merci.

Le ton de sa voix la fit tourner vers lui. Les regrets qu'elle lut dans ses yeux la prirent au dépourvu.

— Caitlyn est une femme incroyable et je remercie la vie de me l'avoir offerte… mais sachez que je ne cesserai jamais de vous aimer.

Il saisit sa main glacée et la porta à ses lèvres. Le geste, bien que fugace, fut d'une sensualité inattendue. Essylt eut du mal à déglutir, bien trop consciente de la proposition qu'il faisait planer.

Niocol bondit sur ses pieds et partit. Bouleversée à l'idée de priver Caitlyn du cœur de ce fiancé qu'elle chérissait tant, la Reine finit son verre, puis en but un autre en entier.

— Ma bien-aimée, viens danser !

Tout devint flou. Le temps sembla s'étirer pour ne laisser place qu'à la danse, aux rires et à l'alcool. Elle passa de bras en bras, de moins en moins attentive aux jeux de séduction, de plus en plus libérée.

Libérée de ses soucis, de ses tourments, elle devint simplement une femme qui dansait à un bal somptueux, entourée de personnes diverses et agréables. Une femme comme les autres, presque anonyme.

Les cavaliers se succédèrent, les musiques s'enchainèrent, les verres se vidèrent, les heures défilèrent.

Troublée par l'alcool qui pulsait dans ses veines, elle contemplait Declan à la dérobée. Conscient de son ivresse et de son désir, il répondait à son appel, ses yeux verts illuminés par leur connivence.

Elle tournoyait aux bras d'hommes qu'elle ignorait, tout son être inlassablement attiré par lui. Elle tournoyait, mais tout restait exactement à sa place, car il était là.

« Il n'y a qu'une seule promesse que je peux te faire : c'est que je t'aimerai toute ma vie. »

Son cœur battait à tout rompre en songeant à toutes les nuits qu'ils allaient partager durant cette nouvelle année.

Un bruit sourd couvrit momentanément la musique.

— Votre Majesté !

Le cri horrifié la fit violemment tressaillir. Tomás la retint alors qu'elle tanguait sur ses jambes et les fit tourner vers l'entrée.

Cleena courait vers elle, échevelée et tremblante.

— Votre Majesté, le Prince a disparu !

XIV

« La loyauté peut être suscitée par trois éléments : l'argent, la peur ou l'amour. Une seule de ces loyautés est invincible. » Reine Ailionora de Rodorchna, 651.

Essylt repoussa les mains de Tomás qui tentaient de la soutenir. Elle avança, sans entendre les cris et les bruits de verre brisé. Sans sentir le contact de Calixte sur son bras ni le souffle heurté de Cleena sur sa joue. Elle quitta la salle de réception et entra dans l'aile royale, pour voir ce qu'elle savait déjà.

Lucetmael n'était plus là.

Sa chambre était exactement comme elle l'avait laissée. Blanche, confortable, accueillante. Des jouets débordaient de l'armoire et l'un de ses vêtements reposait sur la table pour changer ses langes. Son lit en bois était vide, à l'exception de sa peluche préférée, assise dans un angle à l'attendre.

Vide.

La Reine se retint aux barreaux en bois. L'alcool la désertait à une vitesse fulgurante, la laissant bien trop alerte.

Mon fils.

Autour d'elle, c'était la cohue. Bethania, Adelyn et Janae pleuraient à chaudes larmes dans le couloir, tremblantes et désemparées. Léan passait de pièce en pièce en furie, comme si le Prince était caché dans un coin, prêt à apparaître.

Cleena n'osait pas approcher sa souveraine, rongée par une culpabilité terrible. En attendant son retour de la fête, elle s'était assoupie.

À l'entrée, Calixte et Declan étaient incapables de bouger. La chambre de l'enfant devenait presque interdite à autrui tant la terreur de sa mère déformait tout autour d'elle.

— Qui a pris mon fils ?

La question trancha le silence glacé de la nuit.

— Bryn n'est plus là, parvint difficilement à articuler la gouvernante.

Une explosion brûla la poitrine d'Essylt. Ses doigts relâchèrent le lit, ses jambes se firent plus assurées. Elle se retourna et passa entre les deux hommes démunis — les deux *pères* — comme s'ils n'existaient pas.

Parce qu'ils n'existaient plus.

Une partie encore lucide de son esprit entendit la voix de Cathan quand il annonça que Caem avait été empoisonné. Le capitaine était plongé dans un profond sommeil. Une pensée suffit à la souveraine pour vérifier ce qu'elle soupçonnait déjà : au rez-de-chaussée, Drac, Dagda et Belliciste avaient subi le même sort.

Les invités encombraient les couloirs, pris d'une panique dont elle n'avait que faire. Tous s'écartèrent sur son passage en l'interpellant, choqués par l'expression de ses traits. Elle arracha un poignard des mains d'un soldat.

Elle dévala l'escalier et saisit le devant de sa robe ouvragée d'une poigne ferme. Elle planta l'arme dedans, puis tira sur le tissu en continuant d'avancer.

Dans la cour plongée dans le noir, le hennissement d'un cheval brisa le silence. Royal apparut, sa crinière blanche hirsute de s'être débattu contre les palefreniers. Il galopa jusqu'à elle.

— Essylt !

— Majesté !

Elle arracha le bas de sa robe, dévoilant ses jambes à demi nues. Royal plia les pattes et elle monta sur son dos sans selle, uniquement accrochée à sa crinière.

— Gardes, empêchez la Reine de sortir ! hurla Calixte.

L'étalon s'élança vers les grilles du palais. Les soldats en faction, dont la pâleur contrastait avec leur uniforme rouge, eurent un moment d'hésitation.

Puis ils ouvrirent les grilles.

Royal partit aussitôt au galop. Guidé par la rage qui l'animait, il tournait selon les mouvements de ses hanches et de ses pieds. L'harmonie qui les avait toujours unis s'était transformée en alliance vengeresse.

Dans la nuit dépourvue d'étoile, la plus puissante Reine du Continent des Neuf Royaumes chevauchait pour secourir son fils.

Sa magie n'avait jamais été aussi acérée. Le chemin devant elle était une évidence, tout son être attiré par ce bébé qu'elle avait mis au monde.

Tout son être attiré par son propre sang.

Les minutes devinrent des heures. Royal ne ralentit à aucun moment, ses muscles ne connaissant pas la fatigue. La force d'Essylt coulait en lui et ils ne pourraient s'arrêter qu'une fois qu'ils l'auraient trouvé.

L'aube se profilait quand ils atteignirent un minuscule village, formé d'une dizaine de chaumières. Elle sauta à terre avant que son cheval ne fût arrêté, maculant ses mollets de boue.

Les habitants devaient dormir, mais elle savait. D'une pensée, elle ouvrit les portes grinçantes de l'unique grange. Les vaches grommelèrent de déplaisir d'être réveillées.

Au fond à gauche, la lumière vacillante d'une bougie indiquait une présence.

Bryn et son époux, Séarlas, étaient assis dans le foin, le visage à demi mangé par la pénombre. Chacun d'eux tenait contre sa poitrine un enfant endormi.

Le leur et le Prince.

— Rendez-moi mon fils.

Leurs visages se décomposèrent de terreur. Séarlas déposa son fils Ochel dans le foin et se mit en position défensive devant eux.

— N'approchez pas !

— Rendez-moi mon fils.

Il sortit un poignard dont il la menaça. Ses yeux bleu ciel où se reflétait l'unique bougie n'exprimaient que haine.

— Vous êtes seule, vous n'êtes pas en position de négocier, dit Séarlas d'une voix peu assurée.

— Je pourrais vous tuer tous les deux d'une simple pensée.

Cette affirmation le fit pâlir.

— Rendez-moi mon fils.

Bryn serrait Lucetmael contre elle, en un geste protecteur surprenant. Des larmes inondaient ses joues.

Avec un cri de rage, elle ordonna à l'air d'envelopper son fils. En une fraction de seconde, le Prince fut arraché des bras de sa nourrice et vola jusqu'à sa mère. Elle sentit son cœur réapparaître en le serrant contre sa poitrine. Son visage était paisible, ses rêves inconscients du danger qui le guettait. Elle embrassa son front, huma son odeur, se réappropria son enfant.

— Pourquoi ?

La Reine avait besoin de savoir. De comprendre. Comment une mère pouvait-elle voler l'enfant d'une autre ? Comment la femme qui s'occupait de son fils toutes les nuits pouvait-elle lui vouloir du mal ?

— L'argent.

— Combien ?

— Trente mille pièces d'or.

Une fortune. De quoi vivre aisément pendant plusieurs générations.

— Et vous pensiez sincèrement vous en tirer ? Vous pensiez que personne ne vous retrouverait ?

— Il a promis de nous cacher.

— Qui ça, il ?

Ils firent non de la tête en même temps, prêts à garder le secret pour cet argent qu'ils aimaient tant.

Sa magie fusa, saisit Séarlas et l'envoya à l'autre bout de la grange. Il rebondit sur le sol dans un bruit sourd.

— Arrêtez !

— Qui ça, il ?

— Je ne sais pas, sanglota Bryn en prenant son fils contre elle. Il a juste envoyé des messages. Nous devions enlever le Prince et lui apporter.

Et il l'aurait tué.

Cette certitude fut le déclencheur de sa fureur.

Elle retira Ochel de ses bras et le reposa dans le foin pour le protéger.

Air, sors du corps de Bryn.

L'ancienne nourrice porta une main paniquée à sa gorge meurtrie tandis que ses lèvres laissaient échapper son souffle. Elle se courba et agita les bras dans une tentative désespérée d'aspirer de l'air.

— Non, pitié…

D'un geste, Essylt fit voler Séarlas contre le mur, où sa tête frappa si fort qu'il s'évanouit.

Des larmes échappèrent à Bryn, qui tendit la main vers son bébé en un au revoir.

— Essylt, assez !

La voix fit s'effondrer sa concentration et sa colère. Comme une brise qui s'échappe, sa magie s'éteignit, libérant Bryn qui respira bruyamment.

Declan remplit son champ de vision. Couvert de sueur, l'épée dégainée, il posa une main soulagée sur le dos de son fils.

— Comment va-t-il ?

Elle embrassa son front. Des plantes dans son corps le retenaient dans cet état de sommeil profond.

— Oh, mon cœur…

Elle chancela sur ses jambes et il la retint d'un bras.

— Arrêtez-les.

L'ordre était pour Cathan, Jarlath et les soldats essoufflés qui venaient d'arriver.

— Sors.

Elle obéit par automatisme et s'écroula sur une pierre plate. Elle blottit son bébé contre elle et la douleur éclata. Les larmes cascadèrent sur ses joues en un torrent ininterrompu, sa poitrine heurtée par chaque sanglot.

Mon bébé, je n'ai pas su te protéger. Pardonne-moi. Je suis tellement désolée…

La culpabilité n'avait d'égale que l'inquiétude. Bien qu'elle sache qu'il se réveillerait, voir son bébé de six mois dans cet état était un supplice. Elle couvrit sa tête de sa main et son sang se mit à battre plus vite, prêt à déchirer ses veines.

Lucetmael gémit doucement. Ses yeux s'ouvrirent d'un coup, révélant ce bleu d'un ciel d'été unique.

En sentant sa mère si bouleversée, il se mit à sangloter et elle le berça tendrement.

— Pardon, pardon…

Il s'apaisa rapidement, ce qui ne fut pas son cas.

— Majesté ? l'appela une voix vieillie par le temps.

Elle redressa la tête à l'instant où on l'enveloppa dans une couverture épaisse et usée. Devant elle se tenait un homme vouté qui s'agenouilla.

— Majesté, rentrez vous mettre au chaud. Le Prince et vous en avez besoin.

Elle hocha la tête plusieurs fois. Il allait l'aider à se relever quand des bras protecteurs la soulevèrent. Jarlath la ramena contre son torse et elle ferma les yeux.

Elle sentit à peine le lit dans lequel on l'allongea ou les couvertures dont on la recouvrit. Tout ce qu'elle sentait, c'était le cœur de son fils qui battait contre le sien.

La main de Lucetmael sur sa joue la réveilla. Elle plongea dans ses yeux, identiques aux siens, et il lui fit un grand sourire, comme si c'était le réveil le plus beau qui soit.

Elle recouvrit son visage de baisers. Il rit de plaisir.

— Plus jamais.

Elle s'assit et contint une plainte en sentant les lacets de sa robe s'enfoncer dans son dos. Elle avait dormi engoncée dans ce qu'il restait de son imposante parure.

Son mouvement fit sursauter Cathan et Jarlath, qui dormaient respectivement sur un fauteuil et par terre.

— Comment va-t-il ?

Lucetmael tendit ses bras à Cathan avec une expression amusée, attendant qu'il le fasse sauter dans les airs comme à son habitude.

Essylt le ramena face à elle, incapable de le confier à quiconque.

— Bien mieux. Merci de nous avoir retrouvés.

— Vous nous avez fait très peur. Tous les deux.

Ils ne la réprimandèrent pas. Pourquoi l'auraient-ils fait ? La force qui l'avait consumée n'aurait pu être arrêtée par rien ni personne. Leur seul devoir avait été de la suivre.

— L'un de vous peut dénouer mon corset ? Il va avoir faim.

Cathan s'assit derrière elle et entreprit de le défaire. Gourd, il passa une longue minute sur le premier nœud.

— Tu peux tout déchirer, vu dans l'état qu'elle est.

Ne se faisant pas prier, il sortit son poignard et coupa toutes les ficelles. Elle repoussa le devant et sortit son sein, que Lucetmael s'empressa de téter.

— Quelle heure est-il ?

— Presque midi, répondit Jarlath après avoir regardé dehors.

— Où sommes-nous ?

— Chez le monsieur qui nous a accueillis.

Ce n'était pas d'une grande précision, mais cela suffirait.

— Crois-tu qu'il peut nous préparer à manger ?

Son ventre était douloureux, autant de faim qu'à cause de l'alcool ingurgité.

— Il a déjà nourri nos hommes, je vais voir s'il en reste pour toi.

Jarlath descendit. Cathan passa sa main dans le dos d'Essylt.

— Il est là.

— Quelqu'un a essayé de le tuer.

Le dire rendait les faits plus terribles encore. Un frisson la secoua et Lucetmael leva un sourcil indigné, peu habitué à ce qu'elle le dérange de la sorte. Elle caressa le duvet blond sur sa tête.

— Nous le protégerons.

Mais est-ce que ce sera assez ?

La question planait dans l'air. Comment accorder sa confiance alors que celle qui nourrissait Lucetmael de son sein depuis des mois l'avait enlevé pour de l'argent ? Comment accepter l'idée que quelqu'un, quelque part, haïssait son bébé au point d'essayer de le tuer ?

Il relâcha son sein à l'instant où Jarlath revint avec trois assiettes. Du pain, du fromage et des fruits qui firent s'impatienter le ventre de la Reine.

Ils mangèrent assis sur le lit, sans formalités, sans un mot.

— Où est Declan ? finit-elle par demander.

— Il s'occupe des prisonniers.

Instinctivement elle resserra le Prince contre elle.

— Prévenez-le que nous partons dans moins d'une heure.

— Ne veux-tu pas attendre un carrosse ? Un soldat a été envoyé au palais.

— Je veux rentrer chez moi.

Pour appuyer son ordre, elle se mit debout et les couvertures glissèrent. Elle était dans un état déplorable, avec tout le bas de sa lourde robe déchiré et ses jambes maculées de boue séchée. Jarlath avait eu la bonne idée de lui ôter ses chaussures, qui séchaient près du feu.

— Je vais le prévenir.

— Je vais te trouver des vêtements.

Une fois seule, elle assit son fils sur ses genoux. L'éloigner de sa poitrine la fit frissonner. Content, il entreprit de babiller en bavant.

— Que tu es beau, mon bébé. Et si courageux.

La porte s'ouvrit sur une inconnue et Essylt s'empressa de ramener Lucetmael contre elle pour le cacher. La femme s'inclina et lui montra la robe dans ses mains.

— Pour Votre Majesté.

Après l'avoir détaillée de la tête aux pieds, elle lui fit signe d'entrer. Elle déposa la robe sur le lit, puis remarqua les jambes sales de la souveraine.

— Je reviens.

Elle rapporta un broc d'eau. Comprenant que la Reine n'allait pas lâcher son fils, elle lui nettoya doucement les jambes et les pieds à l'aide d'un linge, sans lui demander son accord. Émue par la gentillesse de ce geste, Essylt enfouit son nez dans le cou de son bébé.

— Merci, murmura-t-elle à l'inconnue.

— Merci à vous.

Elle ne précisa pas pourquoi. Cela paraissait inutile.

Une fois seule, Essylt dut rassembler ses forces pour asseoir Lucetmael sur le lit. Ne plus le tenir contre elle était un déchirement et la faisait trembler de panique. Elle ôta rapidement les restes de sa robe et revêtit celle prêtée. Elle devrait songer à indemniser ces gens pour leur générosité.

Elle changea ensuite ses langes — la dame en avait apporté des propres — puis le nettoya sommairement. Il essaya d'attraper le tissu avec lequel elle le lavait et elle lui frotta le bout du nez.

— Majesté ?

Dans l'embrasure de la porte, Declan devait maîtriser sa voix. L'image était belle pour bien trop de raisons. Le soulagement de les savoir sains et saufs. Le rire si pur de son fils. La simplicité de l'instant, qui aurait pu être une matinée comme les autres, dans une autre vie.

— Oui ?

— Puis-je entrer ?

— Viens.

Il referma derrière lui. Elle prit son visage en coupe dans ses mains et l'embrassa brièvement. Le risque que quelqu'un entre était trop grand.

— Merci de m'avoir empêchée…

Il caressa sa joue.

— De rien.

Elle recula d'un pas, imposant entre eux cette distance protocolaire.

— Veux-tu le rhabiller ?

Il n'avait jamais eu la chance de le faire. Un peu maladroit, il lui remit son pantalon en laine. Le haut fut plus compliqué, mais il parvint à enfiler les manches sur ses petits bras. La vue de ses doigts minuscules réveilla un souvenir de la veille : juste avant que Bryn l'emporte hors de la salle, Lucetmael s'était retenu à lui, d'une poigne étonnamment forte.

Avait-il senti qu'il ne devait pas partir avec sa nourrice ?

Cette pensée le glaça. Il enlaça son petit dos pour l'aider à tenir assis. Les mains d'Essylt recouvrirent les siennes.

— Quand Cleena a dit qu'il n'était plus là…

Elle serra ses doigts pour le réconforter.

— Moi aussi.

— J'aurais dû savoir que nos ennemis profiteraient d'une nuit d'inattention pour lui faire du mal. Je n'ai pas…

— C'est moi qui suis visée d'habitude. Tu ne pouvais pas savoir qu'on lui ferait du mal.

— J'aurais dû le deviner. J'aurais dû…

— Tu es là. Tu es venu. C'est tout ce qui importe. Le passé est passé. Concentrons-nous sur le futur.

Leur futur, c'était ce bébé qui tirait sur le fil de son pantalon, sans réaliser la beauté de ce moment. Sans comprendre que ses parents étaient rongés par la culpabilité et la peur.

— Majesté ?

Declan se recula avant l'entrée de Jarlath.

— Les chevaux sont prêts.

Essylt prit Lucetmael dans ses bras.

— Les prisonniers vont être transportés avec nous ?

— Non, répondit Declan en lui tenant la porte. Cathan les amènera au palais deux heures après nous.

Il avait bien compris qu'elle ne voulait pas les voir, à juste titre.

— Il faut trouver quelqu'un pour s'occuper de leur enfant.

— Une femme s'est déjà proposée. Elle les accompagnera jusqu'au palais.

— Bien.

Elle salua chaleureusement le vieil homme qui les avait accueillis. Ce dernier s'excusa de ne pas avoir entendu les fugitifs entrer dans sa grange : ses bêtes n'étaient pas des plus réactives et ses oreilles lui faisaient souvent défaut. Essylt lui assura qu'il n'était en rien responsable et lui promit un dédommagement pour la gêne occasionnée. Il lui offrit la couverture avec laquelle il l'avait recouverte, en lui assurant que le temps allait se gâter et qu'elle en aurait besoin.

Une selle inconnue sur le dos, Royal renâclait d'impatience au milieu des montures. Les gardes en rouge et bleu encadraient le cheval de la Reine, qui n'appréciait guère ce manque de liberté.

— Souhaitez-vous que je porte le Prince, Majesté ?

Elle fit non de la tête à Jarlath. Il faisait partie des êtres en qui elle avait le plus confiance au monde, mais elle n'était pas prête.

Declan posa un genou dans la terre humide et mit ses mains en coupe. Elle y prit appui pour monter en selle, aidée par les mouvements tendres de Royal. Elle plaça Lucetmael au travers de sa poitrine et les entoura de la couverture.

— En route.

La chevauchée fut longue et éprouvante. Deux heures après leur départ, une pluie froide s'abattit sur eux. Declan proposa plusieurs fois qu'ils s'arrêtent, mais elle refusa. Elle avait besoin d'être dans son palais, d'allonger son fils dans son lit, de retrouver un semblant de normalité.

En ce premier janvier 687, ils arrivèrent au palais de Rodorchna à la nuit tombée, trempés, frigorifiés et éreintés. Cela n'empêcha pas Jarlath de sauter à terre une fois dans la cour pour se précipiter pour l'aider à descendre. Ses jambes étaient engourdies, ses cheveux dégoulinaient sur ses joues pâles. La seule partie d'elle encore chaude était sa poitrine, où Lucetmael dormait paisiblement, à l'abri.

— Essylt !

Le Roi se précipita sous la pluie, suivi par un valet qui tentait de l'abriter. Calixte la prit vivement dans ses bras et voulut saisir Lucetmael, paniqué.

— Il va bien, assura-t-elle, incapable de lui confier.

— Tu es frigorifiée. Rentrons.

Il la souleva dans ses bras et repartit en courant vers le palais. La pluie les fouettait de toute part et recouvrait le monde d'un voile grisâtre. Essylt parvint à apercevoir Declan avant que les portes du palais ne se referment.

Calixte la déposa sur son lit, le maculant d'eau. Les servantes s'empressèrent de retirer la couverture mouillée et voulurent lui ôter sa robe.

— Majesté, puis-je prendre le Prince ?

Tremblante, elle regarda Cleena, qui lui présentait ses mains vides.

— Je reste juste à côté de vous.

Instinctivement, elle fit non de la tête. Personne n'avait le droit de lui prendre son enfant, personne.

— Vous devez vous laver. Et le Prince va attraper froid s'il n'est pas changé.

Elle contempla le visage assoupi du bébé, qui commençait à pâlir. Elle était trop épuisée pour le maintenir au chaud plus longtemps.

— Tu restes juste là.

— Je reste juste là.

Tendrement, elle lui prit son fils des bras. Des larmes lui échappèrent, et Bethania et Adelyn s'empressèrent de la dévêtir.

— Ma bien-aimée, tout va bien, murmura Calixte, dévasté de la voir ainsi. Vous êtes rentrés, vous êtes en sécurité.

— C'est ici qu'on l'a enlevé, répliqua-t-elle d'une voix atone sans lâcher les doigts du Prince.

— Cela ne se reproduira jamais. Jamais, je te le promets.

Il saisit son visage et l'embrassa avec fougue. Elle se laissa faire, avec l'envie de lui dire de ne pas faire des promesses qu'il n'avait pas le pouvoir de tenir.

Seulement vêtue d'une longue chemise blanche, il la porta pour l'emmener dans la salle de bains, Cleena juste derrière eux. Calixte l'assit au bord de la baignoire puis prit son fils.

— Laissez-nous.

Le Roi serra fort son enfant, empli d'un soulagement indescriptible.

— Prends ton bain, lui souffla-t-il doucement.

Elle obtempéra. Une fois assise dans l'eau brûlante, il lui tendit Lucetmael nu. Le Prince poussa des petits cris ravis et entreprit de les éclabousser.

— Ne me refais jamais une peur pareille.

Assis par terre, il mouilla ses cheveux.

— Je ne m'excuserai pas.

Sa main se figea sur le haut de sa tête.

— Tu aurais pu attendre les soldats, murmura-t-il de peur de la contrarier.

Lucetmael tendit sa main vers la coupelle dont il s'était servi et il lui donna.

— Le temps pressait. Je ne m'excuserai pas.

Il saisit son menton et tourna son visage vers lui, la forçant à le regarder. Ses yeux noisette étaient pleins de larmes.

— J'aurais pu vous perdre tous les deux.

Épuisée, elle se mit à sangloter et embrassa sa main. Il lui lava rapidement les cheveux, ils savonnèrent un Lucetmael babillant avant de sortir de l'eau. Calixte les enroula dans une large serviette et les porta sur le lit.

— As-tu faim ?

— Non, mais Lucetmael oui.

— Je vais prévenir les cuisines. Et rassurer nos invités.

— Je ne veux voir personne.

Il s'en était douté.

— Reposez-vous et restez au chaud.

Il vérifia que le feu dans sa chambre était bien attisé, même si c'était le rôle des servantes, puis sortit. Bethania vint lui essuyer au maximum les cheveux pour qu'elle ne prenne pas froid. Puis elle les aida à se glisser sous les couvertures.

Calixte revint avec du lait chaud et de la compote. Le Prince engloutit les deux sans se faire prier, avant de s'assoupir contre la poitrine de sa mère. Elle caressa doucement ses cheveux blonds, incapable de détacher son regard de lui, comme s'il risquait de disparaître.

— Je ne comprends pas…, souffla son époux.

Assis au bord du lit, il les contemplait avec émotion.

— Je ne comprends pas pourquoi quelqu'un vous veut du mal.

Elle resserra Lucetmael contre elle. Elle se posait inlassablement la même question.

— Cela me rend… je peine à l'exprimer, murmura-t-il, tel un secret délivré à la nuit. Vous êtes toute ma vie. Savoir qu'on vous veut du mal me rend fou. J'ai envie de tuer cette personne, de la faire souffrir… et je sais que je n'en éprouverai aucun remord.

Essylt lui prit la main et la serra fort. Parce qu'elle comprenait ce qu'il éprouvait et la force qu'il lui fallait pour avouer pareille noirceur.

Parce qu'elle éprouvait la même haine que lui et que cela la terrifiait.

Il s'allongea sous les draps, Lucetmael installé entre eux. Calixte s'endormit rapidement, sa main agrippée férocement à sa hanche.

La Reine ne trouva pas le sommeil.

— Votre Majesté ?

Essylt leva les yeux de l'ouvrage qu'elle ne lisait pas vraiment. Il était plus de onze heures passées et le manque de repos commençait à cruellement se faire ressentir.

— Oui ?

Lucetmael babilla. Assis sur son tapis coloré offert par Anna, il s'amusait avec l'un de ses innombrables jouets. Allongée dans son dos pour s'assurer de son équilibre, Dagda ronronnait de plaisir. Les guépards et le chien-loup n'avaient absolument pas apprécié d'avoir été forcés à dormir. Lorsqu'ils avaient compris que le Prince avait disparu, ils avaient tempêté pour le rejoindre. Depuis, ils ne quittaient plus Essylt et Lucetmael.

— Saraid et Luíseach demandent à vous voir. Que dois-je leur dire ?

Bethania déglutit difficilement quand Drac passa devant elle de son pas chaloupé. La servante ne s'était toujours pas départie d'une certaine crainte vis-à-vis des fauves.

— Je ne suis pas disponible.

— Bien, ma Reine. Avez-vous faim ?

— Non, merci.

Elle se retira, le visage déformé par l'inquiétude.

Le Roi entra une heure plus tard pour déjeuner avec eux et découvrit sa femme allongée sur le canapé, les jambes repliées contre elle. Elle admirait son fils sans le voir.

— Ma douce ?

Essylt ne réagit pas. Inquiet, il s'agenouilla devant elle et lui caressa l'épaule.

— Ma douce ?

— Je ne pourrai plus jamais le laisser seul.

Ses yeux n'avaient pas cligné. Son attention n'avait pas dévié un seul instant. Calixte se demanda si elle l'avait remarqué.

— Essylt ?

— Plus jamais.

Le ventre du monarque se noua. Il bondit sur ses pieds pour chercher ses caméristes et ses commandants. Tous s'éparpillèrent dans la pièce illuminée par le soleil qui perçait timidement les nuages. L'angoisse qui les saisit fut sans nom.

Cleena prit une grande inspiration avant de s'asseoir près d'elle.

— Votre Majesté ?

— Il aurait pu mourir.

Sa gouvernante lui caressa les cheveux, incertaine qu'elle le ressente. Essylt n'était plus véritablement éveillée, sans être entièrement endormie. Son esprit avait cessé de fonctionner normalement, focalisé sur le seul élément qui avait de l'importance.

Lucetmael tendit ses bras vers Cathan pour jouer. Le soldat s'assit lentement, glacé par le regard fixe et vide de sa souveraine.

— Il est là. Vous l'avez sauvé. Vous avez le droit de vous reposer, maintenant.

— Je ne pourrai plus jamais le confier à personne.

Cleena contint ses larmes et ramena ses longs cheveux blonds dans son dos.

— Vous pouvez nous le confier. Notre loyauté est sans faille.

— La loyauté est un leurre.

Cathan prit Lucetmael dans ses bras et Essylt sursauta. Ses paupières papillonnèrent et elle se redressa, l'air ahuri et épuisé.

— Donne-le-moi.

— Non.

C'était un souffle douloureux, des mots qu'il n'avait pas envie de prononcer. Elle était son amie, sa sœur. Lui faire du mal était insupportable. Mais c'était la seule solution.

— Vous ne pouvez pas cesser de dormir et de régner, Majesté, dit tendrement Léan.

— Je peux tout faire en même temps. J'y parviendrai, je…

— Nous nous en…

— C'est sa nourrice qui l'a enlevé ! hurla Essylt à pleins poumons. Sa nourrice ! À l'intérieur de mon palais !

Lucetmael éclata en sanglots. Janae vint l'embrasser pendant que Cathan essayait de l'apaiser. Essylt retomba contre les coussins, à bout de force. Des larmes dévalèrent ses joues pendant que Calixte caressait ses bras, désespéré.

— C'est sa nourrice…

— Majesté ?

Dans l'encadrement de la porte, Gladys patientait, son fils blotti contre elle. Son mari était juste derrière eux, avec l'air particulièrement mal à l'aise de se trouver ici. Edern voulut tirer sa femme en arrière, sentant que le moment était mal choisi.

— Laissez-nous, s'il vous plait, lui conseilla Jarlath avec un faux sourire.

— Non.

L'assurance de Gladys les prit tous au dépourvu, même Essylt.

— Je suis là pour m'occuper du Prince.

La Reine la percuta de son regard bleu si violemment que Gladys vacilla.

— Pourquoi vous le confierais-je ? Bryn m'a trahie. Vous en ferez certainement tout autant pour une poignée de pièces d'or.

Lentement, elle confia son fils Nar à son époux puis s'avança.

— Je ne vous trahirai jamais, ma Reine.

— Rien ne me le prouve.

Gladys s'assit en face d'elle. Sa poitrine se soulevait rapidement, oppressée par l'intensité de l'instant.

— Je vous dois ce que j'ai de plus cher, Votre Majesté.

Troublée par cet aveu, Essylt s'essuya le visage.

— Que voulez-vous dire ?

— J'ai plus de trente ans, Majesté. Edern et moi nous sommes unis le lendemain de mes vingt-et-un ans. J'étais de ces jeunes mariées insouciantes et heureuses. Nous partagions tout et rien ne semblait pouvoir nous atteindre.

« Puis les années sont passées, les unes après les autres, sans nous apporter un enfant. »

Les yeux hagards d'Essylt se posèrent sur Nar. Âgé de presque un an, il suçait son pouce avec nervosité, son attention adoratrice concentrée sur sa mère. Il avait hérité de ses cheveux et de son front déterminé.

— J'ai fini par me résoudre à l'idée que j'étais incapable de concevoir. Je me suis consacrée à mes tâches dans le palais et à mon époux.

« Puis un jour, une servante a trébuché avec un plateau. Dans la cohue, je me suis retrouvée à apporter les verres qu'elle devait servir. Je n'aimais guère cela et j'étais levée depuis l'aube. Dans un moment d'inattention, j'ai renversé un verre. Sur vous. »

L'esprit embrumé d'Essylt essaya de remonter le temps, pour se souvenir de ce moment.

— J'étais mortifiée de vous avoir mouillée, Majesté. Mais vous n'avez rien dit. Vous n'avez pas crié. Vous m'avez empêchée de vous éponger maladroitement. Vous m'avez simplement pris la main et priée d'aller me reposer.

Les yeux de Gladys se remplirent de larmes à la pensée des mots qui allaient suivre.

— Quelques semaines plus tard, mes menstrues étaient en retard. Parce que j'étais enceinte.

Un sanglot lui déforma les lèvres. Elle se pencha en avant, le visage illuminé par ses révélations.

— Les médecins ont dit que c'était un miracle. Mais moi, je sais que c'était vous. Vous m'avez touchée, avec cette gentillesse si pure qui est la vôtre… Et j'ai été capable de concevoir un enfant.

Gladys tomba à genoux et lui prit les mains.

— Regardez-le, Majesté. Regardez mon fils. Elle est là, ma loyauté. Je vous dois ce que j'ai de plus cher en ce monde.

Elle posa son front sur ses mains.

— Je ne me laisserai jamais acheter. Jamais. Vous m'avez achetée il y a plus d'un an, avec quelque chose de bien plus fort et précieux que de l'argent. Ma loyauté pour vous est indéfectible.

Elle plongea ses yeux bleus dans les siens.

— Quand vous m'avez demandé de m'occuper de votre fils… Je ne pourrais vous exprimer ce que j'ai ressenti. Être sa nourrice est le plus grand honneur de ma vie, Majesté.

Essylt contempla Nar, puis Gladys, avant de serrer ses mains doucement.

— Laissez-moi prendre soin de lui pour vous.

La Reine opina lentement et se mit à trembler.

— Il ne doit plus rien lui arriver. Il doit…

— Je donnerais ma vie pour lui. Je ferai tout ce qu'il faudra.

Essylt entoura sa nuque de ses bras et la serra contre elle. À genoux par terre, elle se mit à pleurer bruyamment, son corps et son cœur épuisés. Gladys l'étreignit tendrement et pleura avec elle.

Quand elle se fut calmée, Calixte la porta jusqu'à son lit. Gladys lui apporta Lucetmael pour un dernier baiser, avant qu'elle ne s'endorme enfin.

La Reine s'octroya une journée de plus sans voir ses invités. Elle reçut seulement Saraid et Luíseach, qui s'étaient fait énormément de souci et l'entourèrent de leur affection comme un doux manteau en hiver.

Le lendemain matin, elle invita Yvain à prendre le petit déjeuner avec elle. Calixte devant occuper leurs invités pour faire oublier son absence, ils se retrouvèrent en tête à tête, pendant que Lucetmael jouait avec Dagda.

— Je suis très heureux de vous revoir, tous les deux. Vous m'avez fait très peur

Yvain avait presque étouffé le Prince tant il l'avait serré fort contre lui. Essylt lui était reconnaissante pour cette affection nullement feinte et pour la simplicité de leurs rapports. Il n'exigeait pas qu'elle raconte, ne monopolisait jamais la conversation sur des sujets futiles.

— Nous avons eu peur aussi. Heureusement, il va bien.

— Et vous, allez-vous bien ?

Elle sourit difficilement, ses joues plus pâles que d'ordinaire. Une grande lassitude crispait ses épaules et sa nuque.

— J'ai connu des jours meilleurs.

Il prit sa main par-dessus la table.

— Je sais que cela va paraître inutile et grandiloquent, mais sachez que mon Royaume cherche activement qui peut vous vouloir du mal… et qu'en temps voulu, si cela était nécessaire, vous auriez notre soutien le plus complet, quel qu'il soit.

— Je sais, Yvain. Merci.

Ils hochèrent la tête, scellant leur accord. À dire vrai, il était tacite depuis l'instant où il avait accepté d'être le parrain de Lucetmael : il le protégerait. Peut-être cela ne serait-il pas nécessaire, néanmoins avoir la certitude que son enfant avait un toit où se réfugier s'il en avait besoin était libérateur. Elle savait qu'elle pouvait compter sur lui.

— J'espère que ces trois derniers jours n'ont pas été trop déplaisants ? s'enquit-elle après qu'ils eurent mangé quelques fruits dans un silence de connivence.

— Votre départ a déclenché une hystérie difficile à maîtriser. Avec tous ces gardes originaires de différents royaumes… Il a été compliqué pour chacun de rejoindre calmement sa chambre.

— Je m'en doute. J'espère que vous me pardonnerez que la soirée se soit si mal terminée.

— Vous n'avez aucune raison de vous excuser, Majesté. Je suis fier et honoré d'être l'ami d'une femme si courageuse.

— Je n'étais plus Reine, à cet instant, avoua-t-elle en le regardant droit dans les yeux.

— Je sais.

Il la comprenait et ne la jugeait pas. Ce n'eut pas été le cas de beaucoup d'autres monarques et héritiers du Continent. La royauté était censée passer avant tout.

La mère en elle n'avait pas été de cet avis.

— Comment avez-vous occupé votre temps pendant ces trois jours ? demanda-t-elle d'une voix légère en leur resservant du jus de fruits.

Il sourit de ce geste, amusé qu'elle dispensât ses servantes d'une tâche si aisée. Elle les avait congédiées de la pièce pour profiter de l'instant, non pas par peur qu'elles écoutent la conversation, mais simplement pour avoir un moment privilégié.

— Nous avons principalement discuté et fait des jeux. Oh, rassurez-vous, nous n'avons pas parlé que de l'enlèvement du Prince et de votre départ.

Un frisson lui remonta le long du dos au mot enlèvement.

— J'espère que le sujet s'est rapidement épuisé.

— Moins vite que vous ne l'auriez espéré. Mais si cela peut vous rassurer, Orlaith a également beaucoup épuisé les langues.

— Orlaith ? s'étonna-t-elle.

Yvain ouvrit la bouche d'hébétude.

— Le Roi ne vous a pas informée de l'incident ?

— Quel incident ?

— Je préfèrerais ne pas avoir à vous le dire. De toute façon, il va vous falloir régler cela. Votre époux est parvenu à apaiser les esprits, mais tout le monde sait qu'une décision doit être prise et qu'il vous attend.

— Je vois.

Elle sentait que le sujet allait lui déplaire. Et que Calixte n'aiderait pas la situation.

— Avez-vous profité de ces instants pour faire plus ample connaissance avec des prétendantes ?

Elle préférait changer de sujet pour retarder l'annonce déplaisante.

— J'ai discuté avec chacune d'entre elles, mais…

— Rien ?

— Rien.

Il soupira bruyamment avant de finir son verre d'un coup.

— J'ai beaucoup réfléchi à notre dernière discussion. Aux mots que vous avez dits et… Ils ne m'aident pas du tout.

— Ah… Je suis désolée si…

— Non, ne vous méprenez pas, vous avez entièrement raison. C'est que je n'éprouve cela pour aucune des femmes présentes.

— Ainsi, vous…

Elle s'interrompit et le détailla.

— Aucune des femmes présentes… éprouvez-vous cela pour une femme qui n'est pas ici ?

— Peut-être.

Il rougit, ce qui la fit rire. C'était la réaction d'un adolescent énamouré, pas celle d'un futur Roi.

— Comment s'appelle-t-elle ?

— Je doute de pouvoir l'épouser, contra-t-il en faisant tourner nerveusement la bague de son auriculaire surmontée d'un gros diamant, symbole de sa lignée.

— Vous n'avez pas répondu à ma question.

Il bondit sur ses pieds, la faisant sursauter. Il s'assit sur le fauteuil près de Lucetmael et lui tendit une peluche trop loin de sa portée.

— Elle s'appelle Céali.

Son visage s'illumina en prononçant ces deux syllabes. Il n'avait jamais été aussi beau qu'en cet instant.

Essylt prit place en face de lui. Lucetmael lui sourit et elle lui envoya un baiser.

— Pourquoi ne pourriez-vous pas l'épouser ?

— C'est une paysanne. Je veux dire, loin de moi l'idée de dénigrer cette profession, c'est qu'elle n'est pas… elle n'est pas de noble naissance.

Essylt but tranquillement son verre avant de le déposer sur la table basse.

— Ma mère ne l'était pas non plus. Je ne prétendrais pas qu'elle fut une grande Reine, mais il est certain que la Rodorchna ne serait plus sans elle.

Yvain se laissa aller dans le fond du fauteuil.

— Je n'ai que faire de sa condition. C'est mon père…

— Je me doute que le problème viendrait de votre père. Voire de votre mère.

Il grimaça et passa sa main dans ses cheveux.

— Comment l'avez-vous rencontrée ?

— J'étais en visite dans ce village, Aringt, comme dans beaucoup d'autres durant l'année écoulée. Mon père veut que je me fasse voir, comme je vais bientôt prendre sa place, il dit que c'est important.

« Je l'ai aperçue quand je suis arrivé. Elle aidait à ramasser les pommes dans les vergers. Quelque chose dans sa façon de se mouvoir a immédiatement attiré mon attention. J'ai fait arrêter mon cheval pour la contempler plus longtemps. Plus tard, j'ai prétendu compter les arbres. »

Essylt rit, doutant que quelqu'un l'eût cru.

— En fin d'après-midi, j'ai fait un bref discours sur la place. Elle était dans la foule et j'ai un peu perdu mes moyens. Je crois que j'ai répété deux fois la même phrase. Ensuite, tout le monde est venu me parler. Et moi, je n'avais qu'une idée derrière la tête, lui demander son prénom.

Lucetmael couina et Yvain s'empressa de le prendre sur ses genoux. Ravi, le bébé entreprit de tirer sur les boutons de son haut.

— Une fois la foule dissipée, je l'ai aperçue près d'une maison à discuter avec une femme. Je me suis avancé et j'ai engagé la conversation.

Il se tut, perdu dans ses souvenirs. L'éclat dans ses yeux gris en disait long sur la perfection de cette discussion.

— J'aime la façon dont elle me parle. Elle n'est pas trop respectueuse, sans être insolente. Elle s'adresse à moi comme si nous nous connaissions depuis toujours. Et j'adore cela.

— Qu'avez-vous fait ensuite ?

— Je l'ai retrouvée le lendemain au même endroit, puis encore le surlendemain. Nous avons parlé de tant de choses que je hais mon esprit de ne pas toutes les avoir retenues. Il faut dire que quand elle sourit, je ne parviens plus à penser.

— Je crois que vous êtes amoureux, Yvain.

Il se mordit la lèvre et posa son front sur celui de Lucetmael. Le bébé mit sa main dans sa bouche baveuse pour soulager ses gencives.

— Mon petit bonhomme, si tu savais à quel point l'amour, c'est compliqué.

Essylt lui prit son fils des bras. Elle le blottit contre sa poitrine et embrassa sa joue.

— C'est vous qui rendez cela compliqué, Yvain. Demandez cette femme en mariage.

— Mais mon père et ma mère…

— Ce ne sont pas eux qui vont passer leur vie avec elle, c'est vous.

— Et mon Trône…

— Elle apprendra. J'ai appris, moi aussi. Et si elle ne souhaite pas trop s'investir, je suis persuadée que vous pourrez gérer le plus gros seul.

— Et si elle ne veut pas ?

La Reine lui sourit tendrement.

— Vous ne saurez jamais si vous ne prenez pas le risque de le lui demander.

Il opina, les yeux exorbités. Essylt le resservit et lui tendit son verre.

— Vous allez prendre le temps de réfléchir à tout cela. De trouver les mots justes pour vos parents et pour elle. Mais soyez certain que si vous n'essayez pas, vous le regretterez toute votre vie.

Elle savait de quoi elle parlait.

— Merci, Essylt.

— Maintenant que ce sujet est réglé, reprit-elle en s'asseyant tandis que Lucetmael jouait avec ses cheveux, pouvez-vous me parler d'Orlaith ?

Cette discussion lui avait fait prendre conscience qu'elle ne pourrait pas se cacher plus longtemps dans ses appartements. La vie devait reprendre son cours normal et elle avait des devoirs vis-à-vis de ses innombrables invités.

— Cela va grandement vous déplaire.

— Je m'en doute. Qu'en est-il ?

Il eut un sourire crispé qui ne l'aida guère à se détendre.

— Durant la nuit du Nouvel An, Orlaith n'était plus dans la salle à l'instant où votre gouvernante a annoncé la disparition du Prince.

Elle frissonna et embrassa le front de son fils.

— Où était-elle ?

— Dans le lit du Baron Lysander.

Jamais le mot scandale n'avait eu autant de sens. À peine Essylt fut-elle entrée dans le très grand salon que Naomhán lui sauta littéralement à la gorge.

— Majesté, c'est un plaisir de vous revoir. Je requiers une audience immédiate auprès de vous et du Roi.

Dans son sillage, son épouse tenait fermement le bras d'Orlaith. La jeune femme baissait honteusement la tête, ses cheveux détachés dans l'espoir de la faire disparaître.

Le silence de la pièce était plus épais qu'une couverture bofursylienne. Chaque invité se tordait le cou pour voir la réaction d'Essylt. Elle hocha la tête avec raideur.

— Mes chers invités, c'est un plaisir de vous revoir tous. J'espère que vous me pardonnerez mon absence, j'avais besoin de passer du temps seule avec mon fils. Il se repose en ce moment et sera là ce soir.

Plusieurs aristocrates sourirent de soulagement.

— Vicomte Naomhán, si vous voulez bien me suivre dehors. Calixte ?

Le Roi se leva et replaça les pans de sa veste ouvragée. Il lança un regard peu amène à Lysander, qui buvait et fumait dans un coin de la pièce. Le noble d'ordinaire bien apprêté arborait une barbe de trois jours et un haut tâché.

Dans un salon adjacent, Naomhán et son épouse prirent place sur un canapé et Orlaith sur un fauteuil. Elle n'osait pas lever les yeux vers son aîné, dont la colère semblait prête à la tuer.

Essylt l'ignora et s'assit à côté de la jeune noble teacienne.

— Orlaith, avant toute chose, je me dois de vous poser une question : Lysander vous a-t-il forcée ?

— Bien s…

— Je ne m'adressais pas à vous, Vicomte Naomhán.

C'était la voix qu'elle utilisait quand elle rendait justice, calme et intransigeante. Naomhán déglutit bruyamment et croisa ses mains sur ses genoux. De son côté, Calixte se servit un verre et s'appuya contre un mur, déjà agacé par ce qui allait suivre.

— Non, Majesté, il ne m'a pas forcée.

Ses doigts fins tremblaient sur sa robe. Essylt devait lui reconnaître beaucoup de courage en avouant qu'elle avait donné sa virginité hors mariage en connaissant les conséquences. Elle aurait pu prétendre le contraire.

— Il est évident qu'il l'a fait boire ! Elle était ivre, elle l'a reconnu.

Les yeux bleus de la Reine fixèrent Naomhán avec une telle intensité qu'il crut qu'elle s'apprêtait à user de sa magie. Il fit un signe de capitulation.

— Oui, j'avais bu, avoua Orlaith d'une petite voix.

Ses prunelles claires apparurent entre ses mèches brunes.

— Les hommes ne me regardaient guère et j'étais très stressée par le bal… alors j'ai bu comme tout le monde. J'ai voulu m'amuser, comme vous me l'aviez dit.

Essylt se sentit rougir de honte. Calixte se rapprocha dans son dos, furieux.

— Je… Je n'avais pas sous-entendu cela en vous conseillant de vous amuser, votre excellence.

— Je sais. Mais j'étais heureuse, et si à l'aise, pour une fois… Et puis, Lysander ne cessait de me contempler. Il m'a fait des compliments, nous avons dansé, puis… Il m'a proposé d'aller dans sa chambre… Je n'ai pas vraiment réfléchi.

— Non, il est certain que tu n'as pas réfléchi ! Espèce d'idiote ! éructa son frère. Tu as déshonoré toute notre famille en te donnant de manière si vulgaire. Catin !

— Naomhán, surveillez vos paroles, gronda Essylt. Votre sœur est suffisamment bouleversée.

— Elle mérite de l'être.

Comprenant que c'était un combat perdu d'avance, Essylt prit la main d'Orlaith.

— Rassurez-vous, votre excellence, nous allons trouver une solution.

Le souci principal était que l'affaire avait été rendue publique. Dans le cas contraire, il aurait suffi de s'assurer du silence de Lysander. Après un tel acte, Calixte et Essylt n'auraient pas eu de mal à lui faire promettre de se taire, au risque de graves représailles. Ensuite, Essylt aurait pu la marier à un aristocrate de son choix grâce à son influence.

Mais tout le monde savait. Aucun homme n'accepterait une femme impure et potentiellement enceinte.

— Il n'y en a qu'une, dit son frère d'un ton sans appel. Elle doit l'épouser.

— Non ! hurla Orlaith.

— Je doute que Lysander accepte…

— Lysander fera ce qu'on lui ordonnera, contra Calixte.

En croisant son regard, Essylt comprit qu'il avait déjà pris sa décision. Il n'avait fait que l'attendre pour apaiser la situation et amener les choses de la manière la plus diplomatique possible.

— Je ne veux pas me marier avec lui.

— Tu portes peut-être son enfant. Même si un homme était prêt à faire abstraction de ton incartade, il ne pourrait prendre le risque d'élever l'enfant d'un autre.

— Mais…

— Et si nous attendions de savoir si elle est enceinte avant de prendre notre décision ?

Naomhán, Coryl et Calixte la détaillèrent avec hébétude.

— Il est hors de question que ma sœur ne soit pas mariée au plus vite. Pas après ce qu'elle a fait et l'opprobre qui est la sienne.

Le Roi posa une main tendre sur le dos de son épouse.

— Je crains que nous n'ayons d'autre solution.

— Mais…

— J'en ai discuté avec Ruarc, lui confia-t-il à mi-voix. Il représente son père pour cette affaire. Mon oncle ne tolérera pas qu'une de ses aristocrates soit traitée de la sorte. Lysander lui a pris sa virginité, il doit l'épouser. Nous risquons un incident diplomatique.

— Et si je la prenais auprès de moi, comme Aveleen ? supplia Essylt.

Dans ses mains, celles d'Orlaith étaient glacées.

— Pour quoi faire ? Elle est condamnée à finir vieille fille. Et si elle est enceinte, elle sera obligée de se marier avec Lysander, pour que l'enfant ne naisse pas sans titre.

L'aristocrate sursauta.

— Je ne veux pas finir vieille fille.

Elle repoussa ses cheveux, révélant son visage délicat baigné de larmes.

— Mais je ne veux pas épouser Lysander ! Je ne l'aime pas et il m'aime encore moins. Je n'étais pour lui qu'une distraction.

— Tu seras sa distraction à vie, dans ce cas, dit Naomhán d'une voix sentencieuse.

Orlaith serra les mains d'Essylt.

— Je vous en prie, Majesté, il y a forcément une autre solution.

L'esprit de la Reine brûlait sous l'influx du stress et de l'angoisse. Il lui était inconcevable de forcer Orlaith à ce mariage. Pas après ce qu'on lui avait fait. Pas alors qu'elle avait organisé ce bal pour leur permettre d'être libres de leur choix.

— Vous avez deux options, votre excellence : une vie de célibataire auprès de ma femme, à la condition que vous ne soyez pas enceinte, ou épouser Lysander, déclara Calixte.

Même s'il était plus qu'évident au son de sa voix qu'il n'était guère enchanté à l'idée que son épouse recueille une femme déshonorée, il n'était pas non plus ravi d'obliger Orlaith à cette union.

Les sanglots de la noble s'amplifièrent. Coryl avait envie de la consoler, mais la fureur de son époux l'en dissuadait.

— Inutile de te préciser que je ne suis pas pour la première option. Tu as déshonoré notre famille, tu dois en assumer les conséquences.

Orlaith se cacha derrière ses mains. Essylt lui serra doucement le genou à travers sa robe épaisse, écœurée d'être incapable de lui proposer une autre solution malgré tout son pouvoir.

Elle haïssait cette vision de la femme. Cette obligation d'appartenance, dès lors qu'un homme avait partagé sa couche. Elle la haïssait d'autant plus que la réciproque n'était pas vraie.

— Je ne veux pas finir vieille fille, murmura l'aristocrate désespérée. Je veux avoir des enfants.

— Dans ce cas, la décision est prise. Elle l'épousera.

Calixte se redressa et termina son verre.

— Je vais en informer Lysander. Au vu des circonstances, je vous propose que nous prévoyions la cérémonie le plus tôt possible. Mon oncle ne me tiendra pas rigueur de ne pas avoir été prévenu.

— Bien entendu, affirma Naomhán en serrant la main qu'il lui tendait. Je me charge des alliances. Et prévenez Lysander que la dot ne lui sera apportée que dans quelques semaines.

— Il s'en accommodera.

Coryl aida Orlaith à se relever. Elle tremblait de tous ses membres. Les Teaciens sortirent sans un mot, laissant le couple royal dans un silence glacé.

— Lysander a-t-il décidé de gâcher tous les Nouvel An ?

— Je l'ai déjà réprimandé, soupira le Roi en lui tenant la main pour qu'elle s'asseye près de lui.

— J'aurais tellement voulu qu'elle ne soit pas obligée…

— Elle est en partie responsable de ce qui lui arrive, répliqua-t-il en replaçant une mèche blonde derrière son oreille. Mais je ne souhaite à aucune femme d'épouser Lysander.

Ce coureur de jupons invétéré allait la faire tant souffrir. Essylt était persuadée qu'il avait profité de sa faiblesse pour avoir ce qu'il voulait. Tout le monde le savait, mais cela ne changeait rien aux conséquences. Ils devaient se marier.

Le diner fut interminable pour la Reine. Chaque invité voulut l'entendre raconter son périple pour sauver son fils. Sans parler de toute l'attention que ce dernier reçut, en passant de bras en bras pour être embrassé par les aristocrates inquiètes. Elle dut s'armer de patience. Heureusement pour elle, la soirée se termina sur une note plus douce.

— Tasgall m'a demandé mon accord pour demander Caoilfhionn en mariage. J'ai dit oui.

Ils venaient de vérifier que Lucetmael dormait dans son lit, après que Gladys eut fait son rapport. En retirant ses boucles d'oreilles, Essylt aperçut la grimace de son mari dans le miroir de sa coiffeuse.

— Un problème ?

Ses servantes l'avaient seulement aidée à ôter sa lourde robe et après avoir défait ses cheveux, elle le rejoignit. Il tira sur le col de son haut, visiblement gêné pour déglutir.

— J'ai quelque chose à t'avouer.

Épuisée par cette journée et impatiente qu'il quitte sa chambre, elle enroula son bras autour du baldaquin et posa sa joue contre le bois frais.

— Je t'écoute.

— Lors de notre voyage en Jirialc, pour nous rendre au Conseil des Neuf en Xoramif, nous avons joué dans le labyrinthe, t'en souviens-tu ?

— Bien sûr.

Elle se souvenait de cette silhouette masquée qui l'avait effrayée et surtout de Declan qui s'était fait un devoir de la faire sortir au plus vite. Sa galanterie était toujours inégalable.

— Caoilfhionn et moi nous sommes embrassés.

Calixte était pâle de cet aveu, sans savoir qu'elle le savait déjà. Declan et elle les avaient surpris. Elle l'avait simplement oublié.

— Rassure-toi, il n'y a jamais rien eu de plus qu'un baiser et je n'ai que faire d'elle. Je t'aimais déjà à l'époque. Mais je refuse que cette femme fasse partie de notre cour si cela te dérange. C'est…

— C'est du passé, répondit-elle en posant sa main sur sa joue, en sachant pertinemment qu'un contact qu'elle initiait avait l'art de le rassurer. Je ne vais pas lui tenir rigueur d'un baiser, surtout que nous n'étions pas ensemble.

— Tu n'es pas jalouse ? s'étonna-t-il.

Elle prit le temps de réfléchir à ses paroles.

— Je n'ai pas de raison de l'être. Caoilfhionn semble avoir des sentiments pour Tasgall et nous sommes bien tous les deux. Je ne vais pas les priver de leur bonheur pour un baiser survenu il y a plusieurs années.

Il la prit dans ses bras et posa son front sur le sien.

— Que de sagesse, ma magnifique Reine. Merci de ne pas m'en vouloir.

— Merci d'avoir été honnête.

Il prit possession de ses lèvres, puis de son corps pour la première fois de l'année. Leur étreinte fut ponctuée de soupirs de plaisir et de regrets.

— Il ne cesse de tout mettre à sa bouche, rit Gladys en s'accroupissant devant le Prince pour lui retirer le jouet plein de bave.

— C'est une manière de connaître le monde, s'amusa Essylt en lui tendant un bavoir.

Assis sur le canapé à côté d'elle, Nar déchirait une feuille avec application, amusé par le bruit. Depuis sa tirade, la nourrice s'était installée dans la chambre communiquant avec celle de Lucetmael, avec son époux et leur fils. Elle avait mis un point d'honneur à ce que sa Reine connaisse son enfant et la présence de ce deuxième bébé l'aidait à s'apaiser. De plus, les deux garçons commençaient déjà à jouer ensemble malgré leur écart d'âge, ce qui présageait une longue amitié.

— J'ai remarqué qu'il n'aimait pas manger des haricots. J'ai dit aux cuisines de cesser de lui en faire.

— Vous avez bien fait, merci.

Essylt déchira un angle de la feuille pour aider Nar, qui rit aux éclats.

— Ma Reine ?

Calixte venait d'entrer, Declan sur les talons. Ils ne s'étaient guère revus depuis qu'ils étaient rentrés, excepté lors des interminables moments avec les invités. En découvrant Essylt assise près de Nar et Lucetmael dans les bras de Gladys, il comprit qu'un équilibre bienfaiteur s'était installé ici.

Un équilibre qu'il risquait de rompre.

— Ma douce, Declan est venu nous entretenir au sujet de Bryn.

Un silence glacé balaya la pièce et la nourrice resserra le Prince contre elle, en posant une main protectrice sur sa tête. Essylt ne l'en apprécia que davantage.

— Gladys, pouvez-vous nous laisser, je vous prie ?

— Bien sûr, mon Roi.

Essylt lui mit Nar dans l'autre bras. Un garçon sur chaque hanche, Gladys sourit tendrement à sa Reine pour la soutenir avant de s'éclipser.

Calixte s'assit à côté de son épouse, Declan en face d'eux. Outre le sujet qui allait être abordé, la souveraine détesta l'éclat de tristesse qui brilla un instant dans les yeux de son amant. Comme les apparences pouvaient être bien loin de la vérité.

— J'ai procédé moi-même à l'interrogatoire de Bryn et Séarlas, commença Declan en employant son ton militaire.

— Je n'en vois pas l'intérêt.

Essylt croisa les bras devant sa poitrine, en une position défensive. Il était plus aisé d'enfermer ce mauvais souvenir à double tour dans son esprit, de faire comme s'il n'avait pas eu lieu. Même si elle avait confiance en Gladys et qu'elle était parvenue à retrouver le sommeil, elle se réveillait régulièrement en sursaut au milieu de la nuit, le corps couvert de sueur. Elle courait alors dans la chambre de son fils pour le trouver endormi et l'admirait jusqu'à ce que son cœur s'apaise.

— Il nous faut savoir comment ils ont procédé, ma bien-aimée. Afin que cela ne se reproduise pas.

Declan opina en s'appliquant à ne pas regarder la main de Calixte sur le genou d'Essylt.

— Je vais être bref, ma Reine, car je sais à quel point le sujet est douloureux.

« Dans la nuit du trente-et-un décembre au premier janvier, Séarlas a quitté leur chambre avec son fils dans les bras, bien enroulé dans une couverture. Il est passé devant les gardes en faction aux environs de onze heures. Bien sûr, ces gardes ne lui ont pas demandé ce qu'il faisait, car ils n'en avaient pas reçu l'ordre.

« Bryn s'est occupée d'endormir les animaux et Caem. Elle a ajouté une substance dans la nourriture des bêtes et a apporté un thé au capitaine, en se montrant aimable. Celui-ci n'a pas trouvé le geste étonnant, car elle le faisait régulièrement. »

Savoir qu'elle était parvenue à endormir la vigilance de Caem avec un geste si simple rendit Essylt furieuse. Elle serra et desserra les poings pour tenter de se calmer. Caem était resté une journée à l'infirmerie. Il s'était réveillé rapidement, mais son estomac n'avait guère apprécié l'expérience, il avait vomi et eut de la fièvre. Heureusement, il s'était remis et sa colère avait été si grande que Declan l'avait interdit de se rendre dans les cachots.

— Comment a-t-elle obtenu cette substance qui endort ? s'enquit Calixte.

— Cela s'obtient facilement auprès d'un médecin. Ce n'était pas auprès du médecin royal, toutefois, et je pense que la concentration était plus élevée que de coutume. Des hommes mènent l'enquête à ce sujet, mais je doute que cela apporte beaucoup de réponses.

Le Roi opina et passa son bras dans le dos de son épouse. Sa position dénotait un calme qu'il ne possédait pas. Il se faisait cependant un devoir d'agir normalement, car sa femme en avait besoin.

— Ensuite, Bryn a attendu le changement de gardes à une heure du matin pour sortir avec Lucetmael. Comme elle l'avait enroulé dans une couverture, les gardes l'ont crue quand elle a prétendu que c'était son fils. N'ayant pas vu Séarlas sortir auparavant, ils n'ont pas trouvé cela suspect.

Un frisson glacé hérissa les poils des bras de la souveraine. Imaginer Bryn passer devant les gardes avec son bébé sans problème pour l'emmener hors du palais…

— Il est là. Il va bien, lui souffla Calixte.

Il embrassa son front et la serra contre lui.

— Séarlas avait fait préparer deux chevaux. Les gardes en faction aux grilles m'ont confirmé n'avoir vu qu'un enfant, le leur : je suppose que Bryn avait dissimulé Lucetmael dans les plis de son manteau. Ils ont prétendu rendre visite à de la famille. Les gardes n'ont pas jugé cela suspect.

Pourquoi l'auraient-ils fait ? Bryn était une proche de la Reine. Si elle assurait rendre visite à sa famille, les gardes n'avaient aucune raison de ne pas la croire.

— Sais-tu où ils avaient rendez-vous ?

— Quelque part en Guanile, vers la frontière avec la Xoramif. J'ai déjà envoyé des messagers et des soldats — je me suis dit que la Reine Gwenola n'en prendrait pas ombrage, au vu de vos relations — mais je doute qu'ils trouvent quoi que ce soit. Cet ennemi est trop rusé et il a dû être au courant de l'échec de cette mission depuis longtemps.

Declan aurait aimé être plus optimiste, mais cela lui était difficile. Son esprit brillant savait reconnaître un adversaire à sa hauteur. Bien que cela le rende fou de ne pas connaître l'identité de celui qui voulait du mal à sa famille, il savait que le plaisir de tuer cet ennemi n'en serait que plus grand, le moment venu.

Car le moment viendrait, il n'avait aucun doute.

— Qu'en est-il de leur fils ?

— Il a été placé dans une famille, comme Votre Majesté l'avait demandé. Ce sont des gens bien, qui ne lui tiendront pas rigueur des actes de ses parents.

— Bien.

Calixte et Declan gardèrent le silence, l'admirant jouer distraitement avec les coutures de sa robe.

— Qu'allez-vous décider quant au châtiment ?

— La mort, bien sûr, dit le Roi.

Essylt ferma les yeux. La sauvagerie tapie dans son être gronda d'assentiment, assoiffée de leur sang. Ils devaient payer, ils devaient souffrir. Ils ne méritaient plus de vivre.

Elle se détesta d'éprouver tant de haine.

Cinq jours plus tard, Essylt s'éveilla avec la tête lourde et la bouche sèche. Fatiguée rien qu'à l'idée de cette journée, elle se vêtit et refusa de manger. Elle câlina son fils avant de devoir le laisser.

La cour principale était pleine de monde. La foule s'étendait au-delà des grilles du palais. Des Rodorchniens de tous les villages alentour étaient venus assister à l'exécution. La haine n'avait d'égale qu'un besoin irrépressible de justice. Le peuple aimait trop sa Reine et son Prince pour ne pas se réjouir de la mort de ceux qui avaient essayé de les blesser.

Les oreilles bouchées et la vue trouble, Essylt monta sur l'estrade aux côtés de Calixte. Tous leurs invités étaient présents, silencieux dans leurs manteaux ouvragés. Aucun n'était absent, même ceux qui étaient pâles et tremblants. La symbolique avait trop d'importance : refuser d'assister à l'exécution, c'était cautionner les actes commis.

Le héraut s'éclaircit la voix. Dans son dos, la Reine sentit la présence rassurante de Declan.

— Chers Rodorchniens, chers Bofursyliens, invités de marque, Altesses et Majestés, nous sommes réunis aujourd'hui pour assister à l'exécution de Bryn et Séarlas Winth. Ces deux individus se sont rendus coupables de crime de lèse-majesté envers son Altesse Lucetmael de Bofursyle di Rodorchna, en l'enlevant pour attenter à sa vie. Conformément aux souhaits de Leurs Majestés Essylt et Calixte, ils seront décapités.

La souveraine déglutit péniblement. Le silence était tombé, lourd comme une montagne. Un bruit de chaine s'éleva, de plus en plus aigu. Hirsutes, les prisonniers étaient vêtus comme lors de leur arrestation. Les genoux maculés de sang et les bras nus tuméfiés, il était évident que personne ne s'était montré clément avec eux. Essylt n'en éprouva nul remords.

Ils furent tirés sur la plateforme en bois installée pour l'occasion. Une seule lame attendait, suspendue à un poteau de bois. Elle renvoyait l'éclat flamboyant du jour, en une promesse macabre.

— Vous avez trahi ma famille, tonna la voix de Calixte. Vous avez trahi notre confiance et l'honneur que nous vous avions fait. Vous avez voulu tuer un enfant, mon enfant. Pour cela, vous allez mourir.

La foule poussa un cri d'assentiment et d'encouragement. Les gardes se rapprochèrent des détenus, qui ne tentèrent pas de se débattre. La tête basse, le visage dissimulé par ses cheveux sales, Bryn fit un pas vers la potence, résignée.

— Lui d'abord.

Essylt frissonna au son de la voix de son mari. Elle n'avait jamais été si dure, emplie d'une méchanceté perfide et justifiée.

Bryn protesta mollement tandis qu'on agenouillait Séarlas devant la potence. Un soldat bofursylien lui pencha la tête vers le bas.

Calixte abaissa sa main. La lame trancha la nuque en une seconde et la tête émit un bruit sourd en tombant dans le panier.

La foule acclama la mort. Bryn hurla à pleins poumons en s'effondrant sur ses genoux. Sa robe fut rapidement imbibée du sang de son mari.

Essylt ne pouvait pas détourner le regard de cette scène innommable. Il y avait une forme de beauté dans la cruauté de la mort. Le rouge vermeil du sang, qui imprégnait le bois usé des planches de bois pourtant utilisées tant de fois à cet effet. Le corps étêté trainé hors de la vue pour faire de la place. La femme éplorée d'avoir perdu son époux, et paradoxalement éplorée de bientôt le rejoindre.

— Pourquoi ?

Declan se rapprocha d'elle et Calixte lui prit la main. Ils ne purent cependant l'empêcher de parler plus fort.

— Pourquoi ? cria-t-elle à Bryn.

Deux gardes la redressèrent pour lui faire face. Ses yeux déments n'eurent d'égal en horreur que son sourire tordu.

— Pour ne plus vivre asservie. Pour être libre.

Les larmes montèrent aux yeux d'Essylt. Était-ce là une raison suffisante pour tuer un enfant ? S'ils le lui avaient demandé, la Reine les aurait laissé partir. Elle n'était pas de ceux qui forcent les gens à vivre différemment de leurs désirs. Cela, Bryn ne l'avait pas compris, aveuglée par sa jalousie.

En coupant sa tête, la lame émit un bruit humide qui résonna longtemps dans la cour du palais.

— Tu ne manges pas ?

Le déjeuner était particulièrement morose. Les convives discutaient à voix basse, avec moins d'entrain que de coutume. Leur séjour s'achevait sur une note des plus originales, dont ils se seraient tous volontiers passés.

Essylt croisa le regard inquiet de Calixte. Il caressa sa main, qui n'avait pas saisi sa fourchette une seule fois.

— Non, je n'ai pas faim. Je vais me retirer.

Les invités la contemplèrent avec compassion. La Reine aperçut une remarque aux bords des lèvres de Rosheen, qui fut retenue par son frère.

Une fois dans ses appartements, Essylt trouva Lucetmael sur son tapis de jeu, alerte et babillant.

— Il n'a pas envie de dormir, semble-t-il, lui dit Gladys avec tendresse. Je crois qu'il vous attendait.

— Merci, Gladys. Je vais prendre un peu le relais.

La nourrice s'inclina et s'éclipsa. Essylt l'embrassa doucement.

— J'aimerais tellement pouvoir t'épargner toute peine.

Il saisit une mèche de cheveux et tira. En riant, elle posa sa tête sur sa jambe.

— J'aimerais tellement que cette magie qui est en toi ne suscite pas tant de haine.

Il gazouilla un petit bruit d'assentiment en formant des bulles sur ses lèvres.

Prise d'une inspiration subite, elle le porta et quitta l'aile royale. D'un pas décidé, elle se rendit dans une pièce qu'elle n'avait pas visitée depuis longtemps.

La bibliothèque était poussiéreuse derrière les grilles magiques. Personne ne venait y faire le ménage, pour des raisons évidentes. Les journaux et autres livres étaient alignés sur les rayonnages vieillis par les siècles. Un silence paisible et songeur planait en ce lieu empli de savoir et de souvenirs. Sa main dans sa bouche, Lucetmael détaillait l'endroit de ses yeux bleu ciel ébahis. Essylt avait la certitude qu'il comprenait l'importance et la singularité de cette pièce.

— Ton héritage. Le nôtre.

Elle marcha en prenant son temps pour respirer avec force cette odeur d'ancien et de secrets. Arrivée devant le présentoir surmonté du gros livre, elle prit son courage à deux mains.

Elle l'ouvrit.

Les pages craquèrent, jaunes et usées. L'encre était d'un noir profond, insolent. Une odeur de citron, de miel et de cendres en émanait.

« *Dans le sang des de Rodorchna coule la magie de Meallán.* »

Des premiers mots, écrits d'une calligraphie appliquée et masculine. Essylt effleura la page délicatement de peur de l'abîmer.

— Ce livre n'est pas aussi vieux que je l'aurais cru…

Lucetmael avait commencé à jouer avec sa boucle d'oreille, ce qui pouvait rapidement devenir douloureux. Elle le passa sur son autre hanche et l'embrassa.

— Je dois comprendre, lui confia-t-elle. Je dois comprendre qui nous sommes, d'où nous venons. Pour pouvoir te protéger.

Elle fit défiler les pages. Des dizaines et des dizaines de prénoms y reposaient. Sur une première page, ils étaient liés pour montrer la parenté. Sur les suivantes, chaque prénom était suivi de lettres et de chiffres. Arrivée à la dernière page, elle se figea.

« Mil
T : 0
E : 3
A : 2
F : 5
10

Kiryan
T : 2
E : 2
A : 1
F : 4
9

Elcmar
T : 0
E : 3
A : 4
F : 2
9

Ladra
T : 3
E : 3
A : 2
F : 0
8

Nuallan
T : 5
E : 2
A : 2
F : 1
10

Uaine
T : 1
E : 4
A : 3
F : 1
9 »

La terre, l'eau, l'air, le feu...

Le niveau de ses ancêtres était indiqué pour chacun. Comme elle l'avait lu précédemment dans le peu d'ouvrages qu'elle avait pris ici, certains magiciens ne possédaient pas l'un des pouvoirs. Tout comme elle ne contrôlait pas l'eau.

Elle toucha l'espace entre Ladra et Nuallan. Là où son nom aurait dû être inscrit.

— Nous devons également en faire partie.

Elle tourna la page, en révélant une vierge. En songeant aux prénoms qu'elle devait écrire, sa gorge se noua. Comment écrire le prénom de Calixte, en sachant que son père était Declan ? Une part d'elle-même avait cruellement envie de dire la vérité. C'était tentant en sachant que personne ne pourrait le lire.

Personne à part Lucetmael. Elle ne pouvait pas prendre le risque qu'il découvre la vérité ainsi.

Elle embrassa son front et retourna sur la page précédente. C'était perturbant de découvrir ses frères à travers leur magie. Une part d'elle-même cependant avait toujours su quelles étaient leurs prédispositions : elle en avait rêvé, dans ce fameux labyrinthe.

Mue par sa volonté propre, sa main se posa sur la page. Des impressions l'envahirent, des certitudes nébuleuses.

Kiryan avait été l'aîné et en avait éprouvé une grande fierté. Naître le premier, c'était déjà remporter une victoire, ce qu'il n'avait eu de cesse de rappeler à ses cadets. De plus, sa prédilection était pour le feu, au même titre que leur père, ce qui les avait rapprochés.

Bien qu'il soit désavantagé de ne pas contrôler l'un des éléments, Elcmar s'était rattrapé avec une intelligence acérée. Égal à Kiryan en termes de puissance, les deux avaient toujours été très complices, particulièrement dans la perfidie.

Moins puissant que ses aînés, Ladra avait néanmoins été un de Rodorchna redoutable. Le rêve du labyrinthe avait sans le moindre doute rendu justice à sa cruauté et sa folie. À sa manière, il avait été le plus dangereux des cinq.

En plus de posséder un don pour les quatre éléments, Nuallan avait eu la chance d'être aussi puissant que leur père. Essylt n'aurait su dire si cela avait joué à son avantage ou non, car qui dit puissance dit menace.

Pour finir, Uaine avait été dans la moyenne, avec une prédilection marquée pour l'eau et l'air, et une puissance totale respectable. Effacé, il avait suivi ses ainés avec vénération, sans se chercher lui-même.

Essylt recula d'un bond, le souffle court. Lucetmael resserra les bras autour de son cou, paniqué.

— Tout va bien, mon trésor.

Elle embrassa son front plissé.

— C'étaient tes oncles. Tu ne les connaitras jamais et c'est tant mieux.

Le passé devait rester à sa place. Elle l'avait appris à ses dépens. Mais le passé avait trop de leçons à lui enseigner pour qu'elle l'oublie. Pas après tant d'années à avoir repoussé l'inévitable.

Elle se concentra à nouveau sur les chiffres. Il n'y avait pas de logique quant à la répartition des pouvoirs. Pourquoi certains étaient-ils plus puissants ? Pourquoi même en ne contrôlant pas la terre, son père avait-il pu être à dix, alors que Kiryan et Uaine possédaient les quatre éléments et n'étaient qu'à neuf ? De plus, la terre était l'élément le plus fort chez Nuallan, qui était à cinq. Comment cela était-il possible ?

Elle passa Lucetmael sur son autre hanche et fouilla dans sa mémoire. Avant son mariage, à une époque bien trop lointaine, elle avait commencé à s'autoévaluer. Elle se trouvait à présent bien ridicule de ne pas avoir poursuivi ses recherches et ses entrainements. Peut-être que certaines choses se seraient déroulées différemment.

Pour la terre, elle avait au moins deux, peut-être trois. Pour l'eau, inutile de s'acharner, elle n'était jamais parvenue à la maîtriser. L'air en revanche avait toujours répondu avec force à ses appels, elle pouvait donc s'estimer à quatre. Quant au feu, elle pouvait le toucher sans crainte, néanmoins elle n'était jamais parvenue à véritablement le stimuler. Durant l'attaque qui avait précédé son mariage, elle l'avait éteint en l'absorbant, d'une certaine manière. Cela signifiait-il qu'elle était à plus de un ? Elle en doutait.

En additionnant tous ces résultats et en prenant les chiffres les plus élevés possible, elle arrivait à huit. Le minimum, donc.

— Je ne sais pas si je dois être soulagée ou déçue.

La tête posée sur son épaule, Lucetmael commençait à s'assoupir. Elle réajusta sa position pour qu'il soit à son aise.

— Qu'en sera-t-il de toi ? chuchota-t-elle contre ses cheveux blonds. De quel élément seras-tu le plus proche ? Feras-tu tourbillonner le vent ? Créeras-tu des vagues plus hautes que des châteaux ? Feras-tu rugir le feu ? Ou apaiseras-tu les maux de la terre ?

Elle remonta d'une page.

« Ailionora
T : 5
E : 2
A : 2
F : 0
9

Nya
T : 1
E : 4
A : 2
F : 1
8 »

Mazoe lui avait narré les dons de sa mère Nya, qui était capable de faire danser les flocons de neige. Et dans son journal, Ailionora avait raconté qu'elle avait fait trembler la terre de colère.

Une douce chaleur envahit sa poitrine. Elle se sentait intimement proche de ses aïeules à travers ces quelques lignes. Leur héritage les unissait à jamais.

Il faudra que je ramène une plume, songea-t-elle en refermant le lourd livre.

Ses yeux furent attirés par la deuxième page. L'arbre généalogique de Meallán s'étendait sur la gauche, avec ses onze enfants. Sur la droite, leurs pouvoirs étaient détaillés.

« Meallán
T : 2
E : 4
A : 4
F : 2
12 »

Avec un niveau de douze, il était sans conteste l'un des plus puissants de leur lignée, à juste titre. Il était intéressant de voir ses prédilections. Elle se souvenait avoir lu quelque part que l'eau et l'air ressortaient plus souvent, parce qu'ils étaient très prononcés chez Meallán.

Le livre se referma avec un bruit sec. La main de Lucetmael glissa et effleura la couverture en cuir épais. Il sursauta dans son sommeil et elle l'éloigna.

Dans cette pièce préservée des intrus depuis des siècles, quelque chose était inachevé. Toute une histoire de famille jalonnée de magie, d'apprentissage, de secrets.

Plus elle en apprenait, plus elle avait l'esprit embrumé de questions. Elle avait le sentiment immuable qu'une partie de son héritage était dissimulée, comme si elle avait un mot sur le bout de la langue. Cette certitude était frustrante. Et terrifiante.

Car un secret est toujours caché pour une bonne raison.

Après avoir déposé son bébé dans son lit et changé de robe, elle poursuivit cette journée des plus compliquée. Dans la salle de réception, tous les convives étaient rassemblés dans une tenue élégante et différente de celle de la matinée.

Après avoir assisté à une exécution, ils étaient maintenant rassemblés pour un mariage.

Debout à côté de Calixte et d'Essylt, Lysander était engoncé dans un costume bleu et or qui aurait pu le mettre en valeur s'il n'avait pas eu le visage aussi marqué par la fatigue. Il puait le cigare et le whisky si ardemment que la Reine en avait les larmes aux yeux. Il ne cessait de se toucher nerveusement la moustache.

Le héraut souffla dans un petit instrument qui émit un son aigu.

— Veuillez accueillir son excellence Orlaith de Mirralm, en Teac, escortée par son frère Naomhán.

Orlaith n'avait jamais paru si menue et fragile. Vêtue d'une robe blanche offerte par Essylt, elle était noyée sous les morceaux de tissus volages, dont les mouvements joyeux contrastaient avec son expression funèbre. Ses yeux clairs avaient tant pleuré qu'ils étaient secs et alertes, comme ceux d'une bête acculée.

Indifférent à sa tourmente, son frère la tira à sa suite en souriant de toutes ses dents aux invités, comme si tout était normal.

Il confia la main de sa sœur à Lysander, qui la prit sans délicatesse.

— Nous sommes réunis aujourd'hui…

Les mots du marieur se perdirent dans le lointain. La souveraine sentait ses jambes protester de rester ici, de participer à ce mariage. Tout son être se rebellait à l'idée d'infliger la souffrance qu'on lui avait faite.

Mais les choses ne pouvaient en être autrement. Orlaith s'était déshonorée, au même titre qu'Essylt avait perdu la confiance des monarques du Continent après la mort de Ty. Certains éléments de la vie arrivaient en détruisant tout sur leur passage et ceux qui aidaient à reconstruire le faisaient selon leurs désirs ou les convenances.

Tandis que les larmes coulaient sur les joues d'Essylt, celles d'Orlaith restaient sèches et pâles.

— Vous pouvez embrasser la mariée.

Lysander se pencha avec raideur et plaqua ses lèvres sur les siennes, de manière brève et abrupte. Orlaith ne s'en offusqua pas, trop bouleversée.

Le diner de mariage, donné dans la salle de réception, fut copieux et succulent. Essylt n'avait pas lésiné, autant pour faire oublier aux invités la raison de ce mariage brusque, que pour simplement l'adoucir pour la jeune mariée. Orlaith mangea du bout des lèvres, assise à côté d'un Lysander taciturne qui but des litres de vin.

Quand la musique débuta, les jeunes mariés ne bougèrent pas. Face à l'ambiance gênée, Essylt bondit sur ses pieds et tendit sa main à son mari. Ce fut le signal pour s'amuser, même si la joie était factice.

Au bout de deux heures à virevolter, la Reine se retira discrètement. La culpabilité qui la rongeait faisait trembler ses mains.

Je n'ai pas pu protéger Orlaith.

En entrant dans l'aile royale, elle fit volte-face. Ses commandants sursautèrent.

— Venez.

Sans demander la raison de cette invitation tardive, ils la suivirent dans le couloir du premier étage. Elle entra dans la chambre de Lucetmael et contourna son lit.

— Je dois lui chanter une berceuse ? demanda Cathan avec insolence.

Jarlath se pencha pour embrasser son front avec tendresse.

— Tu risquerais de lui faire saigner les oreilles. Dors, mon Prince.

Cathan lui claqua l'arrière du crâne avant de caresser doucement celui du bébé.

— Je veux que nous reprenions mes entrainements.

Les commandants royaux redressèrent la tête en même temps et la lune se refléta dans leurs yeux bruns si semblables.

Ils avaient cessé de l'entrainer depuis son mariage. Elle avait eu énormément à faire, sans compter qu'elle doutait que Calixte apprécie. Peu de temps après, elle était tombée enceinte et la question ne s'était plus posée.

— Le Roi le permettra-t-il ?

— Il n'est pas obligé de le savoir.

Ils grimacèrent à l'unisson, ce qui la fit rire.

— Ma loyauté est avant tout pour toi, déclara Jarlath avec cette sincérité si simple qui le définissait, mais je n'aime pas l'idée de dissimuler quelque chose au Roi.

— Nous pouvons recommencer petit à petit et aviser au moment où il l'apprendra, compléta Cathan en haussant les épaules avec nonchalance.

— Faisons cela.

Elle leur fit face de l'autre côté du lit en bois. Elle prit la main ouverte de Lucetmael, dont les lèvres remuèrent d'aise.

— Je dois être capable de le protéger de toutes les manières possibles. Qui sait ce que l'avenir nous réserve.

Émus par l'intensité de l'instant, ils posèrent leur main sur celles de la mère et du fils, en une promesse.

XV

« Un destin se bâtit comme un château, pierre après pierre. » Lothair Greshee, poète tecien du IIème siècle.

— Ta peau est si douce.

Les doigts de Declan remontaient lentement le long de son dos. Le jour n'allait pas tarder à se lever, forçant les amants à se quitter. Le Chef des armées n'était pas pressé.

— J'aime quand tu me touches.

Allongée sur le ventre, la tête tournée vers lui, elle embrassa son épaule. La saveur de sa peau était inégalée.

Tout était si aisé, dans le cocon d'un lit. Sous les draps, les jambes liées, plus rien d'autre n'avait d'importance.

— Embrasse-moi encore.

Les lèvres de Declan effleurèrent le milieu de son dos, puis remontèrent le long de sa colonne vertébrale. Arrivées dans sa nuque, elles créèrent un frisson délicieux qui parcourut tout son corps. Ses dents saisirent son lobe d'oreille, joueuses, avant que ses lèvres n'atteignent les siennes.

— Ne pars pas, soupira-t-elle.

Il l'avait tenue éveillée la moitié de la nuit, dans des étreintes plus brûlantes les unes que les autres. Ils avaient renversé quelques objets à travers la grande chambre, qu'elle allait devoir ranger.

— Je suis obligé, dit-il à regret.

Il embrassa son front et caressa le bas de son dos en propriétaire, avant de se redresser. Elle le suivit du regard, avide de chaque parcelle de son corps. Il ramassa son haut sur le sol.

— Nous n'allons pas nous revoir avant longtemps.

Ils partaient le lendemain matin pour la Vuai, pour rendre visite à Dymphna et sa nouvelle fille, née le mois précédent.

— Je te verrai tous les jours.

— Tu m'as comprise.

Quand il eut revêtu son pantalon, elle sortit de sous les draps à son tour. Il gémit de la voir nue sous les derniers éclats de la nuit qui filtraient à travers les rideaux. Elle enfila son lourd peignoir en fourrure et redressa le repose-pied de sa coiffeuse. Declan rit doucement en se souvenant comment il était tombé.

— Aide-moi au lieu de rire.

Ils ramassèrent les oreillers et les bibelots échoués à travers la pièce. Arrivé près de son bureau, Declan effleura un joli écrin en argent.

— C'est pour la Princesse Réalta ?

Elle l'enlaça par-derrière. Elle avait eu beaucoup de mal à trouver un présent pour la dernière née des de Vuai. À nouveau, c'était une impression fugace chez un antiquaire qui l'avait poussée à faire cet achat.

— Oui.

Il ne demanda pas ce que c'était, accoutumé à ses petites surprises.

Il alla embrasser leur fils endormi, avant de revenir l'étreindre.

— Soyez prête à huit heures, ma Reine.

— Je le serai.

Elle mordit sa lèvre inférieure avant de reculer à regret. Après un clin d'œil complice, il se glissa dans l'interstice du mur pour rejoindre sa chambre grâce au passage secret.

Le château de Bofursyle s'éveilla peu à peu autour d'elle pendant qu'elle terminait de préparer ses affaires. Quand Cleena entra pour ouvrir les rideaux, dévoilant la neige épaisse qui perdurait en ce mois de mars déjà bien avancé, Essylt réveilla Lucetmael pour le revêtir, avant de le confier à Gladys pour le petit-déjeuner.

— Votre Majesté doit être impatiente de retrouver le Roi, sourit Luíseach en buvant une boisson chaude.

— En effet.

Calixte était parti une semaine plus tôt pour le manoir de Beal, où il avait assisté au mariage de Caitlyn et Niocol. Comme la province était proche de la Vuai, ils avaient prévu de se rejoindre en route.

Le Nouvel An en Rodorchna n'avait pas suscité uniquement des unions en Bofursyle. Grâce à sa petite suggestion lors du bal, Faolan s'était rapproché de Sibby, qui était loin d'être indifférente à ses charmes. De son côté Lothar, le second parti de Rodorchna, avait passé de longs moments avec Meriel et Fiona. Essylt ne savait pas qui il choisirait, mais elle ne doutait pas un instant qu'une union serait bientôt célébrée.

D'autres rapprochements avaient eu lieu et la Reine était convaincue que beaucoup de jeunes nobles s'étaient sentis libres de leur choix. Elle avait remarqué une grande amitié entre Nodlaigh et Derry, la petite sœur de Garvan. Nodlaigh ayant eu un coup de cœur pour Ty lors de leur voyage en Guanile, elle était soulagée de le voir si épanoui. La petite sœur de Niocol, Kreiddylat, s'était quant à elle fort bien entendue avec Win, qui était un excellent parti au vu de la richesse de sa famille et de la possibilité de laisser l'une de ses petites sœurs à la tête de son Duché.

Essylt était heureuse de leur avoir permis de se connaître, bien que le résultat n'eût pas été à la hauteur de ses attentes. Quand ils étaient rentrés en Bofursyle et que Lysander et sa nouvelle épouse les avaient laissés pour rejoindre leur demeure, elle avait eu un goût de cendres dans la bouche dont elle n'avait pu se départir. Sa tristesse s'était accentuée quelques jours plus tôt quand une missive l'avait informée que la nouvelle Baronne attendait un enfant. Il ne faisait aucun doute qu'il avait été conçu cette fameuse nuit du Nouvel An, scellant à jamais le destin d'Orlaith.

Essylt, Luíseach, Saraid et Aveleen prirent place dans le carrosse, en compagnie d'un Lucetmael assoupi. La nouvelle venue s'était lentement fait une place dans le petit cercle royal. D'abord réticentes, Saraid et Luíseach avaient appris à la connaître durant leur voyage de retour en Bofursyle. Quand Essylt leur avait avoué la raison pour laquelle elle avait recueilli Aveleen, Saraid avait été si furieuse contre son père qu'elle avait tempêté une journée durant contre tous les malheureux intendants qui avaient croisé sa route. Dès le lendemain, Aveleen faisait partie de chaque moment entre filles, quand il ne s'agissait pas de réunion politique.

Elles discutèrent toute la journée. Luíseach se fit un plaisir et un devoir de régulièrement relancer le sujet sensible « Garvan ». Bien que maladroit, ce dernier avait eu le courage d'avouer ses sentiments à Saraid avant son départ. Luíseach et Essylt avaient retrouvé leur amie assise dans son salon, le regard fixe et lointain, dans un état d'ébahissement comique.

Saraid était tiraillée, elles le sentaient. Garvan était l'aîné de sa famille et ses parents tenaient absolument à ce qu'il hérite de la gouvernance de leur Baronnie et que sa sœur Derry se marie à l'étranger. Toutefois, Saraid refusait catégoriquement de quitter sa place auprès d'Essylt. Plus qu'une question de loyauté, c'était aussi par fierté. Elle avait accompli l'exploit de devenir conseillère. Elle ne renoncerait pas à son accomplissement pour un homme.

— Mais vous l'aimez, ne cessait de protester Aveleen, qui l'enviait tant.

— Ce mot est quelque peu exagéré. J'apprécie sa compagnie et…

— Cesse de jouer avec les mots, se lamenta Luíseach. Appelle cela comme tu veux, ce qui est certain c'est que tu veux être sa femme.

— Sa femme, mais pas sa Baronne. La vie que j'ai choisi est en Rodorchna, pas en Aivaithra.

— Cette vie te plairait peut-être, tenta Aveleen en berçant tendrement Lucetmael contre elle.

— Ce n'est pas la question.

Saraid était trop têtue pour que la conversation soit différente des dix fois précédentes.

— Attends d'avoir de ses nouvelles. Je suis certaine qu'il négocie avec ses parents, assura Essylt.

Elle espérait que Garvan y parviendrait. Dans ce carrosse, quelques années plus tôt, Saraid, Luíseach, Ty et elle s'étaient fait une promesse. Tyronoe n'avait pu la tenir pour la pire raison qui soit et Essylt n'avait pas eu d'autre choix. Pour rétablir un peu de bonheur dans leurs existences, elle avait besoin que Saraid se marie par amour.

— Nous sommes bientôt arrivés à l'auberge convenue avec le Roi, leur apprit Cathan une heure après la tombée de la nuit.

La gorge de la Reine se noua. À la pensée de Declan dehors, chevauchant dans le froid, elle reprit Lucetmael des bras de Luíseach pour se réconforter. À presque neuf mois, il était de plus en plus alerte et joueur. Ses amies ne cessaient de s'émerveiller devant lui et de le cajoler. Malgré tous les secrets qui l'entouraient et la menace qui planait au-dessus de lui, Essylt était rassurée par tout l'amour dont il était entouré.

Le carrosse s'arrêta enfin devant l'auberge, au grand soulagement des femmes pressées de se réchauffer auprès d'un bon feu. Cathan aida chacune à descendre le marchepied et Jarlath leur ouvrit la porte d'entrée.

— Essylt !

Le Roi la rejoignit en trois enjambées et la souleva amoureusement dans ses bras. Ses amies soupirèrent d'envie, avant de s'incliner devant le monarque.

— C'est un plaisir de vous revoir, mon Roi, déclara Luíseach en s'écartant de la porte pour que soldats et servantes puissent entrer.

— Pour moi aussi, mes chères. J'aime à savoir que vous entourez ma femme en toutes circonstances. Mais assez discuté, venez vous réchauffer et diner.

Calixte embrassa le front d'Essylt, lui prit leur fils des bras et leur indiqua la table près de l'âtre.

— Ah, Declan !

La Reine suivit ses amies avec empressement, peu désireuse d'assister aux retrouvailles fraternelles. Être témoin de leur complicité était toujours douloureux.

Ils dinèrent dans une ambiance chaleureuse et détendue. Les deux frères burent en se racontant des histoires typiquement masculines tandis que les femmes parlaient de ce qu'elles souhaitaient faire durant leur séjour en Vuai. Aveleen n'y était jamais allée et était impatiente. Essylt regrettait un peu qu'Eirlys ne fut pas venue. À l'instar de la Vicomtesse originaire de Mebeaka, la petite sœur d'Euthalia était rentrée avec eux en Bofursyle et s'était installée au château. Elle s'était cependant moins intégrée, car elle faisait peu d'efforts. La Reine souhaitait lui laisser du temps pour s'accoutumer, tandis que le Roi était pressé qu'elle prenne époux.

— Le Prince dort, Vos Majestés, leur apprit Gladys avec un sourire fatigué.

— Allez vous reposer, dit Essylt en lui serrant la main. La chambre est-elle à votre convenance ?

— Tout à fait, Majesté. Merci. Bonne nuit.

— Bonne nuit à vous aussi.

— Nous allons les suivre, déclara Calixte en s'étirant les bras au-dessus de la tête. Niocol et moi avons un peu trop arrosé ses noces.

Il prit la main de son épouse pour l'aider à se mettre debout. Ce fut le signal pour chacun de monter au lit.

Leur chambre était juste à côté de celle de Lucetmael, où dormaient également Gladys avec son fils et son époux. Il avait été convenu qu'ils pouvaient voyager constamment avec le Prince, même si cela était peu conventionnel. Ils étaient payés en conséquence, de manière fort généreuse, bien que la nourrice eût protesté plus d'une fois qu'elle ne voulait pas tant d'argent.

— Quel bonheur de te retrouver, s'exclama son mari en retirant ses bottes.

Cleena et Léan s'occupaient de défaire son corset et ses cheveux, et sourirent de cette phrase adorable. Le Roi n'était jamais gêné d'être entendu quand il exprimait librement ses sentiments pour sa Reine.

— Pour moi aussi.

Une fois dans sa robe de nuit, elle embrassa la joue de Calixte avant de se glisser sous les draps. Quand elle le sentit dans son dos, impatient, elle déglutit avec peine.

— Alors Niocol et toi avez bien fêté ce mariage ? murmura-t-elle dans le noir.

— Oui, souffla-t-il contre son épaule.

Sa main gauche passa sous le tissu de sa chemise et remonta sur sa hanche.

— C'était bien ?

— Jolie cérémonie. J'aurais adoré que tu sois là.

Sa main s'arrêta entre ses cuisses et commença à la caresser. Les larmes lui montèrent aux yeux en songeant à Declan qui dormait tout près de là.

Plus le temps passait, plus elle avait l'impression de trahir Declan quand elle était avec Calixte, et non plus l'inverse. Ses sentiments étaient trop intenses et confus pour ne pas la détruire à petit feu.

— Tu m'as tant manqué.

Ses doigts se firent plus pressants, son souffle plus heurté.

— Toi aussi.

Mensonge.

— J'ai tellement envie que nous ayons un deuxième enfant.

Sur cet aveu, il la pénétra lentement. La sensation fut désagréable alors qu'elle était si délicieuse avec un autre.

Essylt ferma les yeux et s'oublia comme elle seule savait le faire.

— Enfin !

L'exclamation de Dymphna était si enjouée et sincère qu'elle élargit un peu plus le sourire d'Essylt. Après l'arrivée d'usage dans la Salle du Trône, les monarques de Vuai les avaient rapidement invités à se retirer en des lieux plus intimes.

Essylt lui confia Lucetmael sans la moindre hésitation. La Reine de Vuai était si émue par cette rencontre qu'elle en eut les larmes aux yeux.

— Enfin, je vous rencontre, votre Altesse. J'ai tant entendu parler de vous.

Le Prince la détaillait avec de grands yeux bleus intrigués. Elle déposa un baiser sur son front.

— Mon adorée, cesse de pleurer, c'est un moment heureux, voyons !

Thuán enlaça sa hanche et posa sa tête sur son épaule pour admirer Lucetmael.

— En voilà un beau et fort garçon ! Toutes mes félicitations. Nous avons déjà eu l'occasion de vous le dire, mais ce ne sont point des paroles en l'air.

— Merci, Majestés.

Dymphna sourit de toutes ses dents à Essylt et Calixte, avant de se tourner vers Declan.

— Vous devez être ravi d'être oncle, Declan.

— Je le suis.

Personne ne parut remarquer la rudesse de son ton ou de sa posture. À plusieurs pas protocolaires des monarques, il observait la scène avec un détachement feint.

— Où sont vos adorables enfants ?

— Les nourrices vont nous les apporter. C'est pire que le déplacement d'une armée à présent !

— Ne comparez pas mes enfants à une armée, s'offusqua la Reine de Vuai en frappant gentiment l'épaule de son époux.

Thuán s'inclina en signe de reddition. Il ne voulait pas éprouver sa femme, dont l'émotivité était accrue depuis la naissance de leur fille, le neuf février dernier.

Ils s'installèrent sur les canapés et des boissons leur furent servies avant l'arrivée des héritiers de Vuai, ce qui fut une erreur tactique. Surexcités par leurs jeux, Ryann, Kerwan et Treasa déboulèrent dans la pièce en se poursuivant, des épées en bois à la main. Bien qu'elle soit de trois et quatre ans plus jeune, Treasa ne paraissait pas désavantagée. Sur leurs talons accourut Geoffraidh, ses cheveux bruns lui retombant devant les yeux. Pour fermer la marche, une nourrice élancée portait un nourrisson dans un bras et tenait Ailina de sa main libre.

— Elle marche ! s'extasia Essylt.

— Oui, depuis trois jours, répondit Dymphna avec fierté. Et elle n'aura un an que dans une semaine. Ailina est très précoce.

— Les enfants ! gronda le Roi d'une voix impérieuse.

Son épouse ne s'était pas énervée de cette cohue, en admiration devant sa si grande fratrie. Il était évident qu'elle était l'une des femmes rendue la plus heureuse par la maternité qu'Essylt eût jamais vue.

Les quatre premiers nés se figèrent et posèrent leurs épées sur la table, non loin des verres qui vacillèrent. Puis ils s'inclinèrent avec élégance. Amusée, Ailina voulut les imiter et faillit tomber tête la première sur le sol de pierre. Heureusement pour son joli front, Calixte la rattrapa.

— Votre Altesse, faites attention à votre équilibre.

Elle lui sourit, faisant jaillir deux pommettes hautes et rieuses. Avec ses cheveux bruns et les émeraudes à son cou qui brillaient de la même étincelle que ses yeux, elle était le portrait exact de ses ainés.

— Est-ce un don de faire des enfants si magnifiquement identiques ? rit Calixte en l'asseyant sur un genou.

Polie et calme, la Princesse ne bougea pas d'un centimètre. Son tempérament semblait bien loin de celui de Treasa, qui remuait sur ses jambes comme si elle était prête à s'échapper de la pièce en courant.

— Il ne fait aucun doute qu'il en sera de même pour les vôtres, répliqua Thuán en indiquant Essylt de la tête.

— Effectivement, et j'en suis très chanceux.

Son expression adoratrice lui retourna le ventre.

— Les enfants, allez jouer dans la pièce voisine.

Ryann, Kerwan, Treasa et Geoffraidh ne se firent pas prier. Avec la porte soigneusement fermée, ils entendaient encore leurs cris aigus.

— À notre tour de faire les présentations, déclara Thuán en prenant sa fille des bras de la nourrice, qui se retira.

Avide, Essylt s'approcha, faisant rire Dymphna qui n'avait cessé de cajoler Lucetmael. Le Roi de Vuai lui confia Réalta sans perturber son sommeil.

À plus d'un mois, son visage était moins rouge et ses traits d'une élégante finesse. Ses petites mains remuaient vivement, comme mues par ses rêves. Essylt embrassa son front pour l'apaiser et ce faisant remarqua ses cheveux.

Contrairement à ceux de ses ainés, ils étaient d'un roux profond et brûlant, aux éclats bruns épars.

— Ma grand-mère était rousse, précisa Dymphna comme si de rien n'était.

Au regard échangé avec son époux, il était évident que cette couleur de cheveux avait suscité des conversations peu agréables.

— Votre fille est magnifique, Thuán.

Elle avait la certitude qu'elle était de lui, bien qu'elle ne ressemblât pas à ses frères et sœurs. Cette singularité la rendait d'autant plus belle.

Essylt fit signe à Bethania qui patientait dans un coin du salon. Elle lui apporta l'écrin. Au lieu de le confier à ses parents, la Reine prit le collier qui reposait dedans et le déposa sur le ventre du nourrisson. Au bout de la chaine pendait une clé en argent, aux volutes délicates, surmontée d'un éclat d'émeraude.

Elle n'aurait su expliquer ce qu'elle avait éprouvé en choisissant ce présent, de même que ce qui suivit. Réalta ouvrit grand ses yeux bleu-vert aux cils humides. Le temps suspendit son cours impétueux un instant pour contempler cette rencontre.

Réalta de Vuai…

Un amour farouche et protecteur l'envahit, comme de l'eau qui imprègne un tissu, n'épargnant aucune fibre sur son passage.

— Essylt ?

L'impatience dans la voix de son mari la fit sursauter. Ils la détaillaient avec curiosité et inquiétude.

— Veuillez m'excuser. Cette enfant m'a littéralement hypnotisée.

— Ce n'est rien, Majesté, assura Dymphna malgré la pâleur de son visage.

Essylt pouvait susciter une certaine crainte quand elle se perdait ainsi. Feignant que tout était normal, elle se rassit près de Calixte, qui essayait d'empêcher Ailina d'attraper les verres.

— Dymphna et moi aimerions profiter de cet instant pour formuler une demande, annonça Thuán en enlaçant la taille de l'intéressée.

Elle assit Lucetmael sur ses genoux et se tourna vers Declan, qui tressaillit.

— Votre Altesse, accepteriez-vous d'être le parrain de Réalta ?

— Moi ?

L'étonnement était perceptible dans sa voix.

— Oui, vous, s'amusa la Reine de Vuai. Votre frère est le parrain de Kerwan, et vous et moi avons toujours été de très bons amis. Ce serait pour nous un grand honneur.

Dymphna se tourna vers Essylt.

— Soyez assurée que nous aurions adoré que ce soit vous, Majesté, cependant pour Ailina, comme pour Réalta, nous nous étions déjà engagés auprès d'autres personnes.

— La marraine de Réalta est Caitlyn, compléta Thuán.

Les parents de la Baronne étaient de proches amis du couple royal : ils étaient d'ailleurs le parrain et la marraine de Treasa. Pour renforcer cette amitié et pour récompenser la place de choix que Niocol venait d'obtenir en Bofursyle, Caitlyn avait donc reçu l'honneur d'être la marraine de leur dernière née.

— Mais soyez assurée que vous serez celle de notre prochain enfant, si cela vous sied.

Thuán cacha difficilement son expression d'angoisse.

— Ce serait pour moi un grand honneur, assura Essylt, même si elle était persuadée que Réalta serait leur dernier enfant.

— Alors, quelle est votre réponse, Declan ?

— J'accepte, bien entendu. Merci pour l'immense honneur que vous me faites, Majestés. Je saurai m'en montrer digne.

Le Prince de Bofursyle s'inclina bien bas, avant qu'Essylt ne vienne lui confier le nourrisson. Il le reçut avec application. Leurs yeux se croisèrent, porteurs de tous ces mots qu'ils avaient hâte d'échanger.

Les sept jours suivants furent absolument délicieux. Plus que des souverains, ils étaient des amis qui partageaient beaucoup de points communs, que ce soit dans la parenté ou la royauté. Plus d'un diner fut ponctué de larmes d'hilarité.

Lucetmael passa son séjour à jouer avec les héritiers de Vuai. Même si les plus grands préféraient courir, Geoffraidh et Ailina prenaient plaisir à rester assis avec lui, dans un océan de jouets.

La Reine de Bofursyle di Rodorchna eut souvent Réalta dans les bras, ne pouvant se détacher d'elle. Contrairement à sa sœur Ailina, pour laquelle elle avait vu des images très nettes la première fois qu'elle l'avait touchée, Essylt percevait des impressions floues et intenses. Une partie d'elle-même sentait qu'elle était primordiale, tandis que l'autre la poussait à ne pas chercher la raison de cet attachement.

« *Certains secrets doivent rester des secrets le temps nécessaire.* » Pour beaucoup d'éléments de sa vie, les mots de sa mère étaient étonnamment appropriés.

Quand il fut temps de repartir en Bofursyle, tous échangèrent des embrassades tristes et nostalgiques. Ils se promirent de se revoir au prochain Conseil des Neuf en septembre, puis durent retourner à leur quotidien exigeant.

Le trajet du retour accueillit une nouvelle venue. Caoilfhionn de Monliuth, en Jirialc, était du voyage en compagnie de son père. Ses noces étaient prévues pour dans deux semaines au palais de Bofursyle et la noble en était très excitée.

Avec beaucoup de tact, Calixte fit en sorte de ne jamais se retrouver en sa seule compagnie. Bien qu'Essylt lui eût assuré qu'elle n'était pas jalouse, il n'était guère rassuré par cette proximité, ce dont il ne cessa de s'entretenir chaque soir avec sa femme. Comme pour lui prouver qu'il n'aimait qu'elle, il se fit un devoir de lui faire l'amour encore plus souvent. Vivre en compagnie de la fratrie de Vuai n'avait fait que renforcer son désir de paternité.

Deux jours après leur retour, Essylt prétexta un furieux mal de tête et s'enferma dans sa chambre après le souper. Après que Calixte eut vérifié trois fois qu'elle dormait à son aise, elle sortit de sous les draps et se glissa dans le passage secret.

Assis à son bureau, Declan affutait son épée à la lumière des bougies. Le roulement des muscles de son dos éveilla en elle un désir qui brûla toutes pensées cohérentes.

Ils s'unirent brutalement sur le bureau, en une étreinte dépourvue de mots et de douceur. Après presque trois semaines sans se toucher, leurs retrouvailles furent si exigeantes qu'ils finirent nus, essoufflés et trempés de sueur à même le sol.

— Tu m'avais manqué.

L'hébétude dans sa voix fit rire Essylt aux éclats.

— Toi aussi, mon amour.

Elle caressa son torse du bout des doigts.

— Es-tu heureux d'être le parrain de Réalta ?

Ils n'avaient guère pu en discuter en privé en Vuai. Elle avait vaguement entendu Calixte s'excuser pour la énième fois qu'il ne soit pas le parrain de Lucetmael et promettre qu'il serait celui de leur second enfant.

— Oui, très, avoua-t-il en jouant avec ses boucles blondes. J'ai toujours eu une grande affection pour Dymphna. Elle m'a accueilli avec beaucoup de gentillesse dans la noblesse quand j'étais enfant.

Essylt opina, contente pour lui.

— Que… Que penses-tu de Réalta ? s'enquit-il.

— Que veux-tu dire ?

— Qu'as-tu vu ? Qu'as-tu perçu ? Je ne sais pas vraiment comment formuler ma question.

Elle se redressa en position assise et croisa les jambes.

— Je ne suis pas sûre de te comprendre.

La sentant sur la défensive, il lui fit face en adoptant la même position. Ils ressemblaient à des enfants joueurs.

— Le jour de ton dix-huitième anniversaire, je t'ai offert ma violette. Tu m'as dit des choses sur moi, sur le jour où je l'avais ramassée… Je me suis dit qu'il en avait été de même pour Réalta.

Elle se mordit la lèvre, plongée dans ses pensées.

— Parfois, je vois des images. Et parfois, ce sont simplement des impressions ou des sentiments. C'est difficile à expliquer.

— Je crois que je comprends, murmura-t-il en enfouissant sa main dans ses cheveux.

Essylt reprit son souffle lentement, la poitrine oppressée par ce qu'elle s'apprêtait à dévoiler. Elle éprouvait de la honte à révéler des éléments de la magie des de Rodorchna, tout en étant impatiente de partager son fardeau. Elle se sentait également ridicule d'accorder tant d'importance aux élucubrations de son esprit.

— Il y a plusieurs années, Niahm m'a fait un dessin. Quand je l'ai touché, je l'ai vue, ainsi que son palais, aussi nettement que je te vois. Tout comme je t'ai vu ramasser cette violette quand tu n'avais que douze ans ou que j'ai aperçu des images floues la première fois que j'ai tenu Ailina dans mes bras.

— Quelles étaient ces images ?

Il ne posa pas de question sur le pourquoi du comment, ne demanda aucune explication. Il acceptait simplement sa vérité. Il ne la jugeait jamais, ce qui était une preuve d'amour et de confiance inestimable.

— Je crois avoir vu le château de Vuai. Une couronne. Une robe bleue et… un éclair dans un ciel noir.

Les yeux verts de Declan brillèrent de concentration. Son esprit aussi affuté que la lame de son épée enregistrait et analysait ces éléments avec son calme militaire coutumier.

— C'est paradoxalement aussi précis qu'imprécis.

— Merci pour cette remarque des plus perspicaces.

Il lui pinça les côtes.

— Je pense que tes… hum… impressions ont de l'importance, même si tu ne sais pas encore pourquoi. Ce qui est sûr, c'est que tu ne dois pas craindre ce dont tu es capable.

— Je ne le crains pas.

— Vraiment ?

Ce fut à son tour de lui pincer les côtes.

— Je n'ai pas envie de discuter de cela ce soir.

Elle se mit debout et enfila sa robe de nuit. Il la retint tendrement par la main.

— De quoi as-tu si peur, mon amour ?

Elle s'appuya contre son torse musclé, dans le cocon protecteur de ses bras.

— D'échouer. De ne pas être à la hauteur de mes ancêtres. De ne pas être à la hauteur pour Lucetmael.

— Et si tu cessais de te poser tant de questions pour enfin y répondre ?

— Toutes les réponses ne sont pas bonnes à savoir.

Il la fit se retourner et saisit son menton dans la paume calleuse de sa main.

— Quand tu seras prête, je serai là pour t'aider à comprendre tout ce qui te compose.

Elle ferma les yeux, enlacée étroitement par cette compréhension désintéressée et bouleversante dont il faisait preuve.

— Merci.

Il déposa un baiser délicat sur ses lèvres ourlées.

— Je t'aime tant.

Son bureau croulait littéralement sous les feuilles. La Reine ne savait plus où donner de la tête et regrettait d'être rentrée de voyage. Depuis plus de deux heures, elle triait les documents par ordre d'importance et signait par automatisme, parfois en regardant à peine ce qui était écrit. Elle avait développé une technique de lecture en diagonale très pratique, mais fort peu convenable considérant l'importance des papiers. Essylt était rassurée par la certitude que tous les souverains devaient faire comme elle.

De nouveaux chiffres étaient arrivés sur les aides sociales nommées en l'honneur de Tyronoe. Les professionnels aux métiers importants et difficiles tels que les médecins prenaient énormément d'apprentis. À côté des chiffres sur la scolarisation, il y avait tout en bas de la page la somme déboursée. Une somme colossale, mais comparée à tout l'argent qui dormait dans la Salle du Trésor, c'était un verre d'eau dans l'océan.

Essylt aurait adoré faire plus, donner plus, aider plus. Elle avait néanmoins les poings liés par son mariage, comme le lui rappelait si amèrement sa bague reliée à un bracelet à son poignet gauche. Les saphirs renvoyaient la lumière des bougies en ces éclats ironiques.

Tant de pouvoir… et tant de contraintes.

En un réflexe inconscient, elle embrassa l'anneau offert par Declan avant de ranger soigneusement ce document dans un tiroir fermé à clé. Si Calixte venait à découvrir tout l'argent qu'elle avait dépensé, il lui ferait certainement une scène. Il lui avait déjà plusieurs fois demandé de diminuer les aides, dans l'objectif de les supprimer.

Elle lui avait assuré l'avoir fait et lui avait prouvé avec certains documents. Or, certaines aides n'étaient censées durer que deux ans et s'achevaient en ce moment même. Elle n'avait donc pas changé quoi que ce soit.

— Majesté ?

— Oui, Paddy ?

Le jeune page s'était élargi au niveau des épaules, grâce à une alimentation copieuse, qui faisait rire les caméristes, et des entrainements physiques avec les commandants. Élément essentiel à leur petit univers, il était d'une telle discrétion qu'il se faisait aisément oublier.

— Du courrier est arrivé pour vous, ma Reine.

Devant la liasse qui tenait difficilement dans sa main, le découragement l'envahit. Comme pour ponctuer sa détresse, Lucetmael gémit dans la pièce voisine.

— Donne-le-moi, je te remercie.

Il lui confia les enveloppes cachetées puis son attention dériva en direction de la chambre du Prince. La voix de Gladys chantonnait gaiement.

— Va avec eux.

Il ne se le fit pas dire deux fois. Quelques minutes plus tard, Gladys et Paddy traversèrent sa chambre, le bébé dans les bras de ce dernier.

Calixte ne cessait de dire à Essylt qu'elle devait s'installer dans un bureau à l'écart de leurs appartements, afin de dissocier leurs vies privée et publique. Elle adorait entendre ses servantes discuter dans la pièce voisine ou apercevoir Lucetmael de temps à autre. Cela endommageait certes sa productivité, mais c'étaient des petits interludes qui lui étaient indispensables, ce qu'il ne pouvait pas comprendre.

Elle ouvrit toutes les lettres et les étala devant elle, pour distinguer quel expéditeur l'intéressait le plus. En reconnaissant la plume de son cousin, elle lut sa missive avec avidité.

Une joie intense l'envahit dès les premières lignes. Yvain allait se marier ! Avec la jeune paysanne dont il lui avait parlé qui plus est ! La cérémonie était prévue en août et découlerait sur leur couronnement.

Emportée par la certitude qu'il avait trouvé le bonheur, elle plaqua la lettre contre son cœur. Dédaignant les autres missives et la montagne hallucinante de travail qui l'attendait, elle sortit de sa chambre en courant pour entrer sans prévenir dans le bureau de Calixte.

— Votre Majesté ! s'exclamèrent les deux conseillers qui lui faisaient un rapport.

Ils bondirent sur leurs pieds et s'inclinèrent. Calixte aussi se leva, inquiété par un tel débordement. Essylt fit le tour du bureau et posa la missive devant lui.

— Le Prince Yvain de Xoramif se marie en août. Il faut d'ores et déjà préparer notre voyage.

— C'est une merveilleuse nouvelle. Conseillers, pouvez-vous nous laisser ? Nous reprendrons cette discussion cet après-midi.

— À vos ordres, Votre Majesté.

Calixte lut la missive et posa une main possessive sur la hanche d'Essylt.

— J'aurais cru qu'il épouserait une femme de haut rang, mais je suis content pour lui. Il semble des plus heureux.

— Aucun doute qu'il l'est, assura la Reine en faisant abstraction de sa première remarque. Il nous faut prévoir quelles seront nos escales. Puisque nous serons en Rodorchna en juin…

— Pourquoi y serions-nous ?

— Pour fêter le premier anniversaire de Lucetmael.

Elle n'était guère enjouée par son étonnement.

— Ne pouvons-nous pas le fêter ici ?

— Je tiens à ce qu'il soit célébré en Rodorchna. Déjà qu'il n'y est pas né…

— Tu sais, ce genre de paroles peuvent être particulièrement offensantes, dit-il d'un ton dur qui la fit reculer. Elles sous-entendent que ma paternité à moins d'importance que ta maternité.

— Ce n'est pas le cas, protesta-t-elle en lui prenant la main, sincèrement mal de l'avoir blessé. Mon héritage est simplement plus lourd que le tien par bien des aspects. Et je ressens le besoin que Lucetmael soit célébré en Rodorchna, après avoir été célébré en Bofursyle le jour de sa naissance. Peux-tu le comprendre ?

Il soupira à contrecœur et embrassa sa main.

— Oui.

— De plus, partir de la Rodorchna pour nous rendre au palais de Xoramif est plus pratique.

— Ne profite pas d'un tel argument, rit-il en la ramenant contre son torse.

— Je n'oserais pas, voyons.

Il fut donc convenu qu'ils se rendraient en Rodorchna au début du mois de juin, y séjourneraient jusqu'à la mi-juillet pour arriver début août en Xoramif. De là, ils repartiraient avec tous les monarques pour l'Aivaithra, où devait se tenir le Conseil des Neuf de l'an 687. Ils feraient certainement une halte agréable au palais de Guanile, qui était sur leur trajet.

N'ayant pas le courage de se replonger dans ses missives, Essylt commença à organiser ce voyage. Avoir séjourné plusieurs mois dans son palais lui avait redonné le sourire. Elle avait beau apprécier le château de Bofursyle, elle était heureuse qu'ils se soient rendus en Vuai et qu'ils repartent bientôt en Rodorchna.

Les semaines suivantes défilèrent si vite qu'Essylt fut étonnée en se réveillant le premier juin, quelques jours avant leur départ. Elle se redressa dans son lit et étira ses bras au-dessus de sa tête. Au souvenir de l'étreinte partagée avec Declan durant la nuit, un sourire béat étira ses lèvres. Elle repoussa les draps et effleura le journal de Nola de Rodorchna sur sa table de nuit. Il le lui avait rendu le jour de son vingt-et-unième anniversaire, en un cadeau un peu aisé. Elle était cependant heureuse de relire ces lignes qu'il avait parcourues avec avidité. Même s'il ne pouvait se permettre de lui faire des cadeaux aussi ostentatoires que Calixte, qui lui avait acheté toute une garde-robe d'hiver, il lui offrait toujours un objet d'une grande valeur sentimentale.

Comme tous les matins, elle enfila un peignoir en soie avant de rejoindre son fils dans sa chambre. En le découvrant à se tenir debout aux barreaux en bois de son lit, elle éclata de rire.

— Tu n'as pas appelé Maman, ce matin ?

Un grand sourire illumina son visage, dévoilant deux petites dents malicieuses. Il tendit ses bras vers elle et ce faisant tomba sur les fesses.

— Comme tu es fort ! s'exclama-t-elle en le portant. Tu tiens bien sur tes jambes. Bientôt, tu marcheras, et je devrai te courir partout après.

Il sourit de plus belle et mit sa petite main dans sa bouche baveuse. Elle embrassa son front et tourbillonna sur elle-même, impatiente.

— Allons manger.

Il poussa un petit cri d'assentiment. En passant dans sa chambre, Essylt fut rejointe par Dagda qui vint se frotter à ses jambes. Elle s'accroupit pour lui caresser la tête et Lucetmael s'empressa de tendre ses mains vers le fauve. Docile, Dagda se laissa martyriser les oreilles.

— Je t'ai déjà dit de faire doucement, mon trésor. Dagda n'est pas un jouet.

— Aya !

Les yeux clairs de la guéparde se firent plus alertes, comme si elle avait compris qu'il tentait de prononcer son nom. Elle lui lécha la main puis les suivit dans le salon.

Bethania et Adelyn avaient déjà installé le petit-déjeuner. Essylt assit Lucetmael sur un fauteuil recouvert d'une large serviette et lui donna un biscuit, qu'il commença à manger en l'écrasant à moitié. Elle profita de son inattention pour petit-déjeuner. Elle adorait le voir s'égayer d'user de ses petites mains potelées, ses grands yeux bleu ciel toujours joyeux et attentifs. Une fois qu'il eut terminé son gâteau en l'ayant à moitié mangé et à moitié répandu sur lui, elle lui donna son lait dans le silence paisible de l'aube.

— Votre Majesté ?

Les premiers mots de sa journée étaient toujours les mêmes. Une question pour prendre la parole et lui annoncer tout ce qui l'attendait. Elle embrassa le front de son fils puis se tourna vers Cleena.

— Oui ?

— Votre réunion commence dans moins d'une heure et son Altesse Dubheasa a demandé si vous déjeuniez toujours ensemble.

— Évidemment.

Gladys entra à cet instant, accoutumée à leur rituel matinal. Elle lui confia Lucetmael sans hésitation et les regarda partir avec regret.

— Tu as du temps ce matin ? s'enquit Cathan en sortant du couloir.

Son air espiègle la fit rire.

— Comme tous les matins. En forme ?

— Plus que toi c'est certain. Allez ma Reine, montre-moi ce que tu sais faire.

Ils passèrent la demi-heure suivante à faire quelques exercices, certains pour renforcer son corps, d'autres pour aiguiser ses réflexes. Ses commandants s'étaient fait un devoir de rendre son entrainement agréable et court, car elle avait peu de temps à accorder à autre chose que la politique. En quelques mois, elle se sentait déjà plus forte et sereine. Cathan et Jarlath avaient ce don de lui faire croire qu'elle était capable de tout accomplir.

Calixte les avait surpris à s'entrainer un matin d'avril. D'abord prodigieusement agacé par la nouvelle excentricité de son épouse — qui, de fait, n'était pas si nouvelle que cela —, elle était parvenue à l'amadouer durant la célébration du soir. Après la cérémonie de mariage de Tasgall et Caoilfhionn qui s'était déroulée dans l'un des jardins intérieurs si fleuris, Essylt avait passé la soirée à lui sourire et à lui demander de la faire danser. Sa mauvaise humeur s'était rapidement transformée en joie.

— Plus haute ta garde. J'espère que tu n'auras jamais à te battre contre quelqu'un à mains nues, mais si cela devait arriver, protège au maximum ton visage et quand l'occasion se présente…

— … frappe de toutes tes forces puis cours ! compléta-t-elle avec un grand sourire.

— Ce n'est pas le moment de faire la…

Vive, elle frappa entre ses côtes du plat de la main, lui bloquant la respiration. Elle virevolta et se retrouva debout sur un canapé en deux enjambées.

— Ai-je bien retenu la leçon, cher commandant ?

Il se frottait la poitrine avec un sourire fier.

— Un peu trop bien, chère Reine. Heureusement que tu n'as pas frappé un peu plus bas.

Elle éclata de rire, rejetant sa tête en arrière dans ce mouvement spontané. Jarlath et Janae les trouvèrent hilares au milieu du salon en désordre.

— Vous vous entrainez ou vous jouez ? les réprimanda faussement la camériste en ramassant des coussins.

— Avec Cathan, les entrainements ressemblent à des jeux, se moqua Jarlath.

— Qu'insinues-tu par là ?

Les deux amis d'enfance se ruèrent l'un sur l'autre et débutèrent une fausse lutte. D'humeur particulièrement joviale, Essylt grimpa sur le dos de Jarlath. Ils prirent l'avantage en faisant tomber Cathan sur un canapé et s'empressèrent de le chatouiller.

Belliciste poussa un aboiement de protestation.

— Chut, Bel ! s'amusa Janae en venant caresser la tête du chien-loup, qui lui arrivait au niveau du ventre. Ils ne font que s'amuser.

À l'inverse, Drac avait à peine redressé sa tête de sa couchette et observait la scène avec désintérêt. Il préférait jouer dehors et ne réagissait que si Essylt était blessée, ce qui arrivait rarement.

— Votre Majesté ?

Cleena venait de réapparaître du couloir menant à sa chambre.

— Votre bain est prêt.

Le message était très clair : il était temps de se préparer pour la journée.

Essylt déposa un baiser sur la joue de ceux qu'elle aimait comme des frères. La voir si joyeuse et détendue rappelait l'époque où elle était une jeune Princesse insouciante, ce qui réchauffa la poitrine de Cleena qui se faisait tant de soucis pour elle.

Comment aurait-elle pu savoir que sa protégée avait trouvé un certain équilibre ? Certes, elle vivait toujours dans le mensonge et la trahison. Mais elle vivait. Elle profitait tous les jours de son fils et de ses amis, et le soir venu, elle retrouvait l'homme qu'elle aimait. La souffrance devenait plus supportable quand il y avait tant de joie.

La réunion fut particulièrement longue, car comme avant chaque départ pour la Rodorchna, beaucoup de points devaient être réglés en Bofursyle. Elle ne perdit cependant pas patience, voulant toujours faire de son mieux.

— Vous voilà enfin ! s'exclama sa belle-mère à peine entrée dans le salon.

Assis autour d'un verre, Calixte, Declan, Guénolé et Dubheasa admiraient sans se lasser Lucetmael installé près d'eux tel un adulte.

— Veuillez m'excuser pour mon retard, répondit-elle tout naturellement en allant embrasser son fils, qui délaissa son jouet pour sourire à sa mère.

— Ne vous excusez pas, voyons. Nous avions seulement hâte de vous voir.

L'ancien couple régnant était rentré de Vuai le mois précédent. Ils voyageaient de temps à autre autour du palais et prenaient surtout plaisir à être en compagnie de leur petit-fils.

Une servante déposa un verre dans la main d'Essylt et elle fut ahurie de ne plus s'étonner de la facilité avec laquelle tout se déroulait autour d'elle selon ses désirs. Elle prit place sur un fauteuil en face de Lucetmael, qui babillait gaiement à côté de son père.

— Quel plaisir d'avoir toute sa famille réunie ! s'extasia Guénolé en levant son verre. Une famille qui j'espère ne cessera de s'agrandir.

Il eut un regard éloquent pour Essylt, qui se cacha derrière son verre.

— Quand nous feras-tu la joie de prendre épouse ? s'enquit Dubheasa auprès de Declan, se méprenant visiblement sur le sujet de conversation.

Ses lèvres se crispèrent.

— Ce n'est pas pour tout de suite. J'aime ma vie telle qu'elle est.

— Il sait qu'il pourra compter sur son frère le moment venu, assura Guénolé. Tu peux avoir les meilleurs partis du Continent.

— Oh, il a déjà fait chavirer bien des cœurs, ricana Calixte en frappant l'épaule de son cadet. La belle Noreen pour ne citer qu'elle.

Essylt avait de plus en plus chaud et sursauta en voyant Lucetmael se retourner sur le ventre pour commencer à escalader l'accoudoir du canapé.

— Que fais-tu mon trésor ?

La Reine s'agenouilla devant lui et il tourna la tête pour lui faire un grand sourire.

— Il a envie de gambader partout ! s'extasia sa grand-mère en les rejoignant pour poser une main protectrice sur son dos.

— J'ai hâte qu'il marche, murmura Calixte en se penchant pour l'embrasser sur le crâne.

Essylt faisait appel à toutes ses forces pour ne pas regarder Declan durant cet étalage d'amour. Il faisait preuve d'une retenue qui forgeait le respect. La plupart du temps, il évitait de tenir Lucetmael dans ses bras, certainement par crainte que transparaissent trop de sentiments. Sa prudence était le reflet de son amour indéfectible.

— Peux-tu me passer le plus beau joyau des deux couronnes ? demanda Guénolé à son épouse.

La grand-mère saisit le Prince avec empressement. L'objet de son attention s'éloignant d'elle, Essylt se releva et replaça négligemment les pans de sa robe.

Lucetmael trouva fort amusant d'être assis sur les genoux de son grand-père et entreprit de lever ses bras au-dessus de sa tête. L'ancien Roi souleva un peu ses genoux en rythme, faisant remuer le bébé qui adorait cela. Il mit son petit poing dans sa bouche pour soulager ses gencives. Ses immenses yeux bleus se posèrent sur Calixte et Declan assis côte à côte.

— J'ai une grande nouvelle à vous annoncer, débuta théâtralement Guénolé sans remarquer la crispation dans les mâchoires de son cadet. Dubheasa et moi-même avons enfin trouvé le lieu où nous allons passer nos derniers jours.

— Je te remercie de dire cela de manière si lugubre.

Il eut un sourire contrit qui illumina ses yeux dorés.

— Nos innombrables derniers jours. Les enfants, vous savez que nous avons de nombreux domaines, toutefois nous en avons revendu plusieurs pour nous acheter un petit manoir au bord de la mer, dans le Vicomté de Sétanta.

— C'est merveilleux.

— Toutes nos félicitations.

— Vous n'étiez pas obligé de revendre vos autres biens, protesta Calixte, dont le pragmatisme était parfois agaçant. Je vous aurais donné la somme nécessaire.

— Je ne veux pas demander d'argent à mon fils, gronda Guénolé en chatouillant le ventre potelé de Lucetmael. Une grande partie de nos frais sont déjà couverts par la couronne, c'est bien assez suffisant.

— C'est normal, Père, c'était ta couronne.

— Et ça ne l'est plus. Laisse-moi vivre comme bon me semble.

— Soit.

Essylt souriait pour ne pas lever les yeux au ciel devant une conversation si absurde. Les familles aussi riches que la leur avait des problèmes qui auraient fait enrager les petites gens.

— Quand vous rentrerez du Conseil des Neuf, il faudra que vous veniez nous rendre visite.

— Ils seront certainement épuisés par leur long périple, protesta Dubheasa. Et le mois de novembre n'est pas le plus adapté à un séjour au bord de la mer.

— Ce sera l'occasion pour eux de prendre des vacances bien méritées. N'est-ce pas les enfants ?

Calixte, Declan et Essylt acquiescèrent, peu désireux de lui déplaire. Il faut dire aussi que la perceptive d'une semaine au bord de l'eau loin des responsabilités était plus qu'alléchante, peu importe la période de l'année.

Guénolé entreprit de détailler la bâtisse à ses fils, qui l'écoutèrent avec une attention révérencieuse que lui seul savait faire naître chez eux. Essylt en profita pour dire quelques mots à Cathan qui attendait dehors.

— J'espère que Guénolé n'a point été trop impoli, la fit sursauter Dubheasa, qui l'avait rejointe alors qu'elle refermait la porte.

— Nullement, Altesse, rassurez-vous.

— Je ne veux pas que vous vous sentiez obligée, ma chère. Nous sommes si souvent au palais et à peine le quittons-nous que nous exigeons que vous nous rendiez visite.

— Il n'y a aucun problème, je vous assure.

— Si vous voulez reporter votre venue, je comprendrais parfaitement…

La Reine prit la main de sa belle-mère, en un geste qui les surprit toutes deux. Bien qu'elle ait toujours été bienveillante avec elle, elles n'avaient que très rarement franchi la barrière physique qui entoure toute femme de haut rang.

— Cessez de vous inquiéter. Guénolé et vous êtes ma famille, et j'aime passer du temps en votre compagnie. Nous viendrons vous voir avec plaisir.

Les yeux noisette de l'ancienne souveraine se remplirent de larmes, qu'elle dissimula bien vite par pudeur. Prise au dépourvu par cette réaction, Essylt se contenta de serrer sa main.

— Soit. Dans ce cas, il faudra que vous me fassiez parvenir par lettre ce que vous souhaiterez manger, ma bru. Et l'avancée du régime alimentaire de notre Prince, cela va sans dire.

Le reste de la soirée fut calme et auréolé de tendresse, comme celles qui suivirent avant leur départ. Quand Essylt monta sur Royal et quitta l'enceinte du château de Bofursyle, elle était plus légère et extrêmement impatiente.

Désireux de profiter de leur immense demeure à la frontière des deux royaumes, ils y séjournèrent durant quatre jours. Luíseach, Saraid et Aveleen adorèrent autant qu'eux ces instants sans protocole exigeant. Elles profitèrent de longs après-midis au soleil en compagnie des caméristes et discutèrent sans cérémonie avec les commandants royaux et le Roi. Pendant ces quatre journées, les rangs disparurent, offrant à Essylt une saveur de liberté qu'elle n'avait plus goutée depuis bien longtemps.

Ils arrivèrent au palais de Rodorchna la veille de l'anniversaire du Prince. Tout l'édifice et les alentours étaient en effervescence. Quand la rumeur avait couru que le Prince serait au Royaume pour son premier anniversaire, les préparatifs avaient battu leur plein, dans l'immensité du palais comme dans les chaumières du peuple. Il fallait célébrer dignement cet être qui déjà enflammait les esprits et les cœurs.

Essylt ne put se poser que plusieurs heures après le coucher du soleil, quand toutes les tâches pressantes eurent été accomplies. Elle retrouva le salon de l'aile royale avec gratitude et s'écroula sur un canapé.

— Te voilà enfin, ma bien-aimée. Lucetmael dort depuis plus d'une heure.

Calixte entra par les baies vitrées ouvertes, une assiette recouverte de petites choses à manger en main. Il la déposa sur ses genoux et elle la dévora sans un mot. Léan lui en apporta discrètement une deuxième qu'elle entama avec autant d'ardeur.

— Laissez-nous, merci.

Léan prit l'assiette vide puis s'éclipsa.

— Tu as un bien bel appétit, rit son époux en caressant sa nuque moite de sueur. Se pourrait-il… ?

La bouche pleine, elle tourna vers lui des yeux exorbités. Il éclata de rire et embrassa sa joue.

— Ne prends pas cette expression ahurie, je me souviens de ton appétit lorsque tu portais notre trésor.

Mon trésor.

— Excuse-moi. Je suis simplement affamée à cause de tout ce que je viens de faire.

— Tu veux dire qu'il n'y a aucune chance… ?

Elle détestait l'espoir dans sa voix. Parce que pour rien au monde elle n'avait envie de lui donner un second enfant.

Un premier enfant, pour être exact.

— Je viens d'avoir mes menstrues. Je suis désolée.

— Ne t'excuse pas, ma douce. Jamais. Tu m'as déjà donné un fils fort et fier. Nous avons tout le temps pour que tu m'en donnes un autre.

Sa main s'attarda sur son genou et remonta le long de sa cuisse. Même avec le tissu de sa robe, ce contact lui était désagréable.

Elle n'aurait su dire d'où lui venait ce si pressant désir de paternité, alors qu'ils avaient déjà un fils. Leur règne était pérenne. Cette envie d'une grande fratrie venait-elle de ses parents, qui n'avaient eu que lui ? Ou de la certitude que chaque enfant accroitrait son pouvoir ? Ou était-ce simplement un authentique désir d'être père ?

— Tu es si belle…

Il n'en fallut pas plus. Il l'allongea sur le canapé et la dévêtit, indifférent aux servantes qui pourraient entrer : elles avaient appris à savoir quand elles étaient nécessaires ou non. Il prit possession d'elle dans cette pièce où leurs corps ne s'étaient jamais étreints, ce qui sembla décupler son désir.

Essylt ferma les yeux et songea aux retrouvailles qu'elle avait partagées ici avec Declan quelques mois plus tôt, dans une piètre tentative pour oublier.

— Tu es certaine que cela va tenir ?

— Sûre et certaine, Votre Majesté. J'ai vu plein de femmes user de cette technique durant notre trajet. Et cela m'a été confirmé par des servantes en cuisine, assura Janae avec son assurance coutumière.

Ayant toute confiance en sa plus jeune camériste, elle la laissa nouer convenablement le tissu dans son dos. Devant elle, Royal remuait d'impatience.

— Nous arrivons.

— C'est prêt.

Essylt fit quelques pas autour de son étalon pour tester l'installation. Contre elle, Lucetmael était chaud et babillait son plaisir. Janae et Bethania avaient déniché un long morceau de tissu résistant et s'en étaient servies pour attacher le Prince contre sa poitrine, suffisamment bien pour qu'il ne risque aucune chute mais avec assez d'espace pour qu'il puisse tourner la tête.

— Cela me semble parfait. Encore merci.

Janae s'inclina avec un sourire.

— Profitez bien de votre promenade.

Elle fit un petit signe de la main au Prince, qui lui rendit avec un immense sourire baveux. Cathan et Jarlath s'empressèrent de l'aider à monter en selle. Royal se baissa et elle s'installa sans trop de difficultés. Son fils poussa une exclamation ravie.

Le soleil était levé depuis deux heures sur cette journée spéciale et Essylt était d'extraordinairement bonne humeur. Cela faisait un an déjà que ce merveilleux petit être était né de son corps pour venir chambouler sa vie. L'amour qu'elle lui portait… Elle n'aurait jamais cru son cœur assez grand pour pareille immensité.

— Tu es content de te promener sur Royal, mon trésor ?

Pour toute réponse, il émit des petits sons bulleux, humidifiant le tissu qui le maintenait. Ils quittèrent l'enceinte du palais entourés d'une cinquantaine de gardes qu'elle remarquait à peine. Rien ni personne ne pourrait gâcher cette journée.

Pas même son mari qu'elle n'avait pas prévenu de cette sortie.

En se réveillant ce matin, elle avait pris son bébé et ils s'étaient recouchés dans son lit, profitant du lever du soleil pour faire un tendre câlin. En l'admirant se tenir droit et essayer de lui échapper en se déplaçant à quatre pattes, elle avait décidé que la royauté pourrait attendre. Le temps passait bien trop vite. Quand sa quatrième dent avait-elle poussé : il y a une semaine ou bien deux ? Et depuis quand parvenait-il à avancer si vite ? Le temps n'attendait pas qu'elle eût un instant. Il emportait l'enfance de Lucetmael bien trop vite pour ne pas s'octroyer des moments de bonheur.

En ce vingt-et-un juin, il faisait grand beau sans que la chaleur fût étouffante. Les prémices de l'été se ressentaient dans l'air, avec une légère brise qui les empêchait de suffoquer. Royal avançait d'un pas plus doux qu'à l'accoutumée, attentif au petit être.

— Aya ! Ac ! Yel !

Les deux guépards et le chien-loup les accompagnaient comme à leur habitude en courant de tous côtés. Lucetmael essayait de suivre leurs mouvements et remuait dans tous les sens pour ne pas les perdre.

— Au pied ! héla Cathan.

Belliciste n'en eut que faire et continua à chahuter avec Drac et Dagda.

Essylt claqua bruyamment de la langue. Les trois bêtes se figèrent avant de se ruer vers elle, si brusquement que Royal émit un hennissement agacé.

— Inutile de te vanter, grommela le commandant en se penchant toutefois pour flatter les oreilles de son animal.

Elle lui tira la langue sans se soucier d'être vue par les autres gardes puis tendit la main vers Jarlath, qui avait déjà sorti une balle. Elle arrêta sa monture et plaça Lucetmael de sorte qu'il voit la plaine sur sa droite.

— Prêt ?

Il remua ses petits bras potelés. Elle lança la balle de toutes ses forces et les trois animaux foncèrent à sa suite. En remarquant la médiocrité de son tir, elle fit se soulever le vent pour que la balle continue son avancée.

— Tricheuse, s'amusa Cathan.

— Perfectionniste.

Malgré tous leurs efforts, Dagda et Bel furent moins rapides que Drac, qui saisit la balle à la volée. Cela n'empêcha pas les deux perdants de poursuivre le guépard sur le trajet du retour en lui mordillant fréquemment les pattes.

— Mauvais perdants, commenta Jarlath.

Juché sur son épaule, Cróga observait la scène avec mépris, comme si les amusements terrestres étaient indignes de lui. Essylt tendit la main et l'énorme volatile s'empressa de se poser dessus, avec une extrême délicatesse.

Lucetmael voulait tant le regarder qu'il en penchait la tête en arrière de vénération. L'aisance avec laquelle il contemplait le monde était due à son enfance, pourtant Essylt y voyait aussi un peu de magie. Percevait-il que ces animaux n'étaient pas exactement comme les autres ?

En quoi sont-ils si différents ? Elle ne s'était jamais vraiment posé la question. Parce que d'une certaine manière, elle le savait.

Cróga poussa un croassement aigu avant de repartir sur Jarlath et le Prince babilla allègrement sa réponse. Amusée, Essylt talonna Royal pour qu'ils continuent leur promenade, Drac, Dagda et Bel se poursuivant avec leur jouet.

— Tu vois ces terres ? Elles sont à nous, mon trésor. À nous et à notre peuple. Des êtres qui travaillent pour nourrir les leurs et qui comptent sur nous.

Elle essuya sa bouche. Il contemplait les champs et les arbres.

— Un jour, ils auront besoin que tu les guides, que tu prennes soin d'eux. Que tu les protèges. En échange, ils t'obéiront. Et eux aussi, ils te protégeront.

Elle embrassa son front, consciente de son petit corps fragile contre le sien. Royal s'ébroua et Cróga s'envola.

— Je suis désolée de toutes ces responsabilités que je te lègue bien malgré moi. Mais je te promets que je vais tout t'apprendre, que je te dirai ces mots qu'on ne m'a jamais dits. Ainsi, dans dix-huit ans, quand je poserai ma couronne sur ta tête, tu seras prêt à être Roi.

Le ciel se refléta dans ses pupilles, les rendant encore plus irréelles.

— En attendant, profitons des bons côtés de notre position et fêtons dignement ton anniversaire, mon trésor.

D'un simple mouvement de hanche, elle ordonna à son étalon d'accélérer. La procession de soldats s'adapta aussitôt à cette nouvelle allure, le cheval blanc étroitement entouré. Lucetmael rit des mouvements saccadés de l'animal, envahi par la même euphorie libératrice que sa mère.

Après un quart d'heure à ce rythme, ils arrivèrent dans un village de petite taille entouré de vignobles. Des soldats durent attendre à l'entrée, la procession de cinquante cavaliers étant trop imposante pour l'unique rue. Les villageois s'arrêtèrent dans leur tâche face à tant de gardes.

— Sa Majesté la Reine Essylt de Bofursyle di Rodorchna et son fils, le Prince Lucetmael, annonça Jarlath d'une voix forte.

Une vague de joie déferla sur les habitants et s'engouffra en Essylt. Les visages fatigués et tannés par le soleil se fendirent d'un sourire ravi.

— La Reine !

— Joyeux anniversaire au Prince !

À la surprise de ses soldats, Essylt arrêta Royal pour descendre de son dos. À peine à terre, ils furent entourés de Rodorchniens impatients.

— Comme il est beau !

— La Reine porte le Prince comme nous.

— Majesté !

Les femmes et les enfants se bousculaient pour la toucher tandis que les hommes demeuraient en retrait par pudeur, leurs yeux teintés d'admiration.

— Puis-je vous demander un peu d'eau, je vous prie ?

Plusieurs femmes se précipitèrent vers leur logis pendant que l'aubergiste faisait sortir ses tables dans la rue. Sans cérémonie, la souveraine prit place au milieu de son peuple, dénoua le tissu enroulé autour de son buste et assit le Prince sur la table. Sous le feu d'une telle attention, il sourit, dévoilant ses petites dents.

La discussion se fit naturellement, Essylt répondant aux multiples questions sur le Prince et s'enquérant de la qualité de vie de ses sujets. Lucetmael se délecta des morceaux de raisin qu'on lui offrit et fit rire l'assemblée en gambadant à quatre pattes sur la table. Pour satisfaire la curiosité d'une petite fille, la souveraine appela Dagda, demeurée à l'extérieur du village. La guéparde se laissa docilement caresser avant de repartir en courant sous les exclamations admiratives.

— Il va falloir rentrer, mon trésor. Le Roi va nous attendre pour déjeuner.

Cette image fit rire les Rodorchniens, leur rappelant que leurs monarques étaient des êtres semblables à eux.

Dans les bras d'un homme d'âge mûr, le Prince poussa un petit cri de protestation quand il fut tendu à sa mère. Des femmes l'aidèrent à le rattacher et ses commandants la soutinrent pour monter en selle.

— Au revoir, passez une excellente journée.

— Au revoir, Majesté ! Altesse !

Imitant sa mère, Lucetmael fit de petits signes de la main qui ravirent les habitants avant leur départ.

— Il te faudra toujours prendre le temps de voir ton peuple. Pour lui montrer que tu es là pour lui. Pour l'écouter et surtout le comprendre.

Il posa sa joue contre sa poitrine et s'assoupit, bercé par les mouvements du cheval. Sentir son petit corps chaud tout contre le sien lui donna le sentiment de ne faire qu'un avec lui et que rien ni personne ne pourrait les atteindre.

Arrivée au palais, elle ne défit pas le tissu qui le maintenait, indifférente aux qu'en-dira-t-on.

— Vous voilà ! s'exclama Calixte, installé sur une table dans leur salon au lieu de son bureau comme à l'accoutumée.

Il se mit debout d'un mouvement saccadé, témoin de son déplaisir. Essylt fit comme si de rien n'était et s'agenouilla devant un canapé pour déposer son fils.

— Il a adoré sa balade.

Les lèvres plissées de mécontentement, Calixte s'assit à côté de lui.

— Tu aurais pu me prévenir.

Il est vrai que son départ après leur petit déjeuner tous les trois avait été quelque peu puéril. Elle avait craint qu'il ne souhaite les accompagner et l'avait ainsi égoïstement gardé pour elle.

— Excuse-moi.

Elle embrassa le bout de son nez comme elle le faisait avec son fils. Il passa une main tendre dans son dos.

— Est-ce que nous le réveillons pour manger ?

Lucetmael répondit à sa question en ouvrant les yeux. Le Roi le saisit avec tendresse.

— Il y a des mots magiques… oh je crois que tu as besoin d'être changé.

Avant qu'Essylt ait pu le reprendre, il le tendit à Léan qui venait de dresser la table. La camériste sourit de l'air endormi du bébé et s'empressa de le monter à l'étage. Se retenant de lui faire remarquer qu'il aurait pu changer ses langes, ils passèrent à table. Après un déjeuner tous les trois où Lucetmael se fit un plaisir de babiller pour raconter sa matinée, Essylt profita de sa sieste pour voir Saraïd et Luíseach, puis pour signer quelques contrats.

Gladys lui apporta son fils après l'avoir fait goûter. La Reine repoussa ses papiers et l'assit face à elle sur le bord du bureau.

— Que faisons-nous à présent, mon trésor ? Il reste quelques heures avant la fête.

Ils n'avaient rien prévu d'ostentatoire, seulement une réception intimiste avec les nobles rodorchniens arrivés dans l'après-midi.

Il lui sourit, dévoilant ses quatre petites dents, puis essaya de se retourner. Ce faisant, sa main se dirigea vers une bougie éteinte à côté de son encrier.

— Et si nous parlions de ton héritage ?

Elle lui embrassa la joue et le prit dans ses bras. Ils traversèrent le palais sans se presser, saluant les domestiques, détaillant la pierre centenaire de leur demeure.

Une fois dans la bibliothèque, elle congédia ses commandants d'un mouvement de tête avant de passer les grilles en fer.

— Je t'ai déjà parlé de ce lieu. Une magie mystérieuse coule dans nos veines. Un lourd savoir. Beaucoup de secrets.

Ses fins sourcils blonds remuèrent.

— Ce n'est pas une bonne manière d'amener les choses, tu as raison.

Elle caressa la couverture du gros livre, perturbée par cette impression de non-dits.

— Tu te souviens de ce livre ? Il renferme les pouvoirs de tous nos ancêtres. Notre famille a vu naître bien des magiciens, certains plus puissants que d'autres.

Elle le tourna dos à elle, une main sur sa cuisse, l'autre sur son ventre rebondi.

— Moi j'ai une grande affinité avec le vent.

Brusquement, une brise s'éleva entre les rayons poussiéreux. La couverture du livre claqua sur le pupitre en bois et les pages défilèrent, prises de frénésie. Aussi brutalement que cela avait débuté, le livre se referma et le silence se fit.

Il poussa un cri et remua ses pieds d'enthousiasme.

— Et toi, que sauras-tu faire ?

Elle lui mordilla la joue puis se dirigea vers les étagères.

— Ils ont tous tenu un journal. J'ai déjà lu celui de ton arrière-grand-mère et de Nola, qui a connu la guerre. Des femmes de caractère. Il serait temps que j'en lise d'autres. Pour comprendre qui nous sommes. Et par devoir de mémoire.

Elle le redressa au-dessus de sa hanche.

— Et si je lisais les écrits d'un Roi ? Peut-être Flaithri, le frère de Nola ? Ou Matholwch, ton arrière-arrière-grand-père ?

Lucetmael étira son bras gauche au-dessus de sa tête. Suivant des yeux ce mouvement, Essylt se redressa sur la pointe des pieds pour saisir un journal en cuir usé.

Il a été énormément lu.

Elle en comprit rapidement la raison.

« Le premier mai 51, au Palais,

Je suis le Roi Meallán de Rodorchna, premier Roi magique de cet illustre Royaume bâti par mon beau-père, le Roi Rodor. J'ai épousé son unique fille, Maev, il y a de cela trente-huit ans maintenant, et elle m'a fait l'honneur de me donner onze magnifiques enfants. »

Le premier.

Elle s'assit par terre et posa Lucetmael en face d'elle.

— Il semble avoir écrit ce journal vers la fin de sa vie. Il devait avoir tant à raconter.

Essylt se pencha jusqu'à ce que leurs nez se frôlent.

— C'est grâce à lui que toi et moi nous sommes si spéciaux.

Il acquiesça avec sérieux et mit ses doigts dans sa bouche.

« *Chacun d'entre eux est unique. Ils sont porteurs de ma magie et la perpétueront à travers le temps.*

Je suis arrivé en Rodorchna en l'an 11, quand ce Royaume était au début de sa vie. Comme moi.

J'ai conquis le cœur de ses habitants en chassant la pluie, puis le cœur de la Princesse en la courtisant sans relâche. Il faut dire qu'elle avait conquis le mien d'un regard. Quand j'ai compris qui elle était, qui elle allait être pour moi, je lui ai fait la cour comme l'exigeaient les coutumes de ce Continent. Pendant plus de quatre mois, j'ai dû me retenir de ne pas l'embrasser. Elle m'a d'abord repoussé, croyant que je cherchais le pouvoir, avant de comprendre que j'étais le seul à ne pas le chercher. Je ne voulais qu'elle. Je ne voyais qu'elle. Peu à peu, elle est tombée amoureuse de moi : je l'ai vu dans ses yeux. Quand elle a accepté de m'épouser, je me suis juré de passer le restant de ma vie à me montrer digne de cet amour.

Maev a été étonnée que je concède si facilement à prendre son nom, car les hommes de ce Continent n'apprécient guère ce changement, même quand il permet d'avoir une couronne. Mais comme je lui ai dit : "Je possède une pierre, une robe, mais pas de nom." J'étais heureux qu'elle m'en donne un. »

C'est amusant de constater que les hommes de l'époque étaient trop machistes pour accepter un changement de nom. Cela est bien plus commun à présent.

Elle caressa les pages jaunies recouvertes d'une écriture maladroite.

Il n'avait pas de nom... ou il n'en avait plus ?

— Bluh !

Lucetmael se mit à buller gaiement, lui faisant oublier ses interrogations.

— C'est un grand récit que nous avons là. Il me tarde de te le raconter.

Elle le reprit dans ses bras et ils rentrèrent dans leurs appartements se préparer pour le diner. Elle lui avait prévu une tenue rouge qui lui seyait à ravir et il se tint fièrement quand ils pénétrèrent dans le salon.

Les nobles s'empressèrent de présenter leurs félicitations au jeune Prince, qui s'amusait de toutes les couleurs vives de leurs tenues. Après toutes les salutations et les compliments d'usage, ils furent rejoints par Calixte, qui tendit un verre à son épouse. Il l'enlaça, embrassa le front du bébé puis fit signe à l'assemblée pour intimer le silence.

— Chers invités, je ne saurais vous exprimer quelle joie j'éprouve à fêter aujourd'hui le premier anniversaire de notre fils.

Declan se faufila dans l'encadrement de la porte et s'excusa d'un sourire auprès de son frère, qui poursuivit sur sa lancée. Essylt fit son possible pour garder son expression enjouée.

— Quand j'ai épousé ma Reine et qu'elle m'a fait l'honneur de devenir votre Roi, je pensais que je ne pourrais pas être plus heureux. Puis, elle m'a offert un enfant après moins d'une année de mariage, me prouvant une fois de plus qu'elle est la femme la plus incroyable qui soit. De ce fait ce soir, je souhaite que nous levions notre verre en l'honneur de mon grand et fort fils, et de ma merveilleuse épouse.

— Au Prince et à la Reine ! scandèrent les convives avant de boire à leur santé.

Calixte les serra fort contre lui, suscitant des applaudissements conquis.

— Mon frère, quelle est la cause de ton retard ?

Declan s'était réfugié derrière son verre de vin pour ne pas être témoin de cet étalage d'affection. Il fut bien obligé de s'approcher du couple royal.

— J'ai été pris de court par la rédaction des lettres instruisant la Guanile et la Xcramif du dispositif de sécurité requis pour votre voyage. Veuillez m'excuser pour mon retard.

La Reine s'écarta d'eux par réflexe, comme pour protéger son fils de cette discussion. Redevenu officiellement Chef des armées et étant responsable de la sécurité d'Essylt et de Lucetmael, Declan se permettait de donner des instructions plus que des suggestions dans ses missives. Les souverains avaient bien trop peur de paraître suspects pour s'en formaliser. Particulièrement Imrinn qui ne tolérerait pas que du mal soit à nouveau fait à sa petite cousine sur ses terres.

— Merci, mon frère. Ta dévotion nous est précieuse.

Il serra son bras puis observa son épouse tandis qu'elle s'installait sur un fauteuil. Lucetmael fut aussitôt attiré par les jouets disposés à son intention sur la table basse et elle l'assit à ses pieds pour qu'il joue à son aise.

— J'espère que mon fils pourra fêter bon nombre d'anniversaires et qu'il aura toujours sa mère à ses côtés.

Declan se détourna de cette vision idyllique, de ce fragment de vie qu'il ne pouvait pas partager.

— Il ne peut en être autrement, répondit-il avec plus de véhémence qu'il n'aurait voulu. Nous finirons par trouver qui leur veut du mal. Ce n'est plus qu'une question de temps.

— Je te fais confiance. Mais je commence à m'impatienter.

Le Chef contint un grondement, conscient qu'il ne pouvait pas toujours se permettre certaines réactions : Calixte était peut-être son frère, mais il était avant tout son Roi.

— Tu sais que je fais tout mon possible. Que les deux armées font tout leur possible. Notre priorité est leur protection. Je suis persuadé que cet individu finira par commettre une erreur qui le dévoilera. Crois-moi, je ne lui laisserai pas l'opportunité d'en commettre deux.

Ils échangèrent un regard complice chargé de promesse sanguinaire.

— Bluh !

L'exclamation joyeuse les fit se retourner vers le centre de toute l'attention. Debout sur ses jambes potelées, une main appuyée sur la table et l'autre dans sa bouche, Lucetmael fixait son père et son oncle avec un sérieux désarmant.

— Bluh !

— Tu veux discuter avec les grands, mon trésor ? s'enquit Essylt en le maintenant par la taille. Ils ont des conversations d'adultes qui ne sont pas très amusantes.

— Bluuuuuuuh !

Poussé par son intuition, Declan s'accroupit, posa son verre par terre et tendit ses mains.

— Voulez-vous nous rejoindre, Altesse ?

Vouvoyer un bébé aurait été perturbant dans n'importe quel contexte, mais cela était bien dérisoire comparé à ce qu'il éprouvait en étant contemplé par ce petit être.

Lucetmael retira sa main baveuse de sa bouche pour la tendre vers lui. Plus d'un mètre les séparait.

— Bluh !

Avant qu'Essylt ait pu le retenir, il s'élança, avec cette maladresse enfantine si adorable. Les doigts de la Reine se retrouvèrent vides. Il cessa de s'appuyer sur la table.

Et fit ses premiers pas.

XVI

« Je comptais écrire un poème sur l'amour, puis je me suis rendu compte que le mot se suffisait à lui-même. Amour. » tiré du Carnet du soldat Seán d'Aivaithra, 403.

Qu'ils soient à cheval ou dans un carrosse, les voyageurs étaient durement éprouvés par le soleil déclinant. Les falaises du Sud de la Xoramif n'aidaient en rien à trouver un peu d'air frais.

Habituée à ces températures arides du mois d'août, Essylt montait Royal avec aisance parmi ses soldats, un voile enroulé sur sa tête. Blotti contre elle, Lucetmael somnolait, bercé par le ballottement de la marche équestre et par l'odeur de sa mère. Étrangement, il dormait mieux contre elle que la nuit, perturbé par tous ces changements de lieu qu'imposait leur voyage.

La Reine avait hâte d'arriver à destination, non seulement parce que traverser le Continent d'ouest en est était épuisant, malgré un luxueux confort, mais surtout parce qu'elle était impatiente de rencontrer la future épouse de son cousin. Yvain ne tarissait pas d'éloges sur elle et la cérémonie s'annonçait de toute beauté.

La fenêtre du carrosse devant elle s'ouvrit. Un soldat de Guanile s'empressa de s'approcher pour s'enquérir des besoins de sa souveraine. Il éperonna ensuite sa monture en direction d'Essylt, sous l'attention de Cathan, Jarlath et Caem.

— Votre Majesté, Sa Majesté ma Reine Gwenola voulait savoir si vous n'êtes pas trop fatiguée de chevaucher et si vous désirez un peu d'eau.

— Je me porte à merveille et je vais l'en informer. Je vous remercie.

Le soldat parvint à s'incliner sur sa monture avec adresse. Essylt claqua de la langue et Royal se dirigea vers le carrosse, rompant la formation initiale. Comme un seul homme, les gardes de Bofursyle et de Rodorchna s'adaptèrent à ce changement, entourant à la fois leur souveraine et l'objet de son attention.

Penchée à la fenêtre de son carrosse, Gwenola lui offrit un sourire resplendissant.

— Je suis impressionnée par votre résistance à la chaleur, Majesté. Bien que j'eusse grandi dans un royaume ayant des étés aussi chauds que les vôtres, je ne m'imagine pas chevaucher ainsi.

— C'est une question d'habitude, Majesté. Qui plus est, cela rend le voyage moins long.

En entendant quelques hennissements derrière elle, Essylt se retourna. Juché sur un fier étalon, Declan était en pleine discussion avec Calixte, confortablement installé dans son carrosse en compagnie de deux conseillers bofursyliens. Essylt ne doutait pas qu'ils parlaient d'elle : dès qu'elle avait le malheur de sortir du rang bien établi des gardes, Calixte paniquait et s'enquérait de sa position dans la procession. Heureusement, Declan avait la patience de le renseigner et de le rassurer.

— Oh le Prince dort ! s'extasia une voix horripilante.

Gwenola de Guanile n'était pas la seule à être invitée au mariage royal. Assise en face d'elle, la Baronne Noreen se tordait le cou pour apercevoir le visage de Lucetmael, dissimulé derrière le tissu.

— Il semble fatigué par ce voyage, commenta Gwenola avec sa douceur coutumière.

— Oui, c'est aussi pour cela que je monte à cheval : il s'endort à tous les coups.

— Il me tarde d'être mère, se lamenta Noreen théâtralement. J'ai tellement envie d'avoir un enfant et de le voir marcher fièrement comme le vôtre.

Essylt acquiesça par respect, agacée au souvenir de la veille au soir. Pendant que Lucetmael s'amusait avec Dagda et Cathan dans un coin de l'auberge, Noreen avait entrepris de courir après son fils. Bien que cela l'eut fait rire, car à son âge tout était un jeu, la Reine avait été irritée qu'elle interrompe ce moment d'intimité avec son commandant. Son agacement n'avait fait que s'accroitre quand elle avait passé tout le repas à rire bruyamment dès que Declan ouvrait la bouche.

— Votre tour viendra, ma chère, rassurez-vous.

Gwenola lui serra affectueusement la main avant de se tourner vers sa fille, assise à côté d'elle. Finna lisait sagement, ses deux nattes brunes encadrant son visage rond.

— Bois un peu d'eau ma chérie, il fait très chaud.

La Princesse obtempéra sans protester puis se replongea aussitôt dans sa lecture. De haut de ses six ans, il était difficile de lui retirer un ouvrage des mains.

— Quelle future Reine appliquée, la complimenta Noreen.

Essylt vit le visage de Gwenola se crisper une fraction de seconde avant de sourire aimablement. Elle se remémora son premier séjour dans le château de Guanile. Le Roi Kane avait sous-entendu que c'était leur fils et non leur fille qui les remplacerait sur le Trône. N'étant pas devenu Roi de son Royaume d'origine, la Jirialc, au profit de sa sœur aînée Máda, Kane en gardait sans conteste un profond sentiment d'injustice, alimenté par son égo et son machisme. Il était évident que cette histoire de succession devait être un sujet de dispute récurrent.

— Avez-vous soif, Majesté ?

— Oui, je veux bien un peu d'eau, merci.

La Reine de Guanile lui tendit une gourde. L'eau était tiède, ce qui était toujours mieux que brûlante. Essylt en but quelques gorgées avant de mouiller sa main pour rafraichir la tête de Lucetmael et sa nuque. Il poussa un petit gémissement dans son sommeil et elle eut envie de le recouvrir de baisers.

— Merci, Majesté.

— Je vous en prie.

Devant eux, les soldats s'interpellaient pour optimiser la gestion du prochain virage. Ils venaient de longer une falaise d'une vingtaine de mètres de hauteur et devaient à présent en contourner une autre par la gauche. Cette partie de la Xoramif limitrophe avec la Mebeaka était réputée pour être dangereuse. C'était d'ailleurs dans un accident que la Reine Nya, la sœur de la grand-mère d'Essylt et la mère de Mazoe, avait perdu la vie.

La souveraine se souleva de sa selle pour détendre ses muscles et ainsi essayer d'apercevoir les occupants du carrosse devant elle par la fenêtre arrière.

Luíseach et Saraid voyageaient en compagnie d'Aveleen et Balor. Si elle ne s'inquiétait nullement pour les relations entre les trois jeunes femmes, elle redoutait les réactions d'Aveleen face à Balor. Et l'agacement de Saraid face à ces réactions.

Au lieu de passer par le palais de Guanile pour se rendre à celui de Xoramif, ils avaient séjourné dans le manoir du Duc Bearach, le père de Balor. Cela leur avait évité un détour par le nord du Royaume. La Reine Gwenola les y avait rejoints et la famille de Zil s'était montrée très accueillante. Les poules et les moutons dans la ferme voisine avaient ravi Lucetmael, qui avait réclamé qu'on l'y emmenât plusieurs fois par jour. Le Prince avait particulièrement ri de voir sa mère et Cathan s'agacer après Drac et Belliciste pour les empêcher de croquer des poules.

Durant leur séjour, Balor n'avait pas dissimulé son intérêt pour Aveleen. Essylt avait remarqué qu'il l'avait beaucoup admirée durant le Nouvel An, cependant la Vicomtesse avait attiré bien des regards. D'abord intimidé, Balor était peu à peu parvenu à engager la conversation, avec cette gentillesse naturelle qui le caractérisait. Aveleen était néanmoins demeurée distante, comme avec les autres hommes l'ayant courtisée, et parfois même très sèche, alors que Balor ne le méritait pas. La Reine ne parvenait pas à savoir si cela était une question d'argent — car le Duc n'était pas le prétendant le plus fortuné — ou si elle n'était simplement pas réceptive à ses charmes. Elle craignait aussi que la Vicomtesse ait une piètre image des hommes à cause de son père et devait absolument lui en parler.

— Je sais que je vais me répéter, mais je suis ravie que nous ayons bientôt un mariage à célébrer entre nos deux royaumes, Majesté.

Essylt sourit, amusée par la candeur dont Gwenola pouvait faire preuve. C'était rafraichissant dans leur vie pleine de responsabilités.

— Tout comme moi, Majesté. Quand Faolan a requis mon accord pour demander Sibby en mariage, je lui ai dit oui sans hésitation. Je suis heureuse que vous ayez été favorable à cette union tout autant que moi.

— Cela va sans dire. De ce qu'elle m'a raconté dans ses missives, c'est un jeune homme charmant et je suis ravie qu'elle s'installe en Rodorchna.

Lucetmael eut un léger sursaut et Essylt lui caressa doucement la tête.

— Je suis contente que le Roi Thuán ait été du même avis que moi. Bien que la Duchesse Sibby soit officiellement une noble de mon Royaume, elle vit depuis de nombreuses années en Vuai avec ses parents. Thuán et moi l'estimons tout autant, c'est pourquoi ce fut un plaisir pour nous deux de…

Essylt hurla en sentant une douleur cuisante lui déchirer le bras droit. Ahurie, elle contempla le sang qui maculait sa peau nue.

— Qu'est-ce que…

Elle leva les yeux vers la falaise qu'ils allaient bientôt contourner par la gauche. Avant d'apercevoir les silhouettes allongées, ce furent les traits noirs dans le ciel qui la glacèrent d'effroi.

— Tous à couvert ! s'époumona Jarlath.

Son cheval percuta celui d'Essylt par devant, forçant Royal à se cambrer sur ses jambes arrière. La Reine se retint aux rênes le temps qu'il se retourne, tous ses muscles tétanisés d'angoisse.

Lucetmael.

À l'instant où elle pensa à lui, il poussa un cri atrocement aigu. Elle donna un coup de pied dans le flanc de Royal pour qu'il parte au galop à l'opposé de la falaise. De tous côtés les soldats se pressaient vers les carrosses pour protéger les passagers tandis que d'autres dégainaient leurs arcs pour riposter.

— Essylt !

Le hurlement de Calixte fut assourdi par le sifflement des flèches autour d'elle. Penchée sur sa selle pour protéger son bébé, elle éperonna Royal plus fort pour s'écarter des assaillants. Son étalon blanc sauta par-dessus un soldat à terre avec une puissance sidérante tandis que le vent se mettait à gronder en frottant furieusement contre la pierre des falaises.

Ils dépassèrent le chaos qu'était devenue leur procession et ne s'arrêtèrent que plusieurs mètres plus loin, quand elle fut certaine que plus aucune flèche ne pouvait les atteindre. Elle s'empressa de se redresser pour enlacer son fils. Son cœur battait bien trop fort contre le sien.

— Maman est là, tu ne crains rien. Tu ne crains rien mon trésor, ça va aller.

Il se mit à pleurer et elle voulut dénouer le tissu qui le maintenait pour le ramener plus haut contre elle.

— Laisse-moi faire, souffla Jarlath, le visage couvert de sueur.

Elle prit alors conscience que lui et Caem les entouraient, ainsi que plusieurs soldats chargés de leur sécurité.

— Dépêche-toi, gémit-elle.

Il parvint à défaire les nœuds et elle s'empressa de le redresser pour le couvrir de baisers.

— Je suis là, tu n'as rien. Je suis là.

Elle blottit son visage contre son cou et huma ses cheveux en se balançant d'avant en arrière pour apaiser ses pleurs.

— Vous êtes blessée, s'inquiéta Caem.

Il retira son haut d'uniforme et le posa sur son bras, lui arrachant un cri. Lucetmael tressaillit et pleura plus fort.

— Ce n'est rien, s'agaça-t-elle bien inutilement.

Elle embrassa encore son fils puis s'excusa d'un regard auprès de son ami, qui poursuivit silencieusement ses soins rudimentaires.

— Où est Cathan ?

Son esprit ne parvenait pas encore à réfléchir de manière optimale. Au loin, les cris étaient de plus en plus ténus.

— Je l'ai vu dégainer son arc, lui apprit Jarlath. Il était plus utile là-bas qu'ici.

Il n'avait pas besoin de justifier ses actes, elle était tout à fait d'accord avec cela. Cathan était un excellent tireur.

— Comment va Calixte ? Et Declan ? Et Saraid et Luíseach ? Et mes caméristes ? Et Gwenola ? Que se passe-t-il là-bas ? Allez voir sur le champ !

Un soldat partit au galop sans demander son reste. Déconcertés par la rapidité de l'attaque, les gardes étaient profondément choqués par l'air bouleversé de la Reine et ses propos rarement si secs.

— Tu as eu un excellent réflexe, la complimenta son commandant en venant déposer un baiser protecteur sur son front. Nos entrainements ont porté leur fruit.

— Je n'ai pensé qu'à lui, répondit-elle, envahie d'une pointe de culpabilité à l'idée d'avoir abandonné ses proches.

Jarlath caressa le dos du bébé, dont les pleurs tarissaient lentement.

— Je sais.

Le soldat revint quelques minutes plus tard pour les informer que les assaillants avaient pris la fuite après que la moitié d'entre eux eut été abattue. Des gardes les avaient aussitôt pris en chasse. Personne n'avait été blessé.

Il fut suivi peu de temps après par Calixte et Declan. Le Roi était rouge de sueur et de colère. En découvrant du sang sur son épouse, il poussa un rugissement qui fit reculer tous les gardes autour d'elle.

— Ma bien-aimée.

Il l'enlaça brusquement et posa son front contre le sien.

— Comment va-t-il ? Et toi ? Ta blessure est-elle profonde ? Je vais t'aider à descendre. Donne-le-moi et…

— Nous allons bien, répondit-elle doucement en fermant les yeux pour ne pas apercevoir le seul homme par lequel elle avait envie d'être enlacée. Ma blessure n'est pas grave, je vais bien.

Calixte bondit de son cheval et l'attrapa par la taille sans lui demander son avis. Royal se baissa pour les aider à descendre et il les serra si fort contre lui qu'elle peina à respirer.

— Tu as eu un incroyable réflexe en prenant la fuite.

Il lui ôta Lucetmael des mains malgré sa tentative pour le garder contre sa poitrine.

— Majesté, le carrosse va vous être amené et…

Declan bondit pour la retenir par la taille en la voyant vaciller sur ses jambes. Il l'avait rarement vue si pâle.

— Essylt ! s'inquiéta Calixte en posant une main dans son dos.

Ainsi coincée entre les trois hommes de sa vie, la Reine ne parvenait pas à reprendre son souffle.

— C'est simplement le contrecoup. J'ai eu très peur.

Sentir leurs mains respectives sur son corps ne l'aidait pas à s'apaiser.

— Vous devriez vous asseoir.

Declan l'aida à prendre place par terre, avec une prévenance incommensurable.

— Allez chercher de l'eau ! ordonna-t-il.

Calixte s'accroupit devant elle et caressa sa joue.

— Tu n'aurais pas dû chevaucher aussi longtemps. Il fait trop chaud et cela vous a mis dans une position vulnérable. Ce n'était pas une bonne idée.

Essylt se pencha en avant pour contenir sa nausée et faire abstraction de la douleur qui commençait à se faire ressentir dans son bras.

— Je crois qu'elle n'a pas besoin d'entendre ça.

Le Roi tressaillit, peu habitué à ce que son cadet lui fasse des remarques si dures. Il n'eut pas le temps de s'appesantir sur sa réaction, un soldat arrivant avec une gourde d'eau pendant que le carrosse était rapproché d'eux.

Essylt but de grandes gorgées avides. Calixte confia Lucetmael à Gladys pour porter sa femme dans le carrosse, bien qu'elle eût pu marcher. Cleena entreprit aussitôt de soigner son bras, ses yeux bruns noyés de larmes de soulagement. Gladys prit place sur la banquette en face d'elle, le Prince tendrement serré contre sa poitrine.

Alors que Calixte essayait de gérer la cohue à l'extérieur et de rassurer les autres voyageurs sur son état de santé, la Reine s'enfonça dans les coussins, l'esprit embrumé.

Les doigts de Cleena redressèrent son menton pour qu'elle la regarde.

— La personne qui vous veut tant de mal s'est trompée de cible, ma douce. Vous êtes encore plus forte que vous en avez l'air.

Malgré la fatigue et le choc, un sourire tremblant se dessina sur le visage royal.

D'un pas particulièrement agacé, Calixte avançait dans les couloirs du château sans se rendre compte qu'il était sur le point de la semer. Son épouse n'avait pas envie de courir pour demeurer à ses côtés mais ne voulait pour rien au monde qu'il entrât dans la Salle du Trône avant elle. La tension dans sa nuque en disait long sur les mots qu'il contenait depuis l'attaque.

Le Roi de Bofursyle di Rodorchna s'était empressé d'envoyer une missive à son homologue xoramifien pour l'informer de l'attaque et lui faire part de son mécontentement. Sa femme s'était certes déjà fait attaquer dans d'autres royaumes, néanmoins c'était la seconde fois en Xoramif et Imrinn n'avait pas suffisamment sécurisé leur trajet à son gout. La nouvelle de cette énième tentative pour attenter à la vie d'Essylt avait dû se répandre très rapidement car une garnison de cent soldats les avait rejoints la veille, deux jours seulement après qu'elle eut été blessée.

Le héraut les annonça, le tressautement de sa paupière droite indiquant une certaine angoisse.

Calixte eut la gentillesse de ralentir pour poser une main dans le dos de son épouse. Il ne voulait pas toucher son bras blessé, dont le bandage blanc tranchait avec sa peau bronzée et sa robe rouge.

La Salle du Trône était comme Essylt se la remémorait. Elle se souvenait la première fois où elle était entrée ici, intimidée par le nombre de monarques et le premier Conseil qui l'attendait. Tant de choses avaient changé en trois ans.

Sur des sièges richement décorés et sous le drapeau de leur royaume respectif, Iverna, Thuán, Luam, Máda, Mazoe et Domnall patientaient avec leurs enfants. C'était la première fois qu'Essylt rencontrait l'époux de Mazoe, elle n'eut toutefois pas le temps de s'attarder pour le détailler.

Sa poitrine se réchauffa en apercevant Anna parmi les nobles. Elle lui offrit une brève esquisse de sourire avant de se concentrer sur les trônes.

Imrinn et Sybil siégeaient majestueusement en face d'eux, entourés de leurs deux fils. Assise à un niveau en dessous d'Yvain, une jolie jeune femme brune se tordait nerveusement les mains. Elle semblait mal à l'aise autant à cause de la tension qui s'était abattue sur la pièce qu'à cause de sa robe bouffante.

— Vos Majestés, c'est un plaisir de vous recevoir aujourd'hui, clama le Roi de Xoramif avec son emphase coutumière. Je suis heureux que vous ayez fait le voyage pour assister au mariage de mon fils et profondément attristé par l'attaque que vous avez essuyée.

— Pour ma part, j'en suis particulièrement énervé. Je…

— Ce que mon cher époux a voulu dire, le coupa Essylt en passant devant lui et en redressant Lucetmael sur sa hanche, c'est que nous avons été aussi surpris qu'effrayés par cette attaque. Comme n'importe qui l'aurait été. Heureusement, les assaillants ont été rapidement maîtrisés, en partie grâce aux gardes que vous nous aviez envoyés.

Une veine sur le front d'Imrinn battait si fort qu'elle l'apercevait. Les deux Rois se fixaient avec une rancœur non dissimulée : Imrinn n'appréciait pas du tout que Calixte l'admoneste devant ses invités et sous-entende qu'il avait manqué à ses devoirs.

— Ma chère petite cousine, sachez que mon Royaume sera toujours votre allié et n'aura de cesse de s'excuser pour cette attaque fourbe. J'ai été informé avant votre arrivée que les derniers assaillants ont été appréhendés. Ils vont être amenés au château.

— J'exige qu'ils soient pendus pour avoir attenté à la vie de ma femme et de mon fils.

Le ton autoritaire crispa les mâchoires d'Imrinn. Yvain choisit ce moment opportun pour se mettre debout.

— Cela va sans dire, Majesté. La Xoramif ne tolère aucune attaque envers d'autres monarques. Le sang de ma cousine a coulé, leur vie sera donc ôtée.

Le Prince fit un mouvement de tête respectueux à l'intention de Calixte, dont la tension se relâcha. Bien qu'Imrinn continue à écumer de rage, la réponse lui convenait. D'autant plus que d'ici deux jours, Yvain serait Roi, et il venait publiquement d'accéder à sa demande.

Essylt faisait de son mieux pour sourire sereinement alors qu'elle avait envie de gifler son mari. Qu'il veuille déverser sa colère sur Imrinn car il jugeait que la sécurité n'avait pas été optimale, elle pouvait presque le tolérer, mais qu'il se permette de le faire en public était inadmissible.

Elle glissa un regard peiné à Céali, la fiancée de son cousin, rouge de gêne.

— Maintenant que cela est réglé, sachez que nous sommes ravis du grand évènement qui nous amène dans votre beau Royaume, Majesté.

Imrinn déglutit avec peine et opina, rattrapé par ses réflexes de bienséance.

— Nous sommes ravis de votre présence. Et je suis d'autant plus ravi de rencontrer votre merveilleux fils, qui semble déjà grand et fort.

— Merci.

— Prenez place, je vous en prie.

Des fauteuils les attendaient sous les deux drapeaux. Ils s'y assirent le temps que le Roi accueille le reste des invités et face son discours coutumier. Tout du long, Calixte écrasa sa main dans une étreinte non désirée. Pour faire abstraction de sa colère, elle échangea des sourires impatients avec Anna. Elles ne s'étaient pas revues depuis la naissance de leurs fils respectifs. La Comtesse n'avait pu faire le voyage pour le Nouvel An, puis les mois avaient défilé à une allure folle. En apprenant qu'elle était conviée à la cérémonie, Essylt avait écrit une interminable missive de remerciement à son cousin.

— Mes chers invités fraichement arrivés, vous devez certainement désirer un peu de repos avant le diner. Vous allez être menés jusqu'à vos appartements.

Calixte bondit sur ses pieds et l'aida à se redresser. Lucetmael remua contre elle pour être posé par terre.

— Tu ne me lâches pas la main, ordonna-t-elle en chantonnant.

Il leva ses grands yeux bleus vers elle avec un sourire lumineux. Traverser le château leur prit plus de temps ainsi, cependant le plaisir de marcher à ses côtés ne diminuait pas depuis son anniversaire.

Malgré elle, elle lança un regard par-dessus son épaule. Courtois, Declan menait Aveleen et Luíseach en prêtant une oreille polie à leur conversation. En sentant son attention sur lui, il lui sourit et contempla le tableau qu'ils formaient avec leur fils. Elle sentait encore au milieu de sa poitrine l'émotion qu'elle avait éprouvée quelques semaines plus tôt quand Lucetmael s'était élancé vers lui. Il lui en avait parlé pendant des heures tant le sentiment de bonheur avait été partagé.

Incapable de dormir malgré sa fatigue, Essylt rédigea un bref message à l'intention d'Anna, la priant de lui rendre visite. Son amie ne devait attendre que cela car Cathan ouvrit les portes à peine dix minutes plus tard.

— Anna !

— Ess !

Elles se tombèrent dans les bras dans un débordement de larmes.

— Tu m'as tant manqué.

— Il faut impérativement que tu viennes me visiter dans mon Royaume !

— Lequel ?

La Reine rit et s'écarta.

— Tu es rayonnante. Où sont tes fils ?

Une nourrice suivait la Comtesse de près. Âgé de trois ans dans quelques semaines, Aslander était un beau petit garçon aux cheveux blonds ébouriffés.

— Mon chéri, viens saluer ta marraine.

Son visage jovial se fendit d'un immense sourire et il courut jusqu'à elle. Essylt le fit tournoyer dans ses bras et recouvrit son visage de baisers.

— Comme tu as grandi ! Le temps passe beaucoup trop vite.

— Tu m'as manqué, marraine.

La Reine ne put contenir ses larmes et embrassa cérémonieusement son front.

— Je peux enfin te présenter Lasérian.

Avec ses bras potelés et ses grands yeux bleus, c'était un beau bébé de neuf mois. Essylt se pencha pour l'embrasser.

— Anna, ne le prends pas mal mais… Ils ressemblent trait pour trait à leur père.

La Comtesse éclata de rire.

— Je suis tout à fait au courant, mais merci pour ta franchise. Où est ton fils ?

Cleena choisit cet instant pour faire son entrée, le Prince dans les bras. En apercevant un autre enfant dans les bras de sa mère, Lucetmael fronça les sourcils.

— Mon trésor, voici Aslander et Lasérian, des nouveaux amis. Et voici Anna, la meilleure amie de Maman. Ça fait très longtemps qu'elle veut te rencontrer.

Anna rendit son fils à sa nourrice pour prendre le Prince dans ses bras.

— Votre Altesse… c'est un immense bonheur.

Attentif, il observait Anna en se tenant bien droit, comme pour maintenir une distance le temps de prendre sa décision. Puis un sourire étira ses lèvres roses, dévoilant ses petites dents, et il noua ses bras autour de son cou pour lui faire un câlin. Anna regarda Essylt par-dessus sa petite tête blonde, ses yeux débordants d'émotion.

— Si mes fils ressemblent à mon mari, le tien ne ressemble qu'à toi.

— C'est un de Rodorchna, commenta-t-elle en se concentrant sur Aslander pour masquer son expression.

Anna était cependant bien trop concentrée sur Lucetmael pour remarquer quoi que ce soit d'autre, pas même le parfum d'un secret inavouable.

Elles passèrent l'heure suivante à se raconter de vive voix des anecdotes qu'elles s'étaient écrites, tout en pouponnant leurs enfants. Cela faisait deux longues années qu'elles ne s'étaient pas vues, pourtant c'était comme si elles s'étaient quittées hier.

Les exigences dues à leur rang les rattrapèrent bien trop vite à leur goût. La Reine eut le temps de prendre un bain et de se préparer avant de rejoindre son mari. Calixte s'était apaisé en échangeant quelques coups d'épée avec son frère et en s'occupant de documents officiels. Elle se résigna à prendre sa main tendue.

Ils saluèrent d'abord Thuán, qui connaissait bien Calixte et lui tendit un verre. Ils dirent ensuite bonjour à Iverna, Alyson, Máda et Tomás. Le jeune Prince s'était encore étoffé depuis le Nouvel An et souleva Lucetmael bien haut au-dessus de sa tête.

— Fais attention ! s'écria sa mère.

Lucetmael riait à gorge déployée et Tomás lui chatouilla le ventre.

— Son Altesse ne semble pas s'en plaindre.

— Quel beau petit garçon ! s'exclama Luam en les rejoignant.

— Mon oncle ! Cela fait longtemps, je suis ravi de pouvoir enfin vous présenter mon fils, se réjouit Calixte.

Le Prince de Jirialc tendit Lucetmael au Roi de Teac, qui le réceptionna avec adresse.

— J'avais été si déçu de ne pas le voir lors du dernier Conseil des Neuf. Heureusement, je peux enfin le tenir dans mes bras.

Le Prince le détaillait avec un grand sérieux et toucha précautionneusement sa barbe poivre et sel.

— Je crois qu'il est intrigué, déclara Essylt, un peu gênée par son geste.

— Ce n'est rien, les enfants le sont souvent. Vous en aurez une un jour aussi, mon beau petit neveu.

Il embrassa sa tempe.

— Quel beau bébé ! s'extasia Sibyl, suivie de près par des aristocrates xoramifiennes.

La Reine dut s'écarter d'un pas tant la cohue autour de son fils était grande. Elle en profita pour se diriger vers Yvain et sa fiancée.

— Cher cousin.

— Chère cousine.

Ils se firent une révérence ridiculement grande, qui fit rougir Céali.

— Comme je vous le disais, ma cousine Essylt et moi sommes en excellents termes. Votre Majesté, j'ai l'immense plaisir de vous présenter ma fiancée, Céali.

— Tout le plaisir est pour moi, ravie de vous rencontrer enfin Céali.

— Moi de même, Votre Majesté.

La jeune femme s'inclina bien bas. Avec son visage rond et ses grands yeux bruns, elle dégageait une tendresse bienvenue dans cet univers exigeant. Essylt lui prit la main pour la faire se redresser.

— Inutile de vous incliner si longtemps devant moi.

— Bien, Votre Majesté.

— Le château vous plait-il ? Je sais qu'il peut être fort déstabilisant de vivre dans un endroit si grand au début.

Céali rougit et joignit ses mains devant elle.

— Oui, c'est le moins que l'on puisse dire. C'est surtout tous ces serviteurs qui sont perturbants.

Ses yeux s'écarquillèrent de gêne.

— Votre Majesté.

— Vous n'êtes pas obligée de le dire tout le temps, rit Essylt, touchée par sa crainte de mal faire. Je n'en serai point offensée.

— Je vous en remercie.

Une main dans le bas de son dos fit sursauter la Reine.

— Notre fils ne cesse de charmer les foules ! Je suis Calixte, l'époux d'Essylt. Je suis enchanté de faire votre connaissance, Céali.

Il fit un galant baisemain.

— Moi de même, Majesté.

— En voilà une magnifique jeune femme, Altesse ! Toutes mes félicitations pour vos fiançailles.

— Merci, Majesté. Si vous voulez bien m'excuser, je vais aller saluer mon filleul et le présenter à ma future femme.

Ils sourirent aux amoureux tandis qu'ils s'éloignaient.

— Très joli couple. Elle a l'air timide mais adorable.

— Tout à fait.

— Essylt !

Le cri de Niahm la fit sourire. La Princesse, âgée de onze ans, s'élança vers elle et bondit dans ses bras, indifférente au protocole. La souveraine l'embrassa sur le front et replaça ses mèches de cheveux bruns volages.

— Comme tu as grandi en moins d'un an !

— Niahm, il est impoli de saluer ta cousine de la sorte !

Essylt tressaillit et s'écarta de la jeune fille. Domnall et Mazoe venaient de les rejoindre en se tenant par le bras. Le Roi de Mebeaka était plus grand que son frère Imrinn. Avec sa barbe brune épaisse et ses yeux perçants, il dégageait une détermination peu commune. Sa fille baissa la tête en signe d'excuse.

— Pardonnez-moi, Père.

— Votre Majesté Essylt, c'est un plaisir de vous rencontrer enfin.

Son grand cousin lui prit la main pour l'embrasser et elle dut se faire violence pour ne pas reculer. Elle n'aimait guère la façon dont il avait parlé à Niahm, mais elle n'avait aucun droit de le lui faire remarquer.

— Moi de même, Majesté. Et c'est un plaisir de vous revoir, Mazoe.

— Plaisir partagé, Majesté.

Calixte les salua à son tour. Le ton emprunté de Mazoe témoignait d'un certain malaise. Essylt sentait bien qu'elle ne pouvait se permettre leur familiarité coutumière devant son mari.

— Diarmait, viens saluer Leurs Majestés.

Le Prince de Mebeaka se réfugia contre la robe de sa mère. Âgé de maintenant six ans, il avait perdu un peu des rondeurs de l'enfance et arborait des yeux gris clair pétillants de malice.

— Bonjour, Majestés.

Domnall se racla bruyamment la gorge. Diarmait fit la révérence.

— Bonjour, Altesse, répondit Calixte en s'inclinant légèrement.

— Si vous voulez bien nous excuser, je vais présenter votre charmant fils à mon époux, déclara Mazoe avec une légèreté parfaitement maîtrisée.

— Bien entendu, Majesté.

Ils se firent des saluts empruntés. Essylt avait rarement été si mal à l'aise.

— Je n'ai jamais apprécié ton grand cousin, lui souffla son Roi à l'oreille. Je me suis toujours demandé comment une femme aussi agréable que Mazoe pouvait le supporter.

Elle opina. Anna et Oistin s'approchèrent en souriant, leurs fils dans les bras.

— Vos Majestés, c'est un plaisir de vous revoir, déclara le Comte.

— Plaisir partagé, excellence, répliqua Calixte en lui serrant la main après qu'il se fut relevé de sa révérence. Je pense que nos femmes n'ont pas besoin de se saluer, je les ai entendues rire aux éclats fort bruyamment.

— C'est malvenu de dire à une femme qu'elle n'est pas discrète, Majesté, s'offusqua faussement Anna.

Le Roi rit de cette remarque sans en prendre ombrage. Il savait à quel point elle était une amie chère à Essylt et pouvait bien tolérer quelques manquements au protocole.

— Je n'ai simplement pas osé vous déranger. Je suis heureux de voir vos charmants fils.

— Et moi j'ai été heureuse de voir le vôtre. Je vais d'ailleurs aller l'embrasser de ce pas simplement pour le plaisir de le voir sourire.

Essylt lui fit un clin d'œil complice avant qu'ils s'éloignent.

— Je suis impressionné que vous soyez parvenues à maintenir une telle amitié malgré la distance. C'est un bien précieux.

Il caressa tendrement sa joue.

— Je suis tout à fait d'accord.

— Vos Majestés, je suis heureuse de vous revoir.

Une invitée bien connue venait de s'approcher d'eux.

— Nous également, Comtesse. Comment s'est déroulé votre séjour en Mebeaka ?

Lauryn se redressa et leur offrit un sourire conquis.

— Magnifique ! Le château est de toute beauté et Mazoe m'a réservé un excellent accueil. Encore merci de m'avoir permis de voyager, ma Reine.

— Je vous en prie, excellence. Je suis ravie que vous découvriez également la Xoramif.

— Moi aussi, Majesté. Il me tarde de revoir le Prince, il a dû tant grandir depuis le Nouvel An.

— Nous allions justement essayer de le récupérer, s'amusa Calixte.

En découvrant Lucetmael dans les bras de Domnall, un frisson de déplaisir courut dans le dos d'Essylt. Elle garda un sourire avenant et tendit calmement ses bras vers son fils, qui s'empressa de la rejoindre.

— Voilà un petit garçon bien prompt à se réfugier dans les bras de sa mère, commenta le Roi de Mebeaka avant de se tourner vers son épouse. Un tort, si vous voulez mon avis.

Avec Diarmait accroché à la main de Mazoe, le message était plus que limpide.

— Il est trop jeune pour déterminer ce qui lui cause du tort, réfuta Sibyl, qui était pourtant souvent revêche. Diarmait, mon chéri, veux-tu du sirop à la fraise ?

Le jeune Prince opina.

— Va avec ta tante pour prendre ton verre, le pressa Mazoe.

Il saisit la main que lui tendait la Reine de Xoramif.

— Comme le Prince a grandi ! s'exclama Lauryn d'une voix légèrement trop aigüe.

Essylt se reconcentra sur son fils et sur la noble de Bofursyle. Ils échangèrent des sourires puis elles furent interrompues par Rosheen, qui venait de faire une entrée tardive.

— Mon filleul adoré !

La Reine dut renoncer à avoir son fils dans les bras durant l'heure qui suivit. La Princesse de Teac était la seule des enfants de Luam à avoir fait le voyage, mais étant la plus insupportable des trois, elle eut préféré qu'il voyageât seul. Elle lui offrit un bracelet en or inadapté à un enfant, sans se soucier le moins du monde qu'il fut déplacé de lui faire un présent devant tous les invités. En percevant la peine d'Anna, Essylt dut faire appel à tout son calme pour ne pas reprocher à Rosheen de faire étalage de son argent et de sa position.

Quand enfin Lucetmael lui échappa, elle fut soulagée qu'il aille s'asseoir par terre pour jouer avec Diarmait, Ryann, Treasa, Finna et Aslander. Bien qu'ils soient plus âgés, ils entreprirent de lui prêter des jouets et de lui expliquer leurs jeux. Ses réponses babillantes paraissaient leur être tout à fait compréhensibles.

— Les enfants ont une merveilleuse capacité à se comprendre, déclara Gwenola.

— Tout parait si simple pour eux, ajouta Anna.

— J'aimerais parfois retourner en enfance, ne serait-ce qu'une journée, leur confia Essylt sans la moindre retenue. Pour me souvenir de ce que cela fait de n'avoir peur de rien. Pour me souvenir de la saveur d'une journée à jouer au soleil.

Gwenola se tourna vers elle, son visage tendre empreint de sérieux.

— Vous avez dû avoir une enfance pleine de rires.

— Oui, ce furent de belles années, affirma-t-elle en se détournant pudiquement.

Essylt parlait rarement des dix-sept années passées à l'orphelinat. Elle n'en gardait pas de mauvais souvenirs ou de traumatismes quelconques. Elle avait simplement l'impression que ces années n'avaient pas eu lieu et se les remémorait à travers un voile brumeux. Elles ne lui étaient pas indifférentes, simplement lointaines. Pendant dix-sept ans, elle n'avait pas su qui elle était. Sa vie avait débuté en franchissant les grilles du palais de Rodorchna.

Anna lui frôla la main et elle lui offrit un sourire.

Elles n'étaient pas les seules amies à s'être retrouvées. Aveleen et Noreen rattrapaient le temps perdu depuis le début de leur séjour en Guanile. Essylt voyait moins Aveleen mais n'en était pas attristée, estimant qu'elle avait besoin de l'apaisement que lui apportaient toutes ses amitiés.

Une fois les verres vidés, Imrinn fit signe à ses invités de passer à table. En voyant Céali se lever d'un bond inquiet, Essylt fronça les sourcils. La future épouse de son cousin se plaça dans l'encadrement de la porte et fit une profonde révérence à Luam qui passait, sa fille à son bras.

— Mais que fait-elle ? souffla Anna à l'oreille de la Reine.

Luam lança un regard perplexe par-dessus son épaule. Noreen cacha son rire derrière sa main quand Céali répéta la même révérence devant la Reine Máda.

Avant qu'un Yvain totalement paniqué puisse la rejoindre, Essylt se faufila habilement entre Iverna et Thuán et saisit le bras de Céali pour l'empêcher de s'incliner.

— Mais, que faites-vous, Maj…

— Cette robe vous va à ravir, Céali ! s'écria la Reine avec emphase en l'entrainant vers la table.

Elle se pencha ensuite vers la jeune femme si novice en matière de politique.

— Vous n'avez pas besoin d'accueillir tous les monarques de la sorte alors qu'ils changent de pièce.

Ses sourcils bruns se froncèrent.

— Mais…

— Effectivement, cette couleur vous va à merveille, ma chère Céali, chantonna Anna en prenant l'autre bras de la fiancée.

Elle se pencha à son tour pour poursuivre leur conversation privée.

— Qui vous a dit de faire cela ?

— Son excellence Faoiltiarna. Elle m'a assuré qu'à présent que tous les monarques étaient réunis, je devais les saluer de la sorte avant manger. Que c'était une coutume xoramifienne pour la future souveraine.

Anna et Essylt échangèrent un regard de connivence en allant s'installer autour de la longue table.

— Cette coutume n'existe pas, dit doucement la Reine en posant une main compatissante sur son bras.

Elle n'aurait pas parié sur la Duchesse pour jouer un aussi mauvais tour à Céali. Ses pronostics auraient été en faveur de Rosheen ou Noreen, bien que la deuxième n'ait aucune raison de faire cela. Rosheen avait essayé d'obtenir les faveurs d'Yvain mais ne paraissait absolument pas vexée de ne pas les avoir eues, ce qui était surprenant de sa part. Quant à Noreen, elle n'avait pas essayé de séduire Yvain plus qu'un autre — tout du moins, pas plus que Declan. Faoiltiarna en revanche n'avait jamais dissimulé ses sentiments pour le Prince de Xoramif. Essylt ne l'aurait toutefois pas crue assez fourbe pour ridiculiser de la sorte celle qui avait pris la place qu'elle convoitait.

— Ne prenez en considération que les instructions protocolaires venant d'Yvain, de son frère ou de ses parents. Ils sont les seuls absolument infaillibles dans ce domaine, chuchota Anna tandis qu'un serviteur tirait sa chaise.

Les convives se répartissaient autour d'elles en évitant soigneusement de regarder Céali, rouge de honte.

— Mais pourquoi m'a-t-elle dit cela ?

Elle comprit la réponse en formulant la question.

— En devenant Reine, vous ne vous ferez pas que des amies, lui confia tendrement Essylt en serrant sa main pendant qu'elles s'asseyaient. Mais vous apprendrez, je vous assure. Ce n'était rien.

Le Prince Yvain s'installa en face d'elles et fit un signe de tête reconnaissant à sa cousine. Les discussions débutèrent comme si de rien n'était, et Anna et Essylt se firent un devoir de redonner le sourire à Céali. Oistin et Calixte, qui s'étaient installés autour d'Yvain, les y aidèrent en racontant des anecdotes typiquement masculines.

Le repas fut copieux et l'alcool coula à flots. Imrinn gratifia ses invités d'un discours interminable entre le plat et le dessert, puis il fut enfin temps de retourner au salon. Les enfants avaient été emmenés dans une pièce voisine pour diner et furent ravis de retrouver leurs parents.

— Tu as mangé toute ton assiette, mon trésor ?

— Il a tout mangé, Majesté, répondit Gladys, qui patientait pour aller le coucher.

Elle embrassa son front et sursauta en entendant Treasa crier en essayant de grimper sur les épaules de son père.

— Je t'ai déjà dit de ne pas crier de la sorte ! gronda le Roi de Vuai en la saisissant par un bras.

Bien que menue, la Princesse redressa le menton avec défi.

— Je veux un autre dessert !

— Tu vas surtout aller au lit après avoir écrit trente fois « Une Princesse ne crie pas. » Et si je ne suis pas satisfait de ta calligraphie, tu recommenceras cinquante fois demain.

Ses lèvres pleines devinrent boudeuses et elle lui tourna le dos pour exprimer clairement son mécontentement. Thuán replaça la manche de son habit, puis caressa les cheveux courts de Ryann.

— Passe une bonne nuit, mon grand. Et veille à ce que ta sœur m'obéisse.

— Bien, Père. Bonne nuit à vous aussi.

En se rendant compte qu'Essylt les observait, Ryann inclina la tête.

— Majesté, à demain.

— A demain, votre Altesse.

Ryann suivit docilement sa nourrice, Treasa sur les talons. La Princesse marcha en frappant bruyamment le sol.

Le Roi Thuán se massa l'arête du nez.

— C'est ce qu'on appelle un fort caractère, s'amusa Calixte en frappant son épaule.

Essylt embrassa Lucetmael une dernière fois avant de le confier à Gladys. Elle croisa le regard de Declan, qui contempla leur fils le temps qu'il quitte la pièce.

— Je désespère de la faire rentrer dans le rang. Je crains déjà le jour où je devrai lui trouver un mari.

— À ce sujet, comment se porte Ailina ? J'aurais aimé qu'elle revoie Lucetmael.

— Moi aussi, malheureusement elle était malade avant notre départ. Rien de grave, mais Dymphna a préféré la garder.

— Vous m'en voyez soulagé. J'espère que la Princesse…

Essylt se détourna et s'adressa à la première personne venue.

— Balor, je n'ai pas eu l'occasion de discuter avec vous aujourd'hui. Le château de Xoramif vous plait-il, votre excellence ?

— Je trouve son architecture tout simplement incroyable, répondit-il avec sa gentillesse coutumière. Il me tarde d'aller visiter la ville demain.

La Reine sentit l'attention agacée de son époux dans son dos. Au Nouvel An puis durant leur séjour en Guanile, elle avait tissé une belle amitié avec Balor. Calixte n'appréciait pas du tout cette entente avec son ancien prétendant.

Pendant qu'elle discutait visite, Declan écoutait poliment son oncle et sa cousine parler de Ruarc et de ses fiançailles imminentes. Il avait toujours trouvé son cousin un peu brusque et espérait que ses noces le rendraient plus tendre.

Du coin de l'œil, il aperçut un soldat se faufiler dans la pièce. Même après plusieurs verres, son esprit repérait ce genre de comportement pressé. Il avait été entrainé à observer et déduire.

Le soldat se pencha à l'oreille du Roi Imrinn pour délivrer son message. Le Chef de Bofursyle se redressa par réflexe et croisa ainsi le regard gris du monarque. Celui-ci réfléchit un instant puis donna une brève réponse au soldat, qui se dirigea ensuite vers Declan.

— Veuillez m'excuser pour le dérangement, Altesse. Mon Roi m'envoie vous prévenir que les assaillants ayant attenté à la vie de votre Reine viennent d'arriver dans nos cachots. Mon Chef des armées et vous pouvez procéder aux interrogatoires.

— Merci.

Il lui fit un signe de tête militaire, puis accorda un signe identique à Imrinn avec déférence. Malgré son caractère emporté, Declan ne doutait pas de sa sincérité dans cette affaire. Il ne voulait que le bien de sa petite cousine.

— Mon oncle, Rosheen, si vous voulez bien m'excuser.

Luam eut un demi-sourire entendu avant qu'il se retire discrètement.

— Declan !

Calixte l'avait suivi dans le couloir, son verre à la main.

— Ils sont arrivés ?

— Oui. Je vais justement procéder aux interrogatoires.

— Je viens avec toi.

— C'est une mauvaise idée, protesta le cadet en le retenant par l'épaule. Non seulement parce que tu es un peu ivre, mais aussi et surtout parce qu'Imrinn le prendrait très mal.

— Je veux voir les salauds qui ont blessé ma femme.

— Ils ne sont que les bras, pas la tête pensante. Laisse-moi gérer cela ce soir, nous aviserons demain.

Calixte passa une main dans ses cheveux châtains épais puis prit une gorgée.

— Heureusement, leur attaque était mal organisée. Notre ennemi est de plus en plus intimidé par nous, il ne sait plus comment l'atteindre. Ce n'est plus qu'une question de temps avant que nous le trouvions.

Declan serra son épaule avec compassion.

— Retourne auprès des autres convives, je viendrai t'informer de la situation avant que tu te couches.

Son frère acquiesça vaguement, les mâchoires crispées, puis obtempéra.

En traversant les couloirs menant aux geôles — avec une désagréable sensation de déjà-vu — Declan se repassa les paroles de Calixte. Il ne partageait ni son opinion ni sa confiance. Certes, il était évident que cette attaque avait été mal organisée, car elle aurait pu être bien plus efficace. Cependant, ce manque de préparatifs dénotait une précipitation nouvelle. Qu'est-ce qui avait changé ? Était-ce dû à la naissance de Lucetmael ? Quelle que soit la raison qui poussait leur ennemi à agir de manière précipitée, cela signifiait qu'il n'avait plus rien à perdre.

Et cela le rendait encore plus dangereux.

« La construction du palais de Rodorchna fut longue et laborieuse. Elle n'en était qu'à son commencement lorsque j'ai rencontré le Roi Rodor, mais déjà on percevait les prémices d'un lieu inégalable. Mon beau-père tenait à ce que l'édifice soit grand, mais surtout à ce qu'il soit construit pour durer des siècles et des siècles. Selon lui, chaque pierre était la fondation de ce nouveau Royaume.

J'ai rapidement commencé à aider à sa réalisation, bien avant que Maev n'accepte de m'épouser. Je voulais me montrer utile autrement qu'en jouant avec les orages et c'était là une bonne manière pour que la Princesse me remarque. Je sentais parfois son regard dans mon dos : je n'en soulevais des pierres que plus grosses.

L'aile Ouest, l'aile centrale et une partie de l'aile principale étaient déjà construites quand Iuliana est née. La première de nos onze enfants adorait se pencher à la fenêtre pour voir passer les ouvriers alors qu'elle tenait à peine debout. Cela rendait Maev folle de la voir si intrépide, mais je savais qu'elle était simplement attirée par toutes ces énergies, surtout la mienne.

Je ne fus pas un Roi très investi durant les premières années de mon règne. Maev était et est toujours de ces Reines qui ont le mot juste en toutes circonstances et ressentent les souffrances de leur peuple jusque dans leur chair. Je ne pouvais pas rivaliser avec cela. D'autant plus, je préférais consolider les fondations du Royaume et de notre règne à travers ce palais.

Je construisis moi-même la Salle du Trésor et l'aile royale, et je fis également forger les grilles de la bibliothèque, comme tu dois t'en douter, cher héritier. Pour sceller à jamais en ces lieux ma magie et ma lignée — ta magie et ta lignée — j'offris mon sang en plus de ma sueur.

Grâce à ma magie, ma détermination et de longues nuits sans sommeil, la construction du palais fut achevée en 22, peu après la naissance de Mil, notre huitième enfant. »

— Votre Majesté ?

Assise dans un fauteuil près de la fenêtre, Essylt leva des yeux rougis de fatigue du journal de Meallán. Dans l'encadrement de la porte, Gladys n'osait entrer.

— Veuillez m'excuser, ma Reine, je ne savais pas que vous étiez ici. Le Prince a-t-il été malade durant la nuit ?

Elles se tournèrent vers le lit au centre de la pièce. La respiration lente de Lucetmael leur répondit.

— Non, il va bien, j'ai juste… eu une insomnie.

La nourrice compatit d'un sourire.

— Le jour se lève à peine. Voulez-vous du thé ?

— Volontiers, je te remercie.

Elle referma la porte sans un bruit. Essylt se frotta les yeux.

Elle s'était réveillée en sursaut au milieu de la nuit, persuadée d'avoir entendu une flèche se planter par terre. Bien sûr, il n'en avait rien été : le sol était en pierre et il n'y avait que Calixte avec elle dans la pièce. Angoissée, elle avait rejoint la chambre de son fils et l'avait trouvé profondément endormi. Elle était restée deux longues heures à l'admirer, entre sommeil et réalité, persuadée que quelqu'un allait venir pour lui faire du mal. Pour se raisonner, elle était allée chercher le journal de son illustre aïeul, qui avait tant à lui révéler.

Il a offert son sang… cela signifie-t-il que chaque pierre en fut imprégnée ? Cela expliquerait pourquoi l'aile royale répond au désir de la famille de Rodorchna… même si Cleena a affirmé que seul Ladra l'avait fait bouger avant moi.

Elle se massa les tempes.

Est-ce que j'essaye de donner un sens à quelque chose qui n'en a pas ?

Ses pensées se confondaient. Lire le récit de la vie de Meallán était plus intéressant de sa main que dans un livre d'histoire. Son ton de conteur la laissait cependant parfois perplexe : il narrait sa vie avec un recul troublant.

— Votre boisson, ma Reine, chuchota Cleena, qui avait remplacé Gladys au pied levé. Êtes-vous souffrante ? Avez-vous faim ?

— Je souhaiterais prendre un bain.

— Je vous le fais préparer tout de suite.

Essylt se pencha au-dessus du berceau pour embrasser le front de Lucetmael puis pria Gladys de la prévenir quand il se réveillerait pour manger.

— Désirerez-vous que je vous prépare une boisson pour vous aider à dormir, ce soir ? J'aurais dû le faire hier, assura Cleena en rangeant des objets déjà ordonnés dans la salle de bains.

— Nous verrons.

— Peut-être un massage vous…

Essylt plongea la tête sous l'eau. Elle aimait Cleena comme une mère mais sa surprotection lui était parfois pesante.

Les doigts de Declan dans mes cheveux… L'odeur de sa peau…

La douleur à mon bras… Le cœur de Lucetmael battant la chamade contre le mien tandis que Royal s'élance au galop…

« J'offris mon sang en plus de ma sueur. »

La sensation d'étouffer sous le corps brûlant de Calixte...

« *Mon filleul adoré !* »

Des lettres, une montagne de lettres... Et encore plus de contrats, de demandes, d'attentes...

Les yeux de Lucetmael. Mon fils.

« *Rei...* »

— Han !

Adelyn et Bethania crièrent quand l'eau déborda du bain pour venir éclabousser leurs pieds. Cleena lâcha la serviette et se précipita.

— Ma Reine, que se passe-t-il ? Vous êtes restée à peine quelques secondes sous l'eau, que...

Essylt saisit la main de sa gouvernante. Elle repoussa ses cheveux de son visage, les traits déformés par l'inquiétude.

— Que vous arrive-t-il, ma Reine ?

— J'ai peur.

Son chuchotement sembla résonner comme un cri.

— Je sais, ma douce. Nous ne laisserons personne vous faire de mal. N'ayez crainte. Vous êtes en sécurité.

Essylt posa sa tête contre son épaule, incapable de lui dire la vérité.

J'ai peur de mon destin.

— Échec et mat, Majesté.

— Félicitations, Lauryn, vous m'avez encore battue.

— C'est parce que ma Reine à la tête ailleurs. Sans vouloir vous offenser.

— Vous ne m'offensez pas le moins du monde, excellence.

Essylt replaça distraitement une mèche dans son chignon, puis vérifia que sa lourde boucle d'oreille en saphir n'avait pas bougé.

Les plus proches de ses dames, exceptée Aveleen, étaient demeurées au palais pour lui tenir compagnie. Comme à son habitude, Imrinn avait organisé pour ses invités une excursion dans la ville à l'intérieur de l'enceinte du château. Les convives ayant déjà visité la Xoramif étaient quant à eux partis en promenade à cheval le long des impressionnantes falaises bordant l'océan.

Essylt avait prétexté être fatiguée, toutefois tous avaient compris qu'elle ne souhaitait pas se promener dans les rues où elle avait été attaquée. Calixte avait d'abord voulu rester avec elle, mais elle l'avait convaincu qu'il serait plus sage de discuter politique avec les autres monarques. De plus, Luíseach, Saraid et Lauryn s'étaient empressées de lui tenir compagnie, poussant le Roi à fuir cet après-midi entre filles.

— C'est vraiment aimable au Prince Yvain de vous avoir invité à séjourner ici aussi longtemps que vous le souhaiterez, commenta Luíseach en battant Saraid aux cartes.

Avec les années, celle-ci ne s'en énervait plus.

— Oui, très aimable. C'est pour cela que j'ai préféré rester avec vous aujourd'hui, j'aurai tout le loisir de visiter plus tard.

— Où souhaiterez-vous aller ensuite ? s'enquit Saraid.

— En Jirialc. Comme Sa Majesté la Reine entretient d'excellents rapports avec le Prince Tomás, j'ai songé que peut-être…

— Je lui demanderai, ainsi qu'à sa mère. Mais soyez assurée qu'ils diront oui.

— Merci, ma Reine. Pour votre aide et votre ouverture d'esprit. D'autres souveraines auraient exigé de moi que je me marie sans délai pour sceller une quelconque alliance.

— Regardez-nous, rit Saraid, nous vivons toutes selon nos choix et dans un célibat toléré, grâce à Essylt.

— Plus pour très longtemps, fredonna innocemment Luíseach.

— Si tu me parles encore une fois de Garvan…

La Duchesse posa une main innocente sur son cœur.

— Je parlais peut-être de moi…

— Cela m'étonnerait ! Tu aimes plus tes livres que les hommes.

— Je n'y peux rien s'ils sont plus intéressants…

Saraid leva ostensiblement les yeux au ciel pour signifier à quel point elle trouvait son amie insociable, bien qu'elle se soit améliorée.

Les portes du salon s'ouvrirent sur Imrinn en compagnie de Thuán. Calixte et Domnall les suivaient, plongés dans une discussion visiblement animée.

— Ma bien-aimée, comment s'est déroulé ton après-midi ?

Il déposa un baiser brusque sur son front. Le Roi de Mebeaka l'agaçait aisément.

— À merveille. Lucetmael a bien mangé et dort encore. Et j'ai été ravie de retrouver Lauryn, bien qu'elle n'ait eu aucune pitié pour sa souveraine aux échecs.

— Je suis honnête avec ma Reine jusque dans mes actes, rit la noble en inclinant la tête.

— Elle ne devait pas vous être particulièrement indispensable puisque vous l'avez envoyée vivre dans mon château, commenta Domnall en s'asseyant à côté d'elle. Surtout si elle a l'audace de battre aussi ouvertement sa souveraine.

Les doigts de Calixte se resserrèrent sur son épaule.

— L'échec est une leçon, mon cher cousin, répliqua la Reine.

Il eut un sourire tordu. En appuyant sur leur lien de parenté, elle lui rappelait qu'avoir accueilli Lauryn durant plusieurs mois était bien négligeable comparé à leurs ententes commerciales et politiques. La Mebeaka payait moins cher certains produits provenant de Rodorchna et de Bofursyle, dans des conditions encore plus avantageuses que la Teac ou la Xoramif. C'était un privilège qu'Essylt avait accordé à Mazoe après de longues heures de négociations, en échange de prix tout aussi intéressants. Néanmoins, la Mebeaka n'était pas en position de force face aux deux royaumes réunis et elle venait de le lui rappeler.

— Avez-vous fait une bonne promenade, Vos Majestés ? s'enquit Luíseach pour changer de sujet.

— Absolument, les falaises de Xoramif sont magnifiques.

La main de son époux descendit dans son dos et elle n'eut pas besoin de plus pour savoir qu'il se remémorait leur dernier voyage ici, quand il avait chevauché sans relâche pour embarquer sur le premier navire afin de les récupérer sur le flanc de la falaise, Declan et elle.

Songer à son amant le fit apparaître. Il se faufila dans la pièce avant les convives ayant profité des joies de la ville. Le Chef des armées avait échappé aux deux activités à cause des prisonniers. Ils n'avaient pas été plus bavards, malgré la torture. Les cinq hommes avaient été payés en pièces d'or, deux mille d'avance chacun, dix mille de plus s'ils réussissaient. Ils avaient été engagés par un homme à la frontière entre la Xoramif et la Mebeaka. Ils n'avaient pas vu le visage de cet inconnu, mais il ne faisait aucun doute pour Declan qu'il n'était pas la tête pensante, simplement un autre subordonné. Au vu de leurs vêtements, les assaillants étaient pauvres et peu entrainés au combat. Seul l'appât du gain les avait fait tenter une entreprise aussi risquée.

— Ma femme et mes enfants ont déjà les deux mille pièces d'or, avait ri l'un d'eux, ses dents recouvertes de sang. Cela en valait la peine.

Le Chef des armées de Xoramif avait envoyé des soldats chez eux, pour débusquer cet argent et peut-être des informations. Malheureusement, les pièces ne racontent pas d'où elles viennent et Declan était persuadé que cela ne les mènerait nulle part.

Il fit un bref signe de tête à Calixte pour lui dire qu'ils n'étaient pas plus avancés.

— Votre Majesté, avez-vous passé un bon après-midi ? demanda Aveleen, ses longs cheveux noirs dans son sillage enjoué.

— Oui, nous avons joué et nous nous sommes reposées. Et vous, excellence ? Vous semblez ravie.

— Je n'avais jamais eu l'occasion de venir en Xoramif et je dois dire que le château et sa ville sont de toute beauté. Les marchands ont été d'une grande gentillesse et je vous ai trouvé un présent.

La Comtesse lui tendit un foulard bleu et rouge, symbole de l'alliance de ses deux royaumes.

— Il est magnifique et très doux, sourit Essylt.

— J'ai pensé qu'il serait ravissant dans vos cheveux.

— Merci, Aveleen.

Elle lui fit un signe de tête, puis eut le même en direction de Domnall, son Roi. Une légère raideur dans sa nuque témoignait qu'elle ne l'appréciait guère plus que Calixte.

— Je suis heureux que mon Royaume de naissance vous plaise, excellence. Si vous aviez voulu le visiter avant, il aurait suffi de me le demander, déclara Domnall.

— Merci pour votre proposition, Majesté.

— Aveleen, veux-tu du thé ? l'interpela Noreen depuis l'autre côté du salon.

— Oui, merci.

Elle s'empressa de la rejoindre.

Essylt s'apprêtait à participer à la conversation entre ses nobles quand elle sentit son grand cousin se pencher vers elle.

— Je sais que nous sommes du même sang, ma chère, et qu'en plus de partager ma lignée, vous partagez également celle de mon épouse. Cependant, j'ai trouvé la manière dont vous vous êtes appropriée Aveleen fort déplacée. Son père ne cesse de me reprocher votre entente, il trouve que vous avez une influence néfaste sur sa fille. J'espère que vous comptez lui trouver un époux de haut rang, sinon soyez assurée que je vous tiendrai pour responsable d'une mésalliance.

Il entreprit de se lever pour marquer la théâtralité de ses propos et signifier, dans toute sa suprématie masculine, que la conversation était terminée. Mais c'était là bien mal connaître sa petite cousine, qui le retint par le bras.

— Aveleen n'est pas un bien. Elle est mon amie et une femme de qualité. Et sa qualité ne sera nullement affectée par son mari ou son absence de mari. Quant à son père, vous devriez vous demander pourquoi elle a été si prompte à le fuir avant de venir oser me dire que j'ai une mauvaise influence sur autrui.

Il fronça ses épais sourcils bruns.

— Ce que son père fait d'elle ne regarde que lui. Vous avez outrepassé vos droits.

— Et vous êtes bien loin d'outrepasser les vôtres en laissant les hommes de votre Royaume traiter les femmes ainsi.

— Un problème ?

Calixte s'était éloigné pour échanger quelques mots avec Yvain et venait de percevoir la tension palpable entre les deux monarques. Debout et penché au-dessus d'Essylt de manière menaçante, Domnall recula et caressa nonchalamment sa barbe.

— Nullement, Majesté. Votre épouse et moi-même ne sommes simplement pas du même avis. Il est fort divertissant d'entendre une femme s'exprimer aussi librement : un avantage de la royauté, sans aucun doute.

La Reine de Bofursyle di Rodorchna fut si estomaquée par cette remarque qu'elle en resta sans voix. Les yeux noisette de Calixte brûlèrent de colère et suivirent minutieusement les mouvements de Domnall tandis qu'il rejoignait sa femme. Mazoe sursauta en sentant sa main dans son dos.

— Qu'il soit de piètre conversation et imbu de lui-même, je peux le supporter. Mais s'il s'avise de s'adresser à toi de la sorte encore une seule fois…

Calixte gronda et enfouit son visage contre sa nuque, en un geste intime fort malvenu. Essylt s'empressa de lui caresser la joue pour l'écarter.

— Il va falloir que tu gardes ton calme.

— Je sais. Je vais essayer mais je ne peux rien te garantir. Tu sais dans quel état cela me met quand on te veut du mal.

— Tout va bien ?

Declan n'avait pas pu s'empêcher de s'approcher, malgré les gestes tendres de Calixte qui lui tordaient l'estomac. L'esquisse de sourire d'Essylt suffit à le rassurer, bien qu'il perçût son agacement.

— Une divergence d'opinion.

Calixte se releva d'un bond et frappa l'épaule de son frère.

— Surveille-le quand il est près d'elle. Je n'aime déjà pas la façon dont il traite sa femme, il est hors de question qu'il manque de respect à la mienne.

Declan hocha la tête. C'était déjà ce qu'il avait prévu de faire.

— Mmmh !

L'exclamation aigüe fit bondir le cœur du Chef. Lucetmael venait d'entrer, sa nourrice sur les talons. Il traversa la pièce en courant, son doudou à la main, et se jeta dans les bras de sa mère.

— Mon trésor ! s'extasia Essylt. Tu as bien dormi ?

Il fit oui de la tête et serra fort son cou. Elle déposa des baisers bruyants sur son front.

— C'est difficile de ne pas les contempler, n'est-ce pas ?

Declan sursauta.

— Pardonnez-moi, Altesse, je croyais que vous m'aviez entendue, s'excusa confusément Luíseach.

Il n'avait pas remarqué que Calixte s'était écarté pour discuter avec Yvain. La conseillère royale posa un regard attendri sur la Reine et le Prince.

— C'est moi, excellence. J'étais perdu dans mes pensées, qui sont irrémédiablement tournées vers la Reine et le Prince.

À un point que vous ne pourrez jamais imaginer.

— Je m'en doute, Altesse. Une grande partie de mes pensées et de mes inquiétudes les concerne également, bien que je n'aie pas les mêmes responsabilités que vous.

— Nous avons chacun notre rôle à jouer auprès d'eux.

— Il est vrai, mais je ne fais que la conseiller. Vous la protégez.

— La conseiller et lui offrir votre amitié sincère. Ne négligez pas cela, je pense que c'est essentiel.

— Merci. Mais j'aimerais pouvoir faire plus en ces temps troublés où chacune de leurs sorties semble risquée.

— Nous faisons de notre mieux. Et vous participez à sa sécurité en l'aidant et en étant attentive à ce qui l'entoure. Si jamais un jour, quelque chose vous semble suspect, n'hésitez pas à m'en référer.

— Bien entendu, Altesse. Je n'hésiterai pas.

Elle lui fit un signe de tête respectueux. Declan se fit la réflexion qu'Essylt avait l'art d'attirer des personnes intègres et de susciter chez elles un amour d'une grande dévotion.

— Je souhaiterais que tu tresses mes cheveux sur le bas de ma nuque.

— Tout de suite, Majesté.

Janae entreprit de coiffer les longues mèches blondes avec adresse. Adelyn quant à elle s'appliquait à masser les pieds de la souveraine avec ce mélange de douceur et de force qui l'aidait à tenir de longues journées comme celle-ci.

— Objectif de ces préparatifs : vous enlaidir pour qu'on ne vous regarde pas plus que la mariée, chantonna Léan en passant en revue les bijoux royaux.

— Céali est une très jolie femme, contra Janae.

— Elle a un visage très tendre, ajouta Bethania, qui vérifiait une dernière fois la robe.

— Mais elle n'est pas Essylt.

Léan sortit les boucles d'oreilles en saphir offertes par le Roi. Puisque la tenue de la Reine était d'un rouge très pâle, il fallait rappeler aussi la Bofursyle.

— Je vais mettre mon collier avec les deux pierres. Et le diadème en argent tout simple, le petit.

— Tout de suite.

— Blah !

Assis sur le lit en compagnie de Gladys et Nar, Lucetmael observait avec attention les préparatifs de sa mère. Habitué à tous les êtres qui tournoyaient constamment autour d'eux, il l'était moins de cette euphorie propre aux mariages.

— Nous vous vêtirons juste après, Altesse, rit sa nourrice en lui tendant un cube en bois. Vous avez régurgité pas plus tard qu'il y a cinq minutes, je n'aimerais pas que vous salissiez vos beaux habits.

— J'adore les mariages ! chantonna Janae.

— Moi aussi, soupira Gladys. Le mien remonte à tant d'années ! Le dernier auquel j'ai assisté est celui de Votre Majesté.

— Une cérémonie magnifique.

— Grandiose ! ajouta Cleena, qui rangeait la salle de bains attenante et avait l'art du commentaire grandiloquent.

— Vous étiez la plus belle mariée que j'ai jamais vue.

— Rien d'étonnant à cela, s'amusa Léan en attachant un bracelet.

Vive, Essylt lui retira sa main et lui tapota le nez.

— Trop de compliments ! Cessez ou mon fils va penser que je suis une femme vaniteuse.

— C'est parce que vous ne l'êtes pas que vous êtes si belle.

La Reine leva les yeux au ciel et Lucetmael poussa un cri en essayant de mordiller son jouet.

— Je crois qu'une nouvelle dent arrive.

— Je crois aussi. Nous lui appliquerons la préparation de plantes sur les gencives ce soir.

— Bien sûr, Majesté.

— Nous avons encore un peu de temps avant…

Essylt venait à peine de quitter son fauteuil qu'on frappa à la porte. Cathan passa juste la tête dans l'encadrement, les yeux fermés.

— Veuillez m'excuser pour le dérangement…

— Je ne suis pas nue, commandant pressé. Que veux-tu ?

Elle s'assit à côté de Lucetmael, qui entreprit aussitôt de lui grimper sur les genoux et de jouer avec la lanière de son peignoir.

— Un soldat xoramifien vient de m'informer que la fiancée de votre cousin vous… réclame.

Le mot ne semblait pas être le bon, surtout au vu de la douceur de Céali.

— Un problème ?

— Il semblerait que ce soit la mère de la mariée qui vous envoie chercher. Je n'en sais pas plus.

Essylt embrassa le front de Lucetmael et le tendit à Gladys.

— Aidez-moi à me vêtir.

Cinq minutes plus tard, elle arpentait les couloirs du château en direction des appartements octroyés à Céali avant ses noces. Les soldats à l'entrée étaient particulièrement nerveux quand ils lui ouvrirent.

— Dois-je venir ?

— Non, Jar, reste ici.

Le salon était dans un désordre sans nom. Les servantes couraient de tous côtés pour ranger. Assises sur le bord des canapés comme si elles avaient peur de les abimer, deux jeunes femmes serraient nerveusement leurs bouquets de fleurs blanches. Plus loin, dans la chambre, Céali faisait face à son miroir, vêtue d'une robe de chambre, sa mère derrière elle.

— Calme-toi.

Les deux mains sur ses côtes, la future souveraine respirait bruyamment.

— Je ne peux pas faire ça. Je ne vais pas y arriver. Je ne peux…

— Bien sûr que si. Il t'a choisie. Le Prince t'a choisie. Tu vas élever notre famille plus haut qu'elle n'aurait pu rêver. Calme-toi.

— Céali ?

Les deux jeunes femmes, qui ne devaient être autre que sa sœur et sa cousine, s'inclinèrent précipitamment. Sa mère suivit le mouvement tandis que Céali accourait vers elle.

— Majesté ! Que faites-vous ici ? Un problème avec votre bouquet, il ne vous plait pas ? J'aurais dû vous demander votre avis, vous êtes l'une de mes demoiselles d'honneur et je n'ai même pas…

— Mesdames, relevez-vous et laissez-nous, je vous prie.

En les voyant se redresser, Céali plongea dans une révérence précipitée.

— Pardonnez-moi, j'ai…

Essylt saisit ses mains et la força à s'asseoir.

— Respirez. Doucement.

— Mais je ne…

— Respirez !

La Reine posa sa main sur le haut de sa poitrine, sous sa gorge. Elle se concentra sur ce petit bout de femme paniqué qui lui rappelait tant la jeune Princesse terrifiée qu'elle avait été. Lentement, Céali se remit à respirer normalement.

— Merci.

Essylt lui servit de l'eau. Elle contempla ses mains serrées autour du verre.

— Je ne peux pas l'épouser.

— Vous ne l'aimez pas ?

— Bien sûr que si ! s'offusqua-t-elle. Je l'aime plus que tout.

— Alors je ne vois pas ce qui vous retient.

— Je ne peux pas être Reine.

— Vous ne pouvez pas ou vous ne voulez pas ?

Elle secoua vivement la tête, faisant rebondir ses cheveux soyeux.

— Jouez-vous toujours avec les mots de la sorte ?

— Seulement quand cela est nécessaire, sourit la Reine. Répondez.

— Je ne peux pas. Je ne m'en sens pas capable.

— Mais vous le voulez, donc ?

— Pas si c'est pour être une piètre souveraine.

Essylt lui prit la main et la serra fort.

— Est-ce que vous aimez la Xoramif et son peuple ?

— Bien entendu. C'est mon peuple.

La ferveur dans sa voix était palpable.

— Dans ce cas, vous serez une excellente Reine. C'est tout ce dont vous avez besoin : aimer votre peuple et tout faire pour son bien.

— Mais je sais si peu de choses et Yvain est si brillant…

— Justement. S'il avait voulu une femme exercée à la politique, il aurait épousé une Princesse ou une noble. Mais c'est vous qu'il veut épouser. Yvain a été élevé depuis sa plus tendre enfance pour monter sur le Trône. Il a tout appris, il sait tout faire. Il n'a pas besoin de quelqu'un ayant les mêmes compétences que lui : il a besoin d'une femme qui l'aime et qui aime son peuple. Et vous êtes cette femme.

Ses yeux bruns brillaient de larmes.

— Mais si je n'y arrivais pas ? Si je ne supportais pas la pression ou refaisais une erreur stupide comme l'autre jour ?

— Vous apprendrez, Céali. La première fois que je suis entrée dans mon château, je venais de vivre pendant dix-sept ans dans un orphelinat. Je ne savais pas comment m'adresser aux gens. J'ai même voulu débarrasser mon assiette.

L'image lui arracha un sourire.

— Mais vous êtes née pour régner, pas moi.

— On ne nait pas Reine, on le devient, je vous assure. Yvain sera là pour vous guider. Et moi aussi, si vous en ressentez le besoin.

Céali serra sa main à son tour.

— Je comprends mieux pourquoi Yvain m'a assuré que vous étiez une amie en plus d'être une parente. Votre gentillesse vous honore, Majesté.

— Je ne fais pas cela pour l'honneur, je le fais parce que j'ai été à votre place, je sais ce que cela fait d'avoir l'impression que le monde attend trop de vous.

Céali opina et essuya ses larmes.

— Il va falloir que je me presse si je veux être prête pour mes noces.

— Dans ce cas, ne perdons pas de temps.

Essylt rappela les servantes, qui tourbillonnèrent autour de Céali avec cette efficacité propre à leur métier. En un quart d'heure, la future mariée fut habillée et coiffée.

La souveraine tourna autour d'elle pour vérifier que le tissu tombait bien et qu'aucune mèche ne dépassait. Elle lui tendit ensuite son bouquet et replaça consciencieusement certains pétales.

— Vous êtes parfaite.

— Merci, Majesté.

— S'il vous plait, arrêtez de me donner mon titre en privé. Nous aurons bientôt le même.

Un sourire timide illumina son visage.

— Je serai heureuse de partager avec vous une telle intimité. En attendant…

Elle plia les jambes et inclina légèrement la tête, en signe de respect et de remerciement.

Le père de Céali apparut dans l'encadrement de la porte, le visage grave.

— C'est l'heure. Majesté.

— Monsieur. Je vous laisse, nous nous retrouvons là-bas.

Elle rejoignit la sœur et la cousine de Céali, ainsi que Niahm et Gwenola, les cousines germaines d'Yvain. Les cinq demoiselles d'honneur se rendirent dans la salle de réception où tous les invités patientaient sur des sièges décorés de fleurs blanches. Sur l'estrade, Yvain était accompagné de son frère Asal, de Calixte, de Tomás, du Duc Immchadh et de Balor. Ce dernier rayonnait de fierté d'avoir été convié à une place si importante par le futur Roi. Assis devant eux, Ryann, Diarmait et Lucetmael débordaient d'énergie. Essylt fit signe à son fils de se tenir tranquille et il lui sourit béatement.

— Qu'il est beau, lui souffla Gwenola à l'oreille.

— Merci. Finna est très belle également.

La Princesse de Guanile était assise devant elles, vêtue d'une robe gris perle accordée à ses yeux. À ses côtés, Treasa tirait sur les rubans verts de sa tenue avec agacement, impatiente que la cérémonie soit terminée.

Quelques notes résonnèrent pour instaurer le silence. Essylt fit un sourire encourageant à son cousin, qui tordait nerveusement ses mains.

Entourée d'une aura de douceur, Céali s'avança dans l'allée au bras de son père. Elle déglutit avec difficulté à la vue de son promis, d'une grande élégance dans un uniforme blanc. Quand il saisit sa main, un sourire surpris illumina son visage, comme s'il ne parvenait pas à croire à sa chance.

La poitrine d'Essylt se serra d'être témoin d'un tel instant. Elle avait la certitude que ce mariage devait avoir lieu, qu'ils étaient faits pour se rencontrer. Le bonheur qui transpirait de chacun de leurs gestes tandis que le marieur récitait ces mots tant dits…

Le jour de mes noces, comment personne n'a-t-il pu remarquer que ce n'était pas ce que je voulais ?

Maintenant qu'elle assistait à une union mutuellement souhaitée, elle voyait la différence. Bien sûr, elle n'avait pas pu s'observer elle-même durant son mariage, cependant elle n'avait pas affiché un tel empressement, une telle dévotion. Parce qu'elle ne les avait pas éprouvés.

Ses yeux dérivèrent un court instant sur la foule, le temps de croiser un regard vert. Il avait parfaitement compris à quoi elle pensait.

La cérémonie fut à l'image des mariés : sincère et tendre. Ils se dirent oui sous une pluie d'applaudissements, puis les invités furent menés dans la Salle du Trône. Avec une émotion palpable, Imrinn plaça sa couronne sur la tête de son fils. Puis ce dernier couronna sa jeune épouse à son tour avant de la tourner fièrement vers l'assemblée.

— Longue vie au Roi Yvain et à la Reine Céali !

Essylt applaudit de toutes ses forces puis plongea dans une profonde révérence. Elle n'avait pas l'habitude de s'incliner, mais le faisait avec plaisir.

Les tables avaient été soigneusement dressées pour ce grand banquet. Un verre fut servi à tous les convives et le jeune marié monta debout sur une chaise pour faire son discours.

— Ne va pas te faire mal ! gronda l'ancienne souveraine Sybil.

— Vous ne pouvez plus me dire ce que j'ai le droit de faire ou non, Mère ! fanfaronna Yvain.

— Mais j'aurais le droit de rire si tu tombes, répliqua-t-elle avec un humour inattendu de la part de cette femme si sérieuse.

Surpris, son fils éclata de rire.

— Mes chers invités, merci. Merci d'être venu si nombreux pour assister au plus beau jour de ma vie. Je suis tellement heureux, vous ne pouvez pas imaginer.

Il se frotta le visage pour dissimuler son émotion. Les héritiers royaux étaient élevés dans l'idée que les sentiments doivent être cachés, pourtant aujourd'hui Yvain n'en avait que faire. Il tendit une main adoratrice en direction de Céali, debout à côté de sa chaise.

— Aujourd'hui, cette femme magnifique a accepté d'être mienne.

Il se tourna ensuite vers Imrinn.

— Et je porte la couronne de mon père, qui la tient du sien. Aujourd'hui, je suis devenu mari et Roi, des rôles d'une immense importance dont je vais essayer de me montrer digne. Levons nos verres à ma superbe épouse.

— À Céali !

Yvain sauta à terre, attrapa vivement sa femme et l'embrassa à pleine bouche. Tous applaudirent en sifflant.

— Gardez vos forces pour ce soir, Majesté ! cria Calixte.

— Il a raison, fils, garde cette passion pour la chambre !

Yvain rit et Céali devint écarlate.

Les invités discutèrent de la cérémonie à laquelle ils venaient d'assister. Essylt glissa discrètement vers la jeune mariée pour la féliciter.

— Profitez de cette soirée. C'est le bon côté de la royauté.

— Merci pour votre aide. Je ne sais pas si j'y serais arrivée sans vous.

— Je suis persuadée que si.

Thuán s'approchait pour présenter ses hommages et la Reine s'écarta. Une présence apaisante la fit se retourner.

— J'ai l'impression que tu m'évites.

— Nullement. Je suis désolée si je t'ai fait croire cela.

Mazoe porta son verre de vin à ses lèvres minces en observant distraitement la foule. Elles avaient eu peu d'occasions de se voir en privé depuis l'arrivée d'Essylt.

— Je suppose que mon mari ne t'a pas fait grande impression.

— Je suis désolée si j'ai mal réagi par sa faute. Je ne voulais pas te causer de peine.

— Tu ne l'as pas fait.

Son ton indiquait le contraire.

— Tu sais, Essylt, nous n'avons pas toutes fait des mariages aussi heureux que le tien.

Si seulement tu savais…

— Je ne savais pas qu'il y avait une telle mésentente entre vous. Je suis désolée.

— Ne le sois pas. Ce n'est pas véritablement une mésentente, c'est plus une cohabitation.

Mazoe soupira et fit tourner nerveusement l'un de ses bracelets en grenat autour de son délicat poignet.

— Il n'était pas ainsi, au début. Bien qu'il ait toujours eu une piètre vision des femmes, il était plus charmant. Il me faisait la cour comme personne, même après nos noces. J'étais jeune, je n'avais d'yeux que pour lui. Mais on ne connait vraiment quelqu'un qu'après plusieurs années de vie commune.

« Après la naissance de Niahm, il est devenu plus distant. Parfois, il se permettait de prendre des décisions sans m'en référer, ce qui a donné lieu à de terribles disputes. Le temps a fait que nous nous sommes simplement éloignés. Nous régnons ensemble, nous avons eu un second enfant, mais nous ne sommes plus un couple au sens romantique du terme. J'ai appris à ne plus être blessée par son attitude ou son indélicatesse. Je mène ma vie comme je le souhaite, en me faisant des amis, par exemple. »

Essylt lui prit discrètement la main.

— Je suis heureuse que mon amitié t'apporte de la joie et m'excuse encore si je me suis montrée distante. Tu mérites mieux.

— Je n'ai pas besoin d'un mariage débordant d'amour. J'ai deux enfants incroyables, un Royaume, des amis, des passions. C'est suffisant à mon bonheur.

Elles s'enlacèrent brièvement. Essylt sentait qu'elle était sincère et que cette situation l'avait bien plus affectée autrefois qu'elle le faisait à présent. Elle ne pouvait cependant s'empêcher d'être triste pour elle. Elle connaissait le véritable amour et ne pouvait imaginer une existence complète sans avoir goûté sa saveur.

Le diner fut aussi bruyant que succulent, les invités survoltés par cette journée d'exception. Essylt dut supporter les discussions de Calixte et Thuán, ainsi que la désagréable présence de son grand-cousin Domnall à deux chaises de là.

Après le dessert, une musique débuta et Yvain entraina sa femme sur la piste de danse. Le couple était bien accordé et irradiait d'une joie contagieuse.

— Ma bien-aimée me ferait-elle cet honneur ?

Calixte lui tendait galamment la main. Elle l'accepta et le suivit sur la piste de danse, en même temps qu'Imrinn et Sybil, Oistin et Anna, et même Domnall et Mazoe. Les couples mariés virevoltèrent durant une courte danse avant que d'autres ne les rejoignent.

— Puis-je vous emprunter la mariée, Majesté ?

Yvain sourit à Calixte en lui tendant la délicate main de son épouse.

— Bien entendu, je serais ravi que nous fassions un échange.

Le rythme de la musique accéléra.

— Je connais mal cette danse, Majesté, j'ai peur de vous importuner, s'inquiéta Céali.

Calixte posa sa main sur son épaule pour la mettre à l'aise.

— Rassurez-vous, Votre Majesté, je suis très résistant, vous pouvez marcher sur mes pieds autant que vous le souhaitez.

Ils s'élancèrent et Essylt se retrouva seule avec son cousin, qui entreprit aussitôt de la faire danser avec enthousiasme.

— Merci pour votre aide. Céali vous apprécie beaucoup.

— C'est réciproque. Vous avez mis la main sur une femme incroyable : prenez-en soin.

— Je vous le promets.

Ils dansèrent ensuite dans un silence d'une douce connivence.

Les portes s'ouvrirent discrètement et Essylt se retourna instinctivement. Lucetmael entrait en compagnie de Gladys qui le tenait par la main. Le Prince et ses homologues les plus jeunes avaient mangé dans une salle séparée pour plus de tranquillité.

— Puis-je faire danser mon filleul ?

— Évidemment, il en sera ravi.

Yvain dansa comiquement jusqu'au Prince, le faisant rire aux éclats. Quand le nouveau Roi le souleva bien haut dans ses bras et le fit tournoyer, Essylt éprouva une étrange sensation dans le ventre, une urgence impalpable.

— Majesté, puis-je vous faire danser ?

— Avec grand plaisir, Tomás !

Une servante qui passait lui proposa un verre, qu'elle but entièrement.

— Doucement, Majesté, gardez des forces pour moi, s'amusa le Prince de Jirialc en posant une main protectrice sur le bas de son dos.

— Rassurez-vous.

Elle se laissa porter dans ses bras, puis dans ceux d'Imrinn, de Thuán et d'Oistin. Le mari de sa meilleure amie la taquina sur son air absent, la forçant à revenir à la réalité.

— Mon cher Comte, puis-je faire danser l'épouse de mon neveu ?

La voix grave du Roi Luam avait fait sursauter Oistin. Il inclina élégamment la tête et tendit la royale main.

— Bien évidemment, Majesté.

Large et rond, l'oncle de Calixte n'en demeurait pas moins un homme de poigne qui la mena avec assurance à travers la salle.

— Cela faisait longtemps que je ne vous avais pas vu, Majesté. Vous rayonnez.

— Merci, Majesté. Vous êtes également tout à votre avantage.

Il eut un rire forcé.

— Quel beau mensonge. Je commence à peiner à marcher. Heureusement, Ruarc s'impatiente de prendre ma place et je vais bientôt la lui céder.

— Pourquoi le faire patienter si vous êtes si pressé ?

— Cela lui inculque un peu de patience, s'amusa-t-il en haussant les épaules.

Essylt sourit poliment, toujours aussi perplexe devant certaines façons de penser de la royauté.

Par habitude, elle observa les invités. La pauvre Céali dansait au bras de son nouvel oncle par alliance. Domnall était lancé dans un monologue qui ne semblait agréable que pour lui. Son épouse en revanche tournoyait avec Calixte, qui la faisait rire.

Luíseach et Saraid étaient en pleine discussion, assises devant une nouvelle part de gâteau. Essylt sourit de la bulle amicale qui les entourait. Iverna dansait avec Thuán dans un silence poli pendant que Rosheen replaçait vaniteusement ses cheveux en compagnie d'Immchadh. La Princesse Alyson quant à elle discutait avec le Prince Asal, qui ne cachait pas son impatience de s'enfuir rejoindre ses amis.

Aveleen dansait avec Tomás, un large sourire sur son visage magnifique. Maintenant qu'elle la connaissait bien, Essylt savait que ce sourire était un peu forcé. La noble était attirée par les bons partis, ceux avec un grand titre, beaucoup d'argent ou les deux. Cette prédilection était ancrée inconsciemment en elle à cause de son père et elle le déplorait. Surtout que Balor ne cessait de lui lancer des regards énamourés.

— Vous avez un fils charmant, Majesté. Un Roi fort en devenir.

— Merci, mais il a le temps de profiter de son enfance avant de devenir Roi.

— Oh, vous savez, les choses arrivent si vite…

— Mon oncle, puis-je vous reprendre mon épouse ?

— Bien entendu.

La Reine retint un soupir de soulagement en retrouvant les bras de son mari. Bien malgré elle, Luam l'avait toujours mise quelque peu mal à l'aise.

— Regarde, Lucetmael ne veut pas lâcher son oncle !

L'amusement dans sa voix lui retourna le ventre bien avant cette adorable vision. Lucetmael tirait sur la poche du pantalon de Declan pour qu'il demeure avec lui, alors que Rosheen l'attendait pour danser. Le Chef des armées s'accroupit pour échanger quelques mots avec lui et Essylt sentit sa gorge se nouer d'adoration.

— J'ai hâte que Declan et moi lui apprenions à chevaucher et à se battre. Ce sera de grands moments entre hommes !

Elle n'eut pas le temps de dissimuler son expression.

— Cela t'a fait pâlir.

— Pouvons-nous éviter de parler du moment où mon bébé aura une épée entre les mains ? Cela me terrifie.

Il caressa tendrement sa joue.

— Tu sais parfaitement qu'il devra apprendre. Pas pour défendre sa propre vie, je l'espère, mais pour être un homme et un Roi accompli.

— Certes, mais nous en reparlerons le moment venu.

Il secoua la tête d'un air entendu.

— Tu es trop douce pour ce monde.

— Peut-être.

— Un verre, Vos Majestés ?

Elle but à nouveau le verre en entier, puis un second, sous l'attention amusée de son époux.

— J'en connais une qui va avoir mal à la tête demain.

— Je suis plus résistante que toi.

— Serait-ce un défi ?

— Nullement, tu ne pourrais pas le relever.

Quelques minutes plus tard, les bords de sa vision se floutèrent et elle se sentit plus légère. Les voix devinrent lointaines et ses pieds ne la firent plus souffrir.

— Je pense que ce verre ne sera pas nécessaire. Merci.

Une main se posa sur sa taille. Large. Possessive. Brûlante.

Elle redressa la tête. Declan venait d'ôter un nouveau verre de ses doigts. Le vert de ses yeux n'avait jamais été si tendre.

— Vous avez oublié de faire glisser vos boissons vers moi, ma Reine.

La référence à leur première soirée tous les deux l'emplit de nostalgie. Il la guida à travers la piste de danse.

— Je n'ai plus senti le goût de ce que j'ai bu dès le troisième verre.

— Je n'en doute pas un instant.

Leurs doigts enlacés, sa main dans son dos… ils n'avaient pas eu de contact physique depuis leur départ de Rodorchna et leurs corps s'en souvenaient parfaitement. Un désir incandescent monta en eux, irradiant l'espace protocolaire qui les séparait.

Declan déglutit avec difficulté.

— Tu n'aurais pas dû boire autant.

— Je sais.

Son pouce massa doucement le milieu de son dos et elle ferma les yeux d'aise.

— J'aimerais tant…

— Je sais.

— Essylt ?

Ils sursautèrent en sentant la bulle qui les entourait éclater. Anna lui faisait signe.

— Excusez-moi, Declan.

Il s'inclina et la contempla s'éloigner, ses doigts regrettant déjà de toucher les siens.

— Oui ?

— Bois un peu d'eau, tu sembles épuisée.

— Merci.

En saisissant le verre, sa main effleura celle de son amie. Un frisson surpris hérissa les poils de son bras.

— Tout va bien ?

L'alcool déclencha un rire rauque chez la Reine.

— Oui. Disons simplement que…

Elle remua malicieusement son nez en observant la salle à la recherche d'Oistin.

— Si ton mari est d'humeur chaleureuse ce soir, cela pourrait déboucher sur un troisième enfant.

Les yeux bleu foncé s'illuminèrent de surprise et de joie.

— Dans ce cas, je vais de ce pas aller retirer le verre de vin des mains de mon mari.

— Cours, vole !

Anna rit aux éclats et Essylt sut qu'elle garderait longtemps en elle ce son mélodieux.

XVII

« L'agrandissement de la noblesse est la preuve de monarques forts. » Roi Win de Guanile, 620.

Ils étaient demeurés neuf jours de plus en Xoramif pendant qu'Yvain et Céali profitaient de leurs noces. Pour la première fois, Essylt avait vécu ces journées dépourvues de responsabilités du côté des invités. Elle avait ainsi pu discuter des heures durant avec Mazoe et Anna ou encore emmener Lucetmael se promener à l'extérieur — entourés de trop de gardes pour les compter. Bien qu'elle se fût occupée des affaires de son Royaume à travers d'innombrables documents officiels, elle avait pu se reposer et profiter de ses proches.

Tous les monarques avaient ensuite pris la route pour le palais de Guanile. Les au revoir entre Yvain et son père avaient été particulièrement émouvants. L'ancien Roi laissait sa place au nouveau, qui comptait faire ses preuves durant le Conseil en Aivaithra.

Après une semaine de voyage éprouvante, où le temps était passé d'une chaleur extrême à une pluie torrentielle, ils étaient enfin arrivés à destination. Ils avaient trouvé à leur arrivée un Roi Kane survolté de voir tant de monde après la longue absence de son épouse. Il avait prévu moult activités et réjouissances pour occuper leur court séjour, qui s'achevait ce soir.

La réception était extravagante, plus à l'image de la Jirialc, dont Kane était originaire, que de la Guanile. Gwenola n'avait cependant pas protesté, conciliante comme à son habitude.

— Mah !

La Reine fit volte-face brusquement et faillit se renverser sur elle le verre qu'elle contemplait distraitement. Elle le déposa sur une table et ouvrit ses bras à son fils qui courait vers elle.

— Tu t'es bien amusé avec Owen ?

— Ui.

Le Prince de Guanile venait de rejoindre Gwenola. Ils s'entendaient à merveille pour jouer, ce qui avait ravi leurs mères.

Elle s'assit sur la première chaise venue et fit signe à une servante de lui apporter une part de gâteau. Installé sur ses genoux, il entreprit de gratter les perles sur le buste de sa robe, amusé par le bruit.

— Si tu les fais tomber, Bethania devra toutes les recoudre. Elle ne t'en voudra pas, mais ça lui prendra beaucoup de temps.

— Majesté, voulez-vous que j'aille chercher la nourrice du Prince ? s'enquit la domestique vêtue de gris en déposant l'assiette devant elle.

— Non, merci.

— Voulez-vous que je nourrisse son Altesse moi-même ?

— Non, je vous remercie.

Perplexe, elle s'inclina et s'éloigna. Les petites gens des autres royaumes n'étaient pas accoutumés à la simplicité d'Essylt. La majorité des Reines, même parmi les plus aimantes et dévouées, ne s'embêtaient pas à donner à manger à leur enfant, durant une fête.

Elle mit une cuillérée de gâteau à la framboise dans sa bouche et il gémit d'aise. Il essaya de lui prendre l'ustensile des mains et elle lui retira vivement.

— Tu apprendras une autre fois, mon trésor, Maman n'a pas envie que tu salisses sa robe.

Docile, il ouvrit grand la bouche pour signifier son appétit.

— La vie de Prince semble être des plus agréables, s'amusa Balor en s'asseyant à côté d'eux.

Lucetmael le détailla avec attention. Le Duc sembla lui convenir comme compagnie car il ouvrit la bouche quand elle approcha à nouveau la cuillère.

— Je doute que votre enfance ait été plus difficile, excellence.

— Certes, mais je n'ai pas eu la chance d'avoir une mère aussi aimante et dévouée.

— Moi non plus.

Il cacha son visage derrière sa main.

— Excusez-moi pour cette odieuse maladresse, Majesté, je ne voulais pas…

— Je sais, Balor, rassurez-vous.

L'utilisation de son prénom l'apaisa. Il prit un verre pour se donner une contenance.

— Je ne venais pas pour vous insulter ou vous blesser, mais pour vous entretenir d'un sujet qui m'est cher et difficile à aborder.

Essylt secoua la cuillère vide devant les yeux de Lucetmael pour détourner son attention de son collier.

— Aveleen ?

Balor tressaillit.

— Oui. Comment… ?

— Votre empressement est facile à remarquer.

— Sauf pour elle, de toute évidence…

Il se massa la nuque de contrariété en observant la piste de danse. Aveleen jacassait avec Noreen. Vêtue d'une toilette prune seyant à ravir avec ses cheveux noirs, elle rayonnait comme à son habitude.

— Je ne sais pas quoi faire pour attirer son attention. Bien sûr, cela est compliqué avec la présence de Tomás…

— Il n'est pas intéressé.

— Comment pourrait-il ne pas l'être ? Elle est magnifique.

Essylt donna la cuillère à Lucetmael. Il entreprit de se regarder dedans avec une concentration adorable.

— C'est une évidence, mais Tomás est déjà pris, croyez-moi.

Il poussa un long soupir.

— Soit. Il n'empêche qu'elle me remarque à peine. J'ai conscience que ma province est très loin d'être l'une des plus riches du Continent, et mon manoir et mes terres sont quelque peu rustiques mais…

— Vous l'aimez.

Il eut un demi-sourire triste.

— Oui. Je crois que oui.

— Vous croyez ? Que ressentez-vous quand vous la voyez ?

— À dire vrai, quand elle est dans une pièce, je ne vois qu'elle. Et toutes mes pensées lui sont réservées quand elle n'est pas là. J'ai déjà éprouvé de l'admiration et de l'attachement pour une femme — vous, en l'occurrence — mais rien de comparable.

Se rendant compte de la portée de ses paroles, il rougit.

— Sans vouloir vous offenser, Majesté.

— Vous ne m'offensez pas, rit-elle en refermant un bouton du haut de Lucetmael. Au contraire, je suis heureuse que votre attachement n'ait pas été si intense. Je suis déjà peinée de vous avoir éconduit alors que vous étiez en route pour le château de Bofursyle.

— Ce n'est rien. Bien sûr, j'ai été très déçu. Mais la vie devait être ainsi.

— Oui, murmura-t-elle en enfouissant son nez dans les boucles de son fils pour humer son odeur.

Mes boucles. Les boucles de Declan.

— Non seulement elle ne me remarque pas, mais en plus elle va partir avec vous en Aivaithra et je ne la reverrai pas avant de longs mois. Si je parviens à la revoir avant qu'elle trouve un mari.

— Je pense qu'Aveleen a envie de profiter un peu du statut que je lui ai offert.

— Vous a-t-elle parlé de moi ?

— Nous n'avons pas eu l'occasion de discuter d'un tel sujet depuis notre voyage chez vous, car elle a passé beaucoup de temps avec Noreen.

— D'accord.

Il était déçu, c'était évident. Essylt essuya la bouche de son fils avec une serviette puis le déposa par terre.

— Va faire un bisou à Papa, ensuite je t'emmène au lit.

— Pa' !

Il partit avec entrain, sa cuillère fièrement brandie.

— Rassurez-vous, excellence, j'intercéderai en votre faveur.

— Vraiment ? Il y a de bien meilleurs partis que moi.

— L'argent ne devrait pas rentrer en compte dans ce choix. Aveleen mérite un homme qui prendra soin d'elle et je suis sûre que vous pouvez l'être.

— Merci, Majesté. Sincèrement.

— Pourquoi a-t-il une cuillère ? s'exclama Calixte qui venait vers eux à grands pas, leur fils dans les bras. Où est Gladys ?

— Elle se repose avec son mari et Nar avant le départ demain matin.

Le Roi acquiesça sèchement, toujours agacé par la bonne entente qui régnait avec son ancien prétendant. Le percevant parfaitement, Balor s'inclina bien bas.

— Merci pour votre aide, Votre Majesté.

— Quelle aide ? demanda Calixte une fois qu'il se fut éloigné.

Il déposa un baiser sur sa joue.

— Il désespère d'attirer l'attention d'Aveleen.

— Oh.

Cette réponse le détendit.

— Veux-tu que j'appelle une servante pour l'emmener au lit ?

— Non, je vais le faire moi-même. Tu sais à qu'il peut avoir le sommeil agité quand nous ne sommes pas chez nous, je préfère qu'il voit un visage familier.

— Je pense que tes caméristes sont des visages suffisamment familiers…

Elle lui prit le Prince des bras.

— Je sais que cela peut te surprendre, mais sache que j'adore ces petits instants volés à notre exigeant quotidien.

Il caressa ses cheveux.

— Tant que tu ne t'épuises pas à vouloir tout faire, c'est tout ce qui m'importe.

Elle lui sourit doucement puis quitta la salle de réception. Jarlath, Cathan et Caem l'entourèrent aussitôt.

— Ca' !

Il passa sa tête par-dessus son épaule pour leur faire signe.

— C'est à moi qu'il parle, s'extasia le commandant.

— Non, à moi, répliqua le capitaine.

— Il vous appelle tous les deux de la même manière, cessez de vous disputer.

Lucetmael se pencha sur sa droite.

— Ya' !

— Là, c'est moi, commenta fièrement Jarlath. Vous venez un peu avec moi, Altesse, pour soulager votre mère ?

Lucetmael tendit ses bras. Le commandant royal l'installa sur sa hanche et la petite main vagabonde essaya aussitôt d'attraper son épée.

— Vous apprendrez quand vous serez plus grand, Altesse.

— Il a le temps.

— Tu ne pourras pas l'empêcher d'être un homme, lui souffla Cathan.

— Certes.

Elle était lasse de discuter de cela. Ne pouvait-on pas lui épargner pendant ne serait-ce qu'une journée l'image de son fils brandissant une épée ou se mariant contre son gré pour les convenances ?

Son commandant lui rendit Lucetmael une fois arrivés dans leurs appartements. Richement décorés, ils étaient composés d'un grand salon, de deux pièces pour leurs gens, d'une chambre conjugale, d'une salle de bains et d'une chambre pour enfant. Cette dernière était à l'opposé de celle qu'elle partageait avec Calixte, ce qu'elle n'appréciait guère.

Elle lui retira son habit d'apparat, un vêtement bleu cousu de fils d'argent. Elle changea ses langes puis lui laissa uniquement un haut léger pour la nuit.

— Il est l'heure du repos des Princes.

Elle l'allongea, le recouvrit de sa couverture et rapprocha sa peluche de son visage.

— Je vais devoir également aller me mettre au lit, alors.

La Reine sursauta. Appuyé contre l'encadrement de la porte avec une nonchalance étudiée, Declan admirait cette scène parfaite.

— Vous m'avez fait peur.

— Je sais.

Fier de lui, il contourna le lit pour lui faire face. Il vérifia que la couverture était bien coincée contre le bois pour que ses pieds ne se retrouvent pas à l'air.

— Que faites-vous ici ?

Elle lança un regard alerte en direction du salon. La porte était entrouverte et ils percevaient les chuchotements des caméristes encore debout.

— Je suis venu vérifier que la sécurité était optimale avant notre départ demain.

Ses doigts rencontrèrent les siens au-dessus de leur fils et il les caressa tendrement.

— Attention, murmura-t-elle.

Elle retira sa main pour replacer ses cheveux.

— Il comprend les choses. Et il commence à savoir s'exprimer…

Elle n'en dit pas plus. Il avait compris. Il se pencha au-dessus du berceau pour embrasser son front.

— Faites de beaux rêves, Altesse.

Il recula d'un pas protocolaire et fit la révérence.

— Majesté.

Mon amour, entendit-elle.

— Les récoltes de plantes médicinales ont été particulièrement mauvaises cette année, voilà pourquoi le prix a augmenté aussi drastiquement. Je ne puis vous faire une offre plus avantageuse, assura la Reine d'Aivaithra.

— Voyons, Majesté, dit Calixte d'un ton entendu en posant sa tasse de thé sur la table. Je comprends bien vos raisons, mais admettez que ce prix est très élevé. Je viens de vous concéder du vin à un prix défiant toute concurrence. Ne pourriez-vous pas faire une offre plus généreuse ?

Entourée de ses deux conseillers, Iverna fit non de la tête.

— Malheureusement, je ne puis me le permettre.

— Dans ce cas, le prix du verre sera légèrement plus haut que l'an passé.

La paupière gauche de la souveraine tressauta.

— Et si nous gardions le prix du verre tel qu'il était, celui des plantes comme je vous l'ai énoncé, mais que je diminuai le prix de la cire parfumée ? Je sais que vos nobles en raffolent.

— Cela me parait parfait, sourit Calixte, heureux de ce qu'il avait obtenu avec une facilité dérangeante. Merci, Majesté.

— Les contrats seront prêts à être signés dans une heure, assura l'un des conseillers d'Iverna en serrant la main du Roi.

— Parfait.

Essylt suivit le mouvement pour saluer son homologue puis se rassit dans le fauteuil qu'elle occupait depuis deux longues heures.

— J'ai senti que nous n'allions pas obtenir mieux malgré le poids conséquent que nous avons dans l'économie continentale. Heureusement, nos peuples se portent à merveille — le tien en grande partie à cause de tout cet argent que tu as osé lui donner — de ce fait, cette augmentation ne sera pas trop difficile pour les ménages.

La Reine laissa sa tête retomber contre le tissu moelleux.

— Il y a un problème ?

— J'avais oublié à quel point je trouve tout ceci ridicule. Les prix ne peuvent-ils pas simplement être toujours les mêmes et ajouter une taxe de transport ?

Son mari vint s'asseoir sur le bord du fauteuil et caressa sa joue.

— Mon père hurlerait contre les professeurs d'économie qu'il t'a offerts s'il entendait cela.

Il passa son bras sur ses épaules.

— Les choses sont ainsi, tu le sais. Les prix fluctuent selon la disponibilité du produit et les royaumes. De même, le transport est différent selon le produit, les difficultés dues au paysage, la distance…

— Soit.

Elle ferma les yeux.

— As-tu mal dormi ? Je n'ai pas eu la chance de partager ta couche cette nuit.

La Reine Iverna d'Aivaithra leur avait fait préparer des appartements avec deux chambres, contrairement à la Guanile. Elle lui en était très reconnaissante.

— J'ai peu dormi, mais ce n'est pas la question.

Il lui tendit sa main en soupirant.

— Tu veux rejoindre Anna, n'est-ce pas ?

Elle fit la moue.

— C'est notre dernier jour ici…

— Vas-y. Je mènerai seul l'entretien avec Luam. Ce ne sera ni difficile ni pénible.

— Tu es sûr ?

— Absolument.

Ravie, elle bondit sur ses pieds et crocheta sa nuque pour embrasser sa joue. Vif, il décala son visage pour prendre possession de ses lèvres.

— Heureusement que mon père a fait en sorte que tu épouses un Prince. Ton désintérêt pour la politique est parfois terrifiant.

Une impérieuse envie de le gifler lui démangea la main.

— Je ne prends aucun plaisir à user de ma supériorité commerciale, contrairement à toi.

Ce qu'elle avait formulé comme un reproche sonna à ses oreilles comme un compliment. Il sourit et la repoussa doucement par la taille.

— File avant son arrivée.

— Amuse-toi bien, dit-elle d'une voix irritée en s'enfuyant.

En arpentant les couloirs du château d'Aivaithra, dont l'arôme idyllique avait été altéré par l'attaque de l'an passé, elle croisa la Princesse Rosheen.

— Majesté, où est mon merveilleux filleul ?

— À la sieste, il est encore tôt.

— Bien, il doit être en forme pour la réception de ce soir. Mon invitation à l'emmener en voyage en Teac tient toujours. Surtout qu'il pourrait ainsi passer plus de temps avec les enfants de votre chère amie Anna.

— C'est fort aimable à vous. Comme je vous l'ai dit, il est encore trop petit pour cela. Il pourra vous rendre visite dans quelques années, Altesse.

— Soit.

Rosheen inclina la tête de manière excessive puis s'éloigna en faisant bruisser ses imposants jupons. Essylt avait parfois du mal à suivre ses sautes d'humeur aussi extravagantes qu'elle. Si cela n'avait tenu qu'à Calixte, il aurait accepté cette invitation, bien que Lucetmael n'ait qu'un an et trois mois. Mais au vu du peu d'instinct maternel de la Princesse — pas plus tard que la veille, elle avait crié quand Lucetmael avait régurgité un peu de ce qu'il avait mangé sur son menton — la Reine ne s'imaginait pas du tout lui confier son enfant. Bien sûr, elle ne pourrait éternellement y échapper. Mais elle accepterait qu'il parte seul dans au moins une bonne douzaine d'années.

— J'en connais un qui ne dort pas, s'amusa Essylt quand les soldats teaciens lui ouvrirent les portes.

Les yeux exorbités de fatigue, Anna berçait contre elle son dernier né. Lasérian produisait des cris absolument impressionnants pour un être d'une si petite taille.

— Donne-le-moi.

La Comtesse ne se fit pas priée, exténuée. La souveraine le souleva par les aisselles et l'assit sur ses genoux. Une main dans son dos pour le maintenir, elle appliqua la seconde sur son ventre pour le masser doucement.

— C'est là que tu as mal ? Oui, mon petit chéri. Ça fait du bien ? Calme-toi, ça va passer.

Une minute plus tard, le petit Comte ne pleurait plus et contemplait la Reine avec adoration.

— Si tu étais une nourrice, je sortirais tous mes coffres de pièces d'or en réserve pour me payer tes services.

Anna s'écroula à côté d'eux et embrassa son fils.

— Il a juste des reflux. Laisse-le plus souvent assis qu'allongé quand il est ainsi, cela l'apaisera.

— D'où te vient ce don avec les bébés ?

— Ce n'est pas un don avec les bébés, c'est simplement… Je perçois les peines physiques des gens.

— Ou leur joie, indiqua-t-elle malicieusement en désignant son ventre.

Essylt sentit ses joues lui faire mal tant le sourire qui étira ses lèvres fut grand.

— Tu veux dire que… ?

— Oui !

Elles se tombèrent dans les bras, faisant couiner Lasérian qui n'appréciait pas d'être remué de la sorte.

— Depuis quand ?

— La nuit du mariage d'Yvain et Céali, je suppose. J'ai presque trois semaines de retard. Je voulais attendre encore un peu pour être sûre, mais j'ai passé la matinée à vomir.

Cela expliquait sa fatigue particulièrement prononcée.

— L'as-tu dit à Oistin ?

— Je lui dirai une fois rentrés en Teac, sinon il va s'inquiéter tout le long du trajet.

— Ma pauvre, tu as un mari si prévenant et amoureux, cela doit être difficile à vivre…

Anna lui frappa gentiment l'épaule.

— Comme si tu ne savais pas le calvaire que c'est !

— Fais attention à tes gestes, Comtesse, tu viens de commettre un crime de lèse-majesté.

— Vais-je aller en prison pour cela ?

— Très certainement.

Anna lui pinça les côtes et Essylt rapprocha Lasérian de sa poitrine pour se protéger.

— Tu triches.

— Non, je suis stratégique.

Elles rirent de bon cœur.

— Tu vas terriblement me manquer.

— Toi aussi.

— Ces cinq semaines ont été merveilleuses. Je regrette chaque jour un peu plus que nos royaumes soient si éloignés.

— Malheureusement, nos vies sont pleines de responsabilités.

Essylt frotta son nez contre celui de Lasérian, qui lui offrit l'un de ses rares sourires.

— Quand viendras-tu me voir en Teac ?

— Je doute d'avoir le loisir d'y voyager avant qu'un Conseil des Neuf y ait lieu. Je ne sais pas quand sera le prochain dans ton Royaume.

Anna se passa théâtralement un bras au-dessus de la tête.

— Et je ne suis pas près de voyager à nouveau avec cette troisième grossesse et le bébé à venir.

— Nous nous reverrons quand le temps sera venu. Tu auras un nouveau bébé à me présenter, j'en suis déjà impatiente.

— J'espère que tu en auras aussi un.

Essylt se détourna brusquement, surprenant sa meilleure amie.

— Tout va bien ?

— Oui, c'est juste que… je n'ai pas envie d'être mère une seconde fois pour l'instant.

— Ton accouchement a-t-il été difficile ?

— Pas plus qu'un autre, je présume.

— Penses-tu avoir du mal à concevoir à nouveau ?

— Non.

Elle ne pouvait pas expliquer pourquoi elle n'était pas retombée enceinte depuis la naissance de Lucetmael. Peut-être parce qu'elle n'en avait pas envie ?

— Crains-tu que Lucetmael n'apprécie pas d'avoir un petit frère ou une petite sœur ?

— Non, au contraire…

— Alors pourquoi ?

La bouche entrouverte, aucun mot ne venait à Essylt. Elle ne pouvait pas dire la vérité à son amie. Elle lui faisait une confiance aveugle mais ne pouvait pas prendre le risque de mettre Lucetmael en danger.

Et comment aurait-elle pu comprendre ? Anna avait fait un mariage heureux et était convaincue que c'était également son cas. Que penserait-elle si elle apprenait qu'elle aimait éperdument un autre homme et se donnait à lui ?

— Je ne me sens simplement pas prête. J'ai envie de profiter encore un peu de Lucetmael.

— Je peux comprendre, le temps passe si vite, se lamenta son amie.

Essylt retourna Lasérian pour l'asseoir dos à elle et changea de sujet.

— Je trouve que la Princesse Rosheen n'a pas semblé affectée par le mariage d'Yvain. Je croyais qu'elle aurait été plus vexée que cela.

— C'est vrai qu'elle n'a montré aucun signe de jalousie ni de colère. Un bien bel exploit.

— Elle a pourtant manqué sa seule occasion d'être Reine.

— Peut-être que Luam veut passer un accord avec Máda pour qu'elle épouse Tomás… Bien qu'elle soit plus âgée que lui.

— Non, j'en doute. Tomás est déjà pris.

— Dans ce cas, elle est peut-être secrètement amoureuse et n'est donc pas si déçue que cela.

La simplicité avec laquelle Anna voyait la vie était rafraichissante.

— Peut-être. En tout cas, je suis ravie qu'Yvain ait trouvé Céali.

— Elle est si douce et honnête ! Que fait-elle d'ailleurs ? Je vais l'inviter à prendre le thé avec nous.

— Elle est certainement en train de négocier avec Domnall.

— À ce propos, n'étais-tu pas occupée tout l'après-midi ?

— Mon mari m'a autorisée à lâchement fuir mes responsabilités.

— Quel gentleman.

Elle le pensait.

Essylt envoya Cathan s'informer de l'emploi du temps de Céali et il revint avec cette dernière. La Reine de Xoramif était ravissante dans sa robe rose pâle en accord avec la teinte de ses joues.

— Merci pour cette invitation ! Domnall et Yvain étaient en pleine discussion et je me languissais d'une compagnie féminine.

La Reine Mazoe était rentrée en Mebeaka avec ses deux enfants, à la grande tristesse d'Essylt.

— Installez-vous, Majesté. C'est moi qui vous remercie, grâce à vous je suis en présence de deux Reines pour prendre le thé, ce n'est pas donné à tout le monde.

Céali rougit, encore peu accoutumée à son titre.

— Quel beau bébé !

Essylt lui tendit le Comte qu'elle s'empressa d'asseoir sur ses genoux avec une adresse certaine.

— J'ai beaucoup de cousins et cousines, j'ai l'habitude des bébés.

— J'adore les grandes fratries, s'émerveilla Anna. Combien en avez-vous ?

— J'ai…

— Votre Majesté Essylt, excusez-moi pour le dérangement, dit Luíseach qui venait d'entrer, des rouleaux à la main. Ces contrats requièrent votre signature.

Saraid la suivait de près, ses yeux particulièrement alertes depuis le début de leur séjour en Aivaithra. Cela était évidemment dû à la présence de Garvan, mais Essylt avait soigneusement évité de le lui faire remarquer.

— Il y a un secrétaire juste là, lui indiqua Anna en désignant un coin de la pièce.

Essylt fit signe à ses conseillères de la suivre. En s'installant derrière le petit bureau, elle ne put empêcher ses yeux de dériver sur le papier en haut d'une pile. C'était un avis d'échéance pour un impayé.

Peinée que son amie ne lui ait pas dit que ses soucis financiers étaient toujours d'actualité, la Reine signa les contrats avec application avant de les rendre à Luíseach.

— Il ne manque que la signature du Roi.

— Vos excellences, restez prendre le thé avec nous, les convia Anna avec son éclatant sourire.

Essylt reprit place sur le canapé en tentant de se rappeler combien contenaient les coffres qu'elle avait avec elle. Pas assez pour l'aider de manière définitive, malheureusement.

— Nous devons apporter les contrats au Roi…

— Cathan peut le faire pour nous, contra Saraid en s'asseyant à côté de Céali.

Résignée, Luíseach confia les papiers de la plus haute importance au commandant.

— Aveleen est encore souffrante ?

— Oui, j'espère qu'elle pourra voyager demain.

— Je lui ai fait parvenir un thé xoramifien, dit Céali de sa douce voix. Très bon pour la digestion.

— Merci, Majesté.

— Pourrez-vous me donner sa composition ? s'enquit Luíseach avec intérêt.

— Bien entendu. Il y a…

Le cœur plein de tendresse, Essylt observait ses amies pendant qu'elles discutaient joyeusement, toutes différentes et pourtant unies par cet instant. Elle savait qu'elle ne pourrait pas réunir avant longtemps ces femmes qui avaient une grande importance pour elle, même Céali bien qu'elles se connaissent depuis peu.

Leur dire au revoir le lendemain matin fut difficile, surtout à Anna. Leur amitié avait toujours été une évidence, dès leur rencontre dans la cour du château de Teac. Bien que la relation soit principalement épistolaire, elle n'en demeurait pas moins authentique et profonde. Ces semaines de voyage, de fêtes et de longues discussions n'avaient fait que renforcer un lien déjà très fort. Elles s'enlacèrent une minute qui leur sembla trop courte pendant que leurs maris faisaient la conversation comme si de rien n'était, peinés par leur chagrin.

Essylt salua ensuite Yvain et Céali. Cette dernière repartait avec des souvenirs plein la tête, elle qui n'avait jamais quitté la Xoramif jusqu'alors. La Reine dut également dire au revoir à ses deux conseillères et amies, qui repartaient en Rodorchna pour s'occuper de la gestion du Royaume tandis qu'elle prenait la route de la Bofursyle. Luíseach et elle firent comme si de rien n'était quand Saraid reçut un présent de la part de Garvan, dont le regard énamouré trahissait une véritable détresse de la voir partir.

— Vicomtesse, comment allez-vous ?

Plus pâle que de coutume, Aveleen lui fit un mince sourire.

— Mieux, Majesté, mais il me tarde déjà de retrouver un lit ce soir.

— N'hésitez pas à me dire si vous avez besoin de quelque chose.

Calixte avait décidé de faire cette première journée de voyage avec les conseillers bofursyliens pour épargner un maximum de travail à Essylt. Sa prévenance outrancière était parfois bienvenue. La Reine s'enfonça dans les coussins et contempla son fils jouer à côté d'elle.

— J'espère que le Prince ne va pas vous importuner, excellence.

— Nullement, Majesté. Son Altesse est bien trop agréable à vivre.

Lucetmael délaissa le jouet qu'il mordillait pour lui sourire.

— Ine.

— C'est Aveleen, oui. Elle est malade, alors il ne faut pas faire de bruit pour qu'elle se repose.

— Aya.

— Oui, malade.

Il hocha la tête avec beaucoup de sérieux puis remit son jouet dans sa bouche.

— Votre fils me donne envie d'en avoir un.

— Merci, j'ai beaucoup de chance qu'il soit aussi adorable.

Aveleen acquiesça, les deux mains sur son ventre.

— Allongez-vous, votre excellence, vous avez la banquette pour vous.

— Je ne voudrais pas être impolie.

— Nous sommes entre nous, il n'y a nulle impolitesse.

Elle allongea ses jambes à côté d'elle.

— Merci, Majesté. Pour ce voyage, pour cette place auprès de vous, pour votre gentillesse incommensurable. Depuis que je vis avec vous, je me sens libre.

— Je suis heureuse que ce soit le cas. Je crois que c'est le plus beau sentiment que l'on peut faire éprouver à quelqu'un.

Elle ferma ses yeux verts et poussa un soupir d'aise.

— Puis-je vous poser une question indiscrète ?

— Bien sûr, Majesté.

— Pourquoi ne considérez-vous pas Balor comme un prétendant digne de vous ?

La noble tressaillit, surprise que le sujet soit abordé de manière si directe. Elle prit une position plus agréable avant de répondre.

— Mon père exige de moi que je prenne un mari riche et malheureusement Balor a une province plutôt pauvre et rustique…

— Vous n'êtes plus sous la coupe de votre père. Bien qu'il paye votre dot, vous êtes libre de choisir qui vous voulez. Vous savez parfaitement qu'il ne pourra refuser un mari que j'aurais publiquement approuvé.

— Certes, Majesté, mais je crains son avis…

— Vous n'êtes pas obligée de le revoir. Jamais.

Aveleen posa son bras sur ses yeux.

— Je n'exige pas de vous que vous épousiez Balor, loin de là. Je ne me permettrais jamais de vous forcer en quoi que ce soit. Mais je ne comprends pas… J'aurais espéré qu'après ces mois passés auprès de moi, vous auriez compris que l'argent et le pouvoir ne font pas la valeur d'une personne.

— Ce n'est pas une question d'argent ni de pouvoir, Majesté.

— Alors, qu'est-ce ? Balor est charmant, bel homme, dévoué et…

— C'est trop près ! la coupa Aveleen en se redressant d'un bond.

Lucetmael sursauta et lâcha son jouet. L'aristocrate se précipita pour lui ramasser bien qu'elle fut encore plus pâle.

— Pardonnez-moi, Altesse. Majesté.

Essylt la retint avant qu'elle retourne s'asseoir.

— Trop près de quoi ? murmura-t-elle.

— Trop près de mon père, souffla-t-elle en se retenant à son bras. Le Duché de Balor est à la frontière avec la Mebeaka. Et bien que mon Vicomté soit au bord de la mer, il n'est qu'à six ou sept jours de voyage. Si je me marie avec Balor…

— Votre père pourra vous rendre visite souvent.

— Oui.

Ses yeux se remplirent de larmes.

— Ne vous méprenez pas, Majesté. J'adore Balor. Je crois même que… Que je pourrais l'aimer. Mais pour rien au monde je ne suis prête à revivre dans la peur. Je ne veux pas revoir mon père. Jamais.

Essylt posa une main protectrice sur son visage.

— Vous n'aurez jamais à le revoir, je vous le promets. Reposez-vous maintenant.

Elle l'aida à se rallonger et sortit un plaid de sous la banquette dont elle la recouvrit. Puis elle s'assit et se mit à réfléchir à une manière d'arranger cette situation inextricable.

Après trois jours de voyage sous la pluie, un doux soleil les réveilla le quatrième matin. Essylt décida d'en profiter pour chevaucher un peu, seule cette fois-ci. Aveleen, Gladys et Cleena tenaient compagnie à son fils, elle monta donc sur Royal l'esprit tranquille.

— Pas trop difficile de monter en selle après tous ces banquets ? demanda Cathan d'un air moqueur.

— Pas plus que pour toi de porter ta suffisance tous les jours.

Jarlath éclata d'un rire bruyant qui fit se retourner plusieurs soldats. Ceux qui étaient les plus proches de la Reine, triés soigneusement par ses commandants, avaient l'habitude du tutoiement et de cette familiarité qui les faisait beaucoup rire.

— Mais je la porte avec tellement d'élégance.

Essylt ne répliqua rien pour ne pas rentrer dans son jeu et siffla. Aussitôt, Dagda, Drac et Bel se précipitèrent vers les jambes de son cheval, qui s'ébroua d'agacement.

— Le dernier à l'arbre a perdu !

Les trois bêtes partirent en courant de toutes leurs forces. Essylt voulait qu'ils profitent des grands espaces avant leur retour au château. Bien qu'ils soient sortis deux fois par jour, cet exercice supplémentaire leur faisait un bien fou. Surtout si cela permettait qu'ils dorment sans chahuter dans l'auberge ce soir.

— Je suis toujours impressionné par le fait qu'ils comprennent parfaitement ce que tu dis.

— Ils ne sont pas stupides.

— Ils demeurent des animaux. À part « assis » et « couché » pour un chien, je n'en ai jamais vu d'aussi intelligents.

Essylt haussa les épaules. Sans grande surprise, Drac arriva le premier. Avec son corps élancé légèrement plus long que celui de sa sœur et les bandes noires sur son dos, sa course était un spectacle hypnotisant. Dagda le suivait de près, sans pour autant être véritablement déçue de sa défaite. Quant à Bel, il n'était pas taillé comme les guépards pour la vitesse. Sa structure plus haute et plus lourde en faisait un adversaire redoutable quand ils se chamaillaient, ce qu'Essylt interrompait rapidement.

— La chevauchée est bonne, ma Reine ?

Calixte lui faisait signe depuis son carrosse, qu'il partageait avec Declan. Il était rare que ce dernier ne soit pas sur un cheval, mais le Roi voulait l'entretenir. Elle lui fit un signe de la main.

— Très. Il ne fait ni trop chaud ni trop froid.

— Tant mieux. Dis-moi si tu as soif, j'ai de l'eau ici.

— Merci.

Son genou droit frôla Royal, qui comprit le message implicite et accéléra la cadence pour dépasser le carrosse.

Ils étaient partis de la Rodorchna fin juillet et le mois de septembre touchait à sa fin. Elle avait l'impression de n'avoir fait que s'asseoir dans un carrosse ou à table. C'était réducteur, étant donné qu'elle avait passé d'excellents moments avec ses amies, néanmoins elle avait hâte de rentrer chez elle. Bien que le château de Bofursyle ne fasse pas naître en elle le même sentiment d'appartenance et de paix que celui de Rodorchna.

Royal sentit sa frustration. Il ébroua sa crinière blanche pour lui demander d'aller au galop. Malheureusement, Essylt ne pouvait pas se permettre de s'écarter de la procession, surtout pas avec Calixte non loin de là. Elle supposait qu'il était au courant des grandes chevauchées qu'elle pouvait faire seule, toutefois elle ne voulait pas exacerber son inquiétude.

— Bravo, Drac !

Elle se pencha et son guépard fit un petit bond pour qu'elle lui caresse la tête. Drac avait beau être souvent revêche et très indépendant, il adorait ses petites marques de tendresse.

Essylt profita de Royal et de ses animaux pendant deux bonnes heures avant de retourner auprès de son fils. En se rapprochant du carrosse, elle aperçut sa petite tête blonde passer à travers la fenêtre.

— Fais attention, mon trésor.

— Je le tiens, Majesté, cria Gladys pour la rassurer.

La Reine lui fit signe tout en continuant de se rapprocher, amusée par son air si sûr de lui.

— Regardez qui approche, Altesse. Qui est-ce ?

Ses yeux bleu ciel rencontrèrent ceux d'Essylt.

— Maman !

Son cœur explosa d'amour.

— C'est la première fois qu'il le dit ! s'écria Cleena.

Royal se figea et elle fit signe au cocher d'arrêter le carrosse. Elle bondit à terre et Gladys lui confia.

— Mon trésor, je suis si fière de toi ! Dis-le encore.

— Maman.

Il enfouit son visage dans son cou et elle le serra très fort.

— Il y a un problème ? demanda Calixte en descendant de son carrosse, suivi de près par Declan.

— Non, au contraire. Répète, mon trésor.

Lucetmael repoussa les cheveux de sa mère de son visage et la regarda avec adoration.

— Maman !

— Oh !

Elle recouvrit de baisers ses joues potelées, son front lisse, son petit nez et son menton. Si elle l'avait pu, elle l'aurait croqué à pleines dents.

— Son premier véritable mot, bien qu'il se fasse parfaitement comprendre depuis plusieurs semaines. Bravo, mon chéri.

Calixte les enlaça tous les deux. Essylt était bien trop transportée de joie pour lui en vouloir de s'immiscer entre eux. Le bonheur durement dissimulé qu'elle aperçut sur le visage de Declan lui donna une furieuse envie de l'embrasser. À défaut de quoi elle enfouit son nez dans les cheveux de son fils pour humer son parfum.

— Je vais remonter en carrosse simplement pour savourer encore ce mot.

— Apprends-lui à dire Papa, que nous soyons à égalité.

Une douleur lui retourna le ventre.

— Ce sera certainement son prochain mot.

La marche du carrosse grinça quand Declan remonta s'asseoir.

Quand le château de Bofursyle apparut dans la brume, les voyageurs poussèrent un soupir de soulagement. Bien qu'elle ne soit pas pressée de retrouver ses appartements qu'elle n'appréciait guère, Essylt entreprit de couvrir Lucetmael, pendant que Gladys en faisait autant avec Nar.

— J'espère que vous êtes heureuse de ce voyage et qu'il n'a pas été trop pénible pour votre famille.

C'était la première fois que Gladys les accompagnait avec son fils et son époux.

— Nullement, Majesté, bien au contraire. Pas un seul instant je n'aurais pu rêver que mon fils découvre d'autres royaumes et il en a vu trois de plus grâce à vous.

— Lu !

Nar tendit sa main au Prince, qui lui confia son jouet sans hésiter. Âgé de six mois de plus que lui, Lucetmael adorait le suivre et apprendre les gestes qu'il maîtrisait déjà.

— J'espère que cela ne vous dérange pas qu'il l'appelle de manière si familière. J'ai essayé de lui inculquer le terme « Altesse » mais il le refuse pour le moment.

— Ce n'est rien, Gladys, rassurez-vous. Au contraire, je suis heureuse que Lucetmael ait un petit garçon avec lequel jouer et qui ne le craindra pas.

— Na !

Le fils de la nourrice rendit son jouet au Prince, qui rit de cet échange.

— Merci, Majesté.

Bien qu'elle ne puisse pas le formuler à voix haute, Gladys avait conscience que la personne à qui son poste apportait le plus n'était pas elle, mais son fils. Malgré la différence de rang qui subsisterait entre eux, si Lucetmael et Nar demeuraient amis au fil des années, ce dernier allait avoir accès à bien plus que ce que sa naissance lui permettait de prime abord.

Cathan ouvrit les portes du carrosse et l'aida à descendre. En découvrant un intendant qui l'attendait avec un air sévère, Essylt soupira et confia son fils à Caem.

— À ce soir.

Les heures suivantes furent tout bonnement harassantes. Comme à chaque fois qu'ils rentraient de voyage, Calixte et elle furent surchargés de demandes, d'urgences, d'affaires à régler. C'est bien après que le soleil soit couché qu'ils purent retrouver leurs appartements, encore vêtus de leurs habits de voyage.

— As-tu faim, ma bien-aimée ?

— Non, je vais aller directement me coucher.

Il grimaça, déçu.

— Pas ce soir, souffla-t-elle contre ses lèvres avant qu'il ne l'embrasse.

— Tu as raison, nous sommes épuisés. Je doute d'être à la hauteur.

Elle se força à rire, serra sa main puis se rendit dans sa chambre.

— Juste de l'eau pour faire ma toilette, Léan, merci.

La servante acquiesça et quitta la pièce. Essylt embrassa son fils déjà endormi, le ventre serré à l'idée de tous ces moments qu'elle allait encore manquer à cause de la royauté. Bethania l'aida à retirer sa robe et Léan déposa un broc d'eau chaude sur son lit.

— Ce sera tout. Allez vous reposer.

— Merci, Majesté.

Elle s'assit au bord du lit et se saisit de la serviette. Elle en trempa une extrémité dans l'eau fumante et la passa le long de ses jambes.

— Besoin d'aide ?

Un frisson délicieux dévala son dos.

— Avec plaisir.

Le lit grinça sous son poids. Declan lui prit le tissu et le mouilla à nouveau. Ses mains si fortes pressèrent la serviette pour l'essorer.

Lentement, il fit courir le tissu humide le long de sa nuque, puis dans le creux de son cou. Il repoussa le haut de sa robe et lava doucement son épaule puis son bras.

Elle tourna la tête vers lui. La simple vue de son torse mis en valeur par son uniforme lui donna envie de le lui arracher. Le percevant parfaitement, il poussa un grondement d'avertissement. Il voulait prendre tout son temps après ces longues semaines dépourvues d'intimité.

Le tissu poursuivit son chemin et atteignit enfin l'un de ses seins. Elle ne put contenir un gémissement qui rapprocha aussitôt son amant d'elle. Du bout des doigts, elle effleura sa barbe naissante.

— Encore.

Le tissu descendit pour faire lentement le tour de son nombril. Puis il descendit plus bas. La Reine le saisit vivement par les cheveux.

— Encore.

— À vos ordres.

— Tu as signé l'accord avec les ligues de pêcheurs ?

— Oui. Et toi, as-tu réglé cette histoire de propriété dans le Vicomté de Sétanta ?

— Oui. Je trouve qu'il y a beaucoup de soucis de succession dans cette région.

— Je dirai au Vicomte Raghnall de se pencher sur le sujet.

Essylt posa la dernière feuille de la pile et s'enfonça dans son fauteuil. Le bureau de Calixte était stratégiquement agencé avec l'intendance, ce qui en faisait le lieu parfait de leurs petites réunions royales. Assis en face d'elle à sa place attitrée, le Roi eut le même mouvement éreinté qu'elle.

— Encore une journée productive.

— Tu as le sentiment de ne pas en avoir eu depuis notre couronnement ?

Il sourit, adorant ses remarques ironiques.

— Effectivement, dit ainsi… Je pourrais répondre nos nuits de noces, mais je me suis occupé de plusieurs affaires pendant que tu dormais. Et c'est peut-être là que nous avons conçu Lucetmael, alors c'était très productif.

Elle lui tira la langue et poussa la pile de documents vers lui.

— Bien que nous soyons débordés, je suis heureuse que nous ayons fait ce voyage.

— Moi aussi.

Ses yeux noisette s'assombrirent légèrement.

— Y a-t-il un problème ?

Il passa sa main dans ses cheveux châtains si épais.

— Il faut qu'une servante te les coupe.

— Tu me l'as déjà dit, sourit-il avec tendresse. Mais je vais patienter encore un peu, j'aime bien que tu le remarques.

— Comme si je ne remarquais rien chez toi d'habitude.

— J'ai le droit d'aimer avoir toute l'attention de ma femme, non ? C'est difficile à obtenir depuis que nous avons un enfant.

— Jaloux ?

— Absolument pas, rit le Roi. Simplement possessif.

Essylt se pencha par-dessus le bureau.

— Vas-tu cesser de changer de sujet et enfin me dire ce dont tu redoutes de me parler ?

— Tu me connais si bien…

Il prit une grande inspiration pour se donner du courage.

— À partir d'aujourd'hui, toi et Lucetmael ne voyagez plus. Vous pouvez vous rendre dans nos palais, ainsi qu'à notre manoir à la frontière, mais c'est tout.

— Quoi ? Mais…

— Tu peux continuer tes sorties à cheval, car elles sont encadrées et proches du château. Mais j'aimerais que tu réduises les sorties de notre fils.

— Calixte…

— Le sujet ne porte pas à discussion, déclara-t-il d'une voix grave. J'ai encore failli vous perdre. Tout cela pour quoi ? Un mariage ? Un Conseil ? Je ne prendrai plus ce risque. Vous allez rester là où vous êtes le plus en sécurité jusqu'à ce que la menace soit complètement écartée.

— Je refuse de faire ça !

Essylt bondit sur ses pieds si violemment qu'elle fit tomber son fauteuil. Le bruit alerta les gardes qui commencèrent à entrer.

— Dehors ! hurlèrent les deux monarques.

Le pauvre capitaine qui avait eu l'audace de franchir le pas de la porte fit demi-tour, les joues rouges.

— Je sais que cela va t'être difficile, mais j'ai bon espoir que nous l'arrêtions prochainement.

— Mais arrêter qui, Calixte ? Il est hors de question que je passe les prochaines années enfermée dans nos châteaux. Et il en va de même pour notre fils. Nous ne vivrons pas dans la peur !

— Nous vivons déjà dans la peur ! s'égosilla-t-il en se levant à son tour. Chaque jour qui passe, j'ai la peur au ventre de vous perdre. Chaque matin quand je me lève, j'ai peur de me coucher veuf le soir !

Glacée d'effroi, Essylt recula.

— Calixte, je…

— Non. Tu ne sais pas. Tu ne sais pas ce que cela fait. Ce n'est pas moi qui suis en danger, c'est *toi*. C'est *notre fils*. Et je n'arrive pas à vivre avec ça.

Sa voix se brisa dans un sanglot. Indifférent au fait qu'on l'entende, le Roi avait laissé sa place à l'homme.

— Je peux diriger deux royaumes sans craindre l'échec ou l'épuisement. Mais je ne suis pas assez fort pour vous savoir perpétuellement en danger. Et il faut que tu me le pardonnes.

La Reine contourna l'imposant meuble en bois et lui prit la main.

— Je ne peux pas imaginer ce que tu ressens. Et je suis désolée si je t'ai semblé insensible à ta peur. Ce n'est pas le cas.

Elle serra sa main.

— Ce que je sais, c'est que si Lucetmael et moi nous cachons et cessons de vivre pleinement, la personne qui nous veut du mal aura gagné, à sa manière. Et je le refuse. Notre fils mérite d'avoir une vie merveilleuse et personne ne pourra ni la gâcher ni l'écourter. C'est notre rôle, à toi et à moi, de lui offrir cette vie. Même si nous avons peur.

Elle posa sa main sur sa joue.

— Crois-moi, je suis terrifiée. Si tu savais le nombre de fois par nuit où je me réveille en sursaut en croyant qu'il n'est plus là. Pourquoi crois-tu qu'il me soit nécessaire de le voir autant en une journée ? Ce n'est pas seulement par amour. J'ai besoin d'avoir la certitude qu'il va bien, de mes propres yeux. J'ai porté cet enfant dans ma chair, je l'ai mis au monde. Et savoir que quelqu'un lui veut du mal… Cela me donne envie de l'enfermer dans un coffre pour le protéger. Mais je n'en ai pas le droit. Et toi non plus.

Il enfouit sa main dans ses cheveux si vivement qu'il défit sa coiffure. Il l'attira vers lui pour poser son front contre le sien.

— S'il te plait, restez en sécurité…

— Non.

— S'il te plait…

— Aucun grand voyage n'est prévu pour l'instant. Passons la semaine ici, puis allons voir tes parents comme nous leur avions promis.

— Non.

— Si. Ton père tenait beaucoup à ce que nous visitions son manoir. Il n'est qu'à trois jours d'ici. En Bofursyle. Nous pourrons prendre autant de soldats que tu voudras.

— Dans ce cas, peux-tu accepter que vous demeuriez au moins une année à l'abri par la suite ?

Elle embrassa délicatement ses lèvres.

— Non. Je refuse catégoriquement, Calixte. Et n'essaye pas de m'y contraindre, car je ne te le pardonnerai jamais.

— Je sais. J'aimerais tellement…

— Je sais. Moi aussi.

Il écrasa ses lèvres d'un baiser brûlant.

— J'ai l'impression d'être un piètre mari et un piètre père en ne parvenant pas à vous protéger.

— Nous sommes là tous les deux et nous allons bien. Tu accomplis parfaitement ton devoir.

— Je ne le fais pas par devoir.

Ses lèvres descendirent dans son cou, à l'endroit où Declan l'avait sensuellement lavée la veille au soir. Le cœur lourd de trop d'amours contradictoires, Essylt se laissa asseoir sur le bureau et abandonna son corps à son mari pour apaiser ses craintes.

— Quel plaisir de vous revoir, Majesté.

Plusieurs aristocrates bofursyliens étaient arrivés trois jours après leur retour. Essylt devait encore s'habituer à la présence de Niocol et Caoilfhionn, qui eux s'étaient aisément accoutumés à leur nouveau statut.

Orlaith n'était malheureusement pas présente avec Lysander, car elle venait de donner naissance à un petit garçon prénommé Braonáin. Essylt était heureuse pour elle, bien que ce mariage demeurât d'une grande injustice pour la jeune femme. Elle avait prévu d'envoyer au nouveau-né un énorme présent.

Les aristocrates de Snéa n'avaient également pas fait le déplacement, car Muirenn avait accouché d'une petite fille le mois dernier. La Comtesse Luaine se portait à merveille, à la grande joie d'Essylt.

— J'ai une nouvelle à annoncer à Votre Majesté, déclara Bartley en prenant la main de son épouse.

La Reine ne put contenir un immense sourire.

— Je suis enceinte, chantonna Delyth, qui avait un teint radieux.

— Félicitations, vos excellences.

— Quelle merveilleuse nouvelle, commenta Caoilfhionn avec une joie sincère.

— Je suis tellement jalouse, se lamenta Caitlyn, qui était déjà au courant.
— Votre tour viendra, Baronne, rassurez-vous.
— J'ai hâte que le mien vienne aussi, soupira l'épouse de Tasgall.
— Ce n'est pas faute de mettre du cœur à l'ouvrage.

Tasgall fit un clin d'œil entendu à Niocol. Trop raffiné pour ce genre de remarques grivoises, le Baron se contenta d'un hochement de tête sec.

— Soyez patientes.

Les portes du salon s'ouvrirent sur le Roi portant le Prince, les yeux encore gonflés de sommeil.

— Regardez qui vient de se réveiller.
— Altesse !
— Comme il a grandi.
— Comment voulez-vous que nous soyons patientes devant pareil spectacle ?

Calixte posa son fils par terre pour qu'il marche. Les exclamations ravies des nobles qui le voyaient debout pour la première fois le firent gambader jusqu'à Essylt.

— Bonjour, votre Altesse.

Lucetmael détailla Delyth puis cacha son visage contre sa mère.

— Lucetmael, ne sois pas impoli, gronda le Roi.
— Il se réveille à peine et ne les a pas vus depuis presque quatre mois.

Essylt chuchota à son oreille.

— Ce sont les nobles de Bofursyle. Des gens importants et très gentils. N'aie pas peur. Laissons-lui le temps de se remettre de ses émotions, déclara-t-elle tout haut. Calixte, Bartley et Delyth viennent de nous apprendre que la Bofursyle allait bientôt compter un noble de plus.
— Quelle fantastique nouvelle ! Toutes mes félicitations.

Il passa derrière son épouse et lui effleura la nuque. Elle n'avait pas besoin de plus pour savoir à quoi il songeait : faire un second enfant. Toutes ces naissances ne faisaient qu'accroitre son désir.

— Majesté, le conseiller Torraith demande s'il peut avoir votre attention pour une affaire pressante, annonça un page qui venait d'entrer.

Sachant de quoi il retournait, Essylt fit signe à Calixte de rester. Elle embrassa le front de son fils.

— Montre tes jouets aux nobles, mon trésor.
— Oui, Altesse, nous en serions ravis, assura Caitlyn en lui tendant la main.

Puisqu'il était mieux réveillé, Essylt s'éclipsa. Il lui fallait redevenir à l'aise avec eux et Calixte n'était pas loin.

Le conseiller eut la décence de ne pas la retenir plus d'un quart d'heure. Dans le salon, elle retrouva ses nobles, ainsi que son fils occupé à déménager ses jouets aux pieds d'Aveleen.

— Maman !

Il vint lui prendre la main et l'emmena vers l'aristocrate mebeakienne arrivée durant son absence.

— Ine.
— Oui, je vois que tu lui apportes tes jouets.

Un bref coup d'œil lui suffit à percevoir l'agacement de Delyth et Caitlyn.

Sans le savoir, Lucetmael créait des tensions.

Heureusement pour Essylt, l'arrivée d'Eirlys attira toute l'attention.

— Vos Majestés.

Elle fit une gracieuse révérence rendue quelque peu ridicule par la taille excessive de ses jupons jaunes.

— D'où arrivez-vous si tardivement, Duchesse ?

Caitlyn eut un léger sourire, parfaitement consciente que c'était la question à ne pas poser. Durant l'absence des monarques, Eirlys avait rendu visite à sa sœur aînée Euthalia. Elle avait pris soin de ne pas en informer Essylt dans ses lettres, sans savoir que celle-ci avait été mise au courant par ses soldats à l'instant où elle avait quitté le château.

— Comme son Altesse a grandi !

Essylt ne s'attarda pas sur cette esquive maladroite. Elle contempla Delyth, Caitlyn, Caoilfhionn, Aveleen et la dernière venue, et se fit la réflexion qu'elle avait beaucoup à faire avant de repartir.

C'est seulement la veille de son départ qu'Essylt trouva le temps d'inviter Caoilfhionn, Caitlyn et Delyth à boire le thé en sa compagnie. Après la scène des jouets, Calixte lui avait fait remarquer qu'elle avait accordé trop d'attention à Aveleen au détriment des autres. Il ne fallait pas qu'elles se sentent délaissées. Elle avait failli répliquer qu'il avait de la chance car les nobles masculins faisaient bien moins de manières.

— Mes chères nobles, j'espère que ce thé vous plaira.

Essylt avait demandé plusieurs pâtisseries succulentes aux cuisines. Ravies, les aristocrates s'installèrent dans les canapés.

— Quel plaisir de partager ce moment avec vous, Majesté.

— Je suis désolée que nous n'ayons pu le faire plus tôt. Je ne vois pas le temps passer depuis que je suis Reine.

— Il faut dire qu'avec deux royaumes et un enfant en bas âge, c'est tout à fait compréhensible.

— Le Prince a l'air de vous adorer, Majesté, s'extasia Caoilfhionn.

— Merci, j'essaie de passer du temps avec lui. Mais assez parlé de mon petit trésor. Baronne, vous êtes-vous accoutumée à votre nouvelle vie bofursylienne ?

— Tout à fait. Votre Royaume est charmant, tout comme ses habitants.

— Tasgall semble vous être très dévoué.

Caoilfhionn rougit avec cette pudeur qui lui était propre.

— Oui, je suis très chanceuse.

— Vous m'en voyez ravie. Si vous avez besoin de quoi que ce soit, n'hésitez pas. Je suis votre Reine à présent et le bonheur de mes nobles me tient à cœur.

— Merci, Majesté. C'est un honneur.

— Et vous Caitlyn, comment est la vie maritale ?

— Incroyable. Niocol est d'une telle prévenance… Et j'avoue que je ne me doutais pas qu'il était si agréable de partager la couche d'un homme.

La Duchesse rougit à nouveau, Delyth émit un petit cri embarrassé en croquant dans son gâteau et Essylt rit.

— Effectivement, c'est la plus belle découverte d'une femme mariée.

— Vous semblez parler d'expérience.

La Reine dissimula son sourire coupable derrière sa tasse de thé.

— Et vous Delyth, comment vous sentez-vous ? Certaines femmes ont des nausées très dérangeantes les premiers mois.

— Pour l'instant, je n'ai pas eu ce désagrément. Et je mange beaucoup.

— Tu as toujours beaucoup mangé, la taquina Caitlyn, sa meilleure amie.

— Oui, mais là je mange pour deux, c'est différent.

Elle goba la moitié d'une part de gâteau au chocolat pour appuyer ses dires et la défier de la contredire.

— Si vous avez faim, mangez. C'est le bébé qui le demande.

— Exactement.

— Quand partez-vous rendre visite à vos beaux-parents, Majesté ?

— Demain.

— Nous vous aurons vue si peu.

— Je sais et j'en suis désolée. Mais si je vous ai réunies ici aujourd'hui, ce n'est pas seulement pour le plaisir de vos compagnies. J'ai un service à vous demander.

— Tout ce que vous voudrez, répondirent-elles en chœur, impatientes de se rendre utile.

— Comme vous le savez, j'ai énormément à faire et j'aimerais vous déléguer une tâche. Le Nouvel An approche à grands pas et nous le célébrerons en Bofursyle cette année. Accepteriez-vous de l'organiser ? Ce ne sera rien d'aussi extravagant que l'an passé, seulement les nobles des deux royaumes. Mais j'aimerais une fête à votre goût, avec pourquoi pas un thème.

— Oh oui !

— Ce serait un honneur !

— Avec plaisir, Majesté.

Elles passèrent l'heure suivante à discuter de couleurs et de thèmes. Une fois rassasiée, Essylt trouva Eirlys dans ses appartements. Prise au dépourvu par cette visite royale, la jeune Duchesse s'inclina avec raideur.

— Je ne pensais pas vous voir avant ce soir, Majesté, puisque je n'ai pas été conviée à votre thé.

Sans formalité, la souveraine s'assit.

— Ne vous comportez pas comme votre sœur, cela ne vous sied guère.

Vexée, Eirlys redressa le menton avec fierté.

— Je ne m'excuserai pas d'avoir rendu visite à ma sœur.

— Non, c'est votre droit. Je crois simplement que vous devriez penser à votre avenir.

La Reine se pencha en avant, sérieuse et impliquée.

— Excellence, je vais vous dire quelque chose que je dis rarement, mais je crois que cela est nécessaire : soyez égoïste. Vous êtes jeune, jolie et bien née. Vous pouvez faire un bon mariage, mais il dépendra de votre réputation.

« Celle de vos sœurs est catastrophique. Euthalia pour avoir voulu faire enfermer mon commandant et avoir failli causer la perte de mon enfant. Earleen pour avoir été la maîtresse d'Eamonn pendant qu'il me courtisait. En fait, je suis la raison de leur déshonneur, mais elles en sont les seules responsables. »

Eirlys s'assit en face d'elle, désemparée par tant de franchise.

— Je ne veux que votre bien. Je peux vous aider à trouver un mari et prendre soin de vous. Mais vous devez le mériter et faire les bons choix.

Essylt se remit debout et replaça ses cheveux.

— Vous aurez tout le temps de réfléchir en mon absence. J'ai confié à Delyth, Caoilfhionn et Caitlyn les préparatifs du Nouvel An et je serais ravie que vous les aidiez. À vous de prendre votre vie en mains, Eirlys.

La Reine l'abandonna là, hébétée. La poitrine légère d'une telle honnêteté, elle poursuivit sur sa lancée.

— Majesté, je ne m'attendais pas à votre visite, je vous croyais occupée avec vos nobles.

Surprise durant sa lecture près de la fenêtre, Aveleen se leva précipitamment. Il n'y avait nulle trace de reproche dans le ton de sa voix, contrairement à Eirlys.

— Nous avons terminé et je tenais à vous voir en privé avant mon départ.

Elle lui fit gracieusement signe de s'asseoir et l'imita. Intriguée par l'aura qu'elle dégageait, la Vicomtesse lui sourit.

— Une raison particulière à cela ?

— Oui.

La Reine sortit une lettre des plis de sa robe, que Paddy avait soigneusement conservée pour elle durant son thé. Elle la déposa sur la table, avec son cachet royal en évidence.

— Qu'est-ce que c'est ?

— Une lettre adressée à Balor, l'invitant à faire une visite au château de Bofursyle à sa convenance.

La joue rosée d'Aveleen eut un tressautement.

— Je vous l'ai dit, Majesté, je n'envisage pas Balor comme un prétendant.

— J'ai bien entendu. Je ne compte pas envoyer cette lettre. Je vous la donne. C'est à vous de décider si vous l'envoyez ou non. Et je pense que vous devriez sérieusement y réfléchir.

Consciente de ce qui allait suivre, la Vicomtesse recula dans son fauteuil et fit signe à ses servantes de sortir.

— Je conçois que vous ayez peur et que vous cherchiez la sécurité. Mais je crois… non, je suis convaincue que peu importe la distance entre votre père et vous, vous aurez toujours peur. Peu importe qu'il y ait trois ou vingt jours de voyage, vous aurez toujours la crainte de le revoir et qu'il vous blesse.

« Vous n'avez pas besoin d'un mari riche ou habitant à l'autre bout du Continent. Vous avez besoin d'un mari qui vous aime, Aveleen, et qui par conséquent ne laissera plus jamais cet homme vous approcher. Vous avez besoin d'un mari qui vous fasse vous sentir en sécurité et vous prouve que les hommes ne sont pas tous comme votre père. »

Ses yeux verts pleins de larmes, elle acquiesça lentement.

— Et si Balor était comme lui ? Ou s'il exigeait de moi plus que je ne le souhaite dans… la chambre à coucher ?

— Je doute qu'il soit ce genre d'homme. Et s'il venait à lever la main sur vous, sachez que ma porte vous sera toujours ouverte.

— Vous donneriez refuge à une femme mariée cherchant à échapper à son mari ?

— Je donnerais refuge à toutes les femmes qui en ont besoin.

La Vicomtesse eut un sourire triste.

— Je n'aurais pas assez d'une vie pour me montrer digne de votre gentillesse, Majesté.

— Vous l'êtes. Et vous êtes digne d'être aimée décemment. Alors réfléchissez-y.

Les cahots du carrosse ne la dérangeaient plus depuis longtemps. Délaissant le livre dont elle relisait la première ligne pour la dixième fois, Essylt regarda par la fenêtre.

La fatigue mise de côté, elle était très fière d'avoir géré aussi bien le Royaume que les nobles avant leur départ pour cette petite semaine loin du pouvoir. Certes, ce n'était jamais totalement exact, néanmoins ils méritaient bien un peu de repos après ces longs mois de voyage et ce retour éprouvant.

Le mouvement d'un cavalier attira son attention. Son dos musclé, ses épaules carrées sublimées par un uniforme bleu foncé… Un frisson exquis dévala ses bras. Elle doutait de pouvoir partager un instant d'intimité avec Declan durant leur séjour, toutefois le simple fait de le voir et de discuter avec lui suffisait à la faire sourire.

Il leur fallut à peine quatre jours pour rejoindre le manoir situé en bord de mer. En entendant le bruit des vagues, la Reine ferma les yeux au souvenir de Ty et de leurs moments partagés. Lucetmael grimpa sur ses genoux lorsqu'ils franchirent l'arche menant dans la petite cour du joli édifice en pierre pâle.

— Bonjour les enfants ! chantonna Guénolé.

Lui et son épouse les attendaient devant la porte. Le bâtiment avait une belle architecture sans être trop imposant, ce qui avait conduit les anciens monarques à installer des tentes à l'extérieur pour les gardes.

— Voilà mon chéri ! s'écria Dubheasa quand Lucetmael fut descendu du carrosse.

Sa grand-mère s'empressa de le prendre dans ses bras et il embrassa sa joue sans hésiter, même s'il ne l'avait pas vue depuis longtemps.

— Regardez comme il est grand et fort ! Grand-mère a plein de jouets pour toi dedans.

— Attendez Dubheasa, il n'a encore jamais vu la mer, j'aimerais l'emmener avant qu'il pleuve.

— Bien sûr, allons-y.

L'ancienne souveraine le reposa en plissant les lèvres et prit sa main. Guénolé toucha tendrement le bas de son dos.

— Ménage-toi s'il te plait.

— Il y a un problème ? s'enquit Declan en rejoignant sa mère adoptive.

— Non, aucun.

— Votre mère est fatiguée et a perdu du poids. Le médecin affirme qu'elle n'est pas malade, mais je m'inquiète, je veux qu'elle se repose.

Les domestiques s'affairaient autour d'eux avec les bagages pendant qu'ils sortaient par l'arche en pierre pour contourner la bâtisse.

— Père a raison, s'inquiéta aussitôt Calixte.

Essylt posa une main réconfortante sur son bras.

— Je n'ai de cesse de me reposer depuis des mois, j'ai quand même le droit de profiter de mon petit-fils ! Allez viens mon chéri, on va voir la mer.

— Mè ?

— Oui, la mer.

Le manoir bordait une plage, ils se retrouvèrent aussitôt les pieds dans le sable. Le vent souffla d'un coup, faisant virevolter les nuages dans le ciel bleu. Lucetmael rit en s'enfonçant et se pencha pour ramasser un coquillage.

— Il y en aura encore plus au bord de l'eau, viens.

Dubheasa l'aida à marcher pendant qu'ils les suivaient docilement. De dos, elle semblait plus fine que d'habitude, ce que ses fils ne manquèrent pas de remarquer.

— Il faut lui enlever ses chaussures.

Lucetmael ne se le fit pas dire deux fois et se laissa tomber sur les fesses juste avant l'eau. Essylt s'accroupit pour les lui retirer pendant qu'il enfouissait ses mains dans le sable, curieux et enjoué.

— S'il fait beau demain, nous ferons des châteaux. Malheureusement, il fait trop froid pour se baigner, mais Maman t'apprendra à nager un jour.

Une fois pieds nus, il se précipita vers la vague qui arrivait et cria de surprise en sentant l'eau froide sur sa peau.

Calixte et Dubheasa retirèrent également leurs chaussures pour jouer avec lui. Ils entreprirent de courir pour échapper aux vagues, dans les rires d'une famille aimante.

À côté d'elle, Essylt sentit le regard de Declan sur sa joue. Il savait à qui elle pensait comme s'il avait été dans son esprit. Ses doigts effleurèrent les siens une brève seconde avant qu'il s'élance à son tour vers la mer.

La Reine s'étira lentement dans les draps. À travers ses paupières closes, elle distinguait une lumière vive qui indiquait que le soleil était levé depuis plusieurs heures. Elle roula sur le ventre et savoura cette sensation exquise de ne pas être pressée.

Ils avaient dîné sans se soucier du protocole, Lucetmael mangeant avec les mains et les hommes discutant trop fort. Elle avait bu quelques verres de vin et se souvenait vaguement que Calixte l'avait aidée à retirer sa robe.

— Sa Majesté est-elle réveillée ?

Elle eut un sourire amusé sans pour autant ouvrir les yeux.

— D'où te vient ce don de toujours savoir quand je suis réveillée ?

— C'est un secret, s'amusa Cleena en ouvrant les rideaux. Le Roi s'est levé il y a presque trois heures. Il m'a ordonné de vous laisser dormir.

— Où est Lucetmael ? s'enquit-elle en s'asseyant difficilement, ses cheveux en bataille.

— Avec les filles dans le salon. Gladys s'est occupée de lui ce matin, puis elle nous l'a confié car Nar semble souffrant.

— Rien de grave j'espère ?

— Seulement de la fièvre et des rougeurs, déclara-t-elle en lui tendant son peignoir en soie. Elle préférait prendre sa journée, si vous étiez d'accord.

— Évidemment. Je vais faire appeler le médecin royal. Lucetmael n'a rien ?

— Non, mais je vais vérifier qu'il n'est pas chaud toutes les heures.

Essylt déposa un baiser sur la joue de sa gouvernante.

— Merci de prendre soin de nous.

— C'est le but et l'honneur de ma vie.

Elle caressa tendrement sa joue.

— Est-ce qu'un bain chaud ferait plaisir à ma Reine ?

— Incroyablement plaisir.

— Je vous le prépare.

— Je vais embrasser mon fils.

Elle le trouva assis sur un canapé entre Janae et Adelyn. Elle leur fit signe de rester assises.

— Ne vous dérangez pas pour moi.

Elle s'agenouilla pour recouvrir le visage du Prince de baisers. Il s'agrippa à ses cheveux pour l'empêcher de s'écarter.

— Tu as bien dormi, mon trésor ? Tu as rêvé de la mer ?

— Maman… mè !

— Oui, la mer. Nous irons après le déjeuner s'il fait encore beau.

— Mè !

Elle embrassa ses mains et se releva.

— Souhaitez-vous quelque chose, Majesté ?

— Non, je vais prendre un bain. Profitez de lui.

Lucetmael saisit le jupon d'Adelyn.

— Isse ?

— Gladys est avec Nar aujourd'hui, Altesse, répondit Janae en secouant un cheval en bois sous ses yeux pour attirer son attention.

La Reine s'éclipsa discrètement. Elle aimait passer du temps avec son fils mais ne pouvait refuser un moment de calme si rare. De plus, ses caméristes n'avaient pas souvent l'occasion de profiter de lui en l'absence de sa nourrice.

Elle s'installa dans la grande baignoire dont l'eau fumante dégageait un parfum de rose. Cleena et Bethania sortirent sans faire de bruit, la laissant seule avec le journal de Meallán.

Elle l'avait presque terminé. C'était un récit concis. Après avoir abordé la construction du palais et la mise en place du Royaume, il avait narré les accomplissements de ses enfants. Au moment de la fin de sa rédaction, Iuliana avait déjà plus de trente-huit ans et attendait patiemment que son fils atteigne sa majorité pour lui céder le Trône.

Meallán avait eu beaucoup de fils, créant une fratrie mouvementée. Des jumelles s'étaient intercalées au milieu de tous ces garçons, n'apportant aucun repos à Maev, qui avait été une mère très impliquée. Enfin, la fratrie de onze enfants — et certainement encore plus de petits-enfants — s'achevait sur Euryphaessa, une Princesse de vingt-quatre ans pleine de vie que son père évoquait avec beaucoup de tendresse.

Onze enfants... J'ai déjà le cœur qui déborde d'amour avec un seul, alors dix de plus...

L'image de plein de Lucetmael gambadant partout la fit rire.

« *Pour terminer, cher héritier, gouverne avec justesse, sers-toi de ta magie pour faire le bien. Et protège la pierre.* »

C'était une fin abrupte. À l'image du reste du journal, qui narrait avec un recul banal une existence hors du commun.

Il n'a pas parlé de sa vie avant son arrivée sur le Continent. Ni de notre magie plus en détails... Peut-être estimait-il que ses secrets se transmettaient oralement.

Elle effleura sa calligraphie appliquée du bout des doigts.

« *Et protège la pierre.* »

Pourquoi « protège » et non « conserve » ? Ce mot sous-entend une menace... Protéger la pierre de qui ?

Sentant une migraine pointer le bout de son nez, Essylt commença à le refermer et aperçut une inscription au crayon clair à l'envers.

« *Certains savent lire entre les lignes, d'autres entre les livres.* »

Lire entre les livres ?

Cette phrase n'avait aucun sens. Meallán avait-il perdu la tête durant la fin de sa vie ? En remarquant que l'écriture n'était pas la même, elle reposa le journal.

Pensive, elle enfouit sa tête sous l'eau. Comme d'habitude, cet élément qu'elle ne maîtrisait pas apaisa ses pensées. Elle lava ses cheveux puis s'enroula dans une épaisse serviette. Ses servantes savaient d'instinct quand elle avait besoin d'un peu d'intimité.

Une fois prête et sereine, elle trouva son fils assis par terre sur son tapis de jeu, entouré de ses commandants.

— Regardez, Altesse, il suffit de les empiler ainsi.

Lucetmael cassa la tour que Jarlath venait de lui ériger. Dagda s'était allongée dans son dos pour le prémunir d'une chute et lui lécha la main pour le féliciter.

— Même le fauve trouve que tu es un mauvais constructeur, se moqua Cathan.

— Je fais ce que je peux.

Cathan s'allongea sur le côté et aligna des figurines.

— Apprenons-lui la stratégie militaire, là au moins nous connaissons quelque chose.

— Je me demande lequel s'amuse le plus, commenta la Reine.

— C'est également la question que je me pose, se lamenta Janae en pliant le linge.

Ses yeux pétillaient néanmoins de bonheur.

— Nous bougeons ?

— Non, je bouge. Profitez encore un peu de lui avant le déjeuner.

— Qui va t'accompagner ?

Caem choisit cet instant pour sortir de la chambre qu'il partageait avec les commandants.

— Peut-être pouvez-vous échanger pour une petite heure ?

— Ce serait un honneur, Majesté.

Essylt s'accroupit pour embrasser son fils.

— Sois sage avec tes oncles.

Il rit pour assurer qu'il n'allait pas l'être. Cathan et Jarlath rayonnaient de fierté d'avoir été appelés ainsi.

— N'oubliez pas de me l'apporter pour qu'il mange.

— Rassurez-vous, Majesté, je le ferai, promit Janae.

— Tu nous crois incapables d'être sérieux ? ricana Cathan pendant que Lucetmael posait une peluche sur sa tête.

Essylt rit aux éclats en sortant.

— Merci de m'accompagner, Caem.

— Avec plaisir, Majesté.

Elle le détailla du coin de l'œil. Son visage s'était élargi, comme ses épaules. C'était un soulagement de le voir épanoui.

— Vous voilà enfin, ma chère !

La Reine sourit à son beau-père. Au vu des verres vides devant les trois hommes, ils avaient commencé à boire depuis un certain temps.

— Veuillez m'excuser de mon retard, dit-elle en prenant place à côté de son mari, qui s'empressa de l'embrasser. J'ai si bien dormi cette nuit que j'ai voulu faire durer le plaisir.

Elle perçut le tressautement des doigts de Declan sur son verre à ce mot. Avait-il senti qu'elle avait rêvé de lui ?

— Vous avez bien fait.

— Où est Lucetmael ? s'enquit Dubheasa en portant sa tasse de thé à ses lèvres.

— Il se repose, mentit-elle. Il viendra pour le déjeuner.

Dubheasa but lentement. Une servante déposa un verre de vin devant la Reine et resservit les hommes.

— Maintenant que nous sommes tous réunis, levons nos verres à votre nouveau chez-vous, mes chers parents.

— Ne l'avons-nous pas déjà fait hier ? remarqua l'ancienne souveraine.

— Mieux vaut trop que pas assez, assura l'aîné de ses fils.

Essylt fit un signe entendu à sa belle-mère quant à l'état d'ébriété des hommes de la famille et celle-ci hocha la tête avec raideur. Le tintement des verres résonna dans le salon, dont les larges fenêtres donnaient vue sur la mer. Ils burent goulûment et Essylt sentit son ventre protester que ce soit la première boisson de la journée.

— De l'eau, s'il vous plait.

— J'ai adoré le livre que tu m'as fait parvenir, Père. L'auteur…

Essylt n'entendit plus la voix de son époux en voyant Declan se tourner vers la porte.

— … et cette manière d'expliquer…

— Quelque chose ne va pas, Altesse ?

Interrompu dans son analyse, Calixte se tourna vers son cadet et l'objet de son attention.

— Declan ?

Le Chef se mit lentement debout. La tension grandissante dans ses épaules fit bondir le cœur d'Essylt.

— Il m'a semblé…

Un cri. Suivi d'un bruit métallique. Declan et Calixte dégainèrent à l'instant où les portes s'ouvrirent en venant frapper les murs.

Caem avança, les mains en l'air en signe de reddition. Un homme vêtu de noir pointait une épée sur sa nuque.

— Qu'est-ce que…

Le Prince Ruarc de Teac entra d'un pas conquérant, une épée maculée de sang à la main.

— Ruarc ?

— Bonjour, cher cousin, répondit le Prince au Roi.

— Qu'est-ce que cela signifie ? éructa Calixte en plaçant un bras devant son épouse.

L'homme en noir força Caem à s'agenouiller et se décala pour poser son épée sur sa gorge. Ce faisant, il dévoila un nouvel arrivant.

Le sang de la Reine se glaça.

— Ceci est un Coup d'État, déclara simplement Ruarc tandis que son allié se plaçait à ses côtés.

Grand, les épaules larges et l'air arrogant, il avait des cheveux blonds coupés courts qui accentuaient les angles acérés de son visage. Tout son être dégageait une puissance indomptable, magnifiée par ses yeux.

Ses yeux bleus comme le ciel.

— Bonjour, petite sœur.

XVIII

« Le savoir est l'arme des sages, la violence est celle des fous. » Roi Hannraoi de Jirialc, 485.

De sa vie, jamais Essylt n'avait eu aussi froid. Les jambes raides et le cœur tambourinant contre ses côtes, elle ne parvenait pas à comprendre.

— Qui êtes-vous ? gronda Guénolé, qui s'était placé devant sa femme.

— J'ai tué tous les Princes de Rodorchna, déclara calmement Declan.

— Seulement ceux issus de la Reine, la fade Vevina.

— Qui êtes-vous ? répéta Calixte en resserrant sa prise sur son poignard.

L'inconnu fit une révérence moqueuse.

— Je suis Feardorcha de Rodorchna, bâtard du Roi Mil. Ravi de vous rencontrer, cher beau-frère.

— C'est impossible, murmura Guénolé.

— Et pourtant, me voilà.

Dehors, une vague se fracassa contre le sable dans un bruit inquiétant. Feardorcha sourit à sa sœur.

Il possède de la magie…

Au même titre que tous ses enfants seraient de véritables de Rodorchna parce qu'elle était Reine — peu importe qui serait leur père — tous les enfants issus de Mil possédaient de la magie — peu importe qui était leur mère.

— Tu ne t'attendais pas à cela, n'est-ce pas ?

Essylt était incapable de parler. Elle ne pouvait que détailler ce visage qu'elle aurait reconnu entre mille. Il ressemblait à son père.

Leur père.

— Et peut-on savoir quelles sont vos… revendications ?

Feardorcha observa Declan avec dédain.

— Tu es celui que je tuerai en deuxième. Juste après elle.

Le Chef se redressa avec défi, ses yeux verts emplis de concentration et de rage. Il était le plus près de lui et évaluait la distance qui les séparait. Il ne pouvait pas attaquer pour le moment, craignant pour la vie d'Essylt et de Caem.

— Ce que Feardorcha voulait dire, c'est qu'il vient réclamer ce qui lui revient de droit : le Trône de Rodorchna, déclara Ruarc.

— Qu'as-tu à voir avec cela ? gronda Calixte.

— Nous avons des intérêts communs.

— Comment vous êtes-vous rencontrés ?

— Ma mère peut être très persuasive auprès des Rois, s'amusa Feardorcha.

L'annonce de l'implication de Luam dans ce complot fit frissonner Calixte.

— Des Rois… Votre mère est Scatach, déclara Declan, l'esprit en ébullition.

Il fallut beaucoup de concentration à Essylt pour faire appel à sa mémoire. C'était durant leur séjour en Teac, trois ans plus tôt… Elle dansait avec le Chef…

« *C'est Scatach, la putain du Roi.* » avait-t-il dit en désignant une femme.

— Oui, belle déduction.

— Quels sont tes intérêts ? vociféra Calixte. Mettre le fils de la maîtresse de ton père sur un Trône et puis ?

— Puis il épouse Rosheen et la fait Reine.

Cela explique le désintérêt de celle-ci durant le mariage d'Yvain, songea Essylt.

C'était impressionnant comme son esprit pouvait avoir des pensées futiles en cet instant.

— Je ne vous laisserai pas faire. Ce Trône est à ma femme.

— La vraie question, commença Declan d'une voix puissante, c'est : comment avez-vous su où nous étions ? Par quel moyen avez-vous obtenu toutes ces informations sur la Reine ?

Lentement, Ruarc se tourna vers Dubheasa.

— Ma chère tante nous a été d'une aide précieuse.

— Mère ?

Calixte vacilla tandis que Declan restait de marbre, ayant visiblement deviné son implication. Guénolé s'écroula sur un fauteuil, soudain indifférent à la menace.

— Chérie ?

L'ancienne Reine redressa le menton avec dédain. Soudain, elle n'était plus cette femme pudique et discrète, mais un être qui estimait que tout lui était dû. La transformation fut stupéfiante, comme si elle avait toujours porté un masque qu'elle retirait enfin.

— Tout est de ta faute, Guénolé, cracha-t-elle. C'est toi qui as tout fait pour que Calixte l'épouse après avoir causé la mort de Mil et de ses fils. Alors qu'il aurait suffi qu'elle reparte dans son Royaume et y meurt... Ainsi, nous aurions eu un lien avec la Rodorchna comme je l'avais prévu.

— Ce que tu dis n'a aucun sens, Mère.

Les lèvres de Dubheasa tremblèrent d'une émotion vive.

— Je voulais que la Teac, mon cher Royaume, ait la grandeur qu'elle mérite. Mais tout a changé quand Lucetmael est né. Je ne voulais plus aider mon frère, pas si cela le mettait en danger.

— Où est-il, à ce propos ?

Feardorcha eut un sursaut et tourna sur lui-même pour détailler la pièce.

Brutalement, le monde se remit à sa place.

— Où est-il ? répéta-t-il.

Toutes les pensées d'Essylt se tournèrent vers ses commandants et ses servantes.

Fuyez avec mon fils. Je vous en supplie, prenez soin de lui.

— Allez le chercher ! hurla Feardorcha à ses hommes de main dans le couloir.

Dubheasa se précipita vers Ruarc.

— Empêche-le de le tuer, ce n'est qu'un enfant.

— Tu vas vraiment tuer mon fils ? hurla Calixte en bondissant vers son cousin, aussitôt retenu par son frère qui ne voulait pas qu'il approche de son épée. Tu crois que je vais te laisser faire ?

— C'est un enfant qui représente une menace pour mon ascension au Trône, expliqua simplement Feardorcha. Si tu n'avais pas été aussi difficile à tuer depuis toutes ces années, petite sœur, nous n'en serions pas là.

Leurs yeux identiques s'accrochèrent en une lutte silencieuse.

— Mon fils est l'unique héritier légitime du Trône de Rodorchna. Tu es un bâtard que le peuple ne voudra jamais suivre.

Un sourire sardonique étira ses lèvres ourlées.

— Quand je serai le dernier être à posséder de la magie, le peuple me suivra. Il n'aura pas le choix.

Des bruits de lutte se firent entendre dans les couloirs. Le cri d'une femme hérissa les poils des bras d'Essylt. Elle ne put cependant contenir son soulagement en ne reconnaissant pas la voix de l'une de ses caméristes.

Protégez mon fils.

Elle savait que sa supplique avait été entendue. Elle sentait dans chaque parcelle de son être que Lucetmael était sauf. C'était tout ce qui importait.

— Je t'en supplie Ruarc, laisse-moi élever le petit. Je le ferai en Teac si Luam le souhaite. Il ne saura jamais qui il est et vivra une longue vie paisible loin du pouvoir, supplia Dubheasa.

Feardorcha bondit et lui asséna une gifle retentissante.

— Tais-toi, vieille femme ! L'enfant ne peut pas exister, peu importe le lieu. C'est un de Rodorchna et il ne pourra jamais l'ignorer.

Essylt reprit lentement son souffle. Elle observa son frère — qu'il était étrange de le songer — qui ne brandissait pas d'arme, puis l'épée posée sur la gorge de Caem. Son attention dériva sur Ruarc, fort de sa place mais rendu mal à l'aise par sa tante. Les deux camps se détaillaient, dans l'attente d'un signe donnant l'assaut.

— Que comptez-vous faire pour Calixte ? s'enquit Declan.

Il avait été élevé pour être le meilleur meneur d'hommes et assassin. Il savait que connaître son ennemi était essentiel. Et le faire parler pour détourner son attention l'était d'autant plus.

— Je ne peux pas lui ôter son Trône, car mon petit frère n'aurait aucune légitimité dessus, malheureusement, expliqua Ruarc. Je vais donc le lui laisser. Il pourra épouser une noble de mon Royaume pour assurer les liens entre nos nations.

— Épouser ? J'ai déjà une femme !

— Plus pour très longtemps.

Instinctivement, Calixte se plaça devant Essylt et Declan se rapprocha d'eux.

— Je mourrai pour elle, déclara le Roi le plus puissant du Continent. Si tu tues l'un de nous, tu devras en assumer les conséquences face aux autres monarques. Ils ne laisseront pas ce meurtre impuni.

— Je ne m'inquiète guère pour eux. Je ne compte pas te tuer, mais le Trône pourrait revenir à ta mère le temps que tu te remettes de tes émotions. Les armées de Teac et de Bofursyle sont très bien entrainées, et le Trésor de Rodorchna est plus que conséquent. Je doute que les autres royaumes nous fassent la guerre juste pour une passation de pouvoir un peu musclée.

Essylt ne partageait pas ses certitudes. Elle était persuadée que Mazoe et Yvain seraient prêts à partir en guerre aveuglément pour venger sa mort — comme elle le ferait pour eux. Mais elle ne le précisa pas à Ruarc. De toute évidence, c'était le cadet de ses soucis.

— Et puis, si une guerre venait à se déclarer, je serais en première ligne, assura Feardorcha. Et il ne me déplairait pas de prendre le pouvoir sur plusieurs royaumes.

À nouveau, les vagues mugirent, présage funeste. Ce demi-frère non désiré ressemblait beaucoup trop à leur père.

— Cessons ces discutions futiles et revenons-en aux faits. Les choses peuvent se dérouler de deux manières à présent : dans le calme ou la violence. Si tu tiens aux êtres qui sont présents ici, déclara Feardorcha en lui désignant les hommes de la famille de Bofursyle ainsi que Caem agenouillé, je te conseille de te rendre. Je te promets que ta mort sera rapide. Je peux même te faire l'honneur de ne pas te tuer devant ton mari.

L'épaule de Calixte devant elle eut un tressaillement.

— Certainement pas.

— Il va y avoir beaucoup de sang, se lamenta faussement celui qui revendiquait le Trône.

— C'est une évidence, affirma le Roi en brandissant son poignard.

Declan bougea légèrement sur ses pieds, affirmant ses appuis tel un fauve prêt à bondir sur sa proie.

— Vous ne deviez pas toucher mon fils ! cracha brusquement Dubheasa, qui avait retrouvé ses esprits.

Guénolé se releva, le teint blême.

— Nous pouvons trouver un accord. Faire en sorte que Feardorcha fasse un bon mariage dans le Continent…, proposa l'ancien monarque.

— Je ne veux pas d'accord ! Je veux le Trône de mon père, qui me revient de droit !

— Il est à ma femme !

— Calixte, je t'en supplie, écarte-toi d'elle…, implora sa mère.

Le Roi ne put contenir une expression de pure souffrance.

— Comment peux-tu me demander cela ?

— C'est ta vie qui est en jeu. Tu peux régner sur la Bofursyle pendant de longues années. Avec une autre femme… Qui te donnera un autre enfant. Je t'en supplie, écarte-toi d'elle, il n'y a pas d'autre solution.

— Oui, écoute ta mère, petit Roi, railla Feardorcha. Ta femme ne mérite pas tant d'égards puisqu'elle n'est pas prête à se sacrifier.

Dans d'autres circonstances, Essylt se serait avancée sans la moindre hésitation. Trop de vies étaient en jeu — dont celle de Declan. Mais celle de Lucetmael l'était également. Si elle mourait, Feardorcha n'aurait de cesse de le traquer pour le tuer. Et elle ne pouvait le permettre.

— Sois raisonnable, Calixte, tu vois bien que nous sommes en position de force, assura son cousin.

— C'est hors de question !

— Tu…

Dubheasa s'élança sur Essylt. L'éclat dans sa main raviva ses réflexes durement acquis. La Reine leva son bras dans l'intention de bloquer le sien avant que le poignard n'atteigne sa gorge, mais Calixte fut plus rapide et s'interposa.

Un immonde bruit de succion trancha le silence.

— Non !

Sous les yeux d'Essylt, la main de Dubheasa, posée sur l'épaule de son fils, lâcha son arme immaculée. La lame émit un bruit aigu en rebondissant sur le sol.

— Non…

Calixte retint sa mère quand ses jambes ployèrent sous elle. De son ventre dépassait le poignard serti de saphirs de son fils.

— Non !

Il l'allongea précipitamment sur le sol et essaya d'endiguer le sang qui rougissait sa robe. Guénolé tomba à genoux près d'eux avant de s'évanouir.

Un feulement bestial détourna l'attention d'Essylt de la scène macabre. Drac venait d'entrer dans la pièce, sa gueule maculée de sang écarlate. Sans attendre d'ordre, le fauve sauta sur l'ennemi qui menaçait Caem et planta ses crocs dans sa gorge.

— Maintenant !

Declan fonça sur Feardorcha, pendant que Caem se précipitait sur Ruarc pour l'éloigner d'Essylt.

La Reine se sentait incapable d'aider Calixte. Pas par haine envers Dubheasa, bien qu'elle ait tenté de la tuer. Elle ne pouvait simplement pas détacher son attention de ces danses funèbres.

Son frère évita les coups de Declan avec adresse avant de dégainer son arme. Les tintements métalliques envahirent la salle. Caem tenait tête au Prince avec un acharnement remarquable, poussé par l'instinct de protection. Drac quant à lui finissait de dévorer la gorge de l'homme, dont le sang se répandait partout.

Soudain, Feardorcha fit un signe de la main et le corps d'Essylt se glaça. Les flammes des bougies grandirent et se précipitèrent sur Declan, qui s'accroupit pour se protéger. Ce faisant, son ennemi visa sa nuque.

— Non !

Une force explosa dans la poitrine de la Reine et l'épée dévia. Pas assez loin du Chef malheureusement, qui fut blessé au bras.

Furieux, Feardorcha envoya un coup de pied dans la tête de Declan. Celle-ci partit en arrière et heurta violemment une commode.

La vue de son corps inerte réveilla en Essylt une rage qu'elle n'avait pas éprouvée depuis longtemps.

Depuis la mort de Ty.

En comprenant qu'il en était responsable — qu'il était responsable de *tout* — elle s'avança vers Feardorcha. Il eut un rire amusé devant sa silhouette fine et sa détermination nouvelle.

— Crois-tu vraiment être en mesure de m'affronter ?

Il fit danser son épée. La vue du sang de Declan lui fit redresser la tête avec fierté. Si elle devait mourir, elle le ferait avec honneur.

— Tu prétends être un de Rodorchna. Alors bats-toi comme tel.

Son arme tinta en s'écrasant sur le sol.

— Essylt ! appela son mari.

Les vitres explosèrent sous l'impact d'une vague immense. L'eau glacée se répandit dans la pièce et fit chuter tous ceux encore debout.

Excepté les deux de Rodorchna.

— Il parait que tu ne sais pas jouer avec l'eau, petite sœur ?

Elle cacha sa surprise qu'il connût pareille information. Un sourire conquérant prit possession de son visage, identique depuis trop de générations pour les compter.

— C'est bien dommage, car elle est ma partenaire de jeu préférée.

Il bondit sur elle pour saisir sa gorge et elle s'esquiva. En trois enjambées, elle grimpa sur une commode et sauta dehors. Il lui fallait éloigner son frère de Declan.

— Tu es sûre que tu veux jouer dans le sable, petite sœur ? Tu regrettes tant que ça que nous ne l'ayons pas fait étant enfants ?

Elle se mit à courir le long de la plage, dans l'espoir vain de trouver de l'aide. Quel soldat pourrait faire face à son frère, de toute façon ? Elle seule était capable de se mesurer à lui.

— Si tu voulais une sœur avec laquelle jouer, hurla-t-elle pour se faire entendre par-dessus le bruit assourdissant des vagues, il fallait venir me voir !

Le bruit du ressac cessa et elle fit volte-face. Le visage plissé de concentration, Feardorcha empêchait l'eau de venir lécher le sable, la forçant à devenir un mur de plus en plus haut.

— J'ai partagé le ventre de ma mère avec un frère, c'était bien suffisant ! J'étais un bébé avec tant de forces que j'ai pris les siennes.

Le mur d'eau venait de dépasser la hauteur du manoir et continuait de monter. Essylt n'avait pas le temps de fuir.

— Quand nous sommes nés, il était si petit qu'il remplissait à peine les mains de ma mère. C'est pourquoi elle l'a laissé mourir. Elle avait compris que j'avais pris l'avantage sur lui, il n'était donc pas assez fort pour vivre.

La gorge d'Essylt se noua d'émotions pour ce pauvre bébé qui n'avait rien demandé, pour ce frère à qui on avait ôté le droit d'exister.

— C'est ironique qu'il ne reste que nous, tu ne trouves pas ? chantonna Feardorcha pendant que le mur poursuivait sa fulgurante croissance. Ma mère a fui le palais de Rodorchna pour que notre père n'exige pas notre mise à mort. Ta mère t'a cachée dans un orphelinat quand il a exigé ta mort. Ses seuls enfants encore en vie sont ceux dont il ne voulait pas.

— S'il le sait, il doit en être fou de rage, répondit-elle simplement.

— Oui. Mais qu'il soit rassuré : il ne restera bientôt plus qu'un de nous deux.

Il abaissa sa main.

Essylt s'agenouilla et recouvrit son nez et sa bouche de ses mains. L'eau la percuta avec une violence inouïe. Elle sentit tout son corps ployer sous l'impact puis être tiré vers le haut. La vague recula et l'attira avec elle dans les profondeurs de la mer.

Réfléchis ! s'enjoignit-elle tandis que son corps était balloté de toute part, frappé, trempé, malmené.

Dans ses mains, elle avait conservé un peu d'air dont elle se servit pour respirer. Ouvrir les yeux était inutile : elle ne pourrait voir où était le ciel. Elle pouvait néanmoins le sentir et c'est ce qu'elle s'enjoignit de faire. Elle fit abstraction de la douleur et lutta contre la léthargie que l'eau imposait à sa magie, lutta contre l'angoisse de mourir noyée.

Le ciel... Le ciel est comme mes yeux.

Comme quand elle avait protégé Declan, elle sentit une force gronder dans sa poitrine et elle aurait juré que l'air au-dehors avait mugi.

En émergeant au-dessus de la mer, elle fut aussi surprise que son frère. Sa magie avait rarement été aussi coopérative. Elle appela l'air et observa son aîné depuis sa position de supériorité.

— Pourquoi ne pas avoir revendiqué le Trône quand Père est mort ?

Elle avait besoin de comprendre. Et de détourner son attention.

Il fit des petits mouvements de mains, visiblement excédé de ne pas détourner l'air d'elle. Elle avait sans conteste un niveau plus fort que lui pour cet élément.

— C'était ce qui était prévu ! Mais la lettre de Dubheasa annonçant la mort de Mil est arrivée trop tard. Declan t'avait déjà retrouvée et tout le monde ne parlait plus que de toi, la Princesse miraculeusement sauvée.

Essylt descendit de quelques mètres en apercevant son amant sortir du manoir. Elle cacha au mieux son trouble et se rapprocha de son frère pour être entendue.

— Alors tu as décidé de me tuer ?

— Je n'avais pas d'autre option ! s'écria-t-il avec une expression qui laissait entendre que ce manque de choix n'avait pas été particulièrement déplaisant. Je suis peut-être né avant toi, mais tu es née de l'épouse et non de la maîtresse. Le peuple te voyait déjà comme sa Reine, mon arrivée n'y aurait rien changé. Le seul moyen de te prendre le Trône, c'est de te tuer.

L'eau remonta brusquement jusqu'à elle et elle l'évita en se propulsant dans les airs. Elle contourna cet élément impétueux et se posa dans le sable, à l'opposé de Declan qui armait son arc.

Vise juste, mon amour.

Blessé à la tête et au bras, le Chef banda l'arme avec une assurance renouvelée.

— Tu sais, je peux jouer à ce jeu longtemps...

La flèche partit et fut déviée avant d'atteindre son but. Le sourire amusé de Feardorcha lui donna la nausée. Il n'avait même pas eu besoin de se retourner.

— Le petit Chef vient sauver sa Reine. Comme c'est touchant.

Il leva la main et les vagues se rassemblèrent.

— Non !

Essylt se mit à courir en direction de Declan, mais elle ne pouvait aller plus vite que la magie. Bien que plus petite que la précédente, la masse d'eau se précipita sur lui et l'engloutit avant qu'il ait pu s'enfuir.

La Reine se concentra sur lui pour repousser l'eau. Un coup au visage l'envoya s'effondrer dans le sable.

— Je pensais le tuer après toi, mais puisqu'il insiste.

Le cœur d'Essylt se contracta avec une violence hors du commun. Comme si c'était elle qui manquait d'air. Comme si c'était elle qui agonisait.

Le front contre le sable humide, la lèvre en sang, elle ferma les yeux.

Elle le percevait. À plusieurs mètres de là, déjà emporté si loin par la mer. Elle le sentait se débattre et lutter, essayer de nager, en vain. Elle sentait sa peur, celle de mourir mais surtout celle ne pas pouvoir la protéger. Elle voyait également les poissons autour de lui, les oiseaux dans le ciel, les soldats blessés dans le manoir. Et son frère, juste au-dessus d'elle.

— Que fais-tu ?

Elle ne savait pas.

Ou peut-être que si, elle savait.

Elle saisit Declan comme s'il était un objet et son esprit une main, avec une aisance sidérante. Une douleur naquit entre ses seins et elle l'ignora. Elle le souleva hors de l'eau puis le déposa sur le sable. Elle entendit ses respirations heurtées mêlées à des crachats.

— Comment as-tu…

Feardorcha posa sa main sur sa poitrine, soudain oppressé. Sa sœur se releva pour lui faire face. Il la dépassait d'une demi-tête et bien qu'elle le haïsse de tout son être, elle devait reconnaître qu'il était très beau. Lucetmael lui ressemblerait, comme son fils après lui. Parce qu'il en avait toujours été ainsi. Parce qu'il en serait toujours ainsi dans leur famille où la beauté allait de pair avec la magie.

— Si tu étais venu me voir, j'aurais tout fait pour toi, murmura-t-elle pendant qu'il peinait à reprendre sa respiration. Je t'aurais donné un titre, une maison, une épouse. Un foyer, une famille.

Son cœur battait de plus en plus lentement. Paniqué, il envoya de l'eau en direction de Declan. L'élément se fracassa sur un mur invisible.

— Mais tu as essayé de tuer mon fils. Et tant que tu vivras, tu essaieras toujours.

Une vague s'écrasa sur ses épaules et la fit à peine chanceler. Elle était envahie d'une énergie trop puissante pour être déstabilisée.

Trop puissante pour être vaincue.

— Tu m'as bien fait comprendre que c'était toi ou moi, Feardorcha.

Prononcer son nom le rendit étrangement réel. Lui faire face était aussi incongru que naturel. Il était son frère et tout son être le reconnaissait comme tel. Mais au lieu de les unir, leur sang les avait rendus ennemis.

Il saisit sa gorge et commença à serrer. Elle tressaillit à peine.

— Et ce ne sera pas moi…

Elle posa sa main sur son cœur.

Et il cessa définitivement de battre.

Ses doigts demeurèrent agrippés à sa gorge une seconde de plus avant de glisser. Son corps sans vie tomba à la renverse et souleva un jet de sable sombre.

Je viens de tuer mon frère.

Prise de nausées, elle s'écarta du cadavre et vomit de la bile. Les mains enfouies dans le sable, elle sentit tout son corps se glacer d'effroi. Le vent mugit, balayant la plage d'un embrun salé et apportant avec lui un murmure lointain.

Un murmure qu'elle avait déjà entendu par le passé.

Reimè…

— Je suis là, je suis là.

Des bras puissants l'entourèrent et la serrèrent contre ce torse qu'elle aimait tant. Le murmure se tut.

— J'ai tué mon frère.

— Il ne méritait pas de vivre.

— Je peux tuer d'une simple pensée. Je peux… Je peux tout faire, Declan. Absolument tout. Je ne suis pas comme les autres de Rodorchna, je…

— Calme-toi. Respire.

Il la serra plus fort et caressa ses cheveux. En le sentant trembler contre elle à cause du froid, elle s'écarta.

— Tu es blessé ?

Elle connaissait déjà la réponse. Au souvenir des coups que son frère lui avait infligés, l'horreur et la culpabilité s'estompèrent un peu. Elle caressa la joue de son amant, tout son corps s'apaisant à ce contact.

— La blessure de mon bras est légère, c'est surtout ma tête…

Il se tut car la douleur refluait déjà. Sa main était de plus en plus chaude contre sa joue et il se perdit dans ses yeux.

— Qui es-tu ? chuchota-t-il comme s'il posait la question au monde entier.

Sa main retomba sur ses genoux quand il n'éprouva plus aucune souffrance. Il lui était inutile de vérifier : la bosse sur son crâne avait disparu et sa plaie s'était refermée.

— Je ne sais pas. Mais… Je n'ai plus peur de le découvrir.

Une larme déborda de ses yeux bleu ciel pour dévaler sa joue et rencontrer le sang sur sa lèvre.

— Il me tarde que nous le découvrions ensemble.

Il essuya la larme traîtresse puis se remit debout pour lui tendre la main. Par ce geste, il lui promettait qu'il serait là, qu'importe ce que l'avenir leur réservait, qu'importe ce qu'elle apprendrait sur ses pouvoirs. Parce que c'était auprès d'elle qu'était sa place.

Alors la Reine prit la main du Chef pour se relever.

— Que faisons-nous à présent ? demanda-t-elle en redevenant cette jeune femme qui avait besoin d'être guidée.

Elle regarda le cadavre, la mer agitée, le manoir aux vitres brisées.

— Nous allons chercher notre fils. Il va bien ?

— Oui, il n'a rien.

Cette conversation aurait été absurde dans d'autres circonstances. Mais après ce qu'il venait de la voir faire, il ne doutait pas qu'elle eut raison.

Ils commencèrent à contourner le manoir pour rentrer quand Drac apparut. Couvert de sang, il vint se frotter contre les jambes de sa maîtresse.

— Merci.

Elle flatta tendrement ses oreilles, indifférente au fait de se salir les mains. Declan sortit son poignard et passa devant elle pour franchir l'arche en pierre. Il fut aussitôt rejoint par Drac et la vision de ces deux mâles marchant côte à côte la remplit de fierté et de force.

Des cadavres vêtus de rouge et de bleu jonchaient la petite cour. Essylt mit une longue minute à réaliser que cinq assaillants avaient bondi sur Declan et Drac tant cette vision la choqua.

Elle se concentra sur l'homme qui s'apprêtait à frapper son amant en traître pour l'immobiliser. Il s'écroula.

— Venez protéger votre Reine ! hurla Declan dans l'espoir d'ameuter les derniers soldats encore en vie.

Essylt repoussait un ennemi qui arrivait en courant lorsqu'un craquement sinistre retentit.

Une fissure craquela son cœur.

— DRAC !

Son guépard reposait au pied d'un assaillant vêtu de noir, le crâne fracassé par le pommeau d'une épée. Un chagrin immense s'engouffra en elle, un vide glacé qui jamais ne pourrait être rempli.

L'homme la détailla avec une satisfaction mêlée de crainte.

Sa magie le frappa en plein visage, aussi durement qu'il avait frappé l'animal qui partageait sa vie depuis trois longues années. Les os émirent un bruit détestable en se brisant.

Elle s'agenouilla près de Drac pour caresser une dernière fois sa fourrure. La sensation de ses poils poisseux de sang sous ses mains lui fit ployer les épaules. Heureusement pour elle, des soldats étaient arrivés en renfort et aidèrent le Chef à maîtriser les ennemis.

Quelqu'un redressa son menton.

— Je suis désolé, ma Reine, mais il n'est pas l'heure de pleurer.

Il avait raison. Il prit son coude pour la redresser et elle rassembla ses forces pour continuer d'avancer, afin que le sacrifice de son animal de compagnie n'ait pas été vain.

— Sécurisez le périmètre, ordonna Declan. Formez des groupes et emprisonnez un maximum d'hommes. Mettez les domestiques à l'abri dans une pièce. Toi, toi et toi, vous ne quittez pas la Reine.

Les trois soldats concernés l'entourèrent aussitôt et ils quittèrent la cour.

Devant les portes entrouvertes du salon, des corps sans vie avaient peint de leur sang les murs. En reconnaissant les gardes qui la protégeaient depuis des années, la Reine ne put contenir ses larmes. Et celles-ci ne furent que plus nombreuses une fois à l'intérieur.

Calixte serrait le corps agonisant de sa mère contre lui. Son visage n'était que chagrin et désolation. À côté d'eux, Guénolé reposait, toujours inconscient.

— Maman, tiens le coup, je t'en supplie. Je suis tellement désolé.

Essylt s'avança lentement entre les corps. Sur sa gauche, elle découvrit le cadavre du Prince Ruarc de Teac. Caem était assis à côté, couvert de sueur et de sang. Il ferma les yeux de soulagement en découvrant sa Reine.

— Calixte…

Elle s'accroupit derrière son mari et posa une main tendre sur son épaule.

— Je suis désolée.

— Non, non, elle va survivre ! éructa-t-il en appuyant sa main plus fort sur sa plaie. Elle va survivre.

Dubheasa était d'une pâleur terrifiante, qui contrastait avec ses cheveux noirs. Elle détaillait son fils avec un tel amour qu'Essylt se détourna.

— Pardonne-moi… Elle devait mourir… Pour que tu vives.

— Non ! Non…

Bien qu'elle sache que Lucetmael n'avait rien, Essylt ne pouvait pas être certaine qu'il soit en parfaite sécurité. Des hommes pouvaient être à la poursuite de ses servantes et de ses commandants, et elle avait besoin de le serrer dans ses bras.

— Je dois retrouver Lucetmael. Je suis désolée.

Elle n'avait rien d'autre à dire. C'était peut-être lâche de sa part de le quitter en cet instant, mais son fils prévalait sur tout.

Declan s'était assuré que son père allait bien. Avec une expression indéchiffrable, il lui désigna la porte et passa devant elle.

— Maman, tiens le coup ! Maman !

Essylt se retourna et vit Calixte se pencher vers son visage pour entendre ce qu'elle avait à lui dire. Puis elle expira son dernier souffle et l'arôme de la mort imprégna un peu plus la pièce.

Le cri du Roi résonna dans tout le manoir, poussant la Reine à sortir plus vite dans la cour.

— Allez nous chercher des chevaux ! hurla Declan à un garde qui passait.

Il avait deviné que Lucetmael n'était plus là.

— Je suis désolée pour ta perte, chuchota Essylt sans pour autant le toucher.

Il tourna vers elle ses yeux verts empreints d'une détermination sans faille.

— Elle n'est plus ma mère. Elle a cessé de l'être à l'instant où elle a comploté pour te tuer.

Il effleura ses doigts, touchant la bague qu'il lui avait offerte. La bague qu'il tenait de sa mère naturelle et qui témoignait de son engagement indéfectible.

Ils montèrent sans selles et quittèrent l'enceinte du manoir après que Declan eut donné ses ordres à Caem, qui était le plus haut gradé après lui. Une partie des gardes campaient à l'extérieur et étaient parvenus à se cacher dans les bois quand les ennemis étaient venus les abattre. En découvrant leur Reine couverte de sang, ils plongèrent dans une profonde révérence.

— Je ne punirai pas votre couardise, vociféra Declan pendant qu'Essylt continuait d'avancer, tout son corps attiré par son fils. Mais il va falloir vous rattraper ! Rassemblez-vous dans le manoir et aidez avec les blessés !

Les soldats se précipitèrent pendant qu'ils partaient au galop. Ils ne chevauchèrent que quelques minutes dans les bois épais avant qu'Essylt bondisse à terre. Ils entendirent aussitôt la voix de leur fils.

— Ma Reine.

Cleena, Adelyn et Paddy sortirent d'entre les rochers, suivis par Jarlath qui portait Lucetmael. Ses joues rondes striées de larmes, il tendit les bras vers elle.

— Maman !

Elle le saisit et s'écroula à genoux sous le coup de l'émotion. Elle recouvrit son visage de baisers : son front où étaient collées des petites boucles blondes, son nez retroussé, ses joues si rondes, son minuscule menton. Elle enfouit sa main dans ses cheveux, respira son odeur dans son cou, compta les battements de son cœur qui vibrait au même rythme que le sien.

J'ai tué pour toi. Et je recommencerai sans hésiter.

Dagda passa dans son dos pour se frotter à eux.

— Que s'est-il passé ? demanda Jarlath.

— C'est terminé.

Elle berça son fils contre elle en répétant cette phrase.

Cathan était sorti de derrière les rochers en tirant la bride de Royal, qui portait Janae. Léan et Bethania les suivaient en compagnie de Belliciste.

— Vous allez bien, Altesse ? s'enquit Cleena, qui serrait Adelyn contre elle.

Declan était demeuré à un mètre de sa famille et les contemplait en ne croyant pas à sa chance. Il avait envie de s'asseoir près d'eux et de les entourer de ses bras, pour leur assurer qu'il les protégerait toujours. Mais certains dangers ne disparaissent jamais et il ne pouvait se permettre ce geste devant les proches de la Reine. Il devait faire appel à beaucoup de retenue pour contenir ses émotions.

— Oui. Comment vous êtes-vous enfuis ?

— Personne ne compte nous expliquer ? vociféra Jarlath, qui tournait en rond.

Dans le ciel, son aigle poussa un cri suraigu.

Son Chef lui lança un regard lourd de sens.

— C'est grâce à Lucetmael, expliqua Cathan. Nous étions en train de jouer et il s'est soudainement statufié. Ce n'était pas son attitude coutumière.

— Nous avons immédiatement su que quelque chose n'allait pas, confirma Léan.

— Nous avons pris le Prince et commencé à sortir, narra Cathan. En entendant les bruits de combat dans la partie du manoir où vous étiez, nous avons compris que nous devions nous enfuir, même si c'était une décision douloureuse.

Le commandant contempla sa Reine avec soulagement.

— Dans la cour, nous avons fait face à des assaillants. Beaucoup de soldats ont péri pour nous aider à fuir. Royal nous a rejoints et a permis de transporter Janae, qui a été blessée.

Cette information fit se redresser Essylt. Elle chancela sur ses jambes fatiguées.

— Où es-tu blessée ?

— Seulement à la cheville, Majesté. Ce n'est rien. Cathan m'a portée pour monter sur Royal.

Elle fit un hochement de tête au commandant pour le remercier. Essylt détailla sa famille échevelée, bouleversée mais vivante.

— Nous devons retourner là-bas.

Elle embrassa le front de Lucetmael, qui babilla de plaisir.

— Je t'aime tellement.

Elle prit une grande inspiration pour se donner du courage. Puis elle déposa son fils dans les bras de son père.

— Je n'aurai pas la force de le porter.

Il acquiesça et posa une main protectrice sur son petit dos. Un geste simple qui cachait un amour immense. Tremblant, le Prince lova son front dans le creux de son cou.

Adelyn et Bethania montèrent sur la monture de Declan pendant que la Reine ouvrait la marche sur la sienne. Dans son dos, elle entendit vaguement le Chef raconter ce qu'il s'était produit. Les exclamations ahuries lui parvenaient à travers un voile.

Le silence s'abattit sur leur petite procession une fois dans la cour du manoir engloutie par la mort. Le feulement de Dagda quand elle aperçut son frère fit crier les caméristes de douleur.

— Caem ? appela Declan, qui dégageait une virilité hors norme même en tenant un enfant dans ses bras.

Il cachait précautionneusement ses yeux.

— Quarante-sept soldats en vie, dix-sept blessés. Le Roi est toujours dans le salon.

Essylt fit tourner son cheval sur lui-même pour attirer l'attention de ses hommes.

— Que chacun d'entre vous se prépare à partir demain à l'aube !

La voix de la Reine se répercuta contre la pierre.

— La Bofursyle di Rodorchna part en guerre contre la Teac !

XIX

« Un monarque intelligent ne laisse échapper aucune opportunité. » Roi Anrai de Xoramif, 432.

Essylt vérifia que son chignon était parfait avant de quitter sa chambre silencieuse.

La pièce principale de l'auberge était remplie de soldats qui prenaient leur diner. Ils se levèrent d'un bond en apercevant leur souveraine. Elle passa entre les tables d'un pas déterminé et Jarlath, qui la suivait docilement, leur fit signe de se rasseoir.

Dehors, la forme des tentes se devinait grâce aux feux de camp. La Reine se dirigea vers la plus grande, droit devant elle.

Une table l'attendait avec des cartes et une montagne de papiers. Après avoir vérifié que la tente était vide, son commandant s'éclipsa. Elle posa ses poings sur le bois usé et ferma les yeux pour détendre sa nuque.

Le sang avait noirci la robe de l'ancienne souveraine. Sa main aux quelques taches de vieillesse reposait sur sa poitrine, comme si ses doigts avaient essayé de se retenir à son fils.

Lui n'avait pas cessé de s'accrocher à elle. Il serrait le corps sans vie de sa mère contre son torse en se balançant d'avant en arrière.

Ils étaient seuls dans le salon ravagé par la mer et la mort. Le cadavre du Prince Ruarc venait d'être retiré, après que des soldats eurent porté Guénolé dans une chambre. Les meubles, le sol, tout était empreint d'un chagrin ahuri, d'une noirceur qui ne pourrait jamais être effacée.

Essylt s'agenouilla en face de son mari.

— Calixte ?

Elle parla d'une voix douce qui résonna étrangement. Il secoua la tête.

— Elle est partie, Calixte. Je suis sincèrement désolée.

Le Roi resserra sa prise quand elle approcha sa main. La tête de Dubheasa partit un peu en arrière, dévoilant son visage et son cou blêmes.

— Il faut que tu la lâches. Je suis là, je vais t'aider.

Elle posa sa main sur la sienne.

Il redressa brutalement la tête. Ses yeux noisette injectés de sang la firent reculer.

— Elle ne peut pas être morte.

Éreintée de fatigue et de chagrin, Essylt serra doucement ses doigts rougis.

— Elle l'est. Je suis désolée. Elle nous a quittés.

Ses traits s'effondrèrent et ses yeux se remplirent de larmes.

— Je ne peux pas avoir tué ma mère…

Ses forces l'abandonnèrent et il s'écroula sur le dos, lâchant le cadavre. Essylt se précipita pour le ramener contre elle et se retrouva exactement dans la position qu'il venait de quitter. Les larmes de son mari imprégnèrent sa robe, se mélangeant au sel de la mer.

— Majesté ?

La voix de Declan la ramena au présent. Le Chef des armées patientait entre les pans ouverts de la tente, deux conseillers et quatre commandants sur les talons.

— Entrez.

Elle fit le tour de la table pour leur faire face, les épaules hautes. Les hommes se répartirent dans un silence qu'elle commençait à connaître.

— Serons-nous prêts à partir demain ?

— Nous le serons, Majesté, affirma le commandant Flith, responsable du rassemblement des soldats. La garnison que nous attendions du Vicomté de Sétanta est arrivée. Elle monte nos hommes à un effectif de six cents.

Il y avait cent cinquante soldats rodorchniens. Une garnison de deux cents hommes accompagnait Essylt en Bofursyle depuis son couronnement. Parmi les cinquante qui l'avaient escortée au manoir de ses beaux-parents, quarante-six avaient perdu la vie en gardant la porte du salon ou en aidant son fils à s'enfuir.

— En partant du principe que le Roi de Vuai nous fournira une garnison d'au moins deux cents hommes, cela en fera huit cents. Ce n'est pas suffisant pour une guerre, mais cela le sera pour tenir le siège du château de Teac, si les choses se déroulent comme son Altesse Declan le pense.

— Tous les monarques vont se ranger derrière la Bofursyle di Rodorchna, répéta le Chef pour la énième fois. Luam ne peut pas faire la guerre à huit royaumes. Sa meilleure tactique sera de s'enfermer et de négocier. Il nous suffit donc d'arriver en force pour qu'il soit obligé de capituler.

— Paraitrons-nous assez forts alors que notre Roi ne sort plus ?

Essylt lança un regard noir au conseiller.

— Le Roi est là. Il se repose. Il a été trahi par sa mère et l'a perdue. Il a le droit que l'on respecte son deuil.

Elle se redressa pour afficher toute sa royauté. Avec sa lourde couronne en or, elle essayait de compenser l'absence criante de son mari.

— Je suis là. Je suis votre Reine et je mènerai mon armée au combat.

— Nous aimerions juste avoir l'avis du Roi…

— Le Roi veut venger la mort de sa mère, ainsi que sa trahison ! Il veut rendre justice à son fils qui a failli être lâchement assassiné par un souverain avide de pouvoir. Vous n'avez pas besoin de l'entendre de la bouche de mon époux pour le savoir.

Sa voix était montée dans les aigus malgré elle. Le conseiller concerné s'inclina légèrement pour s'excuser de sa maladresse, sans pour autant dissimuler ses craintes.

— Demain, nous traverserons la frontière avec la Vuai et marcherons en direction du château de Teac. Nous avons des vivres, des chevaux et des hommes. Nous sommes prêts.

— Oui, Majesté.

Ils inclinèrent tous la tête en signe de soumission. Essylt se retourna pendant que Declan leur dictait les derniers préparatifs. Elle se concentra sur les ondulations du tissu sous l'effet du vent de l'hiver pour retenir ses larmes. Elle était épuisée que tout le monde se repose sur elle depuis plus d'un mois.

Durant la deuxième nuit après leur retour, un orage d'une violence surprenante s'abattit sur le palais de Bofursyle. Néanmoins, ce ne sont ni le bruit de la pluie sur la pierre ni le grondement du vent qui réveillèrent la Reine, mais des pleurs.

Des pleurs brutaux, incontrôlables.

Essylt se leva précipitamment et courut dans le couloir en enfilant son peignoir en fourrure. Elle trouva ses caméristes debout dans leur chambre, entourant une Adelyn en crise.

— Des corps partout...

— Calme-toi, calme-toi, l'enjoignait Léan en lui caressant les cheveux.

— Ce n'était qu'un rêve, répéta Cleena en serrant ses mains.

Derrière elle, Essylt sentit la présence solaire de ses commandants. Cathan posa une main protectrice dans son dos.

— Retourne au lit, Ess. Nous allons la rassurer.

— Non.

Elle rejoignit les femmes qui partageaient son quotidien et s'agenouilla devant Adelyn. Elle saisit sa main libre qu'elle entreprit de masser doucement.

— Nous sommes là, Adelyn. Tu ne crains rien. Personne ne te fera de mal.

— Oh, Majesté...

Des larmes dévalèrent ses joues creusées.

— Il y avait du sang partout.

— Je sais.

— Et tous ces morts... Tous ces hommes... Ces soldats que nous croisions tous les jours...

— Je sais.

— Gard m'aidait toujours à porter le linge. Et Harrold, il avait un mot gentil pour tout le monde... Il s'est interposé pour nous protéger... Ses entrailles sont sorties de son ventre.

Essylt la serra contre elle, vaine tentative pour apaiser ses tremblements.

— Les images ne s'effacent pas. Elles ne s'effacent pas, Essylt...

— Je sais. Je suis tellement désolée.

Avec tendresse, la magie de la Reine caressa sa servante, l'enveloppant comme une couverture en hiver. Ses tremblements s'apaisèrent peu à peu.

— Je ne veux jamais revivre cela. Jamais.

— Tu peux rester au château en mon absence.

— Non, je ne veux pas vous abandonner, Majesté. Je ne veux pas être lâche...

— Tu ne l'es pas. Je n'exige d'aucune de vous de me suivre si vous ne vous en sentez pas la force.

Elle l'écarta pour essuyer ses larmes.

— Mais, je veux vous servir, je veux...

— Tu pourras le faire d'ici, d'accord ? En m'informant de tout ce qu'il se passe en château et en aidant à l'intendance.

— Je ne sais pas...

— Tu as le temps d'y réfléchir.

La Reine la repoussa doucement pour qu'elle s'allonge. Elle posa une main sur son front et ses paupières gonflées de chagrin se fermèrent. Le sommeil vint cueillir Adelyn et détendit les traits tirés de son visage.

— La proposition est aussi valable pour vous. Je n'obligerai aucune de vous à me suivre en Teac.

Cleena lui prit la main pendant qu'elle se relevait.

— Je viendrai, Majesté.

— Majesté ?

Elle sursauta. Il ne restait que Declan sous la tente. Conscient du fait qu'on pouvait parfaitement les entendre à travers le tissu, il s'approcha pour se retrouver face à elle.

— Vous devriez vous reposer, Majesté. Les prochaines semaines vont être longues et déplacer une armée est loin d'être de tout repos.

— Je sais. Mais je dois encore aller voir le Roi.

Ses yeux verts se voilèrent d'inquiétude.

— Je suis allé le voir tout à l'heure. Il a repris du poids.

— Oui, le faire manger n'est plus une bataille. J'ai bon espoir que… Qu'il finisse par sortir.

Et par accepter que le reste du monde existe encore.

— Bien, je ne vous retiens pas plus longtemps, Majesté.

Il fit la révérence, puis prit ses doigts pour les serrer, lui insufflant un courage loin d'être superflu.

Essylt rentra dans l'auberge qu'ils avaient investie depuis trois semaines. C'était un point stratégique de ralliement, à la frontière avec la Vuai. Les soldats de Bofursyle appelés à se battre s'étaient rassemblés tout autour, formant un campement organisé et déterminé.

La salle était maintenant déserte, les hommes ayant fini leur repas. La Reine monta à l'étage et s'approcha de la dernière porte au fond du couloir.

En levant sa main pour frapper le bois peint en bleu, sa mémoire remonta le temps.

Elle ne savait pas comment elle parvenait encore à marcher. Peut-être simplement parce qu'elle n'avait pas le choix. Tout son corps était fourbu de fatigue, sans parler des hématomes qu'elle sentait émerger dans son dos à cause de la vague qui l'avait percutée. La Reine avait néanmoins quitté précipitamment la salle où elle écrivait ses lettres quand un domestique était venu la chercher, paniqué par le réveil de Guénolé.

Elle poussa la porte. Les valets avaient retiré ses habits à l'ancien monarque, qui arpentait la pièce dans une chemise blanche difforme. Il hurlait sur un domestique, lui demandant où était sa femme.

— Guénolé…

Il se tétanisa. La vue de sa bru sembla faire émerger des souvenirs.

— Que s'est-il passé ? Où est ma femme ? Où sont Ruarc et Feardorcha ?

— Ils sont morts.

Il vacilla sur ses jambes et le page se précipita pour le retenir, aussitôt méchamment repoussé.

— Ruarc et votre frère ? s'enquit-il d'une voix presque enfantine.

Incapable de s'approcher de lui, Essylt hocha lentement la tête.

— Ruarc, Feardorcha... Et Dubheasa. Elle est décédée. Je suis désolée.

Elle n'avait pas trouvé d'autre formule pour lui annoncer la mort de son épouse. Aucun mot ne possédait le pouvoir de rendre cette information moins douloureuse.

Guénolé marcha jusqu'à son lit où il s'assit. Dans ce vêtement de nuit, avec ses épaules voutées et ses cheveux blancs, il n'avait jamais paru si vieux et fragile.

— Ma femme est morte...

Il enfouit son visage dans ses mains.

— Ma femme m'a trahi...

Ses sanglots éclatèrent sans la moindre retenue. Voir cet homme qu'elle avait admiré comme un père et auprès duquel elle avait tant appris pleurer de la sorte donna l'impression à Essylt de redevenir une enfant perdue et seule. Se sentant comme une voyeuse de cette scène trop intime, elle quitta la chambre, fuyant le bruit de ses pleurs en laissant libre cours aux siens.

Dans la pièce à moitié plongée dans la pénombre, Calixte était assis sur le fauteuil à côté de la fenêtre. Il regardait à l'extérieur sans paraître conscient des êtres qui vivaient tout près de lui.

Essylt prit place en face de lui sur le lit. Il ne tourna pas la tête, ne donnant aucun signe qu'il avait perçu sa présence.

— Je vois que tu as mangé toute ton assiette, dit-elle en désignant le plateau vide. C'est très bien.

Sa propre voix l'agaçait. Elle avait l'impression de parler à un enfant. Après avoir bataillé pendant près de deux semaines pour le nourrir, elle ne pouvait s'en empêcher.

— Nous partons demain pour la Vuai.

— Bien.

Entendre sa voix était si rare qu'elle contint un soupir de soulagement.

— J'espère que nous serons arrivés en Teac à la mi-décembre.

Il tourna brusquement la tête vers elle, avec cette attitude détachée qui lui donnait froid dans le dos.

— Je l'espère aussi. Je vais lui faire payer.

Luam n'était certainement pas le seul impliqué dans ce complot : sa fille Rosheen et sa maîtresse Scatach étaient tout aussi responsables. Ce qui ne devait pas être le cas de la Reine Trevina et du Prince Roan. Essylt n'avait pas envie d'encourager la soif de vengeance qui grondait en lui. Elle préférait toutefois la haine au néant.

— Nous lui ferons payer la mort de ta mère, je te le promets.

À ces mots, ses mâchoires se crispèrent et ses poings se serrèrent.

— Si seulement elle n'avait pas...

La Reine s'agenouilla devant lui et prit ses mains pour les ouvrir.

— Oui, beaucoup de choses auraient été différentes. Mais je doute que passer tes journées enfermé à ruminer le passé soit la bonne solution.

Elle lança un regard vers les papiers qu'elle avait posés sur une commode. Ils n'avaient pas bougé. Depuis l'attaque, Calixte n'avait pas signé ou ne serait-ce que lu un seul document officiel.

Il avait cessé d'être Roi.

— Le seul moyen de faire payer ton oncle, c'est de faire en sorte que cette guerre soit victorieuse. Les soldats ont besoin de toi pour cela. J'ai besoin de toi.

Il serra aussitôt ses mains en percevant sa détresse. C'était une réaction qui lui ressemblait tant que son cœur se remplit de gratitude et d'affection.

— Ton deuil sera long et douloureux, et je serai à tes côtés pour le surmonter. Mais le meilleur moyen pour toi d'avancer, c'est de poursuivre ta vie, et de faire ce que tu sais faire le mieux : régner.

Il opina lentement.

— Viens dormir, tu as besoin de sommeil avant notre départ.

Elle le fit se lever et entreprit de le déshabiller. Il n'y avait rien de romantique ou de sensuel dans ses gestes. Elle se contenta de le mettre torse nu et l'aida à s'installer sous les draps. Quand elle effleura son épaule en remontant la couverture sur lui, il tressaillit. Il avait parfois du mal à la toucher, comme si son contact lui rappelait ce jour malheureux où il s'était interposé pour la sauver.

Le regrettes-tu ? avait-elle envie de lui demander.

Elle n'était pas certaine qu'il sache la réponse.

Une fois qu'il fut à son aise, elle prit le plateau vide et sortit. Elle le descendit dans la cuisine, où un domestique s'empressa de le lui prendre avec déférence. Puis elle remonta pour vérifier que Lucetmael dormait.

Allongé dans son petit berceau à bascule qui allait bientôt être trop petit, il avait la bouche entrouverte d'aise. La lumière des bougies jouait sur ses joues potelées. Le voir si paisible la rassura.

Il n'est pas traumatisé.

Elle se le répétait pour s'en convaincre. Comment savoir les conséquences que l'attaque avait eues sur lui ? Elle ne voulait pas qu'il devienne craintif ou haineux envers autrui. Depuis un mois, il se comportait normalement, jouant avec ses affaires et Nar, babillant de nouveaux mots, marchant avec assurance pour échapper à Caem. Il allait bien et Essylt avait l'impression que c'était trop beau pour être vrai.

— Tu veux l'emmener avec nous ? éructa Declan.

C'était la première fois qu'il lui parlait avec une telle colère. Debout au milieu de sa chambre, Essylt reprit son souffle.

— Oui. Je refuse de le laisser ici.

— Nous partons à la guerre, Essylt. La guerre. *Et tu veux emmener notre enfant ? Pour quoi, qu'il soit encore plus traumatisé de voir des gens se battre et mourir ?*

Elle fit appel à son courage pour refouler ses larmes.

— Non, pour le protéger.

— Il sera plus en sécurité au château que près des champs de bataille !

— Il sera en sécurité avec moi, avec nous. Je refuse de l'abandonner ici sans

savoir s'il va bien.

— Feardorcha n'est plus, la menace est écartée.

— Non, elle ne l'est pas. Luam vient de perdre son fils : qu'est-ce qui me prouve qu'il ne va pas s'en prendre au mien pour se venger ?

Cette répartie eut le mérite de le faire taire. Il passa une main dans ses boucles brunes, aussi désordonnées que ses pensées.

— Dans ce cas, restez tous les deux ici, en sécurité.

— Non. C'est moi qui ai déclaré cette guerre, je mènerai moi-même les hommes au combat. Et puis, Calixte n'en est pas capable.

Une heure plus tôt, en essayant de lui donner à manger, son mari s'était brusquement levé de son fauteuil et avait envoyé son assiette s'exploser contre le mur. Puis il avait hurlé pour qu'on le laisse seul, et domestiques, valets et Reine s'étaient exécutés.

— Je peux le faire pour vous deux.

— Non, je dois être présente. Je veux être présente. Il me faut mener cette bataille, pour moi et pour Lucetmael.

Il hocha la tête, comprenant parfaitement ses raisons. Il finit par soupirer et enlaça sa taille.

— Je n'aime pas l'idée que vous assistiez à tout cela.

— Lucetmael sera maintenu en retrait, mais au moins je serai là pour le protéger et toi aussi.

— Je n'ai pas envie que tu fasses la guerre. C'est trop... Trop tout. J'aimerais t'épargner cela.

Elle monta sur la pointe des pieds pour effleurer son nez du sien.

— Et je ne t'en aime que davantage. Mais tu ne peux pas me protéger de tout.

— Je sais.

Leurs lèvres se trouvèrent pour échanger un baiser complice, chargé d'un respect mutuel et d'un amour qu'aucune épreuve ne pouvait briser.

— Papa et Maman sont là pour te protéger, mon trésor, chuchota-t-elle en rapprochant sa peluche de sa main. Ils partent en guerre pour toi.

Les yeux bleu ciel de Feardorcha la fixaient avec dédain et haine. Un sourire menaçant étira ses lèvres pendant qu'il brandissait sa main, faisant s'élever les vagues derrière lui.

Essylt poussa un cri en s'éveillant en sursaut. Ce faisant, sa joue frappa la porte du carrosse, la ramenant brutalement à la réalité. Assise à côté d'elle, Dagda se frotta contre son flanc. Depuis le décès de Drac, elle était morose et réclamait son affection.

— Tout va bien, Majesté ? s'inquiéta Gladys, qui tenait Lucetmael sur ses genoux.

— Oui, oui.

Elle ne s'était pas rendu compte qu'elle s'était endormie. Durant la matinée, elle avait passé deux heures à courir de tout côté pour s'assurer que tous les soldats suivaient les ordres et que rien n'était oublié. Sollicitée de toute part, elle était ensuite montée à cheval pour suivre les troupes à pied, les soutenir et être vue. C'est seulement après le déjeuner qu'elle avait pu monter dans le carrosse en compagnie de son fils.

La Reine se frotta le visage. Rêver de son frère n'était plus nouveau, il hantait ses nuits depuis qu'elle avait mis fin à ses jours. Être confrontée à ses yeux bleu ciel faisait naître en elle un sentiment de déjà-vu qui s'agrippait à son esprit pendant des heures.

Comment n'ai-je pas pu deviner ?

Avec le recul, elle ne comprenait pas comment elle n'avait pas pu savoir que c'était un membre de sa famille qui cherchait à l'atteindre. Pas seulement parce que son père avait été le reflet d'une famille pleine de haine et de folie. Quand quelqu'un cherche à tuer un monarque, la raison la plus évidente est qu'il veut prendre sa place… Et qui d'autre qu'un de Rodorchna pouvait prendre la sienne ?

Elle secoua la tête pour faire disparaître toutes ses pensées parasites. Il ne servait à rien de ressasser le passé. Elle devait se concentrer sur l'avenir : faire la guerre pour obtenir la paix.

La souveraine joua avec son fils et discuta avec sa nourrice. Cette dernière avait été moins traumatisée par l'attaque que ses caméristes, car un soldat rodorchnien avait eu la bonne idée de les cacher, elle, son fils et son mari. Cela avait été judicieux car des assaillants étaient entrés dans leurs appartements et avaient mis fin à la vie du soldat.

Gladys était un roc durant la tempête, au même titre que Cleena. La nourrice et la gouvernante faisaient front commun contre n'importe quel souci dû à leur déplacement militaire. La Reine se demandait souvent comment elle aurait fait sans elles.

— Halte !

Intriguée, Essylt pencha la tête par la fenêtre. Lucetmael agrippa sa robe pour exiger de faire la même chose.

— Pas maintenant, Altesse, votre mère est occupée.

— Que se passe-t-il ?

Cathan fit signe à ses hommes de rester en place et remonta au galop la longue procession de soldats. Il revint quelques minutes plus tard, le teint si blême qu'Essylt crut qu'il allait tomber de sa selle.

— Cathan ?

— C'est le Roi Thuán, Majesté.

Elle leva un sourcil interrogatif. Il déglutit avec difficulté.

— Son armée nous empêche de continuer à avancer. Il affirme que nous venons d'entrer sur ses terres sans son accord et exige de vous parler sur-le-champ.

Il fallut une longue heure pour installer la tente où devait avoir lieu l'entretien royal. Une heure qui sembla durer une journée pour la Reine, dont la patience était mise à rude épreuve. Elle marcha le long de ses troupes, sans remarquer que son manteau se gorgeait d'eau à ses pieds. Son agitation se répandit rapidement parmi les hommes, à tel point qu'elle vit apparaître son mari.

Le visage émacié mangé par une barbe claire trop longue, le Roi n'était que l'ombre de lui-même. Sa démarche n'avait cependant pas perdu de sa superbe et fit se mettre au garde-à-vous tous les soldats qu'il croisa.

— Que se passe-t-il ?

— Thuán dit que nous sommes entrés chez lui sans autorisation et veut nous entretenir.

— Mais tu lui avais demandé, n'est-ce pas ?

Elle s'apprêtait à répondre quand Declan apparut. Il salua son frère d'une raide révérence, entre reproche et soulagement.

— La tente est prête, Vos Majestés.

Installée entre les deux armées, elle ressemblait à un petit point abandonné au milieu d'une prairie terne. Des soldats leur ouvrirent et le Roi fit signe à son frère de les suivre.

Le monarque de Vuai patientait assis sur une chaise en bois, un verre de vin à la main. Sa nonchalance prit totalement Essylt au dépourvu. Ce ne fut pas le cas de Calixte, qui s'installa en face de lui de l'autre côté de la table.

— Bonjour.

— Bonjour, répondit Thuán.

Ce ton formel contrastait avec sa posture calme, assurée.

Triomphante.

En ayant l'impression de sauter dans la gueule d'un loup, la Reine s'assit.

— J'ai appris ce qu'avait fait votre mère et ce qu'il lui était arrivé. Toutes mes condoléances, Majesté.

— Merci.

Calixte était peut-être sorti de son carrosse, mais il n'était pas d'humeur bavarde pour autant.

— Majesté, je ne comprends pas pourquoi nous nous retrouvons ici, commença Essylt. Vous savez que nous partons en guerre contre la Teac. Vous n'êtes pas obligé de nous suivre, cela va sans dire, néanmoins je vous avais prévenu…

— Oui.

Thuán fit claquer son verre sur la table. Le vin rouge répandit des taches sombres sur le bois.

— Il est bien là le problème, Majesté. Vous m'avez *prévenu* que vous alliez passer par mon Royaume pour rejoindre celui de Teac. Mais à aucun moment vous ne m'avez *demandé* si vous pouviez le faire.

Elle devint livide. L'attention glacée de son mari se porta sur elle. Entre ses épaules, le regard de Declan fut soudain pesant.

— Non… Je… Je suis persuadée vous avoir…

— Vous n'avez rien demandé du tout.

Essylt déglutit avec difficulté.

— Je ne voulais pas vous insulter, Thuán, loin de moi cette idée. Mes mots ont été maladroits sous le coup de l'émotion. Mais, je croyais que nous étions alliés… Voir même amis et je…

— Il veut une contrepartie.

La voix de Calixte interrompit son monologue. L'épaisse main de Thuán se détendit autour du pied de son verre.

— La conversation prend un tournant intéressant.

Essylt avait l'impression de revenir des années en arrière, à l'époque où elle n'était qu'une jeune Princesse ignorante de la politique et de ses subtilités. Pourquoi Thuán profitait-il de leur détresse ? Qui était cet homme qui se tenait devant eux, si loin de celui rieur et accueillant de toutes leurs autres rencontres ?

— Que voulez-vous ?

Le Roi de Vuai posa son bras sur le dossier de la chaise à côté de lui, faisant onduler son manteau vert luxueux.

— Je veux que ma fille Ailina épouse votre fils.

Si Essylt n'avait pas été assise, elle se serait écroulée.

— Vous exigez le mariage de mon fils en échange d'un droit de passage par votre Royaume ? hurla-t-elle. Mais pourquoi ne nous avez-vous pas fait parvenir cette demande avant que nous franchissions la frontière ?

Son sourire amusé lui donna la réponse.

Pour que nous soyons obligés d'accepter.

— Croyez-moi, je n'apprécie pas plus que vous ce qu'il est en train de se passer, car je vous apprécie beaucoup et j'ai envie de faire payer à Luam ce qu'il a fait. Mais quel Roi serais-je si je ne profitais pas de cette opportunité pour obtenir plus de pouvoir ? Si vous voulez que vos troupes traversent mon Royaume, il va falloir que nos enfants soient officiellement fiancés.

La Reine fit appel à tout son calme pour garder un visage lisse. Son esprit était un bouillonnement de rage et de pensées qui soulevèrent les pans de la tente sous l'effet d'une violente bourrasque.

— Me menacez-vous ?

Thuán s'était redressé, une crainte vacillante dans le regard.

— Non, Majesté.

Elle cacha son étonnement qu'il connaisse l'étendue de ses capacités — il devait avoir une profusion d'espions en Bofursyle.

— Je ne veux en aucun cas abîmer notre bonne entente, contrairement à vous. Pourquoi prendre le risque de perdre tous les avantages que l'amitié avec la Bofursyle di Rodorchna vous offre ?

— Je ne prends aucun risque, ma chère. Car voyez-vous, si vous refusez, mon armée repoussera la vôtre jusqu'à la frontière et ce ne sera pas sans dommages. De plus, je doute que vous ayez envie de faire un détour par l'Aivaithra.

C'était tout bonnement inenvisageable. Ils avaient fait exprès de rassembler leurs armées au nord pour contourner la chaîne Ead qui séparait la Vuai de l'Aivaithra. La chaîne montagneuse était plus longue à contourner par le sud, sans parler du fait que le château de Teac se trouvait aux confins Nord-Est du Royaume. Ce détour leur prendrait des semaines de voyage en plus, durant lesquels leur ennemi aurait le temps de se préparer.

Thuán sortit de son manteau un document au papier épais et soigneusement roulé. Il dénoua le ruban et l'étendit sur la table. Le contrat avait été rédigé d'une plume appliquée. En bas, les signatures de Dymphna et Thuán n'attendaient que celles de Calixte et d'Essylt.

Il l'a fait signer à sa femme avant de partir de son palais… Ils ont tout prévu à l'instant où ils ont reçu ma lettre.

— Inutile de réfléchir si longtemps. Je ne vous demande après tout rien de plus qu'une confirmation des discussions que Calixte et moi avons déjà eues. Peu m'importe qu'Ailina règne sur la Bofursyle, la Rodorchna ou les deux, je demande simplement qu'elle épouse votre fils et devienne Reine.

Il fit signe au page qui patientait dans un angle, qui s'empressa d'apporter une plume et un encrier.

— Si vous hésitez à propos de ma fille, Majesté, dit-il à Essylt en se méprenant sur son immobilité, sachez que je l'élèverai pour qu'elle soit une femme humble, sensée et juste. Une bonne épouse et une bonne mère. Elle recevra l'éducation des meilleurs professeurs et pourra vous rendre visite à votre guise pour apprendre auprès de vous.

Essylt le fixait sans le voir.

Comment pourrais-je imposer à mon fils ce qu'on m'a fait subir ?

Un mouvement à la périphérie de sa vision la fit réagir. Calixte venait de se saisir de la plume.

— Non !

Elle retint son bras avant qu'il ramène le contrat vers lui.

— J'ai une autre proposition à vous faire, Thuán.

— Dites toujours, s'amusa-t-il en croisant les bras sur son torse.

— Votre fille Ailina demeure le premier choix de notre fils sans que nous signions ce contrat…

— Je ne veux pas qu'elle soit le premier choix. Je veux qu'elle soit l'unique choix.

— Nous ne signons pas ce contrat, pour permettre à nos enfants de se raviser le moment venu, reprit-elle posément. Et j'offre à l'un des enfants de votre Comte Llyellyn la gouvernance du Comté de Meath en Rodorchna.

Heureusement que des années d'étude et de diplomatie lui avaient appris à réfléchir vite et bien. Les yeux clairs de Thuán brillèrent d'intérêt. Le Comté de Meath était immense et produisait quantité de vin.

— Comme vous le savez, le Comte Rigbarddan a été tué durant le règne de mon père. Il était l'oncle du Comte Llywellyn, qui gère le Comté du Suliel en Vuai, ce qui fait de vos nobles les derniers descendants de la lignée de Meath. Si vous nous laissez passer avec la promesse qu'Ailina épousera notre fils, je donnerai le titre de Comte de Meath à l'un des enfants de Llywellyn. Celui que vous voudrez.

— C'est une proposition alléchante…

Thuán saisit l'encrier et le posa sur l'angle du contrat pour le maintenir ouvert.

— … malheureusement, un Comté ne fait pas le poids face à un Royaume.

— Mais je…

— Assez !

La voix de son mari la fit reculer. Avec fracas, il se mit debout et trempa sa plume dans l'encrier.

— Thuán a été très clair : nous acceptons ou nous partons. Et nous ne pouvons plus reculer. Luam doit souffrir pour ce qu'il a osé faire. Et si le prix à payer est le mariage de mon fils — mariage qui était déjà envisagé comme tel — alors soit.

D'un geste brusque, il signa à l'emplacement indiqué. Il déposa la plume devant sa femme.

— La prochaine fois, fais attention aux mots que tu utilises.

Il quitta la tente sans dire au revoir à Thuán. Malgré ce qu'il venait de faire, ce dernier eut la décence de paraître gêné et compatissant.

— Je sais que vous n'avez pas été élevée dans la royauté et que cela doit vous paraître bien cruel. Mais Ailina et Lucetmael auront le temps d'apprendre à faire connaissance. C'est un mal pour un bien.

Elle avait les pieds et les poings liés, elle le savait. Calixte avait accepté. Calixte voulait avancer pour venger sa mère et faire payer à son oncle les multiples tentatives d'assassinat.

— Vous avez conscience que vos nobles n'obtiendront jamais la Meath ? tenta-t-elle en dernier recours.

— Oui, mais ma fille sera Reine.

Perdue et paniquée, elle se retourna comme si elle cherchait son mari et croisa le regard de Declan. Son visage fermé de colère lui fit plus mal que la vague avec laquelle son frère l'avait frappée.

Il hocha la tête une unique fois, les mâchoires serrées.

Avec un goût acide dans la bouche, Essylt saisit de la plume et trempa l'extrémité dans l'encrier. Son écriture tremblante s'imprégna dans le papier, scellant l'avenir de son fils.

— Merveilleux ! s'exclama Thuán en reprenant prestement le contrat. Mes scribes vous feront parvenir une copie. J'aimerais qu'une annonce officielle soit faite le plus rapidement possible, mais avec la guerre qui approche, je comprendrais que cela prenne quelques semaines. Quoi qu'il en soit, Majesté, n'ayez aucune crainte quant à mon implication dans ce conflit : j'ai quatre cents hommes qui vous attendent à la frontière avec la Teac. Je ne laisserai pas le futur Royaume de ma fille combattre seul.

Essylt venait de souffler la dernière bougie de sa chambre quand elle perçut sa présence en bas de sa fenêtre. Elle fit appel à sa magie pour vérifier que personne ne le voyait et ouvrit. Indifférente à la corde qu'il tenait entre ses mains aguerries, le vent obéit à ses ordres silencieux et souleva le Chef jusqu'à elle. Adroit, il bondit sur le rebord de la fenêtre et se redressa pour lui faire face.

— Comment as-tu pu commettre une telle erreur ?

Elle recula pour fuir cette réalité inadmissible.

J'ai fiancé mon fils alors qu'il n'a qu'un an.

— Que t'est-il passé par la tête quand tu as écrit ces lettres ? Comment as-tu pu ne pas demander la permission de passer ?

— C'est ce que je croyais avoir fait, balbutia-t-elle en saisissant sa brosse à cheveux. Cela me paraissait implicite que Thuán allait…

— Thuán est un Roi, gronda Declan. L'homme est peut-être ton ami, mais le monarque ne pouvait pas manquer une telle opportunité d'obtenir quelque chose de toi. Comment as-tu pu ne pas y songer ?

Elle démêla ses cheveux bouclés pour la deuxième fois, avec une telle précipitation que des éclats d'or virevoltèrent autour d'elle.

— J'ai commis une erreur. Jamais je n'aurais cru…

— Tu as été bien naïve.

Elle se retint de ses deux mains à la commode. Des larmes inondèrent ses joues.

— Je suis tellement désolée, Declan…

— Ce n'est pas à moi qu'il faudra dire ça.

Un silence lourd de reproches prit possession de la pièce exiguë, la rendant encore plus étouffante.

Elle entendit des pas se rapprocher. Le torse de Declan vint réchauffer son dos et sa main recouvrit son ventre.

— Pardonne-moi. Je n'aurais pas dû te le reprocher de la sorte.

Ses sanglots redoublèrent et il la serra contre lui.

— Excuse-moi, mon amour. C'est juste… Je suis tout aussi en colère contre moi, à vrai dire. J'ai appris la stratégie militaire à un âge où les garçons se contentent de jouer avec des épées en bois. J'aurais dû être auprès de toi pour ces lettres. J'aurais dû t'aider à gérer la diplomatie relative à la guerre. Je suis désolé.

Elle se retourna et passa ses bras autour de son cou. Il la souleva tendrement et s'installa sur le lit. Assise sur ses genoux, la Reine était bien moins impressionnante que quand elle menait son armée, pourtant il ne pouvait oublier la puissance qui dormait dans ce corps si fin.

— Nous trouverons une solution, chuchota-t-il dans ses cheveux. Je te promets que nous trouverons une solution.

— Laquelle ? J'ai signé…

— Ce genre de contrats n'a pas été fait depuis plusieurs siècles. Nous pourrons trouver des parades ou des contreparties… Et si nous sommes chanceux, Ailina refusera.

— Je doute que Thuán lui laisse le choix.

— Quant à Lucetmael… S'il est aussi déterminé que toi, il parviendra à contourner cet engagement.

— Que moi ? J'ai été contrainte à me marier, Declan. À quel moment suis-je si déterminée ?

— À quel moment ? rit-il en lui redressant le menton. Quand tu supportes deux couronnes seule et que tu pars en guerre pour faire justice.

— Je n'ai pas le choix…

Il posa son front contre le sien et ses larmes se tarirent. Sous l'ardeur de ses yeux verts, elle retrouvait calme et confiance.

— Je refuse qu'il vive ce que je vis, Declan. Je ne supporterais pas qu'on cause son malheur comme on a causé le mien.

— Es-tu malheureuse en ce moment ?

Ses grandes mains remontèrent lentement le long de son dos pour venir s'enfouir dans ses cheveux. Il frotta son nez contre le sien.

— Jamais quand tu es là.

Ils s'embrassèrent tendrement pour effacer la colère et les pleurs. Il s'allongea au-dessus d'elle et caressa ses bras.

— Nous trouverons une solution, je te le promets.

Il tenait toujours ses promesses.

Les journées devinrent d'une monotonie saisissante. Les troupes se levaient à l'aube, démontaient le campement et enchaînaient avec plusieurs heures de marche. Les files serrées de soldats avançaient, parlaient et mangeaient à l'unisson. Quand le soleil commençait à effleurer l'horizon, ils remontaient le campement et allumaient des feux pour la nuit.

Thuán était le seul monarque de bonne humeur. Il vérifiait régulièrement les troupes et prenait le temps de discuter avec ses commandants. Il était d'une humeur si joyeuse qu'Essylt avait eu plus d'une fois l'envie de le faire tomber de sa selle.

Le Roi de Vuai avait rapidement compris que le couple royal était au plus mal. Calixte sortait à peine de son carrosse ou de sa tente. Essylt s'occupait de tout et lui rendait visite plusieurs fois par jour comme s'il était malade. Thuán avait essayé d'aborder aimablement le sujet avec elle. Dans d'autres circonstances, elle aurait apprécié ce soutien, mais la simple vue du souverain lui donnait envie de le gifler.

Quel ne fut pas son étonnement de trouver Calixte assis en compagnie de son homologue le soir de leur arrivée à la frontière avec la Teac.

— Majesté, la salua Thuán. Venez en notre compagnie.

Il fit signe à un domestique de lui servir un verre. Elle refusa poliment le vin.

— Comment se porte votre Prince ?

La simple évocation de son fils lui hérissa les poils.

— À merveille. Il dort.

Elle s'assit à l'extrême opposé de Thuán.

— Quelles sont les nouvelles ?

Elle n'avait pas envie de s'attarder. La veille, ils avaient séjourné dans une auberge et Declan était parvenu à se faufiler dans sa chambre. Ils n'avaient pas dormi et elle voulait récupérer ces heures de sommeil en retard pour être apte à affronter la journée de demain.

— Nous attendons le retour des premiers éclaireurs.

Ils avaient envoyé les meilleurs cavaliers bofursyliens, rodorchniens et vuainiens pour évaluer les forces de l'ennemi. Declan doutait que des troupes les attendent à la frontière, mais il fallait s'assurer qu'aucune ne leur tendrait d'embuscade.

— Bien.

Elle n'avait pas envie de se montrer agréable. Si Calixte préférait être en compagnie de Thuán plutôt que d'elle, c'était son droit. Cela la blessait néanmoins plus qu'elle ne l'aurait imaginé.

Elle détailla son époux du coin de l'œil. Il ne s'était pas rasé et ce style négligé ne lui seyait guère. Ses yeux noisette reflétaient tout l'alcool qu'il avait bu.

Quand seras-tu prêt à parler de ce que tu as fait ?

Calixte n'avait pas seulement tué sa mère sans faire exprès. Il l'avait fait pour elle. Pour la protéger. Et elle ne savait pas à qui il avait le plus besoin de pardonner : lui ou elle.

Le Chef des armées vuainien fit son entrée avec une révérence appropriée.

— Vos Majestés, les premiers éclaireurs sont formels : aucun soldat teacien en vue. Le chemin jusqu'au château semble dégagé.

— Ce fou de Luam a-t-il réellement laissé sa frontière sans protection ? s'étonna Thuán.

Même Essylt en était surprise. Elle savait l'oncle de son mari arrogant et trop confiant, mais de là à leur laisser le chemin libre jusqu'à lui…

— Il doit garder ses troupes au château, affirma Calixte. Pour se protéger. Il n'a jamais été inquiet pour son peuple.

— Nous ne ferons aucune victime parmi le peuple, assura Essylt, et il doit parfaitement s'en douter. C'est lui que nous voulons.

Et Scatach. Et Rosheen.

Tous ceux ayant comploté pour causer la mort de son fils et la sienne.

À la pensée de la Princesse de Teac, un frisson d'effroi contracta sa peau. Durant leur dernière conversation, elle l'avait priée d'emmener son fils avec elle, sous prétexte de lui faire découvrir le Royaume de sa marraine. Elle savait à présent que c'était pour mettre fin à ses jours. À la simple pensée qu'elle eût pu accepter…

Elle ferma les yeux. Depuis le combat contre Feardorcha, elle usait plus aisément de ses pouvoirs. Avait-elle eu besoin de cet affrontement pour prendre confiance en elle ? Elle n'aurait su le dire. Son attention dériva jusqu'à son fils. Elle perçut aussitôt son petit corps chaud allongé sur le côté gauche, sa peluche contre son visage. Il dormait d'un sommeil profond, dépourvu de rêve.

Je trouverai une solution. Tu ne paieras pas le prix de cette guerre et de ton sang. Je te le promets, mon trésor.

— Que ferons-nous une fois que le château sera asservi ? Je doute que Luam abdique si facilement.

— Il le fera, menaça Calixte. Il n'aura pas le choix.

Essylt n'avait pas vraiment songé à ce qu'il se passerait une fois le château pris. Elle avait surtout envie de confronter Scatach pour en savoir plus sur ses plans et ses fils. Pour l'instant, elle se contentait de gérer chaque problème en son temps.

Le lendemain matin, Essylt monta sur Royal pour traverser la frontière. Declan chevauchait à ses côtés, elle se sentit assez forte pour garder la tête haute de longues heures. Cependant, plus ils avançaient, plus elle avait la désagréable sensation que tout ceci était trop facile.

Durant les trois semaines qui leur furent nécessaires pour atteindre le château de leur ennemi, ils ne croisèrent aucune armée. Les rares soldats vêtus de bleu turquoise s'occupaient de l'ordre public et les regardèrent passer sans réagir. De même, le peuple semblait inquiet de ce déplacement, mais nullement étonné. Ils devaient avoir une bien piètre opinion de leur Roi.

Quelques heures avant que le château ne soit en vue, un soldat rodorchnien hurla pour donner l'alerte. Aussitôt, Cathan et Jarlath entourèrent Essylt, prêts à la protéger ou à fuir.

— Une armée arrive par le sud, Majesté.

Elle fronça ses fins sourcils blonds. Les bases militaires de Teac se situaient principalement au nord, comme en Bofursyle. À moins que Luam eût déplacé des troupes pour les tenir en tenaille ?

— Ils ne portent pas les uniformes teaciens, affirma un soldat parti en éclaireur.

L'inquiétude disparut. Sa magie s'échappa pour partir vérifier. Un sourire ému illumina son visage épuisé.

— Ce n'est pas une attaque. Ce sont des renforts.

Il lui fallut attendre que les deux armées se placent côte à côte pour pouvoir chevaucher en direction des Rois venus l'aider.

Dans son uniforme blanc, Yvain étincelait de force et de fureur. Monté sur un étalon brun de haute taille, il était auréolé d'une détermination qui le rendait encore plus beau. Le Prince avait définitivement cédé sa place au Roi.

— Essylt !

Ils bondirent à terre et se tombèrent dans les bras. Ce n'était pas conventionnel pour deux monarques de se saluer de la sorte en public, particulièrement en temps de guerre. Ils n'en avaient cependant que faire.

— Vous n'avez rien ? Et Lucetmael ?

— Il va bien. Il est avec sa nourrice et ses gardes.

S'il parut surpris de la présence de son filleul, le souverain n'en montra rien. Il s'écarta et salua d'un signe de tête ses commandants et Declan.

— J'ai rassemblé mes troupes dès que j'ai su. La nouvelle est arrivée plus vite que votre lettre.

Elle ne parvenait pas à réaliser. Yvain avait dû quitter son château en même temps qu'eux pour arriver si rapidement. Derrière lui apparurent des uniformes jaunes.

— Majesté !

La voix de Tomás avait beau avoir mué, elle avait résonné comme celle d'un enfant. Le Prince de Jirialc la rejoignit précipitamment et s'inclina en une révérence émue.

— Quel soulagement de vous voir saine et sauve.

— Je le suis, Altesse. Merci d'être venu si rapidement.

— C'est normal, Majesté, répondit pour lui le Roi Maitiú. Luam s'est cru au-dessus des lois et des hommes en essayant de vous ravir votre Trône. Cela ne demeurera pas impuni.

— Cela ne pourra pas être puni de manière si aisée…, contra Thuán en faisant son entrée.

— Allons discuter en des lieux plus appropriés, conseilla Essylt.

Les monarques se dirigèrent vers la tente indiquée. En remarquant tous les regards posés sur elle, la souveraine se tourna vers les nouvelles troupes alliées.

— Messieurs, je tiens à vous remercier personnellement d'être venus de si loin pour prêter main-forte à mon Royaume afin de rendre justice. Votre dévouement et votre courage sont le reflet de vos fiers royaumes.

Les gardes jirialciens et xoramifiens se redressèrent d'un tel honneur.

— L'art d'avoir le bon mot au bon moment, la félicita Tomás.

Elle lui fit un clin d'œil entendu, bien que dépourvu de joie.

— Vous n'avez rencontré aucune résistance ? s'enquit le Roi de Jirialc. Car c'est notre cas.

— Non, aucune.

Le monarque acquiesça en ôtant son manteau.

— Je ne sais pas si j'en suis soulagé ou inquiet.

— Inquiète, pour ma part.

— Luam ne se rendra pas sans se battre.

— Ses troupes sont certainement au château. Nous irons demain, j'ai envoyé des hommes en éclaireurs, leur apprit Thuán.

Il se comportait parfois comme si cette guerre était la sienne, ce qui avait le don d'exaspérer la Reine.

Ils commencèrent à discuter stratégie de siège quand les pans de la tente s'ouvrirent brutalement. Calixte fit son entrée, son haut bleu de travers. Il détailla les nouveaux arrivants d'un œil indifférent.

— Vous faisiez une réunion sans moi ?

— C'était informel, assura Essylt en allant à sa rencontre. Viens t'asseoir, ton avis sera le bienvenu.

Le pas qu'il fit pour la contourner n'échappa à aucun monarque. Un silence gêné s'abattit sous la tente.

— Je n'ai que faire de la manière dont nous atteignons notre but. Tant que mon oncle meurt.

Le lendemain matin, un messager vêtu de gris les empêcha de reprendre la route. Les troupes de Guanile et d'Aivaithra, qui s'étaient rencontrées sur le chemin, seraient là le soir même. Ils décidèrent donc d'accorder à leurs soldats une journée de repos bien mérité avant d'aller prendre le château d'assaut.

Deux nouveaux monarques firent leur entrée dans cette tente de réunion qui devenait de plus en plus étouffante. Les Rois Lomna et Kane étaient aussi différents d'un point de vue du physique que du comportement. Le monarque d'Aivaithra s'installa simplement, les yeux fixes d'une concentration militaire longuement apprise. À l'inverse, celui de Guanile vint poser bruyamment son poing sur la table.

— Peut-on m'expliquer la finalité de tout ceci ?

Avec tous ces hommes buvant des alcools forts autour d'elle, Essylt dénotait avec sa fine tasse de thé. Elle la posa calmement devant elle et s'essuya le coin de la bouche avec une serviette.

— Bonjour, Votre Majesté. Ravie que vous ayez fait le voyage. J'espère que le temps a été bon.

— Ne jouez pas à l'excès de politesse avec moi. Je viens de faire presque cinq semaines de voyage en déplaçant deux cents hommes. Je n'ai pas envie de jouer.

— La finalité de tout ceci, c'est de condamner Luam pour ses crimes.

— Et qui sommes-nous pour le condamner ?

— Je vous demande pardon ?

Kane éclata d'un rire de mépris si masculin qu'elle dut reprendre calmement son souffle.

— Personne ne lui a expliqué ? Ou suis-je le seul à trouver tout ceci abracadabrant ?

— Contrôlez vos propos, Kane, lui conseilla Lomna, qui avait visiblement supporté ce discours pendant plusieurs jours.

— Luam est Roi. Et nous avons peut-être une très bonne entente entre tous nos royaumes, il n'empêche que nous n'avons aucun droit de le condamner. Nous ne sommes pas une sorte de communauté de monarchie. Nous n'avons pas de pouvoir sur Luam.

— J'ai conscience de ne pas pouvoir le faire condamner en tant que Roi. Je veux le forcer à abdiquer.

— Je comprends vos raisons, ne croyez pas le contraire. J'aurais détesté qu'un autre monarque aide à me voler mon Trône.

— Vous auriez *détesté* ? s'amusa Essylt. C'est vrai que j'ai particulièrement *détesté* devoir tuer mon propre frère pour protéger ma vie.

Cela eut le mérite de le faire taire. Il recula le temps de rassembler ses pensées.

— Luam a trop pris à ma famille. Je pars en guerre pour lui faire justice. Et ce n'est pas la première guerre de l'histoire, il me semble !

— Certes, mais ce n'est pas une guerre que nous menons, c'est une exécution. Et quel précédent créerons-nous si nous destituons un Roi et le condamnons à mort ?

Kane tourna sur lui-même, reprenant confiance.

— Je suis là, comme vous, parce que j'estime que c'est ce qui est juste. Mais que se passera-t-il une fois que la tête de Luam sera tranchée ? Quel message cela fera-t-il passer à nos peuples ?

— Le message que nous sommes justes et que nous défendons des valeurs.

— Et que vous pouvez décider de notre sort.

Essylt sentit sa vision vaciller.

— Je vous demande pardon ?

— Imaginez ce qu'il m'arrivera si dans cinq ans, je déplais à Sa Majesté Essylt. Ou si l'un de vous lui fait un affront dans dix ans, commenta Kane en regardant tour à tour les souverains présents. Ne sommes-nous pas en train de lui accorder un pouvoir sur nous ?

— Je n'ai nullement l'intention de vous faire du mal ! éructa-t-elle.

— Comment pourrions-nous en être sûrs ? Vous avez déjà un pouvoir certain. Regardez-nous ! Nous nous sommes précipités ici à la tête de nos hommes pour vous prêter main-forte, pas seulement parce que c'est ce qui est juste, mais aussi pour être certains de ne pas vous déplaire. Croyez-vous vraiment que dans chaque conflit de l'histoire, tant de Rois se soient déplacés en personne ?

Désemparée, Essylt observa les réactions de ses pairs. Seuls Yvain et Lomna eurent le courage de croiser son regard.

— Je n'ai jamais exigé de vous que vous veniez. J'ai demandé votre aide et vous me l'avez offerte, comme je l'aurais fait pour vous. Si jamais vous vous êtes sentis obligés, je m'en excuse. Et si vous l'avez fait parce que vous me craigniez… Vous avez tort. Luam est le seul à avoir à me craindre, parce qu'il s'en est pris à mon fils. Et je ne laisserai personne, jamais, lui faire du mal.

— Je comprends vos craintes, dit Yvain. Mais je crois qu'elles sont infondées. Oui, ce que nous sommes venus faire ici est très délicat. Forcer un Roi à abdiquer est une situation complexe qui nous met tous mal à l'aise. Mais c'est ce qui doit être fait. Luam ne mérite plus sa couronne, plus depuis qu'il a essayé de voler celle d'Essylt.

— Mais voler la sienne, est-ce vraiment la solution ?

— Que voulez-vous, Kane ? Que je me rende dans son château, que je lui crie dessus puis que je rentre ? ricana Essylt. Il a payé des dizaines de personnes pour essayer de me tuer. Il a payé la nourrice de mon fils pour qu'elle l'enlève. L'une de ces attaques s'est soldée par la mort de ma cousine Ty. Il a comploté avec mon demi-frère pour ravir mon Trône. Sans oublier qu'il a emmené Dubheasa dans cette folie et que…

Son souffle se coinça dans sa gorge. Elle ne pouvait pas finir cette phrase. Elle ne le pouvait pas, même s'ils savaient tous de quelle manière l'ancienne souveraine avait perdu la vie.

— Luam doit payer. Et si vous ne voulez pas participer à cela, libre à vous de rentrer en Guanile. Soyez assuré que je ne vous en tiendrai pas rigueur.

— Oh, la grande Reine Essylt ne m'en tiendra pas rigueur…

Il s'approcha d'elle d'un pas félin. Yvain le suivit et Tomás se leva, mal à l'aise.

— Je préfère rester et être témoin de tout ceci. Pour voir vos méthodes si jamais un jour vous veniez à avoir envie de prendre ma place… Après tout, mon Royaume est frontalier du vôtre.

— Qu'est-ce que tout ceci signifie ?

Calixte venait d'entrer sous la tente, son frère sur les talons. En découvrant sa femme menacée, un éclat de l'homme qu'il avait été brilla dans ses yeux. Il vint aussitôt se placer devant elle.

— Expliquez-vous, Kane.

Elle aurait pu le serrer dans ses bras de soulagement. Peut-être n'aimait-elle pas son mari avec l'amour qu'elle aurait dû, néanmoins elle souffrait avec lui depuis ces longs mois et avait besoin qu'il redevienne lui-même.

— J'exposais simplement mon avis.

— Qui est ?

— Votre femme se permet certaines libertés au vu de sa position. Des libertés qui pourraient devenir dangereuses pour moi, ainsi que pour les autres monarques du Continent.

Calixte s'avança encore, tel un prédateur. Les deux souverains faisaient la même taille, pourtant Kane sembla soudain décroitre.

— Ma femme ne se permet aucune liberté. Ma femme est juste et intègre, et c'est la raison pour laquelle elle a humblement demandé votre aide dans ce conflit ignoble. Simplement parce qu'elle aurait été la première à vous rejoindre si c'était contre vous qu'on avait commis un tel crime.

Il recula d'un pas pour se placer près d'elle puis croisa tour à tour le regard des autres souverains.

— Nous sommes ici pour punir les actes d'un homme. Si l'un de vous doute des raisons qui l'ont poussé à venir, libre à lui de repartir. Mais moi, je sais ce que ma femme aurait fait à votre place.

Bouleversée, elle saisit prudemment sa main. Il ne la retira pas et serra ses doigts.

Le Roi de Bofursyle di Rodorchna était de retour.

L'esprit d'Essylt avait gardé un souvenir indistinct du château de Teac. Des remparts plutôt bas entouraient le long édifice en pierre gris bleu. Il lui fallut plusieurs minutes pour comprendre l'agitation des soldats autour d'elle.

Il n'y avait aucune armée autour du château.

Ils le savaient déjà grâce aux éclaireurs envoyés la veille, mais le voir était d'autant plus troublant. C'était comme si le Roi ne s'était pas préparé à faire face à une guerre, alors qu'il devait être parfaitement au courant de leur présence sur ses terres.

— Les soldats doivent être dedans, fit remarquer Cathan.

— Je crois que ce ne sera pas si simple.

Les armées unies se répartirent tout autour de l'édifice assiégé, formant des taches disparates dans les plaines verdoyantes. Il n'avait pas neigé depuis deux semaines, bien que le mois de janvier ait débuté. Essylt en était soulagée, car les nuits s'annonçaient suffisamment difficiles pour les troupes sans en rajouter.

— Cela fait déjà deux heures que les soldats nous ont vus, dit Cathan en faisant référence aux hommes teaciens sur les remparts.

Ils patrouillaient avec une nonchalance détestable. Le commandant avait entrepris de tailler des flèches pour se retenir d'en tirer.

— Six, si on compte le temps de venir et de s'installer, contra Jarlath.

Allongé dans l'herbe à côté de lui, il jouait avec Lucetmael comme si tout était normal. Absolument pas perturbé par tous les gardes alentour, le Prince alignait ses chevaux en bois sur le torse de son oncle.

— Même s'ils ont fait d'énormes réserves de nourriture, ils ne pourront pas tenir plusieurs mois de siège.

— De toute façon, te connaissant, toi non plus.

Cathan lui tira la langue. Remarquant ce geste amusant, Lucetmael l'imita.

— Bravo, apprends-lui ce genre de choses !

En s'apercevant que la Reine n'avait pas souri, Jarlath se redressa.

— Majesté ?

— Quelque chose ne va pas.

Elle s'arrêta, les mains sur les hanches. Quel détail lui avait échappé ? Elle se sentait déjà si naïve de ne pas avoir compris qu'un de Rodorchna voulait sa mort. Qu'avait-elle manqué à présent ? Pour quelle raison Luam n'essayait-il pas de se défendre ?

— Tout ceci… Tout ceci semble trop facile.

Des cris les firent se tourner vers le château. Les portes venaient de s'ouvrir et trois cavaliers apparurent. L'un d'eux brandissait un drapeau blanc.

— Caem, tu ne lâches pas Lucetmael un seul instant.

Ses commandants la suivirent en direction des Teaciens. Les Rois s'étaient rassemblés à l'avant des troupes, entourés de soldats à l'arc bandé.

Encadré de deux gardes, l'homme qui tenait une lettre dans sa main était de petite taille et paraissait maladroit sur l'animal. Il fit naître chez Essylt un sentiment de déjà-vu qui se confirma lorsqu'il posa pied à terre devant elle.

C'était son ancien conseiller Reith.

— Je ne sais pas pourquoi je suis étonné, commenta Cathan.

L'homme au visage mauvais fit une révérence dédaigneuse, rappelant à Essylt toutes les raisons qui l'avaient poussée à le destituer de ses fonctions.

— Ma chère Reine, quel plaisir de vous revoir.

— Vous ne manquez jamais une occasion d'être déplaisant, fit remarquer calmement Yvain, en faisant référence au scandale qu'il avait causé en Xoramif.

Scandale qui avait contribué à son renvoi. Bien qu'il aurait été judicieux de le faire plus tôt pour la simple raison qu'il avait servi son père.

— J'ai un message pour la Reine Essylt de la part de Sa Majesté Luam de Teac, déclara-t-il d'un ton pompeux.

En saisissant le papier, les idées de la souveraine se remirent brutalement en ordre.

Sa présence explique la façon dont Luam a obtenu certaines informations sur moi. Ou comment il a pu avoir des contacts en Rodorchna.

— Pendant combien d'années avez-vous servi mon père, Reith ?

Déstabilisé par cette question, l'ancien conseiller reprit rapidement contenance.

— Près de vingt-cinq ans.

— Et que faisait-il subir à ceux qui le trahissaient ?

Il eut la décence de pâlir.

— Je ne vous ai pas trahie. Je n'ai jamais voulu vous servir et vous avez osé me renvoyer comme un malpropre. J'ai été enchanté de revoir Scatach après toutes ces années, je croyais qu'elle était morte. Et quelle n'a pas été mon incroyable joie en découvrant que la Rodorchna avait un autre héritier potentiel, bien plus puissant que vous.

— Pas si puissant, puisque je l'ai tué.

Un sourire sarcastique étira ses lèvres ridées.

— Alors peut-être me suis-je trompé sur vous, finalement.

Jugeant que cet échange avait assez duré, elle se détourna pour ouvrir la lettre. Le message était concis.

« *Vous avez tué mon fils, j'estime que nous sommes quittes. Je vous conseille de rentrer chez vous ou Anna et les siens perdront la vie.* »

Anna.

Elle lui avait envoyé une lettre pour la prévenir de fuir la Teac. Dans la cohue des préparatifs militaires et du voyage, son absence de réponse ne l'avait pas inquiétée.

— Majesté ?

Elle se retourna vers Reith. Avec un sourire conquérant, il lui indiqua les remparts.

Un soldat lâcha un objet. Le cheval à bascule qu'elle avait offert à Aslander se fracassa sur le sol en contrebas.

XX

« Un vrai dirigeant mène la bataille lui-même. » tiré du Carnet du soldat Seán d'Aivaithra, 403.

— Oter des mains de votre ennemi tout moyen de pression potentiel ne vous a pas semblé être une priorité ?

Heureusement pour Kane, Essylt était encore trop choquée pour s'énerver. Assise devant la table de réunion, elle observait son thé sans le voir.

Anna. Aslander. Lasérian. Oistin.

Quatre vies. Cinq si l'on comptait aussi l'enfant que son amie portait.

Cinq vies menacées parce qu'elle voulait rendre justice à son fils.

— Luam a dû tout prévoir et inviter Anna quand Ruarc et Feardorcha sont partis pour la Bofursyle. Afin de s'assurer qu'elle soit à sa merci en cas de besoin.

La logique de Declan ne la consolait guère. Cleena se faufila sous la tente pour poser des gâteaux devant elle.

— Vous devez manger, Majesté.

— Comment va Lucetmael ?

Elle lui avait déjà posé la question quatre fois. Savoir son amie en danger exacerbait ses peurs.

— Bien, il joue avec Nar. Dois-je vous l'apporter ?

— Non.

La gouvernante sortit après avoir rapproché l'assiette d'elle, en une vaine tentative.

— Je crains que nous ne soyons dans une impasse, déclara Yvain.

— Résumons la situation, commença Lomna. Luam détient une proche amie de la Reine Essylt. Il menace de la tuer si nous ne rentrons pas chez nous. Mais si nous le faisons, il ne sera pas puni et tout ceci n'aura servi à rien. La question est donc : quel prix sommes-nous prêts à payer ?

Essylt cacha son visage derrière ses mains.

Elle ne pouvait pas reculer. Pas seulement parce que Luam devait être puni, mais surtout parce qu'elle avait déjà trop perdu. Elle avait vendu le bonheur conjugal de son fils pour cette guerre, c'était un prix trop élevé même s'ils gagnaient. Alors s'ils perdaient…

Mais perdre Anna… Qu'ils meurent pour cela… C'était inenvisageable.

— Reith a dit que nous devions être repartis demain avant midi. Et si nous tentions une attaque cette nuit ? proposa Tomás.

— Malgré tous les hommes que nous avons, notre entrée ne pourra jamais être assez rapide. Anna et les siens seront morts bien avant.

— Et que se passera-t-il pour la Comtesse si nous faisons demi-tour ?

— Je suppose qu'elle et les siens seront faits prisonniers indéfiniment.

— Mais c'est horrible !

— Mieux vaut être emprisonnés que morts.

La remarque de Lomna plongea la pièce dans le silence.

Calixte s'assit en face de son épouse. Il posa ses mains jointes sur le bois. Avec son visage rasé et son teint frais — il n'avait pas touché à l'alcool depuis la veille —, il était redevenu une présence rassurante dans cet univers exigeant.

— Essylt, je sais à quel point tu tiens à Anna. Mais nous ne pouvons pas reculer. Pas après tout ce que nous avons perdu. Je sais que cela va être…

— Ne le dis pas.

— Écoute, cela m'est tout aussi difficile à envisager…

— Je t'interdis de le dire !

Elle bondit sur ses pieds, renversant sa tasse de thé.

— Prenez cette décision sans moi. Si nous restons, c'est vous qui aurez leur mort sur la conscience.

Elle quitta la réunion. Dehors, les soldats finissaient de diner. Elle rejoignit les trois tentes communicantes qui servaient à sa suite et ordonna à ses caméristes de sortir.

Quand le silence se fit dans le campement, elle se releva, délaissant la couche spartiate sur laquelle elle était demeurée allongée à caresser tendrement Dagda. À côté lui parvenaient les respirations apaisées de ses caméristes et commandants.

— Altesse ? entendit-elle les soldats demander devant sa tente.

Elle ouvrit avant qu'il eût le temps de répondre.

— Entrez, Chef, je vous attendais.

Il pénétra sous sa tente et elle referma avec sérieux pour appuyer le caractère officiel de cette visite nocturne.

Declan la détailla avec une attention acérée. Il n'avait pas cru un seul instant à sa fuite de tout à l'heure.

— Comment comptes-tu gérer cette situation ?

Elle s'assit sur le bord de son lit et posa ses mains sur ses cuisses. Son calme était le reflet de longues heures de réflexion.

— Anna et les siens sont le nœud du problème, qui doit disparaître.

Il prit place sur la seule chaise, qu'il avait rapprochée d'elle pour chuchoter. Personne ne devait entendre ce qui allait suivre.

— Comment ? Tu veux prétendre qu'ils ne représentent rien pour toi ? Luam n'y croira jamais. Aslander est ton filleul.

— Non, effectivement, ce n'était pas mon idée. Je veux aller les chercher.

Ses paupières se rabattirent plusieurs fois sur ses yeux verts.

— Tu veux entrer dans un château extraordinairement bien gardé et très bien agencé pour faire sortir des prisonniers extrêmement précieux ? C'est impossible. C'est d'ailleurs pour cela que personne ne l'a proposé.

— Parce que ce n'était pas impossible de s'infiltrer dans le palais de Rodorchna pour tuer un Roi et cinq Princes ?

— C'était totalement différent. J'avais planifié cela pendant des mois et j'avais un allié à l'intérieur. Et surtout, je n'avais pas à ressortir !

Elle se pencha en avant pour se rapprocher de son visage adoré.

— À nous deux, je sais que nous pouvons réussir.

— Parce que tu crois que je vais te laisser y aller ? C'est hors de question !

Il avait dû se contenir de ne pas crier.

— Réfléchis ! Je peux faire tellement de choses… Nous faire voler par-dessus les remparts…

— C'est trop incertain !

Ses mâchoires se crispèrent à la simple idée de la savoir en danger. Le pli entre ses sourcils prouvait néanmoins qu'elle avait créé le doute dans son esprit militaire.

— Je ne te demande pas ton autorisation pour le faire : je vais le faire, affirma-t-elle doucement. Je te demande de m'aider, car je ne pense pas pouvoir réussir sans toi.

— Et si nous sommes faits prisonniers ? Luam aura un moyen de pression encore plus important.

— Cela n'arrivera pas.

— Et si nous réussissons, comment expliquerons-nous à Calixte que nous avons agi dans son dos, ensemble ?

— Nous lui dirons que tu as agi seul. Le grand Chef Declan envoyé en mission secrète… Tout le monde y croira.

De toute évidence, elle avait longuement réfléchi à chaque détail.

— Anna et Oistin t'auront vue.

— Ils garderont le secret.

Agacé qu'elle eût réponse à tout, il fit quelques pas dans l'espace exigu.

— Et Lucetmael ? Qu'adviendra-t-il de lui si nous sommes tués ?

— Nous ne le serons pas. Et même si c'était le cas… Il grandira en sachant que nous avons tout fait pour lui.

Il croira que son oncle *a tout fait pour lui*, pensa amèrement Declan.

— Je peux prendre le risque de mourir, mais pas toi. Nous avons tous les deux été orphelins, notre fils ne le deviendra pas.

— Il ne le deviendra pas.

Il lui tourna le dos pour ne pas être distrait par elle, bien que ce soit difficile. Son instinct militaire lui assurait qu'ils pouvaient y arriver. Son instinct protecteur en revanche hurlait à l'idée de la faire entrer dans le château ennemi.

— Je n'ai qu'une condition.

— Tout ce que tu voudras.

Elle savait qu'il avait accepté, le reste n'était que formalités. Elle aurait été terrifiée de le faire sans lui.

— Si les choses devenaient trop dangereuses, promets-moi de t'enfuir. De t'envoler sans te retourner.

— Et vous laisser ? *Te* laisser ? Non, je…

— Essylt.

Il effleura sa joue du bout des doigts. Ce geste semblait si osé alors qu'ils étaient séparés des gardes uniquement par le tissu de la tente.

— Si je suis fait prisonnier, cela fera une légère différence. Mais si c'est toi…

Elle retint ses doigts et caressa le creux de sa main.

— Pense à Lucetmael.

Elle opina avec réticence.

— Soit. Je fuirai. Mais seulement si le danger est imminent.

Il écarta sa main, reprenant une posture protocolaire. En quelques phrases, elle lui exposa son plan. Il combla tous les vides logistiques avec minutie puis répéta une dernière fois ce qu'ils avaient à faire.

— Je m'occupe de tout. Rejoins-moi à l'orée des bois à l'est dans trois heures.

— Les soldats jirialcains et xoramifiens campés là-bas ne risquent-ils pas de trouver notre présence suspecte ?

— La majorité dormira. Quant à ceux de garde… Ce sera l'occasion de prouver que tu es capable de détourner leur attention.

Il n'ajouta rien. Essylt suivit chacun de ses pas tandis qu'il sortait, fascinée par la concentration guerrière qu'il dégageait.

Auparavant, il n'aurait jamais accepté qu'elle l'accompagne, peu importe ses arguments ou la nécessité de sa présence. Depuis qu'il l'avait vue se battre, un nouveau respect était né en lui.

Il me considère comme son égale.

La fierté qu'elle éprouva l'immobilisa quelques minutes.

Trois heures.

Elle n'avait pas de temps à perdre.

La Reine retira tous ses bijoux. Ôter sa bague et son bracelet de mariage lui procura un sentiment de délivrance qu'elle n'eut pas le temps de savourer. En déposant l'anneau offert par Declan juste à côté, elle le remercia en pensée de toujours être là pour elle. Elle retira sa lourde robe d'hiver et frissonna sous sa fine chemise de nuit.

Il me faut une robe des filles.

La souveraine reprit plusieurs fois son souffle avant de se faufiler sous la tente de ses caméristes. Leurs appartements mobiles avaient été agencés de telle sorte que sa chambre soit centrale et donne d'un côté sur celle des filles et de l'autre sur celle que partageaient Lucetmael, Nar et Gladys. Cette dernière était reliée ensuite à la chambre de Caem et d'Edern, le mari de la nourrice, qui avait gentiment accepté cet agencement peu conventionnel. Puisque la tente des servantes était reliée à celle de ses deux commandants, Essylt était d'autant plus inquiète de faire du bruit. Personne ne devait la voir partir.

Elles dormaient à poings fermés, ombres délicates dans des couches sur le sol. Elles étaient mieux loties que la plupart des soldats, pourtant elle culpabilisa. Les quatre silhouettes assoupies — Adelyn était demeurée en Bofursyle où elle aidait à la gestion du palais — ne réagirent pas quand elle marcha en direction d'un coffre.

D'ordinaire, l'une d'entre elles restait éveillée la nuit au cas où elle eut besoin d'aide. Elle les avait convaincues de se reposer, ainsi que ses commandants, affirmant qu'elle aurait grand besoin d'eux le lendemain. Elle culpabilisait de leur avoir menti, mais c'était pour les protéger.

Avec beaucoup de précautions, elle souleva le couvercle du coffre. Le bois grinça légèrement et elle retint son souffle.

Un froissement. Essylt n'eut pas besoin de se retourner pour savoir qui était réveillé. Des pas aériens la rejoignirent. Des mains passèrent devant elle pour fouiller le coffre, expertes dans l'art du silence.

Une fois de retour dans sa tente, Essylt fit face à Cleena.

— Si tu comptes me dissuader…

— Je sais que cela serait inutile.

Elle lui tendit le vêtement, le visage pâle d'inquiétude et de sérieux.

— Laissez-moi vous aider.

La poitrine brûlante de reconnaissance, Essylt revêtit la robe grise et blanche. Cleena entreprit de nouer ses cheveux dans le bas de sa nuque en laissant quelques mèches devant son visage. C'était une coiffure que Janae arborait souvent et elle comprit que sa gouvernante voulait la faire passer pour elle. Elle posa un épais châle rouge sur ses épaules pour cacher sa silhouette et la protéger du froid hivernal, puis s'agenouilla devant elle.

— Soyez prudente, ma Reine. Et s'il vous plait, écoutez bien Declan.

Elle ne lui demanda pas comment elle savait qu'elle partait en mission avec lui. Elle opina simplement.

Cleena disparut dans la chambre qu'elle partageait avec les filles. Incertaine, Essylt fit quelques pas en direction de la tente de son fils. Il dormait en compagnie de Nar et Gladys. Elle craignait de tous les réveiller.

Le cœur débordant d'amour, elle effleura le tissu qui les séparait.

Je ne te dis pas au revoir, mon trésor, car se serait supposer que cet au revoir puisse devenir un adieu. Fais de beaux rêves. Je t'aime.

— Majesté ? chuchota Cleena dans son dos.

Elle portait un panier rempli de linge sale qu'elle lui confia. Elle ne ploya pas sous le poids conséquent.

Sa gouvernante lui fit un bref signe de tête avant qu'elle sorte. Les soldats postés devant l'entrée sursautèrent de cette présence au milieu de la nuit.

— Fais vite, dit Cleena pendant qu'elle se dissimulait discrètement derrière la pile de linge. La Reine a exigé que ce soit propre pour demain.

Essylt salua timidement les gardes et partit à grands pas, tête baissée. Derrière elle, la lumière vacillante qui filtrait sous le tissu de la tente disparut. Cleena avait soufflé les bougies : la Reine de Bofursyle di Rodorchna venait de se coucher.

Elle marcha d'un bon pas. Ses yeux baissés n'étaient pas dérangeants pour se repérer. Elle savait où elle devait aller et se faufilait entre les rangées de tentes. Les rares soldats qu'elle croisait ne lui prêtaient guère d'attention, trop occupés à essayer de ne pas succomber au sommeil.

Malgré elle, Essylt lança un regard par-dessus son épaule. Personne. C'était la première fois depuis quatre ans qu'elle marchait à l'extérieur seule. Les présences de Cathan et Jarlath étaient devenues aussi naturelles que respirer. Elle avait appris à ne plus les remarquer, ni eux ni les rangées de gardes qui avançaient à l'unisson de ses pas. Elle n'aurait pas cru que se retrouver seule l'emplirait autant de liberté que d'inquiétude.

Arrivée à la limite extérieure du campement des soldats bofursyliens et rodorchniens, elle posa le panier en osier derrière une tente, en espérant que personne n'y toucherait, et retira son châle rouge trop reconnaissable. Puis elle poursuivit sa route vers les bois de l'Est et s'y enfonça sans hésitation malgré l'air hivernal. Elle percevait la patience de la forêt, qui gardait en son sein des animaux assoupis. Bien que sa magie soit ouverte et réceptive, elle trébucha plus d'une fois sur une racine et s'érafla une main contre un rocher.

Quand enfin elle rejoignit le point de rendez-vous, elle trouva Declan en train de nouer les rênes d'un étalon à un arbre.

— Tu es arrivée sans encombre ?

— Oui.

En la découvrant, il se pétrifia.

— Tout va bien ?

Il fondit sur elle, passa un bras dans le bas de son dos et prit possession de sa bouche. Ce n'était absolument pas le moment pour tant de passion, mais il n'avait pu s'en empêcher. Dépourvue de bijoux et d'habits ouvragés, elle était redevenue la jeune femme qu'il avait rencontrée dans un orphelinat, celle qui s'était endormie contre lui. Il aimait la femme qu'elle était devenue avec les années, celle qui lui avait donné un enfant, qui gouvernait avec justesse et partait en guerre sans hésitation. Néanmoins, le souvenir de ce qu'il avait éprouvé ce jour-là, l'absolue certitude qui avait pris possession de son cœur d'homme, tout avait ressurgi avec trop de puissance pour qu'il puisse se contrôler.

— Je t'aime, murmura-t-elle contre ses lèvres en tirant sur ses cheveux. Je t'aime et j'aimerais te le prouver là, tout de suite. J'aimerais m'enfuir avec toi sur ce cheval et ne jamais faire demi-tour. Mais…

Mais. Il y avait toujours un mais.

Il s'écarta à regret et embrassa galamment sa main.

— Mais nous avons des personnes à sauver, ma Reine. Allons-y.

Ils se dirigèrent vers le campement occupé par les soldats jirialcains et xoramifiens. Pas un seul côté du château n'avait été laissé sans surveillance, et ce qui était tout à fait logique d'un point de vue stratégique devenait très embêtant pour eux. Ils s'accroupirent dans les fourrés et regardèrent passer deux gardes vêtus de blanc qui discutaient.

— Prête ?

— Je crois que oui.

Elle prit sa main. Sans le toucher, elle avait déjà beaucoup trop conscience de lui. À présent, tout son être se focalisait sur le sien. Elle sentait les battements de son cœur, les agitations de son esprit. Elle prit le temps d'apaiser son souffle.

Nous ne sommes pas ici. Vous ne nous voyez pas. Nous ne sommes pas ici.

Elle se leva et il l'imita aussitôt. Ils se dirigèrent droit devant eux, passant entre les tentes endormies. Aucun soldat éveillé ne réagit. Ils poursuivirent donc, chaque pas les rapprochant un peu plus des remparts.

Un garde jirialcain passa soudain devant eux, les forçant à s'arrêter. Il plissa les yeux, comme s'il cherchait à distinguer quelque chose dans la pénombre.

Pars d'ici ! lui ordonna-t-elle.

Il tressaillit et fit demi-tour, le visage blême.

Elle serra la main de Declan et ils poursuivirent leur chemin.

Avec un ahurissement non dissimulé, le Chef des armées toucha les pierres bleutées des remparts.

— Tu as réussi, chuchota-t-il.

Elle devait maintenant les faire voler jusqu'en haut, sans qu'on les voie.

Nous sommes des oiseaux et des ombres. Nous ne sommes pas là. Nous ne faisons que passer, ne faites pas attention à nous.

La tension qui était née entre ses seins se répandit jusqu'à ses cuisses quand ils quittèrent le sol. Les hauts remparts en pierre semblaient moins impressionnants à mesure qu'ils montaient. Le vent mugit autour d'eux, aidant la force qu'elle puisait en elle pour les faire voler.

Je ne sais plus si j'utilise le vent ou autre chose.

Cette pensée les fit chuter sur la gauche. L'air crissa à leurs oreilles et le mur en pierre se flouta. La main de Declan se crispa dans la sienne et elle se reconcentra sur leur ascension, les faisant atteindre le chemin de guet en moins d'une minute.

Trois soldats teaciens montaient la garde sur leur gauche et cinq sur leur droite. Essylt s'appuya contre la pierre derrière elle et reprit difficilement son souffle, heureuse de sentir le sol sous ses pieds.

— Ne laisse rien te détourner de ton but. Chaque pensée au bon moment, lui souffla-t-il.

Sa voix réaffirma sa détermination et occulta la douleur qui lui brulait la poitrine. Elle serra deux fois sa main, lui faisant signe d'avancer.

La gorge nouée d'appréhension, ils passèrent devant les cinq gardes qui discutaient pour emprunter l'escalier qui descendait vers la cour.

Cachés entre deux murets, Essylt lâcha sa main et essuya la sueur sur son front.

— Ne bouge pas.

Il disparut dans les ombres de la nuit en un clignement de paupières. Ils avaient fait exprès d'arriver de ce côté du château afin qu'il ait accès aux laveries, et donc à des uniformes. Essylt devait garder des forces pour les faire sortir, ils ne pourraient donc être dissimulés par sa magie pendant qu'ils arpenteraient les couloirs. Il revint deux minutes plus tard vêtu de turquoise.

— Seulement une étoile. Ça ne m'est jamais arrivé.

Elle ne put retenir un petit rire. Il lui tendit un panier contenant du linge, qui semblait être devenu la justification attitrée de tous ses déplacements.

— Allons-y.

En d'autres circonstances, Declan se serait inquiété du temps qu'ils mettraient à trouver les prisonniers. Ils pouvaient aussi bien être retenus dans leurs appartements qu'au donjon. Mais avec Essylt, chercher quelqu'un dans un bâtiment devenait presque trop facile.

Ils marchèrent côte à côte dans les couloirs déserts. Les premiers soldats qu'ils croisèrent asséchèrent leur gorge d'inquiétude. Ils se contentèrent de faire un hochement de tête à Declan, qui leur rendit. Heureusement pour eux, peu de torches éclairaient les lieux, rendant les traits de leurs visages indistincts.

Ils se rendirent dans une partie du château consacrée aux invités de moindre importance. Au fond d'un couloir, la présence de dix soldats leur indiqua aussitôt qu'ils étaient au bon endroit. Ils continuèrent leur chemin et tournèrent sur leur droite.

— Que fait-on ? murmura-t-elle.

— Il faut faire le moins de bruit possible, pour ne pas donner l'alerte.

— Je leur ordonne de s'endormir ?

— Plutôt d'aller se coucher. Afin qu'ils ne fassent pas de bruit en tombant.

Elle opina, les sourcils froncés. Elle avait déjà mis des dizaines d'hommes à terre lors de l'attaque ayant causé la mort de Ty. Convaincre dix hommes ne devrait donc pas être si difficile.

Elle appuya son dos contre la pierre froide et ferma les yeux. La présence de Declan était un feu dans la nuit, qu'elle dut se forcer à ignorer.

Les hommes en faction étaient fatigués. Tenir une famille prisonnière les mettait mal à l'aise et le manque de réaction de leur Roi depuis l'arrivée de toutes ces armées les inquiétait.

La relève est là. Il est temps d'aller se coucher. Sans s'arrêter en chemin.

Des sursauts, des grognements.

Allez-vous coucher. Votre lit vous attend. La relève est là. Vous avez bien mérité un peu de repos.

Un par un, ils passèrent devant eux sans les voir, comme si leur esprit ne pouvait plus enregistrer de nouvelles informations.

Declan caressa la joue de son amante pour qu'elle ouvre les yeux. En sentant de la sueur sur sa peau glacée, ses jambes faiblirent sous lui.

— Essylt ?

— Allons-y.

Elle chancela et il la prit par le coude. En arrivant devant la porte, ils furent confrontés à un verrou.

— Garder une porte fermée..., fit remarquer Declan avec agacement.

Essylt posa un doigt sur la poignée et le verrou claqua en s'ouvrant.

— Ce n'est pas la première fois que je te vois faire ça, souffla-t-il à son oreille, bien que l'instant ne soit pas propice aux souvenirs heureux.

Il ouvrit la porte, qui grinça.

— Qui va là ?

Allongés sur les canapés du minuscule salon, trois gardes bondirent sur leurs pieds. Declan dégaina aussitôt son épée.

— Dors ! ordonna Essylt à celui qui se dirigeait vers elle.

La violence de sa magie fit exploser une douleur dans son crâne à l'instant où celui du soldat émit un bruit sourd en touchant le sol.

Les épées s'entrechoquèrent dans un fracas qui rompit le silence de la nuit. Essylt referma précipitamment la porte pendant que Declan les tenait tous les deux en respect.

— On nous attaque ! hurla l'un d'eux.

Le vent se leva, passant entre les fissures des portes pour empêcher le son de sortir.

La porte derrière les gardes s'ouvrit. L'épée d'Oistin renvoya les éclats des bougies avant de venir s'enfoncer dans le ventre d'un soldat. En deux mouvements parfaits, Declan acheva le dernier garde.

— Essylt !

Anna apparut, ses enfants dans les bras. La Reine courut vers elle et les serra tous les trois avec soulagement.

— J'ai senti que tu venais... Je l'ai senti...

Son amie sanglotait. Elle repoussa ses mèches de son visage, dévoilant des joues amaigries. En plus de l'avoir enfermée, Luam avait eu le culot de mal la nourrir.

Essylt lui prit son filleul des bras.

— Nous devons faire vite, vos excellences. Des soldats peuvent arriver à tout moment.

Ils commencèrent à courir. Avant chaque embranchement, ils s'arrêtaient pour vérifier que la voie était libre. Plusieurs fois, Essylt dut convaincre un garde ou un domestique de faire demi-tour, ancrant plus profondément dans sa chair cette souffrance qui lui prenait ses forces.

Lorsqu'ils arrivèrent dans la cour, un cri les statufia.

— Les prisonniers se sont échappés !

— Vite, par ici !

Declan leur indiqua les escaliers qu'ils avaient empruntés à l'aller. Trois soldats teaciens les descendaient et ils les repérèrent aussitôt.

— Dormez ! cria Essylt.

Leurs corps émirent des bruits terribles en dévalant les marches.

— Montez ! ordonna le Chef en poussant Anna.

Oistin partit devant. Arrivé en haut, il fit face à deux soldats. Il parvint à tuer l'un d'eux et la souveraine fit tomber le second la tête la première contre un muret.

— Essylt !

Declan empêchait quatre soldats de monter, pendant que dix autres arrivaient derrière eux. Le silence de la nuit avait laissé place à des hurlements et des bruits d'armes.

— Essylt !

Sur leur droite, quinze soldats couraient vers eux, l'épée levée. Sur leur gauche, deux hommes bandaient leurs arcs.

La Reine inspira à pleins poumons l'odeur des cheveux de son filleul. Agrippé à ses épaules, Aslander n'avait pas dit un mot. Il n'avait ni pleuré ni crié le temps de leur fuite, s'accrochant simplement à elle avec une confiance aveugle.

Declan. Anna. Aslander. Lasérian. Oistin.

Voler. Ne pas être vus. Voler. Ne pas être vus.

Le vent mugit contre ses oreilles. En comprenant que ses pieds ne touchaient plus le sol — que *leurs* pieds ne touchaient plus le sol —, elle ne put contenir un sourire.

Qui fut recouvert par le sang qui coulait de son nez.

Elle s'empressa de leur faire dépasser le muret et les descendit jusqu'à la terre ferme. Ses jambes cédèrent aussitôt sous elle, dissipant toute la magie dont elle venait d'user.

— Ce n'est pas possible, ce n'est pas possible, criait Anna, tremblante, en serrant frénétiquement son fils contre elle.

Declan se précipita sur Essylt.

— Ma Reine ?

Il redressa son menton, indifférent au fait que les nobles remarquent ce geste. En découvrant son visage couvert de sang, il la secoua pour l'empêcher de s'évanouir.

— Ma Reine, tiens bon je t'en supplie.

Il lui prit Aslander des bras et la redressa sur son épaule.

— Essylt !

La voix d'Anna la fit sursauter. Elle les regarda tour à tour puis s'essuya le visage du revers de la main.

— Dépêchons-nous.

En effet, le temps était compté. La menace venait autant des soldats bandant leurs arcs sur les remparts que de ceux qui s'étaient réveillés dans le campement. Dans un dernier effort, Essylt leur ordonna de ne pas la voir et s'appuya de tout son poids contre Declan pour marcher. Fou d'inquiétude, il serra sa hanche d'une poigne féroce.

— Altesse ? l'interpela un soldat de Xoramif en le reconnaissant une fois qu'ils eurent dépassé la première rangée de tentes.

— Oui. Aidez leurs excellences !

Il se pencha à l'oreille de son amante, bien qu'il ne la voie plus.

— Tiens encore un peu. Pense à Lucetmael qui t'attend. Tu dois rentrer.

L'évocation de leur fils gonfla son cœur d'amour. Les saignements de son nez s'interrompirent et elle cessa de s'appuyer sur lui. En découvrant le visage livide de son amie, qui contemplait le bras vide de Declan, Essylt eut la force de s'écarter.

Le pas incertain, elle se faufila entre les soldats qui couraient vers eux. Son amant en profita pour se précipiter sur son amie, prétextant l'aider à tenir debout.

— Ne dites rien. Elle n'était pas là.

Ahurie et tremblante, Anna hocha lentement la tête.

Malgré les bords flous de sa vision, la Reine parvint à rejoindre l'étalon qui l'attendait. Une simple tape sur sa croupe lui suffit à comprendre qu'il devait se baisser. Monter sur son dos lui demanda toutes ses forces et elle ne put contenir des grognements de douleur. Son corps tout entier lui faisait mal. Une seule pensée l'empêchait de s'évanouir.

Lucetmael.

Elle claqua de la langue et le cheval partit aussitôt entre les arbres. Elle s'appliqua à rester hors de la vue des soldats, qui étaient tous pleinement réveillés maintenant. Une fois qu'elle eut le panier de linge qu'elle avait abandonné en vue, elle descendit précautionneusement de la selle et s'agenouilla devant.

Mon visage.

Elle se servit d'un drap pour s'essuyer le nez. Elle ne pouvait plus user de sa magie, au risque de perdre connaissance, il lui fallait donc reprendre le panier. Elle remit sur ses épaules son châle, qui permit de cacher les taches de sang. Estimant qu'elle ne pourrait jamais en porter autant, elle jeta la moitié des linges avant de le soulever.

Lucetmael.

Anna et les siens sont saufs. Il faut terminer. Personne ne doit savoir.

Penser à ce qu'elle devait faire l'aidait à mettre un pied devant l'autre. Dans la cohue de ce réveil précipité, les soldats ne lui prêtèrent aucune attention, trop préoccupés par l'agitation des gardes teaciens.

Sa tente apparut enfin au bout de l'allée.

Une main retint soudain son coude et le panier s'écrasa dans la boue.

— Pardon, ma jolie. Laisse, je vais t'aider.

L'homme se pencha pour ramasser son bien et Essylt rabattit ses cheveux devant son visage. Heureusement, la torche la plus proche était à plusieurs pas, ses traits demeuraient donc dans l'ombre.

— Voilà. Ton panier. N'est-il pas un peu tard pour laver tout ça ? Une jolie fille comme toi devrait avoir d'autres occupations à une heure pareille…

En sentant sa main dans le creux de son dos, Essylt eut la nausée. Plus les minutes passaient, plus ses forces l'abandonnaient. Il fallait absolument qu'elle retrouve sa tente.

— Est-ce que tu sais qui tu embêtes au moins, Uthider ?

La voix dans son dos immobilisa la main qui la touchait. Le soldat recula d'un pas à contrecœur.

— Une magnifique servante.

— Une magnifique servante de la Reine Essylt, répliqua la voix.

— Je sais.

Un ricanement méprisant retentit.

— Je te conseille de t'écarter de la demoiselle. Je doute que le châtiment de la Reine te plaise.

Malgré la pénombre, la souveraine aperçut son poing se serrer de haine. L'homme s'éloigna enfin, non sans la détailler d'un regard appuyé.

— Un porc guanilien, commenta l'homme qui l'avait sauvée en se plaçant devant elle. Je suis désolé que vous ayez subi cela.

La lumière lointaine de la torche se refléta sur les cinq étoiles brodées sur son uniforme blanc.

Le Chef des armées de Xoramif.

Elle baissa aussitôt la tête, prétextant un excès de respect.

— Merci, monsieur.

— Laissez-moi vous raccompagner, proposa-t-il en lui indiquant la tente.

Elle hocha la tête et reprit son chemin. En arrivant devant les gardes bofursyliens et rodorchniens, elle garda la tête résolument baissée. Les lumières s'allumaient partout.

Ne me regardez pas.

— Merci, monsieur, parvint-elle à dire tandis qu'un garde lui ouvrait, toute son attention rivée sur le Chef des armées.

— Je vous en prie, mademoiselle.

Le tissu se referma dans son dos. Le panier lui échappa des mains et elle s'écroula juste à côté.

— Majesté !

Cleena avait à la fois crié et chuchoté ce mot. Essylt rit bien malgré elle pendant qu'un liquide chaud coulait le long de son cou. Sa gouvernante la porta jusqu'à son lit et appliqua un linge humide sur ses oreilles.

— Ma Reine ?

Les sanglots dans sa voix firent ouvrir les yeux à Essylt.

— Je vais bien.

C'était l'un des plus gros mensonges qu'elle eut jamais prononcés.

— Où est la Reine ? héla une voix dehors.

— Qu'on réveille la Reine ! Son excellence Anna est sauve !

Dans la tente voisine, elles entendirent Cathan et Jarlath qui s'habillaient.

— Vite, il faut vous changer.

Essylt se redressa en position assise et serra les dents pour ne pas crier. Elle avait mal partout.

Pendant que Cleena lui retirait sa robe tachée, elle maintenait les tissus contre ses oreilles. Elle expira puis sa magie s'échappa de son corps pour rejoindre Lucetmael. Bien que l'effort fût douloureux, la présence de son enfant arrêta les saignements. Elle entreprit de compter ses battements de cœur, envahie par la puissance de sa vie.

Je t'aime.

— Majesté, il faut vous réveiller, Anna…

Léan venait d'entrer dans sa tente, échevelée de ce réveil précipité. En découvrant sa Reine à moitié nue, les pieds couverts de boue et des tissus tâchés de sang dans les mains, elle pâlit.

— Empêche quiconque d'entrer et aide nous ! vociféra Cleena.

Servante depuis plusieurs années, les réflexes de Léan prirent le dessus sur sa surprise. Elle se rendit d'abord dans la chambre qu'elle partageait avec Janae et Bethania pour leur ordonner d'aller prendre des nouvelles de Calixte et des autres Rois, puis revint en courant.

— Brillant, commenta Essylt du bout des lèvres.

Les yeux de sa camériste étaient noyés de larmes. Elle la maintint par les bras pendant qu'elle enjambait sa robe. Le contact de sa peau permit à ses jambes de cesser de trembler.

— Majesté ? l'interpella Cathan depuis l'entrée de sa tente.

— La Reine s'habille, cria Cleena. Elle arrive dans un instant.

— Tout le monde l'attend, fit remarquer le commandant. Anna et les siens sont là, ils vont bien.

— Elle sait ! Elle arrive.

Essylt s'appuya de tout son poids sur Léan pendant que Cleena laçait son corset.

— Pas trop serré, murmura-t-elle.

— Comment va-t-elle tenir ? s'inquiéta Léan.

Elle l'aida à s'asseoir sur la chaise et entreprit de lui remettre ses bijoux.

— Personne ne doit savoir, chuchota la souveraine. Je tiendrai.

— Elle tiendra, répéta Cleena en refaisant son chignon.

— Majesté ? appela Gladys depuis sa tente. Le Prince est réveillé et…

— La Reine doit y aller, répliqua la gouvernante. Restez en sécurité dans votre tente, Gladys.

Essylt approuva cet ordre d'un hochement de tête. La voix de Lucetmael résonna. Un éclat de rire. Cet enfant était de bonne humeur dès le réveil.

Que je t'aime.

Elle se remit debout sans l'aide de ses servantes. Elle leur fit un signe de tête entendu, chargé de remerciement et d'affection, avant de quitter dignement sa tente.

Cathan et Jarlath l'entourèrent aussitôt, surexcités.

— C'est incroyable !

— Declan serait parvenu à s'infiltrer dans le château et à les faire ressortir ! Des hommes nous ont dit qu'il avait quitté ta tente quelques heures plus tôt.

Pourquoi ne nous as-tu…

Elle trébucha sur une pierre et Jarlath la rattrapa par le coude. Elle s'appuya plus que de nécessaire sur lui pour se redresser. Son commandant avait pâli.

— Tout va bien, Majesté ? C'est une grande nouvelle et vous…

— Oui. Je ne parviens pas à croire qu'il ait réussi.

Elle s'écarta de lui avant qu'il ait pu ajouter quoi que ce soit et se dirigea à grands pas en direction de la tente officielle. Tous les souverains y étaient réunis, ainsi que les prisonniers libérés.

— Essylt !

Chargé de soulagement, le cri d'Anna n'avait pas été feint. L'aristocrate contourna les monarques pour la prendre dans ses bras.

— Anna.

Sa meilleure amie rapprocha sa bouche de son oreille.

— Comment as-tu fait ? J'ai cru que tu…

— Je vais bien. Ne dis pas un mot de tout ceci.

Elle s'écarta avec l'impression que son souffle devenait moins difficile à reprendre. Son amie s'essuya distraitement le front, encore sous le choc de cette évasion.

— Vous allez bien ?

— Oui, Votre Majesté, répondit Oistin, ses fils dans les bras. Tout ceci grâce à vous.

— C'est à cause de moi que vous avez subi…

— Tu n'es pas responsable ! la coupa Anna, indifférente au protocole. Luam nous a invités dans son palais il y a près de deux mois de cela et jamais nous n'aurions pu supposer qu'il complotait contre nous. Ni contre toi.

Elle acquiesça, émue, puis embrassa Aslander et Lasérian.

— Que faisons-nous à présent ? demanda Lomna, impatient. La principale menace est écartée. Les soldats teaciens sont paniqués. Il est temps d'attaquer.

— Non, contra Essylt en s'appuyant discrètement sur le dossier de la chaise sur laquelle Oistin était assis. Non, nous devons faire le moins de victimes collatérales possible. Proposons à Luam de se rendre et aucun mal ne sera fait à ses hommes.

— Vous êtes sérieuse ? éructa Kane. Nous avons déplacé nos armées pour ne pas nous battre ?

— Parce que vous avez envie de rentrer sans vos hommes ?

Le Roi de Guanile fronça ses épais sourcils.

— Ce n'est pas ce que je voulais dire.

— Certes, mais c'est tout comme.

Elle se tourna vers Calixte. Légèrement en retrait des autres monarques, il ne l'avait pas quittée des yeux depuis son arrivée. Elle essayait de ne pas s'inquiéter, toutefois l'intensité de ses prunelles noisette ne présageait rien de bon.

— Faisons comme elle a dit. Accordons une dernière chance à mon oncle de se comporter dignement.

— Je suis d'accord, approuva Yvain.

— Cela me semble sensé, rajouta Maitiú.

Les souverains opinèrent, pour la plupart contents de la tournure que prenaient les évènements. Un par un, ils quittèrent la tente pour donner des ordres à leurs troupes.

— Comment comptez-vous proposer cette reddition ? demanda Declan à ses souverains.

— Envoie un messager aux portes du château. S'il se fait attaquer, qu'il revienne sans prendre de risque. Nous trouverons quelqu'un pour hurler ce message aux soldats de gardes, qui iront le répéter à Luam.

Le Chef acquiesça aux propos de son frère et sortit à son tour.

— Comment va Lucetmael ?

— Il va bien. Il est réveillé si tu veux le voir.

Anna opina, les joues encore très pâles.

— Cathan va vous accompagner jusqu'à ma tente.

Elle répéta son ordre à son commandant posté devant l'entrée puis se retrouva seule avec son époux. La hanche appuyée contre la table, les bras croisés sur son torse, il patientait tel un fauve prêt à fondre sur sa proie.

— Pourquoi ne m'as-tu rien dit ?

Essylt aurait payé très cher pour pouvoir échapper à cette conversation et se réfugier dans son lit. Malheureusement, elle devait maintenir son secret jusqu'au bout.

— Je suis désolée d'avoir envoyé Declan sans ton accord. Nous avons discuté et il a sous-entendu qu'il connaissait peut-être un passage…

— Il n'y a pas de passage.

La gorge sèche, elle s'humecta les lèvres.

— Je t'assure que…

— Et moi, je te dis qu'il n'y en a pas. J'ai passé plus d'une journée avec mon frère et mon cousin à jouer dans ce château. Je le connais et je sais que le premier Roi de Teac l'a fait construire de telle sorte qu'il n'y ait qu'une entrée, la porte des remparts.

Elle redressa ses fines épaules pour cacher leur tremblement.

— J'ai fait entrer Declan dans le château en le faisant voler par-dessus les remparts, depuis le côté Est. Et je les ai tous fait ressortir de la même façon.

Son poing s'abattit sur la table avec un bruit sourd.

— Te rends-tu compte des risques que tu as pris ?

Si tu savais…

— Je suis désolée d'avoir mis ton frère en danger.

— Je n'en ai que faire, c'est son métier ! Il a été entrainé pour ça, contrairement à toi. Et si un soldat t'avait vue et t'avait tiré dessus ?

— Je suis restée à l'abri entre les tentes.

Comme il ne connaissait rien de ses pouvoirs, elle pouvait dire tout ce qu'elle voulait. Le principal était qu'il ne sache pas qu'elle était également entrée dans le château et qu'elle aurait pu être faite prisonnière.

— Je suis énervé que tu aies envoyé Declan sans me demander mon avis, ne te méprends pas. Et aussi… Je suis capable de prendre des décisions, même si je ne t'en ai pas donné l'impression récemment.

Il tira sur ses cheveux châtains.

— Je suis désolée si cela t'a blessé.

— Cela m'a agacé et inquiété. Mais tu as bien agi.

Il s'avança vers elle. Sa main se leva pour la toucher avant de se raviser.

— Declan est le meilleur, sa réussite ne me surprend guère. Le risque en valait la peine. Je ne reculerai devant rien pour que Luam réponde de ses crimes.

Le Roi quitta la tente sans rien ajouter, auréolé par cette haine qui menait chacun de ses pas.

Les doigts de Léan nattaient ses cheveux blonds avec une assurance inébranlable pendant que Bethania nouait les lacets de ses bottes.

Elle était parvenue à voler quelques heures de sommeil quand le soleil s'était levé. Après avoir rassuré Anna, la Reine avait enfin prit Lucetmael dans ses bras. Tout son corps s'était aussitôt relâché et son amie avait dû la soutenir jusqu'à son lit, où elle avait dormi avec son fils sur la poitrine.

Cathan était venu la réveiller, mal à l'aise d'interrompre cet instant. Fidèle à lui-même, le Prince lui avait tendu ses petits bras avec un grand sourire pendant qu'il expliquait la situation à la Reine.

Des soldats avaient hélé les gardes teaciens, leur expliquant que leur souverain devait se rendre. Plusieurs heures étaient passées sans la moindre réaction et les monarques en avaient unanimement conclu que Luam refusait. Ils avaient décidé que l'assaut aurait lieu à midi, pendant que la luminosité était bonne et l'air pas trop froid.

— Vous êtes prête, murmura Léan.

Elle se mit debout. Sans trembler, sans chanceler. Trois petites heures de sommeil avaient suffi à lui redonner un semblant de force. La chaleur de son fils s'était répandue en elle et l'impatience de la fin de ce conflit la poussait en avant, indifférente à la fatigue qui finirait par la rattraper.

— Majesté ?

Le mot s'était coincé dans la gorge de Jarlath. Elle lui sourit et lui prit des mains les rênes de Royal. Elle monta en selle sans l'aide de personne et ses commandants l'imitèrent pour ne pas la perdre.

En face de la porte du château, les soldats de Bofursyle et de Rodorchna s'étaient réunis en rangs serrés, prêts à l'offensive. Sur leur gauche, les soldats de Jirialc et de Xoramif patientaient en face de ceux de Vuai, de Guanile et d'Aivaithra. Les sept armées dégageaient une confiance magnifique, sûres de leur victoire.

Essylt remonta les rangs, le dos droit. Sur sa gauche, tous les monarques étaient réunis, montés sur des destriers tous plus beaux les uns que les autres.

Elle n'alla pas vers eux. Une fois les troupes dépassées, elle arrêta sa monture devant ses hommes et leur fit face.

Sa natte vola pour aller se poser sur son épaule. À son extrémité, le foulard rouge et bleu offert par Aveleen tranchait sur sa chemise blanche si ample, qui était rentrée dans un pantalon d'équitation noir qui lui collait à la peau. Ses robes somptueuses, ses toilettes étudiées, ses habits couteux : tout semblait bien loin. Pourtant, les soldats devant elle étaient subjugués par la puissance qu'elle dégageait.

Sur son front, le rubis et le saphir de son diadème reflétèrent les éclats du soleil.

— Mes chers soldats, je ne pense pas qu'il soit utile de vous rappeler la raison de notre présence ici. Le Roi Luam a causé un tort terrible à ma famille, à vos monarques. Justice doit être rendue et elle le sera.

« Mais aujourd'hui, en mon sens, nous n'allons pas prendre ce château et forcer ce souverain abject à abdiquer pour moi ou pour mon mari. Nous allons le faire pour mon fils. Pour que le Prince sache à quel point son peuple est fort, et fier, et ne se laisse pas dicter sa conduite ! Pour qu'il sache à quel point ses hommes sont courageux et ne reculent devant aucun obstacle pour le servir ! »

Des hurlements féroces lui répondirent.

— Ainsi, quand mon fils montera sur le Trône, il se souviendra de ce que vous avez fait pour lui aujourd'hui et vous le rendra au centuple en vous gouvernant avec honneur, compassion et impartialité.

Elle dégaina la fine épée accrochée à sa hanche et la pointa vers le ciel.

— Pour le Prince !

— Pour le Prince ! hurlèrent les huit cents hommes en dégainant à leur tour.

Elle abaissa son arme en direction du château pour donner l'ordre d'attaquer. Sa magie suivit son geste.

Les immenses portes en bois des remparts explosèrent.

Les soldats avaient commencé à courir et poussèrent un cri de surprise et de triomphe.

Quand ils l'eurent dépassée, ses commandants l'encadrèrent et son mari la rejoignit au galop.

— Reste ici !

Il ne s'arrêta pas pour entendre sa réponse et suivit leurs troupes. Declan, qui le talonnait, fit un signe de tête entendu à son amante avant de suivre son Roi au cœur de la bataille.

— Votre Majesté, la salua Yvain, un sourire flottant sur ses lèvres.

Les premiers soldats venaient d'arriver près des remparts. En voyant des traits noirs foncer sur eux, Essylt fit se lever d'immenses bourrasques de vent. Malheureusement, cela n'empêcha pas certaines flèches de toucher ses troupes.

— Archers ! vociféra Thuán.

Cent de ses hommes étaient des tireurs aguerris, qui s'étaient répartis en une ligne stratégique autour de la bâtisse. Essylt réfréna la fureur du vent : elle ne pouvait pas ralentir les tirs ennemis et pousser ceux alliés simultanément.

Des soldats vêtus de rouge et de bleu passèrent les portes explosées. Des bruits métalliques retentirent aussitôt.

Les deux chevaux de Calixte et Declan étaient encore à l'arrière des troupes. Ce dernier semblait essayer de le convaincre de ne pas avancer davantage, pour sa sécurité.

Royal ne cessait de remuer, rendu nerveux par la fébrilité d'Essylt. Même si cette attaque était loin de ressembler à celle d'une vraie guerre, l'ambiance qui régnait était difficile à appréhender. C'était un mélange de rage et de soif de sang dénuée de toute raison. Un appel au combat, un besoin primitif de gagner. La Reine était éraflée de l'intérieur par toutes les énergies qui grondaient autour d'elle.

Soudain, une vague plus importante de soldats s'engouffra dans la cour du château. Ce fut comme si un barrage s'était rompu. Les hommes bofursyliens et rodorchniens se pressaient les uns contre les autres pour rentrer plus vite, impatients de faire face à l'ennemi.

Ne tenant plus, Calixte poussa un cri et ses soldats s'écartèrent pour le laisser passer, Declan juste derrière lui.

— N'est-ce pas un peu imprudent ? demanda innocemment Tomás à Essylt.

— Si, ça l'est.

Elle donna un coup de pied dans le flanc de Royal, qui partit au galop. Cathan et Jarlath ne tentèrent pas de l'arrêter : ils se contentèrent de la suivre, aimants et dévoués. Ils franchirent rapidement la distance qui les séparait des hauts remparts. Sa décision déclencha la mise en marche des troupes de Xoramif, Vuai et Jirialc, dont les pas précipités faisaient trembler la terre.

Des soldats de Rodorchna entourèrent son cheval dès qu'elle franchit les portes brisées. Dans la longue cour, les hommes s'affrontaient sans pitié. Partout, des gardes vêtus de turquoise s'écroulaient, couverts de sang. Ils avaient beau être nombreux, ils ne tiendraient pas longtemps face aux soldats étrangers.

Elle repéra aisément Calixte et Declan. Ils avaient délaissé leurs montures et se battaient à l'épée, encadrés par trop de soldats pour les dénombrer. Le Roi abattait impitoyablement ses ennemis tandis que Declan faisait tout son possible pour protéger son frère.

Alors que ses hommes combattaient autour d'elle et que Cathan et Jarlath l'entouraient étroitement, son attention fut attirée par une silhouette fine qui dénotait au milieu de ce chaos. Un peu en retrait au fond à droite de la cour, une servante semblait attendre.

C'est moi qu'elle attend.

Sans la moindre hésitation, Essylt éperonna Royal dans sa direction. Les combattants s'écartèrent, comme s'il était tout à fait normal qu'elle traverse un champ de bataille. Elle posa pied à terre devant la jeune domestique et confia ses rênes à l'un de ses hommes.

— Votre Majesté, la Princesse Rosheen vous attend, déclara-t-elle d'une voix éraillée en parfait accord avec son teint livide.

— Je vous suis.

Perplexes, Cathan et Jarlath ordonnèrent à vingt soldats de les accompagner. Pénétrer dans le château ennemi alors qu'il n'était pas encore tombé paraissait absurde et inconscient. Il était toutefois difficile de contredire Essylt quand elle affichait pareille confiance. Une fois à l'intérieur, les bruits assourdissants de la bataille s'estompèrent, comme s'ils ne les concernaient plus.

La servante la conduisit dans un salon au premier étage, dont la porte était dépourvue de gardes. Richement décoré, c'était l'une des pièces favorites de la Princesse de Teac, où Essylt avait déjà été invitée. Assises sur des canapés gris Rosheen et Scatach buvaient tranquillement le thé.

Essylt reconnut sans mal l'ancienne maîtresse de son père, bien qu'elle ne l'eût aperçue qu'une seule fois. Grande et très mince, elle dégageait une aura de mystère et de suffisance amplifiée par ses cheveux noirs lustrés. Ses yeux se fixèrent droit dans les siens, faisant aussitôt dégainer Cathan et Jarlath.

— Votre Majesté, merci d'avoir accepté mon invitation. Prenez place, l'invita aimablement Rosheen en lui désignant un fauteuil vide.

Elle ne bougea pas. La Princesse eut un sourire tordu, témoin d'une folie qu'Essylt n'aurait jamais soupçonnée derrière son exubérance royale.

— Vous pouvez rengainer, soldats. Nous sommes de pauvres femmes incapables de blesser Sa Majesté.

— Je doute que vous ne soyez que de pauvres femmes.

Un rire caustique résonna.

— Certes. Mais nous ne sommes pas en posture de la menacer.

Elles étaient seules dans le salon. Aucun soldat, aucun domestique. Comme si les petites gens censés les servir les avaient abandonnées.

Poussée par le désir impérieux de connaître la vérité, Essylt s'installa sur le fauteuil. Les gardes se répartirent tout autour d'elles, cercle menaçant.

Comme si de rien n'était, Rosheen lui servit une tasse de thé. La Reine doutait qu'elle eût jamais fait un tel geste. Son attention se concentra sur Scatach. Elle essaya de l'imaginer plus jeune, à l'époque où elle fréquentait son père.

Il a trompé ma mère avec elle.

— Je vous trouve bien sereines, mesdames, sachant le sort qui vous attend.

Scatach se tourna vers elle, narquoise.

— Je vous trouve vous aussi bien sereine, sachant que vous êtes en territoire ennemi.

— Je ne suis pas en position de faiblesse, s'amusa Essylt en désignant ses gardes. Et puis, je suis une de Rodorchna, je sais me défendre. Vous devez le savoir plus que quiconque.

Son expression qu'elle voulait hautaine se fissura.

— Je suppose que vous avez tué mon fils ?

— De mes propres mains.

Scatach bondit en avant et fut retenue par deux soldats, qui la repoussèrent dans le canapé. Déformés par la haine, ses traits ne ressemblaient en rien à ceux de Feardorcha, pourtant ils étaient empreints de la même soif de sang.

— Pourquoi ?

La Reine ne savait pas comment formuler sa question. Tout était encore flou dans son esprit.

— Pour le pouvoir, très chère. Le pouvoir.

La maîtresse royale repoussa farouchement les mains des gardes puis s'empara de sa tasse de thé.

— J'aimais votre père, ne croyez pas le contraire. Mais j'aimais encore plus le pouvoir qu'il pouvait m'apporter. Cupide et obsédé par sa propre puissance, il n'a pas été aisé d'entrer dans ses bonnes grâces. Mais une fois que ce fut fait… Il était trop imbu de lui-même pour comprendre que je le manipulais.

À la fois impatiente et angoissée d'entendre cette histoire, Essylt croisa ses mains sur ses genoux, attentive. Rosheen mangeait des gâteaux avec indifférence.

— Comme il fallait être monarque pour transmettre sa magie — d'après les informations que j'avais entendues et mes propres déductions —, j'ai compris que si je portais son enfant, je mettrais au monde un magicien. Une *arme*. Quand j'ai su avec certitude que j'étais enceinte, j'ai fui le palais, pour ne pas être tuée. Je doutais qu'avoir un bâtard lui plaise.

« J'ai mis au monde non pas un, mais deux fils. Deux héritiers de la couronne de Rodorchna. Dans mon ventre, Feardorcha avait pris l'ascendant sur Iuchar. C'est ainsi que j'ai su qu'il était destiné à accomplir de grandes choses. Et à supplanter son père le moment venu. Car voyez-vous, je n'ai jamais douté que Mil finirait par être tué. Il était trop arrogant, trop agressif. Une fois mort, j'avais bon espoir que Feardorcha détruirait ses frères et monterait sur le Trône. Quand j'ai appris que le Chef Declan avait fait tout le travail à sa place, j'ai été enchantée. Nous avons été enchantés. »

Rosheen opina. Il était évident que Scatach avait profité de ses charmes pour avoir de l'emprise sur un second monarque. Luam était également devenu un pantin maniable et un allié de choix pour l'accomplissement de ses projets. Sans oublier le fait qu'il avait accès au Trésor de Teac, une source de financement conséquente pour payer des assassins.

— Mais c'est là que vous êtes arrivée, éructa Scatach, ses yeux noirs brillants de haine. Declan vous a trouvée et votre nom était sur toutes les lèvres. La *Princesse*. La fille de Mil et Vevina. Une enfant *légitime*. Une pauvre orpheline ayant vécu dix-sept ans recluse. Quelle histoire touchante. Et parfaite pour être aimée de tous.

— Je n'ai pas décidé de mon histoire, répliqua la Reine. Ma mère m'a protégée de mon père, tout comme vous avez protégé Feardorcha et Iuchar.

Prononcer le prénom de ses deux demi-frères lui procura une sensation étrange. Les souvenirs du combat l'ayant opposée à Feardorcha étaient flous, douloureux. Quant à Iuchar, il était la victime innocente d'une ambition démesurée.

— Je ne prétends pas le contraire. Et paradoxalement, je n'en veux pas à votre mère, même si elle a ruiné mes plans. Je ne l'aurais pas crue capable d'un tel courage, elle qui n'était bonne qu'à apparaître en public et à être engrossée.

Essylt bondit vers elle, emplie d'une énergie qu'elle maîtrisa difficilement.

— Je vous déconseille d'insulter ma mère en ma présence.

Scatach but une gorge de thé en levant un sourcil noir moqueur.

— La vérité vous déplait, Majesté ? Votre mère était faible, ignorante, naïve et résignée. Croyez-vous vraiment que j'ai été la seule maîtresse de Mil ?

Elle reposa sa tasse dans un fracas de porcelaine.

— Croyez-vous vraiment que mes fils soient les seuls bâtards que votre père ait engendrés ?

La Reine recula, nauséeuse. Scatach rit à gorge déployée, émettant un son détestable.

— Heureusement, un peu de mon fils va perdurer en ce monde.

Les pensées confuses d'Essylt furent balayées par cette étrange affirmation. La maîtresse royale détaillait Rosheen avec fierté.

Envahie d'une révélation glaçante, Essylt saisit le bras de la Princesse de Teac. Sa magie lui confirma sa pire crainte.

— Vous êtes enceinte de mon frère.

Les lèvres rouges esquissèrent un sourire triomphant.

— Oui.

Essylt recula.

— Ce n'est pas une véritable victoire, vous en avez conscience ? Cet enfant ne porte pas de magie. Il n'a aucun droit sur le Trône de Rodorchna. Aucun.

— Certes, l'appuya Scatach, mais il va vous empêcher de condamner Rosheen à mort.

Évidemment. Essylt avait peut-être soif de justice, mais elle n'était pas un monstre. Surtout en sachant que la Princesse portait certainement le seul neveu ou la seule nièce qu'elle n'aurait jamais.

Scatach toussa brutalement. Son teint avait pâli malgré la ferveur de ses propos. La magie d'Essylt l'effleura.

Elle a bu du poison.

— Et puis, un jour, mon petit-fils sera Roi de Teac !

Rosheen se statufia, à l'instar d'Essylt.

— Mais Roan…

Scatach sourit de triomphe avant d'expirer son dernier souffle.

— Roan !

La Princesse Rosheen bondit sur ses pieds en appelant son petit frère à grands cris. Comprenant qu'elle n'était pas au courant du dernier plan de la mère de Feardorcha, Essylt ordonna à deux gardes de la maintenir et partit à la recherche du Prince.

Elle traversa des couloirs déserts, gravit des escaliers en courant et arriva devant une porte entrouverte. Une jambe dépassait dans l'encadrement de la porte.

La vision qui s'offrit à elle décupla sa fureur. Des soldats teaciens avaient défendu le Prince Roan jusqu'à leur dernier souffle. L'adolescent de treize ans était fermement maintenu par Reith, qui appuyait un poignard sur sa gorge. Agenouillée devant eux, la si effacée Reine Trevina le suppliait de l'épargner.

— Pas mon Roan, pas mon dernier fils, non…

— Il le faut, Majesté. Ainsi, Rosheen sera Reine.

Reith tressaillit en voyant Essylt entrer. D'une pensée, elle saisit le poignard et le planta dans la gorge de l'ancien conseiller. Un geyser de sang écarlate recouvrit le Prince Roan, qui s'écroula dans les bras de sa mère.

Nauséeuse et épuisée d'avoir fait appel à ses dernières forces, Essylt s'agenouilla. Jarlath fit le tour de la pièce pour vérifier que tous leurs ennemis étaient morts. Trevina pleurait à chaudes larmes en serrant son enfant contre elle. Cette image poignante et macabre se grava dans l'esprit de la Reine.

— Majesté ?

Cathan frottait ses bras pour la réchauffer. Elle posa son front contre sa joue, rassurée par sa présence.

Trop d'horreur. Trop de sang. Il faut que cela se termine.

— Allons trouver mon mari.

Le commandant la soutint jusqu'à la Salle du Trône. Les portes venaient d'être forcées, après bon nombre de tentatives infructueuses. Essylt découvrit tous les monarques rassemblés devant celui pour lequel ils avaient fait tout ceci.

Assis sur son Trône, le dos bien droit, la couronne fièrement portée, Luam détaillait son neveu avec mépris. Calixte lui faisait face, son épée ensanglantée dans la main. Les autres souverains demeuraient en retrait, conscients que ce moment était le sien.

— Comment osez-vous essayer de me destituer ? tonna sa voix grave dans la haute salle.

— Comment avez-vous osé fomenter un coup d'État contre ma femme ? répliqua le Roi de Bofursyle di Rodorchna.

— Parce que son Trône me revenait ! Pendant des années, j'ai préparé la montée de Feardorcha sur le Trône de Rodorchna ! Je lui ai tout appris en cachette et j'ai fait en sorte qu'il s'éprenne de ma fille pour lui assurer un avenir ! La Teac est trop longtemps demeurée dans l'ombre de ses voisins. La Rodorchna me revenait !

— C'est faux. Vous, ni personne, n'avez de droit sur le Trône de ma femme.

Calixte s'avança en brandissant son arme.

— Comment avez-vous osé mêler ma mère à tout ceci ?

Luam eut un rictus condescendant.

— Mon pauvre petit, tu n'as toujours pas compris ? C'était autant l'idée de ta mère que la mienne. Qui a convaincu Guénolé de détruire les de Rodorchna ?

À présent, la réponse semblait évidente.

— Ta mère faisait partie du plan depuis le début. Elle voulait autant que moi redonner à la Teac la gloire qu'elle mérite. Mais cette ingrate a douté quand tu as épousé Essylt. Elle a décidé de ne plus nous aider quand ton fils est né, jugeant que la Teac était tout aussi gagnante. Mais c'est faux ! Qui se souviendra que l'illustre Prince de Bofursyle di Rodorchna avait des origines de Teac ? Personne !

Suffoqué par sa tirade, il cracha en direction de Calixte.

— Je n'abdiquerai pas. Alors, tue-moi.

Calixte s'approcha de lui.

— Non !

Son époux lui lança un regard assassin par-dessus son épaule.

— Il doit être jugé, Calixte. Le tuer de ta main serait lui rendre un trop grand service.

Elle s'avança sous l'attention acérée de Thuán, Yvain, Maitiú, Tomás, Kane et Lomna.

— Vous n'êtes plus digne de votre couronne, Luam. Pas seulement pour ce que vous avez osé me faire, mais aussi parce que votre peuple vous a abandonné. Je n'ai vu le cadavre d'aucun soldat teacien devant la Salle du Trône.

Les rides du monarque tremblèrent d'étonnement.

— Vous allez être jugé pour ce que vous avez fait à ma famille et également à la vôtre. Ruarc est mort pour assouvir vos ambitions. Et Roan a failli perdre la vie à cause de votre maîtresse.

Calixte et Luam s'affrontaient du regard, attendant un seul geste de l'autre pour attaquer.

— Commandants, arrêtez-le.

Cathan et Jarlath traversèrent la Salle du Trône. Ils se placèrent devant leur souverain. En hurlant, Luam tenta une attaque et fut aussitôt maîtrisé.

L'épée de Calixte rebondit par terre dans un fracas assourdissant.

Il passa à côté d'elle sans la voir et quitta la pièce. Elle n'essaya pas de le retenir.

Au milieu de cette immense salle, elle demeura immobile tandis que tous bougeaient autour d'elle pour gérer ce château asservi et ce Royaume traumatisé. Ses pensées se chassèrent les unes les autres jusqu'à ce qu'il ne reste que les paroles de Scatach.

Elle n'avait pas osé y songer depuis la rencontre avec Feardorcha. Il était né avant elle. Si son père avait eu une maîtresse pendant que sa mère était encore en vie, qu'avait-il pu faire pendant les douze années après son décès ?

Et s'il y en avait d'autres ?

XXI

« J'ai cessé de me regarder dans un miroir depuis bien longtemps : j'ai trop peur d'y voir venir mon assassin. » Roi Etarscele de Teac, 637.

Prendre l'ascendant sur un Royaume était une première pour tous les monarques présents. Forcer un homologue à abdiquer ne faisait pas partie des choses qu'ils avaient prévues — et voulues — accomplir au cours de leur existence.

Une semaine fut nécessaire pour rassembler les soldats teaciens et reformer correctement l'armée. Un Royaume stable reposait sur un ordre solide et établi. Cet ordre dépendait également de la famille royale. La Reine Trevina, qui n'avait eu ce titre que de nom pendant des décennies, endossa ses nouvelles fonctions avec un calme impressionnant. Roan étant le seul pouvant régner, puisque Ruarc était mort et Rosheen emprisonnée, sa mère devait occuper une place de régente jusqu'à sa majorité. Cette souveraine si effacée et souvent jugée inapte se révélait avoir les épaules solides pour soutenir son dernier fils.

— Majesté ?

Paddy venait de passer la tête dans l'encadrement de la porte de sa chambre, qui lui servait également de bureau. Elle était occupée à classer des documents pour Trevina selon leur ordre d'importance et à noter ses suggestions.

— Le Roi Yvain demande si vous êtes disponible pour une collation.

Elle se frotta le front et acquiesça. Elle comprenait aisément le désir de son cousin d'être en sa compagnie. L'ambiance qui régnait dans ce château était particulièrement étouffante. Les Rois Lomna et Kane ne manquaient aucune occasion pour être en désaccord. Thuán pavanait joyeusement en ne cessant d'évoquer le futur mariage de sa fille Ailina avec Lucetmael — leurs fiançailles ayant été rendues publiques. Le Roi Maitiú avait emmené son fils dans les environs pour aider les soldats teaciens à prévenir le peuple. Quant à Calixte, il sortait de sa chambre uniquement le soir pour manger, boire et jouer aux cartes.

La Reine trouva son cousin dans un salon spartiate. Trevina avait décidé de modifier la décoration de certaines pièces. Kane lui avait fait remarquer que ce n'était pas la priorité, mais Essylt l'avait interrompu, jugeant que la souveraine avait besoin d'effacer la présence de son mari.

— Je suis content de vous voir, Majesté. Le Prince n'est pas avec vous ?

— Il dort.

Il avait joué toute la matinée avec Nar, Aslander et Lasérian, courant dans leurs appartements de tous côtés. La cour du château avait certes été dégagée de tous les cadavres, néanmoins des traces écarlates persistaient dans le sable clair, malgré la neige qui l'avait recouverte. Les enfants étaient donc confinés à l'intérieur.

Ils entamèrent la discussion comme si de rien n'était, abordant les sujets les plus pressants. Ils pouvaient parler des choses les plus inintéressantes qui soient, cela ne dérangeait en rien Essylt. Surtout en ces instants si compliqués.

— J'espère que Céali ne vous manque pas trop.

Un sourire aussi enjoué que triste étira ses lèvres.

— Il me tarde de la retrouver. Nous avons si peu profité de nos noces…

— J'en suis navrée.

— Vous n'êtes en rien responsable de tout ceci, rassurez-vous.

Il était bon de se l'entendre dire.

— J'ai hâte que mon oncle arrive pour débattre du cas de Luam, s'exclama-t-il.

La Mebeaka était le seul Royaume n'ayant pas participé à la prise du château de Teac. Il faut dire qu'il était le plus au sud et la Teac tout au nord. Un messager était venu les informer que Domnall, à la tête de deux cents hommes, était en route pour les rejoindre. Il était reparti prévenir son monarque que Luam avait abdiqué et qu'ils l'attendaient pour un Conseil des Neuf somme toute unique.

— Nous pouvons le faire sans vous si vous souhaitez rentrer…

— Non, mon devoir est ici. Je me doutais que je serais absent plusieurs mois. Je n'en serai que plus heureux de retrouver mon incroyable épouse.

Essylt sourit. Son visage semblait avoir oublié comment faire.

— Comment se porte Anna ?

Ils dinaient tous ensemble chaque soir, c'était la première fois qu'ils se retrouvaient seuls tous les deux. Raison pour laquelle ils pouvaient aborder des sujets plus personnels. Et plus sensibles.

— Je ne sais pas vraiment. Elle… Physiquement, elle va bien. Son enfant à naître aussi. Aslander et Lasérian se portent bien, je doute qu'ils se souviennent de ce qu'il s'est produit. Oistin est furieux mais sa dévotion envers Anna le pousse à cacher ses sentiments.

— Et son excellence ?

— Je pense que cette trahison va être dure à accepter. Son propre Roi était prêt à la tuer. Je ne sais pas si vous le saviez, mais durant ses recherches, une piste avait mené Declan jusqu'au manoir d'Anna. Il suivait de l'argent. Nous pensons que Luam a fait transiter de l'argent par le Comté d'Anna pour l'incriminer. Declan essaye de reconstituer tout ceci.

Depuis la prise du château, le Chef partageait son temps entre les soldats et sa soif de vérité. Il voulait remettre dans l'ordre tous les morceaux de l'histoire et avait commencé à rédiger une longue liste d'éléments et d'évènements. Sa minutie et sa dévotion ne cessaient d'émouvoir sa Reine.

— Je peux comprendre le désarroi d'Anna. Tout comme le vôtre.

Essylt prit une grande inspiration en redressant ses épaules.

— Je n'éprouve nul désarroi. Mon fils est en vie, sain et sauf. J'ai fait ce qui devait être fait.

Gêné d'aborder le sujet, Yvain se tordit les doigts.

— Certes, mais votre époux…

Un éclair douloureux traversa la poitrine d'Essylt. D'abord troublée de réagir si vivement à l'évocation de son mari, elle comprit qu'il n'était pas la cause de cette souffrance. Elle fit abstraction d'Yvain qui continuait de parler avec compassion pendant que sa magie prenait pleinement conscience de ce qui l'entourait.

Janae.

Sans un mot, elle courut en direction de la porte, prenant son cousin au dépourvu. Une urgence sourde poussait ses jambes en avant. Elle avait passé la semaine à dormir et à manger, elle avait donc recouvré toutes ses forces.

Et n'hésiterait pas à s'en servir.

— Que se passe-t-il ? vociféra Cathan qui la talonnait.

Derrière eux, elle entendit Yvain et ses hommes les suivre.

La peur de sa camériste se décupla. Bien trop consciente de ce qu'elle était en train de subir, Essylt concentra sa magie sur elle.

Que sa peau ne puisse plus être touchée.

Quand ils arrivèrent dans un couloir peu fréquenté, la vision qui se présenta à eux fit vaciller la Reine. Assise par terre, la lèvre en sang, Janae serrait ses genoux contre sa poitrine. En face d'elle, un homme reprenait difficilement ses esprits, sonné.

— Janae !

Cathan fut plus rapide qu'Essylt et s'agenouilla près d'elle. La Reine retira sa magie avant qu'il ne la prenne dans ses bras. Janae crocheta sa nuque et enfouit son visage contre son torse. Elle explosa en sanglots.

— Cet homme… Cet…

— Qu'est-ce que cela signifie ? tonna Yvain en se plaçant à côté de sa cousine.

Ses soldats s'empressèrent de redresser l'homme. Il portait un uniforme de l'armée de Guanile.

C'est celui qui m'a fait des avances, le soir où j'ai secouru Anna.

— Il… Il a…

Janae ne parvenait pas à s'exprimer. C'était bien inutile. Son horreur parlait pour elle.

— Je n'ai rien fait ! s'écria le garde, qui avait retrouvé ses esprits.

— Je me souviens de ce malotru, intervint le Chef des armées de Xoramif, qu'Essylt n'avait pas remarqué derrière Yvain. Un dénommé Uthider. Je l'ai déjà vu avoir une attitude déplacée envers des servantes.

Envers moi. Mais à ce moment-là, il croyait que j'étais Janae.

La culpabilité étrangla Essylt. Elle s'accroupit près de sa camériste et lui caressa les cheveux.

Je n'aurais jamais cru qu'il tenterait… C'est de ma faute…

Des larmes inondèrent ses joues. Elle ne savait que trop bien à quel point elle avait eu peur.

— Que se passe-t-il ?

Le Roi Kane en personne venait d'arriver dans ce couloir qui devenait de plus en plus exigu. Un soldat de son armée l'avait certainement prévenu.

— Votre homme ici présent a agressé la servante de Sa Majesté.

Avec cet air aristocratique si méprisant, Kane observa Janae serrée contre Cathan, puis Essylt.

— Demandez à vos hommes de relâcher Uthider, Yvain. Il doit y avoir un malentendu.

Le Roi de Xoramif rougit d'être appelé par son prénom, comme s'il n'était qu'un enfant ignorant. La Reine quant à elle bondit furieusement sur ses pieds.

— Il n'y a aucun malentendu ! Cet homme a essayé d'abuser d'elle. Il doit être puni.

— Inutile de faire un scandale pour si peu. L'avez-vous vu de vos yeux agresser votre servante ?

Son calme inapproprié redonna confiance à Uthider, qui tira narquoisement ses cheveux en arrière. Essylt avait l'impression qu'ils jouaient la comédie tant toute cette scène était invraisemblable.

— Ce n'est pas utile. La parole de ma camériste fait loi. De plus, j'ai ressenti sa peur.

— Oh, vous avez ressenti sa peur ? En voilà une preuve tangible.

Son petit sourire en coin amusé obligea Yvain à la retenir.

— Je n'aime vraiment pas la façon dont vous traitez les femmes, Kane. Dois-je vous rappeler l'incident survenu avec Uileog ?

Le monarque perdit de sa superbe. Il se gratta la barbe.

— Uthider ?

— Majesté ?

— Serait-il possible que vous ayez mal interprété les désirs de cette servante ?

— Je le crois, Majesté.

— Bien, dans ce cas, évitez de l'approcher à l'avenir.

— À vos ordres, Majesté.

Le soldat s'inclina et s'éclipsa. Sidérée par le manque flagrant d'intérêt de Kane pour ce genre de crime, Essylt l'observa partir.

— Commandant, peut-être serait-il judicieux de monter cette demoiselle dans les appartements royaux ? proposa Yvain.

Cathan souleva Janae qui tremblait de tous ses membres et partit devant. Yvain serra affectueusement le bras d'Essylt et se pencha à son oreille.

— Nous n'avons malheureusement pas tous la même considération pour autrui, Majesté.

— J'aurais dû…

Le Roi la fit se retourner et saisit sa main.

— Vous n'êtes pas responsable. Vous n'auriez pas pu deviner qu'il recommencerait.

Essylt tressaillit. Yvain fit signe aux soldats de s'écarter.

— Mon Chef des armées serait bien incompétent s'il ne savait pas reconnaître une Reine, même déguisée.

Il recula et lui fit un salut protocolaire avant de s'éloigner.

Yvain savait que c'était elle et non Janae que son Chef des armées avait protégé des attentions trop poussées d'Uthider, cette fameuse nuit. Par conséquent, son cousin avait forcément compris qu'elle avait aidé Declan à secourir Anna et les siens. Il aurait pu aborder directement le sujet ou lui reprocher son inconscience. Or, il venait de lui affirmer à demi-mot qu'il comprenait parfaitement pourquoi elle avait risqué sa vie.

Declan s'affairait à fouiller dans les documents privés de Luam quand il fut averti par un garde de l'agression de Janae. Puisque sa présence n'était pas indispensable, il rédigea une note pour les commandants royaux et décida de rendre visite à Essylt avant le coucher. Dans ce château, ils n'avaient aucun moyen discret de se rejoindre. Elle lui manquait cruellement et il ne doutait pas qu'elle allait avoir besoin de discuter.

Kane est vraiment un moins que rien…

La façon dont un soldat se comportait pouvait refléter son meneur. Si un seul de ses hommes avait tenté de violer une femme, quelle que fut sa condition, Declan l'aurait fait fouetter et emprisonner. Il se souvenait avec beaucoup trop de précision du visage d'Essylt quand elle avait échappé à Uileog.

Un qui a eu de la chance que je ne puisse pas le tuer…

Il posa ses poings serrés sur le bureau pour reprendre sa respiration. Penser à elle ne l'aidait pas à accomplir ses tâches. Depuis l'assaut, il ne l'apercevait que fugacement durant les repas. Son frère attirait toute son attention. À vrai dire, il attirait l'attention de tous. Porté sur la boisson et le jeu, il était impossible de ne pas remarquer sa peine. Calixte ne gérait aucune affaire, ne répondait à aucune missive et évitait soigneusement sa femme. Il passait ses journées à dormir ou à s'entrainer à l'épée. Son inutilité n'avait d'égale que sa mauvaise humeur. Son cadet était donc bien obligé de le gérer chaque soir pour décharger Essylt.

L'ambiance qui régnait dans ce château lui donnait froid dans le dos. Il n'avait qu'une hâte, c'était que le Roi Domnall arrive, que le Conseil ait lieu et que Luam soit puni. Après cela, ils pourraient enfin rentrer.

Préférant ne pas songer à toutes les épreuves qui les attendaient encore, il se reconcentra sur sa fouille. Il lui avait fallu négocier quatre jours avec le Chef de Teac et Trevina pour avoir accès au bureau personnel de son oncle. Qu'ils veuillent protéger certains secrets, il pouvait le concevoir. Il avait promis de taire ce qu'il trouverait si cela ne concernait pas cette affaire.

Il y avait forcément des traces de cette tentative de coup d'État. Il avait déjà trouvé des dossiers sur certains soldats envoyés avec Ruarc et Feardorcha en Bofurysle. Les notes de Luam concernaient principalement le degré de loyauté et les prouesses physiques. Il devait reconnaître au monarque une sélection pertinente de ses troupes.

Après avoir vidé le dernier tiroir, il soupira et se massa la nuque. Il devait y avoir autre chose, forcément. Il détailla le bureau royal : les meubles imposants, les décorations onéreuses, les fenêtres donnant sur la cour. Le souverain était intelligent, il avait dû cacher les documents les plus importants.

Avec une pensée émue pour la Reine Vevina, la mère d'Essylt, il entreprit de chercher une cachette potentielle. Il toucha tous les murs, poussa les meubles, cassa quelques bibelots.

Je pourrais demander à Essylt, je suis sûre qu'elle trouverait.

Il n'avait cependant nulle envie de la déranger pour cela. C'était son travail, sa responsabilité. Il avait besoin de tirer tout ceci au clair, afin que le procès soit efficace, et l'histoire terminée. De plus, sa Reine devait être auprès de sa camériste. Hors de question de la déranger pour si peu.

Réfléchis !

Frustré, il saisit son verre de bière posé dans un coin du bureau. Ce Royaume était réputé pour ses cervoises corsées. Il n'avait jamais été particulièrement friand de cet alcool, mais devait lui reconnaître ses propriétés désaltérantes. Le verre avait laissé un cercle humide qu'il redessina du doigt. Sa peau colla au bois.

Pris d'une inspiration subite, il reposa son verre et entreprit de retirer tous les tiroirs du bureau. Puis il glissa sa paume sur la face intérieure, là où s'étaient trouvés les tiroirs. Ses doigts rencontrèrent une surface lisse différente du bois. Il s'accroupit et décolla sans difficulté une enveloppe abimée d'avoir été trop ouverte.

Il découvrit à l'intérieur plusieurs documents, dont un mentionnant diverses sommes d'argent.

Les versements pour les assassins.

Son esprit aiguisé se mit à calculer et analyser chaque somme. Ses muscles se contractèrent d'agacement. Il compta à nouveau, plaça la feuille à côté de ses notes, se recula.

Enervé, il saisit tous les documents et partit en hâte. Les soldats bofursyliens en faction devant la porte sursautèrent de le voir si survolté. Ils le suivirent sans un bruit jusqu'au donjon.

Il n'avait pas rendu visite à celui qu'il avait longtemps considéré comme son oncle depuis son emprisonnement. Personne n'était descendu le voir dans sa geôle, comme s'il n'existait plus. Alors que le fait qu'il respirât encore causait bien des problèmes.

Luam était assis sur sa paillasse par terre. Sa barbe blanche avait poussé, lui conférant un air hirsute approprié. En découvrant Declan devant les barreaux de sa cellule, il émit un rire moqueur.

— Je me demandais qui viendrait me voir en premier : toi ou ton frère.

Declan était soulagé que ce fût lui.

— J'ai une question et je vous conseille d'y répondre avec franchise.

L'ancien monarque se mit debout en faisant tinter ses chaines. Dans une prison si bien gardée, elles paraissaient inutiles. Elles témoignaient de la colère des soldats, qui avaient perdu beaucoup des leurs pour satisfaire sa quête de gloire injustifiée.

— Pourquoi me donnerais-je la peine d'être honnête ? Je vais mourir, quoi qu'il advienne.

— Vous n'avez pas envie de décider comment ?

— Je doute que tu aies une telle influence sur ton frère.

Ses chaines cliquetèrent contre les barreaux. Faire face à l'homme qui avait tant souhaité la mort d'Essylt lui retournait l'estomac. Il aurait payé cher pour pouvoir le tuer de ses propres mains. Il n'aurait bien sûr pas cette chance.

— Dans ce cas, je vous apporterai quelque chose de décent à manger si vous êtes honnête.

Il haussa un sourcil blanc amusé.

— Marché conclu.

Declan brandit la feuille qu'il venait de découvrir.

— Voici tout l'argent que vous avez dépensé pour attenter à la vie de ma Reine, aux frais du Royaume de Teac. Pourquoi manque-t-il l'argent déboursé pour la tentative d'empoisonnement ?

Les lèvres ridées se retroussèrent en un sourire malicieux. Il recula d'un pas. Declan abattit son poing contre les barreaux.

— Pourquoi la tentative d'empoisonnement sur la personne de Sa Majesté Essylt, alors Princesse, survenue le dix-sept avril 685, n'apparait-elle pas sur ce document ?

Luam replaça un pan déchiré de son haut ouvragé comme si cette conversation l'ennuyait prodigieusement.

— Parce que cet empoisonnement n'était pas de notre fait.

— Comment va Janae ? s'enquit Declan.

Installés dans le petit salon qu'elle partageait avec Calixte, ils buvaient un thé au milieu de la matinée. Le Chef n'avait pas pu la visiter la veille au soir.

Essylt lança un regard à Bethania par-dessus son épaule. Le sujet était extrêmement sensible.

— Elle se repose encore. Nous sommes arrivés à temps pour éviter le pire.

La simple pensée qu'elle aurait pu être violée… Essylt en tremblait d'horreur. Si elle n'avait pas senti la terreur de sa camériste, personne ne serait passé dans ce couloir. La facilité avec laquelle cette agression avait eu lieu lui broyait la poitrine.

Lucetmael quitta ses jouets et marcha jusqu'à Declan pour lui confier un cheval en bois.

— Merci, votre Altesse. Très bel étalon.

Le Prince opina avec un sérieux exagéré qui réchauffa le Chef.

— Je suis désolé que le soldat concerné n'ait pas été puni.

— Je le suis également. Janae et les filles resteront sous bonne garde jusqu'à notre départ.

— Cela va sans dire.

Ils étaient tous suffisamment touchés par la bataille qui venait d'avoir lieu sans en rajouter.

— Avez-vous trouvé tout ce que vous cherchiez ?

Lucetmael lui donna une seconde figurine et repartit gaiement. Declan peinait à se concentrer sur la conversation tant il avait envie de le serrer contre lui. La bienséance l'en empêchait.

— Oui. Il…

Le Chef fut interrompu par l'ouverture brutale d'une porte. Calixte émergea de sa chambre, l'air reposé malgré ses excès de la veille.

— Ah, mon frère, tu tombes bien ! J'ai envie d'aller chevaucher, courir et faire de l'escrime. Tu m'accompagnes ?

Declan détailla son aîné débordant d'énergie tel un enfant, puis les cernes violacés de son épouse. Il était évident qu'il n'était pas d'un grand soutien en ces temps douloureux. Il aurait donné cher pour secouer son frère de toutes ses forces, pour lui faire remarquer qu'il n'était pas le seul à souffrir. Essylt avait eu peur pour la vie de son amie. Elle avait traversé le Continent d'ouest en est avec toute une armée pour mener une attaque frontale et meurtrière. En chemin, elle avait dû concéder à fiancer son fils. Sans oublier qu'elle avait tué son frère de ses mains pour protéger sa vie.

Oui, Calixte n'avait pas le monopole de la souffrance. Mais il semblait impossible de le lui faire remarquer.

— Bien entendu.

Lucetmael émit un son offusqué en voyant Declan se lever. Il lui rendit ses jouets puis passa la main dans ses bouclettes blondes.

— Excusez-moi, Altesse, votre père me réclame. Je jouerai avec vous une prochaine fois.

Si tu savais à quel point j'aimerais rester.

Calixte frappa l'épaule de son frère en remerciement puis embrassa fugacement le crâne de son fils.

— Ne m'attends pas pour déjeuner !

Le Roi disparut dans le couloir. Le Chef fit la révérence, peiné de ne pas avoir pu terminer cette conversation, puis le suivit.

Il n'était pas certain de vouloir révéler à Essylt les propos de Luam. Il n'était pas convaincu qu'il dise la vérité. Il avait très bien pu omettre ce paiement dans ses documents pour se protéger ou pour instiller le doute. Car prétendre que quelqu'un d'autre voulait la mort d'Essylt, c'était préserver la peur qui auréolait la Reine depuis tant d'années. Et elle méritait d'être un peu en paix.

Le Roi Domnall de Mebeaka arriva à la tête de cent hommes quatre jours plus tard. Il avait renvoyé la moitié de ses soldats en apprenant qu'il avait manqué la bataille et n'en paraissait pas dérangé. Après avoir déjeuné rapidement, il suivit les monarques jusqu'à une salle de réunion.

Les souverains s'assirent, excepté Trevina. Gênée, elle tira nerveusement sur ses doigts. Essylt lui fit un signe d'encouragement.

— En ce premier février, je déclare ouvert le Conseil des Neuf de l'an 688.

À sa droite, Roan la contemplait comme s'il ne l'avait jamais vue. La voir prendre la parole en public, dans un contexte si officiel, était une première.

— Tout d'abord, je me dois de vous remercier, en mon nom et en celui de la Teac, pour nous avoir délivrés d'un Roi abject et cupide. Nous devons à présent débattre de ce qui va suivre.

Elle prit place avec élégance et une certaine précipitation. Après un raclement de gorge, Lomna d'Aivaithra se leva.

— Je me permets d'intervenir en tant qu'époux d'Iverna, votre nièce. Puisque vous êtes née Princesse Trevina d'Aivaithra, nul ici, je pense, ne remettra en question votre légitimité de régente de Teac. Ce point n'est donc pas nécessaire à aborder. À moins que son Altesse Roan ait une objection ?

Roan sursauta d'être sollicité. Âgé de quatorze ans, ses traits fins reflétaient autant sa mère que son père. Habitué à ne pas être remarqué, à l'instar de Trevina, il tira sur le col de son uniforme turquoise et or.

— Aucune, Majesté. J'ai une confiance aveugle en ma mère pour gouverner la Teac le temps que j'atteigne ma majorité.

— Dans ce cas, passons à la suite.

Lomna se rassit et un silence lourd s'abattit sur l'assemblée. Comprenant que Calixte ne comptait pas bouger, Essylt se mit debout.

— Comme vous le savez tous, nous sommes réunis ici parce que le Roi

Luam, aidé de ses enfants Ruarc et Rosheen, ainsi que de mon ancien conseiller Reith, de Scatach et de son fils Feardorcha, a fomenté des tentatives d'assassinat à mon encontre, dans le but de me ravir ma couronne. Feardorcha était le fruit de l'union adultère entre Scatach et mon père, le Roi Mil. De ce fait, mon demi-frère était un magicien et avait par conséquent des droits sur mon Trône. Pour protéger ma vie, j'ai été contrainte d'abréger la sienne. Le Prince Ruarc est mort en essayant de faire aboutir ce coup d'Etat. Scatach s'est suicidée et j'ai tué Reith pour protéger le Prince Roan. Nous sommes donc réunis pour décider du sort de Luam et de Rosheen.

Résumé ainsi, tout ceci paraissait plat et encore plus absurde. Les monarques étaient demeurés sans réaction quand elle avait énoncé ses propres crimes. Si elle n'éprouvait aucune culpabilité, elle ne pouvait en revanche effacer le sentiment d'être devenue un monstre à son tour.

Mon propre frère.

Elle se saisit du verre d'eau devant elle, le but d'une traite puis se rassit.

— Votre Majesté, je réitère mes remerciements, déclara Trevina. Vous avez sauvé la vie de mon fils Roan, ainsi que l'avenir du Royaume. Ma dette envers vous est immense.

— Il n'y a nulle dette, affirma-t-elle sincèrement. J'ai fait ce qu'il fallait, rien de plus.

— Comment allons-nous tuer Luam ?

La question abrupte de Calixte jeta un froid. La Reine de Teac blêmit et le Prince Roan baissa la tête. Essylt aurait aimé faire disparaître la honte qu'il éprouvait, ainsi que son chagrin. Mais les deux étaient étroitement liés et le hanteraient encore longtemps.

— Tuer un autre monarque, c'est laisser sous-entendre que nous pouvons également être tués, énonça Kane, qui ne manquait jamais une occasion de lancer ce débat.

— Je suis entièrement d'accord, l'approuva Domnall. Nous sommes des figures d'autorité. Être exécuté comme des gens de basse extraction… C'est dangereux.

La Reine de Bofursyle di Rodorchna n'aurait pas cru pouvoir détester quelqu'un plus que Kane aujourd'hui.

— Je comprends vos points de vue, apaisa Maitiú, néanmoins Luam ne peut pas être enfermé jusqu'à sa mort. Ce serait prendre le risque…

— Risque ou pas risque, il doit payer de sa vie pour ce qu'il s'est produit, le coupa Calixte.

— Certes…

— C'est moi.

La voix craintive de Trevina coupa court au débat.

— C'est moi qui vais prendre la responsabilité de son exécution. Pour que tu n'aies pas à le faire, déclara-t-elle solennellement en caressant la joue de Roan. Ni aucun d'entre vous.

Elle reporta son attention sur Essylt et Calixte.

— Je suis désolée pour ce que vous avez perdu. Je vous dois énormément et par conséquent, je serai la seule tenue responsable pour sa mort. Je déclare que le

Roi Luam de Teac, qui a abdiqué de ses fonctions après d'odieux crimes, sera décapité demain à l'aube.

Les souverains osèrent à peine opiner. Ils étaient à la fois transis par le message véhiculé par une telle exécution et admiratifs devant la force dont faisait preuve la future veuve.

— Décapité ? éructa brutalement Calixte en se redressant. C'est une mort trop rapide à mon goût. Il…

— Calixte, assez, le prévint Essylt en lui saisissant la main.

Elle broya ses doigts dans l'espoir de le calmer.

— Cette mort est suffisamment avilissante comme cela.

Avant qu'il n'ait le temps de protester, elle se retourna vers Trevina.

— Nous devons à présent discuter du cas de son Altesse Rosheen. Comme vous le savez, elle est enceinte de mon demi-frère Feardorcha.

L'exubérante Princesse n'avait pas été enfermée dans les donjons avec son père. Une chambre spartiate au fond d'un couloir était devenue sa résidence permanente. Le premier jour, elle avait hurlé à pleins poumons pour exiger ses affaires de toilette, ses bijoux et autres futilités. En comprenant qu'elle ne serait pas obéie, elle s'était résignée à passer son temps à manger et à se plaindre auprès de ses pauvres servantes.

— Il est évident qu'elle ne peut pas être condamnée à mort.

Trevina tressaillit. Essylt ne pouvait pas imaginer sa peine. Son fils aîné était mort et sa fille était emprisonnée et enceinte. Bien qu'elle n'eût jamais semblé proche d'eux, elle les avait mis au monde. La Reine de Teac avait énormément perdu à cause des ambitions de son mari.

— Non, effectivement.

— Puisque cet enfant sera mon neveu ou ma nièce, je m'engage à lui offrir une éducation et une place à ma cour, déclara Essylt.

Calixte repoussa furieusement ses doigts.

— Tu n'es pas sérieuse ?

Ses yeux bleu ciel lui indiquèrent froidement que ce n'était ni le lieu ni le moment.

— Cet enfant n'aura aucun droit sur le Trône de Rodorchna. Il pourra cependant être élevé dans mon palais et recevra tout ce dont il aura besoin.

— Votre générosité vous honore, ma cousine, complimenta Yvain.

— Cet enfant est un héritier potentiel de la couronne de Teac. Le deuxième, après Roan, compléta Trevina.

— Cet enfant sera Altesse de Teac, affirma Roan avec une assurance surprenante. Comme vous, Majesté, je veux offrir le meilleur à mon futur neveu ou ma future nièce. Je n'ai donc aucune réticence à ce qu'il porte le titre adéquat et soit considéré comme mon héritier présomptif, jusqu'à ce que j'aie des enfants.

— Je trouve légitime qu'il vive auprès de vous, en Teac. Permettez-moi cependant de vous proposer de prendre en charge une partie de ses frais. Et de l'inviter régulièrement en Bofursyle di Rodorchna s'il le souhaite.

— Cela me convient.

Roan et Essylt échangèrent un signe de tête entendu, sous l'attention impressionnée des monarques. Leur bonté était remarquable au vu des circonstances. Plus d'un à leur place aurait destitué cet enfant de son titre avant même qu'il ne naisse.

— Et qu'en sera-t-il de Rosheen une fois qu'elle sera délivrée de l'enfant ? s'enquit Domnall.

Roan se tourna vers sa mère, redevenant cet enfant qui cherchait du soutien.

— Après les actes qu'elle a commis, elle sera exécutée à son tour, dit Trevina avec difficulté, comme si chaque mot requérait tout son courage. Je souhaite néanmoins qu'elle ait une mort simple, par empoisonnement, dans l'intimité de sa chambre.

Essylt sentit Calixte se tendre tel un arc à ses côtés.

— Cela me semble tout à fait juste, Majesté.

— Nous ne pouvons qu'approuver cette mort, par considération pour vous et pour Roan, approuva Lomna.

Calixte ravala difficilement ses remarques. Rosheen n'était pas la personne qu'il haïssait le plus dans cette histoire.

— Qu'en est-il du soldat ayant ôté la vie au Prince Ruarc ? s'enquit Domnall.

— Je vous demande pardon ?

Le Roi de Mebeaka leva un sourcil méprisant à son encontre.

— Bien que les circonstances aient été exceptionnelles, tuer un membre d'une famille royale ne peut rester impuni. La Reine Trevina veut certainement que justice soit rendue à son enfant.

— Mon soldat ne peut pas être puni pour cela. Il m'a simplement défendue.

— Il aurait pu se contenter de maîtriser le Prince Ruarc.

Essylt sentait sa magie pulser dans son sang, prête à défendre Caem.

— C'était lui ou le Prince.

— Votre refus qu'il soit puni a-t-il un rapport avec le fait que ce soldat était le fiancé de votre cousine ?

L'outrecuidance de Domnall l'enrageait prodigieusement. Décidée à l'ignorer, Essylt se tourna vers Trevina.

— Oui, le soldat qui a tué Ruarc pour me défendre n'est autre que Caem, le fiancé de ma défunte cousine Ty. Je le considère comme un membre de ma famille, mais ce n'est pas la seule raison pour laquelle je le défends. Il a accompli son devoir et malheureusement celui-ci impliquait de me protéger du Prince Ruarc. De me protéger moi, mais également mon époux et mon beau-père. Trevina, soyez assurée que je compatis à votre peine. Je ne suis pas en mesure d'imaginer votre souffrance. Mais je ne puis accepter que le capitaine Caem soit puni pour avoir obéi aux ordres.

La Reine de Teac serra fort ses lèvres pour contenir ses sanglots.

— Il n'empêche qu'il a tué un Prince, renchérit Domnall.

— Moi aussi, j'ai tué un Prince.

Un silence gêné envahit la longue table.

— Votre frère n'avait pas ce titre, tenta vainement Kane.

— Bien sûr que si. Tous les êtres dotés de magie sont des héritiers du Trône de Rodorchna. Des Altesses, donc. Comptez-vous me punir pour avoir tué un Prince ?

— C'était de la légitime défense, dit Yvain. Tout comme Caem avec Ruarc.

— Exactement.

Essylt contempla Trevina, la gorge serrée.

— Je n'exigerai pas la mort de votre soldat, Majesté.

— Merci.

Rassurée, Essylt appuya son dos contre le dossier de sa chaise. Elle n'aurait pas cru Caem en danger et éprouvait une furieuse envie de gifler Domnall. Et Kane. Histoire de ne pas susciter leur sentiment préféré : la jalousie.

— Êtes-vous tous d'accord avec les décisions prises en ce jour ?

Chacun leur tour, les monarques donnèrent leur assentiment. Des documents officiels furent soigneusement préparés et chacun d'eux y apposa sa signature. S'ils avaient attendu Domnall, ce n'était pas tant pour entendre sa si pertinente opinion, mais parce que sa présence était nécessaire à l'authenticité de tout ceci. C'était une première dans l'histoire et toutes les familles royales devaient être représentées.

Après une nuit d'un sommeil particulièrement agité, Essylt préféra ne pas petit-déjeuner et s'apprêta sobrement. Entourée de Cleena, Bethania et Léan, l'absence de Janae était criante de douleur. La Reine lui avait assuré qu'elle pouvait se reposer aussi longtemps qu'elle le souhaiterait.

Elle rejoignit Calixte dans le salon après avoir embrassé Lucetmael. Gladys avait prévu de l'amener auprès d'Aslander et Lasérian pour les occuper durant l'absence de leurs parents.

Sans un mot, il lui tendit son bras et ils arpentèrent le château silencieux. Les domestiques s'étaient affairés toute la nuit pour mettre en place l'échafaud et des sièges dans la cour blanche. Emmitouflés dans leurs manteaux les plus sombres, tous les monarques attendaient l'arrivée de Trevina et Roan. Essylt et Calixte se placèrent à côté d'Anna et Oistin.

— Tu n'as pas froid ? s'enquit doucement la Reine.

La Comtesse serrait fermement ses fourrures autour de son ventre bien arrondi. Elle entrerait bientôt dans son sixième mois.

— Non. Vivement que cela se termine.

Aussi glaciale que l'air, sa réponse fit se tourner Essylt vers l'estrade. La gorge nouée, elle se força à respirer de son mieux pour refouler ses larmes. La douleur d'Anna s'exprimait de plus en plus avec de l'aigreur à son encontre. La souveraine avait le sentiment que leur amitié avait été en partie brisée par son enfermement. Elle espérait de tout cœur qu'elle n'était pas détruite à tout jamais.

Un son aigu annonça l'arrivée de la Reine de Teac et de son fils. Habillés de noir, ils affichaient des expressions neutres, détachées. Royales.

— Nous sommes réunis en ce deux février 688 pour assister à l'exécution de mon mari, l'ancien Roi Luam de Teac. Il s'est rendu coupable d'actes abjects à l'encontre de Leurs Majestés Essylt et Calixte de Bofursyle di Rodorchna. Ses crimes ont précipité le décès de notre fils, le Prince Ruarc, et jeté le déshonneur sur notre fille, la Princesse Rosheen. Pour cela, Luam sera décapité, comme je l'ai exigé.

Outre les monarques du Continent, des domestiques et des soldats étaient présents pour assister à cette mise à mort. Les chaines de l'ancien souverain tintèrent dans le lointain en une mélodie qu'Essylt avait trop souvent entendue.

Dépenaillé dans les vêtements qu'il portait le jour de son abdication, Luam marchait avec la tête haute et l'air suffisant. Les soldats vêtus de turquoise le poussèrent méchamment pour monter sur l'échafaud et l'agenouillèrent face à son épouse.

Il la détailla un court instant, ses traits déformés par le dégoût. Il n'accorda aucune attention à Roan avant de se tourner vers Essylt et Calixte. Ses yeux noisette, identiques à ceux de son neveu, brillaient d'un détachement surjoué. Sa barbe blanche hirsute dévoila un sourire aux lèvres gercées.

— Je n'ai aucun regret.

Essylt retint son mari par le bras, prêt à sauter sur le promontoire en bois. Debout derrière eux, Declan saisit son frère par l'épaule et le ramena contre le dossier de sa chaise.

— Pas même celui d'avoir causé la mort de nos enfants ?

Luam foudroya Trevina d'un regard empli de haine.

— Je regrette de les avoir eus avec toi.

Ils auraient préféré ne pas assister à une conversation si intime. La Reine de Teac ne perdit rien de sa superbe. Son fils Roan en revanche se mit debout. Les éclats timides du jour miroitèrent dans son diadème d'argent surmonté d'une turquoise, qui tranchait dans ses cheveux sombres.

— Vous n'êtes pas en position d'insulter ma mère, pas après tout ce que vous lui avez fait subir.

Un rire rauque secoua Luam.

— Tu n'as pas l'étoffe pour être Roi.

— Pourtant, je le serai. Et je ferai tout ce qui est en mon pouvoir pour que l'histoire vous oublie.

Les épaules de l'ancien monarque tressautèrent. Car après tout, c'était ce que tout homme souhaitait par-dessus tout une fois mort : ne pas être oublié.

— Exécutez-le !

La voix de Trevina résonna dans la grande cour. Les soldats forcèrent Luam à se pencher en avant. La Reine brandit sa main sertie de bijoux et l'abaissa sans la moindre hésitation. La lame s'abattit sur la nuque royale. La tête émit un bruit étouffé en tombant dans le panier tressé.

Le sang s'écoula, écarlate. Le sang d'un Roi, identique à celui d'un paysan. Essylt s'en détourna, nauséeuse, et aperçut fugacement une larme s'échapper des yeux dorés de Trevina.

Chacun leur tour, les spectateurs quittèrent la cour. Rien n'était prévu par la suite, pas même un déjeuner pour réunir tous les invités présents. Calixte et Essylt prirent donc le chemin de leurs appartements, aussi désireux que les autres d'échapper à cette vision macabre.

Le Roi jeta sa couronne sur un canapé, passa une main tremblante dans ses cheveux châtains puis ouvrit une carafe. Il se servit une belle rasade de whisky. Ressentant son mal être, Essylt fit signe aux valets et aux servantes de partir.

Appuyé sur la commode ouvragée, il but son verre en entier. La Reine s'approcha lentement.

— Comment te sens-tu ?

Cette question était dangereuse. Ils s'étaient peu parlé depuis le début de leur séjour infortuné ici et encore moins pour aborder un tel sujet.

Calixte fit comme s'il ne l'avait pas entendue et se resservit un verre. Il était à peine neuf heures du matin. Il but une nouvelle gorgée puis entreprit de faire tournoyer le liquide ambré. Essylt ne voyait que son dos et les mouvements répétés de son bras.

— J'aurais cru que la mort de mon oncle arrangerait tout.

Il se racla la gorge puis finit son verre.

— Mais ça ne change rien. Je l'ai regardé mourir, j'ai vu sa tête tomber et son corps sans vie… Et ça ne change rien.

Il lança son verre contre le mur, qui s'explosa en une multitude de morceaux miroitants. Essylt n'avait pas bougé, transie par l'intensité de sa douleur.

— Je pensais me sentir mieux. Pourquoi est-ce que je ne me sens pas mieux ? Il est mort, il est enfin mort !

Soudain, ses épaules ployèrent. Elle se rapprocha et découvrit son visage couvert de larmes. Un sanglot le secoua si brutalement qu'il chuta dans ses bras. Ils s'écrasèrent à genoux sur le sol couvert de verre et le Roi enfouit son visage contre sa poitrine.

— Pourquoi ?

— La vengeance ne répare rien, malheureusement, chuchota-t-elle contre ses cheveux. Elle ne te ramène pas ce que tu as perdu.

— J'ai si mal, si tu savais comme j'ai mal…

— Je sais. Je sais.

Elle frotta son dos, bouleversée. C'était la première fois qu'il pleurait depuis le décès de Dubheasa, elle en était convaincue.

— Je suis désolé de t'avoir laissé tout gérer…

— Ce n'est rien.

Elle ne parvenait pas à lui en vouloir pour son comportement enfantin et égoïste depuis la prise du château. Comment l'aurait-elle pu ? Il souffrait énormément et ne savait pas gérer sa peine.

Ses sanglots se tarirent. Il se redressa et posa sa main sur sa joue délicate.

— J'ai tué ma mère pour toi… Pour toi…

Il prit une grande inspiration. Elle essuya ses larmes.

— Je sais. Je suis sincèrement désolée.

Elle l'était. Elle n'avait jamais souhaité que les choses se déroulent ainsi. Mais le mal était fait. Calixte devrait vivre avec ce qu'il avait fait.

Il amena son front contre le sien.

— J'ai besoin de toi. J'ai tellement besoin de toi. Je t'en supplie, aime-moi.

Il écrasa ses lèvres d'un baiser désespéré. Engloutie par son chagrin dévastateur, Essylt se laissa porter jusqu'à sa chambre et dévêtir. Une fois nue, Calixte la caressa avec un empressement animal, comme s'il avait besoin de sa peau pour survivre. Il s'allongea au-dessus d'elle et la pénétra en recouvrant son visage de baisers et de larmes.

Tandis qu'il se mouvait en elle, Essylt serrait son torse à s'en faire mal. Parce qu'elle aimait Calixte. Pas de l'amour dont il avait cruellement besoin. Pas de l'amour qu'il éprouvait pour elle. Mais elle l'aimait et aurait fait l'impossible pour effacer sa douleur.

Il termina dans un cri d'extase et roula sur le côté. Il se serra contre son flanc, un bras passé sur son ventre, et s'endormit. Son épouse caressa doucement ses cheveux, émue par son souffle épuisé. Trop bouleversée pour trouver le sommeil, elle contempla sans la voir la lumière grisâtre du jour à travers la fenêtre.

Iuchar, Tyronoe, Dubheasa, Ruarc, Feardorcha, Drac, Scatach, Luam... Tous décédés pour ou à cause de mon Trône.

Tant d'existences disparues. Tant d'autres anéanties. Calixte parviendrait-il à faire le deuil de sa mère qu'il avait lui-même tuée ?

Penser à Dubheasa emplissait Essylt de colère et de regrets. Elle avait admiré cette femme, qui l'avait éduquée et soutenue, malgré sa retenue si royale. Elle se souvenait de son empressement à la convaincre de ne pas leur rendre visite dans leur manoir. Dubheasa avait changé d'avis à la naissance de Lucetmael et avait essayé de le protéger. La Reine avait conscience qu'elle avait tenté de la tuer, mais ne pouvait oublier qu'elle avait voulu sauver Lucetmael de Feardorcha.

Dubheasa n'avait pas seulement trahi son fils et son petit-fils. Elle avait aussi détruit son mari. Guénolé n'était pas entièrement innocent, lui qui avait fait en sorte que Calixte épouse Essylt. Néanmoins, l'ancien monarque était effondré par la traîtrise de son épouse et par son décès. Adelyn avait envoyé plusieurs missives à sa souveraine pour la tenir informée de l'état préoccupant de Guénolé.

« *Un palais rempli de rires.* » Ces propos que Dubheasa et Guénolé avaient tant de fois répétés. Cette immense famille qu'ils n'avaient pas été capables de construire. Leur joie à la naissance de Lucetmael, leur soulagement, aussi. Tout ceci était détruit par les actes de Dubheasa.

Bien plus que Guénolé ne pouvait l'imaginer.

Elle se décala légèrement, car le bras de Calixte la gênait. Il soupira bruyamment et elle caressa son front en contemplant son visage assoupi.

Obnubilée par Feardorcha et par cette guerre, elle avait presque oublié que sa famille n'était pas la seule à avoir de lourds secrets. Avant de mourir, Dubheasa avait tenu à prononcer des derniers mots à l'intention de Calixte.

Des mots que le vent avait portés jusqu'à Essylt.

« *Guénolé n'est pas ton père.* »

XXII

« Nous créons notre famille autant qu'elle nous crée. » Cassidan Garbhan, écrivain vuainien du IIIe siècle.

Assise à son bureau dans son immense chambre bofursylienne, la Reine contemplait sans les voir les deux missives qu'elle tenait. Une dans chaque main.

Deux missives. Deux provenances.

Trois décès.

Rosheen avait perdu la vie en même temps que son bébé. La lettre de Roan détaillait avec bien trop de précision la fausse couche de sa sœur, qui n'avait pas survécu à la perte de tant de sang. À travers son écriture appliquée, Essylt ressentait comme si elle s'était tenue près de lui son chagrin et ses regrets. Malgré tout ce que Rosheen avait fait, Essylt ne lui aurait jamais souhaité de mourir ainsi, juste après son enfant.

Un garçon. Le seul neveu qu'elle aurait pu avoir. Et qu'elle ne connaitrait jamais.

La seconde lettre arrivait à l'instant de la Rodorchna. La calligraphie approximative de son oncle Vailintin était criante de douleur. Il lui annonçait que son grand-père Devnet était décédé dans son sommeil. Depuis la mort de Ty, le vieil homme s'était amaigri et divers maux le tourmentaient nuit et jour. Le médecin affirmait qu'il n'avait pas souffert.

Je n'ai pas été là et j'en suis sincèrement désolée. Au moins à présent, tu es auprès de ta femme, de ta fille et de ta petite-fille. Repose en paix, grand-père.

Une bougie à moitié fondue patientait sur un coin de son bureau. Elle enflamma les deux lettres et les regarda se consumer jusqu'à ce que les flammes viennent lécher sa peau. Elle les éteignit, renversa la tête sur le bord de son fauteuil et plaça ses mains brûlantes sur ses yeux.

Il faut que cela s'arrête.

Essylt était éreintée. Cela faisait un mois qu'ils étaient rentrés en Bofursyle. Les sept semaines nécessaires à leur voyage de retour n'avaient pas été de tout repos. À leur arrivée, ils avaient trouvé leurs nobles inquiets et encore plus envahissants que de coutume. Quant à Calixte, il reprenait peu à peu ses fonctions et ses esprits. Elle était parvenue à diminuer sa consommation d'alcool, en sachant néanmoins que cela n'arrangeait pas tout.

Des pattes s'appuyèrent sur ses cuisses. Sans demander son accord, Dagda se hissa sur elle. Elle était trop grande maintenant pour s'allonger en boule sur ses genoux, ce qui ne l'empêchait guère de le faire, surtout ces derniers temps. La perte de Drac l'avait rendue encore plus protectrice. Essylt caressa amoureusement son pelage soyeux. Ce câlin, elles en avaient autant besoin l'une que l'autre.

La rédaction de ses réponses lui prit plus d'une heure. Les mots étaient vides de sens dans pareilles circonstances. Devnet devait déjà être enterré depuis plusieurs jours et elle n'avait pas été là pour les soutenir. Elle se sentait bien inutile.

Parce que la routine reprenait inlassablement ses droits, même après une guerre, Essylt retrouva les aristocrates dans leur salon coutumier avant le diner. Tous les nobles bofursyliens étaient présents, excepté Bartley et Delyth. Cette dernière devait accoucher le mois prochain et était donc demeurée sur ses terres. À l'inverse, le Comte Anath était venu en compagnie de sa femme, de leur fils et de leur fille, née en aout dernier. Ils n'avaient pas eu le temps de la présenter officiellement aux monarques quand ils étaient rentrés de leur voyage. La petite Luaine, âgée à présent de sept mois, se tenait fièrement en affichant de grands yeux attentifs. Muirenn était si reconnaissante à Essylt pour son aide magique qu'elle l'avait priée d'être sa marraine. La souveraine avait bien évidemment accepté, poussée par la certitude que Luaine ne serait pas n'importe qui.

Saraid et Luíseach étaient revenues de Rodorchna pour la soutenir. Leur présence lui était d'un grand réconfort. À l'instar de celle de Caoilfhionn, Caitlyn, Aveleen et Lauryn — qui avait écourté son voyage à travers le Continent. Essylt s'installa donc au milieu de toutes ces femmes tandis que les hommes poursuivaient leur débat de l'autre côté du salon.

— Majesté, êtes-vous certaine de ne vouloir aucune fête pour votre anniversaire ? s'enquit Caitlyn avec une moue peinée.

Essylt fit rebondir Luaine sur ses genoux.

— Sûre et certaine. Je ne suis pas d'humeur à faire la fête.

— J'espère que nous célèbrerons le deuxième anniversaire du Prince, en juin.

— Cela va sans dire. Je veux que tout soit le plus normal possible pour lui.

Parler de Lucetmael le fit apparaître, talonné par une Gladys échevelée. Son Altesse courut jusqu'au canapé où siégeait sa mère et détailla le bébé qu'elle tenait.

— Maman, bras.

Les aristocrates rirent de sa possessivité. Essylt rendit Luaine à Muirenn et le prit sur ses genoux.

— Il faut me partager, mon trésor, surtout avec ma filleule. Dis bonjour à ces dames.

— Bonjour.

— Bonjour, votre Altesse, chantonnèrent-elles toutes d'un air énamouré.

Avec sa bouille ronde, ses boucles blondes et ses grands yeux bleu ciel, Lucetmael suscitait une adoration perpétuellement renouvelée.

— Gâteau.

— Comment on dit ?

— S'il te plait.

— Très bien.

Elle lui donna un gâteau et fit signe à sa nourrice de s'éclipser. Declan entra avant que les portes se referment. Dans son uniforme bleu aux cinq étoiles, il happa l'attention de la Reine.

— On'le !

Le cri de Lucetmael le fit tressaillir. Le Prince bondit vers lui et crocheta ses jambes. Le Chef le saisit sous les aisselles et le porta au-dessus de sa tête, faisant rire l'enfant aux éclats.

— Votre Altesse, que d'énergie !

— Encore !

Declan le tourna et l'assit sur ses épaules. Ce n'était absolument pas protocolaire, mais la joie qui illuminait ses traits valait bien toutes les transgressions qui soient.

Le Chef salua aimablement la Reine et les aristocrates avant de rejoindre les hommes. Puisque Lucetmael n'avait pas lâché son gâteau, il continua de le manger en recouvrant de miettes les cheveux bruns de Declan.

— Il est vraiment adorable, soupira Caoilfhionn d'extase.

— Il donne envie d'être mère, l'approuva Aveleen.

— À ce propos, très chère, quand comptez-vous succomber aux avances de ce charmant Balor ? s'amusa Caitlyn.

Aveleen rougit en coulant un regard à l'intéressé. Avec sa carrure imposante et ses yeux bleus perçants, il était difficile de ne pas le remarquer.

Avant de partir au manoir de ses beaux-parents, Essylt avait confié une lettre à la Vicomtesse invitant le Duc au château — et implicitement, à venir lui faire la cour. Elle l'avait courageusement envoyée et le noble s'était précipité en Bofursyle. Il y séjournait depuis le mois de décembre et la Reine était ravie de les voir en si bons termes.

— Nous apprenons encore à nous connaître.

Les yeux verts d'Aveleen croisèrent ceux de la souveraine pour leur faire passer un message. Essylt supposa qu'elle demanderait bientôt son aide.

Avant tous ces évènements tragiques, elle aurait deviné les besoins et les attentes d'Aveleen sans difficulté. À présent, elle devait réapprendre les subtilités qui régissaient la vie de cour. Paradoxalement, elle était soulagée de les retrouver, car elles occupaient ses pensées et lui conféraient un sentiment de normalité bienvenu.

Les portes du salon s'ouvrirent sur un invité inattendu, qui plongea la pièce dans le silence. Guénolé avait perdu du poids depuis le décès de son épouse. Sa maigreur accentuait les rides de son visage ainsi que la morosité de ses prunelles dorées. L'ancien monarque contempla les personnes présentes avec détachement.

Essylt se précipita à sa rencontre. Elle essayait de lui rendre visite tous les jours depuis leur retour et ne s'attendait pas à ce qu'il sorte de ses appartements.

— Je suis heureuse de vous voir parmi nous. Comment allez-vous depuis ce matin ?

— Bien, merci, ma bru. J'avais envie de voir du monde.

Elle ne demanda pas davantage d'explication. Côtoyer des gens, c'était revenir vers la vie. Declan en était tout aussi convaincu qu'elle, car il vint prendre le bras de son père adoptif et le mena vers les nobles. Content de le voir, Lucetmael se pencha pour lui confier ce qu'il restait de son gâteau, arrachant un fugace sourire à son grand-père.

Les conversations reprirent leur cours. L'émotion de Lauryn et Caitlyn n'échappa pas à Essylt. Les deux aristocrates étaient nées sous le règne de Guénolé, elles l'avaient toujours connu. Il était une figure d'autorité et de force.

Calixte arriva quelques minutes plus tard. Il salua rapidement son épouse, peu porté sur les marques d'affection en public ces temps-ci, puis rejoignit son père et son frère. Tandis que les aristocrates conversaient de leur engouement pour les nouveaux tissus jirialcains, Essylt détailla son époux du coin de l'œil.

Debout à côté de Guénolé, nul n'aurait pu deviner qu'il n'était pas son père. Calixte avait des cheveux châtains semblables à ceux que Guénolé avait arborés du temps de sa jeunesse. Il avait hérité de sa mère ses yeux noisette, ainsi que la forme du nez et des lèvres. La magie d'Essylt n'avait jamais mis la lumière sur ce mensonge, pour deux raisons évidentes : un manque de maîtrise de ses pouvoirs et le fait qu'elle n'avait simplement pas vérifié. Pourquoi l'aurait-elle fait ? Maintenant qu'elle savait, cela lui semblait être une évidence.

Calixte acquiesça à une remarque de Guénolé.

Songes-tu au fait qu'il n'est pas ton père ? As-tu cru Dubheasa quand elle te l'a avoué avant de mourir ?

Ces questions la tourmentaient. Elle se sentait incapable de les poser à son mari. Il reprenait à peine pied et luttait vaillamment contre la culpabilité d'avoir tué sa mère. Essylt ne pouvait pas tourner le couteau dans la plaie. De plus, elle craignait sa réaction, car aborder ce sujet mettrait en lumière une vérité terrible.

Calixte n'a aucun droit de sang sur le Trône de Bofursyle.

Leur titre était donc un leurre. Son époux n'était pas légitime pour porter cette couronne. Cela ne l'empêchait pas d'être de sang royal, puisque Dubheasa était née Princesse de Teac, néanmoins il n'appartenait pas à la famille royale de Bofursyle.

La lignée de Bofursyle s'éteindra avec Guénolé... Est-ce la première fois dans l'histoire que cela se produit ? Qu'un enfant illégitime monte sur un Trône ? J'en doute. Il n'y a que dans ma lignée que cela est impossible.

Lucetmael rit aux éclats lorsque Calixte le récupéra des épaules de Declan, sous l'attention attendrie de Guénolé. Il enroula ses petites jambes autour de son torse et embrassa bruyamment sa joue, illuminant brièvement le visage du Roi.

Tant de mensonges entre si peu de personnes...

La Reine de Bofursyle di Rodorchna se réveilla d'un cauchemar le matin de son vingt-deuxième anniversaire. Elle avait encore rêvé de la bataille avec son demi-frère Feardorcha, dont les actes et les mots ne cessaient de la hanter.

Percevant sa mauvaise humeur, Cleena entra dans sa chambre sur la pointe des pieds et ouvrit doucement les rideaux. Le soleil était éclatant, le printemps fleuri et le château en effervescence, pourtant elle gronda en s'asseyant au bord du lit.

— Bonjour, Majesté. Lucetmael est réveillé depuis plus d'une heure et joue en compagnie du Comte Hannraoi. Votre petit déjeuner est prêt.

La gouvernante se pencha après une hésitation et déposa un baiser sur son front, comme si elle était encore une enfant.

— Joyeux anniversaire, ma Reine.

Elle serra affectueusement la main de sa mère de substitution.

— Merci, Cleena.

Dans le salon, elle découvrit Adelyn, Bethania, Léan, Paddy, Cathan et Jarlath extatiques. Ils entreprirent de chanter dès son entrée et elle se plia de bonne grâce à cet excès de joie.

— Le Roi nous a prévenus qu'il serait en réunion toute la journée pour vous décharger en ce jour si particulier. Nous pensions en profiter pour petit-déjeuner avec vous.

— Avec grand plaisir.

Leur enthousiasme estompa un peu les images sanglantes de son frère à l'agonie.

— Si tu es déjà de mauvaise humeur pour tes vingt-deux ans, qu'est-ce que ce sera pour tes trente ans ? la taquina Cathan en lui donnant un coup d'épaule.

— Laisse-la tranquille, le réprimanda Léan, assise de l'autre côté de la souveraine.

— Je dis simplement qu'elle devrait être heureuse de sa jeunesse !

— Comme si toi tu étais vieux, se moqua Jarlath.

— Il l'est, l'approuva Essylt dans un sursaut d'énergie. Hier, je l'ai maîtrisé en moins de deux minutes.

— Je n'aurais pas voulu vexer ma Reine en la battant dès le réveil.

— Mauvais perdant.

Son ami sourit, trop content de l'avoir déridée pour s'attarder sur sa remarque.

— Puis-je me joindre à vous ?

Ils sursautèrent. Ils n'avaient pas entendu la porte du couloir s'ouvrir sur Janae. Dans une robe claire qui soulignait la finesse de sa taille, elle se tordait nerveusement les mains.

— Évidemment.

Rassurée, la cameriste prit place sur le dernier fauteuil, complétant leur cercle si uni. Elle rougit de l'immobilité excessive de Cathan. Essylt lui donna un coup de coude puis poussa l'assiette de crêpes vers la servante.

— Joyeux anniversaire, ma Reine.

— Merci, Janae. Comment te sens-tu ?

Elle roula une crêpe, la tête baissée de honte.

— Beaucoup mieux. Je suis désolée de mon comportement. J'ai été irrespectueuse d'avoir abandonné mon poste et de vous avoir plusieurs fois évitée. Je…

— Tu n'as pas à t'excuser, affirma la souveraine.

Entourée des siens, elle se sentait libre de tout dire. Libre d'être elle-même.

— Je m'en veux cruellement pour ce qu'il s'est produit en Teac. Que ce soldat n'ait pas été puni…

— Vous n'y êtes pour rien ! s'écria Janae en se penchant en avant. La situation diplomatique était suffisamment difficile. Et ce soldat n'était pas sous vos ordres. Je comprends…

— Certes, mais j'aurais aimé…

— Je le sais, Majesté. Je ne vous en veux pas, bien au contraire. Je sais que vous m'avez sauvée.

Tous les regards convergèrent sur Essylt. Les yeux clairs de Janae brillaient d'une confiance aveugle.

— Quand cet homme essayait de… J'ai senti votre présence. Et soudain, il s'est mis à hurler. Il ne parvenait plus à me toucher. Je sais que c'était vous.

Les lèvres de la Reine se mirent à trembler d'émotion. Ils la contemplaient avec un mélange d'adoration et de respect trop intense.

— J'aurais voulu faire plus…

— Mais cela a suffi. Vous avez sauvé mon corps et mon honneur. Merci.

Émues, elles s'étreignirent.

Cathan se racla bruyamment la gorge.

— On peut manger, maintenant ?

Le mois de mai fut égayé par deux merveilleuses nouvelles.

Anna accueillit son troisième fils le quinze, tout comme Delyth. Le Comte Roibhilin, en Teac, comblait sa mère de bonheur. La missive d'Anna était aussi enjouée que de coutume, ce qui rassura Essylt. Un simple effleurement de la feuille lui apprit que cette naissance avait guéri le cœur de son amie, qui ne contenait plus de colère.

La Vicomtesse eut également un garçon, un petit Flaithri, nommé en hommage à la Rodorchna, qui avait eu beaucoup de monarques portant ce prénom.

Ces naissances réchauffèrent la Reine et apaisèrent sa douleur lancinante. Elles étaient la preuve qu'après tant de morts, la vie reprenait ses droits.

L'amour aussi. Le premier juin, un invité surprise arriva au château de Bofursyle. Grand, les cheveux roux hirsutes et l'air effrayé, le Baron Garvan fit une entrée remarquée dans la Salle du Trône où la Reine recevait le peuple.

— Votre excellence, je n'ai pas été informée de votre venue, s'amusa-t-elle en le voyant chanceler dans une révérence dangereuse.

— Pardonnez-moi pour l'impolitesse de ma venue, Majesté. Mon départ a été précipité et je doute que mon messager soit arrivé à temps. J'espère que vous m'en excuserez.

— Cela va de soi. Que me vaut le plaisir de votre venue, Baron ?

Il se tordit nerveusement les mains. Ses joues rougirent en prenant conscience que la Salle était pleine.

— Il se trouve que… Je souhaiterais… Hum…

Intuitive, Essylt se mit gracieusement debout.

— Excusez-moi un court instant.

Elle rejoignit le Baron et fit signe à ses soldats de l'entourer. Les conversations fleurirent de toute part, cachant leur entrevue des oreilles indiscrètes.

— Vous êtes ici pour demander la main de Saraid ?

Il écarquilla comiquement les yeux.

— Comment avez-vous deviné ?

— Il faudrait être aveugle pour ne pas voir vos sentiments, excellence. Je vous donne bien évidemment mon accord, mais j'espère que vous avez conscience que Saraid ne souhaite pas vivre en Aivaithra.

Soulagé qu'elle abordât le sujet, il acquiesça.

— C'est justement ce dont je voulais vous parler, Majesté. Mes parents ont accepté de céder la gouvernance de ma Baronnie à ma petite sœur Derry. Je peux donc vivre auprès de Saraid en Bofursyle di Rodorchna, si vous me permettez de faire partie intégrante de votre cour.

— Ce serait pour moi un honneur de vous compter parmi nous, excellence.

Ravi et flatté, il inclina respectueusement la tête. Puis un éclat de panique traversa ses traits. Il sortit un écrin de la poche intérieure de sa veste et lui présenta une bague.

— Croyez-vous qu'elle lui plaira ? Elle appartient à ma famille depuis des générations. Peut-être préférerait-elle une bague plus récente et…

Essylt prit ses mains fermement et referma l'écrin sur le somptueux bijou.

— Croyez-moi, excellence, elle va l'adorer. Comptez-vous demander sa main tout de suite ?

— Oui… Enfin, je…

— Saraid adore les jardins intérieurs Sud. Je peux la faire appeler là-bas pour vous.

— Volontiers, Majesté. Merci infiniment pour votre aide.

— Je vous en prie.

La souveraine fit signe à un soldat d'accompagner le Baron et à un autre d'aller quérir la conseillère royale. Elle reprit place sur son Trône. Elle n'écouta que d'une oreille le reste des plaintes, heureuse du bonheur à venir de son amie.

Essylt effleura tendrement la joue rebondie de son fils. Il poussa un petit soupir d'aise avant que ses paupières ne papillonnent, révélant ses yeux bleu ciel encore endormis. Son attention se focalisa sur le visage de sa mère, penché au-dessus de lui. Le Prince sourit. Elle embrassa son front en lui insufflant tout son amour.

— Joyeux anniversaire, mon trésor. Tu as deux ans aujourd'hui. Comme tu es grand déjà !

Il rit de son ton joyeux et elle le prit dans ses bras. Elle avait passé la semaine à travailler d'arrache-pied pour s'accorder cette journée de repos grandement méritée. Sans plus attendre, elle fit prendre son bain à Lucetmael, qui s'amusa à l'éclabousser grâce à ses jouets. Ils prirent ensuite un petit déjeuner copieux avant de se rendre aux écuries.

— L'an dernier, nous nous sommes baladés dans un village en Rodorchna. Cette année, ce sera en Bofursyle.

Comme il était plus grand, elle l'installa dos à elle sur la selle et l'attacha à son torse grâce à un tissu fin. En ce vingt-et-un juin, il faisait un temps radieux dans le Royaume du Nord, raison pour laquelle tant de villageois étaient dehors. Ils croisèrent des voyageurs, des marchands et des paysans sur la route. Tous saluèrent le Prince avec entrain et ce dernier leur rendit leur salut. Curieux de tout, il demanda un nombre incalculable de fois « Quoi ? » en pointant du doigt un objet, un arbre ou une maison. Il parlait de mieux en mieux, ce qui la ravissait. Il n'était pas encore très adroit de ses mains et ne cherchait pas à manger par lui-même, ce qu'Essylt avait fait remarquer à Gladys.

Une fois descendue de cheval au milieu d'un village, elle le posa à terre et l'enjoignit de jouer avec les autres enfants. Il partit en courant avec eux derrière une balle, sous l'attention paniquée de Caem.

— Tu n'as pas peur qu'il se fasse mal ? souffla discrètement Jarlath tandis qu'on leur servait des rafraichissements.

— J'ai davantage peur qu'il n'ait pas une enfance comme les autres.

Le commandant grimaça en voyant son Altesse chuter sur les genoux. Caem allait se précipiter, paniqué, mais Lucetmael fut plus rapide. Il se remit debout et repartit derrière la balle, bien décidé à la ravir aux enfants plus grands que lui.

La Reine profita de cet instant ensoleillé et loin de ses obligations pour converser avec le peuple. Il avait été très éprouvé par la tentative de coup d'État et la guerre précipitée contre la Teac. Essylt le ressentait à chacune de ses audiences publiques. Elle s'était donc fait un devoir de le rassurer et d'afficher un visage serein. Si elle était forte, le Royaume l'était aussi.

Après une heure à chahuter et à se salir, Lucetmael revint vers elle avec un immense sourire qui dévoilait ses petites dents blanches. La pureté de sa joie valait tous les coffres d'or du Continent.

Ils rentrèrent au château pour le déjeuner en compagnie des nobles. Essylt avait été très intuitive en l'organisant dans la salle de réception officielle, car la quantité de cadeaux reçus était gigantesque. Pendant qu'elle ouvrait ceux des aristocrates présents en prenant soin de les remercier, Lucetmael jouait aux figurines en bois avec Hannraoi et Nar. Ils formaient un trio énergique qui ne présageait rien de bon dans les années à venir.

La Reine dut également ouvrir les présents en provenance des autres monarques. Elle tenta vainement de garder une expression détachée en découvrant un assortiment de jouets en bois sertis d'émeraude, en provenance de la Vuai. Conscients d'à quel point les fiançailles d'Ailina et Lucetmael étaient un sujet sensible — il n'était pas utile d'avoir longuement étudié la diplomatie et la politique pour comprendre que cet accord avait été signé pour permettre aux troupes bofursyliennes et rodorchiennes de traverser la Vuai — les nobles s'empressèrent de crier qu'ils avaient hâte de passer à table.

Assise entre son époux et son amant, Essylt fit son possible pour se concentrer sur les discussions. Ses pensées oscillaient entre l'étreinte qu'elle avait partagée la veille au soir avec Declan, telle une ode au fruit de leur amour, et l'inconstance de Calixte.

Les semaines se succédaient et elle ne parvenait pas à cerner ses humeurs. Il passait beaucoup de temps en compagnie de Guénolé, ce qu'elle trouvait aussi sain que nécessaire. Ils devaient tous les deux faire le deuil de Dubheasa. Le Roi avait repris toutes ses responsabilités et brillait à nouveau par son esprit et son efficacité. De l'extérieur, il semblait aller bien au vu des circonstances. Mais dans l'intimité de leurs appartements… Il pouvait la complimenter, être aimable et la visiter dans sa chambre trois soirs d'affilée, comme il pouvait se montrer distant, taciturne et agacé.

Je suis le rappel constant qu'il a tué sa mère.

Cette évidence lui faisait mal. Parce qu'elle ne pouvait rien y changer. Calixte avait fait ce choix le jour de l'attaque. Plus qu'un choix, cela avait été un réflexe instinctif : protéger sa femme. Ils ne pouvaient pas revenir en arrière.

Son incapacité à l'aider tenait aussi d'un fait évident : elle ne se sentait pas légitime pour le faire. Elle aimait Calixte, elle l'estimait, mais elle le trahissait. Et n'en éprouvait plus autant de culpabilité qu'avant. Declan était l'amour de sa vie. Et sa vie, elle avait failli la perdre, de bien des façons. Ce qu'ils faisaient était toujours aussi mal, néanmoins ils avaient trop souffert pour se priver d'un tel amour.

— Maman ! Maman !

Lucetmael saisit sa robe et la tira vigoureusement pour qu'elle se lève.

— Que veux-tu, mon trésor ?

Le déjeuner touchait à sa fin et les enfants étaient sortis de table depuis longtemps.

— Bel !

Elle lui tapota le bout du nez. Il rit et essaya de croquer son doigt.

— J'accepte qu'il vienne jouer avec vous seulement si tu promets que vous allez faire attention à ne pas lui faire mal.

Depuis peu, Lucetmael adorait monter sur le dos du chien-loup pour prétendre qu'il était sa monture. La bête se prêtait volontiers au jeu, cependant le Prince n'était pas toujours des plus délicat avec son pelage.

— Oui.

— Alors, va demander à Cathan qu'il aille te le chercher.

Excité, son Altesse courut en direction des portes où le commandant montait la garde.

— Il va falloir cesser cette familiarité entre vous. Il faut qu'il commence à t'appeler Mère, s'agaça Calixte.

Declan fit semblant de ne pas les entendre en buvant son verre de vin.

— Il n'a que deux ans, c'est encore trop jeune pour l'accabler avec cela.

— Il faut commencer tôt. Tu sais très bien qu'il sera encore plus épié que les autres héritiers royaux. Il doit absolument être parfait.

Nous n'avons pas la même définition de la perfection.

— Nous aviserons. Laissons-le apprendre à parler correctement pour commencer.

Il grommela pour signifier son désaccord, puis engagea la conversation avec Balor, Tasgall et Garvan. Ce dernier séjournait au château depuis que Saraid avait accepté de l'épouser. La conseillère royale rayonnait de bonheur, à la grande joie de ses amies.

Les éclats de rire de Lucetmael envahirent la salle de réception. Perché sur le dos de Belliciste, il se cramponnait fermement à sa fourrure, fier de sa position. Nar et Hannraoi, plus âgés que lui, le suivaient en criant.

— Baissez d'un ton, les enfants ! tonna la voix du Roi.

Surpris, ils se figèrent. Le Prince contempla son père avec des yeux ronds, peu accoutumé à se faire réprimander.

— Ils ne font que s'amuser, Calixte…

Sans prévenir, le Roi bondit sur ses pieds et quitta la salle en hâte. Gênée par les regards compatissants, Essylt le suivit. Une fois dans leurs appartements, il fit un geste brusque en direction de Léan et Bethania qui rangeaient. Elles s'éclipsèrent.

— Que t'arrive-t-il ?

La souveraine contenait difficilement son agacement. Il avait non seulement crié sur leur fils alors qu'il s'amusait, mais avait aussi été impoli vis-à-vis de ses caméristes.

Il se massa le front et s'assit sur un canapé. Ses yeux noisette brillaient de larmes refoulées.

— Excuse-moi. Je…

Il souffla bruyamment. Consciente qu'il lui fallait être patiente avec lui, elle s'assit de l'autre côté de la table basse.

— Je suis prête à tout pour t'aider, Calixte. Il suffit que tu me dises ce dont tu as besoin.

— D'espace.

Le mot fit mal. Plus mal qu'elle ne l'aurait imaginé. La gorge nouée, elle joignit ses mains sur ses genoux pour garder contenance.

— Je… J'étouffe ! Je ne sais plus quoi faire… Je…

Il tira ses cheveux châtains en arrière, faisant saillir ses pommettes rouges et ses sourcils froncés.

— Je comprends.

Combien de fois avait-elle eu le sentiment d'étouffer dans sa propre existence ? Ils venaient de vivre des évènements terribles. Dubheasa était morte de sa main depuis huit mois déjà, pourtant la persistance de sa souffrance était justifiée.

— Depuis que nous sommes rentrés, nous avons été surchargés de travail. J'ai songé que tu avais besoin de moi, le temps de… Maintenant que les affaires les plus urgentes sont réglées, se reprit-elle, je peux me rendre en Rodorchna. Seule, si c'est ce que tu souhaites.

Ses yeux se remplirent de larmes.

— Ne crois pas que…. Tu es ma femme et je…

— Je sais.

Elle le rejoignit et il enfouit son visage contre sa poitrine. Elle caressa doucement ses cheveux pendant qu'il sanglotait. Elle préférait ses pleurs à sa colère.

— Ce n'est que l'histoire de quelques semaines, murmura-t-elle tendrement. Le temps que tu respires un peu. Et que tu prennes soin de ton père. De toute façon, je devais être en Rodorchna en août pour les mariages de Faolan et de Lothar. Je vais simplement partir plus tôt.

Vingt jours plus tard, Essylt bondit hors de son carrosse et inspira à pleins poumons l'air salé. La lumière éclatante l'éblouit un instant, puis la boulangerie familiale apparut enfin.

— Ess !

Slany la percuta de plein fouet comme si elle avait encore neuf ans et non treize.

Une émotion vive saisit Essylt en découvrant que Fiacre la dépassait : il fêterait son dix-neuvième anniversaire le mois prochain. Cela ne l'empêcha pas de rejoindre leur étreinte, tout comme Uistean, Dervila et Uli, tous trois âgés de dix-sept ans. Elle serra amoureusement ses cousins contre elle, bouleversée de voir à quel point ils avaient grandi.

— Maman !

Debout en haut des petites marches du carrosse, Lucetmael lui tendait ses bras, possessif. Amusée, elle le porta pour qu'il salue ses cousins.

— Lulu !

— Ça fait trop longtemps !

Après des embrassades humides et chahuteuses, la Reine put enlacer ses oncles et tantes. Erin lui arracha presque son fils des mains pour le câliner.

— Je suis si heureuse de vous revoir, confia Essylt.

Elle détailla la devanture de la boulangerie Arán, la rue pleine de personnes curieuses, puis les siens réunis autour d'elle. L'absence de Devnet lui monta les larmes aux yeux.

— Viens, ma grande, nous avons beaucoup de choses à nous raconter, assura Vailintin avec une familiarité bienvenue en la prenant par les épaules.

Il la poussa jusqu'à l'étage et recouvrit la table devant elle de victuailles. Bien décidés à faire visiter la maison familiale au petit dernier, ses cousins emmenèrent le Prince à l'étage, suivi de près par Caem.

— Venez manger, Altesse.

Declan avait sagement suivi le mouvement, comme Cathan et Jarlath. Ils prirent tous place dans cette bonne humeur contagieuse, dissipant les larmes de la Reine. Ils discutèrent gaiement des dernières nouvelles et son oncle Vaughan parvint à la faire rire en narrant tous les récits de guerre qu'il avait entendus sur elle.

— Il parait que le château de Teac s'est soulevé de terre à cause de ta magie !

— C'est faux, mon oncle, je t'assure. J'ai simplement détruit les portes des remparts.

Angoissée par cette histoire, Erin ne cessait de gronder qu'elle ne voulait plus en entendre parler.

— Si vous aviez vu ça ! s'exclama Cathan en entrant dans le jeu de Vaughan. Elle a mené les soldats comme un homme !

— Est-ce que c'est censé être un compliment ? contra Ornóra.

Déstabilisé, Cathan haussa les épaules. Jarlath lui administra une claque derrière la tête.

— Notre Reine a été impressionnante, comme toujours. Il me tarde de raconter cette histoire à Lucetmael.

— Le plus tard possible, s'il te plait.

Cette guerre l'avait touché personnellement, puisqu'il en était ressorti fiancé à une enfant qu'il ne connaissait pas. Essylt n'était pas pressée d'aborder un tel sujet avec lui. Ni même de lui expliquer qu'elle avait été obligée de tuer son propre frère pour survivre.

Les marches en bois grincèrent, annonçant la petite troupe. Pour s'assurer qu'il ne chuterait pas dans les escaliers, Caem avait pris Lucetmael dans ses bras. Erin se précipita pour le lui ravir et pour embrasser sa joue.

— Comment vas-tu ? Tu as maigri !

Avec les années, la mère de Ty avait noué des liens avec le capitaine, renforçant un peu plus sa place dans la famille Arán.

— Les déplacements militaires ont été éprouvants.

Il ne précisa pas que sa perte de poids était avant tout due à la mort de Ruarc.

Un éclat s'était éteint dans les yeux du fiancé de Tyronoe. Un éclat qu'Essylt avait bon espoir de rallumer ici.

— Profitons qu'il fasse encore beau pour aller nous promener, déclara Vaughan.

La proposition implicite leur fit recouvrer leur sérieux. Ils quittèrent la bâtisse en passant par la boulangerie, fermée pour l'occasion. Encadrée de ses cousins, Essylt se laissa conduire jusqu'à un lieu qu'elle connaissait bien. Les quelques personnes présentes dans le cimetière s'éclipsèrent après une révérence.

Chacun leur tour, les adolescents envoyèrent un baiser à la tombe de Ty avant de se placer sagement devant celle de Devnet. Accoutumés à cet endroit et à sa signification, ils demeurèrent silencieux tandis que les adultes les entouraient.

La Reine détailla la pierre tombale en l'honneur de son grand-père, qui avait rejoint celles de sa grand-mère, de son oncle mort-né, de sa mère et de sa cousine.

En sentant Lucetmael s'agiter dans ses bras, Erin proposa aux plus jeunes de continuer en direction de la mer. Ornóra et Caem les accompagnèrent. Respectueux, Declan, Cathan et Jarlath s'éloignèrent.

Entourée de ses trois oncles, Essylt se sentit très proche de sa mère. Ses frères lui ressemblaient beaucoup, d'après ce qu'ils lui avaient raconté. Vailintin, Vortimer et Vaughan partageaient sa peine et son silence, et malgré la mort, elle eut le sentiment saisissant d'être en famille.

— J'aurais aimé être là pour grand-père…

Ils s'étaient vus au palais après la naissance de Lucetmael. Mais avant cela, la dernière fois qu'elle était venue ici, c'était pour enterrer Ty.

— Tu l'as été, assura Vortimer. T'écrire lui faisait beaucoup de bien.

— Tu as soigné le manque de Vevina, affirma Vaughan.

— Il cédait à tous les caprices de ta mère, renchérit Vailintin, les larmes aux yeux.

Émue, elle prit sa main.

— Croyez-vous…

Elle reprit difficilement sa respiration.

— Croyez-vous que la guerre que j'ai menée a augmenté son inquiétude et…

— Non, rassure-toi, tu n'es en rien responsable.

— Pour être honnête, il était le moins inquiet de nous tous, dit Vaughan.

— Et nous avons été informés de ta victoire plusieurs semaines avant son décès.

— J'aurais aimé…

Tant de choses.

Vailintin lui redressa le menton. Il était le frère le plus proche de sa mère en âge et elle pouvait aisément les imaginer jouer au bord de l'eau lorsqu'ils étaient enfants. Comme elle-même avait joué avec Ty.

— Il est parti en sachant que tu avais rendu justice à Tyronoe. Tu ne pouvais pas lui faire plus beau cadeau, à lui comme à moi.

Elle crocheta la nuque de son oncle et le serra fort. Vortimer et Vaughan les rejoignirent, scellant cette étreinte reconnaissante.

— Ton fils va t'attendre ! la réprimanda gentiment Vailintin en essuyant sa joue. Allons rejoindre nos chenapans avant qu'ils ne s'impatientent.

— Vos très grands chenapans ! Ton fils va bientôt être majeur.

— Inutile de me le rappeler… Il se comporte encore comme un enfant !

— Et il n'est pas le dernier pour faire des bêtises…

Amusée, Essylt leva un sourcil moqueur en direction de Vaughan qui venait de se permettre cette remarque.

— Il me semble que Slany n'est pas la dernière dans ce domaine non plus…

— Le professeur de mathématiques que tu lui payes s'en arrache les cheveux ! s'exclama Vortimer au détriment de son cadet.

Elle éclata de rire devant l'expression désespérée de Vaughan.

Declan, Cathan et Jarlath leur emboitèrent le pas jusqu'à la rue précédant la plage, où le reste de la famille Arán patientait devant des étals.

— Lulu doit absolument voir la mer !

— Oui, Slany, du calme, la réprimanda sa grande sœur.

En seulement deux ans, les adolescents encore enfantins avaient laissé leur place à de jeunes adultes. La gaieté juvénile de Slany était légèrement en décalage avec eux.

Pourtant, à l'instant où ils arrivèrent à la plage, ils retirèrent leurs chaussures en même temps qu'elle.

— C'est l'épreuve du sable ! s'écria Slany.

Surexcité par toute cette agitation, Lucetmael s'assit pour se débattre avec ses souliers. Essylt les lui ôta puis embrassa son front.

— Fais attention.

Il sourit, dévoilant ses petites dents blanches. Uli lui prit tendrement la main puis contempla sa cousine avec étonnement.

— Tu ne viens pas avec nous ?

Surprise, la Reine observa le soleil qui déclinait, les ondulations de la mer et l'attente impatiente de ses cousins et cousines.

— Si. Évidemment.

Derrière elle, ses oncles, tantes et commandants sursautèrent. La souveraine la plus puissante du Continent retira ses chaussures comme quand elle était adolescente. Elle souleva sa robe d'une main et prit celle de son fils de l'autre.

Elle se mit à courir. Les rires de Lucetmael se mêlèrent au bruit du ressac en une symphonie harmonieuse. Il touchait à peine le sol, pourtant il riait, emporté par l'allégresse des siens.

Le sable brûlant sous ses pieds, la caresse du soleil sur sa peau, le vent dans ses cheveux… Essylt ferma les yeux.

Et se sentit vivante pour la première fois depuis bien longtemps.

Le Prince Lucetmael était très curieux et adorait suivre ses cousins et cousines. Si quelqu'un avait le malheur de le retenir, quelle que soit la raison, il se mettait à crier, ce qui donna lieu à des réprimandes. Voulant le satisfaire et profiter de sa présence, Fiacre, Uistean, Uli, Dervila et Slany l'emmenèrent partout avec eux : au marché, en promenade, à la mer, dans la boulangerie. Aucun ne se lassait de lui expliquer le fonctionnement de tel ou tel outil, ou les règles d'un jeu. Bien qu'il n'ait que deux ans, Lucetmael était attentif et demandeur.

Comme si une part de lui se doutait qu'il ne les reverrait pas avant longtemps.

Le soir de leur quatrième et dernier jour ici, Essylt eut le plaisir de découvrir que les Arán avaient organisé une petite fête sur la plage. Le peuple vivait en fonction des saisons et savait les honorer. Les Rodorchniens étaient festifs et avaient appris à se réjouir des choses importantes. Tout le village fut convié, surtout que des marins étaient revenus d'un voyage de plusieurs jours.

Après un diner fait de fruits et de poissons grillés sur les feux de bois, des musiciens entonnèrent des airs joyeux. Dervila et Uli tirèrent la souveraine au milieu de la foule de danseurs, qui soulevèrent un joyeux tourbillon de sable.

Essylt continua à s'amuser bien après le coucher du soleil et de Lucetmael. Ses cousins étaient insatiables de rires et ses oncles n'épargnèrent pas ses pieds. Parce que son séjour était trop court — que tous ses séjours ici le seraient, invariablement — il leur fallait bruler les heures, consumer ces instants à la beauté éternelle.

Enivrée et légère, la Reine sursauta quand un bras puissant l'empêcha de tomber. En découvrant le sourire éclatant de Declan, ses joues s'empourprèrent. Heureusement, la pénombre dissimula son trouble.

— Faites attention, ma Reine.

— Tu n'es pas blessée ? s'inquiéta Ornóra.

Elle n'avait jamais vu sa tante ivre, pas même lors de son mariage. Accrochée au bras de son époux, il la contemplait avec tant d'amour qu'Essylt sourit malgré sa cheville douloureuse.

— Non, tout va bien.

À l'autre bout de la fête, des chopes s'entrechoquèrent entre deux chansons et des voix d'hommes s'élevèrent à nouveau.

— N'ont-ils point épuisé tout leur répertoire ?

— J'en ai bien peur, rit son oncle.

Après une quantité impressionnante de bière, les marins devenaient des chanteurs difficiles à réfréner. Leur bonne humeur était cependant contagieuse, bien que la majorité de leurs chansons soient grivoises ou offensantes pour les femmes.

Ils frappèrent du pied un nouveau rythme.

— Oh, ils sortent les plus anciennes chansons ! s'écria Vaughan en se dirigeant vers eux, décidé à les accompagner, lui qui avait pêché en mer durant de longues années.

— Je crois qu'il est temps pour moi de me retirer, rit la Reine. Nous nous revoyons demain matin avant notre départ.

— Bien sûr. Fais de beaux rêves, Majesté.

Elle leur fit un signe de la main avant de se diriger vers ses chaussures. Ses commandants et Declan la suivirent docilement.

Qu'elle d'vait êtr' belle
V'la sa ritournelle
Un p'tit chant de mémoir'
Qui va vous émouvoir

Les voix tonitruantes et chargées d'alcool firent rire la souveraine.

— Quelle soirée ! se réjouit Cathan.

— J'ai les jambes épuisées d'avoir trop dansé, dit Jarlath.

— Ta faiblesse m'impressionnera toujours…

Les deux commandants se lancèrent dans leurs chamailleries quotidiennes. Attendrie, Essylt accepta le bras proposé par le Chef.

La grande Phaessa
Elle nous ramèn'ra !
La grande Phaessa
Elle nous ramèn'ra !

Ils s'engagèrent dans les ruelles du village désertes.

Quand elle souriait
Les vagues chantaient
Et quand elle pleurait
Les bateaux tanguaient

Les voix des marins s'estompèrent peu à peu. En apercevant un endroit particulier, Essylt tira Declan à sa suite.

— Attendez-nous là, ordonna-t-elle à ses gardes.

Les commandants grimacèrent en se remémorant leur escapade ici, le jour de son dix-huitième anniversaire. Declan l'avait convaincue de leur fausser compagnie pour les tester. Ils n'avaient pas beaucoup apprécié l'expérience.

Comme quatre ans plus tôt, ils montèrent sur le toit et s'assirent, les jambes dans le vide. Conscients des gardes tout proches, ils gardèrent une distance protocolaire et admirèrent les étoiles.

— Regrettez-vous, Majesté ?

— Quoi donc ?

— Que tout ceci ne soit pas votre vie.

Il y avait songé plus d'une fois durant ces quatre derniers jours. Elle était si heureuse auprès de sa famille, si souriante et épanouie. L'absence de Calixte et la distance avec tous les problèmes royaux devaient jouer. Cependant, seuls les Arán — et Lucetmael — avaient le don de l'apaiser ainsi.

— Oui et non. J'aurais pu… J'aurais pu être tant de choses.

Elle se tourna vers lui.

— Mais j'aime ce que la vie m'a offert.

Toi. Lucetmael.

— Je suis comme vous, affirma-t-il en comprenant ce qu'elle taisait.

Elle eut un discret sourire.

— Je sais que les derniers mois ont été éprouvants. Mais sachez que j'ai foi en vous. Nous avons tous foi en vous, Majesté.

— Merci.

Merci d'être là. Pour moi. Pour Lucetmael. Je n'aurais pas pu affronter tout cela sans toi.

Il hocha solennellement la tête.

Ma vie pour la tienne.

— Nous sommes réunis aujourd'hui pour célébrer trois unions. Trois unions faites d'amour et de respect. Avec l'accord de Sa Majesté la Reine Essylt de Bofursyle di Rodorchna, les six êtres devant vous vont échanger leurs vœux et sceller leurs vies.

Le marieur, un homme imposant et très doux, marcha cérémonieusement jusqu'à Faolan et Sibby. Installés sur une estrade en bois décorée de fleurs, les trois couples patientaient sous le soleil. Le mois d'août avait toujours été d'une chaleur suffocante en Rodorchna et aujourd'hui ne faisait pas exception. Les futurs époux souriaient cependant, émus et impatients.

Quand ils eurent chacun leur anneau, Sibby bondit dans les bras de Faolan pour l'embrasser. Son entrain détonait avec la retenue empruntée du Duc. Les invités rirent.

Meriel était sans conteste la promise la plus nerveuse. Elle tournait les petits nœuds de sa belle robe et essuyait distraitement sa nuque. Sa beauté n'en était nullement altérée, comme en attestait l'expression énamourée de Lothar. Une fois devenue Duchesse de Crom, Meriel se laissa timidement embrasser, sous les applaudissements ravis des trois sœurs de Lothar.

Enfin, le marieur uni Saraid et Garvan. Essylt dut cacher son hilarité derrière sa main quand le Baron peina à lui mettre sa bague. La conseillère royale leva les yeux au ciel d'agacement avant de l'embrasser, une main tendre posée sur sa joue.

Les convives retrouvèrent avec soulagement la fraicheur du palais. Ils suivirent la Reine et son fils qui marchait en s'amusant de cette procession bien habillée. Ils pénétrèrent dans la salle de réception décorée avec goût — trois mariages aristocratiques, Essylt n'avait pas lésiné — et la souveraine procéda à la cérémonie officielle de passation de pouvoir. La Duchesse Seena et son époux cédèrent la gouvernance de la Kildare à Faolan et Sibby. À l'instar de la Duchesse Ráichéal de Crom, heureuse de voir Lothar prendre la place de son défunt père.

Les festivités durèrent jusque tard dans la nuit. Essylt dansa avec les aristocrates, les ambassadeurs et les conseillers sans distinction. Elle fit tournoyer son fils de tous côtés et discuta avec chaque invité. Elle savoura l'arôme sucré de cette soirée qui pétillait sur sa langue.

Elle avait besoin de bonheur après toute cette souffrance.

Cette sensation de plénitude ne dura que quelques jours. Ce ne furent ni ses obligations royales ni de mauvaises nouvelles qui l'estompèrent, mais une discussion avec Seena.

La Reine lui accorda une audience privée dans un petit salon de l'aile centrale. Après les banalités d'usage et d'énièmes remerciements pour avoir si bien marié son fils, la noble maniérée prononça une phrase inattendue.

— Aujourd'hui, cela fait trente ans que votre grand-mère Ailionora est morte.

Essylt faillit casser sa tasse contre sa coupelle.

— Je n'avais pas prêté attention à la date exacte, souffla-t-elle. Croyez-vous que j'aurais dû faire une annonce en hommage ? Je n'y ai point songé…

— Je n'ai pas dit cela pour vous accabler d'un quelconque devoir de mémoire non rempli, Majesté. À dire vrai, c'est moi qui suis venue faire mon devoir de mémoire.

Seena se redressa légèrement et plaça ses mains jointes sur ses cuisses. Ses manières avaient souvent exaspéré Essylt, néanmoins aujourd'hui l'aristocrate semblait se raccrocher à elles pour avoir du courage.

— Comme vous le savez certainement, mon père, feu Lughaid, était un proche ami de votre défunte grand-mère. Ils ont grandi ensemble et mon père a été d'un grand soutien tout au long de son règne. Grâce à sa position privilégiée, j'ai passé une grande partie de mon enfance dans ce palais. J'ai d'innombrables souvenirs de bals, de promenades à cheval, de discussions au soleil.

« Mais c'est aussi dans ce palais que j'ai vécu le pire moment de mon existence. »

Ses lèvres se pincèrent, tendant la peau de son cou. Certaine que ses prochains mots s'apprêtaient à la blesser, Essylt serra les mains autour du tissu ouvragé de sa robe.

— J'aimais votre grand-mère comme si elle avait été ma propre mère. N'ayant pas connu la mienne, la Reine Ailionora était mon modèle. Elle m'a prise sous son aile dès mon plus jeune âge, par considération pour mon père et parce qu'elle n'avait qu'un fils, votre père. J'ai beaucoup appris auprès d'elle.

« Je n'ai jamais su si elle envisageait de me faire épouser votre père. Que ce soient moi ou la disparue Comtesse Blodwyn de Meath, elle nous aidait, nous conseillait, nous écoutait. Ailionora l'Écoutée : vous ne pouvez pas imaginer à quel point ce surnom lui convient. »

Seena essuya une larme sur sa joue d'un geste distingué, comme s'il était indigne qu'elle touche sa peau.

— Le jour… Le jour où votre grand-mère est morte, j'étais au palais. La Reine m'invitait souvent dans l'aile royale pour prendre un thé ou pour lire près d'elle. Elle aimait simplement ma compagnie, particulièrement depuis que son époux, le Roi Peadair, nous avait quittés. Ce jour-là, elle a été appelée en urgence en fin d'après-midi. Persuadée que ce ne serait pas long, elle m'a proposé de rester lire au calme dans le salon.

« Les heures ont commencé à défiler. Quand il a fait nuit, j'ai décidé de rentrer dans mes appartements. Au moment où j'allais sortir, j'ai entendu des voix qui criaient dans le couloir. Je ne sais pas pourquoi mais… Mon réflexe a été de me cacher, là où je voyais tout sans être vue. Il n'y avait ni gardes ni domestiques, votre père et votre grand-mère sont donc entrés sans s'inquiéter qu'on les entende.

« Mil était en colère et Ailionoa essayait de le calmer. Elle était très patiente face à ses propos. Votre père venait de fêter son dix-neuvième anniversaire depuis peu et réclamait que votre grand-mère lui cédât le Trône. Elle ne cessait de répéter "Tu as encore beaucoup à apprendre". »

La Duchesse déglutit péniblement. Tous les muscles d'Essylt étaient tétanisés d'attente et de crainte.

— Puisque j'étais cachée, je n'osais pas sortir de peur d'être admonestée. En voyant que votre père se calmait, je me suis détendue dans ma cachette. Un silence s'est instauré, durant lequel il a commencé à faire un feu dans la cheminée. Je n'ai d'abord pas compris la raison de ce geste : en plein mois d'août, un feu n'est pas nécessaire. Il est même de trop. Votre grand-mère s'est approchée et l'a regardé faire avec patience et amour. Elle lui a dit "Faire du feu peu certes te calmer, mais cela ne t'aidera ni à grandir ni à t'assagir." Quand elle a fini sa phrase… Mon ventre s'est noué de terreur.

« Mil a saisi Ailionora d'un coup. Il l'a maintenue contre le mur, juste à côté de l'âtre. Je n'avais jamais vu personne lever la main sur la Reine… Mon monde tout entier a chancelé. »

Elle se racla la gorge pour étouffer ses sanglots. Essylt pouvait aisément se figurer la jeune adolescente qu'elle avait été. Celle qui avait assisté à l'impensable.

— La colère du Prince était encore plus grande. Il lui a dit que c'était sa dernière chance pour lui céder le Trône. Que si elle ne lui donnait pas, il le prendrait. Alors… Alors elle lui a dit de le prendre.

Seena posa sa main sur sa poitrine pour calmer sa respiration. Il était évident que c'était la première fois qu'elle racontait cette histoire. La noble avait vécu trente ans avec ce lourd secret.

— Mil a plongé une main dans le feu. Et l'autre… Il s'en est servi pour ouvrir de force la bouche d'Ailionora. La terre a tremblé, mais la Reine… Elle ne s'est pas défendue. Elle l'a laissé lui faire avaler des flammes.

« Elle est morte très vite. Elle s'étouffait et elle pleurait. Elle pleurait tellement. Mais dans ses yeux… Je les ai vus, ses yeux. C'était comme si elle lui disait qu'elle l'aimait et qu'elle lui pardonnait. »

Essylt dissimula son visage derrière ses mains.

C'est un cauchemar.

— Mil a allongé sa mère sur le canapé. Dans le couloir, je l'ai entendu dire aux gardes que la Reine ne devait être dérangée sous aucun prétexte. Quand j'ai été certaine de son départ, je suis sortie de ma cachette. J'ai vu votre grand-mère… Elle paraissait si paisible. Endormie. Mil avait fermé sa bouche, aucun élément ne laissait supposer un meurtre. J'étais terrifiée, alors je me suis enfuie.

Mon père a tué ma grand-mère. Pour le Trône.

Elle ne maîtrisait pas le feu, je m'en souviens. Les flammes l'ont brulée de l'intérieur.

Elle ne s'est pas défendue. Parce que malgré tout, elle l'aimait.

Toutes ces pensées l'envahissaient trop vite, désordonnées et douloureuses.

— Je croyais… Je croyais qu'elle était morte dans son sommeil.

— C'est ce que le médecin royal a pensé. C'est ce que tout le monde a cru, pendant si longtemps. Je suis désolée, ma Reine, si vous saviez à quel point… J'étais jeune et j'étais effrayée par Mil. J'étais persuadée que si je parlais, il me tuerait. Et qu'aurais-je pu faire ? Il était le seul héritier du Trône. Le seul à pouvoir régner.

Une larme dévala la joue royale. Des détails infimes prenaient un sens nouveau. La retenue de Seena, sa dévotion excessive pour Mil… Elle avait fait tout cela pour survivre, plus que quiconque. Parce qu'elle avait été la première à savoir ce dont il était capable pour assouvir ses ambitions.

Et son père… Elle se remémorait les premières lignes de son journal, le détachement froid en annonçant le décès de sa propre mère. Il était normal qu'il ne fût pas triste, puisqu'il l'avait tuée.

Après des excuses qu'elle entendit à peine, le reste de l'après-midi se déroula dans un brouillard épais. Répondre à des questions lui demandait un effort considérable. Jugeant qu'il était inutile de s'acharner dans ces conditions, elle reporta ses dernières tâches au lendemain et s'installa dans son salon.

Mon demi-frère Feardorcha a essayé de me tuer pour le Trône. Mon père a tué ma grand-mère pour lui prendre la couronne... Combien d'autres de Rodorchna ont commis des atrocités pour régner ? Pourquoi ma famille est-elle imprégnée de tant de secrets et de meurtres ?

Elle contempla ses mains tremblantes. Dans le creux de ses poignets, des veines violacées pulsaient puissamment.

Ce sang qui a pour ennemi lui-même.

Elle ramena ses genoux contre sa poitrine et les serra. Il n'y avait pas de retour en arrière possible. Bien sûr, elle savait que son père avait été un tyran, qu'il avait ordonné bon nombre de massacres pour de l'argent ou pour son bon plaisir. Mais tuer sa propre mère ? Il y avait une différence de taille.

Je ne pensais pas pouvoir le haïr davantage.

Plus elle en apprenait sur lui, plus c'était le cas. Il avait été un monstre violent, avait trompé sa femme, tué sa mère... La liste n'en finissait pas de s'allonger.

Ses pensées et sa magie montèrent de deux étages. Le couloir poussiéreux aux portes closes. La chambre de son père. Celles de ses frères.

Et eux, qu'ont-ils fait ? Declan les a assassinés parce qu'ils ressemblaient trop à mon père... Mais à quel point ?

— Cleena ?

Elle l'avait appelée sans que ses yeux ne la cherchent dans la pièce. Elle percevait sa présence rassurante, bien que son esprit soit confus. La gouvernante nettoyait des décorations, inquiète de l'expression de sa protégée. Elle se précipita devant sa souveraine, qui paraissait minuscule recroquevillée ainsi sur l'immense canapé.

— Majesté ?

— Est-ce que tu connaissais bien mes frères ?

La joue de la servante tressauta d'étonnement.

— Une raison particulière à cette question, ma Reine ?

— Tu n'as pas répondu.

Cleena prit un petit temps de réflexion avant de se redresser.

— Oui, j'ai eu plusieurs fois l'occasion de servir vos frères les Princes.

— Ce n'est pas ce que je t'ai demandé.

— Que voulez-vous savoir ?

Autour d'elles, Léan et Bethania s'étaient figées. Sur un signe de tête de la gouvernante, la seconde partit chercher Janae et Adelyn.

— Qui ils étaient. Ce qu'ils faisaient. S'ils étaient aussi vils que mon père.

Elle désigna un fauteuil.

— Puis-je, Majesté ?

— Assieds-toi.

Elle entendit les filles revenir.

— Asseyez-vous toutes.

Les caméristes prirent place en silence, angoissées par le sujet de la conversation. Cela n'aida pas Essylt à s'apaiser.

— Avez-vous connu mes frères ?

Elles se tournèrent vers Cleena, cherchant de l'aide.

— J'ai servi vos frères comme domestique, surtout après la mort de la Reine Vevina, que je servais personnellement à mes débuts. Mais je n'ai pas souvent été en contact avec vos frères.

— Et vous ?

Janae se mordit la lèvre, Adelyn et Bethania détournèrent les yeux. Seule Léan osa soutenir son regard.

— Vous ne voulez pas savoir, ma Reine.

— Je le dois.

J'aurais dû leur demander il y a bien longtemps. Mais je crois que j'avais trop peur de la réponse.

— Vos frères..., commença Cleena. Ils n'étaient pas encadrés, votre père les laissait libres de leurs actes. Par conséquent, ils prenaient tout ce qu'ils avaient envie de prendre.

Sa gorge se serra, la privant d'air.

— Comme des femmes ?

La gouvernante acquiesça.

— Je n'ai jamais été l'une d'entre elles. Étrangement, le Roi Mil me portait une étrange estime ou bien il me jugeait indigne de ce genre d'attention. Néanmoins, pour me punir d'avoir servi et aimé votre mère, il m'a confié la tâche de... *Gérer* les filles.

— Je ne comprends pas.

Les yeux bruns de Cleena brillèrent de souffrance et de regrets.

— C'est moi qui envoyais des filles auprès de vos frères quand ils le demandaient.

Nauséeuse, elle se tourna vers ses autres caméristes.

— Est-ce que l'une de vous... ?

Il lui était impossible de formuler de tels mots. Pas concernant ses frères. Pas concernant ces femmes merveilleuses qui la soutenaient en toutes circonstances.

— Bethania et moi, il nous arrivait de satisfaire Elcmar, murmura honteusement Adelyn. Il aimait changer souvent et se lassait vite de nous.

Elcmar. Le cadet. Une rage folle l'envahit et le fait qu'il soit mort depuis longtemps ne lui apportait aucun réconfort.

Adelyn osait à peine croiser son regard pendant que Bethania gardait la tête baissée. Le tressautement de ses épaules témoignait de ses larmes.

— Une fois...

Adelyn ne finit pas sa phrase, arrêtée par la main de Bethania sur sa cuisse. Elle s'essuya les joues discrètement.

— Une fois, continua-t-elle, j'ai été appelée dans la chambre de votre frère Ladra. J'ai encore des marques dans le dos.

Essylt bondit sur ses pieds et fit le tour du canapé, comme si elle pouvait fuir ses révélations. Mais elle n'en avait pas le droit. C'était elle qui les avait exigées.

En plus d'utiliser son corps pour du sexe, Ladra l'a battue.

La Reine était surprise de parvenir à éprouver encore de l'étonnement devant de telles horreurs.

— Et vous ? chuchota-t-elle.

— J'étais la favorite de votre frère Kiryan, déclara Léan.

Sa détermination n'avait jamais paru si incisive. La tête haute, ses cheveux courts accentuaient les angles de son visage et la beauté farouche de ses traits.

— Votre frère m'adorait, narra-t-elle. Il lui arrivait parfois d'être en compagnie d'une autre, mais il revenait inlassablement vers moi. Parfois, il me déchargeait de mes tâches de servante pour que je le comble des journées entières. Il me répétait souvent qu'il comptait m'épouser et qu'un jour je serais Reine.

— Tu l'aimais ? demanda Essylt en ravalant ses sanglots.

Les yeux noirs de Léan flamboyèrent.

— Je n'ai jamais autant haï quelqu'un de toute ma vie.

Elle la croyait. Et elle la comprenait, plus qu'elle n'aurait pu l'imaginer. Essylt avait épousé Calixte à cause d'une situation compliquée et par manque de courage. Mais Léan... Elle avait été forcée de rejoindre le lit d'un homme plus puissant qu'elle pour survivre. Peu importait ce qu'il avait pu lui offrir ou lui promettre, elle n'avait pas été en mesure de l'aimer.

— Je suis tellement désolée. Si vous saviez...

Son attention fut attirée par Janae, qui s'était redressée.

— Pour ma part, vous m'avez sauvée, Majesté. J'étais au château depuis peu et vos frères ainés avaient décidé que je serais la première à partager le lit de Nuallan. Son Altesse Declan les a assassinés avant que cela ne se produise, sauvant ainsi ma vertu.

Dans les faits, c'était le Chef qui l'avait sauvée, mais elle comprenait qu'elle fasse le lien.

Tremblante et furieuse — contre ses frères, contre ce monde où les hommes pouvaient abuser des femmes sans être inquiétés — elle les observa chacune leur tour.

— Pourquoi avez-vous attendu si longtemps pour me le dire ? Cela va bientôt faire cinq ans que vous me servez. Cinq ans !

— Pour vous protéger, Majesté, affirma Adelyn.

— Quand nous sommes entrées à votre service, nous nous sommes juré de ne pas vous parler de cela, ajouta Cleena.

— Mais pourquoi avez-vous décidé de me servir après tout ce qu'ils vous avaient fait ? Comment faites-vous pour me regarder tous les jours après cela ?

Elle aurait préféré ne pas hurler : elles ne méritaient pas ses cris. Elle devait toutefois comprendre.

— Je crois que nous avions besoin d'y croire encore, affirma Bethania.

— Au départ, je suis venue auprès de vous par curiosité, pour savoir si vous étiez aussi douce que tous le racontaient, expliqua Léan. Puis je suis restée par loyauté, ma Reine. Parce que je savais que vous étiez bonne, juste et intègre, et que mon existence devait se dérouler auprès de vous.

— Je me suis engagée par gratitude, avoua Janae. Puis je suis restée par amour.

Elles acquiescèrent. L'amour qui débordait d'elles… Essylt s'était rarement sentie aussi acceptée. Parce qu'aucune d'elles ne lui tenait rigueur du cauchemar qu'elles avaient vécu. Bien au contraire. Ces moments de douleurs aux mains des Princes les avaient conduites vers elle, pour que soit réparé ce qui avait été brisé.

— Est-ce pour cela…

Elle n'osa pas finir sa phrase, le cœur contracté de douleur.

— Oui ?

— Est-ce pour cela qu'aucune de vous ne m'a jamais demandé de quitter sa place pour se marier ?

Elles opinèrent. Elles ne le pouvaient pas : elles n'étaient plus vierges. Excepté Janae, mais elle avait presque le même âge qu'Essylt, elle était encore jeune. Léan en revanche avait déjà vingt-sept ans. Quant à Cleena, il était évident que fonder une famille n'avait jamais fait partie de ses projets.

— C'est un fait que nous avons accepté depuis longtemps, la rassura Bethania.

— Vous servir comble nos existences, Majesté, n'en doutez point, dit Cleena.

Essylt acquiesça, bouleversée. Elle savait qu'elles étaient heureuses auprès d'elle, qu'elles avaient tout ce qu'il leur fallait et que ce métier leur plaisait. Leur qualité de vie était enviée par beaucoup. Néanmoins, pouvaient-elles réellement prétendre que ne pas se marier leur convenait, sachant que cela leur était impossible ?

Mes frères se seraient mariés sans encombre. La perte de la virginité ne nuit qu'à la femme, pas à l'homme.

Elle en avait eu la preuve détestable un an et demi plus tôt, quand il avait fallu marier Orlaith à Lysander après leur incartade du Nouvel An.

Ne tenant plus, Janae vint l'étreindre, rapidement rejointe par Cleena, Léan, Adelyn et Bethania. La Reine les serra pour leur communiquer son amour, ses regrets et sa compassion. Sa magie les enveloppa, pour apaiser ces êtres qu'elle chérissait et qui avaient tant souffert.

J'aimerais changer le monde pour que les femmes n'aient plus peur d'y vivre.

XXIII

« Je serai ton arme durant la guerre et ton lit durant la paix. » tiré du Carnet du soldat Seán d'Aivaithra, 403.

La porte de la grille grinça quand Essylt l'ouvrit. Elle détailla les gonds usés par les siècles, en se faisant la réflexion qu'il lui faudrait les huiler. Elle referma derrière elle après un signe à Jarlath, puis inspira l'odeur d'ancien et de poussière.

La Reine se massa nerveusement la nuque en marchant entre les étagères remplies. Elle avait été très occupée par les affaires du Royaume. Le mois d'août toucherait bientôt à sa fin et elle pouvait enfin venir ici, dans cette pièce réservée à sa famille au cœur de la Bibliothèque.

Je dois connaître la vérité.

Elle n'avait eu de cesse de repenser au combat contre son frère. À toutes les fois où elle avait fait appel à sa magie, de manière consciente ou non. Quand elle avait tué Feardorcha, l'évidence s'était imposée à elle : elle n'avait utilisé ni le feu, ni le vent, ni la terre, et encore moins l'eau.

Elle avait utilisé *autre chose*.

Aucun élément dans le journal de Meallán ou même dans celui d'Ailionora ne lui avait permis de mettre des mots sur ce qu'elle avait éprouvé, sur cette force qui grondait en elle et ne demandait qu'à agir.

Elle repoussa sa tresse dans son dos et ouvrit le gros livre posé sur le pupitre. Le fameux ouvrage qui recensait le niveau magique de tous les membres de sa lignée. Ce livre épais, poussiéreux et intrigant qui dès le premier jour lui avait donné la sensation d'être incomplet.

Trop récent.

Leur lignée de magiciens était née au début du Royaume, six siècles plus tôt. Mais ce livre… Il n'avait pas six siècles, elle en était intimement persuadée.

Pourquoi est-il plus récent ? Comment cela se peut-il, sachant que chacun y a inscrit son niveau ?

Décidée à éclaircir ce mystère et à lever le voile sur tous les secrets enfouis de son illustre famille, Essylt ouvrit le livre à la première page, qui détaillait les pouvoirs de Meallán et de ses enfants. Elle posa ses paumes à plat sur le papier et respira lentement.

Comment faire ?

User de ses dons dans l'urgence d'un combat était plus aisé que dans le calme d'une bibliothèque.

Elle se concentra d'abord sur son souffle, puis sur les pages.

Il faut que je sache si c'est Meallán qui a inscrit son niveau ou si c'est quelqu'un d'autre.

Chaque chose en son temps. Respire. Pense au journal de Meallán, à ce qu'il dégage.

Comme si une part d'elle le cherchait, elle visualisa le fameux journal sur l'étagère de son bureau, là où elle l'avait laissé la veille. Elle repensa à tous les mots inscrits — cette narration détachée, ce manque de détails — et à ce qu'elle éprouvait quand elle le tenait dans ses mains.

Aux traces infimes que Meallán avait laissées de lui.

Le creux de ses paumes la chatouilla.

Ça ne ressemble pas à Meallán.

Les effluves étaient plus empressés, plus chaotiques. Convaincue que ce n'était pas le Premier Roi Magique qui avait écrit ces lignes, elle se recula.

Cela confirme le fait que ce livre est plus jeune que le commencement de la dynastie de Rodorchna... Mais pourquoi ? Comment ?

Déterminée, elle plaça ses mains sur les pages suivantes et s'ouvrit aux impressions accrochées au papier. Les niveaux avaient été consignés par la même personne, angoissée et envieuse. Les pages se succédèrent, imprégnées de cet arôme âcre de secret imposé. Enfin, Essylt sentit une nouvelle présence. Un nouvel être avait enfin écrit sur ce livre.

Le dernier prénom inscrit par celui ayant rédigé tant de pages était « Curcog ». Par déduction logique, il était celui qui avait retranscrit tous ces éléments, puisqu'il ne pouvait pas avoir prédit le niveau des de Rodorchna nés après lui.

Curcog... Le fils de Flaithri, qui était Roi pendant la guerre de 300.

Curcog avait donc retranscrit trois siècles de pouvoirs dans ce livre. Mais pourquoi ? Et où avait-il trouvé toutes ces informations ? Elles devaient forcément être recensées ailleurs.

Agacée de ne pas comprendre son aïeul — qu'est-ce qui avait poussé Curcog à faire cela ? — Essylt referma le livre et le souleva. Il était lourd, mais ses bras ne flanchèrent pas. Le dos couvert de sueur à cause d'une utilisation si précise de sa magie, elle serra l'ouvrage contre sa poitrine et ferma les yeux.

Curcog a lu ces informations dans un autre livre, il ne peut en être autrement. Qu'en a-t-il fait ? L'a-t-il détruit ? Ou est-il encore ici ?

Son esprit quitta son corps pour parcourir la bibliothèque avec curiosité. Elle avait compris que ses pouvoirs réagissaient à ses sentiments — la peur, la colère — elle se concentra donc sur son désir de connaître la vérité. Sur son envie de retrouver le premier livre.

Un frisson glacé remonta le long de son dos.

Il n'est pas dans cette pièce.

La Reine quitta la Bibliothèque, ses commandants sur les talons. Elle se dirigea vers les escaliers, comme si elle suivait la provenance d'une mélodie harmonieuse qu'elle seule pouvait entendre. Elle descendit jusqu'à arriver devant les portes de la Salle du Trésor.

Impossible : j'ai répertorié tous les objets de cette pièce. J'aurais remarqué un livre aussi spécial.

Elle posa l'ouvrage sur sa hanche comme elle l'aurait fait avec Lucetmael, tout en détaillant la porte face à elle. Cathan et Jarlath l'observaient, puis le battant en bois, cherchant ce qui l'intriguait tant.

À moins que...

Elle ravit une torche des mains d'un domestique, entra brusquement et referma derrière elle, coupant court aux protestations de ses commandants. D'un pas déterminé, elle traversa la pièce, posa le livre par terre et déplaça une statue imposante qu'elle avait placée stratégiquement, au cas où quelqu'un entrât avec elle. Essoufflée, elle tâtonna une longue minute le mur avant que la porte cachée ne s'ouvre.

Je ne suis venue ici qu'une seule fois.

Quand elle avait découvert cette pièce secrète remplie de pièces d'or, elle n'était encore qu'une jeune Princesse angoissée et peu expérimentée. Elle avait préféré refermer précipitamment la porte et fuir, sans avoir compté ce trésor. Un trésor qui, d'après ses rapides estimations, représentait une partie de la perte continentale. À l'époque, elle devait déclarer le montant du Trésor Royal de Rodorchna et avait été tourmentée à l'idée de mentir ou de mal faire. Declan lui avait conseillé d'agir au mieux pour son peuple, raison pour laquelle elle avait dissimulé l'existence de cet argent, comme tant d'autres de Rodorchna avant elle.

À présent, elle comprenait son erreur, bien que le mot soit inadapté. Il fallait plutôt parler de « désintérêt ». Elle n'avait pas cherché à comprendre qui avait commencé à accumuler cet argent, ni même à faire la lumière sur le livre de la Bibliothèque. Tout était lié : elle avait peur. Peur de ce qu'elle découvrirait, peur que plus rien ne soit jamais comme avant.

Les mots que sa mère avait prononcés en rêve faisaient sens plus que jamais : « *Certains secrets doivent rester des secrets le temps nécessaire.* » D'une certaine manière, cette phrase l'avait prévenue qu'il lui faudrait être prête à affronter tous ces secrets emmêlés et tortueux.

Elle l'était.

Le temps de la peur était révolu. Celui de la lâcheté, aussi.

Elle n'était plus une jeune Princesse inexpérimentée, ni une femme en deuil, ou encore une épouse modèle. Elle n'était plus une toute jeune mère inquiète ou une souveraine qui privilégiait la royauté au détriment de son héritage.

Son demi-frère avait essayé de la tuer. Son père avait assassiné sa grand-mère. Ses frères avaient profité du corps d'innombrables femmes. Toute cette violence passée avait forgé sa détermination et son assurance. Seule la vérité comptait.

Elle pénétra dans la petite pièce basse de plafond. Les flammes de la torche ricochèrent sur les murs de pierre taillés grossièrement. Ses pas résonnaient étrangement sous terre. Elle se focalisa sur la chaleur du feu et l'étreinte aimante de la terre. Elle passa à côté des innombrables coffres, repoussée par l'effluve glacé de l'argent.

Au fond à gauche, sa magie fut attirée par un coffre différent. En l'ouvrant, elle découvrit qu'il ne contenait pas de pièces, simplement un autre coffre, fermé par un verrou. Persuadée qu'il s'ouvrirait à son contact — comme les Salle du Trésor et du Trône, ainsi que la grille de la Bibliothèque —, elle grogna quand ses ongles ripèrent sur le métal.

Il faut une clé.

Elle n'en avait pas. Et doutait d'en trouver. Curcog avait été suffisamment malin pour cacher l'autre livre ici, dans un coffre solidement fermé. Cela confirmait deux choses : la première, que la pièce secrète servait certainement déjà à cacher de l'argent à l'époque de son règne ; la seconde, que Curcog ne souhaitait pas que l'un de ses descendants trouve ce coffre.

Dommage pour lui, les verrous ne m'ont jamais posé de problème.

Sa magie fusa, lui rappelant l'époque où elle sortait en cachette de l'orphelinat. Le coffre claqua bruyamment en s'ouvrant.

Sa respiration se coinça dans sa gorge. Ses doigts effleurèrent une surface rugueuse. Des images jaillirent dans son esprit si vivement qu'elle cria.

Un homme dissimulé sous un manteau qui vient enfermer le livre ici.

Une petite fille qui le feuillette, blottie dans les bras de son père, au milieu de la Bibliothèque illuminée par le soleil.

Essylt recula, le visage couvert de sueur. Elle était trop sensible à cet objet. Beaucoup trop sensible. Elle se sentait épuisée. Pas autant qu'après le sauvetage d'Anna et des siens en Teac, mais presque.

L'homme qui a caché le livre, c'était Curcog. Et la petite fille, je crois que c'était Nola, la tante de Curcog. Celle qui a mené la guerre de 300 aux côtés de Tiarchnach de Vuai, pour venger la mort de sa sœur Zael.

La souveraine ne put s'empêcher de sourire malgré la fatigue. Songer à cette guerre lui faisait immanquablement penser à Declan.

Elle s'essuya le front. Puisqu'elle ne pouvait pas le toucher directement avec ses mains, elle souleva ses jupons et entoura le livre avec. Puis elle chuta sur les fesses, s'assit en tailleur et tint la torche au-dessus de l'ouvrage.

Elle n'en avait jamais vu de pareil. La couverture, d'une épaisseur incroyable, était composée de feuilles d'arbre que le temps n'avait pas altérées. Elles étaient brunies, unies, formant une protection résistante. Au lieu de la toucher à nouveau, Essylt se pencha pour la renifler. Derrière l'odeur de vieux et de renfermé, elle distingua le parfum du sang.

Meallán a créé la couverture avec son sang.

Elle en était persuadée. Excitée par cette découverte, elle l'ouvrit précautionneusement grâce à une partie de ses jupons.

« *La lignée de Meallán de Rodorchna.* »

C'était simple et efficace, à l'image du monarque. La page suivante contenait, comme le livre de Curcog, les niveaux magiques de Meallán et de ses onze enfants. Sauf qu'à la place des lettres indiquant les éléments, il y avait des taches de couleurs.

Du marron, du bleu, du gris, du rouge… et du violet.

*La terre, l'eau, l'air, le feu et… l'*autre.

Sous ses yeux ébahis, la vérité brillait.

« Meallán
Marron : 2
Bleu : 4
Gris : 4
Rouge : 2
Violet : 2
14 »

Curcog avait menti. En retranscrivant les pouvoirs de leurs ancêtres, il avait modifié la vérité pour en faire un odieux mensonge. L'ancien monarque avait retiré ce cinquième pouvoir, cette intrigante tache violette qui faisait de Meallán le plus puissant de Rodorchna ayant jamais existé.

Meallán pouvait user de tous les éléments.

Ce n'était pas le cas de sa descendance. Ses enfants ne pouvaient maîtriser que quatre des cinq pouvoirs décrits.

Le cœur battant la chamade, Essylt fit défiler les pages jusqu'à la dernière manuscrite, consacrée à Curcog et à son frère.

Pourquoi a-t-il fait disparaître ce cinquième élément ?

Le terme élément lui paraissait instinctivement inadapté. Elle pouvait cependant émettre une première hypothèse : Curcog ne maîtrisait pas ce pouvoir. Comme énormément de de Rodorchna : une grande partie des « 0 » étaient inscrits en face de la tache violette.

Quel est ce pouvoir ? Pourquoi du violet ?

Elle coinça la torche dans le coffre ouvert et posa ses mains derrière elle pour étirer son dos. Sa bouche était asséchée par ce suspens qui ne faisait que s'épaissir.

Violet… Comme la pierre de la couronne, avec laquelle Meallán est arrivé.

C'était un fragment de réponse, il ne pouvait en être autrement.

Ce pouvoir, je l'ai. C'est une évidence. C'est de lui que j'ai usé plusieurs fois.

Les souvenirs l'envahirent, prégnants.

Le jour où j'ai découvert Drac et Dagda après le décès de leur mère…

La fois où j'ai sauvé le Prince Owen quand il chutait…

La certitude que Lucetmael est l'enfant de Declan…

Quand j'ai guéri Declan à de nombreuses reprises. Et le garçon après l'incendie. Et tant d'autres…

Ce que j'ai ressenti quand Janae a été attaquée…

Gladys est tombée enceinte grâce à moi. Muirenn aussi…

La manière dont j'ai tué Feardorcha…

L'air était difficile à inspirer, lourd de chaleur et d'attente. Malgré la fatigue, sa magie s'étira autour d'elle. Comme s'ils étaient près d'elle, en elle, Essylt perçut la présence de ses commandants, des gardes à côté d'eux, puis des domestiques et soldats qui vaquaient à leurs occupations, des conseillers, des nobles, des animaux, de ses caméristes, de Declan et de son fils.

Ce pouvoir…

La Reine posa une main tremblante sur son cœur qui battait trop puissamment.

C'est la vie.

Le soleil venait de se coucher et Essylt avait manqué le diner de son fils. Elle marchait en direction de l'aile royale avec une conscience accrue des personnes qui l'entouraient. Les bords de sa vision étaient flous à cause de la fatigue, mais son esprit lui percevait absolument tout.

La douleur à la cheville d'une servante. L'impatience d'un page. La faim d'un soldat.

Cela faisait beaucoup trop d'informations. Surtout après avoir mené toutes ces recherches sur le livre. Mais elle ne semblait pas capable d'arrêter sa magie — d'arrêter d'utiliser sa sensibilité et sa maîtrise de la vie —, comme si elle avait attendu pendant trop longtemps d'être libre.

La souveraine sursauta en découvrant Declan à l'entrée des appartements royaux. Aussitôt, l'épuisement de ses jambes passa au second plan et son attention se focalisa sur lui.

Il était inquiet et attentif — ce qui ne différait pas de l'ordinaire. Elle ressentait jusque dans sa chair son besoin de voir le Prince.

— Votre Majesté, je suis ravi de vous voir. Puis-je avoir un instant pour vous entretenir ?

Il faisait toujours attention à ses paroles en public, pour garder l'image du Chef parfait au service de sa Reine.

— Bien sûr, Altesse. Mais nous allons devoir monter, le Prince m'attend.

Il opina avec un sérieux tout protocolaire et la suivit à l'étage. Une fois dans l'aile royale, ils furent débarrassés des gardes. Dans la chambre du Prince, Gladys s'apprêtait à procéder au coucher.

— Maman !

Elle ne l'avait vu que ce matin et s'en voulait d'avoir été distraite tout l'après-midi. Ses découvertes l'avaient bouleversée.

Je possède une grande affinité pour le pouvoir de la vie, ne cessait-elle de penser, perturbée par ce que cela représentait. Perturbée aussi de ne pas parvenir à exprimer la complexité de ce don, même en pensée.

Elle souleva son fils, dont la présence dissipa son excès de magie. Torse nu pour supporter la chaleur étouffante de la nuit, elle embrassa son ventre rond en faisant un bruit amusant. Il rit de protestation.

— Il est l'heure de dormir, mon trésor. Merci Gladys, vous pouvez nous laisser.

Elle s'inclina et s'éclipsa. Seuls tous les trois, Declan savait qu'il ne pouvait pas se permettre trop de familiarité. La chambre de la nourrice était juste à côté et les servantes de la Reine traversaient régulièrement le couloir.

Sans oublier la curiosité du Prince.

— Oncle ?

Les bras passés autour du cou de sa mère, Lucetmael observait attentivement le Chef, qu'il n'avait pas pour habitude de voir dans sa chambre. Bien sûr, l'enfant ne se doutait pas qu'il venait le voir presque toutes les nuits pendant qu'il dormait.

— Oncle Declan est venu parler à Maman. Mais d'abord, il faut que tu te couches.

Elle l'assit sur son lit — celui à barreaux avait été remplacé depuis peu par un lit une place dans lequel il paraissait si petit. Il croisa les bras et fit la moue.

— Pas dormir, protesta-t-il.

Devant ses grands yeux bleu ciel suppliants, il était difficile de lui dire non. Elle caressa amoureusement ses boucles blondes.

— Tu dois dormir, mon trésor.

— Altesse, si vous acceptez de vous allonger, je vous raconterai une histoire.

Lucetmael détailla Declan avec attention pour évaluer sa proposition. Amusé par son sérieux, le Chef demeura bien droit, presque au garde-à-vous.

— Histoire ?

— Oui, une histoire de héros.

Declan s'approcha, le visage illuminé. Essylt recula pour qu'il puisse s'asseoir au bord du lit.

— Mais je ne peux vous la raconter que si vous êtes allongé, mon Prince.

Sa curiosité éveillée, Lucetmael se mit sur le dos et prit sa peluche préférée contre lui.

— Je vais vous raconter l'histoire de deux héros, nommés Caíl et Dhánn. Ce ne sont pas n'importe quels héros : ils ont sauvé le Continent à de nombreuses reprises.

Entrainée à donner des ordres, la voix de Declan devenait douce et aimante pour narrer un conte. À un rythme tendre, il raconta l'aventure des héros, qui naviguèrent au milieu d'une tempête, chevauchèrent aux bords des falaises xoramifiennes et sauvèrent une Princesse prisonnière des montagnes d'Ead en Vuai.

Essylt demeura en retrait tout le long du récit, admirant les deux hommes de sa vie. Les yeux de Lucetmael, brillants d'intérêt, se fermèrent au fil des mots.

— Et c'est ainsi que les deux amis inséparables, Caíl et Dhánn, sauvèrent le Royaume de Bofursyle en ramenant la Princesse saine et sauve.

La lente respiration de Lucetmael attestait d'un sommeil profond, fait de beaux rêves. Declan écarta délicatement une boucle blonde de sa joue puis embrassa son front.

— D'où connais-tu cette histoire ? murmura la Reine.

Il se redressa, luttant contre son envie de rester ici toute la nuit à le contempler. Il se tourna vers Essylt avec un demi-sourire.

— Ce sont les histoires que notre nourrice nous racontait, à Calixte et moi. Je ne sais pas si elle s'inspirait d'autres contes ou si elle les inventait, mais les héros s'appelaient en notre honneur.

Caíl et Dhánn. Calixte et Declan. Des amis inséparables, des frères… Comprenant que ces récits lui rappelaient une époque lointaine et révolue, elle lui prit la main et la serra.

— Merci de l'avoir aidé à s'endormir.

— Ce fut un plaisir.

Sans rien ajouter, ils quittèrent discrètement la chambre. Une fois sorti de l'aile royale, Declan fit la révérence.

— Merci pour votre temps, Majesté. Passez une bonne fin de soirée, à demain.

— À demain, Chef.

La souveraine descendit dans le salon pour diner tandis que Declan se rendait dans son bureau pour gérer diverses affaires. Ils vaquèrent chacun à leurs occupations coutumières jusqu'à tard.

Mais la Reine ne se coucha pas. Pas plus que le Chef des armées. Il se servit de la corde habituelle pour grimper au premier étage de l'aile royale, sous le couvert de la nuit. Elle l'attendait, seulement vêtue d'un court peignoir en soie. La lumière envoutante de la lune dessinait le galbe de ses jambes et la finesse de son épaule droite dénudée.

Il prit son temps pour la rejoindre, savourant cette vision parfaite. Ses cheveux détachés soulignaient la rondeur de ses seins. Du bout des doigts, il effleura sa joue si douce.

— Tu as l'air fatiguée et en même temps… apaisée. Ravie, chuchota-t-il.

Il peinait à décrire ce qu'elle dégageait. Mais elle était différente, il l'avait remarqué dès son arrivée dans l'aile royale.

Elle posa son front contre le sien.

— J'ai fait une découverte. Sur ma famille, sur moi. Une découverte qui change tout. Je ne peux pas encore t'en parler, parce que c'est trop nouveau, et difficile à exprimer, mais…

— Tu n'as pas à te justifier, mon amour. Jamais. Tu m'en parleras quand tu seras prête et seulement si tu le souhaites.

Sa poitrine se réchauffa d'être aussi acceptée et comprise. Elle posa la main sur son cœur, dont elle ressentait chaque battement jusque dans le sien.

— Je serai toujours là. Quoi qu'il advienne.

— Je t'aime, Declan.

Ils s'embrassèrent brutalement. Les doigts graciles de la Reine lui retirèrent ses vêtements, puis il la souleva pour qu'elle enserre sa taille de ses jambes. Leurs corps s'unirent dans un cri durement étouffé, ivres d'amour.

Debout devant la table, Essylt vérifiait qu'il ne lui manquait rien. Les deux livres recensant les pouvoirs de sa lignée — l'original et la mensongère copie —, le journal de Meallán, celui de Curcog, des feuilles, une plume et des flacons de pigment. Cleena était parvenue à lui trouver rapidement les cinq couleurs nécessaires pour remplir le véritable livre.

Elle ne savait pas par où commencer. Fallait-il investiguer sur la vie, ce cinquième pouvoir mystérieux ? Ou comprendre ce qui avait poussé Curcog à dissimuler ce don ? Ou encore recopier les trois siècles manquant dans le livre débuté par Meallán ?

Beaucoup de tâches l'attendaient et elle ne craignait pas cette surcharge de travail. Il était essentiel qu'elle rétablisse la vérité pour les générations à venir et qu'elle comprenne la puissance et la complexité de ce dernier don.

Je vais commencer par le livre.

Elle s'était munie d'un mouchoir en tissu dont elle se servit pour ouvrir l'ouvrage à la couverture si unique. Arrivée à la première page vierge, elle ouvrit ensuite la copie créée par Curcog là où étaient mentionnés ses enfants. Elle recopia soigneusement leur prénom, s'appliquant à avoir une calligraphie parfaite. Puis, elle réalisa les cinq taches de pigments dans l'ordre établi par ses aïeuls.

Ces trois-là maîtrisaient la terre, l'eau, l'air et le feu, il est donc évident qu'ils ne contrôlaient pas la vie.

Elle écrivit soigneusement les chiffres correspondants, ajoutant les « 0 » devant le nouveau pouvoir. Elle tourna ensuite la page pour découvrir que l'un des petits-enfants de Curcog n'avait aucune affinité avec la terre.

Il était donc forcément capable de maîtriser la vie… Mais à quel point ? Suis-

je capable de le découvrir ?

Elle expira lentement, toucha le prénom — Fergan — de la pulpe de ses doigts et ferma les yeux, essayant de percevoir des images.

En espérant qu'il ait inscrit son niveau lui-même.

Ce fut le cas. Des impressions fugaces l'envahirent : le besoin d'un cadet de faire ses preuves face à son aîné qui deviendrait Roi, l'envie d'aventure et de liberté. Elle accentua la pression sur le papier pour s'agripper aux fragrances de vie.

Un.

Elle recula et toussa bruyamment. Le chiffre s'était imposé à son esprit et elle ne voulait pas vraiment savoir comment. Elle écrivit donc les informations concernant le Prince Fergan, dont le niveau global passait de neuf à dix.

Il aurait été content de le savoir.

Elle retranscrivit deux pages de plus avant de s'arrêter, le souffle court et le front couvert de sueur. Une étrange nausée s'était emparée d'elle, comme si elle était demeurée trop longtemps en carrosse dans une position inconfortable. Elle referma les deux ouvrages et repoussa son matériel de calligraphie.

Je vais devoir y aller doucement.

Il lui restait encore une heure avant de devoir rejoindre Aveleen, qui l'avait invitée à prendre le thé. La souveraine commença donc la lecture du journal du Roi Curcog.

Son ancêtre était monté sur le Trône à l'âge de vingt-huit-ans, le jour du décès de son père. Le Roi Flaithri, qui avait connu la guerre de 300, avait conservé la couronne jusqu'à la fin de son existence, allant à l'encontre de la coutume établie dans le Continent. À la création des royaumes, en l'an 0, les neuf premiers Rois avaient décidé de céder leur place à leur enfant avant de mourir, afin que les règnes ne soient pas trop longs. Flaithri avait refusé de suivre la tradition, par cupidité d'après son fils. Essylt pensait que le monarque avait surtout été traumatisé par la guerre, qui avait été déclenchée par l'assassinat de sa sœur Zael.

Quoique, celui qui a été le plus traumatisé est peut-être Curcog...

Il ne faisait pas mention du changement qu'il avait opéré avec le livre des pouvoirs, mais sa jalousie transpirait dans chaque page. Il enviait à sa tante Nola d'avoir pu user de ses dons durant la guerre et à son frère d'être plus puissant que lui.

Mais sa jalousie maladive dissimulait un sentiment plus intense et plus dangereux : la peur. Curcog avait vu la guerre de 300 à travers ses yeux d'enfant. Sa tante Zael avait été tuée de sang-froid par son mari et n'avait pas été en mesure de se défendre, malgré sa magie. Une phrase se répétait souvent au fil des pages : « *Les de Rodorchna doivent se protéger des inférieurs.* ». Une pensée aussi absurde que dérangeante. Qui mena à un élément qu'elle aurait pu aisément prévoir.

C'était Curcog qui avait commencé à cacher de l'argent dans la pièce secrète de la Salle du Trésor. Il avait vendu quelques biens et dissimulé de l'Or qu'il n'avait pas déclaré lors de l'annonce du montant, au début de son règne. Durant le reste de sa vie, il avait caché des coffres remplis par les impôts du peuple, puis il avait soigneusement enseigné ce procédé à son héritier.

Sale...

Elle n'avait pas les mots. Sa stupidité et son égoïsme avaient sans conteste impacté la qualité de vie des Rodorchniens. Ainsi que le savoir de sa lignée, puisque ses descendants avaient ignoré l'existence d'un cinquième pouvoir.

Tout cela parce qu'il ne le possédait pas.

Agacée, elle reposa son journal. C'est seulement alors qu'elle entendit l'appel de Paddy, depuis l'autre côté des grilles magiques.

— Votre Majesté ?

— Oui ?

Elle abandonna ses affaires telles quelles — personne ne venait ici, ce qui était fort pratique — et trouva son page un peu paniqué.

— Un souci ?

— Son excellence Aveleen vous attend depuis plus d'un quart d'heure, Majesté. J'ai pensé qu'il était préférable de vous prévenir.

— Oh ! Oui, merci.

Elle s'empressa de rejoindre la noble dans le salon où elle patientait. Ravissante dans sa tenue rose, la Vicomtesse bondit sur ses pieds et fit la révérence.

— Majesté, je suis heureuse de vous voir.

— Excellence, veuillez m'excuser pour mon retard. Installons-nous.

Elles prirent place devant une tasse de thé et des gâteaux fort appétissants. L'esprit embrumé par ses découvertes et ses multiples réflexions sur Curcog — il était impressionnant de constater à quel point sa famille s'était fait du tort à elle-même, de bien des manières — elle ne remarqua pas tout de suite la nervosité de son amie.

— Majesté, si je vous ai conviée aujourd'hui, c'est pour vous entretenir d'un sujet important.

— Je vous écoute. Vous savez que vous pouvez tout me dire.

Elle mangea une grosse part de gâteau. L'utilisation de sa magie l'avait affamée, lui rappelant l'époque où elle était enceinte. Cette pensée déclencha instinctivement sa magie, qui trouva Lucetmael occupé à jouer avec Nar dans le jardin royal.

— Balor s'est montré très clair sur ses intentions à mon égard. Mais je ne me sens pas en capacité d'accepter de l'épouser tant qu'il ne connaitra pas la vérité.

La Reine se concentra sur la noble. Elle abordait rarement le sujet de manière aussi directe.

— Cela semble sensé, votre excellence. Vous avez besoin d'être rassurée quant à l'opinion de Balor sur votre passé.

— Oui, exactement.

Elle acquiesça vigoureusement, heureuse qu'elle comprenne.

— Avez-vous réfléchi à la façon dont vous allez lui dire ?

— Je pensais justement que peut-être… Vous accepteriez d'être présente.

— Durant cette conversation ?

— Oui.

Devant l'étonnement de la souveraine, Aveleen sourit tendrement.

— Vous m'avez tant aidée, Majesté. C'est vous qui m'avez protégée de mon père et c'est également vous qui m'avez redonné confiance en l'avenir. Mais je vous avoue que… J'ai encore besoin de votre soutien.

Attendrie, Essylt acquiesça.

— Je vous aiderai, n'en doutez point.

— Merci, Majesté. Quand voulez-vous que cette discussion ait lieu ?

— Quand vous vous sentirez prête.

— Je le suis. Nous pouvons peut-être faire appeler son excellence ?

Surprise par son empressement, Essylt donna son accord et demanda à Jarlath d'aller chercher le Duc. En l'attendant, elles discutèrent de banalités. L'expression d'Aveleen passa plusieurs fois de l'impatience à l'inquiétude, et inversement. Les sentiments qu'elle portait au noble étaient une évidence, à l'instar de sa crainte d'être rejetée.

— Son excellence, le Duc Balor, de Guanile, l'annonça le commandant.

Elles se levèrent poliment à son entrée.

— Votre Majesté, votre excellence, c'est un plaisir d'avoir été convié auprès de vous.

— Plaisir partagé, Duc. Venez vous asseoir.

Essylt rejoignit Aveleen sur son canapé pour qu'elles soient en face du noble. Il s'installa en gardant le dos droit et l'expression enjouée. Ses épais cheveux blonds décoiffés attestaient de sa précipitation à les rejoindre.

La conversation se poursuivit naturellement, sans toutefois effleurer le sujet sensible. Comprenant qu'Aveleen avait besoin d'aide, Essylt endossa son rôle.

— Cher Balor, si nous vous avons convié aujourd'hui, c'est pour vous entretenir d'une affaire privée de la plus haute importance.

Ses yeux bleu foncé passèrent de l'une à l'autre, inquiets.

— Je vous écoute.

— Vous faites la cour à la Vicomtesse depuis plusieurs mois et vos sentiments sont sincères. Il vous faut néanmoins entendre l'histoire d'Aveleen avant que vous puissiez envisager d'unir vos existences.

Essylt était étonnée par sa propre capacité à parler beaucoup pour ne rien dire. N'étant pas en mesure d'aller plus loin, elle serra la main de l'aristocrate pour lui donner du courage. Elle inspira bruyamment.

— Mon père levait la main sur moi.

L'aveu avait fusé de ses lèvres tendres, enfin libéré. La souveraine ne s'était pas attendue à ce qu'elle fut si directe, mais certaines vérités ne pouvaient tout simplement pas être enveloppées de trop de mots.

Balor blêmit et recula dans son fauteuil.

— Il l'a fait depuis aussi longtemps que je m'en souvienne et cela a empiré avec le temps. Avant que je me rende au Nouvel An organisé au palais de Rodorchna, mon père m'a battue plus violemment que les fois précédentes, afin de s'assurer de ma docilité durant la fête et de ma coopération pour trouver un bon parti.

Le Duc bondit sur ses pieds et fit quelques pas. Essylt ressentit à quel point Aveleen fut blessée par ce geste, pensant qu'il ne voulait pas être informé de ce genre d'histoire ou qu'il la jugeait. Pourtant, si le noble avait eu une réaction si brutale, c'était parce qu'il ne supportait pas d'entendre qu'on lui avait fait du mal.

Certains gestes peuvent être si mal interprétés...

— Ce que le père d'Aveleen n'avait pas prévu, intervint la Reine, c'est que j'aperçoive les hématomes de sa fille.

Balor fit volte-face, les yeux rougis.

— C'est pour cela qu'Aveleen vit auprès de vous ?

— Oui.

Il opina, par automatisme et par reconnaissance. Elle n'avait jamais rendu publique la raison de la nomination d'Aveleen au titre inventé de « Dame d'honneur », cependant l'aristocratie avait dû émettre quelques hypothèses.

— Au début où vous me faisiez la cour, j'avais peur, parce que votre Duché est peu éloigné de mon Vicomté. Et parce que... Parce qu'il m'est difficile d'octroyer ma confiance. Mais Sa Majesté m'a convaincue d'essayer.

Balor contemplait Aveleen comme s'il la voyait pour la première fois. Jugeant qu'ils avaient besoin d'intimité, Essylt se leva.

— Votre excellence, je pense pouvoir affirmer sans me tromper qu'Aveleen a besoin que vous lui offriez ce que je lui ai offert : la certitude qu'elle ne reverra jamais son père.

Le Duc acquiesça avec ferveur. Il s'agenouilla devant Aveleen et lui prit délicatement les mains. Essylt s'attarda un instant dans l'encadrement de la porte pour les admirer : les larmes de la Vicomtesse, l'assurance protectrice du Duc.

Les histoires d'amour commencent rarement de manière simple ou idyllique, mais elles valent toutes la peine d'être vécues.

Les journées se succédèrent, trop courtes pour qu'Essylt ait le temps de tout faire. Un matin sur deux, elle passait une heure dans la Bibliothèque à retranscrire les pouvoirs de ses ancêtres dans le vrai livre. Cela lui demandait une quantité considérable d'énergie. À force d'entrainement, elle parvenait à n'utiliser que ce qu'il fallait de magie, afin de diminuer sa fatigue.

Si je suis faible quand j'utilise trop la vie, c'est parce que c'est dans la mienne que je puise, avait-elle déduit un matin, son mouchoir en tissu fermement appuyé contre son nez pour endiguer le sang.

Elle avait donc pris l'habitude de beaucoup manger, de bien dormir et de prendre l'air entre chaque séance. Elle avait également remarqué, sans grand étonnement, qu'être auprès des siens lui redonnait ses forces.

Après avoir sauvé Anna et les siens en Teac, elle aurait dû s'effondrer. Pourtant, de fugaces contacts — avec Léan pendant qu'elle l'habillait et Jarlath quand il l'avait empêchée de chuter — lui avaient redonné suffisamment de force pour tenir debout. Ensuite, elle s'était simplement endormie, Lucetmael blotti contre elle. Cela expliquait pourquoi son fils, si vivace, était parvenu à dormir pendant trois heures juste après une nuit complète de sommeil.

La Reine savait qu'elle aurait encore beaucoup à apprendre et à comprendre. Mais elle avait tout son temps. Elle se sentait légère et libérée d'une entrave qu'elle n'avait pas eu conscience de porter. La vérité avait illuminé son existence.

Installée à sa table favorite dans la Bibliothèque, elle étira ses bras au-dessus de sa tête en réalisant que le soleil serait bientôt à son zénith. Elle s'était octroyée plus de temps, car plusieurs conseillers avaient requis son aide juste après le petit déjeuner.

Elle souffla doucement sur l'encre qui séchait. Elle venait d'inscrire les pouvoirs de son arrière-grand-père, Matholwch. Il ne possédait aucune affinité pour la vie, ce qui n'était pas le cas de son père et de son oncle.

Plus les siècles avancent, plus il est fréquent qu'un de Rodorchna maîtrise la vie...

Elle nota cette information pour y réfléchir plus intensément plus tard. Elle referma l'ouvrage et l'empila sur le faux créé par Curcog.

Il ne faudra pas que cette erreur se répète dans le futur.

Je vais devoir lire les journaux de tous les monarques qui m'ont précédée. Pour comprendre leur raisonnement et leur approche de la magie.

Il faut que je détermine correctement mon niveau, pour aider Lucetmael plus tard à connaître le sien.

Elle repoussa le journal de Curcog, qu'elle avait lu entièrement. Il ne lui avait laissé que le souvenir d'un monarque angoissé et imbu de lui-même. Sous ce journal reposait celui, plus ancien, de Meallán. Elle traça les bords de la couverture du bout du doigt.

Pourquoi n'a-t-il pas décrit les pouvoirs ? À aucun moment il ne fait mention des dons qu'il a transmis à ses descendants... Pourquoi ?

— Votre Majesté ?

Elle s'étonna que Cathan se permette de la déranger, sachant qu'elle n'était pas attendue. Elle le découvrit très nerveux devant les grilles.

— Oui.

— Sa Majesté le Roi vient d'arriver au palais.

La vision d'Essylt devint floue. Elle n'avait pas vu son mari depuis presque trois mois. Ils avaient bien sûr eu des échanges épistolaires, mais leurs conversations s'étaient cantonnées aux affaires d'État et à Lucetmael. Calixte ne l'avait pas prévenue de son retour en Rodorchna.

Elle dut se retenir de courir pour rejoindre l'aile royale. Sa poitrine se serra d'amour et de crainte en découvrant Lucetmael dans les bras du Roi au milieu du salon lumineux.

— Je suis si heureux de te revoir. Tu m'as tant manqué.

Gladys et Cleena s'inclinèrent en direction de leur souveraine. Remarquant ce geste, Calixte embrassa la joue de son fils avant de le tenir sur sa hanche.

Son mari avait maigri. Ses traits s'étaient affinés, rendant ses yeux noisette encore plus pénétrants. Il avait taillé sa barbe de près et portait des vêtements soignés, témoins de son désir d'apparaître sous son meilleur jour. Il contempla sa femme un long moment, dans un silence pesant.

— Bonjour, Essylt. Tu m'as aussi énormément manqué.

Elle n'avait pas éprouvé depuis longtemps cette impression d'étouffer qui lui enserra brusquement la poitrine. Retrouvant son rôle d'épouse parfaite, elle traversa la pièce pour se joindre à leur étreinte. Sa main dans son dos lui sembla pesante.

— Souhaitez-vous manger, Majesté ?

— Pas dans l'immédiat, Cleena, merci. Pouvez-vous emmener le Prince ?

— Tout de suite, Majesté.

Essylt embrassa tendrement son fils avant qu'il ne sorte en compagnie de sa nourrice et de la gouvernante.

Gênés, ils se regardèrent sans savoir comment agir. Calixte poussa un profond soupir et lui prit la main pour la mener sur un canapé.

— Je suis désolé de ne pas t'avoir prévenue de mon retour. Je dois t'avouer que j'ai pris la décision très rapidement. Un matin, je me suis levé, et le manque de vous m'a paru bien plus douloureux que tout le reste.

Il caressa tendrement la paume de sa main, essayant de se faire pardonner son absence. Ce geste était si empreint d'amour et de regrets que des larmes envahirent les yeux d'Essylt.

— J'ai eu le temps de réfléchir à ce que nous avons vécu. J'ai pris soin de mon père, j'ai pris soin de la Bofursyle… J'ai pris soin de moi. Bien que ce fut très égoïste, parce que je t'ai laissée affronter tant de choses toute seule.

— Tu n'as pas à t'excuser pour ça, affirma-t-elle sincèrement. Tu as vécu des choses très difficiles…

— Certes, mais il est temps que je continue à vivre. Nous avons encore tant à accomplir ensemble : régner, élever Lucetmael, avoir un second enfant…

Son ventre se contracta. Il posa son front contre le sien, le visage illuminé de certitude et d'espoir.

— Ce jour-là… Je t'ai choisie. Alors, qu'il en soit ainsi.

Ses lèvres s'écrasèrent durement sur les siennes. Il enfouit sa main dans ses cheveux et s'allongea sur elle, fort de son désir et de son amour. Aveuglé par son besoin de faire mieux, par son besoin d'elle, il retroussa ses jupons et la pénétra d'une poussée brutale, conquérante.

Après ces trois mois aux côtés de Declan, Essylt avait oublié la sensation détestable qu'elle éprouvait quand il la possédait. Parce que c'était plus que des relations charnelles : c'était la revendication de son corps, de son être. Depuis le jour de leurs noces, sa vie ne lui appartenait plus.

Je ne sais pas si je tiendrai encore longtemps.

XXIV

« Faire semblant est un jeu dangereux. Un jeu auquel peu de gens peuvent se permettre de jouer, au risque de tout perdre. » Roi Nodlaigh de Bofursyle, 562

En découvrant la calligraphie appliquée de sa tante Ornóra, la Reine fut envahie d'affection et de nostalgie. Cela faisait déjà un an qu'elle n'avait pas revu les siens.

Comme chaque mois, sa tante donnait des nouvelles de la famille Arán. Uistean se plaisait à travailler à la boulangerie pendant qu'Uli aidait l'apothicaire du village voisin. Dervila avait trouvé un médecin auprès duquel commencer sa formation, ce qui les rendait tous très fiers. Slany poursuivait ses études de mathématiques et n'en finissait pas d'impressionner son professeur. Il ne faisait aucun doute qu'elle s'installerait au palais à sa majorité. La plus grande nouvelle concernait Fiacre : son cousin venait de se fiancer. La cérémonie était prévue pour le mois prochain — août était souvent propice aux unions. Consciente qu'elle ne pourrait pas y assister à cause de ses responsabilités et parce qu'il était prévu qu'ils séjournent encore plusieurs mois en Bofursyle, Essylt rédigea une réponse enjouée tout en réfléchissant à un cadeau de noces adapté.

Elle ouvrit ensuite la missive d'Anna, remplie d'anecdotes sur ses trois fils. Elle n'avait pas revu son amie depuis la Teac et se languissait d'elle et de ses enfants.

La troisième lettre provenait du Roi de Xoramif. Depuis le mois d'avril, son cousin était l'heureux père d'une petite fille nommée Ysolte. Il avait fait l'honneur à Essylt de lui demander d'être sa marraine, ce qu'elle s'était empressée d'accepter en songeant qu'elle ne pourrait avoir plus de filleuls. Yvain narrait avec une euphorie certaine les petits actes nouveaux de son bébé adoré.

Enfin, la dernière missive arrivait à l'instant de la Guanile. Aveleen et Balor s'étaient mariés en janvier dernier et vivaient depuis une idylle parfaite. Le Duc avait accepté de tenir son père éloigné de leur vie et ce sans la moindre hésitation. Aveleen était heureuse et ne se privait pas d'en informer son amie, pour sa plus tendre joie. Les deux époux venaient d'assister au mariage de Cahir et Noreen en Jirialc et la nouvelle de l'officialisation de cette union enchanta Essylt plus qu'il n'était décent de l'admettre. Ces deux-là, particulièrement insupportables, s'étaient extrêmement bien trouvés.

La souveraine contempla les quatre lettres illuminées par le soleil. Elle avait pris l'habitude de s'installer à une table dans les jardins intérieurs du château de Bofursyle une fois par semaine. Bien qu'elle réalisât des tâches importantes, il était plaisant de prendre l'air et le soleil.

Je ne sais pas quand je vous reverrai, songea-t-elle tristement.

Comme s'il avait perçu sa peine, Lucetmael fit son entrée dans les jardins, talonné par Gladys, Caem et des soldats. Ses boucles blondes s'étaient épaissies ces derniers mois et descendaient jusque dans sa nuque. Certaines mèches lui retombaient sur le front, dissimulant en partie ses yeux bleus comme le ciel.

— Maman ! cria-t-il avant que sa nourrice ait pu le contenir.

Il courut la rejoindre. Elle le serra et il frotta son nez contre le sien. Ses joues s'étaient affinées : il ressemblait plus à un enfant qu'à un bébé à présent.

— Tu fais quoi ?

Curieux, il tendit une main vagabonde vers les papiers. Elle le retint et lui embrassa les doigts, sans le réprimander pour sa familiarité comme son père l'aurait fait.

— Je travaille, mon trésor. Et toi, que viens-tu faire ?

— Jouer à épée.

Lors de son troisième anniversaire, le mois dernier, Cathan et Jarlath lui avaient offert un assortiment d'épées en bois toutes plus belles les unes que les autres. Depuis, le Prince requérait les commandants royaux pour jouer avec lui, ce qui leur plaisait énormément.

Afin de les apercevoir, le chenapan royal se laissa aller en arrière, forçant sa mère à le porter. Il contempla ses oncles à l'envers.

— Épée !

Cathan rit aux éclats pendant que Jarlath ouvrait le coffre apporté par les pages du Prince. Il était impossible de lui refuser quoi que ce soit.

— On dit « s'il te plait » !

— S'il te plait ! répéta-t-il docilement.

— Tout ce que mon Prince voudra, affirma Cathan en s'inclinant.

Ravi, Lucetmael bondit à terre et partit en courant dans le carré d'herbe verte où ils avaient l'habitude de jouer. Sa vivacité ne cessait de l'émouvoir. Il était joyeux, attentif, empressé. Heureux.

Comme je t'aime.

Elle rangea distraitement les missives, son regard attiré par les hommes. Lucetmael brandissait l'arme factice en criant des ordres, pendant que les commandants faisaient semblant d'être tantôt des soldats, tantôt des ennemis. Entendre son rire cristallin résonner dans le jardin la remplissait d'un bonheur intense et bénéfique.

Elle lui avait offert l'enfance qu'elle n'avait pas pu avoir et c'était sa plus belle victoire en tant que mère.

— Votre Majesté ?

Elle sursauta au son de cette voix adorée. Declan se tenait à quelques pas derrière elle, droit et élégant, comme à son habitude. La commissure de ses lèvres esquissait un sourire moqueur de l'avoir interrompue dans sa contemplation.

— Chef, que puis-je pour vous ?

— J'ai besoin de vous entretenir d'un sujet imp…

— Oncle Declan !

Lucetmael jeta son épée et courut pour sauter dans les bras tendus. Le Chef l'embrassa sur le front avant de lui faire une révérence amusée. L'été mettait tout le château de charmante humeur.

— Votre Altesse, je vois que vous vous amusez fort bien.

— Oui. Jouer à épée !

Il prit la main de son oncle et le tira de manière autoritaire derrière lui. Les yeux verts de Declan brillèrent d'impatience.

— Je crois que vous êtes requis pour une leçon d'escrime, Chef.

— Vous ne m'en voulez point si nous reportons cette discussion, Majesté ?

— Nullement. Allez vous amuser.

Il rit qu'elle lui parlât comme à un enfant. Le Chef eut droit à son épée en bois et entra dans la partie.

Le cœur gonflé d'amour, la Reine rangea ses lettres et ouvrit le carnet de notes qu'elle tenait depuis plusieurs mois. Ses recherches sur sa lignée et ses pouvoirs requéraient beaucoup de temps et de minutie. Parfois, elle ne pouvait se pencher sur les écrits pendant plusieurs semaines et ces notes lui permettaient de ne pas perdre le fil.

Depuis le mois dernier, elle avait entrepris de rédiger la liste de ses capacités. Tout ce qu'elle parvenait à faire, elle le consignait soigneusement en essayant de deviner quel élément était utilisé et à quel niveau. Tout cela dans le but d'évaluer ses dons.

Par exemple, lorsqu'elle avait sauvé Jarlath et Owen d'une chute mortelle — le premier en Aivaithra durant l'attaque ; le second en Guanile quand il était tombé par la fenêtre — elle s'était servie de son influence sur la vie. Elle avait puisé dans la sienne pour retenir les leurs. La souffrance qui en avait résulté en était la preuve.

Quand elle ouvrait les coffres, en revanche, elle ne parvenait pas à déterminer si elle contrôlait le vent, puisait dans sa vie, ou bien les deux. Dans les livres rédigés par ses aïeuls, certaines facultés étaient répertoriées, mais aucune ne concernait la vie, car les rares écrits dataient d'après le règne de Curcog. De ce fait, elle ne savait pas si avec ce don, elle ne pouvait influencer que des êtres vivants ou si cela pouvait s'étendre aux objets inanimés.

Agacée des limites de ses connaissances, elle entoura une nouvelle fois les lignes les plus importantes.

« Essylt
Terre : 3
Eau : 0
Air : 4
Feu : 1
Vie : ? »

Durant les dix derniers mois, elle s'était entrainée pour connaître ses limites et pouvoir rédiger sa liste. Les livres lui avaient permis de mettre un chiffre sur sa capacité à contrôler les quatre éléments, mais pas la vie. La vie demeurait inlassablement un mystère.

Je pense être à quatre, parce que « j'ordonne le mouvement abondamment » comme cela est décrit dans certains ouvrages, bien que ces termes soient plus adaptés à la terre, l'eau, l'air et le feu qu'à la vie.

Cependant... Ne l'ai-je pas déjà créée ? Est-ce qu'en aidant Muirenn à être enceinte, j'ai créé la vie ou l'ai-je simplement influencée ? Et quand j'ai tué mon frère, ai-je aspiré sa vie ou l'ai-je détruite ?

De toute façon, il est impossible que je sois à cinq, car cela signifierait que mon niveau global est de treize, et c'est impossible. Le maximum est douze. Mais quand même...

Sentant une migraine naître sur le côté gauche de son front, elle referma son carnet d'agacement.

Cathan et Jarlath profitaient de ces moments d'amusement pour commencer à apprendre les bases de l'escrime à Lucetmael. Ils venaient de terminer un combat pendant lequel Belliciste avait joué la monture du Prince — le chien-loup tirait la langue de fatigue et de soif. Les commandants entreprirent un échange plus lent pour montrer certains mouvements défensifs.

— Vous voyez, Altesse, comme Cathan place son pied ? Il fait attention à bien garder son équilibre, commenta Declan en s'appuyant nonchalamment sur son épée en bois pointée vers le sol, qui était plus longue que celle de Lucetmael.

Le Prince opina avec sérieux, avant de planter son arme dans l'herbe. Il tint le pommeau contre sa hanche pour s'appuyer dessus.

Bien qu'ils soient dos à elle, Essylt sentit son cœur bondir dans sa poitrine en remarquant qu'ils étaient exactement dans la même position. La hanche sur le côté, l'épée fermement tenue, la tête inclinée pour observer avec attention, faisant rebondir leurs boucles...

— Lucetmael !

Son fils sursauta de panique. Elle n'avait pas voulu crier si fort, mais la peur lui asséchait la bouche.

Personne ne doit remarquer leur ressemblance. Jamais.

— Veux-tu emmener Dagda et Bel se promener ?

Il adorait sortir du château, même pour un petit quart d'heure, et accepta donc avec empressement. Calixte n'aimait pas qu'il sorte, toutefois elle n'avait que faire de son avis aujourd'hui. Caem prit la main tendue de Lucetmael pour qu'ils remontent chercher Dagda.

Le Chef revint près de la table où elle travaillait, conscient que quelque chose l'avait alarmée. Elle lui sourit pudiquement.

— Prenez place, Altesse.

Elle fit un signe de main pour que les gardes s'écartent, comme cela arrivait régulièrement.

— Tout va pour le mieux, Majesté ?

— Nous pouvons parler librement.

Une légère brise se leva, les enveloppant dans un cocon protecteur.

— Tu travailles encore sur tes recherches ?

Il garda ses mains jointes devant lui pour ne pas empiéter sur son espace et paraître sérieux. Les soldats ne pouvaient certes pas les entendre, mais ils les voyaient parfaitement.

— Oui. Je commence à tourner en rond.

Le vent souleva la couverture de son carnet, dévoilant un dessin. Malgré son désir de ne pas être indiscret, Declan ne put s'empêcher de le contempler.

— Il me rappelle le dessin que tu m'as fait il y a longtemps, de deux mains jointes.

Elle sourit de ce souvenir tendre et lointain.

La gorgée nouée par l'émotion, elle poussa le carnet vers lui. Il put ainsi admirer plus en détail la finesse des doigts et le réalisme des articulations. À côté de chaque ongle était annoté un mot : auriculaire : feu ; annulaire : terre ; majeur : eau ; index : air ; pouce : vie.

— Je trouve que la main est une représentation adaptée aux cinq pouvoirs de ma famille.

Il dissimula difficilement sa surprise. D'une part parce qu'elle parlait enfin de ces recherches qui l'accaparaient depuis des mois, d'autre part parce qu'il ignorait qu'il y en avait cinq.

— La vie ?

Ses yeux bleus comme le ciel rayonnaient d'assurance.

— Oui, la vie.

Il déglutit difficilement, le corps parcouru de fourmillements. Il effleura le papier, impressionné par la beauté et la simplicité du dessin.

— Pour toi, le feu peut être associé à l'auriculaire ? s'enquit-il pour reprendre contenance. J'ai toujours vu cet élément comme une force dangereuse.

— Parce que c'est ce qu'il est. Tu vois l'auriculaire comme une place inférieure, pourtant c'est le doigt où les monarques portent leur bague de royauté.

Pour appuyer ses propos, elle leva sa main où brillait un rubis.

— L'eau correspond au majeur parce qu'il est essentiel et c'est une place prétentieuse. La terre est associée à l'annulaire pour moi, car elle est synonyme de fiabilité, et c'est à ce doigt que les époux portent leurs alliances. L'air est quant à lui à l'index, car c'était la place restante. Il fait partie des quatre éléments, comme ces quatre doigts toujours ensemble. Néanmoins, parce qu'il est impalpable, il est le plus proche de la vie.

Elle rassembla ses feuilles comme si elle réfléchissait pour qu'aucune des personnes qui les observaient ne perçoive l'intimité de leur conversation.

— La vie… Au sens profond et magique du terme. C'est le pouce, parce qu'il est à part. Dans sa nature et dans l'histoire de ma famille.

Essylt se mit à lui raconter tout ce qu'elle avait découvert. Après des mois à porter ce lourd fardeau, elle s'épancha enfin, sans omettre le moindre détail. Elle lui parla des journaux, de Curcog et de son faux livre, de la dissimulation du pouvoir de la vie, de Meallán et de son détachement, des différents niveaux, ainsi que de ses propres capacités.

Délivrée, elle reprit son souffle difficilement. La culpabilité l'envahit à l'idée d'avoir trahi sa lignée. Elle avait bien compris qu'aucun de Rodorchna n'avait parlé de tout ceci à un être ne possédant pas de pouvoir. Mais ses ancêtres l'avaient trahie les premiers en dissimulant tant d'informations essentielles. Declan avait engendré un de Rodorchna, il était en droit de connaître la vérité.

— J'ai lu plusieurs journaux de monarques m'ayant précédée et pas un ne fait mention de cette magie ou très brièvement. J'ai encore l'impression que des choses m'échappent.

Declan repoussa son carnet vers elle. Ses yeux verts débordaient d'acceptation. Il n'avait posé aucune question ces derniers mois, alors qu'il aurait pu se montrer agacé par son mutisme. Comme toujours, il avait été patient, compréhensif, aimant.

— Tu maîtrises le pouvoir de la vie plus que les autres, n'est-ce pas ?

— Oui.

Elle était la seule à avoir un niveau supérieur à un. Ses rares ancêtres à avoir une affinité avec la vie pouvaient la ressentir et la stimuler de manière infime. Quant à elle…

— Est-ce que cela t'effraie ? Je veux dire, je suis capable de manipuler des gens, souviens-toi de ce que j'ai fait aux gardes en Teac…

— Je n'aurai jamais peur de toi. Bien au contraire. Je trouve que cela explique beaucoup de choses.

Il aurait tant aimé prendre ses doigts pour gouter à la douceur de sa peau.

— Le jour où je t'ai rencontrée, tu m'as donné le sentiment de ne pas être réelle. Lucetmael me fait aussi cet effet-là, mais bien moins que toi. Ta magie, tes gestes, le son de ta voix… L'apparition que tu as faite dans ma vie, si miraculeuse. Tu es auréolée de mystères et de beauté. Parfois…

— Oui ?

— Parfois j'ai l'impression que tu es née du rire des étoiles.

Après ce doux instant poétique, Essylt dut se rendre à une réunion avec des ambassadeurs. Elle se sentait plus légère d'avoir parlé avec Declan. Son oreille attentive et sa vision des choses lui faisaient toujours du bien.

Le sentiment de plénitude disparut dès qu'elle entra dans son salon privé. Assis sur le canapé, Calixte lisait des documents officiels. Son talon posé sur son genou, il dégageait une nonchalance agaçante. Il leva les yeux du papier pour la détailler froidement.

Malgré elle, le souvenir de leur dispute survenue deux mois plus tôt lui revint en mémoire, encore très douloureuse.

Attablés près de la fenêtre, Calixte et Essylt prenaient leur petit déjeuner dans un silence fatigué. La veille, les célébrations en l'honneur du vingt-troisième anniversaire de la Reine avaient été somptueuses et élégantes. En rentrant dans leurs appartements, son mari s'était empressé de l'honorer. Il affichait donc un sourire bienheureux et satisfait en tartinant sa confiture.

La Reine but son verre de jus de fruits frais en songeant à Lucetmael, qui jouait en compagnie de Nar dans un salon qui leur était réservé. Ils s'entendaient à merveille et c'était adorable de les voir apprendre l'un de l'autre.

Une douleur s'éveilla dans son ventre, qu'elle massa distraitement.

— Tu reçois Lysander aujourd'hui ?

— Oui. J'ai de plus en plus de mal à le supporter, au vu de la manière dont il traite sa femme.

Essylt cacha la crispation de ses lèvres derrière sa brioche. La pauvre Orlaith était cloitrée dans leur manoir avec leur fils, tandis que le Baron vaquait à ses occupations — souvent immorales.

— As-tu signé les documents que je t'avais fait transmettre ?

— Oui, tout est prêt.

Il prit amoureusement sa main par-dessus la table et massa ses doigts. Toucher sa peau lui donna la nausée, renforçant son mal de ventre. Elle lui sourit pourtant sans se soustraire à ce contact. Elle l'avait fait plusieurs fois ces derniers mois et cela avait réveillé sa colère et son chagrin. Bien qu'il fût revenu auprès d'elle, il n'était pas guéri autant qu'il le prétendait. Mais la Reine tenait bon et le soutenait de son mieux.

— Cela te plairait-il que nous dinions en amoureux demain soir ? J'aimerais t'organiser quelque chose de romantique, puisque je n'ai pas pu le faire hier.

Elle avait fait exprès d'organiser une fête pour s'épargner son attention excessive. Elle lui sourit en retirant sa main pour prendre son verre.

— Bien sûr. Que voudras-tu manger ?

— Du faisan peut-être… As-tu un souci ?

Il désigna sa main cachée sous la table pour masser son ventre. Elle rougit, prise au dépourvu.

— Non, ce n'est rien de grave. Mes menstrues sont parfois douloureuses quand elles arrivent. Cleena, peux-tu préparer mes linges, je te prie ?

— Tu as tes menstrues ?

La gouvernante se figea au milieu de la pièce, à l'instar de Léan qui passait. Le ton accusateur du Roi était glaçant de colère.

— Oui.

Ses yeux noisette se durcirent.

— J'avais espoir que tu sois enceinte. Mais visiblement, tu ne sembles pas disposée à me donner un second héritier.

Un silence gêné s'abattit sur eux. Furieuse, Essylt recula bruyamment sa chaise et se mit debout.

— Je ne peux pas le contrôler.

Évidemment, c'était un mensonge, mais il l'ignorait.

— Certes, mais tu ne fais aucun effort pour tomber enceinte ! Tu ne remplis pas tes devoirs conjugaux avec beaucoup d'entrain.

Humiliée qu'il abordât ce sujet devant ses caméristes, elle demeura droite et fière.

— Tu devrais déjà m'avoir donné un second fils ! Afin que nos deux enfants puissent gouverner. J'en ai assez d'attendre ! Je vais faire quérir un médecin.

— C'est hors de question ! explosa-t-elle. Je ne suis pas une pouliche uniquement bonne à enfanter !

— Enfanter fait partie de tes devoirs d'épouse et de Reine ! C'est bien plus important que de faire je ne sais quelles recherches ridicules sur tes ancêtres !

— Je n'ai plus envie de discuter de cela avec toi.

Elle se dirigea vers sa chambre et il la retint par le bras.

— Alors quoi, tu vas définitivement me fermer l'accès à ton lit ?

— Si tu continues à te comporter ainsi, oui !

Sur ce dernier cri, elle quitta le salon et s'enferma dans sa chambre, où ses larmes jaillirent, amères.

Depuis ce jour, ils ne s'adressaient la parole que pour aborder les affaires d'État et l'éducation de Lucetmael. Leur opinion divergeait souvent sur les deux sujets, ce qui ne faisait qu'aggraver les choses.

Il se leva et lui indiqua la table basse.

— Ce document requiert ta signature.

Il s'enferma dans son bureau.

Après son retour en Rodorchna, elle avait cru qu'il ferait des efforts. Que se concentrer sur la royauté et voir Lucetmael grandir le guérirait. Mais elle s'était leurrée, c'était une évidence. Son inconstance et son irritabilité avaient simplement changé de forme. Avec toutes les naissances survenues à travers le Continent, il était plus que jamais déterminé à avoir un second enfant.

Bien qu'il ne m'ait pas touchée depuis neuf semaines.

Loin d'en être mécontente, elle ne pouvait pas non plus s'en réjouir. La solidité du Royaume dépendait de leur couple. De même que l'épanouissement de Lucetmael. Elle redoutait qu'il les entende se disputer. Elle craignait qu'il soit traumatisé par leur mésentente, d'une manière ou d'une autre.

Par-dessus tout, elle redoutait que Calixte soupçonne l'existence d'un autre homme à cause de cet éloignement.

Elle signa en hâte le document après l'avoir survolé puis appela ses servantes. Bethania apporta avec elle les diverses factures pour le mariage d'Adelyn.

— Je suis tellement impatiente ! se réjouit Janae pour la millième fois.

Pendant la guerre contre la Teac, Adelyn était demeurée au château de Bofursyle pour aider l'intendance. Durant ces longs mois de labeur, elle avait fait la connaissance du fils d'un influent marchand de la ville voisine au château. Ils avaient beaucoup discuté, jusqu'à ce qu'Adelyn doive accompagner Essylt en Rodorchna. À leur retour dans le courant du mois de mars, ils s'étaient retrouvés régulièrement en cachette pour échanger des baisers. La cameriste avait fini par avouer la vérité à sa bienfaitrice, pour lui demander son accord pour se marier.

— Tu l'as, évidemment ! Ainsi qu'une dot que je paierai, avait affirmé la souveraine avant de la prendre dans ses bras.

Bluicne, le fameux fiancé, faisait l'unanimité parmi elles, non seulement parce qu'il était dévoué et gentil, mais aussi et surtout parce qu'il n'avait pas répudié Adelyn en apprenant qu'elle n'était plus vierge. La jeune femme avait beaucoup pleuré en lui narrant son passé et il s'était montré d'un soutien inébranlable.

— Il est la preuve que les hommes ne sont pas tous irrécupérables, ne cessait de répéter Léan, heureuse pour son amie.

Elles poursuivirent gaiement les préparatifs des noces, qui devaient avoir lieu dans deux semaines. Adelyn rayonnait de bonheur et d'impatience. Elle avait d'abord été très triste de quitter sa souveraine pour aller vivre hors du château, mais Essylt l'avait convaincue qu'elle ne lui en voulait pas, que c'était simplement une nouvelle étape de la vie. Dans une semaine environ, Aphria, une servante de Rodorchna, arriverait pour prendre sa place comme camériste personnelle de la Reine. Un honneur conséquent.

Quelques jours plus tard, Essylt dut prendre son courage à deux mains et mettre de côté sa rancœur. Elle trouva son mari dans son bureau, occupé à écrire. Il ne détourna pas son attention de son travail quand elle s'assit devant lui.

— Il nous faut discuter du Conseil des Neuf prévu en Jirialc à la mi-septembre.

— Je sais quand est prévu le Conseil des Neuf.

Sa puérilité lui fit serrer les poings. Elle souffla bruyamment par le nez.

— Ce n'est pas ce que je voulais dire, tu le sais parfaitement. Nous devons organiser notre voyage et je n'ai pas envie que nous passions un mauvais séjour à cause de notre dispute.

— N'aie nulle crainte, j'irai seul.

— Je te demande pardon ?

— Ce ne serait pas nouveau, souviens-toi du Conseil en Guanile après la naissance de Lucetmael, tu n'es pas venue.

— Certes, mais la question ne se pose plus puisqu'il est en parfaite santé.

— Oui, néanmoins cela s'était bien passé et je pense que nos deux présences ne sont pas nécessaires. J'ai déjà envoyé une missive aux souverains d'Aivaithra et de Jirialc pour leur dire que je viendrai seul.

Irritée qu'il ne l'ait pas consultée et qu'il soit ostensiblement réfractaire à l'idée de voyager en sa compagnie, elle se pencha en avant pour attirer son attention. Il daigna enfin la regarder.

— Quand tu es parti seul cette année-là, tu craignais que les autres souverains n'apprécient pas cela. Et maintenant, tu veux que nous allions à un Conseil chacun notre tour ?

— Oui, pour la simple et bonne raison que Lucetmael est notre seul héritier. Puisque tu ne sembles pas vouloir me donner un second enfant, il faut que les autres nations envisagent la Bofursyle di Rodorchna comme un Royaume à part entière, et non comme l'union temporaire de deux couronnes. Ainsi, cela aidera notre fils quand il montera sur le Trône.

Elle ne s'attendait pas à recevoir un tel reproche dans ce contexte. Ses yeux noisette brûlaient d'une rancune qu'il ne cherchait pas à dissimuler. Pour se protéger, elle prit une position arrogante.

— Et puis-je savoir pourquoi ce serait à toi d'y aller en premier ?

— Parce que l'année dernière, je ne me suis pas montré à la hauteur durant les évènements survenus en Teac. Tu as tout supporté seule, c'est pourquoi je dois assumer à présent. De plus, l'année prochaine le Conseil doit avoir lieu en Mebeaka et j'ai songé que tu souhaiterais visiter enfin le Royaume de ta cousine.

Même quand il était blessant et autoritaire, il parvenait à la déstabiliser en faisant preuve de prévenance et de gentillesse. Plus les mois passaient, moins elle savait comment réagir face à ses contradictions.

— Soit. Nous ferons ainsi, capitula-t-elle pour ne pas s'engager dans un débat inutile.

Elle appréciait qu'il souhaite se rattraper après la Teac, toutefois elle aurait aimé revoir Yvain, Tomás et tous les autres. Elle se sentait seule et quelque peu isolée.

— Je te ferai parvenir tous les documents relatifs au voyage.

— Parfait.

Elle se mit debout gracieusement.

— Il faut que tu prépares les habits de Lucetmael.

Elle chancela sur ses jambes.

— Tu veux l'emmener ?

— Évidemment. Mon père m'emmenait déjà à son âge.

— Dans ce cas, je viendrai avec vous.

Sa mâchoire se contracta durement. Il se leva avec une lenteur calculée, donnant la sensation à Essylt de devenir sa proie.

— Ne me crois-tu pas capable de prendre soin de lui ?

— Cela n'a rien à voir ! Je ne veux simplement pas être séparée de lui pendant plusieurs semaines.

— Parce que tu crois que c'était ce que je désirais pendant mon voyage en Guanile ou lorsque tu as passé l'été dernier en Rodorchna ?

— Mais, tu m'avais dit que tu avais besoin d'espace…

— Certes, mais tu aurais pu partir sans lui ! J'ai fait le sacrifice de son absence, alors tu en feras tout autant.

Les vitres grincèrent sous la puissance du vent à l'extérieur. Les yeux de son mari flamboyèrent.

— Inutile d'utiliser ta magie, railla-t-il. Si tu n'as pas envie de rester seule, tu n'as qu'à me donner un second enfant.

Les murs tremblèrent quand elle claqua la porte derrière elle.

Les doigts de Declan dessinaient des cercles autour de son nombril.

— Je n'ai pas d'argument pour que Lucetmael reste avec moi. Je comprends parfaitement la position de Calixte, mais je trouve cela absurde qu'il refuse que je vienne. Bien sûr, je n'ai pas besoin de son accord, mais je n'ai pas envie d'empirer la situation.

Son amant l'écoutait patiemment sous le couvert de la nuit. Dans la pénombre de la chambre de la Reine, il n'apercevait que le contour de son visage tourné vers le plafond.

— Et puis, Lucetmael va apprendre plein de choses durant ce voyage, c'est une expérience enrichissante. Il n'est pas en danger, je ne peux même pas prétexter qu'il doit rester ici en sécurité.

Le ventre du Chef se noua. Il n'avait jamais répété à Essylt les propos de Luam, qui avait assuré ne pas être responsable de son empoisonnement. Il n'avait pas jugé utile de l'inquiéter. Un an et demi venait de s'écouler sans la moindre attaque. Il était évident que Luam avait menti.

— Qu'en penses-tu ? Que dois-je faire ?

Il embrassa sa tempe et serra affectueusement sa hanche.

— Je pense que ce voyage sera bénéfique à Calixte. Passer du temps avec Lucetmael l'apaisera et lui fera prendre conscience de sa chance. J'ai bon espoir que cela calme sa colère à ton encontre.

Declan ne savait plus comment aider son frère. Il était changeant, exigeant, agacé. Il ne pouvait décemment pas le contredire, surtout en ce qui concernait la manière dont il traitait sa femme.

— Dans ce cas, tu veilleras sur eux.

Il huma son parfum dans le creux de sa gorge.

— Te laisser seule me parait inconcevable.

— Parce que tu n'y es pas habitué. Mais tu seras mieux auprès de notre fils.

— Je sais.

Bien qu'il n'ait pas envie de quitter son fils, il n'avait pas non plus envie de la quitter. Le choix était cependant aisé, dans la mesure où Lucetmael était leur priorité.

En sentant son ventre se contracter sous sa main, il caressa sa joue de son nez.

— Tu es énervée.

— Difficile de faire autrement. Calixte me traite comme si je lui étais politiquement inférieure, alors que je suis son égale. Il n'avait pas le droit de prendre cette décision sans moi.

Il partageait sa frustration. Calixte avait été élevé pour être Roi et se comportait comme si ce titre était supérieur à celui de Reine. Ce qui malheureusement était aussi le cas de beaucoup d'hommes se jugeant supérieurs aux femmes.

— C'est certain. Mais il va falloir faire avec si tu as décidé de ne pas le contrarier.

Elle ne souhaitait pas que leur mésentente s'aggrave. Être en conflit constant nuisait au Royaume et à leur quotidien en général. Il lui fallait donc prendre sur elle pour le bien de tous, même si cela signifiait être séparée de son fils.

— Je le ferai, grogna-t-elle.

Il lui était de plus en plus difficile d'être conciliante. Elle faisait son possible pour contenter son mari et apaiser ses blessures, et il ne semblait pas le remarquer. Au contraire, il l'accablait de reproches en tout genre.

Après une douce étreinte, Declan emprunta le passage secret descendant dans ses appartements. Soudain, le lit parut bien froid malgré la chaleur de l'été. Elle remonta un drap sur elle et roula sur le côté.

Elle avait omis de raconter à son amant la réaction de son mari quand il avait remarqué que le vent mugissait dehors sous son appel instinctif. C'était un mélange d'énervement et de méfiance qui lui rappela un souvenir datant d'octobre dernier.

Assise à son grand bureau dans sa chambre rodorchnienne, la Reine lisait à la va-vite les journaux de son père. Découvrir les pensées intimes de l'homme vil qui l'avait engendrée lui retournait l'estomac. Afin de s'épargner les pires atrocités qu'il avait commises, elle se contentait de lire quand un prénom apparaissait.

Elle avait déjà consulté deux journaux — son père débordait de projets — sans trouver le moindre signe d'une maîtresse ou d'un enfant caché. À l'époque où il avait vraisemblablement côtoyé Scatach, il n'était fait mention nulle part de cette liaison. Rares étaient les éléments intimes dans ses lignes. Il évoquait ponctuellement ses fils, mais uniquement pour narrer des exploits sanglants.

Et s'il y en avait d'autres ?

Rechercher d'éventuels demi-frères ou demi-sœurs était la seconde mission qu'elle s'était juré de remplir durant son séjour au palais. Lever le voile sur sa magie était le premier, bien entendu.

Toujours rien.

Malgré elle, son esprit porta davantage d'attention aux dernières pages du journal. Aux derniers mots de son père avant de mourir. Il y avait plusieurs plans, des chiffres, des notes raturées…

Non…

Le Roi Mil avait prévu d'envahir la Mebeaka. Puis la Guanile. Et ainsi de suite. S'il avait formé ses fils à être aussi tyranniques que lui, c'était pour qu'ils mènent les armées dans ce projet de conquête. Des centaines de soldats étaient dangereux, mais menés par de puissants magiciens… Son père avait tout prévu, que ce soient les lieux, les hommes, l'argent, la stratégie. Ces notes étaient le fruit d'années de réflexion et de recherches militaires.

Si Declan ne l'avait pas tué, ainsi que mes frères, le Continent aurait été en guerre.

Elle ne pouvait pas savoir quand il aurait lancé l'assaut ni s'il serait arrivé à ses fins. Mais il était évident qu'en l'assassinant, Declan avait sauvé plus de vies que celles des pauvres Rodorchniens. Bien qu'il l'eût influencée pour qu'elle épousât Calixte, Essylt devait reconnaître à Guénolé sa clairvoyance.

Elle lâcha le journal de surprise quand la porte s'ouvrit brusquement sur son mari.

— Je te cherchais, ma bien-aimée. Veux-tu faire une promenade à cheval avec moi ?

Suffoquée par sa prévenance excessive des deux dernières semaines, elle lui sourit de son mieux.

— Bien sûr, profitons qu'il fasse encore grand beau.

— Cela devrait durer, la Rodorchna a un climat si chaud ! Que faisais-tu ?

Intrigué, il posa ses mains sur son bureau pour observer les trois journaux. Elle les empila nerveusement.

— Ce sont ceux de mon père.

Elle tressaillit de le voir pâlir, ne s'attendant pas à une telle réaction.

— Pourquoi les lis-tu ? Personne ne doit savoir que tu les consultes, cela pourrait être très mal interprété !

— Je ne suis pas la digne fille de mon père.

— Certes, mais après ce qu'il s'est produit en Teac, il nous faut être prudents.

Il posa une main protectrice sur son épaule.

— Pourquoi les lis-tu ? répéta-t-il.

Il lui était impossible de détourner la conversation, alors elle choisit de mentir pour ne pas l'inquiéter au sujet d'hypothétiques demi-frères ou demi-sœurs cachés. Elle ne voulait pas non plus lui révéler les plans de Mil.

— Pour mes recherches sur mes pouvoirs. Afin de mieux les maîtriser.

— Pourquoi faire ?

Le ton de sa question la mit mal à l'aise.

— Pour savoir les maîtriser, tout simplement.

— Mais dans quel but ? Tu n'es plus en danger.

— Oui, mais il n'empêche que cette magie est mon héritage et…

— C'est ridicule ! Et dangereux ! Je ne veux pas que les autres monarques apprennent cela.

— Je ne vois pas pourquoi ils l'apprendraient.

— Il y a des espions partout et tu es bien naïve si tu penses le contraire.

Elle garda son calme et posa ses mains à plat sur son bureau.

— Même s'ils venaient à l'apprendre, j'ai le droit de m'entrainer. C'est

comme si l'un d'eux te reprochait de savoir te battre à l'épée : c'est absurde et inapproprié.

— Ce n'est pas comparable. Pas après ce que ton frère a fait.

— Heureusement que j'ai su utiliser ma magie ce jour-là.

Il recula, le visage fermé.

— Inutile de me rappeler que tu as failli mourir. Je le sais mieux que quiconque.

Sa douleur se déversa en elle comme une cascade glacée et amère. La culpabilité lui coupa la respiration.

— Calixte...

— Je ne veux plus en discuter.

Il se dirigea vers la porte.

— Cache ces journaux où tu voudras, mais fais-les disparaître. Je ne veux plus entendre parler de tout ceci.

Declan fit un signe de tête aux soldats en faction devant le bureau de son frère. L'un d'eux l'annonça auprès du Roi et reçut l'ordre de le faire entrer.

— Ah, Declan ! J'allais justement te faire quérir. Assieds-toi.

Soulagé qu'il soit de bonne humeur, il prit place en face de lui. Calixte reposa sa plume et lui sourit malicieusement.

— Un peu d'escrime en fin de journée, ça te tente ?

— Avec plaisir, mon Roi.

Il lui tira la langue à la mention de son titre qui paraissait trop sérieux pour leur conversation entre frères.

— Tu voulais me parler de quelque chose ?

— Oui. Le Conseil des Neuf en Jirialc se rapproche et je voulais que nous discutions sécurité.

— C'était aussi ce dont je voulais t'entretenir. J'irai sans Essylt et avec Lucetmael cette année.

— Oh, pourquoi ? fit-il semblant d'être étonné.

— Peu importe pourquoi, s'agaça son aîné en faisant un signe excédé de la main. L'important c'est que j'ai besoin de toi.

— Je me chargerai bien entendu de votre sécurité. Je pensais que pour Lucetmael nous pourrions...

— Je ne veux pas que tu viennes avec nous.

Décontenancé, Declan s'avança au bord de son fauteuil.

— Pourquoi ? Je suis le plus qualifié pour assurer votre sécurité.

— Rassure-toi, je ne remets pas en question tes compétences.

Amusé par son emportement, il plaça ses coudes sur le bureau et joignit ses mains avec un sérieux peu coutumier.

— J'ai besoin que tu restes ici pour remplir une mission très importante.

— Laquelle ?

— Je veux que tu surveilles Essylt.

Pendant un instant, Declan crut que ses oreilles lui jouaient un vilain tour. Son frère ne pouvait pas avoir tenu de tels propos.

— Je ne suis pas sûr de comprendre…

Calixte soupira théâtralement.

— Je ne pense rien t'apprendre en te disant que nos relations sont compliquées ces temps-ci. J'ai bon espoir que cela s'arrange après avoir été éloignés, néanmoins je dois être assuré que tout se passe bien en mon absence. Je sais que vous êtes en bons termes, je peux concevoir que cette mission te dérange.

— Tu me demandes d'espionner la Reine. Pourquoi ?

— Ne vois pas cela comme de l'espionnage, mais plutôt comme… Une protection attentive. Essylt a des idées trop progressistes et une vision du monde trop optimiste. Depuis quelque temps, son comportement m'inquiète.

Qu'il dise cela était très ironique, ce dont il ne se rendait même pas compte.

A-t-il des soupçons ? s'inquiéta-t-il en réfléchissant à toute vitesse à sa façon de réagir. *Si c'était le cas, il ne me chargerait pas de cette tâche.*

— Peux-tu être plus précis ?

— Elle fait des recherches sur sa lignée et sur sa magie, malgré mes objections. Je suis inquiet de ce que les monarques pourraient penser si cela venait à s'ébruiter.

Il se retint d'afficher son soulagement.

— Je ne peux pas empêcher la Reine de faire ce que bon lui semble.

— Évidemment. Mais tu peux la surveiller et me rapporter ce qu'elle fait, qui elle voit. Tout ce qui te semblera utile et pourrait lui être préjudiciable. Et si jamais elle t'en parle, je souhaiterais que tu la convainques d'arrêter.

Rendu extrêmement mal à l'aise par cette demande, Declan acquiesça. L'attitude de son frère était tellement paradoxale : il était méfiant vis-à-vis de sa femme sur un sujet qui n'aurait pas dû l'inquiéter. Mais derrière ce désir malsain de contrôle se cachait une authentique peur qu'elle soit en danger.

Calixte lui parla de diverses autres affaires avant de le congédier. Une fois dehors, le Chef grimaça en songeant qu'il n'était pas pressé d'annoncer la nouvelle à son amante.

Comme presque tous les soirs, Declan trouva Essylt dans sa chambre passé minuit, la veille du départ. Sans un mot, elle lui prit tendrement la main et le conduisit jusqu'à la chambre du Prince.

Endormi sur le dos, il suçait son pouce et serrait sa peluche en même temps. Attendris, ils le contemplèrent de longues minutes, déjà submergés par le manque alors qu'il n'était pas encore parti.

Son père embrassa son front, tel un sceau protecteur.

Une fois de retour dans sa chambre, Essylt se positionna devant la fenêtre et ouvrit un rideau pour admirer le ciel nocturne. Capable de deviner ce que cachait chacun de ses gestes, il se plaça dans son dos et l'entoura de ses bras puissants.

— Tout va bien se passer. Calixte est certes inconstant, mais il aime Lucetmael. Sans oublier que Gladys et Caem seront avec lui. Ne t'inquiète pas.

C'était plus fort qu'elle et totalement légitime. C'était la première fois qu'elle allait être séparée de lui depuis sa naissance. Il était une partie d'elle sans laquelle elle n'était pas sûre d'exister.

Declan embrassa son cou.

— Je suis confiant, tout va bien se passer.

— Je l'espère.

— Je sens que ma Reine a besoin qu'on lui change les idées…

Sa langue glissa le long de son cou jusqu'au haut de sa poitrine, couverte par son peignoir. Adoratrices, ses mains passèrent sur son ventre pour dénouer le lacet, libérant le tissu ouvragé qui chuta au sol.

Declan se plaça devant elle. Les éclats de la lune ricochèrent sur ses boucles brunes particulièrement désordonnées. Il redressa ses épaules et la regarda droit dans les yeux. La force et le désir qu'il dégageait embrasèrent la Reine.

Il tira sur les broches qui retenaient ses cheveux, qui cascadèrent autour de son visage. Il les repoussa dans son dos pour admirer ses seins fiers. Ses mains les enveloppèrent, rapidement rejointes par ses lèvres. Celles-ci entamèrent une lente descente jusqu'à son intimité. Traversée par une vague de plaisir, Essylt s'agrippa à ses cheveux pour ne pas tomber.

Le Chef l'allongea sur le lit, retira ses vêtements et la recouvrit de son corps. Affamée, la souveraine le repoussa fougueusement pour le chevaucher. Leurs corps s'unirent dans une étreinte exigeante qui les occupa durant plusieurs heures délicieuses.

Quand elle se réveilla seule dans son grand lit, la Reine vérifia comme à son habitude qu'aucun détail dans sa chambre ne trahissait la venue de son amant — elle avait replacé les draps, rangé ce qui avait été déplacé —, avant de se vêtir rapidement. Dans la chambre du Prince, elle le trouva occupé à s'habiller sous les conseils de Gladys.

— Je m'occupe de ses boutons, affirma Essylt en s'agenouillant devant lui. Finissez de vous préparer.

— Merci, Majesté.

Enjoué par l'excitation qui flottait dans l'air, Lucetmael tira sa mère jusqu'au salon. Calixte attendait à table pour commencer son petit déjeuner. Son fils déposa un baiser sur sa joue avant de s'asseoir, répétant leur rituel matinal.

Ils mangèrent en écoutant les babillages du Prince, qui remplissait le silence entre ses parents. Une fois que tout fut prêt, ils se dirigèrent vers la cour où les carrosses patientaient.

— Tu es très sage pendant que Maman n'est pas là. Tu écoutes bien Gladys et Caem et tu manges toute ton assiette.

— Cesse de l'infantiliser avec tant de familiarité, gronda Calixte par-dessus son épaule.

Essylt le foudroya du regard avant de prétexter vérifier le haut de son fils pour mettre de la distance avec son mari. Intrigué, les grands yeux bleu ciel de Lucetmael suivirent les mouvements de ses mains.

— Tu es gentil avec les enfants avec qui tu joues. Tu promets à Maman de jouer sagement avec eux ?

Il acquiesça avec un sérieux adorable pour son âge.

Avant qu'il ne monte dans le carrosse, il enlaça fermement sa nuque pour la retenir. Elle le serra de toutes ses forces en humant son odeur pour la garder près d'elle.

— Tu vas beaucoup me manquer, mon trésor. Je t'aime plus que tout.

— Je t'aime.

Ces quelques petites syllabes murmurées au creux de son oreille réchauffèrent son cœur angoissé. Elle lui tint la main pour qu'il monte rejoindre son père.

— Soyez prudents et faites bon voyage.

Il lui fit un raide signe de tête avant de refermer la porte. Plusieurs soldats la détaillèrent du coin de l'œil, gênés par la sécheresse du Roi.

La procession quitta l'enceinte du château. Une douleur naquit entre les seins de la Reine et elle sut sans l'ombre d'un doute qu'elle ne pourrait pas respirer pleinement tant que son fils serait absent.

Pourquoi est-ce que j'ai accepté ? Pourquoi a-t-il fallu que Calixte soit si obtus et changeant ?

La seule chose qui la rassurait était l'amour incommensurable que Calixte portait à Lucetmael. Elle savait qu'il était en sécurité, puisqu'aucune menace ne planait sur eux, et que son père ferait attention à son bien-être.

La souveraine se rendit à une réunion, car les responsabilités n'attendaient pas qu'elle se sente mieux. Son esprit fourmillait de pensées parasites qui l'empêchèrent d'être efficace.

Elle fit une pause à midi pour manger en compagnie de Delyth et Lauryn. Les aristocrates étaient venues lui rendre visite quelques jours, sachant qu'elle serait seule. Caitlyn et Caoilfhionn avaient mis au monde leur premier enfant respectivement en juin et en juillet. Deux petites filles venaient agrandir la noblesse bofursylienne. Elles étaient nommées Dymphna et Máda, en l'honneur des Reines de Vuai et Jirialc, dont étaient originaires Niocol, l'époux de Caitlyn, et Caoilfhionn.

En Rodorchna, la Duchesse Sibby avait accouché d'un garçon en mai, nommé Matholwch, comme l'arrière-grand-père d'Essylt. Un hommage plaisant.

La Reine ne doutait pas que Meriel, l'épouse de Lothar, ne tarderait pas à lui donner un héritier. Quant à Saraid, la souveraine abordait rarement le sujet de la maternité avec elle, bien qu'elle sache que son mariage avec Garvan était heureux. Le noble d'origine aivaithrienne s'était investi dans la politique rodorchnienne aux côtés de sa femme, ce qui était apprécié à sa juste valeur.

Toutes ces naissances avaient sans conteste exacerbé le désir de paternité de Calixte. La Reine n'éprouvait toutefois aucun agacement envers ses nobles. Leur bonheur faisait le sien.

Delyth narra plusieurs anecdotes attendrissantes sur Flaithri, qui du haut de ses quinze mois grimpait sur tout ce qu'il trouvait : meubles, personnes, arbres… Sa mère craignait qu'il se blesse et l'avait entouré de quatre nourrices pour le surveiller. Lauryn les écouta patiemment parler de leurs enfants, bien qu'elle n'en ait point et ne soit pas mariée. La Comtesse avait voyagé à plusieurs reprises en Vuai, en Aivaithra et en Rodorchna. Aucun prétendant n'avait été mentionné et il était évident que son célibat lui convenait parfaitement. Essylt pouvait aisément le comprendre.

Quelques heures plus tard, alors qu'elle écoutait distraitement un ambassadeur mebeakien, la Reine ressentit une drôle de sensation dans son bas ventre. D'abord infime, elle s'épanouit lentement, telle une fleur qui éclot. Jamais elle n'avait éprouvé pareille impression. Elle baissa la tête et posa sa main à plat pour essayer de faire appel à sa magie. Cela lui était plus facile sur autrui que sur elle-même.

La chaleur s'intensifia, comme si une bougie s'était allumée et prenait doucement de l'ampleur.

Oh non...

Elle se mit sur ses pieds, un goût de bile dans la bouche. Autour d'elle, les trois intendants et l'ambassadeur s'étaient figés de surprise.

— Vous allez bien, Votre Majesté ?

Non. Absolument pas.

— Oui, je... Veuillez m'excuser, je me sens un peu souffrante. Pouvons-nous reporter cette entrevue à demain ?

— Bien entendu, Votre Majesté. Que Votre Majesté prenne grand soin d'elle.

Elle lui fit un rapide salut de la tête avant de partir à grands pas. Elle avait chaud, beaucoup trop chaud. De la sueur coulait le long de son dos.

Arrivée à l'étage des appartements de Declan, elle se pétrifia. Elle ne pouvait décemment pas surgir de la sorte, au milieu de l'après-midi. Enfin si, elle le pouvait, elle était la Reine après tout. Elle était cependant trop inquiète par d'éventuelles rumeurs, aussi infimes soient-elles, pour prendre ce risque.

Elle s'enferma dans sa chambre, où elle rédigea une missive priant Declan de la rejoindre à la nuit tombée. Évidemment, elle ne l'écrivit pas noir sur blanc. Ils avaient convenu d'un code pour se retrouver en cachette.

Dévorée par la peur et le doute, elle fit les cent pas dans sa chambre pendant de longues heures. Tous les scénarios possibles défilèrent devant ses yeux exorbités.

Que va-t-on faire...

Cleena lui apporta une assiette de fromages et de fruits. Croyant qu'elle était angoissée par l'absence de Lucetmael, elle vérifia qu'elle ne manquait de rien avant de s'éclipser.

Une fois la nuit tombée, Essylt s'assit au bord de son lit sans toucher à la nourriture. Elle fixa le mur où se trouvait le passage secret si indispensable à leur amour.

Enfin, les pierres se décalèrent pour laisser passer Declan. Il se précipita pour s'agenouiller devant elle et lui prendre les mains.

— Tout va bien ? Je sais que tu es inquiète de ne pas être avec lui, mais je suis certain que...

— Je suis enceinte.

Les mains de Declan tressaillirent au-dessus des siennes. Un sourire immense prit possession de son visage.

— C'est merveilleux !

Il bondit sur elle pour la serrer contre son torse. En sentant ses larmes dans son cou, sa joie s'évapora. Il fut soudain frappé par un doute affreux.

— Il n'est pas de moi ? chuchota-t-il.

Elle saisit vivement le haut de son uniforme.

— Si, il l'est. Et c'est bien cela le problème.

Ses sanglots redoublèrent et il l'enlaça fermement. La peur que cet enfant ne soit pas de lui fut remplacée par celle qu'il le soit. Il ne souhaitait pas revivre la même souffrance, pourtant c'était plus fort que lui, il était enchanté d'avoir un second enfant. Bien que la situation soit toujours aussi grave et dangereuse, il s'y était accoutumé, parce que cela lui permettait de l'aimer.

— Tu ne comprends pas, tu ne comprends pas…

— Qu'est-ce que je ne comprends pas, mon amour ?

Elle prit son visage en coupe entre ses mains. La douleur dans ses yeux le transperça.

— Calixte n'a pas partagé mon lit depuis plus de trois mois. Et il ne rentre pas avant au moins deux mois…

L'horreur qu'elle éprouvait s'infiltra en lui.

— Tu veux dire que…

— Même si je partageais sa couche à son retour, je doute de pouvoir lui faire croire que c'est le sien.

Enlisés dans leur mensonge, ils s'agrippèrent l'un à l'autre.

— Peut-être que si. Peut-être…

— Plus de deux mois, Declan ! Il verra que mon ventre grossit trop vite. Et je ne te parle même pas de mes caméristes qui savent pertinemment qu'il ne vient plus me visiter…

— Elles ne diront rien, elles te sont loyales. Nous allons…

— Nous ne pouvons pas.

— Nous ne pouvons pas quoi ?

Elle l'entoura de ses bras et de ses jambes. Contre son ventre, il sentait la chaleur du sien. Il la souleva pour l'allonger dans le lit, où il la recouvrit d'une couverture et la berça tendrement. Ses tremblements et ses pleurs diminuèrent.

— Si Calixte comprend que cet enfant n'est pas de lui, il pourra soupçonner que c'est également le cas de Lucetmael.

Cette constatation le fit resserrer son étreinte.

— Dans ce cas, partage son lit quand il revient, articula-t-il difficilement. Puis partons sans lui en Rodorchna le temps de ta grossesse.

— Cela ne modifie pas le cours du temps, Declan ! Sans oublier le fait que Calixte me réclame un second enfant depuis des années. Il ne va pas me quitter une seule seconde.

— Alors, fais seller Royal demain dès l'aube et pars le retrouver ! Ils n'ont qu'une journée d'avance. Une fois près de lui, fais-en sorte de… Le séduire.

Il n'aurait jamais cru prononcer de telles paroles. Elle fit non de la tête contre son torse.

— Calixte est peut-être inconstant, mais il n'est pas stupide. Nous nous sommes quittés en très mauvais termes et il a été très clair sur le fait qu'il voulait faire ce voyage sans moi. Je n'ai jamais fait la démarche de le rejoindre dans son lit. Ne crois-tu pas qu'il se doutera de la supercherie ?

Si, évidemment. Le Roi était plein de contradictions, mais son intelligence demeurait vive. Bien qu'il n'ait certainement aucun soupçon concernant la fidélité de sa femme, un changement brutal d'attitude menant miraculeusement à une grossesse ne manquerait pas de le rendre suspicieux.

Ce qu'Essylt ne précisa pas, c'était qu'elle se sentait incapable de jouer les épouses désolées et aimantes. Surtout en sachant que les chances de réussite étaient infimes.

— Dans ce cas, quitte-le ! s'exclama-t-il tout bas en griffant son dos.

— Comment ?

— Prends tes affaires, prends Lucetmael et partons en Rodorchna.

— Pour quoi, Declan ? Pour que notre fils soit traité de bâtard ? Pour que je sois une Reine adultère ? Pour que Calixte déclare la guerre à la Rodorchna ?

— Il n'irait pas si loin.

— En es-tu certain ?

Il ouvrit la bouche puis la referma. Non, il ne l'était pas. Son frère n'était plus le même depuis qu'il avait tué sa mère pour protéger Essylt.

— Je suis dans une impasse. Je ne peux pas le quitter ainsi. Il est Roi de Rodorchna et je ne peux pas le défaire. Il est mon mari et je ne peux rien y changer.

Il appuya son front contre le sien.

— Alors, qu'allons-nous faire pour cet enfant ?

Il l'entendit prendre son souffle à plusieurs reprises, comme si ses lèvres ne parvenaient pas à esquisser les prochains mots.

— Cette grossesse met Lucetmael en danger.

Il était plus précieux que sa couronne ou sa réputation. Plus précieux que sa propre vie.

— Je ne comprends pas…

Elle frotta son nez contre le sien.

— Cette grossesse ne doit pas être.

Ses larmes recouvrirent les joues de Declan. Ses grandes mains se crispèrent sur elle pour rejeter ses paroles.

— Tu ne peux pas sérieusement l'envisager…

— J'y ai réfléchi pendant des heures, murmura-t-elle difficilement. Je ne peux pas mener à terme cette grossesse, parce que Calixte saurait. Il saurait que cet enfant n'est pas le sien et pourrait vite comprendre qu'il en va de même pour Lucetmael. Quelle vie offrirais-je à ce bébé ? Quelle vie offrirais-je à Lucetmael ? Quelles seraient les conséquences pour la Rodorchna ? Et pour toi si la vérité venait à se savoir ?

Sa logique implacable le mettait hors de lui. Avec les années, elle avait appris à penser comme une souveraine, en prenant en compte tous les aspects d'un problème.

Et en l'occurrence, elle avait raison.

— Pour Lucetmael, pour la Rodorchna, pour toi, pour moi… Il nous faut renoncer à cet enfant.

Declan éclata en sanglots. Ce fut si brutal qu'Essylt crut en mourir. Elle enroula ses jambes autour de lui pour l'avoir au plus près d'elle, pour contenir les sursauts de douleur de son corps. Il la serra en retour, la serra de toutes ses forces pour la préserver, pour la soutenir et pour ressentir ce bébé minuscule et innocent.

— Comment allons-nous procéder ? s'enquit-il une fois que ses larmes se furent apaisées.

Bouleversée par sa résignation et par son implication, elle embrassa son front.

— Faut-il que je te trouve une décoction adaptée ?

— Je ne doute pas qu'il en existe. Mais je pense être en mesure de le faire seule.

Comprenant ce qu'elle voulait dire, il repoussa ses cheveux de son visage pour le tenir précautionneusement.

— Ce n'est pas dangereux ?

— Non, affirma-t-elle en caressant son torse. Je sais ce que je fais.

Étrangement, c'était la vérité. Après tout, elle maîtrisait le pouvoir de la vie plus que n'importe lequel de ses ancêtres, même Meallán. C'était la raison pour laquelle elle avait perçu la création de ce petit être dans sa chair, ce qui n'avait pas été le cas de Lucetmael à l'époque. Essylt maîtrisait de mieux en mieux ce don mystique.

— Et le bébé, va-t-il souffrir ?

— Non. Sa vie est à peine esquissée. C'est mieux de le faire maintenant.

Elle s'écarta un peu de lui et posa ses deux mains sur son ventre. Les bougies éparpillées dans la pièce se reflétaient dans leurs yeux noyés de larmes.

Courageux, Declan recouvrit ses mains des siennes.

— Je suis là. Et je t'aime.

C'était tout ce qu'elle avait besoin d'entendre.

Elle se concentra sur ses mains comme si elle s'apprêtait à entrer en contact avec un corps étranger. Ce qui était en partie le cas. Sa respiration s'apaisa, ainsi que la pulsation de son sang dans ses veines.

La vie qui se créait en elle apparut soudain, lumineuse et sereine. Elle était minuscule, faible, indistincte. Ce n'était pas encore véritablement un être à part entière, pourtant cette décision désespérée anéantit son cœur de mère.

Je suis désolée, tellement désolée...

Sa magie enveloppa délicatement la lumière.

Et l'éteignit.

Un sanglot échappa à Essylt en sentant du sang couler entre ses cuisses.

Declan l'attira sur lui pour l'étreindre encore.

— Ça aurait été une fille, confessa-t-elle.

Les yeux de Declan se fermèrent malgré lui, non pas pour fuir la douleur d'Essylt, mais pour être confronté à la sienne. Ce fut plus fort que lui.

Il imagina.

Il imagina la sensation qu'il aurait éprouvée en tenant sa fille dans ses bras pour la première fois. Dans son rêve, elle avait bien entendu le visage d'Essylt, la finesse de ses traits, et déjà son port altier. Il aurait humé sa tête chaude, son corps reconnaissant de la manière la plus primitive qui soit ce qui était sien. Il sut sans l'ombre d'un doute ce qui l'aurait envahi en rencontrant son regard bleu comme le ciel : une rage protectrice. Il avait déjà un fils qu'il aimait plus que tout et pour qui il était prêt à mourir, mais une fille... Une fille.

Il imagina ses premiers pas, les plis de sa petite robe voletant autour d'elle tandis qu'il l'admirait s'élancer, le souffle coupé d'appréhension. Il imagina ses lèvres pleines boudeuses qui lui auraient permis de tout obtenir de lui. Il imagina ses longs cheveux blonds bouclés qu'il aurait démêlés doucement, sous le regard aussi ahuri qu'attendri des servantes. Il imagina lui enseigner la stratégie militaire, car même s'il n'aurait pu lui apprendre à manier l'épée, jamais il ne l'aurait laissée démunie dans ce monde abject.

Oui, en quelques secondes, Declan imagina cette petite fille merveilleuse.

Et tous les moments qui n'existeraient jamais.

XXV

« L'enfance, c'est le temps de l'insouciance. » Reine Muirín de Vuai, 216.

La Reine de Bofursyle di Rodorchna trépignait d'impatience. Son manteau frôlait le sol de la cour du château, s'incrustant de terre. Concentrée sur les grilles de l'entrée, elle ne remarqua pas Cleena qui époussetait la fourrure de son habit couteux.

Derrière elle, ses cinq caméristes, dont la nouvelle Aphria, attendaient tout aussi impatiemment qu'elle le retour du Prince. Encadrées des commandants royaux et de soldats, ils formaient un accueil digne d'un retour de guerre. Parmi eux, Declan cachait sa propre fébrilité derrière sa posture militaire. Les mains dans le dos, il ne pouvait s'empêcher de contempler la souveraine à la dérobée.

Sentant son attention sur elle, elle cessa de remuer nerveusement. Ces deux derniers mois, ils s'étaient retrouvés chaque nuit. Leur souffrance avait renforcé leur amour, ce qu'ils n'auraient pas cru possible. La perte avait intensifié leur désir de se protéger et de s'aimer.

Essylt fit tourner l'anneau qu'il lui avait offert autour de son doigt.

À quel point Lucetmael aura-t-il changé en deux mois ? Combien de nouveaux mots saura-t-il prononcer ? Qu'aura-t-il appris ?

Quand le premier cheval monté par un soldat vêtu de bleu passa les grilles, le poids au milieu de sa poitrine disparut. Elle se retint de courir jusqu'au carrosse où elle percevait la vie de son fils aussi clairement qu'elle voyait le soleil dans le ciel.

Caem descendit de cheval avec un sourire heureux et ouvrit la porte du carrosse. Une petite silhouette se plaça en haut des marches.

— Mon trésor !

Elle le saisit sous les aisselles pour le ramener contre elle. Ses boucles blondes rebondirent de ce mouvement emporté. D'abord surpris, il finit par l'enlacer à son tour et positionna ses jambes sur ses hanches.

— Tu m'as tant manqué !

Il recula et posa ses petites mains sur ses joues. Leurs yeux si identiques s'étreignirent.

— Maman !

— Mon trésor !

Elle recouvrit son visage de baisers.

— Que t'ai-je dit, Lucetmael ? gronda une voix.

Calixte sortit du carrosse à son tour, fringuant dans ses vêtements bleus ouvragés. Ce séjour lui avait été bénéfique.

Le Prince posa son front contre le cou de sa mère.

— Je ne dois plus dire Maman.

— Exact, approuva Calixte.

Trop abasourdie pour réagir, Essylt sentit la main de son époux dans le creux de son dos, possessive.

— Bonjour, ma bien-aimée. Tu nous as également beaucoup manqué.

Il déposa un baiser pudique sur sa joue, sous les regards admiratifs des habitants du château. Cet excès de tendresse publique l'agaça.

— Rentrons, vous devez souhaiter vous reposer.

Heureusement, certains réflexes étaient protecteurs. Alors qu'ils pénétraient dans l'édifice en pierre, Calixte la retint par le bras.

— Le Prince va marcher seul.

Lucetmael glissa de ses bras pour se tenir sur ses pieds. Il consulta son père du regard.

— Très bien, allons-y.

Ils traversèrent le château côte à côte jusqu'à arriver à leurs appartements.

— Veuillez m'excuser, j'ai des affaires à régler.

Calixte se réfugia dans son bureau, au plus grand bonheur de la Reine. Elle assit Lucetmael sur un canapé et s'accroupit devant lui.

— Tout va bien, mon trésor ? Tu t'es bien amusé pendant le voyage ?

— Oui.

Ses yeux bleu ciel dérivèrent un instant en direction du bureau du Roi.

— Oui, Mère.

Consternée par ce que Calixte avait osé faire — forcer leur enfant à adopter une attitude protocolaire aussi jeune ! — elle se pencha pour chuchoter à son oreille.

— Quand Papa n'est pas là, tu peux dire tout ce que tu veux, mon trésor.

— Mais Père…

— Ce sera notre secret. Viens.

La Reine annula toutes ses obligations de l'après-midi pour être avec lui. Il fallut plusieurs heures pour que le Prince retrouve son débordement d'énergie coutumier. Ils jouèrent à tout ce qu'il désira : l'épée, le cheval, la construction avec des cubes en bois… Dans la chambre royale, les titres disparurent. Seuls, l'extérieur cessa d'exister. Ils ne furent plus qu'une mère et son enfant partageant des moments inoubliables.

— Nous avons préparé son bain, annonça Léan depuis l'encadrement de la porte.

— Mon trésor, je crois que les filles ont une surprise dans le bain pour toi…

Surexcité, il courut en direction de la servante, qui partit à grands pas pour entreprendre une course. La Reine se releva et ramassa les jouets éparpillés.

— Je vais m'en occuper, Majesté.

Gladys se faufila dans la chambre.

— Que s'est-il passé durant le voyage ? s'enquit-elle.

Mal à l'aise, la nourrice se tordit les mains.

— Le Roi a exigé que le Prince se conduise de manière moins familière et enfantine. Surtout en compagnie des autres monarques. Son Altesse a beaucoup pleuré, car le Roi l'a puni plus d'une fois.

En d'autres circonstances, certaines nourrices n'auraient pas répété de tels évènements, trop conscientes du risque de déplaire au monarque. Mais Gladys n'avait pas approuvé cette façon de faire : Lucetmael était un enfant adorable qu'elle aimait sincèrement. Le réprimander de la sorte lui avait paru des plus injuste.

— Merci pour votre franchise.

Atterrée par les exigences de Calixte, Essylt passa le reste de la soirée à réfléchir à une façon d'aborder le sujet. Elle n'avait fait qu'entrapercevoir son mari, elle ne savait donc pas dans quelle disposition il était à son égard. Il ne ressortit pas de son bureau de la soirée, la Reine et le Prince dînèrent donc en compagnie des caméristes et des commandants. Aphria s'était rapidement fait sa place parmi eux, grâce à sa douceur et son efficacité. Lucetmael l'appréciait et se réjouissait quand elle lui jouait des tours en cachant des objets derrière son oreille.

Une fois la nuit bien avancée, Essylt accueillit Declan dans sa chambre en lui sautant dans les bras. Il l'enlaça sans comprendre son besoin d'être réconfortée.

Le Chef s'agenouilla devant le lit du Prince pour embrasser délicatement son front et remonter sa couverture sur lui.

— Comme il a grandi… J'ai envie de le croquer.

Cette dernière remarque fit sourire Essylt dans la pénombre. Declan l'embrassa une dernière fois avant qu'il ne regagne l'autre chambre.

Aussitôt, elle se réfugia contre lui et lui raconta ce qu'il s'était produit durant le voyage. Furieux contre son frère, Declan l'apaisa de son mieux avant de s'éclipser.

Après une nuit d'un sommeil agité, la Reine se prépara avec la ferme intention d'avoir une discussion sérieuse avec son époux. Tandis que Bethania attachait ses cheveux, Lucetmael traversa sa chambre en compagnie de Janae.

— Il y a du lait chaud pour vous, Altesse.

— Oui !

Ce cri de joie les ravit toutes. Essylt le suivit quelques minutes plus tard. Attablé avec Calixte, Lucetmael arborait une moustache blanche adorable.

— Tiens, mon trésor, pour ta bouche, dit-elle en lui tendant une serviette.

Elle prit place.

— Bonjour, Calixte. Tu as bien dormi ?

Il lui fit un signe de tête un peu brusque.

— Oui, oui.

Il se replongea dans le livre qu'il lisait tout en buvant son thé. Jugeant qu'il était préférable qu'il se réveillât à son rythme, Essylt discuta avec Lucetmael. Heureusement, Calixte ne le reprit pas, trop accaparé par sa lecture.

— Amuse-toi bien avec Nar, chantonna-t-elle quand il quitta la pièce en compagnie de sa nourrice et de son ami.

Elle lui envoya un baiser avant que la porte ne se referme.

Le livre de Calixte claqua sur la table.

— Tu n'es pas venue dans mon lit hier soir. Notre intimité ne semble pas te manquer !

Leur salon étant le centre de leurs appartements, il était rare qu'ils soient seuls. Ce n'était en l'occurrence pas le cas, puisque Cathan aidait Janae à porter des affaires, pendant qu'Aphria attendait dans un coin pour les resservir. La Reine rougit.

— Ce n'est pas le moment.

— Oh, pourquoi ? Tu as honte que nous parlions de cela devant tes gens ? Tu ne veux pas qu'ils sachent que tu ne remplis pas tes devoirs conjugaux ?

Ses oreilles la brulaient tant elle était rouge et furieuse. Ses proches quittèrent précipitamment la pièce, pas assez vite cependant pour qu'elle n'intercepte pas le regard de Cathan, empli d'une incompréhension manifeste.

L'image qu'il a de son Roi se fissure...

— Je remplirai mes devoirs quand tu rempliras les tiens, l'invectiva-t-elle, bien décidée à défendre sa position. Tu as été grossier avec moi avant ton départ et tu me reproches d'être froide ? Je ne suis pas près de venir te rejoindre dans ton lit, Calixte. Que ce soit pour faire un enfant ou pour ton bon plaisir.

— Et quel devoir n'ai-je point rempli ? s'agaça-t-il comme si elle faisait un caprice.

— Celui de père. De quel droit modifies-tu notre éducation sans m'en parler et sans que je sois là ? Je t'avais expressément dit que je ne voulais pas imposer le fardeau du protocole à Lucetmael en ce qui nous concernait. Du moins, pas avant plusieurs années. Et voilà qu'il doit m'appeler « Mère » ? Je refuse !

— Notre fils n'est pas un héritier comme les autres, gronda-t-il en se mettant debout. Par conséquent, il doit être au-dessus des autres.

— C'est toi qui veux en faire un héritier différent, cria-elle en bondissant sur ses pieds. Pour ma part, j'aimerais qu'il soit un enfant comme les autres dans la mesure du possible.

— Pour quoi faire ? La normalité ne sied pas à la royauté. Il est Prince.

— Mais ce n'est encore qu'un enfant. Il n'a que trois ans. Tu pourras exiger de lui une bonne conduite à partir de cinq ou six ans. En attendant, laissons-le jouer et profiter.

— Jouer et profiter ? Il n'a pas le temps pour cela. Un jour, il sera Roi. Et vu l'attitude de sa mère, il gouvernera nos deux royaumes. Notre position est encore incertaine de par sa nouveauté. Je refuse qu'il soit en difficulté sous prétexte que tu veux qu'il s'amuse.

Essylt s'écarta et se massa le front pour se calmer. La conversation avait dégénéré plus vite que prévu.

— Calixte, tu es absurde. Tu exiges de lui plus qu'il n'est capable de donner.

— Non. Je fais simplement en sorte de protéger notre enfant et de servir au mieux ses intérêts. Si tu songeais un tant soit peu à son avenir, tu comprendrais.

Des larmes amères coulèrent sur ses joues.

Je le fais bien plus que tu ne le penses !

— Il est évident que notre opinion diverge. Oui, j'aurais certainement dû te consulter avant, s'adoucit-il, dévoilant l'homme aimant qu'il pouvait être. Cependant, je pense que ta vision des choses est biaisée par ta propre éducation : tu n'as pas vécu dans un palais, tu ne sais pas à quoi ressemble l'enfance d'un héritier royal.

— Me reproches-tu d'avoir grandi dans un orphelinat ?

Réalisant qu'il était allé trop loin, il fit un pas vers elle.

— Ce n'est pas un reproche mais une simple constatation. Aie confiance en moi en ce qui concerne notre fils.

— Je te retourne la remarque ! Je suis sa mère, je sais ce qui est bon pour lui. Et ton argument est absurde, car j'ai appris à être Reine en moins de deux ans.

— Peut-être, mais tu as fait beaucoup d'erreurs.

Des erreurs qui m'ont couté très cher.

— L'erreur est une leçon.

— Alors, apprends ce qu'est une enfance royale au lieu de me couvrir de reproches.

— Et toi, apprends à faire passer notre enfant avant les intérêts du Royaume !

Sur ces mots, elle quitta brusquement le salon. Jarlath dut presque courir pour pouvoir la suivre à travers les couloirs.

Quelques heures plus tard, le Chef des armées fut requis auprès du Roi. Se doutant de ce qu'il voulait, Declan se rendit dans son bureau avec la gorge sèche.

— Mon frère ! Viens boire un verre, s'enthousiasma Calixte en lui servant déjà une rasade de whisky.

Son entrain ne le rassura pas. Ils trinquèrent en l'honneur de leurs retrouvailles.

— Ce Conseil a été mouvementé ! Cela m'a fait un drôle d'effet de revoir Trevina et Roan. Ils se portent bien, c'est rassurant.

La Reine régente avait traversé bien des épreuves. Après la trahison abominable de son mari et le décès de son fils, c'était sa fille qui les avait rejoints dans la mort. Une succession de drames détestable. Bien que Declan se fût émotionnellement détaché de Dubheasa et de sa famille en apprenant qu'elle avait participé aux tentatives d'assassinat contre Essylt, il éprouvait une certaine pitié pour la Reine et le Prince. Il essayait cependant de ne pas trop y songer, parce qu'il ne pouvait rien changer à leur sort.

— Tant mieux. Tu as bien négocié ?

— Comme à mon habitude ! Je suis l'un des meilleurs dans ce domaine, Père y a veillé. À ce propos, comment va-t-il ?

— Très bien. Il a enfin accepté de vendre le manoir. J'ai commencé à m'occuper des formalités. À part cela, il sort souvent faire des balades à cheval et il lit beaucoup.

— Bien, tant qu'il reste actif, c'est qu'il se porte bien.

C'était une façon optimiste de voir les choses. Declan n'était pas certain que leur père se remette un jour de la trahison de sa femme ni de son décès.

Calixte croisa nonchalamment ses pieds sur le bureau.

— Comment se sont déroulés ces deux mois en mon absence ?

Devinant le sujet sous-jacent à sa question, Declan termina son verre.

— Je n'ai rien remarqué d'étrange ou de dangereux. Je t'ai fait part des diverses activités de la Reine.

Dans ses lettres, il n'avait révélé que ce qu'Essylt acceptait qu'il sache. D'abord blessée et excédée par cette surveillance, elle avait décidé de la faire jouer à leur avantage : en prouvant à Calixte que tout allait bien, cela le calmerait peut-être. Le Chef avait donc fait part au Roi de certains diners ou de certaines sorties. Omettre des informations était une trahison, qui paraissait néanmoins dérisoire comparé à l'adultère.

— Rien qui ne prouve qu'elle s'entête dans ses recherches inutiles, grommela-t-il.

— Peut-être est-ce le cas, mais je l'ignore. La Reine est prudente.

Calixte opina vaguement.

— Tu n'as rien à ajouter ?

Son ton suggérait clairement qu'il était déçu.

— Il y a quelques jours, j'ai entendu la Reine mentionner un projet en cours.

— Lequel ?

— Il aurait pour but de créer des lois pour les femmes. Je n'en connais pas les détails.

C'était un mensonge, mais il était préférable qu'Essylt lui en parlât en personne. Depuis la perte du bébé pour les protéger, elle s'était consacrée à ce projet auquel elle songeait depuis des mois. Le fait d'être prisonnière de son mariage n'avait qu'accru son désir d'égalité entre les hommes et les femmes. Fier de ses idées progressistes et de l'ardeur qu'elle mettait à la tâche, Declan l'avait toutefois avertie du danger que cela représentait. Comme ses aides quelques années plus tôt, ce projet était novateur et donc potentiellement dangereux. La nouveauté était rarement vue d'un bon œil.

— Voilà une nouvelle lubie que je n'avais pas prévue... Que crois-tu que cela puisse être ?

— Je suppose que la Reine souhaite protéger les femmes qui ont été maltraitées, proposa-t-il prudemment. Après tout, elle a elle-même subi une agression lorsqu'elle était jeune.

Lui rappeler qu'Uileog, un noble guanilien, avait tenté de la violer à l'époque où elle n'était encore que Princesse réveilla l'instinct protecteur de Calixte. Il reprit une position correcte et tira nerveusement sur ses cheveux.

— Oui, cela semble justifié.

— Tu ferais bien d'en discuter avec elle.

— Certes. Tu es sûr de n'avoir rien remarqué d'autre ?

— Oui, mon frère. Je suis au service de la Reine : elle me confie des missions, pas ses secrets.

Désappointé, Calixte acquiesça par automatisme puis le congédia.

De son côté, la Reine ouvrait les missives rapportées du Conseil. Mazoe, Tomás et Yvain faisaient part de leur regret de ne pas l'avoir vue. Sa grande cousine se portait bien, à l'instar de ses enfants. Niahm avait fêté son treizième anniversaire et Diarmait son huitième. Essylt se languissait d'eux et avait hâte de leur rendre visite l'an prochain.

Le Prince Tomás de Jirialc n'était séparé de sa majorité que de deux petites années. Au cours de leurs échanges épistolaires, Essylt avait perçu à quel point il avait grandi, devenant plus attentif et plus sage. Il n'avait qu'une hâte, c'était de poser genou à terre devant celle qui faisait battre son cœur depuis de nombreuses années, la Vicomtesse Ailís, de quatre ans son ainée. D'autres que lui seraient pressés de monter sur le Trône, toutefois il jugeait cela secondaire.

Le Roi Yvain de Xoramif lui rappela, bien que cela ne fût pas nécessaire, que le temps passait trop vite. Son petit frère Asal, du haut de ses vingt ans, s'était enfin fiancé à la Baronne Tuilelaith. Cette union avait été ralentie par Sybil. L'ancienne souveraine souhaitait que son fils épouse la Princesse Alyson et devienne Roi d'Aivaithra. Outre le fait qu'ils étaient des cousins éloignés, Asal refusait catégoriquement de s'unir à Alyson, pour la simple raison qu'ils ne s'entendaient guère. Heureusement pour lui, son frère avait appuyé son choix, ce qu'Essylt trouvait noble de sa part, surtout sachant qu'ils n'étaient pas très proches.

Après cette nouvelle, son cousin lui parla beaucoup de sa filleule, qu'elle n'avait malheureusement toujours pas rencontrée. La Princesse Ysolte les comblait de bonheur.

La dernière missive provenait de la Reine Dymphna de Vuai. Leurs échanges s'étaient raréfiés depuis la guerre contre la Teac. Essylt lui en voulait d'avoir profité de leur position de faiblesse pour exiger les fiançailles entre Ailina et Lucetmael. Thuán en avait certainement eu l'idée, mais Dymphna l'avait approuvé. En tant que mère, elle ne parvenait pas à la comprendre.

Essylt faisait son possible pour songer le moins possible à ces fiançailles. Durant son séjour en Jirialc, son mari lui avait envoyé deux missives, dans lesquelles il ne tarissait pas de détails sur tous les moments que Lucetmael et Ailina avaient partagés. Qu'ils jouent, qu'ils mangent ou qu'ils soient sagement assis, Calixte décrivait entre eux une idylle improbable. Ils n'étaient que des enfants. La lettre de Dymphna en rajoutait en glorifiant la Princesse, qui était très habile pour son âge. Essylt s'en voulait d'éprouver une telle rancœur envers cette enfant qui ne se doutait pas des machinations des adultes. Ailina était une petite fille adorable qui, comme Lucetmael, était destinée à une union qu'elle n'avait pas choisie.

Le soir venu, les deux époux se retrouvèrent bien obligeamment dans leur salon. Aucun noble ne résidait actuellement au château, les privant de distraction.

Pour une fois que j'aimerais qu'ils soient envahissants…, songea-t-elle amèrement en s'asseyant en face de lui.

— Son Altesse a déjà diné, leur apprit Léan. Vos plats arrivent dans un instant, Vos Majestés. Puis-je vous servir du vin ?

— Volontiers, approuva le Roi.

— Non, merci, de l'eau pour moi.

La camériste remplit leurs verres puis s'éclipsa en cuisine. Le silence qui régnait dans le salon suffoqua la Reine, qui but pour s'occuper les mains.

— J'ai entendu dire que tu avais préparé un projet de loi pour protéger les femmes.

Surprise, elle reposa son verre. Declan l'avait de toute évidence mis au courant, sans lui fournir trop de détails. Le ton de sa voix ne contenait ni reproches ni agacement. Une première depuis son retour.

— En effet.

— Que contient-il ?

— Des lois pour améliorer les droits des femmes. La principale est l'augmentation des peines de prison en cas de viol.

— Cela me parait sensé. Et le reste ?

Heureuse qu'ils discutent normalement, elle prit confiance.

— J'aimerais que le fait de battre une femme ou une fille soit interdit.

— Tu veux dire, une agression ? Cela l'est déjà.

— Non, dans le foyer. Quand un mari bat sa femme ou sa fille. Je veux que l'homme soit réprimandé et les femmes mises en sureté.

Il leva un sourcil perplexe.

— Je ne cautionne pas de tels agissements, tu le sais. Mais comment faire la différence entre un homme qui bat son enfant et un qui ne fait que le réprimander ?

— L'enfant connait la différence.

— J'ai peur que cela donne lieu à des dérives… Il en va de même pour les épouses. Si une femme commet un adultère, son mari a le droit de l'admonester, c'est normal.

— Tu trouves cela normal dans ce sens, dans ce cas, une femme trahie a le droit de battre son mari elle aussi ? éructa-t-elle, révulsée.

Ses yeux noisette s'écarquillèrent comme si elle avait dit quelque chose de drôle.

— Tu sais bien que… eh bien, que cela ne fonctionne pas ainsi.

— « Cela » désigne-t-il un monde où les femmes sont jugées inférieures aux hommes ?

— Non, ce n'est pas ce que j'ai dit.

Elle secoua la tête, excédée.

— Ce n'est pas tout. Je veux également que les femmes de plus basses naissances soient protégées face aux hommes puissants. Certains se permettent d'exiger des faveurs et ne sont pas punis de ces viols consentis sous la menace.

Il faillit recracher une partie de son vin.

— Où es-tu allée chercher ces idées ?

— Peu importe. C'est la réalité.

— Dans ce cas, je devrais d'ores et déjà mettre le Baron Lysander en prison ! Il a mis dans son lit trop de domestiques pour les compter. Et Tasgall aussi a commis quelques fautes de la sorte avant ses noces. Quant aux nobles de Rodorchna, je doute qu'ils soient irréprochables.

— Nous ne pouvons punir ce qui a été fait, malheureusement. Mais si cette loi est appliquée, ils devront tous s'y conformer.

— Mais enfin, Essylt, certaines femmes rêvent de partager la couche d'un aristocrate ou celle d'un Roi ! J'ai déjà refusé des avances.

Cette annonce intensifia sa colère.

— Je ne dis pas que les hommes sont toujours en tort. Je dis simplement que quand ils le sont, ils doivent être punis.

— Même si j'acceptais que cette loi existe, ce qui n'est pas le cas, comment voudrais-tu la faire respecter à un homme tel que Lysander ?

— Tout est une question d'éducation. Il est adulte et à ses *habitudes*, pour être polie. Mais la prochaine génération de nobles peut être éduquée dans le respect des femmes. Sans parler des ambassadeurs, des conseillers, des…

— Les femmes sont respectées, ma bien-aimée. Que tu veuilles durcir les peines en cas de viol avéré est une chose, mais ça…

— J'étais persuadée que tu serais contre.

— Je suis perplexe, dans la mesure où je crains que cela ne mène qu'à des conflits absurdes, où l'on ne pourra pas savoir qui a raison et qui ment. Et par-dessus tout, je ne veux pas que tu te mettes en danger en promulguant des lois farfelues qui déplairaient à nos homologues.

— Peux-tu, ne serait-ce qu'un court instant, cesser de penser au jugement des autres monarques ? Je n'ai que faire qu'ils ne m'approuvent pas. Tout ce que je souhaite, c'est protéger les femmes.

— Et c'est louable. Mais aussi irréalisable et inconscient. Tu ne peux pas faire des lois différentes de celles de tes voisins et n'espérer susciter aucune réaction. Souviens-toi de ce qu'il s'est produit lorsque tu as fait ce décret pour distribuer de l'argent ?

J'ai été forcée de t'épouser.

— Les autres monarques n'ont pas apprécié cette générosité malavisée.

Léan déposa leur plat devant eux et la Reine se concentra dessus pour mettre de l'ordre dans ses pensées.

Malgré sa colère, elle n'était pas surprise par son étroitesse d'esprit. D'une certaine manière, elle ne pouvait guère le lui reprocher. Chacun évaluait un sujet avec ses connaissances et sa sensibilité, toutes deux définies par ses expériences et son éducation. Calixte n'avait pas appris à envisager le monde du point de vue des femmes. Encore moins des femmes de basse naissance.

Elle avait eu l'occasion d'en discuter avec quelques conseillers bofursyliens parmi les plus ouverts et progressistes, et tous avaient été contre son projet. Seules Saraid et Luíseach lui avaient fait part de leur soutien dans leur lettre, mais elles étaient des femmes et ressentaient les enjeux dans leur chair.

Les hommes eux ne voulaient pas voir leur façon de vivre chanceler.

Ils ne parlèrent plus, jugeant tous deux qu'ils avaient tout dit. Malheureusement pour Essylt, elle ne pouvait mettre son projet en application sans l'accord de son mari.

Je trouverai un moyen. Même si c'est une loi après une autre et que cela me prend des années. Pour Léan, Adelyn, Bethania, Cleena, Janae, Orlaith, Aveleen... Je le ferai.

Puisque le Roi attendait de sa femme qu'elle fasse le premier pas vers lui et que de son côté elle savourait cet éloignement, ils se croisèrent en silence durant les semaines suivantes. Impactés par cette mésentente hostile, caméristes, pages, soldats et valets firent leur possible pour les servir au mieux.

Essylt consacra un maximum de son temps à Lucetmael pour être certaine que ce voyage avec son père ne l'avait pas traumatisé. Il adoptait une attitude différente en sa présence, vérifiant souvent s'il ne le regardait pas avec agacement. Calixte le réprimandait moins, en partie parce qu'il le voyait moins. Le Prince s'amusait et débordait de curiosité comme à son habitude, ce qui rassura sa mère.

Puisqu'elle ne pouvait pas déroger à célébrer le Nouvel An, Essylt s'était cette année permis une petite incartade. En plus des nobles bofursyliens et rodorchniens, elle avait convié Anna et Aveleen.

Sa meilleure amie arriva au château au début du mois de décembre. Elles ne s'étaient pas revues depuis les évènements tragiques survenus en Teac, Essylt fut donc très nerveuse quand le héraut l'annonça dans la Salle du Trône.

Délaissant sa position de pouvoir, Essylt se mit debout et avança vers eux. Main dans la main, Anna et Oistin rayonnaient d'amour et de joie. À côté d'eux, leurs trois fils marchaient en s'extasiant de la Salle richement décorée. Le filleul d'Essylt avait bien grandi. À maintenant cinq ans, Aslander se tenait fièrement dans son uniforme ouvragé. À l'inverse, Lasérian, trois ans, et Roibhilin, un an et demi, remuaient les mains, impatients d'être libérés de ce moment officiel.

Ses cheveux bruns noués en un chignon élégant soulignaient les traits du visage d'Anna et rendaient ses yeux bleu nuit saisissants. Face à face, les deux amies se contemplèrent longuement, dans un silence respectueux.

— Votre Majesté, merci pour votre invitation. Je suis ravie de revenir en ces lieux.

Le Comte et la Comtesse s'inclinèrent courtoisement, imités par leurs fils. Roibhilin se plia en deux et faillit tomber tête la première. Attendrie, Essylt leur sourit.

— Vos excellences, c'est un immense plaisir de vous recevoir. Je ne vous attendais pas avant deux heures, je vais vous accompagner jusqu'à vos appartements.

Elle se tourna royalement vers les gens du peuple qui attendaient pour exposer leur litige durant cette audience publique.

— Mesdames et messieurs, veuillez m'excuser, je reviens vers vous après le déjeuner. Badurnn, faites-en sorte qu'ils soient installés convenablement et qu'un repas chaud leur soit apporté, ainsi que tout ce dont ils auront besoin.

L'intendant interpellé acquiesça, tandis que les Bofursyliens complimentaient sa générosité, nullement déçus de devoir attendre.

Une fois à l'abri des regards dans les luxueux appartements qu'elle leur avait alloués, Essylt s'agenouilla devant Aslander, qui bondit dans ses bras sans hésitation.

— Bonjour, mon filleul adoré. Tu as tant grandi ! Et tes frères aussi.

Intimidé, Lasérian agrippa la robe de sa mère. Roibhilin, qu'Essylt n'avait jamais rencontré, trouva la réaction de son aîné amusante et vint rejoindre leur étreinte.

— Bonjour, mon beau petit Comte. Je suis ravie de faire ta connaissance.

Il déposa un baiser sur sa joue sans la moindre hésitation. Attendrie, Essylt le prit dans ses bras avant de s'approcher de Lasérian.

— Cela fait longtemps que nous ne nous sommes pas vus.

Lasérian était le seul à avoir hérité des yeux bleu nuit d'Anna, que ses joues rondes soulignaient tendrement. Il avait aussi des cheveux plus foncés que ses frères, particulièrement Roibhilin qui possédait la blondeur de l'enfance.

La Comtesse le poussa gentiment jusqu'à eux et il se laissa étreindre. Rassasiée, Essylt se redressa en gardant le petit dernier sur la hanche.

— Avez-vous fait bon voyage ?

— Pas autant que nous l'aurions souhaité, s'amusa Oistin en s'asseyant, aussitôt rejoint par Aslander. Les petits ont été impatients.

— Tout comme toi, le taquina son épouse.

Ils échangèrent un sourire complice.

La porte s'ouvrit sur le Roi et le Prince.

— Votre Majesté, saluèrent les nobles avec cérémonie. Votre Altesse.

— C'est un plaisir de vous recevoir parmi nous, affirma Calixte avec une expression enjouée convaincante. Le déjeuner va nous être servi, si vous voulez bien me suivre.

Une dizaine de minutes suffirent aux deux amies pour retrouver leur connivence. Elles rirent ensemble en surveillant attentivement les quatre garçons qui avaient pris d'assaut le salon dès leur arrivée.

— J'aimerais parfois redevenir un enfant, soupira Oistin de mélancolie.

Ils mangeaient tranquillement pendant que les petits se couraient après dans la pièce adjacente. Le Roi dissimulait au mieux son agacement de voir le Prince s'adonner à de telles frivolités.

— Nous avions moins de soucis, à cette époque, l'approuva la Reine.

Les fins sourcils bruns d'Anna se froncèrent légèrement. Elle ne cessait d'observer son amie et son mari, qu'elle jugeait différents.

— À ce propos, je souhaiterais profiter de ce moment d'intimité pour vous entretenir d'un sujet important.

Anna et Oistin se redressèrent, intrigués.

— Nous vous écoutons, Majesté.

— Comme vous le savez, la Princesse Rosheen était la marraine de Lucetmael. Au vu de tout ce qu'il s'est produit et des circonstances de sa mort, à un âge où le Prince ne se souviendra pas d'elle, nous avons décidé de lui accorder une autre marraine.

La Comtesse tressaillit et posa une main sur son cœur.

— Anna, nous feriez-vous cet honneur ?

Si la politique n'avait pas forcé Essylt à choisir cette traîtresse de Rosheen, Anna aurait eu ce rôle dès le début. Il fallait malheureusement composer avec les nouveaux éléments. Cela faisait presque deux ans que Rosheen était morte, ils avaient respecté sa mémoire. De plus, Anna était originaire de Teac, ce qui renforçait les liens avec ce Royaume mésestimé.

— Avec la plus grande des joies, Votre Majesté.

Durant les jours suivants, Anna et Essylt profitèrent que le château soit vide pour discuter de longues heures durant. Les plaies avaient guéri et les enfants avaient grandi : la vie avait continué son cours impétueux et exigeant. Leur amitié était néanmoins restée la même, sincère et vivifiante.

Elles ne se lassaient pas d'admirer leurs fils jouer ensemble. Un matin, elles décidèrent de les habiller chaudement et de les sortir de l'enceinte du château. Dans un champ blanc, ils décidèrent d'entreprendre une bataille de boules de neige.

— Construis un rempart, mon trésor ! enjoignit Essylt.

Emmitouflé dans son plus épais manteau, Lucetmael peinait à bouger ses petits bras. De son visage, elle n'apercevait que ses grands yeux bleu ciel écarquillés d'excitation. Il s'assit et poussa avec ses pieds pour construire une muraille protectrice, tandis que sa mère façonnait des projectiles.

Aslander avait décidé de jouer seul et s'était réfugié derrière un arbre. Anna essayait d'aider Lasérian à se préparer pendant que Roibhilin s'amusait à toucher la neige.

— Vous êtes prêts ? hurla l'aine des Comtes.

— Oui ! s'égosilla Lucetmael en levant les bras en l'air.

Une boule de neige s'écrasa sur son front. Aussi surprise que lui, Essylt éclata de rire et s'accroupit derrière son rempart. Le Prince s'essuya, un peu vexé, puis saisit un projectile.

— Je vois que ton fils sait bien viser !

— Oh, avais-je oublié de le préciser… ?

La Reine lança une boule en direction de son amie, qui l'esquiva. Lasérian visa Aslander en même temps que Lucetmael et ils le manquèrent tous deux.

— Le lancer de boules de neige est une discipline en Teac ! chantonna Anna pour les narguer.

— La Bofursyle n'est pas en reste ! défendit la Reine en attaquant encore.

Lucetmael rit quand il évita une boule lancée par Lasérian. Son souffle forma un nuage clair qu'il détruisit en remuant les bras.

— Attention !

Essylt fit rempart de son corps, évitant à son fils distrait d'être touché.

— Oh, la Reine n'a pas peur de mouiller son manteau !

Comprenant que c'était elle qui avait tiré, Essylt se redressa.

— Cache-toi bien mon trésor, je reviens.

Elle enfouit ses mains gantées dans la neige pour façonner deux gros projectiles, s'avança de plusieurs pas à découvert et les lança sur Anna. L'air porta les boules droit sur son ventre et ses cheveux.

C'est une façon intéressante de m'entraîner.

— Argh ! Tu vas me le payer !

Les cheveux trempés, Anna souleva les épais pans de sa robe et s'élança vers elle. Essylt voulut se replier et fut alourdie par ses vêtements. Son amie la percuta de plein fouet et elles roulèrent dans la neige.

— Non ! gémit la Reine en sentant du froid lui picoter le cou.

Elle repoussa son amie d'un coup de hanche. Anna n'en démordit pas et écrasa de la neige sur son crâne. La souveraine se défendit en glissant des flocons dans sa nuque, sous la fourrure de son manteau.

— Maman !

Aslander et Lucetmael se jetèrent sur elles pour participer à ce combat épique. Lasérian arriva après : il avait soulevé son manteau pour se constituer une réserve de neige, qu'il déversa sur eux. Les garçons crièrent et entreprirent de courir après le garnement.

Essoufflées, Essylt et Anna se redressèrent en position assise en s'essuyant.

La Reine se tourna soudain vers Roibhilin. Le Comte se touchait la bouche avec insistance, les joues rougies.

— Non !

Elle accourut vers lui et saisit son menton pour lui ouvrir la bouche. Paniquée, Anna la suivit de près.

Délicatement, l'air s'engouffra dans sa gorge pour retirer le caillou qu'il venait d'avaler, ainsi que les quelques débris de terre. Ils flottèrent un instant au-dessus de lui et il les admira sans comprendre.

— Mon chéri, je t'ai déjà dit de ne pas mettre des choses dans ta bouche !

Anna le serra contre elle. Elle articula un « merci » silencieux à son amie, qui expira lentement pour évacuer sa peur. Les enfants requéraient une attention constante et elle était heureuse que sa magie eût perçu la douleur du petit.

— Maman !

Elles se tournèrent vers les garçons, qui avaient entrepris de construire des murailles autour d'un arbre. Lasérian désignait la route, où plusieurs carrosses et des soldats se dirigeaient vers le château.

— Je crois que nous n'allons plus être seuls, s'amusa la Comtesse.

— Rentrons.

Elles appelèrent les garçons, qui acceptèrent de rentrer en grommelant. Quand ils entrèrent dans la cour en pleine effervescence, Essylt replaça rapidement ses cheveux trempés. Parfois elle oubliait qu'une Reine devait être parfaite en toutes circonstances.

Le Baron Lysander descendit du premier carrosse.

— Votre Majesté, c'est un plaisir de vous revoir.

— Plaisir partagé, excellence. Où est votre charmante épouse ?

— Elle n'est pas venue. Sa grossesse était trop avancée pour que je l'autorise à se déplacer, annonça-t-il en détaillant sa tenue mouillée.

Agacée par cette remarque sachant que le voyage ne durait que trois jours, Essylt se pencha en direction de son fils, Braonáin, âgé de deux ans.

— Bonjour, excellence. Entrez vite vous réchauffer.

Il fit la révérence et suivit docilement son père à l'intérieur. Anna et ses fils les imitèrent.

Un cri attira l'attention de la Reine. Faolan et Sibby essayaient de contenir leur petit Matholwch, âgé de sept mois. Rouge, il remuait ses bras pour se dégager.

— Votre Majesté, veuillez nous excuser pour cette arrivée bruyante ! tenta de se faire entendre le Duc, mortifié.

La souveraine posa sa main sur le ventre du bébé qui se débattait contre sa mère. Son empathie naturelle couplée à son pouvoir sur la vie l'apaisa en un instant.

— Rentrez-vous mettre au chaud, vos excellences. Nous nous verrons dans quelques heures, le temps que vous vous reposiez.

Sibby lui fit un signe de tête reconnaissant. La jeune mère semblait éreintée.

Essylt se frotta les bras : le froid l'atteignait plus durement après avoir usé de sa magie.

Luíseach apparut, suivie par ses deux petites sœurs qu'Essylt n'avait pas revues depuis longtemps. Le mot « petite » ne convenait plus : Zara était à présent majeure, ce qui n'avait pas altéré son débordement excessif de joie. Quant à Kay, elle paraissait moins timide à maintenant quinze ans.

— Ma Reine, vous m'avez beaucoup manqué.

— Vous aussi. Vos excellences, je suis ravie de vous accueillir à nouveau ici.

— Merci pour l'invitation, Majesté.

Lucetmael sourit de toutes ses dents aux nobles, toujours ravi de rencontrer de nouvelles personnes. Zara et Kay avaient été peu présentes en société, la seconde ayant eu quelques soucis de santé. Elles rentrèrent au chaud et Essylt se dirigea vers le dernier carrosse dont venait d'émerger Garvan avec maladresse.

— Tu es sûre que tu ne veux pas…

— Je sais marcher !

La voix agacée réchauffa Essylt. La main gantée qui émergea du carrosse apposa une tape sur celle de Garvan, serviable. Saraid sortit enfin et s'étira le dos.

— Mais… !

Ce mouvement avait révélé un ventre arrondi, qu'un manteau ne pouvait pas cacher. N'ayant pas été informée de cette grossesse, Essylt sentit sa poitrine se serrer d'émotion.

— C'est merv…

— Sans commentaire !

Furibonde, Saraid marcha en direction du château puis revint sur ses pas. Elle plongea en une révérence pressée avant de rentrer. Tout cela sous l'attention ahurie de Garvan, Essylt et Lucetmael.

— Votre Majesté, je suis heureux de revenir ici. Je m'excuse pour mon épouse…

— C'est inutile, cher Baron. Je connais suffisamment Saraid pour ne pas m'offenser de sa réaction. Pour quand est prévu cet heureux évènement ?

Ils pénétrèrent dans le château où des domestiques couraient en tous sens. Lucetmael passa devant eux, aussitôt suivi par Caem.

— En avril, d'après le médecin du palais de Rodorchna. Un homme remarquable et d'une grande patience avec Saraid.

La patience était sans aucun doute un prérequis pour lui faire face. D'un tempérament fougueux en général, son état amplifiait ses humeurs.

— Je suis étonnée qu'aucun conseiller de Rodorchna ne m'ait fait part d'un quelconque mécontentement.

— Je crois qu'ils la craignent tous, avoua-t-il avec un sourire énamouré.

La Baronne étant la première conseillère, place autrefois occupée par Reith, cela n'était guère étonnant. Elle se faisait respecter sans la moindre difficulté.

— Je discuterai avec elle, rassurez-vous.

— Votre présence lui sera bénéfique, je n'ai aucun doute, Majesté.

Une fois dans ses appartements, Essylt déshabilla Lucetmael et le plongea dans un bon bain chaud. Il adorait jouer avec des bateaux en bois et sa mère se joignit à lui pour une grande bataille navale.

— J'espère que tu ne connaitras jamais la guerre, chuchota-t-elle en rinçant amoureusement ses cheveux.

Ce soir-là, ils profitèrent d'un charmant repas et de discussions plaisantes. Braonáin, peu accoutumé à la compagnie d'autres enfants, resta à l'écart du Prince et des Comtes. Essylt se promit de l'aider à s'intégrer.

Le lendemain matin arrivèrent Aveleen et Balor, rapidement suivis par le reste de la noblesse bofursylienne. Seule Eirlys était absente, car la jeune femme rendait visite à son père en Xoramif. Tous réunis pour le déjeuner, Essylt fut émue par la quantité d'enfants.

Le Comte Hannraoi était le plus âgé et sa petite sœur Luaine le suivait partout du haut de ses deux ans. Les petites Dymphna et Máda, nées à quelques semaines d'intervalles, brillaient par leur calme dans les bras de leurs mères. Flaithri, le fils de Bartley, ne cessait de détailler son cousin Mathowlch avec curiosité.

L'aristocratie n'avait pas fini de s'agrandir. Orlaith et Saraid n'étaient pas les seules à porter la vie. Lothar serait bientôt père de jumeaux, d'après les trois médecins engagés. Meriel venait d'entrer dans son septième mois de grossesse, raison pour laquelle ils n'avaient pas entrepris ce voyage de près de trois semaines.

Tandis que tous conversaient, buvaient, riaient, Essylt les admirait, bouleversée.

J'ai permis à la majorité d'entre eux de trouver le bonheur.

Ce n'était pas un petit accomplissement. Ils lui étaient tous nécessaires pour contrebalancer ses défaites.

La vie du château fut bien plus mouvementée. Comme à leurs habitudes, les nobles furent envahissants et difficiles à occuper. La nouvelle génération n'aidait en rien. La Reine avait fait agencer un salon en plusieurs pièces adjacentes de telle sorte que les petits aient un espace de jeu. Avec tous les jouets de Lucetmael, la pièce débordait tant qu'elle craignit d'y perdre un enfant.

— J'ai tellement hâte que Dymphna sache marcher, commenta gaiment Caitlyn en faisant rebondir sa fille sur ses genoux.

Les femmes s'étaient installées entre elles sur les canapés tandis que les hommes, postés près des fenêtres, débattaient d'une possible sortie.

— Vous ne devriez pas être pressée, répliqua Muirenn. Dès qu'ils savent marcher, les problèmes commencent.

Des exclamations aigües confirmèrent ses dires. Les mains serrées sur son ventre, Saraid fixait les enfants comme s'ils étaient une menace mortelle. Essylt libéra sa magie pour l'apaiser.

— C'est certain ! compléta Anna. Heureusement que nous avons des nourrices, car à présent ils ont l'avantage numérique.

— Avez-vous envie d'avoir d'autres enfants, Comtesse ?

— Oui, je ne suis pas réfractaire à cette idée.

La Reine ne doutait pas qu'elle en aurait encore.

Luaine se faufila entre les robes épaisses et la table basse pour se réfugier contre sa mère.

— Tout va bien, ma chérie ? s'enquit Muirenn.

Sa tante Lauryn lui caressa les cheveux.

— Elle semble contrariée.

— Les garçons ont-ils été méchants avec toi, ma filleule ? s'enquit Essylt.

Luaine demeura cachée en faisant « non » de la tête. Un cri plus énervé que les autres confirma une mésentente dans la pièce attenante. Les mères concernées se levèrent.

— C'est moi le Chef !

— Non, c'est moi !

— Non, c'est moi !

Hannraoi, Aslander et Lucetmael se tenaient tête, une épée en bois à la main.

— Je suis le plus vieux, c'est moi qui commande ! vociféra Hannraoi.

— Non, c'est moi ! répliqua Lucetmael. C'est mes épées !

— Lu…

— Hannraoi, arrête cela immédiatement ! s'écria Muirenn, coupant la parole à Essylt. Tu vas présenter tes excuses au Prince pour lui avoir parlé ainsi, puis c'est lui qui commandera.

Dépité, le Comte croisa les bras de colère. En voyant Muirenn pâlir de ne pas être obéie, Essylt s'accroupit devant les trois garçons.

— Les enfants, vous allez beaucoup jouer ensemble, il faut apprendre à vous entendre. Si vous voulez tous être le Chef, il faut que ce soit chacun son tour. Je ne veux pas que vous vous disputiez. Attendez ici.

Elle se dirigea vers une armoire en bois qui préservait divers jeux de société. Elle dénicha un sablier en verre qu'elle confia à Gladys, postée dans un coin.

— Le sablier détermine pendant combien de temps chacun de vous est le Chef. C'est au Comte Hannraoi de commencer, puis au Comte Aslander, et enfin ce sera à toi, Lucetmael. Ensuite, si Lasérian, Braonáin ou Luaine souhaitent jouer, ce sera leur tour.

Lucetmael fronça les sourcils de ne pas être le premier. Essylt ne voulait pas qu'il croie que tout lui était dû. Elle souhaitait lui enseigner le partage et la patience, et ce contexte était approprié.

Hannraoi désigna sa petite sœur.

— Luaine ne peut pas être Chef, c'est une fille.

Si Muirenn n'avait pas été en excellente santé, Essylt aurait juré qu'elle se serait déjà évanouie pour les manquements de son fils au protocole. Il était certain qu'il recevrait une leçon de bienséance le soir même.

— Bien sûr que si, elle peut. Regarde, je suis une fille et c'est moi la Cheffe ici !

Elle lui fit un clin d'œil malicieux qui lui arracha un rire.

— Retournez jouer et ne vous disputez plus, soldats !

Ils se mirent au garde-à-vous, ravis de cette appellation, puis recommencèrent à courir dans tous les sens.

— Merci pour votre compréhension, Majesté. Je suis désolée que mon fils ait…

— Ne vous excusez pas. Ce ne sont que des enfants.

Essylt attendait patiemment Saraid dans son salon privé. Elle préférait revoir son amie seule et espérait que Luíseach n'en serait pas vexée.

La souveraine était heureuse de retrouver ses amies, qui occultaient la colère et la peine. Anna, Saraid, Luíseach et Aveleen comblaient un vide dont elle n'avait pas eu connaissance avant de les rencontrer. À l'époque où elle vivait à l'orphelinat, elle avait partagé le quotidien de dizaines de filles, dans un contexte familial et intime. Pourtant, ce n'est qu'une fois adulte qu'elle avait tissé des amitiés épanouissantes. Elles égayaient tout, sans avoir idée d'à quel point elle en avait besoin. Elle ne pourrait jamais leur faire part de tout ce qui la consumait — sa relation adultère, ses craintes pour Lucetmael, la perte de sa fille, le comportement de Calixte — toutefois elle les chérissait comme le trésor inestimable qu'elles étaient.

Aveleen était resplendissante. Il n'était pas utile de lui demander si elle appréciait la vie conjugale : cela se lisait sur son visage. Balor affichait une euphorie identique. Le noble était d'excellente compagnie et s'entendait bien avec tout le monde. Il accordait une attention particulière à Garvan. En effet, son frère Nodlaigh avait épousé la sœur de ce dernier, Derry, un an plus tôt. Nodlaigh était devenu Baron de Cyth, en Aivaithra, et était l'heureux père d'un petit garçon depuis le mois dernier. Comme ils faisaient partie de la même famille, ils prenaient le temps de se connaître. Il était fort amusant de voir Balor, séduisant et sûr de lui, chahuter avec Garvan, dégingandé et maladroit.

En plus d'avoir un mari aimant, Aveleen avait gagné une grande famille. La sienne était uniquement composée de son père et de son frère, qu'elle n'avait pas revus depuis des années. En plus des liens tissés grâce à son frère, Balor était le cousin germain d'Anath, Lauryn et Sibby. Ces deux dernières, ainsi que Muirenn, prenaient régulièrement de ses nouvelles et la considéraient déjà comme un membre à part entière de leur famille.

Saraid arriva enfin, les joues rouges et l'air irrité. Elle fit une brève révérence avant de prendre place.

— Toutes mes excuses pour mon retard, ma Reine, j'ai de plus en plus de mal à trouver des vêtements agréables.

— Ce n'est rien. Si tu le souhaites, j'ai encore les divers corsets que je portais durant ma grossesse. Je peux te les donner. Bien sûr, il faudra les adapter à ta poitrine plus généreuse que la mienne.

Ses beaux yeux bruns papillonnèrent de surprise.

— Tu ne veux pas les garder pour ta prochaine grossesse ?

Désappointée, elle lui servit une tasse de thé pour s'occuper les mains.

Je ne sais pas si je veux un autre enfant.

— Comme je ne suis pas enceinte, la question n'est pas d'actualité. Prends-les. J'en ferai faire d'autres pour moi.

— Merci.

— Tiens, c'est une concoction apaisante. J'ai ouï dire que tu as du mal à trouver le sommeil.

La Baronne prit la tasse et s'enfonça au milieu des coussins.

— Inutile de prétendre que ce n'est pas Garvan qui t'en a parlé.

— Je plaide coupable, s'amusa-t-elle. Tu ne peux pas reprocher à ton mari d'être inquiet pour toi. Ta santé est primordiale.

— Je sais, je sais.

Ses ongles cliquetèrent contre la porcelaine de sa tasse qu'elle fixait distraitement.

— Allons-nous encore faire semblant pendant longtemps que tout va bien ?

Elle se mordit la lèvre et détourna son visage aux traits inquiets. Essylt se pencha en avant, les mains jointes.

— Je ne peux pas t'aider si tu ne me dis pas ce qui ne va pas.

— Je ne pense pas être une bonne mère.

— Qu'est-ce qui te fait dire cela ?

— Enfin, c'est une évidence ! Regarde-moi ! Je n'ai pas ta patience ou ta gentillesse. Ni celle de Luíseach, qui ferait une mère tellement à l'écoute et compréhensive si son célibat ne lui plaisait pas autant.

— Te comparer ne me parait pas pertinent. Chaque femme est différente. Chaque mère également.

— M'imagines-tu sincèrement m'occuper d'un petit être ? Passer mes journées à pouponner ou que sais-je encore…

— Tu n'es pas obligée de le faire. Chacune vit sa maternité différemment. Et de ce que Garvan a laissé comprendre, il est prêt à être auprès du bébé pendant que tu remplis ta fonction de conseillère.

— Et qu'est-ce que cela révèle sur moi ? Que je suis incapable de consacrer mon existence à un enfant ?

— Ce n'est pas ce que j'ai dit. Être une bonne mère ne signifie pas donner le sein et changer des langes. C'est prendre soin de ton enfant de toutes les manières possibles qui soient et lui apprendre à faire face au monde. Je ne connais personne de plus tenace que toi, Saraid. Tu es forte, consciencieuse, loyale. Ce sont des qualités qui font de toi une belle personne et qui feront de toi une bonne mère. Je n'ai aucun doute, tu seras parfaite.

Elle massa doucement son ventre.

— Merci.

— Je t'en prie. Je serai toujours là pour toi. Tu le sais, n'est-ce pas ? Tu pourras me poser toutes tes questions.

Un sourire en coin illumina son visage.

— Je crois que je vais en avoir beaucoup.

— J'y répondrai avec plaisir.

— Puis-je t'en poser une tout de suite ?

— Je t'écoute.

— Il me semble que tu savais que Lucetmael serait un garçon… Peux-tu savoir pour moi ?

La souveraine vint s'asseoir près d'elle et approcha ses mains. Elle entoura son ventre arrondi et perçut le fugace mouvement du bébé, qui lui rappela l'époque où son fils grandissait en elle.

— C'est une fille, murmura-t-elle, le cœur serré.

Les lèvres de Saraid se pincèrent.

— Le monde est plus cruel avec les femmes qu'avec les hommes…

La Reine serra fort sa main.

— Tu lui apprendras à se défendre, j'en suis convaincue.

Il était bien plus aisé aux monarques de s'éviter quand ils étaient autant sollicités. Les déjeuners, les thés, les diners, les entretiens les occupaient suffisamment pour limiter leurs rencontres. Entourée de ses amies la journée et rejointe par Declan la nuit, Essylt prenait du bon temps mérité.

Le soir du dernier jour de l'année, ils durent se retrouver dans leur salon pour se rendre à la salle de réception ensemble. Cette année, la Reine avait privilégié une parure d'un rouge clair parsemée d'or qui soulignait son teint. Ses cheveux étaient savamment nattés sur le haut de son crâne, puis libérés en boucles indomptées et lumineuses. Son époux se figea en la découvrant. Lucetmael délaissa son jouet et sourit.

— Maman est jolie !

— Merci, mon trésor.

— C'est vrai que tu es magnifique.

Ses yeux noisette brillaient d'amour et de regrets, en un mélange tortueux que lui-même ne devait pas comprendre.

— Merci. Vous êtes prêts ?

— Oui !

Le Prince bondit sur ses pieds et lui tendit sa main. Calixte lui présenta galamment son bras. Retrouver le contact de son corps la fit frissonner.

Dans la longue salle patientaient tous leurs illustres invités, qui applaudirent à leur entrée. Les réjouissances débutèrent comme à leur habitude, dans un tumulte de voix et de vin.

Une fois à table, Calixte fit tinter son couteau contre son verre.

— Mes chers convives, une année de plus s'achève en vos charmantes compagnies. Merci pour votre amitié et merci de renforcer le Royaume en mettant au monde de si beaux enfants. Santé !

— Santé, Majesté !

Irritée qu'il eût associé les enfants au pouvoir, Essylt dissimula sa crispation en buvant une gorgée. Le premier plat leur fut apporté et ils se régalèrent.

— Votre Majesté nous gâte toujours d'un menu succulent, s'exclama Delyth.

— C'est mon devoir, s'amusa Essylt.

— Ce vin est rodorchnien ? s'enquit Balor.

— Oui, il est produit dans mon Duché, votre excellence, lui apprit fièrement Faolan. C'est un produit unanimement reconnu pour sa qualité.

— Il est délicieux.

— Je l'apprécie beaucoup aussi, ajouta Declan.

— Pour ma part, je suis plus amateur des alcools du Nord. Le whisky produit par la Bofursyle se vend à travers tout le Continent, commenta Calixte.

— Je peine à apprécier la saveur des alcools forts, avoua Sibby.

— C'est normal, ils sont plus adaptés au palais des hommes.

Essylt contracta ses muscles pour se retenir de donner un violent coup de coude à son mari.

— J'ai toujours bu du whisky, commenta Saraid. C'est même mon alcool préféré.

— Votre résistance vous honore, lui sourit Essylt. Personnellement, je préfère la nourriture à l'alcool.

Elle leva royalement la main et les domestiques dansèrent autour des tables pour récupérer les assiettes vides. Anna et Luíseach sourirent d'amusement.

Elle ignora de son mieux son époux durant le reste du repas. Comme Declan était assis de l'autre côté de son frère, elle ne pouvait pas discuter avec lui. Ils faisaient attention de ne pas parler seulement tous les deux en public, mais avec tous ces invités il était aisé de participer à la même conversation anodine. Peu lui importait le sujet tant qu'elle entendait le son de sa voix.

Il leur fallut ouvrir le bal comme l'exigeait la coutume. Les mains de Calixte dans son dos accentuaient sa rancœur. Elle dut se concentrer pour ne pas aller plus vite que la musique, impatiente que cela se termine. Les musiciens enchainèrent sur un autre rythme et les couples se levèrent. Il retourna s'asseoir, la délaissant au milieu de la grande pièce.

Le Vicomte Nethaniah accourut pour réclamer une danse.

— Merci, votre excellence.

— Je vous en prie, ma Reine. C'est un honneur de danser avec vous.

Ils virevoltèrent durant quelques mesures avant que le noble reprenne la parole.

— Votre Majesté, je souhaiterais vous entretenir d'un sujet qui m'est cher. Ce n'est peut-être pas le lieu…

— Vous êtes libre de me dire tout ce que vous voulez. À moins que vous préfériez un contexte plus officiel ?

— À vrai dire, je ne veux pas que mes parents soient informés de cette conversation.

Par réflexe, elle chercha le couple parmi les danseurs. Raghnall et Ailís gouvernaient encore leur Vicomté bien que leur fils soit majeur depuis deux ans. Ils étaient légèrement en décalage avec les autres invités, plus jeunes, mais ne s'en formalisaient point.

— Elle demeurera donc entre nous. Je vous écoute.

— Je ne pourrai prendre la place de mes parents qu'une fois marié. Or, ils veulent absolument me fiancer avec une femme de haute naissance. Comme la Duchesse Kay en Jirialc ou la Duchesse Zara, par exemple.

Cette dernière faisait virevolter sa petite sœur de tous côtés. Sa joie de vivre était appréciable dans les bals parfois si empruntés.

— Quel est le problème ?

— Je suis amoureux.

Il la fit tourner sur elle-même avant de la ramener vers son torse. Il s'était épaissi avec les années, devenant un homme. Sa retenue coutumière le faisait néanmoins paraître encore très jeune.

— Et je suppose que la demoiselle concernée n'est pas noble ?

— Effectivement.

Ils se turent en passant près de ses parents, qui souriaient de toutes leurs dents. Faire danser la Reine était un privilège.

— Puis-je savoir qui est-ce ? demanda-t-elle une fois qu'ils se furent éloignés.

— Mon amie d'enfance. C'est la fille d'un intendant de mon père. Je la connais depuis que je suis né et j'ai toujours vécu près d'elle.

— Est-elle en âge de se marier ?

— Elle l'est depuis cet été.

— Dans ce cas, vous avez mon accord.

Il lui écrasa le pied de surprise.

— Pardonnez-moi, Majesté !

Il se racla bruyamment la gorge.

— Vous acceptez sans la rencontrer ?

— Je vous fais confiance. De plus, si elle a vécu au manoir avec vous et a été élevée par un intendant, elle connait les exigences qui incombent à la noblesse. Elle n'aura pas grand-chose à apprendre.

Plein d'espoir, il opina.

— Croyez-vous qu'il vous serait possible de l'annoncer à mes parents ?

Elle lui serra le bras, compatissante.

— Je suis désolée, mais non. C'est à vous d'assumer cette décision. Évidemment, vous pouvez leur dire que je la soutiens. Et ils pourront venir m'en parler librement. Mais je crois que c'est à vous de leur annoncer.

Il pâlit.

— N'ayez crainte, ce sont vos parents. Bien qu'ils pensent aux avantages politiques, vous êtes leur enfant. Ils comprendront vos raisons.

Tout du moins, elle l'espérait.

Nethaniah lui fit une profonde révérence avant de céder sa place à Balor. Elle passa avec plaisir de bras en bras, contente d'échapper à ceux de son mari. Calixte préféra demeurer à table, entouré de plusieurs hommes prêts à distraire Sa Majesté.

— Ne cours pas, Lucetmael !

Ce cri couvrit momentanément la musique, figeant les danseurs surpris. Le Roi pointait son fils du doigt, le visage rougi par la colère et l'alcool. À la tête de sa petite troupe, le Prince écarquilla les yeux.

Essylt abandonna Anath pour se précipiter vers son fils.

— Viens, mon trésor, Gladys va vous emmener ailleurs. Il se fait tard, il faudra bientôt vous coucher.

Elle embrassa sa joue, le dissimulant à Calixte. Lucetmael s'agrippa à ses cheveux.

— Il est plus d'une heure du matin, vous les emmènerez au lit dans trente minutes, ordonna-t-elle à la nourrice en lui confiant la petite main du Prince.

— Oui, Majesté. Votre Altesse, vos excellences, suivez-moi.

Refroidis par le cri du monarque, les enfants suivirent docilement Gladys et furent rejoints par leurs nourrices respectives. Essylt admira son fils quitter la pièce, la poitrine serrée au souvenir affreux d'un autre Nouvel An.

Elle se planta devant son mari, les mains sur les hanches.

— Il n'était pas utile de le réprimander ainsi. C'est une soirée spéciale, il a le droit d'en profiter tout autant que nous.

— Les enfants n'auraient pas dû rester si longtemps avec nous, ils perturbent les réjouissances.

Installés autour de lui, Tasgall, Lysander et Faolan reculèrent dans leurs sièges comme s'ils voulaient disparaître. Les danseurs et les musiciens avaient ralenti l'allure.

— Ils ont dansé et joué, ce n'était rien de perturbateur.

— De toute façon, je ne peux rien dire, tu cèdes à tous ses caprices !

Réalisant que tous les regardaient et les écoutaient, elle afficha une expression sereine et tendit lentement la main vers son verre à moitié vide.

— Je veux simplement qu'il profite des instants de joie, déclara-t-elle tout haut avant de murmurer : Je crois que tu as suffisamment bu pour…

— Ne me dis pas ce que je dois faire ! hurla-t-il en bondissant sur ses pieds et en balayant la table du bras.

Son verre s'explosa sur le sol, éclaboussant les pieds d'un Tasgall immobile.

Calixte respirait bruyamment, les yeux injectés de sang. Son haleine chargée de whisky lui retourna l'estomac.

Il est complètement ivre.

Debout face à face, seulement séparés par la table, ils se défièrent du regard sans un mot. La musique avait cessé, les couples étaient pétrifiés, spectateurs ahuris de cette scène surréaliste. Pour eux, le Roi et la Reine formaient un couple parfait. Cette nuit de fête, l'utopie qu'ils chérissaient se fracassa contre la dure réalité.

La concentration embrumée de Calixte dériva sur les invités. Son expression furieuse se fissura, dévoilant une grande tristesse.

Il quitta la salle à grands pas.

Seule au centre de l'attention, Essylt croisa ses mains devant elle en reprenant son souffle. Elle évita soigneusement de croiser le regard de Declan ou de ses proches amies.

— Veuillez excuser le Roi, mes très chers. La fatigue a eu raison de sa patience. Je suis désolée que vous ayez assisté à cela. Musiciens, reprenez, je vous prie.

Elle fit un grand geste de la main en souriant, mais le mal était fait. Elle ne pouvait pas effacer ce qu'ils venaient de voir.

Enfin si, elle le pouvait certainement, toutefois elle doutait d'être en capacité d'effacer ce souvenir de tous leurs esprits. Elle n'était pas suffisamment entrainée pour cela.

Gênés, ils recommencèrent à danser et elle tendit sa main à Tasgall avec un peu trop d'autorité. Une heure plus tard, elle parvint à s'éclipser discrètement.

Avachi sur le canapé, Calixte buvait du whisky directement à la carafe. Servantes et valets avaient déserté les appartements royaux.

Il la fixa et but encore. Elle s'assit en remettant de l'ordre dans ses pensées. Depuis plusieurs heures, ils avaient commencé une nouvelle année. L'an 690. Une nouvelle décennie s'offrait à eux et elle lui paraissait bien incertaine.

— Calixte…

— Que t'ai-je fait pour que tu me haïsses ?

Choquée, elle secoua vivement la tête.

— Je ne te hais pas. Je ne t'ai jamais haï.

Étrangement, c'était la vérité. Il l'insupportait de bien des manières et il pouvait se comporter comme un goujat. Elle n'éprouvait cependant aucune haine à son encontre.

Il posa ses coudes sur ses genoux pour se pencher vers elle. Le liquide ambré tangua dans la carafe en verre presque vide.

— J'ai tout fait pour toi. Absolument tout. Et toi… Tu ne me donnes rien.

Le désespoir ravageait ses prunelles noisette.

— C'est faux, murmura-t-elle en contournant la table basse pour s'agenouiller devant lui. Tu as ma main. Je t'ai donné un enfant.

Elle prit son visage en coupe entre ses mains. Aussitôt, elle fut engloutie par la souffrance qui tourbillonnait en lui, infatigable.

— Nous avons vécu des moments difficiles, chuchota-t-elle tendrement. Des drames trop nombreux. Ajoutés à cela nos devoirs royaux… Nous ne sommes pas parfaits. Ni toi ni moi. Nous faisons simplement de notre mieux.

Elle embrassa son front.

— Tu es épuisé et tu as trop bu. Il est temps de te coucher.

Elle retira la carafe de ses doigts puis l'aida à se lever. Il s'appuya sur elle pour marcher jusqu'à sa chambre. Elle l'assit sur le lit et lui retira ses bottes comme s'il était encore un enfant.

— Reste avec moi…

Elle lui ôta son haut et le poussa sous les draps. Il la retint par le poignet.

— Reste avec moi.

— Oui.

Elle retira sa robe en hâte et se glissa au chaud près de lui. Il l'entoura de ses bras puissants et sa gorge se noua de poursuivre cet odieux mensonge.

Ai-je seulement le choix ?

Ils s'endormirent aisément, emportés par la fatigue et l'alcool.

Quelques heures après le lever du soleil, Essylt sursauta en sentant une main pressante entre ses cuisses. Appuyé contre son dos, Calixte embrassait sa nuque.

— Tu m'as tant manqué…

Elle ferma fort les yeux quand il s'introduisit en elle. Elle essaya vainement de retenir des brides de sommeil pour fuir cet instant. Empressé et maladroit, Calixte la posséda dans une étreinte brève et moite.

Il poussa enfin un râle et roula sur le dos. Essylt s'essuya avec le drap et se redressa en position assise, impatiente de quitter sa chambre pour aller prendre un bain.

— Excuse-moi, cela faisait si longtemps…

— Ce n'est rien, assura-t-elle en cherchant sa robe du regard.

Une main légère frappa à la porte.

— Vos Majestés, puis-je ? demanda Cleena.

— Oui.

La gouvernante entra d'un pas dansant, un peignoir de la Reine dans les mains. Elle fit la révérence puis lui tendit. Essylt l'enfila avec empressement, pendant que Cleena ouvrait partiellement les rideaux.

— Ah !

Calixte cacha ses yeux en grommelant.

— Ma tête…

La souveraine contourna le lit pour venir couvrir son front de sa main. Elle perçut la douleur lancinante causée par l'alcool et l'apaisa en un instant.

Il repoussa violemment sa main.

— Qu'as-tu fait ?

Cleena se figea en position accroupie devant la robe de bal posée par terre. Blessée par sa réaction, Essylt s'éloigna.

— Je t'ai simplement soigné.

— Je ne te l'ai pas demandé.

Son regard furibond dériva sur la gouvernante.

— Vous ne devez jamais révéler ce dont la Reine est capable. Est-ce clair ?

— Je ne révélerais jamais aucun secret de Sa Majesté.

— Comment oses-tu remettre en doute sa loyauté ? s'emporta Essylt.

— Tu es inconsciente d'utiliser tes pouvoirs comme si c'était quelque chose de normal.

Cela l'est pour moi.

Jugeant cette conversation stérile, elle ouvrit la porte et indiqua le couloir à Cleena.

— Nous nous verrons à midi.

Se sentant sale, elle prit un bain chaud. Elle frotta sa peau avec son savon favori et savoura cet instant de répit de trop courte durée.

Les aristocrates l'attendaient pour le déjeuner, les yeux cernés. Calixte était déjà parmi eux, en pleine discussion avec son frère et Raghnall. Essylt s'occupa des enfants pour éviter d'avoir une conversation avec Anna, dont les lèvres brûlaient de contenir toutes ses questions.

Personne n'évoqua la dispute qui les avait opposés, trop craintif de leur déplaire. Les petits animèrent le déjeuner, moins épuisés que leurs parents.

La souveraine dut ensuite s'occuper des affaires d'État, car ses devoirs ne disparaissaient pas, même le premier jour de l'année. Les urgences furent simples à régler et elle signa une quantité phénoménale de documents. Le poignet douloureux, elle regagna enfin ses appartements, impatiente de voir son fils.

— Surprise !

Son cœur bondit dans sa poitrine. Le salon était rempli de fleurs de toutes les couleurs, qui dégageaient un parfum si puissant que son nez la gratta. Au milieu de cet océan de pétales, Calixte patientait, déconfit.

— Je suis vraiment désolé pour la manière dont je me suis comporté ce matin. J'ai été brusque avec toi puis je me suis énervé trop vite. C'est à cause de l'alcool, je n'étais pas dans mon état normal et…

Comprenant que ses paroles ne jouaient pas en sa faveur, il prit ses mains.

— Je suis désolé. Je veux que la situation s'arrange entre nous. On était heureux avant ce qu'il s'est produit et… Et si ça se trouve, tu portes notre enfant.

L'espoir qui illuminait son visage lui retourna l'estomac.

— Moi aussi, je veux que la situation s'arrange entre nous. Mais tu dois apprendre à contenir tes humeurs. Je n'ai pas aimé ce que tu m'as dit concernant mes pouvoirs.

— Je ne t'avais pas donné mon accord pour que tu les utilises sur moi, s'agaça-t-il en reculant, les sourcils froncés. Je ne veux jamais que tu le refasses.

Même si tu es mourant ? faillit-elle le défier avant de se raviser. Une évidence la frappa de plein fouet.

Il a peur de mes pouvoirs.

Était-ce à cause de ce qu'il s'était produit avec son frère Feardorcha ? Où était-ce parce qu'il ignorait ce dont elle était capable ? Craignait-il qu'elle puisse le manipuler ou le blesser ? C'était absurde et offensant. Elle ne lui avait jamais fait aucun mal, sa méfiance n'était pas justifiée.

— Oublions tout cela, s'il te plait ! Viens, je t'ai fait monter tes brioches préférées avec du chocolat fondu.

Elle se laissa tirer jusqu'à la table.

— Où est Lucetmael ?

— Il joue avec les enfants. J'ai envie de profiter de toi avant qu'il ne revienne.

La discussion prit une tournure banale. Quand ils n'abordaient pas des sujets fâcheux, ils s'entendaient bien et pouvaient avoir des conversations agréables. Des habitudes s'étaient installées avec les années, formant un cocon rassurant.

Le Prince entra en courant une heure plus tard, les joues rouges d'excitation.

— Ne cours pas !

Il s'arrêta aussitôt.

— Pardon, Père.

La Reine vint caresser ses cheveux moites.

— J'en connais un qui s'est bien amusé.

— Oui !

— Viens me raconter tout ça pendant que les filles préparent ton bain.

Il se mit à babiller joyeusement au sujet d'Aslander et Hannraoi tandis qu'ils se dirigeaient vers la salle de bains. Essylt se retourna avant d'entrer dans le couloir et remarqua l'expression jalouse de son mari.

— Qui croyez-vous que la Princesse Alyson va épouser ? s'enquit Caitlyn sur le ton de la confidence.

Elles s'étaient installées sur les canapés après le diner. Les hommes jouaient aux cartes et les enfants étaient couchés, terrassés par ces longues journées d'amusement.

L'unique héritière du Trône d'Aivaithra avait fêté son dix-neuvième anniversaire le mois dernier. La Reine Iverna avait privilégié une fête intimiste, surement au grand dam de la principale intéressée, si rebelle et excessive. Calixte et Essylt lui avaient envoyé un collier magnifique, d'une grande valeur.

— Déjà, ce ne sera pas le Prince Asal, puisqu'il est marié désormais, énonça Delyth.

— Je doute que le Prince Tomás accepte de céder son Trône, remarqua Luíseach.

Plus qu'une question de Trône, le Prince de Jirialc était amoureux d'une autre.

— En plus, ils sont cousins, contra Anna.

— Rares sont les familles royales que cela dérange, railla Saraid.

— Ce sera donc un noble, chantonna Aveleen.

— Ou un roturier, la contra calmement la Reine.

— Vous croyez la Princesse Alyson capable d'épouser un homme de basse naissance ? s'écria Muirenn.

— Pourquoi ne le serait-t-elle pas ? Son père était un soldat avant d'être Roi. Lomna est un monarque d'exception.

— Effectivement, Garvan ne tarit pas d'éloges sur lui, l'approuva Saraid, amusée de la voir ébranler les étroites idées de l'aristocratie.

— La naissance d'un homme ne détermine pas sa valeur, intervint Lauryn. Regardez le Prince Declan : il est de basse naissance, pourtant nous pouvons toutes dire que c'est un homme honorable.

Elles acquiescèrent. La poitrine d'Essylt brûlait de fierté.

— Il est certain qu'il n'existe pas Chef plus dévoué dans tout le Continent, l'approuva Cailtyn. Sa Majesté peut en attester.

— Oui, c'est certain.

— Mesdames, il se fait tard, déclara Calixte juste derrière son épouse, la faisant sursauter. Nous allons nous retirer. À demain.

Il tendit sa main à sa femme, qui la prit bien obligeamment.

— À demain, mes chères.

— Vos Majestés, dirent-ils en faisant la révérence.

Une fois dans leur salon, Essylt le retint par la main.

— J'ai besoin de te parler.

— Un problème ?

— Non.

Ils s'assirent côte à côte et Calixte en profita pour caresser tendrement sa joue. Il se comportait comme si ses remarques désobligeantes sur ses pouvoirs n'avaient pas eu lieu.

— Les nobles rodorchniens rentrent dans quatre jours et je souhaiterais faire le voyage avec eux.

— Tu veux déjà retourner au palais de Rodorchna ? s'étonna-t-il.

— Cela va faire dix mois que nous sommes en Bofursyle. Presque une année entière. Des affaires pressantes attendent mon retour. Et je souhaiterais que les quatre ans de Lucetmael soient fêtés là-bas.

— Certes, c'est tout à fait normal. Néanmoins, nous ne pouvons pas partir si rapidement. Il y a beaucoup à faire avant. Peut-être dans dix jours…

— Je pensais me rendre en Rodorchna seule. Uniquement avec Lucetmael.

Blessé, il recula.

— Ai-je fait quelque chose qui t'a déplu ? Si c'est à cause de ta magie…

— Non, mentit-elle. Cela fait simplement longtemps que je n'ai pas vu mon Royaume de naissance. J'ai envie de passer la fin de l'hiver dans un climat plus chaud.

— Alors pourquoi ne veux-tu pas m'attendre ?

— Ce n'est pas que je ne veux pas. C'est que je pense que quelques mois séparés nous seraient bénéfiques.

— Mais nous venons à peine de nous retrouver ! Je suis rentré de Jirialc il y a moins de trois mois…

— Certes, mais j'ai tant à faire ! Je dois rendre visite à ma famille, le palais requiert mon attention pour l'organisation de travaux de rénovation, je…

— Je n'aime pas être séparé de toi, l'interrompit-il froidement. J'ai détesté ces mois que nous avons passé séparés. Mais visiblement, ce n'est pas ton cas, puisque tu souhaites les revivre.

— S'il te plait, ne le prends pas personnellement. En unifiant nos royaumes, nous savions que cela requerrait des sacrifices. Être séparés pour réaliser nos devoirs en fait partie.

Il émit un son excédé qui signifiait qu'il jugeait ses arguments irrecevables. Il fit quelques pas agacés.

— Eh bien soit, puisque tu n'as que faire de notre couple, tu partiras en Rodorchna avec notre fils. Quand serai-je autorisé à vous rejoindre ?

— Tu sais bien que tu n'as pas besoin d'autorisation.

Malheureusement.

— Soit. Je vais donc passer mon anniversaire seul ? s'offusqua-t-il.

Elle se contint de lui faire remarquer qu'ils avaient fait une grande fête pour ses trente ans et qu'il survivrait sans aucun doute à leur absence pour ses trente-un ans.

— Tu peux nous rejoindre début avril si tu le souhaites.

— Pas si tu ne le souhaites pas. Je viendrai pour ton anniversaire… Ou pour celui de notre fils.

S'il croyait lui faire regretter son absence en un jour si spécial pour elle, il se leurrait.

— Tu vas pouvoir en profiter pour passer plus de temps avec ton père, tenta-t-elle pour l'apaiser, inquiète d'avoir brisé le peu qu'ils étaient parvenus à reconstruire. T'occuper aussi de ces diverses tâches que tu repousses et…

— Inutile de me trouver des occupations. J'en aurai.

— Bien.

Elle se leva dignement et lissa le devant de sa robe.

— Dans ce cas, je vais dire aux filles de préparer nos affaires et je vais demander à Cathan d'aller prévenir Declan que…

— Declan reste ici.

— Je te demande pardon ?

Son souffle se bloqua de terreur. Elle n'avait pas voulu s'adresser à lui si brusquement.

— Je veux dire, j'ai tellement pris l'habitude que tu confies ma sécurité à ton frère que…

— Tu sembles plus attristée à l'idée d'être séparée de Declan que de moi, cracha-t-il, excédé.

— Ce n'est pas cela…

— Pourtant, cela y ressemble.

Il croisa les bras sur sa poitrine, troublé.

Vite.

— Garde Declan auprès de toi, cela ne fait aucune différence pour moi, dit-elle d'un ton hautain. J'ai suffisamment de soldats pour me protéger. En plus, passer du temps avec ton père et ton frère vous fera à tous le plus grand bien.

— J'espère que cela ne perturbera pas tes petites habitudes, comme tu sembles attachée à être protégée par mon frère.

— Dois-je m'excuser d'estimer son travail ?

Exaspéré, il leva les bras au ciel.

— Non. Mais…

Elle attendit qu'il poursuive, il ne le fit pas.

— Si tu n'as plus rien à ajouter, j'ai un voyage à préparer. À demain.

Après avoir refermé derrière elle la porte de sa chambre, elle poussa un profond soupir de soulagement. Sa vigilance s'était relâchée un instant et cela avait failli lui coûter très cher.

XXVI

« La famille… quel amas fascinant de relations entrelacées où se mêlent amour et jalousie, tendresse et regrets, vérité et mensonge. » Reine Iuliana de Rodorchna, 49.

— Vous n'avez pas froid, Majesté ?

Elle resserra sa prise sur les rênes de Royal, difficiles à tenir à cause de ses gants épais. Elle chevauchait rarement l'hiver, détestant la neige. Elle n'était montée sur son fidèle destrier qu'après avoir passé la frontière, le voile blanc ayant disparu au profit d'un sol humide.

— Non, tout va bien, merci, Réamann.

Le second du Chef des armées de Bofursyle la salua respectueusement de la tête avant d'observer tout autour d'eux. C'était la première fois qu'il était chargé de la sécurité de la Reine et du Prince, son anxiété était attendrissante. Il était accoutumé à seconder Declan, pas à prendre sa place.

— Votre Chef m'a beaucoup parlé de vous.

Les yeux noirs de Réamann revinrent sur elle.

— J'espère que c'était en bien, Votre Majesté.

— Soyez assuré que oui. Il m'a vanté vos compétences et m'a assuré de la valeur qu'il porte à votre amitié.

Un demi-sourire étira ses lèvres.

— Notre amitié m'est tout aussi chère. Je le connais depuis tant d'années que j'ai parfois du mal à me souvenir de ce qu'était ma vie avant. J'ai participé à sa formation de soldat, mais vous le savez peut-être déjà.

— Oui, il me l'a raconté. Je suis désolée que vous n'ayez pas l'occasion de vous voir plus régulièrement.

— Nos postes ne nous permettent que rarement d'être au même endroit. Nous échangeons par lettre constamment et c'est un honneur pour moi de le seconder.

— Cela se ressent. Avez-vous hâte de séjourner en Rodorchna ? Je suis désolée que vos habitudes soient chamboulées.

— N'en soyez point désolée, Majesté, vous servir est mon devoir. Oui, j'ai hâte que nous soyons arrivés.

— Maman !

Penché à la fenêtre, Lucetmael lui faisait de grands signes.

— Rentre mon chéri, j'arrive. Réamann, je vous revois plus tard.

Le second fit arrêter la procession le temps qu'elle remonte dans le carrosse. Le Prince vint aussitôt sur ses genoux. Sa chaleur effaça la douleur de l'absence.

Dire au revoir à Anna et Aveleen avait été difficile, mais dire au revoir à Declan avait été un déchirement. Ils ne s'étaient presque pas quittés depuis qu'il était parti, quelques mois après ses noces. Les premiers jours de voyage, elle l'avait cherché partout, en un réflexe détestable.

La nuit avant son départ, ils s'étaient étreints longuement pour garder sur leurs doigts le contact de leurs peaux et sur leurs lèvres le goût de leur amour.

Quand le soleil se fut couché, ils s'arrêtèrent dans une auberge. Luíseach, Zara, Kay, Saraid, Garvan, Faolan, Sibby et Matholwch prirent place autour d'une longue table rustique pour manger un plat simple et très bon. Tous exténués par ce voyage, ils se retirèrent dans leurs chambres respectives.

Essylt avait décidé de profiter de l'absence de Calixte pour partager son grand lit avec son fils. Elle lui caressa doucement les cheveux jusqu'à ce qu'il s'endorme, ses pieds froids coincés sous sa cuisse.

— Fais de beaux rêves, mon trésor. Je t'aime, chuchota-t-elle avant de souffler la bougie.

L'obscurité engloutit la pièce et aurait atteint son cœur si son fils n'avait pas été là. Loin du château de Bofursyle, l'évènement qui y avait eu lieu quelques mois plus tôt lui paraissait plus douloureux que jamais.

Pour les protéger et maintenir l'illusion qu'était son existence, Essylt avait perdu sa fille. Elle l'avait sacrifiée pour les sauver, pour préserver Lucetmael et lui éviter une existence incertaine et honteuse. Les raisons avaient beau être évidentes, les conséquences n'en étaient pas moins dévastatrices. Pour avancer, la Reine s'était consacrée à son projet de loi pour les femmes, puis aux préparatifs du Nouvel An, et enfin aux nobles, qui avaient accaparé toute son attention.

Il ne lui restait rien pour s'occuper l'esprit. Aucun refuge ne la préservait de la souffrance, surtout en l'absence de Declan. Comme tous les soirs depuis son départ, elle pleura cette enfant qu'elle n'aurait jamais la chance de connaître.

Trois jours plus tard, les nobles prirent la direction du palais. Leur devoir de conseillères royales attendait Luíseach et Saraid tandis que Faolan et Sibby rentraient dans leur Duché.

Quelques jours avant d'arriver au village où résidait sa famille, Essylt décela en Dagda une étrange nostalgie. Allongée sur la banquette d'en face, la guéparde fixait ses pattes avec une tristesse presque humaine.

— Qu'as-tu ?

Elle changea de place pour la caresser, tandis que Lucetmael jouait avec des chevaux en bois. Dagda posa sa tête sur ses jambes et se frotta tendrement contre elle, comme à son habitude. Pourtant, quelque chose avait changé.

— Qu'est-ce qui te fait tant de peine, ma douce ? Drac te manque ?

Elle gémit. Ce n'était pas exactement un assentiment. Drac leur manquait à toutes deux. Depuis son décès, Belliciste, le chien-loup de Cathan, veillait sur Dagda comme s'il avait pris sa place. Au printemps dernier, ils avaient croisé la route d'un chien errant durant l'une de leurs promenades. Inquiétée par Dagda, la bête l'avait attaquée. Bel s'était précipité pour la défendre, écopant d'une plaie au flanc droit. Le chien errant avait fui et Dagda avait dormi dans le même panier que Bel durant deux semaines pour le couver.

— Si ce n'est pas Drac, qu'est-ce qui te chagrine ?

Ses pouvoirs se libérèrent, la connectant à son félin. Elle les avait trouvés à plusieurs lieux d'ici : Dagda se languissait des terres où elle était née. Et de la vie qui aurait été la sienne.

Bouleversée, Essylt posa son front contre le sien.

— Tu as envie d'avoir un bébé, n'est-ce pas ?

Le soin maternel qu'elle portait à Lucetmael parlait de lui-même. La guéparde ronronna, de tristesse et de joie.

La Reine repoussa le fin rideau et fit signe à Cathan d'arrêter la procession.

— Un souci, ma Reine ? demanda-t-il en lui tendant galamment la main pour l'aider à descendre.

— Non.

Elle détailla les champs qui s'étiraient partout autour d'eux. Lucetmael descendit derrière elle et prit sa main.

— Viens, Dagda.

Le félin les rejoignit de son pas chaloupé. Indifférente à la boue, Essylt traversa une vigne avant de s'arrêter. Derrière eux, des soldats patientaient en silence.

La Reine s'accroupit pour flatter son animal.

— Je suis si heureuse d'avoir partagé presque six ans de ma vie avec toi, Dagda. Tu as été là pour moi durant des moments difficiles et je t'en serai à jamais reconnaissante.

Les yeux bleu clair de la guéparde la contemplaient avec une intelligence acérée.

— Mais il est temps pour toi de retourner à la vie sauvage. Je sais que tu y parviendras, tu as toujours été une excellente chasseuse, bien meilleure que ton frère ! Tu vas trouver un compagnon et fonder ta propre famille.

Une larme disparut dans les poils épais. Essylt posa son front contre le sien.

— Sois libre, Dagda. Je t'aime.

Le félin s'approcha de Lucetmael qui assistait à la scène sans vraiment comprendre. Elle lécha son visage et il rit en agrippant son cou. Elle se dégagea doucement de son étreinte avant de s'écarter. Les au revoir étaient tout aussi durs pour elle.

Un aboiement les fit sursauter. Belliciste, qui était dans le carrosse des servantes, venait d'apparaître à côté de la Reine. Il aboya encore et Dagda se retourna pour le saluer une toute dernière fois.

Au revoir, mon amie. Fais bon voyage.

— Où est Dagda ? sanglota Lucetmael.

Essylt le prit dans ses bras et se remit debout.

— Elle est partie, mon trésor.

— Pourquoi ? Reviens !

Elle embrassa sa joue ronde.

— Parce que c'est ainsi. Dagda a grandi et elle veut fonder une famille.

— Mais c'est nous sa famille.

— Bien sûr, nous sommes aussi sa famille. Mais elle est devenue grande et elle veut créer la sienne. Avoir un bébé, comme toi tu es mon bébé.

Des larmes s'accrochèrent à ses cils blonds.

— Dagda…

— Nous n'avons pas le droit de la retenir, mon trésor. Quand on aime quelqu'un aussi fort que j'aime Dagda, on fait passer son bonheur avant le sien.

Elle revint vers les carrosses qui les attendaient, le cœur lourd de ce départ.

— Un jour, toi aussi tu feras ton bout de chemin sans Maman. C'est ainsi que les choses doivent se passer. C'est le cycle de la vie.

Il saisit ses cheveux, effaré.

— Je veux rester avec Maman.

Elle rit doucement en le serrant contre elle.

— J'espère que tu diras cela pendant encore très longtemps.

— Lu, ne cours pas partout ! chantonna la Reine.

Le Prince fit les yeux doux avant de ralentir. Caem et Slany soupirèrent de soulagement : ils étaient épuisés à force de le suivre.

— Comment vous sentez-vous, Abaigh ?

L'épouse de Fiacre attendait son premier enfant. Délicate et discrète, elle complétait parfaitement son tempétueux cousin. Abaigh rougit en posant ses mains sur son ventre arrondi.

— Très bien, Majesté. Le médecin dit que le bébé va bien, Majesté.

Ornóra cacha son sourire derrière son verre. Cela faisait une heure qu'ils déjeunaient ensemble et malgré toutes ses demandes, la jeune femme ne se départissait pas d'une politesse excessive.

— Tant mieux. Si vous avez besoin de quoi que ce soit, n'hésitez pas. Je veux le meilleur pour ma famille.

— Ta gentillesse nous est précieuse, affirma Vaughan.

— Dire que je vais bientôt être tante, soupira bruyamment Uli.

— Ne commence pas à te plaindre ! s'agaça son frère.

— Je ne me plains pas ! Je dis juste que le temps passe trop vite. Et je ne suis vraiment pas prête à être mère à mon tour.

— Tant mieux ! s'exclama Vortimer. Je ne suis pas prêt à t'autoriser à te marier.

— Je te rappelle qu'elle est majeure, s'amusa sa femme.

— Certes, mais…

— Comme moi ! répliqua Uistean en redressant fièrement les épaules. Un jour, je serai le propriétaire de cette boulangerie.

— Avec moi ! contra Fiacre en lui administrant une claque derrière la tête.

— Pas tant que je serai encore en vie ! s'écria Vaughan en leur donnant une tape à tous les deux.

— Tu vois ce qu'il t'attend quand Lucetmael sera grand, se lamenta Erin.

— Les hommes ne deviennent jamais matures, confirma Ornóra.

— Je te demande pardon ? s'offusqua Vaughan, qui venait d'attraper le Prince et le portait fièrement à l'envers.

Ils rirent aux éclats, dans cette ambiance chaleureuse et authentique qui caractérisait leur famille.

Un orage les força à rester dans la maison toute la journée. Ils discutèrent des dernières nouvelles, chacun narrant ses petits exploits. Uli, Uistean et Dervila travaillaient à plein temps, renforçant l'aisance financière de la famille. Fiacre et Abaigh s'étaient installés dans l'ancienne chambre de Devnet. La maison ne tarderait pas à être trop petite si Uistean se mariait avant ses cousines, qui en toute logique déménageraient. Cela ne les inquiétait pas, trop attachés à cette vieille bâtisse en bois qui avait connu tant de générations de Arán.

Ils jouèrent aux cartes et à cache-cache pour divertir Lucetmael, parlèrent de tout et de rien, savourèrent cet après-midi suspendu hors du temps.

Appuyée sur le rebord de la fenêtre, Essylt huma l'air frais chargé de sel. Les nuages menaçants disparaissaient peu à peu, dévoilant des éclats épars du soleil couchant.

Derrière elle, Abaigh expliquait à Uli, Dervila et Slany les sensations qu'elle éprouvait quand son enfant bougeait en elle.

Une larme dévala la joue royale.

Si elle avait gardé son bébé, elle entamerait son cinquième mois de grossesse. Cela commencerait à se voir malgré ses robes volumineuses. Sa main se posa sur son ventre plat, lui rappelant tout ce qu'elle avait sacrifié pour préserver ses mensonges.

Comment pourrais-je encore le regarder ?

La vision de son mari lui devenait insupportable. C'était la raison qui l'avait poussée à partir si tôt en Rodorchna. Cela avait peut-être été une erreur, puisqu'il était si intimement convaincu d'avoir réparé leur relation. Mais des fleurs et des mots doux ne pouvaient pas guérir des plaies si profondes. Ni celles que Calixte avait causées ni celle de cette perte injuste.

— Essylt ?

Ornóra se plaça à côté d'elle, les sourcils froncés d'inquiétude. Prise au dépourvu, la Reine n'eut pas le temps de cacher son expression.

— Qu'y a-t-il, ma douce ? Je sens que tu as le cœur lourd depuis que tu es arrivée.

Quand elles s'étaient rencontrées, l'épouse de son oncle s'était montrée froide et méfiante. À présent, elle lisait en elle comme si elles se connaissaient depuis toujours.

— Ce n'est rien, ma tante.

Ornóra repoussa une mèche derrière son oreille, en un geste maternel qui l'émut malgré qu'elle ne soit plus une enfant.

— Tu es une excellente menteuse, mais pas à ce point-là.

Sa remarque lui arracha un rire rauque et ironique.

— La vie royale est loin d'être aussi aisée et plaisante qu'il n'y parait.

— Je n'en doute pas. Mais ce n'est pas ce qui te cause tant de peine.

Sa gorge se noua et elle inspira lentement pour refouler ses larmes. Elle plongea dans le regard tendre de sa tante.

— J'ai perdu un enfant.

Le dire ainsi était en partie un mensonge. Elle avait choisi de perdre sa fille, pour protéger Lucetmael. Et Declan. Et la Rodorchna. Pourtant, cela ne changeait rien au fait : elle ressentait dans sa chair le manque de ce bébé disparu avant d'exister.

— Oh, ma douce, je suis désolée !

Elle la prit dans ses bras et Essylt la serra fort. Certaines étreintes étaient plus puissantes que d'autres.

— Personne n'est au courant. Pas même Calixte, ajouta-t-elle dans un élan de lucidité. Et cela ne doit pas se savoir.

Ornóra embrassa son front.

— Tu sais bien que je ne ferais jamais rien qui pourrait te nuire. La pression pour enfanter est déjà grande sur les femmes, alors je n'imagine pas ce que cela doit être pour une Reine.

Elle opina. Il était impossible de lui révéler la vérité, cependant partager sa douleur était essentiel pour l'apaiser. Durant les deux jours suivants, elle fut aux petits soins pour elle, plus que de coutume. Erin, sa seconde tante, comprit que cela cachait quelque chose mais ne chercha pas à le découvrir. Elle s'allia avec sa belle-sœur pour rendre leur séjour le plus agréable possible.

Le troisième jour, une belle éclaircie leur permit de se rendre jusqu'au port, où un bateau de pêcheurs devait partir en haute mer pour plusieurs nuits.

— Regarde mon trésor comme ce bateau est grand ! Et les filets servent à attraper des poissons.

— Où sont les poissons ?

— Ils partent les pêcher.

L'effervescence générale excitait le Prince, qui lâcha sa main pour courir le long du ponton. Caem le suivit de près.

— Dort-il beaucoup ? s'enquit Abaigh, impressionnée par sa vivacité.

— Pas assez à mon goût.

— Il me tarde qu'il soit Roi, s'amusa Dervila. Je suis sûre qu'il ne tiendra pas en place.

— J'espère qu'il se sera suffisamment assagi pour gérer les affaires du Royaume.

— Ah, Grellan !

Fiacre bondit sur un jeune homme aux larges épaules, qui était l'un de ses plus proches amis. Ils se frappèrent les bras en un salut masculin bruyant qui fit pouffer ses cousines.

— Navigue bien, mon ami, et reviens avec beaucoup de poissons !

— Comme toujours !

Les yeux de Grellan s'écarquillèrent en découvrant la Reine, à qui il fit une profonde révérence.

— Faites bon voyage, Grellan, et prenez garde à la mer en cette saison.

— N'ayez crainte, Majesté, nous avons l'habitude des orages.

Il s'inclina ensuite devant Abaigh et Dervila.

— Madame, mademoiselle, à très bientôt.

— À bientôt, Grellan.

— Oui.

Essylt serra fort ses lèvres pour ne pas rire du petit couinement aigu que venait d'émettre Dervila. Grellan s'éloigna de quelques pas pour discuter avec d'autres marins tandis que la jeune fille le suivait du regard, les joues en feu.

La famille va bientôt célébrer un autre mariage, songea la Reine, certaine de ses pronostics.

Vaughan arriva derrière elles, les faisant sursauter.

— Grellan !

Il serra affectueusement la main du jeune marin.

— Que votre pêche soit fructueuse et que Phaessa te protège.

— Merci, Monsieur Arán.

Essylt fixa son oncle sans plus rien entendre des conversations de Dervila et Abaigh. Lucetmael percuta soudain ses jambes.

— J'ai vu un gros poisson dans l'eau !

— C'est génial, mon trésor. Il était de quelle couleur ?

— Euh… Attends !

Il repartit en courant. Caem soupira bruyamment, exténué, puis le suivit.

— Mon oncle ? appela-t-elle Vaughan quand ils eurent quitté le port.

— Oui ?

Ils marchaient en direction de la maison, après avoir admiré le bateau fendre les flots. Le vent s'était levé et s'infiltrait sous leurs manteaux. Elle prit le bras que Vaughan lui proposait.

— D'où vient l'expression que tu as dite à Grellan ? Celle sur une certaine Phaessa ?

Il fronça les sourcils de surprise.

— Je dois t'avouer que je ne sais pas d'où cela vient. C'est une phrase que les pêcheurs se disent depuis toujours pour se porter chance.

— Cela a-t-il un lien avec la chanson que j'avais entendue ?

— Oui, très certainement, cela fait mention de la même Phaessa.

— Qui était-elle ?

— Je ne sais pas.

— Et la chanson, la connais-tu en entier ?

— Il me manque peut-être quelques paragraphes. Veux-tu que je la cherche pour toi ?

— Oui, s'il te plait.

Phaessa… Et si c'était le diminutif d'Euryphaessa, la dernière fille de Meallán ? De mémoire, elle avait une grande affinité avec l'eau…

Une douce chaleur naquit dans sa poitrine. Elle était certaine d'avoir trouvé quelque chose.

Il reste des secrets à découvrir, j'en suis convaincue.

La Reine ne put pas poursuivre ses investigations une fois arrivée au palais. Elle s'était absentée de la Rodorchna depuis presque un an et par conséquent énormément d'affaires pressantes l'attendaient. Accoutumée à ces premiers jours difficiles, elle travailla du matin au soir pour avancer au plus vite.

Quand Cleena la leva à l'aube à sa demande, deux semaines plus tard, elle s'empressa d'enfiler une robe confortable et d'engloutir des brioches au sucre.

— Prenez soin de Lucetmael. Je serai à la Bibliothèque, informa-t-elle sa gouvernante.

Elle se rendit d'abord dans la Salle du Trône déserte. Elle la traversa seule, le cœur tambourinant furieusement d'entendre résonner ses pas. Elle se faufila dans la petite pièce consacrée aux couronnes pour prendre la plus importante de toutes.

La pierre violette brillait d'un éclat unique. La souveraine fit bien attention à ne pas la toucher, persuadée que ses pouvoirs lui révèleraient trop d'informations intenses et confuses. Elle l'observa de près, subjuguée par les facettes qui semblaient avoir été polies comme par magie.

C'est peut-être le cas.

La partie de la Bibliothèque délimitée par des grilles était comme elle l'avait laissée. Les deux gros livres sur la magie — le vrai et la copie — attendaient sur sa table de travail, accompagnés des journaux de Meallán et Curcog. Elle n'avait rien pris avec elle pour préserver ces biens et parce qu'elle les avait déjà lus plusieurs fois.

Elle déposa la couronne devant elle.

Meallán est arrivé ici il y a six siècles, avec cette pierre et la robe de mariage. Il a rencontré Maev, a eu onze enfants avec elle, dont Euryphaessa, qui semble être demeurée dans les mémoires des marins pour une obscure raison. Trois siècles plus tard, Curcog a décidé de recopier le livre des pouvoirs en enlevant la vie, par jalousie et parce qu'il croyait qu'elle avait disparu définitivement. Or, plus les années sont passées, plus la vie était présente. Jusqu'à moi, qui suis la première à être à quatre. Pourquoi ?

Tout ceci doit forcément avoir un sens.

Il me manque des éléments... Surtout sur Meallán. Il est la clé de tout ceci, je le sens.

Déjà fatiguée alors que le soleil était à peine levé, elle fit le tour des rayons sans rien remarquer d'anormal. Elle ouvrit le véritable livre à la dernière page manuscrite, où son nom attendait d'être complété avec ses dons.

Je ne suis pas certaine...

Elle prit le journal du premier Roi magique et fit défiler les pages.

Aucune mention de la magie. Ça n'a aucun sens : c'était ce qui le rendait unique. Pourquoi n'en parle-t-il pas ?

Cela la dérangeait profondément. Elle arriva à la dernière page. Ses yeux se rivèrent à la mention manuscrite à l'envers.

« *Certains lisent entre les lignes, d'autres entre les livres.* »

Il me manque un livre.

Déterminée, elle ouvrit les ouvrages sans vraiment savoir ce qu'elle cherchait. Il y avait là des multitudes de journaux personnels, mais également des documents officiels, des traités, des contrats, des décrets. Tout ce que ses ancêtres avaient jugé bon de mettre à l'abri ici.

C'est inefficace, pesta-t-elle intérieurement en reposant violemment un journal inutile.

Les doigts tremblants, elle saisit précautionneusement la lourde couronne et la plaça sur sa tête. Ses pouvoirs jaillirent hors d'elle, l'inondant d'informations. Elle eut une conscience accrue des soldats qui tenaient la garde devant la Bibliothèque, de leurs maux physiques et de leurs pensées. Après eux, il y avait les quartiers des domestiques : certains se levaient tandis que d'autres se couchaient après avoir veillé au bon fonctionnement du palais toute la nuit. Plus loin, dans l'aile royale, Cleena fredonnait en faisant la poussière dans le salon, suivie par un Belliciste curieux, pendant que Bethania et Aphria cousaient. Léan dormait à poings fermés et Janae conversait avec Gladys en l'aidant à habiller le Prince.

Caem se massait le front, touché par une migraine douloureuse depuis son réveil.

D'une pensée, Essylt le guérit.

Ses pouvoirs s'étendirent encore, dévoilant Saraid, Garvan et Luíseach dans leurs appartements respectifs. Attentionné, Garvan massait les pieds de son épouse, qui se préparait à une dure journée. La Duchesse quant à elle lisait un ouvrage sur l'économie, son sujet favori.

Il y avait tant d'autres vies entre ces murs. Des domestiques, des gardes, des valets, des pages, des palefreniers. Des chevaux, des faucons, des chiens de chasse.

Et en dehors. Des champs où la vie s'épanouissait, des maisons où les enfants jouaient avant d'aller à l'école.

Essylt retira la couronne en toussant. Elle avait oublié de respirer.

Elle reprit lentement son souffle en détaillant cette pierre magnifique et mystérieuse.

Quel lien as-tu avec la vie ? Avec Meallán ? Avec moi ?

Plus elle apprenait, moins elle comprenait.

Je ne dois pas me laisser submerger d'informations. Il faut que je me concentre sur cette pièce et sur ce que je veux.

Une fois son cœur calmé, elle replaça la couronne sur sa tête. Elle focalisa son attention sur sa respiration.

J'ai besoin de comprendre. Je dois comprendre. Il me faut trouver la vérité. Mène-moi à la vérité.

Elle ferma les yeux et répéta son souhait, encore et encore.

Peu à peu, la pièce lui apparut comme si elle la voyait. Les étagères remplies de livres, la poussière qui voletait sous l'éclat du jour. Le bois vieilli par le temps, le sol tant de fois arpenté, la table où elle étudiait. Il régnait une étonnante harmonie.

Seulement perturbée par quelque chose. Juste *là*.

Sans ouvrir les yeux, elle marcha entre les rayons. Elle n'aurait su dire si c'était ses dons ou l'aura de la pierre qui la guidèrent.

Elle s'accroupit devant l'étagère concernée et rouvrit les yeux. Sur le niveau du bas, il n'y avait que des ouvrages militaires. Rien de particulièrement intéressant. Elle reposa la couronne à côté d'elle.

Ses pouvoirs l'avaient menée du côté droit du meuble en bois. Appuyée contre le mur, la lumière qui s'échappait de la fenêtre juste à côté se refléta sur des gouttes d'eau qui coulaient le long du bois. Intriguée, Essylt remonta les sillons et découvrit une minuscule fissure entre les pierres, entre le plafond et le mur.

Comment l'eau a-t-elle pu s'infiltrer ici ?

Intriguée par cette négligence, elle s'agenouilla. L'eau descendait sous le meuble. Prise d'une inspiration, elle commença à pousser l'étagère avec son épaule. Sans succès. Les livres étaient trop lourds. Elle les retira tous, créant des piles instables derrière elle, puis parvint enfin à décaler le meuble de bibliothèque.

La planche en bois la plus basse avait dissimulé un trou, formé par l'absence de deux pierres. Un trou où stagnait une écœurante flaque d'eau sombre.

Pourquoi personne n'a-t-il jamais fait réparer ceci ?

Peut-être parce que personne ne l'avait jamais vu. Il pleuvait peu en Rodorchna et cette étagère était au fond de la pièce.

Une cachette parfaite... Mais pour quoi ?

L'eau lui était étrangère. Froide. Impénétrable. Cette eau-là n'était cependant pas comme les autres. Il avait plu la veille, pourtant l'eau semblait plus ancienne. Avec les fortes chaleurs de l'été, comment se faisait-il que l'eau ne se soit pas évaporée ? Essylt était convaincue qu'elle était ici depuis longtemps.

Très longtemps.

Incertaine, elle se pencha et l'huma. La flaque n'était écœurante qu'en apparence : aucune odeur nauséabonde ne s'en dégageait. Ce qui était incompréhensible, étant donné l'emplacement du trou.

Cette eau n'est pas normale.

Certaine qu'elle avait affaire à de la magie, elle plongea l'un de ses doigts.

Une douleur explosa dans son esprit, forçant ses yeux à se fermer pour mieux voir.

Debout à côté de l'étagère, un homme de haute stature détaillait la jeune femme devant lui avec une profonde tendresse. Ils étaient identiques : mêmes cheveux blonds, mêmes yeux bleus comme le ciel, même prestance immanquable.

Le visage rayonnant de confiance, elle s'avança pour poser ses mains sur le journal qu'il tenait fermement.

— Père, laisse-moi le cacher pour toi.

— Et comment feras-tu ? murmura-t-il, inquiet.

Un sourire éclaira son visage d'une grande beauté.

— Je demanderai à l'eau de le garder, affirma-t-elle en brandissant sa main.

Entre ses doigts délicats apparut une goutte d'eau limpide qui grossit jusqu'à remplir sa paume.

— N'aie crainte, l'encre ne s'en ira pas. L'eau le cachera aussi longtemps que nécessaire de ceux qui ne doivent pas savoir. Aie confiance, Père : je préserverai tes secrets.

— Hen !

Essylt se retint au mur pour ne pas s'écrouler sur le dos. Elle posa une main sur sa poitrine dans une vaine tentative pour calmer les pulsations chaotiques de son cœur.

C'étaient Meallán et Euryphaessa.

Elle en était intimement convaincue. Euryphaessa devait presque avoir son âge à l'époque et elle avait eu l'impression de se regarder dans un miroir.

Elle se frotta les bras, transie de froid.

Elle a créé de l'eau dans sa main avec une telle aisance... Je me souviens qu'elle avait un cinq pour l'eau. Il est évident qu'elle la maîtrisait parfaitement.

La surprise passée, elle se rapprocha du trou. Qu'Euryphaessa ait créé cette eau expliquait qu'elle soit demeurée là, sous ce meuble, pendant tant d'années.

Comment savait-elle qui le trouverait ?

Incapable de répondre à cette question, elle bloqua sa magie au mieux et plongea la main dans la flaque.

Elle en ressortit un journal. Un frisson d'excitation et de peur courut sur sa peau.

S'ils se sont donné tant de mal pour cacher la vérité, c'est qu'il doit y avoir une excellente raison…

Elle essuya le journal à l'aide de la robe, en faisant bien attention à le toucher directement le moins possible.

Elle ramassa la couronne, délaissa les livres en désordre et s'installa sur sa chaise préférée, celle où la luminosité était optimale le matin.

Le cuir de la couverture était peu abimé, comme Euryphaessa l'avait promis. L'eau qu'elle avait créée avait préservé le si précieux journal de son père.

Essylt déglutit difficilement, les doigts figés sur le bord. Comme cela lui était arrivé plusieurs fois au cours de son existence, son instinct lui soufflait que ce qu'elle s'apprêtait à découvrir bouleverserait irrémédiablement son existence.

Elle libéra sa magie qui trouva aussitôt Lucetmael. Sa vie brillait plus intensément que toutes les autres. Assis sur un canapé en compagnie de Nar, il mangeait du pain avec de la confiture, encore à moitié endormi.

Pour toi, mon trésor.

La couverture craqua. La première page abritait trois inscriptions différentes.

« *Journal du Roi Meallán de Rodorchna.* »

Plus bas, une note avait de toute évidence été rajoutée après les premiers mots. La calligraphie du monarque était plus penchée et précipitée.

« *À toi, celui de mes héritiers qui trouvera ce journal, toi qui es peut-être celui que je n'ai jamais été. Lis mon histoire et écoute la mer.* »

C'est… énigmatique.

En haut à droite de la page, il avait dessiné six triangles à l'encre noire, qui formaient un soleil. Ils étaient remplis en bleu et entourés de doré.

Cela ressemble au drapeau de la Rodorchna. Sauf que le soleil est doré sur fond rouge. Qu'est-ce que ce symbole représente ?

Excitée, elle tourna la page et fut happée par le récit d'une vie incroyable.

« *Huit janvier de l'an 14, au Palais,*

Elle est née. Iuliana. Mon premier enfant. Ma première fille.

Blottie contre Maev, elle a ouvert les yeux afin de contempler le sourire de sa mère. Elle a mes yeux.

Et je sens en elle de la magie.

Comment cela est-il possible ? Avec ma tendre Maev ?

Toutes mes certitudes se sont effondrées. Tout ce que je croyais savoir sur la magie et sa transmission, tout ce que l'on m'a inculqué… Des mensonges. Odieux ou involontaires, je ne saurais le dire.

Les faits sont là. Elle est là. Iuliana. Minuscule et parfaite.

Je croyais que ma magie s'éteindrait avec moi. Parce que Maev n'en possède pas. Et maintenant qu'Iuliana existe… je comprends. Je comprends pourquoi j'ai accosté ici, sur ce Continent, dans ce Royaume, avec la pierre.

Je devais rencontrer Maev.

Je comprends que rien n'est terminé.
Au contraire. Cela ne fait que commencer. »

Ce débordement de vie, cette assurance... Cela correspond beaucoup plus à ce que j'ai perçu de Meallán.
Son amour dévoué de père et d'époux transparaissait à travers les pages.

« *Dans quelques années, je lirai ces lignes à Iuliana, puis à ses frères et sœurs. Pour qu'ils sachent d'où ils viennent.*
Et où, j'espère, ils retourneront. »

Son sang battait furieusement dans ses veines, comme s'il voulait s'échapper.
« *D'où ils viennent...* »
Elle tourna la page, exaltée.

« *Je suis le Roi Meallán de Rodorchna. Mais cela n'a pas toujours été mon nom.*
Je ne l'ai jamais dit à Maev, mais mon véritable nom est Meallán Athanáesis Nicolaís Gorm Spéir. Autrefois, tous ces noms me définissaient. Passé, famille, pouvoir... À présent, ils sont ce que j'ai tenté de fuir.
Chacun de mes noms à une signification.
Meallán n'était pas celui usité et provenait de l'un de mes aïeuls. Les miens m'appelaient Athanáesis ou Atha. Quant à Nicolaís, c'était également le troisième prénom de mon cher père.
Gorm signifie "Eau", car c'est le pouvoir principal de mon clan. Et Spéir signifie "Ciel" pour la couleur de nos yeux. Autrefois, chaque enfant né sur nos terres possédait des yeux bleus comme le ciel. Mais cela a cessé d'être vrai il y a bien longtemps.
J'ai tellement hâte de narrer tout ceci à mes enfants. De leur parler de cette île où j'ai grandi. C'est un lieu merveilleux. Les paysages y sont incroyablement variés pour un endroit aussi petit, bien plus petit que le Continent. Les plantes et les animaux y sont si beaux...
Le clan Gorm Spéir est établi dans la crique, sur les hauteurs d'une falaise. Une grande cascade se déverse dans la mer, qui n'est altérée par presque aucune vague dans ce lieu préservé. J'ai toujours vécu sur ce plateau en hauteur, proche du ciel. La chaleur y est suffocante en été, mais j'adorais plonger dans l'eau la tête la première à la fin de la journée. Je me souviens encore de la sensation de chute, de cette attente délicieuse avant de m'enfoncer dans l'eau.
Il me faut raconter dans l'ordre, pour ne rien omettre. Pour que mon histoire ait un sens.
L'île est répartie entre vingt-cinq clans, cinq par Eileameadh. Par éléments. Les cinq éléments ou pouvoirs — je ne sais pas encore quel vocabulaire je vais utiliser pour vous apprendre à maîtriser vos dons — sont l'eau, la terre, l'air, le feu et la vie. Je ne les nommais pas ainsi, avant, mais il me faut m'adapter à la langue d'ici, qui est similaire à la mienne. »

Meallán vient d'une île. Je n'ai jamais songé au fait que s'il était arrivé ici, c'est parce qu'il provenait d'une autre terre. Et maintenant, je découvre que mon ancêtre faisait partie de toute une civilisation différente de la nôtre, où chaque habitant possédait des pouvoirs… C'est prodigieux.

« *Chaque clan à sa particularité, du fait de ses pouvoirs ou de son emplacement. Nous, les Spéir, sommes chargés d'observer le ciel pour nous assurer que le temps n'est pas trop altéré par nos pouvoirs. De même, les Gorm Oíche, avec qui nous partageons en partie la crique, observent les étoiles. Nous sommes très respectueux de notre terre et des autres vies qui existent près de nous, c'est pourquoi nous sommes vigilants aux moindres changements.*

Je n'ai jamais été aussi doué que mes tantes pour observer le ciel. En revanche, quand je nageais dans la crique, je ressentais parfois des choses qui ne m'appartenaient pas.

Lorsque j'étais enfant, j'ai ressenti un grand changement, très loin de notre île. Un changement que l'eau avait conservé suffisamment longtemps pour que je le perçoive.

Ce n'est qu'une fois arrivé ici que j'ai compris. Ce changement, c'était la création des Neuf Royaumes du Continent. »

— Majesté ?

Elle faillit lâcher le journal de surprise. Cela devait faire de longues minutes que Cathan l'interpellait pour avoir crié si fort. Elle se précipita aux grilles où lui et Jarlath faisaient les cent pas, inquiets.

— Majesté, tout va bien ?

— Oui, très bien. Pourquoi ?

Déstabilisés par son ton brusque et son air éberlué, ils s'inclinèrent.

— Désolé de te déranger, chuchota Cathan. Mais deux conseillers t'attendent. Apparemment, tu es en retard.

— Oh…

Elle regarda le journal qu'elle tenait fermement entre ses mains. Obnubilée par le récit, ses pouvoirs s'étaient tus, lui permettant de ne pas être envahie de sensations parasites.

— Annulez toutes mes obligations de la journée.

— Euh…

Elle se reprit. Il était difficile de revenir à la réalité.

— Allez prévenir Saraid et Luíseach que je serai indisponible toute la journée. Je ne veux être dérangée qu'en cas d'urgence.

— Bien, Majesté.

Insatiable, elle retourna s'asseoir.

« *Je crois que d'une manière ou d'une autre, j'étais censé partir. Avec le recul, je réalise toutes ces petites choses qui m'ont poussé à fuir l'île.*

Je détaillerai plus tard chaque clan, afin que mes enfants en connaissent les particularités. Les plus importants à connaître sont ceux appartenant aux Corcra.

La vie — bien que ce mot soit trop restreint pour désigner la puissance, la beauté, la sauvagerie, la complexité de ce pouvoir — est un don aussi respecté que craint. Je ne me souviens pas d'un temps où les Corcra n'étaient pas adulés et obéis, bien qu'il eût existé, des siècles avant ma naissance. Grâce à leurs aptitudes si différentes de celles conférées par les quatre autres éléments, les Corcra régissent l'île en maîtres.

Trois clans Corcra gouvernent tous les autres. Tout d'abord, les plus craints : les Corcra Intinn. Les rares que j'ai eu l'occasion de croiser dans mon existence m'ont causé une peur terrible. Les plus puissants sont capables d'altérer les esprits à leur guise, faisant d'eux des adversaires que je ne souhaiterais à personne. »

Altérer les esprits… Comme moi lorsque j'ai manipulé des soldats.

« *Les Corcra Amatácaite s'occupent des archives de l'île. Ce sont des êtres d'une grande sagesse, toujours plongés dans une lecture. Ils sont chargés de recenser les dons de tous les magiciens de l'île et étudient les mariages les plus avantageux, sur ordre des Intinn. Quant aux Corcra Maor, ils sont encore plus impressionnants que les Intinn, mais pour une toute autre raison : ce sont les guerriers, les protecteurs des pierres. Leurs yeux sont de l'exacte couleur des pierres, d'un violet brillant. Leur rôle est de veiller sur les six pierres et de les déplacer selon les besoins.*

Je ris en imaginant Iuliana lire ce récit. Le Continent est si différent de l'île où j'ai grandi. Peut-être me prendra-t-elle pour un fou, à décrire ces terres lointaines. Malheureusement, je n'ai rien inventé. Je me souviens de chaque détail de ce lieu que j'ai fui de toutes mes forces. »

Six pierres…

Essylt effleura l'or de la couronne, qui contenait la pierre que Meallán avait apportée avec lui.

Les autres pierres sont-elles toujours sur l'île ? Pourquoi en avoir volé une ? Et comment a-t-il fait si elles étaient gardées ?

« *Quinze octobre de l'an 14, au Palais.*

Il est complexe de narrer une vie sans oublier des détails importants. Surtout quand cette vie a eu lieu dans un univers si différent, si riche et si cruel. Mais je me dois de le faire pour Iuliana et pour l'enfant que Maev porte.

Il me faut expliquer l'essentiel, avant de narrer mon enfance et de décrire ma famille si compliquée.

Si les Intinn ont pris l'ascendant sur les autres clans et se sont mis à gérer les mariages, ce n'était pas seulement pour assouvir leur ambition. C'était parce que nous nous mourions.

Il y a des siècles de cela, les mariages n'avaient lieu qu'au sein d'un clan, ou qu'entre les clans de même élément — les Gorm avec les Gorm, les Corcra avec les Corcra… Mais de moins en moins d'enfants naissaient. Et ceux qui naissaient possédaient des aptitudes faibles pour l'élément de leur clan, ce qui n'avait jamais été vu jusqu'alors. De plus, leurs yeux étaient parfois de la mauvaise couleur. De crainte que notre magie se tarisse dans nos veines, les Intinn ont entrepris de décider des unions.

Je n'ai jamais compris comment ils choisissaient. Je crois qu'ils essayaient différentes méthodes, dans l'espoir de voir naître des enfants avec un cinq pour l'élément souhaité.

Quoi qu'il en soit, ma famille n'était pas la plus disciplinée au sujet de ces mariages.

Mon grand-père Akylás possédait un cinq pour l'eau, ce qui en faisait un éminent membre du clan. Les Intinn avaient prévu de le faire épouser une femme Gorm Spéir ayant un très faible niveau à l'eau, afin de rééquilibrer le sang. Ce qu'ils n'avaient pas prévu, en revanche, c'était que mon grand-père tombât amoureux d'une Amatácaite.

Kléanthis était venue chez les Gorm Spéir avec des Intinn pour consigner l'évaluation de l'un des nôtres. Elle était supposée épouser un membre de son clan, car elle était une Seasmh. Cela signifiait que plusieurs de ses pouvoirs étaient au même niveau, sans que l'un d'eux ne prenne l'avantage. En l'occurrence, ses affinités avec l'air, le feu et la vie étaient de trois.

Malgré l'interdiction évidente, ils ont écouté leur cœur et se sont mariés. Quand ma grand-mère me racontait cette histoire lorsque j'étais petit, elle m'affirmait avec un sourire malicieux qu'à l'instant où elle avait rencontré Akylás, elle avait su.

Trois filles sont nées de leur union honteuse, dont ma mère. Nommée Miltiádis, elle a déjoué les prévisions des Amatácaite et des Intinn en ayant un niveau cinq à la terre. Niveau qui était pour le moins inattendu, puisqu'aucun de ses parents n'avait une forte affinité pour cet élément et que le pouvoir principal des Spéir est l'eau. Pour les Intinn, ma mère était la preuve de la déchéance de notre sang.

L'opprobre aurait pu être oublié si ma mère n'avait pas désobéi à son tour. Mon père, Wickaninnis Liath Stoirm — Liath pour l'air et Stoirm pour les orages — était déjà connu avant de se marier. Arrogant et influant, il se vantait allègrement d'avoir un niveau cinq pour l'eau et pour l'air. Être un Seasmh était ordinairement mal vu, car cela sous-entendait que les dons se mélangeaient sans qu'aucun ne prédomine sur les autres. Cette opinion ne concernait pas mon père, car deux cinq étaient extrêmement rares. Il était capable de créer des orages de petite taille.

Fort de sa position privilégiée, les Intinn lui avaient sélectionné plusieurs épouses potentielles, chez les Gorm et chez les Liath. Parmi elles se trouvait Mérope, la sœur de ma mère, dont le niveau à l'eau était d'un petit et honteux deux. Mais quand il a rencontré Miltiádis, il a su que c'était avec elle qu'il voulait avoir des enfants.

Comme leur mariage était déshonorant et interdit, je suis né très rapidement. Dans un clan qui me considérait comme une infamie. D'un père qui attendait de moi une puissance exceptionnelle.

Je fus une déception. Je suis une déception et cela n'a pas dû s'améliorer avec mon départ, bien au contraire. »

Essylt se massa la nuque, l'esprit en ébullition à cause de toutes ces informations. Il lui était difficile de s'imaginer cette île, avec cette autre façon de vivre, ces coutumes étranges et ce besoin malsain de contrôler les mariages. Quoique ce dernier point n'était pas si différent de la royauté, excepté pour le côté magique.

Tout ceci, c'est une partie de mon héritage. Cette île, ces clans… Wickaninnís et Miltiádis sont mes ancêtres.

« *Sept février de l'an 15, au Palais,*

Je suis le premier-né d'une fratrie de trois enfants. Une grande fratrie, étant donné les naissances de plus en plus rares.

Ma sœur Éthere est née deux ans après moi.

Theayénís Éthere Kléanthís Gorm Spéir.

Je note son prénom pour me souvenir d'elle. Ma petite sœur adorée. Et dire que je ne sais même pas quel est son nom d'épouse à présent…

Éthere était ce que j'avais de plus précieux. Je faisais presque tout avec elle, nous étions inséparables. Je la défendais après les leçons, lorsque des garçons avaient décidé de se moquer de ses pouvoirs. J'ai une cicatrice dans le dos à cause d'une bagarre contre Línos, qui avait osé lui tirer les cheveux.

Éthere était la joie de vivre. Elle était la vie, elle-même. Et pour cause : son cinq pour cet élément en faisait une personne empathique, respectueuse et sincère. Éthere ne voyait pas le mal chez les autres. Elle était la pureté et le bonheur.

J'ai passé mon enfance à la protéger.

À la protéger de notre mère de plus en plus indifférente et triste.

À la protéger de notre père colérique, qui n'avait que faire de moi, sa grande déception, et vouait à Éthere et son cinq une immense adoration.

À la protéger d'elle-même, de sa naïveté et de sa candeur.

J'aurais aimé être capable de la protéger des Intinn.

J'aurais dû l'emmener avec moi. »

Ses doigts effleurèrent les mots. De la tristesse glacée cascada en elle, tel un torrent de désespoir. L'amour qu'il portait à sa sœur était une évidence. La simple application qu'il mettait dans la première lettre de son prénom témoignait de son affection.

Pourquoi ne pas l'avoir emmenée s'il l'aimait tant ? Qu'est-ce qui l'a poussé à partir ?

« *Vingt-trois avril de l'an 15, au Palais,*

Mon fils Halldór est venu au monde hier. Maev et lui sont en parfaite santé et Iuliana s'impatiente déjà de pouvoir jouer avec lui.

J'avais dix ans quand mon frère Kaisar est né. C'était l'année où je devais être évalué par des Intinn, afin qu'un Amatácaite consigne mon niveau dans les archives. Je m'en souviens parfaitement car à l'époque, mon père s'était déjà désintéressé de moi depuis longtemps. Je possède les yeux bleu ciel de ma mère et des dons presque identiques à ceux de mon père. Presque, car bien que je sois un Seasmh pour l'air et l'eau comme lui, je ne suis qu'à quatre. La différence entre un quatre et un cinq est d'une grande importance, puisque mon père peut créer ces éléments. Et pas moi.

Kaísar a immédiatement plu à notre père car il a ses yeux. Des yeux d'un gris très sombre, aussi foncé que des nuages d'orage. Mon père lui a aussitôt voué une vénération incommensurable, encore plus excessive que celle qu'il portait à Éthere.

Je ne connais pas les niveaux exacts de mon frère, car il avait huit ans quand je suis parti. Je peux toutefois aisément affirmer qu'il n'a pas causé de tort à notre famille. Je me souviens qu'il contrôlait très peu l'eau, mais c'était un prodige avec le feu — son niveau doit certainement être de cinq. Un pouvoir aussi inattendu que l'affinité de notre mère pour la terre. Avec le nom de Gorm Spéir, des yeux de Stoirm, une prédilection pour le feu et un niveau total certainement très élevé — plus élevé que le mien — mon frère est le fils que mon père a toujours rêvé d'avoir.

Sa plus grande fierté. »

Attendre désespérément l'amour d'un père… Voilà une enfance bien triste.

Plusieurs mois s'étaient déroulés entre chaque écrit. Ses devoirs de Roi et de père lui prenaient forcément du temps. Il était également évident que Meallán peinait à mettre des mots sur son existence.

« *Trente septembre de l'an 15, au Palais,*

Comme je l'ai raconté, ma mère est une femme triste et désintéressée, et mon père un homme ambitieux et colérique. Mon grand-père Akylás est décédé lorsque j'étais très jeune, je garde peu de souvenirs de lui. En revanche, je me rappelle très bien ma grand-mère.

Kléanthís s'occupait beaucoup d'Éthere et moi. Elle nous faisait à manger, nous apprenait des secrets de la nature. C'est même elle qui nous a appris à lire, avant que les anciens du clan ne le fassent. Elle était toujours présente pour nous.

Elle était la seule adulte à me regarder avec fierté. Évidemment, elle vouait à Éthere une grande reconnaissance, car son haut niveau pour la vie ne pouvait provenir que d'elle. Que cela ait sauté une génération ne changeait rien. La puissance d'Éthere effaçait l'humiliation de l'union interdite de nos grands-parents.

Mais moi… Le fils moyen, le Seasmh à quatre… Elle me témoignait du respect. Elle m'encourageait et félicitait mes réussites. Elle voyait en moi ce que personne d'autre n'avait remarqué, pas même moi.

Nous nous réfugiions toujours chez elle lorsque notre père entrait dans des colères terribles. Des orages éclataient sur le village au gré de ses humeurs. Tant qu'Éthere arrivait chez Kléanthís avant d'être mouillée, j'estimais avoir accompli mon devoir de frère. »

Dans l'esprit d'Essylt, ces êtres se dessinaient et se mouvaient au rythme des mots. Wickaninnís, Miltiádis, Kléanthís, Éthere… Ils prenaient vie aussi clairement que si elle les avait rencontrés en personne. Ils étaient tangibles, faits de chair et de sang. Ce sang qu'ils partageaient.

Et dire qu'ils sont morts depuis bien longtemps…

« Dix-huit janvier de l'an 16, au Palais,

Ma tendre Maev attend encore un enfant. Il est minuscule, pourtant je le sens déjà. Ce sera un second garçon. Cette femme n'en finit pas de m'impressionner et de me surprendre.

Maev me fait parfois penser à l'une de mes amies d'enfance, Ygeía. Elles ont en commun une grande détermination.

Ygeía faisait partie de clan Dearg Deannach. Dearg pour le feu et Deannach la poussière. Les Deannach vivent sur le même plateau que les Spéir. Nos terres sont riches de plantes vertes luxuriantes grâce à la proximité de la crique. À l'inverse, la partie du plateau qui est la leur est plus aride. Leur village se situe au nord du nôtre et est installé au bord d'une grande falaise. La roche est rouge et se transforme en une poussière épaisse qui recouvre tout le plateau. C'est d'elle que les Deannach tirent leur nom et une profusion d'objets de leur invention.

Dès mon plus jeune âge, j'ai été fasciné par ce clan. En me postant à la sortie de nos arbres, je pouvais apercevoir au loin les fumées qui s'échappaient de leurs feux. Même en été, ils attisaient des brasiers par tradition et pour tenir éloignés de potentiels prédateurs. Bien que les lions soient tous sous la surveillance des Dearg Léomhann.

Les Deannach et les Spéir s'entendent à merveille, raison pour laquelle nous échangeons beaucoup, que ce soient des ustensiles ou des provisions. Je jalousais les Spéir autorisés à se rendre chez eux et je mourais d'envie d'interroger les Deannach qui nous apportaient des biens. J'avais sept ou huit ans quand j'ai traversé le plateau pour la première fois, sans l'autorisation de mes parents. Sans l'autorisation de personne.

Heureusement pour moi, la première personne à m'apercevoir fut Ygeía. Elle était en train de ramasser de la poussière à un endroit précis et s'est précipitée à ma rencontre. De quatre ans plus âgée que moi, elle a tout de suite compris que je n'avais pas le droit d'être ici. Nos clans étaient certes en très bons termes, mais nous étions très respectueux des terres de chacun.

Ygeía m'a attrapé par le bras et m'a forcé à repartir d'où je venais. Elle avait une poigne très puissante pour une fille. Avec sa peau foncée et ses yeux du rouge exact de la poussière, j'étais aussi fasciné qu'inquiété. Comme j'étais enfant, j'ai instinctivement fait appel au vent pour me protéger. Ygeía a contré mon pouvoir en riant.

"J'ai quatre à l'air, petit Spéir, alors ne joue pas avec moi !"

À l'époque, j'ignorais que nos niveaux étaient identiques pour cet élément. Vexé, je suis simplement rentré chez moi.

À dix ans, j'ai enfin pu demander à participer aux échanges entre nos clans. Je me souviens comme si c'était hier de l'expression outrée d'Ygeía en me découvrant à l'entrée de leur village, extatique et en règle.

Il a suffi de trois venues pour qu'une véritable amitié se tisse avec Ygeía, ainsi que sa petite sœur Kaikilía. Afin que nous nous voyions plus régulièrement, elles se sont portées volontaires à leur tour pour apporter des biens aux Spéir. C'est ainsi qu'elles ont pu faire la connaissance d'Éthere.

Les autres enfants Spéir ne nous aimaient pas. À cause de notre famille et des pouvoirs d'Éthere. Ainsi, Ygeía et Kaikilía furent nos seules véritables amies durant plusieurs années.

Bien que Kaikilía ait quatre ans de plus que ma sœur, leur amitié était plus forte que toutes les autres. Quand Éthere fut évalué à cinq pour la vie, ce ne fut une surprise pour personne, encore moins pour la Deannach qui avait exactement le même niveau. Toutes deux se comprenaient sans avoir besoin de se parler. Intuitives, ouvertes, empathiques, elles partageaient tout.

Je n'ai jamais été jaloux de leur amitié, pour la simple raison qu'elles n'avaient pas le loisir de se voir autant qu'elles l'auraient souhaité. Nous ne profitions que de quelques heures volées par semaine.

Quand nous avions l'occasion d'être réunis tous les quatre, nous jouions à tout ce qui nous passait par l'esprit. Ygeía et moi adorions nous affronter. Tous deux des Seamsh à quatre — moi pour l'eau et l'air, elle pour le feu et l'air — nous étions intrigués par nos similitudes et par nos différences. C'était à celui qui parviendrait le mieux à combiner ses deux dons de prédilection. Éthere et Kaikilía nous départageaient avec patience, nous donnant parfois la sensation d'être bien plus âgées que nous.

J'entends encore leur rire lorsque les trois filles avaient décidé de se liguer contre moi, le seul garçon de notre groupe. Je faisais semblant d'être blessé, alors qu'il n'en était rien. Je chérissais trop leur joie.

Elles me manquent cruellement. »

Les deux sœurs paraissaient si vivaces, si étranges et paradoxalement attrayantes… Plus Meallán donnait des détails sur les habitants de l'île, plus ils la fascinaient.

Il était si curieux étant petit : il me fait penser à Lucetmael.

Elle le chercha à travers le palais. Cela lui était de plus en plus aisé et naturel.

Le Prince dessinait en compagnie de son fidèle ami. Gladys leur imposait des temps calmes, pour les habituer à une ambiance studieuse. Dans deux ans, ils commenceraient à apprendre à lire. Et pour Lucetmael, ce ne serait que le début de longues années d'études.

Chaque chose en son temps. Qu'il profite de ces instants.

J'ai tellement hâte de lui raconter l'histoire de notre ancêtre.

« *Vingt-huit septembre de l'an 16, au Palais,*

Llywellyn est né au début du mois. Il n'a de cesse de pleurer depuis, ce qui a pris Maev au dépourvu. Iuliana et Halldór étaient des bébés si calmes qu'elle a dû faire appel à une seconde nourrice pour l'aider. Cela ne l'empêche pas d'être auprès de nos enfants le plus possible, tout cela en demeurant une Reine investie. Ces dernières années, j'ai pris davantage de responsabilités pour l'aider, bien que j'apprenne encore les subtilités de la royauté. La construction du palais me prend énormément de temps, mais cela en vaut la peine. Je veux léguer à mes enfants un lieu qui leur ressemble et où ils seront en parfaite sécurité.

J'avais dix ans la première fois que j'ai vu une pierre — une Luachmhor, comme nous les appelons. Les Maor l'avaient apportée dans notre clan, car c'était à notre tour d'en accueillir une durant six jours.

Tous les six mois, l'une des six pierres est amenée dans l'un des clans, sous l'étroite surveillance des Corcra Maor. Je n'ai jamais très bien compris le but. Nous vénérons ces pierres magiques depuis toujours. Les accueillir dans un clan est un grand honneur. Durant ces six journées sont prévues une multitude de festivités. Comme la présence de la pierre n'a lieu que tous les douze ans et demi — le temps que chaque clan soit honoré de sa présence — c'est un grand moment de joie et de célébration.

Kaísar est né durant le dernier jour où la pierre était parmi nous, renforçant les certitudes de mon père sur ses grands pouvoirs et son incroyable destin.

À l'époque, c'était également la première fois que je voyais des Maor. Les histoires que ma mère me racontait pour m'endormir étaient peuplées de ces guerriers légendaires. Grands, musclés, puissants, dire qu'ils étaient impressionnants était un euphémisme.

Pourtant, le petit garçon que j'étais alors les a vite oubliés. Parce que derrière eux, la pierre resplendissait.

"Elle est tout. Nous ne sommes rien."

Voilà les certitudes qui m'ont rempli. Pénétré, démuni, je l'ai admirée pendant un temps qui m'a paru infini.

C'est Éthere qui m'a ramené à moi en me prenant la main. Elle était tout aussi subjuguée que moi. Elle a murmuré : "Est-ce que toi aussi tu l'entends ?" Non, je n'entendais rien. Ou peut-être que si, mais pas avec mes oreilles.

Les jours suivants, je n'ai eu de cesse de passer et repasser près de la place centrale afin de l'apercevoir. Il y a eu des fêtes, des danses, des mariages. Et le dernier jour, la naissance de mon petit frère. Pourtant, je ne garde en mémoire que la pierre, magnifique, mystérieuse et immuable au milieu de tous ces êtres attentifs et curieux.

Comme si notre vie tournait autour d'elle. »

Elle reposa le journal avec soin après avoir glissé une feuille là où elle s'était arrêtée. Meallán avait pris le temps de consigner ses souvenirs, bien qu'il en ait peu. Passé et présent devaient se mélanger pour lui qui devenait père au moment où il narrait la naissance de son frère.

C'est triste qu'il n'eût pas apprécié Kaísar alors qu'il n'était pas responsable de l'attitude malsaine de leur père.

Plongée dans ses pensées, elle bondit sur ses pieds en entendant un tintement contre les grilles.

— Vous êtes sûrs qu'elle est là ? s'inquiéta la voix de Janae.

— Évidemment, gronda Cathan. La Reine ne peut pas disparaître. Peut-être a-t-elle eu un souci…

— Elle aurait dû laisser la grille ouverte, grommela Jarlath. Je le lui avais demandé !

Essylt les découvrit tous les trois devant la porte close, très nerveux. Janae portait un plateau recouvert de gâteaux et d'une théière.

— Majesté !

— Excusez-moi, je travaille beaucoup. Que se passe-t-il ?

— En apprenant que vous étiez ici, Cleena m'a envoyée vous apporter à manger, ma Reine.

Elle s'était levée très tôt et avait le ventre presque vide. Comme toujours, sa gouvernante prévoyait ses besoins avant qu'elle les ressente.

— Quelle heure est-il ?

— Neuf heures, répondit la camériste en passant par la porte qu'elle venait de lui ouvrir.

Essylt la mena jusqu'à sa table, où elle poussa quelques livres pour faire de l'espace. En remarquant les piles instables au fond de la pièce, Janae fronça les sourcils.

— Avez-vous besoin d'aide, Majesté ? Je peux ranger pour vous.

La Reine lui sourit tendrement.

— C'est très gentil à toi, mais tous les documents ici sont confidentiels. En revanche, je vais avoir besoin de ton aide pour ne pas perdre la notion du temps. Je veux que tu m'apportes un déjeuner copieux à midi, ainsi que des nouvelles de Lucetmael et des conseillers, pour savoir si mon absence n'est pas trop problématique.

La valeur de ses découvertes n'occultait pas l'importance de ses devoirs royaux.

— À vos ordres, ma Reine.

Elle la raccompagna jusqu'à la grille.

— Ne vous inquiétez pas les garçons, je vais très bien. L'un de vous deux peut aller se reposer, je ne vais pas bouger avant plusieurs heures.

— Soit.

Jarlath n'osa pas protester face à son expression impatiente et hébétée.

Elle mangea quelques gâteaux au chocolat et but une tasse de thé avant de reprendre sa lecture.

« *Quatre mars de l'an 17, au Palais,*

J'ai revu une pierre, une Luachmhor, pour la seconde fois un an plus tard.

Il était rare de pouvoir approcher la pierre quand elle séjournait dans d'autres clans. Mais avec son influence, mon père savait obtenir ce qu'il désirait.

Après avoir visité les Spéir, puis les Corcra Liguiche — des guérisseurs —, la pierre revenait ensuite aux Liath Stoirm. C'était la première fois que je visitais le clan de naissance de mon père et j'étais loin d'être enjoué.

Pour décrire un peu plus l'île, nous les Spéir sommes installés dans le creux de la crique, qui forme un long U. À l'est, nous avons pour voisin les Gorm Oíche et à l'ouest les Gorm Báisteach — ce mot faisant référence à la pluie. À la fin de la crique à l'est résident les Gorm Aigéan — correspondant à la mer — qui vivent en étroite symbiose avec les Liath Iasc juste à côté. Ils unissent leurs forces pour pêcher grâce à leurs influences sur l'eau et l'air. Il n'existe pas de clans en meilleurs termes qu'eux.

Dans les terres, les Stoirm résident à côté des Aigéan, non loin de la grande forêt que se partagent plusieurs clans de l'air et de la terre. Afin de nous rendre auprès de ma famille paternelle, nous avons emprunté le seul bateau de notre clan, une embarcation rudimentaire. Nous avons vogué jusqu'aux Gorm Aigéan, à qui nous avons confié le bateau.

Nous n'étions pas les seuls à nous rendre chez les Stoirm. Il n'était pas rare que des membres de la famille vivant dans d'autres clans soient conviés. C'était le cas d'un couple dont la femme était originaire des Liath Stoirm.

C'est ainsi que j'ai fait la connaissance de mon premier ami garçon. Damaskinós Gorm Aigéan. Le trajet jusqu'au clan de naissance de mon père a duré six heures, durant lesquelles nous avons tissé un lien. Damaskinós était fils unique et avait beaucoup de cousines. Une présence masculine lui était tout aussi nécessaire qu'à moi.

Nous sommes arrivés un jour avant la pierre. Fier de présenter Éthere et Kaísar à ses frères, mon père n'a eu que faire que je passe la journée avec Damaskinós. Nous avons fait le tour du village jusqu'à en connaître tous les recoins, puis nous avons joué dans l'herbe, indifférents aux adultes agacés.

Quand la pierre est arrivée le lendemain après-midi, étroitement entourée de Corcra Maor, j'ai tout de suite été frappé par le fait que c'était la même pierre. Je savais qu'il en existait six et je croyais qu'elles voyageaient chacune leur tour, dans un souci d'équité.

C'est tout naturellement que j'ai voulu poser la question, incapable de réfréner ma curiosité. Mon père discutait alors avec un Intinn en berçant fièrement Kaísar contre son torse. Malgré moi, j'ai entendu une partie de leur conversation. Mon père demandait à l'homme Intinn s'il ressentait quels pouvoirs mon petit frère allait développer. D'abord réticent, l'homme a fini par toucher le bras de mon frère, puis a affirmé qu'il serait très puissant. Ravi et contenté, mon père a eu un sourire qui, je le découvrirai par la suite, serait exclusivement réservé à Kaísar.

C'est à ce moment-là que l'homme Intinn m'a remarqué. Ses yeux se sont posés sur moi et je me souviens du frisson qui m'a fait trembler. Gêné par l'attention courroucée de mon père, j'ai dit : "Pourquoi est-ce la même pierre que celle qui est venue chez nous l'année dernière ?"

"Athanáesis, je ne t'ai pas autorisé à parler !" m'a reproché mon père. "Ce n'est rien. Le petit a raison et je suis impressionné : il est très difficile de distinguer les pierres les unes des autres. Sache, petit Gorm Spéir, qu'une pierre voyage cinq fois — une fois pour chaque pouvoir — avant que ce soit au tour de la suivante. Le cycle de voyage de celle-ci n'est pas encore terminé." Bien qu'il m'ait répondu avec une gentillesse surprenante pour un Intinn, j'ai senti son regard peser sur moi durant les jours suivants. C'est la raison pour laquelle j'ai si bien mémorisé ce qu'il m'a révélé, afin d'être certain de ne pas l'oublier. »

Il était méfiant envers les Intinn dès son enfance… À quel point cela était-il justifié ?

Essylt avait l'impression de lire une fiction. Tout ceci ressemblait à un roman ou aux histoires qu'elle racontait à Lucetmael pour l'endormir. C'était pourtant la réalité. Une réalité incisive et complexe qui avait façonné son ancêtre.

« *Cinq mai de l'an 17, au Palais,*

J'avais quatorze ans la troisième fois que j'ai vu une pierre.

Bien que trois années se soient écoulées depuis notre séjour chez les Liath Stoirm, je gardais un souvenir prégnant de cet objet unique. Il m'arrivait parfois d'en rêver, nuit après nuit, sans pouvoir m'expliquer cette obsession. Ne voulant pas attiser le courroux de mon père en lui parlant de mon problème, je décidai de garder cela secret.

Cette année-là, après avoir été six jours chez les Liath Scamall, la pierre était accueillie par les Dearg Deannach. Comme Éthere et moi leur apportions des provisions — dans le but égoïste de voir nos amies — nous avons été invités à assister à son arrivée. Cet honneur était permis grâce au grand-père d'Ygeía et Kaikilía, un ancien Deannach. Et au fait que la première se mariait.

Ygeía nous avait annoncé la nouvelle quelques semaines auparavant. Du haut de ses dix-huit ans, elle était en âge de prendre époux. Elle ne faisait pas partie des plus grandes magiciennes de son clan. Son niveau total de douze la plaçait parmi les plus faibles. Néanmoins, sa puissance pour le feu, combinée avec l'air, en faisait un excellent parti. C'est la raison pour laquelle les Intinn avaient décidé de l'unir à un membre du clan Dearg Grian dont le niveau pour le feu n'était que de deux.

J'aurais pu être énervé par son départ si elle n'avait pas paru si sereine. Lorsqu'elle nous l'avait annoncé, Éthere s'était mise à pleurer. Pourtant, notre fougueuse amie ne se sentait pas lésée, bien au contraire. Elle avait eu la chance de rencontrer son futur époux et le trouvait très à son goût.

Ma sœur et moi nous sommes donc rendus chez les Deannach ce jour-là dans nos plus beaux habits, afin d'assister à son mariage et à l'arrivée de la pierre. Je me souviens à peine du premier évènement car la pierre a accaparé toute mon attention.

C'était la même que trois ans plus tôt.

Or, cela était impossible. Pas si l'Intinn à qui j'avais posé la question avait dit la vérité. Si une pierre effectuait un cycle de cinq voyages, un par élément, tous les six mois, elle n'était déplacée que pendant deux ans et demi. Néanmoins, c'était la même pierre qui était venue chez nous quatre ans plus tôt, ainsi que chez les Stoirm.

Il y a eu des danses, des cris de joie, des larmes d'au revoir. Je ne garde cependant en mémoire que la glaçante certitude que les Intinn nous mentaient, trop lourde à porter pour un adolescent. »

Pourquoi mentaient-ils au sujet de la pierre ? Pourquoi celle-ci était la seule à être déplacée ? Où étaient les cinq autres ?

Il lui était impossible de se détacher de l'histoire.

« *Trois décembre de l'an 17, au Palais,*

Ma confiance a été sévèrement ébranlée et cela n'a pas été en s'améliorant. Ma naïveté, ma candeur, tout avait disparu. Je n'avais plus envie de jouer ou de rire. Je sentais gronder en moi une peur terrible.

Prémonitoire.

J'avais envie de protéger Éthere d'un avenir incertain. Et d'une union qui ne serait peut-être pas aussi heureuse que celle d'Ygeía. Mais je ne voulais pas pour autant inquiéter ma petite sœur. Elle avait cessé de faire attention aux remarques mesquines des Spéir de notre âge. Peu à peu, elle devenait une jeune femme. Et je n'avais pas le droit de détruire sa confiance.

Concentré sur ma sœur, je n'ai pas vu venir le malheur qui suivit. Malgré mes doutes, je n'avais rien changé à mes habitudes. Je continuais à étudier comme on l'attendait de moi, à protéger Éthere des colères de notre père, à rendre visite à ma grand-mère tous les jours et à livrer des provisions aux Deannach.

C'était une journée de printemps comme les autres quand je suis parti pour le clan voisin, le dos chargé. J'aimais bien y aller seul, cela me donnait la sensation illusoire d'être libre. La chaleur n'était pas encore trop étouffante et je maîtrisais suffisamment l'air pour m'offrir une fraicheur méritée. J'étais censé apporter ces provisions le matin, mais j'avais été retenu par des affaires familiales. N'ayant pas jugé cela trop grave, un ancien m'avait envoyé chez les Deannach en début d'après-midi.

Ces derniers n'attendaient plus ma venue. Et moi, je n'étais pas préparé à ce qui avait lieu.

Kaikilía criait. J'ai immédiatement reconnu sa voix, bien que je ne l'aie jamais entendue crier de la sorte. C'étaient des hurlements de rage. Des hurlements de bête acculée et blessée.

Je me suis précipité pour lui porter secours, sans savoir que je n'en étais pas capable.

Au bord du village, plusieurs hommes étaient attroupés autour d'elle. Kaikilía se débattait contre les mains qui l'entravaient. Avant que j'aie pu la rejoindre, son grand-père m'a retenu.

"Tu ne peux rien faire, Athanáesis."

Ces mots, je les ai entendus se répéter en moi tant de fois. Il m'arrive encore de les entendre dans mes rêves.

L'ancien Deannach m'a expliqué que Kaikilía venait d'épouser un Intinn et qu'ils l'emmenaient à présent dans son nouveau clan. J'avais vu mon amie quatre jours plus tôt lorsqu'elle avait apporté des ustensiles fabriqués par ses soins et destinés aux Oíche, afin que nous leur transmettions. Elle ne m'avait pas fait part de cette union et la seule explication était qu'elle n'en avait pas été informée elle-même.

Les quatre Intinn en charge de l'emmener, parmi lesquels devait se trouver son mari, peinaient à la maîtriser. Ils ne voulaient pas la blesser. Ce n'est que plus tard que j'ai compris que c'était parce qu'ils espéraient d'elle qu'elle mette au monde beaucoup d'enfants.

Démuni, j'ai voulu marcher vers elle, mais son grand-père m'en a empêché. L'un des feux traditionnels des Deannach a grossi pour venir entraver mon chemin.

Les flammes ont interpellé Kaikilía, qui a cessé de se débattre. À travers le feu, j'ai aperçu ses yeux rouges, rendus encore plus transcendants par sa peau foncée couverte de sueur.

Sa voix a résonné dans mon esprit.

"Profite de ta liberté avant qu'ils te l'enlèvent, mon ami. Tu vas me manquer."

Je ne l'ai jamais revue. »

Les Intinn la voulaient pour renforcer leur descendance, comme elle avait un niveau cinq pour la vie...

La méfiance de Meallán était totalement justifiée. Ne pas laisser le choix à une jeune femme, la forcer à se marier et à quitter les siens… Il n'y avait rien de respectueux et d'empathique dans tout cela. La pauvre Kaikilía avait dû être enfermée dans le clan Intinn dans le but de donner de nombreux enfants.

« Dix novembre de l'an 18, au Palais,

Cela fait presque un an que je n'ai rien écrit dans ce journal. Ressasser tous ces souvenirs est très douloureux.

Quelques jours après mes lignes précédentes, j'ai eu peur. Un matin, Maev m'a demandé "Qui est Athanáesís ?" Elle berçait alors Llywellyn contre son ventre imposant.

Je lui ai menti. Elle m'avait entendu prononcer ce prénom dans mon sommeil et j'ai dit que ce n'était que les élucubrations de mon esprit.

Je l'aime. Comme je n'ai jamais aimé quiconque. Mais je ne parviens pas à lui dire la vérité. J'ai laissé Athanáesís derrière moi. Je ne suis plus ce garçon terrifié et inquiet.

Je ne veux plus être celui qui n'a pas aidé son amie. Ni celui qui a abandonné sa petite sœur.

Athanáesís était un lâche qui ne voulait que survivre. Qui ne voulait que vivre. Je suis un homme à présent. J'ai épousé la femme parfaite, je suis devenu Roi et je suis le père de quatre merveilleux enfants. Fynn est né en février dernier et Maev porte encore la vie. Sa fertilité est aussi grande que mon amour pour elle.

J'ai honte à l'idée de ce que mes enfants vont penser de moi en apprenant mon histoire. Je n'ai pas été très courageux. Ni très honnête. Mais il me faut raconter la vérité.

En espérant que mes enfants fassent mieux que moi.

Damaskinós et moi communiquions grâce à l'eau. J'avais toujours été sensible à ce qu'elle contenait en elle et c'était également le cas de mon ami Aigéan. La distance ne nous empêchait pas de nous parler. Il nous suffisait de nous immerger dans l'eau et d'envoyer notre message. Les courants faisaient le reste.

C'est ainsi que nous sommes demeurés d'excellents amis. Damaskinós était d'une nature enjouée et confiante, qui m'apaisait beaucoup. Il était aussi idéaliste. Depuis sa plus tendre enfance, il avait appris à naviguer et à pêcher en collaboration avec les Liath Iasc, comme de coutume dans son clan. C'est donc tout naturellement qu'il est tombé amoureux de l'une d'entre eux.

Damaskinós est le parfait exemple d'une union réussie. Bien que ses parents n'aient pas eu d'autre enfant, il a les yeux des Aigéan — d'un bleu foncé comme la mer — et un cinq pour l'eau. Avec un niveau total de treize relativement faible, il n'en est pas moins un membre éminent de son clan. La fierté de ses parents. L'avenir aux yeux des anciens.

Il en était très conscient. Raison pour laquelle il osait à peine me parler de cette Iasc. Nommée Sília, il la connaissait depuis toujours et adorait pêcher avec elle. Les jours où c'était le cas, je le ressentais dans l'eau tant il était heureux.

Mais Sília ne pouvait pas être sa femme. Parce qu'au même titre que lui, elle était l'avenir de son clan. Avec les yeux des Iasc et un niveau cinq pour l'air, elle était censée épouser un homme au faible niveau pour cet élément. C'était le cas de Damaskinós, mais le quatre de Sília pour l'eau n'en faisait pas un parti idéal. Pas d'après les plans des Intinn qui se dessinaient au fil des ans.

Mon ami le savait parfaitement. C'est pourquoi il s'évertuait à ne pas songer à l'avenir et à profiter des instants qu'il partageait avec elle.

J'éprouvais une grande tristesse pour lui. Plusieurs fois, je lui ai conseillé de se marier en cachette et de consommer leur union, afin de l'assurer. Mais il refusait, de peur des conséquences. Des rumeurs couraient sur les sanctions encourues par ceux refusant de se soumettre aux décisions des Intinn.

À chaque fois qu'il en parlait, je ne pouvais m'empêcher de songer à Kaikilía, emmenée de force.

Inquiet pour l'avenir de mes amis, j'en oubliais le mien.

Jusqu'à l'arrivée d'un messager quelques jours avant mon dix-huitième anniversaire.

Sur l'île, nous ne communiquions que par oral. Nous savions écrire mais une grande partie des écrits étaient conservés et rédigés par les Amatácaite. Les Intinn préféraient transmettre leurs décisions par oral.

J'ai trouvé l'un des leurs à l'entrée de notre maison. Il discutait avec mon père, dont le sérieux ne présageait rien de bon. Quand son regard dur s'est posé sur moi, j'ai su que j'étais concerné.

"Dites aux Intinn que c'est un honneur."

Ils se sont salués et l'homme est reparti. Mon père m'a alors annoncé que dans un mois, j'épouserai une Gorm Aigéan chez elle, pendant que le clan serait l'hôte d'une pierre. Il a énuméré froidement ses capacités, comme si elle était un animal dont il jugeait la qualité.

"Philarí. Terre : trois. Eau : trois. Air : deux. Feu : trois. Vie : deux. C'est une Seasmh, mais tu ne mérites guère mieux. J'espère que vos enfants seront plus puissants que toi."

Je le détestais déjà depuis longtemps, mais je l'ai haï encore plus ce jour-là. M'annoncer de la sorte le plus grand bouleversement de mon existence me paraissait d'une grande cruauté, même de sa part.

Je n'avais jamais songé à me marier. Je n'en éprouvais pas particulièrement l'envie. J'aimais mon quotidien, mes responsabilités, passer du temps avec ma sœur et ma grand-mère.

Mon premier réflexe a été de les prévenir. Éthere a été ravie et impatiente d'assister à mes noces. Il était prévu que Philarí vienne vivre ici avec nous, cela signifiait donc que je resterais et qu'elle aurait une amie. Kléanthis m'a assuré que tout se passerait bien, que je ne devais pas m'inquiéter. Leur résignation m'a mis hors de moi.

Je suis donc parti me baigner dans la crique. J'ai sauté du haut de la falaise, comme à mon habitude. Ma mère ne m'admonestait plus depuis longtemps.

Une fois dans l'eau, je m'apprêtais à informer Damaskinós quand j'ai réalisé qu'un message de sa part m'attendait. Le clan Aigéan avait été prévenu avant nous. Et la fameuse Philarí était l'une de ses cousines.

Mon ami était fou de joie. Nos messages aqueux se faisaient sous forme d'impression, de ressentis un peu flous. Son impatience et son contentement étaient cependant limpides. Nous allions faire partie de la même famille et cela l'enchantait.

Dépité, je suis ressorti de l'eau pour m'installer sur un rocher et sécher au soleil.

J'étais furieux. Furieux contre toutes les personnes que j'aimais et qui ne comprenaient pas que me plier à tout ceci me révulsait.

De quel droit pouvait-on décider pour moi ? »

Ses mots faisaient écho en elle. Plus qu'il n'était décent de l'admettre. Les circonstances de son mariage avec Calixte étaient bien différentes, toutefois le résultat était le même. Ce n'était pas ce qu'elle avait voulu. Elle avait été manipulée, forcée par la figure d'autorité qu'était Guénolé.

« *Trois août de l'an 19, au Palais,*

Il fait une chaleur étouffante aujourd'hui. Par conséquent, j'ai accordé un peu de repos aux ouvriers qui bâtissent les nouvelles parties du palais.

Zandra et Zael se sont enfin endormies. Les jumelles sont nées en mai. Sur l'île, les jumeaux étaient si rares que je n'en ai jamais connus. Je ne me lasse pas de les admirer, avec leur duvet blond et leur visage délicat. Iuliana est ravie d'avoir enfin des sœurs après trois frères agités. Au vu des nuits difficiles des jumelles, je doute qu'elles soient plus calmes que leurs aînés.

Maev est en réunion. Fynn fait la sieste en même temps que ses petites sœurs, que j'ai réussi à calmer grâce à la magie. Iuliana, Halldór et Llywellyn s'amusent dans leur salon, sous la surveillance de leurs nourrices.

Je me sens prêt à utiliser ce temps précieux pour raconter mes derniers instants sur l'île. Quand toute ma vie a changé.

Les préparatifs de mon mariage ont rapidement occupé toute la famille. Comme l'union était prévue le lendemain de l'arrivée de la pierre chez les Aigéan, nous étions tous conviés dans le clan. Un honneur incommensurable.

J'étais soudainement devenu le centre de l'attention de la famille après avoir été l'enfant délaissé. Mon père souhaitait que je sois parfait pour faire bonne impression. Ma mère avait entrepris d'aménager notre future maison, dans un élan de gentillesse surprenant. Mon frère était impatient de voyager hors du clan, lui que mon père gardait toujours sous étroite surveillance. Ma sœur quant à elle confectionnait la robe de noces de Philarí en usant en partie de son don pour la vie afin de la rendre unique.

Ma grand-mère était la seule à ne pas afficher cette joie déplacée qui m'agaçait. Elle avait perçu ma colère et mon manque évident d'enthousiasme. Sa compassion m'aidait et m'horripilait tout à la fois. Parce qu'elle signifiait que je ne pouvais pas lutter contre ce qu'il allait advenir.

Mon déplaisir n'a pas empêché le jour fatidique d'arriver. Nous avons pris le bateau tous les six pour nous rendre chez les Aigéan, qui nous attendaient impatiemment. Sur la plage, une formation officielle nous a accueillis, avec en son centre ma promise.

Philarí était une jolie fille. Ni magnifique ni inoubliable. Quelconque. J'ai éprouvé une aversion immense dès que je l'ai vue. Il m'a fallu beaucoup de calme pour jouer le jeu du fiancé ravi et impatient. Elle ne semblait pas avoir besoin de faire semblant. Damaskinós avait certainement vanté mes qualités. Mais cela ne changeait rien. J'abhorrais d'épouser une femme que je n'avais pas choisie.

La pierre est arrivée quelques heures après nous. Contrairement à ce qu'il s'était produit pour Ygeía chez les Dearg Deannach, le premier jour de sa présence fut consacré à divers discours de la part des Intinn et des Aigéan. Notre mariage était prévu pour le lendemain.

Ma famille a été logée auprès de celle de Philarí, tandis qu'une paillasse sommaire m'attendait sur la plage. D'après les explications de mon ami, c'était une vieille tradition pour s'assurer de la bravoure du fiancé. De mon point de vue, c'était l'opportunité d'avoir quelques heures d'intimité.

Toute la journée, je n'avais eu de cesse de fixer la pierre. Cette même pierre que j'avais déjà vue à trois autres reprises. J'étais obsédé par elle et par les mystères qui l'entouraient.

Incapable de trouver le sommeil en sachant ce qui m'attendait le lendemain, j'ai fixé la mer devant moi. Des petites vagues venaient lécher le rivage. Sur ma droite, la crique s'esquissait sous l'éclat de la lune. J'étais installé à l'ouest du village, un peu à l'écart.

J'avais envie de rentrer chez moi. Et en même temps, je souhaitais m'enfoncer dans l'eau et disparaître.

J'ai échafaudé des dizaines de plans pour faire échouer cette union. Simuler une maladie était inenvisageable, tout comme partir en courant. J'hésitais à prétendre que j'avais déjà partagé la couche d'une femme, mais ma sœur était capable de savoir que c'était un mensonge. À l'instar des Intinn.

Aucune option réalisable n'a traversé mon esprit.

Pour chercher une occupation, j'ai fouillé dans mon sac. Parmi mes quelques affaires, la robe confectionnée par ma sœur était soigneusement enveloppée. Intrigué, je l'ai sortie de sa protection.

Éthere n'avait pas lésiné sur la qualité. La robe était magnifique. Longue et imposante. Très élégante. Et bien loin de nos habits ordinaires. Mais ce n'était pas ce qui faisait sa particularité : elle était d'un brun chaud somptueux.

En caressant le tissu, j'ai perçu la vie que ma sœur avait créée et glissée entre les fils. J'ai su alors que la couleur que je voyais m'était propre. Qu'elle reflétait ma vie. Et que chaque individu la verrait différemment. »

C'est la robe de mariage des de Rodorchna !

Elle se doutait que c'était celle qu'il avait emmenée avec lui. Lire sa description était cependant grisant. Comme si son histoire et celle de son ancêtre se rejoignaient enfin.

« *Afin d'avoir un prétexte pour me déplacer, j'ai décidé de l'apporter à Philarí. Elle dormait déjà depuis longtemps, mais la déposer devant sa porte me paraissait approprié et courtois.*

J'ai donc entrepris de longer le village en demeurant sur la plage. Sa maison était à l'opposé de là où l'on m'avait installé, comme s'ils craignaient une rencontre fortuite.

Plusieurs habitations avant la sienne, deux Maor montaient la garde autour de la pierre. Je me suis caché pour pouvoir l'admirer à mon aise. Placée sur une rudimentaire construction en bois, la pierre brillait d'un éclat indescriptible.

Un éclat qui m'appelait.

L'un des deux Maor a soudain décidé de rentrer dans le village. Pris d'une inspiration subite, je me suis avancé vers la pierre. Le second Maor s'est aussitôt redressé. Je me suis excusé de le déranger et lui ai montré la robe, en expliquant que je l'apportais à ma promise et ne faisais que passer. Indifférent, il a hoché la tête et s'est rassis.

J'en ai profité pour m'approcher encore, en feignant une extrême curiosité.

Puis j'ai fait trois grands pas et l'ai attrapée.

Aussitôt, une force éblouissante s'est déversée en moi. Le Maor s'est mis à crier avant de s'évanouir brutalement.

Croyant que c'était de mon fait, je l'ai fixé sans comprendre.

Ma grand-mère est alors apparue, ses yeux violets illuminés par la concentration.

"Je ne pourrai pas le maintenir ainsi encore longtemps." a-t-elle affirmé.

Ébahi, j'ai regardé le guerrier maîtrisé par Kléanthis, puis la pierre dans ma main. Elle m'a souri avec tendresse, comme si elle avait toujours attendu ce moment.

"Écoute ton cœur, Athanáesis."

Alors, je lui ai obéi.

J'ai couru en direction des bateaux à en perdre haleine. Ceux des Aigéan étant plus résistants que le nôtre, j'en ai volé un. J'ai poussé l'embarcation le plus loin possible puis j'ai hissé la petite voile. Agrippé d'une main au mât, l'autre tenant fermement la pierre et la robe, j'ai ordonné à l'air et à l'eau de m'emmener loin d'ici.

Le vent s'est engouffré dans la voile. Les courants se sont modifiés pour s'adapter à ma fuite.

Terrifié à l'idée que l'on me suive — et du châtiment que l'on me ferait subir —, je n'ai pas fermé l'œil pendant deux jours. La fatigue a finalement eu raison de moi et j'ai dormi d'un sommeil sans rêves.

Je ne saurais dire combien de temps a duré mon voyage. Je suis parvenu à boire de l'eau en retirant le sel de la mer. Quant à la nourriture, je n'avais rien emporté avec moi. Pourtant, la pierre m'a maintenu en vie.

Elle m'a permis de repousser les orages et de continuer à avancer, de continuer à m'éloigner de cette île que je détestais.

Je crois que la pierre voulait fuir tout autant que moi. »

Pourquoi la pierre devait-elle partir ?

Cette question sous-entendait qu'elle possédait une conscience. Essylt la fixa intensément sans rien percevoir de nouveau.

« *Quand j'ai aperçu une terre à l'horizon, jamais je ne me serais douté de sa grandeur ni des innombrables vies qui la peuplaient. Jamais je ne me serais douté de tout ce qui m'attendait.*

Lorsque j'ai débarqué, les gens m'ont immédiatement offert leur hospitalité. Un orage puissant ravageait leurs champs depuis des jours. Afin de les remercier et dans l'espoir que cet orage ralentirait d'éventuels poursuivants, je l'ai déplacé vers la mer.

Par la suite, j'ai aidé ce peuple généreux et sans pouvoir de mon mieux. Jusqu'au jour où j'ai été présenté au Roi.

Et à la Princesse Maev.

En la voyant, j'ai éprouvé la même fascination que pour la pierre. Et j'ai su. J'ai su que c'était elle que j'étais venu trouver.

Parce que ses cheveux sont de l'exacte couleur de la robe confectionnée par Éthere. »

Comme elle est de l'exacte couleur des yeux de Declan pour moi.

La robe faite par Éthere avait traversé les siècles pour éclairer les descendants de son frère.

« *Il m'est très douloureux de songer à ma sœur et à ma grand-mère. Depuis qu'Iuliana est née, la culpabilité s'est apaisée. Parce que je sais qu'il devait en être ainsi. J'étais destiné à traverser la mer pour perpétuer mon sang avec Maev.*

Cela n'excuse pas ma lâcheté. Cela n'excuse pas de les avoir abandonnées. J'ignore ce qu'elles sont devenues. J'ignore quelle a été la sanction de ma grand-mère pour avoir attaqué un Maor. J'ignore si ma chère petite sœur a été forcée d'épouser un homme qu'elle n'aimait pas.

Et par-dessus tout, j'ignore pourquoi personne ne m'a jamais retrouvé.

M'ont-ils seulement cherché ? Ou plutôt, ont-ils cherché la pierre ? Avaient-ils peur d'envoyer des personnes à ma poursuite, au cas où elles mouraient ? Les clans sont trop faibles et les naissances trop rares pour se permettre une telle perte.

Ont-ils essayé sans succès ? Ai-je voyagé trop loin ? La pierre me protège-t-elle ? Ou attendent-ils que je revienne de moi-même ?

Ou peut-être que la pierre que j'ai volée n'était pas la plus puissante. Peut-être était-ce la seule qu'ils déplaçaient afin de conserver les autres, plus puissantes et donc plus précieuses. Peut-être que la perte de celle-ci n'a fait aucune différence.

Je ne sais pas. Et je ne saurai certainement jamais.

Quoi qu'il en soit, je suis ici, avec la pierre. J'ai trouvé Maev et elle m'a offert de merveilleux enfants. Dans un Royaume au peuple qui ne cesse de m'impressionner et pour lequel je suis prêt à construire une monarchie forte et solide.

Je ne pensais pas pouvoir être aussi heureux. »

Les sacrifices de Meallán avaient été récompensés. Cela paraissait bien injuste et cruel, mais rien ne s'obtenait sans souffrance. La vie le lui avait également enseigné.

Il y a une île à plusieurs jours d'ici, voire plusieurs semaines… Cela fait plus de six siècles, reste-t-il d'autres magiciens ? J'en doute, sachant qu'ils se mouraient…

Toutes ces révélations tourbillonnaient dans son esprit. Cette civilisation à la fois magique et sévère, ces lieux magnifiques, ces ancêtres mystérieux…

Au moins, je sais que ma famille n'est pas la seule à être excessive et violente, vu la façon dont les Intinn géraient les unions.

— Majesté ?

La voix fluette de Janae la sortit de ses pensées. Elle lui ouvrit la grille.

— Le Prince va bien, Gladys dit qu'il a été très sage ce matin. Je vous ai apporté votre déjeuner, ainsi qu'une lettre provenant de la famille Arán.

— Merci beaucoup.

La servante referma derrière elle. Essylt but un grand verre d'eau et entama son plat fumant.

Qu'est-il advenu d'Éthere ? Et de Kléanthís ? Et de Kaísar, Damaskinós, Philarí ?

Des questions qui demeuraient sans réponse.

Frustrée, elle ouvrit la missive et découvrit l'écriture appliquée de son oncle Vaughan. Après quelques brèves nouvelles — ils s'étaient quittés il y a peu —, il lui faisait part de ses recherches sur la fameuse chanson. Il était parvenu à en retrouver tous les couplets.

« *Refrain :*
La grande Phaessa
Elle nous ramèn'ra
La grande Phaessa
Elle nous ramèn'ra

Couplets :
Qu'elle d'vait êtr' belle
V'la sa ritournelle
Un p'tit chant de mémoir'
Qui va vous émouvoir

Quand elle souriait
Les vagues chantaient
Et quand elle pleurait
Les bateaux tanguaient

La mer lui obéit
Alors chantons sa vie
Chantons encor' plus fort
Pour effrayer la mort

Pour ne point dev'nir fou
Surtout souv'nez-vous,
Phaessa et la mer
À jamais s'aimèrent »

Avec les paroles sous les yeux, elle était convaincue que ce chant faisait référence à Euryphaessa, la dernière-née de Meallán. Avoir créé de l'eau capable de préserver et cacher le journal pendant plus de six cents ans était une prouesse impressionnante.

L'histoire n'est pas terminée...

Poussée par son instinct, elle mangea rapidement d'une main en tenant le journal de l'autre.

Dans les pages suivantes, il n'y avait plus aucune référence à l'île et à son enfance. C'était une succession de banalités. Il expliquait l'avancement des travaux du palais, en mentionnant sa participation comme dans son faux journal. Ce lien l'enhardit, car elle ne comprenait pas pourquoi il avait décidé de cacher la vérité sur ses origines. La raison lui échappait encore.

En 22, quand le palais avait été terminé peu de temps après la naissance de Mil, son huitième enfant, Meallán avait pu se consacrer pleinement à l'entrainement magique d'Iuliana. Du haut de ses huit ans, elle affichait déjà son affinité principale avec l'eau. Une prédilection que son père avait trouvée très ironique.

Les Intinn se chargeaient de l'évaluation officielle, consignée par un Amatácaite, néanmoins les clans avaient l'habitude d'évaluer eux-mêmes les leurs au préalable. Meallán n'avait donc pas eu de difficulté à évaluer ses enfants et à leur enseigner à maîtriser leurs pouvoirs.

Il avait été très surpris qu'Iuliana ne possède pas d'affinité pour la terre. Comme elle était son aînée, il avait passé de longues heures avec elle, agacé par ce qu'il croyait être de la mauvaise volonté. Il lui avait fallu plusieurs semaines pour comprendre qu'Iuliana ne pouvait pas contrôler la terre. Cet élément lui était totalement étranger.

Croyant d'abord qu'elle avait un souci, il avait fini par comprendre que c'était également le cas de tous ses autres enfants. Halldór ne maîtrisait pas l'air et Llywellyn, la vie. Meallán avait supposé que cette absence d'affinité était le prix à payer pour avoir mélangé son sang avec une femme sans pouvoir.

Un passage attira plus particulièrement son attention.

« *Vingt-trois mai de l'an 28, au Palais,*

Ce matin, Maev a mis au monde notre fille. Les derniers mois ont été très difficiles pour elle, plus que pour aucune autre grossesse. J'ai donc été soulagé quand elle a enfin été délivrée.

Lorsque le médecin m'a déposé ma fille dans les bras, une étrange sensation est née dans ma poitrine. J'étais là, debout au milieu de la chambre, et je ne pouvais pas me détourner de ce minuscule être. C'était la onzième fois que je devenais père, pourtant je n'avais jamais éprouvé cela jusqu'alors.

Maev s'est mise à suggérer des prénoms dont nous avions déjà discuté. Je ne saurais expliquer pourquoi, mais j'ai dit : "Elle s'appellera Euryphaessa." C'était la première fois que je proposais un prénom. Maev avait un goût affirmé et je connaissais peu les prénoms du Continent. Intriguée, elle a accepté sans hésitation, sans même me demander d'où il venait.

Euryphaessa était le premier prénom de ma grand-mère Kléanthis. »

Elle avait quelque chose de différent, quelque chose d'unique...

Elle ne pouvait pas s'expliquer comment elle le savait, mais elle en était persuadée.

Meallán pensait comme elle. Cela semblait être plus fort que lui, l'attention qu'il portait à sa dernière-née était plus importante, plus curieuse.

Le jour du vingtième anniversaire d'Iuliana, ses parents lui avaient cédé le Trône, en grande partie à la demande de Meallán. Maev n'était pas lassée d'être Reine, bien qu'elle fût heureuse de laisser sa place à sa fille. Entre la royauté, la construction du palais et toutes les naissances, ils n'avaient pas eu beaucoup de temps pour profiter de leur famille et de leur couple. Iuliana avait donc accepté avec joie de régner, tout en gardant sa grande famille près d'elle dans le palais. Elle avait donné naissance à un fils dix mois plus tard, à la grande joie de tous.

Heureux d'être grand-père, Meallán avait pu se consacrer pleinement à l'éducation magique de ses enfants. Ainsi qu'à diverses réflexions sur la magie et sa transmission. En l'an 35, il écrivait par exemple :

« *Le niveau total de mes descendants semble fluctuer entre huit et douze. Ce qui est bien moins que sur l'île, où cela variait de douze à seize. Je pense que cela s'explique par l'absence de l'un des éléments.*

Je ne trouve pas d'explication logique à leurs prédispositions. Mil est celui qui me ressemble le plus, puisque c'est un Seamsh pour l'eau et l'air, avec un niveau de trois. L'eau n'est absente chez aucun d'entre eux, ce qui semble logique. Flaithri est même à cinq pour cet élément, ce qui me ravit rien qu'en imaginant l'expression déconfite de mon père.

Je ne m'explique pas pourquoi la vie est l'élément le plus faible. Seule Zandra a un niveau de deux. Peut-être Euryphaessa également, je n'ai pas encore procédé à son évaluation en détail. Llywellyn, Fynn, Naomhán, Mil et Mathúin ne maîtrisent pas la vie. Cinq enfants sur onze, je trouve que c'est beaucoup. Mais pourquoi ?

Il me tarde de voir quels seront les dons de mes petits-enfants. »

Durant ses recherches, Essylt n'avait pas prêté attention aux pouvoirs des enfants de Meallán. Elle ouvrit le véritable livre et découvrit que Zandra et Euryphaessa possédaient effectivement un deux pour la vie. Néanmoins, elles étaient les seules, car les générations suivantes ne dépassaient jamais un.

Elle poursuivit sa lecture, découvrant avec joie des anecdotes diverses sur cette grande famille. Meallán avait joué plusieurs tours à Halldór le jour de ses noces et imaginer son si illustre ancêtre déclencher une bataille d'eau dans le palais était pour le moins savoureux.

Un passage attira son attention. L'écriture du premier Roi était anxieuse.

« *Vingt-quatre mars de l'an 36, au Palais,*

Je ne parviens toujours pas à réaliser ce qu'il s'est produit hier. J'ai l'impression d'avoir fabulé ce qu'il s'est passé.

Je n'arrive pas à prendre toute la mesure de ceci.

Euryphaessa... Je l'ai surprise à jouer dans sa chambre. Avec de l'eau. De l'eau qu'elle faisait danser en la passant d'une main à une autre. Cela aurait pu être tout à fait banal s'il y avait eu de l'eau dans la pièce — un broc pour sa toilette, un verre.

Mais ce n'était pas le cas.

Quand je lui ai demandé d'où venait l'eau, elle a d'abord refusé de me répondre, croyant qu'elle allait être punie. Je l'ai rassurée malgré un étrange pressentiment. Elle m'a par la suite affirmé l'avoir créée.

Pensant que j'avais imaginé la quantité — Flaithri est capable de créer de l'eau, mais dans des proportions modestes, comme remplir un verre — je lui ai posé plein de questions sur ses dons.

"Parfois, je suis l'eau." Cette phrase m'a marqué, surtout avec sa jolie voix.

Inquiet, je l'ai emmenée dehors avec moi. Nous avons chevauché presque une heure pour nous éloigner du palais, puis j'ai ordonné aux gardes de ne pas regarder. Au milieu d'une plaine, ma fille m'a montré ce dont elle est capable.

L'eau est sortie de ses mains. Encore, encore et encore. Elle s'est déversée sur nos pieds tel un torrent pur et salvateur. Avec un sourire magnifique, elle m'a affirmé qu'elle pouvait le faire pendant très, très longtemps.

"Est-ce que je suis plus puissante que Flaithri, Père ?"

Oui. Oui, elle l'est.

Je ne pensais pas cela possible.

J'étais convaincu que ce n'était que des légendes. Des histoires racontées pour effrayer et émerveiller les enfants.

À présent, je sais qu'il n'en est rien.

Parce qu'elle est là. Parce qu'elle est capable de créer de l'eau, autant qu'elle le souhaite, sans restriction.

Euryphaessa a un niveau de six pour l'eau.

Six. Création infinie.

Je ne sais pas ce que cela signifie. Je ne suis pas certain de ce qu'elle est, de ce qu'elle représente. Mais ce qui est sûr, c'est que je dois la protéger. En attendant de comprendre, je préfère garder le secret sur ses capacités. Il y a déjà suffisamment de tensions entre ses frères et sœurs pour ne pas en rajouter.

Tant de choses prennent un sens. Ce que j'ai éprouvé quand elle est née. La minutie avec laquelle les Amatácaite recensaient les dons.

Il y a cinq éléments, mais six niveaux... Comme les six pierres. »

Essylt n'arrivait plus à respirer.

Les mots se mélangeaient devant ses yeux épuisés. Son cœur battait la chamade, comme s'il s'était engagé dans une course effrénée contre ses pensées.

Au milieu de ce chaos de doutes et de craintes, un souvenir jaillit, vieux de plusieurs années.

Un sourire immense illumina le visage de Devnet.

— Vevina adorait une héroïne plus que les autres. Elle lui prêtait tant d'histoires qu'on en perdait parfois le compte. Ula essayait toujours de lui donner un nom différent, mais Vevina n'en aimait aucun. Aucun n'était à la hauteur de son

héroïne. Alors un jour, Ula en a eu assez et a demandé à Vevina d'écrire ses lettres préférées sur une feuille. « Comme ça, tu décideras toi-même », avait-elle dit en lui tendant la plume.

Devnet déposa plusieurs piles d'objets, regarda dans la boîte et passa à la suivante.

— Vevina a écrit cinq lettres, grâce auxquelles Ula a proposé quatre prénoms. Stely, Tlyse, Letsy et Essylt, auquel elle avait doublé le S pour la sonorité. En entendant ce prénom, Vevina a souri et a déclaré que c'était celui-ci. Quand Ula lui a demandé pourquoi, Vevina a répondu : « Parce que cinq c'est l'équilibre et six le pouvoir. »

« Cinq c'est l'équilibre et six le pouvoir. »

Comment ma mère savait-elle cela ?

C'était loin d'être sa plus grande préoccupation à l'heure actuelle.

La vie... Je ne sais pas comment l'évaluer chez moi, parce que je n'ai pas le moindre repère. Je sais juste que je suis capable de faire énormément de choses, que je suis très sensible aux autres, que je les guéris... Au prix de puiser dans ma vie, certes, mais si... Si en réalité j'étais capable de la créer ? Comme Euryphaessa créait de l'eau ?

Le dos couvert de sueur, elle tourna frénétiquement les pages.

Meallán avait décidé d'attendre que tous ses enfants soient adultes pour leur parler de ses origines. Quand Halldór, Llywellyn et Fynn étaient adolescents, ils étaient trop énergiques et impatients pour supporter un si long récit.

Les années suivantes lui avaient donné raison d'être si prudent avec la vérité. Ses deux fils aînés étaient devenus pères à deux mois d'intervalles. Quelques années plus tard, Halldór et Llywellyn avaient compris que leur enfant ne possédait aucun pouvoir. Et cela leur avait fortement déplu.

Meallán ne s'était pas douté qu'ils en seraient si contrariés. Le fils d'Iuliana avait déjà développé de belles aptitudes. Le premier Roi magique en avait déduit que seuls ses descendants qui règneraient — et qui porteraient la pierre sur leur front, puisqu'il l'avait fait monter sur la couronne — pourraient léguer la magie. Cela ne l'avait pas surpris, sachant que les règles avaient changé dans la famille qu'il s'était créée. Et qu'il ne connaissait pas les véritables pouvoirs de la pierre.

Mais ses fils n'avaient pas le même point de vue. Ils s'étaient sentis lésés, volés au profit de leur sœur aînée. Un conflit avait alors éclaté entre Meallán et son fils Llywellyn, qui estimait que la couronne lui revenait, puisqu'il était le seul à avoir un niveau total de douze. Bien sûr, il ignorait que c'était également le cas de sa petite sœur Euryphaessa, puisque leur père lui avait dit de prétendre n'être qu'à cinq pour l'eau.

Llywellyn avait quitté le château en emportant sa famille avec lui. Plus résigné, Halldór avait accepté l'injustice de la situation.

Meallán avait affirmé à ses autres enfants qu'Iuliana serait la seule à régner. Et qu'il en serait toujours ainsi. La réaction de ses fils était la preuve que la magie ne devait pas se répandre à travers le Continent. Qu'elle devait demeurer dans leur lignée directe.

Blessé d'avoir vu sa famille se déchirer, d'autres inquiétudes l'avaient rapidement rattrapé. Toutes concernaient Euryphaessa.

« *Trois août de l'an 50, au bord de la mer,*

J'ai rarement éprouvé une telle tristesse et un tel dégoût de moi-même.

J'ai accompagné Euryphaessa à la mer à sa demande. L'ambiance au palais est particulièrement étouffante et douloureuse depuis que Flaithri et Maithúin sont partis en signifiant clairement être de l'avis de Llywellyn. Bien qu'elle soit forte et déterminée, Iuliana est très affectée par l'attitude égoïste et mesquine de ses frères. Je le suis tout autant. Je pensais que cette escapade nous serait bénéfique.

Si seulement j'avais su...

Ce matin, pendant que nous nous promenions tous deux au bord de l'eau — Maev est restée à l'auberge avec Mil et les enfants de Fynn et Zandra — Euryphaessa m'a fait un aveu auquel je n'étais pas préparé.

"Père, la mer m'appelle."

Tout d'abord, je n'ai pas compris ce qu'elle voulait dire. Puis elle m'a expliqué ce besoin irrépressible qu'elle éprouvait d'être au bord de l'eau et de partir. De répondre à cet appel.

"Qu'est-ce qu'elle dit ?"

"Elle ne prononce pas un mot."

"Dans ce cas, tu dois rester."

Ma fille m'a demandé des explications. Mais j'ai été incapable de lui en donner. J'ai fui et j'ai passé plusieurs heures à marcher, seul.

J'ai la certitude que l'île l'appelle. Pas exactement l'île, mais plutôt les pierres qui y résident encore. Elles veulent qu'Euryphaessa ramène la sixième pierre, celle que j'ai volée. Je sais que c'est cela, car je me souviens des histoires sur les magiciens ayant un niveau de six. Je me souviens qu'ils devaient être "accomplis", qu'ils devaient prouver leur valeur, d'une manière ou d'une autre. Mais dans quel but ? Je crois à présent que c'était pour se montrer dignes des pierres.

Six pierres. Six niveaux.

Et ma fille... Ma magnifique petite fille qui est devenue une femme. Je refuse catégoriquement qu'elle se rende sur cette île. Qui sait ce que les Intinn oseraient lui faire ?

Même si nous nous y rendions tous les douze, en supposant que tous mes fils acceptent de venir, nous ne ferions pas le poids face à eux. Nous ne serions pas capables de nous défendre.

Que penseraient-ils de mes enfants ? De mes enfants conçus avec une femme sans pouvoir et qui ne maîtrisent que quatre des cinq éléments ? Ils trouveraient cette absence déshonorante. Avilissante. Contre nature.

C'est trop dangereux. Beaucoup trop dangereux.

Peut-être était-ce là mon destin. Trouver Maev pour enfanter un être digne des pierres. Mais je le refuse. Je refuse que ma fille soit en danger pour cela. Le prix à payer est trop élevé. Peu importe que je sois forcé de mentir à Euryphaessa. Peu importe les conséquences, quelles qu'elles soient pour les pierres ou pour l'île.

Ma fille restera ici. Tout comme la pierre. »

« Père, la mer m'appelle. »

Elle l'appelle…

Essylt referma le journal de son aïeul. Elle rangea sommairement son espace de travail, puis prit le plateau vide et la couronne.

— Ma Reine ? s'enquit Cathan en lui prenant le plateau des mains.

Elle marcha en silence jusqu'à ses appartements. L'après-midi était presque achevé et Lucetmael jouait dans le salon avec Nar.

— Cleena ?

— Oui, Majesté ?

— Nous partons demain à l'aube. Fais prévenir les intendants et les conseillers de mon absence. Informe les soldats et les palefreniers de ce départ. Deux carrosses suffiront.

Surprise par le ton de sa voix et l'immobilité de son visage, la gouvernante s'approcha doucement de sa protégée.

— Où allons-nous, Majesté ?

— À la mer.

À la stupeur générale, elle monta se coucher.

Allongée sur son lit, la couronne et le journal de Meallán posés à côté d'elle, les heures défilèrent. Léan lui apporta son repas, qu'elle daigna ingurgiter avant de se rallonger. Lucetmael la rejoignit pour un câlin et elle le garda contre elle pour la nuit.

La Reine ne dormit pas. Lorsque le soleil effleura les rideaux, elle fit sa toilette et revêtit une robe pratique avant de lever son fils. Toujours de bonne humeur, il se prépara et mangea son petit déjeuner avec le sourire.

Ils montèrent dans le carrosse peu de temps après.

— Ma Reine, où allons-nous ? demanda Jarlath, inquiet.

— À la mer.

— La mer borde toute la partie Ouest du Royaume…

— L'endroit le plus rapide à rejoindre.

— À vos ordres.

La procession s'ébranla. Habitué à voyager, Lucetmael joua tranquillement tandis qu'elle relisait encore et encore les écrits de son aïeul.

Les chevaux ralentirent quand le soleil disparut à l'horizon.

— Que se passe-t-il ?

— Nous nous arrêtons pour la nuit, ma Reine, répondit Cathan, étonné.

— Je n'en ai pas donné l'ordre. Continuons.

Il s'apprêtait à protester, puis se ravisa. Il paraissait impossible de la contredire. Ses yeux brillaient d'une intensité jamais vue.

Ils arrivèrent à la mer le lendemain matin. Lucetmael avait dormi sur elle, dans une étreinte d'une grande douceur. La nuit avait été longue, pourtant ni les chevaux ni les soldats n'étaient tombés de fatigue. Ils ne pouvaient pas se l'expliquer, mais une force les avait maintenus alertes et concentrés jusqu'à leur arrivée.

Essylt descendit du carrosse et inspira l'air salé à pleins poumons.

— Vous gardez mon fils, indiqua-t-elle à Cleena, Janae et Bethania, les seules qui l'avaient accompagnée.

Sans plus attendre, elle se dirigea vers la mer. Le vent fouetta son visage, libérant une partie de ses cheveux. Le bruit du ressac augmentait au rythme de ses pas.

Des vagues léchèrent ses chaussures et repoussèrent sa robe. Elle ne ressentit pas le froid ni n'entendit les voix inquiètes de ses commandants dans son dos.

Reim...

Son cœur manqua un battement. Elle sortit la couronne de son sac en tissu.

Reimèg. Reimèg. Reimèg.

Elle l'entendait. Ce murmure dans le vent et dans les vagues. Ce murmure qui l'appelait.

Reimèg. Reimèg. Reimèg.

Elle serra la pierre entre ses mains. Le murmure devint cri.

Reimèg. Reimèg. Reimèg.

Reine. Mère. Guerrière.

Je suis appelée à mon tour. Comme Euryphaessa.

Elle contempla la pierre qu'elle serrait si fort que ses doigts en étaient blancs.

Reine. Mère. Guerrière. Reine. Mère. Guerrière.

Ses yeux se portèrent sur l'horizon, lointain et inconnu.

Et si mon destin n'était pas ici ?

XXVII

« Tous ces mots que je n'ai jamais dits. » Princesse Euryphaessa de Rodorchna, 58.

Installée dans son salon illuminé par le soleil, la Reine buvait son thé parfumé, les yeux dans le vague. Elle n'entendait ni les cris excités de Lucetmael et Nar dans le jardin ni ses servantes qui papillonnaient autour d'elle.

Ne pas répondre à l'appel lointain de l'île de ses ancêtres avait requis toutes ses forces. Pas après pas, elle avait laissé la mer derrière elle, ainsi que cette supplique entêtante.

Reimèg.

Reine. Mère. Guerrière.

Tout ce qu'elle était devenue.

Ils s'étaient reposés quelques heures dans une auberge avant de repartir pour le palais. Rester aurait signifié céder. Céder à ce besoin irrépressible de voguer jusqu'à cette terre inconnue, sauvage et mystique.

Elle ne pouvait pas. Du moins, pas encore. Elle avait trop de responsabilités, sans oublier Calixte et leur relation conflictuelle. Elle ne savait pas encore exactement ce qu'elle comptait faire, mais elle savait — dans sa chair, dans son sang — que les pierres devaient être réunies, quelle qu'en soit la raison.

Sur la table basse reposait le journal de Meallán. Elle n'était pas parvenue à s'en séparer. Elle avait relu son récit, encore et encore, avide du moindre détail.

Son ancêtre avait tout fait pour garder les pouvoirs de sa fille secrets. Il avait menti à ses autres enfants, ainsi qu'à tous ses descendants en dissimulant l'existence d'un sixième niveau. Essylt ne parvenait pas à lui en vouloir : elle mentait constamment pour protéger Lucetmael.

La jalousie et l'ambition étaient des fléaux dans leur famille. Mil l'avait prouvé de la pire manière qui soit en tuant sa mère pour monter plus vite sur le Trône. Meallán avait été très intuitif en décidant d'attendre avant de révéler son histoire à ses enfants. Au final, il avait gardé la vérité pour lui.

Au détriment d'Euryphaessa. Dans ses derniers écrits, son père narrait son chagrin et son incompréhension. Il lui avait menti pour la protéger et déterminer si c'était bien ou mal semblait impossible. C'était simplement l'acte d'un père terrifié à l'idée qu'on blesse son enfant.

Sa dernière-née l'avait aidé à cacher son journal, qu'elle n'avait pas lu, trop respectueuse de son père. Par la suite, il en avait écrit un autre, plus exhaustif, afin de laisser une trace pour ses descendants.

Quelques semaines après son retour, Essylt avait relu le journal d'Iuliana avec un regard nouveau. L'aînée de Meallán, qui était montée sur le Trône, faisait très peu mention des tensions qui régnaient avec ses frères. En revanche, elle parlait régulièrement de son père, qui était demeuré au palais, même après le décès de sa femme. Il était évident que Meallán avait contrôlé sa grande fratrie jusqu'à sa mort, survenue à un âge très avancé.

Euryphaessa quant à elle était partie s'installer sur la côte peu après avoir caché le fameux journal. Il n'y avait pas d'écrits à son nom dans la bibliothèque. De toute évidence, elle était demeurée au bord de la mer, où elle avait sauvé de nombreux marins égarés. Avec son affinité phénoménale pour l'eau, elle avait manié la mer au gré de ses envies, raison pour laquelle elle était demeurée dans les mémoires des pêcheurs rodorchniens.

Pour rétablir la vérité, Essylt avait remplacé le cinq inscrit dans le grand livre des pouvoirs par un six. Il était important que les futures générations sachent qui avait été Euryphaessa.

Le chiffre six hantait ses pensées. D'après le journal de Meallán, son niveau pour la vie était forcément de six, puisque l'île l'appelait. Plus que cela, elle répétait des mots qui la décrivaient. Son aïeul avait dit que les magiciens ayant un niveau de six devaient être « accomplis ». Et cela semblait être son cas.

Mais comment créer la vie ? Comment m'en servir ?

Difficile d'apprendre à utiliser un pouvoir dont elle ne savait presque rien.

Elle saisit une brioche au sucre qu'elle affectionnait tant et la fit tourner entre ses doigts.

Éthere a créé de la vie en toute petite quantité et l'a glissée entre les fils de la robe. Cela a dû lui prendre énormément de temps. Comment a-t-elle fait ?

Elle ouvrit la brioche et fixa intensément l'intérieur.

Concentre-toi. Pense à toutes les vies que tu connais, à la lumière de celle de Lucetmael. Maintenant, visualise une lumière similaire dans la brioche. Comme si un éclat de soleil était emprisonné dedans.

Une douleur commença à naître dans sa poitrine. Elle grogna et coupa la brioche en deux avant de la manger.

Est-ce que puiser dans ma vie revient à la créer ? J'en doute, sinon Euryphaessa aurait sorti l'eau résidant en elle... Mais je ne peux pas en être sûre puisque la vie est un pouvoir différent des quatre autres.

Frustrée, elle engloutit une autre brioche. Elle en prit une troisième et la rouvrit.

Ce n'est pas ma lumière que je veux transmettre à la brioche. Je veux en créer une. Qu'elle naisse dedans.

Après plusieurs minutes de concentration et d'agacement, elle perçut soudain une étincelle au milieu de la viennoiserie. Une étincelle qu'elle intensifia progressivement.

Quand elle fut sûre de sa réussite, elle referma la brioche. L'éclat resta dedans, comme avec la robe.

Comment savoir si cela a fonctionné ?

Éthere avait modifié un objet inanimé — le tissu —, pourtant cela concernait les êtres vivants qui regardaient la robe.

Donc si quelqu'un mange cette brioche, en toute logique il devrait...

Elle n'était pas capable de finir sa phrase. Le seul moyen de connaître les effets était de mener l'expérience elle-même.

Intriguée et un peu inquiète, elle croqua dedans du bout des dents. Le goût était identique. La seconde bouchée fit naître une drôle d'impression dans son estomac, mais il était difficile de savoir si c'était dû à la magie ou aux deux brioches précédentes.

— Majesté ?

Elle redressa la tête et découvrit Janae qui l'observait, perplexe. La Reine réalisa qu'elle tenait la brioche à deux mains tel un objet précieux qu'elle dégustait précautionneusement.

— Tout va bien ?

— Oui. À merveille.

Elle reprit une rapide bouchée avant de reposer la moitié de brioche. Elle se saisit de l'assiette puis se dirigea vers la porte.

— Je serai dans mon bureau.

— Voulez-vous que je demande aux cuisines de refaire des brioches, Majesté ?

Janae détaillait l'assiette qu'elle emportait avec elle.

— Non, merci.

Essylt s'éclipsa au plus vite avant que son amie pose davantage de questions.

Puisque la vie créée par Éthere était demeurée dans la robe pendant six siècles, Essylt voulait voir combien de temps elle resterait dans la brioche. Elle la plaça donc dans un tiroir de sa table de chevet afin que ses servantes ne débarrassent pas l'assiette.

Elle se consacra ensuite à ses devoirs habituels. Elle dîna avec Lucetmael dans le jardin royal. Le printemps était arrivé et les eucalyptus dégageaient un parfum enivrant. Elle coucha son fils avant de retrouver le calme de sa chambre.

Au bout d'une dizaine de minutes à chercher une position, elle fut certaine qu'elle ne trouverait pas le sommeil. Elle n'éprouvait pas l'envie de dormir, comme si c'était le matin et non le soir.

Je crois que j'ai ma réponse sur les effets quand quelqu'un mange de la vie...

Pour s'occuper, elle lut des documents en retard et fit la liste des diverses choses à faire dans le palais. Sithmaith, l'artiste qu'elle avait engagé il y a plusieurs années de cela et qui avait décoré la salle de réception, avait terminé des travaux dans l'aile principale, magnifiquement restaurée. Elle lui avait également demandé de créer une galerie avec les tableaux représentant chacun de ses ancêtres et le projet serait bientôt terminé. Elle avait hâte de voir le résultat.

Ne sachant plus quoi faire, elle ouvrit le tiroir de son bureau, dont elle sortit une lettre froissée.

La seule lettre que Declan lui avait envoyée en trois mois. Arrivée huit jours plus tôt, elle l'avait lue et relue. Ses doigts s'étaient attardés dessus tant de fois qu'elle ne percevait plus les traces de son amant. Quand elle l'avait reçue, l'image du Chef assis à son bureau s'était imposée à elle. Il écrivait à la lueur des bougies, le front plissé de concentration. Il était inquiet, peu accoutumé à être séparé d'eux.

Avant de la cacheter, il avait embrassé le papier. En haut. Elle effleura l'endroit, comme si elle pouvait capturer le contact de ses lèvres.

La lettre était formelle. Détachée. Protocolaire. Declan était trop intelligent et vigilant pour baisser sa garde, quelles que soient les circonstances. Calixte était capable d'espionner les lettres destinées à sa femme.

Surtout qu'il ne faisait rien pour arranger leur relation. Son départ précipité après le Nouvel An l'avait vexé, lui qui croyait avoir réparé ses torts. Ils n'avaient échangé que quelques missives froides et centrées sur la royauté. Il lui en voulait et elle n'était pas près de s'excuser.

Ce temps loin de lui était indispensable. Pour être libre. Pour profiter de son fils. Pour mener ses recherches sur sa famille et ses pouvoirs sans être dérangée ou réprimandée.

Et pour prendre soin d'elle. C'était égoïste, mais nécessaire. Declan lui manquait cruellement, néanmoins cette absence se révélait également bénéfique. Elle lui permettait de se recentrer sur elle et de se reposer. Gérer une relation adultère secrète était loin d'être aisé.

Elle rangea ses affaires officielles pour sortir son matériel à dessin. L'envie lui avait manqué depuis le décès de Feardorcha. Son crayon entreprit de danser sur le papier, vidant son esprit tourmenté.

Son cœur se serra. L'esquisse représentait des bras protecteurs portant un bébé endormi, aux traits délicats et tendres.

Le mois d'avril touchait à sa fin. D'après ses estimations, sa fille serait née en mai. Comme elle.

Je ne peux pas défaire ce qui a été fait… Mais sache que je suis désolée et que je t'aime.

Une larme solitaire lui échappa. Instinctivement, elle se tourna en direction de la chambre de Lucetmael. Il dormait profondément.

Elle approcha son dessin d'une bougie et le regarda se consumer.

— Les installations que je vous avais demandées seront-elles prêtes ?

— Absolument, Votre Majesté, répondit l'intendant avec un signe de tête respectueux. Tout est prêt pour l'anniversaire du Prince demain et sera installé durant la nuit.

— Parfait. Et qu'en est-il du gâteau ?

— Le cuisinier m'a assuré qu'il sera prêt à l'heure convenue.

— Très bien.

— Autre chose, Majesté ?

— Non, vous pouvez disposer.

Il s'inclina et s'éclipsa. Elle classifia les factures qu'il lui avait transmises, indifférente aux sommes déboursées. Heureuse que tout soit prêt, elle rangea ses documents et se dirigea vers l'un des salons de l'aile principale, où ses nobles l'attendaient. Ils étaient arrivés quelques jours plus tôt pour assister aux quatre ans du Prince.

En entrant dans la pièce, la Reine se figea. Assis sur le canapé en face d'elle, Calixte et Declan discutaient avec les aristocrates rodorchniens. Sa respiration se coinça dans sa gorge. Son mari arborait une barbe claire soignée, ainsi qu'un habit rouge foncé qui lui seyait à ravir. À côté de lui, les muscles des bras de son frère tiraient les coutures de son haut bleu. Ses cheveux bouclaient allégrement autour de son visage tanné par le soleil.

Ils se turent tous deux pour la contempler. Sous l'intensité de leurs regards si différents et pourtant emplis de la même joie, elle déglutit péniblement.

— Ma Reine.

Le Roi traversa la pièce pour venir lui faire un baisemain. C'était protocolaire et attentionné, pourtant elle ne savait que penser de sa tendresse publique.

— Quand êtes-vous arrivés ?

— Il y a seulement quelques minutes. Les gardes nous ont indiqué ce salon.

Il l'admirait avec une gentillesse agréable. Cela faisait cinq mois qu'ils ne s'étaient pas vus. Il avait été furieux de son départ et n'était pas venu la rejoindre le mois précédent pour son anniversaire. Il lui avait fait porter un présent bien moins couteux et imposant que les années précédentes. Pourtant, le simple contact de sa main lui suffisait à ressentir la peine qu'il avait éprouvée d'être séparé d'elle, ainsi que sa joie teintée d'euphorie de la revoir. Son mari était un enchevêtrement inexplicable de contradictions douloureuses.

— Où est Lucetmael ?

— Il se repose, répondit-elle en prenant son bras pour le suivre jusqu'aux canapés. Il a mal dormi cette nuit et je veux qu'il profite pleinement de la journée de demain.

— Tout comme nous, Votre Majesté, assura la Comtesse Meriel avec un sourire éblouissant. J'ai ouï dire que vous aviez prévu une multitude de réjouissances.

La noble était ravissante depuis qu'elle avait mis au monde ses jumelles à la fin du mois de février. Maura et Muirgen se portaient bien et leur père Lothar ne cachait pas sa fierté.

— Oui, j'espère que cela lui plaira.

— Je n'en doute pas, Majesté, affirma le Comte.

Calixte indiqua à Essylt le canapé où il siégeait. Elle se retrouva coincée entre les deux frères.

— Majesté, la salua aimablement Declan avec un signe de tête.

— Chef, c'est un plaisir que vous soyez tous deux arrivés à temps.

Elle se détourna pudiquement pour éviter ses yeux verts. Heureusement, la porte s'ouvrit sur une distraction bienvenue. Saraid et Garvan firent leur entrée, la première tenant dans ses bras sa petite fille. Essylt avait été auprès de son amie quand elle avait accouché de Gareich en avril. La petite aristocrate était nommée en l'honneur de sa grand-mère, tuée sous le règne de Mil.

— Ma filleule adorée est là ! chantonna Luíseach en se précipitant vers eux.

Les traits tirés par la fatigue, Saraid lui confia son bébé avec empressement.

— Vos excellences, toutes mes félicitations pour cet heureux évènement, complimenta le Roi.

— Merci, Majesté, sourit Garvan tandis qu'ils prenaient place. Nous sommes comblés.

— Je n'en doute pas. Avoir un enfant est le plus beau cadeau de la vie.

Les doigts de Calixte effleurèrent les siens.

— Avez-vous des nouvelles de son excellence Lysander, Majesté ? demanda Sibby, attristée.

Essylt garda une expression neutre malgré la culpabilité qui la rongeait. En mars, Orlaith avait perdu la vie en mettant au monde leur second fils. Marban avait survécu à l'accouchement, mais sa mère s'était vidée de son sang. Une tragédie dont la Reine se sentait responsable : elle avait été incapable d'empêcher cette union non désirée et malheureuse. À présent, Orlaith n'était plus et laissait derrière elle deux garçons éplorés.

— J'ai rendu visite à son excellence en venant ici. J'ai songé qu'il préférerait être seul dans un premier temps. Il m'a semblé affecté, mais la présence de ses enfants lui donne la force d'avancer, déclara Calixte.

Cet aristocrate arrogant et coureur de jupons s'était de toute évidence attaché à sa femme. Quelle ironie cruelle.

— Je lui ai envoyé un message de condoléances, mais il n'a pas répondu, remarqua Faolan. Je ne parviens pas à imaginer sa peine.

Il prit la main de son épouse Sibby, dont le ventre arrondi abritait la vie depuis maintenant cinq mois. Elle sourit du bout des lèvres, plus bouleversée qu'elle ne voulait l'admettre publiquement. Mourir en couches était une peur répandue chez les femmes.

Les portes s'ouvrirent sur Lucetmael, qui tenait la main de la Duchesse Zara. Cette dernière séjournait au palais aux côtés de sa sœur aînée depuis plusieurs mois et le Prince l'adorait.

— Mon chéri !

Le Roi marcha vivement jusqu'à lui et le souleva dans les airs. Surpris par un tel débordement, son fils l'observa avec les sourcils froncés avant d'entourer sa nuque.

— Père !

À côté d'elle, Essylt perçut la douleur de Declan aussi clairement que s'il l'avait hurlée.

— Je suis si content de te revoir. Tu as encore grandi !

— Oui. Demain c'est mon anniversaire.

— Et quel âge vas-tu avoir ?

— Comme ça.

Il montra fièrement quatre doigts. Attendris, les nobles applaudirent. Calixte le redéposa par terre et lui prit la main.

— As-tu salué les nobles ?

Les grands yeux bleu ciel passèrent de son père aux personnes assises. Il fit un signe de tête très adulte.

— Bonjour, vos excellences.

— Bonjour, votre Altesse, répondirent-ils en chœur.

Cette scène aurait irrité la Reine si les aristocrates n'avaient pas été aussi ravis. Elle oubliait parfois ce que son fils représentait pour eux : l'avenir. Un jour, Lucetmael régnerait. Le voir grandir et être reconnus à leur juste valeur était important pour eux.

Il tendit ses bras à sa mère pour qu'elle l'assoie sur ses genoux. Calixte s'installa avec eux et Essylt eut un peu plus la sensation d'étouffer entre ces trois hommes.

— Oncle ! s'exclama Lucetmael avec un immense sourire. Tu joueras à l'épée avec moi ?

— Lucetmael, tu es prié de vouvoyer ton oncle, le reprit Calixte en lui tendant un gâteau.

— Pardon. Vous jouerez à l'épée avec moi ?

Declan se pencha vers lui comme pour lui confier un secret.

— Tout ce que vous voudrez, Altesse.

Après un diner charmant, les monarques retrouvèrent leurs appartements. Calixte s'était comporté en mari aimant et impliqué, lui rappelant l'homme qu'il avait été avant le décès de Dubheasa.

— Tu m'as énormément manqué, lui confia-t-il dans le couloir de l'étage.

Il lui prit délicatement la main.

— À moi aussi.

— Veux-tu venir un instant dans ma chambre ? Nous n'avons pas eu le temps de discuter en privé.

Ils s'étaient occupés de quelques affaires urgentes, sans aborder le moindre sujet personnel. Elle accepta donc docilement.

— Je suis content de revenir ici.

Comprenant qu'il attendait des excuses de sa part pour ne pas l'avoir convié à venir plus tôt, elle fit quelques pas dans la grande pièce. La fenêtre donnait sur le jardin royal, où elle apercevait le petit carré de terre sans herbe entre les eucalyptus.

N'était-ce pas Ailionora qui avait enlevé l'herbe dans le but de construire quelque chose ? Mais quoi ?

— … C'est pourquoi je pense qu'il est temps que nous retrouvions une vraie vie de couple…

Réalisant qu'elle ne l'écoutait pas, elle se retourna en arborant une expression détachée. Avec tout ce qu'elle avait découvert, elle avait l'impression de ne pas l'avoir vu depuis des années. Sa gentillesse excessive après ces longs mois de rancœur ne la rassurait guère.

— Nous pouvons arranger les choses, mais tu dois me faire confiance. Et ne pas interférer dans mes choix.

— La confiance va dans les deux sens, répliqua-t-il en s'asseyant sur son lit.

— Et tu n'as plus confiance en moi ?

— Cela dépend de ta franchise.

— À quel sujet ?

Il posa ses coudes sur ses genoux pour se pencher vers elle.

— Pour quelle raison es-tu partie précipitamment à la mer ?

Son sang reflua de son visage. Elle ne lui avait pas parlé de cette escapade imprévue.

— Comment as-tu su ?

— Là n'est pas la question, s'agaça-t-il. Tu es partie sans raison, tu as forcé notre fils à passer un jour et une nuit d'affilée dans un carrosse pour seulement aller sur la plage. Tu n'as rencontré personne, donc qu'as-tu fait ?

Choquée par le ton de sa voix, elle croisa les bras sur sa poitrine.

— Tu oses me parler de confiance alors que tu as visiblement ordonné à des gardes de m'espionner ?

— Ce n'est pas de l'espionnage. Tu es ma femme, je suis forcément informé de ce que tu fais. Et tu m'as dissimulé ce voyage. Pourquoi ?

Révulsée par ses propos et par sa certitude qu'il était dans son bon droit, elle se dirigea vers la porte.

— J'avais bon espoir que cet éloignement t'ait été bénéfique, mais il n'en est rien, gronda-t-elle en sortant dans le couloir.

— Tu n'as pas répondu à ma question ! clama-t-il. Qu'as-tu fait là-bas ?

Il la retint par le bras. Furieuse contre lui — et contre elle-même pour avoir cru qu'il s'était amélioré — elle le défia du regard.

— Je ne suis pas obligée de te répondre.

— Bien sûr que si !

— Et de quel droit ? Je suis libre de mes mouvements !

— Certes, concéda-t-il. Mais tu as emmené notre fils. Je suis en droit de savoir pourquoi.

Parce que je ne voulais pas être séparée de lui. Parce que cette île mystérieuse le concerne aussi, tout comme le voyage que j'envisage d'entreprendre.

— Ce n'était rien d'important, tempéra-t-elle difficilement. Je voulais seulement voir la mer.

— Tu l'avais vue peu de temps avant quand tu étais auprès de ta famille ! Cesse de me mentir !

Elle recula et il la ramena près de lui.

— Qu'as-tu fait là-bas ? Es-tu allée voir quelqu'un ?

— Tu es absurde ! hurla-t-elle. Et tes suspicions sont ridicules et infondées ! Je suis seulement allée au bord de la mer, Calixte !

— Maman ?

La porte de la chambre princière venait de s'ouvrir sur Lucetmael, qui serrait sa peluche contre lui en les détaillant avec crainte. Essylt remarqua alors Gladys et les filles à l'entrée de leurs chambres respectives, ainsi que Cathan et Jarlath au bout du couloir.

Calixte la lâcha. Elle se précipita pour prendre son fils dans ses bras.

— Pourquoi vous criez ?

— Pour rien, mon trésor. Papa et Maman n'étaient pas d'accord, c'est tout.

Elle pénétra dans sa chambre et le rallongea sur son lit.

— Pourquoi Papa n'est pas content pour le voyage à la mer ?

Elle caressa tendrement ses boucles blondes.

— Parce qu'il n'était pas avec nous.

— Alors il faudra qu'il vienne, la prochaine fois.

Dans le noir, elle distingua ses yeux suppliants.

— Oui, nous ferons cela, murmura-t-elle, la poitrine serrée. Rendors-toi mon trésor, tout va bien. Tu dois prendre des forces pour demain.

— Je vais avoir des cadeaux ?

— Plein de cadeaux ! Mais seulement si tu dors.

Elle posa son front contre le sien. Sa magie coula en lui pour l'apaiser, avec une aisance sidérante. Il lui était bien plus facile d'user de ce don sur lui ou sur ses proches.

— Fais de beaux rêves. Je t'aime plus que tout.

Elle embrassa sa joue et quitta la chambre sans un bruit. Dans le couloir,

Calixte patientait, entre rage et regrets.

— Je ne voulais pas le réveiller.

— Je sais. Mais ça ne change rien.

— Attends ! l'appela-t-il tout bas avant qu'elle ne rejoigne sa chambre. Nous n'avons pas terminé cette conversation.

— Bien sûr que si.

— Tu es bien installé ?

— Oui !

— Allons-y !

Essylt effleura le flanc de Royal de son talon pour qu'il se dirige vers les grilles du palais. Assis devant elle, Lucetmael tenait les rênes, fier de ne pas être attaché à elle. Il redressa le dos et la regarda par-dessus son épaule.

— Tu vois ? Je tiens comme un grand maintenant !

— Oui, je suis très fière de toi. L'année prochaine, tu pourras peut-être monter tout seul.

— Je pourrai prendre Royal ?

Le cheval hennit en secouant sa crinière blanche.

— Il est d'accord.

Ravi, le Prince remua les rênes pour qu'ils avancent plus vite. Essylt se tenait à l'arrière de la selle afin qu'il puisse guider à son aise. Il rayonnait d'être considéré comme un adulte en cette journée si spéciale.

— Où allons-nous, votre Altesse ? s'enquit Cathan quand ils furent arrivés à un croisement.

Le Prince tourna la tête de gauche à droite, faisant danser ses boucles blondes sous l'éclat du soleil matinal.

— Par là ! cria-t-il en levant brusquement le bras.

Essylt le replaça correctement sur la selle.

— C'est quel côté ?

Il réfléchit un instant.

— La droite !

— Très bien.

Ils passèrent dans deux villages, sans que Lucetmael ait envie de descendre. Cela ne l'empêcha pas de saluer gaiement les Rodorchniens, excités de le voir. On leur offrit à boire et à manger, dans un débordement d'adoration.

— Pourquoi ils nous aiment bien ? demanda-t-il de sa voix fluette.

Sa mère se pencha à son oreille.

— Parce que nous prenons grand soin d'eux.

Satisfait de cette réponse, ils firent une boucle pour revenir vers le palais. Il était plus de onze heures quand ils traversèrent le dernier village. Une femme leur tendit un grand broc d'eau. Le Prince but avidement avant de plonger ses petites mains dedans.

— Il faut rafraîchir Royal.

Il caressa affectueusement son encolure. Le cheval émit un son proche d'un rire.

— Je ne pense pas que ce soit suffisant.

La Reine renversa le broc d'eau sur la tête de son fils et sur celle de la monture. Le cheval tressaillit de surprise. Le Prince se retourna, ses cheveux plaqués sur son front et ses joues.

— Maman…

Son air choqué la fit rire aux éclats.

Un grand sourire illumina son joli visage. Il se pencha en arrière pour se coller à son buste et frotta ses cheveux contre sa poitrine et son cou. Elle rit de plus belle, sa chemise trempée.

— Chenapan !

Elle embrassa son front, remercia chaleureusement les villageois attendris, puis éperonna Royal.

Calixte était occupé par les affaires du Royaume, ils purent donc retrouver leurs appartements sans craindre de reproches. Une fois habillés et coiffés correctement, ils descendirent dans le salon.

— Encore joyeux anniversaire, mon chéri, déclara le Roi en l'embrassant.

Il regarda à peine son épouse, qui n'en fut guère blessée. Le monarque ouvrit un coffret ouvragé, qui abritait la petite couronne offerte par Dubheasa et Guénolé à sa naissance.

— Aujourd'hui, tu as quatre ans. Tu es suffisamment grand pour porter ta couronne dans des représentations officielles, comme celle-ci.

— Je doute qu'il parvienne à la garder toute la journée…

— Il la portera durant le déjeuner, la contra-t-il.

Il souleva le bijou et le déposa sur la tête de leur fils, écrasant ses boucles. Il paraissait minuscule sous cette pièce d'orfèvrerie en or surmontée d'un saphir et d'un rubis.

— Il est l'heure.

Ne voulant pas se disputer à nouveau, surtout pas aujourd'hui, elle prit son bras sans un mot. Le Prince marcha fièrement devant eux, en replaçant sa couronne à plusieurs reprises, peu accoutumé à ce poids. Dans les couloirs, toutes les petites gens s'inclinèrent avec une joie évidente, émues par cette vision parfaite.

Dans la salle de réception, les nobles les accueillirent avec des applaudissements. Ils plongèrent dans une profonde révérence devant le Prince.

— Joyeux anniversaire, votre Altesse.

Ne sachant que faire, Lucetmael chercha l'approbation de sa mère. Elle lui sourit sans parvenir à imaginer à quel point cela devait être impressionnant à son âge.

D'un signe élégant et maîtrisé, Calixte indiqua la longue table sur leur droite. Cette immense pièce officielle semblait un peu vide, toutefois Essylt préférait que les enfants aient de l'espace. Ils se placèrent devant leurs chaises respectives. C'était la première fois que Lucetmael mangeait à la même table qu'eux et la Reine l'admirait, debout en face d'elle.

À sa gauche, la présence de Declan fit courir un frisson sur son bras. Elle n'osa pas le contempler, dans l'espoir d'atténuer le besoin de le toucher. Il n'était pas venu la rejoindre hier soir et le manque n'en paraissait que plus grand.

— Mes chers invités, merci d'être présents en cette journée merveilleuse, déclara Calixte, assuré. Le vingt-et-un juin 686, le Prince Lucetmael est venu au monde avec un titre unique dans l'histoire : celui de Prince de deux royaumes. Alors célébrons dignement mon incroyable fils.

Il leva son verre de vin et tous l'imitèrent.

— Au Prince !

— Au Prince !

Amusé, le principal concerné monta sur sa chaise, reculée préalablement par un domestique. Ils s'assirent à leur tour et purent commencer à manger.

— Oncle, je veux jouer à l'épée aujourd'hui ! affirma Lucetmael en souriant, sa lèvre supérieure couverte de sauce.

Calixte lui tendit une serviette avec un regard sévère.

— Il faudra ouvrir tes cadeaux avant.

Le Prince se plia à cette coutume, d'abord avec empressement, puis avec ennui. Ils avaient commencé par les présents des nobles rodorchniens, auxquels il avait offert des réactions à la hauteur de leurs attentes. Mais la patience n'était pas la première qualité d'un enfant de son âge, qui voulait déjà jouer avec ce qu'il venait de découvrir.

— Lucetmael, gronda Calixte en lui tendant un coffre de la part de Anath et Muirenn, en Bofursyle.

Assis par terre devant eux, il montrait à Matholwch des figurines en bois. Le petit Comte bavait sur sa main en le contemplant avec une grande concentration.

— Je crois qu'il est l'heure de sortir profiter du soleil, chantonna la Reine en se mettant debout. Nous poursuivrons ceci plus tard, le Prince a déjà été tant gâté.

Heureux d'avoir contenté son Altesse, les aristocrates se levèrent. Calixte lui accorda un regard lourd de reproches avant de tendre sa main à Lucetmael, qui la prit bien obligeamment.

— Qu'allons-nous faire dehors ?

Elle aurait volontiers réduit son mari au silence si cela n'avait pas été une grave atteinte au protocole et au savoir-vivre. Elle prit les devants de leur joyeuse procession.

— J'ai une surprise pour toi, mon trésor.

Impatient, il lâcha la main de son père pour courir jusqu'à elle. Une servante avait récupéré sa couronne dès la fin du déjeuner pour qu'il soit libre de ses mouvements.

Dans la partie Ouest de la cour principale, des constructions en bois formaient un parcours amusant pour les enfants. Surexcité, le Prince lâcha sa main et courut grimper sur l'installation la plus proche.

— Ce n'est pas du tout conventionnel de faire cela ! éructa Calixte contre elle.

— Quelle merveilleuse idée, Majesté ! s'écria Sibby.

Matholwch tirait son père derrière lui, impatient. Gladys arriva avec Nar, qui s'empressa de rejoindre son fidèle ami.

Sur ordre de la Reine, un immense tissu avait été accroché aux fenêtres, créant ainsi un coin d'ombre bienvenu entre l'aile Ouest et l'aile centrale. Enchantés par cette ambiance décalée, les aristocrates s'installèrent autour de la table en bois en discutant de manière enjouée.

— Que disais-tu ?

Agacé, il rejoignit la noblesse. La Reine attrapa une domestique qui passait.

— S'il vous plait, faites prévenir tous les enfants du château, qu'ils viennent profiter des jeux.

— Ils pourront jouer aux jeux du Prince ? s'étonna-t-elle.

— Oui, bien sûr. C'est pour tous les enfants.

Elle s'empressa de rentrer dans le palais. Quelques minutes plus tard, la souveraine fut ravie de voir arriver d'autres enfants pour s'amuser avec son fils. Il y en avait peu dans le palais, mais suffisamment pour former un joyeux désordre.

Deux heures plus tard, les nourrices amenèrent Maura, Muirgen et Gareich. Essylt berça tendrement la fille de son amie, dont le crâne était recouvert d'un duvet roux. Lothar et Luíseach portèrent les jumelles dans les jeux afin qu'elles profitent malgré leur jeune âge.

Le front couvert de sueur, la conseillère royale confia sa nièce à Meriel.

— Je ne sais pas comment les enfants trouvent la force de jouer aussi longtemps.

— C'est la beauté de leur âge, rit la Duchesse en embrassant sa fille.

Essoufflé, Lucetmael vint se blottir contre sa mère.

— Ton anniversaire te plait ?

— Beaucoup ! J'ai soif.

Les domestiques avaient apporté plusieurs brocs d'eau pour les enfants, mais il voulait du jus de fruits. Elle lui servit un grand verre qu'il but sans s'arrêter.

— Oncle, vous venez jouer à l'épée ?

Assis à quelques chaises de là, Declan se leva d'un bond et se mit au garde-à-vous. Lucetmael éclata de rire.

— À vos ordres, Altesse !

Il partit en courant chercher Jarlath et Cathan, en poste à l'ombre du palais.

— Je vais venir avec vous, annonça Calixte.

Étonnée, Essylt le détailla tandis qu'il faisait signe à son frère. Il prenait rarement le temps de jouer avec son fils.

— Puis-je me joindre à vous ? demanda Lothar.

— Oui, venez.

Faolan et Garvan ne se firent pas davantage prier. Le Prince avait une grande collection d'épées en bois, qu'il répartit entre les joueurs. Il commença à échanger des coups avec Nar.

— Votre fils sera un excellent escrimeur, Majesté, se réjouit Zara.

— Quelle aisance il a pour son âge, l'approuva Meriel en berçant Maura.

— J'adore son assurance, rit Luíseach.

Les adultes s'échauffaient en observant le combat adorable. Sibby attrapa Matholwch avant qu'il se rue dans la mêlée.

— Voilà un petit Comte qui veut se mesurer à plus grand que lui, le taquina Meriel.

— Il me fait peur à être si empressé.

Elles conversèrent sur les enfants pendant que leurs époux jouaient avec eux.

— Regardez, Altesse, comment se battent votre père et votre oncle, enjoignit Faolan.

Tous s'étaient arrêtés pour contempler l'épique combat. Declan et Calixte avaient l'habitude de faire de l'escrime ensemble depuis toujours. Leurs épées en bois bougeaient rapidement, comme s'ils savaient d'avance où allait se porter le prochain coup de l'adversaire. Admiratif, Lucetmael se mit à les encourager.

Le Roi transpirait davantage que son cadet. Ses yeux noisette dérivèrent sur son fils extatique, puis sur sa femme attentive, avant de revenir sur son frère.

Quelques mouvements plus tard, Declan s'avança trop et Calixte en profita pour le déséquilibrer. Il lui faucha ensuite les jambes et le Chef se retrouva à terre.

— Encore ! s'écria Lucetmael en bondissant sur son père.

— Je t'apprendrai à faire cela, assura-t-il pendant que les nobles applaudissaient.

Il tendit sa main à son frère, qui la saisit sans la moindre rancune.

Fier de sa prouesse, le Roi s'inclina comiquement en direction des femmes puis envoya un baiser à Essylt. Elle se força à sourire.

Elle les connaissait tous deux trop bien pour être dupe. Declan ne commettait pas d'erreur. Il avait compris le message dans le regard de son aîné et s'était mis en situation d'échec pour obéir à son Roi. Ce dernier aimait trop plaire pour perdre devant un tel public.

Le reste de la journée se déroula dans une ambiance festive et joueuse. Ils dînèrent dans un salon attenant à une pièce réservée aux enfants. Peu de temps après, Lucetmael sollicita sa mère pour aller se coucher, les yeux rougis de fatigue. Les nobles le saluèrent avant qu'ils ne sortent.

— Ta journée t'a plu, mon trésor ?

— Oui, beaucoup ! Je pourrai retourner aux jeux demain ?

— Si tu le souhaites, mais ils ne resteront que quelques jours.

Pour des raisons de sécurité et de praticité, la cour devait rester vide.

Remarquant qu'il tanguait sur ses jambes, elle le prit dans ses bras. Il blottit sa tête contre son cou.

— Merci, Maman. C'était la meilleure journée de ma vie.

Le cœur gonflé d'amour, elle le serra fort.

— Je suis heureuse que ça t'ait plu, mon trésor. Je t'aime.

— Je t'aime.

Elle le lava sommairement avant de le mettre au lit. Il la retint par la main.

— Je peux avoir une histoire ?

Elle s'assit près de lui et caressa sa joue.

— Tout ce que tu voudras. Tu en veux une en particulier ?

— Une histoire sur Caíl et Dhánn.

Depuis que Declan lui avait narré leurs aventures, il ne s'en lassait pas. Elle lui conta donc une nouvelle épopée, avec des combats à l'épée et un coffre rempli de pièces d'or à découvrir.

— Et c'est ainsi qu'à nouveau, Dhánn et Caíl sauvèrent le Continent des Neuf Royaumes, murmura-t-elle avant d'embrasser son front.

Elle se leva précautionneusement et prit la bougie sur sa table de chevet.

— Où as-tu entendu cette histoire ?

Elle faillit lâcher le bougeoir de surprise. Dans l'encadrement de la porte, Calixte l'observait, les bras croisés sur le torse. Elle se dirigea vers lui pour préserver le sommeil du Prince.

— C'est Declan qui lui a raconté, il y a plusieurs mois de cela, expliqua-t-elle après avoir refermé la porte. Il a dit que votre nourrice vous inventait ces récits et Lucetmael les adore.

Les sourcils froncés, il opina.

— Je les avais presque oubliés… Pourquoi n'as-tu pas demandé à Gladys de le coucher et de lui raconter l'histoire ?

— Tu sais que j'aime bien le faire.

Elle se dirigea vers l'aile principale.

— Les nobles sont allés se coucher. Ils te saluent tous.

Nullement déçue de pouvoir retrouver son lit, elle fit demi-tour.

— Je n'ai pas apprécié que tu ne sollicites pas mon avis concernant ces jeux. Notre fils n'a pas à s'amuser avec des roturiers, surtout à la vue de tous.

Elle s'arrêta à sa hauteur. La bougie entre eux jetait des ombres sur son visage fermé.

— Tu sollicites rarement le mien quand cela concerne son éducation, alors pourquoi le ferais-je ?

— Ta réaction est puérile, cracha-t-il tout bas afin de ne pas réveiller le Prince comme la veille. Je n'aime pas les familiarités que tu te permets et que tu lui inculques.

— Ce ne sont pas des familiarités. Je veux qu'il soit ouvert aux autres.

— La royauté ne le lui permet pas.

— Moi, je lui permets.

— Alors, c'est ainsi, à présent nous allons être en désaccord sur tous les sujets ?

— Ne me rends pas responsable de notre mésentente.

— Tu ne fais rien pour la faire disparaître.

— Je suis lasse d'avoir cette discussion avec toi. Contentons-nous d'être polis et de laisser le temps faire son œuvre. Sur ce, bonne nuit.

Elle referma la porte de sa chambre derrière elle et s'appuya dessus. Elle ressentait la colère de son mari comme si des vagues d'air cuisant la percutaient. Son entêtement n'avait d'égal que son désir. Car malgré son attitude insupportable et ses reproches multiples, il avait envie d'elle.

Déjà fatiguée de lui alors qu'il n'était là que depuis la veille, elle retira ses vêtements sans l'aide de ses caméristes. Une fois assise dans son lit, elle attendit.

Une présence lumineuse éclaira la nuit noire. Impatiente, elle ouvrit la fenêtre d'un coup d'épaule et saisit son amant par la seule force de son esprit. Il vola jusqu'à elle et s'accroupit sur le rebord.

— Voler m'a cruellement manqué…

Il n'eut pas l'occasion d'en dire plus. Elle crocheta sa nuque et s'empara avidement de ses lèvres. Elle lui retira ses vêtements en hâte pour retrouver sa peau. Les heures qui suivirent ne furent que caresses et soupirs, leur donnant l'impression qu'ils ne s'étaient jamais quittés.

Repue d'amour, Essylt ne se sentit pas sombrer dans le sommeil, les bras de Declan passés autour d'elle.

Soudain, un bruit dans la pièce voisine l'alerta. Elle se redressa en position assise et écouta attentivement. Rien. Le silence. À côté d'elle, Declan dormait à poings fermés, son souffle paisible.

Le bruit, de nouveau. Dans la chambre de Lucetmael.

Elle enfila son peignoir et courut ouvrir la porte.

Debout à côté du lit, deux silhouettes étaient penchées au-dessus du Prince. Dos à elle, Essylt ne distinguait que des robes sombres et des cheveux bruns bouclés. D'abord terrifiée, elle s'apaisa en reconnaissant Vevina et Tyronoe. Elle fit un pas dans leur direction, la poitrine en feu.

Lentement, sa mère et sa cousine tournèrent la tête dans sa direction. Le bonheur indicible de voir leurs visages adorés fut annihilé par un détail écarlate.

Elles pleuraient des larmes de sang.

— Ah !

Essylt s'assit dans son lit, le corps couvert de sueur. Declan bondit sur ses pieds, nu et alerte.

— Que se passe-t-il ? Je ne me suis assoupi qu'un instant…

Elle enfila son peignoir et se précipita dans la chambre de son fils. Les bougies de la sienne éclairèrent son lit, où il dormait paisiblement. Aucun signe d'une autre présence.

Ce n'était qu'un rêve.

— Que se passe-t-il ? répéta Declan en lui prenant la main.

Un soupir. Lucetmael roula sur le flanc droit.

Des bruits de pas. Le Chef bondit dans la chambre de la Reine et se dissimula contre le mur à l'instant où Gladys entrait dans celle du Prince.

— Majesté ?

La gorge asséchée par le danger, elle se précipita vers la nourrice.

— Tout va bien, je suis désolée de vous avoir réveillée. Retournez vous coucher.

— Le Prince va bien ?

— Oui, oui, rassurez-vous. À demain.

— À demain, Majesté, chuchota-t-elle avant de sortir.

Tremblante, Essylt referma la porte qui reliait les deux chambres. Appuyé contre le mur, Declan était livide.

— Je n'aurais pas dû rester si longtemps. J'ai commis une erreur qui aurait pu être irréparable…

Elle l'enlaça.

— Tout va bien, le pire a été évité.

— Il serait préférable que je parte.

— Oui…

Elle l'accompagna jusqu'à la fenêtre, incapable de se détacher de lui.

— J'ai énormément de choses à te raconter, avoua-t-elle en posant son front contre le sien. Mais je ne sais pas quand je le pourrai. Calixte est de plus en plus…

— Instable ? suggéra-t-il. Il boit trop et ne supporte aucune remarque.

Qu'il soit encore plus inquiet qu'avant n'était pas pour la rassurer. Elle prit son visage entre ses mains.

— Les choses ont changé. Et elles changeront encore. Tout ce qui compte pour le moment, c'est que nous soyons extrêmement prudents. Calixte me fait espionner et il est suspicieux. Ne lui donnons pas davantage de raisons de l'être.

Il l'embrassa tendrement.

— Je te fais confiance, mon amour.

C'était plus beau qu'un je t'aime.

Elle le fit voler jusqu'en bas puis referma la fenêtre. Une fois dans son lit, elle huma l'oreiller pour retenir son odeur. Elle était heureuse qu'ils soient réunis malgré le danger que cela représentait. Ils ne pourraient peut-être pas se voir autant qu'avant mais le simple fait de dormir sous le même toit était rassurant.

Elle serra l'oreiller contre elle et chercha désespérément le sommeil. L'image de sa mère et de Ty, le visage couvert de larmes rouges, la hanta jusqu'au lever du jour.

XXVIII

« T'aimer me tue. Mais c'est aussi tout ce qui me maintient en vie. » Lothair Greshee, poète tecien du IIème siècle.

L'esprit embrumé par tout ce qu'elle avait à faire, la Reine triait ses documents. La chaleur de l'été s'infiltrait dans sa chambre, rendant l'air lourd et moite. Elle appela une petite brise par la fenêtre ouverte.

Les bras chargés — Paddy se reposait aujourd'hui — elle descendit au rez-de-chaussée pour demander l'opinion non désirée de son mari.

En entrant dans son bureau, elle fut surprise d'y découvrir un soldat bofursylien. Assis en face du Roi, ils conversaient d'égal à égal.

— Votre Majesté.

Le garde se mit debout pour faire la révérence. Son visage avenant contrastait avec sa carrure imposante.

— Capitaine…

Elle fronça les sourcils de concentration.

— Capitaine Tier Bhrath, Votre Majesté.

— Exact, merci. Vous êtes au service personnel de mon mari depuis un an, c'est cela ?

— Deux, Votre Majesté.

— Le temps passe très vite quand on est bien occupé.

— Je n'en doute point, Votre Majesté.

Il se pencha pour ramasser un document qui lui avait échappé. Gênée, elle lui sourit.

— Voulais-tu m'entretenir d'un sujet en particulier ?

Elle se tourna vers son époux, qu'elle avait oublié. Elle n'était pas accoutumée à le voir se lier d'amitié avec des gens de basse naissance. Cela lui faisait plaisir et elle ne pouvait que l'encourager : Cathan et Jarlath lui étaient très précieux.

— Rien qui ne peut attendre. Je te confie tout ceci.

Elle lui tendit les papiers, qu'il rangea dans un coin de son bureau. Puis elle s'éclipsa, peu désireuse de les déranger.

Quelques heures plus tard, elle eut un instant de libre et put retrouver Saraid et Luíseach pour le thé. Malgré toutes ses angoisses, la maternité seyait à la Baronne. Depuis que Gareich faisait ses nuits, elle avait retrouvé un teint radieux et prenait plaisir à être mère.

— Elle est vraiment magnifique.

Essylt la tenait tendrement contre elle, subjuguée.

— C'est une réussite, nous sommes d'accord.

— Cessez de la complimenter ainsi, je ne veux pas qu'elle soit vaniteuse, les contra Saraid.

— Vu la manière dont Garvan lui parle, si elle le devient ce ne sera pas de notre fait, la taquina Luíseach.

Le Baron était en complète adoration devant sa fille. Il pouvait la contempler et la complimenter pendant de longues minutes, au grand dam de son épouse.

— J'ai reçu une missive d'Aveleen, annonça la Reine. Elle attend un enfant.

— C'est merveilleux ! s'extasia Luíseach.

— Je lui souhaite que ce soit un garçon.

— Saraid…

— Qu'ai-je dit de mal ? Les garçons ont la vie plus facile et les filles annihilent l'esprit de leur père.

— Cesse de t'inquiéter pour tout ceci, la réprimanda la Duchesse.

— Et toi, quand comptes-tu prendre époux ? répliqua Saraid, d'humeur revêche. Tu adores les enfants, n'en veux-tu pas ?

— Je ne me sens pas prête. Et je n'ai pas trouvé la bonne personne.

— Prends ton temps, Luíseach, c'est un choix très important.

Les conseillères se figèrent, surprises par le ton de sa voix. Mal à l'aise. Essylt fut sauvée par l'ouverture de la porte.

— Son Altesse Declan, l'annonça Cathan.

Les doigts de la souveraine se resserrèrent sur sa tasse pour ne pas renverser du thé sur sa robe. Le Chef fit trois pas avant de s'incliner galamment.

— Votre Majesté, vos excellences, veuillez m'excuser pour le dérangement. J'ai une affaire urgente à présenter à la Reine.

— Ce n'est rien, Altesse, nous avions terminé, affirma Luíseach, conciliante.

Saraid tendit ses bras à la Reine, qui lui rendit son bébé. Les traits de la Baronne s'illuminèrent d'amour. Elle se plaignait de beaucoup de choses en rapport avec sa fille, mais cela ne l'empêchait pas de l'aimer autant que son mari.

Une fois les aristocrates parties, Essylt congédia les servantes.

Assis l'un en face de l'autre, ils se fixèrent droit dans les yeux. Elle reposa sa tasse et agita ses doigts graciles afin que le son ne sorte pas de la pièce.

— J'ai tellement envie de t'embrasser.

L'ardeur dans sa voix la réchauffa tout entière.

— Tu me manques. Mais nous devons être prudents…

— Je sais.

Le lendemain de l'anniversaire du Prince, Calixte l'avait interrogé à propos de l'histoire que leur nourrice leur racontait. Il n'en avait pas fallu plus à Declan pour comprendre que son frère jalousait sa bonne entente avec son épouse. Le Roi était trop instable et obsédé par Essylt pour qu'ils se permettent la moindre erreur. C'était la raison pour laquelle il n'était pas venu dans sa chambre depuis deux semaines.

— De quoi voulais-tu me parler ?

— Rien qui ne peut attendre. C'est toi qui as des choses à me raconter…

Comprenant ce qu'il mentionnait, elle recula contre le dossier du canapé.

— Tu te souviens du pouvoir de la vie ? Le cinquième, celui qui était caché ?

— Oui.

Il se redressa, prenant instinctivement une position défensive, comme s'il fallait la protéger.

— J'ai découvert que les niveaux ne vont pas jusqu'à cinq, mais jusqu'à six.

Et d'après mes recherches et quelques essais, j'ai un niveau de six pour la vie.

Il fronça ses sourcils bruns, accentuant l'éclat de ses yeux verts.

— Qu'est-ce que cela signifie ?

— Que je suis capable de la créer. En très grande quantité.

— Mais qu'est-ce que la vie ? Enfin, qu'est-ce que cela te permet de faire ?

Elle comprenait ses interrogations, elle en partageait beaucoup.

— Je ne sais pas encore tout. Il faut que je m'entraine. Mais j'ai réussi à créer un peu de vie et à la mettre dans un aliment. Après l'avoir mangé, je n'ai pas dormi et je n'ai éprouvé aucune fatigue.

— Tu as fait des tests sur toi-même ? gronda-t-il.

— Je ne prendrais pas le risque de les faire sur quelqu'un d'autre.

— Non, je veux que tu les fasses sur moi. Quand cela sera possible.

— La peur de te blesser ne va pas m'aider, affirma-t-elle avec un sourire tendre.

— Certes, mais cela m'aidera à être rassuré. Et à me rendre utile.

— Tu ne te sens pas utile ?

— Non, affirma-t-il contre toute attente. Tu as des pouvoirs immenses — je l'ai compris à l'instant où je t'ai rencontrée — mais je ne peux pas véritablement t'aider à les maîtriser. Quant à mon frère, il se renferme et je sais que les choses vont très mal entre vous.

— Il t'en a parlé ?

— Ce n'est pas nécessaire. Les bruits de couloir vont vite.

— J'aurais cru mes commandants et servantes plus discrets, s'agaça-t-elle.

— Ils le sont. Mais l'attitude de Calixte n'échappe à personne. Et tes réactions non plus.

— J'essaye pourtant de…

— Ne t'excuse pas ! la coupa-t-il. Je t'en prie, cesse de t'excuser et de t'en vouloir. Tu n'as pas à faire semblant que tout va bien vu la manière dont il te traite.

Declan serra et desserra ses poings. Si son frère n'avait pas été Roi, il l'aurait déjà remis à sa place d'une manière un peu brutale.

— Mais j'ai ma part de responsabilités. Je suis loin d'être irréprochable…

Face à sa culpabilité, il était dépourvu de mots. Bien sûr, il la partageait, mais la sienne s'était atténuée avec le temps, en partie à cause de l'attitude de son frère. Essylt n'avait de cesse de se sentir responsable de tout : son manque d'amour, la mort de Dubheasa, la douleur de Calixte…

Après un instant d'hésitation, il prit sa main par-dessus la table.

— Tu ne peux pas tout réparer, mon amour. Encore moins une relation que tu n'as jamais souhaitée.

Il avait parfaitement raison. C'était impossible. Mais c'était plus fort qu'elle, elle se sentait dans l'obligation d'essayer.

Elle serra affectueusement ses doigts avant de les relâcher, inquiète à l'idée que quelqu'un entrât.

— Quoi qu'il en soit, mon niveau de six pour la vie implique…

La porte s'ouvrit sur Cathan.

— Majesté, un conseiller vous demande.

— Nous finirons cette conversation plus tard, Votre Majesté, assura Declan en faisant la révérence.

Ils étaient restés seuls tous les deux plusieurs minutes et il ne voulait pas que cela semble suspect.

Ses craintes se confirmèrent trois jours plus tard, quand il retrouva son frère à l'aube dans la cour pour faire de l'escrime. Dans ses habits bleu très foncé, le Roi était d'une grande élégance, en particulier quand il maniait l'arme ouvragée et sertie de saphirs qu'il avait héritée de ses ancêtres.

— De quoi as-tu entretenu ma femme l'autre jour ? demanda-t-il innocemment tandis qu'ils se faisaient face, les épées croisées.

Déstabilisé, Declan recula d'un bond et évita de justesse son coup suivant.

— Une affaire de sécurité, rien de passionnant, dit-il d'un ton détaché.

Il passa à l'offensive et son aine esquiva habilement sa botte.

— Pourquoi n'étiez-vous que tous les deux ?

Calixte fit un ample mouvement d'épée et Declan s'écarta sur la droite.

— Il n'est pas rare que la Reine préfère la discrétion pour ce genre de discussions.

Rapide, Calixte tenta une feinte que son cadet bloqua aisément, forçant leurs deux épées à pointer vers le sol.

— Tu es très dévoué à ma femme.

Declan le repoussa un peu brusquement avant de rengainer son arme. Il s'essuya le front.

— As-tu quelque chose à me reprocher, Calixte ?

L'attaque lui paraissait être la meilleure des défenses. Le Roi tendit son arme à un valet, qui lui offrit un verre d'eau.

— J'énonçais simplement un fait.

Le Chef fit quelques pas en remuant ses bras pour dénouer les muscles de ses épaules. Ne plus voir Essylt altérait la qualité de son sommeil.

— Je suis dévoué à ma Reine, comme n'importe quel Chef, articula-t-il péniblement. Et avant que tu protestes, je te rappelle qu'elle est également ma belle-sœur. Elle fait partie de ma famille et elle est la mère de mon neveu. Ma dévotion me parait légitime.

Calixte se plaça à côté de lui.

— Je ne voulais pas t'insulter, mon frère. Au contraire. Je suis chanceux de t'avoir à nos côtés. C'est simplement que…

Il inspira fort et se détourna, gêné.

— Tu partages avec ma femme une amitié que je t'envie.

Cet aveu laissa Declan sans voix. Il était rare que Calixte reconnaisse ses faiblesses, encore plus quand elles concernaient la Reine. Le cadet chercha difficilement ses mots, bouleversé par l'amour évident que le Roi portait à son épouse. Leur mésentente et les mois séparés ne pouvaient pas dissimuler cette évidence : Calixte aimait Essylt.

Aveuglément.

— Je suis désolé, dit-il en posant une main réconfortante sur son épaule. Ne veux-tu pas essayer de réparer les choses entre vous ?

Suggérer cela lui brûlait la gorge.

— Comment ?

— Je ne sais pas… En t'excusant ?

— Je n'ai aucune raison de m'excuser ! vociféra Calixte en repoussant violemment sa main.

Il toisa son frère avec une hargne qui lui fit mal. Même quand ils étaient enfants et qu'ils se disputaient, son aîné ne l'avait jamais regardé ainsi.

— Je suis venu ici pour m'entrainer avec toi, pas pour que tu prennes sa défense !

D'un pas furieux, le monarque rentra dans le palais. Declan demeura les bras ballants à fixer l'endroit où il avait disparu.

Je ne reconnais plus mon propre frère.

— Maman ?

La Reine délaissa sa lecture pour se tourner vers son fils, assis par terre à côté du canapé. Il avait aligné ses jouets en bois préférés.

— Oui, mon trésor ?

— C'est quoi la magie ?

Elle s'agenouilla face à lui, intriguée par ses interrogations.

— Ce sont des capacités incroyables. Pourquoi me demandes-tu cela ?

Elle évoquait la magie devant lui depuis qu'il était né, mais ils n'en avaient jamais parlé de manière aussi sérieuse.

— Nar m'a dit que je peux faire de la magie et pas lui. Mais je ne sais pas faire.

— Nar a raison, dit-elle tendrement en caressant sa joue. Toi et moi, nous sommes capables de contrôler les éléments.

— Les éléments ?

— L'eau, l'air, la terre et le feu.

Elle préférait parler de choses simples pour commencer.

— Et comment je fais ?

— Tes pouvoirs vont bientôt se révéler, sois patient. Tu sentiras quand tu seras capable de contrôler un élément.

Un vent frais s'engouffra dans la pièce, soulevant les rideaux et leurs cheveux blonds identiques. La bourrasque fit tomber ses jouets avant de soulever le livre qu'elle avait déposé sur la table pour l'apporter jusqu'à eux.

Ses yeux bleus irradiaient.

— Je serai capable de faire ça ?

— Je ne sais pas. Nous n'avons pas tous les mêmes pouvoirs. Nous verrons lesquels tu développes.

— Papa aussi sait faire ça ?

— Non, répondit-elle avec le plus de douceur possible. Il n'y a que toi et moi sur tout le Continent.

Sa petite bouche s'ouvrit en grand.

— Que toi et moi ? Ça veut dire que nous sommes des héros, comme Dhánn et Caíl ?

Elle sourit, attendrie par sa vision si simpliste du monde.

— En quelque sorte.

Il bondit sur ses pieds et leva son menton tel un grand conquérant.

— Plus tard, je sauverai le Continent grâce à mes pouvoirs et mon épée !

Elle l'attrapa et le tira sur elle pour lui chatouiller le ventre.

— Et de quelle menace le sauveras-tu ?

Il rit en se tortillant pour lui échapper. Elle recouvrit son visage de baisers, la poitrine gonflée d'amour.

— Que faites-vous ?

Calixte venait d'entrer dans le salon, intrigué par les cris du Prince. Celui-ci courut vers lui et crocheta ses jambes.

— Papa, tu savais que Maman sait faire bouger le vent comme elle veut ? Plus tard, je saurai faire pareil !

Le visage du Roi devint un masque impassible et glacial. Il saisit les poignets de son fils pour l'éloigner de lui.

— Monte dans ta chambre.

Ses yeux se remplirent de larmes.

— Mais…

— J'ai dit, monte dans ta chambre !

Lucetmael sortit du salon en courant. Les exclamations surprises de Cleena et Bethania retentirent dans le couloir.

— Pourquoi l'as-tu admonesté de la sorte ? éructa Essylt en recouvrant ses esprits. Il n'avait rien fait de mal !

— Rien fait de mal ? gronda le Roi en traversant la pièce pour lui faire face. Il m'a appelé Papa et toi Maman, alors que je me bats pour qu'il se départisse de cette habitude enfantine et non protocolaire. Mais s'il n'y avait que ça ! Pourquoi lui as-tu parlé de magie ?

— Parce que c'est son héritage.

Elle aurait pu avancer des dizaines d'arguments, mais celui-ci était le plus évident.

— Je refuse qu'il apprenne des choses sur la magie.

— Pourquoi ?

— Parce que c'est dangereux pour son avenir politique et totalement inutile ! Il saura se défendre d'autres manières en cas de besoin.

Abasourdie par tant d'absurdités, Essylt recula.

— Peu importe qu'il apprenne à utiliser ses pouvoirs ou non : il les possède. Rien ne pourra changer cela. Ce n'est pas une question de politique ou de protection. La magie fait partie de lui et tu ne peux pas l'empêcher de l'utiliser.

Excédé, le Roi se dirigea vers le jardin.

— Si, je le peux, marmonna-t-il, entêté.

Elle le suivit en contenant difficilement ses propres dons, exacerbés par sa colère.

— Si tu ne voulais pas que ton enfant possède des pouvoirs, pourquoi t'être marié avec moi ?

Il fit volte-face, le visage écarlate.

— Je t'ai épousée parce que je t'aime. Et parce que je ne me doutais pas que ces pouvoirs seraient une telle menace.

— Ils ne sont pas une menace, articula-t-elle lentement, en occultant le fait qu'il avait évoqué son amour au présent. C'est toi qui les envisages comme tels.

Il secoua la tête et afficha un sourire méprisant.

— Tu ne comprends pas. Entre ton père et ton frère Feardorcha, l'image de ta famille est très ternie. Je ne veux pas que la magie porte préjudice à mon fils.

Elle faillit répliquer que sa famille était tout aussi ternie que la sienne à cause des actes de Dubheasa et Luam, mais se retint. Même durant un conflit où il était odieux, elle ne se permettait pas de porter des coups douloureux.

— Lucetmael est un de Rodorchna. Il utilisera ses pouvoirs, que tu le veuilles ou non.

Il s'appuya sur la table en bois extérieure. Le soleil éclatant contrastait avec son humeur.

— C'est aussi un de Bofursyle. Et je veux qu'il agisse comme tel.

Croyant la conversation terminée, elle se retourna pour rentrer dans le salon.

— Je viens avec vous en Mebeaka.

— Je te demande pardon ?

Elle n'avait pas compris le changement de sujet, sa magie concentrée sur Lucetmael que Cleena et Bethania avaient tendrement apaisé.

— En septembre, je viens avec vous au Conseil des Neuf.

— Mais c'est mon année. Nous avions convenu que ce serait chacun notre tour.

— Certes. Mais j'ai envie de venir avec vous. Tu as emmené notre fils pendant cinq mois, je ne veux pas être encore privé de lui.

Son envie d'être auprès de Lucetmael était logique, bien qu'elle soit motivée par son besoin grandissant de contrôle.

— Je le conçois, mais si tu viens, les autres monarques vont penser que tu me crois incapable de participer au Conseil seule.

Lui qui était si inquiet de l'avis de leurs homologues émit un rire caustique qui lui retourna le ventre.

— Ce ne serait pas très éloigné de la vérité.

Il passa à côté d'elle pour rentrer dans le salon.

— Tu n'as que faire de m'insulter ? Je ne veux pas que tu viennes ! hurla-t-elle.

Il leva un sourcil moqueur.

— Et comment comptes-tu m'en empêcher ?

Durant les semaines suivantes, Essylt évita son mari. Folle de rage contre lui, elle préférait l'ignorer. Son petit air supérieur lui donnait envie de le faire voler hors du palais.

Elle ne pouvait pas l'obliger à rester. Il était le Roi. S'il voulait venir, il le pouvait. Elle aurait pu les accompagner l'année précédente en Jirialc. Elle n'avait pas voulu causer des conflits inutiles, mais Calixte n'avait pas tant de scrupules. À présent, elle devait accepter qu'il les accompagnât, bien qu'elle aurait adoré voyager avec seulement Lucetmael et Declan.

Elle ne parvenait pas à voir ce dernier. Ils n'avaient osé se retrouver que trois fois en pleine nuit, trop inquiets à l'idée que les mouvements du Chef dans les couloirs soient rapportés au Roi. Ces quelques heures avaient été consacrées à l'union de leurs corps, avides de caresses. Frustrée de ne pas pouvoir lui parler librement, la Reine avait énormément réfléchi à l'avenir.

Le matin du treize août, Essylt se réveilla d'excellente humeur. Elle passa sa journée en réunions et en audiences avec le peuple. En fin d'après-midi, elle retrouva l'aile royale d'un pas pressé. Léan la recoiffa et la libéra d'une robe trop imposante au profit d'une parure plus simple.

Dans le jardin, le Chef Declan était déjà là. Il portait le Prince sur ses épaules pour qu'il puisse observer un oiseau installé en haut d'un eucalyptus.

— Plus haut !

Declan monta sur la pointe des pieds et porta Lucetmael à bout de bras.

Essylt les admira un instant avant de se concentrer sur leur vie. Sur leur éclat. Lentement, elle créa de la vie et s'en servit pour attraper le Prince.

Elle le souleva un mètre au-dessus du Chef.

— Altesse !

— Je vole ! cria Lucetmael en ouvrant ses bras, oubliant totalement l'oiseau.

Sentant qu'elle commençait à puiser dans sa propre vie — c'était une réaction instinctive dont elle n'arrivait pas à se départir — elle reposa son fils dans les bras de son père.

— Maman !

Declan le remit sur ses pieds avant de s'approcher de la Reine pour faire la révérence.

— Votre Majesté.

— Votre Altesse, joyeux anniversaire. Je vois que vous en profitez pour améliorer vos connaissances sur les animaux.

Il lui offrit le plus beau des sourires.

— Il n'est jamais trop tard pour apprendre.

Lucetmael partit en courant entre les arbres, toujours aussi énergique. Ils prirent place autour de la table.

— Qu'est-ce que cela fait d'avoir trente ans ?

Il tira ses épais cheveux en arrière, faisant saillir les muscles de ses bras. Les pensées de la Reine dérivèrent dans un océan d'images voluptueuses.

— Rien de particulier. Je suis un peu déçu. Je pensais que je me sentirais plus sage.

— Comme si tu ne l'étais pas déjà.

Ils s'interrompirent quand Janae arriva pour leur servir à boire. Essylt avait pris l'habitude de tenir leurs conversations secrètes mais faisait attention à ce que cela ne se remarque pas. Elle avait une confiance aveugle en ses proches, mais elle ne pouvait prendre aucun risque.

— J'ai un cadeau pour toi.

Elle avait l'art de le surprendre chaque année. Il refusait les fêtes que son frère lui proposait, toutefois Essylt parvenait toujours à lui faire plaisir d'une manière inattendue.

Elle fit glisser sur la table un objet plat entouré de tissu. Il effleura tendrement ses doigts en le saisissant.

En découvrant un journal usé, il eut un sourire en coin.

— Vous commencez à manquer d'idées, ma Reine, se moqua-t-il gentiment en faisant référence au journal de Nola de Rodorchna qu'elle lui avait confié quatre ans plus tôt.

— Il est vrai, car ce n'est pas un véritable cadeau. C'est un prêt que je te fais dans un but quelque peu égoïste.

Perplexe, il ouvrit la première page et découvrit l'inscription au milieu.

« *Journal du Roi Meallán de Rodorchna.* »

— J'ai tant de choses à te raconter que je m'y perds. Je ne suis pas certaine d'avoir tout compris et retenu. Je ne sais pas non plus ce que je vais faire. Mais ce qui est certain, c'est que je ne ferai rien sans toi. Alors, j'aimerais que tu lises ceci, afin que tu comprennes les enjeux.

Encore plus perdu par tous ces mystères, il la détailla. Ses cils blonds qui emprisonnaient des éclats du jour, ses lèvres ourlées saisissantes sur sa peau hâlée, son port de tête altier… Il aurait pu l'admirer pendant des heures.

— Je suis honoré par ta confiance.

— Et moi par la tienne.

Deux petites mains s'appuyèrent sur la cuisse de Declan.

— Qu'est-ce que c'est ?

— Un livre important que tu liras plus tard, mon trésor, répondit sa mère. Va laver tes mains, s'il te plait.

Il rentra en courant, sous l'attention ravie du Chef.

— Calixte et moi étions comme lui au même âge. Il était difficile pour nous de rester en place.

— J'adore qu'il soit ainsi.

Ils échangèrent un regard complice. Il était leur plus belle réussite.

— Majesté ?

Léan inclina la tête.

— Oui ?

— Un valet vient de m'informer que le Roi sera un peu en retard. Il vous présente ses excuses à tous les deux.

— Merci, Léan, tu peux disposer.

Un éclair de feu traversa la poitrine d'Essylt. Ce petit instant volé avait un goût d'interdit absolument exquis.

— Nous pouvons en profiter pour que tu t'entraines. Même si tu as montré tes talents sur Lucetmael.

Elle lui fit un clin d'œil, reconnaissante qu'il ne lui reprochât pas de l'avoir fait voler.

— Ce qui me fait défaut, c'est que je puise dans ma vie au lieu de la créer.

— C'est la raison pour laquelle tu étais si mal en Teac ?

— Oui.

— D'accord… Il faut établir des exercices simples et structurés. Prenons exemple sur ce que tu as fait en Teac. Tu as donné des ordres mentaux à des soldats, n'est-ce pas ?

— En quelque sorte.

Il leva un sourcil pour l'encourager à être plus précise.

— Oui, c'étaient des ordres, mais je les ai insufflés dans leur esprit de telle sorte que cela ne semble pas venir de l'extérieur. Enfin je crois.

— Bon, oublions les subtilités. As-tu déjà communiqué par la pensée, sans que ce soit un ordre ?

Elle but son verre d'eau en fouillant dans sa mémoire.

— Je crois que oui. Mais je n'en suis pas certaine.

— Quand ?

— Te souviens-tu de la fois où Uileog m'a agressée, en Guanile ?

Ses mâchoires se crispèrent.

— Oui.

— Dans ma panique, je crois que j'ai appelé Cathan et Jarlath par la pensée. Mais je n'en suis pas certaine. Je ne sais pas s'ils ont distinctement entendu ma voix dans leur tête ou s'ils ont ressenti mon appel.

— Il faudra leur demander. En attendant, tu peux essayer sur moi.

— Essayer de ?

— Me parler par la pensée. Pour voir si tu y parviens.

Elle opina malgré ses doutes. Elle ne savait pas si pour l'atteindre, elle devait puiser dans sa vie, en créer ou si ce n'était pas nécessaire puisqu'elle se contentait d'en influencer une autre. Trop d'incompréhensions auréolaient ce cinquième pouvoir. Des incompréhensions qu'elle avait la certitude d'éclaircir grâce à l'aide de Declan.

Elle plongea dans ses yeux verts, lumineux et sincères.

J'ai envie de toi. Si nous étions seuls dans le palais, je t'embrasserais à en perdre le souffle. Je te déshabillerais lentement et ensuite…

Les joues du Chef devinrent écarlates.

— Je n'entends pas ta voix, mais je sais parfaitement à quoi tu penses.

— C'est ce dont je me doutais.

— Tu sentais instinctivement que…

— Cinquante soldats suffiront largement pour ce voyage, vous avez raison, le coupa Essylt.

Lucetmael arriva dans le jardin, suivi de près par Calixte.

— Ah, mon petit frère qui vieillit !

Ils se sautèrent dans les bras en se frappant vigoureusement les épaules. Lucetmael se faufila entre eux pour participer et le Roi le souleva en lui mettant la tête en bas.

Le diner intimiste se déroula dans une ambiance gênée. La Reine faisait bonne figure pour Declan, mais la tension entre les époux était palpable. Lucetmael le percevait aussi car il se montra très calme.

— Il est l'heure pour le Prince d'aller se coucher. Je vous laisse entre hommes, passez une bonne fin de soirée, annonça Essylt en prenant la main de son fils.

— Merci, Majesté. Bonne nuit, Altesse.

Lucetmael lui fit un signe de la main avant qu'ils rentrent dans l'aile royale silencieuse.

Sur ordre de Calixte, un valet leur apporta sa meilleure bouteille de whisky, un malt bofursylien de vingt ans d'âge.

— Je suis gâté.

— Rien n'est trop beau pour mon petit frère, rit le Roi en lui servant une rasade.

Ils entrechoquèrent leurs verres, dont le tintement résonna étrangement contre la falaise qui entourait le palais. Declan savoura une gorgée avant de rejeter la tête en arrière pour admirer les étoiles.

J'aimerais tant monter au premier étage pour embrasser Lucetmael avant qu'il dorme. Puis je rejoindrais Essylt pour la serrer contre moi…

— Trente ans, déjà.

La remarque mélancolique de son aîné dissipa ses fabulations.

— Tu as fêté les tiens l'an passé et c'est seulement maintenant que tu le réalises ?

— Moque-toi autant que tu veux ! Le temps passe trop vite.

Calixte posa un coude sur la table en se penchant vers lui.

— À ce propos, n'as-tu pas envie de passer à une nouvelle étape de ta vie ?

— Quelle étape ?

— Fonder une famille.

J'en ai déjà une.

Il termina son verre en trois gorgées qui le brûlèrent de l'intérieur.

— Je n'y ai pas vraiment réfléchi. J'aime ma vie telle qu'elle est.

— N'es-tu pas lassé de ton célibat ? N'as-tu pas envie de partager l'intimité d'une femme ? railla-t-il avec une expression éloquente.

Declan frotta sa barbe de trois jours pour cacher son malaise.

— Dans quelques années, peut-être.

Son aîné saisit sa nuque pour rapprocher son front du sien.

— Ta dévotion est louable, mon frère, mais elle ne doit pas t'empêcher de vivre.

— Je sais.

— Veuillez accueillir Leurs Majestés Calixte et Essylt de Bofursyle di Rodorchna, ainsi que Son Altesse Lucetmael.

D'un pas lent, ils traversèrent la Salle du Trône de Mebeaka, qui était à l'image du château : harmonieuse et très belle. Les murs en pierre gris pâle étaient rehaussés de draps marron qui renvoyaient les rayons du soleil qui se déversaient derrière les trônes.

Sur la gauche, Essylt eut l'immense plaisir de découvrir que les monarques de Teac, Jirialc et Xoramif étaient déjà arrivés.

Les cheveux coiffés en un chignon élaboré, Mazoe était resplendissante. Elle se mit debout et afficha un tendre sourire. En reconnaissant Diarmait assis à côté d'elle, Lucetmael voulut s'avancer et Essylt le retint fermement par la main.

— Quel immense bonheur de vous accueillir enfin dans mon palais. J'espère que vous avez fait bon voyage et que votre séjour sera des plus agréables.

— Nous n'en doutons point, Votre Majesté, salua Calixte. Merci pour cette invitation.

Ils s'installèrent sur les sièges qui les attendaient et Domnall s'adonna à une prouesse d'éloquence inutile. Après une heure interminable, ils purent se retirer dans leurs appartements.

— L'air salé est vraiment agréable, remarqua Calixte, qui agissait comme si tout était normal depuis qu'ils étaient partis.

Le palais de Mebeaka était installé au bord de la mer, ce qui renforçait son charme.

— J'ai hâte de pouvoir me promener sur la plage, ajouta-t-il en retirant ses chaussures.

Essylt s'enferma dans la salle de bains pour se rafraichir et changer de tenue. Le voyage n'avait duré que deux semaines, pourtant cela lui avait paru être le double. La présence de son mari lui était de plus en plus insupportable, surtout sans pouvoir voir Declan en privé.

Impatiente, elle aida Lucetmael à finir de se changer puis se dirigea vers la porte.

— Tu ne veux pas te reposer un peu avant de les voir ? s'étonna Calixte depuis le canapé.

— Non, il me tarde trop de rencontrer Ysolte. Rejoins-nous quand tu le souhaiteras.

Elle se précipita dans le couloir avant qu'il ait pu ajouter quoi que ce soit et croisa Declan, qui les suivit. Des gardes mebeakiens les menèrent jusqu'au salon officiel où les invités se réunissaient.

— Votre Majesté !

Le premier à se précipiter à leur rencontre fut Yvain. Il portait fièrement Ysolte, qui, à maintenant presqu'un an et demi, ressemblait davantage à une petite fille qu'à un bébé. Avec ses courts cheveux bruns et ses yeux gris clair identiques à ceux de son père, elle était ravissante.

— Ysolte, je te présente la Reine Essylt, ta marraine.

Un grand sourire accentua la rondeur de ses joues. Elle tendit ses bras vers elle et elle l'enlaça tendrement, émue de la rencontrer enfin. Le temps passait beaucoup trop vite.

— Bonjour, Princesse. Je suis enchantée.

— Bonjour, votre Altesse, salua Yvain en s'agenouillant devant Lucetmael.

— Parrain !

Il crocheta sa nuque, à la surprise du Roi. En apercevant les expressions outrées de Domnall et de certains nobles mebeakiens, Essylt se concentra sur Ysolte pour les ignorer.

— Comme vous avez grandi, Altesse !

— Je sais faire plein de choses tout seul ! se vanta Lucetmael.

— Je n'en doute point.

— Viens dire bonjour, mon trésor.

Ils saluèrent Céali, à qui Essylt fut forcée de rendre son adorable fille, puis la Reine Máda, accompagnée de ses deux fils, Tomás et Baptist. Le premier était si impatient de lui parler qu'elle usa de ses dons pour l'apaiser.

Trevina et Roan de Teac semblaient s'être bien remis des évènements tragiques survenus deux ans plus tôt. La Reine régente se montra charmante et le

Prince d'un sérieux impressionnant.

— Lucetmael, te souviens-tu de la Reine Mazoe ? C'est la grande cousine de Maman. Et voici son mari, le Roi Domnall, et leurs enfants, Niahm et Diarmait.

Le Prince se souvenait surtout de son homologue, à qui il sourit malicieusement.

— Bonjour, Majestés, Altesses, dit-il de sa petite voix.

— Bonjour, Altesse, c'est un plaisir de voir à quel point vous avez grandi, lui répondit tendrement Mazoe.

— Le plaisir va dans les deux sens : vos enfants ont tellement grandi ! Niahm est de plus en plus belle, la complimenta Essylt.

Elle s'était affinée de visage et de corps, devenant une adolescente élancée qui laissait apercevoir la femme qu'elle deviendrait.

— C'est un honneur pour nous de vous recevoir dans notre Royaume, Votre Majesté, s'immisça Domnall. Où est votre époux ?

Mal à l'aise face à cet homme qu'elle n'appréciait guère, elle demeura avenante.

— Il se repose un peu, le voyage l'a épuisé. Il nous rejoindra bientôt.

— Soit, il me tarde de négocier avec lui. Puis-je faire les présentations, Majesté ?

Avant qu'elle ait pu répondre, il montra un homme d'une cinquantaine d'années d'un geste ample de la main.

— Vous connaissez déjà le Vicomte Oèn de nom, puisque vous avez hébergé sa charmante fille Aveleen.

Les traits austères et rancuniers, le noble fit une révérence rigide.

Je sens que ce séjour ne va pas être reposant.

— Voici son fils, le Vicomte Cadfael, avec son épouse et ses deux enfants.

Ils échangèrent les paroles d'usage avant que Domnall poursuive avec les Ducs Kenan et Keyne. Elle connaissait déjà le premier, qui avait été invité lors de la grande fête du Nouvel An en Rodorchna.

Lucetmael s'agitait contre ses jupons. Forcer un enfant à rester sur place après le discours d'une heure dans la Salle du Trône était une épreuve. Il entreprit de jouer avec le T en argent accroché à son poignet en l'honneur de Ty. Domnall l'observa avant de regarder sa mère avec mépris.

— Et enfin, le Vicomte Dillon, que vous avez également déjà rencontré.

Tout ceci était inutile en plus d'être ennuyeux. L'aristocrate exprima sa joie de la revoir, puis le Roi de Mebeaka leur indiqua les canapés pour qu'ils s'installent tous à leur aise. Essylt en profita pour se faufiler jusqu'à Céali, Yvain et Tomás tandis que Lucetmael suivait Diarmait dans la pièce voisine et que Declan conversait avec Roan.

Les retrouver estompa la souffrance constante de la Reine. Depuis le début de l'année, elle se sentait seule. Elle ne pouvait plus voir Declan autant qu'avant et l'attitude de Calixte rendait le quotidien difficile. Évidemment, elle échangeait fréquemment avec eux, néanmoins ce n'était pas comparable à une discussion de vive voix.

Les autres monarques arrivèrent deux jours plus tard, en milieu d'après-midi. Installés dans la Salle du Trône pour les recevoir de manière officielle, Essylt sentit ses muscles se crisper d'agacement en découvrant que les souverains de Vuai avaient tous deux fait le voyage en emmenant leur fille Ailina.

Thuán et Dymphna ne prirent pas le temps de se reposer et les retrouvèrent directement dans le salon. Après avoir salué Mazoe et Domnall, ils se pressèrent vers un Calixte impatient.

— Vos Majestés, quelle joie de vous revoir. Votre fils a tant grandi. Bonjour, Altesse.

Intimidé par leur attention acérée, Lucetmael prit la main de sa mère.

— Bonjour, Majestés.

— Vos Majestés, c'est un plaisir, les salua Ryann.

Du haut de ses douze ans, l'héritier du Trône de Vuai se comportait déjà de manière très adulte. Ses épaules s'étaient élargies et il ressemblait de plus en plus à son père.

Attentif, il prit la main de sa petite sœur Ailina pour l'encourager à avancer vers eux. Elle fit une révérence très appliquée à l'intention de son fiancé.

— Bonjour, vos Altesses, chantonna Calixte.

Remarquant une petite silhouette qui patientait derrière eux, Essylt se décala.

— Bonjour, Princesse Réalta. Vous êtes magnifique dans cette robe.

D'un an plus jeune qu'Ailina, la dernière-née des de Vuai détonait avec ses flamboyants cheveux roux. Heureuse d'être remarquée, elle sourit.

Declan s'invita dans la conversation pour les saluer, puis s'agenouilla devant Réalta, qui était sa filleule. Il ne l'avait pas revue depuis plus de deux ans. Joyeuse et confiante, elle lui tendit ses bras.

— J'adore que nos familles soient si liées, s'extasia Dymphna avec un sourire éblouissant à l'intention d'Essylt.

Comprenant qu'elle attendait une confirmation, elle se pencha vers son fils.

— Tu pourras jouer quand nous aurons terminé de saluer tout le monde. Excusez-nous.

Elle se dirigea à la rencontre de la Reine Iverna d'Aivaithra et de sa fille Alyson. La tension qui régnait entre elles aurait découragé quelqu'un d'autre qu'Essylt. Ils furent ensuite approchés par le Roi Kane de Guanile accompagné de son fils Owen. N'étant pas d'une meilleure compagnie — Essylt se souvenait trop clairement de ses paroles en Teac — elle soupira de soulagement quand il s'excusa pour parler à sa sœur, la Reine Máda de Jirialc.

Le Conseil débuta le lendemain. Entre les réunions, ils purent profiter du soleil du mois de septembre. Essylt se fit un devoir de passer du temps avec tous. Elle chevaucha en compagnie de Niahm, fit de longues balades avec Céali, Ysolte et Yvain, rit de bon cœur avec Mazoe, discuta plus sérieusement avec Iverna. Cette dernière était confrontée à l'entêtement de sa fille. La Princesse Alyson était majeure depuis l'année dernière et n'acceptait aucun des prétendants proposés par ses parents. Tous les nobles célibataires du Continent s'étaient présentés, sans succès. Puisqu'il était de coutume d'être marié avant de monter sur le Trône — bien qu'Ailionora de Rodorchna ait pu y échapper — Iverna désespérait qu'elle choisisse enfin quelqu'un. Essylt la rassura de son mieux en lui affirmant qu'il était préférable qu'elle prenne son temps plutôt qu'elle se précipite et fasse un mauvais choix, ce qui apaisa un peu la souveraine.

Le dernier jour officiel du Conseil, Essylt put accorder du temps au Prince Tomás. Elle avait été très occupée avec la royauté, les autres invités et Lucetmael. Son fils était enchanté d'avoir tant d'enfants avec lui pour s'amuser, malheureusement les Princes Diarmait, Owen et Ryann étaient plus âgés. Par conséquent, ils n'incorporaient pas toujours Lucetmael dans leurs jeux, à sa plus grande frustration. Comme Ailina et Réalta étaient plus proches de lui en âge, les monarques incitaient le Prince à s'occuper avec elles. Thuán et Dymphna n'avaient de cesse de les encourager à interagir ensemble, au grand agacement d'Essylt.

— Je vous ai enfin pour moi seul, se réjouit Tomás.

Installés à une petite table intimiste dans les jardins du palais, ils ne pouvaient rêver cadre plus agréable.

— Je m'excuse d'avoir été si longue.

— Il ne faut pas. Vous êtes très demandée.

Elle rit en portant son verre à ses lèvres.

— Je suppose que vous voulez me parler d'Ailís ?

Ses yeux bruns s'illuminèrent.

— Oui. Suis-je si facile à deviner ?

— Je vous connais simplement très bien.

Il grimaça, conscient de s'épancher beaucoup.

— Comme je vous l'ai mentionné dans mes lettres, ma mère fait tout pour m'empêcher de faire ma demande. Elle m'a interdit de poser genou à terre devant Ailís avant mon départ, alors que mon dix-neuvième anniversaire se rapproche.

Essylt ne pouvait pas vraiment défendre Máda, qui avait certainement fait cela pour retarder le couronnement de son fils. Elle espérait toutefois que c'était la seule raison et qu'elle n'entretenait pas un grief quelconque contre l'aristocrate.

— Ne voyez pas cela comme un retard, mais comme du temps supplémentaire pendant lequel vous avez davantage appris à vous connaître. Vous comptez lui faire votre demande dès votre retour ?

— Si nous sommes rentrés au palais, oui. Le voyage de retour va être long et nous devrons bien obligeamment nous arrêter au château de Xoramif, par politesse. Je lui ai déjà envoyé une lettre pour la prier de me retrouver au palais, mais…

— Quel est le problème ?

Il détourna le regard, affichant des réactions parfois enfantines pour son âge. Tomás manquait cruellement de confiance en lui.

— Je suis terriblement angoissé de mal faire.

— Je ne vois pas comment vous pourriez mal faire. De ce que vous m'avez raconté, Ailís est très réceptive à vos avances. Vous parlez beaucoup, vous vous envoyez des lettres quand vous êtes séparés. Elle a même refusé une demande en mariage. Je suis persuadée qu'elle attend impatiemment la vôtre.

— Certes, mais je veux que ce soit un moment parfait ! Inoubliable, romantique et…

Il se tut à l'approche de Calixte et Declan. Couverts de sueur, les deux frères avaient profité de cette heure de libre entre deux réunions pour croiser le fer.

— Votre Majesté, votre Altesse, dit Tomás d'un ton enjoué. Vous êtes bien courageux de vous entrainer avec une telle chaleur.

Declan s'inclina.

— Les entrainements n'attendent pas le mauvais temps, Altesse.

Calixte s'essuya le front en détaillant sa femme. Elle était penchée vers le Prince dû à leur conversation privée. Percevant sa jalousie, elle recula dans sa chaise et lui lança un regard courroucé.

— Je vous admire, je suis moins consciencieux que vous dans ce domaine.

— Mais vous l'êtes dans beaucoup d'autres, répliqua Declan.

— Certes, rit Tomás. Avez-vous pu admirer l'intégralité des jardins ? J'étais venu ici enfant, mais je ne me souvenais pas que le Roi Domnall était tant passionné par les plantes.

— Il est vrai que les jardins sont magnifiques, l'approuva Essylt en regardant partout autour d'elle.

Des fleurs de toutes les couleurs conféraient au lieu une atmosphère enchanteresse. Que ce soit du fait de Domnall était on ne peut plus surprenant.

— Je l'avais également oublié, compléta Declan, concentré sur tout ce qui les entourait.

— Rentrons nous changer, mon frère. Tu ne tarderas pas trop, ma bien-aimée, nous devons discuter.

Elle lui fit un signe de tête glacial, ahurie par son audace de lui donner un tel ordre. Les deux frères s'éclipsèrent et Essylt fit face à un Tomás très gêné.

— Tout va bien, Majesté ?

— Oui, rassurez-vous. Où en étions-nous ? Vous réfléchissez donc à la manière de lui demander sa main ?

— Exactement. Je sais que nos parents ont déjà discuté de tout ceci et son père a évidemment donné son accord. Mais j'aimerais que ce soit vraiment spécial. Croyez-vous qu'une grande mise en scène lui plairait ? Avec des fleurs, des musiciens, des…

— Ailís me semble être une jeune femme naturelle et plutôt discrète pour une Jirialcaine, si vous me permettez la remarque.

— Oui, vous avez raison.

— Pourquoi ne pas faire quelque chose de plus intime et personnel ?

— J'adorerais, mais quoi ?

— Vous êtes-vous déjà embrassés ?

Les yeux du Prince s'écarquillèrent de pudeur.

— Bien sûr que non, je ne me serais pas permis.

— Ne soyez pas si outré, cela arrive. Dans ce cas, avez-vous vécu un moment particulier tous les deux ? Quelque chose de fort ?

Son nez remua de concentration.

— Il y en a tant que je ne saurais les compter.

— Très bien, procédons autrement. Quand avez-vous compris que vous étiez amoureux d'elle ? Quelle est la première fois où elle a fait battre votre cœur ?

— C'était il y a plusieurs années ! Les nobles de notre âge et moi, nous discutions dans un salon. Tout était normal et là… Je ne me souviens plus qui a fait de l'humour, mais Ailís a ri… C'est le plus beau son que j'ai jamais entendu.

Attendrie, elle lui fit un clin d'œil complice.

— Vous avez votre endroit. Et une partie de ce que vous devez lui dire

Ravi et impatient, Tomás lui demanda encore conseil avant qu'ils doivent retourner en réunion. Assis à côté d'elle, Calixte irradiait de déplaisir, ce qu'elle se fit un devoir d'ignorer. Les préparatifs pour le bal de fin de Conseil des Neuf furent une excuse toute trouvée pour éviter son mari. Elle pria ses caméristes de prendre leur temps et en profita pour converser avec elles.

— Lucetmael est-il prêt ?

— Presque, Majesté, répondit Gladys depuis la pièce voisine.

— Cette couleur vous va à ravir, Majesté, la complimenta Janae en lui enfilant ses souliers.

D'un ton rouge profond et rosé, la robe suivait ses courbes et rehaussait son teint. Elle se trouvait particulièrement femme ce soir. Son visage n'avait pas changé depuis qu'elle avait dix-sept ans — à son grand désarroi car il était difficile d'être prise au sérieux —, pourtant ce soir elle faisait ses vingt-quatre ans. Elle se sentait belle et désirable. Une impression bienvenue pour une femme délaissée.

Lucetmael arriva d'un pas lent qui l'alerta. Sa nourrice avait coiffé ses cheveux en arrière sur son crâne afin d'y accueillir sa couronne et le cœur d'Essylt loupa plusieurs battements. Son fils était son exact portrait, néanmoins cette coiffure lui donnait des airs de Declan. Il croisa ses bras sur son torse.

— J'aime pas cette couronne.

— Je sais, mon trésor. Ce n'est que le temps d'une heure, c'est promis.

Elle embrassa sa joue et prit sa main. Dans le salon, Calixte les attendait devant une pile de documents, un verre de whisky à la main. La Reine retint de justesse une remarque.

— Vous voilà enfin ! dit-il en abandonnant tout sur la table. Vous êtes très beaux.

— Merci, Père.

Lucetmael redressa les épaules et faillit faire tomber sa couronne.

— Fais attention !

Impatiente d'en finir, elle tendit sa main à son époux. Il l'embrassa galamment avant de la placer dans le creux de son bras.

— Nous n'avons pas eu le temps de discuter, glissa-t-il à son oreille une fois dans le couloir.

— Nous verrons cela demain.

La salle de réception était décorée avec goût. Ils saluèrent leurs homologues dans un mélange de sourires crispés, de mots trop dits et d'habits ouvragés. Le Roi Domnall leur imposa un long discours, qui se termina par l'accord tacite de manger.

Entourée des autres Reines, Essylt écouta leurs discussions d'une oreille distraite. Elle surveillait Lucetmael du coin de l'œil afin de lui épargner une énième brimade de son père s'il venait à ôter sa couronne. Le Prince était heureusement sage et appliqué, et dinait en compagnie des autres héritiers royaux dans le calme.

Assise à sa gauche, Dymphna ne cessait de la solliciter. Depuis le début de leur séjour, Essylt se montrait gentille et polie, par obligation. Autrefois, elle avait entretenu une tendre amitié avec la Reine de Vuai, mais celle-ci s'était brisée quand elle avait manigancé avec son mari pour obtenir les fiançailles d'Ailina avec Lucetmael. Essylt comprenait leurs raisons, elle savait que tout n'était que politique, cependant elle ne parvenait pas à lui pardonner cette fourberie. Elle ne comprenait pas comment une autre mère avait pu faire cela.

Après un dessert copieux, les musiciens entamèrent un rythme lent et les monarques de Mebeaka ouvrirent le bal. Domnall était un bel homme malgré ses airs durs et il formait un beau couple avec Mazoe. En les observant danser, un sourire aux lèvres, Essylt se fit la réflexion qu'elle n'était pas la seule à maîtriser l'art du mensonge.

Yvain et Thuán se mirent debout pour inviter leurs épouses respectives. Puisqu'ils étaient le seul autre couple royal présent, Calixte en fit de même.

Danser avec lui requérait des efforts considérables. Sa main dans son dos était un poids détestable. Son odeur envahissait tout l'espace, suffocante. Aussi proche, elle ne pouvait se soustraire à son regard.

— Je trouve que cette robe est un peu vulgaire.

Ne souhaitant pas se disputer avec lui au milieu de la piste de danse, elle changea de sujet.

— Cela te convient-il si nous repartons dans quatre jours au lieu de trois ?

Il leva un sourcil agacé.

— Oui.

Jugeant sa réponse froide préférable à un refus, elle poursuivit.

— Je vais enlever sa couronne à Lu une fois notre danse terminée. Il a été très sage tout le repas.

— Oui, je l'ai observé. Malgré quelques familiarités, il agit bien. Peux-tu faire en sorte qu'il fasse danser Ailina ?

Ses joues s'empourprèrent.

— Ce ne sont que des enfants. Ne les forçons pas à danser à leur âge.

— Il serait quand même bien que Lucetmael fasse un geste galant.

— Il n'a que quatre ans…

— Cesse de l'infantiliser.

— Cesse de le considérer comme un adulte.

Ils se foudroyèrent du regard, excédés. Enfin, la musique prit fin et ils partirent chacun d'un côté.

— Lucetmael, tu peux l'enlever, annonça-t-elle tendrement en retirant cette entrave à son fils.

Il se gratta la tête de soulagement, soulevant une mèche par-dessus les autres. Essylt le recoiffa, attendrie.

— Vous pouvez vous amuser, les enfants, les encouragea-t-elle.

Ils quittèrent leur table pour s'accaparer une partie de la salle de réception. La Reine confia le bijou d'une grande valeur à Jarlath pour qu'il le ramène dans leurs appartements.

— Majesté, me ferez-vous cet honneur ? s'enquit le Prince de Jirialc.

Elle accepta la proposition, désireuse de profiter de cette soirée malgré Calixte. Joueur, Tomás la fit tournoyer.

— Encore merci pour tout à l'heure.

— Je vous en prie. Notre amitié m'est chère.

— À moi également.

L'attention de la Reine dériva par-dessus l'épaule de son cavalier. Declan dansait en compagnie de Dymphna. Ses yeux verts se posèrent sur elle, de haut en bas, telle une caresse, un appel. Le désir qui consumait ses prunelles l'embrasa tout entière.

Elle écrasa le pied de Tomás.

— Excusez-moi, Altesse !

— Ce n'est rien, Majesté, je suis très résistant.

Inquiète à l'idée que quelqu'un remarque leurs échanges muets, elle fit en sorte d'adopter une attitude irréprochable. Tous les Rois la firent danser — être touchée par Domnall et Kane fut écœurant. Une fois libérée, elle s'assit à table pour reposer ses pieds et boire de l'eau.

— Tu es très élégante, ce soir, la complimenta Mazoe en s'asseyant à côté d'elle.

Les moments où elles pouvaient se tutoyer étaient rares et appréciables.

— Merci. Je voulais faire honneur à ton Royaume.

— C'est le cas.

Un éclat de rire attira leur attention. Au bras de son cousin, Niahm riait des paroles d'Yvain. Du haut de ses quatorze ans, elle ressemblait à une jeune femme dans sa robe marron et dorée.

— Ils se sont toujours si bien entendus.

— Cela fait plaisir à voir.

— Tout autant que ton adorable fils.

Les plus jeunes avaient entrepris de se poursuivre, pour une raison obscure. Dans la cohue de leur jeu, Réalta trébucha et tomba à genoux. Sa sœur Ailina poursuivit sa route pour attraper leur ainé Ryann.

Lucetmael en revanche délaissa le jeu pour se pencher vers elle.

— Tu vas bien ?

La petite acquiesça, faisant remuer ses deux nattes rousses. Le Prince lui tendit une main serviable, qu'elle saisit pour se redresser.

— Me-ci.

Ils s'observèrent un instant. Lucetmael mesurait une demi-tête de plus qu'elle. Cela ne l'empêcha pas de se pencher à nouveau pour épousseter la robe de la Princesse Réalta.

— Je rectifie ce que je viens de dire : le mot adorable n'est pas suffisamment fort, s'extasia Mazoe.

Fière de lui, Essylt eut envie de le couvrir de baisers. Ailina les rejoignit soudain et attrapa leurs mains pour les ramener dans le jeu.

— La Princesse Ailina est tout aussi adorable, commenta innocemment la Reine de Mebeaka.

Comprenant vers quel sujet s'orientait la conversation, les muscles d'Essylt se crispèrent.

— C'est certain.

— Tu n'as toujours pas accepté ces fiançailles, n'est-ce pas ?

Elle opina sous l'intensité de ses yeux clairs.

— Je m'en veux de ne pas avoir pu l'empêcher. Je ne veux pas causer son malheur.

— Rien ne prouve que ce sera le cas. Et tu n'as pas à t'en vouloir, tu as fait de ton mieux avec les circonstances. De plus, la royauté exige toujours des sacrifices. Lucetmael aurait fini par l'apprendre.

J'aurais préféré qu'il l'apprenne autrement.

Son attention dériva vers son mari. Calixte buvait en compagnie de Kane et Domnall, et les monarques riaient bruyamment, satisfaits d'eux-mêmes.

— Votre relation semble… conflictuelle, remarqua Mazoe, qui avait suivi son regard.

— C'est un euphémisme.

— Je suis navrée pour toi. Les évènements ont causé beaucoup de mal à ton mari et cela m'attriste. Je suis certaine que les choses vont s'arranger. Vous êtes jeunes et forts. Votre couple sortira grandi de ces épreuves.

Essylt la détailla tendrement.

— Je n'ai pas fait un mariage aussi heureux qu'il n'y parait.

Prise au dépourvu, sa grande cousine se tut. C'est l'instant que choisit Yvain pour inviter Essylt à danser.

Quelques musiques plus tard, le Roi Domnall se retrouva seul après avoir fait danser sa fille. Debout à côté d'une table, il détaillait ses invités.

Declan se plaça à sa droite, les mains jointes dans le dos.

— Ce bal est une réussite, Votre Majesté.

Le monarque le regarda du coin de l'œil.

— Merci, votre Altesse. J'espère que cela vous aura diverti.

Domnall termina son verre et eut un sourire de contentement.

— Je n'ai pas pu m'empêcher d'admirer vos magnifiques jardins, Majesté. J'ai ouï dire que vous êtes un passionné des plantes.

— C'est exact ! se ravit le souverain en lui frappant amicalement l'épaule. C'est mon passe-temps lorsque la royauté me le permet. Je prends un véritable plaisir à voir les plantes s'épanouirent.

— Je le comprends, c'est fort apaisant.

— Tout à fait.

Un domestique vint remplir leurs verres. Galvanisé par le compliment, Domnall trinqua bruyamment avec le Chef.

— Avant d'être exécuté, le Roi Luam a affirmé ne pas avoir commis toutes les tentatives d'assassinat à l'encontre de la Reine Essylt, déclara Declan sur le ton de la conversation.

Domnall se figea un court instant avant d'arborer une expression faussement intéressée.

— Il a dit cela ? Quelle basse mesquinerie de vouloir semer un tel doute.

— C'est également ce que j'ai pensé. Et c'est ce que j'aurais continué de croire si je n'avais pas remarqué les plants de mandragore dans votre jardin.

Le médecin royal était parvenu à identifier cette plante dans la boisson qui avait empoisonné Essylt. Elle ne pouvait pousser que dans le Sud du Continent et requérait une certaine expertise pour être cultivée et utilisée.

La joue du Roi tressauta.

— Il n'y a rien d'étonnant à cela, je cultive une grande partie de toutes les plantes connues.

— Certes, mais je n'ai jamais cru aux coïncidences.

Les yeux de Domnall s'assombrirent.

— Qu'insinuez-vous, Altesse ?

— Que vous avez fait empoisonner ma Reine, il y a cinq ans de cela.

— Cette accusation est absurde et insultante ! gronda-t-il tout bas.

— Elle est pourtant sensée, répliqua posément Declan. Parce qu'après Essylt, votre épouse Mazoe était la plus apte à monter sur le Trône de Rodorchna. Avec la lignée de magiciens éteinte, elle aurait été un choix aisé, puisqu'elle est la nièce de la défunte Reine Ailionora. Ainsi, vous auriez pu devenir le souverain de deux royaumes. Et avec toutes les tentatives d'assassinat, il aurait été facile d'imputer celle-ci au responsable des autres.

Ils se fixaient avec rancœur et assurance. Le monarque se pencha brusquement à son oreille.

— Vous ne pourrez jamais le prouver.

Les poings de Declan se serrèrent de dépit et de rage. Ses aveux le confortaient dans cette hypothèse qui l'obsédait depuis des heures. Néanmoins, il avait raison. Faire pousser une plante n'était pas une preuve. Domnall avait gardé l'arme de son crime dans son jardin et c'était d'une telle arrogance que Declan se contint difficilement de le frapper.

— Je vous conseille de vous tenir éloigné de ma Reine.

Loin de s'offusquer de cette menace, le monarque afficha un sourire tordu.

— Vous êtes un soldat très dévoué à sa souveraine, Declan. Vraiment très dévoué.

Le Chef ne montra aucune émotion.

— Je ne fais que mon devoir.

— Si cela vous plait de le prétendre, s'amusa Domnall. Quoi qu'il en soit, je vous déconseille d'en informer votre frère. Il est suffisamment instable pour déclencher une guerre et ni vous ni moi ne le désirons.

Enragé par sa suffisance, par sa remarque dépourvue de finesse et par le fait qu'il avait raison, Declan inclina la tête une unique fois avant de disparaître parmi les danseurs. Il préférait partir avant de commettre une erreur regrettable.

Le bal s'acheva quelques heures plus tard. Les monarques rentrèrent chacun dans leurs appartements, impatients de prendre un repos bien mérité. Lucetmael était couché depuis longtemps et Essylt s'empressa d'aller l'embrasser. Avec sa bouche grande ouverte, il était dans une position comique qui allégea son humeur.

Elle referma doucement la porte et se pétrifia en découvrant Calixte debout au milieu du salon. Elle était persuadée qu'il était parti se coucher.

— Tu as besoin de quelque chose ?

Il fit un pas chancelant vers elle. Un effluve d'alcool lui retourna l'estomac.

— Nous devons discuter.

— Ce n'est pas le moment. Tu es ivre et je suis fatiguée. Nous discuterons demain…

— Non.

Il leva ses bras puis indiqua le canapé.

— Nous discutons maintenant.

— Tu es absurde. Va te coucher, Calixte, s'il te plait.

Ses bras retombèrent le long de son corps. Ses yeux se remplirent de larmes.

— Es-tu si insensible à ma souffrance ?

— Bien sûr que non, affirma-t-elle en avançant vers lui. Ce n'est simplement pas le meilleur moment pour discuter.

— Si, tu l'es ! Insensible. Tu l'es. Tu n'as que faire de moi. Tu passes ton temps avec tout le monde, sauf moi.

Elle garda son calme malgré la douleur qui naissait dans son crâne. La fenêtre était ouverte et le vent enveloppa la pièce pour protéger le sommeil de Lucetmael.

— Calixte, nous n'avons de cesse de nous disputer, d'être en désaccord et de nous blesser. Tu ne peux pas me reprocher de chercher la compagnie d'autres personnes.

— Si, je peux ! J'ai détesté te voir avec Tomás tout à l'heure. Tu semblais si heureuse !

— Nous avions juste une conversation agréable. Tu es ridicule d'être jaloux de lui, c'est mon ami. Et il me demandait des conseils concernant sa demande en mariage, qui plus est.

— Ne dis pas que je suis ridicule ! J'ai le droit d'être possessif, tu es ma femme.

— Certes, mais les choses ne sont pas si simples. Tu le sais.

— Elles devraient l'être ! Tu es ma femme. J'ai tué ma mère pour toi. Ma propre *mère*. Et toi, que me donnes-tu en retour ? Rien. Absolument rien.

— C'est faux ! Je suis là pour toi, je règne à tes côtés, je…

— Mais ce n'est pas assez ! Moi, ce que je veux, c'est que tu m'aimes ! Je veux que tu m'aimes, Essylt !

Il se rapprocha d'elle et la poignarda de ses yeux noisette.

— Je veux que tu ne t'intéresses qu'à moi, que tu discutes avec moi plutôt qu'avec tous les autres ! Je veux que tu me consacres ton temps ! Je veux que tu te confies à moi ! Je veux que tu me rejoignes dans mon lit !

Une larme coula le long de sa joue pâle.

— Je veux que tu m'aimes, Essylt. Est-ce vraiment trop te demander ?

Il n'attendit pas de réponse, trop soûl et blessé. Il tangua jusqu'à sa chambre en se cognant à plusieurs meubles.

Tremblante, elle reprit difficilement son souffle.

L'amour, ou l'absence d'amour, peuvent-ils mener à la folie ?

XXIX

« Ce que j'ai accompli, je l'admire et le respecte comme si c'était les actes d'un autre. » Roi Guénolé de Bofursyle, 684.

Des bruits de chute réveillèrent la Reine. Elle ouvrit un œil en s'étirant.

— Majesté ? s'enquit Cleena dans l'encadrement de la porte. Voulez-vous quelque chose ?

— De l'eau.

— Tout de suite.

Essylt se redressa et repoussa ses cheveux de son visage. Elle avait eu du mal à trouver le sommeil à cause de sa dispute avec Calixte. Et d'après les chuchotements pressés de Cathan et Janae dans le salon, il devait être encore tôt.

Elle enfila un peignoir et les rejoignit, les yeux mi-clos. Les meubles avaient été poussés pour créer une aire de jeu pour le Prince, qui s'en donnait à cœur joie. Le commandant et la servante jouaient avec lui par terre.

— Majesté, se leva Janae avec une révérence.

— Continuez, ne vous gênez pas pour moi.

— Maman !

Lucetmael lui percuta les jambes, surexcité. Elle s'assit sur un canapé.

— Maman, je suis réveillé depuis longtemps, je t'attendais ! Tu veux jouer avec nous ?

— Pas tout de suite, mon trésor. Je vous regarde.

Il repartit en courant et sauta sur le dos de Cathan. Le commandant le fit passer par-dessus sa tête et le réceptionna pour lui faire des chatouilles. Le Prince poussa un cri aigu.

— Chut, votre Altesse, le Roi dort encore, le pria Janae.

Le Prince prit un air innocent avant de retourner à ses occupations.

Cleena donna un verre d'eau à Essylt, qu'elle but entièrement.

— Désirez-vous un petit déjeuner ?

— Quelle heure est-il ?

— Neuf heures passées.

Elle aurait cru qu'il était plus tôt que cela.

— Seulement quelques brioches, merci.

Elle plaça ses jambes sur le côté pour prendre une position plus confortable. Dans ce demi-sommeil cotonneux, ses pensées dérivèrent en direction de l'île mystérieuse.

Quand pourrai-je m'y rendre ? Dans quelles conditions ? Il parait impossible d'en parler à Calixte... Il chercherait forcément à m'en dissuader. Pire, à m'en empêcher. De toute façon, je ne veux pas qu'il vienne ou même qu'il sache.

Une nouvelle fissure s'était créée dans leur relation. Et les précédentes s'étendaient inlassablement.

Est-ce que partir sur l'île marquera la fin de notre couple ? Est-ce que cette étape dans ma vie mettra un terme à notre mariage ? Suis-je prête à oser pareille folie ?

Lucetmael bondit sur ses pieds en levant ses poings vers le ciel.

— J'ai gagné !

— Bravo, Altesse.

— Je veux ma revanche ! se plaignit Cathan.

Une porte s'ouvrit en grinçant. Les cheveux en bataille et les yeux injectés de sang, Calixte émergea de sa chambre. Lucetmael fonça pour lui octroyer le même bonjour énergique qu'à sa mère.

— Doucement, doucement. Retourne jouer.

Le Roi s'affala à côté de sa femme, qui fut assaillie par une odeur d'alcool nauséabonde. Cleena lui apporta de l'eau, qu'il but avidement.

— Quelle heure est-il ?

— Presque dix heures, Majesté.

Plongée dans ses pensées, Essylt n'avait pas vu le temps passer. Cela ne l'avait pas empêchée d'avaler deux brioches.

— À quelle heure avons-nous quitté le bal hier ?

Elle se tourna lentement vers lui.

— Tu ne t'en souviens pas ?

— Je me souviens de quelques danses, d'avoir bu en compagnie de Kane et Domnall, mais c'est tout. S'est-il produit un évènement notable ?

— Non, aucun.

— Bien.

Il s'enfonça dans les coussins du canapé et ferma les yeux. Bien qu'elle fût soulagée qu'il ne se remémorât pas leur dispute, les mots prononcés résonnaient encore en elle. L'alcool n'excusait rien ni la possessivité maladive ni les remarques blessantes. Calixte ne se souvenait peut-être pas de ce qu'il avait dit, mais il n'avait certainement pas oublié les raisons de sa rancœur et de sa jalousie.

Une heure plus tard, ils se préparèrent pour rejoindre les autres invités. Installés dans un salon, les plus courageux d'entre eux discutaient, les traits tirés de fatigue.

La vision de Declan, le teint frais et la barbe rasée de près, la réchauffa. La distance imposée entre eux était une torture, mais elle l'était moins lorsqu'ils étaient dans la même pièce.

Lucetmael était plus en forme que les autres Princes, qui étaient assis sur d'autres canapés, amorphes. Il entreprit donc de jouer seul, les Princesses de Vuai n'étant pas là.

— Je suis heureuse que vous restiez encore quatre jours, lui confia Mazoe. Nous aurons le temps de discuter à notre aise quand les autres monarques seront rentrés chez eux.

— Oui.

Essylt redoutait les questions qu'elle allait lui poser, parce qu'elle n'aimait pas mentir.

Dymphna arriva avec ses deux filles et se précipita auprès d'Essylt.

— Votre fils est toujours si plein de vie, Majesté.

— Oui, c'est une prouesse de l'enfance.

— Ailina, montre ce que tu as apporté au Prince Lucetmael, l'apostropha la Reine de Vuai.

Une servante suivait la Princesse et déposa un coffre rempli de jouets.

— J'adore quand ils s'amusent ensemble. Ils sont déjà si amis, s'extasia Dymphna.

— Oui…

Essylt fut interrompue par l'entrée précipitée de ses commandants et du capitaine Tier. Ils encadraient un soldat bofursylien échevelé, aux jambes couvertes de boue. Tous les convives se figèrent face à cette vision inattendue.

— Vos Majestés, toutes nos excuses, débuta Jarlath, toujours très diplomate, mais cet homme vient d'arriver de Bofursyle et dit avoir un message urgent pour le Roi.

— Il fait partie d'une des garnisons restées au château de Bofursyle, ajouta le capitaine personnel de Calixte.

Le soldat s'avança, les joues rouges d'être sous le feu d'une telle attention. Il se retourna et tressaillit en découvrant toute la saleté qu'il répandait dans son sillage.

— Toutes mes excuses, Vos Majestés.

Il se plia en deux pour faire la révérence et de la poussière s'échappa de ses cheveux sales. Encore plus gêné, il se redressa et pâlit.

— Je suis désolé…

— N'ayez crainte pour le désordre, soldat, l'interpella Domnall. Délivrez votre message.

Il opina, reconnaissant, puis se mit à genoux devant Calixte, assis sur un fauteuil. Troublée par l'angoisse du messager, Essylt se leva, les larmes aux yeux.

— Votre Majesté, je suis navré de vous l'annoncer mais… Votre père est mourant. Les médecins lui ont découvert une grosseur. Il réagit bien aux décoctions, mais les médecins affirment qu'il lui reste peu de temps à vivre. C'est pourquoi j'ai traversé tout le Continent pour venir vous en informer. J'ai chevauché nuit et jour, Majesté. Si vous partez sans délai, les médecins pensent que vous pourrez lui dire adieu.

Le visage de Calixte s'était effondré au fil des phrases. Sa douleur percuta Essylt en même temps que celle de Declan. Assis plus loin, il fixait le messager sans le voir. Dévastée par leur peine, les convenances la forcèrent à poser une main compatissante sur l'épaule de son mari.

— Je suis sincèrement désolée que Guénolé soit malade, Calixte.

— Je veux le voir…

— Bien sûr. Nous partons sans délai.

Elle fit un signe de tête entendu à ses commandants, qui en informèrent leurs soldats.

— Merci d'avoir chevauché aussi rapidement jusqu'à nous. Vous avez notre gratitude éternelle, remercia-t-elle l'homme à genoux.

Le Roi se mit debout, livide. Declan se plaça devant lui et ils se prirent dans les bras, dans un mélange de rudesse et de tendresse saisissante. La gorge nouée par l'émotion, la Reine sourit du bout des lèvres aux monarques.

— Je suis désolée, Vos Majestés, mais nous allons vous quitter plus tôt que prévu.

— Ce n'est rien, affirma Mazoe, qui s'était ressaisie la première. Je vais demander à l'intendance de vous aider à préparer votre départ. Si vous avez besoin de quoi que ce soit, n'hésitez pas. J'espère que vous arriverez à temps et je suis désolée.

— Merci.

Les deux frères sortirent sans un mot et pour une fois un tel manquement au protocole ne leur serait pas reproché. Ressentant leur état de choc, Essylt prit une grande inspiration. Pour eux, elle devait être forte.

— Je laisse Lucetmael en vos compagnies le temps de tout préparer, si cela ne vous ennuie pas.

— Nullement, Majesté.

— Ne vous en faites pas, il peut rester s'amuser, affirma Dymphna, en essuyant discrètement sa joue.

Essylt leur fit un signe de tête reconnaissant avant de suivre son mari et Declan.

— Les soldats, les filles et les écuries sont déjà prévenus, l'informa Jarlath tout bas.

— Bien.

Une fois dans leurs appartements, Calixte et Declan s'assirent dans le salon pour discuter, tandis qu'Essylt gérait les préparatifs. Deux heures plus tard, ils montèrent dans les carrosses chargés, après des au revoir brefs et peinés.

Ils ne s'arrêtèrent qu'une fois la nuit tombée dans une auberge trop petite pour accueillir tous leurs hommes, qui durent dormir à la belle étoile. Forcée de partager la chambre de son mari, la Reine se coucha près de lui avec appréhension.

— Merci de t'être occupée de tout, chuchota-t-il dans le noir.

— Je t'en prie, c'est normal.

— Tu aurais pu rester avec Lucetmael en Mebeaka. Afin de consolider nos alliances politiques.

— Nous n'avons besoin d'aucune consolidation. Et il était inconcevable que je ne vienne pas. Je veux être présente pour toi et dire au revoir à Guénolé, moi aussi.

Il se tourna sur le flanc pour lui faire face.

— Merci. Ça me touche énormément.

— Cesse de me remercier. Dormons, un long voyage nous attend.

Timidement, il saisit sa main et serra tendrement ses doigts. Émue par sa reconnaissance, elle sombra dans le sommeil.

Les journées qui suivirent furent éreintantes. Ils n'avaient pas l'habitude de voyager à un rythme si soutenu et de manquer de confort. Qui plus est, partager l'intimité de son mari oppressait Essylt, qui craignait chaque nuit qu'il tente de la posséder. Heureusement, l'urgence de la situation et le chagrin de bientôt perdre son père accaparaient trop Calixte pour chercher une étreinte charnelle.

Ils passèrent par le Sud de la Guanile, puis par le Nord-Est de la Rodorchna et longèrent le lac d'Ela en Bofursyle par l'ouest afin d'atteindre le château, en seulement dix-huit jours. Une prouesse pour une procession aussi grande.

Lorsque les chevaux s'arrêtèrent dans la cour, Calixte et Declan sortirent en courant. Essylt prit Lucetmael dans ses bras et les suivit à distance, inquiète. Le vent lui porta les paroles d'un intendant.

— Son Altesse Guénolé est toujours parmi nous, mais son état s'est aggravé. Je suis désolé, Majesté, Altesse.

Les deux frères poursuivirent leur route en direction des appartements royaux. À quelques couloirs de la chambre de Guénolé, Essylt se figea. Elle ne voulait pas les déranger, tout en sachant qu'ils auraient besoin d'elle. Tous les deux. Elle n'était parvenue à échanger que quelques phrases en privé avec Declan. Il s'était montré fort, mais elle savait. Aucun mot ne pouvait lui cacher ce qu'il ressentait.

Guénolé l'avait recueilli à la mort de son père naturel. Il l'avait élevé, lui avait donné un toit et un titre. Il avait fait de lui un soldat légendaire et un homme honorable. Declan lui devait énormément. Declan lui devait tout. Et il l'aimait. Malgré ce qu'il avait pu faire à Essylt, malgré ses manigances, il l'aimait comme un fils aime son père.

— Mon trésor, va avec Cleena. Elle va te faire prendre un bon bain chaud et ensuite tu auras le droit de manger ce que tu veux.

Elle le confia à la gouvernante, qui l'avait docilement suivie. Il se retint à sa robe.

— Je veux rester avec toi.

Sensible à ses émotions, il sanglotait.

— Je reviendrai vite, mon trésor, c'est promis. Maman a besoin que tu sois un grand garçon et que tu prennes ton bain. D'accord ?

Il opina pour lui faire plaisir.

Dans le salon spartiate des appartements de Guénolé, des médecins et des domestiques attendaient avec une expression attristée. Ils s'inclinèrent devant la Reine, qui entra à contrecœur dans la chambre du mourant.

Elle n'avait jamais vu quelqu'un d'aussi pâle. Son visage ridé était d'une blancheur terrifiante, qui contrastait avec les draps bleus. Les yeux fermés, il respirait difficilement, profondément endormi. Agenouillé à côté de lui, Calixte tenait délicatement l'une de ses mains parcheminées en chuchotant.

Debout devant ce lit qui paraissait immense — Guénolé s'était énormément amaigri en quelques mois — Declan les contemplait sans les voir, les joues sillonnées de larmes.

La souffrance de son époux et de son amant la percuta de plein fouet, mais elle n'était rien comparée à la douleur de Guénolé. Plus diffuse, plus profonde, plus aigüe. Instinctivement, ses dons l'enveloppèrent pour analyser ses maux. Le cœur lourd de chagrin, elle créa de la vie et la répandit en lui pour apaiser sa douleur.

Trop bouleversée pour rester, elle retourna dans le salon. Une présence solaire dans son dos la fit tressaillir.

— Laissez-nous, je vous prie.

L'ordre du Chef n'attendait pas de répartie. La pièce se vida. Essylt reprit son souffle puis se retourna.

— Je suis tellement désolée…

— Peux-tu l'aider ?

Ses yeux verts brûlaient d'espoir. Il prit ses mains, trop emporté pour songer au protocole.

— Peux-tu le guérir ? Et lui donner de la vie pour qu'il reprenne des forces ? Je sais que tu as déjà guéri plein de blessures et…

— Declan…

Elle serra tendrement ses mains.

— Oui, mais je ne sais pas si je peux le guérir complètement. La maladie est très avancée et… la mort est là.

— Peux-tu la repousser ? Peux-tu…

— Je le peux, murmura-t-elle. Mais je doute que ce soit le souhait de ton père.

Il lâcha ses mains, dans un geste de rejet qui la meurtrit. Elle préférait cependant le blesser avec la vérité que de le conforter dans un odieux mensonge.

— Declan, cela fait tant de mois que ton père est malheureux… Il ne s'est jamais remis de la mort de sa femme. Il a eu une longue vie et je sens qu'il est prêt à la quitter. C'est ce qu'il souhaite et j'estime ne pas avoir le droit d'aller à l'encontre de son choix.

Il recula et tira ses cheveux en arrière, faisant saillir ses pommettes rouges et ses mâchoires serrées. Sa détresse la faisait se sentir tellement impuissante.

Lentement, il opina.

— Je vais donc… lui dire adieu.

— Oui. Il le faut.

Il retourna dans la chambre et elle le suivit. Elle traversa la pièce et serra l'épaule de son mari.

Les paupières de Guénolé papillonnèrent, dévoilant ses yeux dorés ternis par la fin. Il les regarda chacun leur tour puis afficha un sourire tremblant.

— Vous êtes enfin là. Je vous attendais.

Un sanglot secoua Calixte.

— Nous sommes là, Père, assura Declan en prenant son autre main.

— Où est Lucetmael ? articula-t-il lentement.

— Dans nos appartements. Mais je peux le faire chercher si vous le souhaitez. J'ai pensé que…

— Non, ma douce, vous avez eu raison. Il est trop jeune. Et je ne veux pas que ce soit le dernier souvenir qu'il ait de moi.

Elle acquiesça en luttant vaillamment contre ses larmes. Les yeux de Guénolé rencontrèrent les siens, emplis de sagesse et d'affection.

— Merci de m'avoir donné un si merveilleux petit-fils, ma bru. Et de faire partie de notre famille.

— Je vous en prie. Merci de m'avoir accueillie chez vous et de m'avoir tant appris.

— Cela a été l'un des plus grands honneurs de ma vie.

Une violente quinte de toux le fit se redresser. Ses deux fils le soutinrent.

— Ma douce, Calixte, pouvez-vous nous laisser un instant ? J'aimerais parler seul avec Declan. Puis avec toi, Calixte.

— Oui, Père.

Le Roi sortit par automatisme, redevenant un fils qui obéit à son père. Sa femme le suivit jusqu'au canapé où il s'écroula. Elle l'enlaça fermement.

Declan posa son front contre la main de Guénolé.

— Je suis désolé.

Décontenancé, le Chef se recula pour détailler le mourant.

— De quoi t'excuses-tu ?

— Je suis désolé d'avoir gâché ta vie, Declan.

Il fit non de la tête.

— Ne dis pas de sottises. Tu n'as rien gâché du tout. Tu as fait de moi un grand soldat.

— Certes. Mais j'ai aussi fait en sorte que la femme que tu aimes en épouse un autre.

Abasourdi, il ne bougea plus.

— Que… Je te demande pardon ?

— Tu as très bien entendu, chuchota-t-il avant de déglutir péniblement. J'ai mis tant de temps à comprendre… Quel sot j'ai été ! Ton amour pour Essylt est aussi évident que le soleil au milieu du ciel. Mais peut-être est-ce parce qu'il est si évident que je n'en ai pas pris conscience plus tôt. D'une certaine manière, j'ai préféré l'ignorer, parce que cet amour ne concordait pas avec mes ambitions politiques. Et j'en suis sincèrement désolé, mon fils, car les choses auraient peut-être pu se dérouler différemment. Pourras-tu me le pardonner ?

De tout ce que son père aurait pu lui confier sur son lit de mort, c'était la dernière chose qu'il s'était attendu à entendre.

— Je ne sais pas, Père.

Contre toute attente, il émit un rire caustique.

— Tu as toujours été si réfléchi.

— Ce n'est pas ce que tu disais de moi lorsque j'étais enfant.

— Parce que tu n'étais qu'un enfant. Mais tu as toujours été d'une grande intelligence et ton instinct est redoutable. C'est pour cela que je t'ai choisi pour tuer le Roi Mil et ses fils. Je ne l'ai jamais regretté.

— Il m'est arrivé de le regretter.

— Encore maintenant ?

— Non. Plus maintenant.

Guénolé gémit en essayant de se pencher vers lui, ses yeux dorés brillants d'angoisse.

— J'ai encore besoin de toi.

— Pour tuer quelqu'un ? railla Declan.

— Non. Pour sauver quelqu'un.

Il hocha la tête, le cœur dénué de colère. Malgré les différends évoqués, il ne pouvait pas ne pas obéir à ses ordres.

Une toute dernière fois.

— Il faut que tu protèges Lucetmael de Calixte.

Surpris, Declan fronça les sourcils et se pencha davantage vers lui pour chuchoter.

— Pourquoi ? Il est la prunelle de ses yeux. Calixte est peut-être instable en ce moment mais il ne lui fera jamais de mal.

— Calixte n'est plus lui-même, souffla Guénolé. Un Roi lunatique est plus dangereux qu'une armée, parce qu'on ne peut pas prévoir ses prochains mouvements. Cela s'appliquait au Roi Mil et j'ai peur que cela s'applique également à ton frère. Calixte souffre et il fait souffrir Essylt. Et je crains que cela ne fasse qu'empirer…

— J'en ai peur aussi…

La gorge nouée, Declan ne réalisait pas qu'ils avaient une telle conversation. Suggérer que le Roi n'était plus capable de régner correctement était un acte de trahison. Et que son propre père insinue qu'il devenait dangereux, c'était tout bonnement inconcevable.

— Il faut que tu protèges Lucetmael. J'ai peur de l'influence que Calixte pourrait avoir sur son fils.

— Ce n'est pas son fils.

Les mots s'étaient échappés tous seuls, tels des prisonniers enchainés depuis trop d'années aux murs de son cœur.

Une peur viscérale s'empara de lui. Son père adoptif s'enfonça un peu plus dans les oreillers, ahuri.

— Alors… C'est le tien ?

— Oui.

— Sans aucun doute ?

— Essylt l'a affirmé.

Guénolé déglutit puis acquiesça, l'esprit embrumé par tout ce que cet aveu signifiait.

— Dans ce cas, protège ton fils, Declan, ordonna son père avec une ferveur renouvelée, la voix chevrotante. Il est le seul héritier des deux royaumes et mon unique petit-enfant. Protège-le de Calixte, ainsi qu'Essylt. Protège-les quoi qu'il t'en coûte.

Dans la Salle du Trône, le silence écrasait les épaules vêtues de noir. Ambassadeurs, intendants, conseillers, nobles et monarques se recueillaient solennellement autour du cercueil scellé.

La Reine fixait ses mains jointes sans les voir. À côté d'elle, la raideur de son mari la faisait frissonner.

Guénolé les avait quittés quelques heures après leur arrivée. L'ancien souverain avait lutté contre la maladie assez longtemps pour dire au revoir à ses fils. Après Declan, c'était Calixte qui était resté auprès de lui. Il était ressorti de la chambre après que son père ait expiré son dernier souffle.

Pour le soulager de ses devoirs, Essylt s'était levée à l'aube les jours suivants, afin de gérer les royaumes et de planifier les funérailles. Les aristocrates étaient arrivés la veille pour rendre hommage à un homme qui avait marqué son temps.

Sur un signe discret de Calixte, les soldats soulevèrent le cercueil et ils se dirigèrent d'un pas lent vers la crypte familiale, où reposaient tous les monarques de Bofursyle. Dubheasa en faisait partie, bien qu'elle n'ait pas eu une telle cérémonie. Calixte fut le seul à entrer dans la crypte lugubre pour indiquer l'emplacement réservé à son père. Les soldats en ressortirent, et Essylt et Declan patientèrent devant jusqu'à ce que le Roi remonte, le visage fermé.

Le diner fut simple et formel. Les nobles entreprirent de raconter un souvenir de Guénolé qui leur était cher et Essylt trouva l'initiative très touchante. Ce fut moins le cas de son époux, qui ne prononça pas un mot de tout le repas. Il ne parla pas davantage une fois dans leurs appartements et s'enferma dans sa chambre. Ne sachant comment l'aider, la Reine congédia ses servantes et s'allongea tout habillée sur son lit, dans un silence glacé. Pour se réconforter, elle libéra ses pouvoirs, qui observèrent instinctivement Lucetmael assoupi dans la pièce voisine.

Un froissement l'alerta qu'une autre lumière magnifique approchait. Les pierres coulissèrent en silence, dévoilant Declan dans ses habits de cérémonie.

— Oh…

Elle courut se réfugier dans ses bras. Il n'avait pas emprunté le passage secret depuis qu'ils étaient rentrés. Ils avaient été tous deux bien trop occupés et les heures de sommeil se faisaient rares. Mais la fatigue n'existait plus aujourd'hui.

— Je te présente toutes mes condoléances. Je suis désolée, mon amour.

Il opina en la serrant plus fort. Puis il l'embrassa et cette merveilleuse sensation apaisa un peu la douleur.

— Depuis combien de semaines n'ai-je pas goûté au parfum de tes lèvres ? chuchota-t-il en enfouissant ses mains dans ses cheveux.

— Ne me force pas à les compter…

Ils se déshabillèrent mutuellement, les yeux dans les yeux, puis s'unirent férocement, pour éloigner la souffrance et la mort. Ce fut une étreinte brève et passionnée qui les laissa essoufflés entre les draps.

— Je t'aime tellement.

Elle l'embrassa encore, assoiffée de lui. Il lui caressa le dos et elle se recula à contrecœur.

— Nous devons discuter.

Ils le pouvaient enfin sans craindre que leurs mouvements soient reportés à Calixte. Ce passage secret entre la chambre de la Reine et la salle de bains du Chef était un incroyable coup de chance.

Ou un clin d'œil malicieux du destin.

— Je n'ai pas eu le temps de te remercier.

— Pourquoi ?

— Pour avoir été honnête, quand Guénolé se mourait. Cela n'a pas dû être facile, et je te remercie d'avoir respecté sa volonté.

— Tu n'as pas à me remercier de cela, dit-elle en caressant sa joue. Je serai toujours là pour toi.

Il embrassa le creux de sa main, ému.

— Comment te sens-tu ?

Il empila les coussins dans leurs dos pour qu'ils puissent s'asseoir.

— Je crois que je ne réalise pas encore que je ne le reverrai jamais. Mais ma souffrance est apaisée par le fait qu'il a eu une longue vie.

Elle prit sa main et serra ses doigts.

— C'est certain. C'était un grand homme. Et il était très fier de toi.

— Je le sais.

Il se frotta le visage. Les quelques bougies éparpillées dans la chambre leur permettaient de se voir, tout en conférant à la pièce une atmosphère propice aux confidences.

— Quelque chose t'inquiète ? déduisit-elle de ses gestes.

— Oui, les dernières paroles que mon père a dites… Il m'a dit de vous protéger, toi et Lucetmael, de Calixte. Parce que son instabilité devient dangereuse.

L'évoquer à haute voix était d'autant plus troublant. Elle se rapprocha de lui.

— Je m'inquiète aussi pour Calixte… Il était déjà tellement changeant et contradictoire, et la mort de Guénolé ne va rien arranger…

Elle se tut, reprit sa respiration puis ajouta :

— Il y a quelque chose que je ne t'ai jamais dit.

Il grimaça de culpabilité.

— Moi aussi. Et je m'en veux…

— Je suis certaine que je vais te le pardonner, affirma-t-elle sans le moindre doute. Nous en discuterons plus tard. Cette information concerne Calixte.

— Je t'écoute.

Il repoussa les aveux de Domnall dans un coin de son esprit.

— Quand Dubheasa est morte, j'ai entendu les derniers mots qu'elle a prononcés. Elle a appris à Calixte que Guénolé n'était pas son père.

Les paupières du Chef papillonnèrent plusieurs fois de surprise.

— Tu es en train de me dire que Dubheasa avait un amant avec lequel elle a eu Calixte ?

— De toute évidence.

Declan posa sa tête contre le mur, la bouche grande ouverte.

— Celle-là, je ne m'y attendais pas…

Il se massa le front tandis que toutes les informations faisaient sens.

— C'est d'une ironie déplacée, quand on y pense. Guénolé n'est pas le père de Calixte, Calixte n'est pas le père de Lucetmael…

— Effectivement. Mais ce n'est pas le plus important : Calixte n'a aucun droit de régner sur la Bofursyle.

— Oui, enfin plus personne n'en a puisque Guénolé est mort.

— Oui.

Ils gardèrent le silence, conscients de la gravité de tout ceci.

— Calixte sait qu'il n'a aucun droit de régner, remarqua Declan, inquiet. Cela n'a pas dû aider à l'apaiser ces dernières années.

— Je pense que cela explique pourquoi il tient tant à ce que les autres monarques nous considèrent comme des égaux et voient en Lu un héritier fort.

— Très certainement.

— Et avec Guénolé qui n'est plus, je doute que son comportement s'améliore.

— J'en doute aussi.

Un nouveau silence les enveloppa, encore plus angoissé que le précédent.

— Tu veux que nous partions sur l'île, n'est-ce pas ?

Le sujet tant attendu était enfin évoqué. Cela faisait deux mois que le journal de Meallán était en sa possession, mais ils n'avaient pas eu l'occasion d'en discuter.

Elle se décala pour s'asseoir en tailleur en face de lui et prit tendrement ses mains.

— L'île m'appelle. Ou les pierres, je ne sais pas. Tout ce que je sais, c'est qu'elles doivent être réunies. C'est la raison de cet appel.

— Je comprends parfaitement. J'ai lu deux fois le journal et eu plus d'une insomnie à réfléchir à tout ça. Mais comment veux-tu procéder ? Calixte ne voudra jamais que tu entreprennes un tel voyage. Et d'ailleurs, je ne suis pas plus enthousiaste, car tu n'as aucune idée du temps que cela va prendre ni de si la destination est sûre. Et s'il y avait d'autres magiciens là-bas ? Tu risquerais d'être emprisonnée, voire pire, tuée. Et que vas-tu faire, réunir les pierres et les laisser là-bas ? Ou les ramener toutes ici ? Que feras-tu de Lucetmael pendant ce temps-là ?

Elle l'embrassa pour interrompre son monologue.

— Oui, il y a énormément de points sur lesquels il va falloir réfléchir, et non, je n'ai pas encore toutes les réponses. Mais, Declan… Je dois y aller. C'est inscrit en moi. Je le ressens au plus profond de mon cœur. C'est aussi intense que l'amour que j'éprouve pour Lucetmael et pour toi. Et tout aussi essentiel.

Il se noya dans le bleu de ses yeux, puis prit son visage en coupe entre ses mains avec vénération.

— Je viendrai avec toi. Et tu ne pourras pas m'en empêcher.

— Je ne comptais pas t'en empêcher. Et nous emmènerons Lucetmael également.

— Tu es certaine ? Et si…

— Je pense que l'île est déserte. Je ne peux pas en être certaine tant que nous n'y serons pas, mais je pense que Lucetmael doit venir. De toute façon, nous ne pourrons pas le laisser sur le Continent.

— Pourquoi ?

— Je ne peux pas informer Calixte de tout ceci. Il m'en empêcherait. Et je ne souhaite pas partager cette partie de ma vie avec lui. Il ne le mérite pas. Nous allons donc devoir partir en secret, depuis la côte rodorchnienne.

— Mais partir tous les trois… Tu réalises les conséquences ?

— Oui.

Les larmes lui montèrent aux yeux.

— Je quitterai Calixte. En partant ou en revenant, peu importe. Ce voyage marquera la fin de notre mariage.

Il la saisit par les épaules, terrifié.

— Tu es sûre ? Mais comment ferons-nous ? Vous êtes monarques, tu ne peux pas…

— Je peux tout ce que je veux, affirma-t-elle, les yeux flamboyants. Calixte n'est pas le père de Lucetmael. Il est Roi de Rodorchna parce que je le lui ai permis. Et je ne le permettrai plus. J'en ai assez de tous ces mensonges, Declan. Assez de jouer les épouses parfaites. Je suis Reine et par conséquent, je ferai ce que je souhaite. Peu importe à quel point ce sera difficile. Peu importe ce qu'on dira de moi, ce qu'on dira de nous. Je n'ai plus peur. Je ne suis plus faible ou impressionnable. Je suis forte, puissante et déterminée. Déterminée à vivre ma vie comme je la souhaite. Déterminée à la partager avec toi.

Elle posa son front contre le sien.

— Nous affronterons tout, ensemble. Ce voyage mystérieux, la vérité sur mes origines et tout ce qui se présentera ici à notre retour. Je suis peut-être une femme adultère, mais j'ai la conviction que le peuple rodorchnien me le pardonnera. Et si ce n'est pas le cas, nous protégerons au mieux notre fils. Si nous le souhaitons, nous pourrons même retourner vivre sur cette fameuse île aux paysages magnifiques…

Il agrippa sa nuque.

— Je ne veux pas que tu renonces à tout ce que tu as pour moi. Je ne veux pas non plus que nous mettions Lucetmael en danger juste pour nous aimer.

— Juste pour nous aimer ? répéta-t-elle en enfonçant ses ongles dans son bras. Mais l'amour est ce qu'il y a de plus important. L'amour est plus précieux que l'argent, le pouvoir et la royauté. Je l'ai ignoré pendant trop d'années et je ne commettrai plus cette erreur. Je ne veux pas que notre fils ignore qui il est et qui est son père. Je veux qu'il soit élevé en sachant que ses parents ont fait ce qui leur semblait juste. Je veux qu'il soit fier de nous, peu importe où tout ceci nous mènera.

— Même si… Même si vous perdez le Trône de Rodorchna ? chuchota-t-il.

— Je préfère le perdre que de ne pas en être digne.

Pour lui, elle l'était encore, malgré tous ses mensonges, parce que ses intentions avaient toujours été bonnes envers son peuple. Il comprenait néanmoins son besoin d'être honnête. Ils mentaient depuis tant d'années que l'idée de dire la vérité était devenue terrifiante.

— Nous ferons tout ce que tu voudras. Je n'ai jamais su te dire non…

Elle rit, soulagée, et l'embrassa passionnément. Sans lui, ce voyage lui semblait irréalisable.

— Tu rends-tu compte de tout ce que nous avons à faire ? Il va falloir acheter un bateau, déterminer qui vient avec nous, prévoir des vivres, préparer ton absence…

— Je sais. Nous avons le temps. D'autant plus que je ne me vois pas quitter Calixte maintenant. Il vient de perdre Guénolé, je ne peux pas lui faire cela. Et j'aimerais m'assurer qu'il n'est pas trop instable avant de partir. Je le dois au peuple bofursylien.

Il acquiesça, puis prit sa main pour se lever. Ils se rhabillèrent pour entrer discrètement dans la chambre princière. Lucetmael dormait, roulé sur le flanc. Declan caressa ses cheveux, impatient de le tenir dans ses bras.

Ils n'évoquèrent pas les préparatifs qui les attendaient, ni dans quel état désastreux leur départ plongerait Calixte. Ils préférèrent savourer le sentiment de liberté qui se profilait enfin, salvateur.

XXX

« Ce n'est pas parce que vous pouvez le faire que vous devez le faire. » Proverbe vuainien.

Le Roi n'avait pas pleuré la mort de son père. Ni en public ni en privé. Inquiète de ce manque de réaction, Essylt observait son mari reprendre sa routine royale, impuissante. Calixte se levait tôt, croisait le fer avec Declan, gérait les affaires avec efficacité et se montrait charmant avec les nobles au diner. C'était comme si rien ne s'était produit. Le monarque adoptait un comportement exemplaire, fort et avenant.

Derrière les portes closes des appartements royaux, tout était différent. Calixte ignorait sa femme comme si elle n'existait pas, alors qu'il la complimentait devant les nobles. Il admonestait Lucetmael à la moindre erreur, que ce soit un coude négligemment posé sur la table du petit déjeuner ou un verbe mal conjugué. Le Prince n'osait plus bouger en présence de son père, au grand désespoir d'Essylt qui ne voulait pas que son fils vive dans la peur.

L'angoisse de la Reine était apaisée toutes les nuits par son amant. Elle pouvait aussi compter sur ses amies, qui lui offraient des moments loin de ses soucis et de ses devoirs. Saraid et Luíseach étaient venues rendre hommage à Guénolé et comptaient rester jusqu'à la mi-novembre. Essylt ne le leur avait pas demandé, elles avaient simplement affirmé qu'elles souhaitaient profiter de l'automne bofursylien, ce qui était un adorable mensonge.

La présence de Caitlyn, Delyth, Lauryn, Caoilfhionn et Muirenn était tout aussi bienfaitrice, surtout qu'elles avaient apporté avec elles leurs enfants. Hannraoi, Luaine, Braonáin, Flaithri, Dymphna et Máda formaient une horde énergique allant de sept à un an. Ils ensoleillaient le château austère et la vie de Lucetmael, qui était autorisé à se comporter en enfant avec eux.

Après une énième journée harassante, Essylt put retrouver les nobles dans le salon avant le diner. Les hommes étaient occupés dans la partie opposée à celle des enfants, afin d'avoir un peu de calme. Les femmes quant à elles dégustaient un verre de vin en se racontant des anecdotes croustillantes. Les bruissements de leurs robes et leurs exclamations formaient un tumulte moins impressionnant que celui de leur progéniture.

— Je vous assure, elle a osé me dire cela ! Quel toupet ! s'esclaffa Caitlyn, les joues rougies.

— Cesse de remuer dans tous les sens, la réprimanda Delyth. Ton pauvre bébé n'a aucun répit.

Enceinte d'un peu plus de quatre mois, le ventre de la Baronne était déjà visible. La maternité lui seyait à ravir et lui conférait une énergie sidérante.

— Il va très bien, la rassura-t-elle. Il sera en pleine forme en venant au monde.

— S'il est aussi actif que vous, vous n'avez pas fini de courir, rit Luíseach.

— J'ai des nourrices pour cela.

Des cris particulièrement aigus les firent grimacer. Plusieurs nourrices se précipitèrent pour calmer les enfants.

— Le château va bientôt être trop petit si vous continuez à toutes avoir des enfants, les taquina Essylt.

— Il est vrai qu'ils commencent à être nombreux, s'amusa Delyth avec un regard adorateur pour Flaithri, qui s'amusait à se cacher avec Máda et Luaine.

— J'espère qu'un second héritier royal agrandira bientôt leur groupe, déclara Caoilfhionn avec enthousiasme.

Les aristocrates bofursyliennes se tournèrent prudemment vers leur souveraine, débordantes d'espoir et d'appréhension. C'était là un sujet extrêmement délicat.

— La véritable question est de savoir quand nos deux dernières amies célibataires se décideront enfin à prendre époux, dit Saraid d'un ton malicieux pour détourner la conversation.

L'attention se porta sur Luíseach et Lauryn, assises côte à côte.

— Ce n'est pas encore pour tout de suite, indiqua la conseillère rodorchnienne.

— Nous attendons le bon, ajouta la Comtesse.

— Vous n'avez pas hâte d'être mère ? s'étonna Caitlyn.

— Je ne trouve pas la maternité nécessaire pour me définir, répondit Luíseach avec sa simplicité et son honnêteté coutumières.

L'apparition de Braonáin mit un terme au débat. Le petit Baron âgé de trois ans s'approcha discrètement de la table pour prendre un amuse-bouche.

— Tout va bien, Braonáin ? Tu t'amuses bien ? s'enquit Muirenn d'une voix douce.

Orlaith était décédée depuis sept mois et elles s'inquiétaient toutes pour son fils. Il était trop jeune pour se souvenir d'elle, mais suffisamment grand pour remarquer son absence. Depuis que sa mère était morte en mettant au monde son petit frère, il était devenu très turbulent, comme en attestait le désordre derrière lui.

— Oui. J'ai faim.

— Nous allons bientôt passer à table, promit Essylt en replaçant son haut. Tu n'es pas trop déçu que Marban ne soit pas là ?

Le dernier-né avait été laissé au manoir avec ses nourrices. Une décision qui les attristait, car elles auraient aimé prendre soin du second fils d'Orlaith.

— Non. Je l'aime pas.

Il prit une autre petite quiche et repartit en courant.

— Le pauvre petit…

— J'espère que cette rancœur pour son frère disparaitra, commenta Caoilfhionn.

— Il manque de discipline, contra Caitlyn. Lysander ne le réprimande jamais.

Elles jetèrent un regard au Baron, trop occupé à boire et à rire avec le Roi.

— Il est temps de passer à table, décida Essylt en se levant, pour couper court à toutes médisances inutiles.

Lysander était certes plus préoccupé par l'alcool et par les femmes que par l'éducation de ses fils, il n'empêche que la Reine ne souhaitait pas qu'elles se complaisent dans la critique. Par respect pour les petits et pour la mémoire d'Orlaith.

Une table était réservée aux enfants à côté de celle des adultes, qui les surveillaient. Les bonnes manières à table étaient les premières inculquées et les plus importantes en société. Essylt était moins exigeante que Calixte dans ce domaine.

Alors qu'elle faisait son possible pour ignorer son mari qui parlait trop fort, la Reine sursauta en sentant une main tirer sur sa robe.

— Mam… Mère, je suis fatigué.

Le Prince s'était repris juste à temps. Elle recula sa chaise pour qu'il puisse l'enlacer.

— Je sais, mon trésor, la journée a été longue. Dès que vous aurez terminé de manger, tu pourras aller au lit.

Depuis trois jours, Lucetmael passait ses matinées avec un précepteur. Calixte souhaitait qu'il commence à étudier le plus tôt possible. Si cela n'avait été que pour apprendre à bien manier une plume ou à réciter quelques chansons, Essylt ne s'en serait pas agacée. Mais le Roi voulait que son fils commence à savoir lire et écrire et connaisse l'histoire du Continent, alors qu'il n'avait que quatre ans et demi. Il était par conséquent épuisé.

— A-t-il un problème, ma bien-aimée ?

Ce surnom mielleux dissimulait un agacement certain. Calixte détestait que Lucetmael les dérange pendant le diner.

La tête posée sur le ventre de sa mère, il était à moitié assoupi. Voulant lui épargner une énième remontrance, Essylt créa un peu de vie au bout de ses doigts et les plaça sur le buste de son fils. Il frissonna vivement puis se redressa. Ses yeux bleu ciel percutèrent les siens.

Il a senti ma magie… La sienne commence à s'éveiller.

Elle embrassa son front.

— Retourne à table, s'il te plait, mon trésor.

Il obéit sans rien dire de peur d'être admonesté par son père.

Essylt participa peu au reste du repas, trop énervée contre son époux. Qu'il soit désagréable avec elle, elle pouvait le supporter, mais qu'il oblige Lucetmael à un rythme trop difficile pour son âge, elle ne le tolérait pas.

D'excellente humeur, le Roi pria les hommes de rester à table pour une partie de cartes. Ils avaient pris l'habitude de miser de l'argent, ce qu'Essylt exécrait. Lysander et Calixte se vantaient d'être d'excellents joueurs et dépouillaient régulièrement Nethaniah. Il s'était marié en mars dernier avec son amie d'enfance, Gráinne, qui était demeurée dans leur Vicomté auprès de sa famille. De ce fait, elle ne pouvait pas restreindre son mari, si aisément influençable.

Après plusieurs parties bruyantes, Declan se leva pour ouvrir une fenêtre. Le début du mois de novembre était plus doux que d'ordinaire et il respira avec joie l'air frais. Ces soirées pleines d'alcool et d'amusements futiles le lassaient.

— Ah mon frère !

Calixte lui frappa vigoureusement l'épaule en venant se placer à côté de lui. Ils avaient vue sur les champs à l'ouest du château, qui se dessinaient timidement sous l'éclat de la lune.

— Tu joues mal, ce soir.

Declan n'était pas très concentré. D'ordinaire, il lui était aisé de deviner les intentions de ses adversaires, car il les connaissait bien et avait un bon instinct. Mais il manquait cruellement d'envie ce soir.

— La chance n'est pas avec moi.

Le Roi termina son verre et serra la base de sa nuque pour attirer son attention.

— La chance, il faut la provoquer. C'est ce que je ne cesse de me dire. Les bonnes choses n'arrivent pas sans raison. Il faut faire en sorte qu'elles arrivent.

— Oui...

Son cadet ne comprenait pas où il voulait en venir et l'alcool n'aidait pas à rendre cette conversation compréhensible.

— Pour le pouvoir, c'est la même chose. Je suis inquiet que nous perdions de notre puissance. Alors que la Bofursyle a un tel potentiel ! Une puissance en devenir, c'est certain. Je sais que Père attend de moi que je renforce le Royaume.

Declan ne s'attarda pas sur le fait qu'il n'avait pas mentionné la Rodorchna, trop inquiété par ses élucubrations sur leur père. Bien qu'il n'ait pas entendu leur dernière conversation, il lui paraissait évident que Guénolé ne l'avait pas encouragé à chercher plus de pouvoir. L'union des deux royaumes était déjà un exploit incroyable et remarqué.

— Il attend de toi que tu le protèges et en prennes soin, je n'ai aucun doute sur le fait qu'il te fasse confiance pour cela, affirma Declan en serrant le bras de son aîné.

— Oui, oui, bien sûr, cela aussi...

Il tendit son verre si brutalement à une servante qui s'approchait qu'elle faillit le lâcher.

— Resservez-moi. Et allons jouer !

Il l'entraina vers la table où Lysander, Nethaniah, Tasgall, Garvan, Bartley, Niocol et Anath les attendaient.

Peu après, les monarques se retirèrent en même temps.

— Le Prince dort très bien, Majesté, dit Léan avant de se tourner vers Jarlath, qui se débattait avec un bouton de sa manche. Un broc d'eau t'attend dans ta chambre, commandant.

— Merci beaucoup.

Ils entrèrent dans le couloir en discutant tout bas. Essylt s'apprêtait à les suivre quand Calixte la retint par la main.

— La soirée t'a plu ?

Il empestait le whisky et la complaisance.

— Oui. Et toi ?

— Oui.

Ses doigts remontèrent le long de son bras et elle frissonna de dégoût.

— Je suis épuisée, Calixte.

Il se rapprocha d'un pas et se pencha pour chuchoter.

— N'as-tu pas envie d'un autre enfant ? Cela arrangerait tellement de choses... Pour les royaumes... Et pour nous...

Sa main s'aventura dans son dos et descendit le long de ses courbes.

— Non…

Il attrapa une fesse et lécha le creux de son cou.

Révulsée, elle le repoussa brusquement. Il la fixa, hébété et perdu.

— J'ai dit non.

Elle fut soudain projetée sur la droite et se rattrapa par réflexe au dossier d'un fauteuil. Son esprit ne comprit pas immédiatement ce qu'il s'était produit, ni quel était l'étrange bruit qui lui avait agressé l'oreille. Et encore moins d'où provenait la douleur qui brulait son visage.

Puis la lumière se fit et elle recula de plusieurs pas, horrifiée.

Calixte venait de la gifler.

Elle porta une main à sa joue gauche et perçut une humidité sur son petit doigt. Elle observa le sang qui maculait sa paume, avant de réaliser que sa lèvre était ouverte.

Une exclamation étouffée les fit se tourner. Léan et Jarlath s'étaient tétanisés, un pied dans la pièce, l'autre dans le couloir.

La main du commandant s'était instinctivement placée au-dessus du pommeau de son épée. Remarquant ce geste, Calixte fit un pas dans sa direction. Les yeux du soldat détaillèrent le visage marqué de la Reine avant de dériver vers le Roi.

Lentement, il écarta sa main de son arme.

Dans son regard, Essylt aperçut le morceau de lui qui se brisa en comprenant qu'il ne pouvait pas la protéger ici.

Calixte se retourna vers elle en tanguant sur ses jambes. Elle n'aurait su dire s'il s'attendait à être obéi ou s'il espérait juste une réaction.

Elle s'essuya la lèvre et le menton, leva fièrement la tête et traversa le salon. Elle passa entre Léan et Jarlath, pénétra dans sa chambre et referma derrière elle.

Essylt s'appuya sur le chambranle de la porte et glissa jusqu'au sol, dans un enchevêtrement de jupons. Ses doigts tremblaient tant qu'elle peinait à appuyer sur sa lèvre pour refermer la plaie. Elle demeura là plus d'une heure, effrayée et gelée.

Elle ne se sentirait plus jamais en sécurité entre ces murs.

Lorsqu'elle pénétra dans ce salon détesté le lendemain matin, la Reine découvrit son mari, un bouquet de roses à la main. Il se précipita vers elle et elle recula instinctivement.

— Ma bien-aimée, si tu savais à quel point je suis désolé… C'est à cause de l'alcool, je n'étais plus maître de moi-même. Pardonne-moi.

Il lui tendit les roses, qu'elle prit par automatisme. Leur couleur rouge lui remémorait le sang de sa lèvre.

Calixte ouvrit un coffret, dévoilant un bracelet serti de diamants et de saphirs. Il brillait tant qu'elle en fut éblouie.

— Pardonne-moi, je t'en supplie. J'ai été ivre et trop entreprenant. Je ne le referai plus, je te le promets.

Incapable d'avoir la moindre réaction, elle le fixait, les lèvres pincées. Le voir s'excuser ainsi, comme si cela pouvait effacer ce qu'il avait fait, avec l'espoir évident d'arranger la situation, l'écœurait. Elle avait trop toléré, elle le comprenait à présent.

Calixte avait franchi une limite impardonnable. Et plus rien ne pouvait l'excuser, ni le deuil de ses parents, ni l'alcool, ni le besoin d'amour.

— Je l'espère.

Elle le contourna pour s'asseoir à table et prendre son petit déjeuner.

— C'est tout ? s'exclama-t-il.

Les mains de Janae tressaillirent tandis qu'elle servait du jus de fruits, en répandant à côté du verre.

— Excusez-moi, Majesté.

— Ce n'est rien.

— Tu n'as rien d'autre à me dire ? hurla Calixte en se plaçant en face d'elle et en jetant l'écrin renfermant le bracelet dans son assiette vide.

— Tu oses encore me hurler dessus après ce que tu as fait ?

Il pâlit puis s'assit en soupirant.

— Je viens de m'excuser. Je te l'ai dit, l'alcool m'a rendu hargneux. Mais tu peux le comprendre, cela fait presque un an que nous n'avons pas été intimes.

Elle referma l'écrin et le reposa sur le côté.

— Un cadeau ne répare pas ce que tu m'as fait.

— Tu es en partie responsable, gronda-t-il. Nous n'avons plus partagé de lit parce que tu l'as décidé. Tu ne remplis plus tes devoirs conjugaux et j'en suis responsable ?

— Oui.

Elle se mit debout.

— Tu m'as coupé l'appétit.

Elle partit en ignorant ses cris et alla réveiller son fils. Il grimpa sur elle et l'enlaça. Elle enfouit son nez dans ses boucles pour s'imprégner de son odeur. Il grandissait si vite ! Il commençait à être difficile à porter. Un jour, il la dépasserait et elle savait que ce moment arriverait bien trop tôt.

— Il faut que tu manges un peu. Ensuite, tu as cours.

— Non, je veux pas y aller.

— Je sais, mon trésor. Aujourd'hui, ça ne durera qu'une heure et ensuite tu seras libre. D'accord ?

— D'accord…

Elle l'embrassa tendrement, espérant que ce compromis l'aiderait et n'arriverait pas aux oreilles de Calixte. Elle détestait tout ce qu'il leur imposait.

Quand nous partirons pour l'île, ce sera le début de ma liberté et de la tienne.

Elle lui sortit ses vêtements pour qu'il s'habille seul avant de le confier à Gladys.

Sa matinée fut consacrée à des tâches solitaires, puis elle passa l'après-midi à gérer différentes mésententes entre certains intendants. Ils avaient tous la même réaction à la vue de sa lèvre enflée : surprise, gêne, ignorance.

À l'heure du repas, les nobles eurent un instant d'hésitation devant la Reine, avant de détourner les yeux, interdits. Ils entamèrent des discussions empressées en évitant de s'attarder sur son visage. Essylt comprit qu'aucun d'eux ne lui demanderait ce qui lui était arrivé, parce qu'ils le savaient. D'une certaine manière, qu'ils ne doutent pas que Calixte était capable de lever la main sur elle était pire que leur silence.

Elle évita soigneusement Luíseach et Saraid, s'asseyant le plus loin possible de ses amies transies d'effroi.

Le Roi arriva peu de temps après elle en compagnie de son frère. Declan perçut immédiatement le malaise ambiant et chercha son amante. Il se statufia en découvrant sa lèvre enflée et légèrement violacée. La plaie s'était refermée dans la nuit grâce à ses dons de plus en plus développés, mais cela n'avait pas suffi à la faire disparaître.

Calixte avait poursuivi sa route comme si de rien n'était, indifférent. Le Chef rougit et une veine sur son front se mit à battre violemment. Sa fureur s'infiltra en Essylt, insidieuse et destructrice.

Sa magie jaillit d'elle pour envelopper son amant, apaisante.

Ne commets pas l'erreur de le défier, mon amour. Nous avons trop souffert pour briser nos chances d'être libres maintenant.

Ses yeux verts se posèrent sur elle, enragés et affligés.

Je vais bien. Lucetmael va bien et toi aussi. C'est tout ce qui importe. Pense à notre fils, pense à l'île. Nous serons bientôt libres, ne laisse pas la colère révéler notre secret.

Étonné d'être seul, Calixte se retourna vers son cadet. Declan frotta sa barbe naissante pour dissimuler son expression puis se remit en marche. Il s'assit avec Tasgall et Niocol pour engager la conversation.

La magie d'Essylt lui insuffla tout son amour.

Nous devons encore tenir quelque temps et rester bien sagement dans nos rôles. Tout sera bientôt terminé.

Bien qu'il ne comprenne pas mot pour mot ce qu'elle lui disait, il en comprenait le sens. Il acquiesça distraitement à son intention.

Essylt sourit difficilement à Luíseach pour maintenir cette douloureuse illusion.

Il faut impérativement que cela se termine.

Puisque Calixte agissait comme si tout allait bien, elle en fit autant. Mentir était aisé quand on le faisait depuis des années pour aimer et survivre.

Son mari semblait obsédé par la politique étrangère et par sa puissance. Obnubilée par tout ce qu'elle avait à préparer avant son départ, Essylt ne s'inquiéta pas de ce qu'il faisait ni ne chercha à le calmer.

Ce fut une décision qu'elle regretta quelques jours plus tard.

Après un début de soirée classique à discuter et boire du vin tandis que les enfants jouaient, ils s'installèrent à table, impatients de diner. Un tintement les fit sursauter.

— Mes chers nobles, déclara Calixte en se mettant debout, son verre à la main, quel plaisir de vous avoir au château depuis plusieurs semaines.

Assise à côté de lui, Essylt ne savait comment se tenir, gênée par son corps trop proche.

Vivement que je puisse me retirer pour retrouver Declan.

— La Bofursyle a toujours eu à cœur de prendre soin de son aristocratie et de l'accueillir à bras ouverts. Mon père était un fervent partisan de cette coutume et je suis humblement ses traces.

Déconcertée par la mention de Guénolé, Essylt se repositionna sur sa chaise. Un mauvais pressentiment comprimait sa poitrine.

— Le rayonnement d'un Royaume ne se mesure pas seulement à son économie, ses échanges commerciaux, sa diplomatie ou à la famille royale. Elle est également le fait de la noblesse et de sa grandeur.

Ravis, ils opinèrent tous, un sourire discret flottant sur leurs lèvres.

— Mais ce rayonnement doit être entretenu pour persister. Il doit être amplifié, magnifié.

Le Roi fit une pause théâtrale pour observer les convives.

— Ce diner est l'occasion de vous faire part d'une merveilleuse nouvelle. Le rayonnement de la Bofursyle va être embelli grâce à l'union entre la noblesse et la famille royale.

Un gout de bile envahit la bouche d'Essylt.

— Le Comte Anath et moi en avons longuement discuté, déclara Calixte avec un sourire étincelant, et j'ai le plaisir de vous annoncer que dans trois jours, la Comtesse Lauryn épousera le Prince Declan.

XXXI

« J'en ai connu, des trahisons : mais celle-ci fut celle qui brisa mon âme. » Prince Conaire de Mebeaka, 87.

— Comment as-tu osé ?

Declan claqua la porte du bureau de son frère derrière lui.

— Inutile de crier, s'agaça Calixte en se servant sereinement un verre de whisky.

— Tu viens d'annoncer mes fiançailles sans m'avoir demandé mon avis, j'ai le droit de crier !

Le Chef tourna autour du bureau massif pour calmer ses nerfs. Il venait de vivre le pire repas de sa vie. Et pourtant, la concurrence était rude.

Manger en compagnie des nobles ravis et sourire aimablement à Lauryn aurait pu être presque supportable s'il n'y avait pas eu Essylt. Assise à deux chaises de lui, elle avait agi comme à son habitude, en discutant courtoisement. Il savait cependant qu'elle avait fait son possible pour ne rien laisser transparaître de son trouble. Une fois le diner terminé, Declan avait prié Calixte de se retirer en privé avec lui, incapable de se contenir plus longtemps.

— J'ai préféré te faire la surprise. Il était temps que quelqu'un prenne ta vie en main.

— Ma vie me plait telle qu'elle est, je te l'ai déjà dit. Pourquoi me forcer à prendre femme ?

— Parce que la Bofursyle en a besoin.

Le Roi prit place sur son fauteuil et posa ses pieds sur son bureau, en une attitude arrogante insupportable.

— Pourquoi ? La Bofursyle di Rodorchna est le plus influent Royaume du Continent. Je ne vois pas en quoi ce mariage est nécessaire.

— Parce que rien n'est acquis ! s'écria Calixte en levant son verre. Il faut consolider notre position. La Bofursyle doit être forte.

— Elle l'est…

— Pas assez ! Père est mort.

Décontenancé, le Chef croisa les bras sur son torse.

— Je sais. Il me manque.

— À moi aussi. Mais là n'est pas la question, poursuivit Calixte, ses yeux noisette trop brillants. Il était un symbole. Il était très écouté et influent. Son décès a affaibli la Bofursyle, qui doit se renforcer. Et le meilleur moyen, c'est de renforcer notre famille.

— J'ai du mal à suivre ton raisonnement… Et je doute que Père eut approuvé cela. Je pense que tu t'inquiètes pour rien. La Bofursyle va bien, tout comme la Rodorchna.

Il fit un geste hargneux qui renversa du whisky sur le bureau.

— C'est de la Bofursyle dont nous parlons.

— Certes, mais les royaumes sont liés. Je ne comprends pas ton choix.

— Je veux un mariage entre la noblesse bofursylienne et toi ! Ce n'est pas compliqué à comprendre ! C'était soit Lauryn, soit Euthalia, soit Eirlys, et j'ai pensé que tu préférerais la première. Me suis-je trompé ?

Declan resta la bouche ouverte, dépourvu de mots. Effectivement, Lauryn était bien plus agréable qu'Euthalia ou Eirlys. Mais cela ne changeait rien au nœud du problème : il ne voulait pas se marier.

— Je ne souhaite pas prendre épouse.

— Tu le feras quand même.

— Non !

Le Roi posa lentement son verre sur la table.

— Tu refuses de m'obéir ?

— Je n'ai jamais désobéi à un seul de tes ordres, contra calmement Declan. Mais ils ont toujours eu un sens. Tes arguments sont infondés aujourd'hui.

Calixte se leva et posa ses poings fermés sur le bois pour se pencher vers lui.

— Mes arguments n'ont pas à avoir de sens. Je suis le Roi. J'ordonne et toi tu obéis.

— Mais je suis ton frère ! Comment peux-tu me faire cela ?

— Et toi, comment peux-tu me manquer ainsi de respect en remettant mes ordres en question ?

— Je ne te manque pas de respect, nous débattons, voilà tout.

— Oh, très bien. Dans ce cas, donne-moi un seul argument recevable pour ne pas épouser Lauryn. Et avant que tu commences ta plaidoirie, laisse-moi t'exposer la situation dans sa globalité.

Il contourna le meuble pour se poster face à lui, les yeux dans les yeux.

— L'amitié que tu partages avec ma femme, je la conçois. Tu es à son service et tu es mon frère. Bien que votre entente m'énerve grandement, j'aurais pu la tolérer s'il n'y avait pas eu des remarques.

Le cœur de Declan se contracta violemment.

— Quelles remarques ?

— Oh, souvent ce n'est rien de bien explicite. Excepté lorsque nous étions en Mebeaka. Domnall m'a dit qu'il trouvait suspecte ta dévotion envers ma femme.

Le sang du Chef lui brûla les veines en pulsant plus intensément.

— Domnall ? Cette espèce de… Évidemment qu'il t'a dit cela ! Il a fait en sorte de me décrédibiliser à tes yeux parce que je sais qu'il a attenté à la vie d'Essylt.

— De quoi parles-tu ?

— Te souviens-tu quand elle a été empoisonnée durant ton anniversaire, lorsqu'elle n'était encore que Princesse ? Luam m'a avoué ne pas être responsable de cette tentative d'assassinat. Et c'est en Mebeaka que j'ai compris que c'était vrai, car le Roi Domnall cultive la plante qui l'a empoisonnée.

— Ce n'est pas une preuve, observa-t-il en levant un sourcil perplexe.

— Certes, mais les aveux de Domnall en sont une.

Les lèvres de Calixte esquissèrent une moue moqueuse.

— Me penses-tu vraiment assez bête pour croire à la jolie histoire de complot que tu viens d'inventer ?

S'il n'avait pas été aussi furieux, Declan aurait pu en pleurer.

— Quand ai-je perdu ta confiance, mon frère ?

Calixte fit non de la tête.

— Tu ne l'as pas perdue. Je trouve juste cela trop pratique pour être vrai. De plus, tu es en train de contredire un ordre de ton Roi.

— Je le contredis parce que…

— Tu as des sentiments pour ma femme ? compléta-t-il, acerbe.

Declan ne détourna pas le regard de celui de son aîné.

— La Reine et moi sommes amis, rien de plus.

— Alors, prouve-le-moi.

Le monarque fit un pas menaçant. Leurs nez se frôlaient presque.

— Prouve-moi que tu n'as pas de sentiments déplacés pour ma femme en épousant Lauryn. Sers dignement ton Royaume en le renforçant et en faisant taire ces remarques médisantes.

Il s'écarta, reprit son verre et sortit, stipulant ainsi que la conversation était close.

Declan n'avait rien à opposer à cela. Pas s'il voulait garder leur secret intact. Pas s'il voulait protéger Essylt et Lucetmael.

Le Roi avait donné un ordre et s'attendait à être obéi.

Le Chef ne retourna pas au diner, trop abasourdi pour interagir avec autrui. Il rentra dans ses appartements et tourna en rond.

Il se sentait trahi. Trahi par son propre frère. C'était hypocrite de sa part, sachant qu'il trahissait Calixte depuis des années en entretenant une liaison avec sa femme. Cependant, cela ne changeait rien à ce qu'il avait dit. Declan n'aurait jamais pensé que Calixte puisse se montrer aussi indifférent à son opinion et à son avenir. La traîtrise était d'autant plus grande qu'il était son Roi et que le Chef avait consacré son existence à servir les intérêts du Royaume.

Voilà comment il en était remercié.

Malgré son état hébété et sa peine, son esprit aiguisé parvenait à remarquer sa chance au milieu de ce chaos. Il était évident que Calixte ne soupçonnait pas Essylt d'adultère. Il craignait que la dévotion de son frère soit en réalité de l'amour, mais à aucun moment il n'avait sous-entendu qu'ils pouvaient entretenir une relation adultérine. L'arrogance de son frère lui faisait penser soit qu'Essylt n'éprouvait aucun sentiment romantique à son égard, soit qu'elle était trop obéissante pour commettre une telle tromperie.

Deux heures plus tard, un bruit l'alerta. Il entra dans sa salle de bains plongée dans l'obscurité à l'instant où Essylt émergeait du passage secret.

— Declan…

Il enlaça sa taille et l'attira contre son torse pour sentir la chaleur de son petit corps et humer le parfum de ses cheveux.

— Qu'allons-nous faire ? murmura-t-elle.

Il prit son visage en coupe entre ses mains calleuses et déposa un tendre baiser sur ses lèvres.

— Je ne sais pas. Je crois… Je crois que je ne vais pas avoir le choix.

— C'est hors de question ! éructa-t-elle en repoussant ses mains. Si tu n'as pas pu convaincre Calixte de renoncer à ce mariage ridicule, alors nous allons partir avant qu'il ait lieu !

Elle marcha dans sa chambre, emportée par ses idées.

— Je vais prétexter qu'une affaire urgente m'attend en Rodorchna et que j'ai besoin de ton aide. J'inventerai des preuves, peu importe ce que je dois faire. Mes affaires et mes gardes peuvent être près d'ici après-demain.

— C'est impossible.

— Pourquoi ?

— Parce que Calixte a des soupçons.

Elle porta une main horrifiée à sa poitrine.

— Sur nous ?

— Non, sur moi et mes sentiments pour toi. Si je pars précipitamment en Rodorchna avec toi, non seulement il saura que c'était pour fuir ce mariage, mais en plus il comprendra que mes sentiments sont réels et partagés. Le temps que nous atteignions la frontière…

— Il aura déjà envoyé des soldats à notre poursuite.

Ils ne doutaient pas qu'il le ferait. Calixte ne supporterait pas que sa femme le quitte ainsi en partant avec un autre. C'était la raison pour laquelle ils avaient prévu de se rendre en Rodorchna sans lui dans quatre à cinq mois, après un temps de deuil raisonnable. Sans Calixte pour les surveiller, ils pourraient prévoir leur départ et réfléchir posément à une manière de rompre leur mariage. C'était un plan flou et très incertain, mais ils avaient conscience que tout ceci n'était pas sans risque.

— Dans ce cas, partons en secret.

— Nous nous ferons aisément repérer, contra-t-il.

— Pas si nous partons seulement tous les trois. Avec deux chevaux et une bourse d'or, nous pourrons atteindre notre but.

Il caressa sa joue du bout des doigts.

— Calixte enverra des soldats à notre poursuite.

— Je nous dissimulerai grâce à ma magie, affirma-t-elle en se rapprochant.

— Crois-tu être capable de le faire pendant plusieurs semaines ? Tu commences tout juste à maîtriser tes dons. Calixte va forcément envoyer des troupes en direction de la Rodorchna. Nous pourrions faire un détour, mais ce serait une perte de temps. Si j'ai tout compris, tu veux ramener la pierre de la couronne sur l'île. Cela signifie que nous devons obligatoirement repasser par le palais de Rodorchna, qui sera assailli de gardes.

— Il y aura des gardes rodorchniens parmi les gardes bofursyliens. Des alliés inestimables. Il nous suffira d'entrer, de prendre la couronne et de repartir.

— Tout cela avec Lucetmael dans les bras ?

Elle se tut, la gorge nouée.

— Entrer ne sera peut-être pas problématique, mais ressortir, atteindre la côte, acheter des vivres et un bateau et prendre le large sans être vus me parait bien plus incertain.

Ses lèvres ourlées se mirent à trembler.

— S'il n'y avait que nous deux, nous serions déjà en train de chevaucher sous le couvert de la nuit, murmura-t-il en caressant tendrement son bras. Mais il y a Lucetmael. Il est vulnérable et pourrait être blessé à la moindre erreur. Il suffirait de croiser le chemin de soldats trop zélés ou anxieux, qui dégaineraient trop vite et…

— Assez.

Elle ferma les yeux pour fuir la scène qu'il venait de dépeindre.

— Il n'est pas uniquement question de sa sécurité. J'espère que nous parviendrons à trouver un moyen de réaliser ce voyage et de te défaire de Calixte sans que Lucetmael perde la couronne de Rodorchna. C'est son héritage. Je veux que nous fassions tout notre possible pour le conserver et fuir ce château ne nous aidera en rien.

Il posa son front contre le sien.

— Je sais que tu penses être prête à renoncer à ton Trône pour que nous nous aimions, mais je ne le suis pas. La Rodorchna fait partie de toi. Régner fait partie de toi. Et si Lucetmael perdait son accès à la couronne par ma faute, je ne me le pardonnerais jamais.

— Lui te le pardonnerait.

— Tu ne peux pas en être sûre.

Elle pinça fort les lèvres pour ne pas protester.

— C'est également mon fils. Je ne suis pas aussi exigeant que Calixte en ce qui concerne la politique, mais je ne veux pas qu'il perde ses privilèges et son avenir.

— Il n'est pas certain que le peuple nous accepte au pouvoir après notre retour de l'île.

— Je le sais. Mais je préfère que nous mettions toutes les chances de notre côté pour que l'opinion publique nous soit favorable. En plus, Calixte ne pense qu'aux intérêts de la Bofursyle. Si nous partons maintenant, il pourrait nuire à ton peuple. Alors que si nous attendons d'être en Rodorchna, tu pourras conférer des pouvoirs à Saraid et Luíseach pour qu'elles gouvernent en ton nom pendant ton absence. C'est certes très incertain, mais c'est mieux que rien.

Il avait raison, évidemment. Son choix de partir était peut-être égoïste, mais elle ne pourrait pas abandonner son peuple sans avoir la garantie que des personnes prendraient soin de lui.

— Et puis, si nous partons en cachette, tu ne pourras dire au revoir à personne, ni de vive voix, ni par lettre. Anna, Saraid, Luíseach, Aveleen, Mazoe, Yvain, Tomás… Sans parler de tes gens : Cleena, Janae, Bethania, Léan, Paddy, Caem, Cathan et Jarlath.

Chaque prénom intensifia un peu plus la douleur qui rongeait sa poitrine. En songeant à fuir, elle ne pensait qu'à Declan et son fils, mais ils n'étaient pas les seuls êtres importants dans sa vie. Tous ceux qu'il venait de citer lui manqueraient cruellement, peu importe combien de temps durerait leur voyage.

— Tu as oublié un argument de taille, chuchota-t-elle en essuyant une larme vagabonde.

— Lequel ?

— Si Calixte venait à découvrir que nous sommes amants et t'arrêtait, il te ferait exécuter.

Il frissonna et elle enserra son buste pour l'apaiser.

— Je sais. Mais je mourrais pour toi, alors je ne trouvais pas nécessaire d'avancer cet argument…

Elle frotta son nez contre le sien en signe de protestation.

— Qu'allons-nous faire ? répéta-t-elle en espérant avoir une réponse acceptable.

Il repoussa des mèches blondes de son visage pour pouvoir l'admirer à loisir.

— Calixte a été très clair : si je n'épouse pas Lauryn, ce sera à ses yeux la preuve que je t'aime. Et s'il en est persuadé, qui sait ce qu'il fera ou ce qu'il pourra découvrir.

Elle s'appuya contre son torse, dévastée.

— Non…

— Cela fait des années que tu fais semblant pour protéger notre fils et notre relation. Aujourd'hui, c'est à mon tour de faire ce sacrifice.

— Non… Non ! gémit-t-elle en le repoussant. Je vais raisonner Calixte ou je vais utiliser ma magie sur lui et…

— Ne fais rien de tout cela, gronda-t-il en saisissant ses poignets pour la ramener vers lui. Si tu montres la moindre émotion, la moindre objection à cette union, Calixte comprendra la vérité. Et nous ne pouvons prendre ce risque.

— Avec ma magie, il…

— Tu es parvenue à empêcher des gardes de nous voir, mais pourras-tu modifier une pensée aussi arrêtée dans son esprit ? Une pensée liée à tout un schéma de réflexion concernant la puissance de la Bofursyle ? Pourras-tu effacer la mémoire de tous les nobles qui étaient présents ? Et de tous les domestiques du château ?

Elle resta sans voix.

— Tu n'essaies même pas de lutter, sanglota-t-elle.

— J'abhorre cette union tout autant que toi, protesta-t-il, blessé. Mais je suis réaliste. Résigné. Nous sommes dans une impasse. Si je peux empêcher que du tort vous soit fait, à Lucetmael et à toi, je ferai tout mon possible.

— Comprends-tu ce que cela implique ? Lauryn sera ta femme ! cria-t-elle en reculant d'un pas.

— Ce ne seront que des paroles vides de sens pour moi. Oui, c'est mal, mais je romprai ce serment sans valeur pour moi le jour où tu quitteras Calixte. Si nous rompons un mariage, nous pourrons en rompre deux.

Elle évita les mains qu'il tendait vers elle.

— Tu vas devoir partager son lit…

— Je n'en ai aucune envie, si c'est ce qui t'inquiète.

— Non, ce n'est pas cela. L'idée de te partager m'est intolérable.

Ses mâchoires se crispèrent.

— Je te partage depuis plus de cinq ans.

— Je n'ai pas voulu insinuer…

Il se détourna et fit quelques pas en se massant la nuque pour dénouer son dos. En revenant vers elle, il fut noyé par les larmes qui inondaient ses yeux bleus.

— Pardonne-moi…

Il la prit dans ses bras et elle explosa en sanglots. Il la berça tendrement en essayant de rester fort.

— Je n'ai rien à te pardonner. Je comprends ta peine, crois-moi. Je l'ai éprouvée pendant longtemps.

— Comment le peux-tu ? L'idée… Toi… Elle… Ensemble…

— Je sais.

Il souleva ses jambes pour l'asseoir sur lui.

— Alors, tu es certain… Qu'il n'y a aucun moyen… De te soustraire à cette union ?

— Non, j'en ai bien peur. Je vais devoir jouer à l'époux parfait pendant quelques mois, avant que nous puissions partir en Rodorchna.

Ses sanglots redoublèrent et il l'embrassa patiemment, tout aussi abattu qu'elle.

Le Roi avait donné un ordre.

Le Roi serait obéi.

Le Chef des armées réajustait nerveusement le col de son haut en fixant la porte du salon. Assis à côté de lui, son frère terminait de lire une lettre avec nonchalance.

— Les coutures te grattent ?

Declan abaissa sa main.

— Oui.

Parler à son aîné lui écorchait la bouche. Il devait toutefois tenir son rôle de fiancé.

— Je te remercie, pour la bague.

Calixte lui avait confié un bijou en or serti de saphirs qui reposait dans la Salle du Trésor de la Bofursyle depuis des années. Beaucoup de bagues se transmettaient de génération en génération selon les gouts de chacun.

— C'est normal. Tout s'est déroulé de manière si précipitée, tu n'aurais pas pu en faire commander une. Et puis, tu es un de Bofursyle.

Il contint une grimace. Ce nom qu'il avait reçu en étant adopté par Guénolé et Dubheasa lui devenait de plus en plus étranger.

Et détestable.

La porte s'ouvrit enfin sur un soldat qui annonça les nobles. Les deux frères se levèrent pour accueillir Anath, Muirenn et Lauryn. Cette dernière rougit quand Declan s'inclina galamment en lui faisant un baisemain.

— Votre excellence.

— Votre Altesse.

Il relâcha sa main avec soulagement. Ce simple contact lui avait demandé une force considérable.

Pense à Lucetmael. Il faut préserver tous nos mensonges encore quelques semaines.

— Majesté, je tenais encore à vous remercier pour l'immense honneur que vous faites à notre famille, commença Anath, ravi.

— Je vous en prie, l'honneur est partagé. Les Comtes de Snéa ont toujours été d'une grande loyauté à la couronne. Et puis, nos familles se sont déjà unies par le passé, puisque mon arrière-grand-tante, née Princesse de Bofursyle, est devenue Comtesse de Snéa.

— Tout à fait, Majesté. L'honneur est d'autant plus grand qu'il est renouvelé.

Des domestiques leur apportèrent à boire. Ils trinquèrent et Declan but la moitié de son verre de vin. Amusée, Lauryn lui sourit, illuminant son visage délicat.

Que suis-je en train de faire ? Je m'enlise dans encore plus de mensonges pour protéger ceux que j'aime…

Remarquant que tous attendaient qu'il prenne la parole, il s'éclaircit la voix.

— L'honneur est tout aussi grand pour moi. J'espère toutefois que votre excellence a conscience que mes engagements envers la couronne me prennent beaucoup de temps.

— Je le sais parfaitement, soyez rassuré, affirma Lauryn. J'admire votre dévotion plus que vous ne pouvez l'imaginer.

Une drôle d'impression l'envahit, bien vite effacée par les discussions. Calixte et Anath se mirent d'accord sur différentes subtilités. Puisque Lauryn n'hériterait d'aucune terre et Declan d'aucune couronne, il fut décidé qu'ils prendraient le titre de Comte et Comtesse de Snéa, ainsi que leurs enfants, mais que ces derniers ne pourraient le transmettre. Declan quant à lui demeurerait également un Prince, car il était impossible de perdre son titre de naissance au profit d'un titre de plus basse importance, à moins d'avoir commis un crime répréhensible.

— Sur ce, je crois que nous allons octroyer un peu d'intimité aux fiancés, annonça Calixte en se levant, aussitôt imité. Je dois retrouver ma femme, qui a été retenue par une importante réunion.

Declan était soulagé qu'Essylt n'eût pas été là. Cela avait été un supplice suffisamment douloureux sans le partager.

Muirenn et Lauryn échangèrent un regard entendu avant que la première s'éclipse au bras de son époux. Quand la porte se referma, le Chef se sentit extrêmement gêné en présence de cette femme qu'il connaissait depuis son enfance.

Les joues rougies soulignant ses beaux yeux bruns, Lauryn attrapa nerveusement sa robe.

— J'espère que les façons de faire de nos frères respectifs ne vous ont pas trop incommodé, Altesse.

— Non, pourquoi pensez-vous cela ?

— Vous n'êtes pas revenu hier soir après être parti discuter avec le Roi.

D'un geste galant, il lui indiqua les fauteuils pour qu'ils se rasseyent. Ce n'était pas parce qu'il ne comptait pas faire un véritable mariage qu'il devait blesser Lauryn.

Bien que la rupture de leur union lui causerait immanquablement du tort.

— Veuillez m'excuser si cela vous a peiné. J'avais besoin de réfléchir et j'aurais préféré être informé avant l'annonce officielle, mentit-il.

— Je le conçois parfaitement. J'aurais pensé que le Roi vous en aurait parlé avant. Je m'en suis doutée comme vous ne m'en avez pas parlé vous-même en début de soirée.

Il acquiesça. Elle avait une haute estime de lui qu'il ne pensait pas mériter.

Il détailla l'aristocrate en silence. De deux ans plus jeune que lui, il gardait d'elle d'amusants souvenirs d'enfance. Elle avait toujours été droite et distinguée, même lorsqu'ils jouaient dehors. Avec ses cheveux clairs et son regard franc, la délicatesse de ses traits révélait sa gentillesse et son intelligence. À l'âge adulte, leur relation n'avait jamais dépassé le stade d'une courtoise amitié entre membres de la cour. Elle aurait pu prendre époux bien plus tôt et cette pensée lui tordit le ventre.

Tiraillé entre son impatience de quitter cette pièce et sa peur de mal faire, il déposa l'écrin confié par Calixte devant elle.

— Je me doute que vous imaginiez cela autrement, mais voici votre bague de fiançailles. J'espère qu'elle vous plaira.

Étonnée, elle tenta un sourire puis ouvrit l'écrin, dévoilant la bague imposante. Elle le fixa puis, comprenant qu'il ne bougerait pas, elle l'enfila elle-même à sa main gauche.

— Vous convient-elle ?

— Parfaitement. Je vous remercie.

Il prit une grande inspiration.

— Je dois vous avouer ne pas être très à l'aise quand je suis le centre de l'attention générale. Je ne suis pas non plus très qualifié pour organiser une telle cérémonie.

— Rassurez-vous, on m'a enseigné à préparer des fêtes depuis que je suis née.

Son expression avenante dissimulait mal une certaine rancœur. Declan avait conscience du mal-être des femmes dans un monde qui exigeait d'elles bien moins que ce dont elles étaient capables.

— Je vous remercie de votre compréhension.

Après une hésitation, il se mit debout et lui tendit la main. Elle la saisit sans la moindre hésitation pour le suivre.

— Veuillez m'excuser d'écourter notre entrevue, mais le devoir m'appelle.

— Je vous en prie, je sais que vous êtes un homme occupé. Encore merci pour la bague.

— Avec plaisir.

Dans le couloir, il s'inclina avec un sourire factice et embrassa à nouveau sa main, avant qu'ils partent chacun de leur côté. Une fois dans son bureau, Declan s'assit et se massa le front.

Il n'aurait pas cru cela si compliqué. La pauvre Lauryn n'avait aucune idée des machinations qui le poussaient à mentir de la sorte. Il se haïssait d'être aussi insensible, mais n'avait guère le choix. Pour amoindrir la rupture qui arriverait dans quelques mois, il ne voulait pas lui témoigner trop d'affection ou être romantique. Cela aurait été d'une cruauté inqualifiable de lui faire croire qu'il l'aimait.

Declan n'était pas le seul à ne pas savoir comment agir. Deux heures plus tard, la Reine eut la surprise de voir la Comtesse Lauryn entrer dans les bureaux des intendants où elle s'entretenait avec l'un d'entre eux.

— Faites déjà cela, nous discuterons de la suite plus tard, congédia-t-elle l'homme agaçant. Votre excellence, que puis-je pour vous ?

— Je m'excuse de vous déranger, Majesté, mais le Roi m'a dit de venir vous aider pour l'organisation du mariage. J'aimerais vous décharger au maximum car je sais à quel point vous êtes occupée.

Essylt vacilla sur ses jambes avant de se ressaisir.

— C'est fort aimable à vous. J'ai déjà confié certains préparatifs aux intendants qui se chargent des réceptions. Je vais vous les présenter.

Elles se rendirent dans la pièce voisine et la Reine dut écouter les demandes diverses de la noble. Bien qu'elle soit simple, elle voulait faire les choses bien et devait s'adapter à ce qui était réalisable en un laps de temps aussi court.

Les deux jours suivants, Essylt se plia aux mêmes exigences. Elle ne pouvait pas paraître indifférente à cette union, puisque Declan était son beau-frère. Lauryn débordait de joie et ne cessait de lui demander son avis, avec une confiance aveugle. Participer aux préparatifs du mariage de l'amour de sa vie avec une autre était une torture. Surtout qu'elle appréciait l'aristocrate et l'estimait grandement. Savoir que tout ceci n'était qu'un odieux mensonge qu'ils briseraient prochainement la révulsait. Plus d'une fois, elle faillit rejoindre Declan en courant et le supplier de partir avant qu'ils ne causent encore plus de souffrance.

Mais c'était impossible. Pour la sécurité et l'avenir de Lucetmael. Pour protéger Declan des conséquences de leur liaison. Pour préserver le peuple rodorchnien de l'éventuel courroux de Calixte. Pour parvenir à ramener la pierre sur l'île.

Trop d'éléments et de personnes dépendaient de leur aptitude à faire ce que l'on attendait d'eux.

En milieu d'après-midi du jour tant redouté, la Reine fut appelée par l'une des servantes de Lauryn. En entrant dans son salon, elle la découvrit debout face à sa belle-sœur Muirenn, qui tentait de l'apaiser. Dans sa robe blanche immaculée et avec ses cheveux tressés, elle était magnifique.

— Respire, tout va bien, il est normal d'être fébrile avant ses noces.

— Votre Majesté ! s'écria Lauryn d'une voix qui ne lui ressemblait guère.

La gorge nouée, Essylt traversa le salon pour venir lui prendre la main.

— Avez-vous un souci ?

— Elle est très nerveuse, lui confia Muirenn.

— Oui, je…

Un éclair d'espoir transperça la Reine de part en part. Si Lauryn refusait cette union, elle n'aurait pas lieu.

— Je m'inquiète que le Prince ne désire pas ce mariage autant que moi.

Cet aveu la figea et annihila ses espérances naïves. Un fugace instant, elle envisagea d'user de ses dons pour ordonner à la noble de refuser cette union. Mais face à son regard tendre, perdu et craintif, elle éloigna cette pensée malsaine. Ce n'était pas parce que c'était en son pouvoir qu'elle avait le droit de le faire. Elle ignorait quelles seraient les conséquences d'une telle intrusion, particulièrement sur un tel sujet, et quelle serait la réaction de Calixte.

Elle serra les doigts délicats de Lauryn.

— Je pense qu'il a simplement été pris au dépourvu par la rapidité de tout ceci, tenta-t-elle maladroitement.

— Je le conçois, mais il s'est montré si froid, si distant…

Elles étaient suspendues à ses lèvres dans l'attente de son opinion.

— Je crois qu'il est juste maladroit.

Voyant qu'elles n'étaient guère convaincues, elle poursuivit.

— Le Chef est un homme droit et respectueux de chacun. Il pense certainement bien faire en se montrant distant, afin de ne pas être trop envahissant ou de vous déplaire.

Lauryn soupira et s'essuya le front.

— J'espère que vous avez raison. Je... J'éprouve une immense admiration pour son Altesse depuis de nombreuses années, mais c'est seulement lorsque mon frère m'a fait part de la proposition du Roi que j'ai compris que je ressentais davantage.

Tout le corps d'Essylt se glaça.

Elle l'aime.

L'idée de manipuler son esprit était d'autant plus irréalisable. Elle pouvait faire oublier à des soldats qu'ils devaient rester en poste. Mais faire oublier à une femme quel homme faisait battre son cœur ? Elle doutait d'être assez puissante pour cela.

— Tout va très bien se passer, affirma Muirenn en lui caressant la joue. Cesse de t'inquiéter, tu n'aimerais pas avoir le teint pâle aujourd'hui ?

— Non, tu as raison. Je dois encore mettre mes boucles d'oreilles et je serai prête.

— Je vais te les chercher.

— Majesté ?

Elle tressaillit et usa de toutes ses forces pour soulever les commissures de ses lèvres.

— Oui ?

— Merci de m'avoir aidée pour tous les préparatifs, dit-elle, les yeux illuminés de reconnaissance. Et merci pour votre soutien, il m'est très précieux. Je suis honorée de bientôt faire partie de votre famille.

Elle opina avec raideur.

— Je vous en prie. C'est un honneur pour moi également. Je vais m'assurer que tout est en ordre puisque vous êtes prête.

Elle sortit à grands pas, avec l'impression détestable d'être décalée par rapport au reste du monde. Elle ne parvenait pas à se concentrer sur les paroles pressées des domestiques ni sur les couleurs vives qui parsemaient la salle de réception. Elle sursauta quand Janae lui remit un bouquet de fleurs.

— Tout va bien, Votre Majesté ?

— Oui. Oui, oui. Lucetmael est prêt ?

— Oui, il a déjà les alliances.

Elle lui désigna son fils, assis par terre devant les rangées de chaises. Il discutait avec Hannraoi et Luaine, aussi bien habillés que lui. Debout devant eux patientaient Declan, Calixte et Anath. Il était de coutume que les mariages royaux soient célébrés avec cinq témoins, mais les nobles faisaient selon leurs désirs. Puisqu'ils n'avaient pas eu le temps d'inviter des amis, ils avaient privilégié la famille pour les entourer.

Nauséeuse, Essylt traversa l'allée recouverte d'un couteux tapis bleu en sentant ses jambes trembler. Les yeux verts de Declan rencontrèrent brusquement les siens.

Une émotion vive transfigura son visage. Elle fut ensevelie par ses regrets, car il avait plus d'une fois rêvé de la voir avancer vers lui dans une telle allée.

— Majesté, vous êtes ravissante, la complimenta Anath. Ma sœur est-elle prête ?

Elle occulta la présence lumineuse de son amant.

— Elle arrive dans un instant.

Elle se positionna du côté de la mariée et se concentra sur sa respiration. Le marieur vint se placer entre elle et Declan, mais ce n'était pas suffisant pour effacer son aura magnifique et triste.

Lucetmael se leva en se dirigeant vers elle et fut intercepté par Luíseach, très vive. Elle le rassit auprès des petits nobles et lui chuchota des instructions tendres concernant le petit coussin avec les alliances, en lui indiquant le Chef.

— Il faudra les apporter à votre oncle, Altesse.

La Reine ferma les yeux pour refouler ses larmes.

Anath rejoignit sa femme à l'entrée de la salle. Ils échangèrent quelques paroles pressées avant que Muirenn vienne se placer à côté de la souveraine. Ce fut le signal implicite pour que tous les convives se lèvent.

Lauryn était éblouissante. Son bonheur évident rehaussait sa beauté naturelle, qui suscita des soupirs émus à travers la salle. Tous les nobles présents au château avaient revêtu leurs plus belles toilettes pour l'évènement. Au bras de son frère, la promise marcha avec assurance vers son fiancé.

Anath tendit sa main à Declan, qui la serra.

— Prenez grand soin de ma petite sœur, Altesse.

Il opina, incapable de parler. Lauryn donna son bouquet à sa souveraine, puis se plaça face à Declan, lui dissimulant la vue de son amante.

Ni le Chef ni la Reine n'entendirent un seul mot de toute la cérémonie. Ils se souvenaient avec trop de détails du mariage d'Essylt, qui avait marqué leur vie du sceau de la trahison et de la culpabilité.

La souffrance atteignit son paroxysme lorsque Lucetmael s'approcha du couple en présentant fièrement les alliances. Declan caressa tendrement sa joue puis saisit le bijou destiné à sa fiancée, qu'il positionna devant sa main.

— Lauryn de Snéa, par cette bague je vous promets amour, fidélité, honneur et protection jusqu'à la fin des temps. Je fais de vous ma femme et vous accueille dans la famille royale de Bofursyle di Rodorchna.

Il perçut la légère crispation de son frère derrière lui d'avoir mentionné les deux royaumes.

Amusé par tout ceci, Lucetmael se tourna vers Lauryn avec un grand sourire. Ses yeux bleu ciel tombèrent sur sa mère juste à côté, en quête d'assentiment. L'expression du Prince s'effondra et il recula d'un pas.

— Altesse..., murmura la Comtesse, paniquée.

Calixte plaça ses mains sur les frêles épaules de son fils pour le pousser vers elle. Le Prince fit non de la tête et une clameur choquée résonna dans la grande pièce.

Il ressent que je ne souhaite pas que tout ceci ait lieu...

Declan et elle tenaient leur rôle de leur mieux, ils ne pouvaient pas se permettre que leur fils contrarie tous leurs efforts. Comme eux, il devait se conformer à son personnage de Prince adorable et bien élevé.

Essylt s'agenouilla et plaça sa main sous le coussin pour le soulever vers Lauryn.

— Je comprends que tu trouves cette bague très jolie, mon trésor, mais elle n'est pas à toi, déclara-t-elle d'un ton léger.

Les convives se détendirent, attendris.

— Celle-ci est pour la Comtesse, je t'en donnerai une autre, c'est promis.

Ses doigts rencontrèrent ceux de son fils et elle usa de sa magie pour apaiser ses craintes. Elle n'aurait pas su dire ce qu'il avait perçu exactement en elle, mais cela l'avait affolé.

— Merci, chuchota Lauryn en prenant l'alliance.

Calixte tira Lucetmael en arrière et Essylt reprit sa place.

— Declan de Bofursyle, par cette bague, je vous promets amour, fidélité, honneur et obéissance jusqu'à la fin des temps. Je fais de vous mon époux et vous fais Comte de Snéa.

Le Chef fixa l'anneau passé à son doigt. Il paraissait fragile et inapproprié sur sa grande main habituée à manier les armes.

— Declan de Bofursyle et Lauryn de Snéa, je vous déclare officiellement mari et femme. Vous pouvez embrasser la mariée.

Il se pencha vers elle pour déposer un baiser chaste sur ses lèvres offertes. Les applaudissements retentirent dans la salle, assourdissants. Il recula bien vite, écœuré par ce contact. Sa femme avait les paupières closes d'aise, le premier regard qu'il croisa fut donc celui d'Essylt.

Il lut dans ses yeux un supplice qu'il ne connaissait que trop bien.

Les domestiques retirèrent les chaises pour qu'ils puissent discuter tandis que les tables étaient dressées. Calixte avait sorti ses meilleures bouteilles de vin pour l'occasion et ils s'extasièrent de tout ce faste comme s'ils n'y étaient point accoutumés. Les enfants entamèrent des jeux bruyants et les adultes des conversations tant de fois répétées. Tous présentèrent leurs félicitations au jeune couple avant le diner.

Assise en face de Lauryn et Declan, Essylt se força à manger et à faire la conversation. Calixte quant à lui était la gaieté incarnée, fier de cet accomplissement qu'il jugeait indispensable à la grandeur de la Bofursyle.

Une fois le gâteau terminé, le Roi se mit debout pour faire un discours.

— Chers invités et amis, je vais être bref. Je suis enchanté que nous soyons tous réunis ce soir pour célébrer l'union de mon petit frère adoré et de la Comtesse Lauryn, une femme que j'estime beaucoup.

Il se tourna vers eux et leva son verre de vin rouge. Une goutte déborda et coula le long de sa main, laissant une trainée sombre.

— Mon cadeau de noces est un peu spécial, rit le monarque. Afin que vous puissiez jouir de l'intimité nécessaire à un jeune couple tout en étant proche du château, un manoir vous attend à une journée de cheval d'ici. C'est une demeure grandiose, avec un jardin qui j'espère vous plaira.

Lauryn porta une main émue à sa poitrine.

— Merci infiniment, Votre Majesté, c'est un cadeau inestimable.

— Merci, mon frère, déclara Declan en levant son verre vers lui.

Ils trinquèrent et tous applaudirent la générosité du Roi. Tous, excepté la Reine.

Les musiciens entonnèrent une douce mélodie et Declan invita Lauryn à ouvrir le bal.

— Ils forment un si beau couple, s'extasia Caitlyn.

Essylt ne parvenait plus à exprimer la moindre émotion. Ni le chagrin abyssal qu'elle éprouvait ni la joie qu'elle était censée afficher. Les admirer danser était une torture, qui s'intensifia lorsque Calixte l'amena sur la piste pour les rejoindre.

Accrochée aux épaules de son mari, sa vision se flouta. Tout allait bien trop vite.

— Puis-je faire danser ma sœur, Altesse ? s'enquit aimablement Anath, son épouse à son bras.

— Bien entendu, répliqua Declan avec un signe de tête protocolaire.

Calixte tira sa femme vers eux.

— Procédons à un échange, proposa-t-il en tendant sa main vers Muirenn.

Anath fit tourbillonner sa petite sœur d'un côté, le Roi entraina la Comtesse de l'autre. Declan et Essylt se retrouvèrent face à face, démunis.

— Majesté.

Il prit sa main et posa l'autre dans le bas de son dos. Leurs pieds suivirent le rythme par automatisme pendant que leurs yeux s'étreignaient en une danse bien plus intime.

Certaines histoires étaient censées se répéter.

Le pouce de Declan dessina des cercles dans son dos, pour lui affirmer qu'il tiendrait et qu'il compatissait à sa douleur. L'index d'Essylt glissa le long du sien, pour le soutenir et lui dire à quel point elle l'aimait.

Ils furent aussi soulagés que déçus lorsqu'ils durent changer de partenaire. Les heures défilèrent, emplies des mêmes alcools, des mêmes musiques, des mêmes conversations, des mêmes rires. La fête ressemblait à s'y méprendre à toutes celles s'étant déjà déroulées ici, toutefois des vies en ressortiraient bouleversées à jamais.

— Je suis épuisée, souffla Lauryn à l'oreille de Declan.

Il tangua sur ses jambes, incertain d'avoir bien compris. Calixte arriva dans son dos et claqua son épaule avec un peu trop de force.

— Il est temps pour les jeunes mariés de se retirer, vous ne croyez pas ?

Les aristocrates près d'eux s'esclaffèrent.

La Comtesse passa son bras autour de celui de Declan, indiquant clairement son accord. Il se frotta le visage pour reprendre ses esprits, le corps lourd de tout le whisky qu'il avait ingurgité.

— Nous vous souhaitons une agréable fin de soirée, déclara le Chef avant de se diriger vers les portes avec son épouse.

La Reine les observa partir, bien trop consciente de ce qui allait suivre.

— Altesse, excellence, permettez-moi de vous escorter, les pria un valet dans le couloir.

Surprise, Lauryn consulta Declan, qui haussa les épaules. Ils obtempérèrent jusqu'à arriver dans l'aile réservée à la famille royale, où le valet ouvrit des portes bien connues.

— Voici vos appartements, votre Altesse, votre excellence.

Calixte avait fait réagencer et redécorer les anciens appartements de Guénolé et Dubheasa à leur intention. Les lieux étaient suffisamment spacieux et luxueux pour accueillir un jeune couple de leur rang. Comblée, Lauryn s'avança dans le salon et tournoya sur elle-même.

Si je change d'appartements, cela signifie que je n'aurai plus accès au passage secret menant à la chambre d'Essylt...

— Où sont mes affaires ? gronda-t-il.

Calixte s'était encore permis de décider à sa place.

— Aucun domestique n'y a touché, votre Altesse, répondit le valet. Le Roi l'a interdit puisque vos affaires contiennent des documents confidentiels. Des domestiques seront à votre disposition pour tout amener ici. Souhaitez-vous que j'aille vous chercher quelque chose ? Un vêtement ? De quoi faire votre toilette ?

— Non, merci, vous pouvez disposer.

Le valet referma derrière lui et Declan prit conscience du silence gêné. Lauryn le détaillait en se tordant les mains.

— Excusez-moi, je n'aime pas qu'on touche à mes affaires et... il est étrange de me retrouver ici, articula-t-il péniblement.

Les meubles avaient été remplacés, même dans les chambres d'après ce qu'il pouvait apercevoir. Mais cela ne changeait rien au fait que son père était mort ici.

— Je le conçois parfaitement, dit-elle en venant prendre sa main. Après le décès de mon père, ni Anath ni moi n'avons été en mesure de retourner dans ses appartements. Ils demeurent encore inoccupés. Je compatis à votre chagrin.

Elle déposa un tendre baiser sur sa joue.

— Quelle chambre préférez-vous ? demanda-t-elle avec sollicitude.

Celle de la femme qui a attenté à la vie d'Essylt ou celle où l'homme que je considérais comme mon père s'est éteint ? reformula-t-il amèrement.

— Ce serait plutôt à moi de vous poser la question.

— Vous et moi avons toujours suivi à la lettre le protocole. J'espérais que nous pourrions nous l'épargner en privé.

— Oui, bien entendu.

Il désigna l'ancienne chambre de Dubheasa.

— Je prendrai celle-ci.

— Parfait.

Elle l'entraina gentiment jusque dans la pièce indiquée et il se laissa faire, embrumé par l'alcool. Il n'avait pas compté ses verres, cherchant dans le vin et le whisky un oubli impossible à atteindre.

Face à face à côté du grand lit, ils se contemplèrent, mal à l'aise. Le Chef chancela un instant puis décida de s'asseoir.

— J'espère que la décoration est à votre gout.

L'ivresse ne l'empêchait pas de prononcer des paroles futiles.

— Oui, rassurez-vous, sourit-elle en s'installant près de lui. Il me tarde de découvrir notre manoir. Le Roi m'a dit qu'un carrosse nous attendrait demain matin pour nous y rendre et qu'il vous avait accordé quelques jours de repos.

Il s'était attendu à ne pas pouvoir remplir ses fonctions et avait donc demandé à Réamann de se charger des affaires pressantes. Son second résidait au palais depuis quelques semaines, ce qui l'avait grandement arrangé. Ils ne s'étaient pas revus depuis que Declan l'avait renvoyé en Bofursyle après qu'il eut accompagné la Reine en Rodorchna.

— Très bien.

Il n'avait rien d'autre à ajouter. Que ce soit ici ou ailleurs, il était privé d'Essylt et devait jouer l'époux modèle et énamouré.

Lauryn entreprit de retirer les broches en argent en forme de flocons qui retenaient ses cheveux. Elle se tourna dos à lui.

— Pouvez-vous m'aider avec ma robe ?

La vision trouble, il peina à saisir les lacets qui retenaient les jupons, puis ceux qui maintenaient le corset. Quand la pulpe de ses doigts effleura sa peau, il eut la nausée.

Il s'écroula sur le lit et expira bruyamment.

— Declan ?

— Excusez-moi, je...

Je ne peux pas faire ça.

Il ferma les yeux.

— Je suis très fatigué. Votre frère et le mien ont surestimé mes capacités à ingurgiter de l'alcool. Et...

— Ce n'est rien, affirma-t-elle en un mélange inextricable d'amusement, de soulagement et de regret. Nous pouvons attendre.

Il hocha la tête, un goût de bile dans la bouche.

— Laissez-moi vous aider.

Elle lui retira ses bottes et son pantalon avant de le recouvrir avec les couvertures. La Comtesse souffla toutes les bougies puis s'allongea près de lui et l'embrassa.

— Reposez-vous, une longue journée de voyage nous attend demain.

Sa gentillesse l'émut aux larmes. Elles inondèrent ses joues en silence, ponctuées par les respirations lentes de sa femme endormie près de lui.

XXXII

« Mieux vaut une maison branlante où l'on rit, qu'un palais où l'on pleure. » Reine Ornóra de Rodorchna, 456.

Du mouvement contre son flanc réveilla la Reine. Des petits pieds se glissèrent sous sa cuisse pour se réchauffer et des cheveux lui chatouillèrent le nez.

— Bonjour, mon trésor.

Lucetmael grommela, encore à moitié endormi. Elle enroula ses bras autour de lui pour le serrer fort, sans parvenir à être rassasiée.

— Majesté, puis-je entrer ? demanda Cleena depuis le couloir.

— Oui.

La gouvernante se faufila jusqu'aux fenêtres pour ouvrir les rideaux. Le mois de novembre touchait à sa fin et si la neige se faisait attendre, la pluie elle n'en finissait pas de tomber.

Essylt fixa l'eau qui dégoulinait le long des vitres. Le temps avait décidé de se conformer à son humeur.

— Je ne veux pas me lever, murmura Lucetmael contre son cou.

Elle embrassa tendrement son front.

— Les filles vont te faire couler un grand bain chaud où tu pourras jouer.

Il se décala et ouvrit un œil intrigué.

— J'aurai le droit de mettre de l'eau partout ?

— Le Roi est parti il y a une heure, annonça Cleena d'un ton léger en sortant les vêtements de la souveraine.

— Je crois que ça veut dire oui. Mais tu obéis aux filles si elles te demandent d'arrêter.

— Promis ! s'écria-t-il en bondissant par terre.

Il courut dans la salle de bains avec une énergie impressionnante. Les bras vides, Essylt serra la couverture contre elle.

Sa magie coula de son corps immobile pour descendre d'un étage. Les appartements de Declan étaient déserts. Une partie de ses affaires étaient encore là, mais le Chef lui ne l'était plus. Il avait quitté le château la veille au matin avec sa ravissante épouse pour se rendre dans leur manoir, afin de célébrer plus intimement leurs noces.

Que sont-ils en train de faire ? Viennent-ils de se réveiller d'un sommeil profond dû à l'union de leurs corps ? Ou dorment-ils encore, enlacés l'un contre l'autre ?

Combien de fois l'a-t-il touchée ? A-t-elle aimé cela ? Et lui ? Peut-être que c'est bien meilleur avec elle…

Et s'il tombait amoureux d'elle ?

— Majesté ?

Elle sursauta. Cleena la détaillait, les sourcils froncés.

— Êtes-vous souffrante ?

— Non, j'arrive.

Elle repoussa les couvertures et enfila le peignoir épais qu'elle lui présentait. Elle toucha à peine son petit déjeuner, alors que c'était son repas préféré de la journée. Impatient, le Prince la quitta bien vite pour rejoindre Nar.

Chaudement habillée, la Reine descendit dire au revoir à ses chères amies. Saraid et Luíseach rentraient en Rodorchna pour remplir leurs obligations royales. Essylt les serra longtemps contre elle, le cœur lourd de tous ces mots non dits. Elles étaient les seules à avoir demandé de ses nouvelles en privé suite à sa blessure à la lèvre. La Reine avait menti pour les rassurer, tout en sachant qu'elles n'étaient pas dupes. Elle observa les carrosses quitter la cour en sentant sa solitude grandir encore un peu plus.

Après diverses réunions où elle eut le plaisir de ne pas voir son mari, la souveraine décida de s'accorder un peu de répit avant le déjeuner. Elle se rendit dans la Bibliothèque, une pièce qu'elle n'avait pas visitée depuis le temps où elle était Princesse et étudiait entre ces murs.

Nous avons tant de choses à prévoir avant notre départ pour l'île… Quelques recherches sur la navigation ne seront pas de trop.

Declan voulait qu'ils emmènent des marins expérimentés avec eux, mais Essylt préférait parer à toutes les options. Elle sélectionna des ouvrages puis s'installa à une table près de la fenêtre. Dehors, la pluie diluvienne ne montrait aucun signe de faiblesse.

Elle survola quelques pages, accoutumée à chercher les informations qui lui étaient essentielles. Les marins ne s'étaient jamais aventurés à plusieurs jours de la côte, elle devait donc se contenter d'indications sur les courants les plus proches.

Je ne maîtrise pas l'eau, donc il me sera impossible de contrôler les flots comme l'a fait Meallán. En revanche, je maîtrise bien le vent, je pourrai donc gonfler les voiles ou repousser des nuages.

Elle espérait que cela suffirait. L'aventure qui les attendait serait loin d'être aisée, mais c'était également ce qui la rendait si excitante.

Voguer, découvrir cette nouvelle terre, être libre… Être ensemble.

Nous pourrons arpenter l'île pour admirer tous ses paysages merveilleux et différents. Trouver les pierres puis profiter d'un peu de répit. Jouer dans le sable et…

— Majesté ?

Elle tressaillit. Debout à trois pas de la table, le Baron Niocol patientait poliment.

— Veuillez m'excuser, je ne voulais point vous importuner pendant vos réflexions.

Elle sourit du bout des lèvres, gênée qu'il eût remarqué son inattention.

— Ce n'est rien, excellence.

— Puis-je me joindre à vous ?

Il désigna la chaise à côté de la sienne. Puisqu'elle n'avait aucune raison valable de ne pas accepter, elle acquiesça.

— Merci. Il est rare d'avoir de la compagnie en ces lieux.

Les érudits qui géraient la Bibliothèque étaient des hommes associables et peu aimables. Elle n'était pas étonnée qu'il fût un fervent lecteur. Lorsqu'il lui faisait la cour, il lui avait lu un nombre incalculable de poèmes, d'auteurs célèbres ou de son cru.

— Cela faisait longtemps que je n'étais pas venue.

— Vos lectures sont-elles distrayantes ?

— Oui, affirma-t-elle en poussant discrètement les ouvrages loin de lui, afin qu'il ne puisse pas lire les titres. Et vous ?

— C'est le roman d'un écrivain que j'affectionne, Cassidan Garbhan, vous connaissez ?

— Bien entendu. J'ai lu plus de la moitié de ses ouvrages durant mes études.

— Votre professeur avait donc un goût très sûr.

— C'est Dubheasa qui m'enseignait la littérature.

Il pâlit, en une attitude confuse très aristocratique.

— Je l'ignorais, Majesté, veuillez m'excuser pour ma maladresse.

— Ce n'est rien. Vous ne viviez pas ici à l'époque.

Il opina, les mains posées sur son ouvrage fermé, avant de plonger ses yeux noirs dans les siens.

— Comment allez-vous, Majesté ?

L'intensité de son regard la prit moins au dépourvu que sa question. Personne ne lui demandait cela de manière aussi directe. Personne ne l'osait, surtout en connaissant les tensions qui régnaient avec Calixte.

— Je suis désolé si vous me trouvez indiscret, mais je suis inquiet pour vous, poursuivit-il face à son immobilité. L'attitude du Roi à votre égard est révoltante. Et hier soir, j'ai remarqué que vous avez très peu mangé durant le diner…

— Je n'avais simplement pas faim.

Ce mensonge ne le satisfit guère.

— Je tenais à ce que vous sachiez que je suis là pour vous si vous avez besoin de discuter.

— Je vous remercie, dit-elle en se reconcentrant sur son livre.

— Je suis sincère, insista-t-il en prenant sa main. Je serai toujours là pour vous, peu importe ce dont vous aurez besoin.

Émue, elle détailla ses traits empreints de sollicitude.

— Merci, Niocol, je…

Ses lèvres effleurèrent les siennes, en un baiser aussi tendre qu'inattendu. Il fallut une longue minute à la Reine pour comprendre qu'elle s'était méprise sur les intentions du Baron et pour le repousser.

Ses yeux noirs rayonnaient d'adoration.

— Ma Reine, je…

— Partez.

Paniqué, il reprit ses mains, qu'elle lui retira brusquement.

— Je croyais que…

— Vous vous êtes fourvoyé ! siffla-t-elle en se levant d'un bond. Ne refaites jamais cela et n'en parlez à personne, c'est compris ?

Il baissa la tête, confus.

— Oui, Majesté.

Elle ramassa ses livres et quitta la salle silencieuse à grands pas, en vérifiant à l'aide de sa magie que personne ne les avait vus. Heureusement, la Bibliothèque était aussi vide que le Baron l'avait mentionné.

Elle ne se calma qu'une fois arrivée dans son salon, où elle jeta les ouvrages sur un canapé. Puis elle s'essuya la bouche du revers de la main.

Comment a-t-il pu croire que je lui donnais ma permission ? Suis-je si pathétiquement triste et seule que j'ai suscité sa pitié ? Comment a-t-il osé faire cela à Caitlyn ?

Ses pensées outrées se mélangeaient.

— Majesté, tout va bien ? questionna Aphria.

— Parfaitement. Faites monter mon déjeuner ici, je vous prie.

— Tout de suite, Majesté.

La servante s'éclipsa et Essylt se laissa choir sur un fauteuil.

— Où est Paddy ?

Bethania partit le chercher. Le page fit la révérence, empressé.

— En quoi puis-je servir ma Reine ?

— Rapporte ces livres dans la Bibliothèque. Discrètement, je te prie.

Il opina, prit les ouvrages et ne posa pas plus de questions. L'avantage d'être Reine était de pouvoir donner des ordres saugrenus sans être interrogée.

L'ouverture brutale de la porte la fit sursauter. Calixte surgit avec son capitaine, le front couvert de sueur.

— Tu n'es plus en réunion ? s'étonna-t-il.

— Je me suis accordée un instant pour manger. Capitaine.

— Votre Majesté, salua Tier en s'inclinant.

Elle était soulagée que Paddy eût emmené sa montagne de livres, lui épargnant des questions malvenues.

— Vous avez fait de l'escrime ?

— Oui, Tier est un adversaire de taille, se réjouit le Roi en frappant son épaule. Il faut bien que je m'occupe en l'absence de Declan.

Il ne fallait pas le forcer à épouser Lauryn si tu voulais tant le garder près de toi.

Elle cacha son aigreur derrière un sourire étudié.

— Tu n'étais pas censé recevoir le peuple en audience publique ?

— Si, je l'ai fait, mais j'ai écourté pour faire de l'escrime.

Irritée par son attitude désinvolte et par son désintérêt manifeste pour les audiences publiques, pourtant indispensables, elle fut soulagée de voir entrer Aphria avec ses plats. Les deux hommes la suivirent du regard quand elle déposa les mets sur la table.

— Merci.

La Reine s'assit à sa place coutumière.

— Je mangerai dans mon bureau en compagnie de Tier, déclara Calixte en faisant signe au soldat de le suivre.

Ce dernier refit une révérence appliquée à la Reine avant de disparaître. Une drôle de sensation lui picota la poitrine, mas elle fut bien vite balayée par son pragmatisme. Si Calixte était occupé avec Tier et leurs jeux d'épée, cela l'arrangeait. Moins ils se voyaient, mieux elle se portait.

Le soir venu, la Reine redoubla d'efforts pour dissimuler son chagrin. Il ne fallait pas que son mari ou quiconque d'autre comprenne que l'absence de Declan la peinait. Un autre sentiment venait s'ajouter à la longue liste de ceux qu'elle devait réprimer : la rancœur. Avant de passer à table, elle aperçut Niocol et Caitlyn qui discutaient près d'une fenêtre. Le Baron caressait tendrement son ventre arrondi par-dessus sa robe épaisse et l'écoutait avec attention. Cette image sonnait faux et elle s'en sentait coupable. Niocol avait trahi la confiance et l'amour de son épouse en se permettant ce geste déplacé. Essylt lui en voulait de l'avoir mise dans une telle posture et se fustigeait également de ne pas avoir deviné ses intentions. Savoir que le noble avait encore de tels sentiments pour elle la mettait très mal à l'aise. Elle appréciait Caitlyn et ne voulait pas causer son malheur.

Deux jours plus tard, Essylt se leva aux aurores après une nuit dénuée de sommeil. Allongé dans le grand lit, Lucetmael dormait encore, la bouche entrouverte d'aise. Elle l'avait gardé près d'elle depuis le départ de Declan. Il n'avait néanmoins pas suffi pour qu'elle s'endorme et se repose.

J'ai hâte qu'il rentre... Les choses seront-elles différentes entre nous ? Comment va-t-il faire pour quitter Lauryn ? M'aimera-t-il encore ?

Une migraine pulsait à ses tempes. Elle s'assit devant son miroir et entreprit de démêler ses cheveux dans la faible clarté de l'aube.

Et si Lauryn tombait enceinte ?

Cette pensée la statufia.

J'espère que Declan a pensé à faire attention... Mais un accident... Non... L'idée que... Cela changerait tout. Declan n'abandonnera jamais son enfant. Et Lauryn... Elle peut lui offrir une vraie famille, sans honte ni disgrâce. Elle...

Lucetmael renifla bruyamment, interrompant ses pensées. Elle se massa le front.

Je deviens paranoïaque. Il faut que je me calme.

C'était plus facile à dire qu'à faire. Ne pas savoir ce que Declan faisait poussait son esprit à imaginer le pire. Ils avaient affronté tant d'évènements, surmonté tellement d'obstacles... La fin de leurs mensonges était proche. L'île marquerait un tournant décisif dans leurs existences et elle en avait grandement besoin.

Elle s'emmitoufla et referma silencieusement la porte pour préserver le sommeil de Lucetmael. Elle avait soif. Dans le couloir, le silence la surprit. Il était rare qu'elle soit réveillée avant ses gens. Sa magie l'informa que Cleena, Janae, Bethania et Léan dormaient encore, bien que la première commençât à s'éveiller. Quant aux commandants, les ronflements de Cathan parlaient d'eux-mêmes.

Essylt entra dans le salon et fut étonnée de ne pas trouver Aphria. L'une de ses caméristes restait éveillée la nuit au cas où elle en eût besoin. Elle ignorait comment elles s'occupaient pendant ce temps-là, mais il était certain qu'elles ne quittaient jamais les appartements royaux.

Elle contourna les canapés d'un pas léger et ouvrit la porte du couloir menant à la chambre de Calixte. Assis sur une chaise, le valet de garde sursauta.

— Majesté ! souffla-t-il en faisant la révérence. En quoi puis-je vous être utile ?

— Où est Aphria ?

Il n'y avait pas de fenêtre dans le couloir, elle ne distinguait que son ombre. Elle fut cependant persuadée qu'il s'était décomposé de gêne.

— Je l'ignore, Votre Majesté. Souhaitez-vous que je…

Essylt le contourna, mue par son instinct.

— Votre Majesté !

Elle ignora l'exclamation paniquée du valet et entra dans la chambre du Roi.

Les rideaux étaient ouverts, laissant entrer les rayons du soleil levant. La lumière se déversait directement sur le lit et jouait sur la peau nue des deux corps entremêlés. À genoux entre les jambes d'Aphria, Calixte la pénétrait brutalement.

Ils eurent la décence de se figer en découvrant la Reine.

— Votre Majesté !

Le cri suraigu de la servante lui vrilla les tympans.

Avec nonchalance, le Roi se redressa et s'écarta, dévoilant leurs intimités luisantes. Essylt détourna le regard, à deux doigts de vomir.

— Majesté, je…

Aphria récupéra précipitamment ses affaires par terre pour se rhabiller tout en balbutiant ce qui ressemblait vaguement à des excuses.

— Dehors, la coupa brusquement la Reine.

Elle hocha la tête avant de sortir en courant.

Assis au bord du lit, Calixte tira ses cheveux en arrière, agacé.

— Febal, je vous avais dit que je ne voulais pas être dérangé.

Ahurie, la Reine se retourna lentement vers le valet qui patientait derrière elle dans l'encadrement de la porte.

— Veuillez m'excuser, Majesté, mais la Reine…

— Sortez, ordonna Essylt.

Il ne se le fit pas répéter.

Un silence glacial s'abattit sur la pièce.

— J'aurais préféré qu'il reste pour m'aider à m'habiller.

Calixte se leva et se dirigea vers son armoire comme si de rien n'était.

Essylt tremblait. De rage, de dégoût, de détresse. La scène à laquelle elle venait d'assister s'était gravée au fer rouge dans sa mémoire, elle la revoyait sans cesse.

— Tu ne comptes rien dire ? finit-elle par cracher, amère.

Il referma une porte pour l'observer de haut en bas tout en boutonnant son pantalon.

— Que suis-je censé dire ? Que je suis désolé ? Ce n'est pas le cas.

— Comment oses-tu…

Elle reprit son souffle, écœurée.

— Comment as-tu osé faire cela ? Tous les domestiques vont être au courant ! Et si c'était Lucetmael qui était venu te voir au lieu de moi, s'il vous avait entendus ? N'as-tu pas honte de…

— Ce sont les seules choses auxquelles tu penses ? railla-t-il en s'approchant d'elle. Les rumeurs et notre fils ?

Elle soutint son regard.

— Tu es le premier à ne penser qu'à l'opinion publique. Comment oses-tu m'humilier de la sorte ?

Il éclata d'un rire rauque qui hérissa les poils de sa nuque.

— Quelle audace j'ai eu de croire un bref instant que tu étais jalouse. Pour cela, il faudrait que tu m'aimes, mais ce n'est pas le cas.

Elle secoua la tête, stupéfaite.

— Si tu as fait cela pour susciter ma jalousie, tu es idiot !

— Non ! hurla-t-il en se penchant vers elle, menaçant. J'ai fait cela parce que ma femme n'a pas partagé mon lit depuis pratiquement un an. Un an !

— Est-ce une raison valable pour réchauffer ton lit avec une autre femme ?

— Oui !

Il frotta sa barbe de plusieurs jours, faisant jaillir ses yeux injectés de sang.

— Je suis un homme, j'ai des besoins. Et ma femme n'est pas disposée à les satisfaire, donc j'ai décidé d'aller chercher du réconfort ailleurs.

— Du réconfort ? glapit-elle, outrée. C'est tout ce que tu trouves à dire ?

Il se pencha à son oreille et elle frissonna violemment.

— Je n'aurais pas besoin de partager la couche d'autres femmes si la mienne daignait remplir ses devoirs conjugaux. Tu es la seule à blâmer.

Il s'écarta, enfila son haut et ouvrit la porte.

— À l'avenir, tu seras priée de te faire annoncer avant d'entrer ici.

La Reine s'enferma dans sa chambre. Elle prit soin de son fils pour ne pas l'affoler puis le confia à sa nourrice avant d'ordonner de ne pas être dérangée. Elle géra certaines affaires d'État depuis son bureau et refusa de recevoir les conseillers ou les nobles qui la sollicitèrent en début d'après-midi.

Elle savait pertinemment que tout le château ne parlait que de l'infidélité du Roi. Il ne pouvait en être autrement. Calixte n'avait rien fait pour le dissimuler et lui avait prouvé qu'il n'avait que faire de l'humilier. Les incartades de certains monarques étaient moins décriées, parce qu'ils s'y adonnaient régulièrement ou discrètement. Malgré tous leurs différends, les habitants du château étaient déconcertés que le souverain eût délaissé sa femme.

Remarquant qu'elle relisait la même phrase pour la cinquième fois, Essylt repoussa les documents dans un coin de son bureau puis se massa le front. Dans la pièce voisine où dormaient ses caméristes, le vacarme lui faisait mal à la tête.

Trop ahurie par l'attitude de Calixte pour manger, la Reine était directement retournée dans sa chambre après l'incident, incapable de réfléchir. Ce n'était en revanche pas le cas de Cleena, qui s'était époumonée sans la moindre gêne.

« *Tu as trahi ta Reine, Aphria. Prends tes affaires, va t'installer dans les quartiers des domestiques et fais en sorte de ne plus jamais apparaître devant Sa Majesté !* »

Sa voix résonnait encore entre ces murs, assourdissante de fureur. Aphria avait pris ses biens en moins de temps qu'il n'en faut pour le dire et les servantes royales avaient décrété qu'elles n'avaient pas besoin d'une cinquième personne pour remplacer Adelyn. Elles avaient donc requis Cathan et Jarlath pour sortir le lit superflu et gagner de l'espace.

Essylt n'en voulait pas véritablement à Aphria, bien qu'elle fût d'accord avec son renvoi. Elle avait besoin d'être entourée de gens de confiance. Il était toutefois difficile de savoir dans quelle mesure elle avait consenti à partager le lit du Roi. L'avait-il forcée, d'une quelconque manière que ce soit ? Ou l'avait-elle séduit ? La

Reine aurait pu chercher des réponses, mais ne le désirait pas. Peu importe les raisons d'Aphria, sa loyauté n'était pas aussi indéfectible que celle de Cleena, Bethania, Léan et Janae.

Elle s'étira les bras, le dos douloureux. Son dos n'était d'ailleurs pas le seul à la faire souffrir. Elle n'aurait pas cru que surprendre son mari en plein adultère lui causerait tant de peine. Elle n'aimait pas Calixte et l'affection qu'elle lui portait s'était détériorée ces derniers mois. Cela demeurait cependant une trahison, surtout vis-à-vis de l'amour qu'il se vantait de lui vouer. Elle savait qu'il l'aimait, elle le ressentait dans chacun de ses regards, et même durant leurs disputes. Cette tromperie avait donc pour unique but de la blesser.

Si c'est moi qui avais été surprise avec un autre dans mon lit...

L'injustice lui brûlait la poitrine. Parce que même dans l'adultère, les hommes et les femmes n'étaient pas égaux. Cette histoire allait enflammer le château pendant un certain temps, puis serait oubliée ou remplacée. Si Calixte décidait de prendre du bon temps régulièrement, il serait mal vu par certains et encouragé par d'autres. Sa réputation politique n'en serait pas endommagée et il ne risquerait pas de perdre sa couronne.

Essylt bondit sur ses pieds et retira le drap qui recouvrait son matériel de peinture. Elle ouvrit deux flacons, plongea ses doigts dedans et s'acharna sur une toile vierge.

Si Calixte m'avait surprise avec un autre, il l'aurait fait enfermer, voire exécuter. Et j'aurais été une femme adultère, impure, malveillante... Une femme indigne de confiance et de son Trône.

Elle frappa la toile, encore et encore.

Il m'a trahie par rancœur, par stupidité et par vengeance. Moi, je lui suis infidèle depuis des années par amour. Lequel de nous deux l'Histoire retiendra-t-elle comme le méchant ?

Essoufflée, elle s'arrêta. Du rouge s'était mêlé au bleu et au noir de la peinture. Deux de ses ongles s'étaient brisés contre la toile, la déchirant à un endroit.

— Majesté, tout va bien ? appela Cleena depuis l'entrée de sa chambre.

— Oui. Peux-tu m'apporter de quoi me laver les mains, je te prie ?

La gouvernante revint un instant plus tard avec un broc d'eau et une serviette. Elle découvrit la Reine assise contre son bureau, les yeux fixés sur sa toile. Elle s'agenouilla pour nettoyer tendrement ses mains.

— Bethania parviendra à laver ces taches, rassurez-vous, dit-elle en désignant les traces rouge, bleu et noir sur ses jupons.

Essylt renifla bruyamment. C'était le cadet de ses soucis.

Cleena replaça une mèche derrière son oreille.

— Je suis désolée, ma Reine.

Elle ferma les yeux, incapable d'exprimer à sa gouvernante les véritables raisons de sa douleur.

— Majesté ?

— Oui ?

Paddy entra, obligeant les femmes à se relever.

— Il y a des lettres pour vous, Majesté. Les messagers avaient été ralentis par les orages et sont tous arrivés en même temps.

— Bien, merci. Vous pouvez disposer.

Elle se rassit avec la grosse pile dans les mains. Elle mit de côté celles concernant la politique pour privilégier celles de ses proches.

Yvain lui donnait des nouvelles de Céali et Ysolte, et espérait qu'elle et Calixte se portaient bien. Le décès de Guénolé avait été soudain et le Roi de Xcramif n'était pas le seul à s'enquérir souvent de l'état de son mari. Il n'était pas non plus le seul à avoir remarqué son attitude à son égard lors de leur séjour en Mebeaka. Dans sa lettre, Mazoe lui faisait part de ses inquiétudes. Un simple effleurement des deux papiers lui suffit pour ressentir la sollicitude de ses cousins.

Je ne vais pas pouvoir prétendre que tout va bien encore très longtemps…

Elle ouvrit la missive du Duc Faolan et fut enchantée d'apprendre que son second fils était né. Sibby avait accouché à la mi-novembre d'un petit Peadair, nommé en l'honneur de son grand-père, l'époux d'Ailonora. Avec leur aîné Matholwch, ils avaient décidé de rendre hommage à la lignée royale de Rodorchna. Essylt ignorait si elle devait se sentir flattée ou agacée.

La dernière lettre était cachetée avec le sceau royal de la Jirialc. Sans surprise, Tomás avait fait sa demande à Ailís, qui l'avait acceptée. Le Prince était exalté de bientôt unir sa vie à celle de sa bien-aimée et prévoyait leur mariage pour le mois d'août. Il espérait qu'Essylt accepterait de faire partie des demoiselles d'honneur.

Je ne sais pas si nous serons rentrés de voyage à ce moment-là… Je ne sais pas quand nous pourrons partir.

Il n'était pas utile d'être pressée, car il fallait attendre les jours cléments du printemps pour s'assurer d'une traversée plus paisible. Elle ignorait aussi combien de temps ils seraient partis et ce qu'il se produirait à leur retour.

J'espère pouvoir assister à cette journée si spéciale pour vous, mon cher ami, songea-t-elle en passant son doigt sur la signature du Prince. *Et si ce n'est pas le cas, j'espère que vous me le pardonnerez.*

Elle aligna les feuilles devant elle, incertaine d'avoir envie de rédiger des réponses. Qu'allait-elle bien pouvoir dire ? Elle était ravie des bonheurs de ses proches, cependant… leur vie avançait tandis que la sienne stagnait. Elle était coincée ici le temps que l'hiver passe, sans savoir ce que l'avenir lui réservait ni ce que Declan faisait. De surcroit, elle se sentait très seule dans ce château glacial, en proie aux humeurs et aux scandales de son mari.

Les larmes creusèrent une à une des sillons sur ses joues jusqu'à rejoindre la peinture et le sang sur sa robe.

Quatre jours plus tard, la Reine respira à nouveau quand un soldat lui annonça le retour du Prince Declan. Elle garda une expression détachée et poursuivit sa réunion en luttant contre l'envie de courir le retrouver. En fin d'après-midi, elle se rendit dans son bureau et confia une missive à Paddy.

Le Chef fronça les sourcils en découvrant le page à l'entrée de ses nouveaux appartements. Il le remercia et ouvrit précipitamment la lettre, inquiet. Comme dans chacun de leurs échanges privés, la Reine utilisait un code connu d'eux seuls.

— Qui était-ce ? s'enquit joyeusement Lauryn depuis sa chambre, où elle terminait de se préparer pour le diner.

« *Nous partons fin mars en Rodorchna. Tiens-toi prêt.* »

Un frisson d'excitation dévala son dos. Il huma le papier et perçut des effluves de son parfum.

— Declan ? Qu'est-ce que c'était ?

Des pas s'approchèrent. Lauryn fronça les sourcils en découvrant son mari accroupi devant l'âtre.

— Rien d'important, affirma-t-il en remuant les braises à l'aide d'un tisonnier.

XXXIII

« J'ai connu l'amour et la haine : ne venez pas me demander laquelle j'ai préférée. » Roi Wyatt de Xoramif, 256.

— Quel plaisir de vous revoir parmi nous, vos excellences, se réjouit Caitlyn en levant son verre à l'intention de Lauryn et Declan.

— Le plaisir est partagé, répliqua la Comtesse.

— Comment est ce fameux manoir ? s'écria Caoilfhionn, sa fille sur les genoux.

— Absolument magnifique ! Il me tarde que les aménagements soient terminés pour pouvoir vous recevoir. Surtout vous, Vos Majestés. Encore merci pour votre générosité.

Assise à côté de sa belle-sœur, Essylt sourit de toutes ses dents pour atténuer les crispations de son visage.

— Nous en serons ravis.

— Ce sera l'occasion de prendre du bon temps loin du château, s'exclama Calixte. Et je n'ai pas choisi un manoir de petite taille.

Son cadet avait grincé des dents en découvrant la grande bâtisse en pierre entourée d'un jardin fleuri et extravagant. Cet endroit ne correspondait pas du tout à Declan, mais Calixte n'en avait certainement que faire. Les convenances importaient plus que les gouts.

— Oui, je n'en ai pas cru mes yeux, ce manoir est aussi grand que celui dans lequel j'ai grandi !

Les femmes s'extasièrent de sa chance tandis que la Reine faisait semblant de les écouter. Elle se concentrait pour ne pas chercher à croiser le regard de Declan. Paddy lui avait donné la lettre, mais elle voulait confirmation qu'il avait compris le message. Cela était cependant impossible, car ils ne pouvaient pas se permettre de se parler en privé après tous les soupçons de Calixte à l'égard de son frère. Et puisque Declan ne vivait plus dans la chambre en dessous de la sienne, il lui faudrait s'armer de patience.

— Maman ?

Essylt tressaillit puis se tourna vers le plus beau visage qui soit. Rouge d'avoir couru avec ses amis, Lucetmael leva sa jambe et elle saisit sa petite cheville pour l'aider.

— J'ai déchiré mon pantalon.

— Oh, ce n'est rien mon trésor, tu ne t'es pas fait mal ?

— Non et…

— Lucetmael !

La voix du Roi réduisit les conversations au silence. Il s'approcha d'un pas furieux de son fils.

— Comment as-tu fait cela ?

— Je jouais et…

— Tu dois faire plus attention ! Il est temps que tu cesses de cavaler de tous côtés ! Regarde dans quel état tu es !

— Désolé, Père…

— Et cesse d'appeler ta mère de manière si enfantine et informelle ! Elle est la Reine, tu dois lui témoigner ton respect. Baisse ta jambe sur-le-champ.

Le Prince obéit, le teint pâle.

— Pardonnez-moi, Père.

— Des excuses ne suffisent pas et…

— Assez !

Le hurlement de la souveraine fit bondir son fils derrière elle. Elle se redressa et affronta le regard courroucé de son époux.

— Ta réaction est disproportionnée, Calixte, et je te prie de cesser de nous donner en spectacle de la sorte. Ce n'était qu'un accident, ce genre de choses banales et insignifiantes arrivent aux enfants.

— Aux enfants, oui, mais pas aux Princes.

Un vent glacial souffla sur la pièce immobile. Décidée à lui tenir tête, Essylt se retourna vers Lucetmael et embrassa tendrement son front.

— Va avec Gladys et Caem dans ta chambre pour changer de pantalon et mets un haut plus ancien : ce soir, il y aura du gâteau au chocolat, ce serait dommage de salir celui-ci.

Son visage s'illumina.

— Merci, Mère.

La nourrice s'empressa de le faire sortir. Calixte observa son épouse avec dédain avant de se diriger dans l'angle opposé de la pièce en emmenant Lysander dans son sillage.

Après un diner emprunté où les aristocrates meublèrent la conversation de leur mieux, ils furent soulagés de quitter la table. Malgré l'heure tardive, certains enfants demeurèrent avec eux, dont la Duchesse Máda. À seulement un an et demi, elle était très vive et son père dut lui courir après quand elle saisit un verre vide sur la table.

— Non, ma chérie, rends-moi ça !

Il la porta et l'embrassa pour lui ravir son butin. Nullement déçue, elle lui rendit son baiser.

— Si elle est aussi rapide une fois adulte, je pourrai l'engager dans l'armée, rit Declan en apportant au Duc son verre de whisky qu'il avait dû abandonner pour rattraper sa fille.

— Je suis sûr qu'elle vous ferait regretter ce choix, rétorqua Tasgall en la reposant par terre.

— Ah, ces femmes…

— Comme vous dites ! Le mariage vous plait-il ?

— Oui, beaucoup, même si c'est encore très récent.

— Vous devez avoir hâte d'avoir des enfants.

Le Chef se composa une expression enjouée.

— Oui. Et vous, vous en souhaitez un autre ?

— Je ne serais pas contre un fils, avoua Tasgall avec un clin d'œil.

— Máda serait surement ravie d'avoir un frère.

Le Duc avala une gorgée d'alcool en vérifiant que personne ne les entendait.

— En parlant de frère, je ne sais pas si vous êtes au courant de ce que le vôtre a fait durant votre absence…

Le Chef fit semblant de s'étonner du changement de sujet, alors que c'était exactement ce qu'il voulait.

— Non, que s'est-il passé ?

— Je ne sais pas si…

— Je finirai par l'apprendre quoi qu'il en soit. Je n'ai pas eu le temps de m'entretenir avec mes soldats.

Lauryn l'avait accaparé avec des questions sur l'organisation de leur quotidien et bien qu'il soit d'une grande patience, cela avait été aussi interminable qu'inintéressant.

— Disons que l'attitude du Roi ce soir n'est rien en comparaison avec ce qu'il a fait…

Cette fois-ci, Declan se départit de son sentiment de triomphe. Il s'attendait à apprendre que les monarques s'étaient encore disputés, mais Tasgall sous-entendait qu'il s'était produit bien pire.

— Que s'est-il passé ?

Gêné, Tasgall vérifia à nouveau qu'ils étaient suffisamment éloignés des autres convives.

— Le Roi a partagé son lit avec une servante… Et a été surpris par la Reine.

Declan faillit briser son verre tant il le serra fort. Il souffla lentement par le nez en essayant de cacher sa rage. Après tout ce qu'il s'était passé, Calixte avait le culot d'humilier sa femme ? Le Chef ne doutait pas qu'il avait espéré être surpris en plein adultère et que la rumeur se répande. Il souhaitait faire du mal à Essylt, qu'importe le moyen. Declan avait envie d'attraper son frère par la base de la nuque, de le forcer à sortir dehors sous la pluie et de régler ça à coups de poing.

Malheureusement, violenter le Roi n'était pas une excellente idée pour survivre politiquement. Ni pour survivre tout court.

Le Chef poursuivit la discussion avec le Duc pour parfaire aux apparences. Ses yeux dérivèrent inlassablement vers son amante.

Il fut un temps où j'aurais eu des scrupules à te voler à mon frère, mon amour. Mais ce temps est révolu. Nous allons tout planifier pour partir sur cette île si importante pour toi, puis nous affronterons tout ce qui nous attendra ici à notre retour. Je ne te laisserai plus subir les affres de Calixte.

Les exigences infatigables de la royauté ainsi que les préparatifs pour le Nouvel An à venir accaparèrent la Reine, pour sa plus grande joie. Être occupée occultait sa solitude, encore plus suffocante depuis le retour de Declan. Vivre sous le même toit que lui sans pouvoir lui parler en privé ou partager son lit équivalait à retenir indéfiniment sa respiration. Ajouté à cela le comportement odieux de Calixte, qui s'amusait à inviter ponctuellement des femmes dans sa chambre, et la Reine était ravie de se plonger dans divers sujets tels que la comptabilité ou les inventaires, à la grande stupeur des intendants et des conseillers.

Un matin de fin décembre, Essylt reçut une invitation à prendre le thé de la part de la Comtesse Lauryn. Depuis qu'elle était revenue au château, elle l'avait soigneusement évitée, faisant en sorte de la voir en compagnie d'autres nobles.

Je n'ai plus d'excuse pour refuser.

Elle envoya Paddy l'informer qu'elle serait là. Son page revint avec deux lettres qu'elle s'empressa de décacheter, avide d'occupation.

Dans la première, Balor l'informait de la naissance de son fils, Ceallagh. L'accouchement avait été très difficile et Aveleen se reposait encore. Ils se portaient bien tous les deux et c'était l'essentiel. La Reine nota de leur envoyer un présent.

La seconde missive contenait également une merveilleuse nouvelle. Anna était enceinte. Surexcitée, sa meilleure amie lui racontait comment elle se sentait et détaillait ses étranges envies culinaires. Après trois fils — toujours si pleins de vie et de malice — elle espérait attendre une fille. Il était aisé pour Essylt d'imaginer une petite fille avec les beaux cheveux bruns et la détermination de sa mère. Dans les dernières lignes, Anna s'excusait par avance de ne pas pouvoir venir assister au cinquième anniversaire de Lucetmael. Maintenant qu'elle était sa marraine, ce rôle lui tenait très à cœur et elle s'en voulait de ne pas être en mesure de le célébrer avec eux, car son accouchement était prévu pour le mois de mai. Dans d'autres circonstances, Essylt aurait été déçue pour son fils, mais il n'en était rien. Elle ne savait pas quand ils parviendraient à partir, dans quel contexte, et surtout combien de temps durerait leur voyage.

Nous fêterons ses six ans comme il se doit, se promit-elle, la gorgée nouée d'appréhension.

Elle avait conscience de tout ce que son enfant pourrait perdre si l'opinion publique lui était défavorable après ce voyage. Aucun monarque du Continent n'avait été destitué de la sorte — si l'on omettait bien sûr Luam, ainsi que Mil. Même si aucun acte protestataire n'était commis à son encontre à leur retour, elle refusait de gouverner un peuple qui la mésestimait et ne voulait plus d'elle. En revanche, elle espérait que Lucetmael garderait son titre et son avenir. Declan et elle feraient tout pour.

Quelques heures plus tard, la souveraine dut se rendre dans le salon de son amant pour prendre le thé avec son épouse. Comme pour le manoir, Calixte n'avait pas lésiné sur le mobilier et leurs appartements étaient somptueux. Installée sur un grand canapé, Lauryn patientait sagement devant une table basse recouverte de gâteaux.

— Votre Majesté, je suis si heureuse que nous puissions enfin nous voir. J'espère que vous avez faim, j'ai commandé aux cuisines vos mets préférés.

Essylt prit place en face d'elle et sourit de son mieux.

— Merci pour cette charmante attention. Je suis désolée d'avoir été si peu disponible.

— Ce n'est rien, Majesté, c'est normal. Comment se porte le Prince ?

— Très bien. Il est très énergique, comme d'habitude. Avec la neige qui vient de tomber, il ne cesse de vouloir sortir jouer.

— Je me rappelle l'époque où nous en faisions autant, dit la Comtesse en portant sa tasse à ses lèvres. Declan était déjà un fin stratège à l'époque. Calixte et lui gagnaient souvent.

Essylt croqua dans une part de gâteau en affichant une expression enjouée.

Lauryn entreprit de lui narrer une épique bataille de boules de neige. La souveraine lutta contre sa curiosité déplacée avant de finalement libérer ses pouvoirs.

Il faut que je sache.

Sa magie enveloppa la Comtesse volubile.

Elle n'est pas enceinte.

Soulagée, elle offrit à l'aristocrate le premier sourire sincère depuis des semaines.

— Il me tarde que nous célébrions le Nouvel An.

— Il est vrai que c'est une fête très prisée en Bofursyle, ajouta la Reine.

— Oui, nous lui avons toujours consacré un engouement particulier. Vous n'avez invité personne cette année, Majesté ?

— Non. La noblesse rodorchnienne avait d'autres projets et j'ai privilégié l'intimité. J'espère que vous n'êtes pas déçue.

— Absolument pas. Nous passons d'excellentes soirées entre nous. Mais je dois vous avouer que j'espère fêter celui de l'an prochain en Rodorchna. Je ne suis pas retournée dans votre beau palais depuis le Nouvel An 687. Quelles réjouissances incroyables ! J'en garde de très bons souvenirs.

Il en aurait été de même pour la Reine si Lucetmael n'avait pas été enlevé et si Orlaith n'avait pas été forcée d'épouser Lysander après leur incartade.

— Peut-être célébrerons-nous le prochain en Rodorchna, dans ce cas.

— J'adorerais visiter davantage votre Royaume, Majesté. J'ai eu l'occasion de voyager dans le nord de votre Royaume de naissance, mais pas encore dans le sud.

— Nous organiserons cela.

— J'espère que Declan acceptera.

La Comtesse fit comme si sa tasse la passionnait pour éviter son regard.

— Le Chef est un homme très occupé, le défendit Essylt. S'il n'a pas le temps, je suis certaine que d'autres aristocrates accepteraient de vous accompagner.

— Évidemment. Je connais parfaitement les tâches qui lui incombent et respecte son engagement envers la couronne. C'est juste que… Mon époux se montre très distant avec moi et je ne sais pas quoi faire pour arranger cela.

La souveraine joignit ses mains, désemparée.

— Les hommes sont souvent difficiles à comprendre… Accordez-lui un peu de temps.

— Je le sais… C'est surtout que…

Les joues de Lauryn prirent une teinte écarlate.

— C'est surtout que quoi ? ne put-elle s'empêcher de demander.

— Je ne peux décemment pas vous parler de cela, Majesté.

Essylt se pencha vers elle, bien qu'elle sache que sa curiosité était malvenue.

— Vous pouvez tout me dire, Lauryn.

La Comtesse s'essuya élégamment la bouche avec une serviette blanche pour rassembler ses esprits.

— J'espère ne point vous choquer, Votre Majesté. Ma belle-sœur Muirenn et moi sommes proches et cette dernière a toujours été d'une grande honnêteté avec moi. C'est la raison pour laquelle elle m'a expliqué sans détour ce qu'il se passe dans un lit conjugal.

Mal à l'aise d'aborder un sujet si intime, elle acquiesça. Les étreintes charnelles étaient peu évoquées auprès des femmes, surtout dans la haute société. La Reine savait ce qu'il en était avant de connaître ses origines, car il n'y avait aucune interdiction d'en parler à l'orphelinat. Les adolescents étaient très loquaces et bien qu'Essylt eût toujours été pudique à ce propos, elle avait été renseignée très tôt.

— Il s'avère que Declan… Declan ne m'a pas encore touchée comme un homme est censé toucher sa femme.

Elle fit appel à tout son contrôle pour ne pas bondir de joie.

Declan et elle n'ont pas fait l'amour… Il m'est resté fidèle…

Même si le terme « fidèle » était inadapté, elle était réconfortée de savoir qu'il n'avait pas pris de plaisir avec Lauryn. En ces temps douloureux, c'était une petite victoire qui faisait un bien fou.

— Majesté ? Excusez-moi si je vous ai outrée avec de tels propos…

— Pas du tout, votre excellence. Malheureusement, je ne sais que dire.

— Je ne cesse de songer à un moyen de le séduire… Et ne sais pas comment procéder. Avez-vous une idée ?

Dans d'autres circonstances, Essylt n'aurait pas été tant gênée par cette conversation et aurait été touchée de la confiance de Lauryn.

— Je dois avouer que non… Mon mari et moi sommes en très mauvais termes, je ne vous apprends rien… La séduction ne fait pas partie de mes préoccupations.

— Oh, loin de moi l'idée de vous blesser, ma Reine.

— Je ne le suis pas, rassurez-vous.

La Comtesse se reprit et replaça ses cheveux.

— Croyez-vous que mon époux pourrait avoir une autre femme dans sa vie ?

— Pourquoi pensez-vous cela ?

— Parce que, eh bien… Il est resté célibataire pendant si longtemps, peut-être n'était-ce qu'un leurre pour cacher une relation avec une femme n'étant pas de son rang.

Essylt inspira lentement. Elle avait parlé trop brusquement et ne devait pas commettre d'erreur.

— J'en doute fort. Et même si c'était le cas, c'est du passé. Declan est un homme d'honneur.

— Vous avez raison, Majesté. Je ne voulais pas insulter mon mari.

— Je le sais. Soyez patiente. Comme je vous l'ai déjà dit, il est très respectueux. Peut-être veut-il simplement prendre son temps.

C'était un argument bien faible, qui contenta pourtant l'épouse angoissée.

Le soir venu, la Reine décida de prendre un risque. Cela faisait trop de semaines qu'elle n'avait pas parlé avec Declan et elle avait énormément à lui dire. Quand il fut en compagnie de Tasgall et Niocol, Essylt insuffla dans l'esprit des deux nobles une soudaine envie d'aller parler à leurs femmes respectives. Avant que Declan ne les suive, elle se plaça à sa droite et fit semblant d'observer les convives.

— Personne ne peut nous entendre, mais tout le monde peut nous voir, car je ne voulais pas risquer de commettre une erreur avec mes pouvoirs.

— Que se passe-t-il ? s'inquiéta-t-il en croisant ses bras musclés sur son torse.

— J'ai appris… Lauryn m'a dit que vous n'avez pas partagé de lit.

Elle devait aller directement à l'essentiel. Du coin de l'œil, elle aperçut les lèvres de Declan se pincer, avant d'accueillir son verre.

— C'est exact. Pourquoi t'en a-t-elle parlé ?

— Parce qu'elle s'inquiète de ne pas te plaire. Mais là n'est pas la question. Pourquoi n'avez-vous pas… ?

— Elle s'inquiète ? La question est là, au contraire. Si elle a le moindre doute que…

— Declan !

Le ton de sa voix le réduisit au silence. Ils tournèrent la tête l'un vers l'autre et leurs yeux se retrouvèrent enfin.

— Je n'ai pas pu, chuchota-t-il bien que le vent protégeât leurs paroles. Je suis incapable de la toucher. Je ne sais pas comment tu as fait pendant toutes ces années. Ce n'est que maintenant que je comprends à quel point cela a dû être difficile.

Elle déglutit péniblement.

— Cela l'a été.

Il se redressa en une attitude protocolaire et hocha la tête vers elle comme si elle lui avait donné un ordre.

— J'ai aussi songé au fait qu'il sera plus aisé de rompre mon mariage s'il n'a pas été consommé. Ainsi, la réputation de Lauryn sera sauve. Je vais m'inventer des excuses jusqu'à notre départ en Rodorchna.

Il s'inclina galamment puis s'éloigna. Elle en fit autant. Elle vérifia que Calixte ne les surveillait pas : il riait bruyamment avec Lysander et Bartley. Son cœur battait la chamade sous l'effet de l'euphorie et du danger. Rassurée quant aux sentiments de Declan, elle n'entendit pas l'annonce d'un soldat à l'entrée du salon. Ce furent les exclamations outrées qui la ramenèrent à la réalité.

Dans l'encadrement de la porte, les Duchesses Euthalia et Eirlys de Bann rayonnaient avec leurs parures colorées. La présence de la seconde n'avait rien de dérangeante, contrairement à celle de la première.

— Ah, vos excellences, bienvenue !

Le Roi se dirigea vers elles d'un pas dansant, comme s'il n'avait pas vu de vieilles amies depuis longtemps.

Quelques mois auparavant, la Reine n'aurait rien dit. Elle se serait contentée de les ignorer et de contenir sa colère avant de la déverser en privé sur son époux. Mais elle en avait assez de se taire et de s'écraser devant les décisions aberrantes de Calixte.

— Que fait-elle ici ?

Le monarque fit volte-face, choqué par son cri. Les aristocrates quant à eux s'enfoncèrent davantage dans les canapés pour se faire discrets.

— Je te demande pardon ?

— J'ai demandé ce qu'elle fait ici. C'est toi qui l'as invitée ?

— Ce n'est ni le lieu ni le moment pour cette discussion.

Euthalia redressa le menton avec insolence, faisant bouillir le sang d'Essylt, qui se précipita vers elle, menaçante.

— Vous allez remonter dans votre carrosse immédiatement et repartir d'où vous venez ou sinon…

— Arrête cela ! vociféra Calixte en la saisissant par le bras.

Il la tira à l'écart pour discuter en privé. Ses doigts lui faisaient mal et sa proximité l'écœurait.

— Que t'arrive-t-il à te donner en spectacle de la sorte ?

— Que m'arrive-t-il ? Tu invites cette horrible menteuse manipulatrice chez moi et tu penses que je vais rester calme ?

— Baisse d'un ton ! gronda-t-il en se penchant vers elle pour s'assurer que personne ne les entende. Tu es ridicule. Cela fait des années que nous sommes en froid avec la Duchesse de Bann et cela doit cesser. Cette mésentente nuit au Royaume.

— Cette mésentente ? Elle a menti pour faire emprisonner Cathan et tu…

— Je sais ! Mais c'était il y a longtemps et il est certain qu'elle a retenu la leçon. Voilà presque cinq ans qu'elle n'a pas quitté sa province et est considérée comme une pestiférée par la noblesse.

— À juste titre ! hurla-t-elle, indifférente à ce qu'on les écoutât.

— Cette querelle puérile doit prendre fin, ordonna-t-il. Pour le bien de la Bofursyle. Euthalia gouverne une province, elle doit retrouver sa place dans la noblesse. Et il est temps que nous lui trouvions un mari, ainsi qu'à Eirlys.

— Tu attends de moi que je joue les entremetteuses en plus d'être leur hôtesse ?

— Évidemment. C'est ton rôle, l'aurais-tu oublié ?

Elle se mit sur la pointe des pieds pour que leurs nez se touchent et plongea dans ses yeux noisette furieux.

— Oh non, Calixte. Je n'oublie rien.

Elle repoussa la main qui la retenait et fonça sur Euthalia. Cette dernière eut la décence de paraître apeurée avant d'afficher un sourire ému.

— Votre Majesté, comme je suis heureuse de vous revoir…

— Épargnez-moi vos paroles mielleuses !

— Essylt !

Elle ignora son mari et se rapprocha, faisant bruisser ses jupons contre les siens.

— Si vous êtes ici pour causer du tort à l'un des miens ou pour fomenter une nouvelle vengeance, je vous conseille de vous abstenir. Quant à mon fils… Si vous l'approchez ou si vous faites ne serait-ce que de le regarder d'une manière qui me déplait, je vous renverrai chez vous d'une façon bien plus désagréable et mémorable que la dernière fois. Me suis-je bien fait comprendre ?

Sa paupière droite tressauta.

— Parfaitement, Majesté.

— Bien.

Elle se retourna brusquement, forçant Euthalia à reculer pour éviter d'être fouettée par ses cheveux.

— Je crois qu'il est l'heure de diner. Mes chers, si vous voulez bien vous donner la peine de passer à table, déclara-t-elle en désignant royalement la pièce annexe.

Les convives obtempérèrent avec élégance et courtoisie. La Duchesse non désirée eut l'excellente idée de se placer à l'opposé de la Reine, lui épargnant d'entendre sa voix.

Le soir venu, Essylt fut surprise lorsque Calixte l'accompagna coucher Lucetmael. Il prenait rarement la peine de passer de tels moments avec lui. Il embrassa son fils avec empressement avant de la tirer dans leur salon.

— Ne te permets plus jamais de menacer un aristocrate.

— J'étais en droit de le faire, Calixte ! Tu l'as invitée sans me demander mon opinion, croyais-tu vraiment que je n'allais rien dire ?

— Tu aurais dû, cracha-t-il avec dédain. Tu m'as humilié devant nos invités en remettant en cause ma décision et en ignorant mon ordre.

— Ton ordre ? Je n'ai pas à obéir à tes ordres.

— Bien sûr que si ! Tu n'avais pas à faire cela, c'était inutile et risible. Ne le refais jamais. C'est à moi et à moi seul de décider de ce qui est bon pour la Bofursyle et une noblesse unie en fait partie.

Elle secoua la tête, ahurie.

— Alors, nous en sommes arrivés là ? Je n'ai plus mon mot à dire en ce qui concerne la Bofursyle et nous allons à présent nous adonner à ce genre de petites mesquineries ?

Il soupira.

— Non, ce n'est pas ce que j'ai dit. Tu as ton mot à dire, mais en l'occurrence j'ai raison et je ne supporte pas d'être contredit en public.

C'est un euphémisme.

— Regarde-toi ! railla-t-il, le visage blême. Tu es plus furieuse par le retour d'Euthalia que quand tu m'as surpris au lit avec une autre.

Elle leva les mains en signe de capitulation. Cette dispute dérivait déjà et elle n'avait pas la force d'avoir une énième conversation inutile. Elle se dirigea vers le couloir menant à sa chambre, impatiente de s'allonger.

— Eh bien, soit, qu'elle reste. Mais je te préviens, si elle fait quoi que ce soit qui nuit à Lucetmael ou à l'un de mes proches, je l'anéantirai, et tu ne pourras rien faire pour m'en empêcher.

Partager des discussions diverses avec les aristocrates était l'une des rares distractions de la Reine, qui se transforma en une contrainte de plus. Être dans la même pièce qu'Euthalia requérait une maîtrise épuisante. La Duchesse demeurait relativement calme par rapport à son exubérance passée, mais Essylt n'était pas dupe. Elle attendait simplement de dévoiler ses véritables intentions.

Le dernier soir de l'année arriva enfin avec son lot de réjouissances. Lucetmael savait reconnaître ces soirées spéciales où il pouvait s'amuser en toute tranquillité, sans craindre des remontrances de son père, ou presque. Sa nourrice eut du mal à l'habiller, car il ne tenait pas en place.

— Je n'ai pas envie de porter encore cette couronne…

Essylt le regarda dans le miroir tandis que Bethania finissait de natter ses cheveux. Assis sur son lit, il battait des pieds dans le vide en tenant le bijou sur sa tête.

— Je sais, mon trésor, mais il le faut.

Une fois que nous serons rentrés, je te promets que je ne te forcerai pas à en porter avant des années.

Son beau visage devint triste et il se mordit la lèvre.

— Pourquoi est-ce que Père est tout le temps méchant avec moi ?

Bethania et Léan se figèrent, bouleversées. La gorge de la Reine se noua de chagrin, consciente de tout ce qu'elle n'avait pas pu lui épargner.

— Père a beaucoup de travail, tenta-t-elle de le défendre pour maintenir les apparences. Cela ira mieux dans quelque temps.

Il acquiesça, peu convaincu. Elle remercia ses caméristes puis s'accroupit devant lui et prit ses mains.

— Je t'aime. Tu le sais, n'est-ce pas ?

Ses yeux bleus comme le ciel s'illuminèrent tel un jour d'été.

— Oui, Maman. Je t'aime aussi.

— Viens, allons nous amuser.

Comme de coutume, ils se rendirent dans la salle de réception avec Calixte, qui eut la décence de ne pas faire de remarque désobligeante. Le début de soirée se déroula sans encombre et ils s'installèrent à table avec le sourire.

— Ce repas est encore une réussite, Majesté ! la complimenta Delyth. Je ne suis pas près de perdre le poids que j'ai pris durant ma grossesse.

— Tu es magnifique telle que tu es, lui affirma Bartley avec un regard énamouré.

— Ne parlons pas de poids, je te prie ! gémit Caitlyn, qui avait raclé son assiette.

— Il n'est pas temps de vous inquiéter du vôtre puisque vous portez la vie, la rassura Lauryn. Vous êtes ravissante.

— Merci, votre excellence.

Elles se sourirent, complices.

— Il est fort difficile de s'adresser à vous, Comtesse Lauryn, déclara Euthalia en reposant son verre de vin. Votre nouvelle position est si unique et honorable.

L'intéressée rougit, gênée par cette remarque. Les mains d'Essylt se resserrèrent autour de ses couverts : la jalousie d'Euthalia était évidente. Ces derniers jours, elle n'avait eu de cesse de s'agacer des petits privilèges de Lauryn.

— Il en va de même pour vous, Prince Declan.

Il haussa les épaules.

— Mon épouse et moi-même avons gardés nos titres respectifs, je ne vois pas où se situe la difficulté.

Si elle l'avait pu, Essylt l'aurait embrassé de reconnaissance.

— Je soulignais simplement le fait que son excellence n'est plus une noble comme les autres.

— Ce n'est pas…

— Il est vrai que cet entre-deux peut s'avérer troublant, s'immisça le Roi en coupant la parole à sa belle-sœur. Peut-être qu'un nouveau titre pour Lauryn serait plus adéquat. Ainsi que pour toi, Declan, si tu le souhaites.

— J'ai suffisamment de titres, je te remercie.

— Qu'en dites-vous, ma chère ?

La Comtesse rougit encore.

— Je ne suis pas réfractaire à cette idée, bien qu'un nouveau titre ne soit pas une nécessité.

Essylt devait reconnaître à l'épouse de son amant une diplomatie épatante.

— Dans ce cas, vous en aurez un, pour honorer votre place dans la famille royale.

Calixte recula dans sa chaise, en pleine réflexion.

— La seule appellation qui me vienne à l'esprit est « votre grâce », certifia Euthalia. Un titre qui siérait à merveille à l'élégante Lauryn.

La poitrine de la Reine se contracta de douleur.

— Excellente idée, Duchesse, complimenta le Roi.

La vision d'Essylt se flouta. Une sueur froide recouvrit son dos.

Il n'a pas osé dire cela ?

— Qu'en dites-vous, Lauryn ?

Tourné vers sa belle-sœur, le monarque n'avait pas remarqué la réaction de sa femme. Ce n'était pas le cas des autres invités, qui avaient blêmi tout autant qu'elle.

— Votre... Votre Majesté, je..., bégaya-t-elle.

— Mon frère, « votre grâce » était le titre de Tyronoe, articula lentement Declan pour rester poli. Je pense que ma chère épouse préférerait garder le sien, par respect pour la mémoire de la défunte.

— Ne parle pas à la place de ta femme, s'agaça Calixte sans comprendre l'ironie de sa réprimande. Un titre n'est qu'un titre, il n'appartient à personne. Je trouve que l'idée est très bonne, autant pour vous Lauryn que pour Declan, afin de vous démarquer. Qu'en pensez-vous ?

Prise au piège, la Comtesse acquiesça, le cou raide.

— Oui, c'est une bonne idée.

— Dans ce cas, c'est adopté !

Les yeux noisette du Roi se posèrent sur le visage livide de la Reine. Elle lut en eux une méchanceté qui la décontenança. Calixte se souvenait parfaitement que son père avait accordé ce titre à Tyronoe pour la distinguer. Tout ceci n'était qu'une perfidie de plus pour la blesser et l'humilier publiquement.

Durant le reste du repas, elle garda le dos droit et la tête haute. Elle refusait de lui donner le plaisir de la voir désemparée. Elle ne put en revanche contenir le mouvement instinctif de sa main qui se porta à son poignet droit pour toucher le T en argent qu'elle ne quittait jamais.

Une fois le gâteau terminé, le Roi fit tinter sa cuillère contre son verre.

— Mes chers amis, pour célébrer cette année qui s'achève et l'an 691 qui débutera bientôt, j'invite leurs grâces à ouvrir le bal.

Les musiciens entonnèrent un air tendre et Declan tendit la main à son épouse. Ils dansèrent au milieu de la salle, parfaitement synchronisés.

Les voir l'un contre l'autre accentua la souffrance et la solitude d'Essylt. Ils formaient un couple charmant, qui aurait pu être véritable, dans une autre vie. Mais elle voyait ce que les convives ne pouvaient distinguer. Un simple effleurement de sa magie lui apprit que Declan s'impatientait que cela se termine, las de faire semblant.

La Reine libéra son pouvoir pour l'atteindre.

Il faut encore que tu tiennes quelques semaines. Encore quelques diners, encore quelques sourires, encore quelques danses.

Le regard de Declan se posa sur elle un court instant, pour lui prouver qu'il ressentait son message.

Bientôt nous serons libres, mon amour. Nous voguerons vers des terres lointaines et magnifiques. N'as-tu jamais rêvé de partir à l'aventure comme dans les histoires que ta nourrice te racontait étant enfant ? Moi, j'en rêve depuis l'instant où j'ai lu le journal de Meallán. J'ai su que ce serait ma délivrance, pour ma famille et pour nous.

Il fit tourner Lauryn sur elle-même avant de la ramener vers lui.

Nous allons vivre une expérience merveilleuse et peu importe les conséquences, nous les assumerons. Je peux tout affronter avec toi.

Il avança, puis recula, exactement comme on le lui avait enseigné.

Nous protégerons notre enfant, ensemble. Nous l'élèverons, ensemble. Nous serons enfin réunis.

La musique s'acheva et les nobles se levèrent pour danser. Calixte ne se donna pas la peine d'inviter son épouse et elle en profita pour aller voir son fils qui jouait, en sentant le regard de Declan sur elle.

Les nobles bofursyliens rentrèrent dans leurs provinces respectives à la fin du mois de janvier. Ils étaient demeurés au château durant trois mois, au cours desquels ils avaient assisté à un enterrement, un mariage, une grande fête et des scandales divers.

Les seules à rester furent Euthalia et Eirlys. Elles comptaient sur la Reine pour se marier et cette dernière s'employait de mauvaise grâce à leur trouver de bons partis. Calixte avait proposé qu'Eirlys épousât le Baron Ultan d'Armagh, en Rodorchna. Âgé de vingt-quatre ans, ce dernier était toujours célibataire et attendait que son père lui confiât la gouvernance. Essylt avait bien obligeamment envoyé une lettre à Saraid et Manannan, en espérant secrètement que ce dernier avait déjà choisi d'autres prétendantes.

En plus de n'avoir que la compagnie des Duchesses et de Lauryn, Essylt devait pallier la solitude de Lucetmael. L'absence des enfants nobles laissait un grand vide, que Nar ne pouvait combler à lui seul. Comme Calixte exigeait de plus en plus que son fils étudiât, la Reine essayait de lui trouver des occupations plus agréables, ce qui déplaisait à son mari.

Une vive dispute éclata entre eux un soir de début février. Cela aurait été très anodin si leur querelle n'avait pas eu lieu durant un diner en compagnie de Declan et Lauryn. Ils gardèrent le silence et mangèrent leur dessert au rythme des cris des monarques, qui n'essayaient plus de prétendre qu'ils s'entendaient bien.

Furieux des propos tenus par son frère, qui forçait son fils à apprendre alors qu'il était si jeune, le Chef fit en sorte de partir rapidement avant d'exploser.

— C'était un repas mouvementé, commenta négligemment Lauryn une fois dans leurs appartements.

Elle retira ses boucles d'oreilles.

— Je suis désolé que vous ayez assisté à cela. Leur mésentente est de plus en plus problématique.

Il s'assit sur un fauteuil.

— Je dois vous avouer que je ne comprends pas l'entêtement de votre frère, si vous me permettez d'exprimer mon avis.

Il fronça les sourcils en se tournant vers elle.

— Vous pouvez exprimer votre opinion, quel que soit le sujet.

Leur mariage était certes un leurre pour lui, mais ce n'était pas une raison pour qu'elle ne puisse être honnête. Il n'était pas le genre d'homme à brimer une femme.

— Je vous remercie, soupira-t-elle en s'asseyant face à lui. Je m'inquiète pour la Reine.

Il cacha au mieux sa surprise.

— Pourquoi ?

Lauryn retira les broches dans ses cheveux, les faisant cascader autour de ses fines épaules.

— Elle semble si malheureuse…

Declan déglutit difficilement.

— C'est étrange, mais quand ils se sont mariés, j'étais persuadée qu'ils seraient très heureux ensemble et que la Bofursyle en serait grandie, poursuivit-elle en alignant ses bijoux sur la table basse. À présent, je comprends que la royauté n'assure pas le bonheur.

Ému qu'elle ait remarqué la détresse et le chagrin d'Essylt, il chercha ses mots.

— Je partage vos inquiétudes, mais nous ne pouvons rien faire.

— Oui, vous avez certainement raison.

Il se leva et elle en fit autant. Comme tous les soirs, il embrassa délicatement sa joue pour lui souhaiter bonne nuit. Une lueur triste dansa dans ses yeux bruns avant qu'il ne referme la porte de sa chambre.

Quelques jours plus tard, un message inquiétant fut porté à l'intention du Chef. Des soldats étaient accusés d'avoir abusé de jeunes femmes dans le village où ils étaient en poste. Détestant l'insubordination et encore plus quand il s'agissait de ce genre de crime, Declan décida d'aller régler le problème en personne.

Il trouva la Reine en réunion avec des conseillers. Elle s'excusa auprès de ces messieurs pour le rejoindre dans une pièce annexe.

— Que se passe-t-il ?

— J'ai une affaire à régler, je dois m'absenter quelques jours. Je voulais te prévenir en personne.

— Oh, d'accord. Est-ce grave ?

— Oui, je te ferai un rapport dès mon retour.

— Réamann ne peut-il pas s'en charger à ta place ?

— Il est aux camps d'entrainement dans le Nord.

Elle acquiesça, contente qu'il eût cessé de partir tous les hivers comme il le faisait du temps où elle était Princesse.

— Quand seras-tu revenu ?

— D'ici quatre jours, je pense.

Elle sourit du bout des lèvres, angoissée à l'idée d'être loin de lui. Puisqu'ils étaient seuls, elle prit sa main.

— Nous rentrons en Rodorchna à la fin mars. Je l'annoncerai à Calixte.

— Que fera-t-on s'il m'ordonne de rester ici ?

Il posa son front contre le sien.

— Nous trouverons un moyen. Ou je modifierai ses pensées.

— Ce serait risqué si…

— Je sais. Mais il nous faudra prendre des risques. Nous restons encore quelques semaines pour nous assurer que la Bofursyle se porte bien, parce que toi comme moi avons prêté serment à ce Royaume. Nous aurons suffisamment donné de nous-même pour partir sans nous retourner.

Il l'embrassa, aussi impatient qu'elle. Leurs corps s'embrasèrent instantanément, trop longtemps tenus éloignés. Il leur fallut beaucoup de force pour se détacher l'un de l'autre.

— Je reviens vite, je te le promets.

— Je t'aime.

Il embrassa son front. Ses lèvres dérivèrent sur sa tempe, puis sa joue, créant une vague de frissons délicieuse.

— Ma vie pour la tienne, souffla-t-il à son oreille avant de s'éclipser.

Dans ses appartements, Declan trouva son épouse en train de lire.

— Je vais devoir m'absenter quelques jours, une affaire urgente à régler.

Il pénétra dans sa chambre et commença à rassembler ses affaires.

— Est-ce grave ? s'enquit-elle dans l'embrasure de la porte.

— Oui, mais ne vous en faites pas.

— Ne pouvez-vous pas confier cela à un soldat ?

Il la regarda par-dessus son épaule.

— Je ne peux pas tout déléguer. En m'épousant, vous saviez qu'il m'arriverait de m'absenter.

— Certes, mais… Je n'ai pas envie de me retrouver seule ici et…

— Je suis désolé, sincèrement. Je comprends que l'ambiance qui règne au château soit déplaisante. Si vous le souhaitez, vous pouvez vous rendre dans notre manoir pour terminer les aménagements.

— Je ne veux pas les terminer sans vous, objecta-t-elle en se rapprochant de lui. C'est notre maison, je veux qu'elle nous corresponde.

— Je ne suis pas très intéressé par la décoration, affirma-t-il en se dirigeant vers son bureau. Ce qui vous plait me conviendra parfaitement.

— Mais j'aimerais que nous prenions le temps de…

— Je vous accorderai ce temps quand cela sera possible, promit-il en embrassant sa joue. Et je ne vous en voudrai pas si vous quittez le château en mon absence.

Elle opina en se tordant les mains.

— Je vous attendrai. Faites bon voyage.

— Merci.

Jugeant qu'il n'était pas utile d'ajouter quoi que ce soit, il partit à grands pas. Son cheval était déjà sellé, il n'eut qu'à attacher sa besace.

— Votre Altesse ?

Il avait entendu les pas s'approcher et contint un grognement. Le capitaine Tier patientait près de lui, les mains croisées dans le dos.

— Capitaine, que puis-je pour vous ?

— Le Roi m'envoie pour vous prier de lui communiquer un rapport dès votre retour.

— C'est dans mon habitude, contra Declan en prenant les rênes pour mener son cheval dehors.

Tier lui bloqua le passage.

— Sa Majesté aimerait également savoir pourquoi vous n'envoyez pas un commandant régler ce litige.

L'emploi de ce dernier mot le hérissa. Le mépris de Calixte à l'encontre des femmes n'avait cessé de croitre depuis que son couple se détériorait.

— J'ai choisi de m'y rendre pour faire de ce cas un exemple et parce qu'il est bon que mes hommes me voient. Autre chose, capitaine ?

En réalité, le Chef avait surtout sauté sur cette occasion pour s'éloigner quelques jours du château.

— Non, ce sera tout. Je communiquerai ces informations au Roi.

Il s'écarta pour que Declan puisse sortir. La neige avait été retirée de cette partie de la cour pour que les chevaux puissent circuler plus aisément. Il monta en selle.

— Faites bon voyage, Altesse.

Son ton condescendant l'horripila.

— Merci.

Declan quitta l'enceinte du château avec la désagréable certitude que Tier était un homme ambitieux qu'il lui faudrait surveiller à l'avenir.

Les doigts serrés autour de sa tasse fumante, Essylt regrettait qu'il n'y ait pas de l'alcool à la place de son thé, bien qu'aucune boisson n'ait pu rendre cet instant plus supportable. Euthalia et Eirlys avaient eu la charmante idée d'inviter la Reine et sa belle-sœur pour une collation.

— J'ai entrepris d'écrire assidument au Comte Ygharat en Teac, leur apprit Eirlys. Il est vraiment charmant !

Le frère aîné d'Ygharat, Aindreas, avait épousé Cara, la promise du Prince Ruarc, peu de temps après son décès. Ygharat hériterait donc de la gouvernance de sa province, ce qui en faisait un parti attrayant aux yeux d'Eirlys.

— Attendons des nouvelles du Baron Ultan avant de nous réjouir, la réprima Euthalia avec un petit geste de la main. Il serait si bien pour la Bofursyle di Rodorchna que tu deviennes sa femme. N'est-ce pas, Majesté ?

— Assurément.

— Et vous, Euthalia, avez-vous des prétendants ? demanda Lauryn.

— Oh, votre grâce, si vous saviez à quel point ces recherches sont épuisantes ! Le Roi m'a entretenue hier, très inquiet de mon sort. Il m'a fait part de son estime pour le Duc Immchadh, en Xoramif, mais je dois vous avouer être particulièrement insensible à son charme. En revanche, le Duc Keyne, en Mebeaka, est réputé pour sa beauté, comme son aîné Kenan. Vous qui les avez rencontrés, Majesté, trouvez-vous leur réputation justifiée ?

— Oui.

Calixte la forçait à traiter Euthalia comme n'importe quelle noble, mais elle n'était pas obligée d'être loquace.

— Dans ce cas, je crois que je vais concentrer mes efforts sur Keyne ! pépia-t-elle. Il me serait si agréable d'avoir un mari auprès de moi. À ce propos, votre grâce, l'absence de votre époux est-elle supportable ?

Il n'est parti que depuis hier ! faillit hurler Essylt, qui était la plus affectée par ce départ.

— Oui, il faut que je m'habitue, Declan est un homme très occupé.

— Il est vrai. Je ne sais pas si je pourrais le supporter, à votre place ! Enfin, vous aurez certainement la chance d'être bientôt mère, cela comblera ses absences.

La Comtesse pâlit, puis acquiesça.

— Certainement, oui.

— Oh, vous craignez de ne point avoir d'enfants ? s'écria Eirlys, dans un excès d'empathie fort malvenu.

— Voyons, Eirlys, cette remarque est impolie ! s'offusqua faussement Euthalia. Lauryn et moi sommes plus âgées que toi, il est donc normal que nous soyons inquiétées par notre capacité à concevoir un enfant. Nous n'aurons peut-être pas autant de chance que notre Reine, qui a si rapidement donné la vie.

Elle porta sa tasse à ses lèvres pincées, ravie des divers messages qu'elle avait transmis. Le plus implicite et piquant de tous était le fait qu'Essylt n'était pas près de redevenir mère, étant donné que le Roi préférait la compagnie d'autres femmes.

La souveraine croisa ses mains sur ses genoux et sourit aimablement.

— Je suis certaine que vous aurez toutes la chance d'être mères.

Une fois la collation finie, Essylt rentra dans sa chambre, où elle lança ses bijoux un à un sur son lit, avant de frapper ses oreillers.

Je vais la faire passer par une fenêtre avant mon départ, ce n'est pas possible autrement. Et Calixte qui me force à supporter cette sale manipulatrice ! Je n'en peux plus !

Elle s'affala sur le ventre, dépitée. Le temps ne passait pas assez vite. Elle s'était accoutumée à la royauté et à ses exigences contrariantes. Néanmoins, elle ne se sentait pas à sa place dans ce château. Elle ne s'était jamais sentie à sa place ici. Tout le monde attendait d'elle qu'elle soit parfaite : une parfaite épouse, une parfaite mère, une parfaite Reine. Mais elle était éreintée de se conformer, éreintée des blessures que son masque lui infligeait.

Quand elle serait libérée de Calixte, elle pourrait être la souveraine qu'elle désirait. Plus personne ne s'opposerait à ses idées progressistes, plus personne ne lui reprocherait de ne pas s'inquiéter de l'opinion des autres monarques. La noblesse rodorchnienne était moins agaçante et le peuple rodorchnien n'aurait que faire si Lucetmael était son seul enfant.

Elle ferma les yeux, rongée par l'impatience.

Ne te précipite pas, ne commets pas d'erreur, se répétait-elle inlassablement. *Protège Lucetmael et Declan. C'est tout ce qui importe.*

Avec un soupir à fendre l'âme, elle se remit debout et s'installa à son bureau. Au lieu de lire les documents qui l'attendaient, elle sortit le journal de Meallán. Son amant le lui avait rendu quelques semaines plus tôt. Elle relut certains passages pour apaiser ses craintes et se souvenir de l'importance de son but.

Il reste tant de mystères autour des pierres... Va-t-il se produire quelque chose quand je les réunirai, sachant que les Maor les séparaient constamment ? Sera-t-il possible de les ramener en Rodorchna ? Quels sont leurs pouvoirs ? En quoi sont-elles liées aux nôtres ? Et au mien en particulier ?

Tant de questions demeuraient sans réponse. Elle avait hâte de rentrer dans son palais pour étudier encore la pierre qui ornait la couronne. Il lui faudrait d'ailleurs réfléchir à l'éventualité de la déloger de cette armature.

Je demanderai à Declan.

Elle pouvait se reposer sur lui, quel que soit le sujet. Sa poitrine se gonfla d'amour.

— Essylt ?

Elle tressaillit en entendant la voix de son mari et rangea précipitamment le journal si précieux. Il apparut au milieu de sa chambre, le front plissé.

— Que fais-tu ? Nous devons recevoir l'ambassadeur jirialcain !

— Oh, j'avais oublié !

Elle se leva et rangea quelques papiers pour prétendre qu'elle travaillait.

— Si tu n'es pas capable de te souvenir de tes rendez-vous, tu as des gens à ton service pour cela.

Elle ne répliqua pas et le suivit dans le salon, en espérant avoir suffisamment de patience et de force pour tenir jusqu'à la fin du mois de mars.

— Avez-vous passé une bonne journée ? s'enquit Lauryn.

— Oui. J'avais beaucoup à faire, répondit son époux en se levant du canapé.

Il était rentré deux semaines plus tôt et elle n'avait eu de cesse de se montrer très curieuse concernant son travail. Declan sentait qu'elle n'osait pas lui parler du fait qu'ils ne partageaient pas d'intimité physique et espérait éviter cette conversation jusqu'au départ en Rodorchna.

— Vous m'en voyez ravie. J'ai été informée que des meubles sont arrivés au manoir, dont la table dont je vous avais parlé. Vous en souvenez-vous ?

— Bien sûr, mentit-il en aplatissant ses cheveux devant un miroir.

Il ne cessait de songer à Lucetmael, qu'il avait croisé dans un couloir ce matin. Il suivait docilement Calixte, qui l'admonestait concernant son inattention durant ses études. Derrière eux, Tier jouait les gardes modèles, mais le Chef s'était crispé à sa vue, certain que son instinct ne le trompait pas.

— J'ai tellement hâte que nous y retournions ! Quand croyez-vous que ce sera possible ?

Elle se plaça devant lui pour remettre le col de son haut.

— Bientôt, je l'espère. Je suis navré si vous vous ennuyez.

— Non, rassurez-vous, je ne m'ennuie jamais en votre présence.

Elle se mit sur la pointe des pieds pour l'embrasser. Il se statufia, pris au dépourvu par son audace. Son corps pressé contre le sien ne lui inspirait que de l'indifférence.

— Declan…, murmura-t-elle, les paupières papillonnantes.

Il la prit par les épaules et la recula doucement.

— Nous allons être en retard.

Elle hocha la tête lentement, blessée par son rejet. Elle prit son bras sans rien ajouter et il s'en voulut de la faire souffrir.

Durant le diner, Declan se concentra sur son assiette pour faire abstraction de l'expression chagrinée. Essylt quant à elle lista mentalement tout ce qu'ils devraient faire une fois en Rodorchna. C'était une méthode efficace pour ne pas entendre les piaillements d'Euthalia, qui pouvait passer des tissus jugés indispensables dans une garde-robe à des remerciements chaleureux au Roi pour l'aide apportée dans sa recherche de mari.

Le Chef sursauta lorsque son frère le retint près de lui à la fin du repas. Les femmes s'installèrent sur les canapés tandis qu'ils reprenaient un verre.

— Tout va bien avec Lauryn ?

Declan leva un sourcil surpris.

— Oui, pourquoi me poses-tu cette question ?

— Parce qu'elle semble peinée, ce soir.

S'il n'avait pas été son Roi, Declan l'aurait prié de s'occuper de ce qui le concernait et de faire attention à sa femme avant celle des autres.

— Ce n'est rien.

Calixte but une gorgée de whisky.

— Tu es sûr ? Peut-être qu'un présent lui ferait plaisir. Il ne faut pas lésiner pour prendre soin d'elle et honorer ce mariage.

Le Chef crut un instant que ses oreilles lui faisaient défaut tant ses propos étaient ironiques. Surtout en sachant que la veille, une énième servante s'était éclipsée des appartements royaux au lever du jour.

— Ne t'en fais pas, je prends soin d'elle.

— Soit, je te crois. Tu n'as toujours pas une bonne nouvelle à m'annoncer ? s'enquit-il en lui frappant l'épaule, taquin.

— À quel sujet ?

— Lauryn, bien sûr ! Cela fait plus de trois mois que vous êtes mariés. Elle n'est pas encore enceinte ?

— Non…

— Ah, mon petit frère, dois-je te donner des conseils à ce sujet ?

Pitié, non.

— Cela ira, merci. Allons rejoindre ces dames pour ne point être impolis.

Ils prirent place près d'elles, interrompant leur conversation. Ravi de sa petite intervention fraternelle, Calixte entreprit de raconter une anecdote sur leur enfance. Declan afficha une expression amusée tandis qu'il songeait au fait que son ainé s'intéressait de trop près à son couple. Il avait consenti à cette union pour atténuer ses soupçons, mais il ne réalisait qu'à présent qu'en ajoutant Lauryn à tous ses mensonges, il avait pris un risque supplémentaire dont il se serait volontiers passé.

— Majesté, je puis vous assurer que ce terrain est à moi ! clama l'homme de petite taille en frappant son torse. Il est dans ma famille depuis des générations et ce malotru s'est permis de…

— Mesurez vos propos, je vous prie, le calma Essylt avec douceur. Je suis persuadée que nous allons résoudre vos problèmes. Est-il…

Les portes de la Salle du Trône s'ouvrirent bruyamment pour laisser entrer le héraut.

— Veuillez accueillir Sa Majesté le Roi Calixte de Bofursyle di Rodorchna, ainsi que son excellence la Duchesse Euthalia de Bann.

Les paysans qui attendaient plongèrent dans une révérence quand Calixte entra avec la noble à son bras. Engoncée dans une robe bleue aux jupons imposants, Euthalia arborait une coiffure complexe qui soulignait la délicatesse de son cou.

Ils traversèrent la salle et les hommes qui exposaient leur litige à la Reine s'écartèrent bien obligeamment.

Surprise par cette entrée remarquée et par leur présence en ces lieux — ni l'un ni l'autre ne s'intéressaient aux audiences du peuple —, Essylt se mit debout.

— Nous venons te prêter main-forte, déclara Calixte, rayonnant.

Il désigna le scribe assis tout près des trônes.

— Veuillez laisser votre place.

Le subalterne ne se le fit pas répéter.

Un étrange silence s'abattit sur l'immense pièce le temps qu'il rassemble ses affaires et s'installe plus loin.

Calixte retira galamment la main d'Euthalia du creux de son coude, puis déposa un baiser sur sa joue tendue.

Le ventre d'Essylt se noua.

L'aristocrate saisit les pans de sa robe pour s'asseoir à son aise. Le Roi attendit qu'elle fût installée avant de se placer devant son Trône, situé entre la Duchesse et la Reine.

Le sourire qu'il dédia à son épouse la révolta.

Non, il n'a pas osé…

— Reprenons, voulez-vous.

Il s'assit et Essylt l'imita, parce que ses jambes ne la soutenaient plus.

Mal à l'aise, les deux hommes racontèrent à nouveau le conflit qui les opposait. Elle n'entendit qu'un mot sur deux. Ses yeux ne cessaient de balayer la pièce, à la recherche d'une aide, quelle qu'elle soit. Sur les visages, elle ne lisait qu'indignation et compassion.

Non, c'est impossible…

— Ma chère Euthalia, qu'en pensez-vous ? Lequel de ces hommes est dans son bon droit ?

Le Roi se tourna vers elle comme si la Reine n'existait pas.

Elle est sa maîtresse.

Essylt avait été très longue à comprendre, parce qu'elle n'aurait pas cru son mari capable d'une telle cruauté. Après l'avoir insultée, réprimée et giflée, il se permettait à présence d'afficher cette relation adultérine au vu et au su de tous.

Elle refusait de lui faire le plaisir de rester là sans rien dire.

— Je pense que…

La souveraine quitta son Trône d'un bond et traversa la salle à grands pas.

— Majesté, où allez-vous ? chantonna Euthalia. Nous n'avons pas…

Silence.

Sa magie fusa et éteignit cette voix satisfaite et mielleuse qui la mettait hors d'elle.

J'en ai assez.

Calixte y était parvenu. Il avait atteint les limites de sa patience, de sa tolérance et de son empathie. Si elle était restée si longtemps auprès de lui malgré tout ce qu'il avait fait et dit, c'était par respect et pour le soutenir dans son deuil. Elle était rentrée en Bofursyle avec lui à la mort de Guénolé et sa gentillesse s'était retournée contre elle lorsque Calixte avait forcé Declan à épouser Lauryn.

Elle en avait assez que leurs bonnes actions se retournent contre eux, assez de donner à cet homme une attention qu'il ne méritait pas.

C'était terminé.

Essylt déboula dans ses appartements si brusquement que Cleena et Bethania lâchèrent ce qu'elles tenaient.

— Nous partons ! Rangez toutes vos affaires !

Elle continua jusqu'à sa chambre, où elle ouvrit en grand son armoire.

— Majesté, que se…

— Nous partons ! répéta-t-elle, survoltée. Prenez ce qui est indispensable, jetez tout dans des coffres, jetez ces coffres dans des carrosses et en route !

Essylt saisit les robes qu'elle préférait et les étala sur son lit. Puis elle se dirigea vers sa coiffeuse, prit sa boite à bijoux et la lança sur ses parures.

En remarquant que Cleena, Bethania, Léan, Janae, Paddy, Cathan et Jalarth demeuraient immobiles dans le couloir et la détaillaient comme si elle avait perdu l'esprit, elle repoussa ses cheveux de son visage et prit une grande inspiration.

— Nous rentrons en Rodorchna dès maintenant. Préparez vos affaires, prenez tout ce qui vous appartient. Allez prévenir les soldats rodorchniens, ainsi que les palefreniers. Je veux que tout soit prêt d'ici deux heures.

Sa gouvernante s'approcha prudemment.

— S'est-il produit quelque…

— Nous discuterons une fois partis !

Son hurlement les fit reculer. Elle ne criait jamais sur eux et ils jugèrent qu'il n'était pas l'heure de protester. En quelques phrases, ils se répartirent les tâches et se mirent à l'ouvrage.

Essylt ouvrit les tiroirs de son bureau et sortit tout ce qui lui était indispensable pour le ranger dans un coffre. Elle s'occupa ensuite des livres dans sa bibliothèque.

— Majesté ! s'écria Cleena pour l'avertir.

Calixte apparut, les joues en feu et les poings serrés.

— Qu'es-tu en train de faire ?

— Cela ne se voit pas ? Je range mes affaires, dit-elle en s'agenouillant.

Il se rapprocha, furieux.

— Je suis venu pour t'ordonner de rendre la parole à Euthalia, car je suppose que c'est de ta faute si elle est aphone. En chemin, j'ai entendu des gardes dire que tu partais.

— C'est exact.

Il attrapa son bras et la releva si brutalement que ses dents s'entrechoquèrent.

— Tu es priée de te calmer. Immédiatement.

— Lâche-moi.

— Seulement quand tu auras cessé de…

Elle retira ses doigts un à un.

— Je rentre en Rodorchna, déclara-t-elle, ses yeux bleus irradiants d'assurance.

— En quel honneur ?

— Dois-je vraiment le dire ? Tu oses m'humilier devant le peuple et tu pensais que je n'allais pas réagir ?

— Si, mais pas de manière si absurde.

Elle le contourna pour se rendre dans le salon et il la suivit de près.

— Janae, occupe-toi des affaires de Lucetmael.

— Tout de suite, Majesté.

— Elle ne va rien faire ! vociféra-t-il. Tu ne vas nulle part et encore moins avec notre fils !

Elle pointa un doigt furibond vers lui, les yeux baignés de larmes.

— Si tu tiens tant à nous, tu aurais dû y songer avant de prendre comme maîtresse la femme à cause de qui j'ai failli perdre Lucetmael !

Jarlath se statufia à l'entrée du salon.

— Je ne vais pas m'excuser de prendre du bon temps avec une femme qui s'intéresse à moi, martela-t-il, sûr de lui.

Elle secoua la tête, écœurée par tant de bêtise. Celle de son époux et la sienne. Ces dernières semaines, elle ne s'était pas inquiétée des entrevues qu'il accordait à la Duchesse, parce qu'elle avait bien plus important à penser et à faire. Elle n'aurait jamais cru qu'il se serait permis de la posséder et encore moins d'afficher son infidélité.

— Jarlath, occupe-toi des coffres dans mon bureau.

Le commandant obéit.

Calixte émit un rire rauque et mesquin.

— Qu'es-tu en train de faire ? Tu pars dans l'espoir que cela arrangera les choses ?

— Il n'y a plus rien à arranger.

Son expression supérieure se fissura.

— Alors nous allons vivre chacun de notre côté sous prétexte que tu ne veux ni partager mon lit ni supporter la présence de mes maîtresses ?

— Exactement.

Pour la première fois depuis des années, elle lui offrit un sourire sincère et incroyablement libérateur.

— Je ne veux plus jamais te revoir.

Elle se dirigea vers sa chambre et il la retint par le poignet.

— Tu es ridicule ! éructa-t-il, sa voix teintée de peur. Tu ne pourras pas m'éviter éternellement. Et que vont penser les autres monarques de tout ceci ?

— Je n'en ai que faire.

Elle repoussa sa main.

— Je refuse que tu emmènes notre fils !

La tête haute, elle pénétra dans le couloir et claqua la porte derrière elle, pour signifier « *Essaye seulement de m'en empêcher !* »

Une dizaine de minutes plus tard, Declan se faufila entre les gardes et les domestiques pour entrer dans le salon royal. Assis sur un canapé, un pied posé sur le genou, un bras sur le dossier, le Roi buvait un énorme verre de whisky.

— Est-ce vrai ? La Reine s'en va ?

Son cœur battait furieusement dans sa poitrine, d'excitation et de crainte. Ce n'était absolument pas ce qu'ils avaient planifié et il ne savait pas ce qu'elle lui avait dit. Sa nonchalance ne présageait rien de bon.

— Apparemment, répondit Calixte en suivant du regard les domestiques qui passaient, les bras chargés.

Declan n'en demanda pas la raison. Le nouveau titre de maîtresse royale d'Euthalia était sur toutes les lèvres.

— Que…

— Tu pars avec elle.

Cette déclaration lui coupa la respiration. C'était ce qu'il s'apprêtait à demander subtilement. Les yeux noisette de son aîné le transpercèrent.

— Elle a décidé de jouer les petites filles capricieuses, grand bien lui fasse. Je ne vais pas la laisser gâcher tous les efforts que j'ai faits ces dernières années pour assurer la puissance du Royaume. Je veux que tu ailles avec elle pour la surveiller et me rapporter ce qu'elle fait.

Declan n'avait que faire de la raison, seule la finalité importait.

— Dans ce cas, je vais préparer mes affaires.

— Avant que vous ne partiez, tu diras à ma femme qu'elle doit rendre la parole à Euthalia, gronda-t-il en avalant la moitié de son verre.

Le Chef fit un pas vers la porte avant de revenir en arrière.

— Es-tu sûr de toi concernant Euthalia ? ne put-il s'empêcher de s'inquiéter. Elle est très ambitieuse et elle a prouvé par le passé qu'elle est capable du pire pour arriver à ses fins.

Malgré tout ce qu'il avait fait, le Prince adopté craignait les torts que la Duchesse pourrait lui causer.

— Vas-tu toi aussi me faire la morale ? s'égosilla Calixte en se mettant debout et en renversant son verre sur son pantalon.

— Non, bien sûr que non, tempéra-t-il en levant ses mains en signe de paix. C'est simplement que le dernier Roi en date à avoir affiché sa maîtresse à son bras était Luam. Et regarde où cette femme l'a mené…

— Comment oses-tu me comparer à mon oncle, après tout ce qu'il m'a fait !

Il fracassa son verre sur le sol.

— Je n'ai rien à voir avec cet homme et je n'ai que faire que ma relation avec Euthalia fasse partir Essylt ! J'ai tué ma mère pour elle, ma *mère* ! Et elle, qu'a-t-elle fait pour moi ?

Declan contint les dizaines d'éléments qu'il aurait pu énumérer, parce que son frère n'attendait pas véritablement de réponse.

Lentement, le Chef se plia pour effectuer une révérence.

— Je pars escorter la Reine en Rodorchna selon vos directives, mon Roi.

— Bien.

Calixte alla se resservir un verre et son cadet en profita pour s'éclipser.

— Que se passe-t-il ? s'écria Lauryn en le voyant entrer en trombe. J'ai ouï dire qu'Euthalia est la maîtresse de Calixte et que la Reine s'en va. Est-ce vrai ?

Declan était déjà devant l'armoire de sa chambre quand elle termina sa tirade paniquée.

— Oui. J'accompagne la Reine en Rodorchna.

Il saisit tous ses vêtements et les plia en hâte pour les ranger dans un coffre qui patientait sous le lit.

— Dans ce cas, je vais préparer mes affaires.

— Non, ce ne sera pas utile.

Dos à elle, il prit une grande inspiration pour se donner du courage avant de lui faire face. Il saisit délicatement ses mains et les serra, bouleversé par la bague qui brillait à son annulaire gauche.

— Comment cela ?

— Je préfère que vous restiez ici. La situation est très complexe. La Reine est furieuse contre le Roi et je ne sais pas si cela peut être arrangé.

— Mais je peux vous être utile ! argua-t-elle, très pâle. La Reine est mon amie et je suis certaine que je pourrais l'aider à…

— Je ne préfère pas. Je vais avoir énormément à faire une fois en Rodorchna, je n'aurai pas de temps à vous accorder. Il est préférable que vous restiez. Vous pourrez en profiter pour finir les aménagements du manoir.

Elle recula, les lèvres tremblantes.

— Combien de temps serez-vous absent ?

Toute la vie.

— Au moins quatre mois, je suppose.

Il continua à ranger ses biens, qui n'étaient pas très nombreux. L'essentiel était Essylt et leur fils, le reste était superflu.

— Je pense que je pourrais vous être utile et…

— J'ai dit non, Lauryn.

Il referma sa besace et poussa un soupir. Contre toute attente, il étreignit son épouse attristée, dégoûté par ce qu'il avait osé dire et ce qu'il s'apprêtait à faire. Il n'aimait pas Lauryn, mais il l'estimait. Elle ne méritait pas d'être traitée ainsi.

— Je suis désolé, murmura-t-il contre sa joue, où il déposa un baiser.

Il ordonna à un valet de se charger de ses affaires puis quitta leurs appartements sans se retourner.

Après beaucoup d'organisation maladroite, de déplacements précipités et de cris irrités, Declan monta en selle et Essylt grimpa dans son carrosse, Lucetmael dans ses bras. Elle l'installa près d'elle avec ses jouets puis fit signe à Jarlath. La procession quitta les grilles d'enceinte. La Reine ne put s'empêcher de regarder le château par la fenêtre arrière une toute dernière fois.

XXIV

« Je soulèverai des montagnes, je défierai des Rois. Je deviendrai la personne que j'ai toujours souhaité être. » Broichan Polaith, écrivain guanilien du Ier siècle.

Essylt sentit le parfum des eucalyptus avant d'apercevoir le palais. Lorsqu'il apparut, majestueux au pied de la falaise, elle ne put contenir une larme de joie. Le soleil avait entamé sa descente depuis plusieurs heures et effleurait l'édifice avec douceur. La Reine se redressa sur sa selle, envahie par un sentiment de sérénité qu'elle n'avait pas éprouvé depuis très longtemps.

Je suis enfin rentrée chez moi.

Soulagée, elle rencontra les yeux lumineux de Declan par-dessus son épaule. Une douce chaleur inonda sa poitrine, renforçant son bien-être.

Gladys eut beaucoup de mal à contenir le Prince le temps que les carrosses entrent dans la cour. Il bondit à terre et dévora le palais du regard.

— Maman ! Je suis trop content d'être ici !

Elle rit et descendit pour le porter. Il enroula ses bras autour de sa nuque et frotta son nez contre le sien.

— Moi aussi, mon trésor. Il est l'heure que tu prennes un bon bain.

Le mois de mars venait de toucher à sa fin et il faisait déjà chaud en Rodorchna. Essylt le garda contre elle jusque dans l'aile royale, où elle le laissa tomber sur son grand lit. Ces pièces lui avaient manqué.

— Je vais revoir Luíseach et Saraid ?

— Évidemment. Nous dinerons avec elles ce soir. Elles ont hâte de te revoir.

Elle avait envoyé un messager prévenir ses conseillères royales qu'ils arrivaient avec deux semaines d'avance. Elle ne regrettait pas son départ précipité, bien que cela ait aggravé les rumeurs. Elle avait fait son maximum pour la Bofursyle et n'aurait pas pu supporter de vivre sous le même toit que Calixte une journée de plus.

Lucetmael bondit dans la baignoire pleine en répandant de l'eau partout. Loin d'en être irritées, les caméristes jouèrent avec lui, pendant que la souveraine rangeait quelques affaires. En ouvrant un tiroir de sa table de chevet, elle découvrit le morceau de brioche qu'elle avait caché dix mois plus tôt.

Il était intact.

Elle sortit l'assiette pour étudier la viennoiserie entamée de plus près. Elle n'avait pas pourri et ne sentait pas mauvais. La vie qu'elle avait glissée dedans l'avait préservée et brillait encore du même éclat.

Qui sait tout ce dont je suis capable…

Excitée, elle confia l'assiette à une Janae surprise, puis sécha Lucetmael, avant de prendre sa place dans le bain. Les caméristes l'accompagnèrent dans sa chambre, ravies de retrouver leurs habitudes.

Heureuse d'avoir quelques instants pour elle après ce long déplacement, la

Reine prit une grande inspiration et plongea la tête sous l'eau.

— Votre Altesse, puis-je vous entretenir un instant ?

L'auberge résonnait du bruit des conversations des gardes. Assis devant son assiette terminée, le Chef opina et suivit Essylt dans un coin de la pièce.

Face à face, les mots devinrent superflus. Cela faisait une semaine qu'ils voyageaient et c'était la première fois qu'ils osaient se parler en privé. Declan avait emmené des soldats bofursyliens avec lui et il n'était pas exclu que l'un d'entre eux espionnât pour le compte de Calixte. La prudence était de mise, même après avoir passé la frontière.

— Personne ne peut nous entendre, affirma-t-elle après avoir appelé l'air.

— Comment te sens-tu ? Tout est allé si vite...

— Je sais. Je vais bien. Lucetmael aussi. Nous allons enfin être libres.

Ses sourcils bruns se froncèrent.

— Tu as conscience que Calixte croit que tu as juste fait une crise d'hystérie ? Il n'a pas compris que tu le quittes définitivement.

— Parce que je ne lui ai pas dit explicitement.

Il croisa ses bras musclés sur sa poitrine.

— Ne sois pas fâché, j'ai eu peur qu'il me retienne. Il était préférable qu'il ignore que ce départ était définitif. J'ai trouvé cela plus prudent, pour Lucetmael et pour toi.

Lorsque la sécurité de leur fils était évoquée, il ne parvenait pas à rester en colère.

— Oui, tu as sans doute eu raison. Mais cela ne fait que repousser l'inévitable, tu le sais ?

— Oui, je le sais.

Elle sortit de l'eau brusquement, la poitrine en feu. Être immergée balayait souvent ses pensées, néanmoins ce souvenir en particulier avait resurgi, comme si son esprit voulait lui rappeler que le danger que Calixte représentait n'était pas entièrement écarté.

Il pourrait venir ici à tout moment, même si je doute qu'il s'abaisse à faire le premier pas et à s'excuser... Nous devons partir avant juin, car il demandera peut-être à voir Lucetmael pour son anniversaire. Je refuse qu'il revoie mon fils.

Calixte était trop imprévisible pour ne pas représenter une menace, même en étant à deux semaines de voyage d'ici.

Elle termina de se laver, revêtit une parure élégante puis se rendit dans le grand salon qu'elle affectionnait. Installées devant un verre de vin, ses amies se précipitèrent vers eux.

— Majesté, Altesse, quel bonheur de vous revoir !

— Vos excellences, ce bonheur est partagé.

Lucetmael salua Luíseach et Saraid avec un immense sourire, puis courut vers Garvan quand il entra. Le Baron s'accroupit pour lui montrer sa fille, qui babillait allégrement.

— Comme elle a grandi ! s'extasia Essylt, à qui Gareich fut confiée.

— Elle fête son premier anniversaire dans deux semaines, rappela Saraid avec fierté.

La Reine embrassa le front de la petite avant de s'asseoir. Content de les revoir, Lucetmael s'installa avec eux et posa les mains sur ses genoux pour jouer les adultes.

— Comment allez-vous, Majesté ? demanda Luíseach avec sollicitude. Nous avons été informés…

Gênée, elle ne termina pas sa phrase.

— Je vais bien. C'est mieux ainsi.

— Vous avez eu raison de revenir ici, la rassura Saraid. En espérant que cela fasse réfléchir et réagir le Roi.

Je préférerais qu'il ne réfléchisse pas trop, au contraire…

Elle ne pouvait pas encore dire la vérité à ses amies. Declan et elle n'avaient pas discuté de tout ceci.

— Je suis sincèrement désolée qu'il ait osé faire cela, ma Reine. C'est honteux de sa part, assura Luíseach, furieuse.

La colère d'Essylt s'était estompée au fur et à mesure du voyage. Calixte l'avait humiliée publiquement, certes, mais elle en était finalement soulagée. Il avait commis une énorme erreur qui jouait à présent à son avantage : elle était chez elle, sans son mari, libre de ses actes.

— Oui, mais rassurez-vous, je suis forte.

— Nous n'en avons jamais douté.

Declan arriva à cet instant, très beau dans un habit rouge et blanc. Le voir arborer la couleur de la Rodorchna emballa le cœur d'Essylt.

— Altesse, c'est un plaisir.

— Plaisir partagé, vos excellences.

— Votre charmante épouse est restée en Bofursyle ? s'enquit Luíseach.

— Oui, elle avait des choses à régler. Quelles sont les nouvelles ici ?

Cette question marqua le début d'une très agréable soirée. Ils s'entendaient à merveille et le protocole en était allégé, pour la joie de tous. Ils dînèrent dans les rires et le vin, ravis de se retrouver et de pouvoir partager ce moment avec le Prince, qui était si rarement à table avec les adultes. Il en profita pour raconter aux nobles ses dernières prouesses. La Reine perçut aisément le bonheur de Declan de pouvoir l'écouter à loisir et interagir avec lui sans craindre Calixte.

C'est à cela que mon avenir ressemblera, comprit-elle, la gorge nouée. *Des soirées simples, avec des êtres qui me sont chers. Declan et Lucetmael complices comme n'importe quel père avec son fils…*

Ils se quittèrent tard dans la nuit, Luíseach et Saraid gloussant qu'elles regretteraient d'avoir tant bu le lendemain. Énormément de travail les attendait avec le retour de la Reine, mais cela paraissait bien dérisoire ce soir. Essylt coucha Lucetmael dans son lit en recouvrant son visage de baisers, puis congédia ses servantes pour se dévêtir seule.

Elle ne le resta pas longtemps.

Sa magie fusa sans qu'elle eût besoin d'y penser, aussi impatiente qu'elle de retrouver son amant. Declan vola jusqu'à la fenêtre et bondit à l'intérieur avec adresse. Il l'admira avec une telle intensité que tout son corps s'embrasa.

Lentement, il la contourna pour terminer de dénouer son corset. Il tomba au sol et Essylt se mordit la lèvre pour ne pas crier. Le souffle de Declan dans sa nuque créait des frissons qui faisaient se dresser ses seins impatients. Du bout des doigts, il repoussa le tissu de ses épaules et sa chemise blanche rejoignit le corset par terre.

Il revint en face d'elle en savourant la vision de son corps nu. Les bougies éparpillées dans la pièce et la lumière de la lune conféraient à ses formes une beauté renouvelée. Sa main s'enfonça dans ses cheveux et son pouce redessina l'arrête de sa mâchoire.

— Mon amour…

Ses lèvres recouvrirent les siennes, protectrices, adoratrices. Elle l'entoura de ses bras et se hissa sur la pointe des pieds pour approfondir ce baiser tant attendu.

La Reine lui arracha ses vêtements, incapable de se contenir. Le contact de sa peau annihilait toutes ses pensées et toutes ses craintes.

Declan la souleva et elle plaça ses jambes sur ses hanches. Il gronda d'impatience et la porta jusqu'au lit. Leurs corps s'unirent d'une poussée et ils gémirent de plaisir, leurs souffles mêlés. Une musique qu'ils étaient les seuls à entendre envahit la chambre isolée du reste du monde, et ils dansèrent, dansèrent encore, consumés par la passion.

— Nous devons discuter avant que le jour se lève.

— Je sais, soupira-t-elle en caressant son torse.

— Tu n'en as pas eu assez ? rit-il en passant une main possessive dans son dos.

Elle se redressa sur un coude et lui mordit le nez, taquine.

— Je n'en aurai jamais assez.

— Dans ce cas, je vais me rhabiller avant que tu me sautes dessus une quatrième fois.

Faisant semblant d'être offusquée, elle claqua son torse puis se leva pour enfiler sa chemise abandonnée sur le sol. Declan n'avait pas pris le temps de voir Lucetmael, ce qu'il fit après qu'elle eut vérifié que Gladys dormait dans sa chambre. Le Chef embrassa le front du Prince endormi.

— Je t'aime.

— Moi je vous aime tous les deux, déclara-t-elle fièrement.

Amusé, il revint en courant et la souleva dans ses bras. D'une pensée, elle appela le vent pour qu'il referme silencieusement la porte qui reliait les deux chambres.

— Je ne réalise pas que nous sommes ici et que toute cette mascarade va bientôt prendre fin.

— Il était temps.

Il sourit et la reposa sur le lit.

— Il nous faut être efficaces. Il serait préférable que nous partions dans le courant du mois de mai, afin d'être peut-être rentrés pour l'anniversaire de Lucetmael, si cela est faisable. Ainsi, si Calixte t'ordonne de rentrer pour célébrer ses cinq ans, nous ne serons plus là, affirma-t-il avec son assurance toute militaire.

— J'ai pensé exactement la même chose. Pendant les deux à trois prochaines semaines, je vais être très occupée. J'ai toujours beaucoup de travail à rattraper quand je rentre et je souhaiterais que tout soit en ordre avant notre départ.

— Évidemment. La Rodorchna est tout aussi importante que ce voyage.

— As-tu réfléchi à combien de personnes nous devons emmener avec nous ?

— Si cela était envisageable, nous partirions avec deux cents soldats pour assurer ta sécurité et celle de Lucetmael au cas où l'île soit encore habitée.

— Je doute qu'elle le soit, je te l'ai déjà dit, le rassura-t-elle en lui prenant la main. Et même si c'était le cas, je suis la seule en mesure d'affronter un autre magicien.

— Certes, mais cela m'aurait rassuré. Je pense que notre priorité est de recenser les bateaux dans les villages côtiers les plus proches d'ici. Nous verrons ainsi lequel à la plus grande capacité pour savoir combien de personnes nous emmenons. Je suis certain qu'il y aura de la place pour Cathan, Jarlath, Caem et les filles qui le souhaiteront.

Il la connaissait suffisamment pour savoir qu'elle n'envisageait pas ce voyage sans ses gens. Elle n'avait rien dit pour protéger le secret, mais elle était impatiente de leur annoncer qu'ils partaient à l'aventure.

Cathan et Jarlath vont être enchantés.

— Il faudra estimer le prix du bateau. Il serait préférable que j'aille rencontrer les propriétaires pour finaliser la vente avant le départ, pour nous assurer que tout est en ordre et que le navire est en état.

L'idée qu'il quitte le palais quelques jours était moins terrifiante qu'en Bofursyle.

— Je paierai deux à trois fois le prix du navire si cela est nécessaire.

— Ce sera préférable pour finaliser rapidement la vente. Ou il faudra envisager d'employer le propriétaire et quelques marins pour nous aider.

— Ce serait judicieux, en effet.

Il embrassa tendrement son front.

— Concentre-toi sur la Rodorchna, je vais faire les recherches sur les navires et estimer les vivres et le matériel dont nous aurons besoin.

Elle prit son visage en coupe entre ses mains.

— Je ne sais pas si j'aurais pu faire tout cela sans toi.

Il l'enlaça tendrement.

— Tu me remercieras quand nous serons sur l'île. En attendant, il faut que je parte.

Ils s'embrassèrent une dernière fois puis elle le fit redescendre dans le jardin royal. Elle s'allongea dans le lit chaud et huma l'odeur de Declan sur l'oreiller pour s'endormir.

Durant les semaines suivantes, la Reine fut extrêmement occupée. La Rodorchna requérait toute son attention et les conseillers ne lui épargnaient aucune réunion, quelle que fût l'heure. Elle consacrait ses journées à la royauté et ses nuits à son amant. Elle était épuisée, pourtant elle n'avait jamais été aussi heureuse. La promesse de jours meilleurs suffisait à compenser son manque de sommeil et à la faire sourire.

Essylt s'était beaucoup investie pour la Bofursyle, elle comptait faire encore plus pour son Royaume de naissance. Tout devait être en ordre avant son départ, afin que son absence ne cause aucun tort. Elle ne savait pas combien de temps elle serait partie et elle devait prendre des mesures car elle ne serait pas joignable par lettre. C'était la raison pour laquelle elle avait réfléchi à un décret pour conférer certains pouvoirs décisionnaires à Saraid et Luíseach en son absence. Ces pouvoirs devaient également concerner l'armée, car elle ignorait comment Calixte allait réagir et préférait se préparer au pire.

Il n'osera certainement pas déclarer la guerre, mais il est capable de vouloir entrer de force dans le palais pour me chercher, croyant que mon absence est un leurre.

Toutes ces pensées peu réjouissantes l'accaparaient beaucoup. Toutefois, elle ne se sentait pas écrasée par elles, car elle pouvait les partager sans crainte avec Declan. Il n'était jamais moqueur ou méprisant. Il donnait son avis avec respect et complétait ses projets avec calme et efficacité. Bien que cela ne fut absolument pas nécessaire, il lui prouva plus d'une fois qu'il était le partenaire de vie dont elle avait toujours rêvé.

Quelques jours après le premier anniversaire de la Baronne Gareich, le Chef demanda une entrevue à sa souveraine. Elle le reçut dans son bureau de l'aile principale.

— Tout va bien ? s'enquit-elle une fois que la porte fut refermée.

— Oui, j'ai terminé mes recherches concernant les navires, déclara-t-il en prenant place sur la chaise en face d'elle. À ce propos, les documents sont assez mal indexés, je t'écrirai mes suggestions d'amélioration quand nous serons rentrés.

Son cœur manqua un battement, à un moment tout à fait inattendu. Le voir assis devant elle, dans cet uniforme rouge, avec ses boucles en bataille et sa barbe de trois jours, et l'entendre lui parler de la gestion de la Rodorchna…

Suis-je naïve d'espérer qu'un jour tu puisses régner à mes côtés ?

— Je crois avoir repéré un navire qui nous conviendrait parfaitement, à deux jours de voyage du palais. Il est récent et suffisamment grand pour vingt-cinq passagers et des vivres pour un mois. Qu'en penses-tu ?

— Cela me semble parfait. Tu veux aller le voir ?

— Oui, pour m'assurer qu'il est en bon état et pour parler avec le propriétaire. Il possède deux autres navires et beaucoup de marins travaillent pour lui, d'après les informations collectées. Que veux-tu faire ? Nous achetons son navire et voguons seuls ou nous le rémunérons pour nous emmener là-bas ?

— Excellente question… Peut-être qu'il te sera plus simple de décider une fois face à lui. Cela va dépendre de sa dévotion à la couronne et de ce qu'il est prêt à faire. La seconde option est malgré tout plus sûre, à mon avis.

— Au mien également. Je ferai tout pour qu'il accepte.

— Quand souhaites-tu partir ?

— Dans la nuit. Afin que personne ne le remarque.

— Cela va forcément se savoir, objecta-t-elle, déçue à la pensée de son lit froid ce soir. Les nobles vont être surpris de ne pas te voir aux diners.

Le Baron Manannan et son fils Ultan étaient arrivés cinq jours plus tôt pour l'anniversaire de Gareich. Les Ducs Faolan et Lothar ne tarderaient pas à les rejoindre avec leurs familles respectives.

— J'ai un plan.

Il se pencha vers elle avec un sourire malicieux qui lui rappela Lucetmael.

— Je vais prétendre que je suis malade et Kean va s'installer dans le salon de mes appartements. Je l'ai déjà fait par le passé, afin d'avoir un homme de confiance pour m'aider à gérer mes affaires pendant que je guéris. Ainsi, il prétendra m'apporter à manger pour que les domestiques ne voient pas mon lit vide et gérera les urgences s'il y en a. Il faudra juste tenir le médecin éloigné.

— C'est faisable. Mais fais-tu confiance à ce Kean ? Qui sait ce que Calixte…

— Je ne doute pas que Calixte a des espions parmi les soldats bofursyliens venus ici, et peut-être même parmi les soldats rodorchniens. Mais je connais Kean depuis des années, il fait partie de mes hommes de confiance, il a déjà réussi trop de missions secrètes pour les compter.

— Bien, je fais confiance à ton jugement.

Il hocha la tête, ému. Ils se levèrent.

— Je vais te faire apporter des pièces d'or avant le diner. Afin que tu puisses mener sereinement les négociations.

— Très bien.

Il ouvrit la porte et s'inclina.

— Merci de m'avoir accordé de votre temps, Votre Majesté.

— Je vous en prie, Altesse.

Une fois dans ses appartements spartiates, il s'attela à une tâche plus ingrate. Une missive de Lauryn venait juste d'arriver. Il était évident que son épouse n'avait pas eu envie de lui écrire tout de suite après son départ, encore attristée par l'ordre de demeurer en Bofursyle. Il décacheta la lettre et découvrit son écriture appliquée. Elle narrait son retour au manoir et son quotidien, entre aménagements, lectures, promenades et rédactions de missives. Son ressentiment et son ennui se ressentaient au fil des mots.

Elle m'en veut de l'avoir laissée… Et je ne peux rien faire pour arranger les choses.

Il luttait contre la culpabilité qui l'envahissait à l'idée du mal qu'il lui faisait, car il ne pouvait rien y changer. Penser à Lauryn et souffrir de la peine qu'il lui causait était inutile et contre-productif. Il devait avancer et se concentrer sur l'avenir. Il assumerait les conséquences de ce voyage à leur retour en Rodorchna.

Il écrivit une brève réponse, en se limitant à des sujets futiles, puis s'occupa de documents concernant les prochaines recrues de l'armée avant de recevoir la visite de Jarlath. Le commandant royal lui confia une bourse très lourde sans rien dire, accoutumé à transmettre certains objets pour la Reine.

Le soir venu, Declan revêtit des vêtements simples puis serra la main de Kean pour sceller leur accord. Son soldat lui promit d'un signe de tête qu'il veillerait à préserver son secret, avant d'ordonner aux soldats en faction de le suivre un instant. Le Chef en profita pour s'éclipser.

Dans les couloirs déserts, il hésita à aller dire au revoir à Essylt et Lucetmael. L'idée de les embrasser était très tentante, cependant il doutait d'être capable de se contenter d'un baiser et ils n'avaient pas de temps à perdre.

Sous le couvert de la nuit, il sella un cheval et se dirigea vers les grilles. Il garda le visage baissé pour ne pas être reconnu et quitta l'enceinte du palais sans encombre, avant de chevaucher en direction de la mer.

Luíseach énonçait son rapport d'une voix claire. Les conseillers assis autour de la table l'écoutaient avec attention, ce qui n'était pas le cas de la Reine. Elle observait par la fenêtre la cour du palais qui séchait sous l'éclat timide du soleil. La pluie avait enfin cessé, promettant un lendemain plus agréable.

Mais où es-tu ?

Cela faisait une semaine que Declan était parti pour rencontrer le propriétaire du navire qui les intéressait. Le village côtier concerné n'était qu'à deux jours de voyage, voire moins comme il chevauchait seul.

Et s'il lui était arrivé quelque chose ? Il est parti sans garde et n'a surement rien pour prouver son identité...

Les nobles étaient tous arrivés au palais et demandaient régulièrement des nouvelles de Declan. Elle avait dû influencer les pensées du médecin royal pour qu'il n'aille pas l'ausculter et se retrouvait à rassurer les aristocrates avec un sourire nerveux. La veille, elle avait rendu visite à Kean dans les appartements du Chef en prétextant vouloir s'assurer que ce dernier se portait bien. Le soldat n'avait eu aucune nouvelle de son supérieur et l'avait rassurée en affirmant qu'il n'avait pas prévu de lui envoyer de missive.

Et si Calixte avait été informé de son départ ? S'il avait ordonné à un soldat de toujours suivre Declan, qu'il l'avait surpris à acheter le bateau et qu'il l'avait fait prisonnier pour impressionner son Roi ?

— Cela vous convient-il, Votre Majesté ?

Essylt tressaillit d'être interrompue dans ses réflexions anxieuses. Tous les conseillers attendaient patiemment son avis. Elle savait sur quoi portait le discours de Luíseach mais ne se souvenait d'aucun détail. Ses pouvoirs jaillirent pour inspecter leurs opinions. La majorité était d'accord avec elle et contente de son projet.

— Oui. Vous me communiquerez les documents à signer, Duchesse.

— À vos ordres, Majesté.

Elle se massa le front pour se concentrer sur les sujets suivants. Puis les conseillers la laissèrent seule face à une quantité de travail impressionnante.

Heureusement que Calixte ne m'a pas sollicitée depuis mon retour.

Elle était aussi soulagée qu'inquiète. Son mari était trop imprévisible pour que ce silence soit de bon augure. Ses craintes pour le bien-être du peuple bofursylien ne faisaient que croitre.

Je dois accepter que je ne puisse rien y changer. À mon retour de l'île, notre mariage sera rompu. Je ne serai plus Reine de Bofursyle et je dois accepter mon impuissance.

Il lui fallait se le répéter. Le serment qu'elle avait prêté à ce Royaume valait plus à ses yeux que celui prêté à Calixte. Elle s'était engagée à gouverner ce peuple avec justesse et se retrouvait à l'abandonner.

Elle repoussa toutes ses pensées négatives pour se remettre au travail. Elle doutait d'avoir le temps de tout terminer avant leur départ, car de nouveaux sujets requéraient régulièrement son attention.

Une fois satisfaite de ce qu'elle avait accompli, elle se rendit dans le grand salon, où les nobles discutaient gaiement. Lucetmael courut à sa rencontre.

— Maman, j'ai appris à Muirgen à marcher !

La petite Duchesse le suivait de près. Sa démarche chancelante faisait danser ses bouclettes blondes. La Reine se pencha pour leur caresser la joue.

— Je suis très fière de vous.

— Il était temps qu'elle marche, se réjouit Lothar en les rejoignant. Cela fait deux mois que sa sœur gambade partout, nous commencions à nous inquiéter.

— Chaque enfant va à son rythme, rassurez-vous.

— Le Prince s'est montré d'une grande patience avec elle, déclara Meriel pendant que la souveraine prenait place. Sa gentillesse est si plaisante.

Essylt sourit en admirant son fils agenouillé près de Peadair, le dernier-né de Faolan et Sibby. À seulement cinq mois, le Duc se déplaçait à quatre pattes et Lucetmael prenait le temps de jouer avec lui, bien que cela soit moins divertissant qu'avec son ami Nar.

J'espère que ton cœur restera toujours aussi tendre et pur.

— Votre Majesté, avez-vous des nouvelles du Prince Declan ? s'enquit le Baron Manannan.

— Non, il…

Les portes s'ouvrirent sur Cathan.

— Le Prince Declan.

Le Chef entra, très élégant dans son uniforme bleu. Les épaules de la souveraine se relâchèrent imperceptiblement.

Il va bien.

Declan fit la révérence puis s'avança vers les canapés.

— Ah, votre Altesse, nous parlions justement de vous ! l'apostropha Faolan. Comment vous portez-vous ?

— Je vais beaucoup mieux. Ce long repos m'a fait du bien.

— Quel plaisir de vous…

— Oncle Declan !

Lucetmael traversa la pièce et crocheta ses hanches. Son père dut se contenir de le serrer contre lui pour combler le manque.

— Bonjour, votre Altesse. Vous êtes-vous bien amusé en mon absence ?

— Oui, j'ai joué à l'épée avec Cathan et Jarlath, mais je préfère quand c'est avec vous, mon oncle.

Il lui ébouriffa les cheveux en souriant de toutes ses dents.

— Je vous promets un entrainement intensif dès demain, Altesse.

— Oui !

Sur cette exclamation aigüe, Lucetmael repartit jouer avec les petits nobles.

Les conversations s'enchainèrent naturellement et Essylt dut attendre la fin de soirée pour pouvoir discuter en aparté avec son amant. Elle usa du vent pour préserver leurs propos.

— Pourquoi as-tu été si long ?

— J'ai mené mon enquête sur le propriétaire du navire avant de le rencontrer, confia-t-il en faisant semblant d'admirer la vue par la fenêtre. Il s'est montré très réceptif au projet. Je crois qu'il a deviné mon identité, mais je n'ai pas évoqué ta présence sur le bateau, par prudence. Ensuite, j'ai repéré deux trajets différents pour se rendre au port où est amarré le navire depuis le palais.

Sa poitrine se réchauffa d'amour. Sa minutie ne cessait de l'impressionner.

— J'ai craint qu'il te soit arrivé malheur, confia-t-elle en fixant son verre. Je n'aurais pas cru que tu serais absent si longtemps.

— J'ai préféré être prudent. Mais jamais je n'aurais manqué ton anniversaire demain.

Elle rougit de plaisir et se détourna vers le mur pour que les nobles ne le remarquent pas. S'il l'avait pu, il aurait caressé sa joue.

— À ce propos, j'espère pouvoir te donner ton cadeau en avance…

Il n'en fallut pas plus. Quelques minutes plus tard, la Reine se retira avec son fils. Elle procéda à son coucher puis congédia ses caméristes. Lorsque Declan entra par la fenêtre, il eut la charmante surprise de la découvrir entièrement nue sur son lit.

— J'ai songé que c'était la tenue exigée pour fêter l'évènement…

Il déglutit avec difficulté, incapable de détacher son regard.

— Ce code vestimentaire me semble tout à fait approprié, Majesté, déclara-t-il en retirant ses habits en hâte.

Elle éclata de rire quand il bondit sur elle et les heures suivantes furent particulièrement festives.

La Reine fut réveillée par son fils, qui décida de grimper debout sur son lit.

— Joyeux anniversaire Maman !

Il rebondit plusieurs fois, la forçant à ouvrir les yeux.

— Joyeux anniversaire ! chantonna Lucetmael en sautant près de sa tête.

Elle attrapa ses jambes et le fit tomber sur elle. Elle lui chatouilla le ventre, provoquant des cris de protestation.

— Non, Maman, arrête !

Elle recouvrit son visage de baisers. Il posa ses mains sur ses joues et lui renvoya son regard.

— Je t'aime, Maman. Il faut que tu te lèves, nous avons plein de choses à faire !

Il roula jusqu'au bord du lit et retourna dans sa chambre en courant. Elle soupira que ce tendre moment soit déjà terminé et se leva.

— Excusez-moi, Votre Majesté, je n'ai pas pu le retenir, lui dit Gladys.

— Ce n'est rien, rassurez-vous.

Malgré la fatigue, elle adorait son enthousiasme et sa gentillesse. Ces instants éphémères et authentiques valaient tout l'or du Continent.

Essylt prit son petit déjeuner en compagnie de son fils et de ses gens dans le jardin royal. Ses commandants se firent un plaisir de divertir le Prince, qui peinait à rester à table quand il pouvait monter sur le dos de ses oncles.

Le reste de la journée fut consacré aux tâches habituelles. Quand le soleil se coucha, elle eut la surprise de découvrir plusieurs feux dans la cour du palais. Les grilles avaient été ouvertes, permettant aux villageois des alentours de venir festoyer avec eux en ce premier mai. Ils avaient déjà commencé à danser.

— Cela vous plait-il, Votre Majesté ?

Elle sursauta en entendant Declan. Debout à côté d'elle devant la fenêtre du premier étage, il observait la cour en luttant contre son sourire triomphant.

— C'est toi qui as fait cela ? souffla-t-elle, ébahie.

— Peut-être…

Il lui proposa galamment son bras.

— Votre Majesté, si vous voulez bien me suivre.

En bas, les nobles s'étaient mêlés au peuple pour discuter. Des tables avaient été installées près des murs du palais et accueillaient différents mets prêts à être dégustés.

— Comment as-tu pu organiser tout cela alors que tu étais absent ?

Il relâcha son bras pour garder une distance protocolaire avec sa souveraine.

— J'ai simplement glissé l'idée à Saraid et Luíseach avant mon départ. Pour le reste, il faut remercier leurs excellences.

Bouleversée par sa bienveillance, elle admira ses yeux verts où se reflétaient les flammes, qui étaient bien moins ardentes que son désir.

— Merci, articula-t-elle silencieusement.

Garvan faillit trébucher juste devant eux, envoyant du sable sur la robe de la Reine.

— Toutes mes excuses, Votre Majesté ! Je vous souhaite un excellent vingt-cinquième anniversaire.

Faolan et Lothar arrivèrent sur ces entrefaites, légèrement éméchés. Ils saisirent les mains de la Reine et l'entrainèrent au milieu des danseurs. Essylt adorait ces fêtes simples où nobles, ambassadeurs, conseillers, commerçants influents, domestiques et paysans ne faisaient qu'un.

Elle dansa en compagnie de tous ceux qui le souhaitèrent, échangeant des paroles avec chacun. Plus d'une fois, elle croisa le regard tendre de Declan, qui garda une distance avec elle. Comme au temps où ils n'étaient qu'amis, il la protégeait de loin en respectant sa liberté. Et c'était une preuve d'amour qui venait s'ajouter à toutes les autres.

— Nous partons le dix-neuf, dans ce cas ?

Le Chef caressa son bras.

— Oui, je pense que nous serons prêts, confirma-t-il en se penchant pour embrasser son épaule nue. Il nous faudra prévoir des vivres faciles à conserver. Nous en prendrons ici et en achèterons au village côtier. Ainsi, nous embarquerons sans encombre le vingt-deux au soir, afin de ne pas être remarqués.

— Très bien, sourit-elle en frottant son nez contre sa joue. Quand crois-tu que je pourrai en informer nos proches ?

— Je préfère que nous attendions le dernier moment.

— Nous partons dans dix jours, Calixte ne pourra pas en être informé avant que nous soyons partis.

— Je préfère opter pour un maximum de prudence, souffla-t-il en repoussant une mèche blonde derrière son oreille. Nous partirons dans la nuit du dix-neuf au vingt. Ce soir-là, tu dineras en compagnie de Luíseach et Saraid pour leur expliquer que tu pars et leur fournir les documents relatifs à leurs tâches et fonctions durant ton absence. Ensuite, tu expliqueras tout à tes gens et ils décideront s'ils te suivent ou non.

Elle ne comptait pas inviter Gladys et sa famille à venir, car il était suffisamment incertain d'emmener Lucetmael sans ajouter un enfant à l'expédition. En revanche, elle espérait que Cleena, Janae, Léan et Bethania accepteraient de partir. Elle ne doutait pas que ce serait le cas de Jarlath, Cathan, Paddy et Caem.

Declan avait poursuivi les préparatifs pendant qu'elle se consacrait à la royauté. Il avait listé tout ce qu'ils emporteraient et avait sélectionné deux soldats bofursyliens pour compléter leur petite troupe. Il avait confiance en eux et préférait laisser son homme de main Kean au palais pour épauler les conseillères.

— À vos ordres, Chef.

Il roula au-dessus d'elle pour effacer son sourire malicieux avec ses baisers.

— As-tu rédigé les documents concernant Luíseach et Saraid ? s'enquit-il en dévorant son cou.

— Pas encore.

— Fais-les rapidement, que je puisse les lire. Enfin, si tu le souhaites.

— Évidemment.

Son avis lui était précieux.

— Il est tard et nous devons dormir, déclara-t-il en se levant pour revêtir ses habits.

— Demain, j'aimerais tenter quelque chose avec la pierre de la couronne.

Il se figea, un pied dans la jambe du pantalon.

— De la magie ? Je veux être présent.

— Je m'en doutais. Je le ferai quand tu seras là la nuit prochaine.

— Je serai là, promit-il en se penchant pour un dernier baiser.

Le lendemain, ils songèrent beaucoup à la pierre et à la magie. Declan s'inquiéta des dangers qu'Essylt encourrait à tenter des expérimentations sur un objet d'une telle puissance. Quant à la Reine, son esprit bouillonna de mille interrogations concernant les pierres.

Elle avait besoin de comprendre. C'est la raison pour laquelle elle fit un détour par la Salle du Trône après le diner, avant de retrouver l'aile royale.

Lorsque l'étage fut endormi, Declan apparut dans le jardin, comme à son habitude. Elle le fit voler d'une pensée et lui attrapa la main.

— Je ne sais pas si je suis capable de comprendre ce qu'est la pierre et l'étendue de ses capacités, débuta-t-elle en le tirant sur le lit. Mais j'aimerais essayer d'entrer en contact avec elle pour savoir si les autres pierres sont toutes sur l'île et où elles se situent. Je pense que la puissance de la pierre et la mienne suffiront.

Il s'assit en tailleur en face d'elle, les sourcils froncés.

— Je ne sais pas… Crois-tu qu'il soit judicieux de prendre le risque que tu sois épuisée alors que nous partons bientôt ?

Ses mains délicates entouraient la couronne avec vénération.

— Je récupère vite, tu le sais. De plus, c'est cette pierre qui a guidé Meallán ici et l'a gardé en vie durant le trajet. Si je parviens à comprendre davantage ses pouvoirs, peut-être qu'il sera plus aisé de voguer vers l'île grâce à elle. Et si tu es trop inquiet, vois cela comme un entrainement.

Il grogna, perplexe. Son instinct lui hurlait de la protéger. Il lui était cependant impossible de lui refuser quoi que ce soit.

— D'accord, soupira-t-il. Mais je me réserve le droit de t'interrompre à tout instant. Enfin, si j'y parviens.

— Je pense qu'en me touchant et en me parlant, cela fonctionnera. Je préfère que tu ne touches pas la pierre.

— D'accord. Et profites-en pour vérifier que l'île est inhabitée, si cela est faisable.

Il se redressa pour embrasser ses lèvres.

— Sois prudente.

— Promis.

Elle se repositionna à son aise et ferma les yeux. Le Chef la contempla, transi d'amour. Son assurance si pure, l'exaltation avec laquelle elle cherchait la vérité… Il comprenait pourquoi elle était si unique parmi sa lignée singulière, pourquoi tant d'êtres pouvaient la suivre aveuglément.

Essylt plaça la couronne sur sa tête. Elle sentit son pouvoir se déverser sur elle tel un torrent impétueux et brulant. La magie de la pierre était à la fois semblable et différente de la sienne, et elle n'aurait pas su l'expliquer.

Ce qui l'entourait la frappa, comme si toutes les vies environnantes s'étaient réunies en un amas grouillant d'informations trop vives.

Consciente qu'elle allait rapidement perdre pied si elle ne se concentrait pas, elle focalisa son attention sur la vie la plus proche d'elle. Declan apparut derrière ses paupières closes, resplendissant de force.

Elle écouta les battements de son cœur, effleura les muscles bandés de ses bras, prêts à agir, et caressa son esprit plus aiguisé que son épée. Puis, lentement, elle tourna son regard magique vers la pierre.

Elle fut aussitôt éblouie et ressentit une douleur cuisante impossible à situer dans son corps. Tout n'était plus que magie impalpable et vie insaisissable.

Elle tint bon et continua à porter son attention sur la pierre, malgré la souffrance et le sentiment de ne plus tout à fait exister.

Brusquement, la lumière aveuglante laissa apparaître une image floue. Installées sur des rochers clairs taillés, cinq pierres violettes identiques à celle de la couronne patientaient en cercle. Un sixième rocher attendait de toute évidence la pierre vagabonde.

Percutée par leur puissance sauvage et furibonde, Essylt libéra instinctivement ses dons pour les rassurer.

Vous serez bientôt réunies.

Elle tendit sa main immatérielle vers elles, attirée et empathique. Peut-être qu'en créant suffisamment de vie elle pourrait les atteindre et…

— Essylt !

La couronne tomba à côté d'elle et roula entre les coussins. Sa tête dodelinait à cause de la poigne ferme de Declan qui la secouait sans ménagement.

— Essylt, tu m'entends ? Essylt !

Il essayait de ne pas crier pour ne pas alerter tout l'étage. Elle posa son front contre son épaule pour revenir à la réalité.

Du sang coulait le long de son menton.

Je crois que j'ai utilisé ma propre vie... Enfin, je ne sais pas... Je n'étais pas capable de réfléchir correctement.

Il frotta son dos puis essuya son visage, inquiet.

— Que s'est-il passé ? J'ai pris peur, tu es devenue très pâle et la pierre s'est mise à briller...

Il la serra contre lui sans attendre de réponse, bouleversé.

Quand la pierre s'était teintée d'une lueur bleutée envoûtante, tous les poils de son corps s'étaient hérissés. Il aurait été incapable de mettre des mots sur la sensation qui l'avait fait frissonner de la tête aux pieds. En revanche, il avait toujours fait confiance à son instinct, raison pour laquelle il avait saisi Essylt alors qu'elle commençait à saigner du nez.

— Excuse-moi... Il y avait trop d'informations.

— Tu n'aurais pas dû faire ça ! Ce n'était pas indispensable et tu n'étais pas prête.

— Je ne pourrai être prête qu'en m'entrainant. Je dois apprendre à maîtriser mes dons et comprendre tout ceci.

Elle désigna la couronne et sa personne d'un geste mou de la main.

— Tu as le temps de faire des essais quand nous serons sur l'île. En attendant, tu dois te reposer.

Il l'allongea dans ses oreillers et déposa la couronne sur sa table de chevet. Elle se blottit contre lui.

— Qu'as-tu découvert ?

— Les pierres sont liées entre elles. Je suis parvenue à voir les autres très brièvement.

— Elles sont toutes au même endroit ?

— Oui.

— Et l'île est encore habitée ? s'enquit-il, angoissé à l'idée de faire face à des magiciens capables de blesser les siens d'une seule pensée.

— J'ai oublié de vérifier...

Contre toute attente, il rit et embrassa son front.

— Ton inattention parvient à être attendrissante même dans un tel contexte.

— Il est difficile de me concentrer quand je suis noyée d'informations. Mais j'y parviendrai.

— Je n'en doute pas.

Elle entoura son torse massif.

— Merci d'avoir été là.

— Pourquoi ? Parce que je t'ai arrêtée avant que tu te vides de ton sang ?

Son nez ne saignait déjà plus et elle ne doutait pas d'être en pleine forme après deux bonnes nuits de sommeil.

— Non, protesta-t-elle en pinçant ses côtes. Je me sens plus forte quand tu es là. Plus courageuse aussi.

Cet aveu l'émut plus que de raison.

— Tu l'es déjà énormément, n'en doute jamais.

Il se plaça au-dessus d'elle et l'embrassa passionnément.

— Tu dois te reposer. Je reviendrai demain.

— Tu as intérêt, gémit-elle.

Pour une fois, il usa de la corde cachée sous son lit pour descendre lui-même dans le jardin. Elle la rangea ensuite avant de s'effondrer, éreintée.

Malgré son état second et ses yeux clos, elle percevait la présence de la pierre juste à côté d'elle. Sa fascination s'intensifia quand elle eut le sentiment fugace que l'entité mystérieuse veillait sur elle, juste avant de s'endormir.

La Reine se massa le bas du dos pour le soulager. Cela faisait une heure qu'elle déambulait dans la Salle du Trésor pour chercher des objets demandés par Seena dans sa dernière lettre et pour rassembler la somme nécessaire à leur voyage.

Ils avaient besoin d'argent pour acheter de la nourriture une fois dans le village côtier et rémunérer les marins choisis par le propriétaire du navire si le premier versement ne suffisait pas. Il leur fallait également prévoir leur retour, que ce soit le transport, la nourriture et l'hébergement, sans compter qu'elle n'avait aucune certitude qu'ils puissent revenir directement au palais une fois sur le Continent. Elle préférait prendre trop que pas assez, néanmoins des pièces d'or se remarquaient très vite et ils voulaient voyager anonymement. Ils ne pouvaient cependant pas s'encombrer de coffres remplis de petite monnaie. De ce fait, elle devait trouver l'équilibre entre discrétion et praticité.

— Emportez ceci dans mes appartements, ordonna-t-elle à deux gardes en faction devant les portes.

Ils obtempérèrent et elle fit signe à Caem de la suivre.

— J'espère que tu ne t'ennuies pas trop à protéger ta Reine, dit-elle par-dessus son épaule. Je bouge moins que Lucetmael.

— Il est vrai, cela me permet de me reposer. Je ne crois pas que nous puissions en dire autant des commandants.

Ils avaient accepté d'apprendre au Prince à monter à cheval. Sa mère aurait pu en faire autant, mais elle était ravie qu'ils partagent cette activité et adorait voir son fils réclamer leur présence. Ils profitaient justement du soleil pour poursuivre leurs leçons dans la cour Ouest. Couverts de sueur et de poussière, Cathan et Jarlath entouraient une petite pouliche sur laquelle trônait fièrement Lucetmael.

— Tirez doucement les rênes pour la faire tourner, Altesse, indiqua Jarlath.

Il obéit trop brusquement et le cheval bondit sur sa gauche, droit sur Cathan. Le commandant eut le réflexe de se jeter à terre et de faire une roulade.

— Plus doucement, Altesse ! le tempéra Jarlath en rattrapant l'animal. Vous devez maîtriser ses déplacements.

— Mais je les maîtrise avec mes pieds !

— Certes, mais il faut utiliser les rênes aussi. Cela doit être plus délicat.

— Je ne suis pas certaine que ce mot fasse partie de son vocabulaire, déclara Essylt.

Cathan épousseta ses cheveux pleins de sable.

— Je suis de votre avis, Majesté.

— Vous vous amusez bien ?

Elle déposa un baiser possessif sur la joue rosée de son fils.

— Oui, c'est trop bien l'équitation !

Il souriait de toutes ses dents pendant que Cathan s'étirait pour vérifier qu'il ne s'était pas blessé.

— Très bien, confirma Jarlath avec une expression enjouée.

— Parle pour toi, le petit va moins souvent dans ta direction.

— C'est une question de respect.

Cathan grommela pour ne pas tenir des propos inappropriés devant un enfant.

— Mes oncles courent de partout.

— Je vois ça, mon trésor. Tu as raison de leur faire faire de l'exercice, cela les maintient en forme.

— Nous sommes en pleine forme ! protesta Cathan.

— Moi encore plus que lui.

— Alors là…

Cathan fonça tête baissée et percuta Jarlath au niveau du ventre. Le second commandant se baissa pour lutter vigoureusement contre lui.

— Le premier par terre a perdu ! cria Lucetmael, visiblement accoutumé à leurs combats saugrenus et improvisés.

Ils redoublèrent d'ardeur pour faire tomber l'autre, sous les encouragements du Prince.

— Majesté ?

Essylt sursauta en découvrant Janae à côté d'elle. La camériste observait la débâcle de virilité avec amusement.

— Oui ?

— L'ambassadeur jiralcain souhaiterait vous entretenir concernant le mariage du Prince Tomás.

La souveraine soupira. Le vieil homme en charge de faire le lien avec le Royaume de l'Est était particulièrement inquiet de la querelle qui opposait la Reine à son mari et des répercussions que cela pourrait avoir pour le mariage du futur Roi. Calixte et elle étaient tous deux conviés et l'ambassadeur lui avait plusieurs fois suggéré sans le moindre tact de se réconcilier avec son époux. Des remarques non désirées qu'Essylt avait dû contrer avec subtilité mais fermeté.

— Je vais le rejoindre dans ses appartements. Lucetmael, il est temps que tu rentres, cela fait déjà deux heures que tu es au soleil, je veux que tu te reposes avant le diner.

Elle commença à s'écarter.

— Non, je ne veux pas arrêter ! protesta-t-il quand Janae le porta pour le descendre de la selle.

— S'il te plait, trésor, dit la souveraine en donnant une claque sur la tête de ses commandants pour qu'ils cessent leur lutte ridicule.

— Non !

— Votre mère vous a demandé de…

— NON ! hurla le Prince.

Un grondement s'éleva des entrailles de la terre. Le sol se souleva légèrement, faisant grincer les pierres du palais.

Essylt fit volte-face vers son fils à l'instant où le phénomène s'arrêta. Livide, Lucetmael ouvrit grand la bouche, les yeux exorbités d'étonnement.

— Maman…

Elle se précipita pour s'agenouiller devant lui et le serrer contre elle, indifférente à l'état de sa robe. Son petit cœur battait si vivement qu'il en tremblait.

— Ce n'est rien, mon trésor, tout va bien. Personne n'est blessé.

— C'est moi qui ai fait ça ? chuchota-t-il contre son cou.

— Oui, c'est toi.

La surprise et la peur passées, la fierté prit ses droits. Elle bondit sur ses pieds en le soulevant bien haut et tourna sur elle-même.

— Tes pouvoirs apparaissent, c'est merveilleux !

Soulagé par sa réaction, il rit puis enroula ses jambes et ses bras autour d'elle.

— C'était de la magie ?

— Oui ! murmura-t-elle pour lui seul en se dirigeant vers le palais. Il faudra que tu apprennes à utiliser ta magie correctement, car tu aurais pu blesser quelqu'un aujourd'hui. Ce n'est pas bien, tu comprends ?

Il hocha la tête, encore sous le choc de ce qu'il avait accompli.

— Oui. Je ferai attention.

— C'est très bien. Je suis fière de toi.

Elle l'étreignit tendrement, incapable de le quitter.

— Je crois que le Prince a besoin d'un bon bain, commenta Jarlath.

Elle se retourna vers lui avec un immense sourire.

— Tout comme toi. Ainsi que d'une bonne aiguille.

Elle lui désigna le bas de son pantalon, déchiré durant sa lutte avec son ami d'enfance.

— Oh non, Bethania va hurler !

La pauvre camériste était la couturière attitrée du groupe et passait plus de temps à rafistoler les vêtements des hommes que ceux de la Reine. Jarlath se pencha pour évaluer les dégâts, révélant Cathan et Janae qui discutaient près des chevaux. La servante tendit sa main gracile pour retirer quelque chose des cheveux châtains ébouriffés du commandant. Ce geste d'une grande simplicité réveilla les pouvoirs d'Essylt.

Un éclat sublime les reliait, éthéré et sincère. Cathan sourit à Janae.

Ils s'aiment.

Cette constatation la prit totalement au dépourvu. Ses problèmes avec Calixte et le départ à venir l'avaient tant accaparée qu'elle n'avait plus prêté attention aux siens. Janae et Cathan s'étaient toujours chamaillés avec le sourire et cette bonne entente s'était lentement transformée en romance. Elle se sentait coupable de ne pas avoir compris plus tôt ce qui les unissait, eux qui prenaient tant soin d'elle.

— Veux-tu que je le porte ? s'enquit Jarlath en se redressant.

Elle sursauta et dissimula sa surprise en embrassant son fils.

— Oui, merci.

Il saisit le Prince puis attendit Cathan pour rejoindre l'aile royale. Essylt épousseta sa belle robe vert clair, impressionnée par la quantité de poussière.

— Je vais vous aider, Majesté.

Janae s'accroupit pour essuyer le bas de ses jupons.

— Merci.

La Reine la détailla, hésitante.

— Depuis combien de temps est-ce que Cathan et toi vous… ?

Elle ne savait pas comment formuler cela. Elle ne voulait pas insulter sa caméristе en prétendant qu'ils avaient eu des rapports physiques hors mariage et n'était pas dérangée qu'ils en aient eu le cas échéant.

Janae rougit et se plaça dans son dos pour nettoyer l'arrière.

— Cela fait quelques mois. Excusez-moi si nous ne devons pas…

— Ne t'excuse pas. Je n'ai absolument aucune objection, bien au contraire. Quand comptez-vous vous marier ?

La jolie servante grimaça avant de se redresser.

— Ce goujat ne t'a pas fait de demande ? s'agaça Essylt.

— Si, il l'a faite. Mais j'aime notre relation telle qu'elle est pour l'instant.

La souveraine opina, attendrie.

— Dans ce cas, si vous êtes heureux, c'est le principal.

— Nous le sommes.

Son sourire suffisait à le prouver.

Essylt rejoignit l'ambassadeur jirialcain après avoir donné quelques consignes à sa caméristе. Elle répondit patiemment à ses diverses remarques, tout en espérant pouvoir assister au mariage de son ami en août.

Le soir venu, elle apprécia la compagnie de ses nobles, qui ne tarderaient pas à rentrer dans leurs provinces respectives. Après le diner, ils s'installèrent dans le salon tandis que les enfants jouaient près d'eux, nullement fatigués malgré l'heure tardive.

— Majesté ?

Declan se plaça à côté d'elle pendant qu'elle étudiait les jeux de société dans la grande armoire. Cela faisait une semaine que Luíseach la suppliait de jouer aux échecs avec elle et elle avait cédé, bien qu'elle sache que sa défaite serait cuisante. Elle souhaitait contenter tous ses proches avant son départ.

— Oui ?

— J'ai été informé du petit incident avec le Prince. Tout va bien ?

Elle demeura dos aux invités pour lui sourire.

— Oui, ses pouvoirs commencent à se développer ! As-tu senti la secousse du palais ? Je pense qu'il aura une forte prédilection pour la terre, comme Ailionora.

Il acquiesça, aussi fier qu'elle.

— C'est incroyable, je ne parviens pas à réaliser qu'il va fêter ses cinq ans le mois prochain.

— Moi non plus.

Leurs yeux s'étreignirent, partageant plus que des mots.

— Comme vous le souhaitiez, Majesté, je m'entretiens demain à l'aube avec le Chef Erannan, déclara-t-il lorsque Faolan s'approcha.

— Parfait, merci, Altesse.

Elle prit le jeu en bois et se dirigea vers la table où la conseillère l'attendait. En lui rappelant cette réunion, Declan l'avait informée qu'il ne viendrait pas cette nuit, afin de se reposer et d'espacer leurs rencontres. Ils devaient demeurer prudents, bien que la tentation soit grande sachant qu'ils partaient dans quatre jours.

Le Chef accepta de jouer aux cartes avec Faolan, Lothar, Ultan et Saraid. Cette dernière était une joueuse émérite dont il était difficile de présager les coups.

Peu attentif, il ne cessa d'observer Lucetmael qui riait avec Nar.

Des souvenirs de Calixte et lui au même âge affluèrent, en des réminiscences d'un passé lointain. Leurs existences étaient plus simples à l'époque où il était à la place de Nar et n'était que le meilleur ami du Prince. En grandissant, tout s'était complexifié, jusqu'au point de rupture. Ils n'étaient plus frères que de nom.

En rentrant dans ses appartements, Kean lui annonça qu'une lettre de Réamann venait d'arriver. Il plaça une bougie sur son bureau et s'installa avec un soupir las. Son second gérait parfaitement toutes les affaires en son absence et ne faisait que l'informer de ses décisions.

L'amitié qu'il partageait avec l'homme qui l'avait formé pour devenir Chef ne s'était pas étiolée avec le temps. Il regrettait souvent que leurs responsabilités les tiennent éloignés et doutait que cela puisse s'améliorer un jour.

Que se passera-t-il si Calixte décide d'entrer en guerre contre la Rodorchna une fois qu'Essylt l'aura quitté définitivement ? Réamann sera alors Chef des armées et nous serons ennemis. Je ne sais pas si je serai capable de me battre contre lui.

Toutes les décisions ont des conséquences. Et plus les personnes qui les prennent sont puissantes, plus ces conséquences sont dévastatrices.

— Hier, j'ai appris que Cathan et Janae sont amants, chuchota-t-elle en dessinant des cercles sur son bras.

Declan redressa la tête pour l'admirer malgré l'obscurité.

— C'est une nouvelle peu surprenante, j'ai toujours trouvé qu'ils allaient bien ensemble.

— Merci de me faire remarquer que tu es plus observateur que moi.

Son torse fut secoué d'un rire silencieux.

— Loin de moi l'idée de vous insulter, Majesté.

Il passa sa main le long de son dos.

— Cela te déplait ?

— Non, je suis heureuse pour eux. Simplement…

— Oui ?

Elle frotta son nez contre son épaule.

— Je me sens égocentrique de ne pas avoir remarqué plus tôt leur amour. Ils sont si importants pour moi. Cette inattention me donne l'impression d'être insensible et…

— Tu ne l'es pas et ne l'as jamais été, l'interrompit-il en redressant son menton d'un doigt. Ils ne peuvent pas te le reprocher et je doute qu'ils t'en veuillent alors qu'ils souhaitent de toute évidence garder leur relation secrète.

— Certes, mais qu'en sera-t-il quand je leur demanderai de partir avec nous pour l'île ? Puis-je seulement le leur demander ? Cathan et Janae vont certainement vouloir créer leur foyer et si tout ceci tourne mal, ils seront des hors-la-loi. Je n'ai pas le droit de leur imposer un tel risque, pas plus qu'à…

Il écrasa ses lèvres d'un baiser.

— Puis-je te donner mon avis ?

Elle soupira.

— Oui.

— Le premier point qu'il me parait indispensable de souligner est que tu ne vas les forcer en aucune manière. Ce sera leur choix et c'est très noble de ta part car d'autres monarques ne se seraient pas montrés si conciliants. Le second point est que les êtres qui dorment à quelques pièces d'ici t'ont voué leur vie, Essylt. Ils l'ont fait à l'instant où ils t'ont rencontrée et je doute qu'un seul d'entre eux le regrette.

Elle garda le silence, songeuse.

— Partage-moi tes pensées, murmura-t-il avant de mordre son lobe d'oreille.

Un frisson exquis la fit gémir.

— Je… Je ne sais comment t'expliquer ce que j'éprouve pour eux, ainsi que pour Lucetmael et toi. Vous êtes… Lorsque j'utilise mes pouvoirs, ils se dirigent aussitôt vers Lucetmael, puis vers toi, puis vers eux.

« Quand Adelyn nous a quittés après son mariage, j'ai éprouvé une grande souffrance. J'avais énormément de soucis à cause de Calixte à ce moment-là, puis nous avons perdu notre fille… Je n'ai pas réalisé que le manque et la douleur se sont peu à peu atténués. Crois-tu que... Crois-tu que ce soit parce qu'Adelyn a cessé de me consacrer sa vie ? »

Ses bras se resserrèrent autour d'elle.

— Oui, cela me parait logique.

— Je crois que quelque chose de profond nous unit, poursuivit-elle, emportée par ses réflexions. Pour Lucetmael et toi, c'est un peu différent, parce que vous êtes ma famille. Mais Cleena, Janae, Léan, Bethania, Cathan, Jarlath, Caem, Paddy… Ils m'ont voué aveuglément leur vie. Crois-tu que cela ait un rapport avec la magie ?

— Peut-être… Il est difficile de te résister, souffla-t-il en caressant sa joue.

Elle se redressa en position assise, angoissée.

— Est-ce une forme de manipulation ? Suis-je mauvaise et…

— Non ! Absolument pas, contra-t-il en s'asseyant en face d'elle.

— Je ne parviens pas à comprendre, avoua la Reine en recouvrant sa main qui réchauffait sa joue. Pourquoi mes pouvoirs me permettraient-ils de susciter l'amour si aisément ?

Il posa son front contre le sien.

— Parce que la vie nait souvent grâce à l'amour.

Essylt s'éveilla difficilement en s'étirant, son corps agréablement fourbu par les activités de la nuit. Lorsqu'elle s'aperçut que c'était déjà le dix-sept mai, un sourire éblouissant illumina son visage.

— Ma Reine semble d'extrêmement bonne humeur ce matin, commenta Cleena en entrant pour ouvrir les rideaux.

— Oui !

Elle bondit sur ses pieds et déposa un baiser bruyant sur sa joue.

— Le petit déjeuner est servi dehors ?

— Il vous attend, ainsi que le Prince.

— Merveilleux !

Elle fit une brève toilette et revêtit sa robe du jour avant de retrouver son fils, installé entre Gladys et Nar devant une table bien garnie.

— Bonjour tout le monde.

— Bonjour, Majesté.

— Maman regarde, j'ai mis moi-même la confiture dans ma crêpe.

Une bonne partie de la gelée de fraise recouvrait la table et ses manches à défaut de la crêpe, ce qui n'empêcha pas sa mère de l'applaudir.

— Je lui avais laissé de vieux habits exprès, comme il s'exerce beaucoup avec la nourriture en ce moment.

— Vous avez bien fait, Gladys.

Essylt devait souvent insister pour que tout ne soit pas préparé pour son fils. Les domestiques avaient tendance à lui apporter ses plats tout prêts, ses brioches tartinées et ses viandes découpées. Lucetmael était très curieux, parlait de manière fluide et saurait bientôt lire, toutefois il manquait parfois de dextérité. Pour jouer à l'épée, il excellait, mais pour des tâches plus minutieuses, il était maladroit et perdait vite patience.

— Pour mon anniversaire, je veux faire du cheval tout seul.

Elle lui sourit tendrement, peinée à l'idée de lui mentir.

— Tu le pourras si Cathan et Jarlath estiment que tu es prêt.

— Dans ce cas, je veux m'entrainer encore cet après-midi !

— Il faudra le leur demander. Avec un « s'il vous plaît ».

Il hocha la tête avec sérieux.

— Nar, il faut que tu apprennes avec moi.

— Mon Papa n'est pas d'accord, contra-t-il.

Essylt consulta Gladys du regard. Il était rare que son époux Edern se joigne à elles le matin, car il se levait très tôt et n'aimait pas petit-déjeuner.

— Mon mari n'est pas très à l'aise avec les chevaux, je crois qu'il a peur qu'il se blesse.

— Mais moi je veux que Nar vienne avec moi en promenade !

La nourrice se mordit la lèvre, embarrassée.

— Si le père de Nar ne veut pas, il en fera plus tard, assura Essylt avant de tendre une serviette à son fils. Apprends à manger proprement comme Nar avant qu'il apprenne à chevaucher avec toi.

Le Prince s'apprêtait à protester, mais opta pour un sourire amusé, de plus en plus conscient des prouesses de négociation de sa mère. S'il apprenait aussi vite qu'elle, ils allaient bientôt entrer en pourparlers pour un oui ou pour un non.

Lorsqu'ils eurent terminé, Nar et Lucetmael s'échappèrent pour courir entre les eucalyptus, avec une énergie qui parvenait encore à impressionner leurs mères. Essylt souhaita bon courage à Gladys avant de se rendre en réunion.

Puisqu'elle était en avance, elle en profita pour s'installer à son aise et étudier les documents apportés par Paddy. Toute avance sur son programme chargé était bonne à prendre.

Une clameur dans la cour perturba sa concentration. Elle délaissa son travail pour s'approcher des fenêtres. Dehors, les grilles ouvertes laissaient entrer des cavaliers et trois carrosses imposants qu'elle connaissait bien.

Sur de fringants destriers, les soldats arboraient des uniformes bleus.

La Reine se mit à courir et bouscula un conseiller au passage. Elle dévala les escaliers et sortit précipitamment dans la cour ensoleillée.

Le capitaine Tier venait de descendre de sa monture et ouvrit la porte du carrosse avec déférence.

Au ralenti, elle vit apparaître deux pieds chaussés de bottes en cuir, deux jambes musclées, un torse fièrement bombé, deux bras aux mains serties de bagues voyantes et un visage à l'expression satisfaite.

— Bonjour, ma bien-aimée.

XXXV

« Quand pourrai-je enfin t'enlacer, chère liberté ? » Lothair Greshee, poète tecien du IIème siècle.

— Que fais-tu ici ?

Essylt n'avait pu maîtriser sa voix, empreinte de ressentiments et de rage.

Calixte leva un sourcil perplexe avant de lui tendre galamment son bras.

— Rentrons discuter en des lieux plus appropriés, si tu le veux bien.

— Non.

Choquée par sa propre témérité, elle redressa le menton et cacha ses mains tremblantes.

— Je veux que tu partes.

Il observa les soldats qui les entouraient avant de soupirer.

— Je suis venu pour m'excuser et si tu souhaites que je le fasse publiquement, et bien soit.

Il haussa les épaules en cherchant ses mots.

— J'ai commis une énorme erreur en faisant d'Euthalia ma maîtresse et en l'affichant publiquement. Ma colère a pris le pas sur ma raison. Je suis sincèrement désolé, je regrette mon comportement.

Essylt serra les pans de sa robe de toutes ses forces, étonnée d'éprouver une forme de contentement à ces mots. Elle détestait la Duchesse et ne pouvait oublier l'affront qu'il lui avait fait dans la Salle du Trône de Bofursyle.

— Cela ne change rien.

Les gardes s'agitèrent. Tous les domestiques avaient ralenti le déchargement des carrosses pour écouter leur conversation.

Les mâchoires du Roi se crispèrent, faisant saillir les veines de son front. La Reine sentit ses commandants se rapprocher légèrement dans son dos. Sur sa droite, elle aperçut Réamann qui se faufilait entre les soldats.

— Je viens de m'excuser et…

— Ah, mon frère !

Ils se tournèrent en direction de l'exclamation joviale. Les gardes s'écartèrent pour laisser passer Declan, qui prit son aîné dans ses bras avec un enthousiasme factice.

— Je ne savais pas que tu venais.

— Je voulais faire une surprise à mon épouse.

C'est réussi, songèrent Essylt et Declan à l'unisson.

— Nous ferions mieux de rentrer, le soleil commence déjà à brûler, commenta négligemment le Chef. N'est-ce pas, Majesté ?

La Reine opina lentement, la nuque raide. Il lui demandait implicitement de ne pas faire de scandale devant tant de témoins. Les enjeux étaient bien trop grands.

Elle passa devant eux, l'esprit bouillonnant de pensées paniquées. Declan discuta innocemment avec Calixte jusqu'à l'entrée de l'aile royale, où ce dernier le pria de les laisser seuls. Le ventre noué d'appréhension, le Chef acquiesça et repartit, non sans avoir échangé avec le capitaine Tier un regard lourd de soupçons indéfinis.

— Lucetmael ! chantonna le monarque en sortant dans le jardin.

En pleine course-poursuite avec Nar, le Prince se statufia. Les jambes faibles, Essylt s'assit à table en face de Gladys.

— Père ?

Calixte s'accroupit et tendit ses bras, en un geste qui ressemblait davantage à un ordre qu'une invitation. Son fils l'enlaça après un instant d'hésitation.

— Gladys, pouvez-vous emmener les enfants à l'intérieur ?

— Tout de suite, ma Reine.

Très pâle, la nourrice prit les mains des garçons et les entraina dans le salon. Le Roi se redressa en époussetant son pantalon.

— Je comprends ta colère et...

— Je ne crois pas, non.

Décidée à lui tenir tête, elle posa ses mains à plat sur la table pour rester calme. Elle avançait en eaux troubles, sans savoir à quel point elle pouvait être honnête avec lui. Elle aurait préféré discuter avec Declan avant de l'affronter.

— Quand je t'ai dit que je ne voulais plus te revoir, avant mon départ, j'étais sincère.

Les lèvres de Calixte s'entrouvrirent de surprise. Il secoua la tête.

— Mais non, c'étaient des paroles dites sous le coup de la colère ! Parce que je venais de te blesser, c'est totalement compréhensible, et je te pardonne.

Sa vision se flouta quand il s'agenouilla devant elle, suppliant.

— Je suis venu réparer mes torts, ma douce. J'ai laissé mes deuils me changer et altérer mon jugement. Cela ne se reproduira plus.

Il prit délicatement ses mains.

— Je t'aime plus que tout, j'ai besoin de toi.

— Cela ne change rien.

Nauséeuse, elle lui retira ses mains.

Une larme lui échappa. Il observa sa descente le long de sa joue livide.

— Je viens de m'excuser à genoux ! Que te faut-il de plus ? s'exclama-t-il, ses yeux noisette brillants de chagrin.

Elle s'essuya le visage et se mit debout, incapable de rester près de lui. Son contact la révulsait et lui rappelait toutes ces années où elle avait partagé son lit.

Des années qu'elle aurait aimé pouvoir effacer.

Il la retint par le poignet alors qu'elle s'apprêtait à rentrer.

— Que te faut-il de plus ? gronda-t-il. Des bijoux, des présents ?

Elle tenta de le repousser et il resserra son emprise.

— L'argent n'effacera jamais le mal que tu m'as fait, cracha-t-elle en se débattant.

Elle finit par se dégager et se frotta le poignet. Emporté par sa rage, il avait enfoncé dans sa chair le bracelet serti de saphirs qui composait son bijou de mariage. Une marque écarlate ornait son bras fin.

Mécontent, Calixte replaça méthodiquement ses cheveux châtains décoiffés par leur altercation. Il souffla bruyamment par le nez puis dénoua ses épaules d'un mouvement saccadé, avant d'afficher un sourire plat.

— Excuse-moi si je t'ai fait mal. Mais si tu me laissais me faire pardonner, nous pourrions enfin cesser de nous quereller de la sorte.

Elle recula d'un pas en serrant son bras contre sa poitrine.

Il n'abandonnera jamais.

— Essylt ?

Des années de diplomatie et de politique forgeaient des réflexes précieux.

— Les conseillers m'attendent.

Elle partit avant qu'il ait pu ajouter quoi que ce soit. La fuite était la seule échappatoire à cette discussion vide de sens. Elle ne pouvait pas lui dire qu'elle le quittait, il était beaucoup trop instable et colérique. Et la révélation de leur rupture pourrait aisément mener à d'autres vérités : sa liaison avec Declan et l'ascendance de Lucetmael.

Je dois discuter avec Declan.

Puisqu'ils ne pouvaient pas se permettre d'être imprudents, elle se rendit en réunion, le ventre noué.

Pendant ce temps-là, le Chef avait rejoint son second pour en apprendre davantage sur son frère. Il avait aidé Réamann à décharger ses affaires dans sa chambre.

— Que s'est-il passé en Bofursyle pendant mon absence ?

Son ami se frotta le visage de fatigue.

— Je n'ai entendu que des rumeurs quand je suis rentré de mission. Le Roi aurait eu d'autres maîtresses en même temps que la Duchesse et cette dernière a fini par l'apprendre. Ils se sont violemment disputés et elle est rentrée dans sa province. Peu après, le jour de l'anniversaire de la Reine, le Roi a passé la journée à boire, sans voir personne. Quatre jours plus tard, nous quittions le château de Bofursyle pour venir ici.

Pourquoi a-t-il fallu que Calixte ait un cas de conscience si rapidement ?

— Et pourquoi es-tu venu ? Je n'ai pas autorisé ce déplacement. Nous avions convenu que l'un de nous deux demeurerait toujours en Bofursyle.

— Je le sais, soupira Réamann en rangeant des documents dans son bureau spartiate. Mais j'étais au château à ce moment-là et le Roi m'a ordonné de venir.

Personne ne pouvait s'opposer à un ordre direct du monarque.

Declan fit quelques pas dans les appartements alloués en hâte à son ami. Essylt avait eu l'excellente idée de faire restaurer toutes les pièces du palais, ce qui était fort pratique en cas d'arrivée imprévue.

— Comment se porte la Reine ?

— Bien, répondit-il trop vite.

Afin d'éviter son regard acéré, il se pencha pour ramasser un coffre.

— Qu'en est-il du Roi ?

Réamann afficha une expression peinée qu'il ne lui avait jamais vue.

— En toute honnêteté, je suis très inquiet. Le Roi est instable, changeant, facilement irritable… Il n'est plus le même.

Entendre cette constatation de la bouche d'une personne qui était rarement en compagnie du monarque n'aida pas Declan à s'apaiser. Il le remercia pour sa franchise puis s'éclipsa.

En se dirigeant vers l'intendance, il ne fut pas étonné qu'un garde bofursylien vienne à sa rencontre.

— Chef ? Sa Majesté vous demande.

Il repartit donc vers l'aile royale. Avant de frapper à la porte du bureau, il reprit plusieurs fois sa respiration. C'était rare qu'il ne sache pas comment se comporter, surtout en présence de son frère.

— Declan, enfin ! s'exclama Calixte depuis son fauteuil. Je t'attendais. Prends place.

Il obtempéra en détaillant son souverain. Ses yeux alertes et l'absence de verre de whisky étaient plutôt encourageants, bien que la brièveté de sa conversation avec Essylt ne présageât rien de bon.

— Comment vas-tu ? Je n'ai pas eu de tes nouvelles.

C'était une manière subtile de lui faire remarquer qu'il aurait apprécié être tenu informé de ses déplacements.

— Bien, bien, s'agaça-t-il. Je n'ai pas eu le temps de t'écrire. Toi, en revanche, tu m'as envoyé des lettres passablement décevantes.

Comme il le lui avait ordonné, Declan l'avait informé des faits et gestes de la souveraine. Il avait simplement occulté ses visites nocturnes dans sa chambre et leur projet de voyage.

— Je t'ai dit tout ce que je sais. La Reine n'a fait que s'occuper des affaires du Royaume et diner avec ses nobles. Rien de plus.

Le monarque grommela, peu satisfait de cette réponse.

— J'aimerais comprendre pourquoi elle refuse de se réconcilier avec moi. Fait-elle cela pour que je la supplie ?

Le Chef pinça les lèvres.

Il n'avait jamais éprouvé autant de pitié pour quelqu'un.

— Je me suis excusé, j'ai proposé de lui faire un cadeau, énuméra Calixte. Rien ne lui convient. Je ne suis pas le premier homme de l'histoire à commettre un adultère, j'ai droit à un peu d'indulgence ! Mais elle ne fait aucun effort pour que nous allions mieux. Elle n'a jamais fait aucun effort.

— Dans ce cas, pourquoi t'acharnes-tu ?

La question fusa avant qu'il n'ait pu la contenir. Ce fut plus fort que lui, entendre son frère se plaindre après tout ce qu'Essylt avait fait pour lui et tout le mal qu'il avait causé le mettait hors de lui.

Déstabilisé, le Roi écarquilla les yeux et ouvrit grand la bouche, en cherchant des mots qu'il ne trouvait pas.

— Je… Je ne sais pas.

Face à son étonnement perdu, Declan comprit que Calixte était incapable de se détacher d'elle.

L'amour qu'elle a suscité en lui est indéfectible. Il n'abandonnera jamais.

Horrifié, il écouta son aîné se plaindre pendant près d'une heure, en sentant une sueur glacée dégouliner le long de son dos.

Essylt remercia Paddy quand il lui confia une missive arrivée de Teac. Occupée à son bureau personnel dans les pièces de l'intendance, elle s'accorda une pause en découvrant le sceau d'Anna. Avec sa calligraphie délicate coutumière, la Comtesse lui narrait l'évolution de sa grossesse, qui ne tarderait pas d'arriver à son terme. Elle espérait avoir enfin la chance d'accueillir une fille dans son foyer mouvementé. Aslander, Lasérian et Roibhilin formaient une équipe soudée et turbulente qui n'avait pas fini de l'épuiser.

La souveraine s'enfonça dans son fauteuil et ferma les yeux. En effleurant la lettre, Anna apparut. Vêtue d'une robe bleu pâle, elle s'appliquait pour écrire, ravie de cet instant rien qu'à elle. Son ventre imposant ne la gênait guère et ses joues rondes attestaient d'une excellente santé.

Tu me manques tant.

Nostalgique, Essylt reposa la missive et prit une feuille vierge. Elle trempa sa plume dans l'encrier puis suspendit son geste.

Comment lui dire au revoir, sans savoir quand je la reverrai ?

L'avenir était plus incertain que jamais et l'arrivée impromptue de Calixte chamboulait leur plan et leurs espoirs. Son poignet gardait la marque rouge de sa rage.

Les larmes aux yeux, la Reine donna de ses nouvelles à son amie en enjolivant la réalité, puis lui souhaita un accouchement aisé et tout le bonheur possible avec son enfant à venir. Elle cacheta la missive avec l'impression de perdre un peu d'elle-même, puis la remit à son page.

Secouée, elle libéra sa magie pour surveiller son mari. Il avait passé la matinée dans son bureau, en compagnie de Declan, puis de Tier. À midi, il avait déjeuné seul, avant de convoquer quelques conseillers. Essylt préférait vérifier où il se trouvait pour l'éviter au maximum.

En percevant sa présence au rez-de-chaussée à côté de la vie la plus lumineuse du palais, elle quitta son bureau en courant.

Arrivée dans le couloir menant à la Salle du Trésor, elle découvrit les soldats au garde-à-vous et Calixte qui portait Lucetmael sur sa hanche. Penché en avant, il lui désignait la poignée.

— Que faites-vous ici ? cria Essylt, ses commandants dans son sillage.

Le Roi tressaillit et s'écarta d'un bond fautif. La Reine lui arracha son fils des bras.

— Rien, nous ne faisions que passer, prétendit-il innocemment.

— Père m'a promis du chocolat si j'ouvrais cette porte, dit fièrement Lucetmael, sans comprendre la tension qui régnait.

Le regard de Calixte s'assombrit et le Prince se resserra contre sa mère.

— Lucetmael n'est pas une clé, articula-t-elle lentement, furieuse. Que veux-tu dans la Salle du Trésor ?

— Je n'ai eu l'occasion d'entrer ici que trois fois, j'étais simplement curieux. Je n'y peux rien si je suis incapable d'y accéder à cause de cette insupportable magie.

Ce mensonge éhonté l'écœura. Il n'avait même pas le courage d'assumer sa malveillance et son évidente cupidité.

— Si tu es venu pour faire le tour des pièces, tu peux rentrer en Bofursyle, il me semble que le château y est suffisamment grand pour assouvir ta curiosité.

Un rictus mauvais plissa son visage. Sans rien ajouter, il fit signe à ses soldats de le suivre. Essylt frotta le dos de son fils pour le rassurer.

Avant de tourner à l'angle du couloir, Calixte se retourna vers eux. Ses yeux la percutèrent si intensément que tous ses poils se hérissèrent.

Mon mari est devenu mon ennemi.

La main de Lucetmael caressa sa joue pour attirer son attention, la détournant de cette certitude glaçante.

— Je suis désolé Maman si tu es fâchée contre moi.

Elle embrassa son front.

— Je ne suis pas fâchée, rassure-toi. Je t'aime fort.

— Moi aussi.

Elle l'embrassa encore puis le reposa par terre.

— Tu veux bien retourner auprès de Gladys ? Jarlath va t'accompagner.

— Oui.

Il tendit sa main au commandant, l'incident déjà derrière lui.

— Oncle Jarlath, pourra-t-on jouer à l'épée ?

— Bien sûr, Altesse.

Essylt reprit son souffle avant de se tourner vers les soldats assignés à la Salle du Trésor.

— Je ne veux pas que vous laissiez Lucetmael entrer ici, il est trop jeune. Si jamais le Roi revenait avec lui, informez moi immédiatement. Et transmettez cet ordre à tous les hommes concernés.

— À vos ordres, Majesté.

Le front plissé par l'inquiétude, elle pénétra dans la pièce réservée à sa famille et referma derrière elle. Appuyée contre le battant frais, elle observa minutieusement les objets divers et variés entassés au fil des siècles.

Je dois protéger mes secrets.

Des années auparavant, elle avait été révoltée de découvrir que tant de ses ancêtres avaient caché l'immense somme d'argent présente dans les coffres de la Rodorchna. Aujourd'hui, elle faisait exactement comme eux.

Elle avait placé une statue devant l'entrée secrète, toutefois elle n'occultait pas entièrement le passage et Calixte était suffisamment malin pour le découvrir, s'il parvenait à entrer. La Reine entreprit donc de pousser la statue avant d'évaluer les meubles présents. Lequel susciterait le moins de suspicion chez son mari ?

Sur la gauche, de vieux tapis tissés d'or reposaient contre le mur. Essylt porta les épais rouleaux un à un pour les déposer devant l'entrée préservée, avant d'agrémenter le tout en posant contre eux le tableau d'un aristocrate oublié. Pour parfaire l'illusion, elle rapprocha des biens anciens et éloigna des coffres pleins de pièces d'or. Ainsi, ce coin paraissait être peu visité, sans accueillir les affaires les plus poussiéreuses pour autant. Un juste milieu osé, qui fonctionnerait le cas échéant, elle l'espérait.

Le soir venu, elle entra dans le grand salon avec la nausée. Être dans la même pièce que Calixte la révulsait, particulièrement quand il jouait les époux prévenants. Faolan ne cessa de se réjouir du retour du monarque, sans percevoir que la Reine n'était pas aussi enjouée. Les aristocrates firent la conversation durant le diner, comme ils l'avaient appris depuis l'enfance. Lorsqu'elle eut terminé son dessert, la souveraine se leva et prétexta une grande fatigue pour s'éclipser.

— J'aurais aimé rester jouer encore un peu, protesta mollement Lucetmael en se frottant les yeux.

— Tu as besoin de repos, mon trésor.

Dans sa chambre, elle congédia Gladys et l'aida à s'installer dans son lit.

— Endors-toi vite et fais de beaux rêves, chuchota-t-elle en remontant le drap sur lui.

— Tu ne me racontes pas d'histoire ? Je veux une histoire de Dhánn et Caíl.

— Demain soir, promit-elle avant de souffler les bougies.

Elle referma la porte qui reliait leurs chambres puis sursauta en entendant frapper à la porte principale.

— Essylt ? Essylt, ouvre-moi, s'il te plait.

Elle frissonna de ne plus se sentir en sécurité dans son propre palais.

— Je n'ai pas envie de te voir.

— Tu ne pourras pas me fuir indéfiniment. Nous sommes mariés !

Plus pour très longtemps.

— Essylt, s'il te plait, ouvre-moi…

Son ton plaintif était bien loin de sa colère coutumière.

— Pas ce soir, Calixte, je suis vraiment épuisée.

Un silence s'installa, pendant lequel elle entendit son cœur battre furieusement.

— Soit. Je te laisse te reposer. Nous discuterons demain.

Elle ne lui répondit pas et fut soulagée d'entendre ses pas s'éloigner dans le couloir.

Deux heures plus tard, elle se pencha à la fenêtre pour saisir Declan à l'aide de sa magie. Le Chef l'enlaça tendrement avant même de toucher le sol.

— Est-ce que ça va ? murmura-t-il contre ses cheveux.

— Beaucoup mieux, puisque tu es là.

Elle monta sur la pointe des pieds pour l'embrasser. Le goût de ses lèvres occulta la peur et les doutes.

— Nous devons partir cette nuit, déclara-t-elle sans préambule.

Les coins de sa bouche se relevèrent d'amusement.

— C'est exactement ce que j'étais venu te dire, déclara-t-il en révélant le sac passé à son épaule et l'épée accrochée à sa hanche.

Il déposa la besace à côté du lit, en remarquant sa robe simple.

Dans d'autres circonstances, il lui aurait conseillé de continuer à vivre comme à son habitude et de prévoir un voyage dans sa famille pour dissimuler leur départ. Mais l'instabilité de Calixte menaçait le moindre plan. De plus, l'envie de partir pour l'île devenait de plus en plus irrépressible.

Il était temps de briser leurs chaines.

— Comment allons-nous faire ? Nous ne pouvons pas entrer dans l'écurie et partir avec des chevaux sans être repérés, s'inquiéta-t-elle.

Il prit ses mains et l'attira sur le lit pour s'asseoir.

— Nous allons partir sans chevaux, expliqua-t-il avec son calme militaire coutumier. J'y ai réfléchi toute la journée. Nous devons partir vite et discrètement, c'est pourquoi nous allons sortir dans le jardin et tu vas nous faire voler tout en haut de la falaise.

Elle tressaillit.

— Tu es fou ! C'est plus haut que les remparts du château de Teac ! Et si je nous faisais chuter ?

— Tu en es capable, l'apaisa-t-il en massant ses mains. Tu peux nous faire voler tout là-haut, j'en suis persuadé. Ensuite, le village le plus proche à l'ouest est à deux heures de marche. Si nous partons au plus vite, nous y serons bien avant le lever du soleil. Nous réveillerons un propriétaire de bêtes pour lui acheter deux montures. Si nous chevauchons jusqu'à la nuit suivante, nous pourrons arriver avant l'aube sur la côte et prendre un navire.

— Mais nous aurons deux jours d'avance !

— Il nous faudra arriver avant le départ des navires, ce qui est jouable grâce à ta magie. Et de toute façon, nous n'aurons besoin que d'un petit bateau.

Un élément évident la frappa brutalement.

— Nous ne pouvons emmener personne avec nous.

— Non, confirma-t-il en caressant sa joue. Partir trop nombreux serait plus risqué.

Il avait raison, elle le savait. Chevaucher à bride abattue à neuf cavaliers était bien plus dangereux et irréalisable. Cependant, l'idée de ne plus voir ses commandants et ses caméristes tous les jours lui broyait la poitrine. Et savoir qu'elle ne pourrait pas leur dire au revoir… Elle avait le sentiment de trahir leur confiance et leur affection.

— Essylt, souffla-t-il en redressant son menton. Nous n'avons pas le choix si tu veux ramener la pierre sur l'île et protéger Lucetmael.

Elle opina pour refouler ses larmes, puis se remit debout.

— Les documents pour confier certains pouvoirs décisionnaires à Saraid et Luíseach sont prêts, mais je doute qu'ils soient utiles avec Calixte au palais.

Elle les sortit néanmoins de son tiroir et les plaça au centre de son bureau.

— Je lui reprendrai la Rodorchna en rentrant. Le peuple me suivra, Calixte n'est pas son vrai souverain.

Elle ouvrit un autre tiroir et sortit les bourses remplies de pièces qu'elle avait préparées. Declan l'arrêta et la serra contre son torse.

— Tu es sûre de ne pas le regretter, si tu venais à perdre définitivement la Rodorchna ?

Ses yeux tristes reflétèrent les flammes des bougies.

— Bien sûr que si. J'aime la Rodorchna et j'aime aussi régner.

Elle leva sa main droite et fit tourner la bague en or sertie d'un rubis à son auriculaire, symbole de son titre.

— Meallán n'a pas épousé Maev pour devenir Roi. Il l'a fait parce qu'il l'aimait et parce qu'il aimait le peuple rodorchnien. Je l'aime tout autant et je suis prête à lui consacrer mon existence, mais pas au détriment de toi.

Elle toucha ensuite la bague délicate à son index, qu'il lui avait offerte après la naissance de leur fils.

— Si ces deux amours sont incompatibles, je sais auquel je renoncerai. Avec beaucoup de tristesse, mais en sachant que j'aurais pris la bonne décision.

Après une grande inspiration, elle retira le bracelet relié à la bague en saphir de sa main gauche et les déposa à côté des documents, en sachant qu'elle ne les remettrait plus jamais.

— La dynastie des de Rodorchna a débuté parce que Meallán a volé cette pierre et peut-être qu'en les réunissant, la dynastie s'achèvera, murmura-t-elle, transie. Je ne sais pas si c'est juste, mais Meallán voulait que les pierres soient réunies. Il ne voulait pas que sa fille le fasse, mais il le voulait, sinon pourquoi avoir laissé ces indices ? Il savait qu'elles devaient être réunies, tout comme moi je le sais. Et si perdre le Trône est le prix à payer, qu'il en soit ainsi.

Il passa ses bras musclés autour d'elle pour se presser contre son dos, ému par ses paroles. Il ressentit dans sa chair le sanglot qui la secoua.

— Ma lignée a causée tant de tort à elle-même et aux autres. Peut-être que ce sera sa fin. Mais au moins, cela ne se sera pas achevé dans un bain de sang entre frères et sœurs. Cette fin aura eu lieu pour comprendre la magie qui nous définit. Et pour que toi et moi, nous puissions nous aimer.

Elle se retourna et l'embrassa passionnément. Malgré la gratitude infinie qu'il éprouvait de savoir qu'elle l'aimait tant qu'elle était prête à abandonner son Royaume pour lui, il ne put contenir sa crainte.

— Et si Mil avait un autre bâtard qui tentait de te voler le Trône en ton absence ?

Elle grimaça.

— J'y ai songé… Et je n'ai pas envie de m'inquiéter pour cela. Les réactions de Calixte sont suffisamment préoccupantes.

Elle commença à rassembler quelques affaires.

— Il… Il ne renoncera jamais, tu en as conscience ?

Elle se figea, une vieille robe froissée entre les mains.

— Oui. C'est pour ça que je veux partir avant qu'il nous fasse du mal de quelque manière que ce soit. Quant à notre retour ici… Nous déciderons de ce que nous voudrons faire le moment venu.

L'après paraissait si lointain, si nébuleux. Il demeurerait impalpable et indéfinissable tant qu'ils n'auraient pas posé un pied sur l'île.

Une fois le sac de Declan rempli, ils se jaugèrent un court instant. Vêtus tous deux de vêtements simples et pratiques pour voyager, ils ne ressemblaient plus à un célèbre Chef des armées et une illustre Reine.

— La couronne est dans la Salle du Trône. Je réveille Lucetmael puis je vais la chercher.

Il acquiesça. Elle libéra ses dons en entrant dans la chambre princière. Tous les occupants de l'étage dormaient à poings fermés. Sa magie se modifia, appelant le vent pour ne laisser filtrer aucun son. Essylt s'agenouilla pour caresser sa joue ronde.

— Réveille-toi, mon trésor. Nous partons à l'aventure.

Ses paupières lourdes papillonnèrent difficilement.

— Maman ?

— Oui, c'est moi. Il faut que tu te lèves.

Elle l'habilla. Ensommeillé, il la suivit docilement dans sa chambre, sa peluche serrée contre lui.

Essylt ajouta ses vêtements de rechange dans leur sac. Le cuir étiré contenait peu d'affaires, prouvant que le plus indispensable dans la vie n'est pas matériel.

— Oncle Declan ? s'étonna le Prince en réalisant qui se trouvait dans la chambre de sa mère.

Il caressa ses boucles blondes emmêlées.

— Bonjour, mon Prince. Nous partons en voyage.

Sa curiosité dévorante se réveilla aussitôt.

— Où partons-nous ?

— À la mer.

— Oh oui ! Je vais revoir des bateaux.

— Nous allons monter dans un bateau.

Excité, il bondit dans ses bras. Declan le serra tendrement contre lui.

— Je reviens.

— Maman, où est mon cheval en bois ?

— Quel cheval, trésor ?

— Celui en bois, mon préféré.

— Il est en bas. Nous ne pouvons pas prendre tous tes jouets, ta peluche suffira.

— Non, je veux mon cheval ! s'écria-t-il.

Declan se crispa, bien qu'il sût qu'elle avait mis en place sa barrière habituelle.

— Un jouet devrait rentrer dans le sac, commenta le Chef en étreignant son enfant. Puisque tu dois sortir de la chambre, fais-nous d'abord descendre dans le jardin. Tu récupères la couronne, puis le cheval, et nous partons.

— Soit, concéda-t-elle devant leurs expressions suppliantes identiques.

Declan enjamba le rebord de la fenêtre et Lucetmael resserra sa prise autour de son cou et de ses hanches.

— Je te tiens, rassure-toi.

— Attendez-moi dans le petit carré sans herbe. Tu vois où il est ?

Il l'avait observé depuis la chambre de la défunte Reine Vevina quand il était à la recherche d'une solution pour sauver la Rodorchna.

— Oui. Fais vite.

Elle embrassa leur joue puis les souleva précautionneusement pour les déposer sur la terre ferme en contrebas. Enchanté par cette escapade nocturne, Lucetmael lui fit un grand signe de la main, qu'elle lui rendit.

Elle ouvrit la porte menant au couloir en usant de ses dons pour atténuer les bruits. Elle marcha lentement en passant devant les portes closes. La chambre de Gladys, Edern et Nar. Celle de Cleena, Janae, Bethania et Léan. Ses servantes dormaient paisiblement, comme elle leur avait demandé de ne plus veiller la nuit depuis leur retour. Elle effleura leur porte de la pulpe de ses doigts, bouleversée par cet au revoir silencieux.

À l'entrée de l'aile royale, les gardes en faction se redressèrent. Ses commandants dormaient également dans leur chambre sur la droite et sa magie les enveloppa instinctivement, en une dernière étreinte.

— Majesté, puis-je vous escorter ? proposa une voix galante.

Elle bondit de surprise, le cœur au bord des lèvres. Au garde-à-vous dans son uniforme bleu, Tier lui sourit.

— Non, merci, capitaine. Ce sera très bref.

Elle fit signe à deux soldats rodorchniens et partit tout droit, heureuse que Meallán ait aménagé la Salle du Trône en face de l'aile royale.

L'immense pièce haute de plafond paraissait austère sans bougie ni courtisan. Essylt referma derrière elle et courut le long du tapis rouge pour se rendre dans la petite pièce annexe. Elle y avait rangé la couronne après ses expérimentations avec Declan car il lui était extrêmement difficile de dormir dans la même pièce qu'un objet si puissant.

Elle saisit le bijou royal en faisant attention à ne pas toucher la pierre. Elle devait garder ses idées claires et toutes ses forces pour le voyage.

En repassant devant les trônes, elle ne put s'empêcher de les contempler. Sur la gauche, les rideaux des portes-fenêtres menant au balcon étaient ouverts et les rayons lunaires conféraient aux sièges imposants une prestance inégalable.

Je reviendrai, promit-elle en se détournant. *Et si ce n'est pas pour moi, ce sera pour mon fils.*

Elle emprunta les escaliers les plus proches pour descendre au rez-de-chaussée et pénétra à nouveau dans l'aile royale en laissant ses soldats derrière elle.

Dans le salon, elle se précipita vers le coffre à jouets de Lucetmael. Elle fouilla parmi les innombrables figurines jusqu'à dénicher le fameux cheval. Puis elle se faufila dehors et huma avec délice le parfum des eucalyptus.

En la voyant, Declan respira de nouveau. Il s'était employé à distraire le Prince pour leur sécurité et pour apaiser ses pensées. Après avoir contourné la table en bois, Essylt redressa la tête et leurs regards se percutèrent. Elle marqua un temps d'arrêt, aussi transportée que lui, un sourire heureux flottant sur ses lèvres ourlées.

— Ah, Maman !

Declan se tourna vers lui pour le prier de parler à voix basse.

Une ombre glissa à la périphérie de sa vision.

Un éclat blanc apparut sur la poitrine d'Essylt.

Un objet long et pointu qui reflétait la lumière de la lune.

La lame d'une épée.

Une auréole écarlate s'épanouit sous son sein gauche.

La Reine s'affaissa à genoux, dévoilant le Roi.

Calixte surplombait son épouse et tenait fermement le pommeau de l'arme, les traits convulsés de rage.

— Où croyais-tu aller ?

— Non !

Ce cri alerta le souverain, qui redressa la tête. Ses yeux noisette s'embrasèrent en découvrant son frère et son fils. Declan soutint son regard avec le sentiment d'être face à un étranger.

Instinctivement, il avança vers Essylt dans une vaine tentative pour la protéger, sa poitrine transpercée par une douleur ardente.

Elle brandit la couronne pour lui intimer de s'arrêter. Son bras flancha et elle lança la pierre inestimable dans leur direction. Le bijou roula à un mètre d'eux.

— Que fais-tu ? vociféra Calixte. Et toi, pourquoi as-tu mon fils ?

Recroquevillée autour de l'épée qui la traversait de part en part, Essylt leva son visage d'une extrême pâleur vers eux. Elle n'entendait plus, ne respirait plus.

Pourtant, elle tendit sa main vers son amant et son fils.

Declan fut happé par son regard, qui sembla abolir l'insupportable distance qui les séparait. Devant lui, la pierre violette s'éveilla et se teinta progressivement de cette lueur bleutée envoutante qu'il avait déjà entrevue.

Les yeux d'Essylt brillèrent d'un intense éclat bleu, dévoilant le plus grand de tous ses pouvoirs.

L'amour.

Autour de Declan, le monde explosa.

La nuit, l'air, les sons, absolument tout. Son unique réflexe fut de resserrer son étreinte autour de Lucetmael, en se raccrochant à son petit corps de toutes ses forces. Il se sentit soulever, comme s'il devenait extraordinairement léger. Une chaleur incendiaire érafla sa peau, puis ce fut la chute.

Il atterrit sur le dos, son fils blotti sur son torse. Une nuée de sable lui retomba sur le visage.

Du sable ?

Sonné, il s'assit pour observer ce qui l'entourait. Le silence des jardins royaux avait été remplacé par le bruit du ressac. Sur sa droite, les vagues léchaient le sable clair. Sur sa gauche, des arbres inconnus avec d'étranges feuilles très longues bordaient la plage.

— Maman ?

La petite voix craintive de Lucetmael lui parvint à travers un épais brouillard. Il déposa son fils à côté de lui, ainsi que sa besace, pour se mettre debout, tous ses sens en alerte.

Je ne connais pas cet endroit, je ne suis jamais venu. La plage, le sable…

Il détailla les étoiles, qu'il avait appris à lire très jeune.

La plage est orientée vers l'est… Or, la côte de la Rodorchna est orientée vers l'ouest. C'est impossible…

— Où est Maman ?

Nous sommes sur l'île. Et Essylt…

Tremblant, il se tourna vers l'est.

— Non… Non…

Il s'élança en direction du Continent des Neuf Royaumes et s'enfonça dans l'eau glacée jusqu'à la taille, en luttant contre les vagues qui le repoussaient vers le rivage.

— Essylt !

Il hurla son prénom de toutes ses forces, comme si sa voix pouvait porter par-delà la mer.

Par-delà la mort.

Si vous avez un instant, n'hésitez pas à laisser
un commentaire sur Amazon
ou sur un site de lecture tel que Booknode.
Sachez que ces commentaires sont essentiels pour les auteurs
et que je prends le temps de lire chacun d'entre eux.
Merci d'avance.

L'aventure continue dans

Droit de Sang III – La guerre de larmes

Pour suivre l'avancée de mes prochains projets,
je vous invite à me suivre sur
Facebook : **Eulalie Lombard author**
Instagram : **eulalie.lombard.author**
TikTok : **eulalielombard**

ou sur mon site : **eulalielombard.com**

INDEX

Royauté et Noblesse du Continent des Neuf Royaumes — 1er janvier 686

BOFURSYLE DI RODORCHNA

Reine Essylt — 19 ans
Roi Calixte — 26 ans

Parents de Calixte : Guénolé — 64 ans
Dubheasa, née Princesse de Teac — 59 ans
Prince Declan, né paysan, adopté au décès de son père Goltraige — 25 ans

Famille Royale d'Essylt
Parents : Mil et Vevina. Frères : Kyrian, Elcmar, Ladra, Nuallan, Uaine.
Parents de Mil : Ailionora l'Ecoutée et Peadair, né Prince de Xoramif.
Famille d'Ailionora : Père Matholwch, Soeur Nya, mère de Mazoe de Mebeaka.
Premier Roi : Meallán, sa femme Maev, ont eu onze enfants, dont Euryphaessa.

Famille d'Essylt — du côté de sa mère Vevina, née paysanne
Grands-parents : Devnet. Son épouse Ula est décédée.
1er frère de Vevina : Vailintin. Marié à Erin.
Enfants : Tyronoe — décédée durant une attaque visant Essylt—, Fiacre, Uli.
2ème frère de Vevina : Vortimer. Marié à Sheila (décédée). Enfant : Uistean.
3ème frère de Vevina : Vaughan. Marié à Ornóra. Enfants : Dervila et Slany.

Cercle proche d'Essylt
Soldats : Jarlath et Cathan — commandants royaux —, Caem — fiancé de Ty, capitaine
Servantes : Cleena — a connu Vevina —, Janae, Léan, Bethania et Adelyn.
Page : Paddy — placé par Declan pour la protéger.
Animaux : Royal — étalon d'Essylt —, Drac et Dagda — guépards d'Essylt —, Belliciste — chien-loup de Cathan —, Króga — aigle de Jarlath.

Duché de Kildare
Couple régnant : Seena et Fingar
Enfants : Faolan et Bartley, époux de Delyth
Grand-père (décédé) : Lughaid

Duché de Crom
Régente : Ráichéal. Son époux Pilib est décédé.
Enfants : Lothar, Luíseach — conseillère royale — Zara et Kay

Baronnie d'Armagh
Régnant : Manannan. Son épouse Gareich est décédée.
Enfants : Saraid — conseillère royale — et Ultan
Enfants décédés : Owain et Gardhan

Comté de Snéa : Anath et Muirenn, leur fils Hannraoi. Lauryn, sœur d'Anath.
Duché de Bann : Riocard et ses trois filles, Euthalia — exubérante —, Earleen — a épousé Eamon, ancien prétendant d'Essylt — et Eirlys.

Vicomté de Sétanta : Raghnall et Ailís, leur fils Nethaniah.
Baronnie de Drei : Lysander — coureur de jupons.
Duché d'Enain : Tasgall.
Baronnie de Beal — lieu de décès de Ty : Caitlyn.
Vicomté de Saíréa : Delyth et son mari, Bartley, originaire de Rodorchna.

MEBEAKA

Reine Mazoe — 33 ans
Roi Domnall, né Prince de Xoramif — 43 ans
Princesse Niahm — 9 ans
Prince Diarmait — 4 ans

Comtesse Aveleen, son frère Cadfael et son père Oèn
Vicomte Dillon — ancien prétendant d'Essylt

VUAI

Roi Thuán — 37 ans
Reine Dymphna, née noble — 30 ans
Prince Ryann — 7 ans
Prince Kerwan — 6 ans
Princesse Treasa — 4 ans
Prince Geoffraidh — 2 ans

<u>Parents de Caitlyn (en Bofursyle)</u> : Baron Patrick et Orla
Comte Niocol — ancien prétendant d'Essylt —, sa soeur Kreiddylat
Comtesse Fiona, père Llywellyn

TEAC

Roi Luam, frère de Dubheasa de Bofursyle — 60 ans
Reine Trevina, née Princesse d'Aivaithra — 56 ans
Prince Ruarc — 25 ans
Princesse Rosheen — 24 ans
Prince Roan — 12 ans

Comtesse Anna, époux Oistin, leur fils Aslander — filleul d'Essylt.
Comte Heddwyn, remarié à Kathalynn, mère de Delyth. Cara, fille d'Heddwyn.
Comte Aindreas — ancien prétendant d'Essylt —, son frère Ygharat.
Vicomte Naomhán— ancien prétendant d'Essylt — son épouse Coryl, sa sœur Orlaith.

JIRIALC

Reine Máda — 35 ans
Roi Maitiu, né paysan — 37 ans
Prince Tomás — 13 ans
Prince Baptist — 11 ans
Prince Fursy — 10 ans

Comte Cahir — ancien prétendant d'Essylt —, sa soeur Caoilfhionn
Baron Einri — frère d'Oistin (en Teac) — son fils Prydein
Baron Phelan — ancien prétendant d'Essylt qui a essayé de la tuer —, son frère Tasgall
Duc Win — ancien prétendant d'Essylt —, sa sœur Kay.

XORAMIF

Roi Imrinn, frère de Domnall de Mebeaka — 45 ans
Reine Sybil, née Princesse de Guanile — 53 ans
Prince Yvain — 19 ans
Prince Asal — 16 ans

Baron Eamon — ancien prétendant d'Essylt — marié à Earleen (Bofursyle).
Duc Immchadh — ancien prétendant d'Essylt —, sa soeur Faoiltiarna.
Baronne Tuilelaith — dont le Prince Asal est amoureux.
Comte Daibhéid et sa femme Aileen, parents d'Anna (en Teac).

GUANILE

Reine Gwenola — 30 ans
Roi Kane, né Prince de Jirialc — 34 ans
Princesse Finna — 4 ans
Prince Owen — 3 ans

Duc Balor — ancien prétendant d'Essylt — son frère Nodlaigh, sa cousine Sibby.
Sont cousins germains d'Anath et Lauryn (en Bofursyle)
Baronne Noreen — apprécie beaucoup Declan — son frère Cuinn.
Comte Uileog — a essayé de violer Essylt — son frère Ronan.

AIVAITHRA

Reine Iverna — 40 ans
Roi Lomna, né paysan — 41 ans
Princesse Alyson — 15 ans

Baron Garvan — ancien prétendant d'Essylt, maladroit —, sa sœur Derry.
Comtesses Meriel et Aderyn, sœurs.

De la même autrice

Romance historique

Pour l'amour d'un Highlander et *Juste un sourire*
(Tomes 1&2)

Au cœur de la bataille
(Tomes 1, 2 et 3)

Romance SFFF

Mira
(Tomes 1&2)

Appartenance
(One shot et novella bonus)

Mes romans sont disponibles sur **Amazon**,
en format papier et ebook,
et sur mon site internet.

À très vite pour de nouvelles aventures.

Remerciements

Comme toujours, ces remerciements vont commencer par Marie. Je vais finir par lui écrire un livre entier tant je lui suis reconnaissante. Merci de concrétiser mes romans en créant de superbes couvertures, et merci de m'avoir poussée à m'autoéditer il y a deux ans de cela. Je n'aurais jamais cru en arriver où je suis à présent.

Un grand merci à Laura pour avoir corrigé ce roman et pour ses retours éclairés.

Merci aussi à Gaëlle, pour ses remarques et son avis très tranché.

Merci à mes adorables bêtas-lectrices, Emma et Mathilde, dont la joie de vivre est source d'inspiration et de motivation.

Merci à ma cousine Lucie, toujours au rendez-vous.

Je remercie mes parents, pour leur amour et leurs encouragements. Merci à mes frères adorés, à mes belles-mères et à ma belle-sœur, car un écrivain s'inspire continuellement de son entourage. J'envoie d'énormes baisers à ma nièce et mon neveu, qui ne savent pas encore lire mais qui sont des trésors inestimables.

J'ai la chance d'avoir des amis géniaux, sincères et encourageants, et je remercie chacun d'entre eux : Nella, Cathy, Manon, Célia, Lise, Jodie, Sido, Océane, Gaëlle, Chloé, Fanny, Mathieu, Natha.

Un immense merci à mon chéri, Geoffrey. Merci de me soutenir dans tous mes projets délirants, de ne pas t'agacer de me trouver en pyjama en rentrant du travail, et de me défendre quelles que soient les circonstances. Merci d'être mon Declan.

Et pour finir, je te remercie toi, cher lecteur, pour tenir ce livre entre tes mains.

Table

Printed by Amazon Italia Logistica S.r.l.
Torrazza Piemonte (TO), Italy

38953006R00399